DIE ERZÄHLUNGEN AUS DEN TAUSENDUNDEIN NÄCHTEN

Vollständige deutsche Ausgabe
in sechs Bänden
Zum ersten Mal nach dem
arabischen Urtext der Calcuttaer
Ausgabe aus dem Jahre 1839
übertragen von Enno Littmann

FÜNFTER BAND

Insel Verlag

Kassettenmotiv: © Henry Wilson, London

Insel Verlag Frankfurt am Main und Leipzig 2004
© Insel-Verlag Wiesbaden 1953
Alle Rechte vorbehalten, insbesondere das
des öffentlichen Vortrags sowie der Übertragung
durch Rundfunk und Fernsehen, auch einzelner Teile.
Kein Teil des Werkes darf in irgendeiner Form
(durch Fotografie, Mikrofilm oder andere Verfahren)
ohne schriftliche Genehmigung des Verlages reproduziert
oder unter Verwendung elektronischer Systeme verarbeitet,
vervielfältigt oder verbreitet werden.
Druck: Ebner & Spiegel, Ulm
Printed in Germany
Erste Auflage dieser Ausgabe 2004
ISBN 3-458-17214-9

1 2 3 4 5 6 – 09 08 07 06 05 04

WAS SCHEHREZÂD

DEM KÖNIG SCHEHRIJÂR IN DER

SIEBENHUNDERTUNDZWANZIGSTEN

BIS

ACHTHUNDERTUNDNEUN-

UNDNEUNZIGSTEN

NACHT ERZÄHLTE

Ferner wird erzählt

DIE GESCHICHTE VON ARDASCHÎR UND HAJÂT EN-NUFÛS[1]

Einst lebte, o glücklicher König, in der Stadt Schiras ein mächtiger Herrscher; der hieß es-Saif el-A'zam[2] Schâh, und er war schon hochbetagt geworden, ohne daß ihm ein Sohn beschieden wäre. Deshalb versammelte er die Weisen und die Ärzte bei sich und sprach zu ihnen: ,Seht, ich bin jetzt hochbetagt! Ihr wisset, wie es um mich und um das Reich und seine Leitung steht. Ich aber bin besorgt, was aus den Untertanen werden soll, wenn ich nicht mehr bin; denn bis jetzt ist mir noch kein Sohn beschert.' Da erwiderten sie: ,Wir wollen dir einen Trank aus Heilkräutern bereiten, der dir helfen wird, so Allah der Erhabene will.' Nun bereiteten sie ihm einen solchen Trank, und er nahm ihn zu sich. Darauf ruhte er bei seiner Gemahlin, und sie empfing nach dem Willen Allahs des Erhabenen, der da spricht zu einem Dinge Werde! und es wird. Als ihre Monde erfüllt waren, brachte sie einen Knaben zur Welt, der war so schön wie der Mond; und sein Vater nannte ihn Ardaschîr.[3] Der wuchs auf und gedieh und ward in den Dingen des Wissens und der feinen Bildung unterrichtet, bis er fünfzehn Jahre alt war. Ferner lebte damals im Irak ein König des Namens 'Abd el-Kâdir[4]; und der hatte eine Tochter, so schön wie der aufgehende Vollmond, die Hajât en-Nufûs[5] geheißen war. Doch sie haßte die Männer, und man wagte es kaum, in ihrer

---

1. Diese Geschichte ist eine andere Fassung der Geschichte von Tâdsch el-Mulûk und der Prinzessin Dunja; vgl. Band II, Seite 7 bis 133. – 2. Das mächtigste Schwert. – 3. Das ist: Artaxerxes. Die Calcuttaer Ausgabe hat hier fälschlich Azdaschîr; in anderen Ausgaben ist dieser Fehler verbessert. – 4. Der Knecht des Allmächtigen. – 5. Das Leben der Seelen.

Gegenwart von den Männern zu sprechen. Selbst Perserkönige hatten um sie bei ihrem Vater gefreit; allein sooft er zu ihr davon redete, antwortete sie: ‚Das werde ich niemals tun! Wenn du mich aber dazu zwingst, so nehme ich mir das Leben.' Auch Prinz Ardaschîr vernahm von ihrem Ruhm, und er sprach zu seinem Vater davon. Der sah, daß der Prinz von Liebe zu ihr erfüllt war; und da er Mitleid mit ihm hatte, versprach er ihm von Tag zu Tage, ihn mit ihr zu vermählen. Er sandte auch seinen Wesir zu ihrem Vater, um ihre Hand zu erbitten; doch jener wies ihn ab. Als nun der Wesir von König 'Abd el-Kâdir zurückkam und seinem Herrn berichtete, wie es ihm ergangen war, und ihm meldete, daß sein Wunsch nicht erfüllt sei, ward der König erregt und ergrimmte gewaltig. Und er rief: ‚Soll meinesgleichen zu einem der Könige senden mit einer Bitte, ohne daß sie erfüllt wird?' Dann befahl er einem Herold, den Truppen zu verkünden, sie sollten die Zelte ins Feld schaffen und sich mit allem Eifer rüsten, selbst wenn sie das Geld dafür borgen müßten. Und er sprach: ‚Ich will nicht eher umkehren, es sei denn, ich habe zuvor das Land des Königs 'Abd el-Kâdir verwüstet und seine Mannen erschlagen, seine Spur ausgetilgt und sein Gut als Beute davongetragen!' Wie davon die Kunde zu Ardaschîr kam, erhob er sich von seinem Lager, ging zu seinem Vater hinein, küßte den Boden vor ihm und sprach zu ihm: ‚Großmächtiger König, bemühe dich mit nichts dergleichen!' – –«

Da bemerkte Schehrezâd, daß der Morgen begann, und sie hielt in der verstatteten Rede an. Doch als die *Siebenhundertundzwanzigste Nacht* anbrach, fuhr sie also fort: »Es ist mir berichtet worden, o glücklicher König, daß der Prinz, als jene Kunde zu ihm kam, zu seinem Vater hineinging, den Boden vor ihm küßte und zu ihm sprach: ‚Großmächtiger König, bemühe dich mit nichts dergleichen! Sende diese Helden und diese Truppen nicht aus; verschwende dein Geld nicht; denn du bist stärker als er! Wenn du dies Heer wider ihn aussendest, so wirst du seine Länder und Städte verwüsten, seine Mannen und Helden erschlagen und sein Gut als Beute heimtragen; ja, auch er selbst wird umkommen. Wenn aber dann seine Tochter erfährt, was ihrem Vater und seinem Volke ihretwegen widerfahren ist, so wird sie sich selbst das Leben nehmen; und ich werde um ihretwillen sterben, denn nach ihrem Tode kann ich nimmermehr leben.' Da fragte ihn der König: ‚Und was gedenkst zu tun, mein Sohn?' ‚Ich will mich in meiner Sache selbst auf den Weg machen,' antwortete der Prinz; ‚ich will mich als Kaufmann verkleiden und eine List ersinnen, wie ich zu ihr gelange, und dann will ich sehen, wie ich meinen Wunsch bei ihr erreichen kann.' ‚Bist du zu diesem Plan fest entschlossen?' fragte der König weiter; und der Prinz gab ihm zur Antwort: ‚Jawohl, mein Vater!' Nun berief der König den Wesir und sprach zu ihm: ‚Reise du mit meinem Sohne, mit ihm, der die Wonne meines Herzens ist, und hilf ihm, sein Ziel zu erreichen! Behüte ihn und leite ihn durch deinen rechten Rat; denn du bist mein Stellvertreter bei ihm!' ‚Ich höre und gehorche!' erwiderte der Wesir; und dann gab der König seinem Sohne dreihunderttausend Golddinare, ferner gab er ihm Juwelen, Ringsteine, Schmucksachen, Kaufmannsgüter, Vorräte und dergleichen mehr. Darauf trat der Prinz bei seiner Mutter ein, küßte ihr die Hände und bat um ihren Segen. Nachdem sie ihn gesegnet hatte, ging sie alsbald hin und öffnete ihre Schatzkammer; daraus holte sie für ihn allerlei Schätze, Halsbänder, Schmucksachen, Kleinodien und alle die Dinge, die aus den Zeiten der früheren Könige dort aufgespeichert waren und die nicht mit Geld bezahlt werden konnten. Und er selbst nahm von seinen Mamluken und Sklaven und Saumtieren, so viele er für die Reise nötig hatte, dazu noch mancherlei anderes; und schließlich verkleidete er sich und den Wesir und ihre Begleiter als Kaufleute. Darauf nahm er Abschied von seinen Eltern, seinen Verwandten und Freunden; und sie zogen dahin durch Steppen und Wüsteneinsamkeit bei Tag und Nacht zu jeglicher Zeit. Als ihm nun der Weg lang ward, sprach er die Verse:

> *Die Sehnsucht meiner Liebe und das Siechtum wachsen;*
> *Ich habe keinen Helfer in der Not der Zeit.*
> *Ich schaue der Plejaden und der Fische Aufgang,*
> *Dem frommen Beter gleich, im großen Liebesleid.*
> *Ich spähe nach dem Morgenstern; und wenn er leuchtet,*
> *Wird immer heißre Liebesglut in mir entfacht.*
> *So wahr du lebst, ich will von deiner Lieb nicht lassen,*
> *Ich liebeskranker Mann, des Auge allzeit wacht.*
> *Ist auch mein Ziel noch fern, wächst auch in mir die Schwäche,*
> *Will mir auch, fern von dir, Geduld nicht Hilfe leihn,*
> *So harr ich dennoch aus, bis Allah uns vereinet;*
> *Drob sollen Feind und Neider schwer bekümmert sein!*

Kaum hatte er diese Verse gesprochen, da sank er in Ohnmacht; doch nach einer Weile, als der Wesir ihn mit Rosenwasser besprengt hatte, erwachte er, und jener sprach zu ihm: ‚O Prinz, fasse dich in Geduld; denn der Lohn der Geduld ist die Freude! Sieh, du bist ja auf dem Wege zu dem, was du wünschest!' So redete er ihm immer gut zu und tröstete ihn, bis sein Herz sich beruhigte; und sie zogen eilends weiter. Doch wieder währte dem Prinzen die Reise zu lang, und er gedachte seiner Geliebten und sprach diese Verse:

> *Die Trennung währt so lang, es wachsen Qual und Sorgen;*
> *Mein Herz wird von der Glut des Feuers ganz verbrannt.*
> *Und grau wird mir das Haupt durch all, was ich erdulde*
> *An Leid, und Tränen rinnen ob der Augen Rand.*

Ich schwöre es, mein Wunsch, du Endziel meiner Hoffnung,
Bei Ihm, der alles schuf, darunter Zweig und Blatt:
Ich trage alle Qual von dir, o meine Hoffnung,
Wird unter Menschen auch, wer liebt, des Tragens matt!
Nun fragt nach mir die Nacht: sie wird es euch bekunden,
Ob in der langen Nacht mein Lid den Schlaf gefunden!

Nachdem er diese Verse beendet hatte, weinte er bitterlich und klagte ob der schweren Liebesqual, die er dulden mußte; aber der Wesir gab ihm gute Worte und tröstete ihn und versprach ihm, er werde sein Ziel erreichen. Dann zogen sie noch wenige Tage weiter, bis sie die Weiße Stadt erblickten, bald nach Sonnenaufgang. Da sprach der Wesir zum Prinzen: ‚Freue dich, Königssohn, über alles Gute! Sieh, dies ist die Weiße Stadt, die du suchest.' Darob war der Prinz hocherfreut, und er sprach diese Verse:

Ihr Freunde, seht, mein Herz ist wie von Liebe irre,
Und meine Sehnsucht bleibt; die Qual verläßt mich nicht.
Ich klag wie der Verwaiste, den der Kummer wecket;
Die Lieb hat keinen Tröster, wenn die Nacht anbricht.
Doch wenn die Winde schon aus deinem Lande wehen,
So fühle ich die Kühlung, die dem Herzen naht.
Und meine Lider rinnen wie die Regenwolken;
Mein Herze schwimmt im Meer, das sich ergossen hat!

Als sie dann zu der Weißen Stadt gelangten, zogen sie dort ein und fragten nach dem Chân der Kaufleute, der Stätte der Handelsherren. Man wies ihnen den Weg dorthin; sie stiegen dort ab und mieteten sich drei Magazine. Und nachdem sie die Schlüssel erhalten hatten, schlossen sie auf und brachten ihre Waren und Güter dort unter. Sie blieben im Chân, bis sie sich ausgeruht hatten; dann aber begann der Wesir über einen Plan nachzusinnen, wie er die Sache des Prinzen fördern könne. – – «

Da bemerkte Schehrezâd, daß der Morgen begann, und sie hielt in der verstatteten Rede an. Doch als die *Siebenhundertundeinundzwanzigste Nacht* anbrach, fuhr sie also fort: »Es ist mir berichtet worden, o glücklicher König, daß damals, als der Wesir und der Prinz im Chân abgestiegen waren und ihre Waren in den Magazinen untergebracht und dort ihren Dienern Wohnung gegeben hatten, dann auch selbst eine Weile geblieben waren, um sich auszuruhen, nunmehr der Wesir begann, über einen Plan nachzusinnen, wie er die Sache des Prinzen fördern könne. Und er sprach zu ihm: ‚Mir kommt etwas in den Sinn, und ich glaube, darin liegt das Gelingen für dich, so Allah der Erhabene will.' Der Prinz antwortete ihm: ‚O Wesir, der weisen Ratgeber Zier, tu, was sich dir in Gedanken darbietet, und Allah möge deinen Plan zum Rechten leiten!' Und der Wesir fuhr fort: ‚Ich will dir einen Laden im Basar der Tuchhändler mieten, in dem du dich niederlassen kannst. Denn alle, Vornehme wie Geringe, müssen in den Basar kommen; und ich denke, wenn du in dem Laden sitzest und die Leute dich mit eigenen Augen sehen, so werden die Herzen sich zu dir wenden und du wirst imstande sein, deine Absicht zu vollenden. Du bist ja schön anzuschauen; die Blicke werden durch dich entzückt, und die Seelen werden zu dir entrückt!' ‚Tu, was du willst und wünschest!' erwiderte der Prinz. Darauf begann der Wesir alsbald seine prächtigsten Gewänder anzulegen, und der Königssohn tat desgleichen; er tat aber auch einen Beutel mit tausend Goldstücken in seine Brusttasche. Dann gingen die beiden fort und wanderten in der Stadt umher; und die Leute schauten sie an und staunten ob der Schönheit des Prinzen und riefen: ‚Preis sei Ihm, der diesen Jüngling erschaffen hat aus verächtlichem Wasser!'[1] Gesegnet

1. Koran, Sure 77, Vers 20.

sei Allah, der beste der Schöpfer!'¹ Viel ward über ihn gesprochen; einige sagten: ‚Das ist kein Sterblicher, das ist nichts anderes als ein edler Engel.'² Andere aber sprachen: ‚Hat vielleicht Ridwân, der Hüter des Paradieses, das Tor des Himmelsgartens außer acht gelassen, so daß dieser Jüngling von dorten herabgekommen ist?' Und das Volk folgte den beiden zum Tuchmarkte, bis sie dort eintraten und stehen blieben. Nun trat ein alter Mann von hoheitsvollem und würdigem Aussehen an sie heran und begrüßte sie; und nachdem sie seinen Gruß erwidert hatten, sprach er zu ihnen: ‚Meine Herren, habt ihr vielleicht einen Wunsch, durch dessen Erfüllung wir uns selbst ehren könnten?' ‚Wer bist du, o Scheich?' fragte der Wesir; und der Alte erwiderte: ‚Ich bin der Vorsteher des Basars.' Da fuhr der Wesir fort: ‚Wisse, o Scheich, dieser Jüngling ist mein Sohn, und ich möchte für ihn in diesem Basar einen Laden mieten, damit er sich dort niederlassen und Kauf und Verkauf, Geben und Nehmen lernen kann und die Gewohnheiten der Kaufleute annehme.' ‚Ich höre und gehorche!' sprach der Vorsteher, ließ alsbald den Schlüssel eines Ladens bringen und befahl den Maklern, ihn zu fegen. Nachdem sie ihn sauber und rein gefegt hatten, ließ der Wesir für den Laden ein hohes Polster kommen, das mit Straußenfedern gefüllt war; darauf lag ein kleiner Gebetsteppich, und ringsherum war die Borte mit rotem Golde bestickt. Ferner ließ er ein Kissen bringen und so viel von den Waren und Stoffen, die er hatte, daß der Laden gefüllt ward. Am nächsten Tag war der Prinz zur Stelle, öffnete den Laden, setzte sich auf jenes Polster und stellte vor sich zwei Mamluken auf, die mit den schönsten Gewändern bekleidet waren, und unten im Laden zwei schwarze Sklaven von den schönsten der Abessinier. Der Wesir

1. Sure 23, Vers 14. – 2. Sure 12, Vers 31.

aber hatte ihm eingeschärft, sein Geheimnis vor den Leuten zu hüten, auf daß er so ein Mittel fände, sein Ziel zu erreichen; dann hatte er ihn verlassen und war zu den Magazinen gegangen, nachdem er ihn auch noch gebeten hatte, ihm alles, was im Laden vor sich gehen würde, Tag für Tag mitzuteilen. So saß nun der Jüngling da in seinem Laden, schön wie der Mond zur Zeit seiner Fülle. Die Leute aber hörten von ihm und von seiner Schönheit reden, und sie strömten zu ihm hin, ohne kaufen zu wollen, ja, sie drängten sich im Basar, nur um seine Schönheit und Lieblichkeit und seines Wuchses Ebenmäßigkeit zu bewundern und um Allah den Erhabenen, der ihn geformt und geschaffen hatte, zu preisen. Und schließlich konnte niemand mehr durch jene Marktstraße gehen, weil eine so große Volksmenge bei ihm sich sammelte. Der Prinz aber schaute nach rechts und nach links; denn er war verwirrt durch die vielen Menschen, die ihn anstaunten, und er hoffte zugleich, er möchte mit jemandem Bekanntschaft schließen, der dem Hofe nahestehe und der ihm etwas über die Prinzessin mitteilen könne. Doch er fand keine Gelegenheit dazu, und deshalb ward ihm die Brust beengt. Derweilen versprach der Wesir ihm tagtäglich, er werde sein Ziel erreichen. So blieb es eine lange Weile. Eines Tages jedoch, als er in seinem Laden saß, kam eine alte Frau des Wegs, eine vornehme, hoheitsvolle und ehrwürdige Gestalt, die mit den Gewändern der Frommen bebekleidet war; und hinter ihr gingen zwei dienende Frauen, wie Monde anzuschauen. Sie blieb vor dem Laden stehen, betrachtete den Jüngling eine Weile und rief dann: ‚Preis sei Ihm, der dies Antlitz gestaltete und dieses Werkes waltete!' Darauf grüßte sie ihn; er gab ihr den Gruß zurück und bat sie, sich neben ihm niederzusetzen. Nun fragte sie ihn: ‚Aus welchem Lande kommst du, o Jüngling mit dem schönen Antlitz?' ‚Aus indischen Landen, meine Mutter,' erwiderte er; ,ich bin in diese Stadt gekommen, um mich in der Welt umzuschauen.' Sie sprach: ,Dein Besuch ist uns eine Ehre!' Dann fuhr sie fort: ,Was hast du bei dir an Waren, Gütern und Stoffen? Zeige mir etwas Schönes, wie es für Könige paßt!' Als er ihre Worte vernahm, sagte er: ,Wünschest du, daß ich dir die schönen Sachen vorlege? Ich habe Dinge, die sich für jeden Stand eignen.' ,Mein Sohn,' antwortete sie ihm, ,ich wünsche etwas, das hoch an Wert und schön von Aussehen ist, das Beste, was du hast.' Doch er entgegnete ihr: ,So mußt du mir denn sagen, für wen du die Ware haben willst, damit ich dir etwas vorlege, das dem Stande des Käufers entspricht.' ,Du hast recht, mein Sohn,' erwiderte sie, ,ich wünsche etwas für meine Herrin Hajât en-Nufûs, die Tochter des Königs 'Abd el-Kâdir, des Herrn dieses Landes und Königs dieser Stadt.' Kaum hatte der Prinz das Wort aus ihrem Munde gehört, da ward er vor Freude wie von Sinnen, und sein Herz begann zu pochen. Und er streckte seine Hand hinter sich, ohne seinen Mamluken oder seinen Sklaven einen Befehl zu geben, holte einen Beutel mit hundert Dinaren hervor und reichte ihn der Alten, indem er sprach: ,Dieser Beutel ist für die Wäsche deiner Kleider.' Darauf streckte er seine Hand aus nach einem Päckchen und holte aus ihm ein Gewand hervor, das zehntausend Dinare oder noch mehr wert war, und sprach zu der Alten, ,Dies ist etwas von dem, was ich in euer Land mitgebracht habe.' Als sie es erblickte, hatte sie Gefallen daran, und sie fragte: ,Wie hoch ist der Preis dieses Gewandes, o du Jüngling von vollkommener Art?' ,Es kostet nichts', gab er ihr zur Antwort; doch sie dankte ihm und wiederholte ihre Frage. Da sprach er: ,Bei Allah, ich nehme keinen Preis dafür. Ich gebe es dir zum Geschenk, wenn die Prinzessin es nicht annehmen will; dann sei es meine Gastgabe für dich. Preis sei Allah, der uns zusammengeführt hat, so daß ich in dir, wenn ich eines Tages einer Sache bedarf, eine Helferin finde, um sie zu erlangen.' Die Alte wunderte sich über diese feinen Worte, über seine hohe Vornehmheit und seine übergroße Höflichkeit; und sie fragte ihn: ,Wie heißest du, mein Herr?' ,Ardaschîr', antwortete er; und sie fuhr fort: ,Bei Allah, das ist ein seltener Name! So werden die Söhne der Könige genannt, du aber hast die Tracht der Söhne der Kaufleute.' Er sagte darauf: ,Weil mein Vater mich so sehr lieb hatte, gab er mir diesen Namen. Aber ein Name besagt doch nichts.' Die Alte war immer noch voller Verwunderung, und sie bat ihn: ,Mein Sohn, nimm doch den Preis für deine Ware!' Doch er schwor, er wolle nichts nehmen. Dann hub sie an: ,Mein Freund, wisse, die Wahrheit ist das höchste aller Dinge. Diese Freigebigkeit, die du an mir übest, kann nur aus einem bestimmten Grunde stammen. Drum tu mir kund, wie es um dich steht, und was du bei dir in Gedanken verbirgst. Vielleicht hast du einen Wunsch, zu dessen Erfüllung ich dir verhelfen kann.' Da legte er seine Hand in die ihre und ließ sie Verschwiegenheit schwören; dann erzählte er ihr seine ganze Geschichte von seiner Liebe zu der Prinzessin und dem Leide, das er um ihretwillen erduldete. Die Alte jedoch schüttelte ihr Haupt und erwiderte ihm: ,Das mag recht sein; aber, mein Sohn, die Weisen sagen in dem bekannten Sprichwort: Wenn du willst, daß man dir Gehorsam leiht, so befiehl nicht ein Ding der Unmöglichkeit! Und du, mein Sohn, dein Name ist Kaufmann; und hättest du auch die Schlüssel zu den verborgenen Schätzen, du würdest doch immer nur Kaufmann genannt werden. Wenn du einen Rang erhalten willst, der höher ist als dein eigener, so bewirb dich um die Tochter eines Kadis oder gar eines Emirs! Warum mußt du denn, mein Sohn, nach der Tochter des größten Königs unseres ganzen Zeitalters streben? Sie ist noch Jungfrau, sie kennt nichts von den Dingen der Welt und hat in ihrem ganzen Leben noch nichts anderes gesehen als den Palast, darinnen sie wohnt. Und ob sie gleich jung an Jahren ist, so ist sie doch verständig, klug, einsichtsvoll, scharfsinnig, ja, sie hat einen trefflichen Verstand, sie ist gewandt zur rechten Tat, und immer sicher ist ihr Rat. Ihrem Vater ward kein anderes Kind beschert als sie, und sie ist ihm teurer als sein Leben; jeden Tag kommt er zu ihr und wünscht ihr einen guten Morgen, und alle, die im Schlosse sind, fürchten sich vor ihr. Glaub also nicht, mein Sohn, daß irgend jemand ein solches Wort an sie richten könnte; ich habe auch keine Möglichkeit dazu! Bei Allah, mein Sohn, mein Herz, ja mein ganzes Inneres liebt dich, und ich wünsche so sehr, daß du bei ihr sein könntest. Doch ich will dir etwas kundtun, durch das Allah vielleicht dir die Heilung deines Herzens gewährt, ja, ich will für dich mein Leben und mein Gut aufs Spiel setzen, bis daß ich dir deinen Wunsch erfülle.' ‚Und was ist das, meine Mutter?' fragte er. Sie antwortete: ‚Erbitte von mir die Tochter eines Wesirs oder die Tochter eines Emirs. Wenn du dergleichen von mir erbittest, so will ich dir deinen Wunsch gewähren. Aber es ist unmöglich, daß jemand von der Erde zum Himmel mit einem einzigen Sprunge emporstiege.' Darauf sagte der Jüngling zu ihr höflich und verständig: ‚Meine Mutter, du bist eine kluge Frau, und du weißt, wie die Dinge gehen. Sag, wird ein Mann, wenn ihm sein Kopf weh tut, sich die Hand verbinden?' ‚Nein, bei Allah, mein Sohn', erwiderte sie; und er fuhr fort: ‚Ebenso wünscht auch mein Herz keine andere als sie, und nur die Liebe zu ihr hat mich dem Tode nahe gebracht. Ja, bei Allah, ich bin bald ein verlorener Mann, wenn ich nicht die Leitung eines Helfers finden kann. Ich bitte dich um Allahs willen, meine Mutter, erbarme dich meiner Fremdlingseinsamkeit und meiner strömenden Tränen Herzeleid!' – –«

Da bemerkte Schehrezâd, daß der Morgen begann, und sie hielt in der verstatteten Rede an. Doch als die *Siebenhundertundzweiundzwanzigste Nacht* anbrach, fuhr sie also fort: »Es ist mir berichtet worden, o glücklicher König, daß Ardaschîr, der Königssohn, zu der Alten sprach: ‚Ich bitte dich um Allahs willen, meine Mutter, erbarme dich meiner Fremdlingseinsamkeit und meiner strömenden Tränen Herzeleid!' ‚Bei Allah, mein Sohn,' gab sie ihm zur Antwort, ‚mein Herz wird zerrissen durch diese deine Worte; und dennoch steht in meiner Gewalt keine List, die ich ausführen könnte.' Da sagte er: ‚Ich möchte, daß du in deiner Güte dies Blatt von mir entgegennehmest und es ihr bringest und ihr in meinem Namen die Hände küssest!' Nun hatte sie Mitleid mit ihm und sprach zu ihm: ‚Schreib darauf, was du willst; und ich will es ihr bringen!' Als er das hörte, ward er vor Freude fast wie von Sinnen; und er rief nach Tintenkapsel und Papier und schrieb diese Verse an die Prinzessin:

> Hajât en-Nufûs, o gewähr deine Nähe
> Dem Freund in der Trennung verzehrendem Schmerz!
> Einst lebt ich in Wonne und herrlicher Freude;
> Doch jetzt bin ich krank, und verirrt ist mein Herz.
> Ich kenne nur Wachen in endlosen Nächten;
> Gesell ist der Gram mir zu jeglicher Stund.
> Erbarm dich des Liebenden, Kranken, Geplagten!
> Er weinte vor Sehnsucht die Lider sich wund.
> Und stellet dann endlich der Morgen sich ein,
> So ist er berauscht von der Leidenschaft Wein.

Nachdem er den Brief beendet hatte, faltete er ihn, küßte ihn und gab ihn der Alten. Dann streckte er die Hand aus nach einer Truhe und holte aus ihr einen zweiten Beutel heraus, der auch hundert Goldstücke enthielt. Den gab er ihr, in dem er sprach: ‚Verteile dies unter die Sklavinnen!' Sie aber weigerte sich und rief: ‚Bei Allah, mein Sohn, ich bin nicht um solcher Dinge willen bei dir!' Da dankte er ihr und sagte: ‚Du mußt ihn dennoch annehmen.' So nahm sie ihn denn von ihm entgegen, küßte seine Hände und wandte sich zum Gehen.

Als sie bei der Prinzessin eintrat, sprach sie: ‚Meine Gebieterin, ich habe dir etwas mitgebracht, dessengleichen bei den Leuten unserer Stadt nicht zu finden ist; es kommt von einem schönen Jüngling, wie es auf dem Angesichte der Erde keinen herrlicheren gibt.' Da fragte die Prinzessin: ‚Liebe Amme, woher ist denn dieser Jüngling?' Und die Alte erwiderte: ‚Er ist aus indischen Landen; er hat mir dies Prunkgewand gegeben, das mit Gold durchwirkt und mit Perlen und Edelsteinen besetzt ist und das so viel wert ist wie das Reich des Perserkönigs und des Kaisers von Rom.' Und kaum hatte sie es entfaltet, da erglänzte das ganze Schloß von dem Lichte jenes Gewandes; so herrlich war es gewirkt, und so reich waren die Edelsteine und Juwelen, mit denen es bestickt war. Alle, die im Schlosse waren, erstaunten darüber; auch die Prinzessin betrachtete es, und sie schätzte die Höhe seines Wertes auf nicht weniger als den vollen jährlichen Betrag der Einkünfte aus ihres Vaters Reich. Dann sprach sie zu der Alten: ‚Liebe Amme, kommt dies Gewand von ihm selber oder von einem anderen?' ‚Von ihm selber', erwiderte jene; und die Prinzessin fragte weiter: ‚Liebe Amme, ist dieser Kaufmann aus unserer Stadt oder ist er ein Fremdling?' Die Alte antwortete: ‚Er ist ein Fremdling, meine Herrin, und er ist erst vor kurzem in unsere Stadt gekommen. Und bei Allah, er hat Gefolge und

Diener, er ist schön von Angesicht, von ebenmäßigem Wuchs, von edler Art und hoher Gesinnung, und nach dir ist er der schönste Mensch, den ich je gesehen habe.' Da sagte die Prinzessin: ‚Es ist doch wahrlich ein sonderbar Ding, daß ein solches Prachtgewand, das gar nicht mit Geld bezahlt werden kann, in den Händen eines Kaufmanns ist. Wie hoch ist denn der Preis, den er dir dafür genannt hat, liebe Amme?' Die Alte erwiderte: ‚Bei Allah, meine Herrin, er hat mir die Höhe des Preises gar nicht genannt, sondern er sagte zu mir: ‚Ich nehme kein Geld dafür an; es ist ein Geschenk von mir für die Prinzessin, denn es gebührt nur ihr allein.' Und dann wies er das Gold zurück, das du mir mitgegeben hattest, und schwor, er könne es nicht annehmen, indem er noch hinzufügte: ‚Es soll dir gehören, wenn die Prinzessin es nicht annimmt.' Da rief die Prinzessin: ‚Bei Allah, das ist wirklich eine gewaltige Freigebigkeit und eine hohe Großmut! Aber ich befürchte den Ausgang des Ganzen; vielleicht wird er gar in Not geraten. Warum hast du ihn nicht gefragt, liebe Amme, ob er irgendeinen Wunsch habe, den wir ihm erfüllen können?' ‚Meine Gebieterin,' antwortete die Alte, ‚ich habe ihn gefragt, ob er einen Wunsch habe; und da sagte er mir, er habe wohl einen Wunsch, doch er tat ihn mir nicht kund, sondern er gab mir nur dies Blatt mit den Worten: ‚Überreiche es der Prinzessin!' Hajât en-Nufûs nahm den Brief, entfaltete ihn und las ihn bis zum Schlusse. Doch da war sie wie verwandelt, sie war fast von Sinnen, und ihre Farbe erblich. Und sie schrie die Alte an: ‚Weh dir, du Amme! Wie heißt dieser Hund, der einer Prinzessin solche Worte zu schreiben wagt? Welche Verwandtschaft besteht zwischen mir und diesem Hunde, daß er mir Briefe senden dürfte? Bei Allah, der mächtig das All umspannt, dem Herrn des Zemzem-Brunnens[1]

1. Vgl. Anmerkung in Band I, Seite 325 und Seite 752.

und der heiligen Wand[1], fürchtete ich nicht Gott den Erhabenen, ich schickte hin und ließe diesem Hund die Hände auf den Rücken binden, die Nüstern aufschlitzen und die Nase samt den Ohren abschneiden und ihn hernach als warnendes Beispiel kreuzigen am Tore des Basars, in dem sein Laden ist!' Wie die Alte diese Worte vernahm, erblich sie; ihr ganzer Leib zitterte, und ihre Zunge klebte ihr am Gaumen fest. Dann aber faßte sie sich ein Herz und sprach: ‚Sanft, meine Herrin! Was ist denn an diesem Briefe, daß er dich so sehr erregt? Ist er etwas anderes als eine Bittschrift, die er an dich richtet, in der er sich über Armut oder Bedrückung beklagt und durch die er auf deine Güte und auf Befreiung aus der Not hofft?' ‚Nein, bei Allah, meine Amme,' erwiderte die Prinzessin, ‚es sind Verse und gemeine Worte. Doch, Amme, bei diesem Hunde ist nur eines von drei Dingen möglich: entweder er ist besessen und hat keinen Verstand, oder er sucht seinen eigenen Tod, oder er hat in seinem Unterfangen gegen mich einen Helfer von starker Kraft und gewaltiger Macht. Oder sollte er vielleicht gehört haben, ich sei eine von den Dirnen dieser Stadt, die eine Nacht oder zwei Nächte verweilt bei dem, der ihrer begehrt, daß er mir gemeine Verse zu senden wagt, um meinen Verstand durch solche Dinge zu betören?' Die Alte sagte darauf: ‚Bei Allah, meine Herrin, du hast recht! Doch kümmere dich nicht um diesen törichten Hund! Du sitzest ja in deinem hochragenden und unnahbaren Schlosse, über das nicht einmal die Vögel fliegen noch der Wind hinstreichen kann. Er ist sicher ganz verstört; schreib ihm nur einen Brief und schilt ihn, erspare ihm keinerlei Vorwurf, sondern drohe ihm mit den Äußersten und halt ihm den Tod vor

[1]. Die ‚heilige Wand' ist eine halbkreisförmige Mauer auf der Nordwestseite der Kaaba; sie umschließt die Gräber Ismaels und Hagars.

Augen! Sprich zu ihm: ‚Woher weißt du von mir, daß du mir zu schreiben wagst, du Hund von einem Kaufmann, der du zeit deines Lebens in Wüsten und Einöden dich umhertreibst, um einen Dirhem zu verdienen oder einen Dinar? Bei Allah, wenn du nicht aus deinem Schlafe erwachst und aus deinem Rausche wieder zu dir kommst, so lasse ich dich kreuzigen am Tore des Basars, in dem dein Laden steht.' Doch die Prinzessin entgegnete: ‚Ich fürchte, wenn ich ihm schreibe, so wird er noch verwegener.' Da sagte die Alte: ‚Welchen Rang, welchen Stand hat er denn, daß er gegen uns verwegen werden könnte? Wir schreiben ihm ja nur, damit seine Vermessenheit aufhört und seine Furcht größer wird!'

In dieser Weise redete sie immer weiter mit List auf die Prinzessin ein, bis sie Tintenkapsel und Papier bringen ließ und ihm diese Verse schrieb:

> *Der du nach Liebe suchst und nach der Qual des Wachens,*
> *Die in den langen Nächten Herz und Sinn verzehrt,*
> *Erstrebest du, Vermeßner, dich dem Mond zu nahen –*
> *Ja, wird denn einem Mann sein Wunsch vom Mond gewährt?*
> *Wohlan, ich rate dir; drum hör auf meine Worte:*
> *Laß ab, du bist umringt von Tod und von Gefahr!*
> *Kommst du mit dieser Bitte wiederum, so wisse,*
> *Dir naht von mir die Strafe schwerster Qual, fürwahr!*
> *Bei Ihm, der alle Dinge aus dem Nichts geschaffen*
> *Und der den Himmel schmückte mit der Sterne Zier,*
> *Wenn du noch einmal kommst mit dem, was du gesagt hast –*
> *Den Kreuzestod am Baumesstamm bereit ich dir!*
> *Sei sittsam, klug, vernünftig, handle mit Verstand!*
> *Der Rat durch meiner Verse Wort ist dir bekannt.*[1]

---

[1]. Die letzten beiden Zeilen stehen im Original vier Zeilen vorher; sie passen jedoch besser an das Ende des Gedichtes. In der Parallele Band II, Seite 103, fehlen sie ganz.

Dann faltete sie den Brief und gab ihn der Alten; die nahm ihn hin und ging durch die Stadt, bis sie zu dem Laden des Jünglings kam; dort überreichte sie ihm die Botschaft. – –«

Da bemerkte Schehrezâd, daß der Morgen begann, und sie hielt in der verstatteten Rede an. Doch als die *Siebenhundertunddreiundzwanzigste Nacht* anbrach, fuhr sie also fort: »Es ist mir berichtet worden, o glücklicher König, daß die Alte, nachdem sie den Brief von Hajât en-Nufûs hingenommen hatte und durch die Stadt gegangen war und dem Jüngling in seinem Laden die Botschaft überreicht hatte, zu ihm sprach: ,Nun lies deine Antwort! Wisse aber, als sie deinen Brief gelesen hatte, da war sie sehr zornig; dann habe ich sie durch Worte so lange beruhigt, bis sie dir die Antwort schickte.' Erfreut nahm er den Brief hin, las ihn und verstand seinen Sinn. Als er ihn aber zu Ende gelesen hatte, weinte er bitterlich. Darob tat der Alten das Herz weh, und sie sprach: ,Mein Sohn, Allah lasse deine Augen nimmer weinen, noch auch dein Herz trauern! Was kann denn freundlicher sein, als daß sie deinen Brief beantwortete, nachdem du dich eines solchen Tuns vermessen hattest?' Der Jüngling erwiderte: ,Liebe Mutter, was für eine feinere List soll ich denn anwenden als diese, nun, da sie mir in ihrer Botschaft mit dem Tode am Kreuze droht und mir verbietet, ihr zu schreiben? Ich sehe, bei Allah, mir wäre der Tod besser als das Leben; doch ich bitte dich, nimm in deiner Güte noch diesen Brief von mir und trag ihn zu ihr!' ,Schreib nur,' erwiderte sie, ,ich verbürge mich für eine Antwort! Bei Allah, ich will mein Leben für dich wagen, damit du dein Ziel erreichest, und sollte ich auch umkommen dir zuliebe.' Er dankte ihr, küßte ihr die Hände und schrieb dann diese Verse:

> *Du drohest mich zu töten, nur weil ich dich liebe.*
> *Doch Sterben ist Gewinn, der Tod ist ja bestimmt.*

> *Wer liebt, dem ist der Tod mehr wert als langes Leben,*
> *Das einem Abgewies'nen alle Hoffnung nimmt.*
> *Wenn du den Freund besuchst, der keinen Helfer findet,*
> *Bedenk, dem guten Tun der Menschen winkt der Lohn!*
> *Allein wenn du auf deinem Tun beharrst, so wisse,*
> *Ich bin dein Knecht; der Sklave liegt in Banden schon.*
> *Was soll ich tun, da mir ohn dich Geduld entschwindet?*
> *Wenn Lieb das Herze zwingt, wie kann es anders sein?*
> *Erbarm dich seiner, Herrin, den die Lieb verzehrte:*
> *Denn jedem, der die Edlen liebt, ist zu verzeihn!*

Dann faltete er den Brief und gab ihn der Alten, und zugleich reichte er ihr zwei Beutel, die zweihundert Dinare enthielten. Sie wollte sie nicht annehmen, aber als er sie beschwor, tat sie es doch und sagte: ‚Ich muß dir gewißlich zu deinem Ziele verhelfen, deinen Feinden zum Trotze!'

Darauf ging sie fort, trat zu Hajât en-Nufûs ein und überreichte ihr den Brief. Doch die Prinzessin sprach: ‚Was ist denn dies, meine Amme? Sind wir schon so weit gekommen, daß wir im Briefwechsel stehen und du zwischen uns hin und her gehst? Ich fürchte, die Sache wird ruchbar werden, so daß wir in Schande geraten.' ‚Wieso denn, meine Gebieterin? Wer darf ein solches Wort sprechen?' fragte die Alte. Die Prinzessin nahm den Brief von ihr hin, und als sie ihn gelesen und seinen Inhalt verstanden hatte, schlug sie die Hände aufeinander und rief: ‚Dies ist doch wirklich eine Plage für uns! Und wir wissen nicht einmal, wie wir zu diesem Jüngling gekommen sind!' Die Alte erwiderte: ‚Meine Herrin, ich bitte dich um Allahs willen, schreib ihm noch einen Brief; aber gib ihm harte Worte! Sag ihm: Wenn du mir noch einen Brief schickst, so lasse ich dir den Kopf abschlagen.' Da sprach die Prinzessin zu ihr: ‚Liebe Amme, ich weiß, daß die Sache auf diese Weise zu keinem Ende kommt. Das beste wäre, mit dem Briefwechsel aufzuhören. Wenn dieser Hund sich nicht durch meine frühere Drohung fortjagen läßt, so lasse ich ihm den Kopf abschlagen.' Dennoch sagte die Alte: ‚Schreib ihm noch einen Brief und tu ihm kund, wie es nun steht!' So ließ denn die Prinzessin wiederum Tintenkapsel und Papier kommen und schrieb ihm diese Verse der Drohung:

> *O der du um des Schicksals Schläge dich nicht kümmerst,*
> *Des liebend Herz erhofft, es werde mir vereint,*
> *Vermeßner, wähnst du denn den Himmel zu erreichen?*
> *Kannst du zum Mond gelangen, der dort oben scheint?*
> *Mit Feuersglut, die nie erlischt, will ich dich rösten;*
> *Und Unheilsschwerter singen dir dein Todeslied.*
> *Dein Ziel, o Freund, ist doch in weiter, weiter Ferne;*
> *Es ist ein dunkel Ding, das graue Scheitel zieht.*
> *Laß von der Liebe ab! Nimm meine Warnung an!*
> *Hör auf mit deinem Tun; denn es ist mißgetan!*

Nachdem sie den Brief gefaltet hatte, gab sie ihn der Alten, die durch all das in große Verwirrung geraten war. Doch sie nahm ihn hin, machte sich auf den Weg, bis sie zu dem Jüngling kam, und überreichte ihm das Schreiben. Als der es in die Hand genommen und gelesen hatte, senkte er sein Haupt und tat, als ob er mit den Fingern schriebe, ohne ein Wort zu sagen. Da hub die Alte an: ‚Mein Sohn, warum muß ich sehen, daß du nicht zu reden beliebst und keine Antwort gibst?' ‚Liebe Mutter,' erwiderte er, ‚was soll ich denn sagen, da sie mir wieder droht und immer größere Härte und Abneigung zeigt?' Sie aber fuhr fort: ‚Schreib ihr in einem Briefe, was du willst! Ich will dich schützen. Dein Herz möge guter Dinge sein; denn ich werde euch sicher vereinen.' Er dankte ihr für ihre Güte, küßte ihr die Hände und schrieb diese Verse:

> *Bei Gott, da ist ein Herz, das Liebe nicht erhöret!*
> *Ein Freund auch, der die Näh des Liebs allein erstrebt!*

Die Augenlider sind ihm immer wund von Tränen,
Sobald die dunkle Nacht die schwarzen Schleier webt.
Sei gütig, zeige Huld, üb Mitleid und Erbarmen
Mit ihm, den Liebe peinigt hier in fremdem Land!
In all den langen Nächten kennt er keinen Schlummer,
Ertränkt im Meer der Tränen und von Qual verbrannt.
O töte doch das Sehnen meines Herzens nicht,
Das heiß in Liebe pocht und fast vor Schmerzen bricht!

Dann faltete er den Brief und reichte ihn der Alten; und diesmal gab er ihr dreihundert Dinare, indem er sprach: ‚Dies ist für das Waschen deiner Hände.' Sie dankte ihm, küßte ihm die Hände und ging zurück, bis sie zu der Prinzessin eintrat; der gab sie das Schreiben. Doch als jene es in die Hand genommen und bis zum Schluß gelesen hatte, warf sie es aus der Hand und sprang auf die Füße. Dann schritt sie dahin auf ihren goldenen Stelzschuhen, die mit Perlen und Edelsteinen besetzt waren, bis sie zum Schlosse ihres Vaters kam; doch die Ader des Zornes war auf ihrer Stirn geschwollen, und niemand wagte zu fragen, was ihr geschehen sei. Als sie in den Palast trat, fragte sie nach dem König, ihrem Vater. Da erwiderten ihr die Sklavinnen und Odalisken: ‚O Herrin, er ist zu Jagd und Hatz hinausgezogen.' So kehrte sie denn zurück, einer reißenden Löwin gleich, und sprach drei Stunden lang mit niemandem ein Wort, bis sich ihr Antlitz aufhellte und ihr Grimm sich legte. Und wie die Alte bemerkte, daß ihre Erregung und der Zorn vorüber waren, trat sie auf sie zu, küßte den Boden vor ihr und sprach zu ihr: ‚Hohe Herrin, wohin sind diese edlen Schritte gegangen?' ‚In den Palast meines Vaters', erwiderte die Prinzessin; und die Alte fuhr fort: ‚O Herrin, war niemand dort, deinen Wunsch zu erfüllen?' Die Prinzessin antwortete: ‚Ich bin nur deshalb dorthin gegangen, um meinem Vater zu sagen, was mir durch den Hund von

Kaufmann widerfahren ist, und um ihn anzutreiben, daß er ihn ergreifen lasse, ihn und alle Leute in seinem Basare, und daß er sie alle über ihren Läden kreuzigen lasse und keinem fremden Kaufmann mehr gestatte, sich in unserer Stadt aufzuhalten.' Da fragte die Alte: ‚Bist du nur aus diesem Grunde zu deinem Vater gegangen, meine Herrin?' Ja,' erwiderte die Prinzessin, ‚aber ich fand meinen Vater nicht dort, sondern ich erfuhr, daß er zur Jagd und Hatz fortgezogen ist. Jetzt will ich warten, bis er wiederkehrt.' Da rief die Alte: ‚Ich nehme meine Zuflucht zu Allah, dem Allhörenden und Allwissenden! Meine Herrin, du bist – Gott sei gepriesen! – das verständigste Menschenkind; aber wie kannst du dem König dies törichte Geschwätz kundtun, das niemand ans Licht ziehen sollte?' ‚Weshalb denn nicht?' fragte die Prinzessin; und die Alte gab zur Antwort: ‚Nimm an, du hättest den König in seinem Palaste getroffen und hättest ihm diese Geschichte berichtet, und er hätte nach den Kaufleuten geschickt und befohlen, sie über ihren Läden aufzuhängen, und die Leute hätten sie gesehen; die würden dann sicher darüber nachfragen und reden, was wohl der Grund ihrer Hinrichtung wäre, und darauf würde ihnen geantwortet: ‚Sie haben versucht, die Tochter des Königs zu verführen.' – –«

Da bemerkte Schehrezâd, daß der Morgen begann, und sie hielt in der verstatteten Rede an. Doch als die *Siebenhundertundvierundzwanzigste Nacht* anbrach, fuhr sie also fort: »Es ist mir berichtet worden, o glücklicher König, daß die Alte zur Prinzessin sprach: ‚Nimm an, du hättest dem König all das kundgetan, und er hätte befohlen, die Kaufleute aufzuhängen, würden dann die Leute sie nicht sehen und fragen, was wohl der Grund ihrer Hinrichtung wäre? Darauf würde ihnen geantwortet: ‚Sie haben versucht, die Tochter des Königs zu verführen.' Und dann würde man alle möglichen Gerüchte über dich verbreiten. Die einen würden sagen: ‚Sie hat sich aus ihrem Palaste entfernt und ist zehn Tage lang bei ihnen gewesen, bis sie genug von ihr hatten!' Und andere würden noch anders sagen. Die Ehre, o meine Herrin, ist wie die Milch, die durch das kleinste Stäubchen beschmutzt wird; oder wie Glas, das, einmal geborsten, nicht wieder heil werden kann. Hüte dich, deinem Vater oder irgend jemand anders etwas von dieser Sache zu erzählen, auf daß deine Ehre nicht besudelt wird, meine Gebieterin! Nie und nimmer könnte es dir von Nutzen sein, wenn die Leute davon erfahren. Erwäge meine Worte mit deinem trefflichen Verstande; und wenn du sie nicht für richtig hältst, so tu, was du willst!' Als die Prinzessin diese Worte aus dem Mund der Alten vernommen hatte, dachte sie darüber nach und fand, daß sie vollkommen richtig waren. Darum sprach sie zu ihr: ‚Was du sagst, ist wohl richtig, liebe Amme; doch der Zorn hatte mein Urteil getrübt.' Und die Alte fuhr fort: ‚Wisse, es ist vor Allah dem Erhabenen ein guter Entschluß von dir, daß du niemanden etwas davon kundtun willst. Doch bleibt uns noch etwas anderes zu tun übrig, das ist, wir dürfen zu der Schamlosigkeit dieses Hundes, des gemeinsten der Kaufleute, nicht schweigen. So schreib ihm denn einen Brief und sprich zu ihm: ‚Du gemeinster der Kaufleute, wenn der König nicht fern gewesen wäre, so hätte ich in diesem Augenblick befohlen, dich und alle deine Nachbarn zu kreuzigen. Doch dir wird nichts davon entgehen. Ich schwöre bei Allah dem Erhabenen, wenn du noch einmal wieder mit solchem Geschwätze beginnst, so werde ich deine Spur vom Angesichte der Erde vertilgen.' Gib ihm harte Worte, damit du ihn von diesem Tun abbringst; weck ihn auf aus seiner Achtlosigkeit!' Die Prinzessin fragte aber wiederum: ‚Werden ihn denn diese Worte von seinem Unterfangen abbringen?' Die Alte gab zur Antwort: ‚Wie sollten sie ihn nicht abbringen, wenn ich noch mit ihm rede und ihm kundtue, was vorgefallen ist?' So rief denn die Prinzessin nach Tintenkapsel und Papier und schrieb diese Verse:

> *Du hängst noch an der Hoffnung, daß du dich mir nahest;*
> *Du könntest noch dein Ziel erreichen, dünket dir.*
> *Den Menschen stürzt doch nur Verblendung ins Verderben;*
> *Und das, was der begehrt, bringt ihm den Tod von mir.*
> *Du bist kein starker Held, bist auch kein Stammeshäuptling;*
> *Du bist kein Fürst, noch auch mit Herrschermacht betraut.*
> *Sogar, wenn unsresgleichen solches Tun begänne,*
> *Er stände davon ab, von wildem Schreck ergraut.*
> *Doch einmal will ich noch dir deine Schuld verzeihn;*
> *Und du sollst in dich gehn hinfort und reuig sein!*

Dann reichte sie den Brief der Alten, indem sie zu ihr sprach: ‚Liebe Amme, halt diesen Hund zurück, auf daß ich ihm nicht den Kopf abschlage und wir nicht um seinetwillen eine Sünde auf uns laden!' Die Alte antwortete: ‚Bei Allah, meine Gebieterin, ich will ihm keine Seite lassen, nach der er sich wenden kann.' Und sie nahm den Brief und ging mit ihm fort, bis sie wieder bei dem Jüngling war. Nachdem sie ihn begrüßt und er ihren Gruß erwidert hatte, reichte sie ihm das Schreiben. Er nahm es in die Hand, las es und schüttelte den Kopf und sprach: ‚Fürwahr, wir sind Allahs Geschöpfe, und zu Ihm kehren wir zurück.' Und er fügte hinzu: ‚Liebe Mutter, was soll ich nun tun? Meine Geduld versagt, und meine Kraft erlahmt.' ‚Mein Sohn,' entgegnete ihm die Alte, ‚gedulde dich noch; vielleicht wird Allah jetzt etwas geschehen lassen! Schreib, was dir auf dem Herzen liegt; ich werde dir eine Antwort bringen! Hab Zuversicht und quäl dich nicht! Ich werde dich sicherlich mit ihr vereinen, so Allah der Erhabene will.' Da flehte er des Himmels Segen auf ihr Haupt herab und schrieb der Prinzessin einen Brief, dem er diese Verse anvertraute:

> *Da ich in meiner Liebe keinen Schützer finde*
> *Und mir die Pein der Sehnsucht Tod und Unheil bringt,*
> *Ertrage ich die Glut des Feuers tief im Herzen*
> *Bei Tag und bei der Nacht, wenn mir kein Schlummer winkt.*
> *Wie sollte ich auf dich nicht hoffen, Ziel der Wünsche?*
> *Genügt es mir, daß ich der Qual ein Opfer bin?*
> *Ich fleh zum Herrn des Throns, daß Er mir Gnade leihe;*
> *Vor Liebe zu der keuschen Schönen siech ich hin.*
> *Er geb, daß ich mich freudig bald mit dir verein;*
> *Denn ich versinke sonst in grimmer Liebespein!*

Dann faltete er den Brief, reichte ihn der Alten und holte für sie einen Beutel mit vierhundert Dinaren. Die nahm alles hin und machte sich auf den Heimweg, bis sie wieder bei der Prinzessin eintrat. Doch als sie ihr den Brief geben wollte, nahm jene ihn nicht an, sondern rief: ,Was für ein Blatt ist das?' ,Hohe Herrin,' erwiderte die Alte, ,dies ist nur die Antwort auf den Brief, den du dem Hunde da, dem Kaufmann, geschickt hast.' Die Prinzessin fragte darauf: ,Hast du es ihm nicht verboten, wie ich dir gesagt habe?' ,Jawohl,' gab die Alte zurück, ,doch dies ist seine Antwort.' Da nahm die Königstochter den Brief von ihr entgegen und las ihn bis zu Ende durch; dann aber wandte sie sich der Alten zu und fragte sie: ,Wo bleibt die Erfüllung deiner Worte?' ,Hohe Herrin, sagt er denn nicht in seiner Antwort, daß er von seinem Tun abläßt und bereut und sich wegen dessen entschuldigt, was geschehen ist?' ,Nein, bei Allah, er wird vielmehr nur noch kühner.' ,Meine Gebieterin, schreib ihm noch einen Brief, und du sollst sehen, was ich mit ihm tun werde!' ,Ich will jetzt ohne Schreiben und ohne Antwort bleiben!' ,Aber ich muß doch einen Brief haben, damit ich ihn schelten und ihm seine Hoffnung nehmen kann.'

‚Nimm ihm seine Hoffnung, ohne einen Brief mitzunehmen!'
Doch die Alte entgegnete: ‚Soll er gescholten werden und der
Hoffnung entsagen, so muß ich unbedingt einen Brief zu ihm
tragen.' Da rief die Prinzessin nach Tintenkapsel und Papier
und schrieb ihm diese Verse:

> *Wie oft schon schalt ich dich; doch hemmte dich kein Schelten!*
> *Wie oft verbot ich dir im Lied mit eigner Hand!*
> *Verbirg die Liebe dein, laß nie von ihr verlauten!*
> *Wenn du nicht folgst, so sei mir Rücksicht unbekannt!*
> *Und wenn du nochmals kommst mit dem, was du gesagt hast,*
> *Erhebt um dich des Todes Bote sein Geschrei.*
> *Dann fühlst du bald den Wind der Steppe dich umwehen,*
> *Dort stürzt auf deinen Leib der Geier Schar herbei.*
> *Zurück zum rechten Weg! Dort winket dir das Heil.*
> *Doch sinnst du Schlechtes nur, ist grauser Tod dein Teil.*

Und als sie diesen Brief beendet hatte, warf sie das Blatt im
Grimm aus der Hand; die Alte aber nahm es an sich und begab
sich zum Jüngling. Rasch ergriff er das Schreiben; doch als er
es zu Ende gelesen hatte, erkannte er, daß sie nicht milder, sondern nur noch zorniger gegen ihn geworden war, und daß er
ihr nie nahen könne. Da kam es ihm in den Sinn, ihr einen
Brief zu schreiben, in dem er sie verwünschte, und so schrieb
er diese Verse:

> *O Herr, schaff mir Erlösung – bei den fünf Planeten!*[1] *–*
> *Von ihr, um derentwillen Liebe mich verbrennt!*
> *Du kennst die Flamme ja, die mir im Herzen lodert*
> *Voll heißer Glut zu ihr, die kein Erbarmen kennt.*
> *Ach sie erbarmt sich nicht der Qualen, die ich dulde;*
> *Wie quält sie mich Armen stets durch Tyrannei!*
> *Jetzt bin ich wie verwirrt durch Schmerzen ohne Ende.*
> *Ich finde keinen Freund; o Volk, wer steht mir bei?*
> *Wie oft, dieweil die Nacht den dunklen Schleier senket,*
> *Beklag ich offen und geheim die Leidenschaft!*

1. Vgl. Band II, Seite 109, Anmerkung.

> *Und dennoch hab ich nie von deiner Lieb gelassen;*
> *Wie konnt ich's tun? Mir nahm die Sehnsucht meine Kraft.*
> *O Trennungsvogel[1], sag mir an: Ist sie gefeit*
> *Vor allen Nöten und dem Wechselspiel der Zeit?*

Dann faltete er den Brief und reichte ihn der Alten; und diesmal gab er ihr einen Beutel mit fünfhundert Dinaren. Nachdem sie das Schreiben hingenommen hatte, machte sie sich von neuem auf den Weg zur Prinzessin, und als sie zu ihr eingetreten war, gab sie ihr den Brief. Doch wie die ihn gelesen und seinen Inhalt verstanden hatte, warf sie ihn aus der Hand und rief: ‚Sag mir, du elende Alte, weshalb mußte mir dies alles widerfahren durch dich und deine List und deine Fürsprache für ihn, so daß du mich Brief auf Brief schreiben lässest und unaufhörlich Botschaften zwischen uns hin und her trägst, bis du zwischen ihm und mir Briefwechsel und derlei Geschichten zustande gebracht hast? Jedesmal sagst du mir: ‚Ich will dich von seinem Übel befreien und seine Reden von dir fern halten.' Aber das sagst du nur, damit ich ihm immer wieder einen Brief schreibe und damit du am Abend und am Morgen hin und her gehen kannst, bis du schließlich meinen Ruf vernichtet hast. Heda, ihr Eunuchen, packt sie!' Und nun befahl sie den Eunuchen, die Alte zu schlagen; und die taten es, bis ihr ganzer Leib von Blut floß und sie in Ohnmacht sank. Dann gebot die Prinzessin den Mägden, die Alte hinauszuschleifen; und die schleppten sie an den Füßen aus dem Palaste hinaus. Ferner gab sie Befehl, eine der Mägde solle zu Häupten der Alten stehen bleiben, und wenn jene aus ihrer Ohnmacht erwache, solle sie zu ihr sprechen: ‚Die Prinzessin hat einen Eid geschworen, daß du nie zu diesem Palaste zurückkehren und ihn nie wieder betreten sollst. Wenn du aber den-

1. Der krächzende Rabe gilt als der ‚Vogel der Trennung'.

noch zu ihm zurückkommst, so sollst du ohne Erbarmen getötet werden.' Als nun die Alte wieder zur Besinnung kam, tat die Magd ihr kund, was die Fürstin gesagt hatte. ‚Ich höre und gehorche!' erwiderte die Alte. Darauf brachten die Mägde einen Korb für sie und befahlen einem Lastträger, sie darin zu ihrem Hause zu bringen. Der Mann lud sie auf und trug sie zu ihrem Hause. Auch schickten sie einen Arzt zu ihr mit dem Auftrage, sie sorgsam zu pflegen, bis sie genese. Und der Arzt tat, wie ihm befohlen war. Kaum aber war die Alte wieder gesund geworden, so saß sie auf und begab sich zu dem Jüngling, der schon sehr betrübt war wegen ihres Ausbleibens und sich danach sehnte, von ihr zu hören. Als er sie nun kommen sah, sprang er auf, eilte ihr entgegen und begrüßte sie; da er jedoch bemerkte, daß sie leidend war, fragte er sie, wie es ihr ergehe, und nun erzählte sie ihm alles, was ihr von der Prinzessin widerfahren war. Das ging ihm sehr zu Herzen, und er rief, indem er die eine Hand auf die andere schlug: ‚Bei Allah, mir tut bitter leid, was dir widerfahren ist! Doch sag mir, Mütterchen, warum haßt die Fürstin denn die Männer?' ‚Mein Sohn,' gab sie zur Antwort, ‚wisse, sie hat einen schönen Garten, so herrlich, wie es keinen zweiten auf dem Angesichte der Erde gibt. Und es begab sich, daß sie eines Nachts dort schlief; und mitten im süßen Schlummer träumte sie, daß sie in dem Garten weiterging. Dort sah sie einen Vogelsteller, der sein Netz aufgeschlagen, Weizenkörner ringsherum ausgestreut und sich abseits niedergesetzt hatte, um abzuwarten, welche Beute ihm ins Netz fallen würde. Es dauerte nur eine kleine Weile, da versammelten sich schon die Vögel, um die Körner aufzupikken; dabei geriet ein Vogelmännchen in das Netz und begann darin herumzuzappeln, während die anderen Vögel davonflogen. Sein Weibchen aber, das sich unter ihnen befand, blieb nur eine ganz kurze Weile fort; dann kehrte es zu ihm zurück, flog an das Netz heran und suchte die Masche, in die sich der Fuß ihres Männchens gefangen hatte. An der pickte sie so lange mit ihrem Schnabel herum, bis sie das Garn zerrissen und ihr Männchen befreit hatte. All dies trug sich zu, während der Vogelsteller schlafend dasaß. Wie er dann erwachte, blickte er auf das Netz und sah, daß es beschädigt war. Da besserte er es aus, streute von neuem Weizenkörner umher und setzte sich abseits von dem Netze nieder. Nach einer Weile kamen schon die Vögel zurück, unter ihnen auch jenes Weibchen und jenes Männchen. Alle Vögel flogen herbei, um die Körner aufzupicken; doch da fiel das Weibchen ins Netz und begann in ihm herumzuzappeln. Alsbald flatterten alle die Tauben davon; und der Täuber, den jene Taube befreit hatte, war auch unter ihnen, aber er kehrte nicht zu ihr zurück. Den Vogelsteller jedoch hatte der Schlaf wieder überwältigt, und er wachte erst nach einer langen Weile auf. Kaum war der Schlaf von ihm gewichen, da sah er sogleich die Taube in dem Netz, und er stand auf, eilte zu ihr, löste ihren Fuß aus den Maschen und schlachtete sie. Da wachte die Prinzessin erschrocken auf und rief: ‚So handeln die Männer an den Frauen! Die Frau hat Mitleid mit dem Manne und setzt ihr Leben aufs Spiel um seinetwillen, wenn er in Gefahr schwebt. Wenn dann aber der Herr ein widriges Geschick für die Frau bestimmt und sie in Not gerät, so läßt ihr Mann sie im Stich und befreit sie nicht, und was sie ihm an Güte erwies, ist vergessen. Allah verfluche jeden, der sich auf die Männer verläßt! Denn sie erkennen die guten Dienste, die ihnen die Frauen leisten, niemals an.' Von jenem Tage an haßte sie die Männer.' Nun fragte der Prinz die Alte: ‚Mütterchen, geht sie nie auf die Straße hinaus?' ‚Nein, mein Sohn,' erwiderte sie, ‚aber sie hat einen Garten, der ist zum

Lustwandeln einer der schönsten Orte unserer Zeit. Und in jedem Jahre, wenn die Früchte dort reifen, geht sie zu ihm und vergnügt sich in ihm einen Tag; aber die Nacht verbringt sie stets in ihrem Schlosse. Sie betritt den Garten nur durch eine geheime Tür, die von dem Schlosse zu ihm führt. Und nun will ich dich etwas lehren, durch das dir, so Allah will, der Erfolg zuteil werden soll. Wisse denn, es fehlt ein einziger Monat bis zur Zeit der Fruchtreife, in der sie dorthin geht. Ich rate dir, geh noch heute zu dem Hüter jenes Gartens und schließe enge Freundschaft mit ihm! Er läßt nämlich sonst keins der Geschöpfe Allahs des Erhabenen den Garten betreten, weil dieser ja an das Schloß der Prinzessin anschließt. Und wenn die Prinzessin in ihn hinabgeht, so will ich es dir zwei Tage vorher kundtun, ehe sie herauskommt. Dann begib du dich wie gewöhnlich in den Garten und suche es durch eine List zuwege zu bringen, daß du dort nächtigst. Und wenn die Prinzessin eintritt, so halte du dich an irgendeiner Stätte verborgen!' – –«

Da bemerkte Schehrezâd, daß der Morgen begann, und sie hielt in der verstatteten Rede an. Doch als die *Siebenhundertundfünfundzwanzigste Nacht* anbrach, fuhr sie also fort: »Es ist mir berichtet worden, o glücklicher König, daß die Alte dem Prinzen riet, indem sie sprach: ‚Wenn die Königstochter in den Garten hinabgeht, so will ich es dich zwei Tage vorher wissen lassen. Und wenn sie dann eintritt, so halte du dich an irgendeiner Stätte verborgen! Sobald du sie erblickst, tritt vor sie hin; und wenn sie dich sieht, so wird sie von Liebe zu dir ergriffen werden; denn die Liebe deckt alle Dinge zu. Wisse, mein Sohn, wenn sie dich nur sähe, sie würde in Liebe zu dir entbrennen, da du so schön von Gestalt bist. Hab Zuversicht und gräme dich nicht, mein Sohn; ich werde dich sicherlich mit ihr vereinigen!' Da küßte er ihr die Hand und dankte ihr. Zugleich aber gab er ihr drei Stücke Alexandrinischer Seide und drei Stücke Atlas von verschiedenen Farben; ferner zu jedem Stücke auch Leinen für Hemden und Stoff für Hosen und ein Tuch für die Kopfbinde und Baalbeker Zeug für das Futter, so daß sie drei vollständige Gewandungen hatte, von denen eine jede noch schöner als die andere war. Und außerdem gab er ihr einen Beutel mit sechshundert Dinaren, indem er zu ihr sprach: ‚Dies ist für das Nähen.' Sie nahm alles hin und fragte dann: ‚Mein Sohn, möchtest du nicht den Weg zu meinem Hause wissen und auch mir den Weg zu deiner Wohnstatt zeigen?' ‚Jawohl', erwiderte er, und er schickte einen Mamluken mit ihr, auf daß er sich den Weg zu ihrer Wohnung merkte und ihr sein eigenes Haus zeigte. Als nun die Alte gegangen war, befahl der Königssohn seinen Dienern, den Laden zu schließen, und er begab sich zu dem Wesir und berichtete ihm alles, was er mit der Alten erlebt hatte, von Anfang bis zu Ende. Nachdem der Wesir diese Kunde von ihm vernommen hatte, hub er an: ‚Mein Sohn, wenn nun Hajât en-Nufûs kommt und kein Gefallen an dir findet, was willst du dann tun?' Der Prinz aber antwortete: ‚Dann bleibt mir kein anderer Ausweg, als daß ich von Worten zu Taten schreite und mein Leben um ihretwillen aufs Spiel setze; dann will ich sie aus ihrer Eunuchen Mitte rauben und hinter mir aufs Roß setzen und mit ihr in das weite Wüstenland eilen. Entkomme ich, so ist das Ziel meiner Wünsche erreicht; und wenn ich zugrunde gehe, so kann ich mich ausruhen von diesem verhaßten Leben.' Doch der Wesir entgegnete ihm: ‚Mein Sohn, willst du mit dieser Weisheit durchs Leben kommen? Wie sollen wir denn weiterreisen, da zwischen uns und unserem Lande eine so große Entfernung ist? Und wie kannst du so handeln an einem der größten Könige unserer Zeit, dem hunderttausend Reiter untertan sind? Wir sind doch nicht sicher davor, daß er seine Krieger aussendet, die uns den Weg verlegen. Das ist wirklich kein guter Plan, und kein Verständiger würde ihn unternehmen.' Da sagte der Prinz: ‚Was soll denn geschehen, o Wesir, du der guten Ratgeber Zier? Sieh, ich bin sicherlich des Todes!' ‚Warte nur bis morgen,' erwiderte der Minister, ‚dann wollen wir uns diesen Garten ansehen und erfahren, wie er ist und wie es uns mit dem Gärtner ergeht, der dort weilt!' Und als es Morgen ward, machten der Wesir und der Prinz sich auf, indem sie tausend Dinare in der Tasche mitnahmen; als sie dann den Garten erreichten, sahen sie, wie hohe Mauern mit festen Pfeilern ihn umschlossen, wie in ihm viele Bäume mit schönen Früchten sprossen und zahlreiche Bäche flossen; dort dufteten die Blümelein und zwitscherten die Vögelein, und er glich einer der Auen des Paradieses. Innerhalb des Torwegs saß ein hochbetagter Scheich auf einer Bank. Als er die beiden erblickte und ihre würdevollen Gestalten erkannte, erhob er sich, nachdem sie ihn begrüßt hatten, und gab ihnen den Gruß zurück. Dann fuhr er fort: ‚Hohe Herren, habt ihr vielleicht einen Wunsch, durch dessen Erfüllung wir uns geehrt fühlen könnten?' Da erwiderte ihm der Wesir: ‚Wisse, Alterchen, wir sind Fremdlinge, die Hitze ist uns lästig geworden, und unsere Wohnung ist weit entfernt, am Ende der Stadt. Wir möchten bitten, daß du in deiner Güte diese beiden Dinare von uns nehmest und uns ein wenig Speise kaufest; inzwischen öffne uns das Tor zu diesem Garten und laß uns an einer schattigen Stätte sitzen, wo kühles Wasser fließt, damit wir uns dort abkühlen, bis du mit den Speisen zu uns kommst! Dann wollen wir essen, wir beide und du, und danach, wenn wir uns ausgeruht haben, wollen wir beide unserer Wege gehen.' Mit diesen Worten steckte der Wesir seine Hand in die Tasche, holte zwei Dinare aus ihr heraus und gab sie dem Gärtner in die Hand. Der Mann war siebenzig Jahre alt, aber er hatte noch nie so viel Geld in seiner Hand gesehen; und wie er nun die beiden Dinare betrachtete, ward er fast von Sinnen, und er lief sofort hin, öffnete die Gartentür, führte die beiden hinein und ließ sie unter einem fruchtbeladenen Baume sitzen, der viel Schatten spendete, indem er sprach: ‚Setzt euch an dieser Stätte nieder, geht aber nicht weiter in den Garten hinein! Denn dort ist eine geheime Tür, die zu dem Schlosse der Prinzessin Hajât en-Nufûs führt.' Die beiden erwiderten ihm: ‚Wir werden uns nicht von unserer Stelle rühren.' Darauf ging der alte Gärtner hin, um zu kaufen, was sie ihm aufgetragen hatten; und nachdem er eine kurze Weile fortgeblieben war, kam er zu ihnen zurück, begleitet von einem Lastträger, der auf seinem Kopfe ein geröstetes Lamm und Brot trug. Sie aßen und tranken zusammen und plauderten eine Weile. Dann schaute der Wesir auf und richtete seine Blicke nach rechts und nach links überall im Garten umher; und nun entdeckte er in seiner Mitte einen hochgebauten Pavillon; der war aber schon alt, der Gips bröckelte von den Wänden ab, und die Pfeiler waren eingestürzt. Da hub der Wesir an: ‚Alterchen, ist dieser Garten dein Eigentum, oder hast du ihn gemietet?' ‚Ach, Herr,' antwortete jener, ‚er ist nicht mein Eigentum, und ich habe ihn auch nicht gemietet; ich bin hier nur der Wächter.' Und weiter fragte der Wesir: ‚Wie hoch ist dein Lohn?' ‚Hoher Herr,' erwiderte der Alte, ‚ein Dinar im Monat.' Da fuhr der Minister fort: ‚Damit tut man dir unrecht, zumal wenn du eine Familie hast.' ‚Bei Allah, Herr,' rief der Scheich, ‚ich habe eine Familie von acht Kindern; dazu komme ich noch!' Und der Wesir rief: ‚Es gibt keine Macht und es gibt keine Majestät außer bei

Allah, dem Erhabenen und Allmächtigen! Bei Gott, du tust mir in der Seele leid, du Armer. Aber was würdest du von einem denken, der dir etwas Gutes erweist um der Deinen willen, die du zu ernähren hast?' ‚Ach, Herr,' gab der Alte zur Antwort, ‚was du nur immer an Gutem tust, soll dir ein Schatz bei Allah dem Erhabenen sein.' Nun sagte der Wesir: ‚Alterchen, sieh, dieser Garten ist eine herrliche Stätte, und da ist dieser Pavillon in ihm, aber der ist alt und verfallen. Ich möchte ihn wiederherstellen und neu verkleiden und schön bemalen lassen, damit diese Stätte zur allerschönsten im Garten werde. Wenn dann der Besitzer des Gartens kommt und sieht, daß der Pavillon wieder aufgebaut und schön geworden ist, so wird er dich sicherlich über den Wiederaufbau befragen. Und wenn er dich fragt, so sprich zu ihm: ‚Mein Gebieter, ich habe ihn wiederhergestellt, da ich sah, daß er verfallen war und zu nichts nutze und daß niemand darin sitzen konnte; ja, er war wirklich seinem Ende nahe, und ich habe viel Geld auf ihn verwendet.' Fragt er dich dann weiter, woher du das Geld habest, das du für ihn ausgegeben hast, so sprich: ‚Ich habe es mit meinem eigenen Gelde bezahlt, um mein Antlitz vor dir weiß zu machen und in der Hoffnung auf deine Güte.' Dann wird er dir sicherlich ein Geschenk machen im Werte dessen, was ich für den Bau ausgegeben habe. Morgen will ich die Baumeister und Gipser und Maler senden, damit sie diese Stätte wieder herrichten, und ich gebe dir jetzt, was ich dir zugedacht habe.' Dann zog er einen Beutel mit fünfhundert Dinaren aus der Tasche und sprach zu dem Alten: ‚Nimm diese Goldstücke und gib sie für die Deinen aus und laß sie für mich und für diesen meinen Sohn beten!' Der Prinz aber fragte den Wesir: ‚Was ist der Sinn all dessen?' Und jener antwortete ihm: ‚Der Ausgang wird dir bald offenbar werden.' – –«

Da bemerkte Schehrezâd, daß der Morgen begann, und sie hielt in der verstatteten Rede an. Doch als die *Siebenhundertundsechsundzwanzigste Nacht* anbrach, fuhr sie also fort: »Es ist mir berichtet worden, o glücklicher König, daß der Wesir dem alten Hüter, der in dem Garten war, die fünfhundert Dinare gab und zu ihm sprach: ‚Nimm diese Goldstücke und gib sie für die Deinen aus und laß sie für mich und diesen meinen Sohn beten!' Wie der Alte all das Gold erblickte, ward er wie von Sinnen, er warf sich dem Wesir vor die Füße und küßte sie und rief den Segen des Himmels herab auf ihn und auf seinen Sohn. Als sie sich dann zum Gehen wandten, sprach er zu ihnen: ‚Ich werde morgen auf euch warten; bei Allah dem Erhabenen, es soll zwischen uns keine Trennung mehr geben, weder bei Tag noch bei Nacht.'

Am nächsten Morgen begab sich der Wesir an die Stätte der Bauleute und forschte nach ihrem Meister. Als der zu ihm gekommen war, führte er ihn zu dem Garten. Kaum erblickte der Gärtner ihn, so zeigte er sich hocherfreut. Darauf gab der Wesir ihm den Preis für die Verpflegung der Bauleute und für alles, was sie zum Wiederaufbau jenes Pavillons nötig hatten. Und die Leute bauten, verkleideten mit Gips und malten. Nun sprach der Minister zu den Malern: ‚Ihr Meister, höret meine Rede an und verstehet meinen Wunsch und Plan! Wisset, ich habe einen Garten, diesem gleich, und ich schlief dort eines Nachts. Da sah ich im Traume, wie ein Vogelsteller sein Netz aufschlug und rings darum Weizenkörner streute. Bald kamen die Vögel dort zuhauf und pickten nach den Körnern, und ein Täuber fiel in das Netz. Erschrocken flogen die anderen Vögel davon, und unter ihnen war auch sein Weibchen. Doch jenes Weibchen blieb nur eine kurze Weile fort; dann kehrte es allein zu ihm zurück und pickte an der Masche, in die sich der

Fuß des Männchens gefangen hatte, so lange herum, bis es ihn befreit hatte, so daß er fortfliegen konnte. Der Vogelsteller aber schlief gerade zu der Zeit; und als er aus seinem Schlummer erwachte, sah er, wie das Netz durchlöchert war. So besserte er es aus und streute von neuem Weizenkörner; dann setzte er sich abseits nieder und wartete, bis die Beute ihm in das Netz fiele. Wiederum flogen die Vögel herbei, um die Körner aufzupicken. Auch der Täuber und die Taube kamen mit den anderen Vögeln. Da aber verfing sich die Taube im Netz; alle Vögel flogen sofort auf und davon, unter ihnen auch der Täuber, und der kehrte nicht zu seinem Weibchen zurück. Nun erhob sich der Vogelsteller, ergriff die Taube und schlachtete sie. Das Männchen jedoch ward, als es mit den anderen Vögeln davongeflogen war, von einem Raubvogel gepackt, und der tötete es, trank sein Blut und fraß sein Fleisch. Jetzt wünsche ich, daß ihr mir diesen ganzen Traum im Bilde darstellt, wie ich ihn euch erzählt habe, und zwar mit schönen Farben. Malet also ein schönes Abbild des Gartens mit seinen Mauern und Bäumen und Vögeln, und stellet darin den Vogelsteller dar und sein Netz und das, was dem Täuber geschah durch den Raubvogel, als der ihn packte! Wenn ihr das tut, was ich euch gesagt habe, und wenn es mir gefällt, nachdem ich es gesehen habe, so werde ich euch ein Geschenk machen, das euer Herz erfreut, über euren Lohn hinaus.' Als die Maler diese Worte von ihm vernommen hatten, machten sie sich mit Eifer an die Arbeit und vollendeten sie in meisterhafter Art. Und wie das Werk ganz vollbracht war, zeigten sie es dem Wesir; es gefiel ihm, und er sah, daß die Darstellung des Traumes ganz genau so war, wie er ihn den Malern beschrieben hatte. Deshalb dankte er ihnen und gab ihnen reiche Geschenke. Bald darauf kam der Prinz nach seiner Gewohnheit und trat in den Pavillon ein, ohne zu wissen, was der Wesir getan hatte. Wie er aber dort um sich blickte, sah er das Bild des Gartens, des Vogelstellers mit dem Netze und den Vögeln und des Täubers in den Krallen des Raubvogels, der ihn gerade getötet hatte und nun sein Blut trank und sein Fleisch fraß. Da war er ratlos vor Staunen, und er eilte zu dem Wesir zurück und rief: ‚O Wesir, du der trefflichen Ratgeber Zier, ich habe heute ein Wunder gesehen, würde man das mit Nadeln in die Augenwinkel schreiben, so würde es allen, die sich belehren lassen, ein lehrreiches Beispiel bleiben.' ‚Was ist denn das, hoher Herr?' fragte der Wesir; und der Prinz fuhr fort: ‚Habe ich dir nicht von dem Traume berichtet, den die Prinzessin gesehen hat und der die Ursache ihres Hasses wider die Männer war?' ‚Jawohl', erwiderte der Minister; und nun sagte der Königssohn: ‚Bei Allah, o Wesir, ich habe ihn im Bilde unter anderen Malereien dargestellt gesehen, und es war mir, als schaute ich ihn mit eigenen Augen. Aber ich habe dabei noch etwas anderes entdeckt, was der Prinzessin verborgen geblieben ist, so daß sie es nicht gesehen hat, und gerade dies ist es, worauf ich vertraue, daß ich meines Wunsches Erfüllung noch schaue.' ‚Und was ist das?' fragte der Wesir; der Prinz erwiderte: ‚Ich sah, daß der Täuber, der sein Weibchen verließ, als sie ins Netz gefallen war, und nicht zu ihr zurückkehrte, von einem Raubvogel gepackt war, der ihn getötet hatte und sein Blut trank und sein Fleisch fraß. Ach, hätte doch die Prinzessin den ganzen Traum gesehen! Hätte sie doch nur die Geschichte bis zu Ende miterlebt und geschaut, wie den Täuber der Raubvogel packte, und so erkannt, daß dies der Grund war, weshalb er nicht zu seinem Weibchen zurückkehrte und es nicht aus dem Netze befreite!' Darauf sagte der Wesir: ‚O glücklicher König, bei Allah, das ist ein merkwürdig Ding, eine gar seltene Begebenheit.' Der Prinz aber wunderte sich immer noch über dies Gemälde und war traurig, weil die Prinzessin den Traum nicht bis zu Ende gesehen hatte. Und er sprach bei sich selber: ‚Hätte sie doch nur dies alles bis zum letzten geschaut, oder möchte sie bei einem zweiten Male das Ganze sehen, sei es auch in dunklen Traumbildern!' Nun hub der Wesir an: ‚Du fragtest mich, weshalb ich diesen Pavillon wieder aufbauen wolle; und ich antwortete dir, der Ausgang werde dir bald offenbar werden. Siehe, jetzt hat sich der Ausgang davon dir offenbart! Ich bin es, der dies alles getan hat, ich habe den Malern befohlen, den Traum abzubilden und das Männchen in den Krallen des Raubvogels darzustellen, wie er es tötet und sein Blut trinkt und sein Fleisch frißt. Nun wird die Prinzessin, wenn sie hierher kommt und dies Gemälde erblickt, darin das Abbild ihres Traumes erkennen und wird sehen, wie dieses Männchen von dem Raubvogel getötet wurde; und dann wird sie keine Schuld an ihm finden und von ihrem Hasse wider die Männer ablassen.' Kaum hatte der Prinz diese Worte vernommen, da küßte er dem Wesir die Hände, dankte ihm für seine Tat und sprach zu ihm: ‚Deinesgleichen sollte der Minister des allergrößten Königs sein. Bei Allah, wenn ich mein Ziel erreiche und froh zum König heimkehre, so will ich ihm dies alles berichten, auf daß er dir noch größere Ehrungen weiht, deinen Rang erhöht und sein Ohr deinen Worten leiht.' Da küßte der Wesir seine Hand, und dann gingen die beiden zu dem alten Gärtner und sprachen zu ihm: ‚Schau auf die Stätte dort und sieh, wie schön sie ist!' Der Alte erwiderte: ‚Das alles ist das Verdienst Eurer Hoheit.' Darauf sprachen sie zu ihm: ‚Alterchen, wenn die Besitzer dieser Stätte dich über den Neubau des Pavillons befragen, so antworte ihnen: ‚Ich habe ihn mit meinem eigenen Gelde neu gebaut', auf daß dir dadurch Glück und Gunst zuteil werde.' ,Ich höre und gehorche!' erwiderte jener. Und der Prinz besuchte den Alten immerfort. So stand es damals um den Wesir und den Prinzen.

Hören wir nun, wie es Hajât en-Nufûs erging! Als die Briefe und die Botschaften nicht mehr zu ihr kamen und auch die Alte ihr fern war, kam große Freude über sie, und sie glaubte, daß der Jüngling in seine Heimat zurückgekehrt sei. Eines Tages aber brachte man ihr eine verhüllte Schüssel von ihrem Vater; und sie deckte sie auf und fand auf ihr schöne Früchte. Da fragte sie: ,Ist die Zeit dieser Früchte schon gekommen?' Und als man ihr antwortete: ,Jawohl', rief sie: ,Möchten wir uns doch bereit machen, uns in dem Garten zu ergehen!' – –«

Da bemerkte Schehrezâd, daß der Morgen begann, und sie hielt in der verstatteten Rede an. Doch als die *Siebenhundertundsiebenundzwanzigste Nacht* anbrach, fuhr sie also fort: »Es ist mir berichtet worden, o glücklicher König, daß die Prinzessin, als ihr Vater ihr die Früchte geschickt hatte, fragte: ,Ist die Zeit dieser Früchte schon gekommen?' Und als man ihr antwortete: ,Jawohl', rief sie: ,Möchten wir uns doch bereit machen, uns in dem Garten zu ergehen!' ,Hohe Herrin,' erwiderten ihre Dienerinnen, ,das ist ein herrlicher Plan; bei Allah, wir sehnen uns schon lange nach dem Garten dort!' Doch sie fuhr fort: ,Wie sollen wir es jetzt machen? Sonst führte uns in jedem Jahre immer nur meine Amme in dem Garten umher und zeigte uns all die verschiedenen Bäume und Pflanzen. Aber ich habe sie geschlagen und von mir gewiesen. Jetzt bereue ich, was ich ihr angetan habe; denn sie ist doch immerhin meine Amme, und sie hat das Recht der Pflegerin an mir. Allein es gibt keine Macht und es gibt keine Majestät außer bei Allah, dem Erhabenen und Allmächtigen!' Als die Dienerinnen diese Worte aus dem Munde der Prinzessin vernahmen, eilten sie alle herbei und küßten den Boden vor ihr, und dann riefen sie: ‚Um Allahs willen, hohe Herrin, verzeih ihr und entbiete sie zu dir!' ‚Bei Allah,' erwiderte sie, ‚ich bin dazu entschlossen; aber wer von euch will zu ihr gehen? Ich habe auch schon ein prächtiges Ehrengewand für sie bereit gelegt.' Da traten zwei Dienerinnen vor; die eine hieß Bulbul[1], die andere aber Sawâd el-'Ain.[2] Sie waren die Ersten unter den Kammerfrauen der Prinzessin und ihre Vertrauten, und sie waren schön und anmutig. Die beiden sprachen: ‚Wir wollen zu ihr gehen, o Prinzessin!' Und sie erwiderte: ‚Tut, was euch gut dünkt!' Nun begaben sie sich zum Hause der Amme, pochten an ihre Tür und traten zu ihr ein. Kaum hatte jene die beiden erkannt, so eilte sie ihnen mit offenen Armen entgegen und hieß sie willkommen. Nachdem sie dann eine Weile bei ihr gesessen hatten, sprachen sie zu ihr: ‚Liebe Amme, die Prinzessin hat dir verziehen, und sie nimmt dich wieder in Gnaden an.' Doch die Amme entgegnete: ‚Das kann nie sein, und müßte ich auch den Becher des Verderbens trinken! Denkt sie denn nicht mehr daran, wie sie mich vor denen, die mich lieben, und vor denen, die mich hassen, beschimpft hat, damals, als meine Kleider von Blut besudelt waren und ich so heftig geschlagen wurde, daß ich fast zu Tode kam? Und wie man mich darauf an den Füßen schleppte wie einen toten Hund und mich vor die Türe warf? Bei Allah, ich kehre nie und nimmer zu ihr zurück! Ihr Anblick soll nie mehr in meine Augen kommen!' Da sagten die beiden Dienerinnen: ‚Mach unsere Mühe um dich nicht zuschanden! Wo bliebe dann deine Höflichkeit gegen uns? Bedenke doch, wer sich auf den Weg zu dir gemacht hat und bei dir eingetreten ist! Kannst du etwa jemanden verlangen, der höher als wir in Ansehen bei der

1. Nachtigall. – 2. Das Schwarze des Auges.

Prinzessin steht?' ,Gott behüte!' gab die Alte zur Antwort; ,ich weiß ja, daß meine Stellung geringer ist als eure. Wäre die Prinzessin es nicht selbst gewesen, die meinen Rang bei ihren Kammerfrauen erhöhte, dann wäre sogar die Vornehmste unter ihnen, wenn ich ihr zürnte, fast in ihrer Haut erstorben.' Die beiden sagten darauf: ,Alles ist, wie es war; gar nichts ist verändert. Ja, es ist noch besser als zuvor; denn die Prinzessin demütigt sich selbst vor dir und sucht die Versöhnung ohne Vermittler.' ,Bei Allah,' erwiderte die Alte, ,wenn ihr nicht zu mir gekommen wäret, so wäre ich nie zu ihr zurückgekehrt, und hätte sie auch befohlen, mich zu töten!' Dafür dankten ihr die beiden; sie aber legte alsbald ihre Gewänder an und ging mit den Dienerinnen hinaus; und alle schritten ihres Weges dahin, bis sie zur Königstochter eintraten. Kaum aber hatte die Prinzessin sie hereinkommen sehen, da sprang sie auf; und die Amme rief ihr zu: ,Allah! Allah! O Königstochter, war die Schuld mein oder dein?' ,Die Schuld war mein,' gab jene zur Antwort, ,dein aber ist das Verzeihen und Vergeben. Bei Allah, liebe Amme, du stehst bei mir in hohem Ansehen, und du hast das Recht der Pflegerin an mir. Aber du weißt, daß Allah, der Gepriesene und Erhabene, Seinen Geschöpfen viererlei zuerteilt hat: die Sinnesart, das Leben, das tägliche Brot und den Tod. Es steht in keines Menschen Macht, Gottes Ratschluß abzuwenden. Ich war nicht Herrin meiner selbst, und ich konnte damals auch nicht wieder zu mir kommen; doch jetzt, liebe Amme, bereue ich, was ich getan habe.' Nun schwand der Zorn der Alten, und sie ging hin und küßte den Boden vor der Prinzessin. Die aber ließ ein kostbares Ehrengewand bringen und warf es ihr über, so daß sie eine hohe Freude empfand, während alle die Sklaven und Dienerinnen vor ihr standen. Nachdem so das Zusammentreffen zu einem guten Ende geführt hatte, fragte die Prinzessin: ‚Liebe Amme, wie steht es mit den Früchten und den Bäumen in unserem Garten?' Die Alte erwiderte: ‚Bei Allah, meine Herrin, ich habe schon fast alle Früchte in der Stadt gesehen; ich will aber noch heute mich danach umschauen und dir Antwort bringen.' So ging sie denn fort, mit Ehren überhäuft, und begab sich zu dem Prinzen; der empfing sie mit offenen Armen, freute sich über ihr Kommen und war heiteren Gemüts, da er sich schon so lange nach ihrem Anblick gesehnt hatte. Und nun erzählte sie ihm alles, was sich zwischen ihr und der Prinzessin zugetragen hatte, und daß ihre Herrin die Absicht habe, an demunddem Tage in den Garten hinunterzugehen. – –«

Da bemerkte Schehrezâd, daß der Morgen begann, und sie hielt in der verstatteten Rede an. Doch als die *Siebenhundertundachtundzwanzigste Nacht* anbrach, fuhr sie also fort: »Es ist mir berichtet worden, o glücklicher König, daß die Alte, nachdem sie zu dem Prinzen gekommen war und ihm erzählt hatte, was zwischen ihr und der Prinzessin Hajât en-Nufûs vorgegangen war, und daß sie an demunddem Tage in den Garten hinuntergehen werde, des weiteren zu ihm sprach: ‚Hast du auch getan, was ich dir empfohlen habe in bezug auf den Wächter des Gartens, und ist ihm schon etwas von deiner Güte zuteil geworden?' ‚Jawohl,' gab er ihr zur Antwort, ‚er ist mein Freund geworden, sein Weg ist mein Weg, und er sähe es gern, wenn ich ein Anliegen an ihn hätte.' Dann berichtete er ihr, was von seiten des Wesirs geschehen war und wie er den Traum, den die Prinzessin gesehen hatte, nämlich die Geschichte mit dem Vogelsteller und dem Netz und dem Raubvogel, hatte malen lassen. Wie die Alte das hörte, war sie hocherfreut, und sie sprach zu ihm: ‚Um Allahs willen, schließe den Wesir eng in dein Herz; denn sein Tun zeugt von der Schärfe seines Verstandes, und er hat dir zum Ziele deiner Wünsche verholfen. Mache dich sogleich auf, mein Sohn, begib dich ins Bad und lege deine prächtigsten Gewänder an; wir könnten keinen besseren Plan haben als diesen! Dann geh zum Wächter und suche ihn durch irgendeinen Vorwand zu bewegen, daß er dich die Nacht im Garten zubringen läßt! Er würde, auch wenn er so viel Gold erhielte, wie die Erde zu fassen vermag, jetzt doch niemandem den Eintritt in den Garten gestatten. Bist du dann aber drinnen, so verbirg dich, so daß kein Auge dich sehen kann, und bleib verborgen, bis du mich rufen hörst: ‚O du, dessen Güte sich im Verborgenen enthüllt, rette uns vor dem, was uns mit Furcht erfüllt!' Dann tritt hervor aus deinem Versteck und zeige deine Schönheit und Anmut – doch bleib von den Bäumen überdacht, da deine Schönheit die Monde zuschanden macht –, bis daß die Prinzessin Hajât en-Nufûs dich erblickt und ihr Herz und ihr ganzes Innere von der Liebe zu dir erfüllt wird. Dann wirst du das Ziel deiner Wünsche erreichen, und all dein Gram wird von dir weichen.' ‚Ich höre und gehorche!' sprach der Jüngling und holte für sie einen Beutel mit tausend Dinaren; sie nahm ihn aus seiner Hand entgegen und ging davon. Der Prinz aber machte sich alsobald auf, ging ins Bad und erquickte seinen Leib; dann kleidete er sich in die prächtigsten Gewänder der Perserkönige und legte sich einen Gürtel um, auf dem alle Arten der kostbarsten Edelsteine vereinigt waren. Um sein Haupt wand er einen Turban, der mit Fäden von rotem Golde durchwirkt und mit Perlen und Juwelen bestickt war. Seine Wangen waren den Rosen gleich, seine Lippen roten Glanzes reich; seine Augen schienen die einer Gazelle zu sein, und er wiegte sich wie trunken von Wein. Er war erfüllt von Schönheit und Lieblichkeit, und die Zweige wurden beschämt von seines Wuchses zarter Ebenmäßigkeit. In seine Tasche tat er einen Beutel mit tausend Dinaren, und dann schritt er fort, bis er zum Garten gelangte. Dort pochte er an die Tür; der Wächter antwortete ihm und öffnete ihm das Tor. Wie der den Prinzen erblickte, war er hocherfreut und begrüßte ihn mit dem ehrfürchtigsten Gruße. Aber er entdeckte, daß des Prinzen Antlitz bewölkt war, und so fragte er ihn nach seinem Ergehen. Jener gab ihm zur Antwort: ‚Wisse, o Scheich, ich bin meinem Vater teuer, und noch nie hat er seine Hand an mich gelegt bis auf diesen Tag; heute aber kam es zwischen mir und ihm zu Worten, und da schalt er mich und schlug mich ins Gesicht, ja, er hieb sogar mit dem Stock auf mich ein und trieb mich fort. Nun habe ich keinen Freund hier, und ich bin in Sorge um der Unbeständigkeit des Schicksals willen; du weißt ja, daß der Zorn der Eltern kein leichtes Ding ist. Deshalb bin ich zu dir gekommen, mein lieber Oheim, da du mit meinem Vater bekannt bist, und ich bitte dich, sei so gütig und laß mich bis zum Ende des Tages in dem Garten weilen, oder vielleicht auch die Nacht hier zubringen, bis Allah den Frieden zwischen mir und meinem Vater wiederherstellt!‘ Wie der Alte diese Worte von ihm vernahm, war er betrübt ob dessen, was zwischen Vater und Sohn sich begeben hatte, und er sprach: ‚Mein Gebieter, willst du mir erlauben, daß ich zu deinem Vater gehe und bei ihm eintrete und die Ursache der Versöhnung zwischen euch werde?‘ Doch der Jüngling erwiderte: ‚Mein Oheim, wisse, mein Vater hat eine ungeduldige Sinnesart, und wenn du ihm wegen der Versöhnung nahest, während er in der Hitze seines Zornes ist, so kümmert er sich nicht um dich.‘ ‚Ich höre und gehorche!‘ sagte darauf der Alte, ‚doch, hoher Herr, komm mit mir in mein Haus, ich möchte dich bei meinen Kindern und den meinen nächtigen lassen; daraus kann uns niemand einen Vorwurf machen.' Aber der Prinz entgegnete ihm: ‚Lieber Oheim, ich muß allein sein, wenn ich zornig bin.' Da sprach der Gärtner: ‚Es kommt mir schwer an, wenn du allein in dem Garten schläfst, wo ich doch ein Haus habe.' Doch der Jüngling erwiderte: ‚Mein Oheim, ich habe dabei das Ziel im Auge, daß die Sorge meines Geistes von mir weiche; und ich weiß auch, daß ich gerade hierdurch meines Vaters Gunst wiedergewinne und mir sein Herz geneigt machen kann.' Nun sagte der Scheich: ‚Wenn es denn nicht anders möglich ist, so will ich dir einen Teppich holen, auf dem du schlafen, und eine Decke, mit der du dich zudecken kannst.' Als der Prinz ihm antwortete: ‚Mein Oheim, das mag gern geschehen', öffnete der Alte ihm die Gartentür und holte ihm Teppich und Decke, ohne zu wissen, daß die Prinzessin den Garten besuchen wollte.

Wenden wir uns nun von dem Prinzen wieder zu der Amme! Die war inzwischen zu der Prinzessin zurückgekehrt und hatte ihr berichtet, daß die Früchte auf den Bäumen reif seien. Da sagte jene zu ihr: ‚Liebe Amme, geh morgen mit mir zum Garten hinunter, um zu lustwandeln, so Allah der Erhabene will! Schicke also zum Wächter und laß ihm sagen, daß wir morgen bei ihm im Garten sein werden!' Da sandte die Amme dem Gärtner die Nachricht, daß die Prinzessin am nächsten Tage zu ihm in den Garten kommen werde und daß er weder Wasserträger[1] noch Tagelöhner im Garten belassen noch auch irgendeins von Allahs Geschöpfen hereintreten lassen solle. Als ihm diese Botschaft der Prinzessin ausgerichtet war, brachte er die Wasserläufe in Ordnung; dann suchte er den Jüngling auf und sprach zu ihm: ‚Die Tochter des Königs ist ja die Herrin dieses Gartens. Und nun, mein Gebieter, muß ich dich um

---

1. Im Urtext steht ‚Händler', doch wahrscheinlich verderbt aus dem im Arabischen ihm sehr ähnlichen obigen Worte. –

Vergebung bitten. Gewißlich ist diese Stätte deine Stätte, und ich lebe nur durch deine Güte; aber meine Zunge liegt unter meinem Fuße.[1] So tu ich dir denn zu wissen, daß die Fürstin Hajât en-Nufûs morgen mit Tagesanbruch in den Garten kommen will; und sie hat Befehl gegeben, ich solle niemanden hier lassen, der sie sehen könnte. Und darum muß ich dich bitten, du wollest gütigst heute den Garten verlassen. Die Prinzessin bleibt nur an diesem einen Tage hier, und zwar bis zur Zeit des Nachmittagsgebetes; sonst aber steht er dir zur Verfügung immerdar, alle Monate und jedes Jahr.' Darauf fragte der Prinz: ‚Alterchen, bist du vielleicht durch uns in Verlegenheit geraten?' ‚Nein, bei Allah, mein Gebieter,' erwiderte jener, ‚durch dich ist uns nur Ehre widerfahren!' Und der Prinz fuhr fort: ‚Wenn es so ist, so soll dir auch hinfort von uns immer nur Gutes zuteil werden. Ich will mich hier im Garten verbergen, so daß niemand mich sieht, bis die Prinzessin wieder zu ihrem Schlosse geht.' Aber der Gärtner wandte ein: ‚Hoher Herr, wenn sie nur den Schatten eines Wesens von den Geschöpfen Allahs des Erhabenen sieht, so schlägt sie mir den Kopf ab.' – –«

Da bemerkte Schehrezâd, daß der Morgen begann, und sie hielt in der verstatteten Rede an. Doch als die *Siebenhundertundneunundzwanzigste Nacht* anbrach, fuhr sie also fort: »Es ist mir berichtet worden, o glücklicher König, daß der Prinz, als der Scheich einwandte: ‚Wenn die Prinzessin nur den Schatten eines Wesens sieht, so schlägt sie mir den Kopf ab', ihm entgegnete: ‚Ich werde mich ganz gewiß von keinem einzigen sehen lassen. Aber ohne Zweifel fehlt es dir heute an Geld für die Bedürfnisse der Deinen.' Und er steckte seine Hand in den Beutel und holte fünfhundert Dinare daraus hervor; dann

---

1. Das ist: ich muß als Diener gehorchen.

sprach er: ‚Nimm dies Gold und gib es für die Deinen aus, damit dein Herz sich über sie beruhigt.' Wie der Alte das Gold sah, schien ihm sein Leben ein leichtes Ding, und nachdem er dem Prinzen eingeschärft hatte, sich im Garten nicht zu zeigen, ließ er ihn dort sitzen. So weit von Gärtner und Prinz.

Sehen wir nun, was die Prinzessin tat! Als der nächste Tag anbrach, kamen die Eunuchen zu ihr herein, und sie befahl, die geheime Tür zu öffnen, die in den Garten mit dem Pavillon führte. Dann legte sie ein königliches Gewand an, das mit Perlen und Juwelen und Edelsteinen besetzt war; darunter aber trug sie ein zartes Hemd, das mit Rubinen bestickt war. Unter alledem aber war etwas verborgen – das vermag keine Zunge zu beschreiben, das läßt den Verstand ratlos stehen bleiben, das kann durch Liebe den Feigling zu tapferen Taten treiben. Auf dem Haupte trug sie eine Krone aus rotem Golde, die mit Perlen und Edelsteinen besetzt war; und stolz schritt sie einher auf Stelzschuhen aus rotem Golde, die mit frischen Perlen und allerlei edlen Steinen übersät waren. Nun legte sie ihre Hand auf die Schulter der Alten und gab Befehl, durch die geheime Tür hinauszugehen. Doch die Alte hatte schon in den Garten geschaut und entdeckt, daß er voll war von Eunuchen und Dienerinnen, die von den Früchten aßen und das Wasser trübten, während sie an den Bächen saßen, und denen es an jenem Tage gefiel, sich zu vergnügen mit Kurzweil und Spiel. Und sie sprach zu der Prinzessin: ‚Du bist doch reich an Einsicht und hast einen vollkommenen Verstand, und daher weißt du, daß du diese Dienerschaft nicht in dem Garten brauchst. Gingest du aus dem Schlosse deines Vaters hinaus auf die Straße, so müßten sie dich um deiner Ehre willen geleiten; aber jetzt, meine Gebieterin, gehst du durch die geheime Pforte in den Garten, wo dich keines von den Geschöpfen Allahs des Erhabenen sehen kann.' ‚Du hast recht, liebe Amme,' erwiderte die Prinzessin, ‚doch was sollen wir tun?' Da sprach die Alte zu ihr: ‚Befiehl den Eunuchen, zurückzukehren! Ich sage dir das nur aus Ehrfurcht vor dem König.' Als die Prinzessin den Eunuchen diesen Befehl gegeben hatte, hub die Amme wieder an: ‚Es sind doch noch einige Eunuchen übrig, die vielleicht auf Übles im Lande sinnen; schick sie auch fort und behalt nur zwei Sklavinnen bei dir, mit denen wir uns vergnügen können!' Als die Amme nun sah, daß ihrer Herrin das Herz leicht ward, und daß ihr die Stunde gefiel, sprach sie: ‚Jetzt haben wir schon einen schönen Anblick gehabt; drum auf, laß uns in den Garten gehen!' Da machte die Prinzessin sich auf, legte ihre Hand auf die Schulter der Amme und trat durch die geheime Tür ein. Die beiden Sklavinnen gingen vor ihr her; sie selbst aber machte Scherze über sie und schritt in ihren schönen Gewändern mit wiegendem Gange einher. Auch die Amme schritt vor ihr dahin und zeigte ihr die Bäume und gab ihr von den Früchten zu essen, während ihr Weg sie von Ort zu Ort führte. Und so zog sie immer weiter, bis sie zu jenem Pavillon gelangte. Als die Prinzessin ihn anschaute, entdeckte sie, daß er wieder neu war; und so sprach sie zu der Alten: ‚Liebe Amme, siehst du nicht den Pavillon dort? Seine Pfeiler sind ja wieder aufgebaut, und seine Wände sind getüncht!' ‚Bei Allah, meine Gebieterin,' erwiderte die Alte, ‚ich habe davon reden hören, daß der Gärtner von einigen Kaufleuten Stoffe erhalten und sie verkauft hat, und daß er für den Erlös Ziegel und Mörtel und Gips und Bausteine und anderes der Art erstanden hat. Und da habe ich ihn gefragt, was er damit getan habe. Er antwortete mir, er habe damit den Pavillon aufgebaut, der in Trümmern lag. Und dann fügte er hinzu: ‚Die Kaufleute verlangten von mir das Geld, das ich ihnen dafür schuldete; aber ich sagte ihnen, sie sollten warten, bis die Prinzessin in den Garten käme; wenn sie den Bau sähe, würde er ihr gefallen, und wenn sie dann fortginge, würde ich von ihr so viel erhalten, wie sie mir zu geben geruhen würde, und danach würde ich ihnen bezahlen, was ihnen gebühre.' Als ich ihn weiter fragte, was ihn dazu veranlaßt habe, erwiderte er mir: ,Ich sah doch, wie der Bau eingestürzt war, wie seine Pfeiler zusammengefallen und sein Gips abgeblättert war. Und da ich sah, daß keiner den Mut hatte, den Bau zu erneuern, so borgte ich mir das Geld auf eigene Rechnung und baute wieder auf. Nun hoffe ich, daß die Prinzessin an mir handeln wird, wie es ihrer Würde ansteht.' Ich antwortete ihm, die Prinzessin sei ganz Güte und Huld. Er hat ja auch dies alles nur in der Hoffnung auf deine Güte getan.' Da sagte die Prinzessin: ,Bei Allah, er hat aus Edelmut den Bau vollendet, er hat getan, was hochherzige Menschen tun. Rufe mir die Schatzmeisterin!' Die Amme rief die Schatzmeisterin, und die erschien alsbald vor der Tochter des Königs. Jene befahl ihr, sie solle dem Gärtner zweitausend Dinare geben; und nun schickte die Alte einen Boten zu dem Gärtner. Als der Bote zu ihm kam, sprach er: ,Dir liegt ob, dem Rufe der Fürstin zu folgen!' Doch wie der Gärtner diese Worte aus dem Munde des Boten vernahm, begann er an allen Gliedern zu zittern, und seine Kraft verließ ihn. Denn er sagte sich: ,Ohne Zweifel hat die Prinzessin den Jüngling gesehen. Und dies wird heute für mich der unseligste Tag sein!' In solchen Gedanken schlich er sich fort, bis er zu seinem Hause kam; dort tat er seiner Frau und seinen Kindern kund, was geschehen war, gab ihnen seine letzten Aufträge und nahm Abschied von ihnen; und alle weinten um ihn. Dann kehrte er zurück und trat vor die Prinzessin hin; dabei war sein Gesicht so gelb wie Safran, und er wäre beinahe der

Länge nach auf den Boden gestürzt. Die Alte erkannte, wie es um ihn stand, und so kam sie ihm mit ihren Worten zuvor, indem sie sprach: ‚Alterchen, küsse den Boden aus Dank gegen Allah den Allmächtigen und bete flehentlich um Gottes Segen für die Prinzessin. Ich habe ihr erzählt, wie sehr du dich bemüht hast durch den Wiederaufbau des verfallenen Schlosses; darüber hat sie sich gefreut, und sie schenkt dir als Lohn dafür zweitausend Dinare. Nimm die nun von der Schatzmeisterin entgegen, bete für deine Herrin und küsse den Boden vor ihr und gehe deiner Wege!' Als der Gärtner diese Worte der Amme vernommen hatte, nahm er die zweitausend Dinare hin, küßte den Boden vor der Prinzessin und flehte den Segen des Himmels auf ihr Haupt herab. Darauf eilte er zu seiner Wohnung zurück, und die Seinen freuten sich und segneten ihn, der die erste Ursache von alledem gewesen war. – –«

Da bemerkte Schehrezâd, daß der Morgen begann, und sie hielt in der verstatteten Rede an. Doch als die *Siebenhundertunddreißigste Nacht* anbrach, fuhr sie also fort: »Es ist mir berichtet worden, o glücklicher König, daß der alte Wärter, nachdem er die zweitausend Goldstücke von der Prinzessin erhalten hatte, zu seiner Wohnung zurückeilte, und daß die Seinen sich freuten und ihn segneten, der die erste Ursache von alledem gewesen war.

Wenden wir uns nun von dem Gärtner wieder zu der Alten! Die sagte: ‚Hohe Herrin, diese Stätte ist wirklich prächtig geworden. Ich habe noch nie ein solches Schneeweiß gesehen wie diese Gipsverkleidung, noch auch so schöne Malereien wie die dort. Nun will ich doch einmal schauen, ob er die Innenseite ebenso ausgebessert hat wie die Außenseite, oder ob er nur die Außenseite weiß gemacht, das Innere aber schwarz gelassen hat. Komm, laß uns hineingehen und betrachten, wie es drinnen aussieht!' So ging denn die Amme hinein, und die Prinzessin folgte ihr nach. Da entdeckten sie, daß die Innenseite aufs schönste bemalt und verziert war. Die Prinzessin schaute nach rechts und nach links und schritt so bis zum oberen Ende der Estrade dahin; dort richtete sie ihren Blick auf die Wand und ließ ihn lange darauf verweilen. Die Alte erkannte, daß ihrer Herrin Auge auf der Abbildung des Traumes ruhte, und sie führte die beiden Dienerinnen fort, auf daß die sie nicht in ihrer Betrachtung störten. Als die Prinzessin aber das ganze Gemälde, das ihren Traum darstellte, angeschaut hatte, wandte sie sich voller Staunen nach der Alten um, schlug die eine Hand auf die andere und rief: ‚Liebe Amme, komm, schau dir ein wundersam Ding an! Ja, würde man dies mit Nadeln in die Augenwinkel schreiben, es würde allen, die sich belehren lassen, ein lehrreiches Beispiel bleiben.' ‚Was ist denn das, meine Gebieterin?' fragte die Alte; und die Prinzessin gab ihr zur Antwort: ‚Geh hinein bis zum oberen Ende der Estrade, schau dort um dich, und was du dann siehst, das sage mir!' Da ging die Alte hinein, betrachtete die Abbildung des Traumes, kehrte staunend zurück und sprach: ‚Bei Allah, meine Herrin, das ist ja das Bild des Gartens und des Vogelstellers und des Netzes und alles dessen, was du im Traume gesehen hast! Wahrlich, ein großes Hindernis hielt den Täuber davon zurück, nachdem er fortgeflogen war, wieder zu seinem Weibchen zu eilen und es aus dem Netz des Vogelstellers zu befreien; denn ich habe ihn in den Fängen eines Raubvogels gesehen, der ihn getötet hat und sein Blut trinkt und sein Fleisch zerreißt und auffrißt. Also das, o meine Gebieterin, war der Grund, weshalb er nicht zu seinem Weibchen zurückkehrte und es nicht aus dem Netze befreite. Aber, hohe Herrin, es ist doch ein Wunder, wie dieser Traum dort abgebildet ist!

Wenn du das tun wolltest, so würde es dir nicht gelingen, ihn so zu schildern. Bei Allah, dies ist etwas so Wunderbares, daß es in den Geschichten verzeichnet werden müßte! Doch, meine Gebieterin, vielleicht haben die Engel, denen die Obhut über die Menschenkinder anvertraut ist, gewußt, wie dem Täuber ein Unrecht geschah, als wir ihn, den Unschuldigen, deshalb tadelten, weil er nicht zurückkehrte; und sie haben sich seiner Sache angenommen und seine Unschuld an den Tag gebracht. Ach, da sehe ich ihn jetzt erst, in diesem Augenblicke, tot in den Krallen des Raubvogels!' ,Liebe Amme,' sagte darauf die Prinzessin, ,dies ist der Vogel, über den ein grausames Verhängnis gekommen ist; und wir haben ihm unrecht getan.' Die Amme aber fuhr fort: ,Hohe Herrin, vor Allah dem Erhabenen begegnen sich die Widersacher. Jetzt, o Gebieterin, ist uns die Wahrheit offenbar geworden, und die Unschuld des Männchens hat sich uns gezeigt. Hätten die Krallen des Raubvogels es nicht gepackt und hätte er es nicht getötet und sein Blut getrunken und sein Fleisch gefressen, so hätte es nicht gesäumt, zu seinem Weibchen zurückzufliegen. Ja, es wäre bald wieder bei seiner Gefährtin gewesen und hätte es aus dem Netze befreit. Aber mit dem Tode ist alles zu Ende. Und bedenke, wie zumal bei den Menschen der Mann selber hungert, um seine Frau zu speisen, wie er sich selber entblößt, um sie zu kleiden; ja, sogar die Seinen erzürnt er, um ihr gefällig zu sein, und er ist seinen Eltern ungehorsam und versagt ihnen, was er ihr gibt! Sie dringt in seine Geheimnisse und verborgenen Gedanken ein, und sie kann sein Fernsein nicht eine einzige Stunde ertragen. Wenn er auch nur eine einzige Nacht nicht bei ihr ist, so schläft ihr Auge nicht; niemand ist ihr teurer als er, und sie liebt ihn mehr als ihre Eltern. Wenn sie ruhen, so halten sie sich eng umschlungen, und er legt seinen

Arm unter ihren Hals und sie den ihren unter seinen Hals, wie der Dichter sagt:

> *Ihr Kissen war mein Arm, ich lag an ihrer Seite*
> *Und sprach zur Nacht: ‚Sei lang!' im hellen Mondesstrahl.*
> *Ach, eine Nacht wie die hat Allah nie erschaffen;*
> *Ihr Anfang war so süß, ihr Ende bittre Qual.*

Dann küßt er sie, und sie küßt ihn. Es wird gar unter anderem von einem König und seiner Gemahlin erzählt, daß er, als sie nach einer Krankheit gestorben war, sich selbst mit ihr begraben ließ, er, der noch in voller Lebenskraft war; so ging er freiwillig in den Tod aus Liebe zu ihr und um der unlöslich engen Gemeinschaft willen, die zwischen ihnen beiden bestand. Es geschah aber auch, daß einmal, als ein König nach einer Krankheit gestorben war und begraben werden sollte, seine Gemahlin zu den Ihren sprach: ‚Lasset mich lebendig mit ihm begraben werden; sonst töte ich mich selbst, und mein Blut kommt über euer Haupt!' Und als sie sahen, daß sie von diesem Entschlusse nicht abließ, gaben sie ihr nach, und sie warf sich zu ihm ins Grab; so übermäßig groß war ihre Liebe und Neigung zu ihm.' Unablässig erzählte die Alte der Prinzessin dergleichen Geschichten von Männern und Frauen, bis der Haß gegen die Männer, den sie in ihrem Herzen trug, geschwunden war. Und wie nun die Alte erkannte, daß die neue Liebe zu den Männern in ihr erstand, sprach sie: ‚Jetzt ist es an der Zeit, daß wir im Garten lustwandeln.' Da gingen die beiden aus dem Pavillon hinaus und schritten unter den Bäumen einher. Eben jetzt wandte der Prinz seinen Blick, und sein Auge fiel auf die Prinzessin; und er sah ihre herrliche Gestalt, ihres Wuchses Ebenmäßigkeit und ihrer Wangen rosenfarben Kleid, ihrer Augen schwarze Pracht und ihrer Anmut Zaubermacht, ihre strahlende Lieblichkeit und unvergleichliche Vollkommenheit. Da verwirrte sich ihm der Verstand, und er konnte seinen Blick nicht von ihr wenden. Die Leidenschaft brachte seine Vernunft zum Wanken, und die Liebe durchbrach in ihm alle Schranken; sein Inneres war nun ihrem Dienste zugewandt, und sein ganzes Wesen war von dem Feuer der Liebe entbrannt. Sein Bewußtsein schwand, und er sank zu Boden von Ohnmacht gebannt. Doch als er wieder zu sich kam, entdeckte er, daß sie seinen Blicken entschwunden und zwischen den Bäumen vor ihm verborgen war. – –«

Da bemerkte Schehrezâd, daß der Morgen begann, und sie hielt in der verstatteten Rede an. Doch als die *Siebenhundertundeinunddreißigste Nacht* anbrach, fuhr sie also fort: »Es ist mir berichtet worden, o glücklicher König, daß Prinz Ardaschîr, der sich im Garten verborgen hatte, die Prinzessin erblickte, als sie mit der Alten dorthin gekommen war und unter den Bäumen einherschritt, und daß er alsbald in Ohnmacht sank, da die Allmacht der Liebe ihn überwältigte. Doch als er wieder zu sich kam, entdeckte er, daß sie seinen Blicken entschwunden und zwischen den Bäumen vor ihm verborgen war. Da seufzte er aus tiefstem Herzen und sprach diese Verse:

Ach, als mein Auge ihre hehre Schönheit schaute,
Ward mir vor heißer Liebesqual das Herze wund.
Da sank ich hin und lag bewußtlos auf der Erde;
Doch der Prinzessin ward von meinem Leid nichts kund.
Sie schritt dahin und brach das Herz des Liebessklaven;
Bei Allah, sei doch mild, erbarm dich meiner Not!
O Herr, laß mich ihr nahn, vereine mich in Freuden
Mit meinem Lieb, eh ich ins Grab hinsinke, tot!
Zehn Küsse geb ich ihr, und aber zehn; und zehn
Soll dann des armen Kranken Wange sich erflehn.

Inzwischen führte die Alte die Königstochter immer weiter im Garten umher, bis sie an die Stätte kam, an der sich der

Prinz befand. Und siehe, da rief sie: ‚O du, dessen Güte sich im Verborgenen enthüllt, rette uns vor dem, was uns mit Furcht erfüllt!' Als nun der Prinz das Merkwort hörte, kam er aus seinem Versteck hervor, und er schritt selbstbewußt und stolz unter den Bäumen dahin, und seine Gestalt beschämte die Zweige; seine Stirn war mit Perlentropfen gekrönt, und seine Wange war gleichwie durch das Abendrot verschönt – o allmächtiger Allah, dem aus Seiner Schöpfung Sein Lob ertönt! Da traf ein Blick der Prinzessin auf ihn, und sie schaute ihn an; und kaum hatte sie ihn gesehen, so ließ sie ihren Blick lange auf ihm verweilen. Sie betrachtete seine Schönheit und Lieblichkeit und seines Wuchses Ebenmäßigkeit, seine Augen, deren Gazellenblick zur Liebe entfachte, und seine Gestalt, die der Weide Zweige zuschanden machte. Er verwirrte ihren Verstand und nahm ihre Seele gefangen, als die Pfeile seiner Augen ihr in das Herze drangen. Und sie sprach zu der Alten: ‚Liebe Amme, wie kommt diese liebliche Jünglingsgestalt hier zu uns dahergewallt?' ‚Wo ist der, meine Gebieterin?' fragte die Alte; und die Prinzessin antwortete: ‚Dort ist er, ganz nah, unter den Bäumen.' Nun wandte die Alte sich nach rechts und links, als wüßte sie nichts von ihm; und sie rief: ‚Wer mag nur dem jungen Manne den Weg zu diesem Garten gewiesen haben?' Hajât en-Nufûs aber erwiderte ihr: ‚Wer kann uns über diesen Jüngling Auskunft geben? Preis sei Ihm, der die Männer erschuf! Doch sag, liebe Amme, kennst du ihn vielleicht?' ‚Hohe Herrin,' gab jene ihr zur Antwort, ‚es ist der Jüngling, der dir durch mich Botschaften schickte.' Da fuhr die Prinzessin fort, die schon ganz versunken war im Meere ihrer Leidenschaft und der sehnenden Liebe Feuerkraft: ‚Ach, liebe Amme, wie schön ist dieser Jüngling! Ja, fürwahr, er ist herrlich anzuschaun! Ich glaube, es gibt auf dem Angesicht der Erde keinen schöneren als ihn.' Wie nun die Alte erkannte, daß die Liebe zu ihm Gewalt über sie gewonnen hatte, sprach sie: ‚Habe ich dir nicht gesagt, meine Gebieterin, daß er ein Jüngling ist, um dessen Angesicht die Schönheit ihren Strahlenkranz flicht?' Die Prinzessin erwiderte ihr: ‚Liebe Amme, die Königstöchter wissen nichts von den Wegen der Welt, noch kennen sie das Wesen derer, die in ihr leben; sie haben mit niemandem Umgang, sie geben nicht und nehmen nicht. Ach, meine Amme, wie kann ich zu ihm gelangen, wie kann ich mich ihm zeigen, was soll ich zu ihm sagen, und was wird er zu mir sagen?' Darauf erwiderte die Alte: ‚Welches Mittel hätte ich jetzt noch in der Hand? Wir sind in dieser Sache jetzt ratlos geworden um deinetwillen.' ‚Liebe Amme,' sagte die Prinzessin, ‚wisse, wenn je ein Mensch vor Leidenschaft starb, so werde ich sterben. Ich bin gewißlich sogleich des Todes so sehr brennt mich das Feuer der Leidenschaft.' Als die Alte diese Worte aus ihrem Munde vernahm und sah, daß die Sehnsucht nach seiner Liebe über sie kam, da hub sie an: ‚Hohe Herrin, daß er zu dir komme, ist unmöglich; und auch du darfst nicht zu ihm gehen, da du noch so jung bist. Doch komm mit mir; ich will dir vorangehen, bis du bei ihm bist! Dann will ich ihn anreden, so daß du dich nicht zu schämen brauchst, und es wird nur einen Augenblick währen, bis Vertrautheit zwischen euch herrscht.' Die Prinzessin erwiderte: ‚Geh vor mir her, denn den Ratschluß Allahs kann keiner zurückweisen!' Nun machten die Amme und die Prinzessin sich auf und begaben sich zu dem Prinzen, der dasaß, als wäre er der Mond in seiner Fülle. Und als sie vor ihm standen, sprach die Alte zu ihm: ‚Schau, o Jüngling, wer vor dir steht! Dies ist die Tochter des größten Königs unserer Zeit, es ist Hajât en-Nufûs. Bedenke ihren Stand und die Ehre, die dir durch ihr

Kommen widerfährt! Erhebe dich aus Ehrfurcht vor ihr und tritt vor sie hin!' Im selbigen Augenblicke sprang der Jüngling auf, ihrer beiden Augen trafen sich, und beide wurden wie trunken ohne Wein. Ja, die Sehnsucht und das Verlangen nach ihm wurden noch stärker in ihr, und die Prinzessin öffnete ihre Arme, und der Prinz tat desgleichen, und beide umarmten sich in heißem Sehnen. Doch Liebe und Leidenschaft überwältigten sie, so daß sie in Ohnmacht sanken und zu Boden fielen und eine lange Weile dort liegen blieben. Die Alte aber, die das Ärgernis der Entdeckung fürchtete, trug die beiden in den Pavillon hinein und setzte sich an der Tür nieder. Dann sprach sie zu den Dienerinnen: ‚Ergreift die Gelegenheit, euch zu ergehen; denn die Prinzessin schläft!' Da ergingen die Sklavinnen sich wieder im Garten. Die beiden Liebenden aber erwachten aus ihrer Ohnmacht, und als sie sich drinnen im Pavillon sahen, sprach der Jüngling: ‚Um Allahs willen, o Herrin der Schönen, ist dies ein Traum oder spukhafter Schaum?' Wiederum sanken sie sich in die Arme und wurden trunken ohne Wein und klagten einander der Liebe Pein. Und der Prinz sprach diese Verse:

> *Die Sonne steigt empor aus ihrem Strahlenantlitz;*
> *Aus ihren Wangen scheint der Abendröte Glanz.*
> *Und wenn sich den Beschauern solches offenbaret,*
> *Verbirgt vor ihm beschämt der Abendstern sich ganz.*
> *Doch wenn aus ihres Munds Gehege ein Blitzen leuchtet,*
> *So bricht der Morgen an, es weicht die dunkle Nacht;*
> *Und wenn ihr schlanker Leib sich biegt und wiegt im Schreiten,*
> *So wird im Weidenlaub der Zweige Neid entfacht.*
> *Ach, mir ist alles gleich, wenn ich nur sie erblicke;*
> *Der Herr des Frühlichts und der Menschen[1] schütze sie!*
> *Sie lieh dem Vollmond einen Teil von ihren Reizen;*

[1] Vgl. die beiden letzten Suren des Korans.

> *Die Sonne wollt ihr gleichen, doch vermocht es nie.*
> *Wie kann die Sonne wohl sich so im Schreiten wiegen?*
> *Wann hat Gestalt und Art so schön der Mondenschein?*
> *Wer tadelt mich, wenn ich in Lieb zu ihr vergehe,*
> *Mag ich ihr ferne weilen oder nahe sein?*
> *Sie ist es, die mit ihrem Blick mein Herz bezwingt –*
> *Was gibt's, das lieberfüllten Herzen Hilfe bringt? – –«*

Da bemerkte Schehrezâd, daß der Morgen begann, und sie hielt in der verstatteten Rede an. Doch als die *Siebenhundertundzweiunddreißigste Nacht* anbrach, fuhr sie also fort: »Es ist mir berichtet worden, o glücklicher König, daß damals, als der Prinz seine Verse beendet hatte, die Prinzessin ihn an ihre Brust zog und seinen Mund und seine Stirn küßte; da kehrte seine Seele in ihn zurück, und nun begann er ihr zu klagen, was er hatte dulden müssen durch die Macht der Liebe und die Gewalt der Leidenschaft und durch der verzehrenden Sehnsucht unendliche Kraft, und was er um ihrer Herzenshärte willen hatte ertragen müssen. Als sie seine Worte vernahm, küßte sie ihm Hände und Füße, und sie enthüllte ihr Haupt, und da war es, als leuchte in finsterer Nacht des Vollmonds liebliche Pracht. Dann sprach sie zu ihm: ‚O mein Geliebter, o du Ziel meiner Wünsche, hätte es doch nie den Tag der Abweisung gegeben, und Allah mache, daß wir ihn nie wieder erleben!' Und sie umarmten sich von neuem und weinten miteinander; und die Prinzessin sprach diese Verse:

> *Der du den Mond beschämst, ja auch des Tages Sonne,*
> *Ach, töten willst du mich, von Grausamkeit verzehrt,*
> *Durch eines Blickes Schwert, das meine Seele spaltet;*
> *Wohin kann ich entfliehen vor der Blicke Schwert?*
> *Dem Bogen gleich sind deine Brauen, und sie schießen*
> *Den Pfeil der heißen Liebe mir ins Herz hinein.*
> *Ein Paradies sind mir die Früchte deiner Wangen;*
> *Wie kann vor solcher Frucht mein Herze ruhig sein?*

> *Dein zarter, weicher Wuchs ist wie ein Zweig voll Blüten;*
> *Von solchen Zweiges Blüten reift die schönste Frucht.*
> *Du zogst mich mit Gewalt, du raubtest mir den Schlummer,*
> *Ja, deine Liebe nahm mir alle Scheu und Zucht.*
> *Dir möge Gott den Glanz des reinen Lichtes leihen;*
> *Er bring das Ferne nahe, Er verein uns bald!*
> *Erbarm dich eines Herzens, das in Lieb entbrannt ist!*
> *Dies kranke Herz ergibt sich deiner Allgewalt.*

Als sie ihre Verse beendet hatte, überwältigte sie der Liebe Kraft, und sie war verstört und weinte Tränen quellender Leidenschaft. Auch des Jünglings Herz war entbrannt, und er war durch die Liebe zu ihr wie verstört und gebannt. Da trat er an sie heran, küßte ihre Hände und weinte bitterlich. Und so blieben sie beisammen, indem sie ihre Liebe klagten und plauderten und Verse sprachen, bis der Ruf zum Nachmittagsgebet erscholl. Nichts anderes als dies war zwischen ihnen geschehen, und nun mußten sie an die Trennung denken. Die Prinzessin sprach zu ihm: ‚O du mein Augenlicht, mein Herzlieb, jetzt müssen wir auseinandergehen; und wann werden wir uns wiedersehen?' Der Jüngling aber rief sofort, wie von Pfeilen getroffen durch ihr Wort: ‚Bei Allah, ich mag nicht von Trennung sprechen!' Doch sie ging aus dem Pavillon hinaus, und als er ihr nachblickte, hörte er ihre Seufzer, vor denen die Steine zerflossen, und sah ihre Tränen, die sich wie Regenschauer ergossen. Da versank er vor Liebe in der Verzweiflung Meer, und er sprach diese Verse vor sich her:

> *Du meines Herzens Wunsch, es wächst mein Kummer,*
> *Und ratlos bin ich durch der Liebe Macht.*
> *Dein Antlitz gleicht dem Morgen, wenn er dämmert;*
> *Und deines Haares Farbe gleicht der Nacht.*
> *Dein schlanker Wuchs ist gleich dem schwanken Zweige,*
> *Vom Hauch des Nordwinds auf und ab bewegt;*
> *Und deine Augen sind wie die der Rehe,*

Wenn edler Männer Blick sich auf sie legt.
Dein Leib ist schmal, es lasten deine Hüften –
Die einen schwer, der andre zart und fein;
Dein Lippentau ist gleich dem süßen Weine
Mit Moschusduft und Wasser, kühl und rein.
Du Reh des Stammes, ende meinen Kummer:
Laß huldvoll mich dein Traumbild sehn im Schlummer!

Wie nun die Prinzessin seine Verse zu ihrem Preis vernommen hatte, kehrte sie zu ihm zurück und umarmte ihn; in ihrem Herzen aber brannte ein Feuer, das hatte die Trennung entfacht, und es zu löschen stand nur in des Küssens und Umarmens Macht. Und sie rief: ‚Fürwahr, das Sprichwort sagt: Geduld geziemt sich für den Liebenden, nicht Ungeduld. Jetzt muß ich auf ein Mittel sinnen, daß wir uns wiedersehen.' Darauf nahm sie Abschied von ihm und ging fort; doch im Übermaße ihrer Liebe wußte sie kaum, wohin sie ihre Füße setzte. So ging sie dahin, bis sie sich in ihrem Zimmer niederwarf. Indessen ward der Prinz von Sehnsucht und Leidenschaft immer heftiger geplagt, und des Schlummers Süße blieb ihm versagt. Die Prinzessin nahm keine Speise zu sich, ihre Geduld erlahmte, und ihre Standhaftigkeit ermattete. Sobald der Morgen dämmerte, rief sie nach der Amme; und als die vor ihr stand, entdeckte sie, daß ihre Herrin wie verwandelt aussah. Die Königstochter aber sprach zu ihr: ‚Frage mich nicht nach dem, was ich leide; denn alles, was ich dulde, ist nur dein Werk! Wo ist der Geliebte meines Herzens?' ‚Hohe Herrin, wann habt ihr euch getrennt? Ist er dir denn schon länger fern als diese eine Nacht?' ‚Ach, kann ich die Trennung von ihm auch nur eine Stunde lang ertragen? Wohlan, ersinne ein Mittel, um uns eiligst zu vereinen; denn mir ist, als ob meine Seele mich verlassen wolle!' ‚Gedulde dich, meine Gebieterin, bis ich dir einen klugen Plan ersonnen habe, so daß niemand etwas davon merkt!' ‚Bei Allah dem Allmächtigen, wenn du ihn mir nicht heute noch bringst, so rede ich gewißlich mit dem König und tu ihm kund, daß du mich verführt hast; und dann wird er dir den Kopf abschlagen.' ‚Ich bitte dich um Allahs willen, hab Geduld mit mir! Denn dies Unterfangen ist gefährlich.' Und weiter flehte die Amme sie demütigst an, bis sie ihr drei Tage Frist gewährte; und dann sprach die Prinzessin zu ihr: ‚Ach, liebe Amme, die drei Tage werden mir drei Jahre sein. Wenn aber der vierte Tag kommt und du ihn nicht zu mir bringst, so will ich auf deinen Tod sinnen.' Alsbald verließ die Amme sie und begab sich in ihre Wohnung; und wie der vierte Morgen anbrach, berief sie die Kammerfrauen der Stadt und verlangte von ihnen schöne Farben, um eine Jungfrau zu schmücken und zu schminken. Und jene brachten ihr von allem, was sie verlangte, das Schönste. Dann ließ sie den Jüngling rufen, und als der zu ihr kam, öffnete sie ihre Truhe und holte daraus ein Bündel hervor, das ein Frauengewand im Werte von fünftausend Dinaren enthielt, und ferner ein Kopftuch, das mit allerlei edlen Steinen besetzt war. Dann hub sie an: ‚Mein Sohn, möchtest du mit Hajât en-Nufûs zusammentreffen?' ‚Jawohl', gab er zur Antwort; und nun nahm sie eine Haarzange und zupfte ihm die Haare aus dem Gesicht und schminkte ihm die Augen. Darauf nahm sie ihm die Kleider ab und strich die Farbe auf seine Hände und Arme von den Fingernägeln bis zu den Schultern und auf seine Beine vom Mittelfuße bis zu den Schenkeln; und sie bemalte seinen ganzen Leib, bis er aussah wie rote Rosen auf Alabasterplatten. Nach einer kleinen Weile wusch sie ihn und säuberte ihn; dann holte sie ihm ein Hemd und eine Hose und bekleidete ihn mit jenem königlichen Gewande. Schließlich legte sie ihm Kopftuch und Schleier an und lehrte ihn, wie er gehen solle, indem sie sprach: ‚Schieb die linke Seite vor und zieh die rechte zurück!' Er tat, wie sie ihm befahl, und schritt vor ihr dahin, als wäre er eine Huri, die das Paradies verlassen hätte. Darauf sagte sie zu ihm: ‚Fasse dir ein Herz! Denn du gehst in des Königs Palast, und dort stehen immer Wächter und Diener am Tore. Wenn du dich vor ihnen fürchtest oder dich irgendwie verdächtig zeigst, so werden sie dich ins Auge fassen und dich erkennen; dann wird es uns schlimm ergehen, und wir werden unser Leben verlieren. Fühlst du dich dem nicht gewachsen, so sag es mir!' Er antwortete ihr: ‚Wahrlich, solches kann mich nicht erschrecken. Also hab Zuversicht und quäl dich nicht!' Da gingen sie hinaus, indem sie voranschritt, bis sie zum Tore des Palastes kamen, wo es voll von Eunuchen war. Nun wandte die Alte sich nach ihm um, auf daß sie sähe, ob etwas Verdächtiges an ihm sei oder nicht; aber sie fand, daß er unverändert sich selber gleich war. Wie dann die Alte ankam und der Obereunuch sie erblickte, erkannte er sie; doch da er hinter ihr eine Maid entdeckte, deren Reize den Verstand verwirrten, sprach er bei sich: ‚Die Alte da ist ja die Amme; aber was die angeht, die hinter ihr ist, so gibt es in unserem Lande keine, die ihr an Gestalt gleicht, keine, die ihr an Schönheit und Liebreiz auch nur nahekommt, es sei denn die Prinzessin Hajât en-Nufûs. Allein die lebt doch abgeschlossen und geht niemals aus! Wüßte ich nur, wie sie auf die Straße gekommen ist! Mag sie wohl mit Erlaubnis des Königs oder ohne seinen Willen ausgegangen sein?' Und sofort sprang er auf, um über sie Kunde zu gewinnen, und es folgten ihm etwa dreißig Eunuchen. Als die Alte sie erblickte, ward sie wie von Sinnen, und sie sagte: ‚Wir sind Allahs Geschöpfe, und zu Ihm kehren wir zurück! Jetzt ist es um unser Leben geschehen, das ist gewiß!' – –«

Da bemerkte Schehrezâd, daß der Morgen begann, und sie hielt in der verstatteten Rede an. Doch als die *Siebenhundertunddreiunddreißigste Nacht* anbrach, fuhr sie also fort: »Es ist mir berichtet worden, o glücklicher König, daß die Alte, als sie den Obereunuchen mit seinen Leuten nahen sah, in große Furcht geriet und sagte: ,Es gibt keine Macht und es gibt keine Majestät außer bei Allah! Wir sind Allahs Geschöpfe, und zu Ihm kehren wir zurück. Jetzt ist es um unser Leben geschehen, das ist gewiß!' Wie aber der Obereunuch sie also reden hörte, überkam ihn die Angst, da er die Heftigkeit der Prinzessin kannte und wußte, daß ihr Vater unter ihrer Herrschaft stand; und er sprach bei sich selber: ,Vielleicht hat der König die Amme angewiesen, seine Tochter hinauszuführen, um eine Besorgung zu machen, und will nicht, daß jemand um sie wissen soll. Wenn ich ihr nun in den Weg trete, so wird sie in ihrer Seele gewaltig wider mich ergrimmen und wird sagen: ,Dieser Eunuch da ist mir in den Weg getreten, um mich zu untersuchen.' Und dann wird sie auf meinen Tod sinnen. Überhaupt geht mich diese Sache nichts an.' So machte er denn kehrt, und die dreißig Eunuchen gingen mit ihm zum Tor des Palastes zurück; dort trieben sie das Volk beiseite, und die Amme trat ein, während sie mit dem Haupte grüßte. Die dreißig Eunuchen aber standen da in ehrfürchtiger Haltung und erwiderten ihren Gruß. Mit der Alten trat auch der Prinz in den Palast ein, indem er ihr folgte, und sie schritten immer weiter durch die Tore dahin, bis sie bei allen Wachen vorbeigekommen waren, beschützt von dem Allschützer, und dann erreichten sie das siebente Tor. Das war das Tor zum großen Palastgebäude, in dem sich der Thron des Königs befand, und von dort gelangte man zu den Zimmern der Odalisken und den Hallen des Harems und auch zum Schlosse der Prinzessin.

An jener Stätte machte die Alte halt und flüsterte: ‚Mein Sohn, siehe, so weit sind wir nun gelangt, und Preis sei Ihm, der uns bis zu diesem Orte gebracht hat! Aber, mein Sohn, nur zur Nachtzeit ist es möglich, mit der Prinzessin zusammenzutreffen; denn die Nacht hüllt den, der etwas zu fürchten hat, in ihren Schleier.' ‚Du hast recht,' antwortete er ihr, ‚doch was ist zu tun?' Sie erwiderte ihm: ‚Verbirg dich an dieser dunklen Stätte hier!' Da setzte er sich in der Zisterne nieder, während sich die Alte entfernte; und sie ließ ihn dort, bis der Tag zur Rüste ging. Dann kam sie zu ihm zurück und hieß ihn herauskommen, und nun traten sie beide in das Schloßtor ein und gingen immer weiter, bis sie zum Gemach der Prinzessin Hajât en-Nufûs vordrangen. Die Amme klopfte an die Tür, eine kleine Sklavin kam und rief: ‚Wer ist an der Tür?' ‚Ich bin's!' antwortete die Alte; da kehrte die Sklavin zurück und bat ihre Herrin um Erlaubnis, daß die Amme eintreten dürfe. Die Prinzessin sprach: ‚Öffne ihr und laß sie eintreten mit denen, die bei ihr sind!' Nun traten die beiden ein, und als sie näher kamen, blickte die Amme nach Hajât en-Nufûs und erkannte, daß die Prinzessin alles zum Empfang gerüstet hatte; sie hatte die Lampen aufgereiht und die Lager und Estraden mit Teppichen bedeckt, auch hatte sie die Kissen hingelegt und die Kerzen in den goldenen und silbernen Leuchtern angezündet. Ferner hatte sie einen Tisch mit Speisen und Früchten und Süßigkeiten ausgebreitet und Moschus, Aloeholz und Ambra ihren Duft ausströmen lassen. Da saß sie nun inmitten der Lampen und Kerzen; aber das Licht ihres Antlitzes erstrahlte noch heller als alle. Wie sie die Amme erblickte, sprach sie zu ihr: ‚Liebe Amme, wo ist der Geliebte meines Herzens?' ‚Hohe Herrin,' erwiderte jene, ‚ich habe ihn nicht gefunden, und mein Blick ist nicht auf ihn gefallen. Doch ich habe dir seine leibliche Schwester hier vor dich gebracht.' Die Prinzessin rief: ‚Bist du von Sinnen? Ich habe seine Schwester nicht nötig! Verbindet sich etwa der Mensch die Hand, wenn ihn der Kopf schmerzt?' ‚Nein, bei Allah,' erwiderte die Alte, ‚doch schau sie dir an, und wenn sie dir gefällt, so behalte sie bei dir!' Mit diesen Worten enthüllte sie das Gesicht des Prinzen, und sowie Hajât en-Nufûs ihn erkannte, sprang sie auf und zog ihn an ihre Brust, während auch er sie an sich drückte. Darauf sanken beide zu Boden und lagen eine lange Weile ohnmächtig da. Nachdem die Alte sie jedoch mit Rosenwasser besprengt hatte, kamen sie wieder zu sich. Dann küßte sie ihn auf den Mund wohl mehr als tausendmal und sprach diese Verse:

> *Mein Herzensallerliebster kam zu mir im Dunkel;*
> *Ich stand, um ihn zu ehren, und er setzte sich.*
> *Ich sprach: O du mein Wunsch, mein einzigstes Begehren,*
> *Du kamst zu mir bei Nacht, kein Wächter schreckte dich.*
> *Er sprach zu mir: Wohl hatt ich Furcht, allein die Liebe*
> *Hat mich um meinen Geist und meinen Sinn gebracht.*
> *Und eine Weile hielten wir uns eng umschlungen*
> *In Sicherheit und ohne Furcht vor Dem, der wacht.*
> *Wir standen wieder auf, von Sünde unbefleckt,*
> *Und hoben unsern Saum, den keine Schmach bedeckt.* – –«

Da bemerkte Schehrezâd, daß der Morgen begann, und sie hielt in der verstatteten Rede an. Doch als die *Siebenhundertundvierunddreißigste Nacht* anbrach, fuhr sie also fort: »Es ist mir berichtet worden, o glücklicher König, daß Hajât en-Nufûs, als ihr Geliebter zu ihr ins Schloß gekommen war, in seinen Armen ruhte und dann Verse sprach, die ihr Erleben schilderten. Und als sie die Verse beendet hatte, fuhr sie fort: ‚Ist es denn wirklich wahr, daß ich dich in meinem Hause sehe und daß du mein Tischgenosse und mein Trautgesell geworden bist?' Und wiederum kam die Liebe über sie mit Macht,

und heiße Glut war in ihr entfacht, so daß sie vor Freuden fast
wie von Sinnen ward; dann sprach sie diese Verse:

> *Mein Leben ihm, der zu mir kam im tiefen Dunkel!*
> *Ich hatte schon geharrt auf unser Stelldichein.*
> *Mich weckte nur die zarte Stimme seines Klagens;*
> *Ich sprach: Du sollst von Herzen mir willkommen sein!*
> *Auf seine Wange drückte ich wohl tausend Küsse,*
> *Umarmte ihn als Freund in aller Heimlichkeit.*
> *Ich rief: Jetzt hab ich doch erreicht, was ich erhoffte;*
> *Wie sich's gebührt, sei Gott der rechte Dank geweiht!*
> *Die schönste Nacht war unser – ach, sie war uns lieb –,*
> *Bis daß des Morgens Licht die Dunkelheit vertrieb.*

Sobald es aber Morgen ward, geleitete sie ihn in eins ihrer Gemächer, das niemandem bekannt war, und verbarg ihn dort bis der Abend anbrach; dann führte sie ihn wieder hinaus, und die beiden setzten sich zum Gelage nieder. Nun hub er an: ‚Ich möchte in mein Land zurückkehren und meinem Vater von dir erzählen, auf daß er seinen Wesir ausrüste, um dich bei deinem Vater für mich zur Gemahlin zu erbitten.' ‚Ach, mein Lieb,' erwiderte sie, ‚ich fürchte, wenn du in dein Land und dein Reich gezogen bist, so könntest du von mir abgelenkt werden und die Liebe zu mir vergessen; oder dein Vater willigt in deine Bitte nicht ein, und dann würde ich sterben, und alles würde zu Ende sein. Mich dünkt, es wäre das richtige, wenn du bei mir in meinem Bereiche bleibst, so daß du immer mein Antlitz schauen kannst und ich das deine erblicke, bis ich dir einen Plan ersonnen habe; dann wollen wir beide, du und ich, in derselben Nacht entfliehen und uns in dein Land begeben. Ich habe die Hoffnung auf die Meinen aufgegeben und erwarte nichts mehr von ihnen.' ‚Ich höre und gehorche!' erwiderte er; und so blieben sie beieinander und tranken ihren Wein. Eines Nachts aber mundete ihnen der Rebensaft so sehr, daß sie sich erst zum Schlafe niederlegten, als der Morgen graute. Und gerade damals hatte einer der Könige ihrem Vater Geschenke gesandt, darunter auch ein Halsband von neunundzwanzig einzigartigen Edelsteinen, die alle Schätze eines Königs an Wert übertrafen. Da sprach der König: ‚Dies Halsband gebührt nur meiner Tochter Hajât en-Nufûs.' Und er wandte sich um nach einem Eunuchen, dem die Prinzessin einst aus irgendeinem Grunde die Backenzähne ausgeschlagen hatte, rief ihn und sprach zu ihm: ‚Nimm dies Halsband und trag es zu Hajât en-Nufûs und sprich zu ihr: Einer der Könige hat dies deinem Vater als Geschenk gesandt, sein Wert ist nicht mit Geld zu bezahlen; leg du es um deinen Hals!' Der Bursche nahm das Kleinod, indem er bei sich sprach: ‚Allah der Erhabene lasse dies das letzte in dieser Welt sein, das sie sich anlegt; denn sie hat mir meine unersetzlichen Backenzähne geraubt.' Dann ging er dahin, bis er zum Gemach der Prinzessin kam; dort fand er die Tür verschlossen und die Alte auf der Schwelle schlafen. Er weckte sie, und erschrocken fuhr sie auf und fragte ihn: ‚Was willst du?' ‚Der König schickt mich mit einem Auftrag zu seiner Tochter', antwortete er. Sie sagte darauf: ‚Der Schlüssel ist nicht hier; geh fort, bis ich ihn geholt habe!' Da entgegnete er: ‚Ich kann doch nicht so zum König zurückkehren!' Nun lief sie fort, um den Schlüssel zu holen; aber die Furcht kam über sie, und so suchte sie ihr Heil in der Flucht. Wie sie jedoch dem Burschen zu lange ausblieb, fürchtete er, sein Fortbleiben würde dem König zu lange dauern, und er begann an der Tür zu rütteln und zu schütteln, bis der Riegel zerbrach und die Tür sich auftat. Dann ging er hinein und schritt immer weiter, bis er zur siebenten Tür kam. Und als er in das Zimmer eintrat, sah er, daß es mit kostbaren Teppichen ausgestattet war, und entdeckte dort Kerzen und

Flaschen. Ob dieses Anblicks erstaunte der Eunuch, und indem er weiterschritt, kam er zu dem Bett, vor dem sich ein seidener Vorhang und eine juwelenbesetzte Gardine befanden. Da hob er den Vorhang auf und sah die Prinzessin dort schlafen im Arm eines Jünglings, der noch schöner als sie war. Und er pries Allah den Allmächtigen, der jenen aus verächtlichem Wasser erschaffen hatte. Dann aber sprach er: ‚Wie herrlich das zu einer paßt, die sonst die Männer haßt! Wie mag sie an den da geraten sein? Ich glaube, nur um seinetwillen hat sie mir die Backenzähne ausgeschlagen.' Darauf ließ er den Vorhang zurückfallen und ging auf die Tür zu. Die Prinzessin aber war aufgewacht voll Schrecken und hatte den Eunuchen Kafûr gesehen. Sie rief ihn, aber er gab ihr keine Antwort. Da sprang sie auf und eilte hinter ihm her, ja, sie ergriff seinen Saum und legte ihn auf ihr Haupt, küßte ihm die Füße und flehte ihn an: ‚Verhülle, was Allah verhüllt hat!' Doch er entgegnete: ‚Allah verhülle dich nicht, noch auch den, der dich in seinen Schutz nimmt! Du hast mir einst die Backenzähne ausgeschlagen und sagtest mir damals, niemand solle zu dir je über das Wesen der Männer reden.' Mit diesen Worten riß er sich von ihr los, lief rasch davon, verschloß die Tür, stellte einen anderen Eunuchen als Wache davor und ging zu dem König hinein. Der König fragte ihn: ‚Hast du Hajât en-Nufûs das Halsband gegeben?' Doch der Eunuch antwortete: ‚Bei Allah, du verdientest etwas Besseres als all dies.' Da rief der König: ‚Was ist geschehen? Sag es mir und beeile deine Worte!' Darauf sprach der Eunuch: ‚Ich kann es dir nur sagen, wenn ich mit dir allein bin.' ‚Sag es öffentlich!' befahl der König; und der Sklave bat: ‚Gewähre mir Sicherheit!' Nachdem der König ihm das Tuch der Sicherheit zugeworfen hatte, fuhr jener fort: ‚O König, ich trat ein zur Prinzessin Hajât en-Nufûs und fand sie in einem prächtig ausgestatteten Gemach am Busen eines Jünglings schlafen. Da verschloß ich die Tür vor den beiden, und nun stehe ich wieder vor dir.' Als der König diese Worte von ihm vernahm, sprang er auf, nahm ein Schwert in die Hand, rief den Obereunuchen herbei und sprach zu ihm: ‚Nimm deine Burschen mit dir, geh hinein zu Hajât en-Nufûs und bring sie samt dem, der bei ihr ist, so, wie die beiden auf dem Bette liegen; doch verhüllt sie mit ihrer Decke!' – –«

Da bemerkte Schehrezâd, daß der Morgen begann, und sie hielt in der verstatteten Rede an. Doch als die *Siebenhundertundfünfunddreißigste Nacht* anbrach, fuhr sie also fort: »Es ist mir berichtet worden, o glücklicher König, daß der König dem Obereunuchen befahl, mit seinen Burschen sich zu Hajât en-Nufûs zu begeben und sie samt dem, der bei ihr sei, vor ihn zu bringen, und daß jener darauf mit seinen Leuten fortging und in das Gemach eindrang. Dort fanden sie Hajât en-Nufûs stehen und in Tränen und Klagen zergehen; und ebenso auch den Prinzen. Der Obereunuch sprach zu dem Jüngling: ‚Lege dich wieder auf das Bett, wie du gelegen hast; und die Prinzessin soll desgleichen tun!' Da nun die Prinzessin um ihren Geliebten besorgt war, sprach sie zu ihm: ‚Dies ist nicht die Zeit zum Widerstand.' Und so legten sich denn die beiden wieder auf das Lager, und die Eunuchen trugen sie alsbald vor den König. Als der nun die Decke von ihnen hob, sprang die Prinzessin auf. Ihr Vater sah sie an und wollte ihr das Haupt abschlagen; aber der Jüngling kam ihm zuvor und warf sich ihm an die Brust und rief: ‚O König, sie ist unschuldig, die Schuld trifft nur mich allein, drum töte mich zuerst!' Schon wollte der König ihn töten, da warf Hajât en-Nufûs sich ihrem Vater entgegen und rief: ‚Töte mich allein, nicht ihn, denn er ist der Sohn des mächtigsten Königs, des Herrn aller Lande weit und breit!' Als der König die Worte seiner Tochter vernommen hatte, wandte er sich an den Großwesir, der ein wahrer Ausbund von Bosheit war, und sprach zu ihm: ‚Was sagst du zu dieser Sache, Wesir?' Jener gab zur Antwort: ‚Was ich sage, ist dies: Jeder, der in eine Lage wie diese gerät, hat die Lüge nötig; den beiden gebührt nichts anderes, als daß ihnen der Kopf abgeschlagen wird, nachdem sie mit mancherlei Foltern gepeinigt worden sind.' Da rief der König den Träger des Schwertes seiner Rache, und als der mit seinen Knechten erschien, sprach der König: ‚Nehmt diesen Galgenstrick und schlagt ihm den Kopf ab; danach tut ebenso mit dieser Dirne, und dann verbrennt die beiden! Fragt mich aber nicht noch einmal über sie!' Nun legte der Henker seine Hand auf ihren Rücken, um sie zu packen; aber da schrie der König ihn an und warf etwas nach ihm, das er in der Hand hielt, so daß er ihn fast getötet hätte, und er rief: ‚Du Hund, wie kannst du, wenn ich zornig bin, noch milde sein wollen? Pack sie mit deiner Hand an den Haaren und schleife sie daran fort, so daß sie auf dem Gesichte liegt!' Jener tat, wie ihm der König befohlen hatte, und schleifte sie an ihrem Haar davon, und ebenso tat er mit dem Prinzen. Und als sie den Blutplatz erreichten, riß er einen Streifen von seinem Gewande und verband dem Prinzen die Augen und zückte sein scharfes Schwert. Die Prinzessin hatte er nämlich bis zuletzt zurückgestellt in der Hoffnung, daß ihr noch Fürsprache zuteil werden möchte. Und nun machte er sich an den Jüngling und ließ das Schwert dreimal um ihn kreisen, während alle Krieger insgemein weinten und Allah anflehten, beiden möchte ein Fürsprech zu Hilfe kommen. Dann aber reckte er seinen Arm – da wirbelte plötzlich eine Staubwolke empor, die legte der Welt einen Schleier vor.

Dies war also geschehen. Jener König, der Vater des Prinzen, hatte sich, als die Kunde von seinem Sohn ihm zu lange ausblieb, mit einem großen Heere ausgerüstet und sich selbst aufgemacht, um nach seinem Sohn zu suchen. So war er hierher gekommen. Der König 'Abd el-Kâdir andrerseits rief, als jene Staubwolke aufstieg: ‚Ihr Leute, was gibt es? Was ist es, das da staubt und uns den Ausblick raubt?' Da sprang der Großwesir auf und eilte fort, auf jene Staubwolke zu, um zu erkunden, was es mit ihr in Wahrheit auf sich habe. Und er entdeckte, daß dort ein Volk war, zahllos wie Heuschrecken; ihre Menge konnte nicht ermessen werden, und ihr widerstand keine Macht auf Erden, sie erfüllten Berg und Tal und alle Hügel zumal. Alsbald kehrte der Wesir zum König zurück und berichtete ihm, was er gesehen hatte. Der sprach darauf zu ihm: ‚Geh wieder hinab und erkunde uns Näheres über dies Heer und über den Grund, weshalb sie in unser Land kommen! Frage auch nach dem Anführer jenes Heeres und überbring ihm meinen Gruß; dann bitte ihn, dir zu sagen, weshalb er gekommen sei; und wenn er irgendeinen Wunsch zu erfüllen sucht, so wollen wir ihm helfen! Hat er Blutrache wider einen der Könige, so wollen wir mit ihm ziehen; wünscht er irgendeine Gabe, so wollen wir sie ihm geben. Denn dies ist eine ungeheure Zahl und ein gewaltiger Truppenaufwand, und wir befürchten von ihnen einen Angriff auf unser Land.' Da ging der Wesir hinab und schritt dahin zwischen den Zelten und Kriegern und Leibwachen; ja, er mußte von Tagesanbruch bis nahe vor Sonnenuntergang wandern, ehe er zu den Männern mit den vergoldeten Schwertern kam und zu den sternenbesetzten Zelten. Danach gelangte er zu den Emiren und Wesiren, den Kammerverwaltern und Statthaltern. Und noch weiter mußte er gehen, bis er zum Herrscher selbst gelangte; in ihm erkannte er einen mächtigen König. Kaum hatten die Würdenträger ihn erblickt, so riefen sie: ‚Küsse den Boden! Küsse den Boden!' Er tat es; doch als er sich aufrichten wollte, riefen sie es ihm zum zweiten und dritten Male zu. Schließlich erhob er sein Haupt und stand auf; aber da fiel er wieder in voller Länge zu Boden, in Ehrfurcht ersterbend. Doch dann trat er vor den König und sprach: ‚Allah lasse deine Tage lange währen und stärke deine Herrschaft und erhöhe deine Macht, o glücklicher König! Vernimm nunmehr, daß der König 'Abd el-Kâdir dir seinen Gruß entbietet und den Boden vor dir küßt und dich fragen läßt, in welcher wichtigen Angelegenheit du gekommen seiest. Wenn du an irgendeinem König Blutrache zu nehmen wünschest, so will er mit dir ziehen in deinem Dienste. Und wenn du ein Anliegen hast, das er dir erfüllen kann, so steht er dir darin zu Diensten.' ‚O Bote,' erwiderte ihm der König, ‚geh zu deinem Herrn und sprich zu ihm: Der großmächtige König[1] hat einen Sohn, der seit geraumer Zeit fern von ihm weilt; er konnte auch seit langem nichts mehr von ihm erkunden, und keine Spur ward von ihm gefunden. Wenn der in dieser Stadt ist, so will er ihn nehmen und euch verlassen. Geschah ihm aber irgendein Leid, oder geriet er bei euch in Fährlichkeit, so wird sein Vater euer Land verwüsten und euer Hab und Gut zusammenraffen, eure Männer töten und eure Weiber in die Sklaverei fortschaffen. So kehre denn eiligst zu deinem Herrn zurück und tu ihm dies kund, ehe das Unheil über ihn kommt!' ‚Ich höre und gehorche!' antwortete der Wesir und wandte sich zum Gehen; doch wiederum riefen die Kammerherren ihm zu: ‚Küsse den Boden! Küsse den Boden!' Das tat er nun wohl zwanzigmal,

1. Von hier an wird der zu Anfang es-Saif el-A'zam genannte König als el-Malik el-A'zam ‚der großmächtige König' bezeichnet.

und er stand erst wieder auf, als ihm der Atem durch die Nase entschwinden wollte. Dann verließ er die Versammlung des Königs und eilte unablässig dahin, voller Gedanken über das Wesen dieses Königs und seine gewaltige Heeresmacht, bis er wieder vor dem König 'Abd el-Kâdir stand, bleich vor übergroßer Furcht und zitternd am ganzen Leibe. Und er tat ihm darauf kund, was ihm widerfahren war. – –«

Da bemerkte Schehrezâd, daß der Morgen begann, und sie hielt in der verstatteten Rede an. Doch als die *Siebenhundertundsechsunddreißigste Nacht* anbrach, fuhr sie also fort. »Es ist mir berichtet worden, o glücklicher König, daß damals, als der Wesir von dem großmächtigen König zurückgekehrt war und dem König 'Abd el-Kâdir berichtete, was ihm begegnet war, bleich und zitternd am ganzen Leibe vor übergroßer Furcht, den König selbst Unruhe und Sorge um sich und um sein Volk beschlich, und daß er alsbald fragte: ,O Wesir, wer mag der Sohn dieses Königs sein?' ,Ebender, dessen Hinrichtung du befohlen hast,' gab der Minister zur Antwort, ,und Allah sei gepriesen, daß Er seinen Tod nicht beschleunigt hat! Sonst hätte sein Vater unser Land verwüstet und unser Hab und Gut geraubt.' Der König aber sagte darauf: ,Schau nun deinen verderblichen Rat, durch den du uns veranlassen wolltest, ihn zu töten! Wo ist nun der junge Herr, der Sohn dieses Königs von hoher Ehr?' ,O du hochgemuter König,' erwiderte der Wesir, ,du hast doch Befehl gegeben, ihn hinzurichten!' Als der König diese Worte hörte, ward er ganz verwirrt, und er rief aus innerstem Herzen und Sinn: ,Weh euch, eilet zum Henker, auf daß er die Hinrichtung nicht an ihm vollstrecke! Holet mir auch sofort den Henker!' Da ward der Henker geholt, und er berichtete: ,O größter König unserer Zeit, ich habe ihm den Nacken durchgeschlagen, wie du mir befohlen hast.' Der König aber rief: ‚Du Hund, wenn das wahr ist, so sende ich dich ihm unweigerlich nach.' ‚O König,' erwiderte jener, ‚du hast mir doch befohlen, ihn zu töten, ohne dich noch ein zweites Mal über ihn zu befragen.' Als aber der König sagte: ‚Ich war im Zorn; sprich die Wahrheit, ehe dein Leben dahin ist!', gestand jener: ‚O König, er ist noch in den Banden des Lebens.' Des freute sich 'Abd el-Kâdir, und sein Herz ward beruhigt; dann befahl er, den Prinzen zu bringen, und als der vor ihm stand, erhob er sich, um ihn zu ehren, küßte ihn auf den Mund und sprach zu ihm: ‚Mein Sohn, ich bitte Allah den Allmächtigen um Verzeihung wegen des Unrechts, das dir von mir geschehen ist; und sage du nichts, was mich in Ungnade bringen könnte bei deinem Vater, dem großmächtigen König!' ‚O größter König unserer Zeit,' rief der Prinz, ‚wo ist denn mein Vater?' ‚Er ist um deinetwillen hierher gekommen', antwortete ihm 'Abd el-Kâdir; und nun sprach der Jüngling: ‚Bei deiner Würde, ich will dich nicht eher verlassen, als bis ich meine Ehre und die Ehre deiner Tochter von dem gereinigt habe, was du uns zur Last legst; denn sie ist eine reine Jungfrau. Laß die weisen Frauen kommen und sie in deiner Gegenwart untersuchen! Wenn du hörst, daß ihr Mädchentum geraubt ist, so magst du mein Blut vergießen; ist sie aber eine Jungfrau, so ist die Reinheit meiner und ihrer Ehre erwiesen.' Da ließ der König die weisen Frauen kommen, und als die sie untersuchten, fanden sie in ihr eine Jungfrau. Sie berichteten es dem König und erbaten sich von ihm eine Gnade; die gewährte er ihnen, indem er seine königlichen Gewänder ablegte und ihnen gab, und ebenso beschenkte er alle, die sich im Harem befanden. Dann wurden die Räucherbecken geholt, und die Großen des Reiches wurden beräuchert und waren hocherfreut. Nun umarmte der König den Prinzen und erwies ihm alle Ehren und Aufmerksamkeiten und ließ ihn durch seine obersten Eunuchen ins Bad geleiten. Und als der Prinz von dort zurückkam, legte er ihm ein kostbares Ehrengewand um, krönte ihn mit einer Juwelenkrone und gürtete ihn mit einem seidenen Gürtel, der mit rotem Golde bestickt und mit Perlen und Edelsteinen besetzt war. Ferner gab er ihm eines seiner edelsten Rosse mit einem goldenen Sattel, in den Perlen und Juwelen eingelegt waren; und er befahl den Großen seines Reiches und den Häuptern seines Landes, aufzusitzen und ihm bis zu seinem Vater das Ehrengeleit zu geben. Und er selbst bat den Prinzen, seinem Vater, dem großmächtigen König, zu sagen, der König 'Abd el-Kâdir stehe ihm zu Diensten und füge sich willig in alle seine Gebote und Verbote. Der Prinz versprach, es sicherlich zu tun, nahm Abschied und machte sich auf den Weg zu seinem Vater. Doch als der ihn erblickte, ward er vor Freuden fast wie von Sinnen, und er sprang auf, schritt ihm entgegen und umarmte ihn; und große Freude verbreitete sich im Heere des großmächtigen Königs. Darauf strömten alle Wesire und Kammerherren herbei, auch alle Truppen und Hauptleute, und sie küßten den Boden vor ihm und freuten sich über sein Kommen; so war es für alle ein hoher Freudentag. Und der Prinz gab seinen Begleitern und allen, die aus der Stadt des Königs 'Abd el-Kâdir mitgekommen waren, die Erlaubnis, sich die Heerscharen des großmächtigen Königs anzuschauen, indem er anordnete, niemand solle sie darin behindern, bis sie die Größe seiner Streitmacht und die Stärke seiner Herrschergewalt erkannt hätten. Da begannen alle die Leute, die früher in den Tuchbasar gekommen waren und den Jüngling gesehen hatten, wie er im Laden saß, sich zu verwundern, daß er bei seiner Vornehmheit und seiner hohen Würde sich dazu hatte verstehen können. Dazu hatte ihn ja auch nur seine herzliche Liebe zur Tochter des Königs veranlaßt. Nun verbreitete sich die Kunde von seiner großen Heeresmacht überall, und auch Hajât en-Nufûs hörte davon. Da schaute sie hinab vom Dache des Schlosses und blickte auf die Berge und sah, wie sie von Kriegern und Streitern bedeckt waren; denn sie wurde noch im Palast ihres Vaters in Gewahrsam gehalten, bis die Nachricht käme, was der König über sie bestimmte, Gnade und Befreiung von der Hut oder Tod und Feuersglut. Wie also Hajât en-Nufûs diese Heerscharen sah, von denen sie erfahren hatte, daß sie dem Vater des Prinzen gehörten, fürchtete sie, ihr Geliebter möchte sie vergessen oder durch seinen Vater von ihr abgelenkt werden und ohne sie fortziehen, und dann würde ihr Vater sie töten. Deshalb schickte sie die Sklavin, die bei ihr im Zimmer war, um sie zu bedienen, zu ihm, nachdem sie ihr befohlen hatte: ‚Geh zu Ardaschîr, dem Sohne des Königs, und sei unbesorgt! Wenn du vor ihn trittst, so küsse den Boden vor ihm und sage ihm, wer du bist, und sprich zu ihm: ‚Meine Herrin läßt dich grüßen; wisse, sie ist jetzt im Schloß ihres Vaters in Gewahrsam, und sie wartet, ob er ihr vergeben oder sie hinrichten lassen will. Sie fleht dich an, daß du sie nicht vergißt noch verlässest. Siehe, du bist jetzt allmächtig, und wenn du irgend etwas anordnest, so vermag niemand deinem Befehle zu widersprechen. Wenn es dich also gut dünkt, sie von ihrem Vater zu befreien und sie mit dir zu nehmen, so geschähe das aus deiner Güte. Wahrlich, sie hat doch all dies Leid um deinetwillen ertragen. Wenn dich das aber nicht gut dünkt, dieweil dein Verlangen nach ihr zu Ende ist, so sprich mit deinem Vater, dem großmächtigen König, auf daß er für sie bei ihrem Vater Fürsprache einlege und nicht eher fortziehe, als bis er von ihm ihre Freilassung erwirkt und ihm ein bindendes Versprechen abgenommen hat, daß er ihr kein Leid zufügen und nicht auf ihren Tod sinnen will. Dies ist ihr letztes Wort; Allah beraube sie deiner nicht – und damit Gott befohlen hier und dort!' – –«

Da bemerkte Schehrezâd, daß der Morgen begann, und sie hielt in der verstatteten Rede an. Doch als die *Siebenhundertundsiebenunddreißigste Nacht* anbrach, fuhr sie also fort: »Es ist mir berichtet worden, o glücklicher König, daß die Sklavin, die von Hajât en-Nufûs an Ardaschîr, den Sohn des großmächtigen Königs, gesandt war, zu ihm ging und ihm die Botschaft ihrer Herrin ausrichtete. Doch als er diese Worte aus ihrem Munde vernommen hatte, weinte er bitterlich und sprach zu ihr: ‚Wisse, Hajât en-Nufûs ist meine Herrin, und ich bin ihr Knecht und der Gefangene ihrer Liebe. Ich habe nicht vergessen, was zwischen uns gewesen ist, noch auch die Bitterkeit des Trennungstages. So sage ihr denn, nachdem du ihr die Füße geküßt hast, daß ich mit meinem Vater von ihr sprechen will, auf daß er seinen Wesir, der schon früher für mich um sie geworben hat, wiederum aussende, um sie für mich zur Gemahlin zu erbitten; dann werde ihr Vater es nicht abschlagen können. Wenn er dann zu ihr schickt, um sie darüber zu befragen, so möge sie nicht widersprechen; ich werde nicht ohne sie in mein Land ziehen.' Da kehrte die Sklavin zu ihrer Herrin zurück, küßte ihr die Füße und überbrachte ihr seine Botschaft; und als sie die vernahm, weinte sie vor Freuden und pries Allah den Erhabenen. So stand es um sie.

Wenden wir uns nun wieder zu dem Prinzen zurück! Der blieb in jener Nacht allein mit seinem Vater, und als der König ihn fragte, wie es ihm ergangen und was ihm begegnet sei, erzählte er ihm alle seine Erlebnisse von Anfang bis zu Ende. Da sprach der Vater: ‚Was willst du, daß ich für dich tue, mein Sohn? Wenn du nach seinem Verderben trachtest, so verwüste ich seine Lande, plündere seine Schätze und stürze die Seinen in Schande.' Jener aber entgegnete ihm: ‚Das wünsche ich nicht, lieber Vater, denn er hat mir nichts angetan, daß er solches verdiente; ich wünsche nur, mit ihr vereint zu werden. Drum bitte ich dich, du wollest in deiner Huld ein Geschenk ausrüsten und es ihrem Vater senden; das möge ein kostbares Geschenk sein, und du mögest es durch deinen Wesir senden, den Mann des richtigen Urteils.' ‚Ich höre und willfahre!' sprach der König und begab sich zu den Schätzen, die er aus vergangenen Zeiten aufgespeichert hatte, holte allerlei kostbare Dinge aus ihnen hervor und zeigte sie seinem Sohne; dem gefielen sie. Dann rief er den Wesir und sandte das alles mit ihm, indem er ihm befahl, diese Schätze dem König 'Abd el-Kâdir zu überbringen und ihn um die Hand seiner Tochter für seinen Sohn zu bitten; er solle ihm sagen: ‚Nimm diese Geschenke an und gib ihm eine Antwort.' So brach denn der Wesir auf zum König 'Abd el-Kâdir. Der aber war betrübt seit dem Aufbruch des Prinzen, und sein Sinn war immer sorgenvoll, da er befürchtete, sein Land würde verwüstet und sein Besitz geplündert werden. Doch siehe, da kam der Wesir zu ihm, begrüßte ihn und küßte den Boden vor ihm. Der König sprang auf und empfing den Gesandten mit allen Ehren; aber der warf sich ihm rasch zu Füßen, küßte sie und sprach: ‚Vergib, o größter König unserer Zeit, deinesgleichen sollte vor meinesgleichen nicht aufstehen; ich bin der geringste Knecht unter den Dienern. Wisse, o König, der Prinz hat mit seinem Vater gesprochen und hat ihm einiges von deiner Huld und Güte gegen ihn erzählt; dafür dankt dir der König, und er schickt dir durch deinen Diener, der vor dir steht, ein Geschenk. Auch läßt er dich ehrenvoll grüßen und legt dir seine Glückwünsche zu Füßen.' Als 'Abd el-Kâdir solches von ihm hörte, vermochte er es im Übermaße seiner Furcht kaum zu glauben, bis die Geschenke kamen. Und wie sie vor ihm ausgebreitet wurden, fand er, daß es Gaben waren, deren Wert nicht mit Geld bezahlt werden konnte und derengleichen kein König der Welt zu erwerben vermochte; da kam er sich selber gering vor, sprang auf, pries und lobte Allah den Erhabenen und sprach seinen Dank gegen jenen Prinzen aus. Darauf sagte der Wesir zu ihm: ,O edler König, leih meinem Worte dein Ohr und vernimm, daß der großmächtige König hierher gezogen ist, weil er eine Verbindung mit dir wünscht. Und ich bin zu dir gekommen, geführt von dem Wunsche nach deiner Tochter, der wohlbehüteten Herrin mein, dem sorglich bewahrten Edelstein, Hajât en-Nufûs, um sie mit seinem Sohne Ardaschîr zu vermählen. Wenn du darin einwilligst und deine Zustimmung gibst, so einige dich mit mir über die Morgengabe.' Kaum hatte 'Abd el-Kâdir diese Worte vernommen, so rief er: ,Ich höre und gehorche! Ich von meiner Seite erhebe keinen Einspruch, und es ist mir das Liebste, was geschehen kann. Doch was die Tochter angeht, so ist sie großjährig und verständig, und ihr Schicksal ruht in ihrer Hand. Wisse also, daß diese Angelegenheit ihre Sache ist und daß sie für sich selbst zu wählen hat.' Dann wandte er sich zu dem Obereunuchen und befahl ihm: ,Geh zu meiner Tochter und mache sie mit diesem Antrag bekannt!' ,Ich höre und gehorche!' erwiderte der Obereunuch und ging fort, um zum Frauengemach hinaufzusteigen; dort trat er zu der Prinzessin ein, küßte ihr die Hände und tat ihr kund, was der König gesagt hatte; und er fügte hinzu: ,Was für eine Antwort gibst du auf diesen Antrag?' ,Ich höre und gehorche!' erwiderte sie. – –«

Da bemerkte Schehrezâd, daß der Morgen begann, und sie hielt in der verstatteten Rede an. Doch als die *Siebenhundert-*

undachtunddreißigste Nacht anbrach, fuhr sie also fort: »Es ist mir berichtet worden, o glücklicher König, daß die Prinzessin, als der Obereunuch ihr kundgetan hatte, daß der Sohn des großmächtigen Königs um sie werbe, darauf erwiderte: ‚Ich höre und gehorche!' Und wie der Obereunuch diese Worte vernommen hatte, kehrte er zum König zurück und meldete ihm die Antwort. Der war darüber hocherfreut, und er rief alsbald nach einem kostbaren Ehrengewand und legte es dem Wesir um; auch wies er ihm zehntausend Dinare an und sprach zu ihm: ‚Bring die Antwort dem König und bitte ihn, mir zu gestatten, daß ich zu ihm komme!' ‚Ich höre und gehorche!' sprach der Wesir, begab sich von dem König 'Abd el-Kâdir fort und schritt heimwärts, bis er zum großmächtigen König kam; dem meldete er die Antwort und berichtete ihm alles, was er zu sagen hatte. Darüber war der König erfreut; während der Prinz vor Freuden fast außer sich geriet, und ihm weitete sich die Brust vor lauter Lust. Auch gab der großmächtige König alsbald die Erlaubnis, daß König 'Abd el-Kâdir zu ihm komme, um ihn zu besuchen. So saß der am nächsten Morgen auf und ritt zum großmächtigen König. Der kam ihm entgegen, wies ihm einen hohen Ehrenplatz an und hieß ihn willkommen, und nachdem er neben ihm Platz genommen, stellte sich der Prinz vor die beiden hin. Darauf erhob sich ein Redner von den Vertrauten des Königs 'Abd el-Kâdir und hielt eine beredte Ansprache und wünschte dem Prinzen Glück, daß ihm nun die Erfüllung seines Wunsches zuteil geworden sei, die Vermählung mit der Prinzessin, der Herrin unter den Königstöchtern. Als der Redner sich wieder gesetzt hatte, befahl der großmächtige König, eine Truhe voll von Perlen und Edelsteinen zu bringen und dazu noch fünfzigtausend Dinare. Dann sprach er zum König 'Abd el-Kâdir: ‚Wisse, ich bin der

Sachwalter meines Sohnes in allem, was mit dieser Angelegenheit zusammenhängt.' Da bestätigte der König 'Abd el-Kâdir den Empfang der Morgengabe, darunter auch der fünfzigtausend Dinare für die Feier der Hochzeit seiner Tochter, der Herrin unter den Königstöchtern, Hajât en-Nufûs. Nach alledem holten sie die Kadis und die Zeugen, und nun ward der Ehevertrag aufgesetzt zwischen der Tochter des Königs 'Abd el-Kâdir und dem Sohne des großmächtigen Königs, Ardaschîr. Und es war ein denkwürdiger Tag; an ihm gaben alle Freunde sich der Freude hin, doch alle Hasser und Neider ergrimmten in ihrem Sinn. Nachdem die Hochzeitsmahle und die Gelage gefeiert waren, ging der Prinz zu seiner Gemahlin ein, und er fand in ihr eine Maid an Ehren reich, einer undurchbohrten Perle und einem ungebrochenen Füllen gleich, ein Kleinod kostbar und rein, einen wohlbehüteten Edelstein; und das tat er seinem Vater kund. Nun fragte der großmächtige König seinen Sohn, ob er noch irgendeinen Wunsch habe vor der Abreise. Jener antwortete: ‚Ja, o König. Wisse, ich möchte Rache nehmen an dem Wesir, der so übel an uns gehandelt hat, und an dem Eunuchen, der uns verleumdet hat.' Da schickte der großmächtige König alsbald zu König 'Abd el-Kâdir, indem er jenen Wesir und den Eunuchen verlangte. Der sandte die beiden zu ihm, und als sie eintrafen, befahl er, sie über dem Stadttor zu hängen. Eine kurze Weile blieben sie noch dort; dann baten sie den König 'Abd el-Kâdir, er möge seiner Tochter gestatten, daß sie sich zur Reise rüste. Nun stattete ihr Vater sie aus, und die Prinzessin ward in eine Sänfte aus rotem Golde geleitet, die mit Perlen und Edelsteinen besetzt war und von edlen Rossen gezogen wurde. Und sie nahm alle ihre Kammerfrauen und Eunuchen mit sich, auch die Amme, die nach ihrer Flucht an ihre Stelle zurückgekehrt war und ihr Amt wieder angetreten hatte. Der großmächtige König und sein Sohn saßen auf, und auch König 'Abd el-Kâdir und das Volk seines Reiches bestiegen ihre Rosse, um seinem Eidam und seiner Tochter das Geleit zu geben. Das war ein Tag, wie er zu den schönsten Tagen gerechnet wird. Nachdem sie sich aber eine Strecke weit von der Stadt entfernt hatten, beschwor der großmächtige König seinen Schwäher, in seine Heimat zurückzukehren; und der kehrte nun heim, nachdem er ihn umarmt und auf die Stirn geküßt und ihm für alle seine Huld und Güte gedankt und ihm seine Tochter anempfohlen hatte. Er war nach diesem Abschied von dem großmächtigen König und seinem Sohne auch zu seiner Tochter gegangen und hatte sie umarmt; und sie hatte ihm die Hände geküßt, und beide hatten an der Stätte des Abschieds geweint. So begab er sich wieder in sein Reich, während der Sohn des großmächtigen Königs mit seiner Gemahlin und seinem Vater weiterzog, bis sie ihr Land erreichten; dort feierten sie ihre Hochzeit von neuem. Und sie lebten in lauter Herrlichkeit und Fröhlichkeit, Freude und Glückseligkeit, bis Der zu ihnen kam, der die Freuden schweigen heißt und der die Freundesbande zerreißt; der die Schlösser vernichtet und die Gräber errichtet. Und dies ist das Ende der Geschichte.

Ferner wird erzählt

DIE GESCHICHTE VON DSCHULLANÂR, DER MEERMAID, UND IHREM SOHNE, DEM KÖNIG BADR BÂSIM VON PERSIEN

O glücklicher König, einst lebte in alten Zeiten und längst entschwundenen Vergangenheiten im Lande der Perser ein König namens Schahrimân, und seine Hauptstadt befand sich in Chorasân. Der besaß hundert Nebenfrauen, doch durch keine von ihnen hatte er zeit seines Lebens ein Kind erhalten, weder einen Knaben noch ein Mädchen. Eines Tages nun dachte er darüber nach, und er war betrübt, weil der größere Teil seines Lebens vergangen war, ohne daß ihm ein Sohn beschert wäre, der nach ihm das Reich erben könnte, wie er es von seinen Vätern und Vorvätern geerbt hatte; deshalb ward er von tiefem Gram und Kummer und von bitterem Herzeleid erfüllt. Und wie er nun so dazusitzen pflegte, geschah es eines Tages, daß einer seiner Mamluken zu ihm eintrat und sprach: ‚Hoher Herr, an der Tür steht eine Sklavin mit einem Händler, die ist so schön, wie noch nie eine gesehen ward.' Der König befahl: ‚Bringt mir den Kaufmann und die Sklavin!' Und beide kamen darauf zu ihm. Wie er die Maid erblickte, sah er, daß sie einer Lanze von Rudaina[1] glich und in einen Schleier aus golddurchwirkter Seide eingehüllt war. Nun hob der Kaufmann den Schleier von ihrem Antlitz, und die ganze Halle erstrahlte von ihrer Schönheit. Ihr Haar hing in sieben Strähnen bis zu den Fußspangen hinab und glich dem Schweife edler Rosse; ihre Augen blickten voll dunkler Glut umher, ihre Hüften wiegten sich schwer unter dem Leibe, dem schlanken; sie heilte das Leiden des Kranken und löschte die brennenden Schmerzen in liebeglühenden Herzen; denn sie war, wie der Dichter in diesen Versen spricht:

> *Ich liebe sie, der Schönheit herrlich Bild,*
> *Von Anmut und von Würde ganz erfüllt;*
> *Sie ist nicht übergroß, noch auch zu klein,*
> *Doch hüllt ihr Schleier kaum die Hüften ein.*
> *Ihr Wuchs ist mitten zwischen schmal und breit,*
> *Nicht kurz, noch lang, daß er gen Himmel schreit.*
> *Bis auf die Knöchelspangen reicht ihr Haar;*
> *Doch ist ihr Antlitz immer tagesklar.*

[1]. Eine besonders schöne und gerade Lanze.

Der König wunderte sich über ihren Anblick, ihre Schönheit und Lieblichkeit und ihres Wuchses Ebenmäßigkeit, und er sprach zu dem Händler: ‚Alterchen, wieviel kostet diese Maid?' Und der gab zur Antwort: ‚Hoher Herr, ich habe sie für zweitausend Dinare von dem Händler gekauft, dem sie vor mir gehörte. Und seither bin ich drei Jahre lang mit ihr gereist, und ich habe noch, bis ich hierher gekommen bin, dreitausend Dinare ausgegeben. Doch sie ist ein Geschenk von mir an dich.'
Da verlieh ihm der König ein kostbares Ehrengewand und wies ihm zehntausend Dinare an. Der Händler nahm alles hin, küßte dem König die Hände, dankte ihm für seine Huld und Güte und ging seiner Wege. Darauf übergab der König die Sklavin den Kammerfrauen und sprach zu ihnen: ‚Widmet euch der Pflege dieser Maid, schmückt sie, richtet ein Gemach für sie her und führt sie hinein!' Auch befahl er den Kämmerlingen, ihr alles zu bringen, dessen sie bedurfte. Nun lag das Land, in dem er herrschte, am Meeresufer, und seine Hauptstadt hieß die Weiße Stadt. Man führte also die Maid in ein Gemach, dessen Fenster aufs Meer hinausschauten. – –«

Da bemerkte Schehrezâd, daß der Morgen begann, und sie hielt in der verstatteten Rede an. Doch als die *Siebenhundertundneununddreißigste Nacht* anbrach, fuhr sie also fort: »Es ist mir berichtet worden, o glücklicher König, daß der König, nachdem er die Sklavin erhalten hatte, sie den Kammerfrauen übergab und zu ihnen sprach: ‚Widmet euch ihrer Pflege und führt sie in ein Gemach!', und daß er den Kämmerlingen befahl, hinter ihr alle Türen zu schließen, nachdem sie ihr alles gebracht hätten, dessen sie bedürfte, und daß man sie darauf in ein Gemach führte, dessen Fenster aufs Meer hinausschauten. Dann ging der König zu ihr hinein; doch sie erhob sich nicht vor ihm und achtete seiner auch nicht. Da sagte er sich: ‚Es scheint, sie ist bei Leuten gewesen, die sie kein gutes Benehmen gelehrt haben.' Und er ging auf sie zu und sah sie an, wie sie vollkommen war an Schönheit und Lieblichkeit und des Wuchses Ebenmäßigkeit; ihr Antlitz glich dem runden Monde am Tage seiner Fülle oder dem leuchtenden Sonnenball im blauen Weltenall. Und er wunderte sich von neuem über ihre Schönheit und Lieblichkeit und ihres Wuchses Ebenmäßigkeit und pries Allah den Schöpfer, dessen Allmacht hochherrlich ist. Dann trat er nahe an die Sklavin heran und setzte sich neben ihr nieder, drückte sie an seine Brust, zog sie auf seine Kniee und sog den Tau ihrer Lippen, der ihm süßer war als Honig. Darauf ließ er die Tische bringen, die mit den prächtigsten Speisen von jederlei Art gedeckt waren, und er aß selbst und reichte der Maid die Speisen, bis sie gesättigt war; doch sie sprach kein einziges Wort. Auch als der König mit ihr plaudern wollte und sie nach ihrem Namen fragte, blieb sie stumm und gab ihm keine Antwort; kein Laut kam aus ihrem Munde, sie saß immer mit gesenktem Haupte da. Und nur dadurch ward sie vor dem Zorn des Königs gerettet, daß sie so überaus schön und anmutig und liebreizend war. Da sprach der König bei sich: ‚Preis sei Allah, dem Erschaffer dieser Maid! Wie entzückend ist sie! Nur daß sie nicht redet! Doch die Vollkommenheit ist nur bei Allah dem Erhabenen!' Nun fragte er die Sklavinnen, ob sie gesprochen habe, und die erwiderten ihm: ‚Seit ihrer Ankunft bis zu dieser Stunde hat sie nicht ein einziges Wort gesagt; wir haben sie nicht reden hören.' Darauf ließ der König einige seiner Nebenfrauen und Odalisken kommen und befahl ihnen, vor ihr zu singen und mit ihr vergnügt zu sein, ob sie vielleicht dann reden würde. So spielten denn die Nebenfrauen und Odalisken vor ihr allerlei Musikinstrumente und trieben mancherlei Spiele und sangen, bis alle, die dort anwesend waren, heiter und froh wurden; doch die Maid sah ihnen schweigend zu, sie lächelte nicht, noch sprach sie. Dem König ward die Brust eng, und er entließ die Frauen und blieb mit der Sklavin allein. Dann legte er seine Gewänder ab und entkleidete auch sie mit eigener Hand; und als er ihren Leib betrachtete, erschien er ihm gleich einem Barren Silbers. Da entbrannte er in heißer Liebe zu ihr, und er nahm ihr das Mädchentum; und wie er sie als reine Jungfrau erfand, war er hocherfreut, und er sprach bei sich selber: ‚Bei Allah, es ist ein Wunder, daß ein Mädchen, so schön an Gestalt und Antlitz, so lange bei den Händlern als reine Jungfrau bleiben konnte.' Und nun neigte er sich ganz ihr zu und achtete keiner anderen mehr, ja, er mied alle seine Nebenfrauen und Odalisken. Er blieb ein volles Jahr bei ihr, und dies war ihm wie ein einziger Tag; aber sie sprach nie. Eines Tages jedoch, als seine Liebe zu ihr und die Leidenschaft heiß auflodertem, sagte er zu ihr: ‚O du Wunsch der Seelen, sieh, meine Liebe zu dir ist übergroß, und ich habe um deinetwillen alle meine Sklavinnen, Nebenfrauen, Frauen und Odalisken gemieden; denn dich habe ich zu meinem Glück in dieser Welt gemacht, und ich habe ein volles Jahr lang bei dir ausgeharrt. Und jetzt flehe ich zu Allah dem Erhabenen, Er möge in Seiner Huld mir dein Herz erweichen, auf daß du mit mir redest. Wenn du aber stumm bist, so tu es mir durch ein Zeichen kund, damit ich die Hoffnung auf ein Wort von dir fahren lasse! Und ich bete zu Gott dem Hochgepriesenen, daß Er mir durch dich einen Sohn gewähre, der nach mir mein Königreich erben soll. Ach, ich bin einsam und verlassen, ich habe keinen Erben und bin doch hochbetagt. Um Allahs willen, wenn du mich liebst, so gib mir eine Antwort!' Da senkte die Maid ihr Haupt und dachte nach. Dann erhob sie ihr Haupt wieder und lächelte dem König ins Antlitz; ihm aber war, als ob ein Blitz das Gemach erhellte. Und nun hub sie an: ‚O König heldenhaft, o du Löwe voller Kraft, Allah hat dein Gebet erhört; denn ich habe durch dich empfangen, und die Zeit der Niederkunft ist nahe; aber ich kann nicht wissen, ob das Kind in meinem Schoße ein Sohn oder eine Tochter ist. Hätte ich nicht von dir empfangen, so hätte ich nie ein Wort mit dir gesprochen.' Als der König ihre Rede vernommen hatte, leuchtete aus seinem Antlitz helle Freude, und er küßte ihr Haupt und Hände im Überschwang der Freude, und er rief: ‚Preis sei Allah, der mir gewährt hat, was ich mir wünschte: zum ersten deine Sprache und zum zweiten die Kunde, daß du von mir empfangen hast.' Dann erhob er sich und verließ sie und setzte sich auf den Thron seiner Königsherrschaft, von wachsender Freude erfüllt. Und er befahl dem Wesir, unter die Armen und Bedürftigen, die Witwen und das andere Volk hunterttausend Dinare als Almosen zu verteilen zum Danke gegen Allah den Erhabenen. Der Wesir tat, wie ihm der König befohlen hatte. Nachdem dies geschehen war, begab der König sich wieder zu der Maid, setzte sich zu ihr, umarmte sie und drückte sie an seine Brust und sprach zu ihr: ‚Meine Gebieterin, du Herrin über mein Leben, warum war dies Schweigen? Seit einem vollen Jahre bist du bei mir Tag und Nacht, hast geschlafen und gewacht, aber in diesem ganzen Jahre hast du erst heute zu mir gesprochen. Was war der Grund deines Schweigens?' Die Maid gab ihm zur Antwort: ‚Höre, o größter König unserer Zeit, ich bin eine arme Heimatlose mit gebrochenem Herzen, und ich bin fern von meiner Mutter und meinem Bruder und den Meinen.' Als der König diese Worte von ihr vernahm, erkannte er ihren Wunsch und sprach zu ihr: ‚Wenn du sagst, daß du arm seiest, so ist für solche Worte kein Grund; denn mein ganzes Reich, mein Hab und Gut und alles, was ich besitze, stehen dir zu Diensten, und auch ich bin dein Knecht geworden. Und wenn du sagst, du seiest fern von deiner Mutter und deinem Bruder und den Deinen, so laß mich wissen, wo sie sind, und ich will zu ihnen senden und sie zu dir kommen lassen.' ‚Wisse, o glücklicher König,' erwiderte sie, ‚ich heiße Dschullanâr[1], die Meermaid, und mein Vater war einer der Könige des Meeres; er starb und hinterließ uns das Reich. Doch während wir uns der Herrschaft erfreuten, erhob sich plötzlich ein anderer König wider uns und entriß das Reich unseren Händen. Ich habe noch einen Bruder, Sâlih geheißen, und auch meine Mutter ist ein Meerweib. Nun geriet ich mit meinem Bruder in Streit, und ich schwor, ich wolle mich einem Manne vom Landvolk in die Hände werfen. So verließ ich das Meer und setzte mich am Ufer einer Insel im Mondenschein nieder; da kam ein Mann an mir vorüber, nahm mich mit und führte mich in sein Haus. Dort wollte er mich verführen, aber ich schlug ihm aufs Haupt, so daß er fast gestorben wäre. Darauf schleppte er mich fort und verkaufte mich an diesen Mann, von dem du mich erhalten hast; der war ein trefflicher und rechtschaffener Mann, fromm, zuverlässig und edelmütig. Und hätte dein Herz mich nicht liebgewonnen, und hättest du mich nicht über alle deine Nebenfrauen erhöht, so wäre ich nicht eine einzige Stunde bei dir geblieben; dann hätte ich mich ins Meer geworfen, durch dies Fenster dort, und wäre zu meiner Mutter und den Meinen geschwommen. Nun aber scheute ich mich davor, zu ihnen zu kommen, da ich von dir schwanger bin, und fürchtete, sie könnten Böses von mir denken und mir keinen Glauben schenken, auch wenn ich ihnen schwören und erzählen würde, ein König hätte mich mit seinem Golde erkauft und mich zu sei-

1. ‚Granatapfelblüte', ein persisches Lehnwort im Arabischen.

nem Glück in dieser Welt gemacht, indem er mich über seine Gattinnen stellte und über alles, was seine Hand besitzt. Das ist meine Geschichte, und hiermit ist sie zu Ende.' – –«

Da bemerkte Schehrezâd, daß der Morgen begann, und sie hielt in der verstatteten Rede an. Doch als die *Siebenhundertundvierzigste Nacht* anbrach, fuhr sie also fort: »Es ist mir berichtet worden, o glücklicher König, daß Dschullanâr, die Meermaid, als König Schahrimân sie befragt hatte, ihm ihre Geschichte von Anfang bis zu Ende erzählte; und als er ihre Rede vernommen hatte, dankte er ihr und küßte sie auf die Stirn. Und er sprach zu ihr: ‚Bei Allah, meine Gebieterin, du mein Augenlicht, ich kann es nicht ertragen, mich auch nur eine einzige Stunde von dir zu trennen; und wenn du mich verlässest, so werde ich auf der Stelle tot sein. Was wollen wir tun?' ‚Hoher Herr,' erwiderte sie, ‚die Zeit meiner Niederkunft ist nahe, und die Meinen müssen bei mir sein, um mich zu pflegen; denn die Frauen vom Festlande wissen nicht, wie die Töchter des Meeres gebären, wie auch die Töchter des Meeres nicht die Art der Entbindung der Frauen des Festlandes kennen. Und wenn die Meinen kommen, so werde ich mich mit ihnen versöhnen, und auch sie werden sich mir wieder zuwenden.' Nun fragte der König sie: ‚Und wie können sie sich im Meere bewegen, ohne daß sie naß werden?' Sie antwortete: ‚Wir bewegen uns im Meere, geradeso wie ihr auf dem Festlande gehet; und das geschieht durch die Kraft der Zaubernamen, die auf dem Ringe Salomos, des Sohnes Davids – über beiden sei Heil! – eingegraben sind. Doch, o König, wenn die Meinen und mit ihnen mein Bruder kommen, so werde ich ihnen kundtun, daß du mich mit deinem Gelde gekauft und mir Freundlichkeit und Güte erwiesen hast. Dann sollst du vor ihnen meine Worte bestätigen, und sie sollen mit ihren eigenen Augen deine Herrlichkeit schauen und erfahren, daß du ein König und der Sohn eines Königs bist.' Darauf sagte der König: ‚Meine Gebieterin, tu, was dir gut scheint und was dir gefällt; bei allem, was du nun tust, will ich mich dir fügen!' Da fuhr die Meermaid fort: ‚Wisse, o größter König unserer Zeit, wir ziehen im Meere umher mit offenen Augen und sehen, was darinnen ist; auch erblicken wir die Sonne und den Mond und die Sterne und den Himmel, wie wenn wir auf der Oberfläche der Erde wären; und das schadet uns nichts. Und wisse ferner, es gibt im Meere viele Völker und mannigfache Gestalten von allerlei Art, wie sie ja auch auf dem Lande sind. Ja, vernimm, daß alles, was sich auf dem Festlande befindet, nur sehr wenig ist im Vergleich zu dem, was die Tiefe birgt.' Ihren Worten hörte der König mit Staunen zu. Dann nahm die Maid von ihrer Schulter zwei Stücke Komoriner[1] Aloeholzes, nahm etwas davon und warf es, nachdem sie ein Feuer in einer Kohlenpfanne angezündet hatte, in die Pfanne hinein; dann ließ sie einen lauten Pfiff erschallen und begann unverständliche Worte zu murmeln. Da stieg ein mächtiger Rauch auf, während der König zuschaute; und sie sprach zu ihm: ‚Hoher Herr, geh, verbirg dich in einer Kammer, damit ich dir meinen Bruder und meine Mutter und die Meinen zeigen kann, ohne daß sie dich sehen; denn ich gedenke sie herbeizurufen, und du wirst hier an dieser Stätte zu dieser Stunde ein Wunder schauen. Du wirst staunen über die mannigfachen Gestalten und die seltsamen Gebilde, die Allah der Erhabene geschaffen hat.' Da ging der König alsogleich hin und trat in eine Kammer und sah ihr von dort aus bei ihrem Tun zu. Und sie fuhr fort zu räuchern und zu beschwören, bis das Meer aufschäumte und brandete und ihm ein Jüngling entstieg, von

1. Eine besonders wertvolle Art indischen Aloeholzes.

schöner Gestalt und mit strahlendem Antlitz, als wäre er der Mond in seiner Fülle; seine Stirn war blütenrein, seine Wangen waren von rötlichem Schein und seine Zähne gleich Perlen und Edelgestein. Von allen Geschöpfen glich er am meisten seiner Schwester, und die Zunge der Dichtung sprach über ihn diese beiden Verse:

> *Der Mond vollendet sich in jedem Monat einmal,*
> *Dein schönes Antlitz ist an jedem Tag vollendet.*
> *Der Vollmond wohnt nur in einem einz'gen Sternbild,*
> *Doch dir ist jedes Herz als Wohnstatt zugewendet.*

Danach stieg aus dem Meer empor eine Frau mit ergrauendem Haare, begleitet von fünf Jungfrauen, wie Monde anzuschauen, und die glichen der Maid, deren Name Dschullanâr war. Der König aber sah, wie der Jüngling und die alte Frau und die Jungfrauen auf der Oberfläche des Wassers dahinschritten, bis sie den Weg zu Dschullanâr einschlugen. Als sie nahe an das Fenster herangekommen waren und die Meermaid sie vor sich sah, eilte sie ihnen freudig und froh entgegen. Und da auch jene sie erblickten und erkannten, traten sie zu ihr ein und umarmten sie und weinten bitterlich. Dann sprachen sie zu ihr: ‚O Dschullanâr, wie konntest du uns verlassen und vier Jahre lang fern sein, ohne daß wir die Stätte kannten, an der du weiltest? Bei Allah, die Welt ward uns zu enge durch die Qual der Trennung, Speise und Trank mundeten uns nicht einen einzigen Tag. Ja, wir weinten Tag und Nacht im Übermaß unserer Sehnsucht nach dir!' Darauf begann sie dem Jüngling, ihrem Bruder, und ihrer Mutter die Hände zu küssen, desgleichen auch ihren Basen; und sie saßen eine Weile bei ihr und fragten sie, wie es ihr ergehe und was ihr widerfahren sei und wie es jetzt um sie stehe. ‚Wisset,' erwiderte sie, ‚als ich euch verlassen hatte und aus dem Meere emporgestiegen war, setzte ich mich am Ufer einer Insel nieder. Da nahm ein Mann mich mit sich und verkaufte mich an einen Händler; und der Händler brachte mich in diese Stadt und verkaufte mich an ihren König um zehntausend Dinare. Der aber hegte und pflegte mich, ja, er verließ alle seine Frauen, Nebenfrauen und Odalisken um meinetwillen und vergaß bei mir alles, was er hatte und was in seiner Stadt vorging.' Als ihr Bruder diese Worte von ihr vernommen hatte, sprach er: ‚Preis sei Allah, der uns wieder mit dir vereinigt hat! Doch jetzt, liebe Schwester, ist es mein Wunsch, daß du dich aufmachst und mit uns in unser Land und zu unserem Volke heimkehrst.' Kaum hatte der König die Worte ihres Bruders gehört, so ward er wie von Sinnen aus Furcht, die Maid könnte dem Wunsch ihres Bruders folgen, und er selbst würde dann nicht vermögen, sie zurückzuhalten, wiewohl er von heißer Liebe zu ihr erfüllt war; und er war ratlos, da er mit Schrecken an ihren Verlust dachte. Doch die Maid Dschullanâr erwiderte ihrem Bruder auf seine Worte: ‚Bei Allah, mein Bruder, der Mann, der mich gekauft hat, ist doch der König dieser Stadt; er ist ein mächtiger Herrscher, ein weiser Mann, edel und gut und so freigebig, wie er nur sein kann. Er hat mich ja auch ehrenvoll behandelt, er, der Mann von Hochherzigkeit und großem Reichtum; doch er hat weder Sohn noch Tochter. Immer war er freundlich gegen mich und erwies mir lauter Gutes; von dem Tage, da ich zu ihm kam, bis zu dieser Stunde habe ich kein böses Wort von ihm gehört, das mein Herz betrübt hätte. Stets war er gütig zu mir und tat nichts, ohne mich um Rat zu fragen; und so lebe ich bei ihm im schönsten Wohlsein und im vollkommensten Glück. Und dazu kommt, daß er des Todes wäre, wenn ich ihn verließe; denn er kann es nicht ertragen, auch nur eine einzige Stunde von mir getrennt zu sein. Und wenn ich von ihm gehe, so werde auch ich sterben; denn ich liebe ihn so innig, da er mir übergroße Huld erwiesen hat, seitdem ich bei ihm weile. Ja, wenn mein Vater noch am Leben wäre, ich würde bei ihm nicht in so hohen Ehren stehen wie bei diesem großmächtigen und ruhmreichen König. Und nun seht ihr doch, daß ich durch ihn Mutter werde. Preis sei Allah, der mich zur Tochter des Meerkönigs gemacht und mich mit dem mächtigsten der Könige des Festlandes vermählt hat! Wahrlich, Allah der Erhabene hat mich nicht verlassen, sondern mich mit Gutem überhäuft.' – –«

Da bemerkte Schehrezâd, daß der Morgen begann, und sie hielt in der verstatteten Rede an. Doch als die *Siebenhundertundeinundvierzigste Nacht* anbrach, fuhr sie also fort: »Es ist mir berichtet worden, o glücklicher König, daß Dschullanâr, die Meermaid, ihrem Bruder ihre ganze Geschichte erzählte und mit den Worten schloß: ‚Wahrlich, Allah der Erhabene hat mich nicht verlassen, sondern mich mit Gutem überhäuft. Und weil nun der König keinen Sohn und keine Tochter hat, so flehe ich zu Allah dem Erhabenen, daß er mir einen Sohn gewähre, der von diesem großmächtigen König erbe, was Gott ihm an Bauten und Schlössern und anderen Besitztümern verliehen hat.' Als ihr Bruder und ihre Basen diese Worte von ihr vernahmen, wurden ihre Gemüter durch solche Rede getröstet, und sie sprachen zu ihr: ‚O Dschullanâr, du weißt, wie hoch du bei uns in Ehren stehst, du kennst unsere Liebe zu dir, du bist dessen gewiß, daß du uns von allen Geschöpfen am teuersten bist, und du kannst sicher glauben, daß wir dir nur das ungetrübte und ungestörte Glück wünschen. Wenn du unglücklich bist, so mache dich auf mit uns in unser Land und zu unserem Volke; aber wenn du hier glücklich lebst in Ehren und Freuden, so ist das unser Wunsch und Wille; denn wir wünschen dein Wohlergehen jetzt und immerdar.' Da gab sie ihnen zur Antwort: ‚Bei Allah, ich lebe hier in höchster Glückseligkeit, in Freuden und in Fröhlichkeit.' Wie nun der König diese Worte aus ihrem Munde vernahm, freute er sich, und sein Herz ward wieder beruhigt und von Dankbarkeit gegen sie erfüllt; und seine Liebe zu ihr ward noch größer und durchdrang sein ganzes inneres Wesen. Denn jetzt wußte er, daß sie ihn ebenso heiß liebte wie er sie, und daß sie bei ihm zu bleiben wünschte, um das Kind zu schauen, das ihm von ihr zuteil werden sollte. Darauf gab die Maid – Dschullanâr, die Meermaid – ihren Dienerinnen Befehl, die Tische mit Speisen von allerei Art zu bringen; und das waren Speisen, die sie selbst in der Küche hatte zubereiten lassen. So brachten ihnen denn die Dienerinnen die Speisen und die Süßigkeiten und die Früchte. Dann aß sie mit den Ihren davon. Aber da huben jene an: ‚Dschullanâr, dein Herr ist uns ein Fremdling; und wir sind in sein Haus eingedrungen, ohne seine Erlaubnis und ohne daß er uns kennt, während du uns seine Herrlichkeit gepriesen hast. Ferner hast du uns von seinen Speisen vorgesetzt, und wir haben gegessen; aber wir sind ihm nicht begegnet und haben ihn nicht gesehen, und auch er hat uns nicht gesehen, er ist nicht bei uns gewesen und hat nicht mit uns gegessen, so daß wir Brot und Salz mit ihm geteilt hätten.' Sogleich ließen sie alle vom Essen ab und zürnten ihr; und Feuer sprühte aus ihrem Munde wie von Fackeln. Doch wie der König das sah, ward er wie von Sinnen, da er so gewaltig vor ihnen erschrak. Dschullanâr aber beruhigte ihre Gemüter, begab sich dann in die Kammer, in der ihr Herr, der König, sich befand, und sprach zu ihm: ‚Hoher Herr, hast du gesehen und gehört, wie ich dich vor den Meinen gelobt und gepriesen habe? Und hast du auch vernommen, was sie zu mir sagten, sie wünschten mich mit sich zu unserem Volk und in unser Land zu nehmen?' Er antwortete ihr: ‚Ich habe gehört und gesehen, möge Allah dir statt meiner mit Gutem vergelten! Bei Allah, erst jetzt, in dieser gesegneten Stunde, habe ich die Größe deiner Liebe zu mir erkannt, und ich zweifle nicht mehr daran, daß du mich wirklich lieb hast.' ‚Mein Gebieter,' sagte sie darauf, ‚ist der Lohn für Güte etwas anderes als Güte? Du bist gütig zu mir gewesen und hast in deiner Freigebigkeit mir die höchsten Gnaden erwiesen, und ich sehe, daß du mich innig liebst; ja, du hast mir immer nur Gutes getan und hast mich vor allen erwählt, die du liebtest und begehrtest. Wie könnte da mein Herz einwilligen, mich von dir zu trennen und dich zu verlassen? Wie wäre das denkbar, da du so gütig und huldvoll zu mir bist? Nun bitte ich dich, du möchtest in deiner Huld kommen und die Meinen begrüßen, auf daß du sie siehest und sie dich sehen und auf daß reine Freundschaft und Liebe zwischen euch herrsche. Wisse, o größter König unserer Zeit, mein Bruder und meine Mutter und meine Basen haben dich schon herzlich liebgewonnen, als ich dich vor ihnen pries. Und sie sagten: ‚Wir wollen nicht eher von dir in unser Land zurückkehren, als bis wir mit dem König zusammengetroffen sind und ihn begrüßt haben.' Ja, sie wünschen wahrlich, dich zu sehen und mit dir bekannt zu werden.' Der König erwiderte: ‚Ich höre und gehorche; denn dies ist auch mein Wunsch!' Und alsbald erhob er sich und trat zu ihnen ein und begrüßte sie auf das schönste. Da sprangen sie eiligst auf und empfingen ihn mit höchster Ehrerbietung; und er setzte sich mit ihnen im Saale nieder und aß mit ihnen von der gleichen Tafel. So blieb er dreißig Tage lang mit ihnen zusammen. Als sie dann wieder in ihr Land heimkehren wollten, nahmen sie Abschied vom König und von der Königin Dschullanâr, der Meermaid, und verließen die beiden, nachdem der König ihnen höchste Ehren erwiesen hatte.

Nach einer Weile vollendeten sich für Dschullanâr die Tage ihrer Schwangerschaft, und als die Zeit ihrer Niederkunft kam, schenkte sie einem Knaben das Leben, der dem Monde in seiner Fülle glich. Darüber war der König aufs höchste erfreut, weil ihm ja in seinem ganzen Leben weder Sohn noch Tochter zuteil geworden war. Nun feierte man die Freudenfeste und schmückte die Stadt sieben Tage lang, und alle ergingen sich in Frohsinn und Heiterkeit. Am siebenten Tage aber erschienen die Mutter der Königin Dschullanâr und ihr Bruder und ihre Basen, als sie von ihrer Niederkunft gehört hatten. – –«

Da bemerkte Schehrezâd, daß der Morgen begann, und sie hielt in der verstatteten Rede an. Doch als die *Siebenhundertundzweiundvierzigste Nacht* begann, fuhr sie also fort: »Es ist mir berichtet worden, o glücklicher König, daß der König, als Dschullanâr nach ihrer Niederkunft von den Ihren besucht wurde, die Leute des Meeres in höchster Freude über ihr Kommen empfing und zu ihnen sprach: ‚Ich habe mir gesagt, ich wolle meinem Sohn nicht eher einen Namen geben, als bis ihr kämt und ihn nach eurer Kenntnis benennen würdet.' Da nannten sie ihn Badr Bâsim[1]; und alle hießen diesen Namen gut. Dann brachte man den Knaben seinem Oheim[2] Sâlih dar, und er nahm ihn auf den Arm, schritt aus ihrer Mitte fort und ging im Schlosse hin und her, nach rechts und nach links. Dann aber trug er den Knaben aus dem Schlosse fort und ging mit

---

1. Lächelnder Vollmond. – 2. Nach dem Glauben der Araber ist der Oheim mütterlicherseits von besonderer Bedeutung für die Kinder seiner Schwester; diese Anschauung soll aus der Zeit des Matriarchats stammen.

ihm zum Salzmeere hinab und schritt dahin, bis er dem Blick des Königs entschwand. Als dieser sah, daß der Meeresjüngling seinen Sohn nahm und mit ihm in der Tiefe des Meeres verschwand, gab er sein Kind verloren und begann zu weinen und zu klagen. Dschullanâr jedoch, die das bemerkte, sprach zu ihm: ‚O größter König unserer Zeit, fürchte dich nicht und gräme dich nicht um deinen Sohn! Sieh, ich liebe mein Kind noch mehr als du. Mein Sohn ist jetzt bei meinem Bruder; sei nicht besorgt um des Meeres willen und fürchte nicht, er könne ertrinken! Wenn mein Bruder wüßte, daß dem Kleinen ein Schaden widerfahren könnte, so hätte er nicht getan, was er getan hat. Noch in dieser Stunde wird er dir deinen Sohn wohlbehalten zurückbringen, so Allah der Erhabene will.' Es verging auch keine Stunde, da fing das Meer an zu tosen und zu branden, und ihm entstieg der Oheim des Kleinen, und der Sohn des Königs war wohlbehalten bei ihm. Dann flog er über das Meer dahin, bis er zu denen im Schlosse kam, während das Kind ruhig in seinen Armen lag mit einem Antlitze, das dem Monde in der Nacht seiner Fülle glich. Darauf blickte der Oheim des Prinzen den König an und sprach zu ihm: ‚Du magst wohl gefürchtet haben, deinem Sohne könne ein Leid widerfahren, als ich mit ihm ins Meer hinabstieg.' ‚Ja, Herr,' erwiderte der König, ‚ich war um ihn besorgt, und ich glaubte, ich würde ihn nie mehr lebend wiedersehen.' Doch Sâlih fuhr fort: ‚O König des Festlandes, wir haben seine Augen mit einer Salbe bestrichen, die nur wir kennen, und wir haben über ihm die Zaubernamen gesprochen, die auf dem Ringe Salomos, des Sohnes Davids – über beiden sei Heil! – geschrieben stehen. Wenn bei uns ein Kind geboren wird, so pflegen wir dies, was ich dir beschrieben habe, mit ihm zu tun. Nun brauchst du nicht zu fürchten, daß er je ertrinken oder ersticken werde, auch nicht in irgend einem anderen Meere, wenn er darin hinabsteigt; denn wie ihr auf dem Lande wandelt, so wandeln wir im Meere.' Darauf zog er aus seiner Tasche ein Kästchen hervor, das mit Schriftzeichen bedeckt und versiegelt war; und nachdem er die Siegel gelöst hatte, entleerte er es. Da entfielen ihm aufgereihte Edelsteine von allen Arten, Hyazinthe und andere Juwelen, dreihundert Stäbchen aus Smaragd und dreihundert durchlochte Edelsteine, die so groß waren wie Straußeneier und deren Licht heller erstrahlte als das Licht von Sonne und Mond. Und Sâlih sprach: ‚O größter König unserer Zeit, diese Edelsteine und Hyazinthe sind ein Geschenk von mir an dich, da wir dir noch nie ein Geschenk gebracht haben; wir wußten ja auch nicht, wo Dschullanâr weilte, und hatten jede Spur und Nachricht von ihr verloren. Aber jetzt, da wir dich mit ihr vereint sehen und da wir alle gleichsam ein einziges Wesen geworden sind, haben wir dir dies Geschenk gebracht. Und fortan wollen wir dir oft, immer nach wenigen Tagen, dergleichen darbringen, so Allah der Erhabene will; denn diese Edelsteine und Hyazinthe sind bei uns zahlreicher als die Kiesel am Strande; und wir kennen die guten und schlechten von ihnen, die Wege zu ihnen und ihre Fundstätten, und so sind sie leicht für uns zu beschaffen.' Als aber der König jene Juwelen und Hyazinthe erblickte, ward ihm sein Verstand wirre und sein Herz irre, und er rief: ‚Bei Allah, ein einziger von diesen Edelsteinen ist so viel wert wie mein ganzes Reich!' Dann dankte er Sâlih, dem Meeresjüngling, für seine Güte, und indem er die Königin Dschullanâr anschaute, sprach er zu ihr: ‚Ich stehe beschämt vor deinem Bruder, der so freigebig gegen mich gewesen ist und mir diese herrliche Gabe dargebracht hat, die das Vermögen der Erdbewohner weit übersteigt.' Darum dankte auch sie ihrem Bruder für seine Güte; doch er sprach: ‚O größter König unserer Zeit, du hast ältere Ansprüche an uns, und dir zu danken ist uns eine Pflicht; denn du bist zu unserer Schwester freundlich gewesen, und wir sind in dein Haus gekommen und haben von deiner Speise gegessen, wie der Dichter sagt:

> *Hätt ich vor ihr geweint in meiner Lieb zu Su'da,*
> *Eh mir die Reue kam, so wär mein Herz geheilt!*
> *Nun weinte sie vor mir, da mußt ich mit ihr weinen*
> *Und sprach: Der Preis wird dem, der vorgeht, zuerteilt.*

Dann fuhr Sâlih fort: ‚Und wenn wir auch, o größter König unserer Zeit, tausend Jahre lang mit allem Eifer in deinem Dienste ständen, so könnten wir dir doch nicht vergelten, und all das wäre nur ein karger Teil von dem, was dir gebührt.' Der König dankte ihm aufs herzlichste, und Sâlih blieb mit seiner Mutter und seinen Basen vierzig Tage bei dem König. Darauf ging Sâlih, der Bruder Dschullanârs, hin und küßte den Boden vor dem König, dem Gemahl seiner Schwester. Der fragte ihn: ‚Was wünschest du, o Sâlih?' ‚O größter König unserer Zeit,' erwiderte jener, ‚du hast uns große Huld erwiesen, und jetzt erbitten wir von deiner Güte, daß du uns gnädiglich Erlaubnis gibst, abzureisen. Denn siehe, wir sehnen uns nach unserem Volk und Land, unseren Anverwandten und unseren Heimstätten, obwohl wir nimmermehr den Dienst bei dir und meiner Schwester und meinem Neffen verlassen wollen. Bei Allah, o größter König unserer Zeit, es wird meinem Herzen nicht leicht, mich von euch zu trennen. Aber was sollen wir tun, da wir nun einmal im Meere groß geworden sind und das Festland uns nicht zusagt?' Sowie der König seine Worte vernommen hatte, sprang er auf und nahm Abschied von Sâlih, dem Meeresjüngling, und seiner Mutter und seinen Basen; und alle weinten Tränen des Abschieds miteinander.

Dann sprachen die vom Meere: ‚In kurzer Zeit werden wir wieder bei euch sein; nie werden wir uns ganz von euch trennen, sondern wir werden stets, je nach Verlauf von wenigen Tagen, euch besuchen.' Dann flogen sie auf und dem Meere zu, bis sie dort ankamen und den Blicken entschwanden. – –«

Da bemerkte Schehrezâd, daß der Morgen begann, und sie hielt in der verstatteten Rede an. Doch als die *Siebenhundertunddreiundvierzigste Nacht* anbrach, fuhr sie also fort: »Es ist mir berichtet worden, o glücklicher König, daß die Anverwandten Dschullanârs, der Meermaid, als sie von dem König und von ihr Abschied nahmen, miteinander Tränen des Abschieds weinten; dann flogen sie davon und stiegen ins Meer hinab und entschwanden den Blicken. Der König aber erwies Dschullanâr nur noch mehr Güte und höhere Ehren. Und der Kleine wuchs und gedieh, während sein Oheim und seine Ahne und seine Muhme und die Basen seiner Mutter oftmals, immer nach kurzer Zeit, zum Schlosse des Königs kamen und dort einen Monat oder auch zwei Monate lang blieben und dann zu ihrer Stätte zurückkehrten. Der Knabe aber nahm mit seinen wachsenden Jahren immer mehr zu an Schönheit und Anmut, bis er fünfzehn Jahre alt war und seinesgleichen nicht hatte an Vollkommenheit und des Wuchses Ebenmäßigkeit. Auch hatte er die Kunst zu schreiben und zu lesen gelernt, dazu die Geschichte, die Kunde vom Satzbau und vom Wortschatz, das Pfeilschießen und das Speerspiel; so lernte er das Rittertum und alles andere, was sich für die Söhne der Könige ziemt. Und es gab niemanden unter den Kindern des Stadtvolkes, sei es Mann oder Weib, der nicht von den trefflichen Eigenschaften jenes Jüngling gesprochen hätte; denn er war von unvergleichlicher Lieblichkeit und Vollkommenheit, wie er in den Dichterworten beschrieben ist:

> *Er schrieb sein Wangenflaum in Perlenschrift mit Ambra*
> *Zwei Zeilen mit Gagat gemalt auf Äpfel fein.*
> *Er tötet mit dem Blick der träumerischen Augen,*
> *Und seine Wangen machen trunken ohne Wein.*

Oder auch in den Worten eines anderen:

> *Es sproßte zarter Flaum auf seiner Wangen Fläche*
> *Gleich einer Stickerei, die dort zu ruhen schien;*
> *Es war, als ob bei Nacht dort eine Lampe hinge,*
> *An Ambraketten, über die sich Schatten ziehn.*[1]

Der König aber war ihm mit innigster Liebe zugetan, und so berief er nun den Wesir und die Emire, die Würdenträger des Staates und die Großen des Reiches und ließ sie feierliche Eide schwören, daß sie Badr Bâsim nach dem Tode seines Vaters zu ihrem König wählen würden. Und jene schworen die feierlichen Eide mit Freuden; denn der König war wohltätig gegen jedermann, freundlich in seinen Worten und ein Hort von Güte, und er sprach nichts, als was dem Volke Nutzen brachte. Am nächsten Tage stieg der König mit den Würdenträgern des Staates und allen Emiren und seiner ganzen Truppenmacht zu Pferde und zog mit ihnen durch die Stadt; dann kehrten sie zurück, und als sie sich dem Palaste näherten, saß der König ab und ging zum Zeichen der Dienstleistung vor seinem Sohn zu Fuß; dabei trugen zuerst er und dann alle Emire und Großen des Reiches die Staatsschabracke vor dem Prinzen her, nacheinander ein jeder eine Weile, und so zogen sie dahin, bis sie zur Halle des Palastes kamen, während der Prinz immer hoch zu Rosse saß. Dann stieg er ab, und sein Vater und die Emire umarmten ihn und setzten ihn auf den Thron der Herrschaft. Dort standen sie nun vor ihm, der Vater und desgleichen die

---

1. Die dunklen Schatten sind das schwarze Haar, die Ambraketten der Flaum, die Lampe ist das Bild für die roten Wangen.

Emire. Badr Bâsim aber sprach Recht unter dem Volke, setzte die Ungerechten ab und belohnte die Gerechten; so waltete er seines Amtes, bis die Mittagszeit nahte. Dann erhob er sich von dem Königsthron und begab sich zu seiner Mutter Dschullanâr, der Meermaid, indem er die Krone auf seinem Haupte trug und so schön war wie der Vollmond, während König Schahrimân vor ihm herging. Als die Mutter die beiden erblickte, stand sie vor ihrem Sohne auf, küßte ihn und beglückwünschte ihn zur Herrscherwürde, und sie betete, der Himmel möchte ihm und seinem Vater langes Leben und Sieg über die Feinde geben. Darauf setzte er sich zu seiner Mutter und ruhte sich aus. Doch als die Zeit des Nachmittagsgebetes kam, ritt er mit den Emiren, die ihn führten, zum Blachfeld hinab und pflog des Waffenspieles bis zur Abendzeit mit seinem Vater und den Großen seines Reiches. Dann kehrte er zum Palaste zurück, während alles Volk vor ihm herzog. Und hinfort ritt er jeden Tag zum Blachfeld hinab, und wenn er zurückgekehrt war, setzte er sich nieder, um unter dem Volke zu richten, und er sprach das Recht über Herr und Knecht. Ein ganzes Jahr lang lebte er so; dann begann er zu Jagd und Hatz auszuziehen und in den Städten und Ländern, die seiner Herrschaft unterstanden, umherzureiten und Frieden und Sicherheit zu verbreiten, und er tat, wie die Könige tun. Und unter den Menschen seiner Tage war er einzig an Ruhm und Tapferkeit und Gerechtigkeit gegen die Untertanen. Es begab sich aber, daß eines Tages der alte König, der Vater von Badr Bâsim, erkrankte und an dem Pochen seines Herzens erkannte, daß er bald zur ewigen Stätte entrückt werden würde. Ja, die Krankheit in ihm ward so heftig, daß er dem Tode nahe kam, und da berief er seinen Sohn und empfahl ihm die Untertanen, desselbigengleichen auch seine Mutter und die Großen seines

Reiches und alle Vasallen, und er ließ die Versammelten noch einmal schwören und nahm ihnen den Treueid gegen seinen Sohn ab und versicherte sich ihrer durch die Schwüre. Darauf siechte er noch einige wenige Tage dahin; dann ging er ein zur Barmherzigkeit Allahs des Erhabenen. Nun trauerten um ihn sein Sohn Badr Bâsim und seine Gemahlin Dschullanâr, die Emire und die Wesire und die Großen des Reiches; und sie erbauten ihm ein Grabhaus und bestatteten ihn darin. Einen ganzen Monat lang dauerte ihre Trauerfeier; dann aber kamen Sâlih, der Bruder Dschullanârs, und ihre Mutter und ihre Basen, und sie trösteten die Betrübten in ihrem Schmerz um den König und sprachen: ‚O Dschullanâr, wenn auch der König dahingeschieden ist, so hat er doch diesen trefflichen Sohn hinterlassen; und wer seinesgleichen hinterläßt, der ist nicht tot; denn dieser ist der Unvergleichliche, der reißende Leu.' – –«

Da bemerkte Schehrezâd, daß der Morgen begann, und sie hielt in der verstatteten Rede an. Doch als die *Siebenhundertundvierundvierzigste Nacht* anbrach, fuhr sie also fort: »Es ist mir berichtet worden, o glücklicher König, daß der Bruder Dschullanârs, Sâlih, und ihre Mutter und ihre Basen zu ihr sprachen: ‚Wenn auch der König dahingeschieden ist, so hat er doch diesen unvergleichlichen Jüngling hinterlassen, den reißenden Leu, den gleißenden Mond.' Die großen des Reiches aber und die Vornehmen traten zu König Badr Bâsim ein und sprachen zu ihm: ‚O König, es liegt nichts Unrechtes in der Trauer um den Verstorbenen; doch das Trauern ist die Sache der Frauen. Drum quäle nicht dein und unser Gemüt durch die Trauer um deinen Vater; denn er hat ja, da er starb, dich hinterlassen, und wer deinesgleichen hinterläßt, der ist nicht tot!' So suchten sie ihn mit milden Worten zu trösten, und darauf geleiteten sie ihn ins Bad. Und als er das Bad verlassen hatte, legte er ein prächtiges Gewand an, das mit Gold durchwirkt und mit Edelsteinen und Hyazinthen besetzt war; auch legte er die Königskrone wieder auf sein Haupt und setzte sich auf den Thron seiner Herrschaft. Nun ordnete er wieder die Angelegenheiten der Menschen, ließ zwischen dem Starken und dem Schwachen Gerechtigkeit walten und verschaffte dem Knecht vor dem Herren sein Recht. Das Volk war ihm in herzlicher Liebe zugetan, und so lebte er wiederum ein volles Jahr dahin. Dabei besuchten ihn seine Anverwandten aus dem Meere immer von Zeit zu Zeit, und sein Leben war schön und sein Auge heiter. Das blieb auch so eine lange Weile.

Nun aber begab es sich, daß sein Oheim eines Nachts zu Dschullanâr eintrat und sie begrüßte. Da erhob sie sich, umarmte ihn und ließ ihn zu ihrer Seite sitzen und fragte ihn: ,Lieber Bruder, wie ergeht es dir und meiner Mutter und meinen Basen?' ,Liebe Schwester,' antwortete er, ,sie sind wohlauf, gesund und sehr glücklich, und ihnen fehlt nichts als der Anblick deines Gesichtes.' Darauf setzte sie ihm etwas Speise vor, und er aß; und nun entspann sich zwischen ihnen ein Gespräch, und sie sprachen von König Badr Bâsim, von seiner Schönheit und Lieblichkeit, seines Wuchses Ebenmäßigkeit, seinem Rittertum, seinem Verstand und seiner Vornehmheit. Der König Badr Bâsim aber lag da, auf seinen Ellenbogen gestützt, und als er hörte, wie seine Mutter und sein Oheim von ihm sprachen, stellte er sich schlafend und lauschte ihrem Gespräche. Und Sâlih sprach zu seiner Schwester Dschullanâr: ,Siehe, dein Sohn ist jetzt siebenzehn Jahre alt und ist noch nicht vermählt. Da müssen wir fürchten, daß ihm etwas zustoßen könnte, ehe ihm ein Sohn geboren würde; und deshalb möchte ich ihn mit einer von den Prinzessinnen des Meeres vermählen, die ihm an Schönheit und Anmut gleicht.' Dschullanâr sagte darauf: ‚Nenne mir sie; denn ich kenne sie alle!' Nun begann er, sie ihr aufzuzählen, eine nach der andern; doch bei jeder sprach sie: ‚Die möchte ich nicht für meinen Sohn haben; ich will ihn nur mit einer vermählen, die ihm gleich ist an Schönheit und Anmut, an Verstand und Frömmigkeit, an Vornehmheit und Hochherzigkeit, an Macht, an Abkunft und Adel.' Schließlich sagte Sâlih: ‚Ich kenne keine mehr unter den Töchtern der Meereskönige; nun habe ich dir schon über hundert Jungfrauen aufgezählt, aber keine einzige von ihnen gefällt dir! Doch schau, meine Schwester, ob dein Sohn schläft oder nicht.' Da tastete sie nach ihrem Sohne hin, und als sie die Zeichen des Schlummers an ihm fand, sprach sie zu ihrem Bruder: ‚Er schläft; was hast du noch zu sagen, und warum willst du wissen, ob er schläft?' ‚Liebe Schwester,' gab er ihr zur Antwort, ‚mir ist noch eine von den Töchtern des Meeres in den Sinn gekommen, die für deinen Sohn paßt, aber ich fürchtete mich, sie zu nennen; denn wenn er wach wäre, so könnte sein Herz von der Liebe zu ihr ergriffen werden, und wir könnten vielleicht nicht imstande sein, zu ihr zu gelangen; dann würden er und wir und die Großen seines Reiches vergebliche Mühe haben, und das könnte uns viel Beschwerden machen. Sagt doch auch der Dichter:

> *Die Liebe ist am Anfang nur ein Tröpfchen Wasser;*
> *Doch hat sie erst Gewalt, wird sie ein weites Meer.*'

Als sie diese Worte von ihm vernahm, sprach sie: ‚Sage mir, was ist es mit dieser Maid? Und wie heißt sie? Ich kenne doch alle Töchter des Meeres, Prinzessinnen und andere. Und wenn ich sie für seiner würdig halte, so will ich für ihn bei ihrem Vater um sie werben, und müßte ich auch alles, was meine Hand besitzt, für sie hingeben. Also sage mir, wer sie ist; fürchte nichts, denn mein Sohn schläft!' Dennoch entgegnete er ihr: ‚Ich fürchte, er ist wach. Und der Dichter sagt:

> Ich liebte ihn, als ich ihn preisen hörte;
> Denn oftmals liebt das Ohr noch vor dem Auge.'

Aber Dschullanâr fuhr fort: ‚Sprich und fasse dich kurz und fürchte nichts, mein Bruder!' Da begann er: ‚Bei Allah, liebe Schwester, keine ist deines Sohnes würdiger als die Prinzessin Dschauhara, die Tochter des Königs es-Samandal[1]; denn sie ist ihm gleich an Schönheit und Lieblichkeit, Glanz und Vollkommenheit. Weder im Meere noch auf dem Lande findet sich eine, die von feinerem und zarterem Wesen wäre als sie. In ihr paaren sich Schönheit und Lieblichkeit und des Wuchses Ebenmäßigkeit. Ihre Wangen sind von rotem Schein, ihre Stirn ist blütenrein, ihre Zähne glitzern wie Edelgestein; und ihre Augen, die dunkeln, glänzen und funkeln; ihre schweren Hüften schwanken unter dem Leibe dem schlanken, und Anmut umflicht ihr Angesicht. Wenn sie sich umschaut, werden Antilopen und Gazellen beschämt; und ihr Schritt ist so leicht, daß der Weidenzweig vor Neid sich grämt. Durch ihrer Schönheit Strahl beschämt sie Sonne und Mond zumal; wer sie nur erblickt, wird von ihr berückt; ihre Lippen sind an Süße reich, und ihre Formen sind zart und weich.' Wie Dschullanâr die Worte ihres Bruders vernommen hatte, erwiderte sie ihm: ‚Du hast recht, mein Bruder, bei Allah, ich habe sie viele Male gesehen, und sie war meine Gefährtin, als wir noch Kinder waren. Jetzt freilich wissen wir nichts mehr voneinander, da wir uns fern gerückt sind; und seit nunmehr achtzehn Jahren habe ich sie nicht gesehen. Bei Allah, nur sie allein ist meines Sohnes würdig!' Badr Bâsim aber, der ihre Rede hörte und von Anfang bis zu Ende alles verstand, was sie zum

1. Der Salamander.

Lobe der Maid sagten, die Sâlih genannt hatte, nämlich Dschauhara, Tochter des Königs es-Samandal, gewann sie durch Hörensagen lieb, während er sich vor ihnen schlafend stellte; und in seinem Herzen loderte um ihretwillen ein Feuer empor, und er versank in ein Meer, in dem er Ufer und Boden verlor. – –«

Da bemerkte Schehrezâd, daß der Morgen begann, und sie hielt in der verstatteten Rede an. Doch als die *Siebenhundertundfünfundvierzigste Nacht* anbrach, fuhr sie also fort: »Es ist mir berichtet worden, o glücklicher König, daß Badr Bâsim die Worte seines Oheims Sâlih und seiner Mutter Dschullanâr zum Lobe der Tochter des Königs es-Samandal hörte; und in seinem Herzen loderte um ihretwillen ein Feuer empor, und er versank in ein Meer, in dem er Ufer und Boden verlor. Sâlih aber blickte seine Schwester Dschullanâr an und sprach zu ihr: ‚Bei Allah, liebe Schwester, es gibt unter den Königen des Meeres keinen größeren Tor als ihren Vater, noch einen, der gewalttätiger wäre als er. Deshalb erzähle deinem Sohne nichts von dieser Jungfrau, als bis wir ihre Hand von ihrem Vater erhalten haben. Wenn er uns seine Einwilligung gibt, so wollen wir Allah den Erhabenen preisen; wenn er uns aber abweist und sie nicht mit deinem Sohne vermählen will, so wollen wir uns damit zufrieden geben und nach einer anderen Gemahlin suchen.' Auf diese Worte ihres Bruders Sâlih antwortete Dschullanâr: ‚Der Plan, zu dem du rätst, ist gut.' Dann hörten sie auf zu reden und ruhten die Nacht über, während im Herzen des Königs Badr Bâsim ein Feuer brannte um seiner Liebe zur Prinzessin Dschauhara willen. Doch er verbarg seine Not und sprach weder zu seiner Mutter noch zu seinem Oheim über die Maid, wiewohl er in seiner Leidenschaft für sie wie auf feurigen Kohlen lag. Als es dann Morgen ward, begab sich der König mit seinem Oheim ins Badehaus; und nachdem die beiden sich gewaschen hatten, kehrten sie zurück und tranken Scherbett. Darauf brachte man ihnen die Speisen, und der König Badr Bâsim und seine Mutter und sein Oheim aßen, bis sie gesättigt waren. Nun wuschen sie sich die Hände, und als sie damit fertig waren, stand Sâlih auf und sprach zu König Badr Bâsim und zu dessen Mutter Dschullanâr: ‚Mit eurer Erlaubnis möchte ich mich jetzt zu meiner Mutter begeben; denn ich bin schon seit einer Reihe von Tagen bei euch; und die Meinen sind in ihrem Herzen um mich besorgt, da sie so lange auf mich warten müssen.' Doch König Badr Bâsim bat seinen Oheim Sâlih: ‚Bleib noch diesen Tag bei uns!' Und jener fügte sich seinen Worten. Da sagte der König: ‚Komm, lieber Oheim, laß uns in den Garten gehen!' Sie begaben sich also in den Garten und schritten lustwandelnd einher. Schließlich setzte Badr Bâsim sich unter einem schattigen Baume nieder; denn er wünschte dort sich auszuruhen und zu schlafen. Aber er gedachte dessen, was sein Oheim Sâlih zum Preise der Jungfrau gesagt hatte, und ihrer Schönheit und Anmut; und er vergoß strömende Tränen und sprach diese beiden Verse:

> *Spräch man zu mir, wenn eine heiße Flamme glüht*
> *Und wenn die Feuersglut durch Herz und Brust mir zieht:*
> *Begehrest du denn mehr, mit ihr vereint zu sein,*
> *Als kühlen Wassers Trunk? – ich riefe: Sie allein!*

Dann hub er an zu klagen und unter Seufzern und Tränen diese Verse vorzutragen:

> *Wer schützt mich vor der Lieb zu einem trauten Reh,*
> *Auf dessen Antlitz ich die hellste Sonne seh?*
> *Die Lieb zu ihr war meinem Herzen unbekannt –*
> *Für es-Samandals Tochter ist es nun entbrannt.*

Kaum hatte Sâlih die Worte seines Neffen vernommen, so schlug er die Hände aufeinander und rief: ‚Es gibt keinen Gott außer Allah, Mohammed ist der Gesandte Allahs! Es gibt keine Macht und es gibt keine Majestät außer bei Allah, dem Erhabenen und Allmächtigen!' Und er fuhr fort: ‚Mein Sohn, hast du denn gehört, wie wir beide, ich und deine Mutter, von der Prinzessin Dschauhara redeten und ihre Schönheit priesen?' ‚Jawohl, mein Oheim,' erwiderte Badr Bâsim, ‚und ich habe sie durch Hörensagen liebgewonnen, als ich vernahm, was ihr von ihr sprachet. Jetzt hängt mein Herz an ihr, und ich kann ohne sie nicht mehr leben.' Darauf sagte Sâlih: ‚O König, laß uns zu deiner Mutter zurückkehren und ihr alles kundtun! Dann will ich sie um Erlaubnis bitten, daß ich dich mit mir nehme und für dich um die Prinzessin Dschauhara werbe. Sodann wollen wir von ihr Abschied nehmen, und später bringe ich dich ihr wieder. Denn ich scheue mich, dich ohne ihre Erlaubnis mitzunehmen und fortzugehen; sie würde mir sonst zürnen, und dabei wäre das Recht auf ihrer Seite, weil ich die Ursache eurer Trennung wäre, wie ich einst die Ursache ihrer Trennung von uns war. Auch würde die Stadt ohne König bleiben, und die Einwohner würden niemanden haben, der über sie herrscht und für ihre Angelegenheiten sorgt; so würde das Reich wider dich in Wirrwarr geraten, und die Herrschaft würde deiner Hand entgleiten.' Doch Badr Bâsim erwiderte auf diese Worte seines Oheims Sâlih: ‚Wisse, lieber Oheim, wenn ich zu meiner Mutter zurückkehre und sie hierüber um Rat frage, so wird sie es mir nicht gestatten. Darum will ich auf keinen Fall zu ihr zurückkehren, noch sie befragen.' Und unter Tränen fuhr er fort: ‚Ich will mit dir gehen und ihr nichts sagen; später will ich dann heimkehren.' Wie nun Sâlih die Worte des Sohnes seiner Schwester hörte, wußte er nicht, was er tun sollte, und er rief: ‚Ich flehe zu Allah dem Erhabenen um Hilfe in jedem Falle.' Und da er sah, daß es also um seinen Neffen stand, und wußte, daß jener nicht zu seiner Mutter zurückkehren, sondern alsbald mit ihm gehen wollte, zog er von seinem Finger einen Siegelring, auf dem einige der Namen Allahs des Erhabenen eingegraben waren, und reichte ihn dem König, indem er zu ihm sprach: ‚Tu den an deinen Finger, so wirst du sicher sein vor dem Ertrinken und vor anderen Gefahren, auch vor dem Unheil der Meerestiere und der großen Fische!' Da nahm König Badr Bâsim den Ring von seinem Oheim entgegen und steckte ihn auf seinen Finger. Und nun tauchten die beiden hinab in die Tiefe. – –«

Da bemerkte Schehrezâd, daß der Morgen begann, und sie hielt in der verstatteten Rede an. Doch als die *Siebenhundertundsechsundvierzigste Nacht* anbrach, fuhr sie also fort: »Es ist mir berichtet worden, o glücklicher König, daß der König Badr Bâsim und sein Oheim Sâlih, als sie in die Tiefe hinabgetaucht waren, dort ihres Weges immer weiter zogen, bis sie den Palast Sâlihs erreichten. Wie sie dort eintraten, ward der König alsbald von seiner Ahne, der Mutter seiner Mutter, erkannt; die saß dort im Kreise der Ihren. Beide gingen auf sie zu und küßten ihnen die Hände. Die alte Königin aber, die auf ihren Enkel schaute, erhob sich und ging ihm entgegen, umarmte ihn und küßte ihn auf die Stirn und sprach zu ihm: ‚Gesegnet sei deine Ankunft, mein Sohn! Wie hast du deine Mutter Dschullanâr verlassen?' Der König gab ihr zur Antwort: ‚Sie ist wohlauf und gesund, und sie läßt dich und ihre Basen grüßen.' Darauf berichtete Sâlih seiner Mutter, was er mit seiner Schwester besprochen hatte und wie der König Badr Bâsim die Prinzessin Dschauhara, die Tochter des Königs es-Samandal, durch Hörensagen liebgewonnen hatte; so erzählte er ihr alles, was geschehen war, von Anfang bis zu Ende. Und er schloß mit den Worten: ‚Sieh, er ist nur deshalb gekommen, um sie von ihrem Vater zu erbitten und sich mit ihr zu vermählen.' Als die Ahne des Königs Badr Bâsim diese Worte von Sâlih vernommen hatte, ergrimmte sie wider ihn gewaltig, doch es kamen auch Unruhe und Sorge über sie. Und sie sprach zu ihm: ‚Mein Sohn, du hast darin gefehlt, daß du die Prinzessin Dschauhara, die Tochter des Königs es-Samandal, vor dem Sohne deiner Schwester nanntest; denn du weißt doch, daß jener König ein gewalttätiger Narr ist, gering von Verstand und jähzornigen Sinnes, der seine Tochter Dschauhara allen ihren Freiern mißgönnt. Alle Könige der Tiefe haben schon bei ihm um sie geworben, doch er war mit keinem von ihnen zufrieden; ja, er wies sie alle zurück, indem er sprach: ‚Ihr seid ihr nicht gleich an Schönheit und Anmut noch auch sonst irgendwie!' Darum scheuen wir uns, um sie bei ihrem Vater zu werben; denn wir fürchten, er wird uns ebenso abweisen, wie er andere abgewiesen hat; und wir, ein hochgesinnt Geschlecht, müßten dann gebrochenen Herzens umkehren.' Wie Sâlih diese Worte von seiner Mutter vernahm, sprach er zu ihr: ‚Liebe Mutter, was ist denn zu tun? König Badr Bâsim ward von Liebe zu jener Jungfrau erfüllt, damals als ich über sie mit meiner Schwester Dschullanâr sprach; und er sagte, wir müßten um sie bei ihrem Vater freien, wenn er auch sein ganzes Königreich hingeben solle, ach, er behauptete gar, wenn er sich nicht mit ihr vermähle, so würde er um ihretwillen vor Liebe und Sehnsucht sterben.' Und weiter sprach Sâlih zu seiner Mutter: ‚Wisse, der Sohn meiner Schwester ist noch schöner und anmutiger als jene Jungfrau; sein Vater war der König aller Perser, und jetzt herrscht er über sie; darum gebührt Dschauhara allein nur ihm. So hab ich mich denn entschlossen, allerlei Edelsteine, Hyazinthe und andere, mit mir zu nehmen und dem König ein Geschenk zu bringen, wie es sich für ihn geziemt, und um seine Tochter bei ihm zu werben. Wenn er uns vorhält, er sei ein König, nun, so ist Badr Bâsim auch ein König, Sohn eines Königs; und wenn er uns wegen ihrer Schönheit Einwände macht, nun, so ist unser König noch schöner als sie. Und wenn er uns darauf die Ausdehnung des Reiches entgegenhält, so ist das Reich unseres Königs noch größer als das ihre und das ihres Vaters, und er hat noch mehr Truppen und Wachen, da ja seine Herrschaft mächtiger ist als die ihres Vaters. Es ist nicht anders möglich, ich muß alles tun, um den Wunsch meines Schwestersohnes zu erfüllen, wenn es mich auch mein Leben kostet; denn ich war ja die Ursache von all dem, was geschehen ist, und wie ich ihn in das Meer der Liebe zu ihr hineingestürzt habe, so will ich mich auch mühen, um ihn mit ihr zu vermählen, und Allah der Erhabene möge mir dazu verhelfen!' Darauf erwiderte ihm seine Mutter: ‚Tu, was du willst, doch hüte dich, ihrem Vater rauhe Worte zu geben, wenn du mit ihm redest! Denn du kennst seine Torheit und seinen Jähzorn, und ich fürchte, er wird übel mit dir verfahren, da er ja vor niemandem Achtung hat.' ‚Ich höre und gehorche!' antwortete Sâlih; dann machte er sich auf und holte zwei Säcke voller Edelsteine, Hyazinthe und Smaragdstangen, edle Erze und allerlei andere Kleinodien. Nachdem er das alles seinen Dienern aufgeladen hatte, begab er sich mit ihnen und mit dem Sohne seiner Schwester zum Schlosse des Königs es-Samandal. Dort bat er um Einlaß, und der ward ihm gewährt. Als er dann eingetreten war, küßte er den Boden vor dem König und begrüßte ihn aufs schönste. Wie es-Samandal ihn sah, erhob er sich vor ihm und erwies ihm die höchsten Ehren und hieß ihn sich setzen. Jener tat es, und als sie eine Weile gesessen hatten, sprach der König zu ihm: ‚Gesegnet sei deine Ankunft! Du hast uns lange deines

Anblicks beraubt, o Sâlih. Was ist dein Begehr, daß du zu uns gekommen bist? Nenne es mir, auf daß ich es dir erfülle!' Da küßte Sâlih den Boden ein zweites Mal und hub an: ‚O größter König unserer Zeit, meine Bitte ergeht an Allah und an den König voll Herrscherpracht, den Löwen von gewaltiger Macht, von dessen herrlichen Eigenschaften die Kunde alle Reisenden begleitet und dessen Ruhm sich in allen Gauen und Ländern verbreitet ob seiner Güte und Wohltätigkeit, seiner Gnade und Huld und Freigebigkeit.' Dann öffnete er die beiden Säcke, holte aus ihnen die Edelsteine und andere Kleinodien hervor und breitete sie vor König es-Samandal aus, indem er zu ihm sprach: ‚O größter König unserer Zeit, vielleicht nimmst du meine Gabe an und gewährst mir die Gnade, mein Herz zu heilen, indem du sie von mir hinnimmst.' – –«

Da bemerkte Schehrezâd, daß der Morgen begann, und sie hielt in der verstatteten Rede an. Doch als die *Siebenhundertundsiebenundvierzigste Nacht* anbrach, fuhr sie also fort: »Es ist mir berichtet worden, o glücklicher König, daß damals, als Sâlih dem König es-Samandal die Gabe darbrachte und zu ihm sprach: ‚Mein Ziel ist, daß der König mir die Gnade gewähre, mein Herz zu heilen, indem er sie hinnimmt', jener ihm antwortete: ‚Warum bringst du mir dies Geschenk? Erzähle mir deine Geschichte und tu mir deinen Wunsch kund! Wenn es in meiner Macht steht, ihn zu erfüllen, so will ich es sofort tun und dir alle Mühe ersparen. Wenn ich aber nicht dazu imstande bin, nun, so lädt Allah keiner Seele mehr auf, als sie tragen kann.' Nun küßte Sâlih den Boden dreimal und sprach: ‚O größter König unserer Zeit, meinen Wunsch zu erfüllen, steht wahrlich in deiner Macht; das ist in deiner Gewalt, dessen bist du Herr. Ich will doch dem König keine Schwierigkeiten verursachen, und ich bin auch nicht so von Sinnen, daß ich mich in einer Sache an den König wende, die nicht in seiner Macht steht. Einer der Weisen sagt: Willst du, daß dein Wunsch in Erfüllung geht, so erbitte, was im Bereiche des Möglichen steht. Fürwahr, mein Anliegen, das mich veranlaßt hat zu kommen, das steht in der Macht des Königs, den Allah behüten möge!' Da befahl der König: ‚Bitte um das, was du begehrst; sag, was es mit dir ist; nenne deinen Wunsch!' ‚O größter König unserer Zeit,' antwortete Sâlih, ‚wisse denn, ich komme als Werber zu dir, und mein Sinn steht nach der Perle, die ihresgleichen nicht hat, dem wohlbehüteten Juwel, der Prinzessin Dschauhara, der Tochter unseres Gebieters. Drum enttäusche den nicht, der dir bittend naht, o König!' Als der König seine Worte vernommen hatte, lachte er, bis er auf den Rücken fiel, um Sâlih zu verhöhnen. Dann sprach er: ‚O Sâlih, ich habe geglaubt, du wärest ein Mann von Verstand, ein Jüngling als trefflich bekannt, der nur für das Rechte ficht und nur verständige Worte spricht. Was ist denn deinem Verstande widerfahren, was hat dich veranlaßt, so Gewaltiges zu beginnen und so Ungeheuerliches zu ersinnen, daß du begehrst, die Töchter der Könige, der Herren über Länder und Gaue, zu Frauen zu gewinnen? Ist es deinem Stande angemessen, daß du zu dieser hohen Stufe gelangen solltest, oder fehlt es dir an Verstand so sehr, daß du mir mit solchen Worten unter die Augen zu kommen wagst?' ‚Allah fördere den König,' erwiderte Sâlih, ‚ich werbe nicht um sie für mich selbst. Zwar wäre ich, wenn ich sie für mich erbäte, ihr ebenbürtig und noch mehr; denn du weißt, mein Vater war einer von den Königen des Meeres, wenn du auch jetzt unser König bist. Doch ich werbe um sie für den König Badr Bâsim, den Herrscher der Perserlande und den Sohn des Königs Schahrimân, und du kennst seine Macht. Wenn du nun sagst, du seiest ein großer König, so ist König Badr Bâsim noch größer. Und wenn du behauptest, deine Tochter sei anmutig, so ist König Badr Bâsim noch anmutiger als sie, ja, er ist noch schöner von Gestalt und noch höher von Adel und Abkunft; denn er ist der herrlichste Ritter unter dem Volke seiner Zeit. Wenn du also, o größter König unserer Zeit, meine Bitte gewährst, so hast du die Sache geordnet, wie es sich geziemt. Doch wenn du dich über uns überhebst, so handelst du nicht gerecht gegen uns und wandelst in deinem Tun an uns nicht auf dem rechten Wege. Du weißt auch, o König, daß diese Prinzessin Dschauhara, die Tochter unseres Herrn und Königs, sich vermählen muß; denn der Weise sagt: Dem Mädchen ist entweder die Ehe oder das Grab bestimmt. Gedenkst du nun, sie zu vermählen, so ist meiner Schwester Sohn ihrer würdiger als alle anderen Menschen.' Kaum hatte der König diese Worte von Sâlih vernommen, so ergrimmte er gewaltig; fast entfloh ihm der Verstand, und fast verließ seine Seele seinen Körper. Und er rief: ,Du Hund, soll deinesgleichen es wagen, so mit mir zu reden und meine Tochter in voller Versammlung zu nennen und zu sagen, der Sohn deiner Schwester Dschullanâr sei ihr ebenbürtig? Wer bist du denn, wer ist deine Schwester, wer ist ihr Sohn, und wer war sein Vater, daß du so zu mir zu sprechen und solche Worte vor mir zu gebrauchen wagst? Seid ihr denn im Vergleich zu ihr etwas anderes als Hunde?' Dann rief er seine Diener herbei und befahl ihnen: ,Ihr Burschen, nehmt dem Galgenstrick da den Kopf!' Da griffen sie nach den Schwertern, zogen sie aus der Scheide und drangen auf Sâlih ein; der aber wandte sich von hinnen und suchte das Tor des Palastes zu gewinnen. Und wie er dort ankam, fand er seine Vettern und Verwandten, ja seine ganze Sippe und auch seine Sklaven. Das waren mehr als tausend Ritter, starrend von Stahl und engmaschigen Panzern zumal, die ließen mit ihren Händen die Lanzen und blitzenden Schwerter tanzen. Als sie Sâlih in dieser Verfassung erblickten, riefen sie ihm zu: ‚Was gibt es?' und er berichtete ihnen, was geschehen war. Und als jene, die ihm von seiner Mutter zu Hilfe geschickt waren, seine Worte vernahmen, erkannten sie, daß der König ein Narr und ein Hitzkopf war; und sie stiegen von ihren Rossen, zückten ihre Schwerter und eilten zu König es-Samandal hinein. Den fanden sie noch auf seinem Throne sitzen, wie er in seinem heftigen Zorne gegen Sâlih gar nicht auf ihre Ankunft geachtet hatte, und auch seine Diener und Sklaven und Wachen fanden sie unvorbereitet. Wie aber nun der König sie mit gezückten Schwertern vor sich sah, schrie er seine Leute an mit den Worten: ‚He, ihr da, holt den Hunden dort die Köpfe herunter!' Aber nach einer kurzen Weile war das Volk des Königs es-Samandal geschlagen und in die Flucht getrieben. Nun ergriffen Sâlih und die Seinen den König und fesselten ihn. – –«

Da bemerkte Schehrezâd, daß der Morgen begann, und sie hielt in der verstatteten Rede an. Doch als die *Siebenhundertundachtundvierzigste Nacht* anbrach, fuhr sie also fort: »Es ist mir berichtet worden, o glücklicher König, daß Sâlih und die Seinen den König es-Samandal fesselten. Und die Prinzessin Dschauhara erhielt, als sie aufwachte, die Kunde, daß ihr Vater gefangen war und seine Wachen den Tod gefunden hatten. Da verließ sie das Schloß und flüchtete sich nach einer Insel; dort eilte sie auf einen hohen Baum zu und verbarg sich in seinem Gipfel. Als die beiden Scharen miteinander gekämpft hatten, waren einige der Diener des Königs es-Samandal geflohen und davongelaufen; ihrer war Badr Bâsim gewahr geworden, und er hatte sie gefragt, was es mit ihnen wäre, und sie hatten ihm berichtet, was vorgefallen war. Wie er also vernahm, daß an König es-Samandal Hand gelegt war, wandte er sich zur Flucht, da er für sein Leben fürchtete; denn er sagte sich in seinem Herzen: ‚Dieser ganze Aufruhr ist um meinetwillen entstanden, und man wird nur mich dafür verantwortlich machen wollen.' So floh er in Eil und suchte sein Heil; doch wußte er nicht, wohin er sich wenden sollte. Aber das von Ewigkeit her bestimmte Schicksal führte ihn zu eben jener Insel, auf der sich Dschauhara befand, die Tochter des Königs es-Samandal. Und er kam zu jenem Baum und warf sich wie tot nieder und wollte ruhen, wie er dort lag. Allein er dachte nicht daran, daß kein Verfolgter Ruhe findet und daß niemand weiß, was im Schoße des Schicksals für ihn verborgen ist. Als er nun dalag, hob er seinen Blick zu dem Baum empor, und da traf sein Auge das Auge Dschauharas. Er sah sie an und erkannte, daß sie schön war wie der aufgehende Mond. Da sprach er: ‚Preis sei dem Schöpfer dieser herrlichen Gestalt, Ihm, dem Schöpfer aller Dinge, Ihm, der über alle Dinge mächtig ist! Preis sei dem allmächtigen Gott, dem Schöpfer, dem Erschaffer und Bildner! Bei Allah, wenn meine Ahnung richtig ist, so ist dies Dschauhara, die Tochter des Königs es-Samandal! Mich deucht, als sie vernahm, daß der Kampf zwischen den beiden Scharen entbrannt war, da ist sie geflohen und zu dieser Insel gekommen und hat sich im Gipfel dieses Baumes versteckt. Wenn sie aber nicht die Prinzessin Dschauhara ist, so ist diese Maid noch schöner als jene.' Darauf sann er über sie nach und sagte sich: ‚Ich will mich erheben und sie festhalten und fragen, wer sie ist; und wenn sie wirklich die Prinzessin ist, so will ich bei ihr selber um sie werben; denn das ist ja mein Wunsch.' Da richtete er sich auf und sprach zu Dschauhara: ‚O du Ziel aller Wünsche, wer bist du? Und wer hat dich hierher geführt?'

Nun blickte Dschauhara den jungen König an und erkannte, daß er dem Vollmond glich, der unter dem dunklen Gewölk hervorstrahlt, und sie sah seine schlanke Gestalt und seines Lächelns liebliche Gewalt. Dann sprach sie: ,O du Holdseliger, ich bin die Prinzessin Dschauhara, die Tochter des Königs es-Samandal, und ich habe mich an diese Stätte geflüchtet, weil Sâlih und seine Krieger wider meinen Vater stritten, seine Mannen töteten und ihn samt einigen seiner Leute gefangen nahmen. Deshalb floh ich, da ich um mein Leben besorgt war.' Und weiter sprach die Prinzessin Dschauhara zu König Badr Bâsim: ,Ja, ich bin nur deshalb an diese Stätte gekommen, weil ich auf der Flucht war und mich vor dem Tode fürchtete. Was aber das Schicksal mit meinem Vater getan hat, das weiß ich nicht.' Als König Badr Bâsim diese Worte von ihr vernommen hatte, wunderte er sich gar sehr über dies seltsame Zusammentreffen und sagte sich: ,Es ist kein Zweifel, ich habe mein Ziel erreicht dadurch, daß ihr Vater gefangen genommen ist.' Dann schaute er auf die Maid und sprach zu ihr: ,Komm herab, meine Gebieterin; denn die Liebe zu dir hat mich dem Tode nahe gebracht, und deine Augen haben mich zum Gefangenen gemacht! Um meinetwillen und um deinetwillen ist es zu diesem Aufruhr und zu diesen Kämpfen gekommen. Wisse denn, ich bin der König Badr Bâsim, der Herrscher der Perser, und Sâlih ist mein Oheim; er ist es, der zu deinem Vater ging und um dich bei ihm warb. Ich habe mein Reich um deinetwillen verlassen, und unser Zusammentreffen an dieser Stätte ist ein gar seltsamer Zufall. Nun wohlan, komm herab zu mir, auf daß ich mit dir zum Schlosse deines Vaters gehe und dort meinen Oheim Sâlih bitte, ihn freizulassen, und mich rechtmäßig mit dir vermähle!' Kaum hatte Dschauhara diese Worte von Badr Bâsim gehört, so sprach sie bei sich: ‚Um dieses elenden Galgenstrickes willen ist dies alles geschehen, ist mein Vater gefangen genommen, sind seine Kammerherren und Diener getötet, habe ich mein Schloß verlassen müssen und bin als Verbannte zu dieser Insel hinausgezogen! Wenn ich nun aber keine List ersinne, um mich vor ihm zu schützen, so wird er mich in seine Gewalt bekommen und seinen Willen erreichen; denn er ist ein Liebender, und ein Liebender wird nie getadelt wegen dessen, was er tut.' Dann betörte sie ihn mit Worten, indem sie ihn sanft anredete, während er nicht ahnte, welche Ränke sie wider ihn schmiedete; denn sie sprach zu ihm: ‚Hoher Herr, Licht meiner Augen, sag an, bist du wirklich der König Badr Bâsim, der Sohn der Königin Dschullanâr?' ‚Jawohl, meine Gebieterin', gab er ihr zur Antwort. – –«

Da bemerkte Schehrezâd, daß der Morgen begann, und sie hielt in der verstatteten Rede an. Doch als die *Siebenhundertundneunundvierzigste Nacht* anbrach, fuhr sie also fort: »Es ist mir berichtet worden, o glücklicher König, daß Dschauhara, die Tochter des Königs es-Samandal, zu dem Jüngling sprach: ‚Bist du, hoher Herr, wirklich der König Badr Bâsim, der Sohn der Königin Dschullanar?' ‚Jawohl, meine Gebieterin', gab er ihr zur Antwort. Dann fuhr sie fort: ‚Möge Allah meinen Vater vernichten und ihm sein Reich nehmen und ihm sein Herz nicht trösten, noch auch das Elend von ihm wenden, wenn er einen Schöneren verlangt als dich oder noch bessere als diese deine herrlichen Eigenschaften! Bei Allah, er hat doch wenig Verstand und Urteil.' Doch sie fügte noch hinzu: ‚O größter König unserer Zeit, zürne meinem Vater nicht wegen dessen, was er getan hat; denn wenn du mich eine Spanne liebst, so liebe ich dich eine Elle! Ach, ich bin in das Netz der Liebe zu dir verstrickt, und ich bin eine derer, die du in den

Tod geschickt! Die Liebe, die bei dir war, hat sich in mich ergossen, und bei dir bleibt nur noch ein Zehntel von der Liebeskraft, die in mir wohnt.' Darauf kam sie von dem Baume herab, trat auf ihn zu, ganz nahe, und umarmte ihn, zog ihn an ihre Brust und küßte ihn. Wie sie so mit Badr Bâsim tat, ward seine Liebe zu ihr noch heißer und sein Verlangen nach ihr noch stärker; er glaubte auch, daß sie ihn wirklich liebe, und vertraute ihr, und er liebkoste und küßte sie. Dann sprach er zu ihr: ,O Prinzessin, bei Allah, mein Oheim Sâlih hat mir nicht den vierzigsten Teil deiner Anmut geschildert, ja, nicht einmal ein viertel Karat von den vierundzwanzig!' Wie nun aber Dschauhara ihn an ihre Brust drückte, murmelte sie einige unverständliche Worte, spie ihm ins Gesicht und sprach: ,Verlaß diese deine menschliche Gestalt und nimm die Gestalt des schönsten Vogels an, mit weißem Gefieder und mit rotem Schnabel und roten Beinen!' Kaum hatte sie ihre Worte gesprochen, da verwandelte sich König Badr Bâsim auch schon in einen Vogel, den schönsten aller Vögel, und er schüttelte sich, blieb stehen und schaute sie an. Nun hatte Dschauhara unter ihren Sklavinnen eine des Namens Marsîna[1]; nach der schaute sie hin und sprach zu ihr: ,Bei Allah, wenn ich mich nicht ängstete, weil mein Vater als Gefangener in der Gewalt seines Oheims ist, so würde ich ihn töten! Allah lohne ihm nicht mit Gutem! Welches Unglück hat uns sein Kommen gebracht! Denn all diese Not ist nur um seinetwillen entstanden. Aber du, o Sklavin, nimm ihn und bringe ihn nach der Durstinsel und laß ihn dort, auf daß er vor Durst umkomme!' Da nahm die Sklavin ihn und brachte ihn auf jene Insel; schon wollte sie ihn dort verlassen, doch da sagte sie sich: ,Bei Allah, wer so schön und lieblich ist, verdient nicht, vor Durst zu

1. Myrte.

sterben.' So nahm sie ihn denn von der Durstinsel fort und brachte ihn zu einer Insel, auf der viele Fruchtbäume sprossen und Bächlein flossen, setzte ihn dort nieder und kehrte zu ihrer Herrin zurück; zu der sprach sie: ‚Ich habe ihn auf die Durstinsel gebracht.' So stand es nun um Badr Bâsim.

Sehen wir weiter, was Sâlih, der Oheim des Königs Badr Bâsim, inzwischen tat! Wie er den König es-Samandal in seine Gewalt gebracht und seine Wachen und Diener getötet hatte und jenen nun als Gefangenen bei sich behielt, suchte er nach der Prinzessin Dschauhara, konnte sie aber nicht finden. Da kehrte er in sein Schloß zurück zu seiner Mutter und fragte sie: ‚Liebe Mutter, wo ist meiner Schwester Sohn, König Badr Bâsim?' ‚Mein Sohn,' erwiderte sie, ‚bei Allah, ich habe keine Kunde von ihm; ich weiß nicht, wohin er gegangen ist. Als ihm berichtet ward, du seiest mit dem König es-Samandal in Streit geraten und es werde zwischen euch gekämpft und gefochten, da erschrak er und eilte fort.' Durch diese Worte seiner Mutter ward er betrübt um den Sohn seiner Schwester und sprach: ‚Liebe Mutter, bei Allah, wir sind fahrlässig gewesen gegen König Badr Bâsim. Ich fürchte, er wird umkommen, oder einer der Krieger des Königs es-Samandal oder die Prinzessin Dschauhara wird über ihn herfallen; dann würden wir vor seiner Mutter beschämt dastehen und nichts Gutes von ihr zu gewärtigen haben, da ich ihn ja ohne ihre Erlaubnis mitgenommen habe.' Und sogleich entsandte er die Wachen und die Späher nach allen Richtungen durch das Meer und anderswohin auf die Suche nach ihm; aber als sie keine Kunde von ihm vernahmen, kehrten sie zurück und meldeten es dem König Sâlih. Da wuchsen seine Sorge und Kummer, und die Brust ward ihm beklommen um des Königs Badr Bâsim willen.

Wenden wir uns nun von Badr Bâsim und seinem Oheim Sâlih zu seiner Mutter Dschullanâr, der Meermaid! Als ihr Sohn mit seinem Oheim in die Tiefe gestiegen war, da wartete sie auf ihn; aber er kehrte nicht heim zu ihr, und keine Kunde von ihm kam ihr zu Ohren. So saß sie denn viele Tage da und harrte seiner. Dann aber machte sie sich auf, stieg ins Meer hinab und begab sich zu ihrer Mutter. Und als die sie erblickte, eilte sie ihr entgegen, küßte sie und umarmte sie; und ihre Basen taten desgleichen. Dann befragte sie ihre Mutter nach dem König Badr Bâsim, und die berichtete ihr: ‚Liebe Tochter, er kam mit seinem Oheim hierher; dann holte sein Oheim Hyazinthe und Juwelen, brachte sie zusammen mit ihm dem König es-Samandal und warb um dessen Tochter; der aber versagte sie ihm und gebrauchte heftige Worte gegen deinen Bruder. Nun hatte ich deinem Bruder an die tausend Reiter zu Hilfe geschickt, und da kam es zwischen ihnen und König es-Samandal zum Kampfe. Doch Allah half deinem Bruder wider ihn, und so konnte er die Wachen und Krieger des Königs töten und ihn selbst gefangen nehmen. Diese Kunde ward deinem Sohne berichtet; und es scheint, er fürchtete für sein Leben, und verließ uns ohne unseren Willen, seither ist er nicht zu uns zurückgekehrt, und wir haben auch keine Kunde von ihm vernommen.' Darauf fragte Dschullanâr nach ihrem Bruder Sâlih; und ihre Mutter berichtete ihr: ‚Er sitzt auf dem Throne der Herrschaft an Stelle des Königs es-Samandal, und er hat nach allen Richtungen ausgesandt, um deinen Sohn und die Prinzessin Dschauhara zu suchen.' Als Dschullanâr diese Worte von ihrer Mutter vernommen hatte, ward sie tief betrübt um ihren Sohn; aber gegen ihren Bruder Sâlih ergrimmte sie gewaltig, da er ja ihren Sohn ohne ihre Erlaubnis mitgenommen und ins Meer hinabgeführt hatte. Dann sprach sie:

‚Liebe Mutter, ich bin in Sorge um unser Reich, da ich zu euch gekommen bin, ohne jemandem von dem Volke des Landes etwas zu sagen; und ich fürchte, wenn ich zu lange fortbleibe, so wird das Land in Aufruhr wider uns geraten, und die Herrschaft wird aus unseren Händen gleiten. Darum halte ich es für das Richtige, daß ich heimkehre und das Reich regiere, bis Allah die Sache meines Sohnes für uns zum besten lenkt. Nun vergeßt meinen Sohn nicht und verabsäumt nichts, was ihn angeht; denn wenn ihm ein Leids geschieht, so bin ich des Todes, das ist gewiß! Ich sehe ja die Welt nur in ihm, und ich habe keine Freude außer an seinem Leben.' ‚Herzlich gern, liebe Tochter,' erwiderte ihr jene, ‚frage nicht nach dem, was wir durch die Trennung von ihm und um seines Fernseins willen leiden!' Darauf schickte die Mutter von neuem Leute aus, um nach dem König zu suchen, während Dschullanâr betrübten Herzens und mit Tränen im Auge in ihr Land zurückkehrte; denn die Welt war ihr zu eng geworden. – –«

Da bemerkte Schehrezâd, daß der Morgen begann, und sie hielt in der verstatteten Rede an. Doch als die *Siebenhundertundfünfzigste Nacht* anbrach, fuhr sie also fort: »Es ist mir berichtet worden, o glücklicher König, daß der Königin Dschullanâr, als sie von ihrer Mutter in ihr Land zurückkehrte, die Brust eng und die Sorge schwer ward. So stand es um sie.

Sehen wir aber, wie es dem König Badr Bâsim weiter erging! Als die Prinzessin Dschauhara ihn verzaubert und ihn mit ihrer Sklavin zur Durstinsel geschickt hatte mit dem Befehl, sie solle ihn dort lassen, auf daß er vor Durst stürbe, da hatte ihn ja die Sklavin nicht dorthin, sondern zu einer grünen Insel gebracht, auf der Fruchtbäume sprossen und Bäche flossen. Und er begann von den Früchten zu picken und sich am Wasser der Bäche zu erquicken. So lebte er Tage und Nächte in Vogelgestalt dahin, ohne zu wissen, wohin er sich wenden, noch auch wie er fliegen sollte. Während er nun so eines Tages auf jener Insel dasaß, kam plötzlich ein Vogelsteller dorthin, der sich etwas erjagen wollte, mit dem er sein Leben fristen könnte. Der sah den König Badr Bâsim in der Gestalt eines Vogels mit weißem Gefieder, mit rotem Schnabel und roten Beinen, so schön, daß er den Blick entzückte und die Sinne berückte. Wie jener Mann ihn anschaute, hatte er Gefallen an ihm, und er sprach bei sich selber: ‚Das ist wirklich ein schöner Vogel, ich habe noch nie einen gesehen ihm gleich an Schönheit und Gestalt!‘ Dann warf er das Netz über ihn und fing ihn und trug ihn in die Stadt, indem er sich sagte: ‚Ich will ihn verkaufen und Geld mit ihm verdienen.‘ Da begegnete ihm einer vom Volke der Stadt und fragte ihn: ‚Wieviel kostet dieser Vogel, du Finkler?‘ Jener antwortete ihm: ‚Wenn du ihn gekauft hast, was willst du dann mit ihm tun?‘ ‚Ich will ihn schlachten und aufessen‘, sagte der Mann; doch der Vogelsteller entgegnete ihm: ‚Wer hätte wohl das Herz, diesen Vogel zu töten und zu essen? Nein, ich will ihn dem König schenken; der wird mir mehr geben, als du mir für ihn geben würdest, und der wird ihn nicht schlachten, sondern er wird seine Freude an ihm haben, an seiner Schönheit und Anmut. In meinem ganzen Leben habe ich, solange ich Vogelsteller bin, weder unter den Vögeln des Meeres noch unter dem Getier des Feldes seinesgleichen gesehen. Wenn du ihn auch gern haben möchtest, so würdest du mir als höchsten Preis doch nur einen Dirhem geben. Ich will ihn, bei Allah dem Allmächtigen, nicht verkaufen.‘ So trug er denn den Vogel zum Palaste des Königs; und als der ihn sah, fand er Gefallen an seiner Schönheit und Anmut und an der roten Farbe seines Schnabels und seiner Beine. Deshalb schickte er einen Diener hin, um ihn dem Manne abzukaufen.

Und als der Diener an den Vogelsteller herantrat, sprach er zu ihm: ‚Willst du diesen Vogel verkaufen?' ‚Nein,' antwortete jener, ‚er ist ein Geschenk von mir an den König.' Da nahm der Diener den Vogel, begab sich mit ihm zum König und tat dem Herrscher kund, was der Mann gesagt hatte. Der König nahm das Geschenk an und ließ dem Vogelsteller zehn Dinare geben; nachdem der sie empfangen hatte, küßte er den Boden und ging von dannen. Der Diener aber brachte den Vogel ins Innere des Palastes, tat ihn in einen schönen Käfig und hängte ihn auf; auch setzte er ihm Speise und Trank hin. Als darauf der König aus dem Staatssaal herunterkam, sprach er zu dem Diener: ‚Wo ist der Vogel? Bring ihn mir, auf daß ich ihn anschaue; denn bei Allah, er ist schön!' Da brachte der Diener den Käfig und stellte ihn vor den König hin. Wie der nun sah, daß der Vogel von dem Futter, das neben ihm stand, nicht gefressen hatte, rief er: ‚Bei Allah, ich weiß nicht, was er frißt, auf daß ich ihn damit füttern könnte!' Darauf befahl er, die Speisen zu bringen; und als die Tische vor ihm gebreitet waren, aß er davon. Wie aber der Vogel das Fleisch und die anderen Speisen, die Süßigkeiten und Früchte erblickte, aß er von allem, was auf dem Tische vor dem König war; der König staunte über ihn und wunderte sich, daß er so aß, und desgleichen taten alle, die zugegen waren. Da sagte der König zu den Eunuchen und Mamluken, die um ihn standen: ‚In meinem Leben habe ich noch keinen Vogel so essen sehen wie diesen hier.' Dann befahl er, seine Gemahlin zu rufen, damit auch sie den Vogel anschauen könnte; und der Diener ging, um sie zu rufen. Als er vor ihr stand, sprach er zu ihr: ‚Hohe Herrin, der König verlangt nach dir, damit du den Vogel da anschauest, den er gekauft hat. Der ist nämlich, als wir das Essen auftrugen, aus dem Käfig geflogen und hat sich auf den Tisch gesetzt und von allem gegessen, was dort war. Drum erhebe dich, o Herrin, und schau den Vogel an; denn er ist schön anzusehen, ja, er ist eins von den Wundern der Zeit!' Als die Königin die Worte des Eunuchen vernommen hatte, kam sie eilends herbei; doch wie sie den Vogel erblickte und genauer betrachtete, verhüllte sie ihr Antlitz und wandte sich ab, um wieder zu gehen. Der König eilte ihr nach und sprach zu ihr: ‚Weshalb verhüllst du dein Antlitz? Es ist doch niemand bei dir als die Kammerfrauen und die Eunuchen, die dir dienen, und dein Gemahl!' Da rief sie: ‚O König, dieser ist kein richtiger Vogel, sondern ein Mann wie du!' Auf diese Worte seiner Gemahlin erwiderte der König: ‚Du lügst! Du machst des Scherzens zuviel! Wie kann er etwas anderes als ein Vogel sein?' Allein sie gab ihm zur Antwort: ‚Bei Allah, ich treibe keinen Scherz mit dir! Ich sage dir nur die Wahrheit. Dieser Vogel ist der König Badr Bâsim, der Sohn des Königs Schahrimân, der Herr des Landes der Perser; und seine Mutter ist Dschullanâr, die Meermaid.' – –«

Da bemerkte Schehrezâd, daß der Morgen begann, und sie hielt in der verstatteten Rede an. Doch als die *Siebenhundertundeinundfünfzigste Nacht* anbrach, fuhr sie also fort: »Es ist mir berichtet worden, o glücklicher König, daß damals, als die Königin zu ihrem Gemahle sprach: ‚Dies ist kein richtiger Vogel, sondern er ist ein Mann wie du; er ist der König Badr Bâsim, der Sohn des Königs Schahrimân, und seine Mutter ist Dschullanâr, die Meermaid', der König sie fragte: ‚Wie ist er zu dieser Gestalt gekommen?' Sie erwiderte ihm: ‚Prinzessin Dschauhara, die Tochter des Königs es-Samandal, hat ihn verzaubert.' Und dann erzählte sie ihm alles, was geschehen war, von Anfang bis zu Ende: wie er um Dschauhara bei ihrem Vater geworben hatte, der Vater aber nicht damit einverstanden gewesen war; wie dann sein Oheim Sâlih gegen den König es-

Samandal gekämpft und ihn besiegt und gefangen genommen hatte. Über die Worte seiner Gemahlin war der König aufs höchste erstaunt, und da sie, die Königin, seine Gemahlin, die größte Zauberin ihrer Zeit war, so sprach er zu ihr: ‚Bei meinem Leben, befreie ihn von seinem Zauber, laß ihn nicht in dieser Qual! Allah der Erhabene möge Dschauharas Hand abschlagen! Wie gemein ist sie doch! Wie arm ist sie an Glauben, wie reich aber an List und Tücke!' Darauf sagte sie: ‚Sprich zu ihm: O Badr Bâsim, begib dich in die Kammer dort!' Der König befahl ihm, sich in die Kammer zu begeben, und als der Vogel den Befehl des Königs vernommen hatte, eilte er dorthin. Die Königin aber verschleierte ihr Antlitz, nahm eine Schale Wassers in die Hand, begab sich auch in die Kammer, murmelte einige unverständliche Worte über dem Wasser und sprach dann zu dem Vogel: ‚Bei diesen Namen, den mächtigen, und diesen Versen, den prächtigen! Bei Allah dem Erhabenen, dem Schöpfer des Himmels und der Erden, der die Toten lässet lebendig werden, dem Verteiler der Lebensgüter und der Lebenszeiten; verlaß diese Gestalt, in der du bist, und kehre zurück in die Gestalt, die dir von Allah bei deiner Erschaffung verliehen ist!' Kaum hatte sie ihre Worte zu Ende gesprochen, da ging ein Schütteln über den Vogel, und er kehrte in seine menschliche Gestalt zurück. Und nun sah der König vor sich einen schönen Jüngling, wie es auf dem Angesichte der Erde keinen schöneren gab. König Badr Bâsim aber, der seine frühere Gestalt wieder erschaute, rief: ‚Es gibt keinen Gott außer Allah, Mohammed ist der Gesandte Allahs! Preis sei dem Schöpfer aller Kreatur, dem Bestimmer ihrer Lebensgüter und Lebenszeiten!' Dann küßte er dem König beide Hände und wünschte ihm langes Leben; und der König küßte ihm das Haupt und sprach zu ihm: ‚O Badr Bâsim, erzähle mir deine Geschichte von Anfang bis zu Ende!' Da erzählte er dem König seine Erlebnisse und verschwieg ihm nichts. Der König verwunderte sich darüber und sprach zu ihm: ,O Badr Bâsim, jetzt hat Allah dich von dem Zauber befreit. Was aber hat dein Sinn beschlossen? Was gedenkst du zu tun?' ,O größter König unserer Zeit,' erwiderte er, ,ich bitte, daß du mir in deiner Güte ein Schiff ausrüstest mit einer Mannschaft von deinen Dienern und mit allem, dessen ich bedarf. Denn ich bin seit langer Zeit in der Fremde, und ich fürchte, das Reich könnte mir verloren gehen. Ich glaube auch, meine Mutter ist nicht mehr am Leben, weil ich ihr entrissen bin, ja, ich habe die schwere Besorgnis, daß sie aus Gram um mich gestorben ist; denn sie ahnt ja nicht, was aus mir geworden ist, und weiß nicht, ob ich noch am Leben oder tot bin. So bitte ich dich denn, o König, daß du deiner Güte die Krone aufsetzest, indem du meinen Wunsch erfüllst.' Wie nun der König seine Schönheit und Anmut betrachtete und seine beredten Worte vernommen hatte, sprach er: ,Ich höre und willfahre!' Dann rüstete er ein Schiff aus, ließ alles, dessen er bedurfte, dorthin schaffen und gab ihm eine Schar seiner Diener mit. Badr Bâsim aber ging alsbald an Bord, nachdem er von dem König Abschied genommen hatte. Nun fuhren sie auf dem Meere dahin, bei günstigem Winde, zehn Tage lang ununterbrochen. Als jedoch der elfte Tag kam, geriet das Meer in heftige Wallung, das Schiff hob sich und senkte sich, und die Seeleute konnten es nicht mehr in ihrer Gewalt behalten. So trieben sie dahin, während die Wogen mit ihnen spielten, bis sie sich einem Felsen mitten im Meere näherten. Und jener Fels stürzte plötzlich auf das Schiff nieder, so daß es zerbrach und alle, die auf ihm waren, ertranken, nur allein König Badr Bâsim konnte sich noch auf eine der Schiffsplanken schwingen, nachdem er bereits dem Tode ins Auge gesehen hatte. Jene Planke trieb mit ihm auf dem Meer einher, ohne daß er wußte, wohin die Fahrt ging, und ohne daß er die Kraft hatte, das Brett zu lenken; ziellos ward es mit ihm von Wogen und Wind dahingetragen. Und das währte drei Tage lang; am vierten Tage erst landete das Brett mit ihm an der Meeresküste. Dort erblickte er eine Stadt, die so weiß war, daß sie einer schneeweißen Taube glich, und die war auf einer Landzunge erbaut, die sich ins Meer erstreckte. Das war ein wunderbarer Bau, seine Säulen strebten hoch ins Blau, und seine Mauern sah man ragen, von den Wellen des Meeres geschlagen. Wie nun König Badr Bâsim jene Landzunge, auf der sich eine solche Stadt befand, betrachtete, freute er sich gar sehr, zumal er schon vor Hunger und Durst dem Untergang nahe gewesen war. Er stieg von der Planke und wollte zur Stadt hinauf gehen, aber da kamen Maultiere und Esel und Pferde, zahlreich wie der Sand am Meere, auf ihn zu und begannen nach ihm zu schlagen und ihn zu hindern, daß er vom Meere zur Stadt hinaufstieg. Da schwamm er bis zur Rückseite der Stadt und stieg dort ans Land. Aber er fand keinen Menschen in der Stadt, und verwundert sprach er: ‚Wem mag wohl diese Stadt gehören? In ihr ist kein König noch irgendein Bewohner. Woher mögen diese Maultiere und Esel und Pferde stammen, die mich an der Landung hinderten?' Und er begann, versunken in Gedanken über sein Los, weiterzuschreiten, ohne zu wissen, wohin er ging. Nach einer Weile aber sah er einen alten Mann, einen Krämer. Wie König Badr Bâsim seiner gewahr geworden war, grüßte er ihn, und jener gab ihm den Gruß zurück. Dann schaute der Alte ihn an, und wie er in ihm einen schönen Jüngling erkannte, fragte er ihn: ‚Junger Mann, woher kommst du und was hat dich in diese Stadt geführt?' Da erzählte Badr Bâsim ihm seine ganze Geschichte von Anfang bis zu Ende.

Darüber staunte der Alte, und dann fragte er weiter: ‚Mein Sohn, hast du niemanden auf deinem Wege gesehen?' ‚Mein Vater,' antwortete er, ‚ich habe immer nur über diese Stadt gestaunt, weil sie menschenleer war.' Nun bat ihn der Scheich: ‚Mein Sohn, tritt in meinen Laden ein, damit du nicht umkommst.' Badr Bâsim trat ein und setzte sich im Laden nieder. Darauf ging der Alte hin und holte ihm ein wenig Speise und sagte nunmehr: ‚Mein Sohn, geh noch weiter ins Innere des Ladens. Preis sei Ihm, der dich vor dieser Teufelin behütet hat!' Das erschreckte den König Badr Bâsim gewaltig; dennoch aß er von der Speise des Scheichs, bis er gesättigt war. Dann wusch er sich die Hände, blickte den Alten an und sprach zu ihm: ‚Lieber Herr, warum sagtest du solche Worte? Du hast mich wahrlich mit Furcht erfüllt vor dieser Stadt und ihren Bewohnern!' Da hub der Scheich an: ‚Mein Sohn, wisse, diese Stadt ist eine Stadt der Zauberer, und ihr herrscht eine Königin, die eine Zauberin ist; die gleicht einer Teufelin, ja, sie ist eine Hexe voll Lug und Tücke und Trug. All die Pferde und Maultiere und Esel, die du gesehen hast, sind in Wirklichkeit Menschenkinder wie du und wie ich. Sie sind Fremdlinge; denn jeden, der in diese Stadt kommt und der ein Jüngling ist wie du, den nimmt diese ungläubige Hexe zu sich und bleibt vierzig Tage mit ihm zusammen. Nach den vierzig Tagen aber verhext sie ihn, und dann wird er ein Maultier oder ein Pferd oder ein Esel, eins von jenen Tieren, die du am Meeresstrande gesehen hast.' – –«

Da bemerkte Schehrezâd, daß der Morgen begann, und sie hielt in der verstatteten Rede an. Doch als die *Siebenhundertundzweiundfünfzigste Nacht* anbrach, fuhr sie also fort: »Es ist mir berichtet worden, o glücklicher König, daß der alte Krämer seine Erzählung und seinen Bericht über die Hexenkönigin mit diesen Worten an Badr Bâsim schloß: ‚Sie hat auch schon alle Bewohner der Stadt verzaubert; und jene haben, als du an Land steigen wolltest, gefürchtet, sie würde dich verzaubern gleich ihnen; und deshalb wollten sie dir durch ein Zeichen sagen: Lande nicht, damit die Hexe dich nicht sieht! Das taten sie aus Mitleid mit dir und aus Furcht, sie würde dir dasselbe antun wie ihnen.' Dann fuhr er fort: ‚Sie hat diese Stadt ihren Bewohnern durch Zauberei entrissen, und ihr Name ist Königin Lâb – das heißt auf arabisch: Berechnung der Sonne.'[1] Als Badr Bâsim diese Worte von dem Scheich vernommen hatte, erschrak er über die Maßen und begann zu zittern wie ein Rohr im Winde; und er sprach: ‚Kaum glaubte ich mich befreit von der Not, in die ich durch Zauberei geraten war, da wirft mich schon das Schicksal in eine noch schlimmere Bedrängnis!' Dann versank er in Gedanken über sein Los und seine Erlebnisse. Wie aber der Alte ihn anschaute und erkannte, welch arge Furcht ihn erfüllte, sprach er zu ihm: ‚Mein Sohn, setze dich auf die Schwelle des Ladens und betrachte jene Geschöpfe, ihre Gewänder und Farben und die Gestalten, in die sie verzaubert sind! Doch fürchte dich nicht; denn die Königin und alle Bewohner der Stadt lieben und achten mich, sie würden nie mein Herz erregen noch mein Gemüt bekümmern!' Nachdem der Alte so gesprochen hatte, ging Badr Bâsim hinaus und setzte sich an der Tür des Ladens nieder, um sich alles anzuschauen. Da zogen die Leute an ihm vorüber, und er sah ein Volk, dessen Zahl unermeßlich war. Doch wie die Leute ihn erblickten, traten sie an den Alten heran und sprachen zu ihm: ‚Scheich, ist dies dein Gefangener und deine Beute dieser Tage?' ‚Er ist meines Bru-

---

1. Diese Deutung beruht auf einer falschen Auslegung des griechischen Fremdwortes *astarlâb* ‚Astrolabium'. Auch die Perser haben in *lâb* ein Wort für ‚Sonne' und noch verschiedenes andere gesehen.

ders Sohn,' erwiderte jener; ‚da ich hörte, daß sein Vater gestorben sei, sandte ich nach ihm und ließ ihn kommen, um meine heiße Sehnsucht nach ihm zu stillen.' Darauf sagten die andern: ‚Fürwahr, dieser ist schön unter den Jünglingen; aber wir sind um ihn besorgt wegen der Königin Lâb und fürchten, sie wird ihre Tücke gegen dich wenden und ihn dir nehmen; denn sie liebt die schönen Jünglinge.' Doch der Alte versetzte: ‚Die Königin wird sich meinem Wunsche nicht widersetzen, denn sie achtet und liebt mich; und wenn sie erfährt, daß er der Sohn meines Bruders ist, so wird sie ihm nichts anhaben, noch auch mich quälen oder mein Gemüt betrüben dadurch, daß sie sich an ihm vergreift.' Nun blieb der König Badr Bâsim einen Monat lang bei dem Alten, indem er dort aß und trank; und der Scheich gewann ihn sehr lieb. Als er dann aber eines Tages vor dem Laden des Alten saß, wie er es gewohnt war, kamen plötzlich tausend Eunuchen des Wegs; die trugen gezückte Schwerter in den Händen und waren in mancherlei Gewänder gekleidet, und die Gürtel um ihren Leib waren mit Edelsteinen besetzt; alle ritten sie auf arabischen Rossen, und die Schwerter in ihren Gehenken waren aus indischem Stahl. Wie sie zu dem Laden des Scheichs kamen, grüßten sie und zogen weiter. Nach ihnen kamen tausend Sklavinnen, Monden gleich; auch die trugen mancherlei Gewänder aus Seidenatlas, die mit Goldstickereien verziert und mit allerlei Edelsteinen besetzt waren, und alle waren mit Lanzen bewaffnet. In ihrer Mitte aber ritt eine Maid auf einer Araberstute in einem goldenen Sattel, der mit vielerlei Edelsteinen und Hyazinthen besetzt war. Die zogen dahin, bis sie den Laden des Alten erreichten, grüßten und ritten weiter. Doch dann kam auch die Königin Lâb in einem prächtigen Prunkzuge des Weges und ritt wie die anderen auf den Laden des Alten zu. Da fiel ihr Blick auf Badr Bâsim, der dort vor dem Laden saß, als wäre er der Mond in seiner Fülle. Und wie nun die Königin Lâb ihn anschaute, ward sie von seiner Schönheit und Anmut bezaubert und verwirrt, und heiße Liebe zu ihm erfüllte ihr Herz. Drum ritt sie an den Laden heran, stieg vom Rosse und setzte sich neben König Bâdr Bâsim nieder; zum Scheich aber sprach sie: ‚Woher hast du diesen Schönen?' Jener gab ihr zur Antwort: ‚Er ist der Sohn meines Bruders; vor kurzem ist er zu mir gekommen.' Die Königin fuhr fort: ‚Laß ihn heut abend bei mir sein, auf daß ich mit ihm plaudern kann!' Aber der Alte fragte sie: ‚Willst du ihn von mir nehmen und ihn nicht verzaubern?' ‚Jawohl', erwiderte sie; und er sagte darauf: ‚Schwöre es mir!' Da schwor sie ihm, sie wolle ihm kein Leid antun und wolle ihn nicht verzaubern; dann befahl sie, ihm ein schönes Roß zu bringen, das gesattelt und mit goldenem Zaum geschirrt war und lauter goldenes und juwelenbesetztes Zeug trug. Dem Alten gab sie tausend Dinare mit den Worten: ‚Laß sie dir zugute kommen!' Darauf nahm sie den König Badr Bâsim mit sich, und wie sie ihn dahinführte, glich er dem vollen Monde in der vierzehnten Nacht. Alles Volk aber, das ihn bei ihr sah, blickte traurig auf ihn und auf seine Schönheit. Denn alle sagten: ‚Bei Allah, dieser Jüngling verdient es nicht, daß die Verfluchte da ihn verzaubert!' Wohl hörte König Badr Bâsim die Worte der Leute, aber er schwieg und stellte seine Sache Allah dem Erhabenen anheim. So zogen sie zum Schlosse weiter. – –«

Da bemerkte Schehrezâd, daß der Morgen begann, und sie hielt in der verstatteten Rede an. Doch als die *Siebenhundertunddreiundfünfzigste Nacht* anbrach, fuhr sie also fort: »Es ist mir berichtet worden, o glücklicher König, daß König Badr Bâsim mit der Königin Lâb und ihrem Gefolge dahinzog, bis sie zum Tor des Schlosses kamen. Dort saßen die Emire und die Eunuchen und die Großen des Reiches ab, und sie ließ durch die Kammerherren allen Würdenträgern des Reiches befehlen, sich zurückzuziehen; jene küßten den Boden und kehrten um, während sie sich mit den Eunuchen und den Dienerinnen in das Schloß begab. Als nun König Badr Bâsim in das Schloß hineinschaute, erblickte er einen Palast, dessengleichen er noch nie gesehen hatte; da waren die Mauern aus Gold erbaut, und in seiner Mitten war ein großes Becken, mit Wasser gefüllt und von einem weiten Blumengarten umgeben. Und weiter schaute König Badr Bâsim in den Garten hinein; dort erblickte er Vögel, die in allen Weisen und Stimmen sangen, solchen, die heiter, und solchen, die traurig klangen, und jene Vögel waren von mancherlei Gestalt und Art. Überall erblickte er große Pracht, und so rief er aus: ‚Preis sei Allah! In Seiner Güte und Milde leiht er auch denen Seine Gaben, die andere Götter neben Ihm haben.‘ Die Königin setzte sich an einem Fenster nieder, das auf den Garten schaute, auf ein Lager aus Elfenbein, das mit einem kostbaren Polster bedeckt war, und König Badr Bâsim setzte sich ihr zur Seite. Da küßte sie ihn und zog ihn an ihre Brust. Dann befahl sie den Dienerinnen, den Tisch zu bringen; und sie brachten einen Tisch aus rotem Golde, der mit Perlen und Edelsteinen besetzt war und auf dem sich Speisen von jeglicher Art befanden. Davon aßen die beiden, bis sie gesättigt waren, und dann wuschen sie sich die Hände. Ferner brachten die Dienerinnen Schalen aus Gold und Silber und Kristall, dazu auch alle Arten von Blumen und Schüsseln voll getrockneter Früchte. Schließlich hieß die Königin die Sängerinnen kommen, und nun traten herein zehn Jungfrauen, wie Monde anzuschauen; die trugen in ihren Händen allerlei Musikinstrumente. Die Königin aber füllte einen Becher und trank ihn aus, und füllte einen zweiten und reichte ihn dem König

Badr Bâsim; der nahm ihn und trank ihn aus. So tranken die beiden miteinander, bis sie genug getrunken hatten. Dann befahl sie den Sängerinnen, zu singen, und sie sangen allerlei Weisen, bis es dem König Badr Bâsim deuchte, der ganze Palast tanze mit ihm vor Freuden. Da ward sein Verstand berückt, und seine Brust weitete sich, so daß er die Fremdlingsschaft vergaß und sprach: ,Wahrlich, diese Königin ist jung und schön; ich will sie nimmermehr verlassen. Denn ihr Reich ist größer als das meine, und sie ist schöner als die Prinzessin Dschauhara!' Und nun trank er weiter mit ihr, bis es Abend ward; auch als die Lampen und die Kerzen angezündet waren und die Weihrauchpfannen glühten, tranken die beiden immer weiter, bis sie trunken waren, während die Sängerinnen sangen. Wie aber die Königin Lâb berauscht war, erhob sie sich von der Stätte, da sie saß, legte sich auf ein Ruhelager und befahl den Dienerinnen, fortzugehen; dann hieß sie den König Badr Bâsim, sich an ihrer Seite niederzulegen. Und er ruhte an ihrer Seite in allen Wonnen des Lebens, bis es Tag ward. – –«

Da bemerkte Schehrezâd, daß der Morgen begann, und sie hielt in der verstatteten Rede an. Doch als die *Siebenhundertundvierundfünfzigste Nacht* anbrach, fuhr sie also fort: »Es ist mir berichtet worden, o glücklicher König, daß die Königin, als sie aus dem Schlafe erwachte, in das Bad ging, das sich im Schlosse befand, begleitet von König Badr Bâsim, und daß die beiden sich dort wuschen. Nachdem sie das Bad verlassen hatten, legte sie ihm die schönsten Gewänder an, und dann hieß sie das Weingerät bringen. Sobald die Dienerinnen es gebracht hatten, tranken die beiden. Danach erhob sich die Königin und führte den König Badr Bâsim an der Hand, und beide setzten sich auf die Sessel nieder. Darauf gebot sie, die Speisen zu bringen; und beide aßen und wuschen sich die Hände. Und wiederum brachten die Dienerinnen ihnen das Weingerät, die Früchte, die Blumen und das Naschwerk. So saßen sie da, essend und trinkend, während die Sängerinnen mancherlei Weisen sangen, bis es Abend ward. Vierzig Tage lang taten sie nichts als essen und trinken und fröhlich sein. Da fragte die Königin: ,Sag, Badr Bâsim, ist diese Stätte schöner oder der Laden deines Oheims, des Krämers?' ,Bei Allah, o Königin,' antwortete jener, ,hier ist es schöner! Mein Oheim ist doch nur ein Bettelmann, der Bohnen verkauft.' Sie lachte ob seiner Worte, und dann ruhten die beiden miteinander in allen Freuden bis zum Morgen. Doch als König Badr Bâsim aus dem Schlafe erwachte, fand er die Königin Lâb nicht mehr an seiner Seite. Da sprach er: ,Wüßte ich doch nur, wohin sie gegangen ist!' Und er ward beunruhigt durch ihr Fernsein und wußte nicht, was er selber tun sollte. Als sie aber eine lange Zeit fortblieb und nicht zurückkehrte, sagte er sich immer wieder: ,Wohin mag sie nur gegangen sein?' Dann legte er seine Gewänder an und begann nach ihr zu suchen; doch er fand sie nicht. Schließlich sprach er bei sich: ,Vielleicht ist sie in den Blumengarten gegangen', und er ging in den Garten; dort erblickte er einen fließenden Bach und nahe bei ihm einen weißen Vogel. Am Ufer jenes Baches stand auch ein Baum, und in dessen Krone waren Vögel von mancherlei Farben; er konnte die Vögel schauen, aber sie konnten ihn nicht sehen. Da flog plötzlich ein schwarzer Vogel zu jenem weißen Vogelweibchen hinab und begann mit ihm zu schnäbeln, wie die Tauben schnäbeln; dann besprang der schwarze Vogel jenes weiße Vogelweibchen dreimal. Nach einer Weile jedoch verwandelte das Weibchen sich in Menschengestalt, und als der König sie anschaute, war es die Königin Lâb. Daran erkannte er, daß auch der schwarze Vogel ein verzauberter Mensch war, und daß sie ihn liebte und sich selber in ein Vogelweibchen zu verzaubern pflegte, um seine Liebe zu genießen; und die Eifersucht packte ihn, und er ward zornig wider die Königin Lâb um des schwarzen Vogels willen. Darauf kehrte er an seine Stätte zurück und legte sich nieder auf sein Ruhelager. Nach einer Weile kam auch die Königin Lâb wieder zu ihm und begann ihn zu küssen und mit ihm zu scherzen, während er in seinem großen Zorne wider sie kein einziges Wort mit ihr redete. Sie erkannte, wie es mit ihm stand, und war überzeugt, daß er sie gesehen hatte, wie sie zum Vogel geworden war und wie jener andere Vogel sie besprungen hatte; aber sie sagte ihm nichts davon, sondern verbarg, was in ihr vorging. Als er ihr dann zu Willen gewesen war, sprach er zu ihr: ,O Königin, ich möchte, daß du mir erlaubtest, zum Laden meines Oheims zu gehen; denn ich sehne mich nach ihm, da ich ihn schon seit vierzig Tagen nicht mehr gesehen habe.' ,Geh zu ihm,' erwiderte sie, ,aber bleib mir nicht zu lange aus! Denn ich kann mich nicht von dir trennen und vermag es nicht zu ertragen, auch nur eine einzige Stunde dir fern zu sein.' ,Ich höre und gehorche!' gab er zur Antwort; und er saß auf und begab sich zum Laden des alten Krämers. Der hieß ihn willkommen, trat auf ihn zu, umarmte ihn und fragte ihn: ,Wie ist es dir bei jener Ketzerin ergangen?' ,Bisher erging es mir wohl und gut,' antwortete Badr Bâsim, ,aber in der letzten Nacht, nachdem sie sich an meiner Seite zur Ruhe gelegt hatte, wachte ich auf und fand sie nicht. Da kleidete ich mich an und lief umher, um nach ihr zu suchen, bis ich in den Garten kam.' Und weiter berichtete er ihm alles, was er gesehen hatte an dem Flusse und bei den Vögeln auf dem Baume. Als der Scheich das von ihm vernommen hatte, sprach er: ,Hüte dich vor ihr! Denn wisse, die Vögel, die auf dem Baume waren, sind lauter fremde Jünglinge, die sie geliebt und durch ihren

Zauber in Vögel verwandelt hat. Und jener schwarze Vogel, den du gesehen hast, war einer ihrer Mamluken; sie war in heißer Liebe zu ihm entbrannt, doch als er ein Auge auf eine ihrer Sklavinnen geworfen hatte, verzauberte sie ihn in die Gestalt eines schwarzen Vogels.' – –«

Da bemerkte Schehrezâd, daß der Morgen begann, und sie hielt in der verstatteten Rede an. Doch als die *Siebenhundertundfünfundfünfzigste Nacht* anbrach, fuhr sie also fort: »Es ist mir berichtet worden, o glücklicher König, daß König Badr Bâsim, als er dem alten Krämer die ganze Geschichte von der Königin Lâb und seine Erlebnisse mit ihr erzählt hatte, von dem Scheich erfuhr, daß die Vögel, die auf dem Baume waren, lauter fremde Jünglinge seien, die sie verzaubert hätte, und daß auch der schwarze Vogel, der einer ihrer Mamluken gewesen, von ihr in jene Gestalt verwandelt worden sei. ‚Und', fuhr der Scheich fort, ‚sooft es sie nach ihm gelüstet, verwandelt sie sich in ein Vogelweibchen, um seine Liebe zu genießen; denn sie liebt ihn immer noch gar sehr. Als sie aber bemerkte, daß du weißt, wie sie es treibt, plante sie insgeheim Böses wider dich, da sie dich nicht aufrichtig liebt. Doch dir soll nichts Arges durch sie widerfahren, solange ich dich schütze! Drum fürchte dich nicht; denn ich bin ein Muslim, und mein Name ist 'Abdallâh! Es gibt zu meiner Zeit keinen größeren Zauberer als mich; doch ich wende den Zauber nur an, wenn ich dazu gezwungen bin. Oftmals pflege ich den Zauber dieser Verruchten zunichte zu machen und die Menschen von ihr zu befreien; ich kümmere mich nicht um sie, denn sie hat keine Macht über mich. Ja, sie fürchtet sich vielmehr ganz gewaltig vor mir, und auch alle in der Stadt, die gleich ihr die Zauberei verstehen, leben in der gleichen Angst vor mir, sie alle, die gleich ihr das Feuer verehren statt des mächtigen Königs der Ehren. Wenn es wieder Morgen wird, so komm zu mir und laß mich wissen, was sie mit dir tut! Denn sie wird noch heute nacht auf dein Verderben sinnen; ich aber werde dir sagen, was du mit ihr tun sollst, um ihrer Tücke zu entgehen.' Darauf nahm der König Badr Bâsim Abschied von dem Alten und kehrte zur Königin zurück. Er traf sie, wie sie auf ihn wartete; und sobald sie ihn erblickte, eilte sie auf ihn zu, ließ ihn an ihrer Seite sitzen, hieß ihn willkommen und brachte ihm Speise und Trank. Beide aßen, bis sie gesättigt waren; dann wuschen sie sich die Hände. Schließlich befahl sie, den Wein zu bringen, und als der gebracht war, begannen sie zu trinken bis zur Mitte der Nacht. Da neigte sie sich ihm zu und reichte ihm Becher auf Becher, bis er trunken ward und Sinn und Verstand verlor. Als sie ihn in solchem Zustande sah, sprach sie zu ihm: ‚Ich beschwöre dich bei Allah und bei dem, was du anbetest, willst du mir, wenn ich dich nach etwas frage, auf meine Frage antworten und mir die Wahrheit darüber sagen?' In seiner Trunkenheit erwiderte er ihr: ‚Ja, meine Herrin.' ‚Ach, mein Gebieter, du Licht meiner Augen,' fuhr sie fort, ‚als du aus deinem Schlafe erwachtest und mich nicht fandest, da suchtest du nach mir und kamst in den Garten und sahest mich in der Gestalt eines weißen Vogels und sahest auch den schwarzen Vogel, der mich besprang. Nun will ich dir über diesen Vogel die Wahrheit sagen: Er war einer meiner Mamluken, und ich war ihm in heißer Liebe zugetan; doch eines Tages warf er ein Auge auf eine meiner Sklavinnen, und da packte mich die Eifersucht, und ich verwandelte ihn in die Gestalt eines schwarzen Vogels, während ich die Sklavin töten ließ. Jetzt aber kann ich ohne ihn nicht eine einzige Stunde leben, und immer, wenn ich mich nach ihm sehne, verwandle ich mich in ein Vogelweibchen und eile zu ihm, damit er mich bespringen und mich besitzen kann, wie du es gesehen hast.

Bist du deshalb nicht erzürnt auf mich, wiewohl ich – bei dem Feuer im Lichtgewand, beim Schatten und bei der Hitze Brand! – dich mehr liebe als je und dich zu meinem Anteil an dieser Welt gemacht habe?' Trunken, wie er war, gab er ihr zur Antwort: ‚Ja, wenn du meinst, daß ich zürne aus diesem Grunde, so ist das recht. Mein Zorn hat keinen anderen Grund als diesen.' Da umarmte und küßte sie ihn und täuschte ihm Liebe vor; und als sie sich zur Ruhe begab, legte er sich an ihrer Seite nieder. Bald nach Mitternacht aber erhob sie sich von ihrem Lager; König Badr Bâsim war wach, doch er tat, als ob er schliefe, und blickte verstohlen, um zu sehen, was sie tat. So erkannte er, daß sie aus einem roten Beutel etwas Rotes herausnahm und es mitten im Zimmer einpflanzte; das wurde zu einem Bach, der wie ein Strom dahinfloß. Dann nahm sie eine Handvoll Gerste, streute die auf den Boden und bewässerte sie aus jenem Bache; nun wurden die Körner zu einem Ährenfelde, und die Königin pflückte davon und mahlte es zu Mehl. Das legte sie beiseite, und dann kehrte sie zurück und ruhte wieder neben Badr Bâsim bis zum Morgen. Sobald der neue Tag graute, erhob er sich und wusch sein Antlitz; dann bat er die Königin um Erlaubnis, zum Scheich zu gehen. Nachdem sie ihm dies gewährt hatte, begab er sich zu dem Alten und tat ihm kund, was sie vor seinen Augen getan hatte. Wie der Scheich diese Worte von ihm vernahm, lächelte er und sprach: ‚Bei Allah, diese ketzerische Hexe plant Unheil wider dich; du aber kümmere dich gar nicht um sie!' Dann holte er für ihn etwa ein Pfund von zerstoßenem Röstkorn und sprach zu ihm: ‚Nimm dies mit dir! Wisse, wenn sie das sieht, wird sie dich fragen, was das sei und was du damit tun wolltest. Dann sprich zu ihr: ,Überfluß an Gutem ist gut', und iß davon. Wenn sie aber ihr Röstkorn holt und zu dir sagt: ,Iß von diesem Korn!'

so tu, als ob du davon äßest, doch iß nur von diesem hier. Hüte dich, von ihrem Röstkorn etwas zu essen, sei es auch nur ein einziges Körnchen! Denn wenn du auch nur ein einziges Korn davon issest, so wird ihr Zauber Macht über dich gewinnen, und sie wird dich verzaubern, indem sie zu dir spricht: ‚Verlasse diese Menschengestalt!' und du wirst deine Gestalt verlieren und irgendeine andere annehmen, die sie wünscht. Wenn du aber nicht davon issest, so wird ihr Zauber zunichte und wird dir in keiner Weise schaden. Dann wird sie ganz beschämt zu dir sagen: ‚Ich scherzte nur mit dir', und wird heiße Liebe zu dir bekennen; aber das ist alles nur Heuchelei und Tücke von ihr. Nun heuchle auch du Liebe zu ihr und sprich: ‚Meine Gebieterin, du Licht meiner Augen, iß von diesem Röstkorn und sieh, wie köstlich es ist!' Wenn sie auch nur ein Körnchen davon gegessen hat, so nimm Wasser in deine Hand, sprenge es ihr ins Antlitz und sprich zu ihr: ‚Verlasse diese Menschengestalt und nimm die und die Gestalt an!' eine Gestalt, die du wünschest. Danach verlasse sie und komm zu mir, damit ich dich weiter beraten kann!' Darauf nahm Badr Bâsim Abschied von dem Alten und ging wieder fort, bis er zum Schlosse hinaufstieg und zur Königin eintrat. Als sie ihn erblickte, rief sie ihm zu: ‚Willkommen, herzlich willkommen!' Und sie eilte auf ihn zu und küßte ihn und sprach: ‚Du bist aber lange ausgeblieben, mein Gebieter!' Er gab ihr zur Antwort: ‚Ich war bei meinem Oheim, und er hat mir von diesem Röstkorn zu essen gegeben.' ‚Wir haben noch besseres Röstkorn als das', erwiderte sie und legte sein Korn in eine Schüssel, während sie ihr eigenes in eine andere Schüssel tat. Dann sagte sie zu ihm: ‚Iß von diesem, denn es ist besser als dein Röstkorn!' Er also tat, als ob er davon äße, und als sie vermeinte, daß er das getan hätte, nahm sie Wasser in ihre Hand und besprengte ihn damit, indem sie sprach: ‚Verlasse diese Gestalt, du Galgenvogel, du Elender, und nun sollst du in die eines Maultieres übergehen, einäugig und häßlich anzusehen!' Aber er verwandelte sich nicht; und als sie ihn unverändert dastehen sah, eilte sie auf ihn zu, küßte ihn auf die Stirn und rief: ‚Ach, mein Liebling, ich scherzte ja nur mit dir! Zürne mir deshalb nicht!' ‚Bei Allah, meine Gebieterin,' antwortete er ihr, ‚ich zürne dir ganz und gar nicht, nein, ich glaube fest, daß du mich liebst. Und nun iß du von meinem Röstkorn!' Sie nahm einen Mundvoll davon und aß; doch kaum war das Korn in ihren Magen gedrungen, so fiel sie in Krämpfe. König Badr Bâsim aber nahm Wasser in seine Hand und sprengte es ihr ins Gesicht, indem er sprach: ‚Verlasse diese Menschengestalt und werde zu einer grauen Mauleselin alsbald!' Und da sah sie sich sofort in ein solches Tier verwandelt. Nun begannen ihr die Tränen über die Wangen zu rinnen, und sie fing an, ihr Gesicht an seinen Füßen zu reiben. Da wollte er ihr die Zügel anlegen, aber sie wollte sich nicht zäumen lassen; so verließ er sie und begab sich zu dem Alten und tat ihm kund, was geschehen war. Der Scheich ging hin und holte ihm einen Zügel und sprach zu ihm: ‚Nimm diesen Zaum und leg ihn ihr an!' Jener nahm ihn und ging zu der Königin zurück. Als sie ihn erblickte, kam sie auf ihn zu; und er legte ihr den Zaum ins Maul, bestieg sie und ritt aus dem Palaste hinaus zum Scheich 'Abdallâh. Wie der sie erblickte, lief er ihr entgegen und rief ihr zu: ‚Dich mache Allah der Erhabene zuschanden, du Verruchte!' Dann sprach er zu Badr Bâsim: ‚Mein Sohn, jetzt ist deines Bleibens nicht länger in dieser Stadt. Reite fort auf ihr, wohin du willst. Aber hüte dich, den Zügel irgend jemandem anzuvertrauen!' König Badr Bâsim dankte ihm, nahm Abschied von ihm und ritt fort, drei Tage lang ohne Aufenthalt. Als er sich dann einer

Stadt näherte, begegnete ihm ein Greis von ehrwürdigem Aussehen und sprach zu ihm: ‚Mein Sohn, woher kommst du?' Dem gab er zur Antwort: ‚Aus der Stadt dieser Zauberin hier.' Jener fuhr fort: ‚Du bist heute nacht mein Gast.' Da willigte er ein und zog mit dem Alten des Weges dahin. Doch plötzlich kam ihnen eine alte Frau entgegen, und als sie die Mauleselin erblickte, weinte sie und rief: ‚Es gibt keinen Gott außer Allah! Diese Mauleselin gleicht der Mauleselin meines Sohnes, die gestorben ist, und um die mein Herz betrübt ist. Um Allahs willen, lieber Herr, verkaufe sie mir!' Doch er entgegnete ihr: ‚Bei Allah, Mütterchen, ich kann sie nicht verkaufen.' Da fuhr sie fort: ‚Um Allahs willen, schlag mir meine Bitte nicht ab! Mein Sohn wird, wenn ich ihm diese Mauleselin nicht kaufe, des Todes sein, das ist gewiß.' Und sie bestürmte ihn mit Bitten, bis er ausrief: ‚Ich verkaufe sie nur um tausend Goldstücke!' Denn er sagte sich: ‚Woher kann diese Alte tausend Goldstücke beschaffen?' Aber sie zog alsbald tausend Dinare aus ihrem Gürtel; wie König Badr Bâsim das sah, sprach er zu ihr: ‚Mütterchen, ich scherzte nur mit dir; ich kann sie nicht verkaufen.' Da blickte der Greis ihn an und sprach zu ihm: ‚Mein Sohn, in dieser Stadt darf niemand lügen; denn jeder, der hier lügt, wird hingerichtet.' Nun stieg der König Badr Bâsim von dem Maultier ab. – –«

Da bemerkte Schehrezâd, daß der Morgen begann, und sie hielt in der verstatteten Rede an. Doch als die *Siebenhundertundsechsundfünfzigste Nacht* anbrach, fuhr sie also fort: »Es ist mir berichtet worden, o glücklicher König, daß die Alte, nachdem der König Badr Bâsim von dem Maultier abgestiegen war und es ihr übergeben hatte, sofort ihm den Zaum aus dem Maule zog. Dann nahm sie Wasser in ihre Hand, besprengte die Mauleselin damit und sprach: ‚Meine Tochter, verlasse diese Gestalt und nimm deine einstige Gestalt wieder an.' Und auf der Stelle verwandelte sie sich und kehrte in ihre frühere Gestalt zurück; und die beiden Frauen eilten aufeinander zu und umarmten sich. Nun erkannte König Badr Bâsim, daß die Alte dort die Mutter der Königin Lâb war, und daß man ihn überlistet hatte. Er wollte fliehen; aber da ließ die Alte einen lauten Pfiff erschallen, und alsbald stand vor ihr ein Dämon, wie ein mächtiger Fels so groß. In seinem Schrecken blieb der König Badr Bâsim stehen; die Alte aber stieg auf den Rücken des Dämons, ließ ihre Tochter hinter sich reiten und nahm den König Badr Bâsim vor sich. Dann flog der Dämon mit ihnen davon; und kaum war eine kleine Weile vergangen, als sie schon bei dem Palaste der Königin Lâb ankamen. Nachdem die sich auf ihren Thron gesetzt hatte, wandte sie sich zu König Badr Bâsim und sprach zu ihm: ,Du Galgenvogel, jetzt bin ich wieder an diese Stätte gelangt und habe mein Ziel erreicht; und bald werde ich dir zeigen, was ich mit dir und mit dem alten Krämer dort tun werde. Wieviel Gutes habe ich ihm getan! Und nun handelt er so übel an mir; denn du hast deinen Willen nur durch ihn ausführen können.' Darauf nahm sie Wasser und besprengte ihn damit, indem sie sprach: ,Verlasse diese Gestalt, in der du bist, und gestalte dich zu einem Vogel, häßlich anzusehen, ja dem häßlichsten, den es an Vögeln gibt.' Auf der Stelle verwandelte er sich und ward zu einem Vogel, der häßlich anzusehen war; und sie sperrte ihn in einen Käfig und versagte ihm Speise und Trank. Eine Dienerin aber, die ihn sah, hatte Mitleid mit ihm, und sie begann ihm Futter und Wasser zu bringen, ohne daß die Königin es wußte. Und als nun diese Dienerin eines Tages bemerkte, daß ihre Herrin achtlos war, ging sie hinaus und eilte zu dem alten Krämer und tat ihm kund, was geschehen war. Und sie fügte hinzu: ,Die Königin Lâb ist entschlossen, den Sohn deines Bruders zu verderben.' Der Scheich dankte ihr und sprach zu ihr: ‚Jetzt muß ich gewißlich diese Stadt von ihr nehmen und dich statt ihrer zur Königin machen.' Dann ließ er einen lauten Pfiff erschallen, und es erschien vor ihm ein Dämon mit vier Flügeln. Zu dem sprach er: Nimm diese Maid und trag sie zur Stadt Dschullanârs, der Meermaid, und ihrer Mutter Farâscha; denn die beiden sind die größten Zauberinnen auf dem Angesichte der Erde.' Zu der Dienerin aber sprach er: ‚Wenn du dort angekommen bist, so sage den beiden, daß König Badr Bâsim der Gefangene der Königin Lâb ist.' Der Dämon nahm die Maid auf seinen Rücken und flog mit ihr davon. Kaum war eine kleine Weile vergangen, so stieg er schon mit ihr auf das Schloß der Königin Dschullanâr, der Meermaid, hernieder. Und die Dienerin schritt von der Dachterrasse des Schlosses hinab und begab sich zur Königin Dschullanâr, küßte den Boden vor ihr und tat ihr kund, was ihrem Sohne widerfahren war, von Anfang bis zu Ende. Da erhob Dschullanâr sich vor ihr, erwies ihr Ehren und dankte ihr. Dann ließ sie in der Stadt die Trommeln der Freudenbotschaft schlagen und allem Volk und den Großen ihres Reiches verkünden, daß der König Badr Bâsim gefunden sei. Danach versammelten Dschullanâr und ihre Mutter Farâscha und ihr Bruder Sâlih alle Stämme der Geister und der Krieger des Meeres; denn die Könige der Geister waren ihnen untertan geworden, seit König es-Samandal gefangen genommen war. Und alsbald flogen sie in die Lüfte empor, stürzten sich auf die Stadt der Zauberin hernieder, plünderten den Palast und töteten alle Ketzer, die dort waren, in einem Augenblick. Und Dschullanâr sprach zu der Dienerin: ‚Wo ist mein Sohn?' Da holte die Dienerin den Käfig und brachte ihn vor sie; und indem sie auf den Vogel wies, der darin war, sprach sie: ‚Dies ist dein Sohn!' Sogleich befreite die Königin ihn aus dem Käfig; nahm Wasser in ihre Hand und besprengte ihn damit, indem sie sprach: ‚Verlasse diese Gestalt und nimm wieder deine einstige Gestalt an!' Kaum hatte sie diese Worte beendet, da schüttelte er sich und ward wieder ein Mensch, wie er es zuvor gewesen war. Und als seine Mutter ihn nun in seiner ursprünglichen Gestalt erblickte, eilte sie auf ihn zu und umarmte ihn und weinte bitterlich. Desgleichen taten sein Oheim Sâlih und seine Großmutter Farâscha und seine Basen, und sie küßten ihm die Hände und die Füße. Darauf sandte seine Mutter nach dem Scheich 'Abdallâh und dankte ihm für alles, was er an ihrem Sohne getan hatte; ferner vermählte sie ihn mit der Dienerin, die er mit der Botschaft an sie geschickt hatte, und er ging zu ihr ein. Dann machte sie ihn zum König über jene Stadt und ließ die Überlebenden aus der Stadt, die Muslime waren, sich versammeln und dem Scheich 'Abdallâh huldigen, indem sie ihnen Eid und Schwur abnahm, daß sie ihm gehorchen und dienen wollten. ‚Wir hören und gehorchen!' erwiderten sie. Schließlich nahmen sie und die Ihren Abschied von Scheich 'Abdallâh und kehrten in ihre Hauptstadt zurück. Und als sie zu ihrem Palaste kamen, zogen ihnen die Einwohner in lautem Jubel entgegen; und drei Tage lang schmückten sie die Stadt in ihrer großen Freude über ihren König Badr Bâsim; ja, sie waren hochbeglückt über seine Heimkehr. Darauf sprach König Badr Bâsim zu seiner Mutter: ‚Liebe Mutter, jetzt bleibt nichts mehr übrig, als daß ich mich vermähle; dann wollen wir alle immerdar miteinander vereinigt sein.' ‚Mein Sohn,' erwiderte sie, ‚der Plan, den du hast, ist trefflich. Warte aber, bis wir erforscht haben, welche unter den Töchtern der Könige für dich die rechte ist!' Und seine Großmutter Farâscha und seine Basen von Vaters und von

Mutters Seite her sprachen: ‚Wir alle, o Badr Bâsim, wollen dir sogleich zu deinem Wunsche verhelfen.' Dann machte sich eine jede von ihnen auf und ging fort, um in den Landen zu suchen; und Dschullanâr, die Meermaid, schickte ihre Kammerfrauen auf den Rücken von Dämonen aus, indem sie ihnen befahl, sie sollten keine Stadt und keine von den Schlössern der Könige auslassen, sondern überall nach den schönen Mädchen ausschauen, die dort wären. Wie nun König Badr Bâsim sah, daß sie große Mühe hierauf verwandten, sprach er zu seiner Mutter Dschullanâr: ‚Liebe Mutter, laß ab davon; denn mir gefällt nur Dschauhara, die Tochter des Königs es-Samandal, da sie ein Juwel ist, wie ihr Name besagt.' Seine Mutter antwortete ihm: ‚Jetzt weiß ich, was du suchst', und sie sandte Leute aus, die ihr den König es-Samandal bringen sollten. Die führten ihn auch alsbald vor sie; und dann schickte sie nach ihrem Sohne Badr Bâsim und ließ ihn, als er zu ihr kam, wissen, daß der König es-Samandal zugegen sei. So begab sich denn Badr Bâsim zu ihm, und als der ihn kommen sah, erhob er sich vor ihm, begrüßte ihn und hieß ihn willkommen. Darauf erbat König Badr Bâsim von ihm seine Tochter Dschauhara zur Gemahlin. Und jener sprach: ‚Sie steht dir zu Diensten, sie ist deine Sklavin, die deines Befehls gewärtig ist.' Dann entsandte er einige seiner Freunde in sein Land und befahl ihnen, seine Tochter Dschauhara zu holen und ihr kundzutun, daß ihr Vater bei König Badr Bâsim sei, dem Sohne der Meermaid Dschullanâr. Sie flogen in die Luft empor und blieben eine Weile fort; dann kehrten sie mit der Prinzessin Dschauhara zurück. Und als sie ihren Vater erblickte, eilte sie auf ihn zu und umarmte ihn. Er aber schaute sie an und sprach zu ihr: ‚Meine Tochter, wisse, ich habe dich zur Gemahlin bestimmt für diesen König an Edelmut reich, diesen Helden, dem Löwen gleich, den König Badr Bâsim, den Sohn der Königin Dschullanâr. Denn er ist der schönste unter den Männern seiner Zeit, der anmutigste, der höchste nach seinem Range und der adeligste nach seiner Abkunft. Er allein ist deiner wert, und nur du bist seiner wert.' ‚Lieber Vater,' erwiderte sie ihm, ‚ich kann dir nicht widersprechen; handle nach deinem Sinn, Sorge und Kummer sind nun dahin, und ich bin ihm jetzt eine Dienerin!' Da holte man die Kadis und die Zeugen, und man schrieb den Ehevertrag zwischen dem König Badr Bâsim, dem Sohne der Königin Dschullanâr, der Meermaid, und der Prinzessin Dschauhara. Und die Bürger schmückten ihre Stadt, die Freudentrommeln wurden geschlagen, und alle, die in den Gefängnissen waren, wurden freigelassen. Ferner kleidete der König die Witwen und Waisen und verlieh Ehrengewänder an die Großen des Reiches, die Emire und die Vornehmen. Ein großes Fest ward gefeiert, Hochzeitsmahle wurden gerüstet, und zehn Tage lang waren alle Menschen guter Dinge früh und spät. Die Braut aber ward in neun Festgewändern vor König Badr Bâsim zur Schau gestellt; und er verlieh dem König es-Samandal ein Ehrengewand und entließ ihn in seine Heimat, zu seinem Volk und zu den Seinen. Und nun lebten sie herrlich und in Freuden, sie aßen und tranken und genossen alle Wonnen, bis Der zu ihnen kam, der die Freuden schweigen heißt und der die Freundesbande zerreißt. Und dies ist das Ende von ihrer Geschichte; Allahs Barmherzigkeit werde ihnen allen zuteil!

Ferner wird erzählt

DIE GESCHICHTE VON DEN BEIDEN SCHWESTERN, DIE IHRE JÜNGSTE SCHWESTER BENEIDETEN[1]

In alten Zeiten und in längst entschwundenen Vergangenheiten lebte einst ein König von Persien, Chusrau Schâh geheißen; der war berühmt wegen seiner Gerechtigkeit und Rechtschaffenheit. Sein Vater, der in hohem Alter gestorben war, hatte ihn als einzigen Erben des ganzen Reiches hinterlassen, und unter seiner Herrschaft tranken Tiger und Zicklein nebeneinander aus derselben Tränke[2]; und sein Schatz war stets gefüllt, und seine Truppen und Wachen waren ohne Zahl. Nun war es seine Gewohnheit, sich zu verkleiden und, von einem zuverlässigen Wesir begleitet, des Nachts durch die Straßen zu wandern. So kamen ihm zur Kenntnis Seltsamkeiten und sonderbare Begebenheiten; und wollte ich sie dir alle erzählen, o glücklicher König, so würden sie dich über die Maßen ermüden.

Er setzte sich also auf den Thron seiner Vorväter, und als die festgesetzten Tage der Trauer verstrichen waren, gemäß der Sitte jenes Landes, ließ er seinen erhabenen Namen, das ist Chusrau Schâh, auf alle Münzen des Königreichs prägen und in die Fürbitte im Freitagsgebet aufnehmen. Und als er in seiner Herrschaft gefestigt war, ging er eines Abends fort wie früher, begleitet von seinem Großwesir, und beide wanderten, als Kaufleute verkleidet, durch die Straßen und Gassen, über die Plätze und Märkte, um besser zu erfahren, was an Gutem und an Schlechtem vor sich ging. Als die Nacht zu dunkeln begann, kamen sie zufällig durch ein Stadtviertel, in dem Leute

1. Die Geschichte ist hier in derselben Weise übersetzt und eingeschaltet wie die von dem Prinzen Ahmed und der Fee Perî Banû; vgl. Band III, Seite 7, Anmerkung 2. – 2. Vgl. Jesaia 11, Vers 6.

ärmeren Standes wohnten; und wie sie so dahinschritten, hörte der Schâh drinnen in einem Hause Frauen mit lauten Stimmen reden. Er trat näher und spähte hinein durch einen Türspalt, und da sah er drei schöne Schwestern, die zu Nacht gegessen hatten und nun beisammen auf einem Diwan saßen und miteinander plauderten. Der König legte sein Ohr an den Spalt und lauschte aufmerksam auf das, was sie sagten; und er hörte, wie eine jede von ihnen erzählte, was sie sich am meisten wünschte. Die älteste sagte: ‚Ich wollte, ich wäre vermählt mit dem Hofbäcker des Schâhs, denn dann hätte ich immer Brot zu essen, das weißeste und feinste der Stadt, und eure Herzen würden sich füllen mit Neid und Eifersucht und Bosheit ob meines Glücks.' Die zweite aber sagte: ‚Ich möchte lieber dem Hofkoch des Schâhs vermählt sein und von den leckeren Gerichten essen, die Seiner Hoheit vorgesetzt werden; denn mit ihnen kann sich das königliche Brot, das im ganzen Palast verteilt wird, an Wohlgeschmack und Würzigkeit nicht messen.' Die dritte und jüngste von den dreien, die bei weitem die schönste und anmutigste von allen war, eine Maid von bezauberndem Wesen, voller Witz und Laune, scharfsinnig, wachsam und weise – die sprach, als die Reihe an sie kam, ihren Wunsch zu nennen: ‚Meine Schwestern, mein Ehrgeiz ist nicht so niedrig wie der eure. Mir liegt nichts an feinem Brot, noch auch sehne ich mich wie ein Schlemmer nach leckeren Gerichten. Mein Blick ist auf etwas Edleres und Höheres gerichtet; ja fürwahr, ich möchte mir nichts Geringeres wünschen, als daß der König mich zur Gemahlin nähme und daß ich die Mutter eines schönen Prinzen würde, der vollkommen wäre an Gestalt und in seiner Gesinnung ebenso stolz wie tapfer. Sein Haar müßte auf der einen Seite golden und auf der anderen silbern sein; wenn er weint, so müßte er Perlen statt Tränen vergießen, und wenn er lacht, so müßten seine rosigen Lippen frisch sein wie eine eben aufgebrochene Blüte.' Der Schâh erstaunte über die Maßen, wie er die Wünsche der drei Schwestern vernahm, besonders aber den der jüngsten, und er beschloß bei sich selber, alle drei Wünsche zu erfüllen. Deshalb sprach er zum Großwesir: ‚Merke dir dies Haus genau, und morgen bringe diese Mädchen, die wir haben reden hören, vor meinen Thron!' Und der Wesir erwiderte: ‚O Zuflucht des Weltalls, ich höre und gehorche!' Darauf kehrten die beiden zum Palaste zurück und legten sich nieder, um zu ruhen.

Als es Morgen ward, ging der Minister zu den Schwestern und brachte sie vor den König; der grüßte sie und sagte freundlich zu ihnen, nachdem er ihren Herzen Mut zugesprochen hatte: ‚Ihr guten Mädchen, was habt ihr gestern nacht in lustigen Worten und im Scherz zueinander gesagt? Gebt acht, daß ihr dem Schâh jede Einzelheit genau erzählt; denn uns muß alles bekannt werden! Einiges haben wir schon gehört, aber jetzt wünscht der König, daß ihr euer Gespräch vor seinen königlichen Ohren ausführlich berichtet.' Auf diese Worte des Schâhs wagten die Schwestern, verwirrt und schamerfüllt, nicht zu antworten, sondern sie standen schweigend und gesenkten Hauptes vor ihm; und trotz aller Fragen und aller Ermutigung vermochten sie sich kein Herz zu fassen. Da die jüngste aber von überragender Schönheit an Gestalt und Gesicht war, so ward der Schâh alsbald von heißer Liebe zu ihr ergriffen; und in seiner Liebe begann er ihnen wieder Mut zuzusprechen, indem er sagte: ‚O ihr Herrinnen der Schönen, fürchtet euch nicht und seid unbesorgt! Scham und Schüchternheit soll euch nicht hindern, dem Schâh zu erzählen, welche drei Wünsche ihr tatet; denn er will sie gern alle erfüllen.' Da warfen sie sich ihm zu Füßen, und nachdem sie ihn um

Vergebung ob ihrer Kühnheit und freien Rede angefleht hatten, erzählten sie ihm die ganze Unterhaltung, und eine jede wiederholte den Wunsch, den sie getan hatte. Und noch am selben Tage vermählte Chusrau Schâh die älteste Schwester mit seinem Hofbäcker und die zweite mit seinem Hofkoch, und er befahl, alles zu rüsten für seine Vermählung mit der jüngsten Schwester. Als nun die Vorbereitungen für die königliche Hochzeit in kostbarster Weise getroffen waren, ward die Vermählung des Königs mit fürstlichem Prunk und Pomp gefeiert, und die junge Gemahlin erhielt die Titel ‚Licht des Harems‘ und ‚Herrin des Landes Iran‘. Ebenso feierten die anderen beiden Mädchen ihre Vermählung, die eine mit dem Bäcker des Königs, die andere mit dem Hofkoch, wie es ihrem verschiedenen Stand im Leben entsprach, und dabei ward weniger Prunk und Gepränge entfaltet.

Nun wäre es nur recht und verständig gewesen, wenn diese beiden, da doch eine jede von ihnen ihren Wunsch erreicht hatte, ihr Leben in Fröhlichkeit und Glück verbracht hätten; doch des Schicksals Beschluß bestimmte es anders. Denn sobald sie sahen, zu welch hoher Stellung ihre jüngste Schwester emporgestiegen war und mit welcher Pracht ihre Hochzeit gefeiert wurde, da entbrannten ihre Herzen vor Neid und Eifersucht und bitterem Ärger, und sie beschlossen, ihrem Haß und ihrer Bosheit die Zügel schießen zu lassen und der Schwester ein arges Unheil anzutun. So lebten sie viele Monate dahin, bei Tag und Nacht von Groll verzehrt; ja, sie brannten vor Kummer und Zorn, sooft sie das geringste davon sahen, daß ihrer Schwester Stand und Stellung höher war. Eines Morgens nun, als die beiden sich im Badehause trafen und dort eine Gelegenheit zu heimlicher Rede fanden, sprach die älteste Schwester zu der zweiten: ‚Es ist wirklich abscheulich, daß sie, unsere jüngste Schwester, die nicht schöner ist als wir, so zu der Würde und Majestät einer Königin emporgehoben werden konnte; wahrhaftig, der Gedanke ist zu schwer zu ertragen.' ‚Ach, Schwester mein,' erwiderte die andere, ‚ich bin auch so todunglücklich darüber, und ich weiß gar nicht, was für Vorzüge der Schâh in ihr gesehen haben mag, daß es ihm überhaupt in den Sinn kam, sie zu seiner Gemahlin zu machen. Sie paßt schlecht zu der hohen Stellung, sie mit ihrem Affengesicht; und außer ihrer Jugend wüßte ich nichts, was sie Seiner Hoheit empfehlen konnte, daß er sie so über ihresgleichen erhöhte. Meiner Ansicht nach wärest du, nicht sie, würdig, das Bett des Königs zu teilen; und ich hege einen Groll gegen den König, weil er diese Dirne zu seiner Königin gemacht hat.' Da hub die älteste Schwester wieder an: ‚Ich muß mich auch über alle Maßen wundern; und ich schwöre, deine Jugend und Schönheit, dein wohlgestalteter Wuchs und dein liebliches Antlitz und deine glänzenden Gaben, die über jeden Vergleich erhaben sind, hätten wohl genügen können, um den König zu gewinnen, und hätten ihn veranlassen sollen, sich mit dir zu vermählen und dich für sein Bett zu wählen und dich zu seiner gekrönten Königin und herrschenden Gebieterin zu machen, anstatt diese elende Buhlerin in seine Arme zu nehmen. Wirklich, er hat gezeigt, daß er keinen Sinn hat für das, was recht und billig ist, da er dich verschmähte; und nur deshalb betrübt mich das Ganze so unsagbar.' Darauf berieten die beiden Schwestern miteinander, wie sie ihre jüngste Schwester in den Augen des Schâhs erniedrigen und ihren Sturz und ihr völliges Verderben herbeiführen könnten. Tag und Nacht sannen sie darüber nach und sprachen des langen darüber, sooft sie sich nur trafen; und sie dachten zahllose Pläne aus, um ihrer Schwester, der Königin, zu schaden und sie womöglich zu Tode zu bringen; doch sie konnten sich zu keinem entschließen. Während die beiden also diesen Grimm und Haß wider sie hegten und mit emsigem Eifer nach Mitteln suchten, um ihrem bitteren Neid und Haß und Groll Genüge zu tun, sah jene sie hingegen stets mit der gleichen Liebe und Zärtlichkeit an, wie sie es vor der Hochzeit getan hatte, und sie war nur darauf bedacht, wie sie jene aus ihrem niederen Stande erheben könne. Als nun einige Monate seit der Hochzeit verstrichen waren, zeigte es sich, daß die schöne Königin guter Hoffnung war; diese frohe Botschaft erfüllte den Schâh mit Freude, und er befahl sofort allem Volke in der Hauptstadt und im ganzen Reiche, ein Fest zu feiern mit Gelagen und Tänzen und allerlei Lustbarkeiten, wie es sich für ein so seltenes und wichtiges Ereignis geziemte. Sobald aber die Nachricht den beiden neidischen Schwestern zu Ohren kam, sahen sie sich gezwungen, der Königin ihre Glückwünsche darzubringen; und als die beiden nach einem langen Besuch im Begriffe waren, Abschied zu nehmen, sagten sie: ‚Preis sei Allah dem Allmächtigen, liebe Schwester, daß Er uns diesen glücklichen Tag hat erleben lassen! Um eine Gnade aber möchten wir dich bitten, und die ist, daß wir, wenn die Zeit deiner Entbindung von dem Kinde gekommen ist, dir als Wehmütter zur Seite stehen und dann vierzig Tage lang bei dir sein und dich pflegen dürfen.' In ihrer Freude gab die Königin zur Antwort: ‚Liebe Schwestern, gern hätte auch ich es so; denn zu einer Zeit solcher Not wüßte ich niemanden, auf den ich mich so verlassen könnte wie auf euch. In meiner künftigen Heimsuchung wird mir eure Gegenwart höchst willkommen und gelegen sein; aber ich kann nur tun, was der Schâh gebietet, und nichts kann ich ohne seine Erlaubnis tun. Mein Rat ist dieser: Macht eure Gatten, die stets Zutritt zum König haben, mit diesem Wunsche bekannt, und laßt sie selbst um eure Berufung als Wehmütter bitten! Ich zweifle nicht daran, daß der Schâh euch die Erlaubnis geben wird, mir beizustehen und bei mir zu bleiben, zumal wenn er die zärtlichen Bande der Verwandtschaft zwischen uns dreien erwägt.' Dann kehrten die beiden Schwestern heim, voll arger Gedanken und Tücke, und sprachen zu ihren Gatten von ihren Wünschen, und die wiederum sprachen mit Chusrau Schâh, indem sie ihre Bitte in aller Demut vortrugen, ohne zu ahnen, was im Schoße des Schicksals für sie verborgen war. Der König antwortete: ,Wenn ich mir die Sache in meinem Sinn überlegt habe, werde ich euch die entsprechenden Befehle erteilen.' Nachdem er so gesprochen hatte, begab er sich allein zur Königin und sprach zu ihr: ,Meine Herrin, wenn es dir beliebt, so wäre es, dünkt mich, gut, deine Schwestern zu berufen und sich ihrer Hilfe zu versichern für die Zeit, wenn du in Kindesnöten bist, anstatt Fremde zu nehmen; und wenn du derselben Meinung bist wie ich, so laß es mich jetzt gleich wissen, damit ich Schritte tun kann, um ihre Einwilligung und ihr Einverständnis zu erlangen, ehe deine Zeit erfüllt ist! Sie werden dich mit liebevoller Sorgfalt pflegen als irgend eine gemietete Wartefrau, und du wirst dich in ihren Händen sicherer fühlen.' ,Mein Herr und Schâh,' erwiderte die Königin, ,auch ich wage zu glauben, daß es gut wäre, wenn ich in einer solchen Stunde meine Schwestern zur Seite hätte und nicht ganz Fremde.' So sandte er denn den beiden Bescheid, und sie wohnten von dem Tage an im Palaste, um alles für die erwartete Niederkunft zu rüsten; und auf diese Weise fanden sie Mittel und Wege, ihren boshaften Plan auszuführen, den sie schon seit so vielen Tagen geschmiedet hatten, ohne zum Ziele zu gelangen. Als nun ihre volle Zahl der Monde erfüllet war, genas die Herrin eines wunderbar schönen Knaben; darüber entbrannte das Feuer des Neides und Hasses im Herzen der Schwestern mit doppelter Wut. Und wiederum berieten sie sich und ließen kein Erbarmen, keine natürliche Liebe in ihre grausamen Herzen dringen; vielmehr hüllten sie mit großer Sorgfalt und Heimlichkeit das neugeborene Kind sofort in ein Stück von einer Decke, legten es in einen Korb und warfen es in einen Kanal, der dicht unter dem Gemach der Königin dahinfloß. Dann legten sie einen toten jungen Hund an die Stelle des Prinzen und zeigten ihn den anderen Wehmüttern und Wartefrauen, indem sie behaupteten, die Königin hätte eine solche Mißgeburt zur Welt gebracht. Als diese schlimme Nachricht dem König zu Ohren kam, ward er tief bekümmert und von wildem Grimm ergriffen. Dann, in plötzlich aufwallender Wildheit, zog er sein Schwert, und er hätte seine Königin erschlagen, wenn nicht der Großwesir, der damals gerade bei ihm war, seinen Zorn zurückgehalten und ihn von seinem ungerechten Plan und grausamen Vorsatz abgebracht hätte. Er sagte nämlich: ‚O Schatten Allahs auf Erden, dies Unglück war vorherbestimmt durch den allmächtigen Herrn, dessen Willen kein Mensch sich zu widersetzen vermag. Die Königin ist frei von jeder Schuld wider dich; denn was sie geboren hat, ist ohne ihre Wahl zur Welt gekommen, sie hat wahrlich nichts dazu getan.' Mit solchen und anderen klugen Ratschlägen brachte er seinen Herrn davon ab, seinen mörderischen Plan auszuführen, und so rettete er die schuldlose Königin vor einem plötzlichen und grausamen Tode.

Inzwischen ward der Korb, in dem der neugeborene Prinz lag, von der Strömung in einen Bach getragen, der durch die königlichen Gärten floß. Und da der Aufseher der Erholungsplätze und Lustgärten gerade am Ufer entlang ging, so erblickte er nach dem Beschlusse des Schicksals den vorüberschwimmenden Korb, und er rief einen Gärtner und befahl ihm, den Korb zu ergreifen und zu ihm zu bringen, damit er sähe, was darin wäre. Der Mann lief also am Ufer entlang, und nachdem er den Korb mit einer langen Stange ans Land gezogen hatte, zeigte er ihn dem Aufseher. Der öffnete ihn und entdeckte darin ein neugeborenes Kind, einen Knaben von wunderbarer Schönheit, der in ein Stück von einer Decke gehüllt war; bei diesem Anblick war er über alle Maßen erstaunt. Nun traf es sich, daß der Aufseher, der einer der Emire war und bei dem Herrscher in hohem Ansehen stand, keine Kinder hatte, wiewohl er immerdar zu Allah dem Allmächtigen Gebete und Gelübde emporsandte, daß ihm ein Sohn geschenkt werden möchte, der sein Gedächtnis erhalten und seinen Namen fortpflanzen würde. Beglückt von diesem Anblick, nahm er den Korb mit dem Kinde heim, und indem er ihn seiner Frau gab, sagte er: ‚Sieh, wie Allah uns diesen Knaben gesandt hat, den ich soeben auf dem Wasser habe schwimmen sehen! Mache du dich sogleich bereit und hole eine Amme, die ihm Milch geben und ihn nähren kann. Und zieh ihn mit Sorgfalt und Zärtlichkeit auf, als wäre er dein eigen Kind!‘ Mit großer Freude nahm die Frau des Aufsehers das Kind in Obhut, und sie zog es mit herzlichster Liebe auf, als wäre es ihrem eigenen Schoß entsprossen. Der Aufseher aber sagte niemandem etwas, auch suchte er nicht zu erkunden, wem das Kind gehöre, damit nicht jemand es beanspruche und es von ihm nehme. Er war zwar in seinem Herzen überzeugt, daß es aus dem für die Königin bestimmten Teile des Palastes käme, aber er hielt es nicht für geraten, die Sache allzu genau zu untersuchen; und er sowohl wie seine Gattin bewahrten das Geheimnis in aller Heimlichkeit. Ein Jahr darauf schenkte die Königin einem zweiten Sohne das Leben; aber ihre Schwestern, die haßerfüllten Teufelinnen taten mit diesem Kinde ebenso, wie sie mit dem ersten getan hatten: sie hüllten es in ein Tuch und legten es in einen Korb, und den warfen sie in den Fluß; dann gaben sie die Nachricht aus, die Königin habe ein Kätzchen geboren. Doch auch dieser Knabe kam durch die Gnade Allahs des Allmächtigen in die Hände eben jenes Aufsehers der Gärten, und der brachte ihn seiner Frau und vertraute ihn ihrer Hut an, indem er sie streng ermahnte, sich des zweiten Findlings ebenso sorgsam anzunehmen wie des ersten. Der Schâh wütete, als er die schlimme Nachricht hörte, sprang wiederum auf, um die Königin zu töten; doch wie zuvor hielt der Großwesir ihn zurück und beruhigte seinen Zorn mit Worten guten Rates, und so rettete er zum zweiten Male das Leben der unglücklichen Mutter. Nachdem ein weiteres Jahr vergangen war, kam die Herrin wiederum nieder, und diesmal gebar sie eine Tochter; auch an ihr handelten die Schwestern, wie sie an ihren Brüdern gehandelt hatten: sie legten das unschuldige Wesen in einen Korb und warfen es in den Fluß. Und der Aufseher fand auch die Tochter und brachte sie seiner Frau und befahl ihr, den Säugling zugleich mit den beiden Ausgesetzten aufzuziehen. Die neidischen Schwestern aber, ganz wild vor Tücke, berichteten, die Königin habe eine Moschusratte geboren. Nun konnte König Chusrau seinen Zorn und Grimm nicht länger bezwingen, und er schrie in rasender Wut dem Großwesir zu: ‚Wie soll der Schâh es dulden, daß diese Frau, die nichts als Gewürm und Mißgeburten zur Welt bringt, die Freuden seines Bettes teilt? Ja noch mehr, der König kann sie nicht länger am Leben lassen, sonst füllt sie ihm den Palast mit Mißgestalten an; wahrlich, sie ist selbst ein Ungeheuer, und es geziemt uns, diese Stätte von einer so unsauberen und verfluchten Kreatur zu befreien.' Mit diesen Worten befahl der Schâh, sie hinzurichten; doch die Minister und hohen Würdenträger, die vor ihm standen, fielen dem König zu Füßen und flehten um Gnade und Vergebung für die Königin. Und der Großwesir sprach, indem er die Arme auf der Brust kreuzte: ‚O König der Könige, dein Sklave möchte dir vorstellig werden, daß es nicht im Einklang mit dem Rechtsbrauch, noch den Gesetzen des Landes steht, einer Frau das Leben zu nehmen wegen etwas, an dem sie selbst unschuldig ist. Sie kann in den Lauf des Schicksals nicht eingreifen, und so kann sie auch die unnatürlichen Geburten nicht hindern, von denen sie dreimal heimgesucht worden ist; solcherlei Unglücksfälle sind öfters schon anderen Frauen begegnet, und ihr Schicksal ruft nach Mitleid, nicht nach Strafe. Wenn sie dem König mißfällt, so möge er aufhören, mit ihr zu leben; und der Verlust seiner huldvollen Gnade wird eine Strafe sein, die hart genug ist. Und wenn der König ihren Anblick nicht mehr ertragen kann, so möge sie in ein besonderes Gemach eingeschlossen werden, und dann möge sie ihre Schuld sühnen durch Almosen und Mildtätigkeit, bis Asraël, der Engel des Todes, ihre Seele von ihrem Leibe trennt.' Als Chusrau Schâh diese Worte des Rates von seinem bejahrten Ratgeber vernahm, erkannte er, daß es unrecht gewesen wäre, die Königin zu töten, da sie doch in keiner Weise etwas, das vom Schicksal und Verhängnis bestimmt war, verhindern konnte; und er sprach sofort zum Großwesir: ‚Ihr Leben soll auf deine Fürsprache hin geschont werden, du weiser und wachsamer Mann; doch der König wird sie einem Lose überantworten, das vielleicht noch schwerer zu ertragen ist als der Tod. Bereite du sofort neben der Hauptmoschee einen hölzernen Käfig mit eisernen Stäben und sperre die Königin darin ein, wie man ein wildes Raubtier einsperrt. Dann soll jeder Muslim, der seines Weges geht, um an den öffentlichen Gebeten teilzunehmen, ihr ins Gesicht speien, ehe er seinen Fuß in das Heiligtum setzt; und wer es unterläßt, diesen Befehl auszuführen, soll in der gleichen Weise bestraft werden. Deshalb stelle Wachen und Aufseher dorthin, die den Gehorsam erzwingen, und laß mich hören, ob sich Widerspruch zeigt!' Der Wesir wagte keine Antwort zu geben, sondern führte des Schâhs Befehle aus; aber diese Strafe, die über die schuldlose Königin verhängt ward, hätte ihren neidischen Schwestern weit eher gebührt. Der Käfig wurde nun in aller Eile bereitet; und als die vierzig Tage der Reinigung nach der Geburt vergangen waren, wurde die Herrin dort eingesperrt; und nach dem Befehl des Königs mußten alle, die zum Gottesdienste in die Hauptmoschee gingen, ihr vorher ins Gesicht speien. Die Unglückliche wußte wohl, daß sie diese Schmach nicht verdiente, aber sie ertrug dennoch ihre Leiden mit aller Geduld und Seelenstärke. Und es waren derer auch nicht wenige, die da glaubten, sie sei schuldlos und verdiene es nicht, solche Qualen und Foltern auszuhalten, wie sie der Schâh ihr auferlegt hatte; und diese hatten Mitleid mit ihr und beteten und taten Gelübde für ihre Befreiung.

Derweilen nun zog der Aufseher der Gärten und seine Frau die beiden Prinzen und die Prinzessin mit aller Liebe und Zärtlichkeit auf; und während die Kinder an Jahren wuchsen, wuchs auch die Liebe der Pflegeeltern für ihre angenommenen Kinder in gleichem Maße. Dem ältesten Prinzen gaben sie den Namen Bahman[1] und seinem Bruder den Namen Parwêz[1]; und da die Tochter von seltener Schönheit und unvergleichlicher Lieblichkeit und Anmut war, so gaben sie ihr den

1. Altpersische Königsnamen.

Namen Perizâde[1]. Als dann die Prinzen in dem Alter waren, in dem sie Unterricht erhalten mußten, ernannte der Aufseher Lehrer und Meister, die sie lesen und schreiben und alle Künste und Wissenschaften lehren sollten; und da die Prinzessin den gleichen Eifer bewies, sich Kenntnisse zu erwerben, wurde sie von denselben Lehrern unterrichtet und bald konnte sie ebenso fließend und leicht lesen und schreiben wie ihre Brüder. Dann wurden sie den weisesten unter den Philosophen und Schriftgelehrten anvertraut, und die lehrten sie die Auslegung des Korans und die Worte des Propheten, ferner die Wissenschaft der Geometrie sowohl wie die Poesie und Geschichte, ja selbst die geheimen Wissenschaften und die mystischen Lehren der Erleuchteten. Und ihre Lehrer staunten, als sie sahen, wie rasche und wie große Fortschritte alle drei in ihren Studien machten und wie sie versprachen, beinahe die gelehrtesten der Weisen zu übertreffen. Außerdem wurden alle drei dazu erzogen, zu reiten und geschickt zu jagen, mit Pfeilen zu schießen und mit der Lanze zu stoßen, das Schwert zu schwingen und den Polostab zu werfen, sowie zu anderen männlichen und kriegerischen Spielen. Und neben dem allem lernte die Prinzessin Perizâde singen und allerlei Musikinstrumente spielen, und darin wurde sie die unvergleichliche Perle ihres Zeitalters. Der Aufseher war von ganzem Herzen froh, als er sah, daß seine angenommenen Kinder sich in allen Zweigen des Wissens als so tüchtig erwiesen; und da seine Wohnung klein war und nicht mehr für die größere Schar ausreichte, so kaufte er bald in der Nähe der Stadt ein Stück Land, das groß genug war, um Felder, Wiesen und Buschwald zu umfassen. Dort begann er ein Schloß von großer Pracht zu erbauen; Tag und Nacht beschäftigte er sich damit, die Baumeister und Maurer

1. Feenkind.

und anderen Handwerker zu überwachen. Innen und außen schmückte er die Mauern mit schönstem Bildhauerwerk und erlesenen Malereien, und jedes Gemach stattete er mit dem reichsten Geräte aus. Vor dem Hause ließ er einen Garten anlegen und bepflanzte ihn mit duftenden Blumen und wohlriechenden Sträuchern und Fruchtbäumen, deren Früchte denen des Paradieses glichen. Und ferner war dort ein großer Wald, der auf allen Seiten von einer hohen Mauer umgeben war, und darin züchtete er Wild, alles was da kreucht und fleugt, damit die beiden Prinzen und ihre Schwester jagen konnten. Als nun das Schloß vollendet und zum Wohnen geeignet war, bat der Aufseher, der dem Hause des Schâhs mehrere Menschenalter lang treu gedient hatte, seinen Herrn um die Erlaubnis, der Stadt Lebewohl zu sagen und seinen Wohnsitz auf dem neuen Landgut aufzuschlagen. Und der König, der allzeit mit dem Auge der Huld auf ihn geschaut hatte, gewährte ihm die erbetene Gunst von Herzen; und um außerdem noch zu zeigen, wie hoch er seinen alten Diener und dessen Dienste schätzte, fragte er ihn, ob er irgendeine Bitte hätte, auf daß sie ihm erfüllt werde. ‚Mein hoher Herr,‘ erwiderte jener, ‚dein Sklave hat keinen Wunsch als den, daß er den Rest seiner Tage unter dem Schatten des Schutzes des Schâhs verbringe, mit Leib und Seele seinem Dienste ergeben, wie er vor dem Sohne auch dem Vater schon gedient hat.‘ Der Schâh entließ ihn mit Worten des Dankes und der Anerkennung; und jener verließ die Stadt, indem er die beiden Prinzen und ihre Schwester mit sich nahm, und führte sie zu seinem neuerbauten Schlosse. Schon einige Jahre vor jener Zeit war seine Frau zur Gnade Allahs eingegangen, und er selbst hatte kaum fünf oder sechs Monate in seinem neuen Heim gelebt, da erkrankte er plötzlich und ward unter die Zahl derer aufgenommen, die

Erbarmen gefunden haben. Zwar hatte er jede Gelegenheit versäumt, seinen drei Findlingen die seltsame Geschichte von ihrer Herkunft zu erzählen: wie er sie als Ausgesetzte in sein Haus gebracht und als Pfleglinge aufgezogen und sie wie seine eigenen Kinder gehegt hatte. Doch er hatte, ehe er starb, noch Zeit, sie zu ermahnen, daß sie immerdar in gegenseitiger Liebe und Verehrung, Zärtlichkeit und Achtung miteinander leben sollten. Der Verlust ihres Beschützers erfüllte sie mit bitterem Kummer; denn sie alle hielten ihn für ihren wirklichen Vater. Und nun beklagten sie ihn und begruben ihn, wie es sich gebührte; und hinfort lebten die beiden Brüder und ihre Schwester in Frieden und Fülle zusammen. Doch eines Tages ritten die Prinzen, die voll Verwegenheit und hohen Mutes waren, auf die Jagd hinaus, und die Prinzessin Perizâde blieb allein zu Hause, als eine alte Frau, eine Muslimin und fromme Einsiedlerin, an die Tür kam und um Erlaubnis bat, eintreten und ihre Gebete dort sagen zu dürfen, da es gerade die vorgeschriebene Stunde war und sie nur noch eben Zeit für die religiöse Waschung hatte. Perizâde befahl, sie hereinzulassen, bot ihr den Friedensgruß und hieß sie freundlich willkommen. Als die Heilige dann ihre Gebete beendet hatte, führten die Dienerinnen der Prinzessin sie auf deren Befehl durch das ganze Haus und Besitztum, indem sie ihr die Gemächer mit ihrem Hausrat und ihrer Ausstattung und zuletzt die Gärten der Blumen und der Früchte und den Wildpark zeigten. Alles, was sie sah, gefiel ihr sehr, und sie sprach bei sich selber: ‚Der Mann, der dies Schloß gebaut und diese Beete mit ihren Umrahmungen angelegt hat, ist wirklich ein vollendeter Künstler und ein Mann von wunderbarem Geschick gewesen.' Schließlich führten die Sklavinnen sie zu der Prinzessin zurück, die im Gartenhause saß und ihrer Rückkehr harrte. Und sie sprach zu der Frommen:

,Komm, mein gutes Mütterchen, setze dich neben mich und mache mich glücklich durch die Gesellschaft einer frommen Einsiedlerin, die ich durch einen guten Zufall unerwartet bei mir habe aufnehmen können, und laß mich deinen Worten der Gnade lauschen, auf daß ich durch sie großen Gewinn in dieser und in der nächsten Welt habe! Du hast den rechten und geraden Pfad erwählt, um darauf zu wandeln, jenen, nach dem alle Menschen streben und sich sehnen.' Die heilige Frau wollte sich der Prinzessin zu Füßen setzen, aber Perizâde erhob sich höflich, nahm sie bei der Hand und zog sie neben sich nieder. Nun sprach die Alte: ,Hohe Herrin, meine Augen haben noch nie jemanden von so feiner Sitte gesehen, wie du es bist; ich bin wahrlich unwürdig, neben dir zu sitzen, dennoch, da du gebietest, so will ich nach deinem Gebote tun.' Und als sie plaudernd beieinander saßen, setzten die Sklavinnen ihnen einen Tisch vor, auf dem Schüsseln mit Brot und Kuchen standen, ferner auch Schalen voll frischer und getrockneter Früchte, sowie allerlei Leckerbissen und Süßigkeiten. Die Prinzessin nahm einen der Kuchen, und indem sie ihn der guten Alten reichte, sprach sie: ,Mütterchen, erquicke dich hieran und iß auch von den Früchten, was du gern hast! Es ist jetzt wohl lange her, seit du dein Haus verließest, und ich glaube, du hast auf dem Wege keine Speise gekostet.' Darauf antwortete die Heilige: ,O Herrin von edler Geburt, ich bin nicht gewohnt, leckere Speisen wie diese zu essen, aber ich kann deine Fürsorge nicht wohl zurückweisen, da Allah der Allmächtige geruht hat, mir durch eine so freigebige und großmütige Hand, wie die deine, Speise und Unterhalt zu gewähren.' Und als die beiden etwas gegessen und ihre Herzen gelabt hatten, fragte die Prinzessin die Fromme nach der Art ihres Gottesdienstes und ihres asketischen Lebens; auf alles gab sie bereitwillig Antwort und erklärte es nach ihrem besten Wissen. Dann rief die Prinzessin aus: ‚Sage mir, bitte, was du von diesem Hause denkst und von der Art seines Baues und von dem Gerät und dem Zubehör; und sage mir, ist alles vollkommen und angemessen oder fehlt noch etwas im Haus oder Garten?' Die Alte gab zur Antwort: ‚Da du geruhst, nach meiner Meinung zu fragen, so will ich dir bekennen, daß sowohl Haus wie Gartenanlagen vollendet und zur Vollkommenheit eingerichtet sind, und das Zubehör ist nach dem besten Geschmack und in schönster Anordnung. Doch nach meinem Dafürhalten fehlen hier noch drei Dinge; wenn du die hättest, so würde diese Stätte ganz vollkommen sein.' Da beschwor die Prinzessin Perizâde sie mit den Worten: ‚Liebe Muhme, ich flehe dich an, sage mir, welche drei Dinge noch fehlen, auf daß ich keine Mühe noch Arbeit scheue, um sie zu erhalten!' Und da die Jungfrau mit vielen Bitten in sie drang, so sah die Fromme sich gezwungen, es ihr zu sagen; und sie hub an: ‚Edle Herrin, das erste ist der sprechende Vogel, genannt Bulbul-i-hazâr-dâstân[1]; der ist sehr selten und schwer zu finden, aber sooft er seine melodischen Weisen erschallen läßt, fliegen Tausende von Vögeln von allen Seiten herbei und stimmen in seine Klänge ein. Das nächste ist der singende Baum, dessen glatte und glänzende Blätter, wenn der Wind sie bewegt und aneinander reibt, liebliche Klänge entsenden, die gleich den Stimmen süß singender Sänger im Ohr erklingen und die Herzen aller Hörer bezaubern. Das dritte ist das goldene Wasser von durchscheinender Klarheit; wenn von ihm nur ein Tropfen in ein Becken fällt und dies in den Garten gestellt wird, so füllt sich das Gefäß alsbald bis zum Rande und sendet Strahlen empor gleichwie ein Springbrunnen; es hört auch nie auf, sich zu regen, und alles

---

1. Das ist: die Nachtigall der tausend Geschichten.

Wasser fällt, wenn es nach oben schießt, wieder in das Becken hinab, und nie geht ein Tropfen davon verloren.' Da sagte die Prinzessin: ‚Ich zweifle nicht daran, daß du die Stätte, an der diese wunderbaren Dinge sich finden, genau kennst; und ich bitte dich, nenne sie mir und auch die Mittel, die ich ergreifen kann, um die Dinge zu gewinnen.' Die Heilige erwiderte: ‚Diese drei Seltenheiten finden sich nur auf der Grenze, die sich zwischen dem Lande Hind und den anliegenden Ländern hinzieht, zwanzig Tagemärsche auf dem Wege, der von diesem Hause gen Osten führt. Wer auszieht, sie zu suchen, soll den ersten Mann, dem er am zwanzigsten Tage begegnet, nach der Stätte fragen, an der er den sprechenden Vogel, den singenden Baum und das goldene Wasser finden kann, und jener wird den Sucher dorthin weisen, wo er alle drei treffen wird.' Als die Fromme ihre Worte beendet hatte, nahm sie unter vielen Segnungen und Gebeten und Wünschen für ihr Wohlergehen Abschied von der Herrin Perizâde und machte sich auf den Heimweg. Die Prinzessin jedoch begann unaufhörlich über ihre Worte nachzusinnen und in Gedanken immer bei der Erzählung der heiligen Frau zu verweilen; die hatte freilich nie gedacht, daß ihre Wirtin aus anderen Gründen als aus Neugier um Auskunft gebeten habe, noch auch daß sie wirklich die Absicht hege, sich aufzumachen, um die Seltenheiten zu finden, und so hatte sie ahnungslos alles erzählt, was sie wußte, und sogar noch einen Anhalt für die Entdeckung gegeben. Perizâde aber bewahrte all das tief eingegraben in die Tafeln des Gedächtnisses, und sie war fest entschlossen, den Anweisungen zu folgen, und mit allen Mitteln, die in ihrer Macht standen, diese drei Wunderdinge in ihren Besitz zu bringen. Allein, je mehr sie nachsann, desto schwieriger erschien ihr das Unternehmen, und ihre Furcht vor dem Mißerfolg steigerte nur noch ihre Unruhe. Während sie nun so dasaß, durch ängstliche Gedanken verwirrt und manchmal von heftigen Schrekken ergriffen, kamen ihre Brüder von den Jagdgründen zurück; und sie waren erstaunt, als sie ihre Schwester mit trauriger Miene und niedergeschlagen erblickten, und sie wunderten sich, was sie wohl beunruhigt haben möchte. Und alsbald sagte Prinz Bahman: ‚Liebe Schwester, weshalb bist du heute so schweren Herzens? Allah der Allmächtige verhüte, daß du krank seiest oder daß dir etwas widerfahren wäre, was dein Mißvergnügen erregt oder dich traurig macht. Sage uns, ich bitte dich, was es ist, damit wir an deiner Sorge teilnehmen und dir eiligst helfen können!' Die Prinzessin erwiderte kein Wort; doch nach langem Schweigen hob sie den Kopf und sah ihre Brüder an; dann senkte sie die Augen wieder und sagte mit kurzen Worten, ihr fehle nichts. Da hub Prinz Bahman wieder an: ‚Ich weiß recht wohl, daß du irgend etwas auf dem Herzen hast, was du uns nicht sagen magst; doch nun höre, ich schwöre einen feierlichen Eid, daß ich nie von deiner Seite weichen will, bis du uns gesagt hast, was es ist, das dich bedrückt. Bist du vielleicht unserer Liebe müde und möchtest das geschwisterliche Band, das uns seit unserer Kindheit vereint hat, jetzt lösen?' Als sie ihre Brüder so verstört und verwirrt sah, fühlte sie sich gezwungen zu reden und sagte: ‚Wiewohl es euch, meine Lieblinge, Schmerz bereiten mag, wenn ich euch sage, weshalb ich traurig und betrübt bin, so ist es doch nicht anders möglich, ich muß euch beiden das Ganze erklären. Dies Schloß, das unser lieber Vater – der jetzt zur Gnade eingegangen ist – für uns hat bauen lassen, ist in jeder Hinsicht vollendet, und es fehlt ihm nichts an Behaglichkeit oder Vollkommenheit. Und trotzdem habe ich zufällig heute entdeckt, daß es noch drei Dinge gibt: würden die innerhalb

dieser Mauern von Haus und Gärten gebracht, so würden sie unser Besitztum zu einem ganz unvergleichlichen machen, und auf der weiten Erde könnte ihm nichts an die Seite gestellt werden. Dies drei Dinge sind der sprechende Vogel, der singende Baum und das goldene Wasser; und seit ich von ihnen gehört habe, ist mein Herz von der höchsten Sehnsucht erfüllt, sie in unseren Besitz zu bringen, und von dem übermäßigen Verlangen, sie durch alle Mittel, die in meiner Macht stehen, zu gewinnen. Jetzt geziemt es euch, mich mit euren besten Kräften zu unterstützen und zu erwägen, wer mir dazu verhelfen kann, diese Seltenheiten in meine Hand zu bekommen.'
Prinz Bahman erwiderte: ‚Mein Leben und das meines Bruders stehen dir zu Diensten, um deinen Wunsch mit aller Kraft des Herzens und der Seele auszuführen; und wenn du mir nur einen Anhalt für die Stätte geben könntest, an der diese seltsamen Dinge sich finden, dann würde ich mit Tagesanbruch, sobald es Morgen wird, auf die Suche nach ihnen ausziehen.' Als Prinz Parwêz erkannte, daß sein Bruder bereit war, diese Fahrt zu unternehmen, hub er an und sprach: ‚Lieber Bruder, du bist der älteste von uns; drum bleib du zu Hause, während ich ausziehe, um diese drei Dinge zu suchen und sie unserer Schwester zu bringen. Es ist doch wahrlich geziemender, daß ich die Aufgabe übernehme, die mich Jahre lang in Anspruch nehmen kann.' Doch Prinz Bahman entgegnete: ‚Ich habe volles Vertrauen zu deiner Kraft und Tapferkeit, und was ich zu leisten vermag, das kannst du ebensogut vollbringen wie ich. Dennoch ist es mein fester Entschluß, allein und ohne Hilfe zu diesem Abenteuer auszuziehen, und du mußt zurückbleiben, um für unsere Schwester und unser Haus zu sorgen.'
Am nächsten Morgen also ließ Prinz Bahman sich von der Prinzessin den Weg beschreiben, den er einschlagen mußte,

und ferner die Zeichen und Merkmale, an denen er die Stätte erkennen würde. Und sofort legte er Rüstung und Waffen an, und nachdem er den beiden Lebewohl gesagt hatte, saß er auf und wollte mit dem festesten Herzen fortreiten; aber da füllten sich die Augen der Prinzessin Perizâde mit Tränen, und mit stockender Stimme sprach sie zu ihm: ‚Mein lieber Bruder, diese bittere Trennung ist herzzerreißend; und ich bin in tiefer Trauer, daß ich dich von uns ziehen sehe. Dies Scheiden und dein Fernsein in fremdem Lande verursachen mir weit größeren Schmerz und Kummer, als ich vorher empfand, wie ich mich nach den Seltenheiten sehnte, um derentwillen du uns verlässest. Wenn wir nur von Tag zu Tag irgendeine Nachricht von dir erhalten könnten, so würde ich mich wenigstens etwas getröstet und beruhigt fühlen; aber es ist nun einmal anders, und Kummer fruchtet nichts.' Darauf antwortete Prinz Bahman und sprach: ‚Schwester mein, ich bin fest entschlossen, diese Tat zu wagen; doch sei du ohne Furcht und Sorge, denn so Gott will, werde ich als glorreicher Sieger heimkehren. Wenn du nun nach meinem Aufbruch zu irgendeiner Zeit um meine Sicherheit dich ängstigen solltest, so wirst du an diesem Zeichen, das ich dir lasse, mein Schicksalslos erkennen, ob es gut oder schlimm sei.' Dann zog er aus seinem Gürteltuch ein kleines Jagdmesser, ähnlich einem Schnitzmesser, und gab es der Prinzessin Perizâde mit den Worten: ‚Nimm diese Klinge und behalt sie immer bei dir; und solltest du an irgendeinem Tage oder zu irgendeiner Stunde um mein Ergehen besorgt sein, so zieh sie aus ihrer Scheide! Wenn der Stahl hell und klar ist so wie jetzt, so wisse, dann bin ich am Leben, sicher und gesund; doch wenn du Blutflecken daran findest, so sollst du wissen, daß ich tot bin, und dann bleibt dir nichts anderes übrig, als für mich wie für einen Toten zu beten.' Mit diesen Worten des Trostes machte der Prinz sich auf den Weg und zog geradeswegs auf der Straße nach Indien dahin, indem er sich weder nach rechts noch nach links wandte, sondern immer das gleiche Ziel im Auge behielt. So vergingen zwanzig Tage auf der Reise aus dem Lande Iran, und am zwanzigsten Tage war er am Ziel seiner Fahrt angelangt. Dort erblickte er plötzlich einen alten Mann von furchterregendem Anblick, der unter einem Baume saß, dicht bei seiner Rohrhütte, in die er sich zurückzuziehen pflegte, um sich gegen die Regen des Frühjahrs und die Hitze des Sommers, die herbstlichen Dünste und den Winterfrost zu schützen. So hochbetagt war dieser Scheich, daß Haar und Bart auf Kinn und Lippen und Wangen weiß wie Schnee waren; das Haar auf seiner Oberlippe war so lang und so dicht, daß es seinen Mund ganz verdeckte, während sein Kinnbart bis auf den Boden hing, und die Nägel an seinen Händen und Füßen waren so lang gewachsen, daß sie den Klauen eines wilden Tieres glichen. Auf seinem Kopfe trug er einen breitrandigen Hut aus gewobenen Palmfasern gleich dem eines malabarischen Fischers; und seine ganze übrige Kleidung bestand aus einem Mattenstreifen, den er sich um den Leib gebunden hatte. Dieser Scheich war ein Derwisch, der seit vielen Jahren der Welt und allen weltlichen Freuden entsagt hatte; er lebte ein heiliges Leben der Armut und Keuschheit in Gedanken ans Jenseits, und dadurch war sein Aussehen so geworden, wie ich es dir geschildert habe, o glücklicher König. An jenem Tage war Prinz Bahman vom frühen Morgen an wachsam und aufmerksam gewesen und hatte immer nach allen Seiten hin ausgeschaut, um jemanden zu erspähen, der ihm Auskunft geben könnte, wo die Seltenheiten, die er suchte, zu finden wären; und dies war das erste menschliche Wesen, das er an jenem Tage, dem zwanzigsten und letzten seiner Reise, gesehen hatte. Er ritt also auf den Scheich zu, überzeugt, daß der jener Mensch sein müsse, von dem die heilige Frau gesprochen hatte. Dann saß Prinz Bahman ab, verneigte sich tief vor dem Derwisch und sprach: ‚Mein Vater, Allah der Allmächtige gebe dir ein langes Leben und gewähre dir alle deine Wünsche!‘ Darauf gab der Fakir Antwort, doch mit so undeutlicher Stimme, daß der Prinz kein einziges Wort von dem, was jener sagte, verstehen konnte. Sofort erkannte Bahman, daß der Lippenbart des Alten dessen Mund so ganz verdeckt und verborgen hatte, daß seine Rede undeutlich wurde und er nur noch murmeln konnte, wenn er reden wollte. Darum band er sein Roß an einen Baum, zog eine Schere heraus und sprach: ‚Heiliger Mann, deine Lippen sind ganz in diesem überlangen Haar verborgen; ich bitte dich, erlaube mir, das Borstengewirr zu beschneiden, das dein Gesicht überwuchert und so lang und dicht ist, daß du furchtbar anzuschauen bist; ja, du gleichst eher einem Bären als einem menschlichen Wesen.‘ Der Derwisch zeigte durch ein Nicken, daß er einverstanden war; und als der Prinz das Haar beschnitten und gestutzt hatte, sah das Antlitz des Alten wieder jung und frisch aus wie das eines Mannes in der Blüte der Jahre. Darauf sagte Bahman zu ihm: ‚Ich wollte, ich hätte einen Spiegel, um dir dein Gesicht zu zeigen; dann könntest du sehen, wie jugendlich du erscheinst und wie dein Gesicht jetzt dem eines Menschen viel ähnlicher geworden ist, als es früher war.‘ Diese Schmeichelworte gefielen dem Derwisch, und er sagte lächelnd: ‚Ich danke dir herzlich für diesen deinen guten Dienst und deine freundliche Tat; und wenn ich zur Vergeltung irgend etwas für dich tun kann, so laß es mich, bitte, wissen, und ich will von ganzem Herzen und mit ganzer Seele versuchen, dich in allen Dingen zufrieden zu stellen!‘ Da sagte der Prinz: ‚Heiliger Mann, ich bin aus fernen Landen auf beschwerlichem Wege hierher gekommen, um drei Dinge zu suchen; das sind: ein gewisser sprechender Vogel, ein singender Baum und ein goldenes Wasser. Und eines weiß ich gewiß, daß alle drei ganz in der Nähe hier zu finden sind. Dennoch, o heiliger Mann, kenne ich die genaue Stelle nicht, an der sie sich befinden. Wenn du aber sichere Kunde von der Stätte hast und mir von ihr Mitteilung machen willst, so werde auch ich nie deine Güte vergessen, und dann werde ich das zufriedene Gefühl haben, daß diese lange und beschwerliche Fahrt nicht ganz vergebens gewesen ist.' Als der Derwisch diese Worte von dem Prinzen vernahm, kam ein anderes Aussehen über sein Antlitz, sein Blick ward betrübt und seine Farbe bleich; dann senkte er die Augen und saß in tiefem Schweigen da. Doch der Prinz hub wieder an: ‚Heiliger Vater, verstehst du die Worte nicht, die ich zu dir sprach? Wenn du nichts von der Sache weißt, so laß es mich, bitte, gleich wissen, auf daß ich wieder weiter ziehe, bis ich einen Mann finde, der mir Auskunft darüber geben kann!' Nach einer langen Weile gab der Derwisch zur Antwort: ‚O Fremdling, es ist wahr, ich kenne die Stätte, die du suchest, recht wohl; aber ich habe dich gern, weil du mir einen Dienst erwiesen hast, und um deiner selbst willen möchte ich dir nicht sagen, wo sie zu finden ist.' Und der Prinz entgegnete: ‚Sag mir, o Fakir, weshalb verbirgst du dein Wissen vor mir, und warum siehst du es nicht gern, daß ich davon erfahre?' Jener antwortete: ‚Es ist ein schwerer Weg und voller Schrecken und Gefahren. Schon vor dir sind manche hierher gekommen und haben mich nach dem Wege gefragt; ich weigerte mich, ihnen den zu zeigen, aber sie achteten meiner Warnung nicht, sondern drangen in mich und zwangen mich, ihnen das Geheimnis zu enthüllen, das ich gern in meiner Brust verschlossen hätte. Wisse, mein Sohn, all diese Helden sind in ihrem Stolze zugrunde gegangen, nicht einer von ihnen ist sicher und gesund zu mir zurückgekehrt. Nun denn, wenn dir dein Leben lieb ist, so folge meinem Rate und zieh nicht weiter, sondern kehre um, ohne Zögern und ohne Zaudern, und suche dein Haus und Heim und die Deinen!' Fest entschlossen, erwiderte Prinz Bahman darauf: ,Du hast mir in freundlicher Weise und in gütiger Art den besten Rat gegeben; und nachdem ich alles gehört habe, was du zu sagen hattest, danke ich dir von Herzen. Aber ich kümmere mich keinen Deut und kein Tüttelchen um die Gefahren, die mir drohen; und deine Warnungen, so unheilvoll sie auch klingen, werden mich nicht von meinem Vorhaben abbringen. Und wenn Räuber oder Feinde mich überfallen sollten, so bin ich gerüstet und gewappnet, und ich kann und werde mich selbst schützen; denn ich bin sicher, daß niemand mich an Macht und Mut übertrifft.' Darauf entgegnete der Fakir: ,Die Wesen, die dir den Weg sperren und deinen Gang zu jener Stätte aufhalten werden, sind dem Menschen unsichtbar, und sie werden dir in keiner Weise erscheinen; wie willst du dich dann gegen sie wehren?' ,Sei es,' fuhr der Prinz fort, ,dennoch fürchte ich mich nicht, und ich bitte dich nur, zeige mir den Weg dorthin!' Als der Derwisch nun überzeugt war, daß der Prinz sich fest entschlossen hatte, die Tat zu wagen, und auf keinen Fall davon ablassen würde oder abgebracht werden könnte, sein Vorhaben auszuführen, steckte er die Hand in einen Sack, der dicht neben ihm lag, entnahm ihm einen Ball und sprach: ,Ach, mein Sohn, du willst meinen Rat nicht annehmen, und ich muß dich nun deinem Eigensinne folgen lassen. Nimm diesen Ball, steig auf dein Roß und wirf ihn vor dich hin; solange er weiterrollt, reit hinter ihm her;

doch wenn er am Fuße des Hügels halt macht, so sitz ab, wirf deinem Rosse die Zügel über den Nacken und laß es allein, denn es wird dort stehen bleiben, ohne sich zu rühren, bis du zurückkommst! Dann steig mutig den Hang hinauf, und zu beiden Seiten des Pfades, rechts und links, wirst du ein Geröll von großen schwarzen Felsblöcken sehen. Dort wird aber der Schall vieler Stimmen, in wirrem Getöse und furchtbar anzuhören, plötzlich in dein Ohr dringen, um deinen Zorn zu erregen und dich mit Schrecken zu erfüllen und dich am weiteren Aufstieg zu hindern. Gib acht, daß du dich nicht entmutigen lässest, und hüte dich, ja, ich sage dir, hüte dich, daß du zu keiner Zeit dein Haupt wendest und rückwärts schauest! Wenn dein Mut versagt oder wenn du nur einen einzigen Blick hinter dich wirfst, so wirst du im selben Augenblick in einen schwarzen Stein verwandelt werden. Denn wisse, o Prinz, alle jene Steine, die du am Wege zerstreut sehen wirst, waren einst Männer und Helden wie du; sie sind es, die da auszogen in der Absicht, die drei Dinge zu gewinnen, die du suchest, aber sie ließen sich durch jene Stimmen schrecken und verloren die menschliche Gestalt und wurden zu schwarzen Blöcken. Solltest du aber den Gipfel des Hügels sicher und gesund erreichen, so wirst du ganz oben einen Käfig finden, darin der sprechende Vogel sitzt, bereit, alle deine Fragen zu beantworten. Den frage, wo du den singenden Baum und das goldene Wasser finden kannst, und er wird dir alles sagen, was du wünschest. Wenn du alle drei sicher in deine Hand gebracht hast, so bist du frei von weiterer Gefahr; doch, da du diesen Weg noch nicht angetreten hast, so leih dein Ohr meinem Rate. Ich bitte dich, steh ab von diesem deinem Vorsatz und kehr in Frieden heim, solange es noch in deiner Macht steht!' Aber der Prinz antwortete: ‚O du heiliger Mann, ehe ich nicht mein

Ziel erreicht habe, will ich nicht umkehren, nein, niemals! Daher lebe wohl!' So bestieg er denn sein Roß und warf den Ball vor sich hin; und der rollte mit Windeseile weiter, während der Prinz hinter ihm her ritt, den Blick auf ihn geheftet, und immer mit ihm Schritt hielt. Als er den Hügel, von dem der Derwisch gesprochen hatte, erreichte, hielt der Ball still; und der Prinz saß ab, warf seinem Rosse die Zügel über den Nakken, ließ es stehen und stieg zu Fuß den Abhang hinan. Soweit er sehen konnte, war der Weg, den er gehen mußte, vom Fuße des Hügels bis zum Gipfel mit einem Geröll von großen schwarzen Felsblöcken bestreut; doch spürte sein Herz keine Furcht. Noch aber hatte er nicht mehr als vier bis fünf Schritte getan, so erhob sich ein scheußliches Getöse und ein furchtbarer Wirrwarr von vielen Stimmen, wie der Derwisch es ihm verkündet hatte. Prinz Bahman jedoch schritt tapfer dahin, mit erhobener Stirn und mit furchtlosem Gang, obgleich er kein lebendes Wesen sah und nur all die Stimmen rings um sich hörte. Einige riefen: ‚Wer ist der Narr dort? Woher kommt er? Haltet ihn! Laßt ihn nicht vorüber!' Andere schrieen: ‚Fallt über ihn her! Packt diesen Hanswurst und schlagt ihn tot!' Und der Lärm ward immer lauter und lauter gleichwie Donnergebrüll, und viele Stimmen gellten: ‚Räuber! Meuchler! Mörder!' Und andere flüsterten in höhnischem Tone: ‚Laßt ihn, ein feiner Kerl ist er ja! Laßt ihn nur weitergehen, er, natürlich nur er allein wird den Käfig und den sprechenden Vogel kriegen!' Der Prinz fürchtete sich nicht, sondern schritt mit gewohntem Mut und Eifer raschen Fußes dahin; doch plötzlich kamen die Stimmen immer näher und näher an ihn heran und schwollen auf beiden Seiten zu immer größerer Zahl, so daß er ganz verwirrt wurde. Seine Beine begannen zu zittern, er taumelte, und schließlich, von Schrecken überwältigt, vergaß er ganz die Warnung des Derwisches und schaute sich um: da ward er auf der Stelle zu Stein gleich den Scharen der Ritter und Abenteurer, die ihm vorangegangen waren.

Derweilen nun trug die Prinzessin Perizâde das Jagdmesser, das ihr Bruder Bahman ihr hinterlassen hatte, von seiner Scheide umgeben in ihrem Mädchengürtel. Sie hatte es immer dort behalten, seit er zu seinem gefährlichen Ritt aufgebrochen war, und immer, wenn sie daran dachte, pflegte sie die Klinge herauszuziehen und an ihrem Glanze zu sehen, wie es ihrem Bruder erging. Nun hatte sie es bis zu jenem Tage, an dem er zu Stein verwandelt wurde, stets, sooft sie es ansah, klar und hell gefunden; doch an eben jenem Abend, an dem ihn sein böses Schicksal ereilte, sagte zufällig Prinz Parwêz zu Perizâde: ‚Liebe Schwester, ich bitte dich, gib mir das Jagdmesser, damit ich sehe, wie es mit unserem Bruder steht.' Sie nahm es aus ihrem Gürtel und reichte es ihm; und kaum hatte er das Messer aus der Scheide gezogen, siehe, da erkannte er, daß Blutstropfen von ihm herabzuträufeln begannen. Als er das sehen mußte, warf er das Messer zu Boden und brach in laute Klagen aus, während die Prinzessin, die schon ahnte, was geschehen war, eine Flut bitterer Tränen vergoß und unter Seufzen und Schluchzen ausrief: ‚Weh, mein Bruder, du hast dein Leben für mich dahingegeben! Ach, wehe, wehe über mich! Warum hab ich dir von dem sprechenden Vogel und dem singenden Baum und dem goldenen Wasser gesprochen? Weshalb habe ich jene heilige Frau gefragt, wie unser Haus ihr gefiele, und mußte als Antwort auf meine Frage von jenen drei Dingen hören? Hätte sie doch nie unsere Schwelle betreten und unsere Türen verfinstert! Undankbare Heuchlerin, lohnst du mir so die Güte und die Ehre, die ich dir so gern erwies? Und warum mußte ich denn auch noch fragen, wie man diese Dinge gewinnen könne? Und wenn ich sie jetzt noch erlange, was sollen sie mir da nützen, seit mein Bruder Bahman nicht mehr ist? Was soll ich da mit ihnen tun?' So gab Perizâde sich ihrem Schmerze hin und beweinte ihr trauriges Los, während auch Parwêz in überaus tiefer Trauer um seinen Bruder Bahman klagte. Zuletzt aber wandte sich der Prinz, der trotz seiner Trauer daran dachte, daß seine Schwester immer noch den heißen Wunsch hatte, die drei Wunderdinge zu besitzen, an Perizâde und sprach: ‚Es geziemt mir, liebe Schwester, sogleich aufzubrechen und zu erforschen, ob unser Bruder Bahman seinen Tod durch den Beschluß des Schicksals gefunden hat, oder ob ein Feind ihn erschlagen hat; denn wenn er getötet worden ist, so muß ich volle Rache an seinem Mörder nehmen.' Perizâde aber flehte ihn unter vielen Tränen und Klagen an, sie nicht zu verlassen, indem sie sprach: ‚O du Freude meines Herzens, um Allahs willen, folge nicht den Spuren unseres teuren, dahingegangenen Bruders und verlaß mich nicht, um eine so gefahrenreiche Reise zu wagen. Mir liegt nichts mehr an jenen Dingen, denn ich fürchte, ich werde auch dich noch verlieren, wenn du solches unternimmst.' Allein Prinz Parwêz wollte gar nicht auf ihre Klage hören, sondern er nahm am nächsten Tage Abschied von ihr. Doch ehe er aufbrach, sprach sie zu ihm: ‚Das Jagdmesser, das Bahman mir hinterließ, war das Mittel, um uns von dem Unglück, das ihm zustieß, Kunde zu geben; doch sag, wie soll ich wissen, was dir widerfährt?' Da zog er eine Schnur, die hundert Perlen enthielt, hervor und sprach: ‚Solange du diese Perlen alle getrennt voneinander lose auf der Schnur hin und her gleiten siehst, sollst du wissen, daß ich am Leben bin; wenn du aber entdeckst, daß sie festsitzen und aneinander haften, dann erkenne, daß ich tot bin.' Die

Prinzessin nahm die Perlenschnur und legte sie um ihren Hals, entschlossen, sie Stunde um Stunde zu betrachten und zu sehen, wie es ihrem zweiten Bruder erginge. Dann machte Prinz Parwêz sich auf die Fahrt, und am zwanzigsten Tage kam er zu derselben Stelle, an der Bahman den Derwisch getroffen hatte, und er sah ihn dort noch in gleicher Weise sitzen. Der Prinz sprach den Gruß zu dem Alten und fragte dann: ‚Kannst du mir sagen, wo ich den sprechenden Vogel und den singenden Baum und das goldene Wasser finde, und auf welche Weise ich in ihren Besitz gelangen kann? Wenn du kannst, so bitte ich dich, gib mir Kunde davon!' Der Derwisch versuchte den Prinzen Parwêz von seiner Absicht abzubringen und malte ihm alle die Gefahren des Weges aus; und er sprach: ‚Vor nicht vielen Tagen kam einer, der dir gleich war an Jahren und an Zügen, hierher und fragte mich nach ebendem, was du jetzt suchest. Ich warnte ihn vor all den Gefahren der Stätte und wollte ihn von seinem eigenwilligen Wege abbringen; aber er achtete meiner Warnungen nicht und weigerte sich, meinem Rate zu folgen. Er zog fort, von mir genau darüber unterrichtet, wie er die Dinge finden könnte, die er suchte; doch bis jetzt ist er noch nicht zurückgekehrt, und ohne Zweifel ist er umgekommen wie die vielen, die ihm in jenem gefährlichen Unternehmen vorangegangen sind.' Da sagte Prinz Parwêz: ‚Heiliger Vater, ich kenne den Mann, von dem du redest; denn er war mein Bruder. Und ich wußte auch, daß er tot ist; aber ich ahne nicht, wie er umgekommen ist.' ‚Junger Herr,' antwortete der Derwisch, ‚darüber kann ich dir Auskunft geben; er ist in einen schwarzen Stein verwandelt, ebenso wie die andern, von denen ich gerade zu dir gesprochen habe. Wenn du meinen Rat nicht annehmen und meiner Mahnung nicht folgen willst, so wirst du sicherlich auf dieselbe Weise umkommen wie dein Bruder; und ich warne dich feierlich, laß ab von diesem Unternehmen!' Wie nun Prinz Parwêz diese Worte erwogen hatte, antwortete er alsbald: ‚O Derwisch, ich danke dir wieder und wieder, und ich bin dir tief verpflichtet, dieweil du dich um mein Wohlergehen sorgst und mir den gütigsten Rat und die freundlichste Mahnung gegeben hast; denn solcher Güte gegen einen Fremdling bin ich nicht würdig. Jetzt bleibt mir nur noch die eine Bitte, daß du mir den Pfad zeigen wollest; denn ich bin fest entschlossen, weiterzureiten und um keinen Preis von meinem Vorhaben abzustehen. Ich bitte dich, gewähre mir gütigst volle Auskunft über den Weg, wie du sie meinem Bruder gewährt hast.' Darauf erwiderte der Derwisch: ‚Wenn du meiner Warnung kein Ohr leihen willst noch tun, was ich wünsche, so macht mir das weder viel noch wenig aus. Wähle selbst! Ich muß nach dem Spruche des Schicksals dein Wagnis fördern, und wenn ich auch wegen meines hohen Alters und meiner Schwäche dich nicht zu der Stätte geleiten kann, so will ich dir doch nicht einen Führer versagen.' Da bestieg Prinz Parwêz sein Roß, und der Derwisch nahm einen von vielen Bällen aus seinem Beutel, gab ihn dem Jüngling in die Hand und wies ihn derweilen an, was er zu tun hätte, geradeso wie er seinem Bruder Bahman geraten hatte. Und nachdem er ihm viele Ratschläge und Mahnungen gegeben hatte, schloß er mit den Worten: ‚Junger Herr, gib acht, daß du dich durch die drohenden Stimmen nicht verwirren noch schrecken lässest, durch die Klänge von unsichtbaren Wesen, die an dein Ohr dringen; sondern steig furchtlos bis zum Gipfel des Hügels hinauf, dort wirst du den Käfig mit dem sprechenden Vogel, den singenden Baum und das goldene Wasser finden!' Darauf sagte der Fakir ihm Lebewohl mit Worten voll guter Wünsche, und der Prinz brach auf. Er warf den Ball vor sich hin, und als dieser den Pfad entlang rollte, spornte er sein Roß an, auf daß es mit ihm Schritt halte. Doch als er den Fuß des Hügels erreichte und sah, daß der Ball halt gemacht hatte und still lag, saß er ab und wartete eine Weile, ehe er den Aufstieg begann, und überlegte sich noch einmal einzeln all die Anweisungen, die ihm der Derwisch gegeben hatte. Dann schritt er mit starkem Mute und fest entschlossen vorwärts, um den Gipfel zu erreichen. Aber kaum hatte er zu steigen begonnen, als er neben sich eine Stimme hörte, die ihn in grober Sprache bedrohte und schrie: ‚Du Unglücksjüngling, steh still, damit ich dich für diese deine Frechheit verprügle!' Als Prinz Parwêz diese beleidigenden Worte des unsichtbaren Sprechers hörte, fühlte er, wie ihm das Blut überkochte; er konnte seine Wut nicht zügeln, und in seiner Leidenschaft vergaß er ganz die Worte der Weisheit, mit denen der Fakir ihn gewarnt hatte. Er griff nach seinem Schwerte, zog es aus der Scheide und wandte sich, um den Mann zu erschlagen, der ihn so zu beschimpfen wagte; doch er sah niemanden, und in dem Augeblick, in dem er rückwärts schaute, wurden er und sein Roß in schwarze Steine verwandelt.

Derweilen nun pflegte die Prinzessin immerfort zu allen Stunden des Tages und der Nacht die Perlenschnur zu befragen, die Parwêz ihr zurückgelassen hatte; sie zählte die Perlen nachts, wenn sie sich zur Ruhe zurückzog, sie behielt sie beim Schlafen um den Hals während der Stunden der Dunkelheit, und wenn sie beim Dämmern des Morgens aufwachte, so sah sie die Perlen sofort an und prüfte ihren Zustand. Und eben zu der Stunde, in der ihr zweiter Bruder zu Stein wurde, bemerkte sie, wie die Perlen so fest aneinander hafteten, daß sie nicht eine einzige Perle von der anderen zu lösen vermochte; und daran erkannte sie, daß auch Prinz Parwêz auf ewig für sie verloren war. Perizâde ward durch diesen plötzlichen Schlag tief betroffen, und sie sprach bei sich selber: ‚Ach, wehe, wehe über mich! Wie bitter wird das Leben sein ohne die Liebe solcher Brüder, die ihr junges Leben für mich geopfert haben! Es ist nur recht, wenn ich jetzt ihr Schicksal teile, welches auch mein Los sein mag! Was soll ich sonst am Gerichtstage sagen, wenn die Toten auferstehen und die Menschheit gerichtet wird?‘ Deshalb legte sie am nächsten Morgen, ohne zu zögern und zu zaudern, Manneskleidung an; und nachdem sie ihren Dienerinnen und Sklavinnen gesagt hatte, sie würde eine Reihe von Tagen wegen eines Geschäftes abwesend sein und jene sollten während dieser Zeit Haus und Habe hüten, bestieg sie ihr Pferd und brach auf, allein und ungeleitet. Da sie nun im Reiten geschickt war und öfters ihre Brüder begleitet hatte, wenn sie zu Jagd und Beize ausritten, so war sie besser als andere Frauen imstande, die Mühen und Beschwerden der Reise zu ertragen. So kam sie denn am zwanzigsten Tage sicher und gesund bei der Einsiedelei an, und als sie dort denselben Scheich erblickte, setzte sie sich neben ihn; nachdem sie ihm den Friedensgruß dargeboten hatte, bat sie ihn: ‚Heiliger Vater, laß mich eine Weile an dieser glückverheißenden Stätte ruhen und rasten; dann geruhe, ich bitte dich, mir die Richtung zu weisen nach der Stätte, die nicht weit von hier ist und an der sich ein gewisser sprechender Vogel, ein singender Baum und ein goldenes Wasser befinden! Wenn du es mir sagen willst, so werde ich das als die größte Huld erachten.‘ Der Derwisch gab ihr zur Antwort: ‚Deine Stimme verrät mir, daß du ein Weib bist, kein Mann, wiewohl du in Männertracht gekleidet bist. Ich kenne gar wohl die Stätte, von der du sprichst und an der die Wunderdinge sich befinden, die du genannt hast. Aber sage mir, zu welchem Zwecke fragst du mich danach?' Darauf erwiderte die Prinzessin: ‚Mir ist mancherlei über diese seltenen und wunderbaren Dinge erzählt worden, und ich würde sie gern in meinen Besitz bringen, um sie in mein Haus zu tragen und sie zu seinem schönsten Schmuck zu machen.' ‚Ja, meine Tochter,' fuhr der Derwisch fort, ‚wahrlich, diese Dinge sind äußerst selten und wunderbar; sie sind recht geeignet, daß eine solche Schöne wie du sie gewinnt und heimträgt; aber du hast wohl kaum eine Ahnung von den mannigfachen und grausen Gefahren, die sie umlauern. Es wäre besser für dich, du würfest diesen eitlen Gedanken von dir und kehrtest auf dem Wege heim, auf dem du gekommen bist.' Die Prinzessin aber entgegnete: ‚O heiliger Vater und weitberühmter Einsiedler, ich komme aus einem fernen Lande, in das ich nie wieder zurückkehren werde, ohne mein Ziel erreicht zu haben, nein, nimmermehr. Ich bitte dich also, sage mir, welcher Art jene Gefahren sind und worin sie bestehen, auf daß mein Herz, wenn ich von ihnen höre, beurteilen kann, ob ich die Kraft und den Mut besitze, ihnen zu begegnen oder nicht!' Da beschrieb der Alte der Prinzessin all die Gefahren des Weges, wie er sie einst den Prinzen Bahman und Parwêz kundgetan hatte, und er schloß mit den Worten: ‚Die Gefahren werden sich zeigen, sobald du beginnst, den Hügel hinanzusteigen, und sie werden nicht eher enden, als bis du den Gipfel erreicht hast, wo der sprechende Vogel lebt. Dann, wenn du das Glück hast, ihn zu ergreifen, so wird er dich dorthin weisen, wo der singende Baum und das goldene Wasser zu finden sind. Die ganze Zeit, während der du den Hügel hinaufsteigst, werden Stimmen aus unsichtbaren Kehlen und grause und wilde Klänge dir in die Ohren hallen. Und ferner wirst du schwarze Blöcke und Steine auf deinem Wege umherliegen sehen; und diese sind – das mußt du wissen – die verwandelten Leiber von Männern, die mit ungewöhnlichem Mute dasselbe Wagnis unternommen haben, die aber, von plötzlichem Schrecken erfaßt und dazu verleitet, sich umzuwenden und rückwärts zu blicken, in Steine verwandelt worden sind. Nun denke du immer daran, wie es ihnen ergangen ist! Zuerst hörten sie jenen furchtbaren Tönen und Flüchen mit fester Seele zu; dann aber bangten ihnen Herz und Sinn, oder sie brausten auf vor Wut, wenn sie die gemeinen Worte vernahmen, die an sie gerichtet wurden, und sie wandten sich um und schauten hinter sich, worauf Roß und Reiter zu schwarzen Blöcken wurden.' Doch als der Derwisch ihr alles berichtet hatte, erwiderte die Prinzessin: ‚Nach dem, was du mir sagst, scheint es mir klar zu sein, daß diese Stimmen nichts anderes zu tun vermögen, als zu drohen und durch ihr furchtbares Getöse zu schrecken; ferner, daß sonst nichts vorhanden ist, was am Besteigen des Hügels hindern kann, und daß man dort keinen Überfall zu befürchten braucht; was man tun muß, ist nur dies, daß man auf keinen Fall hinter sich blickt.' Und nach einer kurzen Weile fügte sie hinzu: ‚O Fakir, wenn ich auch eine Frau bin, so habe ich doch Mut und Kräfte, die mir durch dies Abenteuer hindurchhelfen werden. Ich werde nicht auf die Stimmen achten noch mich durch sie zornig machen lassen, auch werden sie keinerlei Macht haben, mich zu ängstigen; und zu alledem habe ich eine List ersonnen, durch die mir der Erfolg in dieser Sache gesichert ist.' ‚Was willst du denn tun?' fragte er; und sie antwortete: ‚Ich will mir die Ohren mit Baumwolle verstopfen, so daß mein Geist nicht verwirrt und mein Verstand nicht gestört wird, wenn ich diese furchtbaren Klänge höre.' Der Fakir war aufs höchste erstaunt und rief sogleich: ‚Meine Herrin, mich deucht, du bist dazu bestimmt, die Dinge zu gewinnen, die du suchst. Diese List ist

bisher noch keinem eingefallen, und daher kommt es wohl, daß sie allesamt elend gescheitert und bei ihrem Versuche umgekommen sind. Doch gib gut acht auf dich selber und setze dich keinen anderen Gefahren aus, als sie das Unternehmen verlangt!' Sie erwiderte: ‚Ich habe keinen Grund zur Furcht, da nur diese eine einzige Gefahr, die einen glücklichen Ausgang hindern könnte, mir bevorsteht. Mein Herz sagt mir, daß ich sicherlich den Lohn gewinnen werde, um dessentwillen ich so viel Mühsal und Beschwerden auf mich genommen habe. Doch jetzt sage mir, was ich tun muß, und wohin ich gehen muß, um mein Ziel zu erreichen!' Der Derwisch bat sie noch einmal, nach Hause zurückzukehren; aber Perizâde weigerte sich, darauf zu hören, und blieb fest und entschlossen wie zuvor. Als er nun einsah, daß sie auf jeden Fall ihr Vorhaben auszuführen gedachte, rief er aus: ‚So zieh denn hin, meine Tochter, im Frieden Allahs des Allmächtigen und mit Seinem Segen; Er möge deine Jugend und Schönheit vor aller Gefahr beschützen!' Dann nahm er einen Ball aus seinem Sack, gab ihn ihr und sprach: ‚Wenn du im Sattel sitzest, so wirf ihn vor dich hin und folge ihm, wohin er dich führen wird! Und wenn er am Fuß des Hügels halt macht, so sitz ab und steig den Hang hinan! Was danach geschehen wird, hab ich dir schon gesagt.'
Nachdem die Prinzessin von dem Fakir Abschied genommen hatte, bestieg sie sogleich ihr Roß und warf ihm den Ball vor die Hufe, wie ihr zu tun geboten war. Er rollte in der Richtung auf den Hügel vor ihr her, und sie spornte ihr Pferd an, mit ihm Schritt zu halten, bis er beim Hügel plötzlich halt machte. Da saß die Prinzessin alsbald ab, und nachdem sie ihre beiden Ohren sorgfältig mit Baumwolle verstopft hatte, begann sie den Hang zu ersteigen mit furchtlosem Herzen und unerschrockener Seele. Kaum war sie einige Schritte vorwärts

gegangen, da brach ein Getöse von Stimmen rings um sie aus; doch sie vernahm keinen Ton, da ihr Gehör durch die Baumwolle abgestumpft war. Dann erschollen scheußliche Schreie mit furchtbarem Lärm, aber sie hörte sie nicht; und schließlich schwollen sie an zu einem Sturm von schrillen Schreien und stöhnenden Seufzern, untermischt mit eklen Worten, wie schamlose Frauen sie gebrauchen, wenn sie einander beschimpfen. Dann und wann fing sie ein Echo der Klänge auf; doch sie achtete ihrer nicht, sondern lächelte nur und sprach bei sich selber: ‚Was kümmert mich ihr Spott und Hohn und ekliges Geschmäh? Laß sie nur kreischen und bellen und tollen, soviel wie sie wollen: das wenigstens wird mich nicht von meinem Ziele abbringen!‘ Wie sie sich aber dem Ziele näherte, wurde der Weg immer gefährlicher, und die Luft war so erfüllt von höllischem Lärm und grauenhaften Tönen, daß selbst Rustem[1] vor ihnen gebebt und Asfandijârs[1] kühner Mut vor Schrecken gezittert haben würden. Die Prinzessin jedoch schritt in größter Eile und mit unverzagtem Herzen weiter, bis sie dem Gipfel ganz nahe war und schon über sich den Käfig sah, in dem der sprechende Vogel seine melodischen Weisen sang. Doch wie er die Prinzessin nahen sah, brach er, trotz seiner winzigen Gestalt, in Donnertöne aus und rief: ‚Zurück, du Närrin! Hinweg von hier, wage nicht näher zu kommen!‘ Die Prinzessin kümmerte sich nicht im geringsten um sein Geschrei, sondern erklomm beherzt den Gipfel, eilte über die ebene Fläche auf den Käfig zu und ergriff ihn, indem sie sprach: ‚Jetzt hab ich dich endlich; du sollst mir nicht mehr entgehen!‘ Dann zog sie die Baumwolle, mit denen sie ihre Ohren verstopft hatte, heraus und hörte nun, wie der sprechende Vogel in sanften Tönen erwiderte: ‚Du tapfere und edle Herrin, sei guten Mutes! Denn

[1]. Zwei tapfere Helden aus dem Schâh-Nâmeh des Firdausi.

dir soll nichts Arges widerfahren, wie es denen zuteil ward, die mich bisher zu gewinnen suchten. Wenn ich auch in einem Käfig lebe, so hab ich doch viel geheime Kunde von dem, was in der Welt der Menschen vorgeht, und ich freue mich, daß ich dein Sklave werde und daß du meine Herrin wirst. Ferner weiß ich alles, was dich angeht, sogar noch besser als du selbst; und eines Tages will ich dir einen Dienst erweisen, der mir deine Dankbarkeit eintragen wird. Welches ist jetzt dein Befehl? Sprich, damit ich dir deinen Wunsch erfülle!' Prinzessin Perizâde war über diese Worte erfreut, aber mitten in ihrer Freude ward sie betrübt durch den Gedanken daran, daß sie ihre Brüder verloren hatte, an denen sie mit so herzlicher Liebe hing; und sie sprach nun zu dem sprechenden Vogel: ‚Gar vieles wohl wünsche ich, doch zuerst sage mir, ob das goldene Wasser, von dem ich so viel gehört habe, hier in der Nähe ist, und wenn es dort ist, so zeige mir, wie ich es finden kann.' Der Vogel wies ihr den Weg dorthin, und die Prinzessin nahm eine silberne Flasche, die sie mitgebracht hatte, und füllte sie bis zum Rande aus der magischen Quelle. Dann sprach sie wieder zu dem Vogel: ‚Der dritte und letzte Preis, den ich zu suchen auszog, ist der singende Baum: gib mir an, wo auch der zu finden ist!' ‚O Prinzessin der Schönen,' erwiderte der Vogel, ‚hinter deinem Rücken in jenem Gebüsch, das ganz in der Nähe ist, dort wächst der Baum.' Und sie eilte sofort in das Gehölz und fand den Baum, den sie suchte, wie er in den lieblichsten Tönen sang. Da er sich aber zu weit spannte, kehrte sie zu ihrem Sklaven, dem Vogel, zurück und sprach zu ihm: ‚Den Baum hab ich zwar gefunden, aber er ist hoch und breit; wie kann ich ihn entwurzeln?' Er gab zur Antwort: ‚Pflücke ein Zweiglein von dem Baume und pflanze das in deinen Garten, so wird es alsbald Wurzeln schlagen und in kurzer Zeit so groß und schön gewachsen sein wie dort im Busche!' Da brach die Prinzessin einen Zweig ab, und da sie jetzt die drei Dinge besaß, von denen die heilige Frau zu ihr gesprochen hatte, so war sie über die Maßen froh, und indem sie sich zu dem Vogel wandte, sprach sie: ‚Ich habe nun wirklich, was ich gewünscht, aber eines fehlt doch noch an meiner vollen Zufriedenheit. Meine Brüder, die sich in gleicher Absicht hinausgewagt haben, liegen hier in der Nähe, zu schwarzen Steinen verwandelt. Gern möchte ich sie wieder zum Leben bringen, auf daß ich sie beide mit mir heimführen kann in aller Zufriedenheit und Freude über den Erfolg. Drum sag mir nun ein Mittel, durch das sich mein Wunsch erfüllen läßt!' Der sprechende Vogel erwiderte: ‚O Prinzessin, mache dir keine Sorge, das ist ein leichtes! Sprenge ein wenig von dem goldenen Wasser auf die schwarzen Steine, die rings umherliegen, und durch dessen Kraft werden sie allesamt wieder zum Leben erstehen, deine beiden Brüder sowohl wie die anderen!' Da ward Prinzessin Perizâde ruhig in ihrem Herzen, und indem sie die drei Gewinne mit sich nahm, ging sie zurück und sprengte einige wenige Tropfen aus der silbernen Flasche auf jeden schwarzen Stein, an dem sie vorbeikam, und plötzlich, siehe da, wurden sie alle wieder lebendig, Menschen und Rosse. Unter ihnen waren auch ihre beiden Brüder, und sie erkannte sie sofort, fiel ihnen um den Hals und umarmte sie und fragte sie in ihrer Überraschung: ‚Ach, meine Brüder, was tut ihr hier?' ‚Wir schliefen fest', erwiderten sie; und die Prinzessin fuhr fort: ‚Seltsam, wahrlich, daß ihr euch des Schlafes erfreuet fern von mir und die Absicht vergesset, mit der ihr mich verlassen habt, nämlich den sprechenden Vogel und den singenden Baum und das goldene Wasser zu gewinnen! Habt ihr nicht gesehen, wie diese ganze Stätte mit dunkelfarbenen Steinen bedeckt war?

Schaut jetzt hin und sagt mir, ob noch etwas von ihnen übrig ist! Diese Männer und Rosse, die jetzt rings um uns stehen, waren alle, wie ihr selber, schwarze Steine; aber durch die Gnade Allahs des Allmächtigen sind sie alle wieder lebendig geworden und harren des Zeichens zum Aufbruch. Und wenn ihr nun zu erfahren wünschet, durch welches seltsame Wunder euch und ihnen die menschliche Gestalt wiedergegeben wurde, so wisset, daß es durch die Kraft des Wassers in dieser Flasche geschehen ist: ich habe es auf die Steine gesprengt mit der Erlaubnis des Herrn aller Lebenden. Als ich diesen Käfig mit seinem sprechenden Vogel und auch den singenden Baum, von dem ihr einen Zweig in meiner Hand seht, und schließlich das goldene Wasser in meinen Besitz gebracht hatte, da wollte ich das alles nicht mit nach Hause nehmen, wenn ihr beide nicht bei mir wäret; so fragte ich denn den sprechenden Vogel, wodurch ihr wieder ins Leben zurückgerufen werden könntet. Er hieß mich einige Tropfen des goldenen Wassers auf die Blöcke sprengen, und als ich das getan hatte, kamet ihr beide sowohl wie alle die anderen ins Leben und zu eurer früheren Gestalt zurück.' Als die Prinzen Bahman und Parwêz diese Worte vernahmen, dankten sie ihrer Schwester Perizâde mit preisenden Worten; und all die andern, die sie errettet hatte, überschütteten ihr Haupt mit Dankesworten und Segenswünschen und sprachen alle mit einer Stimme: ‚Hohe Herrin, wir sind jetzt deine Sklaven; nicht kann ein lebenslanger Dienst die Verpflichtung des Dankes erfüllen, den wir dir schulden für diese Gnade, die du uns erwiesen hast. Befiehl, und wir sind bereit, dir mit Herz und Seele zu gehorchen!' Perizâde entgegnete: ‚Diese meine Brüder zum Leben zu erwecken war mein Ziel und meine Absicht; und als ich es tat, habt auch ihr Nutzen davon gehabt, und ich nehme euren Dank als eine neue Freude hin. Doch jetzt besteiget eure Rosse, ein jeder das seine, und reitet heim im Frieden Allahs auf den Wegen, auf denen ihr gekommen seid!' So entließ die Prinzessin sie und machte sich auch selbst zum Aufbruch bereit; doch als sie ihr Roß besteigen wollte, bat Prinz Bahman sie um die Erlaubnis, daß er den Käfig tragen und vor ihr herreiten dürfe. Sie aber sprach: ,Nicht so, mein Bruder; dieser Vogel ist nun mein Sklave, und ich will ihn selber tragen. Wenn du willst, so nimm diesen Zweig; doch halt mir auch den Käfig, bis ich im Sattel sitze!' Dann bestieg sie ihr Roß, und indem sie den Käfig vor sich auf den Sattelknopf stellte, wies sie ihren Bruder Parwêz an, das goldene Wasser in der silbernen Flasche zu nehmen und es mit aller Sorgfalt zu tragen; und der Prinz erfüllte ihren Wunsch mit größter Willigkeit. Als nun alle bereit waren, aufzubrechen, auch die Ritter und Knappen, die Perizâde durch das goldene Wasser wieder zum Leben erweckt hatte, wandte die Prinzessin sich zu ihnen und sprach: ,Weshalb verzögern wir unseren Aufbruch, und wie kommt es, daß keiner sich erbietet, uns zu führen?' Doch da alle zögerten, gab sie den Befehl: ,So möge denn der unter euch, dessen Adel und hoher Stand ihn zu einer solchen Auszeichnung berechtigen, vor uns reiten und uns den Weg zeigen!' Nun erwiderten alle einmütig: ,O Prinzessin der Schönen, unter uns ist keiner einer solchen Ehre würdig, und niemand darf es wagen, vor dir zu reiten.' Und als sie sah, daß keiner von ihnen den Vorrang oder das Recht der Führung beanspruchte, entschuldigte sie sich, indem sie sprach: ,O ihr Herren, es kommt mir nach dem Rechte nicht zu, voranzureiten; doch da ihr es befehlt, so muß ich wohl gehorchen.' Dann ritt sie an die Spitze, und hinter ihr kamen ihre Brüder, und hinter denen die anderen. Und wie sie dahinritten, wünschten alle den heiligen Mann zu sehen und ihm für seine Freundlichkeit und seinen gütigen Rat zu danken; aber als sie zu der Stätte kamen, an der er gewohnt hatte, fanden sie ihn tot; und sie wußten nicht, ob das hohe Alter ihn dahingerafft hatte, oder ob er aus verletztem Stolze gestorben war, weil die Prinzessin die drei Dinge, zu deren Wächter und Weiser er durch das Schicksal bestimmt war, gefunden und mitgenommen hatte. Die ganze Schar ritt nun weiter, und sooft einer die Straße erreichte, die in seine Heimat führte, nahm er Abschied von der Herrin Perizâde und zog seiner Wege, bis alle geschieden waren und die Prinzessin mit ihren Brüdern allein blieb. Schließlich erreichten sie sicher und gesund das Ziel ihrer Reise; und als sie ihr Haus betraten, hängte Perizâde den Käfig im Garten auf, nahe beim Gartenhause, und kaum hatte der sprechende Vogel zu singen begonnen, da kamen auch schon Scharen von Ringeltauben, Nachtigallen und Singdrosseln, Lerchen, Papageien und anderen Singvögeln herbeigeflogen von nah und fern. Und ebenso setzte sie den Zweig, den sie von dem singenden Baum genommen hatte, in ein schönes Beet nah beim Gartenhause; und alsbald schlug er Wurzeln und trieb Zweige und Knospen und wuchs herrlich empor, bis er ein ebenso großer Baum geworden war wie der, von dem sie den Zweig gepflückt hatte, und sein Laub ließ liebliche Töne erklingen, die den Klängen des Elternbaumes glichen. Zuletzt befahl sie, ein Becken aus reinem, weißem Marmor zu meißeln und es mitten in den Lustgarten zu setzen; darauf goß sie das goldene Wasser hinein, und es füllte sofort das ganze Becken und schoß empor gleich einem Springbrunnen, etwa zwanzig Fuß hoch; und die Garben und Strahlen fielen alle dahin zurück, von wo sie gekommen waren, so daß kein Tropfen verloren ging; und so regte sich das Wasser ununterbrochen und stets sich selber gleich. Nun verstrichen nur wenige Tage, bis sich das Gerücht von diesen drei Wundern im Lande verbreitet hatte; da strömte das Volk täglich aus der Stadt herbei, um sich des Anblickes zu erfreuen, und die Tore standen immer weit offen, und alle, die da kamen, hatten Zutritt zum Hause und zum Garten und volle Erlaubnis, nach Belieben umherzuwandeln und sich die seltenen Dinge anzusehen, die sie mit Bewunderung und Entzücken erfüllten. Als dann die beiden Prinzen sich von den Beschwerden der Reise erholt hatten, begannen sie auch wieder wie zuvor auf die Jagd zu ziehen. Eines Tages nun, als sie mehrere Meilen weit von Hause fortgeritten waren und beide eifrig bei der Jagd waren, begab es sich, daß der Schâh des Landes Iran durch den Beschluß des Schicksals zur selben Stätte in derselben Absicht kam. Die Prinzen, die eine Schar von Rittern und Jägersleuten kommen sahen, wollten gern heimreiten und einer solchen Begegnung ausweichen; und so verließen sie die Jagdgründe und machten sich auf den Heimweg. Aber wie das Schicksal und Verhängnis es wollte, gerieten sie auf eben die Straße, auf der Chusrau Schâh daherkam, und der Pfad war so schmal, daß sie den Reitern nicht durch eine Schwenkung auf einen anderen Weg ausweichen konnten. So hielten sie denn notgedrungen an, saßen ab, sprachen den Friedensgruß und verneigten sich vor dem Schâh; dann standen sie mit gesenkten Häuptern vor ihm. Als der Herrscher das schöne Geschirr der Rosse und die kostbaren Gewänder der Prinzen sah, glaubte er, die beiden Jünglinge gehörten zum Gefolge seiner Wesire und Staatsminister, und er wünschte sehr, sie von Angesicht zu sehen; deshalb befahl er ihnen, das Haupt zu heben und aufrecht vor ihm dazustehen, und sie gehorchten seinem Befehle mit bescheidener Miene und gesenkten Augen. Er war entzückt, als er ihre schönen Gesichter und anmutigen Gestalten, ihr vornehmes Wesen und ihre höfischen Mienen erblickte;

und nachdem er sie eine Weile in nicht geringer Bewunderung staunend angesehen hatte, fragte er sie, wer sie wären und wie sie hießen und wo sie wohnten. Darauf erwiderte Prinz Bahman: ‚O Zuflucht des Weltalls, wir sind die Söhne eines Mannes, dessen Leben im Dienste des Schâhs dahingegangen ist, des Aufsehers der königlichen Gärten und Erholungsplätze. Als seine Tage sich dem Ende näherten, baute er sich ein Haus vor der Stadt, in dem wir wohnen sollten, bis wir herangewachsen wären und geeignet, deiner Hoheit Dienst und Gefolgschaft zu leisten und deine königlichen Befehle auszuführen.' Da fuhr der Schâh fort zu fragen: ‚Wie kommt es, daß ihr auf die Jagd zieht? Das ist ein Vorrecht der Könige, und es ist nicht für die Allgemeinheit seiner Untertanen und Diener bestimmt.' Prinz Bahman gab zur Antwort: ‚O Zuflucht des Weltalls, wir sind noch jung an Jahren, und da wir zu Hause aufgewachsen sind, wissen wir wenig von höfischen Sitten; weil wir aber hoffen, in den Heeren des Schâhs die Waffen zu tragen, so wollten wir unsere Leiber gern an Mühen und Beschwerden gewöhnen.' Diese Antwort fand die Billigung des Königs, und er fuhr wiederum fort: ‚Der Schâh möchte sehen, wie ihr mit edlem Wilde umzugehen versteht; sucht euch also eine Beute, wie ihr sie wollt, und bringt sie in seiner Gegenwart zur Strecke!' Darauf stiegen die Prinzen wieder zu Pferde und schlossen sich dem Herrscher an; und als sie das tiefste Waldesdickicht erreichten, jagte Prinz Bahman einen Tiger auf, und Prinz Parwêz verfolgte einen Bären. Und beide gebrauchten ihre Speere mit solcher Gewandtheit und Entschlossenheit, daß jeder sein Wild tötete und dem Schâh zu Füßen legte. Dann drangen sie von neuem in den Wald ein, und diesmal erlegte Prinz Bahman einen Bären und Prinz Parwêz einen Tiger, und sie taten mit ihrer Beute wie zuvor. Als sie aber zum dritten Male ausreiten wollten, verbot der Schâh es ihnen, indem er sprach: ‚Wie? Wollt ihr denn die königlichen Gehege allen Wildes berauben? Dies ist genug und mehr als genug; der Schâh wollte nur eure Tapferkeit auf die Probe stellen, und da er sie nun mit eigenen Augen gesehen hat, ist er vollauf zufrieden. Kommt jetzt mit uns und stehet vor uns, während wir beim Mahle sitzen!' Prinz Bahman erwiderte: ‚Wir sind der hohen Ehre und Würde nicht wert, mit der du uns, deine demütigen Diener, begnadest. Wir bitten deine Hoheit gehorsamst und demütigst, uns für heute zu entschuldigen; wenn aber die Zuflucht des Weltalls eine andere Zeit zu nennen geruht, so werden deine Sklaven mit großer Freude deine glückbringenden Befehle ausführen.' Als dann Chusrau Schâh, erstaunt ob ihrer Weigerung, nach deren Ursache fragte, gab Prinz Bahman zur Antwort: ‚Möge ich mein Leben für dich geben, o König der Könige, wir haben zu Hause eine einzige Schwester, und wir drei sind durch die Bande der engsten Liebe verbunden; und deshalb gehen wir Brüder nirgendwohin, ohne sie zu fragen, und auch sie tut nichts ohne unsern Rat.' Der König war erfreut, solche geschwisterliche Liebe und Einigkeit zu sehen, und sagte sogleich: ‚Beim Haupte des Schâhs, er gibt euch gern für heute Erlaubnis zu gehen; beratet euch mit eurer Schwester und trefft den Schatten Allahs morgen auf diesem Jagdgrunde und berichtet ihm, was sie gesagt hat und ob sie damit einverstanden ist, daß ihr beide kommt und dem Schâh bei Tische aufwartet.' Da nahmen die Prinzen Abschied, indem sie für ihn beteten; dann ritten sie heim, aber beide vergaßen, ihrer Schwester zu erzählen, wie sie dem König begegnet waren, und von allem, was zwischen ihnen sich ereignet hatte, blieb ihnen nichts im Gedächtnis. Am nächsten Tage ritten sie wieder auf die Jagd, und als sie heimritten, fragte der Schâh sie: ‚Habt ihr mit eurer Schwester beraten, ob ihr dem König dienen sollt, und was sagt sie dazu? Habt ihr die Erlaubnis von ihr erhalten?' Als die Prinzen diese Worte vernahmen, wurden sie starr vor Furcht; die Farbe in ihren Gesichtern erblich, und ein jeder begann dem andern in die Augen zu blicken. Dann hub Prinz Bahman an: ‚Vergebung, o Zuflucht der Welt, für diese unsre Verfehlung! Wir haben beide den Befehl vergessen und nicht daran gedacht, mit unserer Schwester zu sprechen.' Der König erwiderte: ‚Es tut nichts. Fragt sie heute und erstattet mir morgen Bericht!' Doch es begab sich, daß sie auch an jenem Tage den Auftrag vergaßen; dennoch war der König nicht über ihr kurzes Gedächtnis erzürnt, sondern er nahm drei kleine goldene Kugeln aus seiner Tasche, band sie in ein seidenes Tuch ein und reichte sie dem Prinzen Bahman mit den Worten: ‚Tu diese Kugeln in dein Gürteltuch; dann wirst du nicht vergessen, deine Schwester zu fragen! Und wenn der Gedanke daran dennoch deinem Gedächtnis entschwinden sollte, so wird, wenn du zu Bette gehst und deinen Gürtel ablegst, das Geräusch der zu Boden fallenden Kugeln dich doch wohl an dein Versprechen erinnern.' Trotz dieser eindringenden Mahnung des Schattens Allahs vergaßen die Prinzen auch an jenem Tage ganz und gar den Befehl und das Versprechen, das sie dem König gegeben hatten. Als es aber Nacht wurde und Prinz Bahman in sein Gemach ging, um zu schlafen, löste er seinen Gürtel, und herab fielen die goldenen Kugeln, und bei ihrem Klange tauchte der Auftrag des Schâhs plötzlich wieder in seinen Gedanken auf. Da eilten er und sein Bruder Parwêz sogleich in das Gemach Perizâdes, in dem sie sich gerade zur Ruhe begeben wollte, und unter vielen Entschuldigungen wegen der Störung zu einer so unpassenden Stunde berichteten sie ihr alles, was sich begeben hatte. Sie beklagte ihre Gedankenlosigkeit, die sie drei Tage hintereinander den königlichen Befehl hatte vergessen lassen, und schloß mit den Worten: ‚Das Glück ist euch günstig gewesen, meine Brüder, und hat euch so plötzlich zur Kenntnis der Zuflucht des Weltalls gebracht, ein Zufall, der schon manchen auf die Höhe des Glücks gehoben hat. Es tut mir sehr leid, daß ihr in eurer allzu großen Rücksicht auf unsere geschwisterliche Liebe und Einigkeit nicht sofort bei dem König Dienst nahmet, als er geruhte, es euch zu befehlen. Dennoch habt ihr viel mehr Grund zum Bedauern und Bereuen als ich, dieweil ihr keine genügende Entschuldigung geltend gemacht habt; denn die, deren ihr euch bedient habt, muß roh und grob geklungen haben. Es ist ein recht gefährlich Ding, königliche Wünsche zu durchkreuzen. In seiner außerordentlichen Herablassung gebietet euch der König, bei ihm Dienst zu nehmen; ihr aber habt töricht gehandelt, indem ihr euch gegen seine erhabenen Befehle auflehntet, und ihr habt mir große Unruhe verursacht. Doch ich will mir von meinem Sklaven, dem sprechenden Vogel, Rats erholen und sehen, was er wohl sagt; denn immer, wenn ich eine schwierige und gewichtige Frage zu entscheiden habe, unterlasse ich es nicht, ihn um Rat zu fragen.' Darauf holte die Prinzessin den Käfig an ihre Seite, und nachdem sie ihrem Sklaven alles erzählt hatte, was ihre Brüder ihr kundgtan hatten, fragte sie ihn um Rat über das, was sie tun sollten. Da gab der sprechende Vogel zur Antwort: ‚Es geziemt den Prinzen, dem Schâh in allen Dingen, die er von ihnen verlangt, zu Willen zu sein; ferner mögen sie ein Fest für den König rüsten und ihn demütig bitten, dies Haus zu besuchen, und ihm dadurch Treue und Ergebenheit für seine königliche Person bezeigen.' Die Prinzessin entgegnete: ‚Lieber Vogel, meine Brüder sind mir sehr teuer, und wenn es möglich wäre, möchte ich sie auch nicht einen Augenblick lang aus meinen Augen lassen; und Allah verhüte, daß unter dieser ihrer Kühnheit unsere Liebe und Zuneigung zu leiden habe!' Darauf sagte der sprechende Vogel: ‚Ich habe dir aufs beste geraten und habe dir die richtige Weisung dargeboten; fürchte du nichts, wenn du sie befolgst, denn nur Gutes soll dir daraus entspringen!' ‚Aber', fragte die Prinzessin, ‚wenn der Schatten Allahs uns ehrt, indem er die Schwelle dieses Hauses überschreitet, muß ich mich da vor ihm mit unverschleiertem Angesicht zeigen?' ‚Gewiß,' erwiderte der sprechende Vogel, dies wird dir nicht schaden, nein, es wird eher zu deinem Vorteil sein.'

Am nächsten Tage früh ritten die beiden Prinzen Bahman und Parwêz wie zuvor zu den Jagdgründen und trafen Chusrau Schâh; der fragte sie, indem er sprach: ‚Welche Antwort bringt ihr mir von eurer Schwester?' Da trat der ältere Bruder vor und sprach: ‚O Schatten Allahs, wir sind deine Knechte, und was nur immer du zu befehlen geruhst, dem sind wir bereit zu gehorchen. Sie hier, die geringer sind als die Geringsten, haben die Sache ihrer Schwester vorgetragen und haben ihre Einwilligung erlangt; ja, sie hat sie sogar getadelt und gescholten, weil sie sich nicht beeilt haben, die Befehle der Zuflucht der Welt im selben Augenblick auszuführen, in dem sie erteilt worden waren. Und da sie deshalb sehr unzufrieden mit uns ist, so wünscht sie, daß wir auch um ihretwillen die Vergebung des Königs der Könige erbitten wegen dieses Vergehens, das wir begangen haben.' Der König erwiderte: ‚Ihr habt kein Verbrechen begangen, das des Königs Mißfallen hervorrufen könnte; nein, vielmehr erfreut es den Schatten Allahs gar sehr, die Liebe zu sehen, die ihr beide eurer Schwester entgegenbringt.' Wie die Prinzen solche herablassende und freundliche Worte von dem König hörten, schwiegen sie und ließen beschämt die Köpfe zu Boden hängen; und der König, der an diesem Tage nicht so begierig auf die Jagd war wie sonst, rief die Prinzen, wenn er sie sich zurückhalten sah, zu sich heran und machte ihnen mit gnädigen Worten Mut. Und als er des Reitens müde war, wandte er den Kopf seines Rosses dem Palaste zu und geruhte, den Prinzen zu befehlen, daß sie an seiner Seite ritten; doch die Wesire und Ratgeber und Höflinge schäumten alle vor Wut und Eifersucht, als sie sahen, daß zwei Unbekannte mit so besonderer Gunst behandelt wurden. Als sie nun an der Spitze des Gefolges die Marktstraße hinunterritten, waren aller Augen auf die Jünglinge gerichtet, und die Leute fragten einander: ‚Wer sind die beiden, die neben dem Schâh reiten? Gehören sie in diese Stadt, oder kommen sie aus einem fremden Lande?' Und das Volk pries und segnete sie und sprach: ‚Allah schenke unserem König der Könige zwei Prinzen, die so schön und stattlich sind wie diese beiden, die neben ihm reiten! Wenn unsere unglückliche Königin, die im Kerker schmachtet, durch Allahs Gnade Söhne zur Welt gebracht hätte, so wären sie jetzt im selben Alter wie diese jungen Herren.' Als aber der Zug den Palast erreichte, stieg der König von seinem Roß und führte die Prinzen in sein eigenes Gemach, einen prächtigen Raum, der herrlich eingerichtet war; und dort war ein Tisch mit den kostbarsten Speisen und seltensten Leckerbissen gedeckt. Nachdem er sich an ihm niedergesetzt hatte, winkte er den beiden, das gleiche zu tun; da machten die Brüder eine tiefe Verneigung und nahmen ihre Plätze ein, und sie aßen in wohlerzogenem Schweigen mit ehrfurchtsvoller Haltung. Der Schâh aber, der sie zum Sprechen bringen wollte, um dadurch ihren Witz und ihre Weisheit zu erproben, redete mit ihnen über vielerlei Dinge und richtete manche Fragen an sie; und da sie ja wohlunterrichtet und in jeder Kunst und Wissenschaft gebildet waren, so antworteten sie ihm richtig und mit der größten Leichtigkeit. Von Bewunderung erfüllt, bedauerte der Schâh bitter, daß Allah der Allmächtige ihm nicht solche Söhne gegeben hatte, so schön an Gestalt, so gewandt und so kenntnisreich wie diese beiden; und weil er ihnen so gern zuhörte, blieb er länger bei der Tafel, als er es sonst zu tun pflegte. Nachdem er aber aufgestanden war und sich mit ihnen in sein inneres Gemach zurückgezogen hatte, saß er noch lange mit ihnen im Gespräch, und schließlich rief er in seiner Bewunderung aus: ‚Nie bis auf den heutigen Tag hab ich mit meinen Augen Jünglinge gesehen, die so wohlerzogen waren und so schön und geschickt wie diese, und mich deucht, es dürfte schwer sein, irgendwo ihresgleichen zu finden.‘ Schließlich sprach er: ‚Es wird schon spät, drum laßt uns jetzt unsere Herzen mit Musik erheitern!‘ Und alsbald begann die königliche Schar der Sänger und Spieler zu singen und auf allerlei Instrumenten der Freude und des Frohsinns zu spielen, während Tänzerinnen und Knaben ihre Geschicklichkeit entfalteten und Mimen und Mummenschanzer ihre Scherze schauen ließen. Die Prinzen hatten sehr große Freude an dem Schauspiel und die letzten Stunden des Nachmittags verstrichen in fürstlicher Freude und festlicher Feier. Als aber die Sonne untergegangen war und der Abend nahte, baten die Jünglinge den Schâh um Entlassung unter vielen Danksagungen für die hohen Gnaden, die er ihnen zu erweisen geruht hatte; und ehe sie gingen, sprach der König noch mit ihnen, indem er sagte: ‚Kommt morgen wieder in unsere Jagdgründe wie zuvor und laßt uns von dort zum Palast heimkehren! Beim Barte des Schâhs, er hätte euch gern immer bei sich, um sich eurer Gesellschaft und eures Gespräches zu erfreuen!‘ Da warf Prinz Bahman sich nieder vor der Majestät und antwortete: ‚Es ist gerade das Ziel und der Gipfel unserer Wünsche, o Schatten Allahs auf Erden, daß du morgen, wenn du von der Jagd kommst und an unserem armseligen Hause vorüberreitest, gnädig geruhen wollest, dort einzutreten und eine Weile zu rasten, indem du dadurch uns und unserer Schwester die allerhöchste Ehre erweisest. Wenn auch die Stätte nicht würdig ist der erhabenen Anwesenheit des Königs der Könige, so lassen sich doch zuzeiten mächtige Könige dazu herab, die Hütten ihrer Sklaven zu besuchen.' Der König, der von ihrer Schönheit und ihrer anmutigen Rede immer mehr entzückt war, gewährte ihnen eine höchst gnädige Antwort, indem er sprach: ‚Der Wohnsitz von Jünglingen eures Standes und Ranges wird sicherlich schön und eurer würdig sein. Und der Schâh willigt gern ein, morgen Gast zu sein bei euch beiden und eurer Schwester, von der er, obgleich er sie noch nicht gesehen hat, überzeugt ist, daß er sie vollkommen an allen Gaben des Leibes und des Geistes finden wird. Also erwartet beide morgen in aller Frühe den Schâh an der gewohnten Treffstätte!' Darauf baten die Prinzen um Erlaubnis, ihrer Wege gehen zu dürfen; und als sie nach Hause kamen, sprachen sie zu ihrer Schwester: ‚Perizâde, der Schâh hat beschlossen, morgen nach der Jagd in unser Haus zu kommen und hier eine Weile zu rasten.' Sie antwortete: ‚Wenn dem so ist, müssen wir gewißlich dafür sorgen, daß alles für ein königliches Festmahl gerüstet wird und wir nicht beschämt dastehen, wenn der Schatten Allahs uns zu beschatten geruht. Es ist nicht anders möglich, als daß ich in dieser Sache meinen Sklaven, den sprechenden Vogel frage, welchen Rat er mir geben würde; und ich muß demgemäß auch solche Speisen bereiten, wie sie ihm gebühren und wie sie dem Gaumen des Königs zusagen.' Die Prinzen billigten beide ihren Plan und gingen zur Ruhe, während Perizâde den Käfig kommen ließ; und nachdem sie ihn vor sich hingesetzt hatte, sprach sie: ‚Lieber Vogel, der Schâh hat versprochen und beschlossen, morgen dies unser Haus zu beehren. Deshalb müssen wir gewißlich für unseren höchsten Herrn das beste der Festmähler rüsten, und ich wünsche, daß du mir sagst, welche Gerichte die Köche für ihn zubereiten sollen.' Der sprechende Vogel antwortete: ‚Hohe Herrin, du hast die geschicktesten Köche und Zuckerbäcker. Drum befiehl ihnen, die kostbarsten Leckerbissen zu bereiten, doch vor allem achte du mit eigenen Augen darauf, daß sie dem Schâh ein Gericht frischer, grüner Gurken vorsetzen, die mit Perlen gefüllt sind.' Höchlichst verwundert erwiderte die Prinzessin: ‚Ich habe noch nie bis auf den heutigen Tag von einem solchen Leckerbissen vernommen! Wie! Gurken mit Perlen gefüllt? Und was wird der König, der doch kommt, um Brot zu essen, nicht um Steine anzustarren, zu einem solchen Gerichte sagen? Ferner besitze ich nicht Perlen genug, um auch nur eine einzige Gurke damit zu füllen.' Doch der Vogel fuhr fort: ‚Das ist ein leichtes; fürchte du nichts, sondern handle genau, wie ich dir rate! Ich strebe nach nichts anderem als nach deinem Wohle, und ich würde dir nimmermehr zu deinem Nachteile raten. Was die Perlen angeht, so kannst du sie in dieser Weise sammeln: geh morgen früh beizeiten in die Lustgärten und laß ein Loch graben am Fuße des ersten Baumes in der Allee zu deiner Rechten, dort wirst du von Perlen einen so großen Vorrat finden, wie du ihn nötig hast!' Am nächsten Tage nun, nach Anbruch der Dämmerung, befahl die Prinzessin Perizâde einem Gärtnerburschen, sie zu begleiten, und begab sich zu der Stätte in den Lustgärten, von der ihr der sprechende Vogel erzählt hatte. Dort grub der Bursche ein Loch, tief und weit, und plötzlich stieß sein Spaten auf etwas Hartes; da entfernte er die Erde mit seiner Hand und entblößte dem Blick eine goldene Schatulle, die nahezu einen Fuß im Geviert maß. Dann zeigte der junge Gärtner sie der Prinzessin, und sie rief aus: ‚Eben zu diesem Zweck habe ich dich mit mir genommen. Gib acht und sieh zu, daß die Schatulle nicht beschädigt wird, grab sie mit aller Sorgfalt aus und bringe sie mir!' Als der Bursche ihren Befehl ausgeführt hatte, öffnete sie den Kasten sofort und fand ihn voll von den schönsten Perlen, die frisch aus dem Meere kamen; sie waren rund wie Ringe und alle von derselben Größe und gerade zu dem Zwecke geeignet, den der sprechende Vogel angegeben hatte. Perizâde war durch den Anblick aufs höchste erfreut, und indem sie die Schatulle mitnahm, kehrte sie nach Hause zurück; die Prinzen aber, die ihre Schwester in der Frühe mit dem Gärtnerburschen hatten fortgehen sehen und sich gewundert hatten, warum sie sich gegen ihre Gewohnheit so zeitig in den Garten begab, legten schnell, als sie ihrer vom Fenster aus gewahr wurden, ihre Gewänder an und kamen ihr entgegen. Und wie die beiden Brüder dahingingen, sahen sie, daß die Prinzessin ihnen mit etwas Ungewohntem unter dem Arme nahte; und als sie zusammentrafen, erwies es sich als eine goldene Schatulle, von der sie nichts ahnten. Da sprachen sie: ‚Liebe Schwester, im Frühlicht sahen wir, daß du mit einem Gärtnerburschen in die Lustgärten gingst, ohne etwas in der Hand zu tragen, jetzt aber bringst du diese goldene Schatulle zurück: drum erkläre uns, wo und wie du sie gefunden hast; vielleicht liegt in den Beeten irgendein Schatz verborgen!' Perizâde erwiderte: ‚Ihr sprecht die Wahrheit, meine Brüder; ich nahm diesen Burschen mit mir und ließ ihn unter einem bestimmten Baume graben, und dort stießen wir auf diesen Kasten mit Perlen, deren Anblick, deucht mich, eure Herzen erfreuen wird.' Alsbald öffnete die Prinzessin den Kasten, und als ihre Brüder die kostbaren Perlen erblickten, waren sie über die Maßen erstaunt und freuten sich sehr, sie zu sehen. Darauf sagte die Prinzessin: ‚Kommt jetzt beide mit mir; denn ich habe eine wichtige Sache vor!' Doch Prinz Bahman hub an: ‚Was gibt es hier zu tun? Ach, ich bitte dich, sage es uns ohne zu zögern, denn du hast uns noch nie in deinem Leben etwas verborgen gehalten!' Sie gab zur Antwort: ‚Meine Brüder, ich habe euch nichts zu verbergen; denkt auch nichts Arges von mir; ich will euch jetzt den ganzen Hergang erzählen!' Dann tat sie ihnen kund, welchen Rat ihr der sprechende Vogel gegeben hatte; und wie die beiden die Sache sich im Geiste überlegten, wunderten sie sich sehr, warum der Sklave ihrer Schwester ihnen geboten hatte, dem Schâh ein Gericht von grünen Gurken vorzusetzen, die mit Perlen gefüllt waren, und sie konnten sich keinen Grund dafür denken. Doch die Prinzessin fuhr fort: ‚Der sprechende Vogel ist wahrlich weise und wachsam; daher glaube ich, dieser Rat muß doch zu unserem Vorteil sein; und auf jeden Fall kann es nicht ohne Sinn und Absicht sein. Daher geziemt es uns, zu tun, wie er geheißen hat.' Dann begab die Prinzessin sich in ihr Gemach, berief den Oberkoch und sprach zu ihm: ‚Heute wird der Schâh, der Schatten Allahs auf Erden, sich herablassen, hier das Mittagsmahl zu speisen. Deshalb gib acht, daß die Speisen vom köstlichsten Wohlgeschmack sind und in jeder Weise geeignet, der Zuflucht der Welt vorgesetzt zu werden. Unter all den Gerichten ist jedoch eines, das du allein bereiten mußt und an das keine andere Hand rühren soll; es soll aus frischen grünen Gurken bestehen, die mit kostbaren Perlen gefüllt sind.' Der Oberkoch hörte diesem Befehle der Prinzessin voll Erstaunen zu und sprach bei sich selber: ‚Wer hat je von einem solchen Gericht gehört oder sich träumen lassen, so etwas zu bestellen?' Und wie die Herrin das Erstaunen, das sich in seinen Zügen verriet, ohne die Wissenschaft des Gedankenlesens erkannte, sprach sie zu ihm: ‚Deine Miene verrät mir, daß du mich für unverständig hältst, weil ich dir einen solchen Befehl gebe. Ich weiß, daß noch nie jemand ein Gericht dieser Art gekostet hat, aber was geht das dich an? Tu, wie dir befohlen ist! Du siehst diesen Kasten bis an den Rand voll von Perlen; nimm von ihnen, soviel du für das Gericht brauchst, und was übrig bleibt, das laß in dem Kasten!' Der Koch, der in seiner Verwirrung und seinem Staunen nichts zu antworten wußte, wählte von den kostbaren Perlen, soviel er ihrer brauchte, und eilte sofort hinweg, um darüber zu wachen, daß die Speisen für das Fest gekocht und bereit gehalten würden. Derweilen schritt die Prinzessin durch das Haus und durch die Gärten und gab den Sklaven Anweisungen über deren Ausschmückung, indem sie ihre besondere Aufmerksamkeit den Teppichen und Diwanen, den Lampen und all dem anderen Gerät zuwandte. Am nächsten Morgen mit Tagesanbruch ritten die Prinzen Bahman und Parwêz reich gekleidet zu der verabredeten Stätte, jener, an der sie den Schâh zum ersten Male getroffen hatten; und auch er hielt sein Versprechen pünktlich ein und geruhte mit ihnen an der Jagd teilzunehmen. Als aber die Sonne hochgestiegen war und ihre Strahlen heiß wurden, gab der König das Jagen auf und machte sich mit den Prinzen auf den Weg nach ihrem Hause; und als sie sich ihm näherten, ritt der jüngere Bruder voraus und sandte der Prinzessin Bescheid, daß die Zuflucht der Welt in aller guter Vorbedeutung nahe. So eilte sie denn, den König zu empfangen, und harrte seiner Ankunft am inneren Eingang; und dann, als der König zum Tor hineingeritten und im Hofe abgestiegen war und über die Schwelle der Haustür trat, fiel sie zu seinen Füßen nieder und huldigte ihm.

Da sagten die beiden Brüder: ‚O Zuflucht der Welt; dies ist unsere Schwester, von der wir gesprochen haben.' Und der Schâh hob sie mit huldvoller Freundlichkeit und Herablassung an der Hand empor, und als er sie von Angesicht erblickte, staunte er sehr über ihre wunderbare Anmut und Lieblichkeit. Er dachte bei sich selber: ‚Wie gleicht sie doch ihren Brüdern an Gesicht und Gestalt! Ich glaube, unter all meinen Untertanen in Stadt und Land gibt es niemanden, der sich mit ihnen an Schönheit und edlem Wesen messen kann. Auch dies Landhaus übertrifft alles, was ich je gesehen habe, an Glanz und Herrlichkeit.' Dann führte die Prinzessin den Schâh durch das Haus und zeigte ihm dessen ganze Pracht, während er sich an allem, was ihm zu Gesichte kam, über die Maßen freute. Als nun König Chusrau gesehen hatte, was sich in dem Hause befand, sprach er zu der Prinzessin: ‚Dies dein Haus ist weit prächtiger als irgendein Palast, den der Schâh besitzt, und er würde jetzt gern durch den Lustgarten wandeln, da er nicht zweifelt, daß jener ebenso herrlich sein wird wie das Haus.' Da machte die Prinzessin die Tür, durch die man den Garten sehen konnte, weit auf; und sofort sah der König als erstes vor allen anderen Dingen den Springbrunnen, der unaufhörlich in Garben und Strahlen Wasser emporwarf, das klar wie Kristall war und doch von goldener Farbe. Wie er solch ein Wunder sah, rief er: ‚Dies ist wahrlich ein glorreicher Gießbach! Noch nie habe ich etwas so Herrliches gesehen. Doch sag mir, wo ist seine Quelle, und wie kommt es, daß er in so hohen Strahlen emporschießt? Woher kommt diese beständige Zufuhr, und auf welche Weise ist er angelegt worden? Der Schâh möchte ihn gern aus der Nähe betrachten.' ‚O König der Könige und Herr der Lande,' antwortete die Prinzessin, ‚es gefalle dir zu tun, was dir beliebt!' Darauf traten sie zu dem Springbrunnen hinaus, und der Schâh stand da und blickte ihn voll Entzücken an, als er plötzlich ein Klingen von zuckersüßen Stimmen vernahm, die harmonisch und melodisch tönten wie berauschende Musik. Er wandte sich um und schaute aus, um die Sänger zu entdecken; aber es war kein einziger zu sehen; und ob er gleich in die Ferne und in die Nähe blickte, es war alles vergebens: er hörte die Stimmen, aber er konnte keine Sänger entdecken. Und schließlich rief er, ganz verwirrt: ‚Woher kommen diese herrlichsten der Töne? Steigen sie aus dem Innern der Erde auf oder schweben sie hoch oben in der Luft? Sie füllen mein Herz mit Entzücken, aber sie überraschen die Sinne, weil kein Sänger zu sehen ist.' Lächelnd erwiderte die Prinzessin: ‚O Herr der Herren, es sind keine Sänger hier; die Klänge, die zum Ohre des Schâhs gelangen, kommen von jenem Baume dort. Ich bitte dich, geruhe weiterzuschreiten, und sieh ihn dir recht an!' So trat er denn heran, und die Musik entzückte ihn immer mehr und mehr, und bald schaute er auf das goldene Wasser, bald auf den singenden Baum, bis er sich in Staunen und Verwunderung verlor. Dann sprach er zu sich selber: ‚O Allah, ist all dies ein Werk der Natur oder der Zauberei? Ja, wahrlich, diese Stätte ist der Geheimnisse voll!' Doch alsbald wandte er sich zu der Prinzessin und fragte: ‚Liebe Herrin, bitte, wie seid ihr zu diesem Wunderbaume gekommen, der inmitten dieses Gartens gepflanzt ist? Hat ihn jemand aus fernem Lande als ein seltenes Geschenk mitgebracht? Und unter welchem Namen ist er bekannt?' Perizâde erwiderte: ‚O König der Könige, dies Wunder, genannt der singende Baum, wächst nicht in unserem Lande. Es würde zu lange währen, zu erzählen, woher und auf welche Weise ich ihn erlangt habe; so möge es für jetzt genügen, zu sagen, daß der Baum und das goldene Wasser und der sprechende Vogel alle zu ein und derselben Zeit von mir gefunden wurden. Geruhe nun deine Magd zu begleiten und diese dritte Seltenheit anzusehen, und wenn der Schâh von den Mühen und Beschwerden des Jagens geruht und gerastet hat, so soll die Geschichte dieser drei seltsamen Dinge der Zuflucht der Welt in aller Ausführlichkeit erzählt werden!' Darauf antwortete der König: ‚Die Ermattung des Schâhs ist schon durch den Anblick dieser Wunder gewichen; jetzt, auf zum sprechenden Vogel!' Nun führte die Prinzessin den König, und als sie ihm den sprechenden Vogel gezeigt hatte, kehrten sie in den Garten zurück, wo er nicht müde wurde, den Springbrunnen mit höchstem Erstaunen zu betrachten; und dann rief er aus: ‚Wie kommt das? Keine Quelle, aus der all dies Wasser käme, ist dem Auge des Schâhs sichtbar, noch auch ein Kanal; es gibt auch kein Vorratsbecken, das groß genug wäre, um es zu fassen.' Sie sagte darauf: ‚Du sprichst die Wahrheit, o König der Könige! Dieser Springbrunnen hat keine Quelle; er entspringt einem kleinen Marmorbecken, das ich mit einer einzigen Flasche des goldenen Wassers gefüllt habe. Aber durch die Kraft Allahs des Allmächtigen schwoll es an und nahm zu, bis es in dieser gewaltigen Garbe, die der Schâh sieht, emporschoß. Ferner, es spielt Tag und Nacht; und, seltsam zu sagen: das Wasser, das aus jener Höhe ins Becken zurückfällt, vermindert sich nicht, ja, nichts von ihm wird verschüttet oder geht verloren.' Darauf befahl der König, von Staunen und Bewunderung erfüllt, zu dem sprechenden Vogel zurückzukehren; und die Prinzessin führte ihn zu dem Gartenhause, aus dem er auf Tausende von Vögeln aller Art schauen konnte, die in den Bäumen sangen und die Luft mit ihren Liedern und Lobgesängen auf den Schöpfer erfüllten. Da fragte er seine Führerin: ‚Liebe Herrin, woher kommen diese zahllosen Sänger, die zu jenem Baume fliegen und das Weltall erklingen lassen von ihren melodischen Stimmen, und setzen sich doch auf keinen anderen Baum?' ‚O König der Könige,' erwiderte sie, ‚alle werden von dem sprechenden Vogel angelockt und strömen hier zusammen, um seinen Gesang zu begleiten; und da sein Käfig am Fenster dieses Gartenhauses hängt, so setzen sie sich nun in den nächsten Baum, und hier kann man hören, wie er viel lieblicher singt als all die anderen, ja, sein Klagen klingt weit melodischer als das irgendeiner Nachtigall.' Und als der Schâh sich dem Käfig näherte und dem Singen des Vogels lauschte, rief die Prinzessin ihrem Gefangenen die Worte zu: ‚He, mein gefiederter Sklave, bemerkst du nicht, daß die Zuflucht der Welt hier ist? Du erweist ihm ja nicht die schuldige Ehrerbietung und Huldigung!' Als der sprechende Vogel diese Worte vernahm, hielt er sofort mit seinem Gesang inne, und sogleich saßen auch alle die anderen Sänger in tiefem Schweigen da; denn sie waren ihrem Oberherrn treu ergeben, und keiner wagte mehr einen Ton von sich zu geben, wenn er verstummte. Darauf sprach der sprechende Vogel in menschlicher Rede die Worte: ‚O großer König, möge Allah der Allmächtige dir in Seiner Macht und Majestät Gesundheit und Glück gewähren!' Der Schâh erwiderte den Gruß, und der Sklave der Prinzessin Perizâde rief unaufhörlich Segenswünsche auf sein Haupt herab. Inzwischen waren die Tische in prächtigster Weise gedeckt, und die kostbarsten Speisen wurden der Gesellschaft dargeboten, die nach ihrer geziemenden Rangordnung dasaß; der Schâh aber wählte sich seinen Sitz dicht neben dem sprechenden Vogel, nahe bei dem Fenster, an dem der Käfig hing. Als darauf das Gericht der grünen Gurken ihm vorgesetzt ward, streckte er die Hand aus, um davon zu nehmen; aber er zog sie erstaunt zurück, als er sah, daß die Gurken, die in Reihen auf der Schüssel lagen, mit Perlen gefüllt waren, die auf beiden Enden heraussahen. Er fragte die Prinzessin und ihre Brüder: ‚Was für ein Gericht ist dies? Es kann doch nicht zur Nahrung bestimmt sein; weshalb setzt man es also dem Schâh vor? Erklärt mir, ich befehle es euch, was dies bedeutet!' Sie konnten ihm keine Antwort geben, da sie nicht wußten, was sie erwidern sollten; und als alle schwiegen, hub an ihrer Statt der sprechende Vogel an: ‚O größter König unseres Zeitalters, erachtest du es für sonderbar, ein Gericht von Gurken zu sehen, die mit Perlen gefüllt sind? Wieviel sonderbarer ist es, daß du nicht erstaunt warst zu hören, die Königin, deine Gemahlin habe, entgegen den Gesetzen der Weltordnung Allahs, solche Tiere geboren wie einen Hund und eine Katze und eine Moschusratte! Das hätte dich weit mehr wundern müssen; denn wer hat je davon gehört, daß eine Frau solchen Wesen wie diesen das Leben schenkte?' Da erwiderte der Schâh dem sprechenden Vogel: ‚Alles, was du sagst, ist in der Tat richtig, und ich weiß, daß solche Dinge nicht dem Gesetze Allahs des Allmächtigen entsprechen; aber ich glaubte den Berichten der Wehmütter, der weisen Frauen, die um die Königin waren zu der Zeit, als sie niederkam; denn es waren keine Fremden, sondern ihre eigenen Schwestern, Kinder derselben Eltern wie sie. Was konnte ich denn anderes tun, als ihren Worten glauben?' ‚O König, der Könige,' fuhr der sprechende Vogel fort, ‚wahrlich, die Wahrheit in dieser Sache ist mir nicht verborgen. Wenn sie auch die Schwestern der Königin sind, so waren sie doch, als sie sahen, welche Gunst und Liebe der König ihrer jüngsten Schwester entgegenbrachte, von Zorn und Haß und Ärger erfüllt, weil sie neidisch und eifersüchtig waren. Deshalb sannen sie auf arge Listen wider sie, und schließlich gelang es ihren Tücken, deine Gedanken von ihr abzulenken und ihre Tugenden vor deinen Augen zu verbergen. Jetzt aber sollen ihre Bosheit und Falschheit dir offenbar gemacht werden; und wenn du einen weiteren Beweis verlangst, so laß sie kommen und befrage sie in dieser Sache! Sie können dir nichts davon verbergen und werden bekennen müssen und dich um Vergebung anflehen.' Dann fuhr der sprechende Vogel fort: ‚Diese zwei königlichen Brüder, so schön und so stark, und diese liebliche Prinzessin, ihre Schwester, sind deine eigenen gesetzmäßigen Kinder, denen die Königin, deine Gemahlin, das Leben geschenkt hat. Die Wehmütter, deine Schwäherinnen, haben, in der Schwärze ihrer Herzen und ihrer Angesichter, die Kinder beiseite geschafft, sowie sie geboren waren; ja, jedesmal, wenn dir ein Kind geboren ward, haben sie es in ein Stück Decke gehüllt, in einen Korb gelegt und den in den Bach geworfen, der am Palaste vorbeifließt, in der Absicht, es eines dunklen Todes sterben zu lassen. Aber das Glück wollte es, daß der Aufseher deiner königlichen Gärten alle diese Körbe sah, wenn sie an seinen Ländereien vorbeischwammen, und die Kinder, die darin lagen, in seine Obhut nahm. Er ließ sie mit aller Sorgfalt nähren und aufziehen, und als sie emporwuchsen zu reiferem Alter, sorgte er dafür, daß sie in allen Künsten und Wissenschaften unterrichtet wurden; und solange sein Leben währte, behandelte er sie und erzog sie mit Liebe und Zärtlichkeit, als ob sie seine eigenen Kinder gewesen wären. Und jetzt, o Chusrau Schâh, erwache aus deinem Schlafe der Unwissenheit und Gedankenlosigkeit und wisse, daß diese beiden Prinzen Bahman und Parwêz und ihre Schwester, die Prinzessin Perizâde, deine eigenen Kinder und deine rechtmäßigen Erben sind.' Als der König diese Worte gehört und die Gewißheit erlangt hatte, daß sie der Wahrheit entsprachen, und die Missetaten jener Teufelinnen, seiner Schwäherinnen, begriffen hatte, da sprach er: ‚O Vogel, ich bin in der Tat von deiner Wahrhaftigkeit überzeugt; denn als ich diese Jünglinge zum ersten Male auf den Jagdgründen sah, da ward mein Innerstes in Liebe zu ihnen hingezogen, und mein Herz fühlte sich gezwungen, sie zu lieben, als ob sie meine eigenen Kinder wären. Sie sowohl wie ihre Schwester zogen meine Liebe zu sich hin, wie ein Magnet das Eisen anzieht; und die Stimme des Blutes schreit in mir und zwingt mich, das Band anzuerkennen und zu gestehen, daß sie meine echten Kinder sind, geboren aus dem Schoße meiner Königin, deren furchtbares Geschick ich vollstrecken mußte.‘ Dann wandte er sich zu den Prinzen und ihrer Schwester und sagte mit Tränen im Auge und mit gebrochener Stimme: ‚Ihr seid meine Kinder, und hinfort sehet mich als euren Vater an!‘ Da eilten sie in lautem Jubel auf ihn zu, fielen ihm um den Hals und umarmten ihn. Dann setzten sie sich alle wieder zu Tische, und als sie gegessen hatten, sprach Chusrau Schâh zu ihnen: ‚Liebe Kinder, ich muß euch jetzt verlassen, aber so Gott will, werde ich morgen wiederkommen und die Königin, eure Mutter, mitbringen.‘ Mit diesen Worten sagte er ihnen herzlich Lebewohl, bestieg sein Roß und ritt zu seinem Palaste; und kaum hatte er sich auf den Thron gesetzt, so berief er den Großwesir und gab ihm den Befehl: ‚Sende sofort nach jenen gemeinen Weibern, den Schwestern meiner Königin, und lege sie in schwere Fesseln; denn ihre Missetaten sind endlich ans Licht gekommen, und sie verdienen, den Tod der Mörder zu sterben! Der Schwertträger soll sofort sein Schwert wetzen; denn die Erde dürstet nach ihrem Blute. Geh und sieh selber zu, daß sie ohne Zaudern und Zögern enthauptet werden; erwarte keinen weiteren Befehl, sondern gehorche auf der Stelle meinem Gebot!‘ Der Großwesir eilte sofort hinweg, und in seiner Gegenwart wurden die neidischen Schwestern enthauptet und erlitten so die gerechte Strafe für ihre Bosheit und ihre Übeltaten. Zugleich aber ging Chusrau Schâh mit seinem Gefolge zu Fuß nach der Hauptmoschee, neben der die Königin so viele Jahre hindurch in bitterem Schmerz und Weh gefangen gehalten war, und mit eigener Hand führte er sie aus ihrem Käfig heraus und umarmte sie zärtlich. Und wie er dann ihren traurigen Zustand und ihre gramverzehrten Züge und ihre jämmerliche Kleidung sah, weinte er und rief: ‚Allah der Allmächtige vergebe mir, daß ich so unrecht und ungerecht an dir gehandelt habe! Ich habe deine Schwestern, die tückisch und trügerisch meinen grimmen Zorn wider dich, du Unschuldige und Reine, erregt haben, hinrichten lassen, und sie haben die verdiente Vergeltung für ihre Missetaten empfangen.‘ So sprach der König freundlich und liebevoll zu seiner Gemahlin und erzählte ihr alles, was ihm begegnet war und was der sprechende Vogel ihm kundgetan hatte, indem er mit diesen Worten schloß: ‚Komm jetzt mit mir in den Palast; dort wirst du deine beiden Söhne und deine Tochter sehen, die zu den lieblichsten Wesen herangewachsen sind! Eile mit mir und umarme sie und zieh sie an deine Brust; denn sie sind ja unsere Kinder, das Licht unserer Augen! Doch zuerst begib dich ins Bad und lege deine königlichen Gewänder und Juwelen an!‘ Derweilen aber hatte sich das Gerücht von diesen Ereignissen in der Stadt verbreitet: wie der König endlich der Königin die gebührende Gunst erwiesen und sie mit eigener Hand aus der Gefangenschaft befreit und sie um Vergebung gebeten habe für all das Unrecht, das er ihr angetan hatte; und wie es sich erwiesen habe, daß die Prinzen und die Prinzessin ihre echtbürtigen Kinder seien, und wie Chusrau Schâh ihre Schwestern, die sich wider sie verschworen hatten, bestraft habe. Da herrschte nun Freude und

Fröhlichkeit in Stadt und Reich, und alles Volk segnete des Schâhs Gemahlin und fluchte den Teufelinnen, ihren Schwestern. Am folgenden Tage, als die Königin sich im Bade gewaschen und ihre königlichen Gewänder und fürstlichen Juwelen angelegt hatte, ging sie mit dem König ihren Kindern entgegen; der führte ihr selbst die Prinzen Bahman und Parwêz und die Prinzessin Perizâde zu und sprach: ,Siehe, hier sind deine Kinder, die Frucht deines Leibes und dein Herzblut, deine eigenen Söhne und deine eigene Tochter! Umarme sie mit aller Liebe einer Mutter und gewähre ihnen deine Huld und Liebe, wie ich es getan habe! Als du sie zur Welt brachtest, haben deine Unglücksschwestern sie dir fortgenommen und in jenen Bach geworfen und haben gesagt, du wärest zuerst von einem jungen Hund, dann von einem Kätzchen und zuletzt von einer Moschusratte entbunden. Ich kann mich nicht trösten, daß ich ihren Verleumdungen geglaubt habe, und die einzige Vergeltung, die ich dir zuteil werden lassen kann, ist die, daß ich diese drei, die du geboren hast, in deine Arme führe, sie, die Allah der Allmächtige uns zurückgegeben und würdig gemacht hat, unsere Kinder zu heißen.' Da fielen die Prinzen und die Prinzessin ihrer Mutter um den Hals und umarmten sie zärtlich, indem sie Fluten von Freudetränen vergossen. Darauf setzten sich der Schâh und die Königin gemeinsam mit ihren Kindern zu Tische, und als sie die Mahlzeit beendet hatten, begab Chusrau Schâh sich mit seiner Gemahlin in den Garten, um ihr den singenden Baum und den Brunnen des goldenen Wassers zu zeigen, und die Königin ward durch sie von Staunen und Entzücken erfüllt. Dann wandten sie sich dem Gartenhause zu und besuchten den sprechenden Vogel, von dem der König zu ihr während des Mahles mit dem höchsten Lobe gesprochen hatte, und die Königin hatte ihre Freude an seiner süßen Stimme und seinem melodischen Gesange. Und als sie alle diese Dinge gesehen hatten, bestieg der König sein Roß, Prinz Bahman ritt zu seiner Rechten und Prinz Parwêz zu seiner Linken, während die Königin die Prinzessin Perizâde zu sich in die Sänfte nahm, und so zogen sie nach dem Palaste. Wie nun der königliche Zug durch die Stadtmauern kam und in die Hauptstadt einzog unter fürstlichem Pomp und Gepränge, da drängten die Untertanen, die von der frohen Botschaft gehört hatten, sich in Scharen herbei, um ihren Einzug zu sehen, und sie erhoben laute Freudenrufe; und wie die Leute einst traurig gewesen waren, als sie die königliche Gemahlin in Gefangenschaft sahen, so freuten sie sich jetzt über die Maßen, sie wieder in Freiheit zu sehen. Vor allem aber staunten sie, wie sie den sprechenden Vogel erblickten; denn die Prinzessin trug den Käfig bei sich, und während sie dahinritten, umschwärmten sie von allen Seiten Tausende von süßstimmigen Sängern, die zum Geleite des Käfigs dahinflogen, und erfüllten die Luft mit wunderbaren Klängen; und Scharen von anderen Vögeln, die auf den Bäumen und auf den Häusern saßen, sangen und zwitscherten, als wollten sie den Käfig ihres Herrn begrüßen, der den königlichen Festzug begleitete. Und als sie den Palast erreicht hatten, setzten der Schâh und die Königin und ihre Kinder sich zu einem prächtigen Festmahle nieder; und die Stadt ward erleuchtet, und überall zeugten Tänze und Lustbarkeiten von der Freude der Untertanen; viele Tage lang dauerten diese fröhlichen Feste in der Hauptstadt und im Königreiche, wo jedermann froh und glücklich war und Gastmähler und Feiern in seinem Hause veranstaltete. Nach diesen Feierlichkeiten machte Chusrau Schâh seinen älteren Sohn Bahman zum Erben seines Thrones und seines Reiches und übertrug seinen Händen die Geschäfte des Staates in ihrer Gesamtheit;

und der Prinz verwaltete die Geschäfte mit so viel Klugheit und Erfolg, daß die Größe und der Ruhm des Reiches auf das Zwiefache anwuchsen. Seinem jüngeren Sohne Parwêz übertrug der Schâh die Sorge für sein Heer, sowohl die Reiter wie das Fußvolk; und die Prinzessin Perizâde ward von ihrem Vater einem mächtigen König, der über ein gewaltiges Reich herrschte, zur Gemahlin gegeben; und schließlich vergaß die Königin-Mutter in reiner Freude und Glückseligkeit all die Qualen der Gefangenschaft. Hinfort schenkte das Schicksal ihnen allen die herrlichsten Tage, und sie führten das schönste Leben, bis zuletzt Der zu ihnen kam, der die Freuden schweigen heißt und die Freundesbande zerreißt, der die Schlösser vernichtet und die Gräber errichtet, Er, der Schnitter für den Auferstehungstag; da wurden sie, als wären sie nie gewesen.

Preis sei dem Herrn, der nicht stirbt und der keinen Schatten des Wandels kennt!

Ferner wird erzählt

DIE GESCHICHTE VON KÖNIG MOHAMMED IBN SABÂÏK UND DEM KAUFMANN HASAN

Einst lebte, o glücklicher König, in alten Zeiten und in längst entschwundenen Vergangenheiten ein König der Perser, des Namens Mohammed ibn Sabâïk; der herrschte über das Land Chorasân. Und er pflegte in jedem Jahre Kriegszüge in die Länder der Ungläubigen zu machen, nach Hinterindien und Vorderindien, nach China und dem Lande, das jenseits des Oxus liegt, und in manches andere Land fremder Völker. Er war ein König der Gerechtigkeit und Tapferkeit, des Edelmuts und der Großherzigkeit; und er liebte es, im trauten Beieinandersein den Überlieferungen sein Ohr zu leihn, den Gedichten und Berichten und Geschichten und Legenden der

Alten, die den Hörer unterhalten. Wer eine seltsame Geschichte wußte und sie ihm erzählte, dem verlieh er eine Gnade. Ja, es ward gesagt, wenn ein fremder Mann zu ihm käme mit einer seltsamen Erzählung und sie ihm so vortrage, daß die Rede ihm gefalle und trefflich erscheine, dann kleide er ihn in ein prächtiges Ehrengewand und schenke ihm tausend Dinare sowie ein Pferd mit Sattel und Geschirr; von oben bis unten kleide er den Mann ein und verleihe ihm kostbare Gaben, und der könne alles hinnehmen und seiner Wege gehen. Nun begab es sich einmal, daß ein alter Mann mit einer seltsamen Geschichte zu ihm kam und sie ihm vortrug, und daß die Rede dem König gefiel und trefflich erschien; der wies ihm kostbare Geschenke an, darunter tausend chorasanische Dinare und ein Pferd mit vollem Geschirr. Dadurch drang das Gerücht von diesem König in alle Lande, und es hörte ein Mann davon, dessen Name Hasan, der Kaufmann, geheißen war; der war ein edler, hochherziger und weiser Mann und ein vortrefflicher Dichter. Jener König aber hatte einen neidischen Wesir, der ein Hort aller Bosheit war und keinen Menschen liebte, ob reich oder arm; und immer, wenn jemand vor den König trat und der ihm etwas schenkte, ward er neidisch auf ihn und sprach: ‚Fürwahr, dies Treiben ist ein Verderb für den Staatsschatz und vernichtet das Land; aber das ist nun einmal die Sitte des Königs.' Solche Worte kamen nur aus dem neidischen und boshaften Herzen des Wesirs. Auch der König hörte von dem Kaufmann Hasan und sandte nach ihm und ließ ihn kommen. Und als jener vor ihm stand, sprach er zu ihm: ‚Kaufmann Hasan, wisse, der Wesir steht mir im Wege und ist mir gram wegen des Geldes, das ich den Dichtern und Tischgenossen, den Erzählern und Sängern gegeben habe. Nun wünsche ich, daß du mir eine schöne Geschichte vorträgst, eine so seltsame Erzählung, wie ich sie noch nie vernommen habe. Wenn deine Geschichte mir dann gefällt, so will ich dir viele Ländereien geben samt ihren Burgen, und sie sollen deine Lehen sein außer denen, die du schon hast. Auch will ich mein ganzes Reich in deine Hand geben und dich zum obersten meiner Wesire machen: dann sollst du zu meiner Rechten sitzen und über meine Untertanen Recht sprechen. Wenn du mir aber nicht bringst, was ich dir befohlen habe, so will ich dir alles nehmen, was in deiner Hand ist, und dich aus meinem Lande verbannen.' Der Kaufmann Hasan erwiderte: ,Ich höre und gehorche unserem Herrn, dem König! Aber dein Knecht bittet dich, daß du ein Jahr lang mit ihm Geduld habest. Dann will ich dir eine Geschichte erzählen, dergleichen du noch nie in deinem Leben gehört hast; eine solche wie die soll noch kein anderer als du je gehört haben, geschweige denn gar eine schönere.' Der König sagte darauf: ,Ich gewähre dir ein volles Jahr Frist', ließ ein kostbares Ehrengewand kommen und legte es ihm an. Dann fuhr er fort: ,Hüte dein Haus, besteige kein Pferd und gehe nicht aus noch ein während eines vollen Jahres, bis daß du mir bringst, was ich von dir verlangt habe! Wenn du es mir bringst, so harrt deiner besondere Gunst, und du kannst dich auf das freuen, was ich dir versprochen habe; bringst du es aber nicht, so sollst du nichts mehr mit uns zu schaffen haben, und auch wir wollen dann nichts mehr von dir wissen.' – –«

Da bemerkte Schehrezâd, daß der Morgen begann, und sie hielt in der verstatteten Rede an. Doch als die *Siebenhundertundsiebenundfünfzigste Nacht* anbrach, fuhr sie also fort: »Es ist mir berichtet worden, o glücklicher König, daß König Mohammed ibn Sabâïk zu dem Kaufmann Hasan sprach: ,Wenn du mir bringst, was ich von dir verlangt habe, so harrt deiner besondere Gunst, und du kannst dich auf das freuen, was ich dir versprochen habe; bringst du es aber nicht, so sollst du nichts mehr mit uns zu schaffen haben, und auch wir wollen dann nichts mehr von dir wissen, und daß der Kaufmann darauf den Boden vor dem Herrscher küßte und fortging. Dann wählte er fünf von seinen Mamluken aus, die alle lesen und schreiben konnten, die trefflich, klug und feingebildet waren und zu den erlesensten seiner Mamluken gehörten. Einem jeden von ihnen gab er fünftausend Dinare mit den Worten: ‚Ich habe euch nur für einen Tag wie den heutigen aufgezogen; nun helft mir den Willen des Königs erfüllen und befreit mich aus seiner Hand!' Sie erwiderten ihm: ‚Was wünschest du, daß wir tun sollen? Unser Leben wollen wir für dich opfern!' Da fuhr er fort: ‚Ich wünsche, daß ein jeder von euch in ein anderes Land reise, und daß ihr euch dann nach den gelehrten und gebildeten und hervorragenden Männern umschaut, solchen, die vertraut sind mit wunderbaren Geschichten und seltsamen Berichten, und daß ihr mir die Geschichte von Saif el-Mulûk erforscht und sie mir bringt. Wenn ihr sie bei irgend jemandem findet, so bietet ihm jeden Preis dafür, und was er nur an Gold und Silber verlangt, das gebt ihm, mag er auch tausend Dinare von euch fordern! Gebt ihm, was ihr bei euch habt, und versprecht ihm den Rest, und dann bringt mir die Geschichte! Wer von euch sie findet und sie mir bringt, dem gebe ich kostbare Ehrengewänder und Geschenke in Hülle und Fülle, und niemand soll bei mir in höheren Ehren stehen als er.' Dann sagte der Kaufmann zu dem einen von ihnen: ‚Geh du nach Vorderindien und Hinterindien, in all die Länder und Provinzen dort!' Und zu einem anderen: ‚Zieh du in die Länder der Perser und nach China, in all ihre Provinzen!' Zu einem dritten: ‚Begib du dich in das Land Chorasân und in seine Gebiete und Provinzen!' Zum vierten: ‚Eile du in das Land der Mauren, in all seine Landstriche, Provinzen, Gebiete und Gegenden!' Und zu dem letzten, dem fünften: ,Nimm du deinen Weg nach Syrien und Ägypten, nach den Gebieten und Provinzen dort!' Darauf wählte er einen günstigen Tag für sie aus und sprach zu ihnen: ,Brechet heute auf und suchet mit Eifer meinen Wunsch zu erfüllen, und seid nicht saumselig, sollte es auch euer Leben in Gefahr bringen!' Da nahmen sie Abschied von ihm und gingen ihrer Wege; ein jeder von ihnen zog in der Richtung fort, die ihm befohlen war. Nun blieben vier von ihnen vier Monate fort, und sie suchten, doch fanden sie nichts; da kehrten sie zurück, und dem Kaufmann Hasan ward das Herz beklommen, als die vier Mamluken zu ihm heimkamen. Denn sie berichteten ihm, daß sie in allen Städten und Ländern und Provinzen nach dem gesucht hatten, was ihr Herr wünschte, und daß sie nichts davon gefunden hatten. Der fünfte Mamluk aber zog seines Weges, bis er in das Land Syrien kam und die Hauptstadt Damaskus erreichte. Er fand, daß sie eine schöne und sichere Stadt war, in der Bächlein flossen und Bäume sprossen, mit Früchten behangen, wo die Vöglein sangen, deren Lieder zum Preise des Einen, Allmächtigen erklangen, aus dessen Schöpfung Tag und Nacht hervorgegangen. Dort blieb er einige Tage, indem er nach dem forschte, was sein Herr verlangte; aber keiner konnte es ihm künden. Da wollte er schon aufbrechen und in eine andere Stadt ziehen, als er plötzlich einen Jüngling erblickte, der in eiligem Laufe über seine Säume stolperte. Der Mamluk fragte ihn: ,Was ist dir, daß du in solcher Unruhe dahinläufst, und wohin eilest du?' Jener antwortete: ,Hier lebt ein alter Gelehrter, der sich jeden Tag auf einen Stuhl setzt, etwa um diese Stunde, und schöne Geschichten und Erzählungen und Märchen vorträgt, dergleichen noch nie jemand gehört hat. Jetzt laufe ich, um einen Platz in seiner

Nähe zu finden; aber ich fürchte, ich bekomme keinen Platz mehr, weil so viel Volks dort ist.' Der Mamluk bat ihn: ‚Nimm mich mit dir!' Und als der Jüngling erwiderte: ‚Beeile deinen Schritt!' schloß er seine Tür und eilte mit ihm fort, bis sie zu der Stätte gelangten, an der jener Alte vor den Leuten zu erzählen pflegte. Dort sah er den Scheich, einen Mann von freundlichem Antlitze, auf einem Stuhle sitzen und den Leuten erzählen. Er setzte sich nah bei ihm nieder und lauschte, um seine Erzählung zu hören. Als nun die Zeit des Sonnenuntergangs kam, beendete der Scheich seine Geschichte, und die Leute, die seinen Worten zugehört hatten, zerstreuten sich von dort. Da trat der Mamluk an ihn heran und begrüßte ihn; jener gab ihm den Gruß mit noch größerer Höflichkeit und Ehrerbietung zurück. Der Mamluk hub an: ‚Mein Herr Scheich, du bist ein stattlicher und ehrwürdiger Mann, und deine Erzählung ist vortrefflich; ich möchte dich gern nach etwas fragen.' ‚Frage, was du willst!' erwiderte der Alte; und der Mamluk fuhr fort: ‚Kennst du wohl die Geschichte von Saif el-Mulûk und Badî'at[1] el-Dschamâl?' Doch der Scheich fragte: ‚Von wem hast du darüber reden hören? Wer ist es, der dir von ihr Kunde gegeben hat?' Darauf antwortete der Mamluk: ‚Ich habe sie noch von niemandem gehört. Wisse, ich bin aus einem fernen Lande, und ich bin auf der Suche nach dieser Geschichte hierher gekommen. Was du nur immer verlangst als Preis für sie, das will ich dir geben, wenn du sie kennst und sie mir als ein Almosen deiner Huld mitteilen willst, indem du sie in der Güte deines Wesens zu einem Gnadengeschenk deiner Mildtätigkeit machst. Ja, wenn mein Leben in meiner Hand stände

---

1. In der Calcuttaer Ausgabe steht meist Badî', seltener Badî'at. Letztere Form ist hier einheitlich durchgeführt; auch die anderen Ausgaben haben sie.

und ich gäbe es dir für sie dahin, so wäre ich auch damit zufrieden.' ‚Hab Zuversicht und quäl dich nicht!' erwiderte der Alte, ‚du sollst sie haben. Aber dies ist kein Märchen, das man an den Straßenecken erzählt, und ich teile diese Geschichte auch nicht einem jeden mit.' ‚Um Allahs willen,' bat der Mamluk, ‚lieber Herr, halt sie nicht zurück von mir, fordere von mir, was du nur willst!' Der Alte erwiderte darauf: ‚Wenn du diese Geschichte haben willst, so gib mir hundert Dinare, und ich teile sie dir mit, aber nur unter fünf Bedingungen!' Als jener nun wußte, daß der Scheich die Geschichte kannte und sie ihm kundtun wollte, ward er hocherfreut, und er sprach zu ihm: »Ich gebe dir hundert Dinare als Preis für sie und zehn obendrein als Geschenk; und ich nehme sie unter den Bedingungen, von denen du gesprochen hast.' Der Alte fuhr fort: ‚So geh und hole das Gold und nimm, was du suchst!' Da küßte der Mamluk dem Scheich die Hände und ging in seine Wohnung voller Freude und Seligkeit. Dort nahm er hundertundzehn Dinare in seine Hand und tat sie in einen Beutel, den er bei sich trug. Und als es Morgen ward, erhob er sich, legte seine Kleider an, nahm das Geld und begab sich damit zu dem Alten. Den fand er vor der Tür seines Hauses sitzend, und nachdem er ihn begrüßt und jener seinen Gruß erwidert hatte, gab er ihm die hundertundzehn Dinare. Der Scheich nahm sie von ihm entgegen, erhob sich und begab sich in sein Haus, indem er den Mamluken mit sich hineinführte; dort wies er ihm eine Stätte zum Sitzen an und holte ihm Tintenkapsel und Rohrfeder und Papier. Dann reichte er ihm ein Buch mit den Worten: ‚Schreib dir aus diesem Buche die Erzählung von Saif el-Mulûk ab, die du zu haben wünschest!' Nachdem der Mamluk sich gesetzt hatte, schrieb er so lange an dieser Geschichte, bis er ihre Abschrift beendet hatte. Danach las er sie dem Scheich vor und verbesserte sie; und schließlich sagte der Alte zu ihm: ‚Wisse, mein Sohn, die erste Bedingung ist die, daß du diese Geschichte nicht auf öffentlicher Straße erzählst; und weiter nicht vor Frauen noch vor Sklavinnen, weder vor Sklaven, noch vor dummen Menschen, noch auch vor Kindern; vielmehr sollst du sie nur Königen und Emiren, Wesiren und Männern der Wissenschaft, Schriftgelehrten und ähnlichen Leuten vorlesen.' Der Mamluk nahm die Bedingungen an, küßte dem Alten die Hände, nahm Abschied von ihm und verließ ihn. – –«

Da bemerkte Schehrezâd, daß der Morgen begann, und sie hielt in der verstatteten Rede an. Doch als die *Siebenhundertundachtundfünfzigste Nacht* anbrach, fuhr sie also fort: »Es ist mir berichtet worden, o glücklicher König, daß der Mamluk des Kaufmanns Hasan, nachdem er die Geschichte aus dem Buche des Alten in Damaskus abgeschrieben, seine Bedingungen angehört, von ihm Abschied genommen und ihn verlassen hatte, noch am selben Tage aufbrach, voller Freuden und Seligkeit. Und er zog unablässig eilends dahin, da er so sehr froh darüber war, daß er die Geschichte von Saif el-Mulûk erlangt hatte; und sobald er seine Heimat erreicht hatte, sandte er seinen Begleiter voraus, um dem Kaufmann die frohe Botschaft zu melden und ihm sagen zu lassen: ‚Dein Mamluk ist wohlbehalten heimgekehrt und hat erreicht, was er wünschte und erstrebte.' Gerade als der Mamluk bei der Stadt seines Herrn anlangte und den Freudenboten zu ihm sandte, fehlten an der Frist, die zwischen dem König und dem Kaufmann Hasan vereinbart war, nur noch zehn Tage. Nun begab der Mamluk sich selbst zu seinem Herrn, dem Kaufmann, und berichtete ihm, wie es ihm ergangen war; darüber war jener gar sehr erfreut. Und nachdem der Knecht sich in seinem Gemache ausgeruht hatte, übergab er seinem Herrn das Buch, in dem die Geschichte von Saif el-Mulûk und Badî'at el-Dschamâl geschrieben stand. Wie der Kaufmann das erblickte, verlieh er dem Mamluken all die Kleider, die er selber an sich trug; ferner schenkte er ihm zehn edle Rosse, zehn Kamele, zehn Maultiere, drei Sklaven und zwei Mamluken. Darauf nahm er die Geschichte und schrieb sie mit eigener Hand in deutlicher Schrift ab; dann begab er sich zum König und sprach zu ihm: ‚O glücklicher König, ich bringe dir ein Märchen mit schönen und seltenen Geschichten, dergleichen noch nie jemand gehört hat.' Als der König diese Worte aus dem Munde des Kaufmanns Hasan vernommen hatte, berief er sofort jeden Emir von hoher Verstandeskraft, jeden trefflichen Mann der Wissenschaft, jeden Feingebildeten und Dichter und klugen Richter. Der Kaufmann Hasan aber setzte sich und las die Geschichte dem König vor. Und als der und alle, die zugegen waren, sie gehört hatten, wunderten sie sich insgesamt und sprachen ihren Beifall aus. Alle, die zugegen waren, hatten Gefallen an ihr und streuten Gold und Silber und Edelsteine über ihn aus. Ferner verlieh der König dem Kaufmann Hasan ein kostbares Ehrenkleid aus der Zahl seiner eigenen Prachtgewänder und schenkte ihm eine große Stadt samt den Burgen und Ländereien, die zu ihr gehörten; und außerdem machte er ihn zu einem seiner Großwesire und ließ ihn zu seiner Rechten sitzen. Dann befahl er den Schreibern, diese Geschichte mit goldenen Lettern aufzuschreiben und sie in seinen eigenen Schatzkammern zu hinterlegen. Und jedesmal, wenn dem König die Brust beklommen ward, ließ er den Kaufmann Hasan zu sich kommen, und der las ihm dann die Geschichte vor, die also lautete:

DIE GESCHICHTE
VON DEM PRINZEN SAIF EL-MULÛK
UND DER PRINZESSIN BADÎ'AT EL-DSCHAMÂL

Einst lebte in alten Zeiten und in längst entschwundenen Vergangenheiten ein König in Ägyptenland, der war 'Âsim ibn Safwân geheißen. Er war ein freigebiger und edler König, ein ehrfurchtgebietender und würdevoller Herrscher; und er besaß viele Länder, Burgen und Festen, Truppen und Krieger; auch hatte er einen Wesir, der Fâris ibn Sâlih hieß. Doch alle pflegten die Sonne und das Feuer zu verehren statt des mächtigen und majestätischen Königs der Ehren. Nun war dieser König ein hochbetagter Greis geworden, den Alter und Krankheit und Schwäche gebrechlich gemacht hatten; denn er hatte hundertundachtzig Jahre gelebt. Aber er hatte keine Kinder, weder einen Sohn noch eine Tochter; und darum sorgte und grämte er sich Tag und Nacht. Da begab es sich eines Tages, daß er auf dem Thron seiner Herrschaft saß, während die Emire und Wesire, die Hauptleute und die Großen des Reiches ihm aufwarteten, wie es das Herkommen heischte, ein jeder an seiner Stelle; und sooft einer der Wesire zu ihm eintrat, der einen Sohn oder gar zwei Söhne bei sich hatte, beneidete der König ihn und sprach bei sich selber: ,Ein jeder von diesen ist glücklich und freut sich seiner Kinder; nur ich habe kein Kind, und wenn ich morgen sterbe und mein Reich und meinen Thron, meine Länder und Schätze und all mein Gut verlasse, so werden Fremde sie nehmen, niemand wird meiner mehr gedenken, und mein Andenken wird in der Welt erlöschen.' Da versank der König 'Âsim in ein Meer von trüben Gedanken; und wie die Flut der Sorgen und Ängste auf sein Herz einstürmte, begann er zu weinen; und er stieg von seinem Throne herab, setzte sich auf den Boden und demütigte sich unter Tränen vor dem Herrn. Als der Wesir und die Schar der Großen des Reiches, die zugegen waren, ihn also mit sich selber tun sahen, riefen sie dem Volke die Worte zu: ,Geht in eure Häuser und ruhet dort, bis der König sich von dem Leiden erholt, das ihn befallen hat!' Da gingen alle fort, und nun blieben der König und der Wesir allein; und sobald der König wieder zu sich kam, küßte der Wesir den Boden vor ihm und sprach zu ihm: ,O größter König unserer Zeit, was ist der Grund dieses Weinens? Tu mir kund, wer von den Königen oder den Befehlshabern der Festungen, den Emiren oder den Großen des Reiches sich wider dich empört hat! Laß mich wissen, wer sich dir widersetzt, o König, auf daß wir alle über ihn herfallen und ihm die Seele mitten aus dem Leibe reißen!' Doch der König sprach nicht, noch hob er sein Haupt. Da küßte der Wesir zum zweiten Male den Boden vor ihm und hub wiederum an: ,O größter König unserer Zeit, ich bin wie dein Sohn und dein Knecht, und du hast mich wie ein Kind gehegt; und dennoch kenne ich nicht den Grund deines Grams, deiner Sorge und deines Kummers und der Not, die dich befallen hat. Aber wer anders als ich sollte ihn wissen? Wer sollte meine Stelle vor dir einnehmen? So tu mir doch den Grund dieses Weinens und dieser Trauer kund!' Doch auch jetzt sprach der König nicht; er tat seinen Mund nicht auf, noch erhob er sein Haupt. Er weinte nur immer weiter, ja, er schrie mit lauter Stimme, er klagte in bitterem Jammer und erhob den Weheruf, während der Wesir ihm still zuschaute. Nach einer Weile aber hub der Wesir von neuem an: ,Wenn du mir den Grund von alledem nicht sagst, so töte ich mich selbst hier vor deinen Augen noch in dieser Stunde lieber, als daß ich dich in Kummer sehe!' Da endlich erhob König 'Âsim sein Haupt, trocknete seine Tränen und sprach: ‚O du getreuer Wesir, laß mich allein mit meinem Kummer und Gram; denn das Leid, das in meinem Herzen wohnt, ist genug für mich!' Doch der Wesir antwortete ihm: ‚Sage mir, o König, den Grund dieses Weinens; vielleicht wird Allah dir durch mich Trost gewähren!' – –«

Da bemerkte Schehrezâd, daß der Morgen begann, und sie hielt in der verstatteten Rede an. Doch als die *Siebenhundertundneunundfünfzigste Nacht* anbrach, fuhr sie also fort: »Es ist mir berichtet worden, o glücklicher König, daß König 'Âsim, als der Wesir zu ihm sprach: ‚Sage mir den Grund dieses Weinens, vielleicht wird Allah dir durch mich Trost gewähren!' ihm erwiderte: ‚O Wesir, ich weine nicht um Geld und Gut, noch um Rosse, noch um irgend etwas der Art. Aber ich bin doch ein alter Mann geworden, ich bin fast einhundertundachtzig Jahre alt, und ich bin nie mit einem Kinde gesegnet worden, weder mit einem Sohne noch mit einer Tochter. Und wenn ich sterbe und man mich begraben hat, so wird meine Spur ausgewischt, und mein Name erlischt! Dann nehmen Fremde meinen Thron und meine Herrschaft, und keiner denkt mehr an mich!' Der Wesir aber gab zur Antwort: ‚O größter König unserer Zeit, ich bin noch um hundert Jahre älter als du, und auch mir ist nie ein Kind beschert worden. Auch ich sorge und gräme mich Tag und Nacht. Was sollen wir nun tun, ich und du? Doch ich habe die Kunde vernommen von Salomo, dem Sohne Davids – über beiden sei Heil! –, daß er einen mächtigen Herrn hat, der alle Dinge zu tun vermag.[1] Es ge-

---

[1] Von hier bis zum Schlusse des Absatzes ist die Breslauer Ausgabe etwas ausführlicher; danach hat Burton übersetzt, und so steht die Schilderung der Macht Salomos auch in der früheren Insel-Ausgabe. Sie enthält jedoch nichts, was für die Gesamterzählung von Bedeutung wäre.

ziemt sich, daß ich mich mit einem Geschenk zu ihm begebe und mich an ihn wende, damit er seinen Herrn bitte, Er möge einem jeden von uns beiden ein Kind bescheren.' Und alsbald rüstete der Wesir sich zur Reise, nahm ein prächtiges Geschenk und begab sich damit zu Salomo, dem Sohne Davids – über beiden sei Heil!

Also tat der Wesir. Salomo aber, der Sohn Davids – über beiden sei Heil! – empfing von Allah, dem Gepriesenen und Erhabenen, eine Offenbarung, da Er zu ihm sprach: ,Salomo, wisse, der König von Ägypten sendet seinen Großwesir zu dir mit Geschenken und Kostbarkeiten von derundder Art; nun sende du ihm deinen Wesir entgegen, Âsaf, den Sohn des Barachija, auf daß er ihn ehrenvoll empfange und ihm Wegzehrung an die Lagerstätten bringe. Wenn jener Wesir aber vor dich tritt, so sprich zu ihm: ,Siehe, dein König hat dich entsandt, um dasunddas zu erbitten, und dein Auftrag ist derundder!' Dann biete du ihm den rechten Glauben dar!' Nun befahl Salomo seinem Wesir Âsaf, er solle eine Schar aus seiner Dienerschaft mit sich nehmen und die Fremden ehrenvoll empfangen und ihnen kostbare Wegzehrung an die Lagerstätten bringen. So brach denn Âsaf auf, nachdem er alles Nötige für den Empfang vorbereitet hatte. Und er zog dahin, bis er zu Fâris, dem Wesir des Königs von Ägypten, gelangte; da hieß er ihn willkommen, bot ihm den Friedensgruß und erwies ihm die höchsten Ehren; das gleiche taten auch die, so bei ihm waren. Dann brachte er den Ankommenden Wegzehrung und Futter für die Lagerstätten und sprach zu ihnen: ,Willkommen, herzlich willkommen seien die Gäste, die da nahen! Freuet euch; denn euer Wunsch soll euch erfüllt werden! Habt Zuversicht und grämt euch nicht, und eure Brust sei euch frei und weit!' Der Wesir jedoch sprach bei sich selber: ,Wer hat ihnen das wohl kundgetan?' Dann sagte er zu Âsaf, dem Sohne Barachijas: ‚Wer hat euch von uns und von unseren Wünschen berichtet, hoher Herr?' ‚Salomo, der Sohn Davids – über beiden sei Heil! –, ist es, der uns davon berichtet hat.' ‚Und wer hat es unserem Herrn Salomo kundgetan?' ‚Der Herr der Himmel und der Erde, der Gott aller Kreatur, hat es ihm offenbart.' Da rief der Wesir Fâris: ‚Der ist doch ein gewaltiger Gott!' Und Âsaf, der Sohn Barachijas, erwiderte ihm: ‚Betet ihr ihn denn nicht an?' Fâris, der Wesir des Königs von Ägypten, gab zur Antwort: ‚Wir verehren die Sonne und beten sie an.' Darauf sagte Âsaf: ‚O Wesir Fâris, die Sonne ist nur ein Gestirn unter vielen anderen, die von Allah, dem Gepriesenen und Erhabenen, erschaffen sind; und es sei fern, daß sie ein Herr sein sollte! Denn die Sonne geht bald auf, bald unter; doch unser Herr ist allgegenwärtig, Er verschwindet nie, und Er ist über alle Dinge mächtig.' Dann zogen sie eine Strecke dahin, bis sie in das Land Saba kamen und sich dem Herrscherthrone Salomos, des Sohnes Davids – über beiden sei Heil! –, näherten. Nun befahl König Salomo seinen Scharen von den Menschen und den Geistern und den anderen Lebewesen, sich neben dem Wege der Nahenden in Reihen aufzustellen. Und bald standen sie da, die Tiere des Meeres und die Elefanten und Leoparden und Panther allzumal, aufgereiht am Wege in zwei Reihen, indem die Arten einer jeden Gattung immer je für sich allein waren. Desgleichen taten auch die Dämonen; sie alle zeigten sich den sterblichen Augen unverborgen in mancherlei grausigen Gestalten. Allesamt rahmten sie auf beiden Seiten den Weg ein, und die Vögel breiteten ihre Schwingen über die Geschöpfe aus, um sie zu beschatten, und sie begannen in allen Sprachen und allen Weisen miteinander um die Wette zu singen. Als aber die Leute aus Ägypten bei ihnen ankamen, fürchteten sie sich vor ihnen und wagten nicht weiterzuziehen. Da rief Âsaf ihnen zu: ‚Zieht hinein mitten zwischen sie und geht weiter; fürchtet euch nicht vor ihnen! Denn sie sind die Untertanen Salomos, des Sohnes Davids, und keiner von ihnen wird euch ein Leids antun.' Darauf trat er zwischen die Reihen, und hinter ihm her zog alles andere Volk hinein, darunter auch der Wesir des Königs von Ägypten mit seiner Schar, von Furcht erfüllt. Sie zogen immer weiter dahin, bis sie zu der Stadt kamen; dort gab man ihnen im Hause der Gäste eine Wohnstatt, erwies ihnen die höchsten Ehren und bewirtete sie drei Tage lang in prächtigster Weise. Dann führte man sie vor Salomo, den Propheten Allahs, – über ihm sei Heil! Und als sie bei ihm eintraten, wollten sie den Boden vor ihm küssen; doch er verbot es ihnen, indem er sprach: ‚Der Mensch soll sich vor niemandem niederwerfen außer vor Allah, dem Allgewaltigen und Glorreichen, dem Schöpfer der Himmel und der Erde und aller Dinge. Wer von euch stehen will, der mag stehen; doch keiner von euch soll dastehen, um mir zu dienen!' Sie gehorchten also seinem Befehle; der Wesir Fâris und einige seiner Diener setzten sich, während einige von den Leuten geringeren Standes stehen blieben, um ihm aufzuwarten. Nachdem sie eine Weile gesessen hatten, breitete man die Tische vor sie aus, und alle Menschen und anderen Wesen aßen von den Speisen, bis sie gesättigt waren. Darauf befahl Salomo dem ägyptischen Wesir, sein Anliegen vorzutragen, damit es erfüllt werde, und er sprach zu ihm: ‚Rede und verbirg nichts von dem, weshalb du gekommen bist! Denn du bist ja gekommen, damit ein Anliegen erfüllt werde. Ich will dir auch sagen, was es ist; es ist das folgende: Der König von Ägypten, der dich entsandt hat, heißt 'Âsim. Er ist ein hochbetagter, gebrechlicher und schwächlicher Mann geworden; und Allah der Erhabene hat ihm kein

Kind beschert, weder Sohn noch Tochter. Deswegen grämte und sorgte er sich in kummervollen Gedanken Tag und Nacht. Schließlich begab es sich eines Tages, daß er auf dem Throne seiner Herrschaft saß, als die Emire und Wesire und die Großen seines Reiches zu ihm eintraten. Da sah er, wie einige von ihnen einen Sohn, andere zwei Söhne, noch andere gar drei hatten, und wie diese Männer, von ihren Söhnen begleitet, hereinkamen und sich aufstellten, um ihm zu dienen. Und er dachte über sich nach und sagte sich im Übermaße seiner Trauer: ‚Ach, wer wird wohl nach meinem Tode mein Reich erhalten? Kann es einem anderen als einem fremden Manne zufallen? Dann werde ich sein, als wäre ich nie gewesen.' Und er versank im Meere der trüben Gedanken, weil es so um ihn stand, und quälte sich immer mehr in seinem Sinne, bis ihm die Augen von Tränen überquollen; da verhüllte er sein Antlitz mit einem Tuche und weinte bitterlich. Schließlich erhob er sich von seinem Throne und setzte sich auf den Boden, indem er weinte und klagte; doch niemand wußte, was in seinem Herzen vorging, als er auf dem Boden saß, außer Allah dem Erhabenen.' – –«

Da bemerkte Schehrezâd, daß der Morgen begann, und sie hielt in der verstatteten Rede an. Doch als die *Siebenhundertundsechzigste Nacht* anbrach, fuhr sie also fort: »Es ist mir berichtet worden, o glücklicher König, daß der Prophet Gottes Salomo, der Sohn Davids – über beiden sei Heil! –, nachdem er dem Wesir Fâris kundgetan hatte, wie Trauer und Tränen über den König gekommen waren, und was zwischen ihm und seinem Wesir vorgefallen war von Anfang bis zu Ende, darauf des weiteren zu Fâris sprach: ‚Ist dies, was ich dir gesagt habe, die Wahrheit, o Wesir?' Jener gab ihm zur Antwort: ‚O Prophet Allahs, was du gesagt hast, ist wirklich die volle Wahrheit. Doch, o Prophet Allahs, als ich mit dem König über diese

Sache sprach, war gar niemand bei uns, und kein einziger Mensch hat etwas von unserem Geheimnisse erfahren. Wer hat denn dir alle diese Dinge kundgetan?' Der König erwiderte ihm: ‚Mein Herr, der die verstohlenen Blicke kennt und weiß, was in den Herzen verborgen ist, hat es mir offenbart.' Da rief der Wesir Fâris: ‚O Prophet Allahs, dieser ist wahrlich ein gütiger und allgewaltiger Herr, der über alle Dinge mächtig ist!' Und alsbald nahmen Fâris und die, so bei ihm waren, den Islam an. Darauf sagte der Prophet Allahs Salomo zu dem Wesir: ‚Du hast bei dir die und die Kostbarkeiten und Geschenke.' ‚So ist es', erwiderte jener; und Salomo fuhr fort: ‚Ich nehme sie alle von dir entgegen, aber ich schenke sie dir als meine Gabe. Nun ruhe du dich aus mit den Deinen an der Stätte, an der ihr eingekehrt seid, bis daß ihr euch von den Mühen der Reise erholt habt! Und morgen, so Allah der Erhabene will, soll dein Wunsch erfüllt werden in der vollkommensten Weise mit dem Willen Allahs des Erhabenen, des Herrn der Erde und des Himmels, des Schöpfers aller Kreatur.' Darauf begab der Wesir Fâris sich an seine Stätte; und am nächsten Tage kehrte er zu dem Herrn Salomo zurück. Da hub der Prophet Allahs an: ‚Wenn du zu König 'Âsim ibn Safwân zurückgekehrt und wieder mit ihm vereint bist, so steigt beide auf den und den Baum und bleibt dort ruhig sitzen. Wenn dann die Zeit zwischen den beiden Gebeten[1] kommt und die Mittagshitze sich abgekühlt hat, so steigt hinab zum Fuße des Baumes und schaut euch um: ihr werdet zwei Schlangen dort hervorkommen sehen! Der Kopf der einen gleicht dem Kopfe eines Affen, und der Kopf der anderen dem eines Dämonen. Sobald ihr die beiden erblickt, schießt sie mit Pfeilen tot, werfet von ihren Köpfen ein spannenbreites Stück fort und desgleichen von ihren Schwän-

1. Mittagsgebet und Nachmittagsgebet sind gemeint.

zen. So werden ihre Leiber übrig bleiben; die kochet, und zwar so, daß sie ganz gar werden, gebet sie euren Frauen zu essen und ruhet die Nacht über bei ihnen; dann werden sie durch den Willen Allahs des Erhabenen mit Knaben schwanger werden.' Danach ließ Salomo – über ihm sei Heil! – einen Siegelring bringen, ferner ein Schwert und ein Bündel, in dem sich zwei Obergewänder befanden, die mit Juwelen besetzt waren; und er sprach: ‚Wesir Fâris, wenn eure Söhne zum Mannesalter herangewachsen sind, so gebt einem jeden von ihnen eins von diesen beiden Gewändern.' Dann fügte er noch hinzu: ‚Im Namen Gottes! Allah der Erhabene hat dich dein Ziel erreichen lassen, und es bleibt dir nichts mehr übrig, als daß du aufbrichst unter dem Segen Allahs des Erhabenen; denn der König wartet Tag und Nacht auf deine Heimkehr, und sein Auge späht immerfort auf den Weg hinaus.' Da trat der Wesir Fâris zum Propheten Allahs Salomo, dem Sohne Davids – über beiden sei Heil! –, nahm Abschied von ihm und verließ ihn, nachdem er ihm die Hände geküßt hatte. So zog er zunächst voller Freuden über die Erfüllung seines Auftrags den Rest jenes Tages dahin, und dann ritt er eilends weiter Tag und Nacht. Unablässig zog er seines Weges, bis er in die Nähe von Kairo kam; dort entsandte er einen seiner Diener, um dem König 'Âsim die Kunde zu melden. Und als der hörte, daß sein Wesir nahe und seinen Auftrag ausgeführt habe, war er hocherfreut, und auch seine Vertrauten und die Großen seines Reiches und alle seine Krieger freuten sich mit ihm, und zwar besonders auch über die glückliche Heimkehr des Wesirs Fâris. Wie nun der König und der Wesir zusammentrafen, stieg der Minister von seinem Rosse, küßte den Boden vor seinem Herrn und kündete ihm die frohe Botschaft, daß sein Auftrag in der vollkommensten Weise ausgeführt sei; dann bot er ihm den wahren Glauben des Islams dar. Da nahm König 'Âsim mit all seinen Untertanen[1] den Islam an, und er sprach zum Wesir Fâris: ‚Geh nun nach Hause und ruhe dich dort aus, diese Nacht und dann noch eine ganze Woche; danach geh ins Badehaus, und wenn du das getan hast, komm wieder zu mir, auf daß ich dir etwas kundtue, worüber wir uns beraten wollen!' Der Wesir küßte den Boden und begab sich mit seinem Gefolge, den Dienern und Eunuchen, in sein Haus; dort pflegte er acht Tage lang der Ruhe. Darauf begab er sich zum König und erzählte ihm ausführlich alles, was sich zwischen ihm und Salomo, dem Sohne Davids – über beiden sei Heil! – zugetragen hatte. Und er fügte hinzu: ‚Erheb dich nun und komm allein mit mir!' Da machten die beiden sich auf, indem ein jeder Pfeil und Bogen mit sich nahm, stiegen auf jenen Baum und saßen ruhig da, bis die Zeit der Mittagshitze vergangen war. So lange, bis die Stunde des Nachmittagsgebetes nahte, blieben sie dort; dann stiegen sie hinab und schauten sich um, und da sahen sie, wie zwei Schlangen unter dem Fuße jenes Baumes hervorkamen. Als der König sie erblickte, hatte er sie gern; denn sie gefielen ihm, da er an ihnen goldene Halsringe sah. Und er sprach: ‚O Wesir, sieh, diese beiden Schlangen haben goldene Halsringe; bei Allah, das ist ein wundersam Ding! Laß uns sie fangen und in einen Käfig setzen, damit wir sie immer anschauen können.' Doch der Minister gab zur Antwort: ‚Die beiden hat Allah zu ihrem guten Gebrauch erschaffen. Erschieße du die eine mit einem Pfeile, ich will die andere gleichfalls mit einem Pfeile erschießen.' Da schossen die beiden mit Pfeilen auf sie und töteten sie. Dann schnitten sie ihnen von ihren Köpfen und ihren Schwänzen je ein spannenbreites Stück

---

[1]. So nach der Breslauer Ausgabe; in den anderen Ausgaben fehlen diese vier Wörter.

ab und warfen es fort. Den Rest aber trugen sie in das Haus des Königs, und nachdem sie den Koch gerufen hatten, gaben sie ihm das Fleisch, indem sie zu ihm sprachen: ‚Koche dies Fleisch gut mit Zwiebeltunke und Gewürzen und fülle es in zwei Schüsseln; die bring uns hierher zu der und der Zeit und Stunde und säume nicht!' – –«

Da bemerkte Schehrezâd, daß der Morgen begann, und sie hielt in der verstatteten Rede an. Doch als die *Siebenhundertundeinundsechzigste Nacht* anbrach, fuhr sie also fort: »Es ist mir berichtet worden, o glücklicher König, daß damals, als jener König und der Wesir dem Koche das Schlangenfleisch gegeben hatten mit den Worten: ‚Koche es und fülle es in zwei Schüsseln; die bringe uns hierher und säume nicht!' der Koch das Fleisch nahm und es in die Küche brachte. Dann kochte er es ganz gar mit einer vortrefflichen Zwiebeltunke, füllte es in zwei Schüsseln und brachte sie vor den König und den Wesir. Der König nahm die eine Schüssel und der Wesir die andere, und beide gaben ihren Frauen davon zu essen, und schließlich ruhten sie mit ihnen in jener Nacht. Und durch den Willen Allahs, des Gepriesenen und Erhabenen, und durch seine Allmacht und Fügung empfingen beide Frauen in jener Nacht. Drei Monate lebte nun der König besorgten Geistes, indem er immer bei sich selber sprach: ‚Ich möchte doch wohl wissen, ob dies wahr ist oder nicht.' Eines Tages aber, als seine Gemahlin dasaß, regte sich das Kind in ihrem Leibe, und da wußte sie, daß sie schwanger war; auch spürte sie einen Schmerz, und ihre Farbe erblich. Alsbald berief sie einen ihrer Eunuchen, die sie bei sich hatte, und zwar ihren obersten, und sie sprach zu ihm: ‚Geh du zum König, wo er auch sei, und sprich zu ihm: ‚O größter König unserer Zeit, ich künde dir die frohe Botschaft, daß unserer Herrin Schwangerschaft offenbar geworden ist, da das Kind sich in ihrem Leibe geregt hat.' Der Eunuche ging eiligst davon, freudig gestimmt, und als er den König sah, wie er allein dasaß und die Wange auf die Hand stützte, tief in Gedanken versunken, trat er auf ihn zu, küßte den Boden vor ihm und berichtete ihm von der Schwangerschaft seiner Gemahlin. Kaum hatte der König die Worte des Eunuchen gehört, so sprang er auf und küßte im Übermaß seiner Freude dem Eunuchen die Hand und den Kopf; und er legte die Kleider ab, die er trug, und gab sie dem Boten. Dann rief er denen zu, die im Staatsrate versammelt waren: ,Wer mich liebt, der gebe diesem Manne eine Spende!' Da schenkten jene ihm Geld und Edelsteine und Rubinen, Pferde, Maultiere und Gärten, so viel, daß es nicht berechnet noch ermessen werden konnte. In ebendiesem Augenblick trat auch der Wesir zum König ein und sprach zu ihm: ,O größter König unserer Zeit, ich saß zu dieser Stunde allein in meinem Hause, indem ich trüben Sinnes über die Schwangerschaft nachdachte und mir sagte: Ich möchte doch wohl wissen, ob es wahr ist, daß Chatûn empfangen hat, oder nicht! Da trat plötzlich ein Eunuch zu mir herein und meldete mir die frohe Botschaft, daß meine Gemahlin Chatûn schwanger ist und daß sich das Kind in ihrem Leibe geregt hat und daß ihre Farbe erblichen ist. In meiner Freude habe ich alle Kleider, die ich an mir trug, ausgezogen und sie dem Eunuchen gegeben; ferner habe ich ihm tausend Dinare geschenkt und ihn zum obersten der Eunuchen gemacht.' Darauf hub der König 'Âsim an: ,O Wesir, Allah, der Gesegnete und Erhabene, hat uns in Seiner Huld und Güte und Gnade und Wohltätigkeit mit dem rechten Glauben beschenkt; Er hat Seine herrlichen Gaben über uns ausgeschüttet und uns aus der Finsternis zum Licht geführt. Jetzt will auch ich dem Volke eine große Freude bereiten.' ,Tu, was du wünschest!' erwiderte der Wesir; und der König fuhr fort: ‚Wesir, geh sogleich hinunter und befreie alle, die im Kerker sind, die Verbrecher und die Schuldgefangenen! Wer aber hinfort noch eine Sünde begeht, den wollen wir bestrafen, wie es ihm gebührt. Auch wollen wir dem Volke die Steuern auf drei Jahre erlassen; und lasse du rings um diese Stadt Küchenbuden an den Mauern entlang aufstellen, und befiehl den Garköchen, daß sie dort alle Arten von Kochtöpfen aufhängen und allerlei Gerichte zubereiten, und zwar sollen sie Tag und Nacht kochen. Dann sollen alle, die in dieser Stadt wohnen, und auch alle aus den Nachbargebieten von nah und fern essen und trinken und noch mit nach Hause nehmen. Befiehl dem Volke, sieben Tage lang zu feiern und die Stadt zu schmücken und die Schenken Tag und Nacht nicht zu schließen!' Nun ging der Wesir alsbald hinaus und tat, wie ihm der König 'Âsim befohlen hatte; und das Volk schmückte die Stadt und die Burg und die Festungstürme aufs allerschönste, und alle legten ihre schönsten Kleider an und begannen zu essen und zu trinken, zu spielen und sich zu vergnügen, bis eines Nachts die Königin von den Wehen überfallen wurde, da ihre Tage erfüllet waren. Da berief der König alle die Gelehrten, Sterndeuter, Weisen, Doktoren und Astronomen, Männer der Wissenschaft und der Weissagekunst, die es in der Stadt gab; und nachdem die sich versammelt hatten, setzten sie sich nieder, um zu warten, bis die Glaskugel ins Fenster geworfen würde; denn dies war das Zeichen für die Sterndeuter und die ganze hochansehnliche Versammlung. Und während sie allesamt wartend dasaßen, genas die Königin eines Knäbleins, das glich der Mondscheibe in der Vollmondnacht. Da begannen die Gelehrten zu rechnen und den Stern seines Horoskops zu deuten und die Zeitläufte zu erforschen; und als sie gefragt wurden, erhoben sie sich alle und küßten den Boden und kündeten dem König die frohe Botschaft: ‚Dies neugeborene Kind ist gesegnet, und der Kreislauf der Gestirne ist ihm günstig. Doch in der ersten Zeit seines Lebens wird ihm etwas widerfahren, was wir vor dem König zu nennen uns fürchten.' ‚Sprecht und fürchtet euch nicht im geringsten!' erwiderte der König; und sie fuhren fort: ‚O König, dieser Knabe wird dies Land verlassen und in die Fremde ziehen; dann wird er Schiffbruch erleiden und in Not und Gefangenschaft und Drangsal geraten. Schwere Leiden stehen ihm bevor; aber er wird schließlich alles überstehen, er wird sein Ziel erreichen und den Rest seiner Tage hindurch das glücklichste Leben führen, dann herrscht er über Land und Untertanenstand und hält das Reich, den Feinden und Neidern zum Trotz, in seiner Hand.' Als der König diese Worte von den Sterndeutern vernommen hatte, sprach er zu ihnen: ‚Die Zukunft ist dunkel; alles, was Allah der Erhabene den Menschen an Gutem und Schlimmem vorherbestimmt hat, das führt er aus. Doch von heute an bis dahin wird ihm sicherlich noch tausendfache Freude zuteil werden.' So achtete er denn ihrer Worte nicht, sondern er kleidete sie und alle Leute, die zugegen waren, in Ehrengewänder; und dann gingen alle fort. Doch siehe, da trat der Wesir Fâris zum König ein, voller Freuden, und küßte den Boden vor ihm; und er hub an: ‚Frohe Botschaft, o König! In dieser Stunde hat meine Frau einen Knaben geboren, der so schön ist wie die Mondscheibe.' ‚O Wesir,' sagte darauf der König, ‚geh hin und bringe ihn hierher, damit die beiden gemeinsam in meinem Hause aufgezogen werden; ja, laß auch deine Frau bei meiner Gemahlin wohnen, auf daß sie beide ihre Kinder miteinander erziehen!' Da holte der Wesir seine Frau und das Kind, und man übergab die beiden Knaben den Ammen und Pflegerinnen. Und als nun sieben Tage vergangen waren, brachten jene die beiden vor den König 'Âsim und sprachen zu ihm: ‚Wie willst du sie nennen?' Aber er antwortete: ‚Gebt ihr ihnen den Namen!' Da sagten sie: ‚Nur der Vater gibt dem Kinde den Namen.' Nun sprach der König: ‚Nennet meinen Sohn Saif el-Mulûk[1] nach dem Namen meines Großvaters, und den Sohn des Wesirs nennet Sâ'id!'[2] Dann verlieh er den Ammen und Pflegerinnen Ehrengewänder und sprach zu ihnen: ‚Seid liebevoll gegen sie und zieht sie in bester Weise auf!' So zogen denn die Ammen mit größter Sorgfalt die beiden Knaben auf, bis jeder von ihnen fünf Jahre alt war. Dann übergab der König sie einem Schriftgelehrten, und der unterrichtete sie im Lesen und Schreiben, bis daß sie beide zehn Jahre alt waren. Darauf vertraute er sie den Meistern an, die ihnen Unterricht gaben im Reiten und Pfeilschießen, im Lanzenstoßen und Ballspiel und in aller ritterlichen Kunst bis zu ihrem fünfzehnten Lebensjahre. Nun waren sie in allen Wissenschaften und Künsten erfahren, und es gab niemanden, der ihnen an Rittertugend gleichkam; denn ein jeder von beiden nahm es im Kampfe mit tausend Mannen auf und bot ihnen allein die Stirn. Und als sie die Jahre des Verstandes erreicht hatten, freute sich König 'Âsim ihrer gar sehr, sooft er sie anschaute. Doch als sie fünfundzwanzig Jahre alt waren, entbot der König dem Wesir Fâris in ein geheimes Gemach und sprach zu ihm: ‚O Wesir, mir ist etwas in den Sinn gekommen, das ich tun möchte; aber zuvor will ich dich darüber um Rat fragen.' Jener gab ihm zur Antwort: ‚Was dir in den Sinn kommt, das tu; denn dein Ratschluß ist gesegnet!' Und König 'Âsim fuhr fort: ‚O Wesir, ich bin ein alter Mann geworden, ein hinfälliger Greis, von der Last des Alters gebeugt, und ich gedenke, meine Lagerstatt in einem Bethause aufzuschlagen, um dort

1. Das Schwert der Könige. – 2. Oberhaupt.

Allah dem Erhabenen zu dienen. Mein Reich und meine Herrschaft aber will ich meinem Sohne Saif el-Mulûk übergeben; denn er ist ein trefflicher Jüngling geworden, vollkommen an Rittertugend, Verstand, Bildung, Würde und Herrscherkunst. Was sagst du zu diesem Plane, o Wesir?' Der Minister erwiderte: ‚Vortrefflich ist der Plan, den du gefaßt hast; es ist ein gesegneter, glücklicher Entschluß. Wenn du das tust, so will ich das gleiche tun wie du, und mein Sohn Sâ'id soll ihm als Wesir dienen; denn auch er ist ein trefflicher Jüngling und besitzt Verstand und Einsicht. So werden die beiden beisammen bleiben; und wir wollen alles für sie ordnen, wir wollen nichts verabsäumen, sondern sie auf den rechten Weg leiten.' Darauf befahl König 'Âsim seinem Wesir: ‚Schreibe Briefe und sende sie durch Eilboten in alle Provinzen und Länder, zu allen Burgen und Festen, die unserer Herrschaft unterstehen, und befiehl ihren Oberhäuptern, in dem und dem Monat sich auf dem Elefantenplatze¹ einzustellen.' Da ging der Wesir unverzüglich fort und schrieb Briefe an alle Statthalter und Befehlshaber der Burgen, die unter der Herrschaft des Königs 'Âsim standen, sie sollten insgemein in dem und dem Monat zur Stelle sein, auch befahl er, daß alle die sich in der Stadt befanden, von nah und fern, zugegen sein sollten. Als aber der größte Teil der festgesetzten Frist verstrichen war, gebot König 'Âsim den Zeltdienern, die Rundzelte mitten auf dem Platze aufzuschlagen und sie aufs prächtigste zu schmücken, ferner auch den großen Thron aufzustellen, auf dem der König nur bei Festzeiten zu sitzen pflegte. Und jene Leute taten alsbald alles, was er ihnen befohlen hatte; und nachdem sie den Thron aufgestellt hatten, zogen die Statthalter und Kammerherren und Emire mit dem

1. Der ‚Elefantenplatz' wird bei dem ‚Elefantenteich' im südlichen Kairo gelegen haben oder mit ihm identisch sein.

König hinaus, und er befahl, unter dem Volk ausrufen zu lassen: ‚Im Namen Allahs! Kommt heraus auf den Platz!' Da kamen die Emire und Wesire und die Statthalter der Provinzen und die Lehnsherren zu jenem Platze und gingen hin, um dem König aufzuwarten, wie es ihre Gewohnheit war. Ein jeder blieb an seiner Stelle, die einen saßen, die anderen standen, bis daß alles Volk sich versammelt hatte. Darauf gab der König Befehl, die Tische zu breiten; und als das geschehen war, aßen und tranken die Leute und beteten für den König. Nun befahl er den Kammerherren, unter dem Volke auszurufen, niemand solle fortgehen. Da riefen sie aus, und ihr Ruf lautete: ‚Keiner von euch gehe von hinnen, bis er die Worte des Königs vernommen hat!' Nachdem aber die Vorhänge zurückgezogen waren, sprach der König selbst: ‚Wer mich liebt, bleibe hier, bis er meine Rede gehört hat!' So blieben denn alle sitzen, beruhigt in ihrem Sinne, nachdem sie bereits Furcht gehabt hatten. Und der König fuhr fort: ‚Ihr Emire und Wesire und Herren des Landes, ihr Großen und Kleinen, und ihr alle vom Volke, die ihr hier zugegen seid, wisset ihr, daß dies Reich mein Erbe ist von meinen Vätern und Vorvätern?' Sie riefen: ‚Jawohl, o König, wir alle wissen es.' Und weiter sprach er: ‚Wir alle, ich und ihr, pflegten die Sonne und den Mond anzubeten; doch Allah der Erhabene hat uns den wahren Glauben geschenkt und hat uns aus der Finsternis zum Lichte gebracht. Ja, Allah, der Gepriesene und Erhabene, hat uns zum Glauben des Islams geführt. Doch nun wisset, ich bin ein alter Mann geworden, ein gebrechlicher und schwacher Greis, und ich will von jetzt ab meine Wohnstatt in einem Bethause aufschlagen, um Allah dem Erhabenen dort zu dienen und ihn um Vergebung für die früheren Sünden zu bitten, während dieser mein Sohn Saif el-Mulûk die Herrschaft führt. Ihr wisset, daß er ein trefflicher Jüngling ist, beredt, erfahren in allen Dingen, klug, gelehrt und gerecht. Drum will ich ihm zu dieser Stunde meine Herrschaft übergeben und ihn zum König über euch machen an meiner Statt. Ich will ihn als Sultan auf meinen Thron setzen und mich selbst in die Einsamkeit zurückziehen, um Allah dem Erhabenen in einem Bethause zu dienen, indessen mein Sohn Saif el-Mulûk des Herrscheramtes waltet und unter euch richtet. Was sagt ihr nun dazu, ihr alle insgesamt?' Da erhoben sich alle, küßten den Boden vor ihm und riefen zur Antwort: ‚Wir hören und gehorchen!' und sie fügten hinzu: ‚O unser König und Schirmherr, auch wenn du einen deiner schwarzen Sklaven über uns eingesetzt hättest, wir hätten dir gehorcht und auf dein Wort gehört und deinen Befehl hingenommen; um wieviel mehr aber, wo es dein Sohn Saif el-Mulûk ist! Wir nehmen ihn an und huldigen ihm mit Herz und Hand.' Da erhob sich der König 'Âsim ibn Safwân, stieg von seinem Throne herab und ließ nun seinen Sohn auf dem großen Thron sitzen; auch nahm er die Krone von seinem eigenen Haupte und setzte sie seinem Sohne aufs Haupt, und schließlich gürtete er ihn mit dem königlichen Gürtel. Nachdem er sich dann neben seinem Sohn auf den Thron seines Königreiches gesetzt hatte, erhoben sich die Emire und Wesire und Großen des Reiches und alles Volk, küßten den Boden vor ihm und blieben dann stehen, indem sie zueinander sprachen: ‚Er ist der Herrschaft würdig, ihm gebührt sie mehr als irgendeinem anderen.' Und sie riefen um Schutz und Sicherheit und erflehten für den König Sieg und Glück. Saif el-Mulûk aber streute Gold und Silber auf die Häupter alles Volkes aus. –‒«

Da bemerkte Schehrezâd, daß der Morgen begann, und sie hielt in der verstatteten Rede an. Doch als die *Siebenhundertundzweiundsechzigste Nacht* anbrach, fuhr sie also fort: »Es ist mir berichtet worden, o glücklicher König, daß damals, als König 'Âsim seinen Sohn Saif el-Mulûk auf den Thron gesetzt und als alles Volk für ihn um Sieg und Glück gebetet hatte, der neue König Gold und Silber auf die Häupter alles Volkes ausstreute, Ehrengewänder verlieh und Gaben und Geschenke verteilte. Nach kurzer Zeit erhob sich dann der Wesir Fâris, küßte den Boden und sprach: ‚Ihr Emire und Herren des Landes, wisset ihr, daß ich der Wesir bin und daß mein Wesirat seit alters her besteht aus der Zeit, ehe noch König 'Âsim ibn Safwân die Herrschaft antrat, er, der jetzt sich der Herrscherwürde entkleidet und seinen Sohn an seiner Statt eingesetzt hat?' Sie antworteten: ‚Ja, wir wissen, daß du dein Wesirat von Vater und Großvater ererbt hast.' Und er fuhr fort: ‚Jetzt will auch ich mich meines Amtes entkleiden und es diesem meinem Sohne Sâ'id übertragen; denn er ist klug, verständig und erfahren. Was sagt ihr nun dazu, ihr alle?' Sie antworteten: ‚Niemand ist wert, Wesir des Königs Saif el-Mulûk zu werden als dein Sohn Sâ'id; denn die beiden passen zueinander.' Da stand der Wesir Fâris auf, nahm den Turban des Wesirs ab, setzte ihn seinem Sohne Sâ'id aufs Haupt und stellte auch die Tintenkapsel des Wesirats vor ihn hin, während die Kammerherren und Emire sprachen: ‚Fürwahr, er verdient das Amt des Wesirs.' Nun gingen der König 'Âsim und der Wesir Fâris hin, öffneten die Schatzkammern und verliehen den Unterkönigen, den Emiren, Wesiren, den Großen des Reiches und allem Volke kostbare Ehrengewänder; ferner verteilten sie allerlei Gnadengeschenke und stellten neue Bestallungen und Urkunden aus mit den Unterschriften von Saif el-Mulûk und dem Wesir Sâ'id, dem Sohne des Wesirs Fâris. Das Volk aber blieb noch eine Woche lang in der Stadt, und danach begab sich ein jeder in sein Land und an seine Stätte. Dann nahm König 'Âsim seinen Sohn Saif el-Mulûk und Sâ'id, den Sohn des Wesirs, und zog mit ihnen durch die Stadt und hinauf zum Palaste. Dort ließ er den Schatzmeister kommen und befahl ihm, den Siegelring, das Schwert, das Bündel und das Siegel[1] zu bringen; dann sprach er: ‚Meine Söhne, kommt herbei, und ein jeder wähle etwas von diesen Geschenken und nehme es!' Der erste, der seine Hand ausstreckte, war Saif el-Mulûk, und er nahm das Bündel und den Siegelring; dann streckte Sâ'id seine Hand aus und nahm das Schwert und das Siegel. Darauf küßten beide dem König die Hand und gingen zu ihrer Wohnstatt. Saif el-Mulûk aber öffnete das Bündel, das er genommen hatte, noch nicht und schaute nicht nach, was darin sich befand, sondern er warf es auf die Lagerstatt, auf der er mit seinem Wesir Sâ'id des Nachts zu ruhen pflegte; denn es war ihre Gewohnheit, miteinander zu schlafen. Nachdem ihnen nun das Bett bereitet war, legten die beiden sich gemeinsam auf ihr Lager nieder, während die Kerzen über ihnen brannten; und sie schliefen bis Mitternacht. Da erwachte Saif el-Mulûk aus seinem Schlafe und als der das Bündel zu seinen Häupten sah, sprach er bei sich: ‚Ich möchte doch wohl wissen, welche Kostbarkeiten in diesem Bündel, das der König mir geschenkt hat, enthalten sind.' So nahm er denn das Bündel, nahm auch eine Kerze und stieg von dem Lager hinab, indem er Sâ'id im Schlafe liegen ließ. Dann trat er in eine Kammer und öffnete das Bündel; da entdeckte er in ihm ein Obergewand, das von Geistern gewebt war. Das breitete er aus, und wie er es umwandte, fand er auf dem Futter innen auf der Rückseite das Bild einer Maid in Gold gewirkt; deren Liebreiz war wirklich ein wundersam Ding. Und kaum hatte er diese Gestalt gesehen, da ward sein Sinn berückt, er ward wie von Sinnen durch die Liebe zu die-

1. Von dem ‚Siegel' ist oben nicht die Rede.

sem Bilde, und er sank ohnmächtig zu Boden. Darauf begann er zu weinen und zu klagen und sich ins Gesicht und auf die Brust zu schlagen und das Bildnis zu küssen. Und er sprach diese beiden Verse:

> *Die Liebe gleicht zuerst nur einem Tröpflein Wasser;*
> *Das Schicksal bringt sie und erregt sie in den Herzen.*
> *Doch taucht der Jüngling dann im Meer der Liebe unter,*
> *So nahen ihm bald unerträglich schwere Schmerzen.*

Und auch diese beiden Verse:

> *Ach, hätte ich geahnt, daß uns die Liebe also*
> *Die Seelen raubt, – ich wäre immer auf der Hut.*
> *Doch nun hab ich mit Fleiß mein Leben fortgeworfen,*
> *Ich ahnte von der Liebe gar nicht, was sie tut.*

Und nun hörte Saif el-Mulûk nicht auf zu klagen und zu weinen und sich ins Gesicht und auf die Brust zu schlagen, bis der Wesir Sâ'id aufwachte. Der schaute aufs Bett, und als er Saif el-Mulûk dort nicht fand und auch nur eine Kerze sah, sprach er bei sich: ‚Wohin mag Saif el-Mulûk wohl gegangen sein?' Dann nahm er die Kerze und begann im ganzen Schlosse umherzugehen, bis er zu der Kammer gelangte, in der Saif el-Mulûk sich befand; und dort sah er ihn bitterlich weinen und klagen. Da sprach er zu ihm: ‚Lieber Bruder, warum diese Tränen? Was ist dir widerfahren? Erzähl mir und berichte mir den Grund von alldem!' Saif el-Mulûk aber sprach nicht zu ihm, noch auch hob er sein Haupt empor, sondern er weinte und klagte nur und schlug sich mit der Hand auf die Brust. Als Sâ'id ihn in solchem Zustande sah, sprach er: ‚Ich bin dein Wesir und dein Bruder, wir beide sind gemeinsam aufgezogen, ich und du. Wenn du mir nicht deine Sorgen offenbarst und mich nicht um dein Geheimnis wissen läßt, wem willst du dann dein Geheimnis enthüllen und mitteilen?' Eine ganze

Weile flehte Sâ'id, indem er den Boden küßte; aber Saif el-Mulûk achtete seiner nicht und sprach kein einziges Wort zu ihm, sondern weinte nur immer. Und wie Sâ'id um seines Zustandes willen sich ängstete und seine Qualen nicht mehr ertragen konnte, ging er hinaus, holte ein Schwert, kehrte in die Kammer, in der Saif el-Mulûk weilte, zurück und setzte sich die Spitze auf die eigene Brust, indem er dem König zurief: ,Wache auf, mein Bruder! Wenn du mir nicht sagst, was dir widerfahren ist, so töte ich mich selber lieber, als daß ich dich in diesem Zustande sehe.' Nun erhob Saif el-Mulûk sein Haupt zu seinem Wesir Sâ'id und sprach zu ihm: ,Lieber Bruder, ich schäme mich, zu dir zu sprechen und dir zu erzählen, was mir widerfahren ist.' Doch Sâ'id erwiderte ihm: ,Bei Allah, dem Herrn der Herrlichkeit, der die Nacken befreit, in dem der Ursachen Kette endet, dem Einen, der sich der Gnade zuwendet, dem Gütigen, der alles spendet, ich beschwöre dich, sage mir, was dir geschehen ist; schäme dich nicht vor mir, denn ich bin dein Knecht und dein Wesir und dein Ratgeber in allen Dingen!' Da sagte Saif el-Mulûk: ,Komm und schau dir dies Bildnis an!' Nachdem jener es erblickt und eine Weile angeschaut hatte, entdeckte er über dem Haupte der Gestalt eine Schrift, die mit Perlen gestickt war: ,Dies ist das Bild von Badî'at el-Dschamâl, der Tochter des Schammâch[1] ibn Scharûch, eines Königs der gläubigen Dämonen, die da wohnen in der Stadt Bâbil und weilen im Garten Irams, des Sohnes von 'Âd dem Größeren.' – –«

Da bemerkte Schehrezâd, daß der Morgen begann, und sie hielt in der verstatteten Rede an. Doch als die *Siebenhundertunddreiundsechzigste Nacht* anbrach, fuhr sie also fort: »Es ist mir berichtet worden, o glücklicher König, daß Saif el-Mu-

1. Später wird er Schahjâl genannt.

lûk, der Sohn des Königs 'Âsim, und der Wesir Sâ'id, der Sohn des Wesirs Fâris, die Schrift anschauten, die sich auf dem Gewande befand, und nun dort das Bild von Badî'at el-Dschamâl sahen, der Tochter des Schammâch ibn Scharûch, des Königs von Bâbil, eines Königs der gläubigen Dämonen, die da wohnen in der Stadt Bâbil und weilen im Garten Irams, des Sohnes von 'Âd dem Größeren. Und nun sprach der Wesir Sâ'id zum König Saif el-Mulûk: ‚Lieber Bruder, weißt du, welche unter den Frauen dies Bildnis darstellt, so daß wir nach ihr suchen könnten?' ‚Nein, bei Allah, mein Bruder,' antwortete Saif el-Mulûk, ‚ich weiß nicht, wessen Bildnis dies ist.' Doch Sâ'id fuhr fort: ‚Komm, lies diese Inschrift!' Da trat Saif el-Mulûk näher und las die Schrift, die sich auf der Krone befand, und verstand ihre Bedeutung; und er schrie aus tiefstem Herzen auf: ‚Ach! Ach! Ach!' Sâ'id aber sprach: ‚Lieber Bruder, wenn sie, die durch dies Bildnis dargestellt wird, am Leben ist, sie, deren Name Badî'at el-Dschamâl ist, und wenn sie sich in dieser Welt findet, so will ich mich eiligst aufmachen, um sie zu suchen, ohne zu säumen, damit du dein Ziel erreichst. Doch um Allahs willen, mein Bruder, laß dies Weinen, damit die Würdenträger eintreten können, um dir aufzuwarten! Zur Vormittagszeit laß du die Kaufleute und die Derwische, die Pilger und die Bettler kommen und frage sie danach, wie es mit dieser Stadt sich verhält; vielleicht wird einer durch den Segen und die Hilfe Allahs, des Gepriesenen und Erhabenen, uns zu ihr und zu dem Garten Irams den Weg weisen.' Als es dann Morgen ward, erhob sich Saif el-Mulûk und stieg auf den Thron, indem er das Gewand in den Armen trug, da er weder stehen noch sitzen noch schlafen konnte, wenn es nicht bei ihm war. Darauf traten die Emire und Wesire, Krieger und die Großen des Reiches zu ihm ein, und als die

Staatsversammlung vollzählig war und alle an ihren Plätzen waren, sprach König Saif el-Mulûk zu seinem Wesir Sâ'id: ,Tritt hin vor sie und sprich zu ihnen: Der König ist von einem plötzlichen Siechtum befallen; bei Allah, er hat die Nacht krank zugebracht.' Da ging der Wesir hin und berichtete den Leuten, was der König gesagt hatte. Und wie auch der König 'Âsim davon hörte, sorgte er sich sehr um seinen Sohn; und alsbald berief er die Ärzte und die Sterndeuter und führte sie zu seinem Sohne Saif el-Mulûk hinein. Sie schauten ihn an und verordneten ihm einen Heiltrank; als aber seine Krankheit drei Monate dauerte, schrie der König 'Âsim die Ärzte, die dort waren, im Zorne wider sie an: ,Weh euch, ihr Hunde, könnt ihr denn alle meinen Sohn nicht heilen? Wenn ihr ihn nicht in dieser Stunde gesund macht, so lasse ich euch alle hinrichten.' Da sagte ihr Oberster: ,O größter König unserer Zeit, sieh, wir wissen, daß dieser dein Sohn ist, und du weißt, daß wir es nicht leicht nehmen, wenn wir einen Fremden pflegen; wieviel weniger würden wir es bei deinem Sohne tun! Aber dein Sohn hat eine schwierige Krankheit; und wenn du sie wissen willst, so wollen wir sie dir nennen und dir über sie berichten.' König 'Âsim fragte: ,Was ist euch von der Krankheit meines Sohnes offenbar geworden?' Und der Oberarzt antwortete ihm: ,O größter König unserer Zeit, dein Sohn ist jetzt ein Liebender, und zwar liebt er eine, zu deren Nähe er keinen Zugang hat.' Zornig erwiderte der König: ,Woher wißt ihr, daß mein Sohn ein Liebender ist, und wie ist die Liebe zu meinem Sohne gekommen?' Jene gaben ihm zur Antwort: ,Frage seinen Bruder und Wesir Sâ'id; denn er kennt seinen Zustand!' Da erhob König 'Âsim sich und trat allein in die Kammer, berief Sâ'id und sprach zu ihm: ,Sag mir die Wahrheit über die Krankheit deines Bruders!' Der beteuerte: ,Ich weiß nicht, was es in Wirklichkeit ist.' Da sprach König 'Âsim zum Schwertträger: ,Nimm Sâ'id, verbinde ihm die Augen und schlag ihm den Kopf ab!' Nun fürchtete Sâ'id für sein Leben, und er rief: ,O größter König unserer Zeit, gewähre mir Straflosigkeit!' Der König erwiderte: ,Sprich, und du sollst straflos sein!' Da sprach Sâ'id zu ihm: ,Wisse, dein Sohn ist ein Liebender!' ,Und wer ist seine Geliebte?' ,Die Tochter eines Königs der Dämonen; er hat ihr Bild in dem Gewande aus dem Bündel gesehen, das Salomo, der Prophet Allahs, euch geschenkt hat.' Alsbald machte König 'Âsim sich auf und ging zu seinem Sohne Saif el-Mulûk hinein und sprach zu ihm: ,Mein Sohn, was hat dich heimgesucht? Und was ist das für ein Bildnis, das dich mit Liebe erfüllt hat? Und warum hast du mir nichts davon gesagt?' ,Mein lieber Vater,' gab Saif el-Mulûk ihm zur Antwort, ,ich schämte mich vor dir, und ich konnte es nicht über mich bringen, dir davon zu sprechen, ja, ich vermochte überhaupt gar niemandem irgend etwas von der Sache kundzutun. Doch jetzt weißt du, wie es um mich steht, und nun schau, was du tun kannst, um mich zu heilen!' Sein Vater aber fuhr fort: ,Was ist hier zu tun? Wenn sie von den Töchtern der Menschen wäre, so könnten wir bald einen Plan entwerfen, um zu ihr zu gelangen; aber sie ist eine Geisterprinzessin, und wer kann sie gewinnen, es sei denn Salomo, der Sohn Davids? Er ist der einzige, der das vermag. Doch, mein Sohn, erhebe dich nun sofort, fasse Mut, besteig ein Roß und zieh aus zu Jagd und Hatz und zum Waffenspiel auf dem Plane! Zerstreue dich durch Essen und Trinken und verjage Sorgen und Gram aus deinem Herzen! Dann will ich dir hundert Jungfrauen bringen aus der Schar der Königstöchter; du hast ja die Geistertöchter nicht nötig, sie, über die wir keine Macht haben und die nicht von unserer Art sind.' Doch der

Sohn sprach: ,Ich kann nicht von ihr lassen, und ich will keine andere haben als sie.' Der Vater fragte darauf: ,Was sollen wir denn tun, mein Sohn?' Und der Sohn fuhr fort: ,Bring uns alle Kaufleute und Reisenden und Pilger der Länder, auf daß wir sie darüber befragen. Vielleicht wird Allah uns den Weg weisen zum Garten Irams und zu Stadt Bâbil.' Da befahl König 'Âsim, alle Kaufleute, die in der Stadt weilten, alle Fremden, die zugegen waren, und alle Schiffskapitäne sollten zu ihm kommen. Und als sie sich versammelt hatten, fragte er sie nach der Stadt Bâbil und ihrem Lande und nach dem Garten Irams. Aber keiner von ihnen kannte diese Orte, niemand vermochte Auskunft über sie zu geben. Schließlich, als die Versammlung aufbrach, sprach einer von ihnen: ,O größter König unserer Zeit, wenn du wirklich etwas darüber erfahren willst, so forsche im Lande China nach; denn dort befindet sich eine große Stadt, und vielleicht wird dir von dort jemand den Weg zu deinem Ziele zeigen.' Da hub Saif el-Mulûk an: ,Lieber Vater, rüste mir ein Schiff aus für die Reise nach dem Lande China!' Sein Vater jedoch, der König 'Âsim, entgegnete ihm: ,Mein Sohn, bleib du auf dem Throne deiner Herrschaft sitzen und herrsche über die Untertanen; ich selbst will nach dem Lande China reisen und mich dieser Sache annehmen.' ,Ach, Vater,' sprach Saif el-Mulûk, ,all dies geht doch nur mich an, und niemand kann so danach forschen wie ich. Mag kommen, was da will! Wenn du mir die Erlaubnis zum Reisen gibst, so mache ich mich auf den Weg und bleibe eine Weile fort. Erhalte ich Kunde von ihr, so ist mein Ziel erreicht; finde ich aber keine Spur von ihr, so wird sich durch die Reise meine Brust weiten und mein Gemüt erheitern, und so werde ich dadurch mein Los leichter tragen. Und wenn ich am Leben bleibe, so kehre ich wohlbehalten zu dir zurück.' – –«

Da bemerkte Schehrezâd, daß der Morgen begann, und sie hielt in der verstatteten Rede an. Doch als die *Siebenhundertundvierundsechzigste Nacht* anbrach, fuhr sie also fort: »Es ist mir berichtet worden, o glücklicher König, daß Saif el-Mulûk zu seinem Vater, dem König 'Âsim, sprach: ‚Rüste mir ein Schiff aus, damit ich auf ihm nach dem Lande China fahren kann, um nach dem Ziel meiner Wünsche zu forschen. Und wenn ich am Leben bleibe, so kehre ich wohlbehalten zu dir zurück.' Der König schaute seinen Sohn an und sah keinen anderen Ausweg, als das für ihn zu tun, was ihm Zufriedenheit brachte. Und so gab er ihm die Erlaubnis zur Reise und rüstete ihm vierzig Schiffe aus mit zwanzigtausend[1] Mamluken, abgesehen von den Dienern, und er gab ihm Güter und Schätze und alles Kriegsgerät, dessen er bedurfte. Dann sprach er zu ihm: ‚Reise, mein Sohn, in Wohlsein, Gesundheit und Sicherheit! Ich empfehle dich in die Hände Dessen, bei dem ein anvertrautes Pfand nicht verloren geht.' Und schließlich nahmen Vater und Mutter Abschied von ihm, und nachdem die Schiffe mit Wasser und Zehrung, Waffen und Truppen beladen waren, brachen sie auf und fuhren immer weiter, bis sie die Hauptstadt von China erreichten. Als aber das Volk der Chinesen vernahm, daß vierzig Schiffe, beladen mit Kriegern und Rüstzeug, Waffen und Vorräten, bei ihnen eingetroffen waren, glaubten sie, es seien Feinde gekommen, um mit ihnen zu kämpfen und sie zu belagern; deshalb schlossen sie die Tore der Stadt und machten die Wurfmaschinen bereit. Wie jedoch König Saif el-Mulûk davon hörte, schickte er zwei seiner vertrautesten Mamluken zu ihnen mit dem Auftrage: ‚Begebt euch zum König von China und sprecht zu ihm: Dies ist Saif el-Mulûk, der Sohn des Königs 'Âsim, und er ist als Gast zu

1. Besser nach der Breslauer Ausgabe: tausend.

deiner Stadt gekommen, um sich eine Weile in deinem Lande umzuschauen, doch nicht, um zu kämpfen und zu streiten. Wenn du ihn empfangen willst, so wird er zu dir an Land kommen; willst du ihn aber nicht aufnehmen, so wird er zurückkehren und weder dich noch das Volk deiner Stadt belästigen.' Als die Mamluken bei der Stadt ankamen, riefen sie dem Volke dort zu: ‚Wir sind die Gesandten des Königs Saif el-Mulûk!' Da öffneten die Leute ihnen das Tor, führten sie hinein und brachten sie vor ihren König. Dessen Name war Faghfûr[1] Schâh, und zwischen ihm und dem König 'Âsim hatte früher Bekanntschaft bestanden. Wie jener nun hörte, daß der König, der ihm nahte, Saif el-Mulûk, der Sohn des Königs 'Âsim, war, verlieh er den Boten Ehrengewänder und befahl, die Tore wieder zu öffnen; auch hielt er Gastgeschenke bereit und zog selber hinaus mit den vornehmsten Würdenträgern seines Reiches, um Saif el-Mulûk zu empfangen. Und die beiden Könige umarmten sich. Dann sprach Faghfûr Schâh zu seinem Gaste: ‚Willkommen, herzlich willkommen sei er, der uns naht! Ich bin dein Knecht und der Knecht deines Vaters; meine Stadt steht dir zu Diensten, alles, was du wünschest, soll dir gebracht werden.' Und nun überreichte er ihm die Gastgeschenke und die Zehrung für die Lagerplätze. Darauf stiegen König Saif el-Mulûk und sein Wesir Sâ'id zu Rosse mit ihren obersten Würdenträgern und den anderen Kriegern, und sie zogen vom Meeresufer dahin, bis sie in die Stadt kamen; da wurden die Zimbeln geschlagen, und die Trommeln der Freude erklangen. Und sie blieben dort vierzig Tage lang, auf das schönste bewirtet. Dann sprach der König:

1. Bezeichnung des chinesischen Königs bei den Persern und Arabern, wörtlich ‚Sohn Gottes', wohl Übersetzung des chinesischen ‚Sohn des Himmels'.

‚O Sohn meines Bruders, wie steht es mit dir? Gefällt dir mein Land?' Und Saif el-Mulûk erwiderte ihm: ‚Möge Allah der Erhabene es immerdar durch dich geehrt sein lassen, o König!' König Faghfûr Schâh aber fuhr fort: ‚Dich hat doch nur ein Wunsch hierher geführt, der dir plötzlich gekommen ist. Was du immer von meinem Lande begehrst, das will ich dir erfüllen.' ‚O König,' antwortete Saif el-Mulûk, ‚mein Schicksal ist wunderbar; ich bin von Liebe erfüllt zu dem Bilde der Badî'at el-Dschamâl.' Da weinte der König von China aus herzlichem Mitleid mit ihm und sprach zu ihm: ‚Und was begehrst du jetzt, o Saif el-Mulûk?' Jener gab ihm zur Antwort: ‚Ich bitte dich, du möchtest mir alle Wanderer und Reisenden und Leute, die ihr Beruf durch die Lande führt, hierher bringen, damit ich sie nach der frage, die dies Bildnis darstellt; vielleicht kann einer von ihnen mir über sie berichten.' Alsbald entsandte König Faghfûr Schâh die Statthalter und Kammerherren und Leibwachen mit dem Befehle, alle Wanderer und Reisenden, die im Lande weilten, herbeizuholen. Jene führten den Befehl aus, und es war eine große Schar, die sich bei König Faghfûr Schâh zusammenfand. Da fragte König Saif el-Mulûk sie nach der Stadt Bâbil und nach dem Garten Irams; aber keiner von ihnen konnte ihm darauf antworten, so daß König Saif el-Mulûk ganz ratlos war. Doch schließlich hub einer von den Schiffskapitänen an: ‚O König, wenn du diese Stadt und jenen Garten kennen lernen willst, so forsche nach ihnen auf den Inseln, die zum Lande Indien gehören.' Nun befahl Saif el-Mulûk, die Schiffe zu bringen, und seine Leute taten es und luden darauf Wasser und Wegzehrung und alles, was sie brauchten. Dann gingen Saif el-Mulûk und sein Wesir Sâ'id an Bord, nachdem sie von König Faghfûr Schâh Abschied genommen hatten. Eine Zeit von vier Monaten segelten sie auf dem Meere dahin bei günstigem Winde, wohlbehalten und sicher. Doch dann begab es sich eines Tages, daß ein Sturm sich wider sie erhob und die Wogen von allen Seiten über sie stürzten. Regenschauer fielen auf sie herab, und das Meer ward von der Gewalt des Sturmes aufgewühlt. Da prallten die Schiffe, vom tobenden Winde getrieben, aufeinander und zerschellten allesamt; ebenso erging es den kleineren Booten, und alle Reisenden ertranken, nur Saif el-Mulûk konnte sich mit einer Schar von Mamluken auf einem kleinen Boote retten. Endlich legte sich der Wind und ward ruhig durch die Allmacht Allahs des Erhabenen, und die Sonne brach durch. Da schlug Saif el-Mulûk die Augen auf; doch er sah keine Spur mehr von den Schiffen, sondern erblickte nur Himmel und Wasser, sich selbst und die, so bei ihm waren in dem kleinen Boote. Und er sprach zu den Mamluken, die mit ihm gerettet waren; ‚Wo sind die Schiffe und die kleinen Boote? Und wo ist mein Bruder Sâ'id?' Jene erwiderten ihm: ‚O größter König unserer Zeit, keine Schiffe, keine Boote sind übrig geblieben, noch auch einer von denen, die darin waren; alle sind ertrunken und zum Fraß für die Fische geworden.' Nun schrie Saif el-Mulûk laut auf und sprach die Worte, die noch keinen, der sie aussprach, je zuschanden werden ließen: ‚Es gibt keine Macht und es gibt keine Majestät außer bei Allah, dem Erhabenen und Allmächtigen!' Und er begann sich ins Gesicht zu schlagen und wollte sich ins Meer stürzen, aber die Mamluken rissen ihn zurück und sprachen zu ihm: ‚O König, was soll dir das nützen? Du selbst hast all dies über dich gebracht; hättest du auf die Worte deines Vaters gehört, so wäre dir von alledem nichts widerfahren. Doch all dies stand geschrieben seit Ewigkeit durch den Willen Dessen, der den Seelen das Leben leiht!' – –«

Da bemerkte Schehrezâd, daß der Morgen begann, und sie hielt in der verstatteten Rede an. Doch als die *Siebenhundertundfünfundsechzigste Nacht* anbrach, fuhr sie also fort: »Es ist mir berichtet worden, o glücklicher König, daß Saif el-Mulûk, als er sich ins Meer stürzen wollte, von den Mamluken zurückgerissen wurde und daß sie zu ihm sprachen: ,Was soll dir das nützen? Du selbst hast all dies über dich gebracht; doch dies ist etwas, das geschrieben stand seit Ewigkeit durch den Willen Dessen, der den Seelen das Leben leiht, und so muß der Mensch erfüllen, was Allah ihm zuerteilt hat. Die Sterndeuter haben ja zur Zeit deiner Geburt deinem Vater geweissagt, daß all diese Bedrängnisse über seinen Sohn kommen würden. Also bleibt uns nichts anderes übrig, als daß wir uns gedulden, bis Allah uns aus dieser Not befreit, in der wir uns befinden.' Und von neuem hub Saif el-Mulûk an: ,Es gibt keine Macht und es gibt keine Majestät außer bei Allah, dem Erhabenen und Allmächtigen! Es gibt auch keine Zuflucht noch ein Entrinnen vor dem, was Er beschlossen hat.' Alsdann seufzte er auf und sprach diese Verse:

> *Verwirrt bin ich, bei Gott, fürwahr ob meiner Lage;*
> *Denn Not kam über mich; woher? – das weiß ich nicht.*
> *Ich will geduldig sein, bis daß die Leute wissen,*
> *Daß meine Langmut nicht durch bittre Wehmut bricht.*[1]
> *In dieser meiner Not weiß ich nicht aus noch ein,*
> *Und auf der Dinge Lenker hoff ich jetzt allein.*

Und seine Sinne versanken im Meere der trüben Gedanken, und die Tränen rannen ihm wie ein Gießbach die Wangen hinab, bis er sich für einen Teil des Tages dem Schlafe hingab.

1. Wörtlich: ,daß ich Geduld habe bei etwas, das bitterer als Aloe ist'. Ein Wortspiel, da ,Geduld' und ,Aloe' im Arabischen ähnlich oder gleich lauten.

Als er dann wieder aufwachte, bat er um ein wenig Nahrung. Er aß, bis er gesättigt war; und die Leute nahmen die Speisen wieder fort. Währenddessen trieb das Boot mit ihnen dahin, und sie wußten nicht, wohin es sie trug. Immer weiter zog es mit ihnen dahin im Spiele der Wellen und der Winde, Tag und Nacht, eine lange Zeit hindurch, bis ihr Vorrat zu Ende ging und Verwirrung sie umfing, und da begannen sie unter Hunger und Durst und Erschöpfung über die Maßen zu leiden. Plötzlich aber winkte ihnen aus der Ferne eine Insel, und die Winde trieben sie weiter, bis sie zu ihr gelangten. Dort machten sie ihr Boot am Lande fest und gingen an Land, nachdem sie einen darin zurückgelassen hatten. Und nun gingen sie weiter auf der Insel und entdeckten dort viele Früchte von allen Arten, und sie aßen von ihnen, bis sie gesättigt waren. Auf einmal sahen sie eine Gestalt mitten zwischen den Bäumen sitzen, die hatte ein langes Gesicht und seltsame Züge, einen weißen Bart und weiße Haut. Jener Mann rief einen der Mamluken bei Namen und sprach zu ihm: ‚Iß nicht von diesen Früchten, denn sie sind noch nicht reif! Komm zu mir her, damit ich dir von den reifen Früchten hier zu essen geben kann!' Der Mamluk sah ihn an und meinte, er sei einer von den Schiffbrüchigen, die gestrandet und auf dieser Insel an Land gegangen wären; deshalb freute er sich über die Maßen, als er ihn sah, und eilte dahin, bis er dicht neben ihm stand. Jener Mamluk aber wußte nicht, was ihm durch den geheimen Ratschluß bestimmt war und was ihm auf der Stirn geschrieben stand. Denn als er dem Alten nahe kam, sprang jener Gesell, der in Wirklichkeit ein Mârid[1] war, auf ihn und setzte sich ihm rittlings auf die Schultern; dann wand er ihm das eine Bein um den Hals, während er das andere auf seinem Rücken nieder-

1. Vgl. Band I, Seite 52, Anmerkung.

hängen ließ. Und er rief: ‚Vorwärts, marsch! Jetzt kannst du mir nicht mehr entrinnen; jetzt bist du mein Esel geworden.' Da rief jener Mamluk seinen Gefährten unter Tränen die Worte zu: ‚Wehe, mein Herr! Flieht, rettet euch aus diesem Walde, eilet von hinnen! Denn einer von seinen Bewohnern ist mir auf die Schulter gesprungen, und die anderen suchen nach euch und wollen auf euch reiten wie dieser auf mir!' Als jene diese Worte, die der Mamluk ihnen zurief, vernommen hatten, flohen sie alle und stiegen in das Boot; die Inselbewohner aber folgten ihnen bis ins Meer und riefen ihnen zu: ‚Wohin wollt ihr fahren? Kommt und bleibet bei uns, wir wollen euch auf den Rücken steigen und euch zu essen und zu trinken geben, und ihr sollt unsere Esel sein!' Doch wie sie diese Worte hörten, fuhren sie nur noch rascher auf der See dahin, bis sie weit von ihren Verfolgern entfernt waren; und dann zogen sie weiter im Vertrauen auf Allah den Erhabenen. Einen Monat lang fuhren sie ohne Aufenthalt dahin, bis eine andere Insel vor ihnen auftauchte. Da gingen sie an Land und fanden dort Früchte von mancherlei Art. Als sie sich nun daran machten, von diesen Früchten zu essen, da leuchtete plötzlich in der Ferne auf dem Wege etwas vor ihnen auf; und als sie näher darauf zugingen, schauten sie es an und erkannten, daß es häßlich anzusehen war und dalag wie eine Säule aus Silber. Ein Mamluk stieß es mit dem Fuße an, und siehe, es war ein menschliches Wesen mit langgeschlitzten Augen und gespaltenem Kopf, verborgen unter einem seiner Ohren; denn es war seine Gewohnheit, zum Schlafen sich ein Ohr unter den Kopf zu breiten und sich mit dem anderen Ohre zu bedecken. Jenes Wesen ergriff den Mamluken, der es mit dem Fuße gestoßen hatte, und schleppte ihn fort ins Innere der Insel. Und siehe da, sie war ganz voll von menschenfressenden Ghûlen. Jener Mamluk aber rief seinen Gefährten die Worte zu: ‚Rettet euer Leben! Denn dies ist die Insel der menschenfressenden Ghûle, und sie wollen euch zerreißen und auffressen.' Als die anderen diese Worte hörten, wandten sie sich um und eilten vom Lande in das Boot hinab, ohne von den Früchten dort einen Vorrat zu sammeln. Dann fuhren sie eine Reihe von Tagen weiter, bis es eines Tages geschah, daß sie eine dritte Insel in Sicht bekamen; und als sie sich ihr näherten, entdeckten sie auf ihr ein hohes Gebirge. Auf das kletterten sie hinauf, und dort oben sahen sie einen Wald von vielen Bäumen; und weil sie hungrig waren, machten sie sich daran, von den Früchten zu essen. Aber ehe sie sich dessen versahen, kamen plötzlich unter den Bäumen her Gestalten auf sie zu von furchtbarem Aussehen und gewaltig groß; eine jede von ihnen war fünfzig Ellen hoch und hatte Eckzähne, die ihr aus dem Munde hervorragten wie die Stoßzähne des Elefanten. Dann erblickten sie auf einmal auch einen Kerl, der auf einem Stück von schwarzem Filze saß, das man über einen Felsblock gelegt hatte; der war von den Negern umgeben, einer großen Schar, die dort standen, um ihm aufzuwarten. Und nun ergriffen die Neger den König Saif el-Mulûk und seine Mamluken und stellten sie vor ihrem König auf, indem sie sprachen: ‚Diese Vögel haben wir unter den Bäumen gefunden.' Da der König gerade Hunger hatte, so nahm er zwei von den Mamluken, schlachtete sie und aß sie auf. – –«

Da bemerkte Schehrezâd, daß der Morgen begann, und sie hielt in der verstatteten Rede an. Doch als die *Siebenhundertundsechsundsechzigste Nacht* anbrach, fuhr sie also fort: »Es ist mir berichtet worden, o glücklicher König, daß die Neger, nachdem sie den König Saif el-Mulûk und seine Mamluken ergriffen hatten, sie vor ihrem König aufstellten mit den Worten: ‚O König, diese Vögel haben wir unter den Bäumen gefunden', und daß ihr König zwei Mamluken nahm, sie schlachtete und aufaß. Doch als Saif el-Mulûk solches erblicken mußte, fürchtete er für sein Leben, und weinend sprach er diese beiden Verse:

> *Vertraut ist meinem Herzen Leid, und ich bin's ihm,*
> *Nachdem wir uns gemieden – Edle sind vertraut.*
> *Ach, meine Sorgen sind nicht nur von einer Art;*
> *Ich hab sie tausendfach und preise Allah laut.*

Dann seufzte er und sprach auch diese beiden Verse:

> *Das Schicksal hat so oft mit Leiden mich getroffen,*
> *Daß Pfeile überall in meinem Herzen sitzen.*
> *Und kommen neue Pfeile wider mich geflogen,*
> *So brechen ihre Spitzen an den alten Spitzen.*

Als der König sein Weinen und Klagen hörte, sprach er: ‚Fürwahr, diese Vögel haben liebliche Stimmen und können schön singen; ja, ihre Stimmen gefallen mir. Darum tut sie in Käfige, jeden in einen für sich!' Da setzten die Leute sie in Käfige, jeden in einen eigenen, und hängten sie dem König zu Häupten auf, damit er ihrem Gesange lauschen könnte. Nun lebten Saif el-Mulûk und seine Mamluken in den Käfigen, und die Neger gaben ihnen zu essen und zu trinken. Bald weinten sie, und bald lachten sie; bald sprachen sie, und bald schwiegen sie, während der König der Neger an ihren Stimmen seine Freude hatte. In diesem Zustande verblieben sie eine lange Spanne Zeit.

Der König aber hatte eine Tochter, die auf einer anderen Insel vermählt war; und die vernahm, daß ihr Vater Vögel besäße, die liebliche Stimmen hätten. Da sandte sie eine Schar von ihren Leuten zu ihrem Vater und ließ ihn um einige von den Vögeln bitten. Darauf schickte ihr Vater ihr Saif el-Mulûk und drei seiner Mamluken in vier Käfigen durch die Gesandtschaft, die gekommen war, um sie zu erbitten. Und als die vier bei ihr ankamen und sie auf sie schaute, gefielen sie ihr, und sie befahl, die Käfige an eine Stätte über ihrem Haupte zu stellen. Nun ward Saif el-Mulûk von alledem, was ihm widerfuhr, tief ergriffen, und er dachte nach über den hohen Stand, in dem er früher gelebt hatte; so weinte er denn über sein Los, und auch die drei Mamluken beweinten das ihre, während die Tochter des Königs glaubte, sie sängen. Es war aber ihre Gewohnheit, sooft ihr einer aus Ägyptenland oder aus anderen Ländern in die Hände geriet und er ihr gefiel, ihn dann hoch zu ehren. Und das geschah durch den Ratschluß und die Bestimmung Allahs des Erhabenen, daß sie, als ihr Auge auf Saif el-Mulûk fiel, Gefallen hatte an seiner Schönheit und Lieblichkeit und seines Wuchses Ebenmäßigkeit; darum befahl sie, man solle die Gefangenen ehrenvoll behandeln. Und ferner geschah es, daß sie eines Tages mit Saif el-Mulûk allein war, und da verlangte sie, er solle bei ihr ruhen; doch er weigerte sich dessen, indem er zu ihr sprach: ‚Meine Gebieterin, ich bin ein fremder Mann; und die Leidenschaft zu ihr, die ich liebe, hält mich in der Trauer Bann. Ich wünsche nichts, als mit ihr vereint zu sein.' Darauf begann die Prinzessin ihm zu schmeicheln und wollte ihn verführen; dennoch hielt er sich von ihr zurück, und sie konnte ihm nicht nahen und auf keinerlei Art und Weise zu ihm gelangen. Und als sie schließlich des Werbens um ihn müde wurde, ergrimmte sie wider ihn und seine Mamluken, und sie befahl, daß jene ihr dienen und Wasser und Holz für sie schleppen sollten. In diesem Zustande blieben sie vier Jahre lang; da ward Saif el-Mulûk eines solchen Lebens überdrüssig, und so sandte er einen Fürsprecher zur Königin, damit sie vielleicht ihnen die Freiheit gäbe und gestatte, daß sie ihrer Wege zögen und von ihrer Plage Ruhe hätten. Sie ließ

Saif el-Mulûk zu sich kommen und sprach zu ihm: ‚Wenn du mir meinen Wunsch erfüllst, so will ich dich von deiner Plage befreien, und dann magst du wohlbehalten und reichbeschenkt in dein Land heimkehren.' Und wiederum begann sie ihn anzuflehen und ihn zu umschmeicheln; aber er willfahrte ihrem Wunsche nicht. Da wandte sie sich zornig von ihm ab; und Saif el-Mulûk und seine Mamluken mußten in derselben Lage bei ihr auf der Insel bleiben. Das Volk aber wußte, daß sie die Vögel der Prinzessin waren, und keiner von den Einwohnern der Stadt wagte ihnen ein Leids anzutun. Und die Prinzessin machte sich in ihrem Herzen keine Sorge um sie, da sie fest glaubte, es wäre ihnen nicht möglich, von der Insel zu entkommen. So konnten die Gefangenen denn bisweilen zwei bis drei Tage von ihr fernbleiben und im Freien umherstreifen, um das Holz in allen Gegenden der Insel zu sammeln, und dann brachten sie es in die Küche der Prinzessin. In dieser Weise lebten sie fünf Jahre lang dahin.

Nun begab es sich eines Tages, daß Saif el-Mulûk mit seinen Mamluken am Ufer des Meeres saß und mit ihnen über das Los sprach, das sie betroffen hatte. Da schaute er sich um, und es kam ihm zum Bewußtsein, in welcher Lage er und seine Mamluken sich befanden. Und er dachte an seine Mutter und seinen Vater und seinen Bruder Sâ'id und erinnerte sich der hohen Stellung, in der er einst gewesen war. Darüber weinte er, ja, er vergoß bittere Tränen und wehklagte, und auch die Mamluken weinten gleich ihm. Darauf huben jene an: ‚O größter König unserer Zeit, wie lange noch sollen wir weinen, wo doch die Tränen nichts nützen? All dies war uns auf die Stirn geschrieben durch die Vorherbestimmung Allahs, des Allgewaltigen und Glorreichen. Die Feder macht zur Tat, was Er beschlossen hat. Uns kann nur Geduld noch helfen; vielleicht wird Allah, der Gepriesene und Erhabene, der uns durch diese Not heimgesucht hat, uns auch aus ihr befreien.' Saif el-Mulûk erwiderte ihnen: ‚Meine Brüder, was sollen wir denn tun, um uns von dieser Verruchten zu befreien? Ich sehe keinen Weg der Flucht, wenn nicht Allah uns in Seiner Gnade von ihr befreit. Und doch kommt es mir immer in den Sinn, wir könnten fliehen und von all dieser Plage Ruhe finden.' Da sprachen sie zu ihm: ‚O größter König unserer Zeit, wohin sollen wir denn fliehen von dieser Insel? Sie ist ganz voll von den menschenfressenden Ghûlen, und wohin wir uns auch wenden mögen, da werden sie uns finden, und dann werden sie uns entweder auffressen oder uns gefangen nehmen und uns an unsere Stätte zurückbringen, und die Tochter des Königs wird wider uns ergrimmen.' Saif el-Mulûk aber fuhr fort: ‚Ich will euch etwas herstellen, durch das Allah der Erhabene uns vielleicht zur Flucht verhelfen wird, so daß wir von dieser Insel entkommen.' ‚Wie willst du das machen?' fragten sie; und er sagte darauf: ‚Wir wollen einige von diesen langen Stämmen abhauen und aus ihrem Baste Stricke drehen; mit denen wollen wir die Hölzer zusammenbinden und uns so ein Floß herstellen. Das wollen wir aufs Wasser setzen und mit den Früchten dort beladen; wenn wir uns dann auch noch Ruder geschnitten haben, so wollen wir uns einschiffen. Vielleicht wird Allah der Erhabene uns dadurch Rettung bringen; denn Er ist über alle Dinge mächtig. Und vielleicht wird Er uns günstigen Wind gewähren, der uns zum Lande Indien bringt; dann werden wir von dieser Verruchten befreit.' Die Gefährten sprachen: ‚Dies ist ein trefflicher Plan', und waren hocherfreut. Und alsobald machten sie sich daran, die Stämme für das Floß zu fällen; dann flochten sie die Stricke, um die Hölzer zusammenzubinden, und bei dieser Arbeit verbrachten sie einen Monat. Jeden Tag sammelten sie gegen Abend etwas Brennholz und brachten es in die Küche der Prinzessin; den übrigen Teil des Tages aber verwandten sie auf die Arbeit an dem Floße, bis sie es fertiggestellt hatten. – –«

Da bemerkte Schehrezâd, daß der Morgen begann, und sie hielt in der verstatteten Rede an. Doch als die *Siebenhundertundsiebenundsechzigste Nacht* anbrach, fuhr sie also fort: »Es ist mir berichtet worden, o glücklicher König, daß Saif el-Mulûk und seine Mamluken, nachdem sie Stämme auf der Insel gefällt und Stricke gedreht hatten, das Floß, das sie gemacht hatten, zusammenbanden. Und als sie ihre Arbeit beendet hatten, ließen sie es aufs Meer hinab und beluden es mit Früchten, die sie von den Bäumen auf der Insel gepflückt hatten. Und sie rüsteten sich gegen Ende des Tages zum Aufbruch, ohne daß sie jemanden mit ihrem Tun bekannt gemacht hätten. Dann bestiegen sie ihr Floß und fuhren aufs Meer hinaus, vier Monate lang, ohne zu wissen, wohin es sie trieb. Da ging ihre Zehrung zu Ende, und sie begannen unter furchtbarem Hunger und Durst zu leiden. Plötzlich aber begann das Meer zu schäumen und zu branden und sich in hohen Wogen aufzutürmen, und nun stürzte ein furchtbares Krokodil auf sie los, streckte seine Klaue aus und riß einen der Mamluken herunter und verschlang ihn. Wie Saif el-Mulûk sah, was jenes Krokodil mit dem Mamluken tat, weinte er bitterlich. Nun blieb er allein mit dem einen Mamluken[1], der noch übrig war, auf dem Floß zurück, und sie ruderten in großer Furcht von der Stelle fort, wo das Krokodil war. So trieben sie dahin, bis eines Tages ein gewaltiges Gebirge vor ihnen auftauchte, das bis zu furcht-

---

[1]. Der Erzähler hat hier vergessen, daß früher drei Mamluken mit Saif el-Mulûk zusammen waren; die Breslauer Ausgabe hat hier die verbesserte Lesart ‚zwei Mamluken'.

barer Höhe sich in die Luft emporreckte. Darüber freuten sie sich. Bald darauf bekamen sie auch eine Insel in Sicht, und auf die strebten sie mit allen Kräften zu, in der frohen Hoffnung, bald auf ihr zu landen. Doch während sie so dahinfuhren, ward die See plötzlich wieder unruhig, die Wogen türmten sich hoch, und das ganze Meer geriet in Aufruhr; und wiederum reckte ein Krokodil seinen Kopf empor, streckte seine Klaue aus, ergriff den Mamluken, der von den Gefährten des Saif el-Mulûk noch übrig geblieben war, und verschlang ihn.

Nun war Saif el-Mulûk ganz allein; und bald erreichte er die Insel und begann zu klettern, bis er oben auf dem Gipfel des Berges ankam. Wie er dort um sich schaute, erblickte er einen Hain; in den trat er ein und ging unter den Bäumen dahin und fing an, von den Früchten zu essen. Aber da sah er, daß mehr als zwanzig große Affen auf die Bäume geklettert waren, Tiere, von denen ein jedes größer als ein Maultier war. Und wie Saif el-Mulûk diese Ungeheuer erblickte, kam große Furcht über ihn. Doch alsbald stiegen die Affen wieder herunter und umringten ihn von allen Seiten; darauf traten sie vor ihn hin, winkten ihm, er solle ihnen folgen, und gingen weiter. So schritt er denn hinter ihnen her, und sie zogen immer weiter, indem er ihnen folgte, bis sie eine Burg erreichten, einen Bau, der sich in große Höhe reckte und seine Mauern bis an den Himmel streckte. Dort zogen die Affen hinein, und auch Saif el-Mulûk trat ein, hinter ihnen her; und er entdeckte in ihr allerlei Kostbarkeiten, Juwelen und edle Metalle, die keine Zunge beschreiben kann. Dann sah er in jener Burg einen Jüngling, dem noch kein Haar auf den Wangen sproß, der aber über die Maßen hochgewachsen war. Sein Anblick erfreute ihn, da außer ihm kein menschliches Wesen in der Burg war. Der Jüngling aber staunte gar sehr, als er Saif el-Mulûk erblickte, und er fragte ihn: ‚Wie heißest du? Aus welchem Lande bist du? Und wie bist du hierher gekommen? Erzähle mir deine Geschichte und verbirg mir nichts!' Saif el-Mulûk gab ihm zur Antwort: ‚Bei Allah, ich bin nicht aus eigenem Antrieb hierher gekommen; diese Stätte war nicht mein Ziel. Ich kann nur wandern von Ort zu Ort, bis ich erreicht habe, was ich suche.' Und weiter fragte der Jüngling: ‚Was ist es, das du suchest?' Darauf sagte Saif el-Mulûk: ‚Ich bin aus dem Lande Ägypten, und mein Name ist Saif el-Mulûk, und meines Vaters Name ist König 'Âsim ibn Safwân'; und dann erzählte er ihm alles, was ihm widerfahren war, von Anfang bis zu Ende. Da erhob jener Jüngling sich und trat dienend vor Saif el-Mulûk hin, indem er sprach: ‚O größter König unserer Zeit, ich war in Ägypten und hörte, daß du nach dem Lande China gereist seiest. Aber wie weit ist dies Land von China entfernt! Dies ist ein seltsam Ding, fürwahr, und ein Begebnis ganz wunderbar!' Darauf entgegnete ihm Saif el-Mulûk: ‚Du sprichst die Wahrheit. Aber ich bin dann vom Lande China nach dem Lande Indien in See gegangen. Da erhob sich ein Sturm wider uns, das Meer tobte, und alle Schiffe, die ich besaß, zerschellten'; und er erzählte ihm alle seine Erlebnisse, bis er mit den Worten schloß: ‚Und so bin ich nun zu dir an diese Stätte gekommen.' ‚O Königssohn,' fuhr darauf der Jüngling fort, ‚was du durch diese Wanderschaft und durch ihre Leiden erduldet hast, ist wahrlich genug. Preis sei Allah, der dich hierher geführt hat! Bleib jetzt bei mir, auf daß ich mich deiner Gesellschaft erfreue, bis ich sterbe! Dann sollst du König über diese Lande sein, zu denen auch diese Insel gehört, deren Grenze niemand kennt. Sieh, diese Affen sind in mancherlei Künsten erfahren, und alles, was du nur wünschest, kannst du hier finden.' Doch Saif el-Mulûk erwiderte: ‚Lieber Bruder, ich kann an keiner Stätte verweilen, bis mir mein Wunsch erfüllt ist, müßte ich auch die ganze Welt durchwandern und überall nach meinem Ziele forschen. Vielleicht wird Allah mich noch meinen Wunsch erreichen lassen, sonst muß ich einer Stätte zustreben, an der das Todesschicksal meiner harrt.‘ Darauf wandte der Jüngling sich einem Affen zu und winkte ihm, und der ging auf kurze Zeit fort; dann kehrte er zurück, begleitet von anderen Affen, die mit seidenen Tüchern gegürtet waren. Und die brachten die Tische und trugen an die hundert goldene und silberne Schüsseln auf, in denen sich vielerlei Speisen befanden. Dann stellten die Affen sich auf, wie Diener es vor den Königen tun; und nun gab der Jüngling den Kammerherren unter den Affen das Zeichen zum Sitzen. Alle setzten sich nunmehr, nur der, dessen Amt es war, aufzuwarten, blieb stehen, während die Jünglinge aßen, bis sie gesättigt waren. Nachdem dann die Tische fortgetragen waren, brachte man Becken und Kannen aus Gold, und sie wuschen ihre Hände. Schließlich brachte man das Weingerät, gegen vierzig Flaschen, von denen eine jede einen anderen Wein enthielt; und sie tranken und waren lustig, vergnügt und guter Dinge. Alle die Affen aber tanzten und spielten, während die Essenden bei Tisch saßen. Als Saif el-Mulûk das sah, staunte er über sie und vergaß die Leiden, die er hatte erdulden müssen. – –«

Da bemerkte Schehrezâd, daß der Morgen begann, und sie hielt in der verstatteten Rede an. Doch als die *Siebenhundertundachtundsechzigste Nacht* anbrach, fuhr sie also fort: »Es ist mir berichtet worden, o glücklicher König, daß Saif el-Mulûk, als er das Treiben und Tanzen der Affen sah, über sie staunte und die Leiden vergaß, die er in der Fremde hatte erdulden müssen. Als es aber Nacht ward, wurden die Kerzen angezündet und in goldene und silberne Leuchter gesetzt; dann brachte man Schalen mit Naschwerk und Früchten, und die Jünglinge aßen davon. Und nachdem die Stunde des Schlafens gekommen war, wurden ihnen die Betten hingebreitet, und sie schliefen. Am nächsten Morgen erhob sich der fremde Jüngling nach seiner Gewohnheit, weckte Saif el-Mulûk und sprach zu ihm: ‚Strecke deinen Kopf durch dies Fenster hinaus und schau, was darunter steht!' Jener schaute hinaus und sah, wie die weite Fläche und die ganze Steppe voller Affen war, deren Zahl niemand kannte außer Allah dem Erhabenen. Und er sprach: ‚Hier sind so viele Affen, daß sie das ganze Land erfüllen; warum haben die sich zu dieser Zeit versammelt?' Der Jüngling antwortete ihm: ‚Das ist ihre Sitte; alle, die sich auf der Insel befinden, sind eingetroffen, und einige haben eine Reise von zwei oder drei Tagen hinter sich. An jedem Sabbat kommen sie und bleiben hier stehen, bis ich aus meinem Schlafe erwache und meinen Kopf aus diesem Fenster hinausstrecke. Wenn sie mich dann sehen, so küssen sie den Boden vor mir; und darauf gehen sie ihrer Wege und an ihre Arbeit.' Alsbald hielt er seinen Kopf zum Fenster hinaus, bis sie ihn sahen; und wie sie ihn erblickt hatten, küßten sie den Boden vor ihm und gingen davon. Saif el-Mulûk aber blieb einen vollen Monat bei dem Jüngling; dann nahm er Abschied von ihm und wanderte weiter. Der Jüngling aber hatte einer Schar von etwa hundert Affen befohlen, ihm das Geleit zu geben; und so zogen diese im Dienste von Saif el-Mulûk sieben Tage dahin, bis sie ihn an die Grenzen ihrer Länder gebracht hatten. Dort nahmen sie Abschied von ihm und kehrten an ihre Wohnstätten zurück, während Saif el-Mulûk allein weiterzog über Berge und Hügel, durch Steppen und Wüsten, vier Monate lang. Bald mußte er hungern, bald konnte er sich sättigen; das eine Mal aß er von den Kräutern der Erde, das andere Mal nährte er sich von den

Früchten der Bäume. Und er begann schon zu bereuen, daß er sich solches angetan und jenen Jüngling verlassen hatte. Gerade wollte er zu ihm zurückkehren auf dem Wege, den er gekommen war, da sah er plötzlich in der Ferne etwas Schwarzes auftauchen. Nun sagte er sich: ‚Ist dies eine schwarze Stadt, oder was mag es sonst sein? Ich will doch nicht eher umkehren, als bis ich gesehen habe, was jenes Ding dort ist.' Wie er aber nahe herankam, sah er, daß es ein hochgebautes Schloß war, das Japhet, der Sohn Noahs – über ihm sei Heil! –, einst erbaut hatte. Dies war das Schloß, das Allah der Erhabene in seinem hochheiligen Buche genannt hat, wo er sagt: ‚Und ein verlassener Brunnen und ein hochragendes Schloß.'[1] Saif el-Mulûk setzte sich am Tor des Schlosses nieder und sprach bei sich selber: ‚Ich möchte wohl wissen, was drinnen in diesem Schlosse ist und welcher König in ihm wohnt! Wer kann mir die Wahrheit sagen, ob seine Bewohner Menschen oder Geisterwesen sind?' Eine Weile saß er nachdenklich da; aber als er niemanden sah, der hineinging oder herauskam, so schritt er vorwärts, indem er auf Allah den Erhabenen vertraute, bis er mitten im Schlosse war; da hatte er auf seinem Wege bereits sieben Vorhallen gezählt, ohne daß er jemanden erblickt hätte. Nun sah er zu seiner Rechten drei Türen und vor sich eine Tür, über die ein Vorhang heruntergelassen war. Auf jene Tür ging er zu, und nachdem er den Vorhang mit seiner Hand gehoben hatte, schritt er durch die Tür hindurch. Da sah er sich in einer großen Halle, die mit seidenen Teppichen belegt war. Und am oberen Ende dieser Halle befand sich ein goldener Thron, auf dem eine Jungfrau saß, deren Antlitz dem Monde glich; sie trug königliche Kleidung und war geschmückt gleich einer Braut in der Hochzeitsnacht. Am Fuße des Thrones standen

1. Koran, Sure 22, Vers 44. Die Stelle ist aber anders aufzufassen.

vierzig Tische mit goldenen und silbernen Schüsseln, die alle voll von prächtigen Speisen waren. Als Saif el-Mulûk die Jungfrau erblickte, trat er auf sie zu und sprach den Friedensgruß; sie erwiderte seinen Gruß und sprach zu ihm: ‚Gehörst du zu den Menschen oder zu den Geistern?' Er gab ihr zur Antwort: ‚Ich gehöre zu den besten der Menschen; denn ich bin ein König, der Sohn eines Königs.' Und sie fuhr fort: ‚Was begehrst du? Zuerst erquicke dich an den Speisen da vor dir; danach erzähle mir deine Geschichte von Anfang bis zu Ende, und sage mir auch, wie du hierher gekommen bist!' Da setzte sich Saif el-Mulûk an einem Tische nieder, hob die Decke von den Speisen, und weil er hungrig war, aß er aus jenen Schüsseln, bis er gesättigt war; dann wusch er sich die Hand[1], trat zum Thron hinauf und setzte sich neben der Jungfrau nieder. Die fragte ihn: ‚Wer bist du? Wie heißt du? Woher kommst du? Und wer hat dich hierher geführt?' ‚Ach, meine Geschichte ist so lang', erwiderte Saif el-Mulûk; doch sie wiederholte: ‚Sage mir nur, woher du bist und aus welchem Grunde du hierher gekommen bist und was du wünschest!' Nun bat er sie: ‚Erzähle du mir, was es mit dir auf sich hat, wie du heißest, was dich hierhergeführt hat und warum du so allein an dieser Stätte sitzest.' Die Maid gab ihm zur Antwort: ‚Ich heiße Daulat Chatûn; ich bin die Tochter des Königs von Indien, und mein Vater wohnt in der Hauptstadt von Ceylon. Er hat einen großen und schönen Garten, den herrlichsten, den es im Lande Indien und all seinen Gebieten gibt; und darin befindet sich ein großer Teich. Eines Tages begab ich mich mit meinen Sklavinnen in jenen Garten; dort legten wir alle, ich und die Sklavinnen, unsere Kleider ab, sprangen in den Teich und begannen zu spielen und uns zu vergnügen. Doch ehe ich mich des-

1. Die Muslime essen nur mit der rechten Hand.

sen versah, kam etwas wie eine Wolke auf mich herab, ergriff mich mitten unter meinen Sklavinnen und flog mit mir zwischen Himmel und Erde davon; dabei sprach das Wesen: ‚O Daulat Chatûn, fürchte dich nicht, sondern sei ruhigen Herzens!' Eine kleine Weile flog es mit mir weiter; dann setzte es mich in diesem Schlosse nieder. Nun aber nahm es sofort eine andere Gestalt an und ward zu einem schönen Jüngling von jugendlicher Lieblichkeit und in feinem, reinem Kleid; und der sprach zu mir: ‚Kennst du mich jetzt?' ‚Nein, mein Gebieter', antwortete ich; und er fuhr fort: ‚Ich bin der Sohn des Blauen Königs, des Königs der Geister; mein Vater wohnt in der Burg von el-Kulzum[1], und ihm unterstehen sechshunderttausend Geister, Flieger sowohl wie Taucher. Als ich unterwegs war und meine Straße dahinzog, geschah es, daß ich dich erblickte; da ward ich von Liebe zu dir erfüllt, und ich flog zu dir hinab und griff dich unter den Sklavinnen auf und brachte dich in dies hochragende Schloß, das meine Wohnstätte ist; hierher kann niemand je gelangen, weder Geister noch Menschen, und von Indien bis hier ist es eine Reise von hundertundzwanzig Jahren. Drum sei gewiß, daß du das Land deines Vaters und deiner Mutter nie wiedersehen wirst, und bleibe bei mir an dieser Stätte mit zufriedenem Herzen und Sinn; ich will dir alles bringen, was du nur wünschest!' Dann umarmte und küßte er mich.' – – «

Da bemerkte Schehrezâd, daß der Morgen begann, und sie hielt in der verstatteten Rede an. Doch als die *Siebenhundertundneunundsechzigste Nacht* anbrach, fuhr sie also fort: »Es ist mir berichtet worden, o glücklicher König, daß die Jungfrau zu Saif el-Mulûk sagte: ‚Nachdem der Geisterkönig mit mir gesprochen hatte, umarmte und küßte er mich, indem er sagte:

1. Das ist Klysma, an der Stelle des heutigen Suez.

,Bleib hier und fürchte nichts!' Dann verließ er mich und blieb eine Weile fort; danach aber kam er wieder und brachte diese Tische und Teppiche und all dies Hausgerät. An jedem Dienstag besucht er mich und verweilt drei Tage bei mir; am vierten Tage bleibt er bis zur Zeit des Nachmittagsgebetes, dann macht er sich auf, verschwindet aus meinen Augen bis zum nächsten Dienstag und kommt in der gleichen Gestalt zurück. Wenn er hier weilt, ißt und trinkt er mit mir, und er umarmt mich und küßt mich, während ich eine reine Jungfrau bleibe, geradeso wie Allah der Erhabene mich erschaffen hat, da der Geisterprinz mir noch nichts angetan hat. Meines Vaters Name lautet Tâdsch el-Mulûk, und er konnte noch nichts über mich erkunden und hat noch keine Spur von mir gefunden. Dies ist meine Geschichte; nun erzähle du mir die deine!' Saif el-Mulûk erwiderte ihr: ,Meine Geschichte ist lang, und ich fürchte, wenn ich sie dir erzähle, so wird uns die Zeit verstreichen, und der Dämon wird kommen.' Doch sie entgegnete ihm: ,Er hat mich erst, kurz bevor du eintratest, verlassen, und er wird nicht eher als am Dienstag zurückkehren; drum setze dich, sei ruhig und getrosten Mutes und erzähle mir, was dir widerfahren ist, von Anfang bis zu Ende!' ,Ich höre und gehorche!' sagte Saif el-Mulûk und begann zu erzählen, bis er alles von Anfang bis zu Ende berichtet hatte. Wie er aber von Badî'at el-Dschamâl sprach, rannen ihr die Augen über von strömenden Tränen, und sie rief: ,Das hätte ich nicht von dir gedacht, o Badî'at el-Dschamâl! Weh über der Zeiten Lauf! O Badî'at el-Dschamâl, erinnerst du dich meiner nicht mehr? Sprichst du nicht: Wohin ist meine Schwester Daulat Chatûn entschwunden?' Dann weinte sie noch immer heftiger und klagte, daß Badî'at el-Dschamâl sie vergessen habe. Saif el-Mulûk aber sprach zu ihr: ,O Daulat Chatûn, du bist doch eine Sterbliche, und sie ist eine

Geisterfee; wie kann sie denn deine Schwester sein?' Da gab sie ihm zur Antwort: ‚Sie ist meine Pflegeschwester, und das hat sich so zugetragen. Meine Mutter ging einst in unseren Garten hinab, um dort zu lustwandeln; doch es kamen die Wehen über sie, und sie gebar mich in diesem Garten. Zur selben Zeit aber war auch die Mutter von Badî'at el-Dschamâl mit ihrem Geistergefolge in dem Garten, und auch sie ward von den Wehen ergriffen; da ging sie abseits in den Garten und brachte Badî'at el-Dschamâl zur Welt. Darauf sandte sie eine ihrer Frauen zu meiner Mutter, um von ihr Speise und die Sachen, die für das Kindbett nötig sind, zu erbitten. Meine Mutter sandte ihr alles, was sie wünschte, und lud sie zu sich ein; dann machte sie sich auf mit Badî'at el-Dschamâl und begab sich zu meiner Mutter, und meine Mutter stillte das Geisterkind. Danach blieb die Geistermutter mit ihrer Tochter noch zwei Monate lang bei uns in dem Garten. Schließlich kehrte sie wieder in ihre Heimat zurück; doch zuvor gab sie meiner Mutter etwas[1] mit den Worten: ‚Wenn du meiner bedarfst, so will ich in diesem Garten zu dir kommen.' Seither pflegte Badî'at el-Dschamâl uns in jedem Jahre mit ihrer Mutter zu besuchen; wenn sie eine Weile bei uns geblieben waren, kehrten sie wieder heim. Wäre ich jetzt bei meiner Mutter, o Saif el-Mulûk, und hätte dich bei mir in meinem Lande, und wäre ich wie einst mit Badî'at el-Dschamâl zusammen, so würde ich einen Plan ersinnen, der dir bei ihr zum Ziele verhelfen soll. Aber nun bin ich hier, und die Meinen wissen nichts von mir. Wenn sie Kunde von mir hätten und wüßten, daß ich hier weile, so hätten sie die Macht, mich aus diesem Gefängnisse zu befreien. Doch alles steht in der Hand Allahs, des Gepriese-

---

1. Gemeint ist ein Zaubermittel, durch das man Geister herbeirufen kann.

nen und Erhabenen, und was kann ich tun?' Saif el-Mulûk rief: ‚Mache dich auf, komm mit mir, wir wollen fliehen und uns dorthin begeben, wohin Allah der Erhabene will!' Doch sie entgegnete ihm: ‚Das können wir nicht tun; denn, bei Allah, wenn wir auch eines Jahres Reise weit flüchteten, so würde dieser Verfluchte uns doch in einer Stunde einholen und uns umbringen.' Da sagte Saif el-Mulûk: ‚Ich will mich irgendwo verstecken, und wenn er an mir vorüberkommt, will ich ihn mit dem Schwerte totschlagen.' ‚Du kannst ihn nur töten, wenn du seine Seele tötest', erwiderte sie; und er fragte: ‚Wo ist denn seine Seele?' Darauf gab sie zur Antwort: ‚Ich habe ihn viele Male danach gefragt, aber er wollte mir ihren Ort nicht nennen. Schließlich begab es sich eines Tages, als ich wieder in ihn drang, daß er über mich ergrimmte und rief: ‚Wie oft willst du mich nach meiner Seele fragen? Warum fragst du denn immerfort danach?' Ich erwiderte ihm: ‚O Hâtim[1], mir ist außer Allah niemand geblieben als du. Solange du lebst, will ich immer deine Seele in den Armen halten. Wenn ich deine Seele nicht hüte und in meinen Augenstern lege, wie kann ich dann nach deinem Tode leben? Wenn ich wüßte, wo deine Seele ist, so würde ich sie hüten wie mein rechtes Auge.' Da sprach er zu mir: ‚Als ich geboren wurde, weissagten die Sterndeuter, daß meine Seele durch die Hand eines von den Söhnen der menschlichen Könige umkommen würde. Deshalb habe ich meine Seele genommen und sie in den Kropf eines kleinen Vogels getan. Den Vogel habe ich in eine Schachtel eingesperrt, die Schachtel habe ich in einen Kasten getan, den Kasten inmitten von sieben anderen Kästen, die Kästen wiederum in sieben Truhen und die Truhen in einen Marmorschrein, den

1. Hâtim (oder, nach der Breslauer Ausgabe, Châtim) ist wohl als Eigenname des Geisterjünglings aufzufassen.

ich am Ende dieses erdumgürtenden Ozeans verborgen halte. Jene Gegend liegt so fern vom Lande der Menschen, daß kein einziges sterbliches Wesen dorthin gelangen kann. Sieh, nun habe ich es dir gesagt, und du sprich zu niemandem darüber; denn es ist ein Geheimnis zwischen dir und mir!' – –«

Da bemerkte Schehrezâd, daß der Morgen begann, und sie hielt in der verstatteten Rede an. Doch als die *Siebenhundertundsiebenzigste Nacht* anbrach, fuhr sie also fort: »Es ist mir berichtet worden, o glücklicher König, daß Daulat Chatûn, als sie Saif el-Mulûk von der Seele des Dämonen, der sie entführt hatte, berichtete und ihm offenbarte, was jener ihr mitgeteilt hatte, sogar auch seine Worte an sie: ‚Dies ist ein Geheimnis zwischen uns', dann des weiteren sagte: ‚Ich entgegnete ihm: ‚Wem sollte ich es wohl verraten? Es kommt doch niemand außer dir zu mir, so daß ich es ihm sagen könnte!' Und ich fügte hinzu: ‚Bei Allah, du hast deine Seele in einer festen und starken Feste verborgen, zu der niemand gelangen kann. Wie sollte wohl ein Mensch dorthin kommen können, wenn nicht das Unmögliche vorherbestimmt ist und Allah es beschlossen hat, wie die Sterndeuter geweissagt haben! Und wie sollte auch ein Mensch wohl diese Stätte hier erreichen können!' Doch der Dämon erwiderte: ‚Vielleicht gibt es unter ihnen einen, der den Ring Salomos, des Sohnes Davids – über beiden sei Heil! –, an seinem Finger trägt; der möchte hierher kommen und seine Hand mit diesem Ringe auf die Fläche des Wassers legen und sprechen: ‚Bei der Kraft dieser Namen, die Seele Desunddes komme hervor!' Dann wird sich der Schrein an die Oberfläche heben, und er wird ihn aufbrechen, desgleichen auch die Truhen und Kästen, bis er gar den Vogel aus der Schachtel hervorholt und erdrosselt, so daß ich sterbe.' In diesem Augenblick rief Saif el-Mulûk: ‚Ich bin ja dieser Königssohn! Hier ist dieser Ring Salomos, des Sohnes Davids – über beiden sei Heil! –, an meinem Finger! Auf, laß uns zur Küste dieses Meeres gehen, damit wir schauen, ob seine Worte falsch oder wahr sind!' Alsbald machten die beiden sich auf und schritten dahin, bis sie zum Meere kamen. Und Daulat Chatûn blieb an der Meeresküste stehen, während Saif el-Mulûk bis zum Gürtel in das Wasser watete und sprach: ,Bei der Kraft der Namen und Talismane, die auf diesem Ringe geschrieben stehen, und bei der Macht Salomos – Heil sei über ihm! – die Seele Desunddés, des Sohnes des Blauen Königs, des Dämonen, komme hervor!' Da geriet das Meer in Wallung und der Schrein stieg an die Oberfläche. Saif el-Mulûk aber nahm ihn und schlug ihn gegen den Felsen; so zerbrach er ihn und die Truhen und Kästen, und er holte den Vogel aus der Schachtel hervor. Darauf begaben die beiden sich zum Schlosse und setzten sich auf den Thron; aber plötzlich stieg eine furchtbare Staubwolke auf, und ein riesenhaftes Etwas kam dahergeflogen, das schrie: ,Schone mich, o Königssohn! Töte mich nicht! Mache mich zu deinem Freigelassenen, und ich will dir zu deinem Ziele verhelfen!' Doch Daulat Chatûn rief: ,Der Dämon ist da! Töte den Vogel, damit dieser Verfluchte nicht ins Schloß eindringt und ihn dir entreißt und dich tötet und nach dir auch mich!' Und sogleich erdrosselte Saif el-Mulûk den Vogel, und der starb; da fiel auch der Dämon auf der Schwelle des Palastes nieder und wurde zu einem Häuflein schwarzer Asche. Dann sprach Daulat Chatûn: ,Nun sind wir aus der Hand dieses Verruchten befreit. Was wollen wir jetzt beginnen?' Saif el-Mulûk erwiderte ihr: ,Wir müssen Hilfe erflehen von Allah dem Erhabenen, der uns heimgesucht hat; denn Er wird unsere Wege leiten und uns zur Rettung aus unserer Not verhelfen.' Darauf ging er hin und hob etwa zehn Türen des Schlosses aus den

Angeln; jene Türen aber waren aus Sandelholz und Aloeholz, und die Nägel darin waren aus Gold und aus Silber. Dann nahm er Stricke aus Seide von verschiedener Art, die sich dort befanden, und band damit die Türen zusammen; und nachdem er ein Floß daraus gemacht hatte, trugen er und Daulat Chatûn, die ihm ihre Hilfe lieh, es fort, bis sie zum Strande kamen, warfen es ins Meer und banden es am Ufer fest. Noch einmal kehrten sie ins Schloß zurück und holten von dort die goldenen und silbernen Schüsseln, desgleichen auch die Juwelen und Hyazinthe und Edelmetalle. Alles das, was nicht beschwert und doch von hohem Wert, trugen sie aus dem Schlosse fort und legten es auf jenes Floß. Und schließlich stiegen sie selbst hinauf, indem sie ihr Vertrauen auf Allah den Erhabenen setzten, auf Ihn, der alle, die auf Ihn vertrauen, schützt und nicht im Stiche läßt. Nachdem sie sich auch noch zwei Planken als Ruder zurechtgemacht hatten, lösten sie die Stricke und ließen das Floß mit ihnen ins Meer hinaustreiben. In dieser Weise fuhren sie vier Monate lang dahin, bis ihre Zehrung zu Ende ging; da kam schweres Leid über sie, das Herz ward ihnen beengt, und sie baten Allah, Er möchte ihnen Befreiung aus ihrer Not gewähren. Auf ihrer ganzen Fahrt aber pflegte Saif el-Mulûk, wenn er sich zum Schlafen niederlegte, Daulat Chatûn den Platz hinter seinem Rücken zu geben, und wenn er sich umwandte, so lag sein Schwert zwischen ihnen beiden. Während sie nun in ihrer Not dahinfuhren, geschah es eines Nachts, als Saif el-Mulûk schlief, Daulat Chatûn aber wachte, daß ihr Floß dem Lande zutrieb und in einen Hafen kam, in dem Schiffe lagen. Daulat Chatûn erblickte die Schiffe und hörte, wie ein Mann mit den Seeleuten redete; jener Mann aber, der da sprach, war der Oberste und der Älteste der Schiffsführer. Wie also die Prinzessin des Kapitäns Stimme vernahm, erkannte sie, daß hier am Lande sich der Hafen einer Stadt befand und daß sie nun eine bewohnte Gegend erreicht hatten; darüber war sie hocherfreut. Alsbald weckte sie Saif el-Mulûk aus seinem Schlafe und sprach zu ihm: ‚Auf, befrage diesen Kapitän über den Namen dieser Stadt und über diesen Hafen!' Voller Freuden erhob sich jener und rief: ‚Bruder, wie heißt diese Stadt? Wie nennt man diesen Hafen? Und wie heißt ihr König?' Aber der Kapitän erwiderte ihm: ‚Du Narrengesicht, du Dummbart, wenn du den Namen dieses Hafens und dieser Stadt nicht kennst, wie bist du dann hierher gekommen?' Saif el-Mulûk gab zur Antwort: ‚Ich bin ein Fremdling; ich war auf einem Kauffahrteischiffe; aber das Schiff zerschellte und ging mit Mann und Maus unter; nur ich konnte noch auf eine Planke klettern und bin nun hierher geraten. Darum fragte ich dich, und im Fragen ist doch nichts Arges.' Und der Kapitän fuhr fort: ‚Dies ist die Stadt 'Amarîje[1], und dieser Hafen heißt Kamîn el-Bahrain.' Als Daulat Chatûn diese Worte hörte, freute sie sich gar sehr, und sie rief: ‚Preis sei Allah!' ‚Was gibt es?' fragte Saif el-Mulûk; und sie erwiderte: ‚O Saif el-Mulûk, freue dich der nahen Rettung! Der König dieser Stadt ist mein Oheim, der Bruder meines Vaters.' – –«

Da bemerkte Schehrezâd, daß der Morgen begann, und sie hielt in der verstatteten Rede an. Doch als die *Siebenhundertundeinundsiebenzigste Nacht* anbrach, fuhr sie also fort: »Es ist mir berichtet worden, o glücklicher König, daß Daulat Chatûn zu Saif el-Mulûk sprach: ‚Freue dich der nahen Rettung! Der König dieser Stadt ist mein Oheim, der Bruder meines Vaters, und er heißt 'Âli el-Mulûk.' Und dann fügte sie hinzu: ‚Frage doch den Kapitän: Ist der Sultan dieser Stadt, 'Âli el-Mulûk, wohlauf?' Als aber jener danach fragte, schrie der Kapitän ihn

[1]. Oder 'Amârije. Dieser und der folgende Name sind wohl erdichtet.

zornig an: ‚Du sagst, du seiest in deinem ganzen Leben noch nicht hierher gekommen und du seiest ein Fremdling; wer hat dir denn den Namen des Herrn dieser Stadt kundgetan?' Nun freute sich Daulat Chatûn, da sie den Kapitän erkannte; er hieß nämlich Mu'în ed-Dîn, und er war einer der Kapitäne ihres Vaters, und er war ausgefahren, um sie zu suchen, als sie verschwunden war, hatte sie aber nicht gefunden, und war immer weiter umhergefahren, bis er die Stadt ihres Oheims erreicht hatte. Und sie sprach zu Saif el-Mulûk: ‚Sag ihm: He, Mu'în ed-Dîn, komm, folge dem Rufe deiner Herrin!' Da rief er ihm diese Worte zu; doch wie der Kapitän sie von ihm vernahm, ward er sehr zornig und erwiderte: ‚Du Hund, wer bist du und woher kennst du mich?' Einigen Seeleuten aber rief er zu: ‚Reicht mir einen Eschenstab; ich will hingehen und dem elenden Kerl da den Schädel einschlagen!' Man gab ihm den Stab, und er eilte dorthin, wo Saif el-Mulûk war; er sah das Floß, auf ihm sah er etwas Wunderbares, Herrliches, und sein Sinn ward berückt. Dann schaute er genauer hin und ließ seinen Blick verweilen, und er sah Daulat Chatûn, die da saß, schön gleich der Mondscheibe; und er sprach zu dem Jüngling: ‚Wer ist dort bei dir?' Der antwortete ihm: ‚Bei mir ist eine Jungfrau, Daulat Chatûn geheißen.' Als der Kapitän diese Worte vernahm, sank er ohnmächtig zu Boden; denn er hatte ja den Namen gehört und erfahren, daß sie seine Herrin war und die Tochter seines Königs. Und als er wieder zu sich kam, ließ er das Floß mit denen, die auf ihm waren, allein und eilte in die Stadt; und weiter eilte er zum Schlosse des Königs und bat um Einlaß. Der Kammerherr trat zum König ein und sprach: ‚Kapitän Mu'în ed-Dîn ist gekommen, um dir gute Nachricht zu bringen.' Der König gab Befehl, ihn vorzulassen; und so trat der Kapitän ein, küßte den Boden vor ihm und sprach zu ihm:

,O König, Lohn für frohe Botschaft ist mir von dir gewiß! Denn deines Bruders Tochter Daulat Chatûn ist zu dieser Stadt gekommen, gesund und wohlbehalten; sie ist auf einem Floße, zusammen mit einem Jüngling, der dem Monde in der Nacht seiner Fülle gleicht.' Als der König diese Kunde von seines Bruders Tochter vernahm, freute er sich und verlieh dem Kapitän ein kostbares Ehrengewand. Ferner befahl er sogleich, die Stadt solle geschmückt werden zu Ehren der wohlbehaltenen Ankunft seiner Bruderstochter. Auch entsandte er Boten zu ihr und ließ sie und Saif el-Mulûk zu sich kommen; dann begrüßte er sie und wünschte ihnen Glück zu ihrer Rettung. Und schließlich schickte er Boten zu seinem Bruder, um ihm zu melden, daß seine Tochter gefunden sei und bei ihm weile. Sobald diese Boten bei Tâdsch el-Mulûk, dem Vater von Daulat Chatûn, eingetroffen waren, rüstete er sich, versammelte seine Truppen und machte sich auf den Weg, bis er bei seinem Bruder 'Âli el-Mulûk ankam und wieder mit seiner Tochter Daulat Chatûn vereint war; da waren sie hocherfreut. Eine Woche lang blieb er bei seinem Bruder; dann nahm er seine Tochter und desgleichen auch Saif el-Mulûk und machte sich mit ihnen auf den Heimweg, bis sie in Ceylon ankamen. Das war ja das Vaterland der Prinzessin, und als sie dort auch mit ihrer Mutter wieder vereint war, freuten sich alle über ihre glückliche Heimkehr, und Freudenfeste wurden gefeiert; das war damals ein herrlicher Tag, wie man ihn noch nie erlebt hatte. Der König aber erwies Saif el-Mulûk hohe Ehren und sprach zu ihm: ,O Saif el-Mulûk, du hast mir und meiner Tochter all dies Gute getan, und ich kann es dir nie vergelten; nur der Herr der Welten kann es dir lohnen! Doch ich wünsche, daß du an meiner Statt den Thron besteigest und im Lande Indien herrschest; sieh, ich schenke dir mein Reich und meinen Thron, meine Schätze und meine Diener – all das soll eine Gabe von mir an dich sein.' Da küßte Saif el-Mulûk den Boden vor dem König und dankte ihm und sprach zu ihm: ‚O größter König unserer Zeit, ich nehme alles an, was du mir geschenkt hast; doch ich gebe es dir zurück als ein Geschenk von mir. Denn ich, o größter König unserer Zeit, strebe nicht nach Herrschaft und Sultanswürde, ich wünsche nur ganz allein, daß Allah der Erhabene mich an mein Ziel führe.' Nun fuhr der König fort: ‚Meine Schätze hier stehen zu deiner Verfügung, o Saif el-Mulûk; was du nur willst, entnimm aus ihnen, ohne mich darüber zu befragen; und Allah möge dich statt meiner mit allem Guten belohnen!' Hierauf erwiderte Saif el-Mulûk: ‚Allah stärke die Macht des Königs! Ich habe keine Freude an der Herrschaft noch an Geld und Gut, bis mir mein Wunsch erfüllt ist. Jetzt aber möchte ich mich in dieser Stadt ergehen und mir ihre Straßen und Märkte anschauen.' Da befahl Tâdsch el-Mulûk, ihm eins der edelsten Rosse zu bringen; und nachdem man ein solches edles Tier, mit Sattel und Zaum versehen, vor ihn geführt hatte, bestieg er es und ritt hinaus auf den Markt und zog in den Straßen der Stadt umher. Und wie er dort nach rechts und nach links hin Ausschau hielt, erblickte er einen Jüngling, der ein Obergewand im Arme trug und es um fünfzehn Dinare feilbot. Er schaute genauer hin und entdeckte, daß er seinem Bruder Sâ'id glich. In Wirklichkeit war er es auch selbst, aber seine Farbe und seine Gestalt sahen jetzt anders aus, da er schon so lange in der Fremde weilte und so viele Mühsale der Reise durchgemacht hatte; deshalb erkannte Saif el-Mulûk ihn nicht genau. Doch er sprach zu seinen Begleitern: ‚Bringt mir den Jüngling, ich will ihn befragen!' Sie führten ihn zu ihm, und er fuhr fort: ‚Nehmt ihn und führt ihn in das Schloß, in dem ich wohne;

dort behaltet ihn bei euch, bis ich von dem Ausritt heimkehre!'
Jene aber verstanden ihn so, als ob er zu ihnen gesagt hätte:
‚Nehmt ihn und führt ihn ins Gefängnis', und sie sagten sich:
‚Vielleicht ist er einer von seinen Mamluken, der ihm entlaufen ist.' Also nahmen sie den Jüngling, führten ihn ins Gefängnis, legten ihm Fesseln an und ließen ihn dort sitzen. Darauf
kehrte Saif el-Mulûk von seinem Ritt heim und begab sich ins
Schloß; aber er vergaß seines Bruders Sâ'id, und keiner erinnerte ihn mehr an ihn. So blieb denn Sâ'id im Gefängnis,
und wenn man die Gefangenen zu den Bauarbeiten hinausführte, so ward auch Sâ'id mitgenommen, und er mußte mit
den Sträflingen arbeiten, so daß er bald ganz mit Schmutz bedeckt war. Einen ganzen Monat lang blieb er in dieser elenden
Lage; und er sann über sein Los nach und fragte sich: ‚Was
mag wohl der Grund meiner Gefangenschaft sein?' Saif el-
Mulûk aber gab sich ganz den Freuden und Zerstreuungen
hin, die ihm zuteil wurden. Doch eines Tages geschah es, daß
Saif el-Mulûk, während er dasaß, sich an seinen Bruder Sâ'id
erinnerte, und sofort fragte er die Mamluken, die bei ihm
waren: ‚Wo ist der Mamluk, der an dem und dem Tage bei
euch war?' Sie antworteten: ‚Hast du uns nicht gesagt, wir
sollten ihn ins Gefängnis bringen?' ‚Das hab ich euch nicht
gesagt,' erwiderte Saif el-Mulûk, ‚ich hab euch doch gesagt,
ihr solltet ihn in das Schloß bringen, in dem ich wohne.' Darauf schickte er die Kammerherren zu Sâ'id, und die brachten
ihn her, gefesselt wie er war; dann lösten sie ihm die Fesseln
und führten ihn vor Saif el-Mulûk. Der fragte ihn: ‚O Jüngling,
aus welchem Lande bist du?' Und jener antwortete ihm: ‚Ich bin
aus Ägypten, und mein Name ist Sâ'id, Sohn des Wesirs Fâris.'
Kaum hatte Saif el-Mulûk diese Worte von ihm vernommen,
so sprang er vom Thron herunter und warf sich dem Freunde

entgegen, hängte sich an seinen Hals und begann vor Freuden heftig zu weinen. Dann sprach er: ‚Lieber Bruder Sâ'id, Preis sei Allah, daß du noch lebst und ich dich sehe! Ich bin ja dein Bruder Saif el-Mulûk, der Sohn des Königs 'Âsim!' Wie Sâ'id diese Worte hörte und ihn erkannte, umarmten beide sich und weinten miteinander; und alle, die zugegen waren, schauten den beiden voll Verwunderung zu. Darauf befahl Saif el-Mulûk, man solle Sâ'id nehmen und ins Bad führen; und es geschah also. Nachdem er dann das Bad verlassen hatte, kleideten die Diener ihn in prächtige Gewänder und führten ihn in den Saal zu Saif el-Mulûk zurück; und der ließ ihn neben sich auf dem Throne sitzen. Als nun Tâdsch el-Mulûk die Kunde vernahm, freute er sich gar sehr, daß Saif el-Mulûk mit seinem Bruder Sâ'id wieder vereinigt war, und kam zu ihnen, und die drei saßen beisammen und begannen über alles zu plaudern, was ihnen von Anfang bis zu Ende widerfahren war. Da erzählte Sâ'id:

‚O mein Bruder, o Saif el-Mulûk, als das Schiff unterging und die Mamluken im Meere versanken, kletterte ich mit einer Anzahl von ihnen auf eine Planke, und die trieb mit uns einen vollen Monat auf dem Meere dahin. Darauf warf der Wind uns nach dem Willen Allahs des Erhabenen an eine Insel, und wir gingen auf ihr an Land, hungrig wie wir waren. Bald schritten wir zwischen den Bäumen einher und begannen von den Früchten zu essen. Während wir nun mit dem Essen beschäftigt waren, kamen plötzlich, ehe wir uns dessen versahen, Leute auf uns zu, die wie Dämonen aussahen, und die sprangen auf uns und ritten auf unsern Schultern und schrieen uns an: ‚Vorwärts, marsch! Ihr seid jetzt unsere Esel.' Ich aber sprach zu dem, der auf mir saß: ‚Was bist du? Und weshalb reitest du auf mir?' Als er mich so reden hörte, wand er sein Bein mir so fest um den Hals, daß ich fast erstickte, und er schlug mir mit seinem anderen Bein so heftig auf den Rücken, daß ich glaubte, er hätte mir das Rückgrat zerbrochen. Da fiel ich nieder auf mein Gesicht, denn Hunger und Durst hatten mir alle Kraft genommen. Als ich zu Boden sank, erkannte er, daß ich hungrig war, und er nahm mich bei der Hand und führte mich zu einem Baume, der voller Früchte hing; das war ein Birnbaum. Dann sprach er zu mir: ‚Iß von diesem Baume, bis du satt bist!' Ich aß also von jenen Früchten, bis ich gesättigt war; und schließlich machte ich mich auf und schritt wider Willen weiter. Aber ich hatte kaum ein paar Schritte getan, da wandte jener Kerl sich um und sprang mir von neuem auf die Schultern; bald ging ich im Schritt, bald rannte ich, bald lief ich im Paßgang, während er auf mir ritt und lachte und rief: ‚Nie in meinem Leben habe ich einen solchen Esel gesehen wie dich!' Doch eines Tages begab es sich, daß wir Weintrauben sammelten; die legten wir in eine Grube und traten darauf mit unseren Füßen. Bald wurde jene Grube zu einem großen Teich, und nachdem wir eine Weile gewartet hatten, kehrten wir zu ihr zurück. Da fanden wir, daß die Sonne den Saft bestrahlt hatte und daß er zu Wein geworden war. Nun tranken wir immer davon und wurden trunken, so daß unsere Gesichter sich röteten und wir in fröhlichem Rausche sangen und tanzten. Unsere Peiniger aber fragten: ‚Was macht eure Gesichter so rot und läßt euch tanzen und singen?' Wir antworteten ihnen: ‚Fragt nicht danach! Was wollt ihr mit dieser Frage?' Doch sie bestanden darauf: ‚Sagt es uns, damit wir die Wahrheit erfahren!' Endlich sagten wir ihnen: ‚Es ist Traubensaft.' Darauf trieben sie uns in ein Tal, von dem wir nicht erkennen konnten, wie lang und wie breit es war. An jenem Tale zogen sich Weinberge hin, so weit, daß man ihren Anfang und ihr Ende nicht übersehen konnte; und eine jede von den Trauben, die dort hingen, wog zwanzig Pfund und war leicht zu flücken. Die Teufel riefen uns zu: ‚Sammelt von diesen!' Und nun sammelten wir von ihnen eine gewaltige Menge; und da wir dort auch eine große Grube fanden, die noch größer war als ein weiter Teich, so füllten wir sie mit Trauben an, zertraten sie mit unseren Füßen und taten wie das erste Mal, so daß der Saft zu Wein ward. Dann sprachen wir zu ihnen: ‚Jetzt ist er ganz fertig. Aber woraus wollt ihr ihn trinken?' Sie antworteten uns: ‚Wir hatten schon früher Esel gleich euch; die haben wir aufgegessen, doch ihre Köpfe sind uns geblieben, nun gebt uns aus ihren Schädeln zu trinken.' Wir gaben ihnen also zu trinken, und sie wurden berauscht und legten sich nieder; es waren ihrer aber an die zweihundert. Darauf sagten wir zueinander: ‚Ist es diesen Kerlen nicht genug, daß sie uns reiten? Müssen sie uns denn auch noch auffressen? Doch es gibt keine Macht und es gibt keine Majestät außer bei Allah, dem Erhabenen und Allmächtigen! Jetzt wollen wir sie aber schwer berauscht machen und sie umbringen, damit wir Ruhe haben vor ihnen und ihren Händen entrinnen!' Dann weckten wir sie auf und füllten ihnen von neuem jene Schädel und gaben ihnen zu trinken. Sie sagten: ‚Das ist bitter!' Doch wir antworteten: ‚Warum sagt ihr, dies sei bitter? Jeder, der das sagt, muß noch am selben Tage sterben, wenn er nicht zehnmal davon trinkt.' Da hatten sie Angst vor dem Tode und sprachen zu uns: ‚Gebt uns volle zehnmal zu trinken!' Und als sie bis zum zehnten Male getrunken hatten, kam ein so schwerer Rausch über sie, daß ihre Kraft erlosch und wir sie an den Armen schleppen konnten. Darauf sammelten wir Brennholz von den Weinbergen, eine große Menge, und legten es um sie und auf sie; und nachdem wir das Holz in Brand gesteckt hatten, blieben wir in der Ferne stehen, um zu schauen, was aus ihnen werden würde.' – –«

Da bemerkte Schehrezâd, daß der Morgen begann, und sie hielt in der verstatteten Rede an. Doch als die *Siebenhundertundzweiundsiebenzigste Nacht* anbrach, fuhr sie also fort: »Es ist mir berichtet worden, o glücklicher König, daß Sâ'id des weiteren erzählte: ,Nachdem ich mit meinen Gefährten, den Mamluken, das Brennholz in Brand gesteckt hatte, während die Dämonen mitten darin lagen, blieben wir in der Ferne stehen, um zu schauen, was aus ihnen werden würde. Dann aber, als das Feuer ausgebrannt war, gingen wir wieder nahe an sie heran und sahen, daß sie zu einem Haufen Asche geworden waren. So priesen wir denn Allah den Erhabenen, der uns von ihnen befreit hatte, gingen von der Mitte der Insel fort und begaben uns wieder zum Meeresstrande. Dort trennten wir uns voneinander, und ich zog mit zweien von den Mamluken weiter, bis wir zu einem großen Hain mit vielen Bäumen gelangten, und wir machten uns daran, von den Früchten zu essen. Doch da trat plötzlich ein Kerl auf uns zu, der war gewaltig groß, hatte einen langen Bart und lange Ohren und Augen, die wie Fackeln glühten. Vor sich hatte er eine große Schafherde, die er weidete, und bei ihm war eine Schar ähnlicher Wesen wie er. Als er uns erblickte, zeigte er unverhohlene Freude und empfing uns freundlich, indem er sprach: ,Herzlich willkommen! Kommt zu mir, ich will euch ein Schaf aus dieser Herde schlachten und rösten und euch zu essen geben.' Wir fragten ihn: ,Wo ist deine Heimstätte?' Und er antwortete: ,Nahe bei diesem Berge. Geht weiter in dieser Richtung, bis ihr eine Höhle sehet; in die geht hinein, denn dort werdet ihr viele Gäste finden gleich euch! Tretet hin und setzt euch zu ihnen, während wir euch das Gastmahl bereiten!' Wir glaubten, seine Worte seien wahr, und so gingen wir in jener Richtung weiter und traten in die Höhle dort ein. Wohl sahen wir die Gäste, die in ihr weilten; aber sie waren alle blind. Und wie wir zu ihnen hereinkamen, sprach einer von ihnen: ‚Ich bin krank', und ein anderer: ‚Ich bin schwach.' Wir riefen ihnen zu: ‚Was sagt ihr da? Wodurch seid ihr krank und schwach geworden?' Doch sie fragten uns: ‚Wer seid ihr?' Und wir gaben ihnen zur Antwort: ‚Wir sind Gäste.' Da fuhren sie fort: ‚Was hat euch denn diesem Verfluchten in die Hände fallen lassen? Es gibt keine Macht und es gibt keine Majestät außer bei Allah, dem Erhabenen und Allmächtigen! Dies ist ein Ghûl, der die Menschenkinder frißt; und er hat uns schon geblendet und will uns auch verschlingen.' ‚Wie hat dieser Ghûl euch denn blind gemacht?' fragten wir; und sie erwiderten: ‚Jetzt wird er euch auch gleich uns blind machen.' ‚Aber wie wird er uns blenden?' fragten wir weiter; und da sagten sie: ‚Er wird euch Becher voll Milch bringen und zu euch sprechen: ‚Ihr seid müde von der Reise; da habt ihr Milch, trinkt von ihr!' Und wenn ihr davon trinkt, so werdet ihr gleich uns.' Nun sprach ich bei mir selber: ‚Wir können uns nur noch durch eine List retten', und ich grub ein Loch in die Erde und setzte mich darüber. Nach einer Weile kam dann der verfluchte Ghûl zu uns herein mit Bechern voll Milch; er reichte mir einen Becher und auch jedem meiner beiden Gefährten, indem er sprach: ‚Ihr seid durstig aus der Steppe gekommen; da habt ihr Milch, trinket von ihr, dieweil ich euch das Fleisch röste!' Was mich betrifft, so nahm ich den Becher, führte ihn an den Mund, goß aber die Milch in das Loch und schrie: ‚Weh! mein Augenlicht ist geschwunden, ich bin blind.' Und ich griff mit der Hand nach meinem Auge und begann zu weinen und zu klagen, während er lachte und sprach: ‚Sei nur nicht bange!' Doch was meine beiden Gefährten angeht, so tranken sie die Milch wirklich und erblindeten. Sofort machte der Ghûl sich auf, schloß die Tür der Höhle und kam auf mich zu; er befühlte meine Rippen, doch er fand, daß ich mager war und kein Fleisch an mir hatte. Dann betastete er einen anderen, und als er fühlte, daß der fett war, freute er sich. Darauf schlachtete er drei Schafe, häutete sie ab, holte Eisenspieße und hielt sie über das Feuer, um das Fleisch zu rösten; das brachte er meinen Gefährten, und sie aßen, während er mit den beiden aß. Schließlich holte er noch einen Schlauch voll Wein, trank ihn aus und warf sich aufs Gesicht nieder und schnarchte. Ich aber sprach bei mir selber: ‚Jetzt ist er in Schlaf versunken; wie kann ich ihn also umbringen?' Da dachte ich an die Bratspieße, nahm zwei von ihnen, legte sie ins Feuer und wartete, bis sie wie Kohlen glühten; dann machte ich mich ans Werk, gürtete mich, sprang auf, nahm je einen Spieß in jede Hand und trat auf den Verruchten zu; dem stieß ich die beiden Spieße in seine Augen und stemmte mich mit aller Kraft auf sie. Er sprang um das liebe Leben auf die Füße und wollte mich greifen; doch da er blind war, so floh ich vor ihm in das Innere der Höhle, während er hinter mir hertappte. Den Blinden jedoch, die dort waren, rief ich zu: ‚Was soll ich mit diesem Verfluchten tun?' Und einer von ihnen antwortete: ‚O Sâ'id, auf, steig zu jener Fensternische dort empor; dort wirst du ein gewetztes Schwert finden. Nimm es und komm zu mir, dann will ich dir sagen, was du tun sollst!' Ich stieg also zu der Nische hinauf, holte das Schwert und ging zu jenem Mann; der sagte mir: ‚Schwing es und triff ihn damit auf den Rumpf; dann wird er sofort sterben!' Da machte ich mich auf und eilte hinter ihm her, während er schon des Umherlaufens müde war und nach den Blinden tappte, um sie zu töten. Und ich stürzte mich auf ihn und traf ihn mit dem Schwerte auf den Rumpf, so daß er in zwei Teile gespalten ward. Er aber schrie mich an und sprach: ,Mann, da du mich töten willst, so gib mir noch einen zweiten Streich!' Schon holte ich zu einem zweiten Streiche wider ihn aus, da rief jener Mann, der mich zu dem Schwerte gewiesen hatte: ,Triff ihn nicht zum zweiten Male; sonst stirbt er nicht, nein, dann wird er am Leben bleiben und uns umbringen!' – –«

Da bemerkte Schehrezâd, daß der Morgen begann, und sie hielt in der verstatteten Rede an. Doch als die *Siebenhundertunddreiundsiebenzigste Nacht* anbrach, fuhr sie also fort: »Es ist mir berichtet worden, o glücklicher König, daß Sâ'id des weiteren erzählte: ,Als ich den Ghûl mit dem Schwerte getroffen hatte, rief er mir zu: ,Mann, da du mich getroffen hast und mich töten willst, so gib mir noch einen zweiten Streich!' Und schon holte ich zum Streiche wider ihn aus, da rief jener Mann, der mich zu dem Schwerte gewiesen hatte: ,Triff ihn nicht zum zweiten Male; sonst stirbt er nicht, nein, dann wird er am Leben bleiben und uns umbringen!' Ich gehorchte dem Befehl jenes Mannes und schlug nicht zu; und so verendete der Verfluchte. Nun sprach der Mann zu mir: ,Wohlan, öffne die Höhle und laß uns hinausgehen; vielleicht wird Allah uns helfen und uns Ruhe geben von dieser Stätte.' Doch ich erwiderte ihm: ,Jetzt kann uns kein Leid mehr widerfahren; drum wollen wir lieber uns ausruhen und von diesen Schafen schlachten und von diesem Weine trinken; denn das Festland ist weit.' So blieben wir denn zwei Monate lang an jener Stätte, indem wir von den Schafen dort und den Früchten dort aßen. Da begab es sich eines Tages, als wir am Meeresstrande saßen, daß wir ein großes Schiff erblickten, wie es in der Ferne auf dem Meere auftauchte. Wir gaben alsbald den Schiffsleuten Zeichen und riefen ihnen zu; aber sie fürchteten sich vor jenem Ghûl, denn sie wußten, daß auf dieser Insel der menschenfressende Ghûl wohnte. Schon wollten sie sich davonmachen, aber wir winkten ihnen mit den Enden unserer Turbantücher und suchten ihnen näher zu kommen und schrieen ihnen laut zu. Und nun sprach einer von den Seefahrern, der ein scharfes Auge hatte: ‚O ihr Fahrtgenossen, ich sehe, die Gestalten dort sind menschliche Wesen gleich uns; die sehen nicht wie Ghûle aus.' Dann fuhren sie ganz langsam auf uns zu, bis sie in unsere Nähe kamen, und als sie sich überzeugt hatten, daß wir wirklich menschliche Wesen waren, riefen sie uns den Friedensgruß zu, und wir erwiderten ihn und teilten ihnen die frohe Botschaft mit, daß der verfluchte Ghûl tot war; da lobten sie uns. Nachdem wir dann noch Zehrung von der Insel herbeigeholt hatten, und zwar von den Früchten, die dort wuchsen, bestiegen wir das Schiff, und es segelte mit uns bei günstigem Winde drei Tage lang dahin. Dann aber erhob sich ein widriger Wind über uns, und der Himmel wurde ganz finster; und es dauerte kaum noch eine Stunde, da warf der Wind das Schiff gegen einen Felsen, und es zerbrach, so daß seine Planken auseinanderfielen. Doch Gott der Allmächtige hatte es so bestimmt, daß ich mich an eine der Planken anklammern konnte und mich rittlings auf sie setzen; zwei Tage lang trieb sie mit mir dahin, da war der Wind auch wieder günstiger geworden, und ich saß auf der Planke, indem ich mit meinen Füßen ruderte, nur noch eine Weile, bis Allah der Erhabene mich wohlbehalten zum Festlande gelangen ließ. Bei dieser Stadt ging ich an Land, ein Fremdling, einsam und verlassen, und wußte nicht, was ich tun sollte; auch quälte mich der Hunger, und ich war in ärgster Not. So ging ich denn auf den

Markt dieser Stadt, und nachdem ich mir in der Verborgenheit dies Obergewand ausgezogen hatte, sagte ich mir: ‚Ich will es verkaufen und von dem Erlös leben, bis Allah erfüllt, was Er beschlossen hat.' Und nun, mein Bruder, hielt ich das Gewand in meiner Hand, während die Leute es anschauten und darauf boten, bis du vorüberkamst und mich anschautest und den Befehl gabst, mich in das Schloß zu führen. Doch die Diener nahmen mich und brachten mich ins Gefängnis; und die Tage vergingen, bis du dich meiner erinnertest und mich zu dir kommen ließest. Nun habe ich dir berichtet, was mir widerfahren ist, und Preis sei Allah, der uns wieder vereinigt hat!'

Als Saif el-Mulûk und Tâdsch el-Mulûk, der Vater von Daulat Chatûn, die Geschichte des Wesirs Sâ'id vernommen hatten, verwunderten sie sich gar sehr. Der König Tâdsch el-Mulûk aber hatte eine schöne Wohnstätte für Saif el-Mulûk und seinen Bruder Sâ'id herrichten lassen, und dort pflegte Daulat Chatûn ihren Retter zu besuchen, ihm zu danken und mit ihm über seine Heldentat zu plaudern. Eines Tages aber sprach der Wesir Sâ'id zu ihr: ‚O Prinzessin, ich möchte, du wollest behilflich sein, daß er sein Ziel erreicht.' Da gab sie zur Antwort: ‚Ja, ich will mich um das bemühen, was er wünscht, auf daß er sein Ziel erreiche, so Allah der Erhabene will.' Und sie wandte sich zu Saif el-Mulûk und sprach zu ihm: ‚Hab Zuversicht und quäl dich nicht!' Also stand es um Saif el-Mulûk und den Wesir Sâ'id.

Sehen wir aber nunmehr, was die Prinzessin Badî'at el-Dschamâl tat! Zu ihr war die Kunde gedrungen, daß ihre Schwester Daulat Chatûn zu ihrem Vater in ihre Heimat zurückgekehrt sei. Und sie sprach: ‚Ich muß sie doch besuchen und sie begrüßen, schön gekleidet in Schmuck und Prachtgewänder.'[1] Dann begab sie sich zu ihr, und als Prinzessin Daulat Chatûn sie nahen sah, eilte sie ihr entgegen, begrüßte sie und umarmte sie und küßte sie auf die Stirn; die Prinzessin Badî'at el-Dschamâl aber wünschte ihr Glück zur sicheren Heimkehr. Darauf setzten die beiden sich nieder, um zu plaudern, und Badî'at el Dschamâl sprach zu ihrer Pflegeschwester: ‚Was ist dir in der Fremde widerfahren?' Jene antwortete ihr: ‚Liebe Schwester, frage mich nicht nach den Dingen, die mir widerfahren sind! O, welche Mühsale müssen doch die Sterblichen erdulden!' ‚Wieso?' fragte Badî'at el-Dschamâl; und Daulat Chatûn erwiderte: ‚Liebe Schwester, ich war in dem Hochragenden Schlosse, und dort hatte der Sohn des Blauen Königs mich in seiner Gewalt'; und dann erzählte sie ihr ihre ganze Geschichte von Anfang bis zu Ende, desgleichen auch die Geschichte von Saif el-Mulûk und wie es ihm in dem Schlosse ergangen war, welche Mühsale und Schrecken er hatte erdulden müssen, bis er zu dem Hochragenden Schlosse kam, wie er den Sohn des Blauen Königs tötete, wie er die Türen aus den Angeln hob und zu einem Floße machte, wie er Ruder dafür herstellte und schließlich hierher kam. Badî'at el Dschamâl hatte mit Staunen zugehört, und nun sprach sie: ‚Bei Allah, meine Schwester, dies ist eins der seltsamsten Wunder! [Dieser Saif el-Mulûk ist wirklich ein Mann. Aber weshalb hat er Vater und Mutter verlassen und sich auf die Reise begeben und solchen Gefahren ausgesetzt?]'[2] Da sagte

1. Nach der Breslauer Ausgabe geht Daulat Chatûn zu ihrer Mutter und bittet sie, Räucherwerk zu verbrennen zum Zeichen, daß Badî'at el-Dschamâl und ihre Mutter kommen sollen (vgl. oben Seite 275); das geschieht, und jene beiden kommen alsbald. Vielleicht ist dies die ursprüngliche Fassung. – 2. Die eingeklammerten Sätze sind nach der Breslauer Ausgabe ergänzt; sie ergeben einen besseren Zusammenhang.

Daulat Chatûn: ‚Ich möchte dir wohl den Anlaß zu seinen Erlebnissen erzählen, aber die Scham hindert mich daran.' Doch Badî'at el-Dschamâl entgegnete ihr: ‚Wo wäre ein Grund zur Scham, da du doch meine Schwester und meine Vertraute bist und zwischen mir und dir so innige Bande bestehen und ich weiß, daß du mir nur Gutes wünschest? Wie solltest du dich da vor mir schämen? Sage mir, was du weißt, schäme dich nicht vor mir und verbirg nichts von alledem vor mir!' Da begann Daulat Chatûn zu berichten: ‚Er sah dein Bild auf dem Gewand, das dein Vater an Salomo, den Sohn Davids – über beiden sei Heil! – geschickt hat; der hatte das Gewand nicht aufgetan und nicht gesehen, was darinnen war, sondern hatte es an den König 'Âsim ibn Safwân, den Herrscher von Ägypten, geschickt mit anderen Geschenken und Kostbarkeiten, die er ihm sandte. Und König 'Âsim hatte es, immer noch uneröffnet, seinem Sohn Saif el-Mulûk gegeben. Doch wie der es erhalten hatte, entfaltete er es, um es anzulegen; da erblickte er dein Bild in ihm, und alsbald machte er sich, von Liebe zu dem Bilde ergriffen, auf den Weg, um dich zu suchen, und erduldete all diese Mühsale um deinetwillen.'– –«

Da bemerkte Schehrezâd, daß der Morgen begann, und sie hielt in der verstatteten Rede an. Doch als die *Siebenhundertundvierundsiebenzigste Nacht* anbrach, fuhr sie also fort: »Es ist mir berichtet worden, o glücklicher König, daß Daulat Chatûn der Prinzessin Badî'at el-Dschamâl erzählte, wie es kam, daß Saif el-Mulûk von Liebe und Leidenschaft zu ihr erfüllt wurde, wie nämlich der Anlaß dazu das Gewand war, das ihr Bildnis enthielt; wie er dann alsbald, nachdem er das Bild gesehen, sein Königtum verlassen hatte, von Leidenschaft verstört, und den Seinen um ihretwillen ferngeblieben war. Und sie schloß mit den Worten: ‚Was er an Drangsalen durchgemacht hat, das hat er alles nur um deinetwillen erduldet.' Da errötete Badî'at el-Dschamâl und schämte sich vor Daulat Chatûn, und sie sprach: ‚Fürwahr, dies ist etwas, das nimmermehr geschehen kann! Denn die Menschen passen nicht zu den Geistern.' Doch Daulat Chatûn begann vor ihr Saif el-Mulûk zu rühmen, wie er so schön gestaltet und edel gesinnt und ritterlich sei; und sie pries ihn lange und nannte ihr all seine trefflichen Eigenschaften, bis sie mit den Worten schloß: ‚Liebe Schwester, um Allahs des Erhabenen willen und um meinetwillen, komm, sprich mit ihm, wäre es auch nur ein einziges Wort!' Dennoch rief Badî'at el-Dschamâl: ‚Was du da sagst, das will ich nicht hören, ich werde dir darin auch nicht willfahren.' Und es war, als hätte sie nichts davon gehört und als hätte ihr Herz von der Liebe zu Saif el-Mulûk und zu seiner schönen Gestalt, zu seinem Edelmut und seiner Ritterlichkeit noch nichts empfunden. Da begann Daulat Chatûn sie anzuflehen und ihr die Füße zu küssen, und sie sprach: ‚O Badî'at el-Dschamâl, bei der Milch, die wir getrunken haben, ich und du, und bei dem, was auf dem Siegelringe Salomos – Heil sei über ihm! – eingegraben steht, höre auf diese meine Worte! Ich habe mich ihm in dem Hochragenden Schlosse verbürgt, daß ich ihm dein Antlitz zeigen würde. Um Allahs willen, laß ihn dich ein einziges Mal sehen, aus Liebe zu mir, und schau auch du ihn an!' Dann weinte sie und flehte von neuem ihre Freundin an und küßte ihr Hände und Füße, bis sie einwilligte und sprach: ‚Um deinetwillen will ich ihm mein Antlitz ein einziges Mal zeigen.' Da ward Daulat Chatûn frohen Mutes und küßte ihr wiederum Hände und Füße; dann ging sie fort und begab sich zu dem größten Pavillon, der sich in dem Garten befand. Dort befahl sie den Sklavinnen, ihn mit

Teppichen auszulegen, ein goldenes Ruhelager aufzustellen und die Weingeräte aufzureihen. Dann ging sie zu Saif el-Mulûk und seinem Wesir Sâ'id hinein, während die beiden in ihrem Gemache saßen; sie brachte Saif el-Mulûk die frohe Botschaft, daß sein Ziel erreicht und sein Wunsch erfüllt sei, und sie fügte hinzu: ‚Begebt euch beide, du und dein Bruder, in den Garten, tretet in den Pavillon ein und verbergt euch dort vor den Augen der Menschen, so daß euch niemand von all den Leuten in dem Gartenhause entdeckt, bis ich mit Badî'at el-Dschamâl zu euch komme!' Sofort erhoben sich die beiden und begaben sich zu der Stätte, die Daulat Chatûn ihnen angegeben hatte. Als sie dort eintraten, sahen sie ein goldenes Ruhelager aufgestellt, das mit Kissen belegt war; auch war dort Speise und Trank aufgetragen. Nachdem die beiden eine Weile gesessen hatten, gedachte Saif el-Mulûk seiner Geliebten; da ward ihm die Brust eng, und Sehnsucht und Leidenschaft stürmten auf ihn ein. Und er stand auf und schritt weiter, bis er aus der Vorhalle des Gartenhauses hinaustrat; sein Bruder Sâ'id wollte ihm folgen, doch er sprach zu ihm: ‚Lieber Bruder, bleib du hier, wo du bist, und folge mir nicht, bis ich wieder zu dir komme!' So blieb denn Sâ'id sitzen, während Saif el-Mulûk hinausging und in den Garten trat, trunken vom Weine der Leidenschaft und verstört durch der sehnenden Liebe allgewaltige Kraft; ja, die Sehnsucht machte ihn zittern, und das Liebesweh überwältigte ihn, und er sprach diese Verse:

> *Badî'at el-Dschamâl, ich hab nur dich allein,*
> *Bin deiner Liebe Sklave, ach, erbarm dich mein!*
> *Du bist mein Ziel, mein Wunsch, bist meiner Freuden Zier;*
> *Mein Herz kann keine lieben, keine außer dir.*
> *Ach, wüßt ich, ob zu dir von Tränen Kunde drang,*
> *Die ich mit wachem Lid vergieße Nächte lang!*

> *Befiehl dem Schlaf, daß er auf meinem Lide weil'!*
> *Vielleicht wird mir von dir ein Traumgesicht zuteil.*
> *Sei huldvoll ihm, der ganz verstört von Liebesleid;*
> *Befrei ihn von den Schrecken deiner Grausamkeit!*
> *Dir mehre Gott die Schönheit und den frohen Sinn,*
> *Und alle Menschheit geb für dich ihr Leben hin!*
> *Der Liebe Volk soll unter meinem Banner sein*
> *Am Jüngsten Tag, die Schönen bei dem Banner dein!*

Dann weinte er und sprach auch diese beiden Verse:

> *Die Wunderschöne[1] ist mein Wunsch zu allen Zeiten;*
> *Der ist im Innern meines Herzens tief verhüllt.*
> *Und wenn ich rede, sprech ich nur von ihrer Schönheit;*
> *Und schweig ich, ist mein Wesen ganz von ihr erfüllt.*

Darauf weinte er bitterlich und sprach noch diese Verse:

> *In meinem Herzen glüht ein Feuer immer heißer;*
> *Du bist mein Wunsch; die Sehnsucht quält mich, ach, so oft.*
> *Ich neig mich nur zu dir, zu dir und keiner andren;*
> *Ich hoff auf deine Huld; wer liebt, der harrt und hofft.*
> *Erbarm dich meiner; denn die Liebe läßt mich siechen,*
> *Sie hat mich aufgezehrt, mein krankes Herze bricht!*
> *Sei huldvoll, edel, gnädig, zeige deine Güte:*
> *Ich wich von dir noch niemals, und ich wanke nicht!*

Und von neuem weinte er und sprach diese beiden Verse:

> *Es kam zu mir das Leid mit deiner Liebe;*
> *Mich floh der Schlummer, grausam wie dein Herz.*
> *Der Bote sagte mir, du seiest zornig;*
> *Mich hüte Gott vor seiner Botschaft Schmerz!*

Inzwischen war Sâ'id des Wartens auf ihn müde geworden, und so trat er aus dem Pavillon hinaus, um nach ihm in dem Garten zu suchen. Da fand er ihn, wie er verstört zwischen den Bäumen einherwandelte und diese beiden Verse sprach:

---

[1]. Arabisch *badî'atel-husn*, Anspielung auf den Namen *Badî'atel-Dschamâl*.

Bei Gott, bei Gott, dem Herrn der Allmacht, und bei ihm,
Der aus dem heil'gen Buch die Schöpfersure[1] liest,
Nie weilt mein Blick auf Reizen derer, die ich seh,
Ohn daß dein Bild, du Schöne[2], mein Gefährte ist.

Da gesellte Sâ'id sich zu seinem Bruder Saif el-Mulûk, und die beiden ergingen sich im Garten und aßen von den Früchten.

Wenden wir uns nun von ihnen wieder zu Daulat Chatûn und Badî'at el-Dschamâl! Als die beiden Prinzessinnen zu dem Gartenhause kamen, traten sie dort ein, nachdem die Diener es in schönster Weise geschmückt und ganz so hergerichtet hatten, wie Daulat Chatûn ihnen befohlen hatte; so hatten sie ja auch für Badî'at el-Dschamâl das goldene Ruhelager bereitet, auf daß sie darauf sitzen könnte. Und als Badî'at el-Dschamâl jenes Lager sah, setzte sie sich darauf, neben ihr aber war ein Fenster, das auf den Garten führte. Nun kamen die Eunuchen mit allerlei prächtigen Speisen, und die beiden Prinzessinnen aßen, während Daulat Chatûn ihrer Pflegeschwester die Bissen reichte, bis sie gesättigt war. Darauf ließ sie allerlei Süßigkeiten kommen; und als die Eunuchen sie gebracht hatten, aßen die beiden davon, soviel sie mochten, und wuschen sich dann die Hände. Schließlich machte Daulat Chatûn den Wein und das Trinkgerät bereit, indem sie die Kannen und Becher aufstellte; und sie begann einzuschenken und Badî'at el-Dschamâl den Trunk zu reichen; und nachher füllte sie den Becher für sich und trank selber. Badî'at el-Dschamâl aber schaute aus dem Fenster, das neben ihr war, in den Garten hinaus und sah dort die Früchte auf den Zweigen; und nun fiel ihr Blick auf Saif el-Mulûk, und sie sah, wie er in dem Garten umherging, während der Wesir Sâ'id ihm folgte. Auch hörte sie, wie Saif el-Mulûk die Verse sprach, während ein Tränenstrom

1. Koran, Sure 35. – 2. Arabisch *badî'*.

aus seinen Augen brach. Und wie sie ihn so anschaute, ließ jener eine Blick tausend Seufzer in ihr zurück. – –«

Da bemerkte Schehrezâd, daß der Morgen begann, und sie hielt in der verstatteten Rede an. Doch als die *Siebenhundertundfünfundsiebenzigste Nacht* anbrach, fuhr sie also fort: »Es ist mir berichtet worden, o glücklicher König, daß Badî'at el-Dschamâl, als sie Saif el-Mulûk im Garten umhergehen sah, ihn anschaute mit einem Blick, der ließ tausend Seufzer in ihr zurück. Da wandte sie sich zu Daulat Chatûn und sprach zu ihr, während der Wein schon mit ihren Sinnen sein Spiel trieb: ,Liebe Schwester, wer ist dieser Jüngling, den ich dort im Garten seh, verstört und erregt und erfüllt von bitterem Liebesweh?' Daulat Chatûn fragte: ,Willst du erlauben, daß er zu uns kommt, damit wir ihn betrachten können?' Die Geisterprinzessin erwiderte: ,Wenn du ihn bringen kannst, so bring ihn!' Nun rief Daulat Chatûn ihn, indem sie sprach: ,O Königssohn, komm herauf zu uns und zeige uns deine Schönheit und deine Anmut!' Saif el-Mulûk erkannte ihre Stimme und ging alsbald in das Gartenhaus hinauf. Doch als sein Blick auf Badî'at el-Dschamâl fiel, sank er ohnmächtig zu Boden. Da sprengte Daulat Chatûn etwas Rosenwasser auf ihn, und er wachte aus seiner Ohnmacht auf. Und nun küßte er den Boden vor Badî'at el-Dschamâl, während sie von seiner Schönheit und Lieblichkeit ganz bezaubert war. Daulat Chatûn aber sprach zu ihr: ,Wisse, o Prinzessin, dies ist Saif el-Mulûk, durch dessen Hand ich nach der Bestimmung Allahs des Erhabenen gerettet bin; er ist der, über den all die Mühsale um deinetwillen gekommen sind; drum möchte ich, daß du ihn huldvoll anschaust.' Doch Badî'at el-Dschamâl sprach lächelnd: ,Wer hält denn noch Treue, so daß gerade dieser Jüngling es tun sollte? Es gibt ja bei den Menschen keine echte Liebe.' Da rief Saif el-Mulûk: ‚O Prinzessin, wahrlich, Treulosigkeit wird nie bei mir gefunden werden; nicht alle Menschen sind gleich auf Erden.' Dann begann er vor ihr zu weinen, und er sprach diese Verse:

> *Badî' at el-Dschamâl, sei huldvoll dem Betrübten!*
> *Ein grausam Zauberblick gab Siechtum ihm und Not.*
> *Bei all der Schönheit, die auf deinen Wangen weilet,*
> *So weiß, und gleich der Anemone dunkelrot,*
> *O, laß den Kranken nicht durch spröde Abkehr leiden!*
> *Mein Leib verzehrt sich durch der Trennung lange Frist.*
> *Dies ist mein Wunsch, dies ist mein letztes Ziel der Hoffnung:*
> *Vereinigung ersehn' ich, so sie möglich ist!*

Dann weinte er bitterlich, Liebe und Sehnsucht gewannen von neuem Gewalt über ihn, und er begrüßte sie mit diesen Versen:

> *O sei gegrüßt von ihm, den Liebe ganz verstört hat –*
> *Von jedem Edlen wird dem Edlen Huld zuteil.*
> *Sei mir gegrüßt! Möcht ich dein Traumbild niemals missen;*
> *So bist du stets bei mir, wo ich nur ruh und weil'.*
> *Ich wache über dir; nie nenn ich deinen Namen –*
> *Ein jeder Freund erweist dem Freunde Freundlichkeit.*
> *Drum lasse deine Huld dem, der dich liebt, nicht fehlen!*
> *Er ist verzehrt von Trauer und des Siechtums Leid.*
> *Ich schau die Sterne an, die hellen, die mich schrecken;*
> *In meiner Sehnsucht hält die Nacht so lange an.*
> *Mir schwindet die Geduld; kein Plan will sich mir bieten;*
> *Und wenn mich jemand fragt, was sage ich ihm dann?*
> *O sei gegrüßt vor Gott, wenn du auch grausam bist,*
> *Gegrüßt vom Liebeskranken, der geduldig ist!*

Dann sprach er im Übermaß seines Liebeswehs und seiner Sehnsucht noch diese Verse:

> *Begehr ich eine andre je als dich, o Herrin,*
> *Erfülle niemals sich bei dir mein Wunsch und Ziel!*
> *Wer ist wohl außer dir an Schönheit so vollkommen,*

> *Die mit des Jüngsten Tags Gewalt mich überfiel?*
> *Daß ich der Liebe je vergäße – das sei fern!*
> *Ich opfre dir mein Herz und meines Wesens Kern.*

Als er diese Verse gesprochen hatte, weinte er bitterlich. Doch Badî'at el-Dschamâl sprach zu ihm: ‚O Königssohn, ich fürchte, wenn ich mich dir ganz hingebe, so werde ich weder echte Neigung noch Liebe bei dir finden. Denn bei den Menschen ist meist das Gute gering, doch ihre Falschheit ist ein gewaltig Ding. Ich weiß auch, daß der Herr Salomo, der Sohn Davids – über beiden sei Heil! –, sich mit Bilkîs[1] aus Liebe vermählte; wie er aber eine Schönere sah als sie, wandte er sich von ihr ab und der anderen zu.' Da rief Saif el-Mulûk: ‚O du mein Auge und meine Seele, Gott hat nicht alle Menschen gleich geschaffen! Ich werde, so Gott will, die Treue halten, ich werde unter deinen Füßen sterben, ja, du sollst sehen, wie ich gemäß dem, was ich sage, auch handeln werde. Und Allah ist Bürge für das, was ich sage!' Darauf sprach Badî'at el-Dschamâl zu ihm: ‚Setz dich in Ruhe nieder und schwöre mir bei deinem Glauben; so laß uns einen Bund schließen, daß wir einander nie untreu werden wollen! Und wenn einer von uns die Treue gegen den anderen bricht, so möge Allah der Erhabene die Strafe an ihm vollstrecken!' Wie Saif el-Mulûk diese Worte aus ihrem Munde vernahm, setzte er sich nieder, und die beiden reichten einander die Hand und schworen einander, daß keiner von ihnen irgend jemanden seinem Gefährten vorziehen wolle, weder ein menschliches Wesen noch eines aus der Geisterwelt. Dann umarmten sie sich eine lange Weile und weinten heiße Freudentränen. Saif el-Mulûk aber sprach, von Leidenschaft überwältigt, diese Verse:

---

1. Bilkîs ist bei den Arabern die sagenhafte Königin von Saba.

Einst weinte ich in Liebe und in heißem Sehnen
Um sie, der ich mein Herz und Leben ganz geweiht.
Es wuchs in mir der Schmerz, so lang ihr fern zu weilen;
Nach meinem Ziel zu greifen war dem Arm zu weit.
Und meine Trauer, die ich kaum noch tragen konnte,
Erregte noch den Spott der Tadler für mein Leid.
Da wurde wahrlich eng, was vordem weit gewesen:
Mir schwanden Kraft und Stärke zur Beharrlichkeit.
Ich wußte nicht: Wird je uns Allah noch vereinen?
Und werd ich von dem Schmerz, der Not und Angst befreit?

Nachdem nun Badî'at el-Dschamâl und Saif el-Mulûk einander Treue geschworen hatten, erhob sich der Jüngling und ging in den Garten, auch die Prinzessin machte sich auf und trat hinaus, und ihr folgte eine Sklavin, die ein wenig Speise und eine Flasche voll Wein trug. Dann setzte Badî'at el-Dschamâl sich nieder, und die Sklavin stellte die Speisen und den Wein vor sie hin. Kaum aber waren sie eine kleine Weile dort gewesen, so kam auch schon Saif el-Mulûk; und nachdem die Prinzessin ihn mit dem Gruß empfangen hatte, umarmten die beiden einander und setzten sich nieder. – –«

Da bemerkte Schehrezâd, daß der Morgen begann, und sie hielt in der verstatteten Rede an. Doch als die *Siebenhundertundsechsundsiebenzigste Nacht* anbrach, fuhr sie also fort: »Es ist mir berichtet worden, o glücklicher König, daß Badî'at el-Dschamâl, nachdem sie Speise und Wein hatte mitbringen lassen und Saif el-Mulûk, der zu ihr kam, mit dem Gruß empfangen hatte, mit ihm eine Weile bei Speise und Trank beisammen saß. Darauf hub die Prinzessin an: ,O Königssohn, wenn du in den Garten Irams kommst, so wirst du dort ein großes Zelt aufgeschlagen sehen; es ist aus rotem Atlas und von innen mit grüner Seide verkleidet. Tritt festen Herzens in das Zelt ein; dort wirst du eine alte Frau erblicken, wie sie auf einem Lager aus rotem Golde sitzt, das mit Perlen und Edelsteinen besetzt ist. Stehst du dann darinnen, so grüße sie mit ehrfurchtsvoller Höflichkeit! Darauf schau nach dem Lager hin, und du wirst unter ihm ein Paar Sandalen finden, die mit Goldfäden durchwirkt und mit Edelsteinen bestickt sind! Nimm jene Sandalen, küsse sie und lege sie auf dein Haupt; dann tu sie unter deine rechte Armhöhle und tritt schweigend und mit gesenktem Haupte vor die alte Frau! Wenn sie dich fragt: ‚Woher kommst du? Wie bist du hierher gelangt? Wer hat dir den Weg zu dieser Stätte gezeigt? Und warum hast du diese Sandalen aufgenommen?' so schweig, bis diese meine Sklavin eintritt! Die wird mit ihr reden und sie dir geneigt machen und sie mit ihren Worten günstig für dich stimmen. Vielleicht wird Allah der Erhabene dich dann ihr Herz gewinnen lassen, so daß sie dir gewährt, was du wünschest.' Darauf rief sie jene Sklavin, die den Namen Mardschâna trug, und sprach zu ihr: ‚Bei meiner Liebe zu dir, führe heute diesen Auftrag, den ich dir gebe, aus und säume nicht, ihn zu erfüllen! Wenn du ihn heute ausführst, so sollst du frei sein vor dem Angesicht Allahs des Erhabenen; ich will dir hohe Ehren zuteil werden lassen, niemand soll mir lieber sein als du, und nur dich allein will ich zur Vertrauten meiner Geheimnisse machen.' Mardschâna gab ihr zur Antwort: ‚O meine Herrin, du Licht meiner Augen, sage mir, wie dein Auftrag lautet, damit ich ihn dir mit der allergrößten Freude ausführe!' Da fuhr die Prinzessin fort: ‚Heb diesen Sterblichen auf deine Schultern und bring ihn in den Garten Irams zu meiner Ahne, der Mutter meines Vaters, trag ihn in ihr Zelt und hüte ihn wohl! Wenn du dann mit ihm in das Zelt getreten bist und siehst, daß er die Sandalen genommen und ihnen Verehrung gezollt hat, und wenn die Ahne zu ihm sagt: ‚Woher bist du?

Auf welchem Wege bist du gekommen? Wer hat dich an diese Stätte gebracht? Warum hast du diese Sandalen genommen? Was ist dein Begehr, das ich dir erfüllen soll?' dann tritt eilig vor sie hin, biet ihr den Segensgruß und sprich zu ihr: ‚Hohe Herrin, ich bin es, die ihn hierher gebracht hat. Er ist der Sohn des Königs von Ägypten; er ist es, der zu dem Hochragenden Schlosse vordrang, den Sohn des Blauen Königs tötete, die Prinzessin Daulat Chatûn rettete und sie wohlbehalten zu ihrem Vater brachte. Er ist mir anvertraut worden, und ich habe ihn zu dir gebracht, auf daß er dir berichte und dir frohe Botschaft von ihrer glücklichen Heimkehr melde; drum sei huldvoll gegen ihn!' Und danach sprich zu ihr: ‚Ich beschwöre dich bei Allah, ist dieser Jüngling nicht schön, meine Herrin?' ‚So ist es', wird sie zu dir sagen; dann fahr du fort: ‚Hohe Herrin, er ist vollkommen an Ehre, Mannhaftigkeit und Tapferkeit, er ist der Herr und König von Ägypten und vereinigt in sich alle rühmlichen Tugenden.' Wenn sie dich fragt: ‚Was ist sein Begehr?' so antworte ihr: ‚Meine Herrin läßt dich grüßen und dir sagen: ‚Wie lange noch soll ich als Jungfrau unvermählt zu Hause sitzen? Die Zeit wird mir lang; und was habt ihr im Sinne, daß ihr mich nicht vermählt? Ja, warum gebt ihr mir nicht einen Gatten, solange du noch lebst und meine Mutter lebt, gleich anderen Mädchen?' Und wenn sie dann fragt: ‚Wie sollen wir es beginnen, sie zu vermählen? Wenn sie einen weiß oder wenn ihr einer in den Sinn kommt, so möge sie ihn uns nennen, und wir werden ihr den Willen tun, soweit es irgend möglich ist', so erwidere du ihr: ‚Hohe Herrin, deine Tochter läßt dir sagen: ‚Ihr wolltet mich einst mit Salomo – über ihm sei Heil! – vermählen, und ihr sticktet für ihn mein Bild in das Obergewand. Aber er war mir nicht bestimmt; denn er schickte das Gewand an den König von Ägypten, und der gab es seinem Sohne. Dieser aber sah mein Bildnis darin gewirkt und gewann mich lieb; und er verließ das Reich seines Vaters und seiner Mutter, er wandte sich ab von der Welt und ihren Gütern, er zog liebeverstört hinaus in die weite Welt überallhin und erduldete die größten Mühsale und Fährnisse um meinetwillen.' Da hob die Sklavin Saif el-Mulûk auf ihre Schultern und sprach zu ihm: ‚Schließe deine Augen!' Er tat es, und sie flog mit ihm in die Lüfte davon; nach einer Weile sprach sie zu ihm: ‚O Königssohn, öffne deine Augen!' Als er nun die Augen aufschlug, sah er den Garten; das war der Garten Irams. Dann fuhr die Sklavin Mardschâna fort: ‚Tritt ein, o Saif el-Mulûk, in das Zelt dort!' Er sprach darauf den Namen Allahs aus und trat ein, und nachdem er noch einen Blick in den Garten geworfen hatte, schaute er die Alte an, wie sie auf dem Ruhelager saß, von dienenden Sklavinnen umgeben. Und er näherte sich ihr in ehrfurchtsvoller Höflichkeit, nahm die Sandalen, küßte sie und tat mit ihnen, wie Badî'at el-Dschamâl ihm geboten hatte. Da hub die Alte an: ‚Wer bist du? Woher kommst du? Aus welchem Lande bist du? Wer hat dich an diese Stätte gebracht? Warum hast du diese Sandalen aufgehoben und geküßt? Und wann hättest du mir eine Bitte vorgetragen, die ich dir nicht erfüllt hätte?' In diesem Augenblicke trat die Sklavin Mardschâna vor und grüßte die Ahne mit Achtung und Ehrerbietung; dann sprach sie zu ihr die Worte, die Badî'at el-Dschamâl ihr gesagt hatte. Wie aber die Alte diese Worte vernommen hatte, ergrimmte sie wider sie und schrie sie an mit den Worten: ‚Wie kann zwischen Menschen und Geistern Einklang herrschen?' – –«

Da bemerkte Schehrezâd, daß der Morgen begann, und sie hielt in der verstatteten Rede an. Doch als die *Siebenhundert-*

undsiebenundsiebenzigste Nacht anbrach, fuhr sie also fort: »Es ist mir berichtet worden, o glücklicher König, daß die alte Frau, wie sie die Worte der Sklavin vernommen hatte, wider sie ergrimmte und sprach: ‚Wie sollte zwischen Menschen und Geistern Einklang sein können?‘ Da rief Saif el-Mulûk: ‚Ich will mit dir im Einklang sein! Ich will dein Diener sein und in der Liebe zu dir sterben; ich will dir die Treue halten und niemanden ansehen als dich allein, dann wirst du sehen, wie ich wahrhaftig bin und ohne Falsch und von schöner und edler Gesinnung gegen dich, so Allah der Erhabene will.‘ Die alte Frau sann eine Weile nach, indem sie ihr Haupt senkte; dann hob sie den Kopf und sprach: ‚O du schöner Jüngling, willst du Bund und Treue halten?‘ ‚Ja,‘ erwiderte er, ‚bei Ihm, der den Himmel hochreckte und die Erde auf dem Wasser ausstreckte, ich will die Treue wahren!‘ Nun sprach die Alte: ‚Ich werde dir deinen Wunsch erfüllen, so Allah der Erhabene will. Doch geh jetzt in den Garten, schau dich dort um und iß von den Früchten, die ihresgleichen nicht haben und denen in der ganzen Welt nichts ähnlich ist! Ich will derweilen nach meinem Sohne Schahjâl[1] schicken, und wenn er kommt, will ich mit ihm darüber sprechen; daraus soll, so Allah der Erhabene will, nur Gutes ersprießen. Denn er wird mir nicht widersprechen noch meinem Befehle zuwiderhandeln; und so werde ich dich mit seiner Tochter Badî'at el-Dschamâl vermählen. Drum sei gutes Muts; sie wird deine Gemahlin werden, o Saif el-Mulûk!‘ Für diese Worte dankte ihr der Jüngling, und er küßte ihr die Hände und die Füße; dann verließ er sie und begab sich in den Garten. Die Alte aber wandte sich zu der Sklavin und sprach zu ihr: ‚Geh hin und suche nach meinem Sohne Schahjâl; schau, in welchem Himmelsstrich und

1. Vgl. Seite 249, Anmerkung.

an welcher Stätte er weilt, und bring ihn zu mir!' Da eilte die Sklavin von dannen und suchte nach dem König Schahjâl, und als sie ihn getroffen hatte, brachte sie ihn zu seiner Mutter.

Wenden wir uns nun von ihr zu Saif el-Mulûk! Der hatte begonnen, in dem Garten zu lustwandeln, da plötzlich erblickten ihn fünf Dämonen, die zum Volke des Blauen Königs gehörten. Und sie sagten: ,Woher kommt der da? Wer hat ihn hierhergebracht? Vielleicht ist dieser es sogar, der den Sohn des Blauen Königs getötet hat!' Und weiter sagten sie zueinander: ,Wir wollen ihn überlisten und ihn fragen und ausforschen.' Darauf gingen sie ganz langsam weiter, bis sie zu Saif el-Mulûk kamen, der abseits im Garten saß; und sie setzten sich zu ihm und sprachen: ,Schöner Jüngling, du hast keinen Fehler gemacht, als du den Sohn des Blauen Königs tötetest und Daulat Chatûn von ihm befreitest; denn er war ein verräterischer Hund, der treulos an ihr gehandelt hatte. Wenn Allah dich ihr nicht gesandt hätte, so wäre sie nie und nimmer befreit worden. Doch wie hast du ihn zu Tode gebracht?' Saif el-Mulûk schaute sie an und sprach dann zu ihnen: ,Ich habe ihn durch diesen Ring getötet, der an meinem Finger ist.' Da ward es ihnen gewiß, daß er es war, der jenen getötet hatte, und sie packten ihn, zwei an den Händen, zwei an den Füßen, während einer ihm den Mund zuhielt, damit er nicht schrie, so daß die Leute des Königs Schahjâl ihn hätten hören und ihn aus ihren Händen hätten befreien können. Dann hoben sie ihn empor und flogen mit ihm fort; immer weiter eilten sie dahin, bis sie sich bei ihrem König hinabließen und ihren Gefangenen vor ihn brachten. Und sie sprachen: ,O größter König unserer Zeit, wir haben dir den Mörder deines Sohnes gebracht.' ,Wo ist er?' fragte der König; und sie antworteten: ,Dieser ist es!' Darauf schrie der Blaue König den Jüngling an:

‚Hast du meinen Sohn getötet, den Kern meines Herzens und das Licht meiner Augen, ohne Recht und ohne daß er sich an dir vergangen hat?' Saif el-Mulûk aber antwortete: ‚Ja, ich habe ihn getötet, jedoch um seines grausamen und feindseligen Tuns willen. Denn er raubte Königskinder und brachte sie zu dem Verfallenen Brunnen und zu dem Hochragenden Schlosse; er entriß sie ihrem Volke und verging sich an ihnen. Ich habe ihn mit dem Siegelringe getötet, der an meinem Finger ist, und Allah ließ seine Seele ins höllische Feuer sausen, an die Stätte voller Grausen.' Als nun der Blaue König sich überzeugt hatte, daß jener Jüngling ohne Zweifel der Mörder seines Sohnes war, berief er alsbald seinen Wesir und sprach zu ihm: ‚Dies ist der Mörder meines Sohnes, das ist sicher, ohne Zweifel. Was rätst du mir mit ihm zu tun? Soll ich ihn aufs schmählichste zu Tode bringen, oder soll ich ihn in grausamster Weise foltern, oder was soll ich sonst tun?' Da sprach der Großwesir: ‚Hack ihm ein Glied nach dem anderen ab!' Und jemand anders rief: ‚Laß ihn jeden Tag unbarmherzig schlagen!' Ein dritter: ‚Schlagt ihn mitten durch!' Ein vierter: ‚Schneidet ihm alle Finger ab und verbrennt ihn im Feuer!' Ein fünfter: ‚Kreuzigt ihn!' Und ein jeder gab seinen Rat, so gut er es verstand. Nun hatte der Blaue König aber einen hochbetagten Emir, der war mit allen Dingen wohlbekannt und wußte, wie es um die Wechselfälle der Zeitläufte stand, und er sprach: ‚O größter König unserer Zeit, sieh ich will dir etwas sagen; doch bei dir steht die Entscheidung darüber, ob du auf das hören willst, was ich dir rate.' Er war nämlich der Ratgeber seines Reiches und sein oberster Würdenträger, und der König pflegte auf seine Worte zu hören und nach seinem Rate zu handeln und sich ihm nie zu widersetzen. Der also erhob sich, küßte den Boden vor dem König und sprach zu ihm:

‚O größter König unserer Zeit, wenn ich dir in dieser Sache einen Rat gebe, wirst du ihn befolgen und mir Straflosigkeit gewähren?' Der König erwiderte ihm: ‚Tu deinen Rat kund, und du sollst straflos sein!' Nun fuhr jener fort: ‚O König, wenn du diesen Mann tötest, ohne meinen Rat anzunehmen und ohne auf mein Wort zu achten, so ist seine Hinrichtung zu dieser Zeit nicht das Rechte; er ist ja in deiner Gewalt und in dem Bereiche deiner Macht und ist dein Gefangener, du kannst ihn also jederzeit, wann du ihn haben willst, holen lassen und mit ihm tun, was dir beliebt. Doch gedulde dich, o größter König unserer Zeit; dieser da ist in den Garten Irams gekommen, er ist zum Gemahl bestimmt für Badî'at el-Dschamâl, die Tochter des Königs Schahjâl, und er ist einer der Ihrigen geworden. Deine Leute haben Hand an ihn gelegt und ihn vor dich geschleppt, und er hat weder vor ihnen noch vor dir verborgen, wer er ist. Wenn du ihn tötest, so wird König Schahjâl Blutrache für ihn an dir zu nehmen suchen, er wird wider dich zu Felde ziehen und mit seinen Kriegern über dich herfallen um seiner Tochter willen; aber du kannst es mit seinem Heere nicht aufnehmen und kannst dich mit ihm nicht messen.' Der König hörte auf seinen Rat und befahl, den Jüngling ins Gefängnis zu bringen. So stand es nun um Saif el-Mulûk.

Wenden wir uns jetzt wieder zu der alten Königin, der Großmutter Badî'at el-Dschamâls! Als sie ihren Sohn, den König Schahjâl, bei sich hatte, schickte sie die Sklavin aus, um nach Saif el-Mulûk zu suchen; doch die fand ihn nicht und kehrte zu ihrer Herrin zurück mit der Meldung: ‚Ich habe ihn im Garten nicht gefunden.' Darauf sandte die Alte nach den Gärtnern und befragte sie über Saif el-Mulûk. Jene sagten aus: ‚Wir haben ihn unter einem Baume sitzen sehen. Da kamen plötzlich fünf von den Leuten des Blauen Königs zu ihm hin und sprachen mit ihm; dann aber hoben sie ihn hoch, nachdem sie ihm den Mund geknebelt hatten, und flogen mit ihm auf und davon.' Als die alte Königin, die Großmutter Badî'at el-Dschamâls, diese Worte auch aus dem Munde der Sklavin vernahm, kam es sie hart an, und sie ergrimmte gewaltig; sie sprang auf und schrie ihrem Sohne, dem König Schahjâl, die Worte zu: ,Wie kannst du König sein, wenn die Leute des Blauen Königs in unseren Garten kommen dürfen und unseren Gast ergreifen und ungestraft fortschleppen, solange du noch am Leben bist?' So reizte seine Mutter ihn auf, und sie fügte noch hinzu: ,Es gebührt sich wirklich nicht, daß irgend jemand zu deinen Lebzeiten sich wider uns vergehe.' ,Liebe Mutter,' gab er ihr zur Antwort, ,dieser Mensch hat den Sohn des Blauen Königs getötet, der doch ein Dämon war, und nun hat Allah ihn jenem in die Hände gegeben. Wie kann ich jetzt hingehen und ihn befehden um eines Sterblichen willen?' Doch seine Mutter fuhr fort: ,Geh hin zu ihm und fordere von ihm unseren Gast; und wenn er noch am Leben ist und jener ihn dir ausliefert, so nimm ihn und kehre zurück! Hat er ihn aber bereits getötet, so ergreife den Blauen König lebendig, ihn und seine Kinder und seine Frauen und alle seine Diener, die unter seinem Schutze stehen; bring sie alle lebendig zu mir, auf daß ich ihnen mit eigener Hand die Köpfe abschlage und sein Reich ausrotte! Tust du aber nicht, was ich dir gebiete, so nehme ich dir das Recht, das meine Milch dir gab, und die Erziehung, die dir von mir zuteil geworden ist, soll nicht mehr zu Rechte bestehen!' – –«

Da bemerkte Schehrezâd, daß der Morgen begann, und sie hielt in der verstatteten Rede an. Doch als die *Siebenhundertundachtundsiebenzigste Nacht* anbrach, fuhr sie also fort: »Es ist mir berichtet worden, o glücklicher König, daß die Großmutter Badî'at el Dschamâls zu ihrem Sohne Schahjâl sprach: ‚Geh hin zum Blauen König und schau nach Saif el-Mulûk; wenn er noch am Leben ist, so hole ihn und kehre zurück! Hat jener ihn aber bereits getötet, so ergreife ihn und seine Kinder und seine Frauen und alle, die unter seinem Schutze stehen; bring sie alle lebendig zu mir, auf daß ich ihnen mit eigener Hand die Köpfe abschlage und sein Reich ausrotte! Gehst du aber nicht hin zu ihm und tust nicht, was ich dir gebiete, so nehme ich dir das Recht, das meine Milch dir gab, und deine Erziehung soll nicht mehr zu Rechte bestehen!' Sofort machte König Schahjâl sich auf, gab seinem Heere Befehl zum Aufbruch und zog wider den Blauen König zu Felde, seiner Mutter zuliebe, und um ihr und ihren Lieben eine Freude zu bereiten, freilich auch, weil das alles schon von Ewigkeit her bestimmt war. König Schahjâl also machte sich mit seinem Heere auf den Weg, und sie zogen dahin, bis sie den Blauen König erreichten. Da prallten die beiden Heere aufeinander und kämpften; der Blaue König und sein Heer aber wurden besiegt. Nun ergriffen die Sieger seine Kinder, groß und klein, und die Herren und Vornehmen seines Reiches, banden sie und schleppten sie vor König Schahjâl. Und der sprach: ‚O Blauer, wo ist Saif el-Mulûk, der Sterbliche, der mein Gast ist?' Der Blaue König erwiderte: ‚O Schahjâl, du bist ein Dämon, und ich bin ein Dämon, und um eines Sterblichen willen, der meinen Sohn getötet hat, verübst du all diese Taten? Er hat meinen Sohn, den Kern meines Herzens, den Trost meiner Seele, ermordet; wie konntest du all diese Dinge tun und das Blut von soundso viel tausend Dämonen vergießen?' Doch Schahjâl entgegnete ihm: ‚Laß dies Gerede!'[1] Wenn er noch am Leben ist, so bring

[1]. Die Breslauer Ausgabe hat hier den Satz: ‚Weißt du nicht, daß ein einziges menschliches Wesen bei Allah mehr gilt als tausend Dämonen?'

ihn her! Dann will ich dich freilassen und alle deine Söhne, die ich gefangen genommen habe. Wenn du ihn aber schon getötet hast, so will ich dich und deine Söhne hinrichten lassen.' ‚O König,' sagte darauf der Blaue König, ‚ist dieser dir mehr wert als mein Sohn?' Und König Schahjâl antwortete ihm: ‚Dein Sohn war doch ein Übeltäter, der die Kinder der Leute und die Töchter der Könige raubte und sie in dem Hochragenden Schlosse und dem Verlassenen Brunnen einschloß und sich an ihnen verging.' Da sagte der Blaue König: ‚Er ist noch bei mir; doch nun stifte Frieden zwischen uns und ihm!' Darauf stiftete Schahjâl Frieden zwischen ihnen und verlieh ihnen Ehrengewänder; auch ließ er einen Vertrag zwischen dem Blauen König und Saif el-Mulûk niederschreiben, durch den der Tod des Sohnes gesühnt wurde, und König Schahjâl nahm Saif el-Mulûk zu sich. Dann bewirtete er die Fremden in trefflicher Weise; drei Tage lang blieben der Blaue König und seine Krieger bei ihm. Und schließlich nahm er Saif el-Mulûk mit sich und brachte ihn seiner Mutter; da freute sie sich über die Maßen. Schahjâl aber staunte ob der Schönheit des Jünglings, ob seiner Vollkommenheit und Lieblichkeit. Dann erzählte ihm Saif el-Mulûk seine Geschichte von Anfang bis zu Ende, insonderheit auch, was er mit Badî'at el-Dschamâl erlebt hatte. Darauf sagte Schahjâl: ‚Liebe Mutter, da du solches wünschest, so höre und gehorche ich jedem Befehle, der dir beliebt. Nimm ihn hin und bring ihn nach Ceylon und rüste ihm dort ein prächtiges Hochzeitsfest; denn er ist ein schöner Jüngling, und er hat um ihretwillen Schrecknisse erdulden müssen!' Und alsbald machte sie sich mit ihren Dienerinnen auf den Weg, bis sie nach Ceylon gelangten und in den Garten kamen, der das Eigentum der Mutter von Daulat Chatûn war; wie sie dort zu dem Zelte kamen, freute sich Badî'at el-Dschamâl ob seiner

Wiederkunft. Als nun alle wieder vereinigt waren, erzählte ihnen die alte Königin, was ihm von dem Blauen König widerfahren war, und wie er in der Gefangenschaft jenes Königs dem Tode nahe gewesen war; doch zweimal erzählen würde die Hörer nur quälen. Dann versammelte König Tâdsch el-Mulûk, der Vater von Daulat Chatûn, die Großen seines Reiches und ließ den Ehevertrag zwischen Badî'at el-Dschamâl und Saif el-Mulûk vollziehen; und er verteilte kostbare Ehrengewänder und ließ Festmahle herrichten für alles Volk. Nun ging Saif el-Mulûk hin, küßte den Boden vor Tâdsch el-Mulûk und sprach zu ihm: ‚O König, vergib! Ich möchte dich um etwas bitten; doch ich fürchte, du wirst es mir versagen, so daß ich enttäuscht werde.' ‚Bei Allah,' erwiderte der König, ‚wenn du meine Seele von mir verlangtest, ich würde sie dir nicht verweigern, da du so viel Gutes getan hast.' Und Saif el-Mulûk fuhr fort: ‚Ich möchte, daß du die Prinzessin Daulat Chatûn mit meinem Bruder Sâ'id vermählest; dann wollen wir beide deine Diener sein.' ‚Ich höre und gewähre!' erwiderte Tâdsch el-Mulûk; dann berief er die Großen seines Reiches zum zweiten Male und ließ nun den Ehevertrag zwischen seiner Tochter Daulat Chatûn und Sâ'id vollziehen und die Urkunde von den Kadis aufzeichnen. Und nachdem dies geschehen war, streuten sie Gold und Silber unter das Volk, und der König befahl, die Stadt zu schmücken. So ward denn die Hochzeit gefeiert; Saif el-Mulûk ging ein zu Badî'at el-Dschamâl, und in der gleichen Nacht ging auch Sâ'id zu Daulat Chatûn ein. Nachdem aber Saif el-Mulûk vierzig Tage mit Badî'at el-Dschamâl allein geblieben war, sprach sie zu ihm eines Tages: ‚O Königssohn, ist in deinem Herzen noch die Sehnsucht nach irgend etwas geblieben?' ‚Das sei ferne!' erwiderte Saif el-Mulûk, ‚ich habe mein Ziel erreicht, und in meinem Herzen ist keinerlei Sehnsucht geblieben. Dennoch möchte ich gern einmal wieder bei meinem Vater und meiner Mutter im Lande Ägypten sein, um zu sehen, ob es ihnen immer noch wohl ergeht oder nicht.' Alsbald befahl sie einer Schar ihrer Diener, Saif el-Mulûk und Sâ'id nach Ägyptenland zu tragen. Da konnte Saif el-Mulûk seinen Vater und seine Mutter wiedersehen, und ebenso auch Sâ'id seine Eltern; und nachdem sie eine Woche lang bei ihnen geblieben waren, nahmen beide Abschied von Vater und Mutter und kehrten nach der Hauptstadt von Ceylon zurück. Doch immer, wenn sie Sehnsucht nach den Ihren empfanden, pflegten die beiden zu ihnen zu reisen und heimzukehren. Und Saif el-Mulûk lebte mit Badî'at el-Dschamâl herrlich und in Freuden, und desgleichen auch Sâ'id mit Daulat Chatûn, bis Der zu ihnen kam, der die Freuden schweigen heißt und der die Freundesbande zerreißt. Preis aber sei dem Lebendigen, der nie stirbt, der die Geschöpfe geschaffen und ihnen den Tod bestimmt hat, der ohne Anfang der Erste ist und ohne Ende der Letzte ist!

Dies ist alles, was uns von der Geschichte von Saif el-Mulûk und Badî'at el-Dschamâl überliefert ist. Doch Allah kennt die Wahrheit und das Rechte am besten!

Ferner wird erzählt

DIE GESCHICHTE DES JUWELIERS HASAN VON BASRA

Einst lebte in alten Zeiten und in längst entschwundenen Vergangenheiten ein Kaufherr, der in der Stadt Basra wohnte; jener Mann hatte zwei Söhne, und er besaß großen Reichtum. Nun beschloß Allah, der Allhörende und Allwissende, daß dieser Kaufmann zur Barmherzigkeit Gottes des Erhabenen einging und all jenes Gut verlassen mußte; da erfüllten seine beiden Söhne die Pflicht, ihn aufzubahren und zu begraben. Dann teilten sie das Gut unter sich zu gleichen Teilen, und ein jeder von ihnen nahm hin, was ihm zufiel; und sie eröffneten jeder einen Laden, der eine als Kupferschmied, der andere aber als Goldschmied. Eines Tages, als der Goldschmied in seinem Laden saß, erschien plötzlich ein Perser, der im Basare unter den Leuten dahinschritt, bis er zu dem Laden des jungen Goldschmiedes kam; und er blickte auf seine Arbeit, und nachdem er sie mit kundigem Auge genau betrachtet hatte, gefiel sie ihm. Der Name des Goldschmiedes aber war Hasan. Der Perser sprach zu ihm, indem er bewundernd das Haupt wiegte: ‚Bei Allah, du bist ein schöner Goldschmied!' Und wiederum schaute er seine Arbeiten an, während der Jüngling in ein altes Buch schaute, das er in der Hand hielt, und die Leute berückt waren von seiner Schönheit und Lieblichkeit und seines Wuchses Ebenmäßigkeit. Wie es dann Zeit zum Nachmittagsgebete ward, leerte sich der Laden von den Leuten, und nun trat der persische Mann zu dem Goldschmied und sprach zu ihm: ‚Mein Sohn, du bist ein schöner Jüngling! Sag, was für ein Buch ist dies? Du hast keinen Vater, und ich habe keinen Sohn. Aber ich kenne eine Kunst, die von allen Künsten der Welt die beste ist.' —«

Da bemerkte Schehrezâd, daß der Morgen begann, und sie hielt in der verstatteten Rede an. Doch als die *Siebenhundertundneunundsiebenzigste Nacht* anbrach, fuhr sie also fort: »Es ist mir berichtet worden, o glücklicher König, daß der persische Mann zu dem Goldschmied Hasan trat und zu ihm sprach: ‚Mein Sohn, du bist ein schöner Jüngling! Du hast keinen Vater, und ich habe keinen Sohn. Aber ich kenne eine Kunst, die von allen Künsten der Welt die beste ist. Viele Menschen haben mich schon gebeten, ich solle sie darin unterweisen; aber ich habe noch nie eingewilligt, auch nur einen von ihnen sie zu lehren. Doch jetzt hat meine Seele freiwillig beschlossen, dich darin zu unterrichten, und ich will dich zu meinem Sohne machen und zwischen dir und der Armut eine Schranke setzen, auf daß du von dieser Arbeit, von der Mühe mit Hammer und Kohle und Feuer befreit werdest.' Da fragte Hasan ihn: ‚Guter Herr, wann willst du mich das lehren?' Jener antwortete: ‚Morgen will ich zu dir kommen und will dir vor deinen Augen aus Kupfer lauteres Gold machen.' Darüber freute sich Hasan, und nachdem er von dem Perser Abschied genommen hatte, begab er sich zu seiner Mutter. Als er bei ihr eintrat, sprach er den Friedensgruß vor ihr; dann aß er mit ihr, und hernach erzählte er ihr von seinem Erlebnis mit dem Perser; doch dabei war er noch ganz verwirrt und ohne rechten Verstand und Besinnung. So sprach denn seine Mutter zu ihm: ‚Was ist dir, mein Sohn? Hüte dich, auf das Geschwätz der Leute zu hören, besonders auf das der Perser, und folge nie ihrem Rate! Denn die Kerle sind Betrüger; sie lehren die Schwarzkunst, aber sie übertölpeln die Menschen und nehmen ihnen ihr Geld ab und verzehren es unter falschen Vorspiegelungen.' Doch Hasan erwiderte ihr: ‚Liebe Mutter, wir sind arme Leute[1], und wir haben nichts, wonach es ihn verlangen könnte, so daß er uns betrügen will. Nein, fürwahr, dieser Perser ist ein rechtschaffener, ehrwürdiger Mann, dem man die Ehrlichkeit ansieht; es ist nur so, daß Allah mir sein Herz geneigt gemacht hat.' Die Mutter verstummte vor Zorn, während ihres Sohnes Herz so voller Erregung war, daß der Schlaf in jener Nacht vor lauter Freude über die Worte des Persers nicht zu ihm kam. Als es Morgen ward, machte er sich auf, nahm die Schlüssel mit und öffnete den Laden; und siehe, da kam auch schon der Perser auf ihn zu. Hasan erhob sich vor ihm und wollte ihm die Hände küssen; aber der entzog ihm die Hand und ließ es nicht zu. Und er

1. Nach der Breslauer Ausgabe hatte Hasan sein Geld verschwendet.

sprach: ‚Hasan, setze den Schmelztiegel auf und halte den Blasebalg bereit!' Der tat, wie ihm der Perser befohlen hatte, und setzte die Kohlen in Brand. Dann fragte der Perser ihn: ‚Mein Sohn, hast du Kupfer bei dir?' ‚Ich habe eine zerbrochene Schüssel', gab er zur Antwort; und jener befahl ihm, die Metallschere fest anzusetzen und die Schüssel in kleine Stücke zu zerschneiden. Er tat, wie jener gesagt hatte, schnitt kleine Stücke und warf sie in den Schmelztiegel; dann fachte er das Feuer mit dem Blasebalg an, bis das Kupfer flüssig geworden war. Nun streckte der Perser seine Hand nach seinem Turban, holte aus ihm ein gefaltetes Papier heraus, öffnete es und streute in den Tiegel von seinem Inhalt etwa ein halbes Quentchen von einem Pulver, das gelbem Arzneipulver glich. Darauf befahl er Hasan, wieder mit den Bälgen zu blasen, und der tat es, bis die Masse ein Barren Goldes geworden war. Als der Jüngling das sah, ward er sprachlos und ganz verwirrt durch die Freude, die über ihn kam. Und er nahm den Barren und wandte ihn hin und her; dann nahm er eine Feile und prüfte ihn und fand, daß er aus lauterem, allerkostbarstem Golde bestand. Da war er wie von Sinnen und ganz starr im Übermaße der Freude; und er neigte sich über die Hand des Persers, um sie zu küssen. Aber der entzog sie ihm und sprach zu ihm: ‚Nimm diesen Barren und trag ihn auf den Markt; verkaufe ihn und nimm den Erlös dafür eilends an dich, ohne zu sprechen!' Nun ging Hasan zum Markt und gab den Barren dem Ausrufer; als der ihn von ihm empfangen hatte, rieb er ihn auf dem Prüfsteine und fand, daß er lauteres Gold war. Das Gebot darauf ward mit zehntausend Dirhems eröffnet; aber bald boten die Kaufleute mehr dafür, und um fünfzehntausend Dirhems verkaufte Hasan seinen Barren. Er nahm sein Geld, eilte nach Hause und erzählte seiner Mutter alles, was er getan hatte; und er fügte

hinzu: ‚Liebe Mutter, ich habe diese Kunst bereits gelernt.'
Doch sie lächelte über ihn und sprach: ‚Es gibt keine Macht
und es gibt keine Majestät außer bei Allah, dem Erhabenen
und Allmächtigen!' – –«

Da bemerkte Schehrezâd, daß der Morgen begann, und sie hielt in der verstatteten Rede an. Doch als die *Siebenhundertundachtzigste Nacht* anbrach, fuhr sie also fort: »Es ist mir berichtet worden, o glücklicher König, daß die Mutter Hasans des Goldschmieds, als er ihr erzählte, was der Perser getan hatte, und hinzufügte: ‚Liebe Mutter, ich habe diese Kunst bereits gelernt', nur sprach: ‚Es gibt keine Macht und es gibt keine Majestät außer bei Allah, dem Erhabenen und Allmächtigen!' Dann verstummte sie in ihrem Ärger. Hasan aber nahm in seiner Unwissenheit einen Mörser, brachte ihn dem Perser, der im Laden geblieben war, und setzte ihn vor ihm nieder. Der fragte ihn: ‚Mein Sohn, was willst du mit diesem Mörser machen?' Hasan erwiderte: ‚Wir wollen ihn ins Feuer tun und Barren Goldes daraus machen.' Da lachte der Perser und sprach zu ihm: ‚Mein Sohn, bist du denn ganz von Sinnen, daß du am selben Tage zwei Goldbarren zum Markte tragen willst? Weißt du denn nicht, daß die Leute dann Verdacht gegen uns schöpfen würden, so daß unser Leben in Gefahr käme? Doch, mein Sohn, wenn ich dich diese Kunst gelehrt habe, so darfst du sie nur ein einziges Mal im Jahre ausüben, und das wird dir auch genug einbringen von einem Jahre zum anderen.' ‚Du hast recht, mein Gebieter', antwortete der Jüngling; und er blieb im Laden, setzte den Schmelztiegel auf und warf Kohlen ins Feuer. Der Perser fragte: ‚Was hast du vor, mein Sohn?' ‚Lehre mich die Kunst!' erwiderte jener. Da lachte der Perser von neuem und rief: ‚Es gibt keine Macht und es gibt keine Majestät außer bei Allah, dem Erhabenen und Allmächtigen! Mein

Junge, du bist wirklich kurz von Verstand, und du bist für diese Kunst ganz und gar nicht geeignet. Kann je im Leben ein Mensch diese Kunst an offener Straße oder in den Basaren lernen? Wenn wir uns an dieser Stätte mit ihr beschäftigen, so werden die Leute über uns reden: Die da treiben die Schwarzkunst! Dann wird auch die Obrigkeit von uns hören, und unser Leben wird auf dem Spiel stehen. Wenn du also, mein Sohn, diese Kunst lernen willst, so komm mit mir in mein Haus!' So machte denn Hasan sich auf, schloß den Laden und ging mit dem Perser fort. Aber während er dahinschritt, kamen ihm plötzlich die Worte seiner Mutter in den Sinn, und er machte sich in seiner Seele tausend Gedanken; und er blieb eine Weile mit gesenktem Haupte stehen. Da wandte der Perser sich um, und als er ihn so dastehen sah, rief er lachend: ‚Bist du denn von Sinnen? Ich habe in meinem Herzen nur Gutes mit dir vor; wie kannst du da glauben, ich wollte dir ein Leids antun?' Und er fügte hinzu: ‚Wenn du dich davor fürchtest, mit mir in mein Haus zu gehen, so will ich mit dir in dein Haus kommen und will dich dort lehren.' ‚So ist es, mein Oheim', erwiderte Hasan; und der Perser fuhr fort: ‚Geh du vor mir her!' Da ging Hasan ihm voran auf dem Wege zu seiner Wohnung, und der Perser folgte ihm, bis sie dort ankamen. Hasan trat in sein Haus ein und kündete seiner Mutter, die er dort fand, daß der Perser mit ihm gekommen sei; der Perser selbst aber blieb an der Haustür stehen. Darauf richtete sie alles im Hause für sie, und als sie ihre Arbeit getan hatte, ging sie fort. Alsbald meldete Hasan dem Perser, er könne hereinkommen, und so trat der Mann ins Haus. Dann nahm Hasan eine Schüssel in seine Hand und eilte mit ihr auf den Markt, um in ihr etwas zum Essen zu holen. Und bald, nachdem er fortgegangen war, kam er mit den Speisen zurück und setzte sie dem Perser vor, indem er zu ihm sprach: ‚Iß, mein Gebieter, auf daß Brot und Salz zwischen uns seien; und Allah der Erhabene strafe den, der dem Bunde von Brot und Salz untreu wird!' ‚Du hast recht, mein Sohn', erwiderte der Perser; aber dann lächelte er und fuhr fort: ‚Ja, ja, mein Sohn! Wer kennt den Wert von Brot und Salz?' Darauf trat er heran und aß mit Hasan, bis sie gesättigt waren; und nun sagte der Perser: ‚Mein Sohn Hasan, hole uns ein wenig Süßigkeiten!' So ging denn Hasan wieder zum Markte und holte zehn Schalen[1] voll Süßigkeiten, erfreut über die Worte des Persers. Und nachdem er sie jenem vorgesetzt hatte, aß der davon, und Hasan aß mit ihm. Zuletzt sagte der Perser zu ihm: ‚Allah lohne dir mit Gutem, mein Sohn! Deinesgleichen nehmen die Menschen sich zum Freunde, und sie offenbaren ihm ihre Geheimnisse und lehren ihn, was ihm Nutzen bringt.' Und er fügte hinzu: ‚Hasan, hol das Gerät!' Kaum hatte Hasan diese Worte vernommen, da sprang er hinaus wie ein Füllen, das im Frühjahr auf die Weide gelassen wird, und er eilte zum Laden, nahm das Gerät, lief zurück und stellte alles vor den Perser hin. Der zog ein Stück Papier hervor und sprach: ‚O Hasan, bei dem Bunde von Brot und Salz, wärest du mir nicht lieber als ein eigen Kind, so würde ich dich nicht in diese Kunst einweihen. Jetzt habe ich von diesem Elixier nur noch dies kleine Päcklein übrig; aber schau zu, wenn ich später die Kräuter mische und vor dich hinlege! Wisse, mein Sohn, mein Hasan, du mußt auf je zehn Pfund Kupfer ein halbes Quentchen von dem nehmen, was in diesem Papier ist; dann werden die zehn Pfund alsbald zu reinem, lauterem Golde.' Und weiter sprach er zu ihm: Mein Sohn, mein Hasan, in diesem Papier sind noch drei Unzen nach ägyptischem Gewicht; und wenn das, was darinnen sich befindet, verbraucht ist, so

---

[1]. Das Wort ist nicht ganz sicher.

will ich dir neues bereiten.' Hasan nahm das Päckchen hin und entdeckte in ihm etwas Gelbes, das noch feiner war als das erste; da sagte er: ‚Mein Gebieter, wie heißt dies? Wo ist es zu finden? Und woraus wird es bereitet?' Der Perser lächelte, denn er dachte schon gierig daran, über Hasan Gewalt zu gewinnen; und er sprach zu ihm: ‚Wonach fragst du auch immer! Tu dein Werk und schweig still!' Da holte Hasan eine Schale aus dem Hause, zerschnitt sie und warf die Stücke in den Tiegel; dann streute er darauf ein wenig von dem, was in dem Papier war, und sofort entstand ein Barren von lauterem Golde. Wie er das sah, freute er sich über die Maßen, ja, seine Sinne verwirrten sich, da er nur an jenen Barren denken konnte. Nun aber zog der Perser eilends aus seinem Turban ein Päcklein hervor, in dem sich Bendsch befand, so stark, daß ein Elefant, wenn er daran gerochen hätte, von einer Nacht zur andern in Schlaf gesunken wäre; davon nahm er ein Stückchen und tat es in ein Stück von den Süßigkeiten. Dann sprach er: ‚O Hasan, du bist mein Sohn geworden, ja, du bist mir lieber als meine Seele und mein Gut; ich habe aber eine Tochter, die will ich mit dir vermählen.' Hasan erwiderte ihm: ‚Ich bin dein Diener; was immer du an mir tust, das ist bei Allah dem Erhabenen gut aufgehoben.' Und der Perser fuhr fort: ‚Mein Sohn, sei geduldigen Sinnes und laß deine Seele ausharren, so wird dir nur Gutes widerfahren!' Damit gab er ihm das Stück von den Süßigkeiten, Hasan nahm es, küßte ihm die Hand und tat es in den Mund, ohne zu ahnen, was ihm im Verborgenen bestimmt war. Kaum hatte er das Stück Zuckerwerk verschluckt, so fiel er vornüber, und die Welt versank vor ihm. Als der Perser ihn ansah, wie das Unheil über ihn gekommen war, freute er sich über die Maßen; und er sprang auf und rief: ‚Jetzt bist du mir in die Falle gegangen, du Galgenstrick, du Araberhund! Viele

Jahre habe ich nach dir gesucht, bis ich dich gefunden habe, o Hasan!' – –«

Da bemerkte Schehrezâd, daß der Morgen begann, und sie hielt in der verstatteten Rede an. Doch als die *Siebenhundertundeinundachtzigste Nacht* anbrach, fuhr sie also fort: »Es ist mir berichtet worden, o glücklicher König, daß damals, als Hasan der Goldschmied das Stück von den Süßigkeiten, das der Perser ihm gab, gegessen hatte und ohnmächtig zu Boden gesunken war, der Perser sich über die Maßen freute und rief: ,Viele Jahre habe ich nach dir gesucht, bis ich dich gefunden habe!' Dann gürtete er sich, fesselte Hasan die Arme und band ihm die Füße an die Hände; darauf holte er eine Kiste, nahm die Sachen, die darinnen waren, heraus und legte Hasan hinein und verschloß sie über ihm. Ferner leerte er eine andere Kiste, legte in sie alles Gold, das Hasan besaß, dazu auch die Goldbarren, die er gemacht hatte, den ersten und den zweiten[1], und verschloß auch sie. Nach alledem lief er eilends zum Markt, holte einen Lastträger herbei und lud ihm die beiden Kisten auf; der brachte sie ihm an eine Stätte außerhalb der Stadt und setzte sie an der Meeresküste nieder. Dort begab der Perser sich zu dem Schiffe, das vor Anker lag und das für ihn bestimmt und ausgerüstet war, und dessen Kapitän auf ihn wartete. Als die Schiffsleute ihn sahen, kamen sie zu ihm herab, hoben die beiden Kisten auf und trugen sie an Bord. Und der Perser rief dem Kapitän und all den Seeleuten zu: ,Auf zur Fahrt! Das Werk ist vollbracht, und wir haben unser Ziel erreicht.' Nun rief der Kapitän den Seeleuten zu: ,Lichtet die Anker und hisset die Segel!' Und das Schiff stach bei günstigem Winde in See. So stand es um den Perser und um Hasan.

1. Der Erzähler hat hier vergessen, daß der erste Goldbarren bereits verkauft ist.

Wenden wir uns nun zu Hasans Mutter zurück! Sie wartete auf ihn bis zum Abend; als sie jedoch weder einen Laut noch irgendeine Kunde von ihm vernahm, ging sie zum Hause hinüber. Sie sah es offen stehen, ging hinein, fand aber niemanden darin, auch die beiden Kisten und das Geld konnte sie nicht entdecken. Daran erkannte sie, daß ihr Sohn verloren war und daß ihn das Schicksal ereilt hatte; und sie schlug sich das Gesicht und zerriß ihre Kleider, sie schrie und klagte und begann zu rufen: ‚Wehe, mein Sohn! Wehe, die Frucht meines Herzens!' Dann sprach sie diese Verse:

> *Geduld versagte mir, es wuchs in mir die Sorge;*
> *Es wuchs mein Klagen und mein Elend, seit du fern.*
> *Bei Gott, ich kann's nicht fassen, daß du mir genommen!*
> *Wie trag ich's, daß er schwand, er, meiner Hoffnung Stern?*
> *Wie kann mich Schlaf erquicken, seit mein Freund geschieden?*
> *Und wen erfreut denn wohl ein Leben voller Leid?*
> *Du gingst und ließest Haus und Volk in heißem Sehnen;*
> *Du trübtest meinen Quell, so klar vor dieser Zeit!*
> *Du warst in allen Nöten mir ein treuer Helfer;*
> *Mein Ruhm, mein Stolz, mein Halt warst du auf Erden hier.*
> *Verwünscht sei jener Tag, an dem du meinen Augen*
> *Entschwandest, bis zum Tag der Wiederkehr zu mir!*

Dann begann sie wiederum zu weinen und zu klagen bis zum Anbruch des Tages. Da kamen die Nachbarn zu ihr herein und fragten sie nach ihrem Sohne; und sie erzählte ihnen, was zwischen ihm und dem Perser vorgegangen war, und sie glaubte fest, sie würde ihn hinfort niemals mehr wiedersehen. Dann irrte sie weinend im Hause umher. Und wie sie dort so umherging, sah sie plötzlich zwei Zeilen, die an der Wand geschrieben standen; da ließ sie einen Schriftgelehrten kommen, und der las sie ihr vor. Sie lauteten aber also:

> *Bei Nacht erschien mir Lailas[1] Schattenbild im Schlummer,*
> *Vor Tag; die Freundesschar schlief in der Wüste dort.*
> *Und als das Nachtgebild, das zu mir kam, mich weckte,*
> *Da fand ich leer das Haus, und fern den Wallfahrtsort.[2]*

Als die Mutter Hasans diese Verse hörte, schrie sie auf und rief: ‚Ja, wahrlich, mein Sohn, das Haus ist leer, und der Wallfahrtsort ist fern.' Die Nachbarn nahmen darauf Abschied von ihr, nachdem sie ihr gewünscht hatten, sie möge stark bleiben und bald wieder mit ihrem Sohne vereinigt werden, und gingen ihrer Wege. Aber die Mutter weinte immerfort, zu allen Stunden der Nacht und zu allen Zeiten des Tages; und sie ließ mitten im Hofe des Hauses ein Grabmal erbauen und darauf den Namen Hasans und den Tag schreiben, an dem er verloren ging. Von diesem Grabe trennte sie sich fortan nicht mehr; immerdar weilte sie bei ihm, seit ihr Sohn ihr genommen war.

Kehren wir nun von ihr zu ihrem Sohne und dem Perser zurück! Der Perser war nämlich ein Feueranbeter, der die Muslime glühend haßte und immer, wenn er einen von den Gläubigen in seine Gewalt bekam, ihn umbrachte. Er war ein gemeiner Schurke, ein Schätzesucher und verbrecherischer Schwarzkünstler, wie der Dichter von ihm sagt:

> *Er ist ein Hund, ein Hundesohn und eines Hundes Enkel;*
> *Nichts Gutes ist in einem Hund, der einem Hund entsprossen.*

Oder wie ein anderer sagt:

> *Ein Sohn gemeinen Volks, ein Hundesohn, ein Teufel,*
> *Ein Bastard und ein Sohn der Sünde und ein Ketzer.*

---

1. Laila ist ein altarabischer Mädchenname. – 2. Der Perser hatte diese Verse geschrieben, um anzudeuten, daß er Hasan mitgenommen habe und daß dieser nicht zurückkehren werde.

Der Name jenes Verfluchten lautete Bahrâm der Feueranbeter, und er pflegte in jedem Jahre einen von den Muslimen zu rauben und ihn bei einem verborgenen Schatze zu opfern. Und wie nun sein Anschlag wider Hasan den Goldschmied gelungen war und er mit ihm von Tagesanbruch bis zum Beginn der Nacht dahingefahren war, legte das Schiff am Festlande an bis zum Morgen. Als die Sonne aufging und das Schiff wieder weitersegelte, befahl der Perser seinen Sklaven und Dienern, die Kiste zu bringen, in der Hasan lag. Nachdem sie den Befehl ausgeführt hatten, öffnete er sie und nahm den Jüngling heraus; dann ließ er ihn an Essig riechen und blies ihm ein Pulver in die Nase. Da nieste Hasan und gab das Bendsch wieder von sich, öffnete die Augen und schaute nach rechts und links hin um sich. Als er sich aber mitten im Meere auf einem fahrenden Schiffe zur Seite des bei ihm sitzenden Persers sah, erkannte er, daß er überlistet war durch einen Betrug, den der verfluchte Feueranbeter an ihm verübt hatte, und daß er in eben die Gefahr geraten war, vor der seine Mutter ihn gewarnt hatte. Und er sprach die Worte, die keinen, der sie spricht, zuschanden werden lassen, die Worte: ‚Es gibt keine Macht und es gibt keine Majestät außer bei Allah, dem Erhabenen und Allmächtigen! Wahrlich, wir sind Allahs Geschöpfe, und zu Ihm kehren wir zurück. O mein Gott, geruhe deine Güte in deinem Ratschluß mir nicht zu versagen, laß mich deine Heimsuchung geduldig ertragen, o Herr der Welten!' Dann wandte er sich zu dem Perser und redete ihn mit sanften Worten an, indem er sprach: ‚O mein Vater, was ist das für eine Tat? Wo bleibt nun der Bund von Brot und Salz und der Eid, den du mir geschworen hast?' Der aber starrte ihn an und rief: ‚Du Hund, weiß jemand wie ich etwas von Brot und Salz? Ich habe jetzt schon tausend Burschen wie dich, weniger einen, umgebracht, und du sollst das Tausend vollmachen!' So laut schrie er ihn an, daß Hasan verstummte, da er nun wußte, daß der Pfeil des Schicksals ihn getroffen hatte. – –«

Da bemerkte Schehrezâd, daß der Morgen begann, und sie hielt in der verstatteten Rede an. Doch als die *Siebenhundertundzweiundachtzigste Nacht* anbrach, fuhr sie also fort: »Es ist mir berichtet worden, o glücklicher König, daß Hasan, als er sah, daß er dem verfluchten Perser in die Hände gefallen war, ihn mit sanften Worten anredete, daß es ihm aber nichts nutzte, sondern jener ihn so laut anschrie, daß er verstummte, da er nun wußte, daß der Pfeil des Schicksals ihn getroffen hatte. Alsbald befahl der Verruchte, seine Fesseln zu lösen; und dann gab man ihm ein wenig Wasser zu trinken, während der Feueranbeter lachte und sprach: ‚Bei dem Feuer im Lichtgewand, beim Schatten und bei der Hitze Brand, ich glaubte nicht, daß du in mein Netz fallen würdest. Aber das Feuer hat mir Macht über dich gegeben und mir geholfen, dich zu greifen, so daß ich mein Ziel erreichen kann, indem ich heimfahre und dich ihm zum Opfer bringe und seine Gunst gewinne.' Da sagte Hasan zu ihm: ‚Du hast also Verrat begangen an Brot und Salz!' Doch der Feueranbeter erhob seine Hand und versetzte ihm einen solchen Schlag, daß er niederfiel und mit den Zähnen in das Schiffsdeck biß und ohnmächtig liegen blieb, während ihm die Tränen über die Wangen rannen. Weiter befahl der Feueranbeter seinen Dienern, ihm ein Feuer anzuzünden; und als Hasan ihn fragte: ‚Was willst du damit tun?' antwortete jener: ‚Dies ist das Feuer, das Licht und Funken entsendet, und ihm bringe ich Verehrung dar. Wenn du es auch anbetest gleich mir, so will ich dir die Hälfte von meiner Habe geben und dich mit meiner Tochter vermählen.' Hasan aber schrie ihn an mit den Worten: ‚Wehe dir, du bist ein Feueranbeter, ein Ketzer; du gehörst zu denen, die das Feuer verehren statt des allmächtigen Königs der Ehren, der Tag und Nacht hervorgebracht! Das ist der unseligste Glaube.' Darob ergrimmte der Feueranbeter, und er rief: ,Willst du dich mir nicht fügen, du Araberhund, und meinen Glauben annehmen?' Aber Hasan fügte sich ihm nicht darin; und nun befahl der verruchte Feueranbeter, nachdem er sich vor dem Feuer niedergeworfen hatte, seinen Dienern, Hasan flach aufs Gesicht niederzuwerfen. Als die das getan hatten, begann er mit einer Geißel aus geflochtenen Riemen so lange auf ihn einzuschlagen, bis ihm die Seiten wund waren; dabei rief der Arme um Hilfe, doch er fand keinen Helfer, und er flehte um Schutz, doch keiner schützte ihn. So erhob er seinen Blick zum allmächtigen König der Ehren und bat Ihn im Namen des auserwählten Propheten, Hilfe zu gewähren. Schon war es, als ob die Kräfte der Geduld ihn verließen, und die Tränen begannen ihm regengleich über die Wangen zu fließen; und er sprach diese beiden Verse:

> *Mein Gott, ich will mich deinem Schicksalsspruche fügen;*
> *Wenn dies dein Wille ist, so übe ich Geduld.*
> *Sie waren hart und grausam wider uns im Herrschen;*
> *Verzeihst du wohl in Gnaden die vergangne Schuld?*

Darauf befahl der Feueranbeter den Sklaven, sie sollten den Jüngling aufrecht hinsetzen und ihm etwas Speise und Trank bringen; doch als sie es brachten, weigerte er sich zu essen und zu trinken. Der Feueranbeter aber quälte ihn immerfort, Tag und Nacht, solange sie dahinfuhren, während Hasan sich in Geduld faßte und demütig zu Allah dem Allgewaltigen und Glorreichen, flehte; denn das Herz des Verfluchten hatte sich gegen ihn verhärtet. Drei Monate lang segelten sie auf dem Meere weiter, und Hasan ward in dieser Zeit stets von dem Perser gefoltert. Als aber die drei Monate vollendet waren, entsandte Allah der Erhabene einen Sturm; und die See wurde schwarz und warf in wildem Tosen das Schiff hin und her. Da sagten der Kapitän und die Seeleute: ‚Dies alles kommt, bei Allah, nur durch diesen Burschen, der schon seit drei Monaten bei dem Feueranbeter dort Qualen leidet; das ist vor Allah dem Erhabenen nicht erlaubt.' Dann erhoben sie sich wider den Perser und töteten seine Diener und alle, die bei ihm waren. Und als jener sah, daß sie seine Leute umgebracht hatten, war er des Todes gewiß und fürchtete für sein Leben. Deshalb befreite er Hasan von seinen Fesseln, zog ihm die alten Kleider aus, die er trug, und legte ihm neue an. Und er suchte ihn zu versöhnen, indem er ihm versprach, er wollte ihn die Kunst lehren und in seine Heimat zurückführen; und er fügte hinzu: ‚Mein Sohn, trag mir nicht nach, was ich dir getan habe!' Hasan aber antwortete: ‚Wie kann ich dir je wieder trauen?' Da sagte jener: ‚Mein Sohn, gäbe es keine Schuld, so gäbe es auch keine Verzeihung. Fürwahr, ich habe dir alles dies nur angetan, um deine Standhaftigkeit zu erproben; und du weißt, daß alles in Gottes Hand ruht.' Die Seeleute und der Kapitän freuten sich über die Befreiung Hasans, und er betete für sie und pries Allah den Erhabenen und dankte ihm. Da legte sich der Sturm, das Dunkel klärte sich auf, und Wind und Fahrt waren wieder günstig. Nun sprach Hasan zu dem Feueranbeter: ‚Du Perser, wohin ziehst du?' ‚Mein Sohn,' antwortete jener, ‚ich ziehe nach dem Berge der Wolken, auf dem sich das Elixier befindet, das wir zur Schwarzkunst brauchen.' Und er schwor beim Feuer und beim Lichte, daß es für Hasan nichts mehr gäbe, was er zu fürchten hätte. So ward denn Hasan ruhig in seinem Herzen und freute sich über die Worte des Feueranbeters, und er aß und trank und schlief mit ihm, und jener kleidete ihn in seine eigenen Kleider. Sie fuhren nochmals drei Monate lang dahin, und schließlich ging das Schiff mit ihnen vor Anker bei einem langen Strande, der mit weißen, gelben, blauen, schwarzen und noch andersfarbigen Kieseln bedeckt war. Als nun das Schiff festlag, erhob sich der Perser und sprach: ‚Auf, Hasan, geh an Land! Wir haben jetzt erreicht, was wir suchten und begehrten.' Da machte Hasan sich auf und begab sich mit dem Perser an Land, nachdem der seine Sachen der Obhut des Kapitäns anvertraut hatte. Dann gingen die beiden weiter, bis sie weit von dem Schiffe entfernt und den Blicken der Leute entschwunden waren. Darauf setzte der Feueranbeter sich nieder, holte aus seiner Tasche eine kleine kupferne Trommel hervor und eine seidene Schlagschnur, die mit Gold durchwirkt und mit Talismanen besetzt war, und schlug die Trommel. Sobald er das getan hatte, erhob sich fern am anderen Ende der Steppe eine Staubwolke. Hasan aber wunderte sich über sein Tun und fürchtete sich vor ihm; schon bereute er, daß er mit ihm gelandet war, und seine Farbe erblich. Der Feueranbeter schaute ihn an und sprach zu ihm: ‚Was ist dir, mein Sohn? Bei dem Feuer und dem Licht, dir droht gar keine Gefahr mehr von mir. Wäre es nicht, daß mein Ziel nur durch dich erreicht werden kann, so hätte ich dich nicht aus dem Schiffe herausgeführt. Freue dich alles Guten! Denn diese Staubwolke kommt von etwas, das wir besteigen wollen und das uns helfen wird, diese Steppe zu durchqueren, so daß ihre Beschwerden leicht für uns werden.' – –«

Da bemerkte Schehrezâd, daß der Morgen begann, und sie hielt in der verstatteten Rede an. Doch als die *Siebenhundertunddreiundachtzigste Nacht* anbrach, fuhr sie also fort: »Es ist mir berichtet worden, o glücklicher König, daß der Perser zu Hasan sprach: ‚In jener Staubwolke ist etwas, das wir besteigen wollen und das uns helfen wird, diese Steppe zu durchqueren, so daß ihre Beschwerden leicht für uns werden.' Und es dauerte nur eine kleine Weile, da erhob sich die Staubwolke über drei edlen Kamelinnen; und der Perser bestieg die eine, Hasan die zweite, und sie luden ihre Wegzehrung auf die dritte. Dann ritten sie sieben Tage lang dahin, bis sie in ein weites Gelände kamen; und als sie in jenes Gelände hinabritten, erblickten sie eine Kuppel, die auf vier Pfeilern aus rotem Golde ruhte. Dort saßen sie ab von den Kamelinnen und traten unter die Kuppel, aßen und tranken und ruhten sich aus. Als Hasan nun zufällig seitwärts blickte, entdeckte er etwas Hohes, und er fragte: ‚Was ist das, mein Oheim?' ‚Das ist ein Schloß', erwiderte der Feueranbeter; und Hasan fuhr fort: ‚Wollen wir uns nicht aufmachen und dort hineingehen, damit wir uns in ihm ausruhen und es uns anschauen können?' Doch der Perser sprang auf und rief: ‚Sprich mir nicht von diesem Schlosse da! Dort wohnt mein Feind, und mir ist mit ihm etwas begegnet; doch jetzt ist nicht die Zeit, dir davon zu erzählen.' Dann schlug er sofort wieder die Trommel, die Kamelinnen eilten herbei, und die beiden saßen auf und ritten von neuem sieben Tage dahin. Als aber der achte Tag anbrach, fragte der Feueranbeter: ‚Hasan, was siehst du jetzt?' ‚Ich sehe Wolken und Nebel zwischen Osten und Westen', erwiderte der Jüngling; doch der Perser entgegnete ihm: ‚Das sind weder Wolken noch Nebel, nein, das ist ein mächtiger, hoher Berg, an dem sich die Wolken teilen. Doch über ihm gibt es keine Wolken mehr; so unendlich hoch ist er, so gewaltig türmt er sich empor. Dieser Berg ist mein Ziel; auf ihm befindet sich, was wir suchen. Deswegen habe ich dich mit mir hierher gebracht, und was ich vorhabe, kann nur durch deine Hand vollbracht werden.' Als Hasan das hörte, gab er sein Leben verloren; und er sprach zu dem Feueranbeter: ‚Bei dem, was du anbetest, und bei dem Glauben, dem du anhängst, sage mir, welches der Zweck ist, um dessentwillen du mich hierher gebracht hast!' Jener gab ihm zur Antwort: ‚Wisse, die Kunst des Goldmachens kann nur mit Hilfe eines Krautes ausgeübt werden, das an der Stätte wächst, wo die Wolken vorüberziehen und sich zerteilen. Das ist eben dieser Berg, und das Kraut findet sich auf ihm; wenn wir dieses Krautes habhaft werden, so will ich dir zeigen, welcher Art diese Kunst ist.' Hasan sagte in seiner Angst nur: ‚Ja, mein Gebieter!' Doch er fühlte sich dem Tode nahe und weinte ob der Trennung von seiner Mutter und seinem Volke und seiner Heimat; und er bereute, daß er dem Rate seiner Mutter nicht gefolgt war, und sprach diese beiden Verse:

> *Schau auf das Tun des Herren, wie er deinen Weg*
> *So bald zur heißersehnten Rettung lenkt!*
> *Verzweifle nicht, wenn du in Not geraten bist;*
> *Wie oft wird Wundergnade in der Not geschenkt!*

Die beiden ritten nun weiter, bis sie jenen Berg erreichten; an seinem Fuße machten sie halt, und da erblickte Hasan eine Burg auf der Höhe des Berges. Drum fragte er den Feueranbeter: ‚Was ist das für eine Burg?' Jener antwortete: ‚Das ist die Stätte der Dämonen, der Ghûle und Satane.' Darauf stieg der Perser von seiner Kamelin herunter und befahl auch Hasan abzusitzen; und er ging auf ihn zu, küßte ihm das Haupt und sprach zu ihm: ‚Trag mir nicht nach, was ich an dir getan habe! Ich will dich bewachen, während du zur Burg hinaufsteigst, und ich beschwöre dich, betrüge mich um nichts von dem, was du von dort mitbringen wirst! Wir beide, ich und du, wollen dann gleichen Teil daran haben.' ‚Ich höre und gehorche!' erwiderte Hasan; der Perser aber öffnete einen Sack und zog daraus eine Mühle hervor; desgleichen nahm er aus ihm ein Maß Weizen. Den mahlte er auf jener Mühle; und aus dem Mehl knetete er drei runde Brotfladen und buk sie, nachdem er das Feuer entzündet hatte. Schließlich holte er wiederum die Kupfertrommel und die bestickte Schlagschnur und schlug die Trommel. Da kamen die Kamele; eins von ihnen wählte er aus, und nachdem er es geschlachtet hatte, zog er ihm die Haut ab. Und nun wandte er sich zu Hasan und sprach zu ihm: ‚Höre, mein Sohn, o Hasan, auf das, was ich dir einschärfe!' ‚Ich tu es', erwiderte jener; und der Perser fuhr fort: ‚Lege dich in diese Haut! Ich will dich darin einnähen und auf der Erde liegen lassen; dann werden die Geier kommen und mit dir auf den Gipfel des Berges fliegen. Nimm dies Messer mit, und wenn die Vögel aufhören zu fliegen und du merkst, daß sie dich dort oben niedergelegt haben, so schneide mit ihm die Haut auf und krieche heraus! Die Vögel werden vor dir erschrecken und von dir fortfliegen; du aber schau herab zu mir vom Gipfel des Berges und rufe mich an, so werde ich dir sagen, was du zu tun hast!' Darauf machte er ihm die drei Brotfladen zurecht sowie einen Schlauch Wassers und legte alles zu ihm in die Haut; erst dann nähte er ihn darin ein. Nachdem er sich von ihm entfernt hatte, kamen die Geier, hoben ihn auf, flogen mit ihm zur Höhe des Berges empor und legten ihn dort nieder. Sobald Hasan bemerkte, daß die Geier ihn hingelegt hatten, schlitzte er die Haut auf, kroch aus ihr heraus und rief den Feueranbeter. Als der seine Worte vernahm, freute er sich und begann im Übermaß der Freude zu tanzen und rief ihm zu: ‚Wende dich um und sage mir, was du siehst!' Da wandte Hasan sich um und erblickte viele vermoderte Gebeine und daneben eine Fülle von Brennholz; und wie er dem Perser alles, was er gesehen, kundgetan hatte, rief der: ‚Das ist das Gewünschte und Gesuchte. Nimm von dem

Brennholz sechs Bündel und wirf sie mir herunter; denn damit üben wir die Schwarzkunst!' Hasan warf ihm die sechs Bündel zu; und als der Feueranbeter sah, daß sie bei ihm waren, rief er Hasan zu: ‚Du Galgenstrick, ich habe erreicht, was ich von dir wollte; wenn du es wünschest, so bleib auf diesem Berge; sonst wirf dich zur Erde hinab, so daß du den Tod findest!' Damit ging er fort. Hasan aber rief: ‚Es gibt keine Macht und es gibt keine Majestät außer bei Allah, dem Erhabenen und Allmächtigen! Dieser Hund hat mich betrogen.' Dann setzte er sich nieder und beklagte sein Los, indem er diese Verse sprach:

> *Hat Gott einmal dem Menschen Unglück zuerkannt,*
> *Und hat dann dieser auch Gesicht, Gehör, Verstand,*
> *So macht Er ihm die Ohren taub, das Herze blind,*
> *Zieht den Verstand aus ihm gleichwie ein Haar geschwind,*
> *Bis Er, wenn Er an ihm sein Werk vollendet hat,*
> *Verstand ihm wiedergibt; – der geht mit sich zu Rat.*
> *Drum frag von dem, was eintritt, niemals, wie's geschah;*
> *Denn alles hier ist nur durch Los und Schicksal da! – –«*

Da bemerkte Schehrezâd, daß der Morgen begann, und sie hielt in der verstatteten Rede an. Doch als die *Siebenhundertundvierundachtzigste Nacht* anbrach, fuhr sie also fort: »Es ist mir berichtet worden, o glücklicher König, daß der Feueranbeter, nachdem er Hasan zum Bergesgipfel hinaufgeschickt hatte und sich von ihm das, was er brauchte, hatte herabwerfen lassen, ihn schmähte und verließ und seiner Wege ging, und daß der Jüngling ausrief: ‚Es gibt keine Macht und es gibt keine Majestät außer bei Allah, dem Erhabenen und Allmächtigen! Dieser verfluchte Hund hat mich betrogen.' Dann stand er auf, blickte nach rechts und nach links und schritt auf dem Kamm des Berges dahin, in seiner Seele gewiß, daß er des Todes sei. So ging er weiter, bis er zu der anderen Seite des Berges kam; dort sah er zu Füßen der Höhe ein blaues Meer, brandend und von Wogen gepeitscht, deren jede so hoch wie ein großer Berg war. Er setzte sich nieder und sprach die Verse aus dem Koran, die ihm gegenwärtig waren, und er flehte zu Allah dem Erhabenen, Er möchte ihn erlösen, sei es durch den Tod oder durch Befreiung aus dieser Not. Dann sprach er für sich selbst das Begräbnisgebet und warf sich ins Meer hinab; und siehe da, die Wogen trugen ihn durch die Huld Allahs des Erhabenen wohlbehalten dahin, bis er unversehrt aus dem Meere an Land gehen konnte; so geschah es durch die Allmacht Gottes des Erhabenen. Da freute er sich und pries Allah den Erhabenen und dankte ihm. Und alsbald machte er sich auf den Weg, um etwas zu suchen, das er essen könnte. Während er nun so dahinschritt, kam er zu der Stätte, an der er zusammen mit Bahrâm dem Feueranbeter gewesen war; von dort ging er noch eine Weile weiter, da sah er plötzlich ein großes Schloß, das in die Lüfte emporragte. In das trat er ein, und siehe, es war das Schloß, nach dem er den Feueranbeter gefragt und über das jener ihm gesagt hatte: ‚In diesem Schlosse wohnt mein Feind.' Nun sagte sich Hasan: ‚Bei Allah, ich muß in das Innere dieses Schlosses gehen; vielleicht wartet meiner dort die Rettung.' Er hatte aber, als er dorthin gekommen war, die Tür offen gefunden und war durch sie eingetreten, und nun sah er in der Vorhalle eine Bank, auf der zwei Jungfrauen saßen, Monden gleich; zwischen den beiden stand ein Schachbrett, und sie waren beim Spiel. Eine von ihnen hob den Kopf nach ihm und rief voller Freuden: ‚Bei Allah, das ist ein Menschenkind; und ich glaube, er ist der, den Bahrâm der Feueranbeter in diesem Jahre hierhergeschleppt hat.' Als Hasan ihre Worte vernahm, warf er sich den beiden zu Füßen und weinte bitterlich; und er sprach: ‚Ja, meine Gebieterinnen, ich bin, bei Allah, jener Unglückliche!' Da sagte die jüngere Maid zu ihrer älteren Schwester: ,Sei du meine Zeugin, o Schwester, daß dieser hier mein Bruder ist durch einen Bund und Eid vor Allah! Sein Tod soll mein Tod sein, sein Leben mein Leben, ich will mich freuen ob seiner Freude und will trauern ob seiner Trauer.' Darauf trat sie zu ihm, umarmte ihn und küßte ihn, nahm ihn bei der Hand und führte ihn weiter ins Schloß hinein, während ihre Schwester sie begleitete. Dort nahm sie ihm die zerfezten Kleider ab, die er trug, und brachte ihm ein königliches Gewand und legte es ihm an. Dann bereitete sie für ihn Speisen von allerlei Art, und nachdem sie ihm die vorgesetzt hatte, ließ sie sich mit ihrer Schwester bei ihm nieder, und beide aßen mit ihm. Dann sprachen sie zu ihm: ,Erzähl uns, wie es dir mit dem Hund, dem gemeinen Zauberer ergangen ist, von der Zeit an, da du in seine Hände fielst, bis zu der Zeit, da du dich von ihm befreitest! Nachher wollen wir dir erzählen, was wir mit ihm erlebt haben, von Anfang bis zu Ende, damit du auf deiner Hut bist, wenn du ihn einmal wiedersiehst.' Als Hasan diese Worte von ihnen vernommen und ihre Freundlichkeit gegen ihn erkannt hatte, ward seine Seele ruhig, und er kam wieder zu Sinnen und begann ihnen seine Erlebnisse mit jenem Perser zu erzählen, von Anfang bis zu Ende. Dann fragten sie ihn: ,Hast du ihn auch nach diesem Schlosse gefragt?' Er gab zur Antwort: ,Jawohl, ich habe ihn gefragt; aber er sagte mir: Ich höre nicht gern von ihm sprechen; denn dies Schloß gehört den Satanen und Teufeln.' Da wurden die beiden Jungfrauen sehr zornig, und sie riefen: ,Hat dieser Ketzer uns zu Satanen und Teufeln gemacht?' ,So ist es', erwiderte Hasan; und die jüngere Maid, die Schwester Hasans, rief: ,Bei Allah, ich will ihn des schmählichsten Todes sterben lassen und ihm den Hauch der Welt nehmen.' Hasan fragte darauf: ,Wie willst du zu ihm gelangen und ihn töten?

Er ist doch ein tückischer Zauberer.' Jene fuhr fort: ,Er wohnt in einem Garten, der al-Muschaijad¹ heißt; es geht nicht anders, ich muß ihn in Kürze umbringen.' Und ihre Schwester sprach: ,Hasan hat die Wahrheit gesprochen; alles, was er von diesem Hund gesagt hat, ist wahr. Jetzt aber erzähle du ihm unsere ganze Geschichte, auf daß sie ihm im Gedächtnis bleibe.' Nun hub die jüngere Maid an: ,Wisse, mein Bruder, wir gehören zu den Königstöchtern; unser Vater ist einer von den großmächtigsten Geisterkönigen, und er hat Heere und Wächter und Diener aus der Schar der Mârids. Allah der Erhabene hat ihm sieben Töchter von einer Frau geschenkt; aber Torheit, Eifersucht und Halsstarrigkeit erfüllten ihn über alle Maßen, so daß er uns mit keinem Manne vermählt hat. Und er berief seine Wesire und Freunde und sprach zu ihnen: ,Könnt ihr mir einen Ort nennen, den niemand betreten kann, weder ein menschliches Wesen noch eines aus der Geisterwelt, an dem viele Bäume mit Früchten sprießen und viele Bäche fließen?' Sie gaben ihm zur Antwort: ,Was willst du damit tun, o größter König unserer Zeit?' Und er fuhr fort: ,Ich will meine sieben Töchter dorthin bringen.' ,O König,' erwiderten sie, ,der rechte Ort für sie ist das Schloß am Berge der Wolken, das ein Dämon aus der Zahl der abtrünnigen Geister errichtet hat, jener, die sich wider den Bund mit unserem Herrn Salomo – über ihm sei Heil! – empörten. Seit der den Tod gefunden, hat niemand mehr nach ihm dort gewohnt, weder ein Geisterwesen noch ein Mensch, weil es so weit abgelegen ist, daß niemand zu ihm gelangen kann. Dort siehst du ringsumher die Bäume mit Früchten sprießen und die Bächlein fließen, und das Wasser, das es rings umströmt, ist

1. ,Der Hochragende'; vielleicht Verwechslung mit dem Hochragenden Schlosse, vgl. oben Seite 271.

süßer als Honig und kühler als Schnee, und wenn irgendeiner, der mit Aussatz oder Knollsucht oder irgendeiner anderen Krankheit behaftet ist, daraus trinkt, so wird er zur selbigen Stunde geheilt.' Als unser Vater davon gehört hatte, schickte er uns zu diesem Schlosse; auch sandte er Streiter und Mannen mit uns und ließ für uns alles aufspeichern, dessen wir hier bedürfen. Wenn er zu uns reiten will, so läßt er die Trommel schlagen; dann versammeln sich bei ihm alle, und er wählt aus, wer mit ihm reiten soll, während die übrigen wieder fortziehen. Wenn unser Vater aber wünscht, daß wir zu ihm kommen, so befiehlt er seinen Zauberdienern, uns zu bringen; die kommen dann zu uns, nehmen uns mit und führen uns vor ihn, auf daß er sich unserer erfreue und wir unsere Sehnsucht nach ihm stillen; danach bringen sie uns an unsere Wohnstatt zurück. Wir haben noch fünf Schwestern; aber die sind fortgegangen, um in der Steppe dort zu jagen, wo es so viel Wild gibt, daß man seine Zahl nicht berechnen kann. An je zwei von uns kommt immer die Reihe, daheimzubleiben, um die Speisen zu bereiten; heute war die Reihe an uns, an mir und meiner Schwester hier, und so sind wir geblieben, um für sie das Mahl zu rüsten. Wir haben schon oft zu Allah, dem Gepriesenen und Erhabenen, gefleht, er möchte uns ein menschliches Wesen schicken, das uns Gesellschaft leiste. Drum sei Allah Dank, daß er dich zu uns geführt hat! Hab Zuversicht und quäl dich nicht; dir soll kein Leid widerfahren!' Hasan aber freute sich und sprach: ‚Preis sei Allah, der uns auf den Weg der Rettung geführt und uns die Herzen geneigt gemacht hat!' Dann erhob sich seine Schwester, faßte ihn an der Hand und führte ihn in ein Gemach; dort holte sie für ihn Linnen und Decken, wie sie kein Sterblicher besitzen kann. Und nach einer Weile kamen auch die Schwestern von Jagd und Hatz wieder heim, und die beiden machten sie mit der Geschichte Hasans bekannt; jene freuten sich über ihn, kamen in das Gemach, begrüßten ihn und wünschten ihm Glück zu seiner Rettung. Dann lebte er bei ihnen in Herrlichkeit und Freuden, er zog mit ihnen aus zu Jagd und Hatz und erlegte das Wild. So ward Hasan mit ihnen vertraut, und er blieb in solcher Weise bei ihnen, bis sein Leib wieder gesund war und geheilt von allem, was ihn betroffen hatte; ja, sein Leib ward wieder stark und dick und fett, da er so gut bewirtet wurde und bei ihnen an jener Stätte weilen durfte. Er konnte sich mit ihnen ergötzen und erquicken in jenem herrlichen Schlosse und in den Gärten der Bäume und Blumen. Die Schwestern waren stets freundlich zu ihm und heiterten ihn mit Worten auf; so war denn auch bald alles Trübe und Häßliche von ihm gewichen, und die Mädchen hatten ihre große Freude an ihm. Auch er hatte seine Freude an ihnen, ja fast noch mehr als sie an ihm. Nun erzählte die jüngste Prinzessin ihren Schwestern von dem Feueranbeter Bahrâm, und daß er sie zu Satanen und Teufeln und Ghûlen gemacht hätte; und sie schworen ihr, sie wollten ihn gewißlich umbringen.

Als das Jahr sich vollendet hatte, erschien der Verfluchte von neuem, und er hatte einen jungen Muslim bei sich, der so schön war wie der Mond; der lag in Fesseln und litt die grausamsten Qualen. Der Perser machte mit ihm halt bei den Mauern des Schlosses, in dem Hasan die Mädchen getroffen hatte; und gerade saß Hasan an dem Bache unter den Bäumen. Als er aber jenen erblickte, bebte ihm das Herz, und seine Farbe erblich, und er schlug die Hände zusammen. – –«

Da bemerkte Schehrezâd, daß der Morgen begann, und sie hielt in der verstatteten Rede an. Doch als die *Siebenhundertundfünfundachtzigste Nacht* anbrach, fuhr sie also fort: »Es ist mir berichtet worden, o glücklicher König, daß Hasan dem Goldschmied, als er den Feueranbeter erblickte, das Herz bebte und daß seine Farbe erblich und er seine Hände zusammenschlug. Und er sprach zu den Jungfrauen: ‚Um Allahs willen, meine Schwestern, helft mir, diesen Verfluchten zu töten! Da ist er schon wieder! Aber er ist in eurer Hand. Und er hat einen jungen Muslim bei sich, einen Sohn vornehmer Leute; den quält er mit vielen schmerzlichen Foltern. Jetzt möchte ich ihn töten und meines Herzens Durst an ihm stillen; ich will diesen Jüngling von seinen Qualen befreien und mir himmlischen Lohn erwerben. Wenn dieser junge Muslim dann in seine Heimat zurückkehrt und wieder mit seinen Brüdern und seiner Sippe und seinen Freunden vereinigt ist, so ist das ein Almosen von euch, und ihr werdet den Lohn Allahs des Erhabenen gewinnen.' ‚Wir hören und gehorchen Allah und dir, o Hasan!' erwiderten die Mädchen; und alsbald schlugen sie sich die Kinnschleier um, legten die Rüstungen an und gürteten sich mit den Schwertern. Für Hasan aber brachten sie einen edlen Renner, eins der herrlichsten Rosse, und sie statteten ihn mit einer vollständigen Rüstung aus und wappneten ihn mit prächtigen Waffen. Dann zogen sie alle hinaus und trafen den Feueranbeter, wie er gerade ein Kamel geschlachtet und abgehäutet hatte und wie er den Jüngling quälte und zu ihm sprach: ‚Kriech in diese Haut hinein!' Da plötzlich kam Hasan von rückwärts auf ihn zu, ohne daß der Perser eine Ahnung davon hatte, und schrie ihn so laut an, daß er ihn in Todesschrecken versetzte. Dann eilte er zu ihm hin und sprach zu ihm: ‚Halt ein, du Veruchter! Du Feind Allahs und Feind der Muslime! Du Hund, du Verräter! Du Feueranbeter! Du bösen Weges Betreter! Verehrst du das Feuer im Lichtgewand und schwörst beim Schatten und bei der Hitze Brand?' Der Perser blickte auf, und als er Hasan erkannte, sprach er zu ihm: ‚Mein Sohn, wie bist du entronnen? Wer hat dich zur ebenen Erde heruntergebracht?' Hasan erwiderte: ‚Mich hat Allah der Erhabene gerettet, Er, der jetzt dein Leben in die Hände deiner Feinde gegeben hat! Du schlugst mich den ganzen Weg hindurch wund, du Ketzer, du ungläubiger Hund; dafür bist du jetzt im Netze der Not gefangen und vom Wege ab in die Irre gegangen. Weder Mutter noch Bruder kann dir jetzt nützen, weder ein Freund im Leid noch ein heiliger Eid. Du sagtest ja selbst: Wer da Brot und Salz verrät, an dem soll Allah Rache nehmen. Und du hast Brot und Salz verraten; deshalb hat Allah der Erhabene dich in meine Hand fallen lassen, und der Weg zur Rettung von mir ist dir fern.' Da winselte der Feueranbeter: ‚Bei Allah, mein Sohn, du bist mir lieber als mein Leben und als das Licht meiner Augen!' Doch Hasan trat auf ihn zu und traf ihn eilends auf den Nacken, so daß sein Schwert ihm glitzernd durch die Halssehnen fuhr; und Allah ließ seine Seele ins Höllenfeuer sausen, an die Stätte voller Grausen. Darauf nahm der Jüngling den Sack, den jener bei sich gehabt hatte, öffnete ihn und holte daraus die Trommel und die Schlagschnur hervor, und als er mit dieser auf die Trommel schlug, kamen die Kamele wie der Blitz auf ihn zu. Nun befreite er den Jüngling von seinen Fesseln, setzte ihn auf eines der Kamele und belud das andere mit Wegzehrung und Wasser, indem er sprach: ‚Zieh, wohin du willst!' So zog denn jener von dannen, nachdem Allah der Erhabene ihn aus aller Not durch die Hand Hasans befreit hatte. Die Jungfrauen aber, als sie sahen, wie Hasan dem Feueranbeter den Hals durchschlug, freuten sich unendlich über ihn, umringten ihn und bewunderten seine Tapferkeit und seine große Kühnheit; und sie priesen ihn ob seiner Heldentat und wünschten ihm Glück zu seiner

Rettung, und sie fügten hinzu: ‚O Hasan, durch die Tat, die du getan, hast du dem Rachegedanken Heilung gebracht und hast Wohlgefallen gefunden vor dem hochherrlichen König der Macht.' Dann kehrte er mit den Jungfrauen in das Schloß zurück und weilte dort mit ihnen bei Speise und Trank, Spiel und Vergnügen; ja, das Leben bei ihnen gefiel ihm so sehr, daß er seiner Mutter vergaß. Doch während er so mit ihnen das herrlichste Leben führte, erhob sich plötzlich vor ihnen auf der ferneren Seite der Steppe eine große Staubwolke, die den Himmel verdunkelte. Da sprachen die Jungfrauen zu ihm: ‚Erhebe dich, Hasan, geh in dein Gemach und verbirg dich; oder, wenn du willst, so geh in den Garten und verstecke dich zwischen den Bäumen und Reben; doch dir soll kein Leid widerfahren!' Da machte er sich auf, ging hin und verbarg sich innerhalb des Schlosses in seinem Gemache, nachdem er dessen Tür verriegelt hatte. Nach einer Weile tat sich die Staubwolke auf, und unter ihr erschien ein gewaltiges Heer gleich dem tosenden Meer; das kam von dem König, dem Vater der Jungfrauen. Als nun die Truppen angekommen waren, nahmen die Prinzessinnen sie mit den höchsten Ehren auf und bewirteten sie drei Tage lang; und dann fragten sie sie, wie es ihnen ergehe und was ihr Begehr sei. Jene erwiderten: ‚Wir kommen vom König, um euch zu holen.' ‚Und was wünscht der König von uns?' fragten die Prinzessinnen; die Leute antworteten: ‚Einer der Könige rüstet eine Hochzeit, und er möchte, daß ihr bei dieser Feier zugegen seid und euch ergötzet.' Nun fragten die Jungfrauen weiter: ‚Wie lange sollen wir von unserer Wohnstätte fern sein?' Da ward ihnen gesagt: ‚Die Reise dorthin und zurück und der Aufenthalt werden zwei Monate dauern.' Die Prinzessinnen gingen darauf ins Schloß hinein zu Hasan, taten ihm alles kund und sprachen zu ihm: ‚Sieh, diese

Stätte ist deine Stätte, unser Haus ist dein Haus; hab Zuversicht und gräm dich nicht, hab keine Furcht und sei nicht traurig; denn du weißt ja, daß niemand hierher zu uns gelangen kann! Sei ruhigen Herzens und frohen Sinnes, bis wir wieder bei dir sind! Da hast du auch die Schlüssel zu unseren Gemächern. Aber, lieber Bruder, wir bitten dich bei dem Bunde der Brüderschaft, öffne jene Tür dort nicht; denn sie zu öffnen geht dich nichts an!‹ Darauf nahmen sie Abschied von ihm und machten sich auf den Weg zusammen mit den Kriegern, während Hasan allein im Schlosse zurückblieb. Aber bald ward ihm die Brust beklommen, seine Geduld hatte ein Ende genommen, und tiefe Betrübnis war über ihn gekommen; er fühlte sich so verlassen, und er empfand schmerzliche Trauer ob der Trennung von ihnen, ja, das weite, weite Schloß ward ihm eng. Wie er sich nun einsam und verlassen sah, sprach er in Gedanken an die Jungfrauen diese Verse:

> *Die ganze weite Welt ward eng in meinen Augen,*
> *Und trübe ward bei ihrem Anblick mir der Sinn;*
> *Mir trübte sich die Freude, seit die Freunde gingen,*
> *Und Tränen rinnen über meine Lider hin.*
> *Der Schlummer wich von meinem Auge, seit sie schieden,*
> *Mein ganzes Innre ist von Traurigkeit durchtränkt.*
> *Wer weiß, ob wohl die Zeit uns jemals wieder einet*
> *Und mir ihr nächtlich trautes Plaudern wieder schenkt?* – –«

Da bemerkte Schehrezâd, daß der Morgen begann, und sie hielt in der verstatteten Rede an. Doch als die *Siebenhundertundsechsundachtzigste Nacht* anbrach, fuhr sie also fort: »Es ist mir berichtet worden, o glücklicher König, daß Hasan, nachdem die Jungfrauen von ihm gegangen waren, allein im Schlosse zurückblieb und daß ihm die Brust ob der Trennung von ihnen beklommen ward. Dann begann er allein auf Jagd in die Steppe zu ziehen, das Wild heimzubringen und zu schlachten und allein zu essen; dennoch wuchs in ihm das Gefühl der Verlassenheit und die Unruhe, eben weil er immer einsam war. Nun machte er sich auf und streifte im Schlosse umher und erforschte alle seine Teile. Er öffnete die Gemächer der Prinzessinnen und fand in ihnen so viele Schätze, daß sie den Beschauern wohl den Verstand rauben konnten; aber er hatte an nichts der Art seine Freude, weil die Jungfrauen fern waren. Da entbrannte in seinem Herzen ein Feuer um der Tür willen, die ihm seine Schwester zu öffnen verboten hatte; denn sie hatte ihm ja befohlen, er solle sich ihr nicht nahen und sie niemals aufmachen. Und er sprach bei sich selber: ‚Meine Schwester hat mir sicher nur deshalb verboten, diese Tür zu öffnen, weil dort etwas ist, das sie vor aller Augen behüten will. Bei Allah, ich will hingehen und sie aufmachen und sehen, was darinnen ist, sollte meiner dort auch das Todesgeschick warten.' So nahm er denn den Schlüssel und öffnete die Tür; aber er fand dort nichts von Schätzen, sondern er entdeckte nur eine Treppe am oberen Ende des Raumes, die mit Steinen von jemenischem Onyx überwölbt war. Er stieg auf jener Treppe empor und ging hinauf, bis er zur Dachterrasse des Schlosses kam. ‚Also dies ist es, was sie mir vorenthalten hat', sagte er sich und ging dort oben umher; da sah er hinab auf eine Stätte unten vor dem Schlosse, die voller Felder und Gärten war, mit Bäumen und Blumen, wilden Tieren und der Vögel Schar; die brachten zum Preise Allahs des Erhabenen, des Einigen, des Allbezwingers ihre Lieder dar. Und während er auf die Lustgärten schaute, sah er plötzlich ein tosendes Meer mit brandenden Wogen ringsumher. Dann forschte er immer weiter auf jenem Schlosse, nach rechts und links, und kam schließlich zu einem Pavillon, der auf vier Säulen ruhte; darin sah er einen Ruheplatz, der kunstvoll ausgelegt war mit Edelsteinen aller Art, wie Hyazinthen, Smaragden, Ballasrubinen und noch anderen Juwelen. Die Bausteine aber waren abwechselnd aus Gold, Silber, Hyazinth und grünem Smaragd. In der Mitte des Pavillons befand sich ein Becken, das mit Wasser gefüllt war; und darüber war ein Gitterwerk aus Sandelholz und Aloeholz, dessen Maschen gebildet waren aus Stäbchen von rotem Golde und von grünem Smaragd, und es trug einen Schmuck von mancherlei Edelsteinen und Perlen, deren jede so groß war wie ein Taubenei. Neben dem Becken stand ein Thron aus Aloeholz, der mit Perlen und Juwelen besetzt und mit rotem Golde vergittert war; alle Arten von farbigen Edelsteinen und kostbaren Metallen befanden sich an ihm, und sie waren so eingelegt, daß immer die gleichen Arten einander in der Reihenfolge entsprachen. Und ringsumher sangen die Vögel ihre mannigfachen Weisen, um Allah den Erhabenen mit ihren schönen Stimmen und verschiedenen Melodien zu preisen. Kurz, es war ein Prachtbau, wie ihn kein Perserkönig und kein Kaiser besaß. Hasan aber ward verwirrt, als er ihn erblickte, und er setzte sich in ihm nieder und hielt Umschau nach allen Seiten. Während er nun dort saß, voll Staunen über den prächtigen Bau und über die Herrlichkeit dessen, was er an Perlen und Edelsteinen barg, und über all die anderen kunstvollen Dinge, die sich dort befanden, und als er weiterhin mit Verwunderung auf jene Felder schaute und hörte, wie die Vöglein sangen, deren Lieder zum Preise Allahs, des Einen und Allmächtigen, erklangen, und als er über das Werk dessen nachsann, dem Allah der Erhabene die Kraft gegeben hatte, diesen Pavillon von so gewaltiger Pracht zu erbauen –, da erblickte er plötzlich zehn Vögel, die von der Landseite her kamen und auf das Becken in jenem Pavillon zuflogen. Hasan erkannte, daß sie zu dem Becken fliegen wollten, um von seinem Wasser zu trinken; und deshalb verbarg er sich vor ihnen, da er befürchtete, sie würden vor ihm flüchten, wenn sie ihn erblickten. Sie flogen zu einem großen schönen Baum hinab und umkreisten ihn; unter ihnen schaute Hasan einen Vogel von wunderbarer Schönheit, den herrlichsten unter ihnen, den die anderen dienstbereit umgaben; und staunend sah er, wie jener Vogel mit seinem Schnabel nach den neun anderen pickte und sich gegen sie stolz gebärdete, während sie sich scheu zurückzogen. Doch Hasan stand in der Ferne, als er ihnen zuschaute. Darauf setzten sich die Vögel auf den Thron, und ein jeder von ihnen riß sich mit seinen Krallen die Haut auf und schlüpfte hinaus; denn siehe da, es waren Federkleider, und aus diesen Kleidern kamen zehn Jungfrauen hervor, durch deren Schönheit der Mond seinen Glanz verlor. Nachdem sie also ihre Kleider abgelegt hatten, stiegen sie alle in das Wasserbecken und badeten sich; dabei begannen sie zu spielen und zu scherzen, indem die schönste Vogelmaid die anderen niederwarf und untertauchte, während sie vor ihr flohen und nicht wagten, ihre Hände nach ihr auszustrecken. Als Hasan sie nun so erblickte, war er wie von Sinnen, und sein Verstand ward ihm geraubt; und jetzt wußte er, daß die Prinzessinnen ihm nur aus diesem Grunde verboten hatten, die Tür zu öffnen. Denn sogleich ward er von heftiger Liebe zu der Vogelmaid ergriffen, als er sie dort sah in ihrer Schönheit und Lieblichkeit und ihres Wuchses Ebenmäßigkeit, wie sie spielte und scherzte und mit Wasser besprengte. Er stand da und starrte sie an und seufzte, daß er nicht bei ihnen sein konnte; sein Verstand war berückt von der Schönheit der vornehmsten Maid, sein Herz hing in den Maschen der Liebe zu ihr, er war ganz in das Netz der Leidenschaft verstrickt. Das Auge schaute, und im Herzen brannte ein Feuer; und die Seele ist leicht zum Bösen geneigt.¹ Hasan weinte vor Sehnsucht nach ihrer Schönheit und ihrer Anmut; immer heißer loderten die Flammen in seinem Herzen um ihretwillen, ja, eine wilde Glut, deren Funken nie erloschen, stieg in ihm empor und eine Leidenschaft, deren Spur sich nicht verlor. Dann traten die Mädchen aus jenem Becken heraus, während Hasan sie sah, ohne daß sie ihn erblicken konnten. Immer noch schaute er voll Staunen auf ihre Schönheit und Anmut, ihr holdes Wesen und ihren Liebreiz. Und als sein Blick auf die vornehmste Maid fiel und er sie betrachtete, wie sie nackt dastand, ward ihm sichtbar, was zwischen ihren Schenkeln lag, gleich einer herrlichen runden Kuppel, die auf vier Pfeilern ruht, und die wie eine Schale aus Silber oder aus Kristall erstrahlte.² Als nun alle aus dem Wasser hervorgekommen waren, legte eine jede von ihnen ihre Kleider und ihren Schmuck an. Die vornehmste Maid aber kleidete sich in ein grünes Prachtgewand; da übertraf sie durch ihre Anmut die Schönen in aller Welt, und der Glanz ihres Antlitzes überstrahlte den Vollmond, der die Nacht erhellt. Sie beschämte die schwanken Reiser durch der Bewegungen Lieblichkeit und verwirrte die Gedanken der Liebenden durch Ahnung von stolzer Grausamkeit; sie war, wie der Dichter sagt:

> *Die Maid erschien im hellen Strahlenglanz;*
> *Von ihrer Wange borgt die Sonne Licht.*
> *Sie kam in ihrem Prachtgewand, so grün*
> *Wie Laub, das sich um die Granate flicht.*
> *Ich sprach zu ihr: Wie heißet dies Gewand?*
> *Worauf sie Worte schönen Sinnes sprach:*

1. Koran, Sure 12, Vers 53. – 2. Hier steht im Arabischen noch: ‚Da gedachte er des Dichterwortes‘, und dann folgen die beiden Verse, die oben in Band II, Seite 67, übersetzt sind. Diese Verse wirken hier sehr störend und sind wohl von einem Abschreiber nach der früheren Stelle hinzugefügt.

Die Herzen unsrer Freunde brachen wir;
Da wehte Zephir, der das Herze brach.[1] *– –«*

Da bemerkte Schehrezâd, daß der Morgen begann, und sie hielt in der verstatteten Rede an. Doch als die *Siebenhundertundsiebenundachtzigste Nacht* anbrach, fuhr sie also fort: »Es ist mir berichtet worden, o glücklicher König, daß Hasan, als er die Vogelmädchen aus dem Wasserbecken herauskommen sah und als die vornehmste Maid ihm durch ihre Schönheit und Anmut den Verstand geraubt hatte, jene Verse sprach. Und als darauf die Mädchen ihre Gewänder angelegt hatten, setzten sie sich nieder, um zu plaudern und zu scherzen, während Hasan noch immer dastand und sie anschaute, versunken im Meere seiner Liebe und irrend im Tale seiner trüben Gedanken. Dabei sagte er sich: ,Bei Allah, meine Schwester hat mir nur deshalb gesagt, ich solle diese Tür nicht öffnen, weil diese Mädchen hier sind und weil sie fürchtet, ich könnte einer von ihnen in Liebe anhangen.' Und immer wieder schaute er auf die Reize jener Maid; denn sie war ja das lieblichste Wesen, das Allah zu ihrer Zeit geschaffen hatte, und sie übertraf an Schönheit alle Menschen. Sie hatte einen Mund gleich Salomos Zauberring; ihr Haar war schwärzer als die Nacht für den Liebeskranken, wenn ihn die Geliebte mit Härte empfing. Dem Neumond am Ramadan-Feste[2] glich ihre Stirn, die helle; ihre Augen waren wie die der Gazelle. Ihre Adlernase war von Strahlenglanz umfangen; rot wie Anemonen waren ihre Wangen. Korallengleich waren ihre Lippen beide; ihre Zähne glichen Perlen auf güldenem Geschmeide. Ihr Hals war wie ein Silber-

---

1. Statt ,Herz' steht im Arabischen ,Gallenblase'; nach dem Glauben der Araber platzt die Gallenblase bei heftigen Erregungen. Der letzte Vers enthält eine noch unaufgeklärte Anspielung. – 2. Dies Fest beendet den Fastenmonat; der Neumond dieses Tages wird sehnlich erwartet.

barren über einem Rumpfe, dem Weidenzweige gleich; im Leib war an Fältchen und Winkeln reich. Und sein Anblick hätte den Liebeskranken zu Allah flehen lassen; ihr Nabel konnte eine Unze Moschus von süßestem Wohlgeruch fassen. Ihre Schenkel waren dick und rund wie ein marmornes Säulenpaar, oder wie zwei Kissen, deren jedes mit Straußendaunen angefüllt war. Und dazwischen war etwas einem herrlichen Hügel gleich, oder wie ein Hase mit gestutzten Ohren, so weich, und es hatte Dach und Pfeiler zugleich. Diese Maid übertraf an Schönheit und Wuchs alle beide, das Schilfrohr und den Zweig der Weide. Und sie war, wie der liebeskranke Dichter von ihr sagt:

> *Der Jungfrau Lippentau ist süß gleichwie der Honig;*
> *Ihr Blick ist schärfer als ein Schwert aus Inderstahl.*
> *Und sie beschämt, wenn sie sich biegt, den Zweig der Weide;*
> *Und lacht sie, kommt aus ihrem Mund ein Blitzesstrahl.*
> *Ich glich den aufgereihten Rosen ihre Wange;*
> *Sie wies es ab und sprach: Wer mich zu Rosen bannt*
> *Und meine Brust Granatenfrüchten gleicht, ist schamlos;*
> *Granaten fehlt ein Zweig, der meine Brust umspannt.*
> *Bei meiner Anmut, meinen Augen, meinem Herzblut,*
> *Beim Himmel meiner Gunst, der Härte Höllenpein,*
> *Wenn er mich wieder so vergleicht, will ich die Süße*
> *Des Naheseins ihm weigern, ihn dem Elend weihn.*
> *Da heißt es: In den Gärten sind der Rosen viele! –*
> *Wie meine Wange nicht! Kein Zweig dem Leibe gleich!*
> *Wenn drum bei ihm im Garten, was mir gleicht, sich findet,*
> *Weshalb kommt er zu mir und sucht in meinem Reich?*

Die Mädchen spielten und scherzten immer weiter, während Hasan still auf seinen Füßen stand und sie anstarrte und Essen und Trinken vergaß, bis die Zeit des Nachmittagsgebetes nahte. Da sprach die Maid zu ihren Gespielinnen: ,Ihr Königskinder, es wird schon spät für uns, und unser Land ist fern;

wir haben auch diese Stätte hier schon zur Genüge genossen. Wohlan, laßt uns jetzt in unsere Heimat fliegen!' So machte sich denn eine jede von ihnen auf und legte ihr Federkleid an. Und als sie sich ganz in diese ihre Gewänder eingeschlossen hatten, wurden sie wieder zu Vögeln, wie sie es zuvor gewesen waren, und sie flogen allesamt davon, mit jener Maid in ihrer Mitten. Da gab Hasan die Hoffnung auf sie verloren, und er wollte sich erheben, um in den Palast hinunterzugehen; aber die Kraft zum Aufstehen versagte ihm. Tränen rannen ihm über die Wangen, die stärkste Leidenschaft erfüllte ihn, und er sprach diese Verse:

> *Erfüllung des Gelübdes möge Gott mir weigern,*
> *Ist mir hinfort des Schlummers Süße noch bekannt!*
> *Nach eurem Scheiden soll mein Aug sich nie mehr schließen,*
> *Noch Ruhe mich erquicken, seit ihr euch gewandt!*
> *Und doch, im Schlummer möcht ich wähnen euch zu schauen –*
> *O wären nur des Schlafes Träume Wirklichkeit!*
> *So lieb ich denn den Schlummer, ohne ihn zu wünschen,*
> *Auf daß ihr doch im Traume mir zugegen seid!*

Darauf schritt Hasan langsam weiter, ohne auf den Weg zu achten, bis er wieder unten im Schlosse war; von dort schleppte er sich weiter und kam schließlich zur Tür seines Gemaches. Er trat ein und verschloß alsbald die Tür hinter sich; dann legte er sich krank darnieder, ohne zu essen, ohne zu trinken, nur versunken im Meer seiner trüben Gedanken. Doch er weinte und klagte über sein Leid bis zum Morgen; und als es Tag ward, sprach er diese Verse:

> *Die Vögel flogen fort am Abend und entschwanden;*
> *Doch wer aus Liebe stirbt, ist nicht mit Schuld im Bund.*
> *Die Liebe halte ich geheim, solang ich's trage;*
> *Erst wenn die heiße Sehnsucht siegt, so wird sie kund.*
> *Es kam zu mir bei Nacht das Bild der Morgenschönen;*
> *Doch meiner Nacht des Sehnens strahlt kein Morgenrot.*

> *Ich klag um sie; wer keine Liebe kennt, der schlummert;*
> *Mit mir trieb grausam Spiel ein Sturm der Liebesnot.*
> *Gern geb ich meine Tränen hin, mein Gut, mein Herzblut,*
> *Verstand und auch mein Leben – Geben bringt Gewinn.*
> *Die allerschlimmste Art von Übel und von Elend*
> *Ist immer doch der Schönen spröder, harter Sinn.*
> *Man sagt, die Gunst der keuschen Schönen sei verboten,*
> *Und liebend Blut vergießen sei erlaubtes Ziel.*
> *Was kann der Liebeskranke tun, als nur sich opfern?*
> *Er gibt sich gern dahin um Liebe, wie im Spiel.*
> *Ich schreie auf in Sehnsucht, heißer Liebesglut –*
> *Ach, Klagen ist des Liebestoren einzig Gut!*

Nachdem die Sonne aufgegangen war, öffnete er die Tür des Gemaches und ging wieder zu der Stätte hinauf, an der er am Tage zuvor gewesen war; dort setzte er sich nieder, gegenüber dem Pavillon, bis daß der Abend nahte; aber keiner von den Vögeln kam wieder, solange Hasan auch auf sie wartete. Da weinte er bitterlich, bis er ohnmächtig ward und auf den Boden niedersank. Und als er wieder zu Bewußtsein kam, schleppte er sich fort und stieg ins Schloß hinunter; nun war es Nacht geworden, und die ganze Welt ward ihm eng. Und er weinte und klagte über sein Los die ganze Nacht hindurch, bis der Morgen kam mit seinem Strahl und die Sonne aufging über Berg und Tal. Er aß nicht und trank nicht, er schlief nicht und hatte keine Ruhe; bei Tage war er in Trostlosigkeit versunken, bei Nacht war er wach und starrte wie trunken, so sehr erfüllten ihn die Gedanken an seine Not und die Übermacht der Sehnsucht. Und er sprach die Worte des liebeskranken Dichters:

> *Die du der Morgensonne Strahlenschein verdunkelst,*
> *Die du das zarte Reis beschämst und es nicht weißt,*
> *Wüßt ich, ob mir die Zeit einst deine Rückkehr schenket*
> *Und ob die Glut erlischt, die mir das Herz zerreißt,*

Und ob wir dann beim Wiedersehen uns umarmen,
Und ob einst Brust an Brust und Wang an Wange ruht!
Wenn einer sagt, die Lieb sei Süßigkeit, der wisse:
Die Lieb hat Tage, bittrer als der Aloe Blut. – –«

Da bemerkte Schehrezâd, daß der Morgen begann, und sie hielt in der verstatteten Rede an. Doch als die *Siebenhundertundachtundachtzigste Nacht* anbrach, fuhr sie also fort: »Es ist mir berichtet worden, o glücklicher König, daß Hasan der Goldschmied, als die Liebe so mächtig in ihm ward, jene Verse sprach, während er allein in dem Schloß war und niemanden hatte, der ihn trösten konnte. So saß er dort in seinem großen Liebesschmerze; da plötzlich erhob sich eine Staubwolke aus der Steppe, und nun machte er sich auf und lief hinab und verbarg sich; denn er wußte, daß die Herrinnen des Schlosses kamen. Es dauerte nur eine kleine Weile, bis die Truppen halt machten und rings um das Schloß lagerten. Auch die Prinzessinnen saßen ab, traten in das Schloß und legten ihre Waffen ab und die Rüstungen, die sie trugen. Doch die jüngste Prinzessin, die Schwester Hasans, legte ihre Rüstung nicht ab, sondern eilte sofort in sein Gemach, und als sie ihn dort nicht fand, suchte sie nach ihm; schließlich entdeckte sie ihn in einer der Kammern des Schlosses, wie er dort lag, krank und abgezehrt; sein Leib war hager, seine Glieder waren mager, seine Farbe war bleich, und seine Augen waren tief eingesunken; da er ja Speise und Trank verschmäht und immerdar geweint hatte um seiner heißen Liebe zu jener Maid willen. Als aber seine Schwester, die Fee, ihn in solchem Zustande sah, erschrak sie und war fast wie von Sinnen; und sofort fragte sie ihn, wie es um ihn stehe, in welcher Not er sei, was ihn betroffen habe, indem sie mit den Worten schloß: ‚Sag mir's, mein Bruder, damit ich auf ein Mittel sinne, dein Leid zu verscheuchen, und mich für dich opfere!' Doch er weinte bitterlich und sprach als Antwort die Verse:

> *Wer liebt, dem bleibt in seiner Einsamkeit,*
> *Fern seinem Lieb, nur Kümmernis und Leid,*
> *Von innen Siechtum, draußen Fieberglut,*
> *Zuerst Gedenken, dann Gedankenflut!*

Wie seine Schwester das hörte, bewunderte sie seine beredten und feinen Worte und die schöne Rede, die sich in den Versen seiner Antwort offenbarte; und sie sprach zu ihm: ‚Lieber Bruder, wann bist du in diese Not geraten, in der du bist? Wann ist solches über dich gekommen? Denn ich sehe dich dein Leid in Verse ergießen und dein Tränen in Strömen fließen. Um Allahs willen, mein Bruder, und bei der Heiligkeit der Liebe, die zwischen uns besteht, sage mir, was es mit dir auf sich hat, enthülle mir dein Geheimnis und verbirg mir nichts von dem, was dir zugestoßen ist, als wir fern waren; denn um deinetwillen ist mir die Brust beklommen und das Leben verdüstert!' Doch er seufzte und vergoß Tränen gleich dem Regen und sprach: ‚Ich fürchte, liebe Schwester, wenn ich es dir sage, so wirst du mir nicht zu meinem Ziele verhelfen, sondern mich elend sterben lassen in meiner Qual.' ‚Nein, bei Allah,' erwiderte sie, ‚ich will dich nicht im Stiche lassen, auch wenn es mich das Leben kosten sollte!' Da erzählte er ihr, was ihm widerfahren war und was er gesehen, nachdem er die Tür geöffnet hatte, und er gestand ihr, daß die heiße Liebe zu der Maid, die er geschaut habe, der Grund seines Kummers und seiner Not sei; ferner auch, daß er seit zehn Tagen keine Speise und keinen Trank mehr gekostet habe. Dann weinte er bitterlich und sprach diese Verse:

> *Gebt mir das Herz in meine Brust, so wie ich's kannte,*
> *Den Augen gebet Schlummer, und dann geht, ihr Leute!*

Glaubt ihr, die Nächte hätten treue Lieb gewandelt?
Nein, wer sich wandeln kann, der sei des Todes Beute!

Da weinte seine Schwester über seine Tränen, gerührt durch seine Not, und sie hatte Mitleid mit ihm, weil er so verlassen war. Dann sprach sie zu ihm: ,Lieber Bruder, hab Zuversicht und gräm dich nicht! Ich will mein Leben für dich aufs Spiel setzen und mich für dich opfern, damit du zufrieden werdest; und ich will einen Plan für dich ersinnen, wenn er mich auch Gut und Blut kostet, um dir deinen Wunsch zu erfüllen, so Allah der Erhabene will. Doch ich rate dir ernst, mein Bruder, verbirg das Geheimnis vor meinen Schwestern und offenbare keiner von ihnen, wie es um dich steht, auf daß nicht mein Leben mit dem deinen verloren gehe! Und wenn sie dich fragen, ob du die Tür geöffnet habest, so antworte ihnen: ,Nein, ich habe sie gar nicht aufgemacht; mein Herz war ja so bekümmert, weil ihr fern von mir weiltet und ich mich nach euch sehnte und so einsam im Schlosse saß.' ,Ja, das ist der rechte Rat', erwiderte Hasan; dann küßte er ihr das Haupt, und sein Sinn ward heiter, und die Brust ward ihm weit. Er hatte sich ja vor seiner Schwester gefürchtet, weil er die Tür geöffnet hatte, und jetzt verspürte er neues Leben in sich, nachdem er vor übergroßer Angst schon den Tod vor Augen gesehen hatte. Dann bat er seine Schwester um ein wenig Speise, und sie ging hin und holte sie für ihn. Darauf aber trat sie zu ihren Schwestern ein, traurig und weinend über ihren Bruder. Jene fragten sie, was es mit ihr auf sich habe, und sie sagte ihnen, sie sei betrübt um ihren Bruder, der krank sei und seit zehn Tagen gar keine Nahrung zu sich genommen habe. Als jene dann nach dem Grunde seiner Krankheit fragten, fuhr sie fort: ,Daran ist unsere Trennung von ihm schuld; denn wir hatten ihn ja allein gelassen. Diese Tage, in denen wir ihm fern waren, sind ihm länger geworden als tausend Jahre. Wir dürfen ihm keinen Vorwurf machen; denn er ist ein einsamer Fremdling. Wir haben ihn allein zurückgelassen, er hatte niemanden, der ihn tröstete oder seinem Herzen Mut zusprach; er ist doch auch noch sehr jung, und vielleicht hat er an die Seinen und an seine Mutter gedacht, die eine hochbetagte Frau ist. Und da mag er geglaubt haben, daß sie zu jeder Stunde der Nacht und zu jeder Tageszeit um ihn weint und um ihn trauert, während wir früher ihn durch unsere Gesellschaft von solchen Gedanken ablenkten.' Als ihre Schwestern diese Worte von ihr vernommen hatten, weinten sie tief bekümmert um ihn und sprachen: ‚Bei Allah, ihn trifft kein Vorwurf!' Darauf gingen sie zu den Kriegern hinaus und entließen sie; und nun begaben sie sich zu Hasan und begrüßten ihn. Wie sie sahen, daß seine Schönheit geschwunden war, daß seine Farbe erblichen und sein Leib abgezehrt war, da weinten sie aus Mitleid mit ihm, setzten sich zu ihm, trösteten ihn und suchten sein Herz aufzuheitern, indem sie mit ihm plauderten und ihm erzählten, welch seltsame und wunderbare Dinge sie erlebt hatten und wie es dem Bräutigam mit seiner Braut ergangen war. Einen ganzen Monat über blieben die Prinzessinnen bei ihm, indem sie ihn trösteten und freundlich mit ihm sprachen; doch mit jedem Tag häufte sich bei ihm Krankheit auf Krankheit, und jedesmal, wenn die Schwestern ihn in solchem Elend sahen, weinten sie bitterlich um ihn, am meisten von ihnen aber weinte die jüngste Maid. Als jedoch der Monat zu Ende war, sehnten die Prinzessinnen sich danach, zu Jagd und Hatz auszureiten, und als sie dies beschlossen hatten, luden sie ihre jüngste Schwester ein, mit ihnen zu reiten. Aber sie erwiderte ihnen: ‚Bei Allah, liebe Schwestern, ich kann nicht mit euch hinausziehen, solange mein Bruder in diesem Zustande ist, ja, nicht eher, als bis er wieder gesund ist und die Schmerzen, die er jetzt leidet, ihn verlassen haben. Nein, ich will bei ihm bleiben und ihn pflegen.' Als die anderen diese Worte von ihr hörten, lobten sie ihre Hochherzigkeit und sprachen zu ihr: ‚Für alles, was du an diesem Fremdling tust, wirst du von Allah belohnt werden.' Und sie ließen sie bei ihm im Schlosse zurück und ritten aus, indem sie Zehrung für zwanzig Tage mit sich nahmen. – –«

Da bemerkte Schehrezâd, daß der Morgen begann, und sie hielt in der verstatteten Rede an. Doch als die *Siebenhundertundneunundachtzigste Nacht* anbrach, fuhr sie also fort: »Es ist mir berichtet worden, o glücklicher König, daß die Prinzessinnen, als sie zu Pferde stiegen und zu Jagd und Hatz ausritten, ihre jüngste Schwester bei Hasan im Schlosse zurückließen. Wie sie sich dann von dem Schlosse entfernt hatten und ihre Schwester wußte, daß sie schon eine weite Strecke geritten waren, begab sie sich zu ihrem Bruder und sprach zu ihm: ‚Lieber Bruder, wohlan, zeige mir jene Stätte, an der du die Mädchen gesehen hast!' Er rief: ‚Im Namen Allahs![1] Herzlich gern!' und freute sich über ihre Worte und war schon sicher, sein Ziel zu erreichen. Dann wollte er sich mit ihr aufmachen, um ihr die Stätte zu zeigen, aber er konnte nicht gehen; so trug sie ihn denn auf ihren Armen fort, öffnete für ihn die Tür zu der Treppe und brachte ihn bis zum Dache des Schlosses hinauf. Als sie nun beide oben waren, wies er ihr die Stätte, an der er die Mädchen gesehen hatte, zeigte ihr den Pavillon und das Wasserbecken. Da sprach sie zu ihm: ‚Lieber Bruder, beschreib mir, wie sie aussahen und wie sie kamen!' Und nun schilderte er ihr, was er von ihnen gesehen hatte, vor allem be-

[1]. Mit diesem Ausruf beginnt der Muslim jede Handlung; oft deutet er, wie hier, damit die Bereitwilligkeit an, etwas zu tun.

schrieb er ihr die Maid, die er liebte; doch als sie diese Beschreibung hörte, erblich ihr Antlitz, und sie sah aus wie verwandelt. Er fragte sie: ‚Meine Schwester, dein Antlitz ist erblichen, und du siehst aus wie verwandelt!‘ Und sie antwortete ihm: ‚Mein Bruder, wisse, diese Maid ist die Tochter eines der großmächtigen Geisterkönige; ihr Vater herrscht über Menschen und Geister, über Zauberer und Wahrsager, über Stämme und Wächter, über viele Länder und Städte und Inseln, und er besitzt gewaltigen Reichtum. Unser Vater ist einer seiner Statthalter, und niemand vermag etwas wider ihn wegen der großen Anzahl seiner Krieger und der weiten Ausdehnung seines Reiches und der Fülle seines Reichtums. Er hat seinen Kindern, den Mädchen, die du gesehen hast, ein Land angewiesen, das eine volle Jahresreise lang und breit ist, und dies Land ist von einem mächtigen Strom rings umgeben, so daß niemand dorthin gelangen kann, sei es ein Mensch oder ein Geisterwesen. Und er hat ein Heer von Jungfrauen, die mit dem Schwerte schlagen und mit der Lanze stechen können, fünfundzwanzigtausend, von denen eine jede, wenn sie ihr Roß bestiegen und ihre Kriegsrüstung angelegt hat, es mit tausend tapferen Rittern aufnimmt. Er hat sieben Töchter, die ihren Schwestern[1] an Tapferkeit und Rittertugend gleich sind, ja, sie noch übertreffen; und die älteste Tochter hat er über jenes Land gesetzt, das ich dir genannt habe. Sie ist Herrin über ihre Schwestern, und sie ist an Tapferkeit und Rittertum, an List und Klugheit und Zauberkraft stärker als alles Volk in ihrem Reiche. Die Mädchen, die bei ihr waren, sind die Großen ihres Reiches, ihre Wächterinnen und Vertraute ihrer Herrschaft. Und jene Federkleider, in denen sie fliegen, sind das Werk der Zauberer unter den Geistern. Wenn du diese Maid gewinnen und dich

1. Das heißt den Kriegerinnen.

mit ihr vermählen willst, so mußt du hier sitzen und auf sie warten. Sie kommen immer am ersten Tage eines jeden Monats an diese Stätte; wenn du sie nahen siehst, so verbirg dich und hüte dich sehr, dich zu zeigen, sonst ist unser aller Leben verloren. Merke dir, was ich dir sage, und bewahre es in deinem Gedächtnisse! Setze dich also an eine Stätte, die ihnen nahe ist, von der du sie erblicken kannst, während sie dich nicht sehen! Wenn sie dann ihre Federkleider abgelegt haben, so wirf deinen Blick auf das Kleid, das der Vornehmsten gehört, eben jener, die dein Begehr ist; das nimm an dich, und gib acht, daß du kein anderes nimmst! Dies Kleid ist es, das sie in ihr Land trägt, und hast du es in Besitz, so hast du sie in deiner Gewalt. Doch sei auf deiner Hut, daß du dich nicht von ihr betören lässest, wenn sie sagt: ‚O du, der du mein Kleid fortgenommen hast, gib es mir zurück; sieh, ich bin hier, bin vor dir und in deiner Gewalt!' Wenn du es ihr gibst, so tötet sie dich und reißt unseren ganzen Palast über uns nieder und tötet auch unseren Vater. Du weißt also, wie es um dich steht! Wenn ihre Schwestern sehen, daß ihr Kleid fortgenommen ist, so werden sie auffliegen und sie allein sitzen lassen; dann tritt du zu ihr, ergreife sie bei den Haaren und zieh sie an dich! Wenn du sie an dich gezogen hast, so hast du sie in deiner Macht; dann ist sie wirklich in deiner Gewalt. Danach aber achte immer sorgfältig auf das Federkleid; denn nur so lange du es hast, ist sie in deiner Hand und deine Gefangene, da sie nur in ihm zu ihrem Lande zurückfliegen kann. Trag sie dann hinunter in dein Gemach; verrate ihr aber nicht, daß du das Federkleid im Besitz hast!' Als Hasan die Worte seiner Schwester hörte, ward sein Herz ruhig, seine Erregung legte sich, und alle seine Schmerzen wichen von ihm. Rasch erhob er sich auf seine Füße, küßte seiner Schwester das Haupt und machte sich dann auf und ging mit ihr von der Höhe des Schlosses hinunter; dort legten sich beide zur Nachtruhe nieder, und er pflegte seiner selbst, bis daß der Morgen kam. Als die Sonne aufgegangen war, erhob er sich, öffnete die Tür und stieg zum Dache hinauf. Dann setzte er sich nieder und blieb bis zum Abend dort sitzen, während seine Schwester ihm etwas Speise und Trank und Kleider zum Wechseln brachte; darauf schlief er ein. In dieser Weise blieb er dort jeden Tag, bis der neue Monat kam. Sobald er den Neumond erblickt hatte, begann er nach den Vögeln zu spähen; und während er so dasaß, kamen sie plötzlich auf ihn zu wie der Blitz. Kaum hatte er sie erblickt, so verbarg er sich an einer Stätte, wo er sie beobachten konnte, während sie ihn nicht sahen. Nun kamen die Vogelmädchen herunter, ein jedes von ihnen ging an seine Stelle und legte sein Kleid ab, desgleichen tat auch die Maid, die er liebte; und all das geschah dicht neben Hasan. Als die Maid dann mit ihren Schwestern in das Becken gestiegen war, machte sich Hasan ans Werk und schlich ganz leise, leise dahin, indem er sich versteckt hielt und Allah der Erhabene seine Verborgenheit schützte. Und er ergriff das Kleid, ohne daß ihn eine einzige von ihnen bemerkte, da sie miteinander spielten und scherzten. Wie sie aber ihr Spiel beendet hatten, kamen sie hervor, und eine jede von ihnen legte ihr Federkleid an, nur die Maid, die er liebte, suchte nach dem ihren und fand es nicht. Da schrie sie auf und schlug sich ins Gesicht und zerriß ihr Gewand. Ihre Schwestern eilten zu ihr hin und fragten sie, was mit ihr geschehen sei; und als sie ihnen berichtete, daß ihr Federkleid verschwunden sei, weinten sie alle und schrieen und schlugen sich ins Angesicht. Doch als der Abend nahte, konnten sie nicht mehr bei ihr verweilen und ließen sie auf dem Dache des Schlosses zurück. – –«

Da bemerkte Schehrezâd, daß der Morgen begann, und sie hielt in der verstatteten Rede an. Doch als die *Siebenhundertundneunzigste Nacht* anbrach, fuhr sie also fort: »Es ist mir berichtet worden, o glücklicher König, daß die Maid, nachdem Hasan ihr Federkleid fortgenommen hatte, nach ihm suchte, es aber nicht fand, und daß ihre Schwestern aufflogen und sie allein zurückließen. Und als Hasan sah, daß sie fortgeflogen und ihrem und seinem Auge entschwunden waren, lauschte er nach ihr und hörte, wie sie sagte: ,O du, der mein Kleid genommen und mich nackt gemacht hat, ich bitte dich, gib es mir zurück und bedecke meine Blöße, auf daß Allah dich nie meine Qual kosten lasse!' Kaum hatte Hasan ihre Stimme vernommen, so ward ihm der Verstand durch seine Liebe zu ihr berückt, ja, seine Leidenschaft wuchs noch, und er hatte keine Geduld mehr, ihr fern zu bleiben. Er sprang aus seinem Versteck hervor, eilte dahin und stürzte auf sie zu, und nachdem er sie ergriffen hatte, zog er sie an sich und trug sie nach unten ins Schloß hinab; da brachte er sie in sein Gemach und warf seinen Mantel über sie, während sie weinte und sich auf die Hände biß. Dann schloß er sie ein, begab sich zu seiner Schwester und tat ihr kund, daß er sie erbeutet und in seine Gewalt bekommen und in sein Gemach getragen habe; und er schloß mit den Worten: ,Dort sitzt sie jetzt und weint und beißt sich auf die Hände.' Als seine Schwester das hörte, begab sie sich alsbald zu dem Gemach und trat zu der Gefangenen ein; die fand sie weinend und trauernd dasitzen. Sie küßte den Boden vor ihr und begrüßte sie; die junge Herrin aber sprach zu ihr: ,O Königstochter, tun Leute wie ihr so schmähliche Taten an Töchtern der Könige? Du weißt, daß mein Vater ein mächtiger König ist und daß alle Könige der Geister vor ihm zittern und seine Macht fürchten. Bei ihm sind Zauberer und

Weise, Wahrsager, Teufel und Mârids, denen keiner zu widerstehen vermag. Unter seiner Hand steht so viel Volks, daß nur Allah seine Zahl kennt. Wie ziemt euch da, ihr Königstöchter, sterbliche Männer bei euch aufzunehmen und sie in unsere und eure Geheimnisse schauen zu lassen? Wie sollte denn sonst dieser Mensch uns haben nahen können?' Die Schwester Hasans erwiderte ihr: ‚O Königstochter, dieser Mensch ist vollkommen an Edelmut, er plant kein übel Ding; sondern er liebt dich – und die Frauen sind doch nur für die Männer geschaffen. Wenn er dich nicht liebte, wäre er nicht um deinetwillen so krank geworden, daß er beinahe aus Verlangen nach dir sein Leben verloren hätte.' Und sie erzählte ihr alles, was Hasan ihr von seiner Liebe berichtet hatte, wie die Mädchen im Fluge gekommen seien und sich gebadet hätten, und wie ihm von ihnen allen keine gefallen habe außer ihr, da die anderen ja ihre Dienerinnen seien, die sie in das Becken unterzutauchen pflegte, und da keine einzige von ihnen ihre Hand nach ihr zu recken wagte. Als die Prinzessin das hörte, gab sie die Hoffnung auf Befreiung verloren; Hasans Schwester aber ging fort und brachte ihr ein kostbares Gewand und legte es ihr an. Ferner holte sie ihr etwas Speise und Trank und aß mit ihr; so beruhigte sie ihr das Herz und verscheuchte ihr die Sorgen. Und sie fuhr fort, ihr in sanfter und milder Weise freundlich zuzusprechen, und schloß mit den Worten: ‚Hab doch Mitleid mit ihm, der dich nur ein einziges Mal sah und dann wurde wie einer, dem die Liebe zu dir den Tod brachte!' Und wieder und wieder sprach sie ihr Trost zu und versuchte sie zu versöhnen, indem sie Worte lieblicher Rede an sie richtete. Doch die Maid weinte immer noch, bis der Morgen anbrach. Da endlich faßte sie wieder Mut und hörte auf zu weinen, weil sie erkannt hatte, daß sie gefangen war und daß es keine Befreiung für sie mehr gab.

So sprach sie denn zu Hasans Schwester: ‚O Königstochter, dies alles hat Allah mir auf die Stirn geschrieben, diese Verbannung und diese Trennung von meiner Heimat, meinem Volke und meinen Schwestern; und in Geduld muß ertragen werden, was der Herr bestimmt hat!' Darauf wies die Schwester Hasans ihr ein Gemach im Schlosse an, das schönste, das es dort gab; und sie blieb bei ihr, um sie noch weiter zu trösten und ihr Gemüt zu beruhigen, bis sie sich endlich mit ihrem Schicksal zufrieden gab, so daß ihre Brust sich weitete und sie wieder lachen konnte; und nun wich von ihr alle Trauer und Angst wegen der Trennung von den Ihren und ihrem Vaterlande, von ihren Schwestern und ihren Eltern und ihrer Herrschaft. Dann ging Hasans Schwester zu ihm und sprach zu ihm: ‚Wohlan, geh zu ihr in ihr Gemach und küsse ihre Hände und Füße!' Er ging hinein und tat es; dann küßte er sie auf die Stirn und sprach zu ihr: ‚O Herrin der Schönen, o Leben der Seelen und Wonne der Beschauer, sei ruhigen Herzens, ich habe dich nur deshalb gefangen genommen, daß ich bis zum Tage der Auferstehung dein Knecht sei; und diese meine Schwester soll deine Magd sein. Meine Gebieterin, ich begehre nichts anderes, als mich mit dir zu vermählen nach dem Gesetze Allahs und seines Gesandten; und ich will in meine Heimat reisen, dort will ich mit dir in der Stadt Baghdad leben und will dir Sklavinnen und Sklaven kaufen. Ich habe auch eine Mutter, eine der besten unter den Frauen, die wird dir dienen. Es gibt dort kein schöneres Land als unser Land; alles dort ist besser als irgendwo in einem anderen Lande. Auch das Volk und die Leute dort sind trefflich und heiteren Angesichts.' Während er ihr so Trost zusprach, ohne daß sie ihm ein einziges Wort erwiderte, pochte es plötzlich an die Tür des Schlosses. Und als Hasan hinausging, um zu sehen, wer dort sei, fand er die Prinzessinnen, die von Jagd und Hatz heimgekehrt waren. Er freute sich dessen und empfing sie mit Grüßen des Willkommens; sie wünschten ihm Heil und Gesundheit, und er wünschte ihnen das gleiche. Darauf stiegen sie von ihren Rossen und traten in das Schloß ein; eine jede von ihnen ging in ihr Gemach, legte die beschmutzten Kleider ab und hüllte sich in schöne Gewänder. Sie hatten aber auf ihrer Jagd und Hatz viel Wild erjagt, Gazellen und Wildkühe, Hasen und Löwen, Hyänen und andere Tiere; einige davon ließen sie zum Schlachten herbeibringen, doch die übrigen verwahrten sie bei sich im Schlosse. Nun stand Hasan da mit geschürzten Kleidern und schlachtete das Wild für sie, während sie spielten und sich vergnügten und an allem ihre große Freude hatten. Als er mit dem Schlachten fertig war, setzten sie sich und machten etwas von dem Fleisch zurecht, um es als Morgenmahl zu verzehren; Hasan aber trat zu der ältesten Prinzessin hin und küßte ihr das Haupt, und ebenso küßte er die Häupter der übrigen, eines nach dem anderen. Da sprachen sie zu ihm: ‚Du lässest dich wirklich gar sehr zu uns herab, lieber Bruder, und wir bewundern das Übermaß deiner Liebe zu uns. Doch das sei ferne, o Bruder! Dies ist etwas, was wir an dir tun müssen; denn du bist ein Mensch und als ein solcher würdiger denn wir, die wir nur Geister sind.' Ihm aber brachen die Tränen aus den Augen, und er weinte bitterlich. Und nun fuhren sie fort: ‚Was ist dir? Warum weinst du? Du machst uns das Leben traurig heute durch deine Tränen. Es scheint, du sehnst dich nach deiner Mutter und nach deiner Heimat. Wenn dem so ist, wollen wir dich ausrüsten und mit dir in deine Heimat und zu deinen Lieben ziehen.' ‚Bei Allah,' rief er, ‚ich wünsche nicht, mich von euch zu trennen!' Da fragten sie: ‚Wer von uns hat dir denn etwas zuleide getan, daß du so traurig bist?'

Doch er schämte sich zu sagen: ‚Mich quält nur die Liebe zu der Maid‘, da er fürchtete, sie würden das an ihm mißbilligen; und so schwieg er und tat ihnen nichts über sich kund. Seine Schwester aber hub an: ‚Er hat einen Vogel aus der Luft gefangen, und er möchte, daß ihr ihm helft, ihn zu zähmen.‘ Da schauten sie alle ihn an und sprachen zu ihm: ‚Wir stehen dir alle zu Diensten; was du nur verlangst, wollen wir tun. Erzähle uns jedoch deine Geschichte und verbirg uns nichts von dem, was dich betroffen hat!‘ Nun sagte er zu seiner Schwester: ‚Erzähle du ihnen meine Geschichte! Ich schäme mich vor ihnen, und ich kann ihnen nicht mit diesen Worten unter die Augen treten.‘ – –«

Da bemerkte Schehrezâd, daß der Morgen begann, und sie hielt in der verstatteten Rede an. Doch als die *Siebenhundertundeinundneunzigste Nacht* anbrach, fuhr sie also fort: »Es ist mir berichtet worden, o glücklicher König, daß Hasan zu seiner Schwester sprach: ‚Erzähle du ihnen meine Geschichte! Ich schäme mich vor ihnen, und ich kann ihnen nicht mit diesen Worten unter die Augen treten.‘ So sprach sie denn zu ihnen: ‚Liebe Schwestern, als wir fortgezogen waren und diesen Unglücklichen allein gelassen hatten, ward es ihm Angst im Schlosse, und er fürchtete, es könne jemand zu ihm einbrechen; ihr wißt ja, die Menschkinder haben einen schwachen Verstand. Und so öffnete er die Tür, die zum Dache des Schlosses führt, in seiner Herzensangst und im Gefühl seiner Einsamkeit; er stieg hinauf und setzte sich dort nieder, schaute dabei ins Tal hinab, blickte aber auch immer nach der Tür hin, aus Furcht, es könne jemand ins Schloß kommen. Während er eines Tages so dasaß, erschienen plötzlich zehn Vögel vor ihm, die auf das Schloß zuflogen und immer näher kamen, bis sie sich in dem Becken niederließen, das sich in dem Pavillon befindet. Dann blickte er auf den Vogel, der unter ihnen der schönste war und der nach den anderen mit seinem Schnabel pickte, während unter ihnen keiner war, der seine Kralle nach ihm auszustrecken wagte. Dann legten sie plötzlich ihre Krallen an den Hals, rissen die Federkleider herunter und traten aus ihnen hervor, indem ein jeder von ihnen zu einer Maid wurde, so schön wie der Mond in der Nacht seiner Fülle. Darauf entkleideten sie sich der Gewänder, die sie trugen, während Hasan dastand und ihnen zuschaute, stiegen in das Wasser und begannen zu spielen; die vornehmste Maid aber tauchte die anderen unter, ohne daß eine von ihnen die Hand nach ihr zu recken wagte; sie war die schönste unter ihnen von Angesicht und die ebenmäßigste an Wuchs, und sie hatte das prächtigste Gewand. Bei ihrem Spiel blieben sie, während Hasan dastand und ihnen zuschaute, bis die Zeit des Nachmittagsgebetes nahte; dann erst kamen sie aus dem Becken hervor, legten ihre Gewänder wieder an, schlüpften in die Federkleider und hüllten sich darin ein und flogen von dannen. Da wurde ihm der Sinn verstört, und in seinem Herzen entbrannte ein Feuer um des vornehmsten Vogels willen, und er bereute, daß er jenem nicht sein Federkleid fortgenommen hatte. Und nun wurde er krank, und er blieb oben auf dem Schlosse, um auf sie zu warten; er versagte sich Speise und Trank und Schlaf und lebte in dieser Weise dahin, bis der Neumond erschien. Da kamen, während er dort saß, die Vögel nach ihrer Gewohnheit wieder, legten ihre Kleider ab und stiegen in das Becken; er aber nahm das Kleid der vornehmsten Maid weg. Denn da er wußte, daß sie nur mit ihm fliegen konnte, holte er es und verbarg es aus Furcht, sie könnten ihn sehen und ihn töten. Dann wartete er, bis die anderen aufgeflogen waren, ergriff die Maid und brachte sie vom Dache des Schlosses herunter.' ,Wo ist sie jetzt?' fragten ihre Schwestern; und sie gab ihnen zur Antwort: ‚Sie ist bei ihm in demunddem Gemach.' Weiter sprachen sie: ‚Schildere sie uns, liebe Schwester!' Da hub sie an: ‚Sie ist schöner als der Mond in der Nacht seiner Fülle; ihr Antlitz ist leuchtender als die Sonne, ihr Lippentau süßer als Honig, und ihr Wuchs ist schlanker als das schwanke Reis. Aus schwarzem Auge kommt ihres Blickes Macht, ihr Angesicht strahlt wie der Mond in der Nacht, ihre Stirn ist gleich weißer Blütenpracht; ihr Busen ist wie aus Edelstein, ihre Brüste sind wie zwei Granatäpflein, ihre Wangen könnten zwei Äpfel sein. Ihr Leib ist ganz in Fältchen gehüllt, ihr Nabel gleicht einem Elfenbeinbüchschen mit Moschus gefüllt, und ihre Beine gar gleichen einem marmornen Säulenpaar. Sie bezaubert die Herzen durch ihrer dunklen Augen Gewalt, durch ihres schlanken Leibes zierliche Gestalt und durch ihrer Hüften schwere Wucht, und ihr Wort heilt des Kranken Sucht. Ihr Wuchs ist herrlich, ihr Lächeln lieblich, als wäre sie der Mond, der in seiner Fülle am Himmel thront.' Als die Prinzessinnen diese Lobpreisungen gehört hatten, blickten sie auf Hasan und sprachen zu ihm: ‚Zeige sie uns!' Da machte er sich auf mit ihnen, liebeverstört wie er war, und führte sie zu dem Gemache, in dem die Königstochter war; nachdem er es geöffnet hatte, trat er zuerst ein, während die Mädchen ihm folgten. Und als die sie erblickten und ihre Anmut mit eigenen Augen sahen, küßten sie den Boden vor ihr, indem sie ihre schöne Gestalt und ihre herrlichen Eigenschaften bewunderten; dann boten sie ihr den Friedensgruß und sprachen zu ihr: ‚Bei Allah, o Tochter des großmächtigen Königs, dies ist ein gewaltig Ding. Hättest du unter den Frauen diesen Sterblichen rühmen hören, so hättest du dein ganzes Leben lang ihn bewundert. Er liebt dich über alle Maßen; aber, o Königstochter, er begehrt nichts Schimpfliches, nein, er wünscht dich zu seiner gesetzmäßigen Gattin. Hätten wir gewußt, daß Jungfrauen ohne Männer leben können, so hätten wir ihn von seinem Vorhaben zurückgehalten, wiewohl er keinen Boten zu dir sandte, sondern selbst zu dir kam. Er hat uns auch berichtet, daß er das Federkleid verbrannt hat; sonst hätten wir es ihm abgenommen.' Dann erbot sich eine von den jungfräulichen Prinzessinnen, als ihr Sachwalter bei der Eheschließung zu dienen, und so schloß diese ihren Ehebund mit Hasan; er reichte der Sachwalterin die Hand und legte seine Hand in die ihre, während sie die Prinzessin auf Grund ihrer Einwilligung mit ihm vermählte. Danach feierten sie ihr Hochzeitsfest, wie es sich für Königstöchter geziemt, und führten Hasan zu ihr ein. Nun öffnete Hasan das Tor und hob den Schleier empor, und er brach ihre Siegel; da wuchs seine Liebe zu ihr, und mächtig ward seine Leidenschaft im Verlangen nach ihr. Und als er nun das Ziel seiner Wünsche erreicht hatte, wünschte er sich Glück und sprach diese Verse:

> *Bezaubernd ist dein Wuchs und dunkelschwarz dein Auge;*
> *Auf deinem Antlitz ruht der Schönheit Strahlenschein.*
> *Ich seh in meinem Aug der Bilder allerschönstes,*
> *Die Hälfte ist Rubin, ein Drittel Edelstein;*
> *Ein Fünftel ist aus Moschus, Ambra ist ein Sechstel.*
> *Die Perle, der du gleichst, ist nicht an Glanz so reich.*
> *Gleich dir hat Eva niemals jemanden geboren;*
> *Auch in den Himmelsgärten ist dir niemand gleich.*
> *Wenn du mich quälen willst, so ist es Brauch der Liebe;*
> *Und willst du mir verzeihn, so steht's dir frei, zu tun.*
> *O schönste Zier der Welt, o höchstes Ziel der Wünsche,*
> *Wen läßt die Schönheit deines Angesichtes ruhn? – –«*

Da bemerkte Schehrezâd, daß der Morgen begann, und sie hielt in der verstatteten Rede an. Doch als die *Siebenhundert-*

undzweiundneunzigste Nacht anbrach, fuhr sie also fort: »Es ist mir berichtet worden, o glücklicher König, daß Hasan, nachdem er zu der Königstochter eingegangen war und ihr das Mädchentum genommen hatte, Wonnefreuden durch sie genoß, so daß seine Liebe zu ihr und sein Verlangen nach ihr noch wuchsen, und daß er dann zu ihrem Lobe jene Verse sprach, während die Prinzessinnen an der Tür standen. Als die seine Verse vernahmen, riefen sie ihr zu: ‚O Königstochter, hörst du die Worte des Sterblichen? Wie kannst du uns noch tadeln, seit ihn die Liebe zu dir die Verse hat sprechen lassen?' Und wie sie das hörte, ward sie fröhlich und heiter und voll Freuden. Darauf blieb Hasan vierzig Tage lang bei ihr in Glück und Fröhlichkeit, in Wonnen und in Seligkeit. Und die Prinzessinnen rüsteten für ihn jeden Tag ein neues Fest und überhäuften ihn mit Güte und mit Geschenken und Kostbarkeiten. Während er in solch herrlicher Freude bei ihnen weilte, versöhnte sich auch die Königstochter mit dem Aufenthalt bei ihnen und vergaß die Ihren. Nach diesen vierzig Tagen aber sah Hasan eines Nachts, als er schlief, im Traume seine Mutter, die um ihn trauerte; ihre Glieder waren hager, und ihr Leib war mager, ihre Farbe war erblichen, und ihre Schönheit war gewichen, während es ihm doch so gut erging. Und wie sie ihn in diesem Glücke schaute, sprach sie zu ihm: ‚O mein Sohn, o Hasan, wie kannst du so vergnüglich in der Welt leben und mich vergessen? Sieh, wie es mir ergeht, seitdem du fort bist! Ich vergesse dich nie, und meine Zunge wird nie ablassen, deinen Namen zu nennen, bis ich sterbe. Ich habe auch ein Grabmal für dich bei mir im Hause erbaut, so daß ich dich nie vergesse. O wüßte ich doch, ob ich es noch erleben werde, daß ich dich wiedersehe, mein Sohn, und daß wir dann wieder wie zuvor miteinander vereint sind!' Da erwachte Hasan aus seinem Schlafe, weinend und klagend, seine Tränen rannen ihm über die Wangen wie der Regen, und er ward von seinem Kummer tief erregt, so daß seine Tränen nicht trockneten und der Schlaf nicht mehr zu ihm kam; er konnte keine Ruhe finden, und seine Geduld begann zu schwinden. Am nächsten Morgen kamen die Prinzessinnen zu ihm, wünschten ihm einen guten Morgen und begannen bei ihm fröhlich zu sein, wie es ihr Brauch war; er aber achtete ihrer nicht. Deshalb fragten sie seine Gemahlin, was ihm sei; doch sie erwiderte: ‚Ich weiß es nicht.‘ Sie fuhren fort: ‚Frage ihn nach seinem Leid!‘ Nun trat sie an ihn heran und sprach zu ihm: ‚Was ist dir, mein Gebieter?‘ Da seufzte er auf in seinem Kummer und berichtete ihr, was er im Traume gesehen hatte; dann sprach er diese beiden Verse:

> *Der Unruh Geist kam über uns, wir wurden ratlos.*
> *Wir möchten nahe sein und können es doch nicht.*
> *Jetzt müssen wir der Liebe wachsend Leid erfahren;*
> *So leicht sie ist –, für uns ist sie ein schwer Gewicht.*

Seine Gemahlin teilte den Prinzessinnen mit, was er ihr gesagt hatte, und als jene seine Verse hörten, hatten sie Mitleid mit seiner Not, und sie sprachen zu ihm: ‚Beliebe es dir; im Namen Allahs! Wir können dich nicht hindern, sie zu besuchen, nein, wir wollen dir dazu verhelfen mit allen unseren Kräften. Doch es geziemt sich, daß du dich nicht ganz von uns trennst, sondern uns besuchst, wäre es auch nur einmal in jedem Jahre.‘ ‚Ich höre und gehorche!‘ erwiderte er ihnen; und die Prinzessinnen begannen alsbald, ihm Zehrung für die Reise zu rüsten und ihm seine junge Gemahlin auszustatten mit Schmuck und Prachtgewändern und allen anderen wertvollen Dingen, die niemand beschreiben kann; und für ihn hielten sie Kostbarkeiten bereit, die keine Feder aufzuzählen vermag. Dann schlugen sie die Trommel, und von allen Seiten kamen die Dromedare herbei. Aus ihnen wählten sie solche, die alles das tragen konnten, was sie vorbereitet hatten. Darauf hießen sie die junge Frau und Hasan aufsitzen und ließen ihnen fünfundzwanzig Kisten voll Gold und fünfzig voll Silber aufladen. Drei Tage lang ritten sie mit ihnen dahin, und sie legten in dieser Zeit einen Weg von drei Monaten zurück; dann nahmen sie Abschied von den beiden und wollten heimkehren. Aber die Jüngste von ihnen, Hasans Schwester, fiel ihm um den Hals und weinte, bis sie in Ohnmacht sank. Und als sie wieder zu sich kam, sprach sie diese Verse:

> *O wäre doch der Tag der Trennung nie gewesen!*
> *Er ließ in unsre Augen keinen Schlummer kommen;*
> *Er hat die Bande zwischen uns und dir zerrissen;*
> *Er hat uns allen Mut und Lebenskraft genommen.*

Nachdem sie diese Verse gesprochen hatte, nahm sie von ihm Abschied, indem sie ihm einschärfte, wenn er in seine Heimat gekommen und mit seiner Mutter wieder vereinigt wäre und wenn dann sein Herz sich beruhigt hätte, so solle er nie vergessen, sie alle sechs Monate einmal zu besuchen; und sie schloß mit den Worten: ‚Wenn dich irgendein Leid bedrückt, oder wenn du ein Unheil fürchtest, so schlag die Trommel des Feueranbeters; dann werden die Dromedare zu dir kommen, und du sitz auf und kehre zu uns zurück, bleib uns nicht fern!' Er versprach es ihr mit einem Eide; und dann beschwor er die Prinzessinnen, sie möchten umkehren. Da wandten sie sich zur Heimkehr, nachdem sie ihm Lebewohl gesagt hatten; und sie trauerten ob der Trennung von ihm, am meisten aber seine Schwester, die jüngste Maid; die war um ihre Ruhe gebracht, zum Ausharren hatte sie nicht mehr die Macht, und sie weinte Tag und Nacht.

Lassen wir sie nun heimziehen und sehen wir, wie es Hasan erging! Er zog mit seiner Gemahlin dahin Tage und Nächte lang, indem er durch Steppen und Wüsten drang, durch Täler und über Felsgestein, in der Mittagsglut und im Morgensonnenschein. Allah aber hatte ihnen glückliche Ankunft bestimmt, und so erreichten sie die Stadt Basra und zogen in ihr weiter, bis sie ihre Dromedare vor dem Tor seines Hauses niederknieen ließen. Hasan schickte die Tiere fort und trat an die Tür, um sie zu öffnen, da hörte er, wie seine Mutter weinte mit leiser Stimme aus einem Herzen, durchwühlt von brennenden Schmerzen; und sie sprach diese Verse:

> *Wie kann der Schlummer kosten, den der Schlaf geflohen,*
> *Der in den Nächten wacht, wenn alle andren ruhn?*
> *Einst war er im Besitz von Reichtum, Sippe, Ehre;*
> *Ein Fremdling seines Hauses, einsam ward er nun.*
> *In seinem Herzen brennen Kohlen, wohnen Seufzer*
> *Und eine Sehnsucht – ach, sie kann nicht stärker sein!*
> *Ihn traf das Liebesleid, ein Leid, das mächtig herrscht;*
> *Er klagt ob seiner Not, doch fügt er sich darein.*
> *Sein Aussehn zeigt, daß er, verzehrt von Liebesglut,*
> *In Trauer lebt; und das bezeugt der Tränen Flut.*

Hasan weinte, als er seine Mutter weinen und klagen hörte; dann aber pochte er laut an die Tür. Seine Mutter fragte: ‚Wer ist dort?‘ und er rief ihr zu: ‚Mach die Tür auf!‘ Doch als sie geöffnet hatte und ihn anschaute und erkannte, sank sie ohnmächtig zu Boden. Da sprach er ihr so lange sanft und freundlich zu, bis sie wieder zu sich kam; und nun umarmte er sie, und sie zog ihn an ihre Brust und küßte ihn. Dann brachte er all sein Hab und Gut ins Haus hinein, während seine Gemahlin ihm und seiner Mutter zuschaute. Die Mutter aber sprach, da jetzt ihr Herz getröstet war und Allah sie mit ihrem Sohne wieder vereinigt hatte, diese Verse:

Das Schicksal hat sich mein erbarmt,
Gerührt durch all mein heißes Leid.
Es hat mir meinen Wunsch erfüllt
Und mich von meiner Angst befreit.
Ich will die Sünden all verzeihn,
Die es an mir bis heute tat,
Ja, auch die Schuld, daß es mein Haupt
In weißes Haar gekleidet hat. – –«

Da bemerkte Schehrezâd, daß der Morgen begann, und sie hielt in der verstatteten Rede an. Doch als die *Siebenhundertunddreiundneunzigste Nacht* anbrach, fuhr sie also fort: »Es ist mir berichtet worden, o glücklicher König, daß Hasans Mutter sich dann niedersetzte und mit ihrem Sohne plauderte. Und sie fragte ihn: ‚Wie ist es dir mit dem Perser ergangen, mein Sohn?' Er antwortete ihr: ‚Liebe Mutter, er war nicht nur ein Perser, sondern auch ein Feueranbeter; er pflegte das Feuer zu verehren statt des mächtigen Königs der Ehren.' Und dann erzählte er ihr, wie jener an ihm gehandelt hatte; wie er mit ihm fortzog und ihn in die Kamelshaut legte und einnähte, wie die Raubvögel ihn aufhoben und auf dem Gipfel des Berges niederlegten. Auch berichtete er ihr, wie er dort oben alle die toten Menschen sah, die der Feueranbeter überlistet und auf dem Berge zurückgelassen hatte, nachdem sie seinen Auftrag ausgeführt hatten; wie er sich dann von dem Berge ins Meer hinabstürzte und Allah der Erhabene ihn beschützte und zu dem Schlosse der Prinzessinnen brachte; wie dort die eine Maid ihn zu ihrem Bruder machte und er bei ihnen blieb; wie Allah den Feueranbeter dorthin führte und er ihn tötete. Und schließlich erzählte er ihr von seiner Liebe zu der Prinzessin, wie er sie einfing und was sonst noch mit ihr geschah, bis Allah sie beide, Mutter und Sohn, wieder vereinigte. Mit Staunen hörte sie seine Geschichte an, und sie pries Allah den Erhabenen, der ihn wohlbehalten und sicher hatte heimkehren lassen. Dann trat sie an die Lasten heran, betrachtete sie und fragte ihn danach; als er ihr berichtet hatte, was darinnen war, freute sie sich über die Maßen. Und zuletzt ging sie zu der jungen Frau, um mit ihr zu plaudern und sie zu unterhalten; doch als ihr Blick auf sie fiel, ward ihr Verstand durch deren Liebreiz bezaubert, und voller Freude bewunderte sie ihre Schönheit und Lieblichkeit und ihres Wuchses Ebenmäßigkeit. Wiederum hub die Mutter an: ‚Preis sei Allah, mein Sohn, für deine wohlbehaltene und glückliche Heimkehr!‘ Und dann setzte sie sich neben der jungen Frau nieder und heiterte sie auf und tröstete ihr das Herz. Am nächsten Morgen früh aber ging sie zum Basar hinunter und kaufte zehn Gewänder, das Prächtigste, was es in der Stadt an Kleidern gab; auch brachte sie herrlichen Hausrat für sie herbei. Dann kleidete sie die junge Frau ein und schmückte sie mit allem Schönen. Darauf begab sie sich zu ihrem Sohne und sprach: ‚Mein Sohn, mit all diesem Reichtum können wir nicht in dieser Stadt wohnen bleiben; du weißt, wir sind arme Leute, und das Volk wird uns verdächtigen, daß wir Schwarzkunst treiben. So laß uns denn nach der Stadt Baghdad ziehen, dem Horte des Friedens, damit wir dort unter dem Schutze des Kalifen bleiben können; dann sollst du in einem Laden sitzen und Kaufhandel treiben, in der Furcht Allahs, des Allmächtigen und Glorreichen, und Er wird dir das Tor zum Glück öffnen durch diesen Reichtum.‘ Hasan hieß ihre Worte gut und machte sich sofort ans Werk, indem er fortging, sein Haus verkaufte und die Dromedare kommen ließ; und nachdem er sie mit seinem Hab und Gut beladen und auch Mutter und Gemahlin hatte aufsitzen lassen, brach er auf. Zuerst zog er dahin, bis er zum Tigris kam; dort mietete er ein Schiff nach Baghdad und ließ alles an Bord bringen, sein Hab und Gut, seine Mutter und seine Gemahlin, ja alles, was bei ihm war. Als er darauf selbst an Bord gegangen war, fuhr das Schiff mit ihnen bei günstigem Winde zehn Tage lang stromauf, bis sie Baghdad in Sicht bekamen. Über diesen Anblick waren sie erfreut, und als das Schiff mit ihnen in den Hafen eingelaufen war, eilte er sofort in die Stadt und mietete ein Vorratshaus in einem der Châne. In das ließ er seine Habe aus dem Schiffe überführen; dann ging er mit den Seinen zum Chân und blieb dort eine Nacht. Am nächsten Morgen wechselte er seine Kleider, und als der Makler ihn sah, fragte er ihn, wessen er bedürfe und was er wünsche. Hasan erwiderte ihm: ‚Ich brauche ein Haus, das schön und geräumig ist.' Da zeigte jener ihm die Häuser, die er zu verkaufen hatte, und Hasan fand Gefallen an einem Hause, das früher einem der Wesire gehört hatte; er kaufte es von dem Makler um hunderttausend Golddinare und zahlte ihm den Preis. Darauf kehrte er zu dem Chân zurück, in dem er abgestiegen war, und ließ alles, was er mitgebracht hatte, in das Haus schaffen. Dann ging er auf den Markt und kaufte alles, was für das Haus nötig war, Geräte, Teppiche und sonstigen Hausrat, auch kaufte er Sklaven, darunter einen kleinen schwarzen Sklaven fürs Haus. Nun wohnte er dort mit seiner Gattin herrlich und in Freuden, drei Jahre lang; und sie schenkte ihm zwei Söhne, von denen er den einen Nâsir, den anderen Mansûr nannte. Doch als die Zeit verstrichen war, gedachte er seiner Schwestern, der Prinzessinnen, und erinnerte sich an ihre Güte gegen ihn, wie sie ihm zu seinem Ziele verholfen hatten; und die Sehnsucht nach ihnen überkam ihn. So begab er sich zum Basar der Stadt und kaufte dort Schmuck und kostbare Stoffe und Naschwerk, wie sie es nie gesehen noch kennen gelernt hatten. Seine Mutter fragte ihn, weshalb er solche Kostbarkeiten gekauft habe, und er antwortete ihr: ‚Ich habe beschlossen, zu meinen Schwestern zu reisen, die mir so viel Wohltaten erwiesen haben und durch deren Güte und Huld ich all meinen Reichtum erhalten habe, den ich besitze. So will ich denn mich zu ihnen begeben und sie wiedersehen und dann bald zurückkehren, so Allah der Erhabene will.' ‚Mein Sohn, bleib nicht lange fern von mir!' sagte sie darauf; und er fuhr fort: ‚Wisse, liebe Mutter, wie du es mit meiner Gattin halten sollst! Jenes Federkleid von ihr liegt in einer Kiste, die in der Erde vergraben ist; bewahre es, damit sie es nicht findet und nimmt und mit ihren Kindern davonfliegt! Wenn sie fort sind, werde ich nie mehr eine Kunde von ihnen vernehmen und aus Gram um sie sterben. Drum gib acht, liebe Mutter, ich warne dich, sprich nie zu ihr davon! Denke daran, daß sie die Tochter eines Geisterkönigs ist und daß es unter allen Geisterherrschern keinen mächtigeren gibt als ihren Vater, keinen, der reicher wäre an Truppen und Schätzen! Bedenke auch, daß sie die Herrin ihres Volkes war und bei ihrem Vater die höchste Ehrenstellung hatte; sie ist gar hochgemut, drum diene du ihr selbst und laß es nie zu, daß sie zur Tür hinausgeht oder zum Fenster hinausschaut oder über die Mauer! Denn ich bin um sie besorgt wegen eines Windhauches, wenn er weht. Sollte ihr irgendein Unheil dieser Welt zustoßen, so töte ich mich selbst um ihretwillen!' Da sagte die Mutter: ‚Allah verhüte, daß ich dir zuwiderhandle, mein Sohn! Ich bin nicht irre, so daß ich diesen Auftrag, den du mir einschärfst, nicht befolgen sollte. Reise, mein Sohn, und sei gutes Mutes; so Allah der Erhabene will, wirst du wohlbehalten heimkehren und sie wiedersehen, und dann wird sie dir berichten, wie ich an ihr gehandelt habe. Doch bleib nicht länger aus, mein Sohn, als die Reise erfordert!' – –«

375

Da bemerkte Schehrezâd, daß der Morgen begann, und sie hielt in der verstatteten Rede an. Doch als die *Siebenhundertundvierundneunzigste Nacht* anbrach, fuhr sie also fort: »Es ist mir berichtet worden, o glücklicher König, daß Hasan, als er die Reise zu den Prinzessinnen beschlossen hatte, seiner Mutter den Auftrag gab, wie wir ihn erzählt haben. Nun wollte es aber das Schicksal, daß seine Gemahlin hörte, wie er mit seiner Mutter sprach, ohne daß die beiden etwas davon wußten. Darauf ging Hasan vor die Stadt hinaus und schlug die Trommel; alsbald kamen die Kamele, und er lud zwanzig Lasten von Kostbarkeiten des Irak auf sie. Dann nahm er Abschied von seiner Mutter und von seiner Gemahlin und seinen Kindern, von denen das eine ein Jahr, das andere jedoch zwei Jahre alt war. Nachdem er jetzt noch einmal zu seiner Mutter gegangen war und ihr alles von neuem eingeschärft hatte, saß er auf und zog zu seinen Schwestern. Ohne Aufenthalt ritt er dahin Tag und Nacht über Berg und Tal, durch der Ebenen Sand und über felsiges Land, zehn Tage hindurch. Am elften Tage aber kam er zu dem Schlosse, und er trat zu seinen Schwestern ein mit den Geschenken, die er ihnen gebracht hatte. Als sie ihn erblickten, freuten sie sich und beglückwünschten ihn zu seiner wohlbehaltenen Ankunft. Seine eigene Schwester aber schmückte das Schloß von innen und von außen. Dann nahmen sie die Geschenke in Empfang, führten ihn in sein altes Gemach wie zuvor und fragten ihn nach seiner Mutter und seiner Gemahlin; und er berichtete ihnen, daß sie ihm zwei Söhne geboren hatte. Als seine Schwester, die jüngste Prinzessin, ihn so wohl und glücklich sah, freute sie sich über die Maßen und sprach diesen Vers:

> *Ich frag den Wind nach dir, wenn er vorüberzieht;*
> *An meinem Herzen ziehst vorüber du allein.*

Drei Monate lang blieb er bei ihnen als hochgeehrter Gast; er lebte herrlich und in Fröhlichkeit, in Glück und Seligkeit und zog auf Jagd und Hatz. So stand es um ihn.

Sehen wir aber, was bei seiner Mutter und bei seiner Gemahlin geschah! Als Hasan fortgezogen war, blieb seine Gemahlin einen Tag und einen zweiten bei seiner Mutter; doch am dritten Tage sprach sie zu ihr: ,Ach Gott! Ach Gott! Nun bin ich seit drei Jahren bei ihm, und soll ich da nicht einmal ins Badehaus gehen?' Und sie weinte, so daß ihre Mutter Mitleid mit ihrem Kummer hatte und zu ihr sprach: ,Liebe Tochter, wir sind hier doch Fremde, und dein Gemahl weilt nicht in der Stadt. Wenn er hier wäre, so würde er selbst dich bedienen; aber ich weiß niemanden. Also, liebe Tochter, ich werde dir das Wasser wärmen und dir das Haupt waschen in dem Bade, das in unserem Hause ist.' Doch jene erwiderte ihr: ,Meine Gebieterin, hättest du solche Worte zu einer der Sklavinnen gesprochen, sie hätte verlangt, daß du sie auf dem Markt verkauftest, und wäre nicht bei euch geblieben. Die Männer trifft kein Vorwurf, meine Gebieterin; denn sie sind eifersüchtig, und ihnen kommt rasch der Gedanke, daß die Frau, wenn sie aus dem Hause geht, vielleicht etwas Schamloses tun könnte. Aber die Frauen sind doch nicht alle gleich, meine Gebieterin, und du weißt, daß die Frau, wenn sie sich etwas in den Kopf gesetzt hat, sich durch niemanden davon abbringen läßt; dann kann keiner über sie wachen oder sie hüten, keiner kann sie zurückhalten vom Badehause oder von irgend etwas anderem, sie tut doch, was sie will.' Dann weinte sie, fluchte ihrem Schicksal und begann um sich und ihre Verlassenheit Klage zu erheben. Die Mutter aber, die Mitleid mit ihrem Jammer hatte und wußte, daß alles, was sie sagte, unvermeidlich war, ging hin und machte alles bereit, dessen sie für das Bad bedurfte, nahm sie mit sich und führte sie zum Badehaus. Als die beiden dort eingetreten waren, legten sie ihre Kleider ab, und alle Frauen schauten die junge Frau an und priesen Allah, den Allgewaltigen und Glorreichen, und betrachteten die herrliche Gestalt, die Er geschaffen hatte. Auch alle die Frauen, die nur am Bade vorübergingen, kamen herein und bewunderten sie, und bald drängten sich die Frauen um sie, und man konnte nicht mehr durch das Bad hindurchgehen wegen der Menge von Frauen, die darin waren. Nun traf es sich, daß wegen dieses seltsamen Ereignisses an jenem Tage auch eine von den Sklavinnen des Beherrschers der Gläubigen Harûn er-Raschîd in das Bad kam; die hieß Tuhfa die Lautnerin. Als sie das Gedränge von Frauen sah und das Bad so voll von Frauen und Mädchen, daß niemand hindurchgehen konnte, fragte sie, was es gäbe. Da erzählte man ihr von der jungen Frau; und sie trat an sie heran, blickte sie an und betrachtete sie, und ganz bezaubert von ihrer Schönheit und Anmut, pries sie Allah, den herrlichen Herrn der Herrlichkeit, für die schönen Gestalten, die Er erschaffen hat. Aber sie ging nicht weiter hinein und badete nicht, sondern blieb stehen und starrte die Prinzessin an, bis sie ihr Bad beendet hatte und herauskam und ihre Kleider anlegte; sie erschien ihr aber immer noch schöner. Nachdem jene also den heißen Raum verlassen hatte, setzte sie sich auf den Teppich und die Kissen, während die Frauen sie anschauten; und als sie das bemerkte, ging sie fort. Tuhfa die Lautnerin jedoch, die Sklavin des Kalifen, begleitete sie, bis sie ihr Haus erfahren hatte; dann nahm sie Abschied von ihr und kehrte zum Kalifenpalast zurück. Sie hielt nicht eher ihren Schritt inne, als bis sie vor die Herrin Zubaida kam und den Boden vor ihr küßte. Die sprach zu ihr: ‚O Tuhfa, warum bist du so lange im Bade geblieben?' ‚Meine

Gebieterin,‹ erwiderte sie ihr, ›ich habe ein Wunder gesehen, wie ich nie ein gleiches weder unter den Männern noch unter den Frauen erblickt habe; das hat mich so gefangen genommen, mich so verwirrt und sprachlos gemacht, daß ich mir nicht einmal den Kopf gewaschen habe.‹ Als Zubaida nun fragte: ›Was war es denn?‹ fuhr sie fort: ›Ich habe im Badehause eine junge Frau gesehen mit zwei kleinen Knaben, so schön wie Monde; ihresgleichen hat noch nie jemand gesehen, weder vor ihr noch nach ihr, und in der ganzen Welt gibt es keine so schöne Gestalt wie sie. Bei deiner Huld, meine Herrin, wenn du den Beherrscher der Gläubigen mit ihr bekannt machst, so läßt er ihren Gatten töten und nimmt sie von ihm fort; denn ihresgleichen findet sich nie wieder unter den Frauen. Ich habe auch nach ihrem Gatten gefragt, und da sagte man mir, ihr Gatte sei ein Kaufherr und heiße Hasan aus Basra; und dann bin ich ihr gefolgt, von dem Augenblicke an, da sie das Bad verließ, bis sie in ihr Haus ging. Und ich habe gesehen, daß es das Haus des Wesirs ist mit den zwei Toren, von denen eines auf den Fluß, das andere aufs Land führt. Ich fürchte wirklich, meine Herrin, der Beherrscher der Gläubigen wird, wenn er von ihr hört, das Gesetz übertreten und ihren Gatten töten, um sich mit ihr zu vermählen.‹ – –«

Da bemerkte Schehrezâd, daß der Morgen begann, und sie hielt in der verstatteten Rede an. Doch als die *Siebenhundertundfünfundneunzigste Nacht* anbrach, fuhr sie also fort: »Es ist mir berichtet worden, o glücklicher König, daß die Herrin Zubaida, als die Sklavin des Beherrschers der Gläubigen die Gemahlin Hasans aus Basra gesehen und ihre Schönheit der Herrscherin beschrieben hatte, indem sie hinzufügte: ›Ich fürchte wirklich, der Beherrscher der Gläubigen wird, wenn er von ihr hört, das Gesetz übertreten und ihren Gatten töten, um sich mit ihr zu vermählen', darauf erwiderte: ,He, Tuhfa, besitzt die Frau da wirklich so viel Schönheit und Anmut, daß der Beherrscher der Gläubigen um ihretwillen sein Seelenheil für weltliche Lust verkaufen und die heilige Satzung übertreten sollte? Doch bei Allah, ich muß diese Frau gewißlich sehen; und wenn sie nicht so ist, wie du gesagt hast, so lasse ich dir den Kopf abschlagen. Du Dirne, es gibt im Palaste des Beherrschers der Gläubigen dreihundertundsechzig Frauen, den Tagen des Jahres an Zahl gleich; sollte sich unter ihnen nicht eine finden so schön wie die, von der du sprichst?' Die Sklavin gab zur Antwort: ,Nein, bei Allah, meine Gebieterin, auch in ganz Baghdad ist keine ihr gleich, sogar unter allen Persern und Arabern nicht; fürwahr, Allah, der Allgewaltige und Glorreiche, hat keine wie sie erschaffen!' Da rief die Herrin Zubaida nach Masrûr; und als der kam und den Boden vor ihr küßte, sprach sie zu ihm: ,Masrûr, geh in das Haus des Wesirs, das mit den zwei Toren, dem einen am Wasser und dem andern auf der Landseite, und bring mir die junge Frau, die dort wohnt, samt ihren Kindern und der Alten, die bei ihr ist, eilends und ohne Verzug!' ,Ich höre und gehorche!' erwiderte Masrûr, ging hinaus und eilte weiter, bis er vor der Tür jenes Hauses ankam. Nachdem er gepocht hatte, kam die alte Mutter Hasans herbei und fragte: ,Wer ist vor der Tür?' Er antwortete ihr: ,Masrûr, der Diener des Beherrschers der Gläubigen.' Sie öffnete, und er trat ein; er sprach den Gruß, und sie erwiderte ihn und fragte nach seinem Begehr. Da hub er an: ,Die Herrin Zubaida, die Tochter el-Kâsims, die Gemahlin des Beherrschers der Gläubigen Harûn er-Raschîd, des sechsten der Nachkommen von el-'Abbâs[1], dem Oheim des

1. Harûn er-Raschîd war der fünfte Abbasidenkalif, gehörte aber der sechsten Generation seit el-'Abbâs an.

Propheten – Allah segne ihn und gebe ihm Heil! –, entbietet dich zu sich, dich und die Frau deines Sohnes und ihre Kinder; denn die Frauen haben ihr von ihr und von ihrer Schönheit erzählt.' ,O Masrûr,' antwortete die Mutter Hasans, ,wir sind Fremdlinge, und mein Sohn, der Gatte der jungen Frau, ist nicht in der Stadt; und er hat mir befohlen, daß weder ich noch sie zu irgendeinem der Geschöpfe Allahs des Erhabenen gehe; und ich fürchte, es könnte irgend etwas geschehen, und wenn mein Sohn dann kommt, so wird er sich töten. Darum bitte ich, o Masrûr, verlange in deiner Güte nicht das von uns, was wir nicht zu tun vermögen!' Doch er fuhr fort: ,Meine Gebieterin, wenn ich wüßte, daß hierin eine Gefahr für euch läge, so würde ich nicht von euch verlangen, daß ihr kommt. Die Herrin Zubaida will sie nur sehen; dann soll sie heimkehren. Also widersetze dich nicht, sonst mußt du es bereuen! Wie ich euch mitnehme, ebenso will ich euch auch wohlbehalten heimführen, so Allah der Erhabene will.' Da nun Hasans Mutter sich ihm nicht widersetzen konnte, so ging sie ins Haus hinein, machte die junge Frau bereit und führte sie dann mit ihren Kindern hinaus. Darauf zogen sie hinter Masrûr her, der ihnen voranging, bis zum Schlosse des Kalifen; dort führte er sie hinauf, bis er sie vor die Herrin Zubaida brachte. Sie küßte den Boden vor ihr und flehte den Segen des Himmels auf sie herab; die junge Frau aber war verschleiert. Da sprach die Herrscherin zu ihr: ,Willst du dein Antlitz nicht entschleiern, auf daß ich es anschauen kann?' Die Prinzessin küßte den Boden vor ihr und enthüllte ein Antlitz, das den Vollmond am Himmelszelte beschämte. Als nun die Herrin Zubaida sie sah, heftete sie ihren Blick auf sie und ließ ihn über sie hinschweifen, während das Schloß von ihrem Lichte und dem Glanze ihres Antlitzes erstrahlte. Da ward die Herrscherin von ihrer Schönheit bezaubert, und ebenso ein jeder, der im Schlosse war; ja, alle, die sie erblickten, wurden berückt, und keiner vermochte mit dem andern zu reden. Doch die Herrin Zubaida erhob sich, hieß auch die Prinzessin aufstehen, zog sie an ihre Brust und setzte sie neben sich auf den Thron; dann befahl sie, das Schloß zu schmücken. Ferner gab sie Befehl, ihr eins der prächtigsten Gewänder zu bringen, dazu ein Halsband von den kostbarsten Edelsteinen, und legte ihr beides an. Dann sprach sie zu ihr: ‚O Herrin der Schönen, wahrlich, du hast mir gefallen und meine Augen mit Bewunderung erfüllt. Doch sag, was für Schätze hast du?‘ ‚Hohe Herrin,‘ erwiderte die Prinzessin, ‚ich habe ein Federkleid; und wenn ich es anlegen würde vor deinen Augen, so könntest du eins der schönsten Wunderwerke sehen und würdest darüber staunen, und alle, die es erblickten, würden von Geschlecht zu Geschlecht über seine Schönheit sprechen.‘ ‚Und wo ist dies dein Kleid?‘ fragte die Herrscherin. Darauf sagte die Prinzessin: ‚Es ist bei der Mutter meines Gatten; verlange du es für mich von ihr!‘ Nun fuhr die Herrin Zubaida fort: ‚Mütterchen, bei meinem Leben, geh hin und bring mir ihr Federkleid, auf daß sie uns zeige, was sie damit tun kann; hernach nimm es wieder mit!‘ Doch die Alte erwiderte ihr: ‚Die da ist eine Lügnerin! Hast du je eine Frau im Federkleid gesehen? Das kommt doch nur den Vögeln zu.‘ Allein die Prinzessin sagte zu der Herrin Zubaida: ‚Bei deinem Leben, hohe Herrin, sie hat mein Federkleid, und es ist in einer Truhe, die in der Schatzkammer des Hauses vergraben ist.‘ Da nahm die Herrscherin von ihrem Halse eine Juwelenkette, die alle Schätze des Perserkönigs und des Kaisers wert war, und sagte: ‚Mütterchen, nimm diese Kette!‘ Und sie reichte sie ihr und fuhr fort: ‚Bei meinem Leben, geh hin und bring mir das Kleid, damit wir es uns ansehen, und dann nimm es zurück!' Die Alte aber schwor ihr, sie hätte dies Kleid nie gesehen und wisse auch nicht, wo es zu finden sei. Da schrie die Herrin Zubaida sie an und nahm ihr den Hausschlüssel ab; dann rief sie Masrûr, und als der kam, befahl sie ihm: ‚Nimm diesen Schlüssel, geh zum Hause, öffne es und tritt in die Schatzkammer, deren Tür soundso aussieht; in ihrer Mitte ist eine Truhe vergraben; die hole herauf, brich sie auf und bringe das Federkleid, das darinnen ist, und lege es vor mich hin!' – –«

Da bemerkte Schehrezâd, daß der Morgen begann, und sie hielt in der verstatteten Rede an. Doch als die *Siebenhundertundsechsundneunzigste Nacht* anbrach, fuhr sie also fort: »Es ist mir berichtet worden, o glücklicher König, daß die Herrin Zubaida, nachdem sie der Mutter Hasans den Schlüssel abgenommen und ihn Masrûr gegeben hatte, zu ihm sprach: ‚Nimm diesen Schlüssel, öffne dieunddie Schatzkammer, hole aus ihr die Truhe heraus, brich sie auf und nimm aus ihr das Federkleid, das darinnen ist, und lege es vor mich hin!' und daß Masrûr darauf sagte: ‚Ich höre und gehorche!' Dann nahm er den Schlüssel von der Herrscherin entgegen und machte sich auf den Weg; und auch die alte Mutter Hasans stand auf, mit Tränen im Auge und voller Reue, daß sie der Prinzessin willfahrt hatte und mit ihr ins Badehaus gegangen war, da jene doch nur aus List nach dem Bade verlangt hatte. Und die alte Frau trat nun mit Masrûr in das Haus ein und öffnete selbst die Schatzkammer; und er ging in sie hinein, holte die Truhe heraus und entnahm ihr das Federkleid. Nachdem er es in ein Tuch eingehüllt hatte, brachte er es der Herrin Zubaida; die nahm es in die Hände, wandte es hin und her, indem sie seine schöne Arbeit bewunderte, und reichte es der jungen Frau mit den Worten: ‚Ist dies dein Federkleid?' ‚Ja, meine Gebieterin!' antwortete sie, streckte ihre Hand danach aus und nahm es von ihr voller Freuden entgegen. Dann prüfte sie es und erkannte, daß es unverletzt war wie zuvor, und daß keine Feder von ihm verloren war. Hocherfreut darüber erhob sie sich von ihrem Sitze neben der Herrin Zubaida, öffnete das Federkleid, das sie in den Händen hielt, nahm ihre beiden Kinder an ihren Busen und hüllte sich darin ein. Nun ward sie durch die Macht Allahs, des Allgewaltigen und Glorreichen, zu einem Vogel; darüber erstaunte die Herrin Zubaida und jedermann, der zugegen war, – alle verwunderten sich über ihr Tun. Darauf begann sie sich zu biegen und zu wiegen, und sie schritt dahin, tanzend und spielend, während alle, die zugegen waren, auf sie schauten, ganz bezaubert durch ihre Bewegungen. Und sie hub mit lieblicher Stimme an: ‚O meine Herrinnen, ist dies schön getan?' ‚Jawohl,' erwiderten die Anwesenden, ‚o Herrin der Schönen, alles, was du tust, ist schön.' Und sie fuhr fort: ‚Was ich jetzt aber tun werde, ist noch schöner, o meine Herrinnen!' Und alsbald breitete sie ihre Flügel, flog mit ihren Kindern empor, schwebte über die Kuppel des Schlosses und setzte sich auf das Dach des Saales. Alle schauten ihr mit großen Augen zu und riefen: ‚Bei Allah, dies ist eine seltsame und schöne Kunst, so etwas haben wir noch niemals gesehen!' Als aber die Prinzessin in ihre Heimat fortfliegen wollte, gedachte sie Hasans; und sie rief: ‚Höret, o meine Herrinnen!' und sprach diese Verse:

> *Der du dieses Land verlassen und die Ferne aufgesucht,*
> *Der du zu geliebten Freunden hingeeilt in rascher Flucht,*
> *Meinst du denn, ich hätte nur in Freuden unter euch geweilt*
> *Und durch euch sei nie mein Leben von der Kümmernis ereilt?*
> *Seit ich einst gefangen wurde und ins Netz der Liebe fiel,*
> *Machte er die Lieb zum Kerker und zog fort zu fernem Ziel.*
> *Als mein Kleid verborgen wurde, glaubte er, ich würde nie*

Zum Allmächt'gen, Einen, flehen, daß er es mir wieder lieh.
Seiner Mutter gab er Auftrag, daß sie es verwahren sollt
Im Gemache, und er wurde mir zum Feinde, der mir grollt.
Doch ich hörte, was sie sagten, und ich prägte es mir ein,
Und ich hoffte noch, mir würde reiches Glück beschieden sein.
Denn mein Gang zum Badehause war nur eine List derart,
Daß dem Volk bei meinem Anblick der Verstand verworren ward.
Er-Raschîds Gemahlin ward von meiner Schönheit ganz entzückt,
Als sie erst mit eignen Augen rechts und links mich angeblickt.
Und ich rief: Es sei, Gemahlin des Kalifen, dir bekannt,
Aus den allerschönsten Federn habe ich ein Prachtgewand.
Trüg ich es auf meinem Leibe, sähest du ein Wunder dann,
Das die Sorgen all zerstreuen und den Kummer tilgen kann.
Die Gemahlin des Kalifen fragte mich: Wo ist denn dies?
Und ich sprach: Im Hause dessen, der es dort verbergen ließ.
Eilends stürzte sich Masrûr darauf und brachte es ihr her;
Siehe da, von ihm erstrahlte bald ein helles Lichtermeer.
Ich entnahm es seinen Händen, und als ich es aufgetan,
Sah ich rasch des Busens Wölbung und die Knöpfe auch daran.
Und ich stieg hinein, indem ich meine Kinder bei mir trug,
Und ich breitete die Flügel und stieg auf in raschem Flug.
O du Mutter meines Gatten, sag ihm, wann er wiederkehrt:
Haus und Hof muß er verlassen, so er mir zu nahn begehrt!

Und als sie ihr Lied beendet hatte, sprach die Herrin Zubaida zu ihr: ‚Willst du nicht wieder zu uns herunterkommen, auf daß wir uns an deiner Schönheit satt sehen können, o du Herrin der Holdseligen? Preis sei Ihm, der dir verlieh der Rede Lieblichkeit und der Schönheit Strahlenkleid!' Doch sie erwiderte: ‚Es sei ferne, daß wiederkehren sollte, was vergangen ist!' Dann sprach sie zur Mutter Hasans – ach, der war nun dem Leid und Elend geweiht –: ‚Bei Allah, meine Gebieterin, o Mutter Hasans, die Trennung von dir betrübt mich. Wenn dein Sohn heimkommt, und wenn ihm die Tage der Trennung zu lang erscheinen und er begehrt, mir zu nahen und sich mit mir zu vereinen, von den Stürmen zerzaust, in denen die sehnende Liebe braust, so soll er auf den Inseln von Wâk[1] zu mir kommen!' Und alsbald flog sie mit ihren Kindern in die Höhe und schwebte ihrer Heimat zu. Wie aber die Mutter Hasans das sah, weinte sie und schlug sich ins Angesicht, und sie jammerte, bis sie in Ohnmacht fiel. Als sie wieder zu sich kam, sprach die Herrin Zubaida zu ihr: ‚O meine Herrin Pilgerin[2], ich ahnte nicht, daß dies geschehen würde; hättest du mir von ihrem Wesen berichtet, so hätte ich dir nicht widersprochen. Erst jetzt habe ich erfahren, daß sie zu den fliegenden Geistern gehört. Ja, wenn ich gewußt hätte, daß sie von der Art ist, so hätte ich ihr nicht gestattet, das Kleid anzulegen, und hätte sie nicht ihre Kinder fortnehmen lassen. Doch nun, meine Herrin, sprich mich von Schuld frei!' Die alte Frau konnte nichts anderes tun als sagen: ‚Du bist frei von Schuld!' Dann aber eilte sie aus dem Kalifenschlosse fort und immer weiter, bis sie in ihr Haus kam; dort schlug sie sich wieder ins Angesicht, bis sie von neuem in Ohnmacht fiel. Und als sie aus ihrer Ohnmacht erwachte, kam über sie die Sehnsucht nach der jungen Frau und ihren Kindern und nach dem Anblick ihres Sohnes; und sie sprach diese Verse:

> *Am Tag der Trennung mußt ich weinen, weil ihr schiedet;*
> *Mir bricht das Herz, weil ihr jetzt fern der Heimat seid.*
> *Ich rief im Trennungsschmerze, der mich ganz versenget,*
> *Von Tränen wund das Aug in bittrem Herzeleid:*
> *Dies ist die Trennung! Gibt's für uns ein Wiedersehn? –*
> *Denn ohne Kraft zu schweigen ließt ihr mich zurück. –*
> *Ach, daß sie wiederkehrten, um die Treu zu wahren!*
> *Vielleicht kommt, wenn sie kommen, auch mein einstig Glück.*

1. Die Inseln von Wâk oder Wâkwâk liegen für die Araber ‚am äußersten Ende der Welt'. Die japanischen Inseln sind gemeint; vgl. Seite 425, Anmerkung. – 2. Höfliche Anrede an eine ältere Frau.

Dann ging sie hin und grub im Hofe des Hauses drei Gräber; zu denen ging sie weinend in allen Stunden der Nacht und zu allen Tageszeiten. Als sie aber das Fernsein ihres Sohnes nicht mehr ertragen konnte und als Unruhe, Sehnsucht und Kummer mächtig in ihr wurden, sprach sie diese Verse:

> *Dein Bild ist zwischen meinen Lidern immerdar;*
> *Dein denk ich, mag mein Herze pochen oder schweigen.*
> *Und deine Liebe kreist in meinem ganzen Leib*
> *Gleichwie die Säfte in den Früchten auf den Zweigen.*
> *Sobald ich dich nicht seh, ist mir die Brust beengt;*
> *Die Tadler schelten mich nicht mehr ob meiner Leiden.*
> *O du, der mich mit Liebe ganz durchdrungen hat,*
> *Ob dessen Liebe alle Sinne von mir scheiden:*
> *Hab Mitleid, fürchte den Erbarmer auch in mir!*
> *Denn Todesängste litt ich durch die Lieb zu dir. – –«*

Da bemerkte Schehrezâd, daß der Morgen begann, und sie hielt in der verstatteten Rede an. Doch als die *Siebenhundertundsiebenundneunzigste Nacht* anbrach, fuhr sie also fort: »Es ist mir berichtet worden, o glücklicher König, daß die Mutter Hasans in allen Stunden der Nacht und zu allen Tageszeiten weinte, weil ihr Sohn und seine Gattin und seine Kinder fern von ihr waren. So stand es um sie.

Wenden wir uns nun zu Hasan! Als der zu den Prinzessinnen gekommen war, beschworen sie ihn, drei Monate bei ihnen zu bleiben; darauf brachten sie Schätze für ihn herbei, beluden zehn Kamele damit, fünf mit Gold und fünf mit Silber, ferner rüsteten sie Wegzehrung für ihn, eine Traglast, und dann ließen sie ihn aufbrechen und begleiteten ihn. Als er sie aber beschwor, sie möchten umkehren, kamen sie auf ihn zu, um ihn zu umarmen und ihm Lebewohl zu sagen. Zuerst trat die jüngste Prinzessin zu ihm, umarmte ihn und weinte, bis sie in Ohnmacht sank. Hernach sprach sie diese beiden Verse:

> *Wann wird durch deine Näh gelöscht das Trennungsfeuer,*
> *Mein Wunsch nach dir erfüllt, erneuert alte Zeit?*
> *Mich hat der Trennungstag erschreckt und tief bekümmert,*
> *Gebieter mein, der Abschied mehrte noch mein Leid.*

Dann kam die zweite Prinzessin zu ihm, umarmte ihn und sprach diese beiden Verse:

> *Von dir zu scheiden heißt vom Leben Abschied nehmen;*
> *Und dich zu missen ist, wie wenn man Zephir*[1] *mißt.*
> *Dein Fernsein ist ein Feuer, das mein Herz versenget;*
> *Im Garten Eden weil' ich, wenn du nahe bist.*

Darauf trat die dritte Prinzessin an ihn heran, umarmte ihn und sprach diese beiden Verse:

> *Den Abschied unterließen wir am Trennungstage:*
> *Das war nicht Überdruß noch böse Art zu nennen.*
> *Du bist ja meine Seele, wahrlich und wahrhaftig;*
> *Wie kann ich mich von meiner eignen Seele trennen?*

Auch die vierte Prinzessin trat heran, umarmte ihn und sprach diese beiden Verse:

> *Daß er von Trennung sprach, ließ meine Tränen rinnen,*
> *Als er bei seinem Abschied dieses Wort genannt.*
> *Nun seht den Perlenschmuck an meinem Ohre hängen,*
> *Der dort aus meiner heißen Zähren Flut entstand!*

Dann kam die fünfte Prinzessin herbei, umarmte ihn und sprach diese beiden Verse:

> *O zieh nicht fort! Ich kann doch ohne dich nicht leben,*
> *Ja, selbst zum Abschiednehmen hab ich keine Kraft.*
> *Mir fehlen auch Geduld, um Trennung zu ertragen,*
> *Und Tränen, die verlaßner Stätten Anblick schafft.*

1. So nach Lanes Gewährsmann (*nasîm*); der Urtext hat *nadîm* ‚Zechgenosse'. Da es sich um einen Vergleich handelt, ist die Lesart von Lane vorzuziehen; der kühle Lufthauch ist im Morgenland an heißen Tagen die schönste Erquickung.

Und die sechste Prinzessin trat hervor, umarmte ihn und sprach diese beiden Verse:

> *Als jene Schar in weite Ferne zog*
> *Und als die Sehnsucht mir das Herz zerriß,*
> *Rief ich: O hätt ich eines Königs Macht,*
> *Ich nähm gewaltsam jedes Schiff gewiß!*

Zuletzt kam die siebente Prinzessin zu ihm, umarmte ihn und sprach diese beiden Verse:

> *Siehst du ihn Abschied nehmen, hab Geduld*
> *Und lasse dich durch Fernsein nicht erschrecken!*
> *Doch warte auf die rasche Wiederkehr;*
> *Denn Heimkehrhoffnung muß der Abschied wecken!*

Dazu sprach sie noch diese beiden Verse:

> *Ich traure um dein Fernsein und um deine Trennung;*
> *Doch hab ich nicht das Herz, dir Lebewohl zu sagen.*
> *Und Allah weiß, wenn ich von dir nicht Abschied nehme,*
> *So ist es Furcht davor, den Abschied zu ertragen.*[1]

Darauf wollte Hasan von ihnen Abschied nehmen; doch weil er sich von ihnen trennen mußte, weinte er, bis er in Ohnmacht sank; hernach sprach er diese Verse:

> *Am Trennungstag vergossen meine Augen Perlen,*
> *Die ich zu einem Tränenhalsband aufgereiht.*
> *Der Treiber trieb die Tiere singend, mir versagten*
> *Geduld und Herzensfassung und Beharrlichkeit.*
> *Ich sagte Lebewohl und zog betrübt von dannen,*
> *Verließ die Orte und die Stätten, mir so traut;*
> *Ich kehrte um, des Wegs nicht achtend; meine Seele*
> *Ist nur erfreut, wenn sie dich wiederkehren schaut.*
> *Du mein Gefährte, horche auf der Liebe Worte;*

---

1. Diese Verse fehlen in der Kairoer Ausgabe; sie sind auch wenig angebracht und wohl in Nachahmung der Verse der dritten Prinzessin hier später eingefügt.

Fern sei es, daß dein Herz, was ich dir sag, vergißt!
O Seele, wenn du dich von ihnen trennst, so scheide
Von Lust des Lebens, wünsch ihm keine lange Frist!

Und nun zog er eilends fort, Tag und Nacht, bis er in Baghdad ankam, der Stätte des Friedens und dem heiligen Asyl der Abbasidenkalifen; doch er ahnte nicht, was dort nach seiner Abreise geschehen war. So trat er denn zu seiner Mutter ins Haus ein, um sie zu begrüßen; aber da sah er ihren Leib so hager, ihr Gebein so mager von all dem Klagen und Wachen, all dem Weinen und Jammern, daß sie gleichwie ein Zahnstocher geworden war und ihm kein Wort erwidern konnte. Rasch entließ er die Kamele; dann trat er an seine Mutter heran und fragte sie nach seiner Gattin und seinen Kindern. Doch sie weinte, bis sie in Ohnmacht sank; und als er sie in solchem Elend sah, eilte er weiter ins Haus und suchte nach seiner Gattin und seinen Kindern, aber er fand von ihnen keine Spur. Darauf blickte er nach der Schatzkammer und entdeckte, daß sie offen stand, daß die Truhe geöffnet war und daß in ihr kein Kleid mehr lag. Nun wußte er, daß sie den Weg zu ihrem Federkleide gefunden und es an sich genommen hatte, daß sie davongeflogen war und auch ihre Kinder mit sich genommen hatte. Als er dann zu seiner Mutter zurückkehrte und sah, daß sie wieder zu sich gekommen war, fragte er sie nach seiner Gattin und nach seinen Kindern. Sie weinte und sprach: ‚Mein Sohn, Allah möge dir ihren Verlust reichlich ersetzen! Hier sind ihre drei Gräber.' Wie Hasan diese Worte von seiner Mutter vernahm, stieß er einen lauten Schrei aus, fiel ohnmächtig zu Boden und blieb so liegen vom frühen Morgen bis zum Mittag; da kam über seine Mutter neuer Kummer zu dem alten hinzu, und schon gab sie sein Leben verloren. Als er aber wieder erwachte, weinte er, schlug sich ins Angesicht, zerriß seine

Kleider und irrte verstört im Hause umher. Dann sprach er diese beiden Verse:

> *Die Liebe hat enthüllt, was einst verborgen war.*
> *O daß der Sehnsucht Feuer nimmermehr erlischt!*
> *Wem ward der Jugend Feuer in den Trank gemischt?*
> *Ich trank den Trunk der Liebe voll und rein und klar!*

Dazu auch diese beiden:

> *Es klagten über Trennungsleid schon Menschen früher;*
> *Wer lebt, wer starb, ward schon durch Scheiden sinnverstört.*
> *Doch wahrlich, dies Gefühl, das meine Rippen bergen,*
> *Hab ich noch nie erlebt, noch auch davon gehört!*

Als er diese Verse gesprochen hatte, nahm er sein Schwert, zückte es und ging zu seiner Mutter. Zu ihr sprach er: ‚Wenn du mir nicht die volle Wahrheit sagst, so schlag ich dir den Kopf ab und töte auch mich selbst!' ‚Ach, lieber Sohn,' rief sie, ‚tu solches nicht! Ich will es dir sagen.' Dann fuhr sie fort: ‚Tu dein Schwert in die Scheide und setze dich, auf daß ich dir berichte, was geschehen ist!' Nachdem er dann sein Schwert in die Scheide gestoßen und sich neben seine Mutter gesetzt hatte, erzählte sie ihm alles von Anfang bis zu Ende; und sie fügte hinzu: ‚Lieber Sohn, hätte ich nicht gesehen, wie sie weinte, weil sie in das Badehaus gehen wollte, und hätte ich nicht befürchtet, du würdest mir zürnen, wenn sie nach deiner Rückkehr sich bei dir beklagte, so wäre ich nie mit ihr dorthin gegangen. Und wenn die Herrin Zubaida nicht wider mich ergrimmt wäre und mir nicht mit Gewalt den Schlüssel abgenommen hätte, so hätte ich nie das Federkleid herausgegeben, sollte es auch mein Tod gewesen sein! Aber du weißt, mein Sohn, daß niemand um den Vorrang an Macht mit dem Kalifen streiten kann. Als man ihr das Kleid gebracht hatte, nahm sie es und wandte es hin und her, da sie glaubte, es könne etwas daran fehlen; doch wie sie entdeckte, daß nichts mit ihm geschehen war, freute sie sich, nahm ihre Kinder und band sie an ihrem Gürtel fest und warf sich das Federkleid über, nachdem die Herrin Zubaida sogar alles, was sie selber trug, abgelegt und ihr gegeben hatte, um sie zu ehren und um ihrer Schönheit willen. Kaum hatte sie das Federkleid angelegt, so schüttelte sie sich und ward zum Vogel; dann schritt sie im Palast hin und her, während alle, die sie sahen, ihre Schönheit und Anmut bewunderten. Dann aber flog sie empor, und als sie oben auf dem Schlosse war, da blickte sie mich an und rief mir zu: ‚Wenn dein Sohn heimkommt und wenn ihm die Nächte der Trennung zu lang erscheinen und er begehrt, mir zu nahen und sich mit mir zu vereinen, von den Stürmen zerzaust, in denen die sehnende Liebe braust, so soll er seine Heimat verlassen und zu den Inseln von Wâk kommen!' Dies ist es, was sich mit ihr zugetragen hat, während du fern warst.' – –«

Da bemerkte Schehrezâd, daß der Morgen begann, und sie hielt in der verstatteten Rede an. Doch als die *Siebenhundertundachtundneunzigste Nacht* anbrach, fuhr sie also fort: »Es ist mir berichtet worden, o glücklicher König, daß Hasan, als er die Worte seiner Mutter vernommen hatte, die ihm alles erzählte, was seine Gattin bei ihrer Flucht getan hatte, einen lauten Schrei ausstieß und in Ohnmacht sank; so blieb er bis zum Abend liegen. Als er dann endlich wieder zu sich kam, schlug er sich ins Angesicht und wand sich auf dem Boden, einer Schlange gleich, während seine Mutter ihm zu Häupten saß und weinte bis Mitternacht. Da kam er wieder zur Besinnung und weinte bitterlich und sprach diese Verse:

>   *So haltet an und schaut auf ihn, den ihr verlasset!*
>   *Wird nach der Härte eure Huld ihm zugewandt?*
>   *Ihr seht ihn zweifelnd an ob seiner langen Krankheit;*

> *Es ist, bei Gott, als hättet ihr ihn nie gekannt.*
> *Er ist, weil er euch liebt, nicht anders als ein Toter;*
> *Als Toter gilt er; doch er klagt noch seine Not.*
> *Drum glaubet nicht, die Trennung wäre leicht zu tragen:*
> *Wer liebt, dem ist sie schwer, noch schwerer als der Tod!*

Als er diese Verse gesprochen hatte, begann er von neuem im Hause umherzuirren, klagend und weinend und jammernd, fünf Tage lang, ohne Speise und Trank zu kosten. Doch dann trat seine Mutter zu ihm und beschwor ihn flehentlich, vom Weinen abzulassen; allein er achtete ihrer Worte nicht, sondern weinte und klagte immer weiter, während seine Mutter ihn zu trösten suchte, ohne daß er auf sie hörte. Darauf sprach er diese Verse:

> *Ist dies der Lohn für jedes Treugesinnten Liebe?*
> *Soll dies die Art der schwarzgeäugten Rehe sein?*
> *Ist zwischen ihre Lippen nicht der Bienen Honig*
> *Geträufelt oder auch ein edler, süßer Wein?*
> *Erzählt mir die Geschichte des, der vor Lieb gestorben;*
> *Denn Trost gibt jedem Ruh, den Kümmernis beschlich!*
> *Komm nicht bei Nacht aus Scheu vor Tadelwort des Tadlers;*
> *Der erste bist du nicht, des Mut dem Zauber wich!*[1]

In solchem Elend weinte Hasan immer weiter bis zum Morgen. Doch schließlich fielen ihm die Augen zu, und er sah seine Gattin im Traume, wie sie betrübt war und weinte; da fuhr er mit einem Schrei aus seinem Schlaf empor und sprach diese beiden Verse:

> *Dein Bild entschwindet nie, nicht eine einz'ge Stunde;*
> *Im Herzen wies ich ihm den Platz der Ehren zu.*
> *Hofft ich auf Heimkehr nicht, ich wäre bald gestorben;*
> *Wär nicht das Bild im Traum, ich fände keine Ruh.*

1. Dies Gedicht wird verschieden überliefert; der Zusammenhang ist nicht ganz klar.

Als es dann heller Morgen ward, begann er nur noch mehr zu klagen und zu weinen; immer rannen ihm die Tränen aus den Augen, immer ward sein Herz betrübt, er wachte bei Nacht und enthielt sich der Speise, und er verharrte in diesem Zustande einen ganzen Monat lang. Erst als dieser Monat vergangen war, kam es ihm in den Sinn, sich zu seinen Schwestern zu begeben, auf daß jene ihm vielleicht bei seinem Plane, sie wiederzugewinnen, behilflich wären. Er ließ alsbald die Dromedare kommen und belud fünfzig von ihnen mit Kostbarkeiten aus dem Irak, während er eines von ihnen bestieg. Nachdem er die Sorge für das Haus seiner Mutter anvertraut und alle seine Schätze, abgesehen von wenigen Dingen, die er im Hause ließ, sicher verborgen hatte, machte er sich auf den Weg zu seinen Schwestern, um bei ihnen Hilfe zu suchen, daß er wieder mit seiner Gattin vereint würde. So zog er ohne Aufenthalt dahin, bis er das Schloß der Prinzessinnen auf dem Wolkenberge erreichte. Und als er dort zu ihnen eingetreten war, überreichte er ihnen die Geschenke; sie hatten ihre Freude an ihnen, wünschten ihm Glück zu seiner sicheren Ankunft und sprachen zu ihm: ‚O unser Bruder, was ist der Grund dafür, daß du so schnell wiederkommst? Du bist doch erst vor zwei Monaten von uns gegangen.' Da weinte er und sprach diese Verse:

> *Betrübt ist meine Seele, seit ihr Lieb geschwunden,*
> *Und keine Lebenslust kann ihr noch Freude leihn.*
> *Ich krank' an einem Leid, des Heilung niemand kennet;*
> *Die Krankheit heilen kann doch nur ihr Arzt allein.*
> *O die du mir des Schlummers Süße raubst, du machtest,*
> *Daß ich nach dir den Wind befrage, wenn er weht,*
> *Ob er dem Lieb wohl nahe war, das alle Reize*
> *Vereint, um die mein Auge jetzt in Tränen steht.*
> *O Wind, in ihrem Lande pflegest du zu schweben –*
> *Kann wohl ein Hauch mit ihrem Duft das Herz beleben?*

Und als er diese Verse gesprochen hatte, stieß er einen lauten Schrei aus; dann sank er ohnmächtig nieder. Die Prinzessinnen aber saßen rings um ihn und weinten, bis er aus seiner Ohnmacht erwachte. Als er wieder zu sich kam, sprach er diese beiden Verse:

> *Vielleicht mag das Geschick noch seine Zügel wenden*
> *Und doch noch Gutes bringen trotz der Zeiten Neid;*
> *Vielleicht hilft mir mein Schicksal, fördert meine Wünsche*
> *Und schafft mir neue Freude noch aus altem Leid.*

Auch nach diesen Versen weinte er, bis er in Ohnmacht fiel. Und als er wieder zu sich kam, sprach er die folgenden beide Verse:

> *O die du mir das schwerste Leid und Siechtum brachtest,*
> *Bist du in Liebe glücklich, daß auch ich es sei?*
> *Kannst du mich so verlassen ohne Schuld und Ursach?*
> *Ach, nahe mitleidsvoll! Die Trennung sei vorbei!*

Als er seine Verse beendet hatte, weinte er von neuem, bis er in Ohnmacht sank. Und als er erwachte, sprach er diese Verse:

> *Mich floh der Schlummer, und es nahte mir das Wachen;*
> *Das Auge mein vergießt verborgner Tränen viel.*
> *Aus Liebe weint es Tränen gleich den Karneolen;*
> *Die werden mehr und mehr in langer Zeiten Spiel.*
> *O Volk der Liebe, Sehnsucht weckte mir ein Feuer,*
> *Das unter meinen Rippen seine Glut entfacht. –*
> *Ach, wenn ich dein gedenke, fließen mir die Tränen,*
> *Wie wenn die Blitze zucken und der Donner kracht.*

Gleichfalls nach diesen Versen weinte er, bis die Ohnmacht über ihn kam. Und als sie ihn verließ, sprach er die folgenden Verse:

> *Hast du in Lieb und Kümmernis wie ich gelitten?*
> *Ist deine Lieb zu mir gleich meiner Lieb zu dir?*
> *Die Liebe sei verflucht! Wie ist sie doch so bitter!*
> *Und wissen möcht ich's wohl, was will sie denn von mir?*
> *Sind wir auch weit entfernt, dein schönes Antlitz spiegelt*
> *Sich stets in meinen Augen, wo ich auch nur bin.*

Mein Herze denkt betrübt der Stätte, da du weilest;
Und wenn die Taube gurrt, erregt sie mir den Sinn.
Ach, Taube, die du nächtelang dem Freunde rufest,
Du mehrest mir die Sehnsucht, bringst mir herbes Leid.
Du machst, daß meine Augen ohn Ermüden weinen
Um eine Herrin, die dem Blicke jetzt so weit.
Um sie nur klage ich zu jeder Zeit und Stunde;
Mich schmerzt in dunkler, schwarzer Nacht der Sehnsucht Wunde.

Als seine Schwester seine Worte vernommen hatte, war sie zu ihm geeilt; und wie sie ihn ohnmächtig am Boden liegen sah, schrie sie auf und schlug sich ins Angesicht. Ihre Schwestern hatten sie gehört und waren herbeigekommen; da sahen auch sie Hasan in Ohnmacht liegen und setzten sich rings um ihn und beklagten ihn.[1] Und als sie ihn anschauten, blieb es ihnen nicht mehr verborgen, wie er ergriffen war von heftiger Leidenschaft und von der sehnenden Liebe Kraft. Nun fragten sie ihn nach seinem Erlebnisse; und weinend berichtete er ihnen, was während seines Fernseins geschehen war, wie seine Gattin davongeflogen sei und ihre Kinder mit sich genommen habe. Tief betrübt um seinen Schmerz fragten sie ihn, was sie beim Fortfliegen gesagt habe. Er gab zur Antwort: ‚Liebe Schwestern, sie hat zu meiner Mutter gesagt: ‚Sage deinem Sohne, wenn er heimkommt und wenn ihm die Nächte der Trennung zu lang erscheinen und er begehrt, mir zu nahen und sich mit mir zu vereinen, von den Stürmen zersaust, in denen die sehnende Liebe braust, so soll er zu mir nach den Inseln von Wâk kommen!‘ Als sie diese Worte aus seinem Munde vernahmen, blinzelten sie einander zu und versanken in Nachdenken. Dann schauten die Prinzessinnen alle einander an, und Hasan blickte auf sie. Und nachdem sie darauf eine Weile die

---

[1]. Der Erzähler hat hier die Ereignisse nicht ganz in der rechten Reihenfolge geschildert.

Köpfe zu Boden gesenkt hatten, schauten sie wieder auf und sprachen: ‚Es gibt keine Macht und es gibt keine Majestät außer bei Allah, dem Erhabenen und Allmächtigen!' Und sie fügten hinzu: ‚Recke deine Hand zum Himmel empor, und wenn du den Himmel erreichen kannst, so wirst du auch deine Gemahlin wieder erreichen!' – –«

Da bemerkte Schehrezâd, daß der Morgen begann, und sie hielt in der verstatteten Rede an. Doch als die *Siebenhundertundneunundneunzigste Nacht* anbrach, fuhr sie also fort: »Es ist mir berichtet worden, o glücklicher König, daß die Prinzessinnen zu Hasan sprachen: ‚Recke deine Hand zum Himmel empor, und wenn du ihn erreichen kannst, so wirst du auch deine Gemahlin und deine Kinder wieder erreichen!', und daß ihm darauf die Tränen wie Regen über die Wangen rannen, bis sie ihm die Kleider benetzten. Dann sprach er diese Verse:

> *Mich quälten rote Wangen und die Augensterne;*
> *Seit mich der Schlummer floh, ist mir die Kraft geraubt.*
> *Den Leib verzehrte mir der zarten Schönen Härte;*
> *Ihm blieb kein Lebensodem, wie die Menschheit glaubt.*
> *Schwarzäugig schreiten sie gazellengleich und strahlen*
> *Von Schönheit, deren Anblick Fromme selbst verführt.*
> *Sie schweben gleich dem Windhauch morgens früh im Garten;*
> *Ich sank in Qual und Gram, von ihrem Bann berührt.*
> *Der Schönsten unter ihnen weihte ich mein Hoffen;*
> *Sie hat mein Herz zu heißer Feuersglut entfacht,*
> *Die Maid, so zart von Gliedern, die voll Anmut schreitet;*
> *Ihr Antlitz gleicht dem Morgen, doch ihr Haar der Nacht.*
> *Sie bannte mich. Wie oft erlag ein tapfrer Mann*
> *Durch Wang und Aug der Schönen schon dem Liebesbann!*

Als er seine Verse beendet hatte, weinte er wieder, und die Prinzessinnen weinten mit ihm, von Mitleid und Eifer für ihn ergriffen. Und sie begannen ihn zu trösten, und sie sprachen ihm Mut zu und wünschten ihm, daß er bald wieder mit seiner Gattin vereint würde. Dann trat seine Schwester an ihn heran und sprach zu ihm: ‚Lieber Bruder, hab Zuversicht und gräm dich nicht; fasse dich in Geduld, so wirst du dein Ziel erreichen! Denn wer sich in Geduld und Ausharren bewährt, der erlangt, was er begehrt. Geduld ist der Schlüssel zum Heil; denn der Dichter sagt:

> *Laß nur das Schicksal mit verhängten Zügeln jagen,*
> *Und leichten Sinnes stets verbringe du die Nacht!*
> *Denn eh des Auges Blick, gesenkt, sich wieder hebet,*
> *Hat Allah schon ein Ding zum anderen gemacht.*

Dann fuhr sie fort: ‚So fasse dir ein Herz und stärke deinen Sinn! Wer zehn Jahre alt werden soll, stirbt nicht im neunten Jahre. Weinen und Gram und Kummer bringen Krankheit und Siechtum. Bleibe bei uns, bis du ausgeruht bist! Und ich werde dir einen Plan ersinnen, wie du zu deiner Gattin und zu deinen Kindern gelangen kannst, so Allah der Erhabene will.' Doch er weinte bitterlich und sprach diese beiden Verse:

> *Wenn ich von meines Leibes Siechtum auch genese,*
> *So wird doch meines Herzens Krankheit nicht geheilt.*
> *Denn für der Liebe Krankheit gibt es keine Heilung,*
> *Als wenn das Lieb bei dem Geliebten wieder weilt.*

Darauf setzte er sich neben seine Schwester, und sie begann mit ihm zu plaudern. Als sie ihn nach dem Grunde fragte, weshalb seine Gattin fortgeflogen wäre, erzählte er ihr davon; und da sagte sie zu ihm: ‚Bei Allah, mein Bruder, ich wollte dir raten, du solltest das Federkleid verbrennen; aber Satan ließ es mich vergessen.' Und sie begann wieder mit ihm zu plaudern und ihn zu trösten. Als er aber ungeduldig ward und die Unruhe ihn überwältigte, sprach er diese Verse:

> *In meinem Herzen wohnt ein Lieb, das mir vertraut;*
> *Was Gott beschlossen hat, das läßt sich nie vermeiden.*

Sie hat Arabiens Schönheit ganz in sich vereint;
Sie ist ein Reh und will auf meinem Herzen weiden.
In meiner Lieb zu ihr versagt mir Kraft und Mut;
Ich weine – mag das Weinen keinen Nutzen tragen!
Ach, sieben Jahr und sieben zählt die Schöne jetzt,
Ein neuer Mond von fünf und fünf und noch vier Tagen.[1]

Als seine Schwester ihn so ergriffen sah von heftiger Leidenschaft und von der verzehrenden Liebe Kraft, trat sie zu ihren Schwestern, mit Tränen im Auge und Trauer im Herzen, und weinte sich aus vor ihnen; und sie warf sich vor ihnen nieder, küßte ihnen die Füße und bat sie, ihrem Bruder zu helfen, daß er sein Ziel erreiche und wieder mit seinen Kindern und seiner Gattin vereint werde, und beschwor sie, einen Plan zu ersinnen, der ihn zu den Inseln von Wâk bringen würde. Sie weinte so lange vor ihren Schwestern, bis auch sie zu weinen begannen und zu ihr sprachen: ‚Sei gutes Mutes; wir wollen uns eifrig darum mühen, daß er mit den Seinen wieder vereint wird, so Allah der Erhabene will!' Dann blieb er noch ein volles Jahr bei ihnen, aber nie vermochte sein Auge die Tränen zurückzuhalten. Nun hatten die Prinzessinnen einen Oheim, einen leiblichen Bruder ihres Vaters, und der hieß 'Abd el-Kuddûs; er war der ältesten Schwester in herzlicher Liebe zugetan, und er pflegte in jedem Jahre einmal zu ihr zu kommen und ihr alle ihre Wünsche zu erfüllen. Ihm hatten die Prinzessinnen erzählt, wie es Hasan mit dem Feueranbeter ergangen war und wie er den Unhold hatte töten können; und darüber hatte der Oheim sich gefreut. Er hatte der ältesten Prinzessin auch einen Beutel voll Weihrauch geschenkt mit den Worten: ‚Tochter meines Bruders, wenn dir irgend etwas Sorge macht oder etwas Verdrießliches dir begegnet oder wenn dir ein Wunsch in den

1. Das heißt: die Schöne ist jung wie der Neumond, aber schön wie der Vollmond.

Sinn kommt, so wirf diesen Weihrauch ins Feuer und nenne meinen Namen; dann werde ich schnell bei dir sein und dir deinen Wunsch erfüllen.' Diese Worte waren am ersten Tage des Jahres gesprochen. Und jetzt sprach jene Prinzessin zu einer von ihren Schwestern: ‚Sieh, das ganze Jahr ist verstrichen, und mein Oheim ist noch nicht gekommen. Wohlan, reib die Feuerhölzer und bring mir die Büchse mit dem Weihrauch!' Jene ging erfreut hin und brachte die Büchse, öffnete sie, nahm etwas von dem Weihrauch heraus und reichte es ihrer Schwester. Die nahm es und warf es ins Feuer und sprach den Namen ihres Oheims aus. Und noch war der Weihrauch nicht verbrannt, da erhob sich vom anderen Ende des Tales eine Staubwolke; nach einem Weilchen tat die Wolke sich auf, und unter ihr erschien ein Scheich, der auf einem Elefanten ritt, während das Tier unter seinem Reiter brüllte. Als die Prinzessinnen ihn sehen konnten, winkte er ihnen mit seinen Händen und Füßen. Wiederum nach einem Weilchen kam er bei ihnen an, stieg von dem Elefanten und trat zu ihnen ein; da umarmten sie ihn, küßten ihm die Hände und sprachen den Friedensgruß vor ihm. Dann setzte er sich, und die Mädchen begannen mit ihm zu plaudern und fragten ihn, weshalb er ferngeblieben sei. Er gab zur Antwort: ‚Ich saß noch eben mit meiner Gattin, eurer Muhme, zusammen; da roch ich den Weihrauch, und ich kam sofort zu euch auf dem Elefanten da. Doch was wünschest du, Tochter meines Bruders?' Darauf sagte sie: ‚Lieber Oheim, wir hatten Sehnsucht nach dir; das Jahr war schon verstrichen, und du pflegst sonst nicht länger als ein Jahr von uns fernzubleiben.' Und er fuhr fort: ‚Ich war beschäftigt; aber ich hatte schon beschlossen, morgen zu euch zu kommen.' Sie dankten ihm und wünschten ihm Segen und plauderten weiter mit ihm. – –«

Da bemerkte Schehrezâd, daß der Morgen begann, und sie hielt in der verstatteten Rede an. Doch als die *Achthundertste Nacht* anbrach, fuhr sie also fort: »Es ist mir berichtet worden, o glücklicher König, daß die älteste Prinzessin, als sie und ihre Schwestern mit ihrem Oheim plauderten, zu ihm sprach: ,Lieber Oheim, wir haben dir von Hasan aus Basra erzählt, den der Feueranbeter Bahrâm hierher geführt hatte, und auch davon, wie Hasan den Unhold umbrachte; ferner haben wir dir von der Maid erzählt, der Tochter des Großkönigs, die er gefangen nahm, und von all den Drangsalen und Schrecknissen, die er damals ertrug, und davon, wie er die Königstochter einfing und sich mit ihr vermählte, und wie er schließlich mit ihr in seine Heimat zog.' ,Jawohl,' erwiderte er, ,und was ist ihm seither widerfahren?' Die Prinzessin antwortete: ,Sie hat ihn verraten, nachdem er durch sie mit zwei Kindern gesegnet war; sie hat die Kleinen genommen und ist mit ihnen in ihr Land geflogen, während er fern war. Zu seiner Mutter sprach sie damals: ,Wenn dein Sohn wieder da ist, und wenn ihm die Nächte der Trennung zu lang erscheinen und er begehrt, mir zu nahen und sich mit mir zu vereinen, von den Stürmen zerzaust, in denen die sehnende Liebe braust, so soll er zu mir nach den Inseln von Wâk kommen.' Da schüttelte der Alte sein Haupt und biß sich auf den Finger; dann neigte er sein Haupt zu Boden und begann mit seinem Finger Zeichen auf die Erde zu malen. Nun wandte er sich nach rechts und nach links und schüttelte wiederum den Kopf, während Hasan ihm zuschaute, ohne daß jener ihn sehen konnte. Die Prinzessinnen aber sprachen zu ihrem Oheim: ,Gib uns eine Antwort; denn unsere Herzen sind schon zerrissen!' Doch er schüttelte wiederum den Kopf und sprach zu ihnen: ,Meine Töchter, dieser Mann hat sich viel gemüht und sich in schauerliche Schrecknisse und gewaltige Gefahren gestürzt; denn er kann zu den Inseln von Wâk keinen Zutritt erlangen.' Da riefen die Prinzessinnen Hasan herbei, und als er zu ihnen kam, trat er zum Scheich 'Abd el-Kuddûs, küßte ihm die Hand und sprach den Friedensgruß vor ihm. Der Alte hatte seine Freude an ihm und ließ ihn an seiner Seite sitzen. Darauf sagten die Prinzessinnen zu ihrem Oheim: ,Lieber Oheim, tu unserem Bruder die Wahrheit kund von dem, was du uns gesagt hast!' Und jener hub an: ,Mein Sohn, erspare dir diese schweren Qualen! Du kannst nicht zu den Inseln von Wâk gelangen, dienten dir auch die fliegenden Geister und die Wandersterne als ihrem Meister; denn zwischen dir und jenen Inseln liegen sieben Täler und sieben Meere und sieben gewaltige Gebirge. Wie kannst du also an jenen Ort gelangen? Wer soll dich dorthin bringen? Um Allahs willen, kehr bald um und mühe dein Herz nicht ab!' Als Hasan diese Worte von dem Scheich 'Abd el-Kuddûs vernahm, weinte er, bis er in Ohnmacht fiel; und die Prinzessinnen, die rings um ihn saßen, weinten mit ihm. Die jüngste Prinzessin aber zerriß ihre Kleider und schlug sich ins Angesicht, bis auch sie ohnmächtig niedersank. Als nun der Scheich 'Abd el-Kuddûs sie in diesem Übermaße des Grams und der schmerzlichen Erregung sah, erbarmte er sich ihrer, und von Mitleid mit ihnen ergriffen sprach er zu ihnen: ,Schweiget!' Dann sprach er zu Hasan: ,Sei gutes Mutes und hoffe mit Freuden darauf, dein Ziel zu erreichen, so Allah der Erhabene will!' Und er fügte hinzu: ,Auf, mein Sohn, sammle deine Kraft und folge mir!' Da machte Hasan sich auf, nachdem er von den Prinzessinnen Abschied genommen hatte, und folgte ihm in der freudigen Hoffnung, daß er sein Ziel erreichen werde. Der Scheich aber rief den Elefanten, und als der gekommen war, stieg er auf, nahm Hasan hinter sich und jagte mit ihm drei Tage und Nächte dahin wie der blendende Blitz, bis er zu einem ungeheuren blauen Gebirge kam, dessen Steine alle von blauer Farbe waren. Inmitten jenes Gebirges lag eine Höhle, und vor ihr befand sich ein Tor aus chinesischem Eisen. Nun nahm der Scheich den Jüngling bei der Hand und ließ ihn hinab; dann saß er selber ab und sandte den Elefanten fort. Nachdem er darauf an das Tor der Höhle herangetreten war und angeklopft hatte, tat die Tür sich auf, und ein schwarzer, haarloser Sklave trat heraus, der einem Dämonen glich; in der rechten Hand trug er ein Schwert und in der linken einen Schild aus Stahl. Wie er den Scheich 'Abd el-Kuddûs erblickte, warf er Schwert und Schild aus der Hand, trat auf den Alten zu und küßte ihm die Hand. Da nahm der Alte Hasan bei der Hand und führte ihn hinein, während der Sklave die Tür hinter ihnen schloß. Hasan aber sah, daß die Höhle sehr groß und geräumig war und daß sie einen gewölbten Gang hatte; in dem schritten sie etwa eine Meile dahin. Ihr Weg endete in einer weiten Ebene; und von hier begaben sie sich zu einer Ecke des Berges, in der sich zwei große Tore aus gegossenem Messing befanden. Scheich 'Abd el-Kuddûs öffnete eines von den beiden, trat ein und schloß es, nachdem er zu Hasan gesagt hatte: ,Bleib du hier bei dieser Tür; doch hüte dich, sie zu öffnen und hineinzugehen, während ich eintreten und bald zu dir zurückkehren will!' Als nun der Scheich hineingegangen war, blieb er eine volle Stunde fort; dann kam er wieder, indem er einen gezäumten Hengst mit sich führte; der lief so geschwind, als flög er im Wind, und flog er drein, so holte der Staub ihn nicht mehr ein. Der Alte brachte das Tier zu Hasan und sprach zu ihm: ,Sitz auf!' Dann öffnete er das zweite Tor, und hinter ihm erschien eine weite Wüste. Nachdem Hasan das Roß bestiegen hatte, zogen beide durch das Tor und befanden sich nun in jener Wüste. Da sprach der Scheich zu Hasan: ‚Mein Sohn, nimm dies Schreiben und reit auf diesem Roß dorthin, wohin es dich trägt! Wenn du siehst, daß es am Tor einer Höhle gleich dieser stille steht, so steig ab von seinem Rücken, wirf ihm die Zügel über den Sattelknopf und laß es frei! Es wird in die Höhle hineingehen; du aber tritt nicht mit ihm ein, sondern bleib am Tore fünf Tage lang stehen, ohne zu ermüden. Am sechsten Tage wird ein schwarzer Scheich zu dir heraustreten, der trägt ein schwarzes Gewand, und sein langer weißer Bart wallt ihm bis auf den Nabel herab. Sobald du ihn erblickst, küsse ihm die Hände, ergreif den Saum seines Gewandes und lege ihn auf dein Haupt, und dann weine vor ihm, bis er sich deiner erbarmt und dich nach deinem Begehren fragt! Wenn er also zu dir spricht: ‚Was ist dein Begehr?‘ so überreiche ihm dies Schreiben. Er wird es von dir hinnehmen, ohne dir ein Wort zu sagen, und wird hineingehen und dich allein lassen. Bleib du wiederum an deiner Stätte stehen, fünf Tage lang, ohne zu ermüden! Am sechsten Tage aber schau nach ihm aus, ob er zu dir kommt. Tritt er selber zu dir heraus, so wisse, daß dein Wunsch dir erfüllt wird; kommt aber einer seiner Diener zu dir, so wisse, daß jener, der zu dir heraustritt, dich töten will – und damit ist alles zu Ende. Wisse, mein Sohn, daß jeder, der sich in Gefahr begibt, auch sein Leben aufs Spiel setzt.‘ – –«

Da bemerkte Schehrezâd, daß der Morgen begann, und sie hielt in der verstatteten Rede an. Doch als die *Achthundertunderste Nacht* anbrach, fuhr sie also fort: »Es ist mir berichtet worden, o glücklicher König, daß der Scheich 'Abd el-Kuddûs, nachdem er Hasan das Schreiben übergeben hatte, ihm kundtat, was ihm begegnen würde, und zu ihm sprach: ‚Jeder, der sich in Gefahr begibt, setzt auch sein Leben aufs Spiel. Wenn du also für dein Leben fürchtest, so setze es nicht dem Untergange aus. Fürchtest du dich aber nicht, dann auf, an dein Werk! Jetzt habe ich dir alles klargemacht. Wenn du zu deinen Freundinnen zurückkehren willst, so ist der Elefant noch da, und er kann dich zu den Töchtern meines Bruders zurückbringen; die werden dich dann in dein Land geleiten und dich deiner Heimat wiedergeben; und Allah wird dir etwas Besseres gewähren als diese Frau, an die du dein Herz gehängt hast.' Doch Hasan antwortete dem Scheich: ‚Wie kann mich das Leben noch freuen, wenn ich mein Ziel nicht erreiche? Bei Allah, ich werde nie und nimmer umkehren, bis ich meine Geliebte erlange oder mein Geschick mich ereilt!' Dann weinte er und sprach diese Verse:

Als mich mein Lieb verließ, stand ich im Übermaße
Der Leidenschaft und schrie in meinem tiefen Leid.
In Sehnsucht küßte ich den Staub, wo sie gelagert;
Doch das verlieh mir nur noch größre Bitterkeit.
Sie, die entschwunden, schütze Gott! Mein Herz denkt ihrer;
Ich ward dem Schmerz vertraut, der Freude ward ich gram.
Sie sagten mir: Geduld! und zogen mit ihr weiter,
Entfachten meine Seufzer, als die Trennung kam.
Mich schreckte nur der Abschied und ihr Wort: Gedenke
Doch meiner, fern von mir; vergiß die Freundschaft nie!
Bei wem soll ich hinfort noch Schutz und Hoffnung suchen?
In Freuden und in Leiden hoffte ich auf sie.
Weh Qual, als ich beim Abschied mich zur Umkehr wandte!
Darüber freute sich der bösen Feinde Chor.
Weh Schmerz, dies war es ja, wovor ich mich gefürchtet!
Du Glut in meinem Herzen, lohe hoch empor!
Ist fern mein Lieb, so will ich nicht mehr weiterleben;
Doch kehrt es heim, o welche Freude, welches Glück!
Seit sie entschwunden, rann mir Träne über Träne;
Bei Gott, mein Auge hielt die Zähren nie zurück.

Als der Scheich 'Abd el-Kuddûs die Worte Hasans und seine Verse vernommen hatte, wußte er, daß der Jüngling von seinem Vorhaben nicht ablassen würde und daß Worte auf ihn keinen Eindruck machten; er war fest überzeugt, daß er ganz gewiß sein Leben aufs Spiel setzen würde, wenn er auch den Tod vor Augen hätte. So sprach er denn: ,Wisse, mein Sohn, die Inseln von Wâk sind sieben an der Zahl; auf ihnen wohnt ein gewaltiges Heer, und jenes Heer besteht nur aus Jungfrauen. Die Bewohner der inneren Inseln sind Teufel und Mârids und Zauberer und verschiedene Geisterstämme; wer ihr Land betritt, der kehrt nie zurück; und noch nie ist einer, der zu ihnen vorgedrungen ist, wieder heimgekommen. Um Allahs willen, kehre du jetzt rasch um zu deinem Volke! Du weißt doch, die Prinzessin, die du suchst, ist die Tochter des Königs aller dieser Inseln. Wie kannst du Zutritt zu ihr erlangen? Höre auf mich, mein Sohn; und vielleicht wird Allah dir eine bessere als sie an ihrer Statt geben!' Doch Hasan rief: ,Bei Allah, mein Gebieter, wenn ich auch um der Liebe zu ihr willen in Stücke zerschnitten werden sollte, so würde meine Leidenschaft und Sehnsucht nur wachsen. Ich muß, ja, ich muß meine Gattin und meine Kinder wiedersehen und zu den Inseln von Wâk vordringen; und so Allah der Erhabene will, werde ich nur mit ihr und meinen Kindern heimkehren.' Da sprach der Scheich 'Abd el-Kuddûs: ,So ist es denn gar nicht anders möglich, als daß du die Fahrt unternimmst?' ,So ist es,' erwiderte Hasan, ,und ich erbitte von dir nur Gebete um Hilfe und Beistand, auf daß Allah mich bald wieder mit meiner Gattin und meinen Kindern vereine.' Darauf weinte er im Übermaße seiner Sehnsucht und sprach diese Verse:

> *Du bist mein Wunsch, du bist das schönste der Geschöpfe;*
> *Du bist mir lieb gleichwie mein Auge und mein Ohr.*

> *Du hast mein Herz gewonnen, und du wohnst darinnen;*
> *Ich leb in Trauer, Herrin, seit ich dich verlor.*
> *Doch glaube nicht, ich ließe ab von meiner Liebe;*
> *Ach, deine Liebe hat mir Armem Leid gebracht.*
> *Du schiedest, meine Freude schied bei deinem Scheiden,*
> *Und was so hell einst war, ward mir zur trüben Nacht.*
> *Du ließest mich im Schmerze auf die Sterne schauen,*
> *Ich weine Tränen gleich dem wilden Regenguß.*
> *O Nacht, du währest lang dem, der in bangen Sorgen*
> *Der Liebe auf den Strahl des Mondes harren muß.*
> *Wenn du, o Wind, dem Stamm dich nahst, in dem sie weilet,*
> *So bring ihr meinen Gruß – das Leben, ach, vergeht! –*
> *Und künde ihr von dem, was ich an Schmerzen leide!*
> *Denn die Geliebte weiß nicht, wie es um mich steht.*

Als Hasan seine Verse beendet hatte, weinte er bitterlich, bis er wieder in Ohnmacht fiel. Und als er zur Besinnung kam, sprach Scheich 'Abd el-Kuddûs zu ihm: ‚Mein Sohn, du hast noch eine Mutter, laß sie nicht den Schmerz deines Verlustes kosten!' Aber Hasan rief: ‚Bei Allah, mein Gebieter, ich will nur mit meiner Gattin heimkehren; sonst mag mich mein Geschick ereilen!' Und wiederum weinte und klagte er, und er sprach diese Verse:

> *Beim Recht der Liebe, nie soll Fernsein Treue brechen!*
> *Ich bin der Mann nicht, der dem Bunde untreu wird.*
> *Und wenn ich meine Qual den Leuten schildern wollte,*
> *Sie sprächen: Der da ist von Wahnsinn ganz verwirrt.*
> *Ach, Liebesleid und Trauer, Jammer, Herzenspein –*
> *Wer alles das erträgt, wie kann der anders sein?*

An diesen Versen erkannte der Alte von neuem, daß Hasan von seinem Vorhaben nicht ablassen würde, trotz aller Todesgefahr; so gab er ihm denn das Schreiben, betete für ihn und ermahnte ihn, wie er handeln solle, indem er sprach: ‚Ich habe dich in dem Schreiben empfohlen an Abu er-Ruwaisch, den

Sohn der Bilkîs, der Tochter von Mu'în; er ist mein Meister und Lehrer, und alle Menschen und Geister verehren ihn und fürchten ihn.' Dann fügte er hinzu: ‚Nun ziehe hin mit dem Segen Gottes!' Also machte Hasan sich auf, er ließ dem Rosse die Zügel schießen und flog mit ihm dahin schneller als der Blitz. Zehn Tage lang jagte er auf seinem Renner ohne Aufenthalt weiter, bis er vor sich etwas gewaltiges Großes erblickte, das schwärzer war als die Nacht und die Welt von Ost bis West versperrte. Als er sich dem näherte, wieherte das Roß unter ihm; da eilten plötzlich Scharen von Rossen herbei, zahlreich wie die Regentropfen, für die ward keine Zahl genannt und Hilfe wider sie war unbekannt; und sie begannen sich an Hasans Roß zu reiben. Er fürchtete sich vor ihnen und ritt voller Angst weiter, umringt von jenen Pferden, bis er zu der Höhle kam, die der Scheich 'Abd el-Kuddûs ihm beschrieben hatte. Das Roß machte bei ihrem Tore Halt, und Hasan stieg ab und warf ihm die Zügel über das Sattelhorn. Darauf lief das Roß in die Höhle hinein, während Hasan am Tore stehen blieb, wie der Scheich 'Abd el-Kuddûs ihm befohlen hatte; und er begann darüber nachzudenken, wie wohl der Ausgang seines Unterfangens sein würde, ratlos und verstört, ohne zu wissen, wie es ihm noch ergehen sollte. – –«

Da bemerkte Schehrezâd, daß der Morgen begann, und sie hielt in der verstatteten Rede an. Doch als die *Achthundertundzweite Nacht* anbrach, fuhr sie also fort: »Es ist mir berichtet worden, o glücklicher König, daß Hasan, nachdem er von dem Rücken des Rosses abgestiegen war, bei dem Tore der Höhle stehen blieb und darüber nachdachte, wie wohl der Ausgang seines Unterfangens sein würde, ohne zu wissen, wie es ihm noch ergehen sollte. Dort, am Eingange der Höhle, blieb er ununterbrochen stehen, fünf Tage und fünf Nächte lang, wachend und bang, ratlos und in Gedanken daran, daß er sich getrennt hatte von Sippe und Heimatland, von Gefährten und Freundesband, mit Tränen im Auge und Trauer im Herzen. Auch gedachte er seiner Mutter und sann nach über sein Schicksal und über die Trennung von seiner Gattin und seinen Kindern und über alles, was er schon erduldet hatte; und er sprach diese Verse:

> *Bei dir ist Herzensheilung, wenn das Herze schwindet,*
> *Und wenn der Tränenstrom vom Saum der Lider rinnt,*
> *Wenn Trennung, Trauer, Sehnen, Pilgern in der Fremde,*
> *Der Heimat fern, und Leid – wenn all das Macht gewinnt.*
> *Ich bin ja nur ein Mann, erfüllt von heißer Liebe,*
> *Die Ferne der Geliebten brachte herbes Leid.*
> *Und wenn mich meine Liebe so ins Elend stürzte –*
> *Welch Edler wäre gegen Schicksalsschlag gefeit?*

Kaum hatte Hasan diese Verse beendet, da kam auch schon der Scheich Abu er-Ruwaisch heraus zu ihm, schwarz und in schwarzen Gewändern. Als Hasan ihn erblickte, erkannte er ihn alsbald nach der Beschreibung, die ihm der Scheich 'Abd el-Kuddûs gegeben hatte. Und er warf sich sogleich vor ihm nieder, rieb seine Wangen an seinen Füßen, ergriff einen Fuß des Alten und legte ihn auf sein Haupt und weinte vor ihm. Da sprach der Scheich Abu er-Ruwaisch zu ihm: ‚Was ist dein Begehr, mein Sohn?' Hasan streckte ihm seine Hand mit dem Schreiben entgegen und reichte es ihm; der Scheich aber nahm es von ihm hin und trat in die Höhle zurück, ohne ihm noch ein Wort zu sagen. Nun blieb Hasan wieder an seiner Stätte vor dem Tore sitzen, wie ihm der Scheich 'Abd el-Kuddûs befohlen hatte; und er weinte. Ununterbrochen saß er dort an derselben Stelle, fünf Tage lang; seiner Unruhe ward noch mehr, seine Furcht wuchs, und Angst bedrängte ihn gar sehr, er weinte und verzweifelte fast durch den Schmerz der Trennung und der Schlaflosigkeit Last. Dann sprach er diese Verse:

> Dem König des Himmels soll Lobgesang sein!
> Der Liebende banget in schwebender Pein.
> Wer nie vom Geschmacke der Liebe geschmeckt,
> Der weiß nicht, welch furchtbare Leiden sie weckt.
> Ja, schlöß ich dem Strom meiner Tränen das Tor,
> So quöllen die Ströme des Blutes hervor.
> Wie mancher der Freunde verhärtet sein Herz
> Und richtet den Sinn auf der anderen Schmerz!
> Doch wenn der Gefährte die Treue mir wahrt,
> So sag ich: Mir bleiben die Tränen erspart.
> Allein ich vergehe, da Leid mich befiel,
> Und wurde dem Auge des Unheils ein Ziel.
> Es weint um mein Weh das Getier auf dem Feld;
> Es weinen die Vögel am himmlischen Zelt.

So klagte Hasan ohne Unterlaß, bis die Morgenröte leuchtete. Da aber kam der Scheich Abu er-Ruwaisch zu ihm heraus, in weiße Gewänder gekleidet, und winkte ihm mit der Hand, er solle eintreten. Hasan trat ein, und der Alte ergriff ihn bei der Hand und führte ihn in das Innere der Höhle, während der Jüngling von Freude erfüllt ward und schon sicher glaubte, er habe sein Ziel erreicht. Einen halben Tag lang schritt der Scheich mit ihm dahin; dann kamen sie zu einem gewölbten Torweg mit einem stählernen Tor. Der Alte öffnete das Tor und führte Hasan hindurch in eine Vorhalle, die mit Onyxsteinen überwölbt und mit Goldschmuck verziert war. In ihr schritten sie weiter, bis sie in eine große, weite Halle kamen, die mit Marmorsteinen ausgelegt war; in ihrer Mitte befand sich ein Garten, vom Dufte der Blüten umfangen, reich an Bäumen mit Früchten behangen, wo auf den Bäumen die Vöglein sangen und ihre Lieder zum Preis des allmächtigen Königs erklangen.

In jener Halle befanden sich vier Estraden, immer eine der anderen gegenüber, und auf jeder Estrade war eine Stätte zum Sitzen hergerichtet, rings um einen Springbrunnen; und an jeder Ecke dieser Springbrunnen befand sich ein goldenes Löwenbildnis. An jeder dieser Stätten stand ein Stuhl, auf dem eine menschliche Gestalt saß mit einer großen Menge von Büchern vor sich und eine goldene Räucherpfanne in den Händen, die Feuer und Räucherwerk enthielt. Vor den Alten saßen Jünger, die ihnen aus den Büchern vorlasen. Als nun die beiden dort eintraten, erhoben sich die Alten vor ihnen, um sie zu ehren, und Abu er-Ruwaisch gab ihnen ein Zeichen, die Jünger zu entlassen. Nachdem jene es getan hatten, traten sie alle vier heran, setzten sich vor dem Scheich nieder und fragten ihn, was es mit Hasan auf sich habe. So gab er denn Hasan ein Zeichen und sprach zu ihm: ,Erzähle der Versammlung deine Geschichte, alles, was dir widerfahren ist, von Anfang bis zu Ende!' Doch Hasan weinte bitterlich und berichtete ihnen dann erst seine ganze Geschichte. Und als er mit seinem Bericht zu Ende war, riefen alle die Alten: ,Ist dieser wirklich der, den der Feueranbeter zum Wolkenberge durch Geier hinauftragen ließ, eingenäht in eine Kamelshaut?' ,Jawohl', erwiderte Hasan; und sie wandten sich an den Scheich Abu er-Ruwaisch mit den Worten: ,Meister Bahrâm brachte es durch eine List dahin, daß der Jüngling auf den Berg hinaufkam. Doch wie ist er heruntergekommen, und was für Wunderdinge hat er dort oben gesehen?' Da sprach der Scheich Abu er-Ruwaisch: ,Hasan, erzähle ihnen, wie du heruntergekommen bist, und berichte ihnen auch, welche Wunderdinge du gesehen hast!' Nun tat er ihnen alles, was er erlebt hatte, im einzelnen kund, von Anfang bis zu Ende; wie er den Perser in seine Gewalt bekommen und ihn getötet, ferner wie er den

Jüngling befreit und die Prinzessin eingefangen hatte, wie seine Gattin ihm aber die Treue gebrochen hatte und mit seinen Kindern davongeflogen war, kurz, alles, was er an Schrecknissen und Drangsalen erduldet hatte. Die Alten erstaunten über seine Erlebnisse, und indem sie sich zu dem Scheich Abu er-Ruwaisch wandten, sprachen sie zu ihm: ‚Großmeister, bei Allah, dieser Jüngling ist des Mitleids wert. Willst du ihm wohl helfen, daß er seine Gattin und seine Kinder wiedergewinne?' – –«

Da bemerkte Schehrezâd, daß der Morgen begann, und sie hielt in der verstatteten Rede an. Doch als die *Achthundertunddritte Nacht* anbrach, fuhr sie also fort: »Es ist mir berichtet worden, o glücklicher König, daß die Alten, nachdem Hasan ihnen seine Geschichte erzählt hatte, zum Scheich Abu er-Ruwaisch sagten: ‚Dieser Jüngling ist des Mitleids wert. Willst du ihm wohl helfen, daß er seine Gattin und seine Kinder wiedergewinne?' Darauf erwiderte er ihnen: ‚Meine Brüder, dies ist ein groß und gefährlich Ding. Ich habe noch niemanden gesehen, der seines Lebens so wenig achtete wie dieser Jüngling. Ihr wißt doch, daß die Inseln von Wâk schwer zugänglich sind und daß noch nie einer dorthin gelangt ist, ohne sein Leben zu gefährden. Ferner kennt ihr die Stärke der Bewohner und ihre Wächtergeister. Ich habe auch einen Eid geschworen, ihren Boden nie zu betreten noch auch mich wider sie in irgend etwas zu vergehen. Wie soll dieser da zu der Tochter des Großkönigs gelangen? Wer hat die Macht, ihn zu ihr zu führen oder ihm in seinem Unterfangen zu helfen?' ‚O Großmeister,' antworteten die Alten, ‚dieser Jüngling ist von der Sehnsucht verzehrt; er hat sein Leben aufs Spiel gesetzt und hat dir das Schreiben deines Bruders 'Abd el-Kuddûs überbracht; nun geziemt es sich für dich, ihm zu helfen.'

Da küßte Hasan dem Scheich die Füße, hob den Saum seines Gewandes und legte ihn sich aufs Haupt, indem er weinte und sprach: ‚Ich flehe dich an, bei Allah, vereinige mich wieder mit meinen Kindern und meiner Gattin, sollten mir dadurch auch Leben und Seele verloren gehen!' Die vier Alten aber weinten mit ihm und sprachen zum Scheich Abu er-Ruwaisch: ‚Erwirb dir himmlischen Lohn durch diesen Unglücklichen und handle edel an ihm um deines Bruders Scheich 'Abd el-Kuddûs willen!' Nun sagte er: ‚Dieser unglückliche Jüngling weiß nicht, wessen er sich unterfängt; doch wir wollen ihm helfen, soweit es in unserer Macht steht.' Hasan freute sich, als er seine Worte vernahm, und küßte allen die Hand, einem nach dem andern, indem er sie um Hilfe anflehte. Da nahm Abu er-Ruwaisch Papier und Tintenkapsel, schrieb einen Brief, versiegelte ihn und gab ihn Hasan; ferner überreichte er ihm einen Lederbeutel, der Weihrauch und Feuerhölzer und noch andere Dinge enthielt, und sprach zu ihm: ‚Gib acht auf diesen Beutel; und wenn du in irgendeine Not gerätst, so verbrenne etwas von diesem Weihrauch und nenne meinen Namen; dann werde ich alsbald bei dir sein und dich aus der Not befreien!' Darauf befahl er einem der Alten, ihm sogleich einen Dämonen von den fliegenden Geistern zu bringen. Als der zur Stelle war, fragte ihn der Scheich Abu er-Ruwaisch: ‚Wie heißest du?' und jener antwortete: ‚Dein Knecht heißt Dahnasch ibn Faktasch.' Und der Scheich fuhr fort: ‚Tritt dicht an mich heran!' Jener tat es, und Scheich Abu er-Ruwaisch legte seinen Mund an das Ohr des Dämonen und flüsterte ihm Worte zu; und der Dämon bewegte seinen Kopf. Dann sprach der Scheich zu Hasan: ‚Wohlan, mein Sohn, steig auf die Schulter dieses fliegenden Dämonen Dahnasch. Doch wenn er dich zum Himmel emporträgt und du den Lobgesang der Engel in der Höhe hörst, so stimme du nicht in den Lobgesang ein; sonst seid ihr beide des Todes, du und er!' Hasan erwiderte: ‚Ich werde kein einziges Wort sagen.' Und der Scheich fuhr fort: ‚O Hasan, wenn er mit dir fortfliegt, wird er dich am nächsten Tage zur Zeit der Morgendämmerung in einem Lande absetzen, das schneeweiß ist wie Kampfer. Und wenn er dich dort niedergelassen hat, so geh zehn Tage allein weiter, bis du zum Tore einer Stadt gelangst! Bist du dort angekommen, so tritt ein und frage nach ihrem König. Sobald du vor ihn gebracht bist, sprich den Gruß vor ihm, küsse ihm die Hand und gib ihm diesen Brief! Was er dir dann rät, darauf gib acht!' ‚Ich höre und gehorche!' erwiderte Hasan, und er erhob sich zugleich mit dem Dämonen; auch die Alten erhoben sich, beteten für ihn und empfahlen ihn der Obhut des Dämonen. Nachdem dieser nun den Jüngling auf seine Schulter genommen hatte, schwebte er mit ihm bis zu den Wolken des Himmels empor und flog mit ihm den Tag und die Nacht über dahin, während er den Lobgesang der Engel im Himmel hören konnte. Als aber der Morgen dämmerte, setzte er ihn in einem Lande nieder, das so weiß wie Kampfer war, verließ ihn und eilte von dannen. Wie Hasan dessen gewahr wurde, daß er sich auf der Erde befand und daß niemand bei ihm war, zog er weiter, Tag und Nacht, zehn Tage lang, bis er zum Tor einer Stadt gelangte. Dort trat er ein und fragte nach dem König; man wies ihm den Weg zu dem Herrscher und sagte ihm, er heiße König Hassûn, der Herrscher des Kampferlandes; und er habe so viele Krieger und Mannen, daß sie die ganze Erde in ihrer Länge und Breite anfüllen könnten. Nun bat Hasan um Zulassung vor den König, und als ihm die Erlaubnis gewährt war, trat er ein und sah einen mächtigen Herrscher vor sich; und er küßte den Boden vor ihm. Der König sprach zu ihm: ‚Was ist dein Begehr?' Da küßte Hasan den Brief und reichte ihn dem Herrscher. Der nahm ihn, und nachdem er ihn gelesen hatte, schüttelte er eine Weile sein Haupt. Dann sprach er zu einem seiner Würdenträger: ‚Nimm diesen Jüngling und bring ihn im Hause der Gäste unter!' Jener nahm ihn und führte ihn fort, bis er ihm dort seine Wohnstätte angewiesen hatte. Drei Tage lang blieb Hasan in dem Hause, indem er aß und trank und niemanden sah außer dem Diener, der bei ihm war. Jener Diener aber plauderte mit ihm und unterhielt sich mit ihm und fragte ihn nach seinen Erlebnissen und danach, wie er in dies Land gekommen sei. So erzählte ihm denn Hasan alles, was ihm begegnet war und in welcher Not er sich befand. Am vierten Tage aber führte der Diener ihn fort und brachte ihn vor den König. Der sprach zu ihm: ‚O Hasan, du bist zu mir gekommen mit dem Wunsche, die Inseln von Wâk zu betreten, wie mir der Großmeister kundgetan hat. Mein Sohn, ich will dich in diesen Tagen dorthin senden, aber auf deinem Wege liegen viele Gefahren und dürre Wüsten voller Schrecknisse. Harre aus, es wird sich alles zum Guten wenden, ich werde gewißlich ein Mittel finden, um dich an dein Ziel zu bringen, so Allah der Erhabene will! Wisse, mein Sohn, hier liegt ein Heer von Dailamiten[1], die in die Inseln von Wâk eindringen wollen, und sie sind versehen mit Waffen und Rossen und Kriegsgerät; aber sie haben bisher noch nicht eindringen können. Jedoch, mein Sohn, um des Großmeisters Abu er-Ruwaisch willen, des Sohnes der Bilkîs, der Tochter Mu'îns, kann ich dich nicht unverrichteter Sache zu ihm zurückschicken. Bald werden Schiffe von den Inseln von Wâk kommen; bis dahin ist es nur noch

---

1. Die Dailamiten wohnten im nördlichen Persien und galten als tapfere Krieger. Nach der Breslauer Ausgabe steht hier jedoch nur ‚ein großes Heer'.

eine kurze Zeit. Und sobald eines von ihnen eintrifft, werde ich dich auf ihm einschiffen; und ich werde dich den Seeleuten anempfehlen, auf daß sie dich behüten und zu den Inseln von Wâk bringen. Jedem, der dich nach deinem Stande und nach deiner Geschichte fragt, erwidere, du seiest aus der Sippe des Königs Hassûn, des Herrschers im Kampferlande; und wenn das Schiff bei den Inseln anlegt und der Kapitän dich an Land gehen heißt, so steige aus! Du wirst dort überall am Strande eine große Menge von Bänken sehen; wähle dir eine Bank aus, setze dich darunter und rühre dich nicht! Wenn es dann Nacht wird und du siehst, wie das Heer der Frauen sich um die Waren drängt, so strecke du deine Hand aus und fasse die Frau an, die sich auf die Bank setzt, unter der du verborgen bist, und flehe um ihren Schutz! Wisse, mein Sohn, wenn sie dir Schutz gewährt, so hast du dein Ziel erreicht und wirst zu deiner Frau und deinen Kindern gelangen; doch wenn sie dir ihren Schutz verweigert, so traure um dich selbst und gib alle Hoffnung auf das Leben verloren, sei gewiß, daß du dann des Todes bist! Darum, mein Sohn, bedenke, daß du dein Leben aufs Spiel setzest! Mehr kann ich für dich nicht tun; und damit Gott befohlen!' – –«

Da bemerkte Schehrezâd, daß der Morgen begann, und sie hielt in der verstatteten Rede an. Doch als die *Achthundertundvierte Nacht* anbrach, fuhr sie also fort: »Es ist mir berichtet worden, o glücklicher König, daß König Hassûn, nachdem er diese Worte zu Hasan gesprochen und ihm die Ermahnungen gegeben hatte, die wir erwähnt haben, und ihm ferner gesagt hatte: ,Mehr kann ich für dich nicht tun', darauf noch hinzufügte: ,Hätte die Gnade des Himmelsherrn sich nicht deiner angenommen, so wärest du nicht bis hierher gekommen.' Als Hasan diese Worte von König Hassûn hörte, weinte er, bis er

in Ohnmacht fiel; und als er wieder zu sich kam, sprach er
diese beiden Verse:

> *Ganz unverrückbar ist die Zeit, die mir bestimmt ist.*
> *Sind ihre Tage einst erfüllt, so sterbe ich.*
> *Und griffen mich auch Löwen an in ihrem Dickicht,*
> *Ich würde ihrer Herr – bis meine Zeit verstrich.*

Nachdem er die Verse gesprochen hatte, küßte er den Boden vor dem König und sprach zu ihm: ‚Großmächtiger König, wie viele Tage sind es noch, bis die Schiffe kommen?' Der Herrscher antwortete ihm: ‚Es ist noch ein Monat; dann werden sie zwei Monate hier verweilen, um die Waren zu verkaufen, die sie geladen haben. Darauf kehren sie erst in ihre Heimat zurück, und so kannst du nicht eher hoffen dorthin zu fahren, als nach drei[1] vollen Monaten.' Dann befahl der König dem Jüngling, ins Haus der Gäste zu gehen, und gab Anweisung, ihm alles zu bringen, dessen er bedurfte an Speise und Trank und Kleidung, wie es sich für Könige ziemte. Einen Monat also blieb Hasan im Hause der Gäste; danach kamen die Schiffe, und der König zog, von den Kaufleuten begleitet, hinaus und nahm auch Hasan mit zu den Schiffen. Dort erblickte er ein großes Fahrzeug, auf dem sich viel Volks befand, zahlreich wie der Sand am Meere, dessen Zahl niemand kannte außer Ihm, der es erschaffen hatte. Jenes Fahrzeug ging draußen auf der See vor Anker, und es hatte kleine Boote, auf denen seine Warenladung an Land geschafft wurde. Hasan blieb dort bei den Leuten, bis sie die Waren aus dem Schiffe an Land gebracht und verkauft und neue Einkäufe gemacht hatten; da fehlten an der Zeit zum Aufbruch nur noch drei Tage. Nun ließ der König den Jüngling vor sich kommen, rüstete ihn mit allem aus, dessen er bedurfte, und gab ihm große Geschenke.

---

1. Im Arabischen ‚sechs'; das ist wohl ein Versehen.

Danach berief er den Kapitän jenes Schiffes und sprach zu ihm: ‚Nimm diesen Jüngling mit in deinem Fahrzeug; doch laß niemanden von ihm wissen! Bring ihn zu den Inseln von Wâk und laß ihn dort; aber kehre nicht mit ihm hierher zurück!' ‚Ich höre und gehorche!' erwiderte der Kapitän; und der König ermahnte Hasan: ‚Laß keinen von den Leuten auf dem Schiffe etwas von dir wissen, teile auch niemandem deine Geschichte mit, sonst bist du des Todes!' Auch Hasan sprach: ‚Ich höre und gehorche!' und er sagte dem König Lebewohl, nachdem er gebetet hatte, er möge lange leben und immerdar möge Allah ihm Sieg über alle seine Neider und Feinde geben. Dafür dankte ihm der König, und er wünschte dem Jüngling gute Ankunft und Erfüllung seines Wunsches. Dann übergab er ihn dem Kapitän; der tat ihn in eine Kiste und brachte ihn darin auf einem Boot an Bord, während die Mannschaft damit beschäftigt war, die Waren zu laden. Darauf ging das Schiff in See und fuhr ohne Aufenthalt zehn Tage lang dahin; am elften Tage aber erreichten sie Land, und der Kapitän führte ihn aus dem Schiffe heraus. Wie Hasan nun an Land gestiegen war, sah er dort viele Bänke, deren Zahl nur Allah kannte; und er schritt weiter, bis er zu einer Bank gelangte, die ihresgleichen nicht hatte, und unter der verbarg er sich. Als die Nacht anbrach, kam eine große Schar von Frauen gleich schwärmenden Heuschrecken; sie gingen zu Fuß und hielten gezückte Schwerter in den Händen und waren ganz eingehüllt in Panzer. Kaum hatten die Frauen die Waren erblickt, so machten sie sich mit ihnen zu schaffen; danach aber setzten sie sich auf die Bänke, um auszuruhen, und eine von ihnen ließ sich auf die Bank nieder, unter der Hasan sich befand. Der ergriff den Saum ihres Gewandes, legte ihn auf sein Haupt, warf sich vor ihr nieder und begann ihr Hände und Füße zu küssen und zu weinen. Sie sprach: ,He, du da, steh auf, ehe dich jemand sieht und totschlägt!' Da kam Hasan unter der Bank hervor, sprang auf seine Füße und küßte ihr die Hände; dann sprach er zu ihr: ,Meine Gebieterin, ich stehe unter deinem Schutze.' Und er weinte von neuem und sprach: ,Hab Erbarmen mit einem, der von seinem Volke, seiner Gattin und seinen Kindern getrennt ist, der herbeigeeilt ist, um mit ihnen wieder vereinigt zu werden, der sein Leben und seine Seele aufs Spiel gesetzt hat! Hab Erbarmen mit mir und sei gewiß, daß du dafür mit dem Paradiese belohnt werden wirst! Wenn du aber meine Bitte nicht erhören willst, so flehe ich dich an bei Allah, dem allmächtigen Schützer, schütze mich!' Die Kaufleute starrten ihn an, während er zu ihr sprach. Doch als sie seine Worte vernommen hatte und sah, wie er sich demütigte, erbarmte sie sich seiner, und ihr Herz hatte Mitleid mit ihm; denn sie erkannte, daß er nur um einer ernsten Sache willen sein Leben in Gefahr gebracht hatte und dorthin gekommen war. So sprach sie denn zu Hasan: ,Mein Sohn, hab Zuversicht und gräm dich nicht! Beruhige dein Herz und dein Gemüt, geh an deine Stätte zurück und verbirg dich unter der Bank wie zuvor bis zur kommenden Nacht!' Darauf nahm sie Abschied von ihm, und Hasan kroch wieder unter die Bank wie zuvor. Die Kriegerinnen aber blieben die Nacht über dort, zündeten Kerzen an, die mit Aloeholz und Nadd[1] und rohem Ambra vermischt waren. Als der Tag anbrach, kamen die Boote wieder zum Lande, und die Kaufleute waren damit beschäftigt, alle Güter und Waren heranzuschaffen, bis die Nacht kam, während Hasan immer noch unter der Bank verborgen war, mit Tränen im Auge und Trauer im Herzen, und nicht wußte, was ihm im Verborgenen vorherbestimmt war. Wie er nun so dasaß, kam plötzlich die

---

1. Vgl. Band II, Seite 798, Anmerkung.

Kaufherrin, deren Schutz er angefleht hatte, zu ihm, reichte ihm einen Panzer, ein Schwert, einen vergoldeten Gurt und einen Speer. Dann verließ sie ihn aus Furcht vor den Truppen; Hasan aber wußte, als er das sah, daß die Kaufherrin ihm diese Rüstung gebracht hatte, damit er sie anlege. So legte er sich denn den Panzer um, schnallte den Gurt um seinen Leib, schlang sich das Schwert um die Schulter, so daß es ihm unter der Achselhöhle hing, und nahm den Speer in die Hand. Dann setzte er sich auf jene Bank; und seine Zunge versäumte es nicht, den Namen Allahs des Erhabenen anzurufen, sondern bat um Seinen Schutz. – –«

Da bemerkte Schehrezâd, daß der Morgen begann, und sie hielt in der verstatteten Rede an. Doch als die *Achthundertundfünfte Nacht* anbrach, fuhr sie also fort: »Es ist mir berichtet worden, o glücklicher König, daß Hasan, als er die Waffen erhielt, die ihm die Kaufherrin gegeben hatte, eben jene Frau, deren Schutz er vorher angefleht und die ihm damals gesagt hatte: ‚Setze dich unter die Bank und laß niemanden etwas von dir erfahren!' sich die Rüstung anlegte und sich auf die Bank setzte, indem seine Zunge nicht vergaß, den Namen Allahs zu nennen, und Gott um Schutz anflehte. Während er nun so dasaß, erschienen plötzlich Fackeln und Laternen und Kerzen; denn die Heere der Frauen waren gekommen. Da stand Hasan auf, mischte sich unter die Schar und ward gleich einer von ihnen. Als aber die Morgendämmerung nahte, machten sich die Scharen wieder auf den Weg, und Hasan zog mit ihnen dahin, bis er zu ihrem Lager kam; dort ging eine jede in ihr Zelt. Hasan aber trat in das Zelt einer von ihnen, und siehe, es war das Zelt jener Frau, die er um Schutz angefleht hatte. Sobald sie darinnen war, warf sie ihre Waffen nieder und legte Panzer und Schleier ab; da tat auch Hasan seine Waffen von sich. Und er blickte auf seine Schutzherrin und mußte sehen, daß sie eine grauhaarige Alte war mit blauen Augen[1] und einer großen Nase, ein Schrecken der Schrecken, das häßlichste Geschöpf, das es nur geben konnte; ihr Gesicht war pockennarbig, sie hatte keine Augenbrauen, die Zähne waren ihr abgebrochen, die Wangen voller Runzeln, ihr Haar war grau, ihre Nase troff, und ihr Mund floß über von Geifer. Sie war, wie der Dichter von ihresgleichen sagt:

> *Sie birgt in des Gesichtes Winkeln neun der Plagen,*
> *Von denen jede grausig wie die Hölle ist.*
> *Ja, eklig sieht sie aus, und häßlich ist ihr Wesen –,*
> *Ein Bild des Schweines, das im Schmutze wühlt und frißt.*

Sie war ein haarloses Teufelsweib gleich einer Schlange mit fleckigem Leib. Als nun die Alte auf Hasan blickte, sprach sie verwundert: ‚Wie mag dieser da in diese Lande gekommen sein? Auf welchem Schiffe ist er hierher gelangt? Wie konnte er unversehrt bleiben? Und sie fragte ihn, was es mit ihm auf sich habe, immer noch erstaunt über seine Ankunft. Da fiel Hasan vor ihr nieder und rieb sein Gesicht an ihren Füßen und weinte, bis er ihn Ohnmacht fiel. Als er dann wieder zu sich kam, sprach er diese Verse:

> *Wann wird uns das Geschick Vereinigung gewähren?*
> *Wann bringt es nach der Trennung uns ein Wiedersehn?*
> *Wann werd ich ihrer mich erfreuen, die ich liebe?*
> *Wann weicht der Tadel und die Liebe bleibt bestehn?*
> *Ach, wenn des Niles Flut gleich meinen Tränen strömte,*
> *Sie ließ auf Erden nichts von Wasser unbedeckt,*
> *Sie überschwemmte den Hidschâz, das Land Ägypten,*
> *Das Syrerland und auch, wo sich Irâk erstreckt.*
> *Dies hat, o du mein Lieb, die Härte dein getan:*
> *Sei gütig und versprich, dich wieder mir zu nahn!*

1. Vgl. Band IV, Seite 358, Anmerkung.

Nachdem Hasan seine Verse gesprochen hatte, ergriff er den Saum der Alten, legte ihn auf sein Haupt und begann zu weinen und sie um Schutz anzuflehen. Und wie die Greisin sah, daß Liebesweh in ihm brannte und daß schmerzlicher Kummer ihn bannte, neigte sich ihr Herz ihm zu, und sie gewährte ihm ihren Schutz, indem sie sprach: ,Sei ganz unbesorgt!' Dann fragte sie ihn wiederum, wie es um ihn stehe, und er erzählte ihr alles, was ihm widerfahren war, von Anfang bis zu Ende. Voll Staunen hörte sie seiner Erzählung zu, und dann fuhr sie fort: ,Beruhige dein Herz und beruhige dein Gemüt! Du hast nichts mehr zu fürchten; du bist an das Ziel deiner Wünsche gelangt und hast erreicht, was du begehrst, so Allah der Erhabene will.' Darüber war Hasan hocherfreut; die Alte aber ließ den Hauptleuten des Heeres melden, sie sollten sich versammeln, und das war am letzten Tage des Monats. Als jene nun vor ihr erschienen, sprach sie zu ihnen: ,Geht hin und verkündet dem ganzen Heere, es solle morgen in der Frühe ausziehen! Niemand solle zurückbleiben; denn wer zurückbleibt, soll des Todes sein!' ,Wir hören und gehorchen!' sprachen die Hauptleute, und sie gingen hin und gaben im ganzen Heere Befehl zum Aufbruch am nächsten Morgen; darauf kehrten sie zurück und meldeten es ihr. Daran erkannte Hasan, daß sie die Befehlshaberin der Truppen war und Macht und Gewalt über sie hatte; und er legte jenen ganzen Tag über seine Waffen nicht von seinem Leibe. Der Name jener Alten aber, bei der er war, hieß Schawâhi, und sie trug den Beinamen Umm ed-Dawâhi.[1] Diese Alte nun erließ Befehle und Verbote, bis der Morgen graute; da zogen alle Truppen von ihren Standorten

---

[1] Umm ed-Dawâhi bedeutet ,die Mutter des Unheils'. Der Name ist entlehnt aus dem Romane von 'Omar ibn en-Nu'mân; vgl. Band I, Seite 512, Anmerkung, und Band II, Seite 167, Zeile 15f.

aus, doch die Alte zog nicht mit ihnen. Als die Truppen aufgebrochen waren und das Lager geräumt hatten, sprach Schawâhi zu Hasan: ‚Tritt nah an mich heran, mein Sohn!' Er trat herzu und blieb vor ihr stehen; sie aber redete ihn an und sprach: ‚Was ist der Grund, der dich veranlaßte, dein Leben aufs Spiel zu setzen und in dies Land zu kommen? Wie konntest du dich freiwillig ins Verderben stürzen? Sage mir die Wahrheit über alles, was dich angeht, und verbirg mir nichts davon! Doch fürchte dich nicht; denn du bist einer, dem ich mein Wort gegeben habe, ich habe dir Schutz versprochen, ich habe Erbarmen und Mitleid mit deiner Not!' Wenn du mir die Wahrheit sagst, so werde ich dir helfen, dein Ziel zu erreichen, sollten dadurch auch Seelen sterben und Leiber verderben. Da du zu mir gekommen bist, soll dir von mir kein Leid widerfahren, und ich will keinen von allen Bewohnern der Inseln von Wâk dir in Bösem nahen lassen.' Da erzählte er ihr seine Geschichte von Anfang bis zu Ende und berichtete ihr von seiner Gattin und den Vögeln, wie er die eine von den zehn Vogeljungfrauen eingefangen und sich mit ihr vermählt hatte; wie er dann mit ihr zusammen gewesen war, bis sie ihm zwei Söhne geschenkt hatte; wie sie dann aber die Kinder genommen und mit ihnen davongeflogen war, nachdem sie erfahren hatte, wo sich ihr Federkleid befand. Kurz, er verbarg ihr nichts von dem, was er von Anfang an bis zu jenem Tage erlebt hatte. Doch wie die Alte seine Worte vernommen hatte, schüttelte sie den Kopf und sprach zu Hasan: ‚Preis sei Allah, der dich behütet und hierher gebracht und zu mir geführt hat! Wärest du einer anderen in die Hände gefallen, so wäre dein Leben verwirkt gewesen, und dein Wunsch wäre dir nicht erfüllt worden. Aber deine reine Absicht und deine echte Liebe und das Übermaß deiner Sehnsucht nach deiner Gattin und deinen Kindern, all das hat dich dem Ziele deiner Wünsche nahe gebracht. Liebtest du sie nicht und littest du nicht um ihretwillen, so hättest du dich nicht in diese Gefahr gestürzt. Gott sei Lob und Dank für deine glückliche Ankunft! So ziemt es uns denn, daß wir deinen Wunsch erfüllen und dir zu deinem Ziele verhelfen, damit du bald erreichst, was du erstrebst, so Allah der Erhabene will. Doch wisse, mein Sohn, deine Gattin ist auf der siebenten von den Inseln von Wâk, und zwischen uns und ihr liegt eine Reise von sieben Monaten bei Tag und bei Nacht. Von hier aus müssen wir zuerst in ein Land reisen, das man das Vogelland nennt; und dort kann keiner von uns die Rede des anderen verstehen, weil die Vögel so laut schreien und mit den Flügeln schlagen.' – –«

Da bemerkte Schehrezâd, daß der Morgen begann, und sie hielt in der verstatteten Rede an. Doch als die *Achthundertundsechste Nacht* anbrach, fuhr sie also fort: »Es ist mir berichtet worden, o glücklicher König, daß die Alte zu Hasan sprach: ‚Deine Gattin ist auf der siebenten Insel, und das ist die größte der Inseln von Wâk, und zwischen uns und ihr liegt eine Reise von sieben Monaten. Von hier aus müssen wir zuerst zum Vogellande reisen, und dort kann keiner von uns die Rede des anderen verstehen, weil die Vögel so laut schreien und mit den Flügeln schlagen. In jenem Lande ziehen wir elf Tage und Nächte lang dahin. Danach kommen wir von ihm zu einem anderen Lande, das heißt das Land der wilden Tiere; und weil das Geschrei der Tiere des Feldes, der Hyänen und der anderen wilden Tiere und das Geheul der Wölfe und das Gebrüll der Löwen so laut ist, können wir nichts anderes hören. In jenem Lande müssen wir zwanzig Tage lang dahinziehen. Dann verlassen wir es und kommen in ein drittes Land, das das Geisterland genannt wird; dort schreien die Geister laut, Feuer steigen auf, Funken und Rauch fliegen aus ihren Mäulern hervor, sie heulen und gebärden sich wild, versperren uns den Weg, betäuben unsere Ohren und blenden unsere Augen, so daß wir nicht mehr hören noch sehen können. Dort darf niemand hinter sich schauen, sonst kommt er um; und der Reiter legt in jenem Lande seinen Kopf auf das Sattelhorn und hebt ihn drei Tage lang nicht empor. Schließlich aber liegt vor uns ein großer Berg und ein strömender Fluß, die beide an die Inseln von Wâk angrenzen. Wisse aber, mein Sohn, alle diese Truppen bestehen aus Jungfrauen, und über uns herrscht eine königliche Frau von den sieben Inseln von Wâk; und diese sieben Inseln haben eine Ausdehnung von einer vollen Jahresreise für einen schnellen Reiter. Am Ufer jenes Stromes steht ein anderer Berg, der heißt der Berg von Wâk, dieser Name ist ihm gegeben nach einem Baume, dessen Zweige Menschenköpfen gleichen. Wenn die Sonne dort aufgeht, so schreien alle jene Köpfe, und: ‚Wâk! Wâk!‘[1] erschallt ihr Ruf, ‚Preis sei dem König, der die Welt erschuf!‘ Sobald wir ihren Ruf hören, wissen wir, daß die Sonne aufgeht. Ebenso auch, wenn die Sonne untergeht, schreien jene Köpfe, und:‚Wâk! Wak!‘ erschallt ihr Ruf, ‚Preis sei dem König, der die Welt erschuf!‘ Und dann wissen wir, daß die Sonne untergegangen ist. Kein sterblicher Mann darf unter uns verweilen, ja, er darf uns nicht einmal nahen und unseren Boden betreten. Zwischen uns und der Königin, die über dies Land herrscht, liegt eines Monats Reise von dieser Küste aus. Alle Untertanen, die in jenem Lande wohnen, sind in ihrer Gewalt; und ferner sind in ihrer Gewalt die Stämme der Dämonen, der Mârids und Satane; und dazu noch sind in ihrer

---

1. *Wâk* wird hier als ein Ausruf der Bewunderung gedeutet und arabischem *wâh* gleichgesetzt. In Wirklichkeit geht *wâkwâk* auf chinesisch *wo-kuok* ‚Zwergland‘ zurück, einen Spottnamen für Japan.

Gewalt so viele Zauberer, daß ihre Zahl niemand kennt außer Dem, der sie erschuf. Wenn du nun Furcht hast, so will ich einen mit dir schicken, der dich an die Küste bringt, und einen anderen kommen lassen, der dich mit sich auf ein Schiff nimmt und dich in dein Land führt. Wenn es dir aber gefällt, bei uns zu bleiben, so will ich dich nicht hindern; dann will ich dich hüten gleich meinem Augapfel, bis daß du dein Ziel erreichst, so Allah der Erhabene will.' Er gab ihr zur Antwort: ‚Meine Gebieterin, ich will mich nie von dir trennen, bis ich wieder mit meiner Gattin vereint bin oder das Leben verliere.' Und sie erwiderte ihm: ‚Das ist ein leichtes. Sei gutes Muttes; denn bald soll dir dein Wunsch erfüllt werden, so Allah der Erhabene will! Ich muß aber auch die Königin von dir wissen lassen, auf daß sie dir hilft, zu deinem Ziele zu gelangen.' Da betete Hasan für sie, küßte ihr Haupt und Hände und dankte ihr für ihre gute Tat und das Übermaß ihrer Freundlichkeit. Dann rüstete er sich zum Aufbruch mit ihr; aber er dachte dabei an den Ausgang seines Unterfangens und an all die Schrecken seiner Wanderschaft; und er begann zu weinen und zu klagen und diese Verse zu sprechen:

> *Ein Zephir wehte von der Stätte der Geliebten;*
> *Du siehst mich krank im Übermaß von Liebesleid.*
> *Die Nacht des Wiedersehens ist ein heller Morgen,*
> *Der Tag des Scheidens eine Nacht voll Dunkelheit.*
> *Der Abschied von dem Lieb ist, ach, so hart, so bitter;*
> *Das Scheiden der Gefährtin ist unsagbar schwer.*
> *Nur ihr allein will ich ob ihrer Härte klagen;*
> *Ich habe keinen trauten Freund auf Erden mehr.*
> *Daß ich dich je vergessen könnte, ist undenkbar,*
> *Der böse Tadler kann mein Herze nie entweihn.*
> *O du, an Schönheit einzig, meine Lieb ist einzig;*
> *O du, allein in deiner Art, ich bin allein!*

*Wenn einer sich in Liebe dir zu weihn begehrt
Und Tadel fürchtet, ist er selbst des Tadels wert.*

Darauf befahl die Alte, die Trommeln zum Aufbruch zu schlagen; das Heer machte sich auf den Weg, und auch Hasan brach auf, zusammen mit der Alten, doch er war versunken in der Gedanken Meer und sprach jene Verse vor sich her. Die Alte suchte ihn zu stärken und ihm Trost zu spenden; aber er konnte nicht zur Besinnung kommen, noch dem, was sie ihm sagte, seinen Geist zuwenden. So zogen sie ohne Aufenthalt dahin, bis sie zu der ersten Insel von den sieben kamen; und das war die Vogelinsel. Als sie dort einzogen, glaubte Hasan wegen des furchtbaren Geschreis, die Welt sei auf den Kopf gestellt; ihm schmerzte der Kopf, sein Verstand ward verwirrt, seine Augen wurden geblendet und seine Ohren betäubt; gewaltiger Schrekken kam über ihn, und er sah schon den Tod vor Augen. Dabei sagte er sich: ‚Wenn dies das Land der Vögel ist, wie mag dann erst das Land der wilden Tiere sein!' Wie jene Alte, die da Schawâhi genannt ward, ihn in solchen Ängsten sah, lächelte sie über ihn und sprach zu ihm: ‚Mein Sohn, wenn es dir so auf der ersten Insel ergeht, was soll dann aus dir werden, wenn du zu den andern Inseln kommst?' Da flehte er zu Allah und demütigte sich vor ihm und bat ihn, daß er ihm helfe wider das, womit er ihn heimgesucht hatte, und ihn sein Ziel erreichen lasse. Und sie zogen weiter, bis sie das Land der Vögel durchquert und verlassen hatten. Dann traten sie in das Land der wilden Tiere ein, und nachdem sie es verlassen hatten, kamen sie in das Land der Dämonen. Als Hasan das erblickte, kam Furcht über ihn, und er bereute es, daß er mit dorthin gezogen war. Er flehte jedoch Allah den Erhabenen um Hilfe an und zog mit dem Heere weiter; wie sie dann das Land der Dämonen hinter sich hatten, erreichten sie den Strom und stiegen am Fuße eines mächtigen hochragenden Berges ab; dort, am Ufer des Stromes, schlugen sie ihre Zelte auf. Und die Alte ließ für Hasan neben dem Strome eine marmorne Bank aufstellen, die mit Perlen und Edelsteinen und Barren roten Goldes verziert war. Nachdem er sich darauf gesetzt hatte, rückten die Kriegerinnen heran, und die Alte stellte sie vor ihm zur Schau. Dann ward das ganze Zeltlager rings um ihn aufgeschlagen, und alle ruhten eine Weile aus; danach aßen und tranken sie und schliefen sorglos, da sie nun das Land ihrer Bestimmung erreicht hatten. Hasan aber hatte einen Kinnschleier vor sein Antlitz gelegt, so daß von ihm nur seine Augen zu sehen waren. Nun kam eine Schar von den Mädchen nahe zum Zelte Hasans heran. Dort legten sie ihre Kleider ab und gingen in den Strom hinein, während Hasan ihnen zuschaute, wie sie badeten und spielten und sich vergnügten, ohne zu wissen, daß er sie sah; denn sie glaubten doch, er sei eine von den Töchtern der Könige. Da reckte sich ihm die Rute, als er sie ihrer Gewänder entkleidet sah. Auch sah er, was sich zwischen ihren Schenkeln befand von mannigfacher Art, von schlanker Zierlichkeit, von voller Üppigkeit, an den Lippen breit, vollkommen und eben und weit. Dem Monde gleich war einer jeden Angesicht, und ihre Haare glichen der Nacht über dem Tageslicht; denn sie waren Königstöchter. Das alles geschah, während er auf dem Lager saß, das die Alte für ihn hatte aufstellen lassen. Und als sie fertig waren, kamen sie aus dem Flusse hervor, nackt und dem Monde gleich in der Nacht seiner Fülle. Alle Kriegerinnen versammelten sich vor Hasan, da die Alte befohlen hatte, im ganzen Lager auszurufen, sie sollten sich vor seinem Zelte versammeln, ihre Kleider ablegen, in den Strom hinabgehen und sich baden; denn sie wollte erfahren, ob seine Gattin unter ihnen wäre und er sie erkennen würde. Und sie begann, ihn über jede zu befragen, wenn eine Schar nach der anderen vorbeikam; doch er antwortete immer: ‚Unter diesen ist sie nicht, meine Gebieterin!' – –«

Da bemerkte Schehrezâd, daß der Morgen begann, und sie hielt in der verstatteten Rede an. Doch als die *Achthundertundsiebente Nacht* anbrach, fuhr sie also fort: »Es ist mir berichtet worden, o glücklicher König, daß die Alte Hasan über die Mädchen befragte, wenn eine Schar nach der anderen vorbeikam, ob er seine Gattin unter ihnen erkenne; doch jedesmal, wenn sie ihn nach einer Schar fragte, antwortete er ihr: ‚Unter diesen ist sie nicht, meine Gebieterin!' Danach aber als letzte von allen kam eine Maid, bedient von zehn Sklavinnen und dreißig Kammerfrauen, die alle hochbusige Jungfrauen waren; sie legten ihre Kleider ab und gingen mit ihr in den Strom, doch sie begann ihr Spiel mit ihnen zu treiben, warf sie ins Wasser und tauchte sie unter. Das tat sie eine ganze Weile; dann kamen alle aus dem Wasser hervor und setzten sich nieder. Nun brachte man ihr Tücher aus golddurchwirkter Seide; und sie nahm sie und trocknete sich mit ihnen ab. Darauf brachte man ihr Kleider und Prachtgewänder und Schmuck, alles Arbeiten der Dämonen; und sie nahm sie und legte sie an. Dann begann sie mit ihren Dienerinnen im Heere umherzuschreiten; und als Hasan sie sah, war es ihm, als flöge sein Herz, und er sprach: ‚Diese ist von allen am ehesten der Vogelmaid gleich, die ich in dem Teiche des Schlosses meiner Schwestern gesehen habe; auch sie pflegte mit ihren Gefährtinnen ihr Spiel zu treiben wie diese hier.' Da fragte die Alte: ‚Hasan, ist dies deine Gattin?' Doch er antwortete: ‚Nein, bei deinem Leben, meine Gebieterin, diese ist doch nicht meine Gattin; ich habe sie auch in meinem ganzen Leben noch nicht gesehen. Unter all den Mädchen, die ich auf der Insel gesehen habe, ist keine meiner Gattin gleich; keine gleicht ihr an des Wuchses Ebenmäßigkeit noch an Schönheit und Lieblichkeit.' Weiter sagte die Alte: ‚Beschreib sie mir und tu mir all ihre Eigenschaften kund, auf daß ihr Bild sich meinem Geiste einpräge; denn ich kenne jede Maid auf den Inseln von Wâk, da ich die Befehlshaberin des Heeres der Jungfrauen bin und über sie gebiete; wenn du sie mir beschreibst, so werde ich sie erkennen und für dich ein Mittel ersinnen, wie du sie wiedergewinnen kannst.' Und Hasan erwiderte ihr: ‚Aus meiner Gattin Antlitz leuchtet der Schönheit Gewalt, und sie hat eine herrliche Gestalt; glatt sind ihre Wangen, hoch sieht man den Busen prangen; dunkel glänzt ihrer Augen Licht, ihre Schenkel sind von schwerem Gewicht; die Zähne erglänzen im weißen Kleid, ihre Rede ist von süßer Lieblichkeit; ihr ganzes Wesen ist zart und weich, und sie ist dem schwanken Zweige gleich; ihre Reize sind wunderbar, rosig ist ihr Lippenpaar[1]; auf ihrer rechten Wange ist ein Mal, und auf ihrem Leib, dem weichen, ist unter dem Nabel ein Zeichen; ihr Antlitz, an Glanz so reich, ist dem runden Monde gleich; ihr Leib ist schmal, doch schwer sind die Hüften zumal; ihr Lippentau setzt dem Leiden des Kranken ein Ziel, gleichwie el-Kauthar und es-Salsabîl.'[2] Da sprach die Alte: ‚Wolle mir deine Beschreibung in noch mehr Worte fassen; Allah soll dich noch mehr von ihr bezaubert werden lassen!' Und Hasan fuhr fort: ‚Meine Gattin hat ein holdselig Angesicht, schwarzen Glanz sprüht ihrer Augen Licht; glatt sind ihre Wangen über dem Halse, dem schmalen und langen; der Anemone gleicht ihrer Wangen rosiger Schein, ihr

---

1. Hier steht im Original noch: ‚mit Augen schwarz wie Antimon und mit weichen Lippen'. Diese Worte sind ein späterer Zusatz; sie wiederholen Gesagtes und fallen aus der Reimprosa heraus. – 2. Zwei Ströme des Paradieses.

Mund einem Siegelringe mit rotem Edelstein; und ob ihrer Zähne blitzendem Glanz vergißt man Becher und Weinkrug ganz. Sie ward geschaffen im Tempel der Lieblichkeit, und zwischen ihren Schenkeln ist der Thron der Kalifenherrlichkeit, und diesem Schreine gleicht keine andere Stätte der Heiligkeit, wie ihm auch der Dichter die Verse geweiht:

> *Ein Wort, das meine Sinne band,*
> *Hat Lettern, weit und breit bekannt.*
> *Nimm viermal fünf, und hänge dann*
> *Sogleich noch sechsmal zehn daran.*[1]

Dann weinte Hasan und sang dies Lied:

> *O Herz, wenn dich dein Lieb verrät, so meid es nicht,*
> *Und sag ihm nicht das Wort, das von Vergessen spricht!*
> *Üb stets Geduld; du bringst die Feinde noch ins Grab;*
> *Denn Allah ließ noch nie von dem, der ausharrt, ab.*

Und auch dies Lied:

> *Willst du zu allen Zeiten immer sicher sein,*
> *So darfst du nicht zu froh, noch ganz verzweifelt sein.*
> *Harr aus und traure nie; leb nicht in Saus und Braus!*
> *Bist du in Not, so denke: ‚Dehnten wir nicht aus?'*[2]

Da neigte die Alte ihr Haupt eine Weile zu Boden; und als sie es wieder zu Hasan emporhob, sprach sie: ‚O Gott, allmächtiger Gott! Wahrlich, durch dich bin ich heimgesucht, o Hasan! Hätte ich dich doch nie kennen gelernt! Die Frau, die du mir beschrieben hast, ist also wirklich deine Gattin; und ich kenne sie sehr wohl nach deiner Beschreibung: sie ist die älteste Tochter des Großkönigs, die über alle die Inseln von Wâk herrscht. Öffne deine Augen und mache dir deine Lage

---

1. Der Buchstabe *k* hat den Zahlwert 20, *s* den Zahlwert 60; dann ist *ks* als *kuss* zu lesen. Was *kuss* bedeutet, ergibt sich aus Band I, Seite 105, Zeile 28. - 2. Das heißt: rezitiere die Sure 94, die mit diesen Worten anfängt.

klar; und wenn du schläfst, so erwache: es ist dir unmöglich, jemals zu ihr zu gelangen! Und solltest du auch bis zu ihr durchdringen, so kannst du sie doch nimmermehr gewinnen, denn zwischen dir und ihr ist ein Abstand wie zwischen Himmel und Erde. Also, mein Sohn, kehre sofort um, stürze dich nicht selbst ins Verderben, noch auch mich mit dir; denn mich deucht, sie ist dir nicht beschieden! Geh dorthin zurück, woher du gekommen bist, damit wir nicht beide unser Leben verlieren!' Und sie fürchtete für sich und für ihn. Als Hasan die Worte der Alten vernommen hatte, weinte er bitterlich, bis er in Ohnmacht fiel; die Alte aber sprengte ihm so lange Wasser ins Gesicht, bis er aus seiner Ohnmacht erwachte. Da begann er wieder zu weinen, also daß er seine Kleider mit den Tränen benetzte; so sehr bedrängten ihn Kummer und Gram, weil die Alte ihm dies gesagt hatte; und er gab sein Leben verloren. Dann sprach er zu der Alten: ‚Meine Gebieterin, wie kann ich denn umkehren, nachdem ich bis hierher gekommen bin? Ich hatte in meiner Seele nicht geglaubt, daß es dir unmöglich wäre, meinen Wunsch zu erfüllen, zumal du die Befehlshaberin über das Heer der Jungfrauen bist und Gewalt über sie hast.' Doch sie erwiderte ihm: ‚Ich beschwöre dich bei Allah, mein Sohn, wähle dir eine Jungfrau unter jenen aus! Ich will sie dir geben anstatt deiner Gattin, auf daß du nicht in die Hand der Könige fallest und ich dann keine Macht habe, dich zu befreien. Noch einmal, ich beschwöre dich bei Allah, höre auf meine Worte, wähle dir eine von diesen Jungfrauen, laß ab von jener Frau, kehre alsbald wohlbehalten in dein Land zurück und laß mich nicht deine Angst kosten! Bei Allah, du stürzest dich in große Not, daß schwere Gefahr dir droht, aus der dich niemand erretten kann.' Da senkte Hasan sein Haupt zu Boden und weinte bitterlich; dann aber sprach er diese Verse:

Ich sprach zu meinen Tadlern: Lasset ab vom Tadel!
Für nichts als nur für Tränen ward mein Aug gemacht.
Die Tränen meines Auges quellen, strömen über
Auf meine Wangen, seit mein Lieb mir Qual gebracht.
Laßt mich der Liebe! Ach, mein Leib ist hingeschwunden;
Denn in der Liebe lieb ich meinen Unverstand.
O du mein Lieb, ich sehn' nach dir mich immer wilder;
Warum wird mir denn nicht dein Mitleid zugewandt?
Nach Schwur und nach Gelübde tatest du mir unrecht,
Verrietest unsern Bund und ließest mich allein.
Am Tag der Trennung, als du in die Ferne zogest,
Da schenktest du mir hart den Trank des Elends ein.
O Herze mein, vergeh in heißer Liebesglut!
O Auge mein, ergieße deiner Tränen Flut! – –«

Da bemerkte Schehrezâd, daß der Morgen begann, und sie hielt in der verstatteten Rede an. Doch als die *Achthundertundachte Nacht* anbrach, fuhr sie also fort: »Es ist mir berichtet worden, o glücklicher König, daß Hasan, als die Alte zu ihm gesagt hatte: ‚Ich beschwöre dich bei Allah, mein Sohn, höre auf meine Worte, wähle dir eine von diesen Jungfrauen, laß ab von deiner Gattin und kehre alsbald wohlbehalten in dein Land zurück!' sein Haupt zu Boden senkte und bitterlich weinte und die genannten Verse sprach. Und als er sein Lied beendet hatte, weinte er, bis er in Ohnmacht fiel; die Alte aber sprengte ihm so lange Wasser ins Gesicht, bis er wieder aus seiner Ohnmacht erwachte. Darauf hub sie an und sprach: ‚Liebster Herr, kehre in dein Land zurück; denn wenn ich mit dir in die Stadt ziehe, so ist dein Leben und mein Leben verloren! Und wenn die Königin von alledem erfährt, so wird sie mir Vorwürfe machen, weil ich mit dir in ihr Land gekommen bin, auf ihre Inseln, zu denen keiner von den Söhnen der Menschenkinder Zutritt hat. Ja, sie wird mich töten, weil ich dich mit mir gebracht und dir diese Jungfrauen gezeigt habe, die du im Strome gesehen hast, obwohl noch nie ein Mann sie berührte, noch ein Gemahl sie zur Ehe führte.' Hasan schwor ihr, daß er sie nicht mit irgendeinem bösen Gedanken angeschaut habe. Doch sie fuhr fort: ,Mein Sohn, kehre zurück in dein Land! Ich will dir so viel Reichtümer und Schätze und Kostbarkeiten geben, daß du alle Frauen entbehren kannst. Höre auf mein Wort, kehre sogleich um und bringe dein Leben nicht in Gefahr! Siehe, ich rate dir gut!' Als aber Hasan ihre Worte vernommen hatte, weinte er und rieb seine Wangen an ihren Füßen und sprach: ,Meine Herrin und Gebieterin, du Trost meiner Augen, wie kann ich umkehren, nachdem ich zu dieser Stätte gelangt bin, ohne sie, die ich suche, gesehen zu haben? Jetzt bin ich nahe der Stätte, an der die Geliebte weilt, ich hoffe, daß die Zeit des Wiedersehens näher eilt, und vielleicht wird mir vom Geschick noch die Vereinigung zuerteilt.' Dann sprach er diese Verse:

> *O Königin der Schönheit, Gnade dem Gefangnen*
> *Der Augen, die von Perserkönigs Macht erglühn!*
> *Du übertriffst mit deinem Hauch den Duft des Moschus;*
> *Du strahlest heller als der schönen Rosen Blühn.*
> *Der weiche Zephir bläst, wo du dich niederlässest;*
> *Der Frühlingswind verbreitet süßen Duft von dort.*
> *O Tadler, halte ein zu tadeln und zu raten!*
> *Ich höre jetzt nicht mehr auf solcher Mahnung Wort.*
> *Warum denn tadelst du und schiltst du meine Liebe,*
> *Da dir von alledem doch keine Kenntnis ward?*
> *Mich schlug ein schmachtend Augenpaar in seine Bande,*
> *Gab mich der Liebe preis, erbarmungslos und hart.*
> *Ich streue ungebundne Tränen, wenn ich dichte;*
> *Da hast du ungebundne Rede und ein Lied!*
> *Der Wangen Röte hat mein Herze schmelzen lassen;*
> *Es loht mein Leib, wie wenn ihn Kohlenglut durchzieht.*
> *Sagt, Freunde, wenn ich nun von meiner Rede lasse:*

Welch Rede gibt es dann, die mir das Herz erfreu?
Mein Leben weihte ich der Liebe zu den Schönen;
Doch Allah schafft Verlornes oftmals wieder neu.

Als Hasan diese Verse beendet hatte, ward die Alte von Mitleid mit ihm gerührt; und sie schaute ihn an, tröstete ihn und sprach zu ihm: ‚Hab Zuversicht und quäl dich nicht, befreie deine Gedanken von der Sorge! Bei Allah, ich will mit dir mein Leben wagen, bis du dein Ziel erreichst oder mein Geschick mich ereilt.' Da ward ihm das Herz leicht und die Brust weit, und er setzte sich nieder, um mit der Alten zu plaudern, bis der Tag zur Rüste ging. Und als es Abend ward, zerstreuten sich alle die Jungfrauen, die einen von ihnen gingen in ihre Häuser in der Stadt, die anderen nächtigten in den Zelten. Darauf nahm die Alte Hasan mit sich, führte ihn in die Stadt und wies ihm einen Raum für sich allein an, damit niemand ihn sähe und es der Königin melde, so daß sie ihn töte und den töte, der ihn gebracht hatte. Und sie bediente ihn selber und suchte ihn mit Furcht zu erfüllen vor der Majestät des Großkönigs, des Vaters seiner Gattin; er aber weinte vor ihr und sprach: ‚Meine Gebieterin, ich wähle den Tod für mich selbst und bin der Welt überdrüssig, wenn ich nicht wieder mit meiner Gattin und meinen Kindern vereinigt werde. Ich wage mein Leben daran: entweder erreiche ich mein Ziel, oder ich sterbe.' Und nun begann die Alte darüber nachzusinnen, auf welche Weise er seine Gattin finden und wieder mit ihr vereint werden könne, und wie diesem Armen geholfen werden könne, der sein Leben aufs Spiel setzte, der sich weder durch Furcht noch durch irgend etwas anderes von seinem Vorhaben abbringen ließ und seiner selbst vergaß, wie es im Sprichworte heißt: Der Liebende hört nicht auf die Worte dessen, der von Liebe frei ist. Jene Jungfrau also, von der die Alte gesprochen hatte, war die Königin der Insel, auf der die beiden weilten, und sie hieß Nûr el-Huda; und diese Königin hatte sechs[1] jungfräuliche Schwestern, die bei ihrem Vater wohnten, dem Großkönig, der über die sieben Inseln und alle Gebiete von Wâk herrschte. Der Thron jenes Königs stand in der größten Stadt jenes Landes; seine älteste Tochter jedoch, eben jene Nûr el-Huda, herrschte über die Stadt, in der sich Hasan befand, und über die Gebiete, die zu ihr gehörten. Da nun die Alte sah, wie Hasan von dem brennenden Verlangen erfüllt war, mit seiner Gattin und seinen Kindern wiedervereint zu werden, machte sie sich auf und begab sich zum Palaste der Königin Nûr el-Huda; dort trat sie zu ihr ein und küßte den Boden vor ihr. Jene Alte aber hatte Anspruch auf die Gunst der Königin, da sie alle Töchter des Königs erzogen hatte; so hatte sie auch Einfluß auf alle, war geehrt bei ihnen und stand beim König in Ansehen. Nachdem sie nun bei der Königin Nûr el-Huda eingetreten war, erhob diese sich vor ihr, umarmte sie, ließ sie an ihrer Seite sitzen und fragte sie nach ihrer Reise. Die Alte erwiderte ihr: ‚Bei Allah, meine Gebieterin, es war eine gesegnete Reise, und ich habe dir ein Geschenk mitgebracht, das ich dir alsbald überreichen werde.' Und sie fügte hinzu: ‚Meine Tochter, du, die größte Königin unseres Zeitalters, ich habe etwas Wunderbares mitgebracht, und ich möchte es dir zeigen, damit du mir hilfst, ihm seinen Wunsch zu erfüllen.' ‚Was ist denn das?' fragte die Königin; und da erzählte die Alte ihr die Geschichte Hasans von Anfang bis zu Ende, doch sie zitterte wie ein Rohr an dem Tage, an dem der Sturmwind weht, und fiel gar vor der Königstochter nieder, indem sie zu ihr sprach: ‚Hohe Herrin, ein Mensch erflehte meinen Schutz an der Meeresküste; er hatte sich unter der

1. Im Arabischen ‚sieben'; es waren im ganzen sieben.

Bank verborgen, und ich gewährte ihm Schutz. Dann nahm ich ihn mit mir in dem Heere der Jungfrauen, nachdem er die Rüstung angelegt hatte, so daß ihn niemand erkennen konnte, und ich führte ihn in die Stadt.' Und weiter sprach sie zu ihr: ,Ich versuchte ihn mit Furcht vor deiner Majestät zu erfüllen, und ich schilderte ihm deine Macht und deine Stärke; aber sooft ich ihn auch zu schrecken suchte, immer weinte er und sprach Verse und sagte: ,Ich muß meine Gattin und meine Kinder gewinnen, oder ich sterbe; ohne sie kann ich nicht in mein Land zurückkehren.' Er hat sein Leben aufs Spiel gesetzt und ist zu den Inseln von Wâk gekommen; in meinem ganzen Leben habe ich noch nie einen Sterblichen gesehen, der ein festeres Herz und kühneren Mut besäße als er; nur hat die Liebe ganz und gar Macht über ihn gewonnen.' – –«

Da bemerkte Schehrezâd, daß der Morgen begann, und sie hielt in der verstatteten Rede an. Doch als die *Achthundertundneunte Nacht* anbrach, fuhr sie also fort: »Es ist mir berichtet worden, o glücklicher König, daß die Alte, nachdem sie der Königin Nûr el-Huda die Geschichte Hasans erzählt hatte, mit den Worten schloß: ,Ich habe noch nie jemanden gesehen, der ein festeres Herz besäße als er; nur hat die Liebe ganz und gar Macht über ihn gewonnen.' Doch als die Königin ihre Worte vernommen und die Geschichte Hasans begriffen hatte, ergrimmte sie gewaltig und neigte ihr Haupt eine Weile zu Boden; nachdem sie es dann wieder emporgehoben hatte, blickte sie auf die Alte und sprach zu ihr: ,O du Unglücksalte, ist deine Schlechtigkeit so weit gediehen, daß du Männer aufliest und sie mit dir auf die Inseln von Wâk bringst, ja sogar mit ihnen vor mich treten willst, ohne dich vor meiner Majestät zu fürchten? Beim Haupte des Königs, hätte ich nicht Pflichten gegen dich, weil du mich erzogen und immer verehrt hast, so würde ich dich und ihn in diesem Augenblicke den schimpflichsten Tod erleiden lassen, auf daß sich die Wanderer an dir ein Beispiel nähmen, du Verfluchte, und kein einziger je wieder etwas täte, wie du es getan hast, solch eine verruchte Tat, die noch nie jemand gewagt hat! Doch geh hin und bring ihn mir sofort, auf daß ich ihn sehe!' Da ging die Alte fort von ihr, ganz verwirrt und ohne zu wissen, wohin sie ihre Schritte lenkte, indem sie sich sagte: ‚Mit all diesem Unheil hat Allah mich durch diese Königin um Hasans willen heimgesucht.' So schritt sie dahin, bis sie zu Hasan eintrat; zu dem sprach sie: ‚Auf, folge dem Rufe der Königin, o du, dessen letztes Stündlein gekommen ist!' Da machte er sich auf mit ihr; doch seine Zunge rief unaufhörlich den Namen Allahs des Erhabenen an, und er betete: ‚O Gott, steh mir huldvoll in deinem Ratschlusse bei und mach mich von deiner Heimsuchung frei!' Sie ging mit ihm dahin, bis sie ihn vor Nûr el-Huda gebracht hatte; vorher aber schärfte sie ihm ein, wie er mit der Königin reden solle. Als er dann vor der Herrscherin stand, sah er, daß sie den Kinnschleier angelegt hatte, und nachdem er den Boden vor ihr geküßt hatte, begrüßte er sie mit dem Heilsgruße und sprach diese beiden Verse:

> *Gott lasse deine Macht in Freuden dauern,*
> *Mit Seinen Gaben überschütt Er dich!*
> *Der Herr erhöhe dich an Ruhm und Ansehn*
> *Und helf dir wider Feinde mächtiglich!*

Nachdem er seine Verse vorgetragen hatte, gab die Königin der Alten ein Zeichen, ihm vor ihr Fragen zu stellen, damit sie seine Antworten höre. So hub denn die Alte an: ‚Die Königin erwidert deinen Gruß und läßt dich fragen, wie du heißest, aus welchem Lande du kommst, wie deine Gattin und deine

Kinder heißen, um derentwillen du hierher gekommen bist, und welches der Name deiner Heimatstadt ist.' Da sprach er, festen Herzens und vom guten Geschick begünstigt: ‚O größte Königin unserer ganzen Zeit, in den Tagen unseres Zeitalters von einzigartiger Herrlichkeit, was mich angeht, so heiße ich Hasan, der Tiefbetrübte, und meine Heimatstadt ist Basra. Den Namen meiner Gattin kenne ich nicht; doch von meinen Söhnen heißt der eine Nâsir, der andere Mansûr.' Als die Königin die Worte seines Berichts vernommen hatte, sprach sie: ‚Von wo hat sie ihre Kinder mit sich genommen?' ‚O Königin,' gab er zur Antwort, ‚aus der Stadt Baghdad, und zwar aus dem Schlosse des Kalifen.' Und weiter fragte sie: ‚Hat sie auch etwas gesagt, als sie fortflog?' Hasan erwiderte: ‚Sie sprach zu meiner Mutter: ‚Wenn dein Sohn heimkehrt und wenn ihm die Zeit der Trennung zu lange währt und er mir wieder zu nahen begehrt, von den Stürmen zerzaust, in denen die sehnende Liebe braust, so soll er zu mir kommen auf die Inseln von Wâk!' Die Königin Nûr el-Huda schüttelte ihr Haupt und fuhr dann fort: ‚Wenn sie nicht mehr nach dir verlangt hätte, so hätte sie deiner Mutter nicht diese Worte gesagt. Ja, wenn sie dich nicht mehr wünschte und dein Kommen nicht begehrte, so hätte sie dir ihre Stätte nicht wissen lassen und dich nicht in ihr Land entboten.' Darauf sagte Hasan: ‚O du, der Könige Gebieterin und aller Reichen und Armen Herrscherin, was geschehen ist, habe ich dir kundgetan; ich habe dir nichts von allem verborgen. Und nun nehme ich meine Zuflucht zu Allah und zu dir. Sei nicht grausam gegen mich, sondern hab Mitleid mit mir und gewinne dir um meinetwillen den Lohn und die Vergeltung des Himmels, hilf mir, daß ich mit meiner Gattin und meinen Kindern wieder vereinigt werde! Gib mir zurück mein verlorenes Glück und meinen Augentrost, meine Kinder, und hilf mir, sie wiederzuschauen!' Dann begann er zu weinen und zu seufzen und zu klagen und diese Verse vorzutragen:

> *Ich preis dich laut, solang die Ringeltaube girrt,*
> *Wenn mein gerechter Wunsch auch nicht erfüllet wird.*
> *Und werd ich von vergangner Freude jetzt durchbebt,*
> *So hab ich doch den Grund davon in dir erlebt.*

Die Königin Nûr el-Huda senkte ihr Haupt zu Boden und schüttelte es eine lange Weile; als sie es dann wieder emporhob, sprach sie zu Hasan: ‚Ich habe Erbarmen und Mitleid mit dir, und ich habe beschlossen, dir alle Mädchen der Stadt und meines ganzen Insellandes zu zeigen. Wenn du deine Gattin erkennst, so will ich sie dir übergeben; erkennst du sie aber nicht, so lasse ich dich töten und über der Haustür der Alten kreuzigen.' Hasan gab ihr zur Antwort: ‚Ich nehme diese Bedingung von dir an, o größte Königin unserer Zeit.' Und dann sprach er diese Verse:

> *Du wecktest Liebesqual in mir und bliebest ruhig;*
> *Du nahmst dem wunden Aug den Schlaf und schliefest dann.*
> *Du hattest mir versprochen, mich nicht hinzuhalten;*
> *Doch du verrietest mich in deiner Ketten Bann.*
> *Ich liebte dich als Kind und wußte nichts von Liebe.*
> *So töte mich denn nicht; ob Unrecht klag ich laut!*
> *Hält dich die Gottesfurcht nicht ab, ein Lieb zu töten,*
> *Das nachts, wenn andre schlafen, auf die Sterne schaut?*
> *Bei Gott, mein Volk, wenn ich gestorben bin, so schreibet*
> *Auf meines Grabes Stein: Ein Liebestor ruht hier.*
> *Dann spricht ein Jüngling wohl, den auch die Liebe quälet,*
> *Wenn er mein Grab erblickt, den Friedensgruß vor mir.*

Als er seine Verse beendet hatte, wiederholte er: ‚Ich willige in die Bedingung ein, die du mir gestellt hast', und rief: ‚Es gibt keine Macht und es gibt keine Majestät außer bei Allah, dem Erhabenen und Allmächtigen!' Dann gab die Königin Nûr el-Huda Befehl, alle Mädchen der Stadt sollten zum Schlosse heraufkommen und an Hasan vorüberziehen, keine sollte zurückbleiben; und zwar befahl sie der alten Schawâhi, sie sollte selbst in die Stadt hinuntergehen und alle Mädchen von dort vor die Königin in ihr Schloß führen. Und bald darauf konnte die Herrscherin die Mädchen zu Hasan hineinführen, immer je hundert zur Zeit, bis es keine Mädchen mehr in der Stadt gab, die sie ihm nicht gezeigt hätte. Doch seine Gattin erblickte er nicht unter ihnen. Und als die Königin ihn fragte mit den Worten: ,Hast du sie unter diesen allen gesehen?' antwortete er ihr: ,Bei deinem Leben, o Königin, sie ist nicht unter ihnen!' Da ergrimmte die Königin gewaltig wider ihn und sprach zu der Alten: ,Geh hin und hole alle, die im Palaste sind, und führe sie ihm vor!' Doch auch, als jene ihm alle Mädchen, die im Palaste waren, zeigte, konnte er seine Gattin unter ihnen nicht entdecken; und so sprach er zur Königin: ,Bei deinem Haupte, o Königin, sie ist nicht unter ihnen!' Die Königin aber rief voll Zorn denen zu, die sie umgaben: ,Ergreift ihn und schleift ihn fort, mit dem Gesicht zur Erde! Schlagt ihm den Kopf ab, auf daß keiner nach ihm sich erdreiste, seinen Blick zu unserem Wesen zu erheben, zu uns in unser Land zu kommen und den Boden unserer Inseln zu betreten!' Da schleppten die Leute ihn auf dem Boden fort, warfen den Saum seines Kleides über ihn, so daß sie ihm die Augen bedeckten, und stellten sich mit den Schwertern ihm zu Häupten auf, des Befehls gewärtig. Doch nun trat Schawâhi zur Königin heran, küßte den Boden vor ihr, ergriff den Saum ihres Gewandes, legte ihn sich aufs Haupt und sprach: ,O Königin, bei dem Rechte der Erziehung, das ich an dir habe, übereile dich nicht mit ihm, zumal du weißt, daß dieser

Ärmste ein Fremdling ist und sein Leben aufs Spiel gesetzt hat, daß er Dinge erduldet hat, wie sie noch nie einer vor ihm ertragen hat, und daß Allah, der Allmächtige und Glorreiche, ihn vor dem Tode beschützt hat, weil ihm ein langes Leben bestimmt ist! Er hat von deiner Gerechtigkeit gehört und ist in dein Land und zu deiner wohlbehüteten Stätte gekommen. Wenn du ihn jetzt töten lässest, so wird die Kunde von dir durch die Wanderer verbreitet werden, daß du die Fremden hassest und sie umbringst. Auf alle Fälle aber ist er, wenn seine Frau sich nicht in deinem Lande findet, in deiner Gewalt und kann durch dein Schwert getötet werden. Wann du nur immer verlangst, daß er vor dir erscheine, kann ich ihn dir zurückbringen. Ferner habe ich ihm nur deshalb meinen Schutz gewährt, weil mein Sinn auf deine Großmut gerichtet war, um des Rechtes der Erziehung willen, das ich an dir habe, und so habe ich ihm mich dafür verbürgt, daß du ihm zu seinem Ziele verhelfen würdest; denn ich kenne doch deine Gerechtigkeit und Barmherzigkeit. Wenn ich nicht all das von dir gewußt hätte, so hätte ich ihn doch nie in dein Land gebracht. Ich habe mir auch gesagt, die Königin würde an ihm Gefallen finden und an den Versen, die er spricht, sowie an seiner reinen und feinen Rede, die einer Schnur von aufgereihten Perlen gleicht. Jetzt ist dieser Jüngling nun einmal in unser Land gekommen und hat von unserem Brote gegessen; darum haben wir Pflichten gegen ihn.' – –«

Da bemerkte Schehrezâd, daß der Morgen begann, und sie hielt in der verstatteten Rede an. Doch als die *Achthundertundzehnte Nacht* anbrach, fuhr sie also fort: »Es ist mir berichtet worden, o glücklicher König, daß damals, als die Königin Nûr el-Huda ihren Dienern befohlen hatte, Hasan zu ergreifen und ihm den Kopf abzuschlagen, die Alte sie zu besänftigen suchte und zu ihr sprach: ‚Er ist nun einmal in unser Land gekommen und hat von unserem Brote gegessen; darum haben wir Pflichten gegen ihn, zumal ich ihm auch versprochen hatte, ihn mit dir zusammenzuführen. Du weißt, daß die Trennung ein schweres Leid ist, und du weißt auch, daß die Trennung den Tod bringen kann, zumal die Trennung von den Kindern. Jetzt ist von allen unseren Frauen keine mehr übrig außer dir; so zeige auch du ihm dein Antlitz!' Da lächelte die Königin und sprach: ‚Woher soll der mein Gatte sein und Kinder von mir haben, so daß ich ihm mein Antlitz zeigen sollte?' Dennoch befahl sie, Hasan herbeizubringen; und als er zu ihr hereingeführt war und vor ihr stand, entschleierte sie ihr Antlitz. Kaum aber hatte er es gesehen, da stieß er einen lauten Schrei aus und sank ohnmächtig zu Boden. Die Alte jedoch sprach ihm so lange gütig zu, bis er wieder zur Besinnung kam. Und als er aus seiner Ohnmacht erwachte, sprach er diese Verse:

> *O Zephir, der du wehest aus dem Land Irâk*
> *Auf die Gefilde derer, die da rufen: ‚Wâk',*
> *Eil hin und künde ihr, der ich mein Herze gab,*
> *Daß ich der Liebe bittren Trank gekostet hab!*
> *Mein Liebling, sei mir hold und üb Barmherzigkeit;*
> *Denn ach, mein Herz vergehet ob der Trennung Leid!*

Als er seine Verse beendet hatte, erhob er sich, schaute die Königin an und stieß von neuem einen Schrei aus, der so laut war, daß der Palast durch ihn fast auf alle niederstürzte, die in ihm waren. Und wiederum fiel er ohnmächtig zu Boden. Doch die Alte sprach ihm immer gütig zu, bis er erwachte; und als sie ihn fragte, was ihm sei, sprach er: ‚Diese Königin ist entweder meine Gattin, oder sie gleicht meiner Gattin am meisten von allen Leuten.' – –«

Da bemerkte Schehrezâd, daß der Morgen begann, und sie hielt in der verstatteten Rede an. Doch als die *Achthundertundelfte Nacht* anbrach, fuhr sie also fort: »Es ist mir berichtet worden, o glücklicher König, daß die Alte, als sie Hasan fragte, was ihm sei, von ihm die Antwort erhielt: ‚Diese Königin ist entweder meine Gattin, oder sie gleicht meiner Gattin am meisten von allen Leuten.' Da sagte die Königin zu der Alten: ‚Weh dir, o Amme, dieser Fremdling ist entweder besessen oder von Sinnen; denn er schaut mir mit starren Augen ins Antlitz.' Doch die Alte erwiderte ihr: ‚O Königin, dieser Jüngling ist entschuldbar. Denn das Sprichwort sagt: Für Liebesleid ist kein Mittel bereit, nur sein Wesen gleicht der Besessenheit.' Hasan aber weinte bitterlich und sprach diese beiden Verse:

> *Ich sehe ihre Spuren und vergeh vor Sehnsucht;*
> *An der verlaßnen Statt vergieß ich meine Zähren*
> *Und bitte Ihn, der mich durch ihren Fortgang quälte,*
> *Er möge ihre Heimkehr gnädig mir gewähren.*

Darauf sprach Hasan zur Königin: ‚Bei Allah, du bist nicht meine Gattin; aber du gleichst ihr am meisten von allen Leuten.' Da lachte Königin Nûr el-Huda, bis sie auf den Rücken fiel und sich dann auf die Seite neigte. Aber danach hub sie an: ‚Mein Freund, sei behutsam, prüfe mich genau und antworte mir dann auf das, wonach ich dich frage! Tu von dir all die Verzücktheit, Ratlosigkeit und Befangenheit; denn siehe, das Heil ist dir nahe!' Hasan erwiderte: ‚O du der Könige Gebieterin, der Reichen und Armen Schützerin, als ich dich erblickte, ward ich wie von Sinnen, da du entweder meine Gattin sein oder ihr von allen Leuten am meisten gleichen mußtest. Jetzt aber frage mich, was du willst!' Und sie fuhr fort: ‚Was ist es an deiner Gattin, das mir gleicht?' Er gab ihr zur Antwort: ‚Hohe Herrin, alles, was an dir ist an Schönheit und Lieblichkeit, Anmut und Zierlichkeit, wie deines Wuchses Ebenmäßigkeit und deiner Rede Süßigkeit, das zarte Rot deiner Wangen und deiner Brüste Prangen, und all die anderen Reize – alles gleicht ihr!' Da wandte die Königin sich zu Schawâhi Umm ed-Dawâhi und sprach zu ihr: ‚Mütterchen, führe ihn zu der Stätte zurück, an der er bei dir weilte, und nimm ihn in deine eigene Obhut, bis ich erforscht habe, was es mit ihm auf sich hat! Wenn dieser Mann wirklich hochherzigen Sinn besitzt, indem er Freundschaft und Treue und Liebe wahrt, so geziemt es uns, ihm zu helfen, daß er sein Ziel erreicht, zumal er in unser Land gekommen ist und von unserer Speise gegessen hat, trotz allem, was er ertragen mußte an Beschwerden der Reisen von Land zu Land und an furchtbaren Gefahren, die er bestand. Doch wenn du ihn in dein Haus gebracht hast, so empfiehl ihn der Pflege deiner Dienerschaft und kehre eiligst zu mir zurück. Und so Allah der Erhabene will, wird sich alles zum Guten wenden!' Darauf machte die Alte sich auf den Weg, indem sie Hasan mit sich nahm, führte ihn in ihre Wohnung und befahl ihren Sklavinnen und Sklaven und Dienern, ihm aufzuwarten. Sie gab Befehl, daß jene ihm alles bringen sollten, dessen er bedurfte, und daß ihm nichts von allem, was ihm zukam, fehlen sollte. Darauf kehrte sie eiligst zur Königin zurück, und die befahl ihr, sie solle ihre Rüstung anlegen und mit tausend heldenhaften Reiterinnen aufbrechen. Die alte Schawâhi gehorchte dem Befehl, legte ihre Waffenrüstung an und brachte die tausend Reiterinnen herbei. Und als sie dann vor der Königin stand und ihr meldete, daß die Schar zur Stelle sei, gab diese den weiteren Befehl, nach der Stadt des Großkönigs, ihres Vaters, zu ziehen und dort bei seiner Tochter Manâr es-Sanâ, ihrer jüngsten Schwester, abzusteigen und zu ihr zu sprechen: ‚Kleide deine beiden Söhne in die Panzer, die ihre Muhme ihnen gemacht hat, und schicke sie zu ihr; denn sie sehnt sich nach ihnen!' Und sie fügte noch hinzu: ‚Ich mache es dir zur Pflicht, mein Mütterchen, daß du Hasans Sache geheim hältst; und wenn du die beiden Kinder von ihr erhalten hast, so sprich zu ihr: ‚Deine Schwester lädt dich ein, sie zu besuchen.' Wenn sie dir also ihre Kinder gegeben hat und sich selbst zum Besuche aufmacht, so komm du mit den beiden eilends zu mir und laß die Mutter in Muße folgen. Und komm du auf einem anderen Wege als dem, den sie einschlägt; deine Reise sei bei Tag und bei Nacht, und sei auf deiner Hut, daß niemand etwas von alledem erfährt! Ich schwöre jetzt mit allen Eiden, wenn es sich erweist, daß meine Schwester seine Gattin ist, und wenn es offenbar wird, daß ihre Kinder seine Söhne sind, so will ich ihn nicht hindern, sie alle an sich zu nehmen und mit ihnen in seine Heimat zurückzukehren.' – –«

Da bemerkte Schehrezâd, daß der Morgen begann, und sie hielt in der verstatteten Rede an. Doch als die *Achthundertundzwölfte Nacht* anbrach, fuhr sie also fort: »Es ist mir berichtet worden, o glücklicher König, daß die Königin sprach: ‚Ich schwöre bei Allah und verpflichte mich mit allen Eiden, wenn es sich erweist, daß sie seine Gattin ist, so will ich ihn nicht hindern, sie an sich zu nehmen, nein, ich will ihm vielmehr helfen, sie zu gewinnen und mit den Seinen in seine Heimat zurückzukehren.' Die Alte vertraute ihren Worten; denn sie wußte nicht, was jene bei sich beschlossen hatte. Die Böse hatte nämlich in ihrer Seele den Plan gefaßt, Hasan zu töten, wenn ihre Schwester nicht seine Frau wäre und wenn deren Kinder ihm nicht gleich sähen. Und weiter sprach die Königin zu der Alten: ‚Mein Mütterchen, wenn meine Vermutung mich nicht trügt, so ist meine Schwester Manâr es-Sanâ seine Gattin; doch Allah weiß es am besten. Denn jene Beschreibung ist ihre Beschreibung, und alle die Eigenschaften, die er geschildert hat, die herrliche Anmut und die strahlende Schönheit, finden sich bei niemandem außer bei meinen Schwestern, zumal bei der jüngsten.' Darauf küßte die Alte ihr die Hand, kehrte zu Hasan zurück und tat ihm kund, was die Königin gesagt hatte; er aber ward von Freuden wie von Sinnen, eilte auf sie zu und küßte ihr das Haupt. Doch sie sprach zu ihm: ‚Mein Sohn, küsse mich nicht auf das Haupt, küsse mich auf den Mund, und dieser Kuß möge die Freude über deine Rettung besiegeln! So hab denn Zuversicht und quäl dich nicht; und deine Brust werde weit und frei! Mißgönne mir nicht den Kuß auf den Mund; denn ich bin die Ursache deines Wiedersehens mit ihr! Drum noch einmal, tröste Herz und Gemüt, atme voll aus freier Brust, dein Blick sei froh und deine Seele heiter!' Darauf sagte sie ihm Lebewohl und wandte sich zum Gehen, während er diese beiden Verse sprach:

> *Ich hab in meiner Lieb zu dir nun vier der Zeugen,*
> *Wo sonst in allen Dingen nur zwei Zeugen sind:*
> *Das Pochen meines Herzens, meiner Glieder Beben,*
> *Mein siecher Leib, die Zunge, der das Wort gerinnt.*

Ferner sprach er auch diese beiden Verse:

> *Wenn mein Aug um zweier Dinge willen blut'ge Tränen weint,*
> *Bis es gar von seinem Schwinden Kunde uns zu geben scheint,*
> *Wird den beiden ihres Rechtes nicht der zehnte Teil gebracht:*
> *Das ist Scheiden der Geliebten und der Jugendblüte Pracht.*[1]

Die Alte machte sich also, gerüstet wie sie war, mit den tausend gewappneten Reiterinnen, die sie herbeigeholt hatte, auf

---

1. Der Sinn ist, daß selbst blutige Tränen nicht genügen, um den vollen Abschiedsschmerz und die ganze Liebe zur jungen Schönen auszudrücken.

den Weg zu jener Insel, auf der die Schwester der Königin weilte; und sie zog ihres Weges dahin, bis sie im Lande der Prinzessin ankam; es lag zwischen der Stadt von Nûr el-Huda und der Stadt ihrer Schwester ein Weg von drei Tagen. Als nun Schawâhi jene Stadt erreicht hatte und zu Manâr es-Sanâ, der Schwester der Königin, eingetreten war, sprach sie den Friedensgruß vor ihr, überbrachte ihr die Grüße ihrer Schwester Nûr el-Huda und berichtete ihr, daß jene nach ihr und ihren Kindern Sehnsucht habe. Auch tat sie ihr kund, daß die Herrscherin ihr Vorwürfe mache, weil sie ihr keinen Besuch abgestattet habe. Da sagte Prinzessin Manâr es-Sanâ zu ihr: ‚Ich bin im Unrecht gegen meine Schwester, und ich habe meine Pflicht verabsäumt, da ich sie nicht besucht habe. So will ich ihr denn sofort einen Besuch abstatten.‘ Dann befahl sie, ihre Zelte vor die Stadt zu bringen, und sie nahm mit sich für ihre Schwester Geschenke und Kostbarkeiten, wie sie ihr gebührten. Der König aber, ihr Vater, schaute gerade durch ein Fenster seines Palastes, und als er die Zelte aufgeschlagen sah, fragte er, was das bedeute. Es ward ihm geantwortet: ‚Die Prinzessin Manâr es-Sanâ hat ihre Zelte an jener Straße aufschlagen lassen, da sie ihre Schwester Nûr el-Huda zu besuchen gedenkt.‘ Als der König das hörte, rüstete er ein Heer aus, das sie zu ihrer Schwester geleiten sollte; auch ließ er aus seinen Schatzkammern so viele Schätze, Vorräte an Speise und Trank, Kostbarkeiten und Edelsteine herbeischaffen, daß keine Worte sie beschreiben können. Nun hatte der König sieben Töchter, leibliche Schwestern von demselben Vater und derselben Mutter mit Ausnahme der jüngsten. Die älteste hieß Nûr el-Huda, die zweite Nadschm es-Sabâh, die dritte Schams ed-Duha, die vierte Schadscharat ed-Durr, die fünfte Kût el-Kulûb, die sechste Scharaf el-Banât; die siebente aber hieß

Manâr es-Sanâ, und sie war die jüngste, sie, die Gattin Hasans, und sie war nur von Vaters Seite her die Schwester der anderen. Die Alte aber trat von neuem heran und küßte den Boden vor Manâr es-Sanâ; da fragte die Prinzessin: ‚Hast du einen Wunsch, mein Mütterchen?' Und Schawâhi gab ihr zur Antwort: ‚Die Königin Nûr el-Huda, deine Schwester, gebietet dir, deine beiden Söhne anders zu kleiden und ihnen die Rüstungen anzulegen, die sie ihnen gemacht hat, und die beiden durch mich zu ihr zu senden; ich soll sie mitnehmen und mit ihnen vorausreiten, um ihr die frohe Botschaft deiner Ankunft zu melden.' Als Manâr es-Sanâ die Worte der Alten vernommen hatte, erblich sie und senkte ihr Haupt zu Boden. Lange Zeit saß sie gebeugten Hauptes da; dann aber schüttelte sie ihr Haupt und hob es zu der Alten empor und sprach zu ihr: ‚O Mutter, mein Innerstes zittert, und mir pocht das Herz, da du von meinen Kindern sprichst. Seit der Zeit, da sie geboren wurden, hat niemand ihre Gesichter geschaut, weder ein Geisterwesen noch ein Menschenkind, weder Frau noch Mann; ja, ich hüte sie sogar vor dem Zephir, wenn er bläst.' Die Alte aber rief: ‚Was für Worte sind das, meine Gebieterin? Fürchtest du etwa, daß deine Schwester ihnen ein Leids antut?' – –«

Da bemerkte Schehrezâd, daß der Morgen begann, und sie hielt in der verstatteten Rede an. Doch als die *Achthundertunddreizehnte Nacht* anbrach, fuhr sie also fort: »Es ist mir berichtet worden, o glücklicher König, daß die Alte zur Herrin Manâr es-Sanâ sprach: ‚Was für Worte sind das, meine Gebieterin? Fürchtest du etwa, daß deine Schwester ihnen ein Leids antut? Der Himmel schütze deinen Verstand! Wenn du auch der Königin hierin nicht gehorchen wolltest, so könntest du doch nicht ihrem Willen zuwider handeln; denn sie wird dich deshalb zur Rede stellen. Freilich, meine Gebieterin, diese Kinder sind noch klein, und es ist zu verstehen, daß du um sie besorgt bist; denn die Liebe ist rasch bereit, Schlimmes zu ahnen. Aber, liebe Tochter, du kennst doch meine Zärtlichkeit und meine Liebe zu dir und zu deinen Kindern; ich habe euch ja vor ihnen aufgezogen. Und wenn ich sie in meine Obhut nehme, so will ich meine Wange für sie zum Kissen machen, ich will mein Herz auftun und sie darin bergen; darum bedarf ich auch keiner Ermahnung, sie in einem Falle wie diesem zu schützen. Hab Zuversicht und quäl dich nicht, schicke sie mit mir zu ihr; ich werde höchstens einen Tag oder zwei vor dir dort sein!' So drang sie unablässig in sie, bis die Prinzessin ihr nachgab, aus Furcht vor dem Zorn ihrer Schwester und ohne zu wissen, was in der dunklen Zukunft für sie verborgen war. Und sie willigte ein, die Kinder mit der Alten zu schicken. Aber zuvor ließ sie die beiden noch zu sich kommen, badete sie und übergab sie der Alten, nachdem sie alles für sie bereitet, ihre Kleider ausgezogen und ihnen die Rüstungen angelegt hatte. Jene nahm sie und eilte mit ihnen davon wie ein Vogel im Fluge, doch auf einem anderen Wege als dem, den ihre Mutter einschlagen wollte, genau so wie die Königin Nûr el-Huda ihr eingeschärft hatte; und sie zog in aller Eile mit ihnen dahin, da sie um sie besorgt war, bis sie in die Nähe der Stadt von Königin Nûr el-Huda kam. Dann überschritt sie mit ihnen den Strom, zog in die Stadt ein und begab sich mit ihnen alsbald zu ihrer Muhme, der Königin. Als die sie erblickte, hatte sie ihre Freude an ihnen; und sie umarmte sie, zog sie an ihre Brust und ließ den einen auf ihrem rechten Beine, den anderen auf dem linken Beine sitzen. Dann wandte sie sich zu der Alten und sprach zu ihr: ‚Hole mir jetzt Hasan! Ich habe ihm meinen Schutz gewährt und ihn verschont mit meinem Schwert; er hat in meinem Hause Zuflucht begehrt und ist in meinem Heime eingekehrt, er, der furchtbare Gefahren bestand und Schrecken des Todes, die immer stärker wurden, überwand. Doch auch jetzt ist er nicht sicher vor Gefahr, noch kann er den Todesbecher trinken, noch kann sein Lebenshauch ins Nichts versinken.' – –«

Da bemerkte Schehrezâd, daß der Morgen begann, und sie hielt in der verstatteten Rede an. Doch als die *Achthundertundvierzehnte Nacht* anbrach, fuhr sie also fort: »Es ist mir berichtet worden, o glücklicher König, daß die Königin Nûr el-Huda, nachdem sie der Alten befohlen hatte, Hasan zu bringen, zu ihr sprach: ,Er ist es, der furchtbare Gefahren bestand und Schrecken des Todes, die immer stärker wurden, überwand; doch auch jetzt ist er nicht sicher vor Gefahr, noch kann er den Todesbecher trinken, noch kann sein Lebenshauch ins Nichts versinken.' Darauf erwiderte ihr die Alte: ,Wenn ich ihn jetzt vor dich bringe, willst du ihn dann mit seinen Kindern vereinen? Und willst du, wenn sie nicht seine Kinder sind, ihm verzeihen und ihn in sein Land heimsenden?' Die Königin aber, als sie diese Worte vernahm, ergrimmte gewaltig und rief: ,Weh dir, du Unglücksalte! Wie lange noch willst du mich in Sachen dieses fremden Mannes überlisten, dessen, der sich wider uns erdreistet und unseren Schleier aufgedeckt und unser Leben ausgeforscht hat? Glaubt er denn, er könnte in unser Land kommen und unsere Gesichter anschauen und unsere Ehre beflecken und hernach wohlbehalten in sein Land zurückkehren? Dann möchte er wohl in seinem Lande und unter seinem Volke sein Wissen über uns preisgeben, so daß die Kunde von uns zu allen Königen in der ganzen Welt dringt; dann möchten wohl die Kaufleute mit Berichten über uns nach allen Himmelsrichtungen ziehen und erzählen: ‚Ein Sterblicher ist in die Inseln von Wâk eingedrungen, hat das Land der Zauberer und Wahrsager durchzogen, die Gebiete der Dämonen und der wilden Tiere und der Raubvögel betreten und ist wohlbehalten zurückgekehrt!' Das soll nimmermehr geschehen! Ich schwöre bei Ihm, der den Himmel schuf und seinen Bau bereitete, der die Erde ebnete und weitete, der die Geschöpfe erschuf und ihre Zahl leitete, wenn sie nicht seine Kinder sind, so will ich ihn gewißlich töten, ja, ich will ihm mit meiner eigenen Hand den Kopf abschlagen.' Dann schrie sie die Alte so laut an, daß die vor Schrecken zu Boden fiel; und sie hetzte den Kammerherrn und zwanzig Mamluken auf sie, indem sie zu ihnen sprach: ‚Schleppt diese Alte mit euch und bringt mir eilends den Burschen, der bei ihr in ihrem Hause ist!' So wurde denn die Alte von dem Kammerherrn und den Mamluken dahingeschleppt, bleich von Angesicht und zitternd an allen Gliedern; und als sie bei ihrer Wohnung ankam, schlich sie zu Hasan hinein. Wie der sie hereinkommen sah, erhob er sich vor ihr, küßte ihr die Hände und begrüßte sie. Doch sie gab ihm den Gruß nicht zurück, sondern sprach zu ihm: ‚Auf, folge dem Rufe der Königin! Hab ich dir nicht gesagt, du solltest in dein Land heimkehren? Hab ich dir nicht von alledem abgeraten? Aber du wolltest nicht auf meine Worte hören! Hab ich dir nicht gesagt, ich wollte dir geben, was keiner je erlangen kann, aber du solltest sogleich wieder in deine Heimat ziehen? Doch du gehorchtest mir nicht und hörtest nicht auf mich, du handeltest wider meinen Rat und wähltest lieber das Verderben für mich und für dich. Da hast du nun, was du erwählt hast; der Tod ist nahe. Nun folge dem Rufe dieser gemeinen Dirne, dieser grausamen Tyrannin!' Da sprang Hasan auf, gebrochenen Mutes und betrübten Herzens, und rief in seiner Angst:

‚O Himmel, hilf! Mein Gott, sei mir gnädig in der Not, die du über mich verhängt hast, schütze mich, du barmherzigster Erbarmer!' Und indem er sein Leben schon verloren gab, ging er mit den zwanzig Mamluken, dem Kammerherrn und der Alten. Die führten ihn vor die Königin, und da sah er, wie seine beiden Söhne Nâsir und Mansûr auf ihrem Schoße saßen, während sie mit ihnen friedlich spielte. Sowie sein Blick auf sie fiel, erkannte er sie; und er stürzte mit einem lauten Schrei ohnmächtig zu Boden, so sehr hatte ihn die Freude an seinen Kindern überwältigt. – –«

Da bemerkte Schehrezâd, daß der Morgen begann, und sie hielt in der verstatteten Rede an. Doch als die *Achthundertundfünfzehnte Nacht* anbrach, fuhr sie also fort: »Es ist mir berichtet worden, o glücklicher König, daß Hasan, sowie sein Blick auf seine Kinder fiel, sie erkannte und mit einem lauten Schrei ohnmächtig zu Boden fiel. Als er dann wieder zu sich kam, erkannte er sie von neuem; und auch sie erkannten ihn, und die natürliche Liebe trieb sie, so daß sie sich von dem Schoße der Königin losmachten und zu Hasan eilten; und Allah, der Allgewaltige und Glorreiche, ließ sie reden und ausrufen: ‚O unser Vater!' Da weinten die Alte und alle, die zugegen waren, von zärtlichem Erbarmen mit ihnen gerührt, und sie riefen: ‚Preis sei Allah, der euch mit eurem Vater wiedervereinigt hat!' Hasan aber, der gerade aus seiner Ohnmacht erwacht war, umarmte seine Söhne unter Tränen und verlor dann von neuem die Besinnung. Und als er von dieser Ohnmacht sich erholt hatte, sprach er die folgenden Verse:

> *So wahr du lebst, ich kann die Trennung nicht ertragen,*
> *Und brächte mir das Wiedersehen auch den Tod!*
> *Mir sagt dein Schattenbild im Traum: Wir sehn uns morgen.*
> *Doch leb ich noch bis morgen trotz der Feindesnot?*

> *So wahr du lebst, o Herrin, seit dem Trennungstage*
> *Erfreut mich nimmermehr die Wonne dieser Welt.*
> *Wenn Allah mich in meiner Liebe sterben lässet,*
> *Sterb ich den Liebestod als großer Glaubensheld.*[1]
> *Im Innern meines Herzens äste die Gazelle;*
> *Jetzt floh ihr Leib, wie auch kein Schlaf im Aug mir ruht.*
> *Wenn sie dem Richter sagt, mein Blut sei nicht vergossen,*
> *Ist ihrer Wangen Röte Zeuge für das Blut!*

Als nun die Königin sich überzeugte, daß die Kleinen die Kinder Hasans waren und daß ihre Schwester, die Herrin Manâr es-Sanâ, seine Gattin war, die zu suchen er gekommen war, ergrimmte sie sehr, und ihre Wut wider sie kannte keine Grenzen mehr. – –«

Da bemerkte Schehrezâd, daß der Morgen begann, und sie hielt in der verstatteten Rede an. Doch als die *Achthundertundsechzehnte Nacht* anbrach, fuhr sie also fort: »Es ist mir berichtet worden, o glücklicher König, daß die Königin Nûr el-Huda, als sie sich überzeugt hatte, daß die Kleinen die Kinder Hasans waren und daß ihre Schwester, die Herrin Manâr es-Sanâ, seine Gattin war, die zu suchen er gekommen war, so sehr von Zorn wider sie entbrannte, daß ihre Wut keine Grenzen mehr kannte. Und sie schrie Hasan ins Gesicht, so daß er ohnmächtig niedersank. Als er dann wieder zu sich kam, sprach er diese Verse:

> *Fern bist du, doch von allen Menschen mir die nächste;*
> *Du weilst in meinem Herzen und bist doch so weit.*
> *Bei Allah, nie hab ich mich andren zugewendet;*
> *Doch trug ich in Geduld des Schicksals Grausamkeit.*
> *Die Nächte kommen wohl und gehn, seit ich dich liebe;*
> *In meinem Herzen lohen Glut und Feuerbrand.*

---

1. Der Tod um der Liebe willen soll dem Märtyrertod gleich geachtet werden.

Einst konnte ich die Trennung keine Stunde tragen;
Wie nun? – Es zogen Monde über mich ins Land!
Der Zephir gar, der dich umweht, weckt mir den Neid;
Und eifersüchtig denk ich an die schöne Maid!

Nachdem Hasan seine Verse beendet hatte, fiel er alsbald wieder in Ohnmacht. Als er aber zur Besinnung kam, sah er, daß man ihn auf seinem Gesicht hinausgeschleift hatte; da erhob er sich und schritt weiter, indem er über seine Säume stolperte und kaum noch glaubte, daß er dem entronnen sei, was er von der Königin erleiden mußte. Das war für die Alte Schawâhi schmerzlich anzusehen; aber sie wagte es nicht, zur Königin ein Wort über ihn zu sprechen, da jene so wild ergrimmt war. Und wie Hasan sich nun draußen vor dem Schlosse befand, ward er völlig verstört, und er wußte nicht, wohin er gehen, zu wem er kommen, noch welchen Weg er einschlagen sollte. Die Welt in all ihrer Weite ward ihm zu eng, und er hatte niemanden, der ein freundlich Wort mit ihm redete oder ihn tröstete, niemanden, den er um Rat fragen, bei dem er Schutz und Zuflucht suchen konnte. So sah er den sicheren Tod vor Augen, da er nicht zurückreisen konnte und niemanden wußte, der mit ihm reisen würde; ja, er kannte nicht einmal den Weg, und es war ihm unmöglich, das Tal der Dämonen und das Land der wilden Tiere und die Inseln der Raubvögel zu durchziehen; und so gab er sich ganz verloren. Dann weinte er um sein Schicksal, bis er in Ohnmacht sank; als er das Bewußtsein wiedererlangte, gedachte er seiner Kinder und seiner Gattin und ihrer Reise zu ihrer Schwester, und er stellte sich im Geiste vor, was ihr wohl von der Königin, ihrer Schwester, widerfahren würde. Und er bereute, daß er in jenes Land gezogen war und auf niemandes Wort gehört hatte; und er sprach diese Verse:

Laßt meine Augen weinen, da die Lieben schwanden!
Jetzt ist mein Trost gering, jetzt ward der Not noch mehr.
Ich hab der Trennung Leidensbecher ganz geleeret;
Wem ist Verlust der Lieben nicht untragbar schwer?
Ihr habt der Schande Teppich zwischen uns gebreitet –
Wer hebt dich, Unheilsteppich, endlich von uns ab?
Ich wachte; doch ihr schlieft und glaubtet, ich vergäße
Der Lieb – Vergessen ist's, was ich vergessen hab.
Fürwahr, mein Herz brennt heiß danach, mich euch zu nahen;
Ihr seid ja meine Ärzte, habt die Arzenei.
Seht ihr denn nicht, was ich durch eure Härte leide?
Vor hoch und niedrig ward mein Leid den Blicken frei.
Ach, ich verbarg die Liebe; doch die Sehnsucht zeigt sie;
Mein Herz wird immer von der Liebesglut verbrannt.
Erbarmt euch meiner Not, habt Mitleid mit mir Armem!
Ich gab, getreu dem Bund, Verborgnes nie bekannt.
Ach, wird wohl das Geschick mit euch mich noch vereinen?
Ihr seid mein Herzenswunsch, euch liebt die Seele mein.
Mein Herz ward durch die Trennung wund; o möchte Kunde
Von eurer Stätte mir zum Glück beschieden sein!

Als er diese Verse gesprochen hatte, ging er weiter, bis er vor die Stadt kam; dort gelangte er zu dem Strom, und an dessen Ufer zog er entlang, ohne zu wissen, wohin er sich wenden sollte. So stand es um Hasan.

Sehen wir nun, wie es seiner Gattin Manâr es-Sanâ erging! Sie wollte sich am Tage darauf, nachdem die Alte fortgezogen war, auch selbst auf den Weg machen; und während sie sich zum Aufbruch rüstete, trat plötzlich der Kammerherr des Königs, ihres Vaters, zu ihr herein und küßte den Boden vor ihr. ––«

Da bemerkte Schehrezâd, daß der Morgen begann, und sie hielt in der verstatteten Rede an. Doch als die *Achthundertundsiebenzehnte Nacht* anbrach, fuhr sie also fort: »Es ist mir berichtet worden, o glücklicher König, daß damals, als Manâr es-Sanâ sich zum Aufbruch rüstete, plötzlich der Kammerherr des Königs, ihres Vaters, zu ihr eintrat, den Boden vor ihr küßte und sprach: ‚O Prinzessin, der Großkönig entbietet dir seinen Gruß und ruft dich zu sich.' Da erhob sie sich und begab sich mit dem Kammerherrn zu ihrem Vater, um zu erfahren, was er wünsche. Und als ihr Vater sie sah, ließ er sie an seiner Seite auf dem Thron sitzen und sprach zu ihr: ‚Liebe Tochter, wisse, ich habe in dieser Nacht einen Traum gesehen, der mich um dich besorgt macht und mich fürchten läßt, dir könnte aus dieser deiner Reise langer Kummer erwachsen.' Sie fragte: ‚Warum, mein Väterchen? Was hast du im Traume gesehen?' Und er fuhr fort: ‚Ich träumte, ich wäre in eine Schatzkammer gekommen und hätte dort große Reichtümer, Edelsteine und viele Rubinen gesehen. Und es war, als ob mir von all den Schätzen und all den Edelsteinen nur sieben Steine gefielen; die waren am schönsten von allem, was dort war. Von diesen sieben Edelsteinen wählte ich einen aus; der war wohl der kleinste von ihnen, aber auch der schönste und glänzendste. Und weiter träumte mir, ich nähme diesen Stein in die Hand, da ich an seiner Schönheit Gefallen hatte, und ging mit ihm aus der Schatzkammer hinaus. Und als ich aus der Tür trat, öffnete ich voll Freuden meine Hand und wandte den kostbaren Stein hin und her. Aber da erschien plötzlich ein fremder Vogel, der aus einem fernen Land kam und nicht zu den Vögeln unseres Landes gehörte; der stürzte vom Himmel auf mich herab, riß mir den Stein aus der Hand und kehrte mit ihm dorthin zurück, von wo er gekommen war.[1] Da kam Sorge und Trauer und Angst über mich, und große Furcht schreckte mich aus dem Schlafe auf. So erwachte ich denn betrübt und bekümmert um jenen kostbaren Stein. Und als ich wieder wach war, berief ich die Traumdeuter und Ausleger

1. So nach der besseren Lesart der Breslauer Ausgabe.

und erzählte ihnen meinen Traum. Sie aber sprachen zu mir: ‚Siehe, du hast sieben Töchter, von ihnen wirst du die jüngste verlieren, sie wird dir mit Gewalt wider deinen Willen genommen werden.' Nun bist du, meine Tochter, die jüngste und mir die teuerste und liebste von meinen Töchtern; und du stehst im Begriffe, zu deiner Schwester zu reisen. Ich weiß aber nicht, was dir von ihr widerfahren wird; drum geh nicht fort, sondern kehre in dein Schloß zurück!' Als Manâr es-Sanâ die Worte ihres Vaters vernahm, pochte ihr das Herz, und sie ward um ihre Kinder besorgt; und sie senkte ihr Haupt eine Weile zu Boden. Nachdem sie es dann wieder zu ihrem Vater emporgehoben hatte, sprach sie zu ihm: ‚O König, die Königin Nûr el-Huda hat für mich ein Gastmahl gerüstet, und sie wartet von Stunde zu Stunde auf mein Kommen. Seit vier Jahren hat sie mich nicht mehr gesehen; und wenn ich es unterlasse, sie zu besuchen, so wird sie mir zürnen. Höchstens einen Monat werde ich bei ihr bleiben; dann werde ich wieder bei dir sein. Wer ist denn der Mann, der in unser Land eindringen und zu den Inseln von Wâk gelangen kann? Wer ist imstande, das Weiße Land und den Schwarzen Berg zu betreten und die Kampferinseln und das Kristallschloß[1] zu erreichen? Wie könnte er durch das Tal der Vögel, dann durch das Tal der wilden Tiere, dann durch das Tal der Dämonen ziehen und so auf unseren Inseln landen? Ja, wenn ein Fremdling wirklich hierher kommen sollte, so würde er doch im Meere des Verderbens ertrinken. Drum hab Zuversicht und quäl dich nicht wegen meiner Reise; es hat doch niemand die Macht, unser Land zu betreten!' In dieser Weise redete sie ihm so lange zu, bis er ihr die Erlaubnis zur Reise gewährte. – –«

---

1. So nach der wohl besseren Lesart der Breslauer Ausgabe; vgl. auch Band II, Seite 78, Zeile 13 f.

Da bemerkte Schehrezâd, daß der Morgen begann, und sie hielt in der verstatteten Rede an. Doch als die *Achthundertundachtzehnte Nacht* anbrach, fuhr sie also fort: »Es ist mir berichtet worden, o glücklicher König, daß die Prinzessin ihrem Vater so lange zuredete, bis er ihr die Erlaubnis zur Reise gewährte. Dann gab er Befehl, tausend Reiter sollten mit ihr ziehen, bis sie zum Strome kämen, und dort sollten sie warten, während sie zur Stadt ihrer Schwester zöge und sich in ihren Palast begäbe; ferner befahl er, sie sollten nach ihrer Rückkehr bei ihr bleiben und sie zu ihrem Vater geleiten. Ihr selbst aber schärfte er ein, nur zwei Tage bei ihrer Schwester zu bleiben und danach eilends heimzukehren. ‚Ich höre und gehorche!' erwiderte sie; dann erhob sie sich und ging hinaus, und er gab ihr zum Abschied das Geleit. Die Worte ihres Vaters jedoch hatten tiefen Eindruck auf ihr Herz gemacht, und sie war in Sorgen um ihre Kinder. Doch was kann es nützen, sich gegen den Ansturm des Schicksals durch Vorsicht zu schützen? Sie zog nun drei Tage und Nächte eilends dahin, bis sie den Strom erreichte und an seinem Ufer ihre Zelte aufschlug; dann überschritt sie den Strom, begleitet von einigen ihrer Diener, Gefolgsleute und Wesire. Nachdem sie darauf die Stadt der Königin Nûr el-Huda erreicht hatte, zog sie zum Schlosse hinauf, trat ein zur Königin und erblickte ihre Kinder, wie sie dort weinten und immer riefen: ‚O unser Vater!' Da rannen ihr die Tränen aus den Augen, und sie mußte weinen. Dann zog sie die Kinder an ihre Brust und sprach zu ihnen: ‚Habt ihr euren Vater gesehen? Wäre die Stunde doch nie gewesen, in der ich mich von ihm trennte! Wüßte ich, daß er noch im Hause der Welt lebt, so würde ich euch zu ihm bringen!' Und sie klagte um sich und um ihren Gatten und um ihre weinenden Kinder und sprach diese Verse:

> *O du mein Lieb, trotz allen Fernseins, aller Härte*
> *Begehr ich dein und liebe dich, wo du auch bist.*
> *Mein Auge wendet immer sich nach deinem Lande;*
> *Mein Herz beklagt die Zeit, die uns verloren ist.*
> *Wie manche Nacht verbrachten wir, von Angst befreit,*
> *In Liebe und beglückt von Treu und Zärtlichkeit.*

Als aber ihre Schwester sah, wie sie ihre Kinder ans Herz drückte, und hörte, wie sie sprach: ‚Ich selber habe so an mir und an meinen Kindern gehandelt und habe mein Haus zugrunde gerichtet', da bot sie ihr keinen Gruß, sondern schrie sie an: ‚Du Dirne, woher hast du diese Kinder? Hast du dich ohne Wissen deines Vaters vermählt oder hast du gebuhlt? Wenn du gebuhlt hast, so müssen wir dich aufs härteste bestrafen; doch wenn du dich ohne unser Wissen vermählt hast, warum hast du dann deinen Gatten verlassen und deine Söhne mitgenommen, so daß du sie von ihrem Vater trenntest, und bist in unser Land gekommen?' – –«

Da bemerkte Schehrezâd, daß der Morgen begann, und sie hielt in der verstatteten Rede an. Doch als die *Achthundertundneunzehnte Nacht* anbrach, fuhr sie also fort: »Es ist mir berichtet worden, o glücklicher König, daß Königin Nûr el-Huda zu ihrer Schwester Manâr es-Sanâ sprach: ‚Wenn du dich ohne unser Wissen vermählt hast, warum hast du dann deinen Gatten verlassen und deine Söhne mitgenommen, so daß du sie von ihrem Vater trenntest, und bist in unser Land gekommen? Du hast deine Kinder vor uns verborgen. Glaubst du denn, daß wir darum nicht wüßten? Allah der Erhabene, der die verborgenen Dinge kennt, hat dein Geheimnis ans Licht gebracht, er hat dein Leben offenbar gemacht und deine Blöße enthüllt!' Alsbald befahl sie ihren Wächtern, sie zu ergreifen; und die legten Hand an sie, und die Königin selber band ihr die Hände auf den Rücken, legte ihr eiserne Fesseln an und schlug sie so grausam, daß sie ihr das Fleisch zerschnitt, und hängte sie an den Haaren auf. Und sie warf sie ins Gefängnis und schrieb einen Brief an den Großkönig, ihren Vater, um ihm von ihr zu berichten, des Inhalts: ‚Wisse, es ist in unserem Lande ein Sterblicher erschienen, und meine Schwester Manâr es-Sanâ behauptet, daß sie ihm rechtmäßig vermählt ist und ihm zwei Söhne geboren hat; sie hat die beiden aber vor uns und vor dir verborgen und nichts über sich laut werden lassen, bis jener Sterbliche, dessen Name Hasan ist, zu uns kam und uns berichtete, daß er sich mit ihr vermählt habe und daß sie lange Zeit bei ihm geblieben sei; dann habe sie ihre Kinder genommen und sei ohne sein Wissen fortgeeilt; zu seiner Mutter aber habe sie bei ihrem Fortgang die Worte gesprochen: ‚Deinem Sohn sage, wenn ihn die Sehnsucht plage, so solle er auf den Inseln von Wâk zu mir kommen.‘ Ich ließ den Mann festnehmen und sandte die alte Schawâhi, um sie und ihre Kinder zu mir zu holen; und sie rüstete sich und kam. Vorher aber hatte ich der Alten befohlen, sie solle mir die Kinder zuerst bringen, indem sie mit ihnen vorauseilte, ehe meine Schwester käme; und so kam die Alte mit den Kindern, ehe Manâr es-Sanâ eintraf. Da schickte ich nach dem Manne, der behauptete, ihr Gatte zu sein; und als er zu mir eintrat und die Kinder sah, erkannte er sie, und sie erkannten ihn. Da war ich überzeugt, daß die Kleinen seine Kinder sind und daß sie seine Gattin ist, und ich sah ein, daß die Rede des Mannes wahr ist und daß ihn kein Tadel trifft. Ich ward mir aber auch dessen bewußt, daß Schmach und Schande nur auf meiner Schwester ruhen, und ich geriet in Sorge, daß unsere Ehre vor dem Volke unserer Inseln bloßgestellt werden könnte. Als nun diese gemeine Dirne zu mir eintrat, da ergrimmte ich wider sie und schlug sie heftig und hängte sie an den Haaren auf. Nun habe ich dir von ihr Kunde gegeben; der Befehl aber steht bei dir, und was du uns befiehlst, werden wir tun. Du weißt, daß von dieser Sache unsere Ehre abhängt und daß sie Schmach bringen kann über uns und über dich. Vielleicht werden die Bewohner der Inseln davon hören, und dann werden wir zum Sprichworte unter ihnen. Deshalb geziemt es sich, daß du uns rasche Antwort gibst.' Diesen Brief übergab sie einem Boten, und der brachte ihn dem König. Als aber der Großkönig ihn gelesen hatte, ergrimmte er gewaltig wider seine Tochter Manâr es-Sanâ, und er schrieb sofort einen Brief an seine Tochter Nûr el-Huda, des Inhalts: ,Ich lege ihr Schicksal in deine Hand, und ich gebe dir Gewalt über ihr Blut. Wenn alles sich so verhält, wie du mir gemeldet hast, so töte sie, ohne mich über sie zu befragen!' Als sie den Brief ihres Vaters erhalten und gelesen hatte, ließ sie Manâr es-Sanâ vor sich kommen; die Schwester kam, ertrunken in ihrem Blute, die Hände mit ihrem Haar auf dem Rücken gebunden, mit schweren Eisenketten gefesselt und mit einem härenen Gewande bekleidet. Da stand sie nun vor der Königin, in Schmach und Elend; und als sie sich so furchtbar gedemütigt und so tief erniedrigt sah, gedachte sie ihrer früheren Herrlichkeit, und sie weinte bitterlich und sprach diese beiden Verse:

> *O Herr, die Feinde trachten mich zu töten.*
> *‚Er kann uns nicht entfliehen', ist ihr Wort.*
> *Ich fleh zu dir, daß du ihr Tun vernichtest;*
> *Du, Herr, bist des bedrängten Beters Hort.*

Dann weinte sie von neuem bitterlich, bis sie in Ohnmacht sank; und als sie wieder zu sich kam, sprach sie diese beiden Verse:

> *Vertraut ist meinem Herzen Leid, und ich bin's ihm,*
> *Nachdem wir uns gemieden – Edle sind vertraut.*

Ach, meine Sorgen sind nicht nur von Einer Art;
Ich hab sie tausendfach und preise Allah laut.

Und weiter sprach sie diese beiden Verse:

Wie manches Unglück gibt es, gegen das dem Manne,
Wenn Gott ihm keine Hilfe leiht, die Kraft gebricht!
Schwer war's –, als seine Maschen immer enger wurden,
Kam Rettung. Ach, ich glaubte, Rettung käme nicht! – –«

Da bemerkte Schehrezâd, daß der Morgen begann, und sie hielt in der verstatteten Rede an. Doch als die *Achthundertundzwanzigste Nacht* anbrach, fuhr sie also fort: »Es ist mir berichtet worden, o glücklicher König, daß damals, als die Königin Nûr el-Huda befohlen hatte, ihre Schwester Manâr es-Sanâ herbeizubringen, diese vor sie gebracht wurde, gefesselt wie sie war, und daß sie die genannten Verse sprach. Darauf ließ die Königin für sie eine hölzerne Leiter bringen und warf sie darauf der Länge nach nieder; den Eunuchen befahl sie, die Prinzessin rücklings auf der Leiter festzubinden, während sie selbst ihr die Arme ausbreitete und die mit Stricken festband. Dann entblößte sie ihrer Schwester Haupt und wand ihr das Haar um die Leiter; so sehr war alles Mitgefühl aus ihrem Herzen entschwunden. Und als Manâr es-Sanâ sich in einem solchen Zustande der Demütigung und Erniedrigung sah, schrie sie auf und weinte; aber niemand kam ihr zu Hilfe. Da sprach sie zur Königin: ,O Schwester, wie konnte dein Herz sich wider mich erhärten? Hast du denn kein Mitleid mit mir, kein Erbarmen mit diesen kleinen Kindern?' Jene aber, als sie diese Worte hörte, ward nur noch verstockter, und sie schmähte ihre Schwester, indem sie rief: ,O du Buhlerin! O du Dirne! Allah erbarme sich nie dessen, der sich deiner erbarmt! Wie sollte ich Mitleid haben mit dir, du gemeines Weib?' Da sagte Manâr es-Sanâ, die ausgestreckt dalag: ,Ich rufe den Herrn des Himmels wider dich an: das, wegen dessen du mich schmähst, hab ich nicht begangen! Bei Allah, ich habe nicht gebuhlt, ich bin rechtmäßig mit ihm vermählt; der Herr weiß, ob ich die Wahrheit spreche oder nicht. Mein Herz erglüht von Zorn wider dich wegen deiner maßlosen Herzenshärte gegen mich. Wie kannst du ohne jedes Wissen mich mit der Anklage der Buhlerei bewerfen? Aber der Herr wird mich von dir befreien. Wenn jedoch das, was du mir von Buhlschaft vorwirfst, wirklich wahr ist, so soll Allah mich deswegen sogleich bestrafen!' Die Königin dachte eine Weile bei sich nach, als sie die Worte ihrer Schwester vernommen hatte; dann aber rief sie: ‚Wie wagst du es, mir mit solchen Worten zu nahen?' Und sie stürzte sich auf sie und schlug sie, bis sie ohnmächtig wurde. Da besprengte man ihr Antlitz mit Wasser, bis sie wieder zu sich kam; nun waren ihre Reize erblichen von den harten Schlägen, den engen Banden und dem Übermaß der Demütigung, die sie ertragen mußte. Darauf sprach sie diese beiden Verse:

> *Hab ich denn eine Sünde einst begangen*
> *Und hab ich, was verboten war, getan,*
> *So will ich, was vergangen ist, bereuen;*
> *Ich komm und fleh dich um Verzeihung an.*

Als jedoch Nûr el-Huda ihre Verse hörte, ergrimmte sie noch heftiger und sprach zu ihr: ‚Willst du vor mir in Versen reden, du Dirne, und willst du dich wegen deiner Todsünden auch noch entschuldigen? Es war meine Absicht, daß du zu deinem Gatten zurückkehren solltest; dann wollte ich deine Schamlosigkeit und dein freche Stirn sehen! Denn du rühmst dich gar noch dessen, was du an Unzucht und Buhlerei und schwerer Sünde begangen hast.' Darauf befahl sie den Dienern, ihr eine Palmenrute zu bringen; und als jene die geholt hatten, streifte sie sich die Ärmel auf und fiel über die Prinzessin her und schlug sie vom Kopf bis zu den Füßen. Schließlich rief sie nach einer geflochtenen Geißel; wenn man mit der einen Elefanten geschlagen hätte, so wäre er schnell davongerannt. Und mit jener Geißel fiel sie über ihre Schwester her, über Rücken und Leib und alle Glieder, bis sie wieder ohnmächtig ward. Als aber die alte Schawâhi das von der Königin sehen mußte, entfloh sie aus ihrer Gegenwart, indem sie weinte und ihr fluchte. Doch Nûr el-Huda schrie die Eunuchen an mit den Worten: ‚Holt sie herbei!' Da eilten sie um die Wette ihr nach, ergriffen sie und schleppten sie vor die Königin; die befahl sofort, sie auf den Boden zu werfen, und sprach zu ihren Sklavinnen: ‚Schleift sie auf ihrem Gesicht hinaus!' Und jene schleiften sie dahin und entfernten sie aus den Augen der Königin.

Wenden wir uns nun von ihnen wieder zu Hasan zurück! Der hatte sich, als er seine Kraft zurückgewann, erhoben und war am Ufer des Flusses entlang geschritten. So zog er der Steppe entgegen, immer noch verstört und sorgenvoll und hoffnungslos; ja, er war von all dem Schweren, das ihn getroffen hatte, so betäubt, daß er Tag und Nacht nicht mehr unterscheiden konnte. Immer weiter ging er dahin, bis er zu einem Baume gelangte, an dem er ein Blatt Papier hängen fand; das nahm er mit der Hand herunter und schaute es an, und siehe, es standen diese Verse darauf geschrieben:

> *Ich sorgte schon für dich, als du*
> *Geborgen warst in Mutters Schoß;*
> *Ich machte dir ihr Herz geneigt,*
> *Daß sie dich in die Arme schloß.*
> *Ich schütze dich vor alle dem,*
> *Was dich in Gram und Kummer bannt.*
> *Erheb in Demut dich vor mir:*
> *Ich führe dich an meiner Hand!*

Und wie er dies Blatt gelesen hatte, gewann er die feste Zuversicht, daß er aus der Not errettet werden und die Wiedervereinigung mit den Seinen erreichen würde. Als er dann aber einige Schritte weitergegangen war, sah er sich plötzlich allein an einer gefährlichen, wüsten Stätte, an der er niemanden fand, der sich ihm hätte gesellen können; da sank ihm das Herz in seiner Einsamkeit und Angst, und seine Glieder bebten ihm an dieser grauenvollen Stätte, und er sprach diese Verse:

> *Kommst du zum Lande meiner Lieben, Morgenzephir,*
> *So mach, daß meiner Grüße Fülle sie erreicht;*
> *Sag ihnen, daß ich als der Liebe Geisel schmachte*
> *Und daß kein Sehnen meinem Sehnen gleicht.*
> *Vielleicht wird dann ein Hauch von ihrer Liebe wehn*
> *Und mein verfault Gebein zu neuer Kraft erstehn. – –«*

Da bemerkte Schehrezâd, daß der Morgen begann, und sie hielt in der verstatteten Rede an. Doch als die *Achthundertundeinundzwanzigste Nacht* anbrach, fuhr sie also fort: »Es ist mir berichtet worden, o glücklicher König, daß Hasan, als er das Blatt gelesen hatte, die feste Zuversicht gewann, daß er aus der Not gerettet würde, und überzeugt war, daß er die Wiedervereinigung mit den Seinen erreichen würde. Als er dann aber einige Schritte weitergegangen war, sah er sich plötzlich allein an einer gefährlichen, wüsten Stätte, an der keiner war, der sich ihm hätte gesellen können; da weinte er bitterlich und sprach die genannten Verse. Und wiederum ging er einige Schritte am Ufer des Flusses weiter; nun fand er auf einmal zwei kleine Knaben, Söhne der Zauberer und Wahrsager, und vor ihnen lag eine Messingrute, die mit Zauberzeichen versehen war, und neben der Rute befand sich eine Lederkappe, die aus drei Keilstücken zusammengesetzt und mit stählernen Zaubernamen und Siegeln bedeckt war. Kappe und Rute lagen am Boden, und die beiden Knaben stritten sich um sie und schlugen sich, bis Blut zwischen ihnen floß. Der eine rief: ‚Ich allein will die Rute haben!' Und ebenso rief der andere: ‚Ich allein will die Rute haben!' Da trat Hasan zwischen sie, trennte sie voneinander und sprach zu ihnen: ‚Warum dieser Streit?' Sie antworteten ihm: ‚Oheim, sei du Richter zwischen uns; Allah der Erhabene hat dich sicherlich zu uns geschickt, damit du zwischen uns gerecht entscheidest.' Da fuhr er fort: ‚Erzählt mir eure Geschichte, so will ich zwischen euch richten!' Und nun berichteten sie: ‚Wir sind zwei leibliche Brüder, und unser Vater war einer von den großen Zauberern. Er lebte in einer Höhle jenes Berges dort, und als er starb, hinterließ er uns diese Kappe und diese Rute. Mein Bruder sagt nun, er allein wolle die Rute haben; und ich sage: Nein, ich will sie haben. Deshalb richte du zwischen uns und befreie uns voneinander.' Als Hasan ihre Worte vernommen hatte, sprach er zu ihnen: ‚Was für ein Unterschied ist zwischen der Rute und der Kappe? Wieviel sind die beiden wert? Die Rute scheint doch nur sechs Heller und die Kappe drei Heller wert zu sein!' Aber sie erwiderten: ‚Du kennst ihre Kräfte nicht.' ‚Welches sind denn ihre Kräfte?' ‚Beiden wohnt eine wunderbare geheime Kraft inne; die Rute ist so viel wert wie die Einkünfte der Inseln von Wâk aus allen ihren Gebieten, und die Kappe ebensoviel.' ‚Meine Söhne, um Allahs willen, entdeckt mir ihr Geheimnis!' Und nun erzählten sie: ‚Oheim, ihre geheimen Kräfte sind gewaltig; denn unser Vater hat hundertundfünfunddreißig Jahre gebraucht, um sie herzustellen, bis er sie ganz und gar vollkommen machte und die geheimen Kräfte in sie legte und sich ihrer zu wunderbaren Dingen bedienen konnte. Er grub auf ihnen das Bild der kreisenden Sphären ein und konnte mit ihrer Hilfe alle Zauber lösen. Doch als er die beiden vollendet hatte, ereilte ihn der Tod, dem keiner entrinnen kann. Das Geheimnis der Kappe besteht darin, daß jeder, der sie sich aufs Haupt setzt, für die Augen aller Menschen unsichtbar wird, so daß niemand ihn erblicken kann, solange er sie auf dem Kopfe behält. Die Rute aber hat die geheime Kraft, daß jeder, der sie besitzt, über sieben Stämme der Geister herrscht, die alle jener Rute dienen und ihrem Befehl und Gebot untertan sind; wenn also irgendeiner, der sie besitzt und in der Hand hält, mit ihr auf den Boden stößt, so huldigen ihm die Könige der Geisterwelt, und alle Dämonen stehen ihm zu Diensten.' Als Hasan diese Worte vernommen hatte, senkte er sein Haupt eine Weile zu Boden; und er sagte sich: ,Bei Allah, ich werde den Sieg erringen durch diese Rute und diese Kappe, so Allah der Erhabene will; und daher gebühren sie mir eher als diesen beiden Knaben. Ich will sie ihnen sofort durch eine List abnehmen, damit ich durch sie eine Hilfe gewinne, mich selbst zu retten und meine Gattin und meine Kinder von dieser tyrannischen Königin zu befreien. Dann wollen wir diese düstere Stätte verlassen, von der kein Sterblicher sonst befreit werden noch entfliehen kann. Sicher hat Allah mich nur deshalb zu diesen beiden Knaben geführt, damit ich ihnen die Rute und Kappe abnehme.' Dann hob er sein Haupt wieder empor und sprach zu den beiden Knaben: ,Wenn ihr eine Entscheidung des Streites wünschet, so muß ich euch auf die Probe stellen. Wer seinen Bruder überwindet, der soll die Rute erhalten; und wer unterliegt, der soll die Kappe haben. Erst wenn ich euch geprüft und zwischen euch unterschieden habe, kann ich wissen, was ein jeder von euch verdient.' ,Lieber Oheim,' erwiderten sie, ,wir stellen es dir anheim, uns zu prüfen; entscheide zwischen uns, wie du es für richtig hältst!' Und Hasan fuhr fort: ,Wollt ihr auf mich hören und auf meine Worte achten?'

‚Jawohl', gaben sie ihm zur Antwort; und nun sprach er zu ihnen: ‚Ich will einen Stein nehmen und ihn werfen. Wer von euch zuerst bei ihm ankommt und ihn eher aufhebt als sein Bruder, der soll die Rute haben; wer aber zurückbleibt und ihn nicht als erster erreicht, der erhält die Kappe.' Da sagten sie: ‚Wir nehmen dies Wort von dir an und sind damit einverstanden.' Da nahm Hasan einen Stein und warf ihn mit aller Macht, der Stein entschwand den Blicken, und die beiden Knaben liefen um die Wette hinter ihm her. Sobald sie sich aber entfernt hatten, nahm Hasan die Kappe und legte sie an; auch nahm er die Rute in seine Hand. Dann trat er beiseite, um zu sehen, ob das, was die beiden ihm über das Geheimnis ihres Vaters gesagt hatten, auch wahr sei. Der jüngere Knabe erreichte den Stein zuerst, hob ihn auf und kehrte zu der Stätte zurück, an der Hasan sich befand, doch er sah von ihm keine Spur. Da rief er seinem Bruder zu: ‚Wo ist der Mann, der zwischen uns entscheiden sollte?' Der andere erwiderte ihm: ‚Ich seh ihn nicht, und ich weiß nicht, ist er zum hohen Himmel emporgeflogen oder hat ihn die Tiefe der Erde aufgesogen?' Und nun suchten sie nach ihm, aber sie sahen ihn nicht, während doch Hasan stand, wo er war. Da begannen sie einander zu schmähen und riefen: ‚Jetzt sind Rute und Kappe dahin; ich hab sie nicht, und du hast sie nicht. Gerade dies hat uns unser Vater vorhergesagt, aber wir haben vergessen, wovor er uns gewarnt hat.' Dann gingen sie ihres Wegs zurück, während Hasan sich in die Stadt begab, mit der Kappe bekleidet und die Rute in der Hand, ohne daß irgend jemand ihn sehen konnte. Dann trat er in den Palast ein und ging zu der Stätte hinauf, an der Schawâhi Dhât ed-Dawâhi[1] sich befand. Unter dem Schutze der Kappe konnte er zu ihr hereinkommen, ohne daß

1. ‚Frau des Unheils'; oben heißt sie ‚Mutter des Unheils'.

sie ihn erblickte. Darauf schritt er weiter, bis er vor einem Wandbrette stand, das über ihrem Haupte angebracht war und auf dem sich Glas und Porzellan befand. Er rüttelte daran mit seiner Hand, und sofort fiel alles, was darauf war, zu Boden. Schawâhi Dhât ed-Dawâhi schrie auf und schlug sich ins Angesicht; dann erhob sie sich und stellte die gefallenen Geräte wieder an ihre Stelle, indem sie bei sich sprach: ‚Bei Allah, mich deucht, die Königin Nûr el-Huda hat einen Satan zu mir geschickt, der mir diesen Streich gespielt hat. Ich flehe zu Allah dem Erhabenen, daß er mich befreie und mich vor ihrem Zorne schütze. O Gott, wenn sie so abscheulich an ihrer Schwester handelt, sie schlägt und aufhängt, sie, die ihrem Vater so teuer ist, wie wird sie dann erst jemandem tun, der ihr fremd ist wie ich, wenn sie ihm zürnt?' – –«

Da bemerkte Schehrezâd, daß der Morgen begann, und sie hielt in der verstatteten Rede an. Doch als die *Achthundertundzweiundzwanzigste Nacht* anbrach, fuhr sie also fort: »Es ist mir berichtet worden, o glücklicher König, daß die alte Dhât ed-Dawâhi sprach: ‚Wenn die Königin Nûr el-Huda so an ihrer Schwester handelt, wie wird es dann erst einem Fremden bei ihr ergehen, wenn sie wider ihn ergrimmt?' Dann hub sie an: ‚Ich beschwöre dich, o Satan, bei dem Langmütigen, dem Allgütigen, dem Herrn der Pracht, dem Herrscher der Macht, der Menschen und Geister ins Dasein gebracht, und bei der Schrift, die da eingegraben ist auf dem Siegel Salomos, des Sohnes Davids – über beiden sei Heil! –, daß du mir Rede und Antwort stehest!' Und Hasan antwortete ihr und sprach: ‚Ich bin kein teuflischer Geist; ich bin Hasan, den Liebeskummer zerreißt, der da verwirrt und von Sinnen heißt.' Dann hob er die Kappe von seinem Haupte und ward der Alten sichtbar; als sie ihn erkannte, nahm sie ihn bei der Hand und führte ihn beiseite und sprach zu ihm: ‚Was ist deinem Verstande widerfahren, daß du wieder hierher kommst? Geh fort, verbirg dich! Wenn diese Dirne deine Gattin, die doch ihre Schwester ist, mit solchen Foltern gepeinigt hat, was wird geschehen, wenn sie dich entdeckt?' Darauf erzählte sie ihm alles, was seiner Gattin widerfahren war, und in welchen Ängsten, Qualen und Foltern sie daniederlag. Desgleichen erzählte sie ihm, welche Pein sie erlitten hatte, und sie schloß mit den Worten: ‚Die Königin bereut es, daß sie dich hat ziehen lassen, und sie hat dir jemanden nachgeschickt, der dich ihr bringen soll; dem will sie hundert Pfund Goldes geben und zu meinem Range in ihrem Dienst erheben; und sie hat geschworen, wenn man dich zurückbringt, dich und deine Gattin und deine Kinder zu töten.' Dann hub sie an zu weinen und tat Hasan von neuem alles kund, was die Königin ihr angetan hatte, so daß auch er weinte und sprach: ‚Meine Gebieterin, wie ist es möglich, aus diesem Land und vor dieser tyrannischen Königin zu entrinnen? Welches Mittel gibt es, das mir dazu verhilft, meine Gattin und meine Kinder zu befreien und dann wohlbehalten mit ihnen in meine Heimat zurückzukehren?' Doch die Alte erwiderte ihm: ‚Weh dir! Rette dich selber!' Und als er sagte: ‚Ich muß gewißlich sie und meine Kinder von der Königin, ihr zum Trotz, befreien', fuhr sie fort: ‚Wie kannst du sie denn, der Königin zum Trotz, befreien? Geh und verbirg dich, mein Sohn, bis Allah der Erhabene Erlaubnis gewährt.' Darauf aber zeigte Hasan ihr die Messingrute und die Kappe; und als die Alte sie erblickte, hatte sie an ihnen eine große Freude und sprach zu ihm: ‚Preis sei Ihm, der die Gebeine belebt, wenn sie schon vermodert sind!'[1] Bei Allah, mein Sohn, du und deine Gattin, ihr gehörtet schon zu den Verlorenen; aber jetzt, mein Sohn, seid ihr alle gerettet,

1. Koran, Sure 36, Vers 78.

du und deine Gemahlin und deine Kinder! Denn ich kenne die Rute, und ich kenne den, der sie gemacht hat. Er war mein Meister, der mich in der Zauberei unterwiesen hat, er war ein gewaltiger Zauberer, er hat hundertundfünfunddreißig Jahre gebraucht, bis er diese Rute und diese Kappe vollendete; und als er sie in ihrer Vollkommenheit hergestellt hatte, ereilte ihn der Tod, dem niemand entrinnen kann. Ich habe auch gehört, wie er zu seinen beiden Söhnen sagte: ,Meine Söhne, diese beiden Dinge sind nicht für euch bestimmt; nein, es wird aus fremden Landen einer kommen, der sie euch mit Gewalt abnimmt, ohne daß ihr wisset, wie er sie euch nimmt.' Da sagten sie: ,Vater, tu uns kund, wie es ihm gelingen wird, sie uns zu rauben!' Doch er antwortete: ,Das weiß ich nicht.' Und wie, mein Sohn – so fuhr die Alte fort –, ist es dir gelungen, sie zu gewinnen?' Nun erzählte er ihr, wie er sie den Knaben abgenommen hatte. Und als er ihr das berichtet hatte, freute sie sich darüber und sprach zu ihm: ,Mein Sohn, da du nunmehr deine Gattin und deine Kinder wiedergewinnen wirst, so höre auf das, was ich dir sage! Für mich ist meines Bleibens nicht länger bei dieser Dirne, nachdem sie gewagt hat, mich so schmählich zu behandeln; ich will mich zur Höhle der Zauberer begeben, um bei ihnen zu bleiben und mit ihnen den Rest meiner Tage zu verbringen. Du aber, mein Sohn, lege die Kappe an und nimm die Rute in die Hand und geh zu deiner Gemahlin und deinen Kindern in den Raum, in dem sie weilen; dort schlag mit der Rute auf den Boden und sprich: ,O ihr Diener dieser Namen!' Dann werden die Diener der Rute zu dir emporsteigen, und wenn einer von den Stammeshäuptern erscheint, so befiehl ihm, was du wünschest und was dir beliebt!' Darauf nahm er Abschied von ihr und verließ sie, indem er die Kappe aufsetzte und die Rute mit sich nahm; und er trat in den Raum, in dem seine Gattin lag. Da sah er sie, wie sie fast leblos an der Leiter hing, an die sie mit ihren Haaren festgebunden war, wie ihre Augen in Tränen schwammen und ihr Herz von Kummer erfüllt war wegen ihres Elends, in dem sie keinen Weg zur Befreiung wußte. Ihre Kinder spielten unter der Leiter, während sie ihnen zuschaute und um sie und um sich selber weinte, da solches Unheil über sie gekommen war, da sie durch die Foltern und die schmerzenden Schläge solche Qualen erdulden mußte. Ja, er sah sie furchtbar leiden und hörte sie ihren Schmerz in diese Verse kleiden:

> *Jetzt blieb ihm nichts als ein fliehender Hauch,*
> *Ein Aug, dessen Stern vom Irrsinn gebannt.*
> *Des Liebenden Herz ist von Feuer versengt, –*
> *Er, der die Worte zum Sprechen nicht fand.*
> *Der Feind wird gerührt durch das furchtbare Leid –*
> *Weh ihm, dem ein Feind gar noch Mitleiden weiht!*

Als Hasan sie in solchem Zustande der Qual und des Elends und der Schmach sehen mußte, weinte er, bis er ohnmächtig ward. Und als er wieder zu sich kam und sah, wie seine Kinder spielten, während ihre Mutter vor dem Übermaß der Schmerzen in Ohnmacht gesunken war, nahm er die Kappe von seinem Haupte. Da riefen sie: ‚O unser Vater!' Er aber bedeckte sein Haupt wieder; nun erwachte die Mutter aus ihrer Ohnmacht durch das Rufen der Kinder, doch sie konnte ihren Gatten nicht sehen, sie erblickte nur ihre Kinder, die da weinten und riefen: ‚O unser Vater!' Ihre Tränen rannen, als sie hörte, daß die Kleinen nach ihrem Vater riefen und weinten; ihr brach das Herz, und ihr Inneres ward zerrissen. Und aus wundem Herzen und einer Seele voll Schmerzen rief sie: ‚Ach, wo seid ihr und wo ist euer Vater?' Dann gedachte sie der Zeiten ihres früheren Zusammenseins, sie gedachte auch all dessen, was sie nachher erlebt hatte, seit sie von ihm geschieden war, und sie weinte so bitterlich, daß ihre Tränen ihr die Wangen wund machten und die Erde benetzten; ja, ihre Wangen ertranken in ihren Tränen, da sie so heftig weinte. Ihr war auch keine Hand frei, daß sie die Tränen von ihren Wangen hätte abwischen können, und die Fliegen sättigten sich an ihrer Haut; doch sie fand keine Hilfe außer in ihren Tränen, und nur in den Versen fand sie einen Trost, und so sprach sie:

> *Ich denke an den Trennungstag nach meinem Abschied;*
> *Mir rann ein Tränenstrom, als ich mich abgewandt.*
> *Der Treiber trieb die Tiere, die sie trugen, vorwärts;*
> *Mir brach Geduld und Mut, mein Herze hielt nicht stand.*
> *So kehrt ich planlos um; ich konnt ihn nicht verwinden,*
> *Den heißen Liebeskummer und den grimmen Schmerz.*
> *Doch nahte, als ich heimkam, mir zum ärgsten Leide*
> *Ein Feind in Demut, doch mit schadenfrohem Herz.*
> *O Seele, wenn der Freund dir ferne weilt, so scheide*
> *Von Lebensfreude, lang zu leben wünsche nicht!*
> *O mein Gefährte, hör, was ich von Lieb erzähle;*
> *Dein Herz vergesse nie, was meine Zunge spricht!*
> *Ich künde dir der Liebe seltsam Melodie*
> *Und ihre Wunderdinge gleich el-Asma'i.* [1] – –«

Da bemerkte Schehrezâd, daß der Morgen begann, und sie hielt in der verstatteten Rede an. Doch als die *Achthundertunddreiundzwanzigste Nacht* anbrach, fuhr sie also fort: »Es ist mir berichtet worden, o glücklicher König, daß Hasan, nachdem er zu seiner Gemahlin eingetreten war, seine Kinder sah und hörte, wie sie die genannten Verse sprach. Dann wandte sie sich nach rechts und nach links, um zu sehen, aus welchem Grunde wohl die Kleinen nach ihrem Vater gerufen hätten; aber sie sah niemanden. Und als sie nichts entdecken konnte,

1. Vgl. Band IV, Seite 641, Anmerkung.

wunderte sie sich sehr, daß ihre Kinder gerade zu jener Zeit von ihrem Vater gesprochen hatten. Während sie nun staunend dalag, begann Hasan, der ihre Verse gehört hatte, zu weinen, bis er in Ohnmacht fiel und seine Tränen ihm wie Regengüsse über die Wangen strömten. Danach trat er wieder an die Kinder heran und nahm die Kappe von seinem Haupte. Kaum hatten sie ihn gesehen, so erkannten sie ihn und riefen laut von neuem: ‚O unser Vater!' Wiederum mußte die Mutter weinen, als sie hörte, wie jene ihren Vater nannten; und sie rief: ‚Dem Ratschlusse Allahs kann niemand entrinnen.' Bei sich selber aber sprach sie: ‚Wie seltsam! Warum müssen sie gerade jetzt ihren Vater nennen und nach ihm rufen?' Und sie weinte von neuem und sprach diese Verse:

> *Des Landes Himmel hat des Mondes Licht verloren;*
> *O Auge mein, vergieße deiner Tränen Flut!*
> *Er ging; wie bleibt mir noch Geduld nach seinem Scheiden?*
> *Ich schwör, jetzt habe ich kein Herz und keinen Mut!*
> *O der du gingst und der du mir im Herzen wohnst,*
> *Gebieter mein, kehrst du zurück nach dieser Zeit?*
> *Was schadet's, wenn er kommt und ich mich seiner freue*
> *Und er den Tränen und den Schmerzen Mitleid weiht?*
> *Am Trennungstag hat er mein staunend Aug verdunkelt,*
> *Und nie erlischt die Glut, in meiner Brust entfacht.*
> *Ich wünschte, daß er bliebe; doch ein widrig Schicksal*
> *Hat durch die Trennung meinen Wunsch zunicht gemacht.*
> *Bei Allah, mein Geliebter, kehr zurück zu mir!*
> *Was ich an Tränen schon vergoß, genüge dir!*

Nun konnte Hasan sich nicht mehr gedulden, sondern er riß die Kappe von seinem Haupte: da konnte seine Gattin ihn sehen. Und als sie ihn erkannte, stieß sie einen lauten Schrei aus, der alle, die im Palaste waren, erschreckte. Dann sprach sie zu ihm: ‚Wie bist du hierher gekommen? Bist du vom

Himmel niedergefallen oder aus der Erde emporgestiegen?' Und ihre Augen quollen über von Tränen, und auch Hasan weinte. Doch sie sprach zu ihm: ‚Mann, dies ist nicht die Zeit zum Weinen, nicht die Zeit zum Tadeln! Das Schicksal hat seinen Lauf genommen, der Blick ward geblendet; die Feder machte zur Tat, was Gott in seinem Rat von Anbeginn beschlossen hat. Um Allahs willen, woher du auch kommst, geh, verbirg dich, auf daß niemand dich sieht und es meiner Schwester kundtut; sonst wird sie mich und dich ermorden!' Er gab ihr zur Antwort: ‚Meine Gebieterin, Herrin aller Königinnen, ich habe mein Leben gewagt und bin hierher gekommen, um entweder zu sterben oder dich aus deiner Not zu befreien und mit dir und meinen Kindern in mein Land zurückzukehren, dieser Dirne, deiner Schwester, zum Trotz.' Als sie diese Worte von ihm vernahm, lächelte sie, ja, sie mußte laut lachen; sie schüttelte ihr Haupt eine lange Weile, und dann sprach sie zu ihm: ‚Weit entfernt, o du meine Seele, weit entfernt ist es, daß irgend jemand mich aus meiner Not erretten könnte, es sei denn Allah der Erhabene! Flieh um dein Leben, eile fort, stürze dich nicht selber ins Verderben! Sie hat ein gewaltiges Heer, dem niemand entgegentreten kann. Und selbst angenommen, du könntest mich befreien und fortziehen, wie willst du dann in dein Land gelangen? Wie kannst du von diesen Inseln und aus den Gefahren dieser furchtbaren Stätten entrinnen? Du hast doch schon auf deinem Wege all die wunderbaren und seltsamen Dinge gesehen, all die Schrecknisse und Fährlichkeiten, die nicht einmal einer der rebellischen Dämone überwinden kann. Drum geh sogleich, häufe mir nicht Kummer auf Kummer, noch Jammer auf Jammer; behaupte nicht, du wollest mich aus diesem Elend erlösen! Denn wer soll mich in dein Land bringen durch all diese Täler, diese dürren Steppen und gefährlichen Stätten?' Doch Hasan erwiderte ihr: ‚Bei deinem Leben, o du Licht meiner Augen, ich ziehe nicht von hier, ich gehe nicht von dannen, es sei denn mit dir!' Darauf entgegnete sie: ‚Mann, wie vermagst du das zu vollbringen? Was für ein Geschöpf bist du? Du weißt nicht, was du sprichst! Wenn du auch über Geister und Dämonen, Zauberer und Scharen und Wächter der überirdischen Welt Macht hättest – niemand kann aus diesen Landen entrinnen. Flieh um dein Leben und rette dich und laß mich allein; vielleicht läßt Allah noch ein Ding zum anderen werden!' Hasan aber fuhr fort: ‚O Herrin der Schönen, ich bin nur deshalb gekommen, um dich mit Hilfe dieser Rute und dieser Kappe zu retten.' Darauf begann er ihr sein Erlebnis mit den beiden Knaben zu erzählen; doch während er noch sprach, trat die Königin zu ihnen ein, da sie die beiden hatte reden hören. Kaum ward Hasan ihrer gewahr, da setzte er die Kappe auf; die Königin aber sprach zu ihrer Schwester: ‚Du Dirne, wer ist der, mit dem du sprachest?' Die Prinzessin antwortete ihr: ‚Wer sollte bei mir sein, um mit mir zu sprechen, außer diesen Kindern?' Da griff die Königin zur Geißel und hieb auf ihre Schwester ein, während Hasan dabeistand und zusehen mußte; und sie schlug so lange, bis die Arme ohnmächtig ward. Dann befahl sie, die Prinzessin aus jenem Raume in einen anderen zu schaffen; und man band sie los und brachte sie in eine andere Kammer, und Hasan folgte bis zu der Stätte, an die sie geschleppt ward. Dann warfen die Leute sie, ohnmächtig wie sie war, zu Boden und blieben wartend bei ihr stehen. Als sie aus ihrer Ohnmacht erwachte, sprach sie die Verse:

> *Ich trauerte schon lang, weil das Geschick uns trennte;*
> *Und immer rannen mir aus meinem Aug die Tränen.*
> *Ich schwor, wenn je die Zeit uns noch vereinen sollte,*

Ich wolle Trennung nie mit einem Wort erwähnen.
Jetzt sag ich meinen Neidern: Sterbt in eurem Kummer!
Bei Gott, ich hab das Ziel erreicht, an das ich dachte.
Jetzt hat die Freude mich so plötzlich überwältigt,
Daß mich das Übermaß des Glücks zum Weinen brachte.
O Auge, warum weinst du denn zu jeder Zeit?
Du weinst in meiner Freude und in meinem Leid!

Als sie ihre Verse beendet hatte, gingen die Sklavinnen fort von ihr. Darauf nahm Hasan die Kappe ab; und seine Gattin sprach zu ihm: ‚O Mann, sieh, all dies hat mich nur deshalb betroffen, weil ich mich wider dich aufgelehnt habe und gegen deinen Befehl ohne deine Erlaubnis fortgeflogen bin. Doch ich bitte dich um Gottes willen, zürne mir nicht ob meines Vergehens! Denke daran, daß die Frau erst dann den Wert des Mannes erkennt, wenn sie ihn verloren hat. Ich habe gesündigt, ich habe gefehlt; doch ich flehe zu Allah dem Allmächtigen um Vergebung für das, was ich getan habe. Und wenn Gott uns wiedervereinigt hat, so will ich nie und nimmer mich wieder gegen dein Gebot auflehnen.' – –«

Da bemerkte Schehrezâd, daß der Morgen begann, und sie hielt in der verstatteten Rede an. Doch als die *Achthundertundvierundzwanzigste Nacht* anbrach, fuhr sie also fort: »Es ist mir berichtet worden, o glücklicher König, daß Hasans Gattin ihn um Vergebung bat und zu ihm sprach: ‚Zürne mir nicht ob meines Vergehens! Ich flehe zu Allah dem Allmächtigen um Verzeihung.' Doch Hasan, dem das Herz um sie weh tat, sprach zu ihr: ‚Dich trifft keine Schuld; nur ich allein habe gefehlt, da ich fortzog und dich bei Leuten zurückließ, die deinen Rang nicht kannten noch auch deinen Wert und deine Würde ermessen konnten. Wisse, du Geliebte meines Herzens, du Freude meiner Seele und Licht meiner Augen, Allah der Hochgepriesene hat mir die Macht gegeben, dich zu befreien;

nun sag, möchtest du, daß ich dich in das Reich deines Vaters bringe, damit du dort bei ihm erfüllest, was Allah dir bestimmt hat, oder willst du sogleich mit mir in mein Land ziehen, jetzt, da die Rettung genaht ist?' Sie aber erwiderte ihm: ‚Wer kann mich erretten, es sei denn der Herr des Himmels? Geh in deine Heimat, gib den Wunsch auf; denn du kennst nicht die Gefahren dieser Länder! Wenn du meinem Rate nicht folgst, so wirst du ja sehen!' Darauf sprach sie diese Verse:

> *Bei mir, in meiner Macht ist alles, was du wünschest;*
> *Warum denn wendest du dich zornig von mir ab?*
> *Was auch geschah, die Liebe, die uns beide einet,*
> *Sie werde nie vergessen, sinke nie ins Grab!*
> *Zwar der Verleumder hielt sich immer scheu zur Seite;*
> *Als er Entfremdung sah, da trat er erst hervor.*
> *Doch wahrlich, ich vertraue deinem rechten Denken,*
> *Mag der Verleumder stachelnd reden, er, der Tor!*
> *Wir beide wollen das Geheimnis treulich hüten,*
> *Wenn auch des Tadels Schwert gezückt ist und uns dräut.*
> *Den ganzen Tag verlebe ich in heißer Sehnsucht;*
> *Vielleicht kommt noch vor dir ein Bote, der mich freut.*

Dann weinte sie mit ihren Kindern; und als die Sklavinnen ihre klagenden Stimmen hörten, traten sie zu ihnen ein und fanden die Prinzessin Manâr es-Sanâ und ihre Kinder in Tränen; aber Hasan sahen sie nicht bei ihnen. Da weinten die Sklavinnen aus Mitleid mit ihnen und fluchten der Königin Nûr el-Huda. Nun wartete Hasan, bis die Nacht anbrach und die Wachen, die mit ihrer Obhut betraut waren, zu ihren Ruhestätten gingen; dann aber erhob er sich, gürtete sich, trat zu seiner Gattin ein und befreite sie von den Fesseln. Und er küßte sie aufs Haupt und zog sie an seine Brust, küßte sie auf die Stirn und sprach zu ihr: ‚Wie lange haben wir uns danach gesehnt, in unserer Heimat vereinigt zu sein! Ist nun unsere

Vereinigung hier ein Traum oder Wirklichkeit?' Dann nahm er den älteren Knaben auf den Arm, während sie den jüngeren trug, und beide gingen aus dem Schlosse hinaus; und Allah senkte seinen schützenden Schleier auf sie, so daß sie in Sicherheit dahinschreiten konnten. Als sie draußen vor dem Schlosse waren, blieben sie vor dem Tore stehen, das den Eingang zum Serail der Königin abschloß; doch wie sie dort waren, fanden sie es verschlossen. Da sprach Hasan: ‚Es gibt keine Macht und es gibt keine Majestät außer bei Allah, dem Erhabenen und Allmächtigen. Wahrlich, wir sind Allahs Geschöpfe, und zu Ihm kehren wir zurück!' Nun gaben sie die Hoffnung auf Rettung auf; Hasan sprach: ‚O du Zerstreuer der Sorgen!' Dann schlug er die Hände aufeinander und sprach: ‚An alles habe ich gedacht und seine Folgen erwogen, nur hieran nicht! Wenn der Tag anbricht, so werden sie uns ergreifen. Und welcher Ausweg bleibt uns dann in dieser Lage?' Darauf sprach Hasan diese beiden Verse:

> *Du dachtest gut von Tagen, die auch dir gut waren,*
> *Und gabst nicht auf des Schicksals drohend Unheil acht.*
> *Du ließest von der Nächte Frieden dich umgaukeln;*
> *Doch oftmals kommt das Dunkel auch in klarer Nacht.*

Dann weinte Hasan, und seine Gattin weinte wegen seiner Tränen und wegen der Schmach, die sie erduldet hatte, und wegen der Schmerzen, die ihr das Schicksal zugefügt hatte. Er aber schaute seine Gemahlin an und sprach diese beiden Verse:

> *Das Schicksal tritt mir gleichsam als mein Feind entgegen,*
> *An jedem Tage kommt es mir mit neuer Plag;*
> *Es bringt das Gegenteil des Guten, das ich suche,*
> *Und jedem heitren Tage folgt ein trüber Tag.*

Alsdann sprach er noch diese Verse:

> *Mein Schicksal ward mir gram, und doch, es ahnte nicht,*
> *Wie sich an meinem Stolz des Schicksals Tücke bricht.*

Es zeigte mir bei Nacht, was seine Feindschaft bringt;
Ich zeigte ihm dagegen, wie Geduld bezwingt.

Seine Gattin aber sprach zu ihm: ‚Bei Allah, wir haben keinen anderen Ausweg, als daß wir uns selber töten und so Ruhe finden vor dieser furchtbaren Not; sonst erleiden wir Höllenqualen im Morgenrot!' Während sie so miteinander sprachen, erklang plötzlich draußen vor dem Tore eine Stimme: ‚Bei Allah, o meine Herrin Manâr es-Sanâ, ich werde dir und deinem Gatten Hasan nur öffnen, wenn ihr mir in dem willfahrt, was ich euch sage.' Als sie diese Worte vernahmen, schwiegen sie still und wollten zu der Stätte zurückkehren, an der sie gewesen waren. Aber da sprach die Stimme wieder: ‚Was ist euch, daß ihr beide schweigt und mir keine Antwort gebt?' Und nun erkannten sie, wer da sprach; es war die alte Schawâhi Dhât ed-Dawâhi, und sie riefen ihr zu: ‚Was du uns auch befiehlst, das wollen wir tun; doch erst öffne uns die Tür, denn dies ist nicht die Zeit zum Reden!' Aber die Alte erwiderte ihnen: ‚Bei Allah, ich werde euch nicht eher öffnen, als bis ihr mir beide geschworen habt, daß ihr mich mit euch nehmen wollt und mich nicht bei dieser Metze lassen. Was euch widerfährt, soll auch mir widerfahren; wenn ihr euch rettet, werde auch ich gerettet, und wenn ihr umkommt, so will auch ich umkommen. Denn diese Dirne, diese Tribadin, behandelt mich schmählich und foltert mich immer noch zu jeder Stunde um euretwillen; du aber, meine Tochter, du kennst meinen Wert.' Als die beiden sie nun sicher erkannt hatten, vertrauten sie ihr und schwuren ihr einen Eid, auf den sie sich verließ; und jetzt endlich, nachdem die beiden ihr den verläßlichen Schwur geleistet hatten, öffnete sie ihnen die Tür, und die beiden traten hinaus. Als sie draußen waren, sahen sie die Alte reitend auf einem griechischen Krug aus rotem Ton, um dessen

Hals ein Strick aus Palmenbast lag, und dieser Krug rollte unter ihr dahin und lief schneller, als ein Füllen aus dem Nedschd[1] laufen kann. Und sie kam auf die beiden zu und sprach zu ihnen: ‚Folget mir und fürchtet nichts! Denn ich kenne vierzig Arten der Zauberei, durch deren geringste ich diese Stadt verwandeln kann in ein brausendes Meer mit brandenden Wogen ringsumher, und dazu könnte ich jedes Mädchen dieser Stadt verzaubern, daß es zu einem Fische würde; alles das könnte ich tun, ehe der Morgen graut. Dennoch vermochte ich nichts von diesem Unheil auszuführen aus Furcht vor dem König, ihrem Vater, und aus Rücksicht auf ihre Schwestern; denn sie sind mächtig durch ihre vielen Wachen und Stämme und Diener aus der Geisterwelt. Aber ich werde euch noch Wunder meiner Zauberkunst zeigen; jetzt laßt uns fortziehen im Vertrauen auf den Segen und die Hilfe Allahs des Erhabenen!' Nun freuten sich Hasan und seine Gemahlin; denn sie waren ihrer Rettung gewiß. – –«

Da bemerkte Schehrezâd, daß der Morgen begann, und sie hielt in der verstatteten Rede an. Doch als die *Achthundertundfünfundzwanzigste Nacht* anbrach, fuhr sie also fort: »Es ist mir berichtet worden, o glücklicher König, daß Hasan und seine Gattin und die alte Schawâhi, als sie, ihrer Rettung gewiß, das Schloß verlassen hatten, vor die Stadt hinausgingen. Dort nahm Hasan die Rute in die Hand, schlug mit ihr auf den Boden und sprach, indem er sein Herz festigte: ‚Ihr Diener dieser Namen, erscheint und gebt mir Auskunft über eure Brüder!'[2] Da spaltete sich plötzlich die Erde, und aus ihr stiegen sieben[3] Dämonen hervor, deren Füße noch tief im Innern

1. Innerarabien, berühmt wegen seiner Pferdezucht. 2. So nach der Kairoer Ausgabe; in der Calcuttaer Ausgabe ‚euren Zustand'. - 3. Im arabischen Text ‚zehn'; aber nachher ist immer von sieben die Rede.

der Erde staken, während ihre Köpfe schon weit in die Wolken ragten. Dreimal küßten sie den Boden vor Hasan, und sie sprachen alle mit Einer Stimme: ‚Zu Diensten, o unser Herr, der du über uns herrschest! Was du uns nur gebietest, das führen wir aus, gehorsam deinem Befehle. Wenn du willst, so trocknen wir die Seen aus und rücken dir die Berge von ihren Stätten.' Hasan freute sich über ihre Worte und über ihren schnellen Gehorsam und sprach zu ihnen, indem er sich ein Herz faßte und in seinem Geiste mutig und entschlossen ward: ‚Wer seid ihr? Wie heißt ihr? Zu welchen Stämmen gehört ihr und von welchem Geschlechte, von welcher Sippe, von welchem Volke seid ihr?' Da küßten sie den Boden von neuem und erwiderten mit Einer Stimme: ‚Wir sind sieben Könige, und ein jeder von uns herrscht als König über sieben Stämme der Geister, Dämonen und Mârids, so daß wir sieben Könige zusammen über neunundvierzig Stämme gebieten, und das sind alle Geister, Dämonen, Mârids, Truppen und Wächter, fliegende und tauchende, Bewohner der Berge, der Steppen und der Leere und die Völker der Meere. Befiehl uns, was du willst! Wir sind deine Diener und Knechte; wer nur immer diese Rute besitzt, herrscht über unsere Nacken insgesamt, und wir schulden ihm Gehorsam.' Als Hasan diese Worte von ihnen vernommen hatte, freute er sich über die Maßen, und desgleichen taten seine Gemahlin und die Alte; und alsbald sprach er zu den Geistern: ‚Ich möchte, daß ihr mir eure Stämme und Heere und Wächter zeigt.' Doch sie erwiderten ihm: ‚O unser Gebieter, wenn wir dir unser Volk zeigen, so fürchten wir für dich und für die, so bei dir sind; denn es sind gewaltige Scharen, in denen sich Aussehen, Gestalt und Art, Gesichter und Leiber vielfältig offenbaren. Einige von uns sind Köpfe ohne Leiber, andere sind Leiber ohne Köpfe, wiederum andere von uns haben das Aussehen von reißenden Tieren und von Löwen. Wenn du es denn nicht anders willst, so würden wir zuerst die Geister vorführen, die wie reißende Tiere aussehen. Doch, o Herr, was verlangst du von uns zur Stunde?' Hasan sagte darauf: ,Ich verlange von euch, daß ihr mich und meine Gattin und diese fromme Frau in dieser Stunde nach der Stadt Baghdad tragt!' Nach diesen Worten ließen sie ihre Köpfe hängen, und Hasan sprach zu ihnen: ,Warum gebt ihr keine Antwort?' Wie aus Einem Munde entgegneten sie: ,O Herr, der du über uns gebietest, wir lebten schon zur Zeit des Herrn Salomo, des Sohnes Davids – über beiden sei Heil! –, und er hat uns schwören lassen, daß wir nie ein Menschenkind auf unseren Rücken tragen würden; und seit jener Zeit haben wir nie einen Sterblichen auf unseren Schultern noch auf unseren Rücken getragen. Doch wir wollen dir sogleich Geisterpferde aufschirren, die dich und deine Gefährten in dein Land bringen werden.' Nun fragte Hasan: ,Wie weit ist denn der Weg von hier nach Baghdad?' Sie antworteten: ,Ein Weg von sieben Jahren für einen schnellen Reiter.' Darob erstaunte Hasan, und er fragte weiter: ,Wie bin ich aber hierher in weniger als einem Jahre gekommen?' Sie erwiderten ihm: ,Allah hat dir die Herzen Seiner frommen Diener geneigt gemacht; sonst wärest du niemals in diese Länder und Gegenden gelangt und hättest sie nie mit eigenem Auge geschaut. Denn der Scheich 'Abd el-Kuddûs, der dich den Elefanten besteigen hieß und der dich auf dem glückbringenden Renner[1] reiten ließ, hat mit dir in drei Tagen eine Strecke durchmessen, die ein schneller Reiter in drei Jahren zurücklegt. Der Scheich Abu er-Ruwaisch gab dich an Dahnasch weiter, und der trug

1. ,Glückbringend' ist ein Name für Geister; es ist also das Geisterroß gemeint.

dich in einem Tage und in einer Nacht eine Strecke von drei Jahren. All das geschah durch den Segen Allahs des Allmächtigen; denn der Scheich Abu er-Ruwaisch ist vom Stamme des Âsaf, des Sohnes Barachijas, und er kennt den größten Namen Allahs. Ferner liegt zwischen Baghdad und dem Schlosse der Jungfrauen ein Weg von einem Jahre; und so sind es insgesamt sieben Jahre.' Als Hasan diese Worte aus ihrem Munde vernommen hatte, erstaunte er gewaltig, und er rief: ‚Preis sei Allah, der da leicht macht, was schwer bedrängt, der dem Zerbrochenen Heilung schenkt; der das Ferne nahe rückt und den übermütigen Tyrannen in den Staub hinabdrückt; Ihm, der auch uns alles Schwere leicht gemacht hat, der uns in diese Länder gelangen ließ und mir diese Geschöpfe unterwarf und mich mit meiner Gattin und meinen Kindern wiedervereinigte! Ich weiß nicht, bin ich wach oder in Schlaf versunken, bin ich nüchtern oder trunken?' Dann sprach er, zu ihnen gewendet: ‚Wenn ihr uns auf eure Rosse setzt, in wieviel Tagen werden sie uns dann nach Baghdad bringen?' Sie sagten: ‚In weniger als einem Jahre werden sie dich dorthin bringen; doch vorher mußt du noch schwere Gefahren und Schrecknisse und Bedrängnisse überstehen, du mußt viele dürre Täler, schaurige Wüsten, Einöden und Stätten des Verderbens durchqueren. Und wir können dir keine Sicherheit versprechen, o Herr, vor dem Volke dieser Inseln.' – –«

Da bemerkte Schehrezâd, daß der Morgen begann, und sie hielt in der verstatteten Rede an. Doch als die *Achthundertundsechsundzwanzigste Nacht* anbrach, fuhr sie also fort: »Es ist mir berichtet worden, o glücklicher König, daß die Geister zu Hasan sagten: ‚Wir können dir keine Sicherheit versprechen, o Herr, vor dem Volke dieser Inseln, noch auch vor dem Unheil des Großkönigs oder vor den Zauberern und Hexenmeistern. Vielleicht werden sie uns überwältigen und euch uns entreißen; dann wird es uns schlimm ergehen bei ihnen, und ein jeder, den später die Kunde davon erreicht, wird zu uns sprechen: ‚Ihr seid Missetäter! Wie konntet ihr dem Großkönig entgegentreten und einen Sterblichen aus seinem Lande entführen und noch dazu seine Tochter mit euch nehmen?' Wärest du allein bei uns – so schlossen sie ihre Worte –, dann wäre es ein leichtes für uns. Doch Er, der dich diese Inseln hat erreichen lassen, hat auch die Macht, dich in deine Heimat zurückzuführen und dich mit deiner Mutter zu vereinen, gar bald und ohne Aufenthalt. So sei denn entschlossen, vertrau auf Allah und fürchte dich nicht! Wir stehen dir zu Diensten, um dich in deine Heimat zu bringen.' Hasan dankte ihnen dafür, indem er zu ihnen sagte: ‚Allah vergelte es euch mit Gutem!' Und dann gebot er ihnen: ‚Lasset die Rosse eilends kommen!' ‚Wir hören und gehorchen!' erwiderten sie, stampften mit den Füßen auf den Boden, so daß er sich spaltete, und verschwanden darin eine Weile. Dann kamen sie wieder, und siehe, sie stiegen mit drei Rossen empor, die waren gesattelt und gezäumt, und über dem Vorderknopf eines jeden Sattels war ein Satteltaschenpaar befestigt, in dessen einer Seitentasche sich ein Krug voll Wasser befand, während die andere mit Wegzehrung angefüllt war. Die Rosse wurden herbeigeführt; Hasan bestieg den einen Renner und nahm eins der Kinder vor sich, seine Gattin aber stieg auf den zweiten und nahm das andere Kind vor sich; und die Alte stieg von ihrem Krug herunter und bestieg das dritte Roß. So brachen sie auf und ritten die ganze Nacht hindurch weiter, bis es Morgen ward; dann lenkten sie vom Wege ab und zogen auf das Gebirge zu, indem ihre Zungen unablässig Allah anriefen, und ritten den ganzen Tag am Fuß der Berge entlang. Während sie so ihres

Weges dahinzogen, erblickte Hasan plötzlich vor sich einen Berg, gleich einer gewaltigen Rauchsäule, die zum Himmel emporstieg; da sprach er einige Verse aus dem Koran und nahm seine Zuflucht zu Allah vor dem verfluchten Teufel. Jenes Schwarze aber wurde immer deutlicher, je näher sie ihm kamen; und als sie dicht vor ihm waren, erkannten sie in ihm einen Dämon, dessen Kopf einer mächtigen Kuppel glich; seine Eckzähne waren wie Enterhaken, und sein Gaumen schien eine Straße zwischen Häusern zu bilden; seine Nüstern glichen Wasserkannen und seine Ohren ledernen Schilden; sein Maul war wie eine Höhle so weit, und seine Zähne waren gleich steinernen Säulen aufgereiht; er hatte ein Händepaar, das zwei Wurfschaufeln gleich sah, und seine Beine standen wie zwei Masten da; sein Haupt ragte bis in die Wolken empor, während seiner Füße Paar sich tief in der Erde unter der Oberfläche verlor. Als Hasan den Dämon anblickte, verneigte der sich und küßte den Boden vor ihm und sprach zu ihm: ‚O Hasan, fürchte dich nicht vor mir; ich bin der Häuptling der Bewohner dieses Landes. Dies ist die erste der Inseln von Wâk; und ich bin ein Muslim, der den einigen Gott verehrt. Ich habe von euch und von eurem Kommen gehört; und als ich erfuhr, wie es um euch steht, hatte ich den Wunsch, aus dem Lande der Zauberer in ein anderes Land zu ziehen, in dem keinerlei Wesen wohnen, fern den Menschen und den Dämonen, um dort allein für mich zu leben und mich, bis mein Schicksal mich ereilt, dem Dienste Allahs zu ergeben. Darum will ich euch geleiten und euer Führer sein, bis ihr diese Inseln verlassen habt; und ich werde nur bei Nacht sichtbar sein. So seid um meinetwillen unbesorgt; denn ich bin ein Muslim, wie ihr Muslime seid!‘ Über diese Worte des Dämonen freute sich Hasan gar sehr; und er glaubte wieder an die Rettung und sprach, zu ihm gewendet: ‚Allah vergelte es dir mit Gutem; zieh mit uns unter Allahs Segen!' Da zog der Dämon vor ihnen her, während sie plauderten und scherzten, da ihnen das Herz froh und die Brust weit geworden war; dabei erzählte Hasan seiner Gattin wieder von allem, was ihm widerfahren war und was er gelitten hatte. Die ganze Nacht hindurch zogen sie unablässig weiter. – –«

Da bemerkte Schehrezâd, daß der Morgen begann, und sie hielt in der verstatteten Rede an. Doch als die *Achthundertundsiebenundzwanzigste Nacht* anbrach, fuhr sie also fort: »Es ist mir berichtet worden, o glücklicher König, daß sie die ganze Nacht hindurch bis zum Morgen unablässig weiterzogen; und die Pferde fuhren mit ihnen einher wie der blendende Blitz. Als aber der Tag anbrach, streckten sie alle ihre Hände in ihre Satteltaschen; da holten sie Zehrung hervor und aßen sie, auch nahmen sie Wasser heraus und tranken es. Dann ritten sie eilends weiter, ohne Aufenthalt, während der Dämon ihnen voranzog; er hatte sich aber mit ihnen abseits von der Straße gewandt auf einen anderen Weg, der nicht begangen war und der am Ufer des Meeres entlang führte; dort zogen sie immer weiter durch Täler und Steppen, einen ganzen Monat lang. Am einunddreißigsten Tage aber stieg vor ihnen eine Staubwolke empor, die legte der Welt einen Schleier vor, daß der Tag durch ihn sein Licht verlor. Als Hasan die erblickte, war ihm, als ob sein Verstand von ihm wich, und seine Farbe erblich; und nun hörten sie ein furchtbares Getöse. Da wandte die Alte sich zu Hasan und sprach zu ihm: ‚Mein Sohn, das sind die Heere der Inseln von Wâk; sie haben uns eingeholt, und noch in dieser Stunde werden sie Hand an uns legen und uns gefangen nehmen.' Hasan fragte: ‚Was soll ich tun, Mütterchen?' Sie antwortete ihm: ‚Schlag mit der Rute auf die

Erde!' Er tat es, und alsbald erschienen vor ihm die sieben Könige, sprachen den Gruß vor ihm und küßten den Boden vor ihm und sagten ihm: ‚Fürchte dich nicht und sei nicht betrübt!' Hasan freute sich über ihre Worte und sprach: ‚Wohlgetan, ihr Herren der Geister und Dämonen! Jetzt ist eure Zeit gekommen.' Und sie fuhren fort: ‚Steig du mit deiner Gemahlin und deinen Kindern und mit ihr, die bei euch ist, auf den Berg hinauf! Lasset uns mit jenen da allein; denn wir wissen, daß ihr im Recht seid, jene aber im Unrecht sind, und Allah wird uns den Sieg über sie verleihen!' Nun saßen Hasan und seine Gattin mit den Kindern und auch die Alte von den Rücken der Rosse ab, entließen die Geistertiere und stiegen den Berghang hinauf. – –«

Da bemerkte Schehrezâd, daß der Morgen begann, und sie hielt in der verstatteten Rede an. Doch als die *Achthundertundachtundzwanzigste Nacht* anbrach, fuhr sie also fort: »Es ist mir berichtet worden, o glücklicher König, daß Hasan und seine Gattin mit den Kindern und die Alte den Berghang hinaufstiegen, nachdem sie die Rosse entlassen hatten. Darauf rückte die Königin Nûr el-Huda heran mit ihren Heeren zur Rechten und zur Linken, und die Hauptleute ritten ringsumher und stellten Schar auf Schar in Schlachtreihen auf. Da prallten die beiden Heere zusammen, und die Scharen begannen sich ineinander zu rammen, und es sprühten die Feuerflammen; der Tapfere drängte heran, doch es floh der furchtsame Mann; und die Dämonen sprühten aus ihren Mäulern feurige Funken, bis die tiefdunkle Nacht über sie hereingesunken. Da trennte sich Heer von Heer, und beide Scharen kämpften nicht mehr; und nachdem sie die Rücken der Pferde verlassen hatten und sich ihre Ruhestätten auf der Erde zurechtgemacht, wurden die Lagerfeuer entfacht. Nun stiegen die sieben Könige zu

Hasan hinauf und küßten den Boden vor ihm; er aber eilte ihnen entgegen, dankte ihnen und erflehte vom Himmel den Sieg für sie; dann fragte er sie, wie es ihnen mit dem Heere der Königin Nûr el-Huda ergangen sei. Sie erwiderten ihm: ‚Jene werden uns nicht länger als drei Tage standhalten können; wir haben sie heute besiegt und etwa zweitausend von ihnen gefangen genommen, und wir haben viel Volks von ihnen getötet, so viele, daß ihre Zahl nicht gezählt werden kann. Drum sei guten Mutes und weite deine Brust!' Dann verließen sie ihn und gingen zu ihrem Heere hinab, um es zu bewachen. Und sie hielten ihr Lagerfeuer immer in Brand, bis der Morgen sich einstellte und alles mit seinem Licht und Glanz erhellte. Da schwangen sich die Ritter auf die feurigen Rosse und ließen die scharfen Schwerter widereinander tanzen und stachen einander mit den braunen Lanzen. Ja, sie blieben auch die Nacht hindurch auf ihren Rossen, wie zwei Meere, die immer aufeinanderprallten, und des Krieges lodernde Fackel ward unter ihnen in Brand gehalten. Und sie hörten nicht auf zu streiten und aufeinander loszufahren, bis die Heere von Wâk geschlagen waren; da zerbrach ihre Macht, und es sank ihre stolze Pracht; ihre Füße glitten aus, und wohin sie nur flohen, war vor ihnen der Niederlage Graus. Alle wandten den Rücken und konnten ihr Heil nur in der Flucht erblicken. Die meisten von ihnen wurden getötet; die Königin Nûr el-Huda aber ward mit den Großen ihres Reiches und ihren Würdenträgern gefangen genommen. Und als es Morgen ward, traten die sieben Könige vor Hasan hin und errichteten ihm einen Thron aus Marmor, der mit Perlen und Edelsteinen eingelegt war. Nachdem er sich daraufgesetzt hatte, stellten sie einen zweiten Thron auf für seine Gemahlin, die Herrin Manâr es-Sanâ; und jener Thron war aus Elfenbein, belegt mit Gold von funkelndem Schein. Sie setzte sich darauf; dann stellten die Geister einen dritten Thron daneben für die alte Schawâhi Dhât ed-Dawâhi, und auch sie ließ sich dort nieder. Danach führten sie die Gefangenen vor Hasan, unter ihnen auch die Königin Nûr el-Huda, der die Hände auf dem Rücken zusammengebunden und die Füße gefesselt waren. Als nun die Alte sie erblickte, rief sie ihr zu: ,Dein Lohn, du Dirne, du Tyrannin, soll nichts anderes sein, als daß man zwei Hündinnen hungern und zwei Stuten dürsten läßt und dich an die Schweife der Stuten festbindet; dann soll man die Pferde zum Wasser treiben, mit den Hündinnen hinter dir, so daß dir die Haut zerrissen wird; und hernach soll man von deinem Fleisch abschneiden und es ihnen zu fressen geben![1] Wie konntest du nur so an deiner Schwester handeln, o du Metze, da sie doch rechtmäßig nach der Vorschrift Allahs und seines Gesandten vermählt war! Im Islam gibt es keine Möncherei, und die Ehe gehört zu den Verordnungen der Propheten, über denen der Friede sei! Und die Frauen sind nur für die Männer geschaffen.' Nun gab Hasan den Befehl, die Gefangenen allesamt töten zu lassen, und die Alte schrie: ,Tötet sie, lasset keinen von ihnen übrig!' Doch als die Prinzessin Manâr es-Sanâ ihre Schwester so gefesselt und gefangen sah, weinte sie über ihre Not und sprach zu ihr: ,Schwester, wer ist es, der uns in unserem eigenen Lande gefangen und besiegt hat?' Jene antwortete ihr: ,Dies ist ein gewaltig Ding, daß dieser Mann, der da Hasan heißt, uns überwältigt hat! Allah hat ihm die Macht über uns und über unser ganzes Reich gegeben, und er hat uns die Könige der Geister besiegt.' Doch ihre Schwester fuhr fort: ,Allah half ihm wider euch nur durch diese Kappe und diese Rute,

[1] Das ist wohl der Sinn dieser Stelle, die in den arabischen Texten verschieden überliefert wird.

mit deren Hilfe er Gewalt über euch erhalten und euch gefangen genommen hat.' Nûr el-Huda war davon überzeugt und wußte nun, daß Hasan seine Gattin auf diese Weise befreit hatte; und sie demütigte sich vor ihrer Schwester, bis diese in ihrem Herzen Mitleid mit ihr empfand und zu ihrem Gatten Hasan sprach: ‚Was willst du mit meiner Schwester tun? Siehe, sie ist in deiner Hand, und sie hat dir doch kein Leids angetan, so daß du sie dafür strafen müßtest.' Hasan erwiderte: ‚Daß sie dich quälte, ist genug der Missetat!' Doch sie fuhr fort: ‚Für all das Leid, das sie mir angetan hat, soll sie entschuldigt sein. Du aber hast das Herz meines Vaters durch meinen Verlust entflammt, und wie soll es ihm ergehen, wenn er auch noch meine Schwester verliert?' Da sprach Hasan zu ihr: ‚Die Entscheidung stehe bei dir! Was du wünschest, das tu!' Nun befahl die Prinzessin Manâr es-Sanâ, alle Gefangenen zu befreien; da wurden ihnen um der Schwester willen die Fesseln gelöst und ebenso der Schwester selbst. Als dies geschehen war, trat Manâr es-Sanâ auf ihre Schwester zu und umarmte sie, und beide weinten miteinander; und nachdem sie sich so eine ganze Weile umschlungen gehalten hatten, sprach die Königin Nûr el-Huda zu ihrer Schwester: ‚Liebe Schwester, zürne mir nicht wegen dessen, was ich dir angetan habe!' Und die Herrin Manâr es-Sanâ gab ihr zur Antwort: ‚Liebe Schwester, all dies war über mich verhängt.' Dann zog sie ihre Schwester zu sich auf den Thron, und beide plauderten miteinander. Darauf stiftete Manâr es-Sanâ aufs schönste Frieden zwischen der Alten und ihrer Schwester, so daß ihnen beiden das Herz leicht ward. Nun entließ Hasan das Heer, das im Dienste der Rute stand, und dankte allen für das, was sie für ihn getan hatten, um seine Feinde zu besiegen. Und die Herrin Manâr es-Sanâ erzählte ihrer Schwester alles, was sie mit ihrem Gatten Hasan erlebt hatte, und alles, was er um ihretwillen erlitten und erduldet hatte, indem sie mit den Worten schloß: ‚Liebe Schwester, wer solche Taten getan hat, wer solche Kraft besitzt, wem Allah der Erhabene solchen Heldenmut verliehen hat, daß er in unser Land eindrang, dich gefangen nahm, dein Heer in die Flucht schlug und deinem Vater, dem Großkönig, der über alle Könige der Geister herrscht, trotzen konnte, – dem darf sein Recht nicht verkürzt werden.' Nûr el-Huda erwiderte: ‚Bei Allah, liebe Schwester, du hast recht in dem, was du mir von den Wundern berichtest, die dieser Mann überstanden hat. Ist das alles nur um deinetwillen geschehen, Schwester?' – –«

Da bemerkte Schehrezâd, daß der Morgen begann, und sie hielt in der verstatteten Rede an. Doch als die *Achthundertundneunundzwanzigste Nacht* anbrach, fuhr sie fort: »Es ist mir berichtet worden, o glücklicher König, daß die Königin, nachdem ihre Schwester ihr von Hasans Heldentum berichtet hatte, zu ihr sprach: ‚Bei Allah, diesem Manne darf sein Recht nicht verkürzt werden, zumal ihn solche Tugend ziert. Ist nun das alles nur um deinetwillen geschehen?' ‚So ist es', erwiderte Manâr es-Sanâ; und dann blieben sie plaudernd beieinander bis zum Morgen. Doch als die Sonne aufging, dachten sie an die Weiterreise und nahmen Abschied voneinander; und Manâr es-Sanâ sagte auch der Alten Lebewohl, nachdem sie ja zwischen ihr und Nûr el-Huda, ihrer Schwester, Frieden gestiftet hatte. Und alsbald schlug Hasan mit der Rute auf den Boden; da erschienen wiederum vor ihm deren Diener, sprachen den Gruß vor ihm und sagten zu ihm: ‚Preis sei Allah, daß er dein Herz beruhigt hat! Befiehl uns, was du willst, auf daß wir es für dich rascher als im Augenblick tun!' Er dankte ihnen für ihre Worte, indem er sprach: ‚Allah vergelte euch mit Gutem!' Dann fuhr er fort: ‚Schirret uns zwei Renner von den besten der Rosse!' Sie taten auf der Stelle, was er ihnen geboten hatte, indem sie ihm zwei gesattelte Renner brachten; da bestieg Hasan den einen von beiden und nahm den älteren Sohn vor sich, seine Gattin aber bestieg den anderen und nahm ihren jüngeren Sohn vor sich. Auch die Königin Nûr el-Huda und die Alte stiegen aufs Roß; und nun machten sich alle auf den Weg in ihr Land, Hasan und seine Gemahlin zogen zur Rechten, während die Königin Nûr el-Huda und die Alte den Weg zur Linken einschlugen. Einen ganzen Monat lang ritt Hasan mit seiner Gattin und mit seinen Kindern dahin. Danach erblickten sie eine Stadt und sahen, daß rings um sie Bäume sprossen und Bäche flossen. Und als sie jene Bäume erreichten, stiegen sie von den Rossen ab und wollten der Ruhe pflegen. So setzten sie sich denn nieder, um zu plaudern; doch da kamen plötzlich viele Reiter auf sie zu. Als Hasan die erblickte, sprang er auf und eilte ihnen entgegen; und siehe da, es war König Hassûn, der Herrscher des Kampferlandes und des Kristallschlosses[1], mit seinem Gefolge. Darauf trat Hasan zu dem König, küßte ihm die Hände und begrüßte ihn; sowie der König ihn erkannte, saß er ab vom Rücken seines Renners und ließ sich mit Hasan auf die Teppiche unter den Bäumen nieder, nachdem er zuvor ihm den Gruß erwidert und ihm voller Freuden Glück zu seiner sicheren Heimkehr gewünscht hatte. Dann sprach er zu ihm: ‚Hasan, erzähle mir, was du erlebt hast, von Anfang bis zu Ende!' Als jener ihm dann alles berichtet hatte, bewunderte König Hassûn ihn und sprach zu ihm: ‚Mein Sohn, noch niemals ist jemand zu den Inseln von Wâk gelangt und von dort zurückgekehrt außer dir allein; es ist ein wunderbar Ding um dich. Doch Allah sei gepriesen für deine glückliche Heimkehr!' Darauf erhob sich der König und stieg zu

1. Vgl. oben Seite 458, Anmerkung.

Pferde; auch befahl er Hasan, aufzusitzen und mit ihm zu reiten. Der tat es; und nun ritten alle weiter, bis sie zur Stadt kamen. Dort zogen sie in das Königsschloß ein, König Hassûn saß ab, und Hasan und seine Gemahlin und seine Kinder kehrten im Hause der Gäste ein. Nachdem sie sich dort niedergelassen hatten, blieben sie drei Tage bei ihm und aßen und tranken, scherzten und waren guter Dinge. Darauf bat Hasan den König Hassûn um Erlaubnis, in seine Heimat zurückkehren zu dürfen; der gab sie ihm, und dann saßen sie auf, Hasan und seine Gattin und seine Kinder und auch der König, und sie ritten zehn Tage miteinander dahin. Als der König umzukehren wünschte, sagte er ihnen Lebewohl, und Hasan und seine Gattin und seine Kinder setzten ihre Reise fort. Einen ganzen Monat zogen sie dahin; und als dieser Monat vollendet war, schauten sie eine große Höhle, deren Boden aus Messing war. Da sprach Hasan zu seiner Gemahlin: ,Sieh die Höhle dort! kennst du sie?' ,Nein', gab sie zur Antwort; und er fuhr fort: ,In ihr wohnt ein Scheich, Abu er-Ruwaisch geheißen, und dem bin ich zu großem Dank verpflichtet; denn er ist es, durch den ich mit dem König Hassûn bekannt wurde.' Dann erzählte er ihr weiter von Abu er-Ruwaisch, und schon trat der Scheich selber aus dem Eingang zur Höhle heraus. Kaum hatte Hasan ihn erblickt, so sprang er von seinem Renner und küßte dem Alten die Hand; der aber begrüßte ihn und wünschte ihm Glück zu seiner wohlbehaltenen Rückkehr und freute sich seiner; und er nahm ihn bei der Hand, führte ihn in die Höhle und setzte sich dort mit ihm nieder. Als Hasan dem Scheich darauf erzählte, was er auf den Inseln von Wâk erlebt hatte, staunte dieser über alle Maßen, und er sprach: ,O Hasan, wie war es dir möglich, deine Gattin und deine Kinder zu befreien?' Da berichtete er ihm von der Rute und von der Kappe; und als Abu er-Ruwaisch deren Geschichte vernommen hatte, sprach er voll Verwunderung: ‚O Hasan, mein Sohn, wenn diese Rute und diese Kappe nicht gewesen wären, so hättest du nie deine Gattin und deine Kinder befreien können.' ‚So ist es, mein Gebieter!' antwortete ihm Hasan. Doch während sie noch so redeten, klopfte es plötzlich an die Tür der Höhle; der Scheich Abu er-Ruwaisch eilte hin, öffnete die Tür und fand den Scheich 'Abd el-Kuddûs, der auf dem Elefanten reitend angekommen war. Und er trat heran und begrüßte den Gast, umarmte ihn, freute sich seiner über die Maßen und beglückwünschte ihn zu seiner wohlbehaltenen Ankunft. Danach aber sprach der Scheich Abu er-Ruwaisch zu Hasan: ‚Erzähle dem Scheich 'Abd el-Kuddûs alles, was dir widerfahren ist, o Hasan!' Nun begann Hasan dem anderen Scheich alles zu erzählen, was ihm begegnet war, von Anfang bis zu Ende, bis er zu der Geschichte der Rute und der Kappe gelangte. – –«

Da bemerkte Schehrezâd, daß der Morgen begann, und sie hielt in der verstatteten Rede an. Doch als die *Achthundertunddreißigste Nacht* anbrach, fuhr sie also fort: »Es ist mir berichtet worden, o glücklicher König, daß Hasan dem Scheich 'Abd el-Kuddûs und dem Scheich Abu er-Ruwaisch, mit dem er plaudernd in der Höhle saß, alles erzählte, was ihm begegnet war, von Anfang bis zu Ende, bis er zu der Geschichte von der Rute und von der Kappe gelangte. Da sprach der Scheich 'Abd el-Kuddûs zu Hasan: ‚Mein Sohn, du hast jetzt deine Gattin und deine Kinder befreit, und du hast die beiden Dinge nicht mehr nötig. Wir aber haben dir dazu verholfen, daß du zu den Inseln von Wâk gelangen konntest, und ich habe dir Gutes erwiesen um der Töchter meines Bruders willen. Drum bitte ich dich, sei so gütig und freundlich, mir die Rute zu geben und dem Scheich Abu er-Ruwaisch die Kappe zu schenken!' Als

Hasan die Worte aus seinem Munde vernommen hatte, senkte er sein Haupt zu Boden; denn er schämte sich zu sagen: ‚Ich kann sie euch nicht geben', und er sprach bei sich selber: ‚Fürwahr, diese beiden Scheiche haben mir große Güte erwiesen, und nur durch sie ist es mir gelungen, die Inseln von Wâk zu erreichen. Wären sie nicht gewesen, so wäre ich nie in jene Gegenden gekommen, hätte meine Frau und meine Kinder nicht befreit und hätte auch diese Rute und diese Kappe nie erhalten.' So hob er denn sein Haupt wieder empor und sprach: ‚Ja, ich will euch beides geben. Doch, meine Gebieter, ich fürchte, der Großkönig, der Vater meiner Gattin, wird mit seinen Truppen mir in mein Land nachziehen, und die werden wider mich streiten; ich aber kann mich ihrer nur durch die Rute und die Kappe erwehren.' Da sprach der Scheich 'Abd el-Kuddûs zu Hasan: ‚Mein Sohn, fürchte dich nicht! Wir werden hier an dieser Stätte als Wächter und Helfer für dich bleiben; und wenn je einer von dem Vater deiner Gattin kommt, so wehren wir ihn von dir ab. So fürchte denn nichts, ganz und gar nichts im geringsten; hab Zuversicht und gräm dich nicht und atme aus freier Brust; denn dir wird kein Leid geschehen!' Als Hasan diese Worte des Alten vernahm, überkam ihn die Scham, und er gab die Kappe dem Scheich Abu er-Ruwaisch, während er zum Scheich 'Abd el-Kuddûs sprach: ‚Begleite mich in meine Heimat; dort will ich dir die Rute geben!' Darüber waren die beiden Alten hocherfreut, und sie rüsteten für Hasan so große Schätze und Reichtümer, daß niemand sie beschreiben kann. Nachdem er dann noch drei Tage bei ihnen geblieben war, verlangte es ihn danach, weiterzureisen, und der Scheich 'Abd el-Kuddûs machte sich bereit, mit ihm zu ziehen. Als darauf Hasan sein Reittier bestiegen und seine Gattin auf das andere gesetzt hatte, pfiff 'Abd el-Kuddûs, und siehe, da kam mitten aus der Steppe ein gewaltiger Elefant herbei, der Vorderbeine und Hinterbeine im Trabe hob. Den hielt der Scheich an und bestieg ihn, und nun machte er sich mit Hasan und seiner Gattin und seinen Kindern auf den Weg, während der Scheich Abu er-Ruwaisch in die Höhle zurückging. Die andern aber ritten weiter, indem sie die Länder weit und breit durchquerten, während der Scheich 'Abd el-Kuddûs sie auf den leichten Wegen und den kürzesten Strecken führte, bis sie sich dem Ziele näherten; da freute Hasan sich, weil er nun dem Lande seiner Mutter nahe war und weil auch seine Gattin und seine Kinder ihm zurückgegeben waren. Und wie Hasan sich nun wiederum in jenem Lande sah, nachdem er all jene furchtbaren Schrecken überstanden hatte, pries er Allah den Erhabenen und dankte ihm für seine Güte und Huld und sprach diese Verse:

> *Vielleicht wird Allah uns in kurzer Zeit vereinen;*
> *Dann ruhn wir eng umschlungen Arm in Arm.*
> *Dann künd ich dir das größte Wunder, das ich schaute,*
> *Und was ich leiden mußte durch der Trennung Harm.*
> *Ich will mein Auge heilen, wenn ich auf dich blicke;*
> *Denn ach, das Herz ist mir von Sehnsucht ganz erfüllt.*
> *Ich barg für dich in meinem Herzen eine Kunde;*
> *Die sei bei unsrem Wiedersehen dir enthüllt!*
> *Wenn auch, was du mir tatest, mich zum Tadel triebe –*
> *Mein Tadel würde enden, und es bleibt die Liebe.*

Kaum hatte Hasan diese Verse gesprochen, da schaute er aus, und siehe, schon lagen vor ihnen die grüne Kuppel und der Springbrunnen und das grüne Schloß, und der Wolkenberg ward ihnen aus der Ferne sichtbar. Da sprach der Scheich 'Abd el-Kuddûs zu ihnen: ‚O Hasan, freue dich der guten Botschaft; denn heute abend noch wirst du als Gast bei den Töchtern meines Bruders sein!' Dessen freute sich Hasan über die Maßen, und ebenso auch seine Gemahlin. Darauf stiegen sie bei der Kuppel ab, ruhten und aßen und tranken; dann stiegen sie wieder zu Pferde und ritten weiter, bis sie sich dem Schlosse näherten. Und als sie dort ankamen, traten die Töchter des Königs, des Bruders von Scheich 'Abd el-Kuddûs, zu ihnen heraus, hießen sie willkommen und begrüßten die Ankommenden, zumal auch ihren Oheim; und der erwiderte ihren Gruß und sprach zu ihnen: ‚Ihr Töchter meines Bruders, seht, ich habe den Wunsch eures Bruders Hasan erfüllt, ich habe ihm geholfen, seine Gattin und seine Kinder wiederzugewinnen.' Da eilten die Jungfrauen auf Hasan zu und umarmten ihn voller Freuden; sie wünschten ihm Glück zu seiner wohlbehaltenen Heimkehr und zu seiner Wiedervereinigung mit Gattin und Kindern, und es war ein Tag des Festes für sie alle. Dann trat die jüngste Prinzessin, die Schwester Hasans, noch einmal zu ihm, umarmte ihn und weinte bitterlich; und auch er weinte mit ihr ob der langen Einsamkeit; und sie klagte ihm die Schmerzen, die sie ob der Trennung erduldet hatte, und ihres Herzens Qual, die sie während seines Fernseins erlitten hatte, und sie sprach diese beiden Verse:

> *Seit deinem Fortgang hat mein Auge nie auf jemand*
> *Geblickt, ohn daß es doch in ihm dein Bildnis sieht.*
> *Ich schloß das Auge nie, ohn dich im Schlaf zu sehen;*
> *Es ist, als wohntest du mir zwischen Aug und Lid.*

Und als sie diese Verse gesprochen hatte, freute sie sich über die Maßen, und Hasan sprach zu ihr: ‚Liebe Schwester, ich danke für all dies nur dir allein vor deinen Schwestern; möge Allah der Erhabene dir Hilfe und Beistand gewähren!' Dann erzählte er ihr alles, was er auf seiner Fahrt erlebt hatte, von Anfang bis zu Ende, alles, was er durchgemacht hatte und was ihm von der Schwester seiner Gattin widerfahren war, und wie er schließlich seine Gattin und seine Kinder befreien konnte; ferner berichtete er ihr, was er an Wunderdingen und furchtbaren Schrecknissen gesehen hatte und wie sogar die Schwester ihn und seine Gattin und seine Kinder hatte töten wollen, so daß nur Allah der Erhabene sie vor ihr erretten konnte. Dann erzählte er ihr auch die Geschichte der Rute und der Kappe, und wie der Scheich Abu er-Ruwaisch und der Scheich 'Abd el-Kuddûs ihn um beides gebeten hatten, und daß er sie ihnen nur um ihretwillen gegeben habe. Sie dankte ihm für alles und wünschte ihm ein langes Leben; und er rief: ‚Bei Allah, ich werde nie vergessen, was du alles an Gutem mir von Anfang bis zu Ende getan hast!' – –«

Da bemerkte Schehrezâd, daß der Morgen begann, und sie hielt in der verstatteten Rede an. Doch als die *Achthundertundeinunddreißigste Nacht* anbrach, fuhr sie also fort: »Es ist mir berichtet worden, o glücklicher König, daß Hasan, als er zu den Prinzessinnen zurückgekehrt war, seiner Schwester alles erzählte, was er hatte erdulden müssen, und zuletzt sagte: ‚Ich werde nie vergessen, was du an mir getan hast von Anfang bis zu Ende.' Da wandte seine Schwester sich zu seiner Gattin Manâr es-Sanâ, umarmte sie und zog ihre Kinder an ihre Brust; darauf sprach sie zu ihr: ‚O du Tochter des Großkönigs, hattest du denn kein Mitleid in deinem Herzen, daß du ihn von seinen Kindern trennen und ihm um ihretwillen das Herz mit brennendem Schmerz erfüllen konntest? Wolltest du ihm etwa durch solches Tun den Tod bringen?' Jene aber lächelte und sprach: ‚Dies hatte Allah, der Gepriesene und Erhabene, beschlossen; und wer gegen Menschen untreu ist,[1] dem bleibt auch Allah nicht treu!' Dann wurden Speise und Trank aufgetragen und alle aßen und tranken und waren guter Dinge.

1. Wie Hasan, als er das Federkleid verbarg.

Zehn Tage lang blieb er bei ihnen, und es ward fröhlich geschmaust und getrunken; danach aber machte Hasan sich zum Aufbruch bereit. Nun ging seine Schwester hin und rüstete für ihn solche Schätze und Kostbarkeiten, wie sie niemand beschreiben kann. Und schließlich zog sie ihn an ihre Brust, da es den Abschied galt, und umarmte ihn; und er sprach, indem er an sie dachte, diese Verse:

> *Der Trost ist immer fern für die, so lieben;*
> *Durch Abschied wird der Liebe Glück vergällt.*
> *Das Fernsein und die Härte schaffen Kummer;*
> *Der Liebe Opfer stirbt als Glaubensheld.*
> *Wie lange währt die Nacht dem Lieberfüllten,*
> *Der, fern von der Geliebten, einsam ruht!*
> *Die Tränen rinnen über seine Wangen;*
> *Er spricht: Nimmst du kein Ende, Tränenflut?*

Darauf gab Hasan dem Scheich 'Abd el-Kuddûs die Rute; und der freute sich ihrer über die Maßen, dankte ihm für das Geschenk, und nachdem er sie von ihm entgegengenommen hatte, saß er auf und kehrte in seine Heimat zurück. Dann ritten auch Hasan und seine Gemahlin und seine Kinder von dem Schlosse der Jungfrauen fort; und die Prinzessinnen geleiteten ihn zum Abschied und kehrten dann wieder heim. Hasan aber zog weiter, seiner Heimat zu, und er reiste durch das Wüstenland zwei Monate und zehn Tage, bis er bei der Stadt Baghdad, dem Horte des Friedens, ankam. Dort begab er sich zu seinem Hause durch das geheime Tor, das nach der Seite der Wüste und der Steppe lag, und klopfte an die Tür. Seine Mutter hatte, weil er so lange fortblieb, dem Schlafe entsagt und sich ganz der Trauer, den Tränen und Klagen hingegeben, bis sie krank ward, keine Speisen mehr aß und sich nicht mehr am Schlummer erquickte, sondern Tag und Nacht weinte und immer nur den Namen ihres Sohnes nannte; die Hoffnung auf seine Heimkehr hatte sie schon aufgegeben. Gerade, als er nun vor der Tür stand, hörte er, wie sie weinte und diese Verse sprach:

> *Bei Allah, mein Gebieter, heile deinen Kranken!*
> *Sein Leib ist ganz verzehrt, das Herze bricht ihm fast.*
> *Wenn du ein Wiedersehn in deiner Huld gewährest,*
> *So wird der Freund erdrückt von Liebesgnadenlast.*
> *Er hofft noch auf dein Kommen – Allah hat die Macht;*
> *Oft nahet schon das Glück, wenn noch das Unglück wacht.*

Kaum hatte sie diese Verse gesprochen, da hörte sie, wie ihr Sohn Hasan vor der Tür rief: ‚O liebe Mutter, das Geschick hat uns gnädig wiedervereint!' Als sie seine Worte vernommen hatte, erkannte sie die Stimme und eilte zur Tür, schwankend zwischen Glauben und Unglauben; doch sobald sie die Tür geöffnet hatte, sah sie, wie er und seine Gemahlin mit den Kindern dort standen. Da schrie sie im Übermaß der Freude laut auf und sank ohnmächtig zu Boden. Doch Hasan sprach ihr gütig zu, bis sie wieder zu sich kam und ihn umarmte; dann brach sie in Tränen aus. Darauf aber rief sie ihre Diener und Sklaven und befahl ihnen, all sein Gut ins Haus zu schaffen. Nachdem die all seine Lasten in das Haus getragen hatten, trat auch die Gattin mit den Kindern ein. Da eilte die Mutter Hasans auf sie zu, umarmte sie, küßte ihr das Haupt, küßte ihr die Füße und sprach zu ihr: ‚O Tochter des Großkönigs, wenn ich es an dem habe fehlen lassen, was dir gebührt, siehe, so bitte ich Allah den Allmächtigen um Verzeihung.' Dann schaute sie ihren Sohn an und sprach zu ihm: ‚Ach, mein Sohn, warum bist du so lange fortgeblieben?' Als sie ihn so fragte, berichtete er ihr alles, was er erlebt hatte, von Anfang bis zu Ende. Und wie sie seiner Erzählung zugehört hatte, stieß sie einen lauten Schrei aus und fiel ohnmächtig zu Boden, überwältigt von alledem, was ihr Sohn hatte erdulden müssen. Doch er sprach ihr liebevoll zu, bis sie wieder zu sich kam; und dann sagte sie: ,Mein Sohn, bei Allah, du hast die Rute und die Kappe voreilig fortgegeben. Wenn du sie behalten und aufbewahrt hättest, so wäre die ganze Welt dein, weit und breit. Doch Preis sei Allah, mein Sohn, für deine glückliche Heimkehr mit deiner Gattin und deinen Kindern!' Und nun verbrachten sie die schönste und glücklichste Nacht. Als es wieder Morgen ward, legte Hasan die Kleider ab, die er trug, und hüllte sich in eins der schönsten Gewänder; dann begab er sich auf den Markt und kaufte Sklaven und Sklavinnen, Tuche und wertvolle Dinge, wie Prachtgewänder, Schmucksachen, Teppiche und kostbare Geräte, wie sie keiner der Könige sein eigen nennt. Ferner kaufte er Häuser und Gärten und Güter und mancherlei anderes. Und von nun an lebte er mit seinen Kindern und seiner Gattin und seiner Mutter, indem sie aßen und tranken und glücklich waren. Ja, sie lebten herrlich und in Freuden, bis Der zu ihnen kam, der die Freuden schweigen heißt und der die Freundesbande zerreißt. Preis sei dem Herrn der sichtbaren und unsichtbaren Welt, dem Lebendigen, Ewigen, der nie dem Tode verfällt!

Ferner wird erzählt

DIE GESCHICHTE
VON DEM FISCHER CHALÎFA

In alten Zeiten und in längst entschwundenen Vergangenheiten lebte einst in der Stadt Baghdad ein Fischersmann, Chalîfa geheißen; jener Mann hatte kein Geld und Gut, er war ein armer Schlucker, der sich in seinem ganzen Leben noch keine Frau hatte nehmen können. Nun begab es sich eines Tages, daß er sein Netz nahm und wie gewöhnlich zum Flusse ging, um vor den anderen Fischern zu fischen. Wie er dann am Ufer stand, gürtete er sich und zog die Ärmel empor. Darauf trat er ans Wasser, breitete sein Netz aus und warf es einmal und zweimal, ohne daß etwas darin heraufkam. Und er warf es immer wieder aus, bis er zehn Würfe mit ihm getan hatte; als er auch dann noch nichts gefangen hatte, ward ihm die Brust beklommen, und sein Sinn ward ihm verwirrt, und er rief: ,Ich bitte Allah den Allmächtigen um Verzeihung, Ihn, außer dem es keinen Gott gibt, den Lebendigen und Beständigen, und ich bereue vor Ihm. Es gibt keine Macht und es gibt keine Majestät außer bei Allah, dem Erhabenen und Allmächtigen! Was Allah will, das geschieht; und was Er nicht will, das geschieht nicht. Unser täglich Brot kommt von Allah, dem Allgewaltigen und Glorreichen. Wenn Allah Seinem Knechte gibt, so versagt ihm niemand; doch wenn Er Seinem Knechte versagt, so gibt ihm niemand.' Dann sprach er im Übermaß seines Kummers diese beiden Verse:

> *Trifft das Geschick dich eines Tags mit seinem Unheil,*
> *So weite deine Brust und halt Geduld bereit!*
> *Denn der Geschöpfe Herr schenkt dir in seiner Gnade*
> *Und seiner reichen Güte Freude nach dem Leid.*

Darauf setzte er sich eine Weile nieder und sann über sein Schicksal nach, indem er sein Haupt zu Boden senkte; und danach sprach er diese Verse:

> *Gedulde dich in des Geschickes Bitterkeit und Süße;*
> *Und wisse, Gott kann, was er will, zu Ende führen.*
> *Die Sorgen können über Nacht Geschwüren gleichen,*
> *Die du gepflegt hast, bis sie ihre Heilung spüren.*
> *Die Schicksalsschläge fahren über uns einher*
> *Und schwinden aus dem Sinn, als wären sie nicht mehr.*

Und nun sprach er bei sich selber: ,Ich will noch dies eine Mal das Netz auswerfen im Vertrauen auf Allah; vielleicht wird Er meine Hoffnung nicht zuschanden werden lassen!' Dann trat er ans Ufer und warf das Netz, soweit sein Arm reichte, in den Strom, wickelte das Seil auf und wartete eine ganze Weile. Danach zog er das Netz an sich und fand, daß es schwer war. – –«

Da bemerkte Schehrezâd, daß der Morgen begann, und sie hielt in der verstatteten Rede an. Doch als die *Achthundertundzweiunddreißigste Nacht* anbrach, fuhr sie also fort: »Es ist mir berichtet worden, o glücklicher König, daß der Fischer Chalîfa sein Netz manches Mal ins Meer warf, ohne etwas zu fangen; daß er dann über sein Schicksal nachsann und die genannten Verse sprach; daß er sich schließlich sagte: ‚Ich will noch dies eine Mal das Netz auswerfen im Vertrauen auf Allah, vielleicht wird Er meine Hoffnung nicht zuschanden werden lassen'; daß er dann sich aufmachte und das Netz warf und eine ganze Weile wartete, es an sich zog und fand, daß es schwer war. Als er dessen Schwere bemerkte, bewegte er es vorsichtig in die Höhe und zog es, bis es ans Land kam, und siehe, darin befand sich ein lahmer und einäugiger Affe! Wie Chalîfa den erblickte, rief er: ‚Es gibt keine Macht und es gibt keine Majestät außer bei Allah! Wir sind Allahs Geschöpfe, und zu Ihm kehren wir zurück! Was ist das für ein gemeines Glück, was für ein elendes Gewinnerstück! Was ist es denn mit mir an diesem gesegneten Tage? Doch all dies geschieht nach dem Ratschlusse Allahs des Erhabenen!' Dann nahm er den Affen, legte ihm einen Strick um, ging mit ihm auf einen Baum zu, der dort am Ufer des Stromes wuchs, und band das Tier an ihm fest. Er hatte aber auch eine Geißel bei sich; die nahm er nun in die Hand, hob seinen Arm empor und wollte die Geißel auf den Affen niedersausen lassen. Doch da ließ Allah diesen Affen mit deutlicher Stimme reden; und das Tier sprach zu ihm: ‚O Chalîfa, halte deine Hand zurück und schlag mich nicht; laß mich hier, wie ich am Baum gebunden bin, geh wieder zum Fluß hinab, wirf dein Netz und vertraue auf Allah, er wird dir dein täglich Brot gewähren!' Nachdem Chalîfa diese Worte aus dem Munde des Affen vernommen hatte, ergriff er das Netz, schritt zum Flusse, warf es aus und ließ das Seil hängen. Dann zog er es an und fand, daß die Last noch schwerer war als das erste Mal. Und so mühte er sich denn mit dem Netze ab, bis es ans Land kam. Aber schau, es war wieder ein Affe darin; der hatte gespaltene Vorderzähne, seine Augen waren mit Bleiglanz geziert und seine Hände mit Henna gefärbt; sein Gesicht grinste, und um den Leib trug er einen zerfetzten Lappen. Da rief Chalîfa: ‚Preis sei Allah, der die Fische des Meeres in Affen verwandelt hat!' Dann ging er zu jenem ersten Affen, der noch an dem Baume festgebunden war, und sprach zu ihm: ‚Sieh, du Unglücksvieh, wie scheußlich war der Rat, den du mir gegeben hast! Nur du hast mich auf diesen zweiten Affen gebracht. Nur weil du mir in deiner Lahmheit und Einäugigkeit[1] am Morgen begegnet bist, habe ich heute früh solch Mißgeschick und Mühe und gewinne keinen Dirhem, keinen Dinar!' Darauf nahm er seinen Stock in die Hand, schwang ihn dreimal durch die Luft und wollte den Affen damit treffen. Doch der schrie ihn um Gnade an und rief: ‚Ich beschwöre dich bei Allah, vergib mir um dieses meines Gefährten willen; erbitte von ihm, was du willst; er wird dich zu dem führen, was du wünschest!' Chalîfa warf den Stock fort und ließ von dem Tiere ab. Und alsbald wandte er sich zu dem zweiten Affen, und als er neben ihm stand, sprach jener zu ihm: ‚Chalîfa, meine Worte werden dir nichts nützen, wenn du nicht auf das hörst, was ich dir sage. Aber wenn du auf mich hörst und mir folgst und mir nicht zuwider handelst, so wirst du durch mich

1. Einäugige bringen Unglück.

zu Reichtum kommen.' ,Was hast du mir zu sagen,' antwortete Chalîfa, ,daß ich dir darin gehorchen sollte?' Der Affe fuhr fort: ,Laß mich angebunden hier, wo ich bin, und geh zum Flusse, und wirf dein Netz, und hernach will ich dir sagen, was du tun sollst!' Da nahm Chalîfa denn sein Netz, schritt zum Flusse, warf es aus und wartete eine Weile; dann zog er es hoch und fand, daß es schwer war. Wiederum mühte er sich mit ihm ab, bis er es ans Land gebracht hatte; und siehe, wiederum war ein Affe darin, doch dieser Affe war rot und trug blaue Kleider, seine Hände und Füße waren aber auch mit Henna gefärbt, und ebenso waren seine Augen mit Bleiglanz geschminkt. Kaum hatte Chalîfa den erblickt, so rief er aus: ,O Gott, o großer Gott! Gepriesen sei der Herr der Herrlichkeit! Fürwahr, dieser Tag ist gesegnet von Anfang bis zu Ende; sein Stern ging glückverheißend auf im Antlitze des ersten Affen, und den Inhalt eines Blattes erkennt man aus der Überschrift. Dieser Tag ist der Tag der Affen; in dem Flusse gibt es keine Fische mehr. Heute sind wir ausgezogen, um nichts als Affen zu fischen. Gelobt sei Allah, der die Fische in Affen verwandelt hat!' Dann wandte er sich zu dem dritten Affen und sprach zu ihm: ,Was bist du denn, du Unglücksvieh?' Der Affe erwiderte: ,Kennst du mich nicht, Chalîfa?' ,Nein', sagte der Fischer; und das Tier fuhr fort: ,Ich bin der Affe von Abu es-Sa'adât, dem jüdischen Wechsler.' ,Und was tust du für ihn?' fragte Chalîfa. Darauf gab der Affe zur Antwort: ,Morgens früh begebe ich mich zu ihm, und dann verdient er fünf Dinare; und spät am Abend zeige ich mich ihm wieder, und er verdient noch einmal fünf Dinare.' Da wandte Chalîfa sich zu dem ersten Affen und sprach zu ihm: ,Sieh, du Unglückstier, wie trefflich die Affen anderer Leute sind! Aber du begegnest mir am Morgen mit deiner Lahmheit und Einäugigkeit und deinem Unglücksgesicht, und so werde ich ein armer und hungriger Bettler.' Darauf griff er wieder zum Stock, schwang ihn dreimal durch die Luft und wollte ihn auf das Tier niederfahren lassen. Doch da rief der Affe von Abu es-Sa'adât ihm zu: ,Laß ihn, o Chalîfa, und heb deine Hand von ihm! Komm zu mir, auf daß ich dir sage, was du tun sollst.' Also warf Chalîfa den Stock wieder aus der Hand, trat zu ihm hin und fragte ihn: ,Was hast du mir zu sagen, du Herr aller Affen?' Jener antwortete ihm: ,Nimm das Netz und wirf es in den Fluß; laß mich und jene beiden Affen hier bei dir bleiben! Und was du heraufholst, das bringe her zu mir, so will ich dir sagen, was dich erfreut!' – –«

Da bemerkte Schehrezâd, daß der Morgen begann, und sie hielt in der verstatteten Rede an. Doch als die *Achthundertunddreiunddreißigste Nacht* anbrach, fuhr sie also fort: »Es ist mir berichtet worden, o glücklicher König, daß der Affe von Abu es-Sa'adât zu Chalîfa sprach: ,Nimm dein Netz und wirf es in den Strom. Und was du nun darin heraufholst, das bringe her zu mir; so will ich dir sagen, was dich erfreut!' ,Ich höre und gehorche!' erwiderte der Fischer, nahm das Netz, warf es über die Schulter und sprach diese Verse:

> *Ist mir die Brust beengt, so fleh ich zu dem Schöpfer,*
> *Der alles Schwere bald zum Leichten machen kann.*
> *Denn eh der Blick sich hebt, wird frei durch Gottes Güte,*
> *Wer im Gefängnis liegt, und heil der kranke Mann.*
> *Befiehl dem Herren deine Wege immerdar!*
> *Denn Seine Huld ist jedem Klugen offenbar.*

Darauf sprach er noch diese beiden Verse:

> *O du, der du die Menschen in die Mühsal stürzest,*
> *Du machst, daß Sorge wie des Elends Ursach weicht.*
> *O laß mich nie begehren, was sich mir versaget;*
> *Wie mancher, der begehrt, hat nie sein Ziel erreicht!*

Als Chalîfa diese Verse gesprochen hatte, ging er zum Flusse hinab, warf das Netz aus und wartete eine Weile; dann zog er es hoch, und siehe da, in ihm befand sich ein Barsch mit einem großen Kopfe, mit einem Schwanze, der einem Schöpflöffel glich, und Augen, die wie zwei Dinare aussahen. Wie Chalîfa diesen Fisch erblickte, freute er sich; denn er hatte noch nie in seinem Leben seinesgleichen gefangen. Und voll Verwunderung nahm er ihn und trug ihn zu dem Affen des Juden Abu es-Sa'adât, so stolz, als besäße er schon die ganze Welt. Da fragte ihn der Affe: ‚Was willst du mit diesem Fische tun, o Chalîfa? Und was willst du mit deinem Affen anfangen?' Der Fischer antwortete ihm: ‚Ich will dir sagen, o Herr aller Affen, was ich tun will. Wisse denn, zuallererst will ich auf ein Mittel sinnen, das verfluchte Tier dort, meinen Affen, zu beseitigen; an seiner Stelle will ich dich annehmen, und ich will dir jeden Tag zu essen geben, was du nur wünschest.' Und der Affe fuhr fort: ‚Da du nun mich erwählt hast, will ich dir sagen, was du tun sollst, und dadurch soll dein Schicksal gebessert werden, so Allah der Erhabene will. Drum achte auf das, was ich dir sage! Das ist, daß du noch einen Strick bereit hältst und mich mit ihm an einen Baum bindest, mich dann verlässest, mitten auf den Damm gehst und dein Netz in den Tigrisfluß wirfst. Wenn du es ausgeworfen hast, so warte ein wenig, und dann zieh es hoch, so wirst du in ihm einen Fisch finden, so schön, wie du ihn in deinem ganzen Leben noch nicht gesehen hast. Den bringe her zu mir, und ich werde dir sagen, was du weiter tun sollst!' Und alsobald ging Chalîfa hin, warf das Netz in den Tigrisfluß und zog es wieder hoch. Da erblickte er in ihm einen Wels von der Größe eines Lammes, wie er noch in seinem ganzen Leben nie einen gesehen hatte; der war noch größer als der erste Fisch. Er nahm ihn und brachte ihn dem Affen; und jener sprach zu ihm: ‚Hole dir etwas grünes Gras und tu die Hälfte davon in einen Korb; lege den Fisch darauf und deck ihn mit der anderen Hälfte zu! Uns aber laß hier angebunden zurück, und geh, nachdem du den Korb auf deine Schulter gehoben hast, in die Stadt Baghdad! Wenn dich jemand anredet oder dich fragt, so gib ihm keinerlei Antwort, bis du in die Straße der Geldwechsler eintrittst; dort findest du am oberen Ende den Laden des Meisters Abu es-Sa'adât, des Juden, des Scheichs der Wechsler, und du wirst ihn sehen, wie er auf einem Polster sitzt mit einem Kissen hinter sich und zwei Kästen vor sich, einen für das Gold und einen für das Silber, umgeben von Mamluken, Sklaven und Dienern. Tritt auf ihn zu, setze den Korb vor ihm nieder und sprich zu ihm: ‚O Abu es-Sa'adât, ich zog heute zum Fischfang aus und warf das Netz auf deinen Namen; da schickte mir Allah der Erhabene diesen Fisch.' Er wird fragen: ‚Hast du ihn schon jemand anders gezeigt außer mir?' Und du erwidere ihm: ‚Nein, bei Allah!' Dann wird er ihn dir abnehmen und dir einen Dinar geben; den gib ihm zurück! Darauf wird er dir zwei Dinare geben; auch die gib ihm zurück! Alles, was er dir reicht, gib ihm wieder, und gäbe er dir auch das Gewicht des Fisches in Gold! Nimm nichts von ihm an! Schließlich wird er zu dir sprechen: ‚Sage mir, was du haben willst!' und du antworte ihm: ‚Bei Allah, ich verkaufe ihn nur um zwei Worte.' Wenn er dann fragt: ‚Welches sind die beiden Worte?' so erwidere ihm: ‚Erhebe dich und sprich: Bezeuget ihr, die ihr auf dem Markte anwesend seid, daß ich den Affen des Fischers Chalîfa eintausche gegen meinen Affen, daß ich sein Los eintausche gegen mein Los, und sein Glück gegen mein Glück! Das ist der Preis für den Fisch, und ich habe kein Gold nötig.' Wenn er das tut, so will ich jeden Morgen und jeden Abend zu dir kommen, und dann wirst du jeden Tag zehn Dinare verdienen. Zu dem Juden Abu es-Sa'adât aber wird an jedem Morgen sein neuer Affe kommen, das ist dies einäugige und lahme Tier, und Allah wird ihn jeden Tag mit einer Buße heimsuchen, die er bezahlen muß; das wird so lange geschehen, bis er arm geworden ist und gar nichts mehr besitzt. Höre auf das, was ich dir sage; dann hast du Segen und bist auf rechten Wegen!' Als der Fischer Chalîfa diese Worte des Affen vernommen hatte, sprach er zu ihm: ,Ich nehme den Rat an, den du mir gibst, o König aller Affen. Aber diesen Unseligen dort möge Allah nimmer segnen! Ich weiß nicht, was ich mit ihm tun soll.' Der Affe erwiderte ihm: ,Laß ihn ins Wasser gehen und laß auch mich dorthin gehen!' ,Ich höre und gehorche!' sagte Chalîfa, trat an die Affen heran, band sie los und ließ sie ihrer Wege gehen. Nachdem nun jene in den Fluß hinabgelaufen waren, machte Chalîfa sich wieder an den Fisch; er nahm ihn, wusch ihn, legte ihn auf grünem Grase in den Korb und bedeckte ihn auch mit Gras; dann nahm er seine Last auf die Schulter und ging fort, indem er dies Lied sang:

Überlaß dein Los dem Herrn des Himmels: du bist sicher dann.
Übe Güte all dein Leben: keine Reue ficht dich an!
Geh nicht zu verdächt'gem Volke; sonst kommt auch auf dich Verdacht;
Hüte deine Zunge, schmäh nicht; wirst mit Schmähung sonst bedacht! – –«

Da bemerkte Schehrezâd, daß der Morgen begann, und sie hielt in der verstatteten Rede an. Doch als die *Achthundertundvierunddreißigste Nacht* anbrach, fuhr sie also fort: »Es ist mir berichtet worden, o glücklicher König, daß der Fischer Chalîfa, als er sein Lied gesungen hatte, mit dem Korb auf der Schulter weiterging und dahinschritt, bis er in die Stadt Baghdad kam. Wie er aber durch die Straßen zog, erkannten ihn die Leute und riefen ihm zu: ,Was hast du da, o Chalîfa?' Doch er wandte sich nach keinem einzigen von ihnen um, bis er zur Straße der Geldwechsler kam; und er schritt zwischen den Läden weiter, wie ihm der Affe geraten hatte, und schließlich erblickte er jenen Juden. Er sah ihn, wie er in seinem Laden thronte, umgeben von dienenden Sklaven, als wäre er einer der Könige von Chorasân. Kaum war Chalîfas Blick auf ihn gefallen, so erkannte er ihn, ging auf ihn zu und trat vor ihn hin. Und als der Jude sein Haupt erhob, erkannte auch er ihn und sprach zu ihm: ‚Sei mir willkommen, Chalîfa! Was begehrst du? Was wünschest du? Wenn jemand dich angefahren oder mit dir gestritten hat, so sage es mir, und ich will mit dir zum Wachthauptmann gehen, auf daß er dir dein Recht wider ihn verschafft!' Doch Chalîfa entgegnete: ‚Nein, bei deinem Haupte, Meister der Juden, niemand hat mich angefahren. Aber ich zog heute von Hause fort, indem ich meine Sache auf dein Glück stellte; ich ging zum Flusse und warf mein Netz in den Tigris, und da kam dieser Fisch hoch.' Damit öffnete er den Korb und warf den Fisch vor den Juden hin. Wie der ihn sah, hatte er Gefallen an ihm und sprach: ‚Bei der Thora und bei den zehn Geboten,[1] als ich gestern nacht schlief, sah ich im Traume Esra[2] vor mir stehen, der zu mir sprach: ‚Wisse, o Abu es-Sa'adât, ich habe dir ein schönes Geschenk gesandt!' Vielleicht ist dieser Fisch das Geschenk, ja, ganz gewiß.' Dann schaute er Chalîfa an und sprach zu ihm: ‚Bei deinem Glauben, hat jemand schon den Fisch gesehen außer mir?' Der Fischer antwortete: ‚Nein, bei Allah und bei Abu Bekr, dem Wahrhaftigen, du Meister der Juden, niemand hat ihn gesehen außer dir!' Da wandte der Jude sich zu einem seiner Diener und sprach zu ihm: ‚Komm, nimm diesen Fisch und trag ihn ins

---

1. Im Arabischen verderbt; das Richtige ist schon von Lane erkannt. –
2. So nach der besseren Lesart der Kairoer Ausgabe.

Haus! Laß Sa'âda ihn zurichten und backen und braten, bis ich meine Arbeit getan habe und heimkehre!' Und Chalîfa sagte auch zu ihm: ‚Geh, Bursche, laß die Frau des Meisters einen Teil davon backen und den anderen braten!' ‚Ich höre und gehorche, mein Gebieter!' antwortete der Diener, nahm den Fisch und brachte ihn ins Haus. Der Jude aber streckte seine Hand nach einem Dinar aus und reichte ihn dem Fischer Chalîfa, indem er zu ihm sprach: ‚Nimm das für dich, o Chalîfa, und gib es für die Deinen aus!' Als der nun das Geldstück in seiner Hand sah, rief er: ‚Preis sei dem Herrn der Herrlichkeit!' als ob er noch nie in seinem Leben Gold gesehen hätte. Und nachdem er den Dinar genommen hatte, ging er einige Schritte weiter. Aber da dachte er an den Rat des Affen und eilte zurück; er warf dem Juden den Dinar hin und rief: ‚Nimm dein Gold und gib den Fisch her, der anderen Leuten gehört! Dienen andere Leute dir etwa zum Spott?' Als der Jude seine Worte vernahm, glaubte er, Chalîfa scherze mit ihm, und gab ihm noch zwei Dinare zu dem ersten hinzu. Doch der Fischer sprach zu ihm: ‚Gib den Fisch her ohne Scherz! Woher kannst du wissen, daß ich den Fisch um diesen Preis verkaufe?' Nun ergriff der Jude wieder zwei Dinare mit der Hand und sprach: ‚Nimm diese fünf Dinare als Preis für den Fisch und laß ab von der Habgier!' Chalîfa nahm sie in seine Hand und ging mit ihnen davon voller Freuden; dabei starrte er das Gold an und rief in seinem Staunen: ‚Gott sei gepriesen! Der Kalif von Baghdad hat sicher nicht so viel, wie ich heute habe!' Und er ging dahin, bis er das Ende der Marktstraße erreichte; da aber dachte er wieder an die Worte des Affen und an den Auftrag, den der ihm gegeben hatte, und so kehrte er noch einmal zum Juden zurück. Er warf ihm das Gold hin, und da sagte der Wechsler: ‚Was ist das mit dir, Chalîfa? Was willst du denn haben? Willst du deine Dinare in Dirhems umwechseln?' Doch jener rief: ‚Ich will weder Dirhems noch Dinare; ich will nur, daß du mir den Fisch herausgibst, der anderen Leuten gehört.' Da ward der Jude zornig und schrie ihn an mit den Worten: ‚Du Fischer, du bringst mir da einen Fisch, der nicht einen Dinar wert ist, und ich gebe dir dafür fünf Dinare, und du bist noch nicht zufrieden? Bist du denn besessen? Sage mir, für wieviel willst du ihn verkaufen?' Chalîfa gab ihm zur Antwort: ‚Ich verkaufe ihn weder um Silber noch um Gold, ich verkaufe ihn nur für zwei Worte, die du mir sagen sollst.' Als der Jude ihn von zwei Worten[1] reden hörte, traten ihm die Augen aus dem Schädel heraus, sein Atem ging schwer, und er knirschte die Zähne hin und her; und er rief: ‚O du Abschaum der Muslime, willst du, daß ich um deines Fisches willen meinen Glauben aufgebe, und willst du mich abwendig machen von dem Bekenntnis und der Überzeugung, die ich von meinen Vorfahren ererbt habe?' Dann rief er nach seinen Dienern, und als die vor ihm erschienen, sprach er zu ihnen: ‚He, ihr da, ergreift diesen Unglückskerl, zerschlagt ihm mit Hieben den Nacken und laßt die bittersten Schmerzen der Schläge ihn zwacken!' Da fielen sie mit Schlägen über ihn her und prügelten ihn so lange, bis er unter den Ladentisch fiel; nun rief der Jude ihnen zu: ‚Laßt ab von ihm, damit er wieder aufstehen kann!' Chalîfa jedoch sprang auf, als ob ihm nichts geschehen sei; und der Jude sprach zu ihm: ‚Sage mir, was willst du als Preis für diesen Fisch haben? Ich will ihn dir geben; denn du hast jetzt gerade nichts Gutes von mir erhalten.' Der Fischer gab ihm zur Antwort: ‚Mache dir keine Sorgen wegen der

1. ‚Die zwei Worte', das heißt: ‚die zwei Sätze' sind eine Bezeichnung für die beiden Sätze des islamischen Glaubensbekenntnisses; der Jude versteht sie in diesem Sinne.

Schläge, Meister! Ich kann so viel Schläge vertragen wie zehn Esel.' Über diese Worte mußte der Jude lachen, und er sprach zu ihm: ,Um Gottes willen, sage mir, was du haben willst, ich will es dir – bei meinem Glauben – geben!' Darauf erwiderte der Fischer: ,Als Preis für diesen Fisch wird mich nichts von dir zufrieden stellen außer den beiden Worten!' Der Jude fuhr fort: ,Mich deucht, du verlangst von mir, ich solle Muslim werden.' ,Bei Allah,' rief nun Chalîfa, ,wenn du, o Jude, zum Islam übertrittst, so wird dein Bekenntnis weder den Muslimen nützen noch den Juden schaden. Und wenn du in deinem Unglauben beharrst, so schadet er nicht den Muslimen noch auch nützt er den Juden. Nein, was ich vor dir wünsche, ist dies, daß du dich erhebest und sprichst: Bezeuget mir, o ihr Leute des Marktes, daß ich meinen Affen gegen den Affen des Fischers Chalîfa umtausche und mein Los in der Welt gegen sein Los, mein Glück gegen sein Glück!' Der Jude erwiderte darauf: ,Wenn das dein Wunsch ist, so ist es für mich ein leichtes.' – –«

Da bemerkte Schehrezâd, daß der Morgen begann, und sie hielt in der verstatteten Rede an. Doch als die *Achthundertundfünfunddreißigste Nacht* anbrach, fuhr sie also fort: »Es ist mir berichtet worden, o glücklicher König, daß der Jude zum Fischer Chalîfa sprach: ,Wenn das dein Wunsch ist, so ist es für mich ein leichtes.' Und sogleich erhob sich der Jude, und als er auf seinen Füßen stand, sprach er die Worte, wie sie der Fischer Chalîfa ihm gesagt hatte; dann wandte er sich zu ihm und sprach zu ihm: ,Hast du sonst noch etwas von mir zu fordern?' ,Nein', erwiderte der Fischer; und der Jude sagte: ,So zieh hin in Frieden!' Zur selbigen Stunde machte Chalîfa sich auf, nahm seinen Korb und sein Netz und begab sich zum Tigrisfluß; dort warf er das Netz aus, und als er es wieder heraufzog, fand er, daß es schwer war, und er konnte es nur mit Mühe heraufholen. Als er es aber an Land gebracht hatte, sah er, daß es gefüllt war mit Fischen von allen Arten. Da kam auch schon eine Frau auf ihn zu, die eine Schüssel trug; sie gab ihm einen Dinar, und er gab ihr Fische dafür. Nach ihr kam auch noch ein Eunuch zu ihm und kaufte ihm gleichfalls für einen Dinar Fische ab; und so ging es weiter, bis er für zehn Dinare Fische verkauft hatte. Dann verkaufte er täglich für zehn Dinare, zehn Tage lang, bis er hundert Golddinare zusammengebracht hatte.

Nun wohnte dieser Fischer in einem Raume an einer Stätte, wo die Kaufleute vorbeigingen. Und während er eines Nachts dort in seinem Gemache lag, sagte er bei sich selber: ‚Du, Chalîfa, alle Leute kennen dich als einen armen Fischersmann; du hast aber jetzt hundert goldene Dinare. Sicherlich wird der Beherrscher der Gläubigen Harûn er-Raschîd durch irgendwelche Leute von dir hören; und vielleicht hat er gerade Geld nötig und wird dich holen lassen und zu dir sagen: ‚Ich brauche eine Summe von Dinaren; und mir ist berichtet worden, daß du hundert Dinare besitzest; leih sie mir!' Dann werde ich sagen: ‚O Beherrscher der Gläubigen, ich bin ein armer Mann, und wer dir berichtet hat, ich hätte hundert Dinare, der hat über mich gelogen. Die habe ich nämlich nicht, und ich habe auch nichts dergleichen.' Dann wird er mich dem Wachthauptmann überantworten und zu ihm sagen: ‚Zieh ihm die Kleider aus und foltere ihn mit Schlägen, bis er bekennt und die hundert Dinare, die er hat, hergibt!' Also scheint es mir, das Beste, was ich tun kann, um mich gegen diese Gefahr zu schützen, ist dies, daß ich mich sofort daran mache und mich selbst mit der Geißel foltere, damit ich schon an die Schläge gewöhnt bin.' Und so sprach sein Haschischrausch zu ihm:

‚Auf! zieh deine Kleider aus!' Sofort sprang er auf, legte seine Kleider ab und nahm eine Geißel, die er besaß, in die Hand. Er hatte aber auch ein ledernes Kissen; und nun führte er abwechselnd einen Schlag auf jenes Kissen und auf seine eigene Haut, indem er rief: ‚Ach! Ach! Bei Allah, das ist nicht wahr, mein Gebieter, sie lügen von mir, ich bin ein armer Fischersmann, ich besitze nichts von den eitlen Gütern dieser Welt!' Nun hörten die Leute, wie der Fischer Chalîfa sich selber geißelte und mit der Geißel auf das Kissen schlug; denn dadurch, daß die Schläge auf seinen Leib und auf das Kissen niedersausten, entstand Lärm in der Stille der Nacht. Unter denen, die ihn hörten, waren auch die Kaufleute, und die sprachen: ‚Was ist wohl mit diesem armen Kerl, daß er so schreit? Wir hören auch die Hiebe auf ihn niederfallen. Sind etwa Räuber bei ihm eingebrochen, und sind sie es, die ihn so mißhandeln?' Da machten sich denn alle auf, weil sie den Schall der Schläge und das Geschrei hörten, und sie kamen aus ihren Wohnungen hervor und begaben sich zu der Kammer Chalîfas, aber sie fanden sie geschlossen. Nun sagten sie zueinander: ‚Vielleicht sind die Räuber von rückwärts durch die Halle bei ihm eingedrungen; wir müssen aufs Dach klettern.' Deshalb stiegen sie auf das Dach und kletterten durch die Dachluke hinunter. Da sahen sie ihn nackt, wie er sich selbst geißelte, und sie sprachen zu ihm: ‚Was ist dir, Chalîfa? Was ist mit dir geschehen?' Er gab ihnen zur Antwort: ‚Wisset, ihr Leute, ich habe einige Dinare verdient, und ich fürchte, die Kunde davon wird dem Beherrscher der Gläubigen Harûn er-Raschîd hinterbracht werden, und dann wird er mich vor sich kommen lassen und diese Dinare von mir verlangen; dann werde ich leugnen, und wenn ich leugne, so fürchte ich, er wird mich foltern lassen. Nun foltere ich mich also selber, um mich an das zu gewöhnen, was da kommen wird.' Die Kaufleute lachten ihn aus und sprachen zu ihm: ‚Laß doch solche Narreteien! Allah segne dich nicht, noch die Dinare, die du verdient hast! Du hast uns in dieser Nacht wirklich beunruhigt und unsere Herzen erschreckt.' Da hörte Chalîfa auf, sich zu geißeln, und schlief bis zum Morgen. Als er sich dann aus dem Schlafe erhob und an seine Arbeit gehen wollte, dachte er an die hundert Dinare, die in seinem Besitz waren, und er sprach bei sich selber: ‚Wenn ich die zu Hause lasse, so werden die Diebe sie stehlen; und wenn ich sie in einen Gürtel um meinen Leib tue, so wird sie vielleicht jemand bemerken und mir auflauern, bis ich an einsamer Stelle fern von den Menschen allein bin, und mich töten und mir das Geld abnehmen. Aber ich habe einen Plan, der ist fein, der ist ganz vortrefflich!' Und er machte sich auf der Stelle daran, sich eine Tasche im Kragen seines Kittels zu nähen; und er band die hundert Dinare in einen Beutel und steckte ihn in die Tasche, die er gemacht hatte. Dann ging er hin, holte sein Netz und seinen Korb und seinen Stab und machte sich auf den Weg, bis er zum Tigrisflusse kam. – – «

Da bemerkte Schehrezâd, daß der Morgen begann, und sie hielt in der verstatteten Rede an. Doch als die *Achthundertundsechsunddreißigste Nacht* anbrach, fuhr sie also fort: »Es ist mir berichtet worden, o glücklicher König, daß der Fischer Chalîfa, nachdem er die hundert Dinare in seine Tasche gesteckt hatte, seinen Korb und seinen Stab und sein Netz nahm und zum Tigrisflusse ging; dort warf er sein Netz aus, doch als er es herauszog, hatte er nichts darin gefangen. Darauf begab er sich von jener Stätte an eine andere und warf an ihr sein Netz von neuem aus; aber wiederum kam es leer hoch. Und dann wanderte er von Ort zu Ort, bis er eine halbe Tagereise weit von Baghdad entfernt war; immer warf er das Netz aus, ohne etwas zu fangen. Da sprach er zu sich: ‚Bei Allah, ich will mein Netz nur noch dies eine Mal ins Wasser werfen, mag mir ein Fang glücken oder nicht.' Und er schleuderte das Netz mit all seiner Kraft und in all seiner Wut hinaus; und siehe, da flog der Beutel mit den hundert Dinaren aus seinem Kragen und fiel mitten in den Strom hinein und wurde von der starken Strömung fortgetragen. Rasch warf Chalîfa das Netz aus der Hand, zog seine Kleider aus, ließ sie am Ufer zurück, sprang in den Fluß und tauchte hinter dem Beutel her. Immer wieder tauchte er unter und wieder auf, wohl an die hundert Male, bis seine Kraft ermattete und er ganz erschöpft auftauchte, ohne jenen Beutel gefunden zu haben. Wie er nun die Hoffnung auf ihn verloren gab, kam er wieder ans Ufer, und dort fand er nur den Stock, das Netz und den Korb; als er aber nach seinen Kleidern suchte, fand er keine Spur von ihnen. Da sprach er bei sich selber: ‚Das ist doch der gemeinste von denen, für die das Sprichwort geprägt ward: Die Pilgerfahrt ist nicht vollkommen ohne die Paarung mit dem Kamel.'[1] Darauf breitete er das Netz aus und schlang es sich um den Leib; den Stock nahm er in die Hand, den Korb auf die Schulter und lief von dannen, indem er wie ein brünstiges Kamel trabte und bald nach rechts, bald nach links, bald rückwärts, bald vorwärts rannte, mit wirrem Haar und staubbedeckt, gleich als wäre er ein rebellischer Dämon, aus Salomos Kerker losgelassen. So viel von dem Fischer Chalîfa!

Nun wende unsere Erzählung sich zu dem Kalifen Harûn er-Raschîd! Der hatte einen Freund, einen Juwelier, des Namens Ibn el-Kirnâs; und alle Leute, Kaufherren, Makler und

---

1. Chalîfa denkt an den Dieb der Kleider. Nach der Pilgerfahrt, wenn alle Sünden vergeben waren, stürzten sich manche sogleich in neue Ausschweifungen.

Unterhändler wußten, daß Ibn el-Kirnâs der Kaufmann des Kalifen war. Alles, was in der Stadt Baghdad an Kostbarkeiten und seltenen Dingen jeder Art verkauft wurde, konnte nicht eher zum Verkauf kommen, als bis es ihm gezeigt wurde; dazu gehörten auch die Mamluken und die Sklavinnen. Eines Tages, als jener Kaufmann, der da Ibn el-Kirnâs genannt war, in seinem Laden saß, kam der Scheich der Makler zu ihm mit einer Sklavin, wie sie noch kein Auge je erblickt hatte, vollkommen an Schönheit und Lieblichkeit und des Wuchses Ebenmäßigkeit; und zu ihren Vorzügen gehörte auch, daß sie in allen Wissenschaften und Künsten bewandert war, daß sie Verse zu dichten und alle Musikinstrumente zu spielen verstand. Ibn el-Kirnâs, der Juwelier, kaufte sie um fünftausend Golddinare, kleidete sie für tausend Dinare ein und brachte sie dem Beherrscher der Gläubigen. Sie blieb jene Nacht über bei ihm; und der Kalif prüfte sie in jeder Wissenschaft und in jeder Kunst und fand, daß sie in allen Zweigen des Wissens und Könnens erfahren war, ohnegleichen in ihrer Zeit. Ihr Name aber war Kût el-Kulûb, und sie war, wie der Dichter sagt:

> *Den Blick wend ich zurück, sooft sie sich enthüllet;*
> *Sie weist zurück, wenn sie dem Blicke sich versagt.*
> *Ihr Hals gleicht dem des Rehs, sooft sie sich nur wendet;*
> *‚Das Reh hat manche Wendung', ward schon oft geklagt.*

Doch wo bleibt dies neben den Worten eines anderen:

> *Wer bringt mir eine Braune von vielbesung'nem Wuchse,*
> *Der braunen, schlanken Speeren vom Samhar-Rohre*[1] *gleicht,*
> *Mit sehnsuchtsvollen Lidern und seidenweichem Flaume,*
> *Die aus dem wunden Herzen des Liebsten nie entweicht?*

Als es wieder Morgen ward, schickte der Kalif Harûn er-Raschîd nach dem Juwelier Ibn el-Kirnâs; und als der vor ihm

1. Vgl. Band III, Seite 295, Anmerkung 2.

erschien, wies er ihm zehntausend Dinare als Preis für jene Sklavin an. Das Herz des Kalifen aber ward ganz von jener Sklavin, die Kût el-Kulûb geheißen war, eingenommen; er vernachlässigte die Herrin Zubaida bint el-Kâsim, die Tochter seines Oheims, und vernachlässigte auch alle seine Odalisken. Einen ganzen Monat lang ging er nicht von jener Sklavin fort außer zum Freitagsgebet; aber auch dann kehrte er sogleich zu ihr zurück. Die Großen des Reiches waren darüber ungehalten, und sie führten deshalb Klage bei dem Wesir Dscha'far, dem Barmekiden. Der Wesir hatte Geduld mit dem Beherrscher der Gläubigen, bis es wieder Freitag ward; dann ging er in die Moschee, und als er mit dem Beherrscher der Gläubigen zusammentraf, erzählte er ihm alles, was er an Geschichten vernommen hatte, die mit seltsamer Liebe zusammenhängen, um ihn so von dem abzulenken, was ihm im Sinne lag. Da sprach der Kalif zu ihm: ‚O Dscha'far, bei Allah, dies ist nicht durch meinen freien Willen geschehen; mein Herz ist im Netze der Liebe gefangen, und ich weiß nicht, was ich tun soll.' Der Wesir Dscha'far erwiderte ihm: ‚Wisse, o Beherrscher der Gläubigen, diese Odaliske Kût el-Kulûb ist jetzt dein Eigentum geworden, und sie gehört zur Zahl deiner Dienerinnen; was aber die Hand besitzt, danach begehrt die Seele nicht mehr. Doch ich möchte dir noch etwas anderes sagen; und das ist dies: der höchste Ruhm der Könige und Prinzen ist es, wenn sie sich tummeln im Jagdrevier und sich üben im Spiel und Turnier. Wenn du das tust, so wirst du dadurch von ihr abgelenkt werden, und vielleicht wirst du sie vergessen.' ‚Gut ist, was du sagst, o Dscha'far,' sprach der Kalif, ‚laß uns sogleich noch in dieser Stunde zur Jagd aufbrechen!' Als nun das Freitagsgebet beendet war, verließen die beiden die Moschee, saßen alsbald auf und zogen aus zu Jagd und Hatz. – –«

Da bemerkte Schehrezâd, daß der Morgen begann, und sie hielt in der verstatteten Rede an. Doch als die *Achthundertundsiebenunddreißigste Nacht* anbrach, fuhr sie also fort: »Es ist mir berichtet worden, o glücklicher König, daß der Kalif Harûn er-Raschîd und Dscha'far, nachdem sie zu Jagd und Hatz ausgeritten waren, ihres Weges dahinzogen, bis sie ins offene Land kamen. Beide, der Beherrscher der Gläubigen und der Wesir Dscha'far, waren auf Maultieren beritten, und da sie in das Gespräch miteinander vertieft waren, so eilte das Geleit ihnen voraus. Bald aber ward ihnen die Hitze allzu groß, und da sagte er-Raschîd: ,Dscha'far, ich bin sehr durstig geworden.' Dann schaute er sich um und erblickte auf einem hohen Hügel eine Gestalt; da fragte er den Wesir: ,Siehst du, was ich sehe?' Jener antwortete: ,Ja, o Beherrscher der Gläubigen, ich sehe eine Gestalt auf einem hohen Hügel. Das ist entweder ein Gartenhüter oder der Wächter eines Gurkenfeldes. Auf jeden Fall wird es in seiner Nähe nicht an Wasser mangeln.' Und er fügte hinzu: ,Ich will zu ihm hingehen und dir Wasser von dort holen.' Doch er-Raschîd sagte: ,Mein Maultier ist rascher als deins; darum bleib du hier um des Geleites willen. Indessen will ich selbst hinreiten und bei dem Manne Wasser trinken und dann zurückkehren.' Alsbald spornte er sein Maultier an, und das schoß dahin wie der sausende Wind oder wie Wasser, das im Sturzbach rinnt; und so stob es weiter, bis der Kalif bei jener Gestalt ankam, und das war nur ein Augenblick. In der Gestalt aber trat ihm der Fischer Chalîfa entgegen. Und er-Raschîd sah, wie er nackt dastand, nur in ein Fischernetz gehüllt; er sah seine hochroten Augen wackeln, als wären sie zwei Feuerfackeln; es war ein Bild, vor dem ihm graute, als jener vornüber schaute, mit Staub bedeckt und wirrem Haar, als wäre er ein Löwe oder ein Dämon gar. Als er-Raschîd ihn grüßte, erwiderte er den Gruß; doch er war voll Wut, und man hätte Feuer entzünden können an seines Atems Glut. Dann fragte ihn der Kalif: ‚Mann, hast du vielleicht Wasser bei dir?' Chalîfa erwiderte: ‚Du da, bist du blind oder verrückt? Dort ist der Tigrisfluß vor dir, hinter diesem Hügel.' So ritt er-Raschîd denn um den Hügel herum und zum Tigrisflusse hinab; dort trank er und tränkte sein Maultier. Dann kam er sofort wieder herauf und kehrte zu dem Fischer Chalîfa zurück und sprach zu ihm: ‚Was ist dir, Mann, daß du hier stehst? Was für ein Gewerbe hast du?' Jener gab ihm zur Antwort: ‚Diese Frage ist noch absonderlicher und merkwürdiger als deine Frage nach Wasser! Siehst du denn nicht das Gerät meines Gewerbes auf meiner Schulter?' Da fragte ihn der Kalif: ‚Bist du etwa ein Fischer?' ‚Jawohl', erwiderte jener; und er-Raschîd fuhr fort: ‚Wo ist dein Kittel? Wo ist dein Rock? Wo ist dein Gürtel? Und wo sind deine anderen Kleider?' Nun waren das eben die Dinge, die dem Fischer gestohlen waren, genau so wie der Kalif sie genannt hatte, Stück für Stück. Und als Chalîfa den Kalifen so reden hörte, glaubte er in seinem Sinne, jener sei der Mann, der ihm seine Kleider am Ufer des Flusses gestohlen habe. Da lief er denn sofort von dem Hügel herunter, schneller als der blendende Blitz, fiel dem Maultier des Kalifen in die Zügel und schrie ihn an: ‚Mann, her mit meinen Sachen! Laß das Scherzen und Spaßen!' Doch er-Raschîd antwortete: ‚Bei Allah, ich habe deine Kleider nicht gesehen, und ich weiß nichts von ihnen!' Weil der Kalif dicke Wangen und einen kleinen Mund hatte, so sprach der Fischer zu ihm: ‚Vielleicht bist du von Beruf ein Sänger oder ein Flötenspieler. Doch das ist gleich, gib mir meine Sachen, wie sie sind, sonst schlage ich dich mit diesem Stock so mächtig, daß du dein Wasser auf dich laufen läßt und deine Kleider besudelst!' Als der Kalif sah, daß der Fischer Chalîfa den Stock in Händen hatte und ihm überlegen war, sagte er sich: ‚Bei Allah, ich kann von diesem wahnsinnigen Bettler auch nicht einen halben Schlag mit diesem Stock ertragen.' Er trug aber ein Obergewand aus Atlas; das legte er ab, und dann sprach er zu Chalîfa: ‚Mann, nimm dies Gewand an Stelle deiner Kleider!' Der Fischer nahm es, drehte es hin und her und sagte: ‚Meine Kleider sind zehnmal soviel wert wie der bunte Mantel da!' Doch der Kalif entgegnete: ‚Zieh ihn an, bis ich dir deine Kleider bringe!' Chalîfa legte das Gewand, das er genommen hatte, an und sah, daß es ihm zu lang war; da ergriff er ein Messer, das er bei sich hatte und das an den Henkel seines Korbes angebunden war, und schnitt damit unten an dem Gewande etwa ein Drittel des Ganzen ab, so daß es ihm bis eben unter die Kniee reichte. Dann wandte er sich zu er-Raschîd und sprach zu ihm: ‚Um Allahs willen, Pfeifer, sag mir, wie hoch ist dein Lohn im Monat bei deinem Meister für das Flötenspiel?' Der Kalif antwortete ihm: ‚Mein Lohn beträgt in jedem Monat zehn Golddinare.' Und Chalîfa fuhr fort: ‚Bei Allah, armer Kerl, du tust mir leid. So wahr Gott lebt, die zehn Dinare verdiene ich jeden Tag! Willst du nicht bei mir in Dienst treten? Ich will dich die Kunst des Fischfangens lehren und den Gewinn mit dir teilen. Dann kannst du jeden Tag fünf Dinare verdienen; du bist dann mein Diener, und ich schütze dich mit diesem Stock gegen deinen Meister.' ‚Ich bin es zufrieden', gab er-Raschîd zur Antwort; und Chalîfa sagte darauf: ‚Steig jetzt ab von der Eselin und binde sie an, damit sie uns später dazu dient, die Fische zu tragen; und du komm her, ich will dich sogleich das Fischen lehren!' Alsbald stieg der Kalif von dem Rücken seiner Mauleselin, band sie fest und schürzte seine Säume in seinen

Gürtel. Chalîfa aber rief ihm zu: ‚He, Pfeifer, fasse dies Netz so an, lege es so über deinen Unterarm und wirf es so in den Tigris!‘ Da faßte der Kalif sich ein Herz, tat, wie der Fischer es ihm gezeigt hatte, warf das Netz in den Strom und zog daran, vermochte es aber nicht heraufzuziehen. Nun eilte Chalîfa herbei und zog mit ihm daran; aber auch die beiden konnten es nicht einholen. Und Chalîfa rief: ‚O du Unglückspfeifer, ich hab deinen Mantel für meine Kleider genommen beim ersten Male, aber diesmal will ich deine Eselin für mein Netz nehmen, und wenn ich sehe, daß es zerrissen ist, so verprügle ich dich, daß dein Wasser auf dich fließt und du dich besudelst.‘ Doch er-Raschîd sprach zu ihm: ‚Laß uns beide zugleich anziehen!‘ Da zogen die beiden selbander; aber sie konnten jenes Netz nur mit großer Mühe ans Ufer bringen. Und als sie es endlich hochgezogen hatten, schauten sie es an, und siehe, es war voll von Fischen aller Art und jeglicher Farbe. – –«

Da bemerkte Schehrezâd, daß der Morgen begann, und sie hielt in der verstatteten Rede an. Doch als die *Achthundertundachtunddreißigste Nacht* anbrach, fuhr sie also fort: »Es ist mir berichtet worden, o glücklicher König, daß der Fischer Chalîfa und der Kalif, nachdem sie das Netz eingeholt hatten, es voll von Fischen jeglicher Art fanden. Da rief Chalîfa: ‚Bei Allah, Pfeifer, du bist zwar häßlich; aber wenn du dich auf den Fischfang verlegst, so wirst du einmal ein berühmter Fischer werden. Und jetzt ist es das beste, wenn du auf deine Eselin steigst und auf den Markt reitest und zwei Körbe holst; ich will so lange auf die Fische hier achten, bis du wiederkommst, und dann wollen wir sie auf die Eselin laden. Ich habe die Waage und die Pfundgewichte und alles, was wir brauchen; dann können wir das Ganze mit uns nehmen, und du hast nichts zu tun, als die Waage zu halten und die Preise einzustecken. Wir haben jetzt Fische, die zwanzig Dinare wert sind; also beeile dich, die Körbe zu bringen, und bleib mir nicht zu lange fort!' ,Ich höre und gehorche!' erwiderte der Kalif, ließ den Fischer bei den Fischen und ritt eilends auf seiner Mauleselin davon; dabei war er höchst vergnügt und mußte immer über sein Abenteuer mit dem Fischer lachen, bis er wieder zu Dscha'far kam. Als der ihn erblickte, sprach er zu ihm: ,O Beherrscher der Gläubigen, du hast wohl, als du zum Trinken gingst, einen schönen Garten gefunden und bist hineingegangen und hast allein in ihm gelustwandelt.' Wie er-Raschîd die Worte des Ministers hörte, lachte er von neuem; und nun kamen alle Barmekiden und küßten den Boden vor ihm und sprachen zu ihm: ,O Beherrscher der Gläubigen, Allah mache dir die Freuden von langer Dauer und behüte dich vor aller Trauer! Was war der Grund deines langen Ausbleibens, als du zum Trinken gingst, und was ist dir begegnet?' Der Kalif erwiderte ihnen: ,Ich hatte ein seltsames Erlebnis, ein vergnügliches, wunderbares Begebnis.' Dann erzählte er ihnen von dem Fischer Chalîfa, was er mit ihm erlebt hatte und wie der zu ihm gesagt hatte: ,Du hast mir meine Kleider gestohlen'; wie er dem Fischer sein Obergewand gegeben und wie jener ein Stück davon abgeschnitten hatte, als er sah, daß es ihm zu lang war. Da rief Dscha'far: ,Bei Allah, o Beherrscher der Gläubigen, ich hatte schon im Sinne, dich um das Gewand zu bitten; jetzt aber will ich sofort zu dem Fischer eilen und es ihm abkaufen.' Doch der Kalif sprach zu ihm: ,Bei Allah, er hat am unteren Ende ein Drittel des Ganzen abgeschnitten und es so verdorben. Aber, Dscha'far, ich bin müde von meiner Fischerei im Strom, denn ich habe viele Fische gefangen; die hab ich am Ufer des Stromes bei meinem Meister Chalîfa liegen lassen, und er steht noch dort und wartet auf mich, daß ich zu ihm zurückkehre und ihm zwei Körbe bringe und dazu noch das Hackmesser.[1] Dann sollen wir beide, ich und er, auf den Markt gehen und die Fische verkaufen und den Erlös dafür teilen.' Da hub Dscha'far an: ‚O Beherrscher der Gläubigen, ich will euch jemanden bringen, der von euch kauft.' Doch der Kalif sprach: ‚O Dscha'far, bei meinen reinen Vorfahren, wer nur immer mir einen von den Fischen bringt, die vor Chalîfa liegen, jenem Manne, der mich das Fischen gelehrt hat, dem gebe ich einen Golddinar dafür!' Und nun verkündete der Ausrufer unter dem Gefolge: ‚Gehet hin und kauft Fische für den Beherrscher der Gläubigen!' Alsbald machten die Mamluken sich auf und eilten zum Ufer des Flusses; und während Chalîfa auf den Beherrscher der Gläubigen wartete, daß er ihm zwei Körbe brächte, da stürzten plötzlich die Mamluken wie die Geier über ihn her, rissen die Fische an sich und taten sie in Tücher, die mit Gold durchwirkt waren, indem sie sich darum schlugen, zu ihm zu gelangen. Chalîfa rief: ‚Diese Fische gehören sicher zu den Fischen des Paradieses!' Darauf nahm er zwei Fische in die rechte Hand und zwei in die linke, lief bis an den Hals in das Wasser und rief: ‚O Allah, um dieser Fische willen laß deinen Knecht, den Pfeifer, meinen Teilhaber, in diesem Augenblick zu mir kommen!' Doch da trat plötzlich ein schwarzer Sklave auf ihn zu; das war der Oberste von allen schwarzen Sklaven, die der Kalif besaß, und der Grund, weshalb er hinter den Mamluken zurückgeblieben war, war der, daß sein Roß unterwegs stehen geblieben war, um Wasser zu lassen. Als der nun zu der Stätte Chalîfas ankam und dort keine Fische mehr fand, weder wenig noch viel, schaute er nach rechts und nach links und sah den Fischer Chalîfa im Wasser

1. Die Bedeutung ist nicht ganz sicher; die Kairoer Ausgabe läßt das Wort aus.

stehen mit seinen Fischen. Und er rief ihm zu: ‚Du Fischer, komm!' Aber der entgegnete ihm: ‚Geh weg, und sei nicht aufdringlich!' Darauf trat der Eunuch näher zu ihm heran und sprach: ‚Her mit den Fischen da, ich will dir den Preis bezahlen.' Doch Fischer Chalîfa erwiderte dem Eunuchen: ‚Bist du kurz von Verstand? Ich verkaufe sie nicht.' Da schwang der Schwarze seine Keule wider ihn; und Chalîfa schrie ihm zu: ‚Schlag nicht, du Wicht! Das Geschenk ist besser als die Keule!' Dann warf er ihm die Fische zu, der Eunuch ergriff sie, legte sie in sein Tuch und steckte seine Hand in die Tasche. Als er darin aber keinen einzigen Dirhem fand, sprach er: ‚Du Fischer, du hast Unglück; denn bei Allah, ich habe gar kein Geld bei mir. Aber komm morgen in den Palast des Kalifen und sprich: ‚Führt mich zu dem Eunuchen Sandal.' Dann werden dich die Eunuchen zu mir führen, und wenn du dort zu mir kommst, so wird dir von mir zuteil werden, was dir bestimmt ist, und darauf kannst du wieder deiner Wege gehen.' ‚Ach ja,' rief jetzt der Fischer, ‚dieser Tag ist gesegnet; sein Segen zeigte sich von Anfang an!' Alsdann nahm er sein Netz auf die Schulter und ging weiter, bis er nach Baghdad zurückkam. Wie er dort durch die Straßen schritt, sahen die Leute das Gewand des Kalifen an ihm und starrten ihm nach, bis er in das Viertel kam, an dessen Eingangstor der Laden des Schneiders des Beherrschers der Gläubigen lag. Als der Schneider den Fischer Chalîfa sah, angetan mit einem Gewande, das tausend Dinare wert war und das zu den Kleidern des Kalifen gehörte, rief er: ‚He, Chalîfa, woher hast du dies Gewand?' Der Fischer antwortete ihm: ‚Was bist du so vorwitzig? Ich habe es von dem erhalten, dem ich das Fischen beigebracht habe und der mein Lehrling geworden ist. Ich habe ihm den Verlust seiner Hand erspart[1];

1. Vgl. Band I, Seite 339, Anmerkung.

denn er hatte meine Kleider gestohlen, und dafür hat er mir diesen Mantel gegeben.' Nun erkannte der Schneider, daß der Kalif ihm begegnet war, als er fischte, und daß er mit ihm seinen Scherz getrieben und ihm das Gewand gegeben hatte.--«

Da bemerkte Schehrezâd, daß der Morgen begann, und sie hielt in der verstatteten Rede an. Doch als die *Achthundertundneununddreißigste Nacht* anbrach, fuhr sie also fort: »Es ist mir berichtet worden, o glücklicher König, daß der Schneider erkannte, daß der Kalif dem Fischer Chalîfa begegnet war, als er fischte, und mit ihm seinen Scherz getrieben und ihm das Gewand gegeben hatte. Darauf begab sich der Fischer nach Hause.

Wenden wir uns nun wieder von ihm zu dem Kalifen Harûn er-Raschîd! Der war damals ja nur deshalb zu Jagd und Hatz ausgeritten, damit er von der Sklavin Kût el-Kulûb abgelenkt würde. Inzwischen war Zubaida, als sie von der Sklavin hörte und von der Liebe des Kalifen zu ihr, von dem ergriffen, was die Frauen ergreift, von der Eifersucht, und zwar so sehr, daß sie Speise und Trank verweigerte und sich den süßen Schlaf versagte. Und sie hatte nur darauf gewartet, daß der Kalif einmal abwesend oder verreist wäre, um Kût el-Kulûb in eine tückische Falle zu locken. Und als sie damals erfahren hatte, daß der Kalif zu Jagd und Hatz ausgeritten war, befahl sie den Sklavinnen, daß sie den Palast aufs schönste und prächtigste schmücken sollten; auch hielt sie Speisen und Süßigkeiten bereit und füllte unter anderm eine Porzellanschale mit dem allerfeinsten Zuckerwerk, in das sie Bendsch getan und das sie so vergiftet hatte. Dann befahl sie einem der Eunuchen, zu der Sklavin Kût el-Kulûb zu gehen und sie einzuladen, mit der Herrin Zubaida bint el-Kâsim, der Gemahlin des Beherrschers der Gläubigen, zu speisen und ihr zu sagen: ‚Die Gemahlin des Beherrschers der Gläubigen hat heute Arznei getrunken, und da sie von deiner lieblichen Stimme vernommen hat, so wünscht sie zu ihrer Unterhaltung etwas von deiner Kunst zu hören.' Darauf erwiderte die Sklavin: ‚Ich höre und gehorche Allah und der Herrin Zubaida!' Und sie erhob sich sofort, ohne zu ahnen, was in der dunklen Zukunft für sie verborgen war; die Instrumente, deren sie bedurfte, nahm sie mit sich, und dann machte sie sich mit dem Eunuchen auf den Weg. Sie schritt dahin, bis sie zur Herrin Zubaida eintrat, und als sie zu ihr hereingekommen war, küßte sie den Boden vor ihr viele Male. Danach erhob sie sich wieder und sprach: ‚Mit der Herrin der wohlbehüteten Erhabenheit und der majestätischen Unnahbarkeit, dem Sproß der Abbasiden, der Prophetentochter, sei der Frieden! Von Allah werde dir Glück und Heil in allen Tagen und Jahren zuteil!' Dann trat sie unter die Sklavinnen und Eunuchen; und nun hob die Herrin Zubaida ihr Haupt zu ihr empor und schaute auf ihre Schönheit und Anmut. Da erblickte sie eine herrliche Maid; ihre Wangen waren rund und weich, ihre Brüste den Granatäpfeln gleich; ihr Antlitz strahlte im Vollmondschein, ihre Stirne war blütenrein, ihre Augen schauten tiefdunkel drein; versonnen senkten sich ihre Lider, doch heller Glanz schien von ihrem Angesicht wider; als höbe sich von ihrer Stirn die Sonne empor und als bräche das Dunkel der Nacht aus ihren Locken hervor; als hauchte ihr Odem Moschusduft aus und als blühte auf ihren Wangen ein Blumenstrauß. Es war, als ginge der Mond aus ihrer Stirn auf und als beugte sich ein Zweig in ihrer schwanken Gestalt; sie glich dem vollen Mond, der im Dunkel der Nacht am Himmel thront. Aus ihren Augen sprach der Liebe Gewalt, ihre Brauen waren von Bogengestalt, während ihrer Lippen Paar aus Korallen gebildet war. So geschah es, daß sie jeden, der sie erblickte, durch ihre Schönheit verwirrte und jeden, der sie schaute, durch ihre Blicke blendete – Ruhm sei Ihm, der sie schuf und bildete und vollendete! – und daß man auf sie die Worte des Dichters über eine, die ihr glich, anwendete:

> *Du siehst, wie Menschen sterben, wenn sie zürnet,*
> *Und durch ihr Holdsein Leben wiederkehrt.*
> *Aus ihren Augen wirft sie Zauberblicke*
> *Und tötet und belebt, wen sie begehrt.*
> *Sie nimmt die Menschen durch den Blick gefangen,*
> *Als müßten sie an ihr gleich Knechten hangen.*

Darauf sprach die Herrin Zubaida zu ihr: ‚Willkommen, herzlich willkommen, o Kût el-Kulûb! Setze dich und unterhalte uns durch deine Kunst und dein schönes Können!' ‚Ich höre und gehorche!' sprach die Sklavin, setzte sich, streckte ihre Hand aus und ergriff das Tamburin, von dem einer seiner Lobredner diese Verse gesungen hat:

> *Du mit dem Tamburin, mein Herz verging in Sehnsucht;*
> *Es schreit, wenn du noch spielst, in seinem wilden Weh.*
> *Du hast doch nur ein wundes Herze hingerissen;*
> *Der Mensch begehrt, daß deine Hand nun stille steh.*
> *Dann mögest du ein Wort, ob leicht, ob schwer, mir sagen;*
> *Und spiele, was du willst, wenn nur dein Spiel beglückt!*
> *Sei froh, enthülle deine Wangen, du mein Herzlieb!*
> *Auf, tanze, wiege dich, entzücke, sei entzückt!*

Dann schlug sie das Tamburin so lebhaft und sang so schön, daß die Vögel im Fluge innehielten, und daß der ganze Palast mit ihnen zu tanzen schien. Als sie aber das Tamburin aus der Hand gelegt hatte, nahm sie die Flöte, von der dieser Vers gedichtet ward:

> *In ihren Augen ist ein Kind*[1], *das mit den Fingern*
> *Auf echte, schöne Weisen ohne Mißklang zeigt.*

[1] ‚Kind' (arabisch ‚Mensch') ist die Pupille des Auges: die Flötenlöcher werden mit Augen verglichen. Das ganze Bild ist etwas gewagt.

Und wie auch der Dichter in diesem Verse sagt:

> *Verrät sie ihren Willen, Lieder uns zu spielen,*
> *So ist die Zeit uns hold zu frohem Wiedersehen.*

Darauf legte sie die Flöte nieder, nachdem sie alle, die zugegen waren, durch sie entzückt hatte, und griff zur Laute, von der ein Dichter sagt:

> *Wie mancher grüne Zweig ward zu des Mädchens Laute;*
> *Ihm beuget sich der Edlen Schar von hohem Rang.*
> *In ihrer hohen Kunst berührt die Maid und schlägt ihn*
> *Mit ihren Fingern; ihn verschönt der Töne Klang.*

Und sie stimmte die Saiten und straffte die Wirbel, legte die Laute in den Schoß und neigte sich darüber, wie eine Mutter sich über ihr Kind neigt; und es war, als ob der Dichter in diesen Versen von ihr und von ihrer Laute gesungen hätte:

> *Süß redet sie auf Saiten aus dem Perserland*
> *Und macht verständlich, was man nie zuvor verstand.*
> *Sie kündet, daß die Liebe nur ein Mörder ist*
> *Und daß sie auch dem Muslim den Verstand zerfrißt.*
> *Wie schön gestaltet ist, bei Gott, die Hand der Maid,*
> *Die, ohne einen Mund, der Rede Klang verleiht!*
> *Sie hält der Liebe Strom mit ihrer Laute an,*
> *Gleichwie der kluge Arzt den Blutstrom stillen kann.*

Sie spielte ein Vorspiel von vierzehn Weisen und sang ein ganzes Stück zur Laute, das die Zuschauer berückte und die Hörer entzückte. Darauf sang sie diese beiden Verse:

> *O Segen, daß ich zu dir kam!*
> *Das brachte neue Fröhlichkeit*
> *Und Glück, das nie ein Ende nahm,*
> *Und unbegrenzte Seligkeit.* – –«

Da bemerkte Schehrezâd, daß der Morgen begann, und sie hielt in der verstatteten Rede an. Doch als die *Achthundertundvierzigste Nacht* anbrach, fuhr sie also fort: »Es ist mir berichtet worden, o glücklicher König, daß die Sklavin Kût el-Kulûb, nachdem sie vor der Herrin Zubaida diese Lieder gesungen und dazu die Saiten geschlagen hatte, nunmehr begann, Zaubereien und Taschenspielerkunststücke und allerlei schöne Handfertigkeiten vorzuführen, so daß die Herrin Zubaida sie fast lieb gewann und bei sich sprach: ‚Mein Vetter er-Raschîd ist nicht zu tadeln, daß er sie liebt.' Nun küßte die Sklavin wiederum den Boden vor Zubaida und setzte sich nieder. Dann wurden ihr die Speisen aufgetragen und die Süßigkeiten gereicht, und dabei gab man ihr auch die Schale, in der das Bendsch war; und sie aß davon. Kaum war jedoch dies Zuckerwerk in ihren Magen gelangt, da sank ihr Kopf zurück, und sie fiel im Schlaf zu Boden. Die Herrin Zubaida aber sprach zu ihren Sklavinnen: ‚Tragt sie in eine der Kammern, bis ich wieder nach ihr rufe!' ‚Wir hören und gehorchen!' erwiderten sie; und Zubaida sprach zu einem der Eunuchen: ‚Mach mir eine Truhe und bring sie mir her!' Dann befahl sie, ein Scheingrab zu errichten und zu verbreiten, die Sklavin sei erstickt und gestorben; und sie drohte ihren nächsten Vertrauten, sie würde jedem, der da sage, Kût el-Kulûb sei am Leben, den Kopf abschlagen lassen. Da kehrte plötzlich, gerade zu jener Stunde, der Kalif von Jagd und Hatz zurück, und seine erste Frage galt der Sklavin. Einer seiner Eunuchen, den die Herrin Zubaida beauftragt hatte, er solle, wenn der Kalif nach seiner Sklavin frage, ihm sagen, daß sie gestorben sei, trat nun vor, küßte den Boden vor er-Raschîd und sprach zu ihm: ‚Mein Gebieter, dein Haupt möge leben! Vernimm in Gewißheit, daß Kût el-Kulûb an einem Bissen erstickt und gestorben ist.' Da schrie der Kalif: ‚Allah erfreue dich nie mit guter Botschaft, du Unglückssklave!' Darauf trat er in den Palast ein und hörte von allen, die im Schlosse waren, daß sie gestorben sei. Und als er fragte, wo ihr Grab sei, führte man ihn zu der Grabstätte, zeigte ihm das Grab, das zum Schein gemacht war, und sprach zu ihm: ‚Dies ist ihre letzte Ruhestatt.' Und als er es sah, schrie er auf, umklammerte den Leichenstein und weinte und sprach diese Verse:

> *Bei Gott, o Grab, ging ihre Schönheit jetzt von dannen?*
> *Und schwand der Glanz, der sonst in hehrem Licht erscheint?*
> *O Grab, du bist für mich kein Garten und kein Himmel:*
> *Wie kommt's, daß sich der Zweig hier mit dem Mond vereint?*

Und wiederum weinte der Kalif bitterlich, und er blieb dort eine lange Weile; dann verließ er die Grabstätte in tiefer Trauer. Als die Herrin Zubaida nun wußte, daß ihre List geglückt war, sprach sie zu dem Eunuchen: ‚Her mit der Truhe!' Der brachte sie, und Zubaida ließ die Sklavin herbeischaffen, und nachdem sie die Schlafende hineingelegt hatte, sprach sie zu dem Eunuchen: ‚Gib dir alle Mühe, die Truhe zu verkaufen, und mach es dem Käufer zur Bedingung, daß er sie verschlossen kauft; den Erlös aber verteile als Almosen!' Da nahm der Diener die Truhe und verließ die Herrscherin, um ihr Gebot zu erfüllen. So weit von jenen!

Sehen wir nun, wie es dem Fischer Chalifa weiter erging! Als der Morgen sich einstellte und die Welt mit seinem Licht und Glanz erhellte, sprach er: ‚Heute habe ich keine bessere Arbeit, als daß ich zu dem Eunuchen gehe, der mir die Fische abgekauft hat; denn er hat doch mit mir verabredet, ich sollte zu ihm in den Palast des Kalifen kommen.' Darauf trat er aus seiner Wohnstatt hinaus, um sich zum Kalifenschlosse zu begeben. Als er dort ankam, fand er die Mamluken und schwarzen Sklaven und Eunuchen, die da standen und saßen. Er schaute sie an, und siehe, da war auch der Eunuch, der ihm die Fische abgenommen hatte; der saß, und die weißen Sklaven warteten ihm auf. Zufällig rief einer von den Mamluken nach ihm, und als er sich umwandte, um zu sehen, wer gerufen habe, erblickte er plötzlich den Fischer. Und wie Chalîfa bemerkte, daß jener ihn gesehen und erkannt hatte, sprach er zu ihm: ‚Ich hab nicht verfehlt, Tülpchen!‘[1] So halten es Leute von Wort.‘ Als der Eunuch seine Worte vernommen hatte, lachte er und erwiderte ihm: ‚Bei Allah, du hast recht, Fischer!‘ Nun wollte der Eunuch Sandal ihm etwas geben und steckte schon seine Hand in die Tasche, da erscholl plötzlich ein großer Lärm. Rasch erhob er sein Haupt, um zu sehen, was es gäbe, und siehe, der Wesir Dscha'far, der Barmekide, kam gerade vom Kalifen. Als der Eunuch ihn erblickte, sprang er auf seine Füße vor ihm und ging vor ihm her; und die beiden begannen zu plaudern, indem sie umherwandelten, bis eine lange Zeit verstrichen war. Der Fischer Chalîfa aber stand derweilen da, während der Eunuch seiner nicht mehr achtete. Doch als ihm das Stehen zu lange währte, machte er sich ihm von ferne bemerkbar, winkte ihm mit der Hand und rief: ‚Mein Herr Tülpchen, laß mich gehen!‘ Der Eunuch hörte ihn wohl, aber er schämte sich, ihm zu antworten, weil der Wesir Dscha'far bei ihm war, und so plauderte er weiter mit dem Minister, indem er sich stellte, als bemerke er den Fischer nicht. Doch der begann zu rufen: ‚Du säumiger Zahler! Möge Allah jeden Grobian zuschanden werden lassen, jeden, der erst den Leuten ihre Ware abnimmt und sich nachher noch grob gegen sie benimmt! Ich stelle mich jetzt unter deinen Schutz, du mein Herr Kleiebauch[2], damit du mir gibst, was mir zukommt und ich gehen kann!‘ Der Eunuch hörte ihn, aber er schämte sich

1. Das arabische Wort ist die Verkleinerungsform von einem Worte für Anemone oder eine andere rote Blume oder überhaupt etwas Rotes. Die Neger haben es gern, wenn man ihre Farbe als rot bezeichnet. – 2. Der Fischer redet den Wesir an.

vor Dscha'far. Doch auch der Wesir sah, wie Chalîfa dem Eunuchen winkte und auf ihn einredete, obgleich er nicht verstand, was er sagte; so sprach er denn zu dem Eunuchen, dessen Benehmen ihm mißfiel: ‚Was will dieser arme Bittsteller von dir?' Da fragte Sandal der Eunuch: ‚Kennst du den dort nicht, o unser Herr Wesir?' ‚Bei Allah, ich kenne ihn nicht,' antwortete der Minister, ‚und woher sollte ich diesen Mann kennen, da ich ihn bis zu diesem Augenblick noch nie gesehen habe?' ‚O unser Herr,' erwiderte der Eunuch, ‚das ist ja der Fischer, dem wir am Ufer des Tigris die Fische weggenommen haben! Ich hatte keine Fische mehr vorgefunden, und ich schämte mich, mit leeren Händen zum Beherrscher der Gläubigen zurückzukehren, während alle Mamluken welche hatten. Aber als ich dorthin kam, fand ich den Fischer mitten im Flusse stehen, wie er zu Gott betete, mit vier Fischen in den Händen. Ich rief ihm zu: ‚Her mit dem, was du bei dir hast, und nimm den Preis dafür!' Nachdem er mir die Fische gegeben hatte, steckte ich meine Hand in die Tasche und wollte ihm etwas geben; aber ich fand nichts darin. Deshalb sagte ich ihm: ‚Komm zu mir ins Schloß; dort will ich dir etwas geben, mit dem du dir in deiner Armut helfen kannst.' Nun kam er heute zu mir, und ich griff wieder in meine Tasche und wollte ihm etwas geben, da kamst du gerade, und ich sprang auf, um dir aufzuwarten, so daß ich durch dich von ihm abgelenkt wurde; ihm ist die Sache aber zu lang geworden. Das ist seine Geschichte, und das ist der Grund, weshalb er hier steht.' – –«

Da bemerkte Schehrezâd, daß der Morgen begann, und sie hielt in der verstatteten Rede an. Doch als die *Achthundertundeinundvierzigste Nacht anbrach,* fuhr sie also fort: »Es ist mir berichtet worden, o glücklicher König, daß der Eunuch Sandal, als er dem Barmekiden Dscha'far das Erlebnis mit dem Fischer

Chalifa erzählt hatte, mit den Worten schloß: ‚Dies ist seine Geschichte, und das ist der Grund, weshalb er hier steht.' Als der Wesir die Worte des Eunuchen vernommen hatte, lächelte er darüber und sprach: ‚Du, Eunuch, wie ist es möglich, daß dieser Fischer hierher kommt, zur Zeit, da seine Forderung fällig ist, und du sie ihm nicht begleichst? Weißt du nicht, wer er ist, du Oberhaupt der Eunuchen?' ‚Nein', erwiderte jener; und der Wesir fuhr fort: ‚Er ist der Lehrmeister und der Teilhaber des Beherrschers der Gläubigen. Unserem Herrn, dem Kalifen, ist heute früh die Brust beklommen, das Herz betrübt und der Sinn bekümmert, und nichts wird ihm die Brust weit machen als eben dieser Fischer. Darum laß ihn nicht fortgehen, bis ich mit dem Kalifen über ihn spreche und ihn vor ihn führe! Dann wird Allah ihn vielleicht von seiner Trauer befreien und ihn durch die Anwesenheit des Fischers über den Verlust von Kût el-Kulûb trösten. Und der Herrscher wird ihm etwas geben, durch das er Hilfe findet, und du bist von alledem der Anlaß.' Der Eunuch gab ihm zur Antwort: ‚Mein Gebieter, tu, was du wünschest, und Allah der Erhabene erhalte dich als einen Pfeiler für die Herrschaft des Beherrschers der Gläubigen – Er möge ihren Schatten lange dauern lassen und ihren Zweig und ihre Wurzel behüten!' Da machte der Wesir Dscha'far sich auf den Weg zum Kalifen, während der Eunuch den Mamluken befahl, den Fischer nicht zu verlassen. Doch der Fischersmann rief: ‚Wie herrlich ist deine Güte, du Tülpchen! Der Suchende ist nun zum Gesuchten geworden! Ich bin gekommen, um mir mein Geld zu holen, und nun hat man mich eingesperrt wegen unbezahlter Steuern.'

Als Dscha'far zum Kalifen eintrat, fand er ihn dasitzen mit gesenktem Haupte und beklommener Brust und in trübe Gedanken versunken; dabei sprach er die Dichterworte vor sich hin:

Die Tadler quälen mich, ich soll mich ihrer trösten.
Was soll ich tun? Mein Herz hört nicht auf mein Gebot!
Wie kann ich bei der Liebe einer Maid mich fassen?
Gefaßte Liebe nützt mir nichts seit ihrem Tod.
Nein, ich vergeß sie nie, die mir den Becher brachte
Und mich durch ihrer Blicke Wein zum Trunknen machte!

Wie Dscha'far dann vor dem Kalifen stand, sprach er: ‚Mit dir, o Beherrscher der Gläubigen, sei Frieden, mit dir, dem Hüter der Ehre des Glaubens hienieden, dem Sproß des Oheims des Herrn der Gottesgesandten – Allah segne ihn und gebe ihm Heil und all seinen Anverwandten!' Da hob der Herrscher sein Haupt und sprach: ‚Auch mit dir sei Friede und die Gnade und der Segen Allahs!' Und Dscha'far fuhr fort: ‚Mit der Erlaubnis des Beherrschers der Gläubigen möge sein Knecht ohne Rückhalt reden!' Darauf sagte der Kalif: ‚Wann ist dir je Zurückhaltung in der Rede auferlegt worden, dir, dem Herrn der Wesire? Sprich, was du willst!' Und nun hub der Wesir Dscha'far an: ‚Siehe, ich ging hinaus von dir, o unser Gebieter, und wollte mich nach Hause begeben; doch da sah ich deinen Meister und Lehrer und Teilhaber, den Fischer Chalîfa, an der Tür stehen, wie er dir zürnte und sich über dich beklagte und sagte: ‚O Gott im Himmel! Ich lehrte ihn den Fischfang, und er ging fort, um mir zwei Körbe zu holen; aber er kam nicht zurück zu mir! Das verträgt sich nicht mit der Teilhaberschaft noch auch mit der Würde der Lehrmeister!' Wenn du jetzt noch Lust zur Teilhaberschaft hast, so ist es gut; wenn nicht, so laß es ihn wissen, damit er sich einen anderen Teilhaber sucht als dich!' Wie der Kalif seine Worte vernahm, lächelte er, und seine Brust ward frei von allem Kummer. Dann sprach er zu Dscha'far: ‚Bei meinem Leben, ich beschwöre dich, ist es wahr, was du sagst, daß der Fischer an der Tür steht?' ‚Bei deinem Leben, o Beherrscher der Gläubigen,' antwortete Dscha'far, ,er steht an der Tür!' Da sprach der Kalif: ,O Dscha'far, bei Allah, ich will mein Bestes tun, ihm sein Teil zukommen zu lassen! Wenn Allah ihm durch meine Hand Elend sendet, so soll er es haben; und wenn er ihm durch mich Glück zuteil werden läßt, so soll er das erhalten.' Darauf nahm er ein Blatt Papier, zerschnitt es in kleine Stücke und sprach: ,Dscha'far, schreib mit deiner Hand zwanzig Summen Geldes darauf, von einem Dinar bis zu tausend Dinaren; ferner auch die Ämter von Statthaltern und Emiren, von dem geringsten Amte bis zum Kalifat; dazu noch zwanzig Arten von Strafen, von der leichtesten Züchtigung bis zur Hinrichtung.' ,Ich höre und gehorche, o Beherrscher der Gläubigen!' erwiderte Dscha'far und beschrieb die Blätter mit eigener Hand, wie ihm der Kalif befohlen hatte. Danach hub der Kalif an: ,Dscha'far, ich schwöre bei meinen reinen Vorfahren und bei meiner Verwandtschaft mit Hamza und 'Akîl[1], ich will den Fischer Chalîfa kommen lassen und ihm befehlen, eins von diesen Blättern zu nehmen, deren Inhalt niemand kennt außer mir und dir. Was darauf steht, das will ich ihm gewähren, ja sogar, wenn das Kalifat darauf steht, so will ich mich seiner entkleiden und es ihm übertragen und es ihm nicht mißgönnen. Wenn hingegen darauf steht, daß er gehängt oder verstümmelt oder sonstwie getötet werden soll, so will ich es an ihm zur Tat machen. Nun geh hin und bring ihn mir!' Als Dscha'far diese Rede hörte, sprach er bei sich: ,Es gibt keine Macht und es gibt keine Majestät außer bei Allah, dem Erhabenen und Allmächtigen! Womöglich wird für diesen armen Kerl etwas herauskommen, das ihm den Tod einbringt, und dann bin ich die Ursache. Aber der Kalif hat geschworen, und nun bleibt nichts anderes übrig,

1. Hamza war der Oheim, 'Akîl der Vetter Mohammeds.

als daß er hereinkommt; und es geschieht ja auch nichts, als was Allah will.' Dann ging er zum Fischer Chalîfa, faßte ihn bei der Hand und wollte ihn hineinführen; aber da ward der Fischer wie von Sinnen, und er sprach bei sich selber: ,Was für eine Torheit von mir, daß ich zu dem Unglückssklaven, dem Tülpchen, gegangen bin, so daß er mich mit dem Kleiebauch zusammenbrachte!' Dscha'far aber ging mit ihm weiter, während die Mamluken vor ihm und hinter ihm schritten und der Fischer sagte: ,Genügte die Verhaftung noch nicht, daß auch noch die Leute da vor mir und hinter mir herlaufen müssen, um mich am Entweichen zu verhindern?' Und Dscha'far führte ihn weiter, bis sie durch sieben Vorhallen gekommen waren; dann sprach er zu Chalîfa: ,Heda, du Fischer, du bist hier vor den Beherrscher der Gläubigen beschieden, den Schützer der Ehre des Glaubens hienieden!' Als er nun den großen Vorhang hob, fiel das Auge des Fischers Chalîfa auf den Kalifen, wie der auf seinem Throne saß, umgeben von den Großen des Reiches, die ihm aufwarteten. Kaum hatte er ihn erkannt, so trat er auf ihn zu und sprach: ,Willkommen, willkommen, mein Pfeiferlein! Es war nicht recht von dir, Fischer zu werden und mich dann sitzen zu lassen, daß ich die Fische bewachte, und selber wegzugehen und nicht wiederzukommen. Eh ich mich dessen versah, kamen die Mamluken auf allen möglichen Tieren an und rissen mir die Fische weg, wie ich so allein dastand; und all das ist deine Schuld. Wenn du rasch mit den Körben gekommen wärest, so hätten wir für hundert Dinare Fische verkauft. Und wie ich nun hierher kam, um mir mein Recht zu holen, haben mich die Leute verhaftet. Aber du, wer hat dich hier verhaftet?' Der Kalif lächelte; dann hob er eine Seite des Vorhangs empor, streckte den Kopf heraus und sprach: ,Komm her und nimm dir eins von diesen Blättern!' Da sagte der Fischer Chalîfa zum Beherrscher der Gläubigen: ‚Gestern warst du ein Fischer, und heute seh ich, daß du ein Sterndeuter geworden bist. Aber je mehr Gewerbe einer hat, desto ärmer wird er.' Doch Dscha'far fuhr ihn an: ‚Nimm sofort das Blatt, ohne zu schwätzen, und tu, wie der Beherrscher der Gläubigen dir befohlen hat!' Nun ging der Fischer Chalîfa hin, streckte seine Hand aus und sprach: ‚Das soll nicht wieder vorkommen, daß dieser Pfeifer je mein Diener wird und mit mir fischt!' Dann nahm er das Blatt, reichte es dem Kalifen und sprach: ‚Du, Pfeifer, was ist da für mich herausgekommen? Verbirg mir nichts davon!' – –«

Da bemerkte Schehrezâd, daß der Morgen begann, und sie hielt in der verstatteten Rede an. Doch als die *Achthundertundzweiundvierzigste Nacht* anbrach, fuhr sie also fort: »Es ist mir berichtet worden, o glücklicher König, daß der Fischer Chalîfa, nachdem er eins von den Blättern genommen und es dem Kalifen gereicht hatte, zu ihm sprach: ‚Du, Pfeifer, was ist da für mich herausgekommen? Verbirg mir nichts davon!' Der Kalif nahm das Blatt in die Hand, reichte es dem Wesir Dscha'far und sprach zu ihm: ‚Lies, was darauf steht!' Jener blickte es an und rief: Es gibt keine Macht und es gibt keine Majestät außer bei Allah, dem Erhabenen und Allmächtigen!' Da sprach der Kalif: ‚Gute Nachricht, Dscha'far? Was hast du darauf gesehen?' Der Wesir gab zur Antwort: ‚O Beherrscher der Gläubigen, auf dem Blatte steht, daß der Fischer hundert Stockschläge erhalten soll.' Sogleich befahl der Kalif, ihm hundert Schläge zu geben; der Befehl ward ausgeführt, und Chalîfa erhielt seine hundert Streiche. Dann aber sprang er auf und rief:, Gottverdammt ist dies Spiel, du Kleiebauch! Gehören Verhaftung und Prügel zum Spiel?' Da hub Dscha'far an: ‚O Beherrscher der Gläubigen, dieser arme Kerl kam zum

Flusse¹; wie kann er da durstig wieder umkehren? Wir hoffen von der Mildtätigkeit des Beherrschers der Gläubigen, daß er noch ein zweites Blatt nehmen dürfe; vielleicht kommt dann etwas für ihn heraus, das er mitnehmen kann, um sich in seiner Armut zu helfen.' ,Bei Allah, o Dscha'far,' rief der Kalif, ,wenn er jetzt ein Blatt zieht, auf dem der Tod für ihn steht, so werde ich ihn sicherlich hinrichten lassen; und dann bist du schuld.' Dscha'far erwiderte: ,Wenn er stirbt, so hat er Ruhe.' Doch der Fischer Chalîfa sprach zu ihm: ,Allah erfreue dich nie durch gute Botschaft! Habe ich euch Baghdad zu eng gemacht, daß ihr mich töten wollt?' Da sprach Dscha'far: ,Nimm dir ein Blatt und flehe um den Segen Allahs des Erhabenen!' Der Fischer streckte also seine Hand aus, zog ein Blatt und reichte es Dscha'far. Wie der es von ihm hingenommen und gelesen hatte, blieb er stumm. Der Kalif fragte: ,Weshalb schweigst du, o Sohn des Jahja?' Jener gab zur Antwort: ,O Beherrscher der Gläubigen, auf dem Blatte steht, daß der Fischer nichts erhalten soll.' Darauf sagte der Kalif: ,Sein täglich Brot soll ihm nicht von uns kommen; heiß ihn fortgehen aus meinen Augen!' Aber Dscha'far bat: ,Bei deinen reinen Vorfahren, laß ihn noch ein drittes Blatt nehmen; vielleicht wird das ihm den Unterhalt bringen.' Und der Kalif gebot: ,Laß ihn noch ein Blatt nehmen; aber nicht mehr!' Wiederum streckte der Fischer seine Hand aus und zog nun das dritte Blatt; und siehe, darauf stand, dem Fischer solle ein Dinar gegeben werden. Nun sprach Dscha'far zu dem Fischer Chalîfa: ,Ich suchte das Glück für dich; aber Allah gewährte dir nichts als diesen Dinar.' Doch der Fischer antwortete: ,Immer hundert Hiebe für einen Di-

---

1. Gemeint ist der Kalif, der mit einem ,Meere (Flusse) der Freigebigkeit' verglichen wird; für ,Meer' und ,Fluß' wird im Arabischen das gleiche Wort gebraucht.

nar, das ist ein großes Glück. Möge Allah dir den Bauch nicht gesund machen!' Der Kalif lachte darüber, und nun führte Dscha'far den Fischer an der Hand hinaus. Als er zum Tor gelangte, sah ihn der Eunuch Sandal und sprach zu ihm: ‚Hierher, Fischer, gib uns etwas ab von dem, was der Beherrscher der Gläubigen dir geschenkt hat, als er mit dir scherzte!' Chalîfa erwiderte ihm: ‚Bei Allah, du hast recht, Tülpchen! Willst du mit mir teilen, du Schwarzhaut? Ich habe hundert Stockschläge zu fressen bekommen und einen einzigen Dinar erhalten; und der steht dir frei.' Damit warf er das Goldstück dem Eunuchen zu und ging hinaus, während ihm die Tränen über die Backen niederliefen. Als der Eunuch ihn in dieser Verfassung sah, erkannte er, daß jener die Wahrheit gesprochen hatte; deshalb eilte er ihm nach und rief den Dienern zu, sie sollten ihn zurückholen. Wie die ihn dann zurückgebracht hatten, griff Sandal mit der Hand in die Tasche und zog aus ihr einen roten Beutel hervor; den öffnete und schüttelte er, und siehe, es fielen hundert Golddinare aus ihm heraus. Dann sagte er: ‚Du, Fischer, nimm dies Gold als Preis für deine Fische und geh deiner Wege!' Da strahlte Fischer Chalîfa vor Freuden, er nahm die hundert Dinare, hob auch den Dinar des Kalifen wieder auf, ging von dannen und vergaß die Hiebe. Wie nun Allah der Erhabene es wollte, um seinen Ratschluß zur Tat zu machen, ging der Fischersmann über den Markt der Sklavinnen und sah dort einen großen Kreis, in dem sich viele Leute drängten. Er sprach bei sich: ‚Was hat es wohl mit den Leuten dort auf sich?' ging hin und brach sich Bahn durch das Gedränge von Kaufleuten und anderen Zuschauern, und die riefen: ‚Gebt Raum für Kapitän Tunichtgut!' Man machte ihm Platz, und nun konnte Chalîfa auch zuschauen. Siehe, dort war ein alter Mann, der aufrecht dastand und vor sich eine Truhe hatte, und auf ihr saß ein Eunuch. Der Alte aber rief und sprach: ‚O ihr Kaufleute all, ihr Männer des Geldes zumal, wer will es wagen und eilends sein Geld hertragen für diese Truhe unbekannten Inhalts aus dem Hause der Herrin Zubaida bint el-Kâsim, der Gemahlin des Beherrschers der Gläubigen er-Raschîd? Wieviel bietet ihr – Gott segne es euch – ?' Einer von den Kaufleuten hub an: ‚Bei Allah, dies ist ein Wagnis! Ein Wort will ich sagen, das wird mir keinen Tadel eintragen: ich biete für sie zwanzig Dinare.' Ein anderer rief: ‚Fünfzig Dinare!' Dann boten die Kaufleute immer höher darauf, bis der Preis auf hundert Dinare gestiegen war. Nun fragte der Ausrufer: ‚Bietet einer von euch noch mehr, ihr Kaufleute?' Und der Fischer Chalîfa rief: ‚Sie sei mein für hundertundeinen Dinar!' Als die Kaufleute das von Chalîfa hörten, glaubten sie, er scherze, und indem sie über ihn lachten, sprachen sie :‚Eunuch, verkaufe sie an Chalîfa um hundertundeinen Dinar!' ‚Bei Allah,' erwiderte der Eunuch, ‚ich will sie nur ihm verkaufen. Also nimm sie hin, du Fischer, Gott gesegne sie dir, und her mit dem Geld!' Da holte Chalîfa das Gold heraus, übergab es dem Eunuchen, und der Kauf war abgeschlossen. Dann verteilte der Eunuch das Gold als Almosen an Ort und Stelle, kehrte ins Schloß zurück und berichtete der Herrin Zubaida, was er getan hatte; die war darüber erfreut. Derweilen hob der Fischer Chalîfa die Truhe auf seine Schulter, aber er konnte sie wegen ihrer großen Schwere nicht tragen. So hob er sie denn auf seinen Kopf und brachte sie in sein Stadtviertel; dort nahm er sie wieder herunter und blieb ermüdet stehen, dachte über das nach, was er erlebt hatte, und sprach bei sich: ‚Ich möchte wohl wissen, was in dieser Truhe ist!' Dann öffnete er die Tür zu seiner Wohnung und machte sich mit der Truhe zu schaffen, bis er sie in die Wohnung hineingeschoben hatte; darauf bemühte er sich, sie zu öffnen, aber das gelang ihm nicht. Nun sagte er sich: ‚Was ist eigentlich mit meinem Verstande geschehen, daß ich diese Kiste kaufen mußte? Ich muß sie aufbrechen und sehen, was darin ist!' Darauf machte er sich an das Schloß, aber er konnte es nicht öffnen; und er sprach bei sich: ‚Ich will sie bis morgen lassen.' Als er sich jedoch zum Schlafe niederlegen wollte, fand er keinen Platz, auf dem er hätte liegen können, weil die Kiste die ganze Kammer ausfüllte. Deshalb stieg er hinauf und legte sich auf ihr nieder; doch als er eine Weile gelegen hatte, siehe, da bewegte sich etwas. Darüber erschrak er, so daß der Schlaf ihn floh und sein Verstand ihm entschwand. – –«

Da bemerkte Schehrezâd, daß der Morgen begann, und sie hielt in der verstatteten Rede an. Doch als die *Achthundertunddreiundvierzigste Nacht* anbrach, fuhr sie also fort: »Es ist mir berichtet worden, o glücklicher König, daß der Fischer Chalîfa, als er sich auf die Truhe gelegt und dort eine Weile geruht hatte und als sich dann plötzlich etwas bewegte, erschrak und wie von Sinnen ward. Er sprang aus dem Schlafe auf und rief: ‚Mir ist's, als wären Geister in der Kiste! Gott sei Dank, daß ich sie nicht aufgemacht habe! Wenn ich sie aufgemacht hätte, dann wären die im Dunkel über mich hergefallen und hätten mich umgebracht; ja, bei ihnen wäre es mir nicht gut gegangen!' Dann legte er sich wieder hin, um zu schlafen; aber plötzlich bewegte sich die Truhe zum zweiten Male, und zwar noch stärker als zuvor. Chalîfa sprang auf die Füße und rief: ‚Da, schon wieder! Das ist aber doch fürchterlich!' Darauf suchte er eiligst nach einer Lampe; aber er fand keine und hatte auch kein Geld, um eine neue zu kaufen; deshalb ging er zum Hause hinaus und rief: ‚He, ihr Leute im Viertel!' Die meisten Leute des Stadtviertels schliefen schon, doch bei seinem Geschrei erwachten sie und riefen: ‚Was ist dir, Chalîfa?'

Er antwortete: ‚Bringt mir eine Lampe; denn die Geister sind über mich gekommen!' Sie lachten ihn aus, gaben ihm aber eine Lampe, und er nahm sie und kehrte mit ihr in seine Kammer zurück. Dann schlug er mit einem Stein auf das Schloß der Truhe und zerbrach es, und als er sie öffnete, erblickte er darin eine Maid, die einer Paradiesesjungfrau glich. Sie lag dort in der Truhe, vom Bendsch betäubt, doch gerade in diesem Augenblick gab sie das Gift wieder von sich. Und sie erwachte und schlug die Augen auf, und da sie sich beengt fand, rührte sie sich. Als Chalîfa sie erblickte, trat er an sie heran und sprach zu ihr: ‚Bei Allah, meine Gebieterin, sag, woher bist du?' Sie aber rief, indem sie die Augen wieder öffnete: ‚Bring mir Jasmin und Narzisse!'[1] Da sagte Chalîfa: ‚Hier habe ich nur Hennablüten.' Jetzt kam sie ganz wieder zu sich, und da sie den Fischer erblickte, sprach sie zu ihm: ‚Was bist du?' Und sie fügte sogleich hinzu: ‚Wo bin ich denn?' Er antwortete ihr: ‚Du bist in meiner Wohnung!' Und als sie weiter fragte: ‚Bin ich nicht im Palaste des Kalifen Harûn er-Raschîd?' rief er: ‚Was ist er-Raschîd? Du Verrückte, du bist nichts anderes als meine Sklavin; heute hab ich dich für hundertundeinen Dinar gekauft und dich in meine Wohnung gebracht, wie du in dieser Kiste lagst.' Als die Sklavin seine Worte vernommen hatte, fragte sie ihn: ‚Wie heißest du?' Er gab zur Antwort: ‚Ich heiße Chalîfa. Wie kommt's, daß mein Stern jetzt günstig ist? Ich kenne meinen Stern doch auch anders!' Lächelnd fuhr sie fort: ‚Hör mit solchem Gerede auf! Hast du etwas zu essen?' Darauf sagte er: ‚Nein, bei Allah, noch auch etwas zum Trinken. Ich habe, bei Gott, seit zwei Tagen nichts gegessen, und jetzt hätte ich auch gern einen Bissen.' ‚Hast du denn kein Geld?' fragte sie weiter; und er rief: ‚Gott bewahr diese Kiste,

1. Namen von Sklavinnen.

die mich arm gemacht hat! Für sie hab ich alles weglaufen lassen, was ich besaß; und jetzt bin ich bankrott.' Wiederum mußte die Sklavin über ihn lachen, und sie sprach: ,Bitte deine Nachbarn um etwas, das ich essen kann; denn ich bin hungrig!' Sofort eilte Chalîfa aus dem Hause hinaus und rief: ,He, ihr Leute vom Viertel!' Die lagen schon wieder im Schlafe, und als sie jetzt aufwachten, riefen sie: ,Was ist dir denn immer, Chalîfa?' ,Liebe Nachbarn,' gab er zur Antwort, ,ich bin hungrig und habe nichts zu essen.' Da brachte ihm der eine einen Laib Brotes, der andere ein Stück Brot, der dritte ein Stück Käse, der vierte eine Gurke; so ward sein Schoß gefüllt, und er ging ins Haus zurück, legte alles vor Kût el-Kulûb nieder und sprach zu ihr: ,Iß!' Doch sie lachte über ihn und sagte: ,Wie kann ich von diesen Dingen essen, da ich keinen Krug Wassers bei mir habe, aus dem ich trinken könnte! Ich fürchte, ich werde an einem Bissen ersticken und dann sterben.' Chalîfa rief: ,Ich will dir diesen Krug füllen', nahm den Krug und ging mitten auf die Straße und schrie: ,He, ihr Leute des Viertels!' Die aber antworteten ihm: ,Welches Unheil plagt dich heute nacht, Chalîfa?' Da sagte er: ,Ihr gabt mir zu essen, und ich habe gegessen; doch jetzt bin ich durstig, drum gebt mir zu trinken!' Da kam der eine mit einem Krug, der andere mit einer Kanne, der dritte mit einer Tonflasche; so konnte er seinen Krug füllen, und als er wieder in die Kammer trat, sprach er zu ihr: ,Meine Gebieterin, jetzt fehlt dir doch nichts mehr!' ,Recht,' erwiderte sie, ,für jetzt fehlt mir nichts mehr.' Darauf bat er sie: ,Sprich und erzähle mir deine Geschichte!' Sie entgegnete ihm: ,Heda, wenn du mich nicht kennst, so will ich dir sagen, wer ich bin. Ich bin Kût el-Kulûb, die Sklavin des Kalifen Harûn er-Raschîd! Die Herrin Zubaida ist auf mich eifersüchtig geworden und hat mich mit Bendsch betäubt und in diese Truhe gelegt.' Und sogleich fügte sie hinzu: ‚Gott sei Dank, daß die Sache noch so leicht ausgegangen und nicht noch viel schlimmer geworden ist! Dies ist mir nur um deines Glückes willen widerfahren; denn du wirst sicherlich vom Kalifen er-Raschîd viel Geld erhalten, das der Grund zu deinem Reichtum werden wird.' Da fragte er: ‚Ist er-Raschîd nicht der, in dessen Palast ich gefangen war?' ‚Er ist es', erwiderte sie; und der Fischer fuhr fort: ‚Bei Allah, ich habe noch nie einen größeren Geizhals gesehen als ihn, jenen Pfeifer, der so wenig Güte und Verstand besitzt! Er hat mir gestern hundert Stockschläge und einen einzigen Dinar gegeben, obwohl ich ihn das Fischen gelehrt und ihn zu meinem Teilhaber gemacht habe. So treulos hat er an mir gehandelt!' Doch sie sprach zu ihm: ‚Laß ab von diesen häßlichen Worten, öffne deine Augen und befleißige dich der Höflichkeit, wenn du ihn hinfort wieder siehst; denn dann wirst du ans Ziel deiner Wünsche gelangen!' Als er diese Worte von ihr vernahm, war es ihm, als erwache er aus dem Schlafe, und Allah hob die Hülle von seinem Verstand, um seines Glückes willen; und er sprach: ‚Herzlich gern!' Dann sagte er zu ihr: ‚Schlaf im Namen Allahs!' So legte sie sich denn zum Schlafe nieder, und auch er schlief, entfernt von ihr, bis zum Morgen. Am nächsten Tage verlangte sie von ihm Tintenkapsel und Papier, und als er ihr beides gebracht hatte, schrieb sie an den Kaufmann, der des Kalifen Freund war, indem sie ihm mitteilte, wie es jetzt um sie stand und wie es ihr ergangen war, so auch, daß sie jetzt bei dem Fischer Chalîfa weile, der sie gekauft habe. Darauf übergab sie ihm das Blatt mit den Worten: ‚Nimm dies Blatt und trag es zum Markte der Juweliere; dort frage nach dem Laden des Juweliers Ibn el-Kirnâs; dem gib diesen Brief, ohne ein Wort zu sprechen.' ‚Ich höre und gehorche!' erwiderte Chalîfa, nahm das Blatt aus ihrer Hand entgegen und trug es zum Juwelenbasar; dort fragte er nach dem Laden von Ibn el-Kirnâs, und als man ihm den gezeigt hatte, trat er auf den Juwelier zu und bot ihm den Friedensgruß. Jener erwiderte den Gruß mit verächtlicher Miene und fragte: ‚Was willst du?' Der Fischer reichte ihm das Blatt; der Kaufmann nahm es hin, las es aber nicht, da er vermeinte, dieser Mann sei ein Bettler, der ein Almosen von ihm haben wollte. Dann rief er einem seiner Diener zu: ‚Gib ihm einen halben Dirhem!' Aber Chalîfa sprach zu ihm: ‚Ich begehre kein Almosen; lies nur diesen Brief!' So nahm denn der Kaufmann den Brief wieder in die Hand, las ihn und verstand seinen Inhalt. Kaum aber hatte er erkannt, was dort geschrieben war, so küßte er das Blatt und legte es auf sein Haupt. – –«

Da bemerkte Schehrezâd, daß der Morgen begann, und sie hielt in der verstatteten Rede an. Doch als die *Achthundertundvierundzigste Nacht* anbrach, fuhr sie also fort: »Es ist mir berichtet worden, o glücklicher König, daß Ibn el-Kirnâs, nachdem er den Brief gelesen und seinen Inhalt verstanden hatte, ihn küßte und sich aufs Haupt legte; dann stand er auf und sprach zu dem Fischer: ‚Mein Bruder, wo ist dein Haus?' Jener fragte: ‚Was willst du denn mit meinem Hause? Willst du dorthin gehen und mir meine Sklavin stehlen?' ‚Nein,' erwiderte der Kaufmann, ‚im Gegenteil, ich will für dich etwas kaufen, auf daß du mit ihr davon essen kannst!' ‚Mein Haus ist in dem und dem Stadtviertel', sagte Chalîfa; und der Kaufmann fuhr fort: ‚Das hast du gut gemacht, du bist doch ein vermaledeiter Teufelskerl!'[1] Dann rief er zwei seiner Sklaven

---

1. Wörtlich: ‚Allah gebe dir keine Gesundheit, du Unseliger!' Dieser Fluch ist hier als Bewunderungsformel gedacht und im Deutschen etwa wie oben wiederzugeben.

und befahl ihnen: ‚Führt diesen Mann zum Laden des Geldwechslers Muhsin und sprecht zu ihm: ‚Muhsin, gib diesem Manne tausend Golddinare'; dann bringt ihn mir eiligst wieder zurück!' Die beiden Sklaven gingen mit Chalîfa zum Laden des Wechslers und sprachen zu ihm: ‚Muhsin, gib diesem Manne tausend Golddinare!' Der gab sie ihm, Chalîfa nahm sie hin und kehrte mit den beiden Sklaven zum Laden ihres Herrn zurück. Den fanden sie, wie er schon auf einem graugescheckten Maultier saß, das tausend Dinare wert war, umgeben von seinen Mamluken und Dienern, und neben ihm stand ein zweites Maultier, dem seinen gleich, gesattelt und gezäumt. Und er sprach zu Chalîfa: ‚Im Namen Allahs, steig auf dies Maultier!' Doch der Fischer rief: ‚Ich kann nicht reiten; bei Allah, ich fürchte, es wirft mich ab!' Der Kaufmann Ibn el-Kirnâs aber bestand darauf: ‚Bei Allah, du mußt reiten!' So ging Chalîfa denn heran, um aufzusitzen; und er kletterte hinauf, das Gesicht nach rückwärts, ergriff den Schwanz des Tieres und fing an zu schreien. Da warf es ihn zu Boden, und alle mußten über ihn lachen. Er aber stand wieder auf und sprach: ‚Hab ich dir nicht gesagt, daß ich auf diesem großen Esel nicht reiten kann?' Nun ließ Ibn el-Kirnâs den Fischer auf dem Basar zurück, begab sich zum Beherrscher der Gläubigen und berichtete ihm von der Sklavin; dann kehrte er um und ließ sie in sein Haus bringen. Inzwischen ging Chalîfa zu seiner Wohnung, um nach der Sklavin zu sehen; da erblickte er die Leute des Stadtviertels, die sich zusammengeschart hatten und sprachen: ‚Fürwahr, Chalîfa ist heute ganz und gar in furchtbarer Not. Woher mag er diese Sklavin haben?' Einer von den Leuten sagte: ‚Er ist doch ein verrückter Kuppler. Wahrscheinlich hat er sie trunken am Wege liegend gefunden und sie aufgehoben und sie in sein Haus geschleppt. Er ist auch nur

deshalb verschwunden, weil er sich seiner Schuld bewußt ist.'
Während sie so miteinander redeten, trat Chalîfa plötzlich auf sie zu, und sie sprachen zu ihm: ‚Wie geht es dir, armer Kerl? Weißt du nicht, was über dich gekommen ist?' ‚Nein, bei Allah!' erwiderte er; und sie fuhren fort: ‚Soeben sind Mamluken hiergewesen; die haben deine Sklavin, die du gestohlen hast, mitgenommen, und sie suchten auch nach dir, aber sie konnten dich nicht finden.' Chalîfa fragte: ‚Ja, wie kamen sie denn dazu, mir meine Sklavin zu nehmen?' Da sprach einer: ‚Wäre er hier gewesen, so hätten sie ihn totgeschlagen.' Chalîfa jedoch kümmerte sich nicht mehr um sie, sondern lief rasch zum Laden des Ibn el-Kirnâs zurück. Er sah den Kaufmann angeritten kommen und sprach zu ihm: ‚Bei Allah, das ist nicht recht von dir; mich hast du abgelenkt, und inzwischen hast du deine Mamluken geschickt, und die haben meine Sklavin geraubt.' Doch der Kaufmann rief: ‚Du Tor, komm und schweig still!' Darauf nahm er ihn mit sich und führte ihn zu einem schön gebauten Hause; und nachdem er ihn dort hineingeführt hatte, sah der Fischer die Sklavin auf einem goldenen Lager sitzen, umgeben von zehn Kammerfrauen, wie Monde anzuschauen. Als Ibn el-Kirnâs sie erblickte, küßte er den Boden vor ihr; und sie fragte ihn: ‚Was hast du mit meinem neuen Herrn getan, der mich für alles, was er besaß, gekauft hat?' ‚Meine Gebieterin,' gab er ihr zu Antwort, ‚ich habe ihm tausend Golddinare gegeben'; und er erzählte ihr die Geschichte Chalîfas von Anfang bis zu Ende. Da lachte sie und sprach: ‚Sei ihm nicht gram; er ist ein Mann aus dem niederen Volk!' Und sie fügte hinzu: ‚Diese weiteren tausend Dinare sind ein Geschenk von mir an ihn; und so Allah der Erhabene will, soll er vom Kalifen so viel erhalten, daß er ein reicher Mann wird.'
Während sie so miteinander sprachen, trat plötzlich ein Eunuch

vom Kalifen herein, der gekommen war, um Kût el-Kulûb zu holen; denn der Herrscher hatte erfahren, daß sie im Hause des Ibn el-Kirnâs weilte, und als er das wußte, konnte er die Trennung von ihr nicht mehr ertragen, sondern befahl, sie sofort zu bringen. Und als sie sich nun dorthin begab, nahm sie den Fischer mit sich und zog dahin, bis sie zum Kalifen kam. Wie sie vor ihm stand, küßte sie den Boden vor ihm; er aber erhob sich ihr zu Ehren, begrüßte sie, hieß sie willkommen und fragte sie, wie es ihr bei dem ergangen sei, der sie gekauft habe. Sie erwiderte ihm: ‚Das ist ein Mann, namens Fischer Chalîfa, und er steht jetzt dort an der Tür. Er sagte mir, er habe mit unserem Herrn, dem Beherrscher der Gläubigen, noch eine Abrechnung wegen der Teilhaberschaft im Fischfang, die zwischen ihnen beiden bestanden habe.' ‚Steht er wirklich an der Tür?' fragte der Kalif; und sie erwiderte: ‚Jawohl!' Da befahl er, den Fischer herbeizuführen; und als der herzukam, küßte er den Boden vor dem Kalifen und wünschte ihm Dauer des Ruhmes und des Glücks. Der Kalif wunderte sich darüber, und indem er ihm zulächelte, fragte er ihn: ‚Sag, Fischer, warst du wirklich gestern mein Teilhaber?' Chalîfa verstand die Worte des Beherrschers der Gläubigen, faßte sich ein Herz und festigte seinen Sinn und hub an: ‚Bei Dem, der dir die Nachfolge des Sohnes deines Oheims verliehen hat, ich kenne die Maid in keiner Weise, ich habe sie nur gesehen und gesprochen.' Darauf berichtete er ihm alles, was ihm begegnet war, von Anfang bis zu Ende, und der Kalif mußte darüber lachen. So erzählte er auch denn die Geschichte mit dem Eunuchen und was er mit dem erlebt hatte, wie der ihm noch die hundert Dinare zu dem einen hinzugegeben, der ihm vom Kalifen zuteil geworden war. Und ferner berichtete er ihm, wie er auf den Markt gegangen war und die Truhe für hundertundeinen Dinar gekauft hatte, ohne zu wissen, was darin war. Ja, er erzählte die ganze Geschichte vom ersten bis zum letzten. Derweilen lachte der Kalif immerfort, und die Brust ward ihm frei, und er sprach zu Chalîfa: ,Wir wollen dir geben, was immer du begehrst, du, der du den Besitzern ihr rechtmäßig Gut zurückbringst.' Der aber schwieg; und nun wies der Kalif ihm fünfzigtausend Golddinare an, dazu ein kostbares Ehrengewand, wie es die großen Kalifen tragen, und außerdem ein Maultier. Auch schenkte er ihm schwarze Sklaven, so daß er wurde wie einer der Könige jener Zeit. Der Kalif aber freute sich, daß seine Sklavin wieder zu ihm gekommen war, und er wußte, daß all dies ein Werk seiner Gemahlin, der Herrin Zubaida, war. --«

Da bemerkte Schehrezâd, daß der Morgen begann, und sie hielt in der verstatteten Rede an. Doch als die *Achthundertundfünfundvierzigste Nacht* anbrach, fuhr sie also fort: »Es ist mir berichtet worden, o glücklicher König, daß der Kalif sich über die Rückkehr seiner Sklavin Kût el-Kulûb freute und wußte, daß all dies ein Werk seiner Gemahlin, der Herrin Zubaida, war; deshalb ergrimmte er wider sie und hielt sich eine lange Zeit fern von ihr, also daß er nie zu ihr hineinging und sich ihr nicht zuneigte. Als sie dessen gewiß war, grämte sie sich sehr wegen seines Zornes, und ihre Farbe erblich, die einst so rosig war. Doch als die Geduld ihr versagte, sandte sie einen Brief an ihren Gemahl, den Beherrscher der Gläubigen, indem sie sich vor ihm entschuldigte und ihre Schuld bekannte und diese Verse schrieb:

> *Ich sehn' mich nach der Huld, die du mir früher schenktest,*
> *Auf daß ich Gram und Kummer lösche, die ich trug.*
> *O Herr, erbarm dich meiner übergroßen Liebe!*
> *Was ich durch dich erlitt, ist wahrlich schon genug.*

Mein Freund, ich kann's nicht tragen, daß du mir nicht nahest;
Du trübtest mir das Leben, das so licht einst war.
Erfüllst du die Gelübde, die du schworst, so leb ich;
Mein Tod ist's, bringst du mir die Treue nicht mehr dar.
Es sei, ich hab gesündigt; doch vergib mir nun.
Verzeihen ist, bei Gott, der Freunde schönstes Tun!

Als der Brief der Herrin Zubaida den Kalifen erreichte, und als er, nachdem er ihn gelesen hatte, erkannte, daß sie ihre Schuld eingestand und sich durch ihr Schreiben vor ihm wegen ihres Tuns entschuldigte, sprach er bei sich: ‚Siehe, Allah vergibt die Sünden allzumal; denn er ist der Vergebende, der Barmherzige.'[1] Und er sandte ihr eine Antwort auf ihren Brief, in der seine Genugtuung und seine Vergebung für das, was vergangen war, ausgesprochen wurde; darüber war sie hocherfreut. Dann wies der Kalif dem Fischer Chalîfa einen monatlichen Sold von fünfzig Dinaren an, und hinfort genoß dieser bei dem Herrscher großes Ansehen, eine hohe Stellung, Ehre und Achtung. Der Fischer aber küßte den Boden vor dem Beherrscher der Gläubigen zum Abschied und schritt mit stolzem Gang von dannen. Als er jedoch zur Tür hinausging, sah ihn der Eunuch Sandal, der ihm die hundert Dinare gegeben hatte, und da er ihn erkannte, sprach er zu ihm: ‚Fischer, woher hast du das alles?' Chalîfa erzählte ihm all seine Erlebnisse von Anfang bis zu Ende, und der Eunuch freute sich darüber, zumal er ja der Anlaß seines Reichtums gewesen war; und er sprach zu ihm: ‚Willst du mir nicht eine Spende geben von all diesen Schätzen, die dir zugefallen sind?' Da griff Chalîfa mit seiner Hand in die Tasche, zog aus ihr einen Beutel hervor, der tausend Golddinare enthielt, und reichte ihn dem Eunuchen. Der aber entgegnete ihm: ‚Behalt dein Geld; Allah

[1]. Koran, Sure 39, Vers 54.

gesegne es dir!' Denn er war erstaunt über den Edelmut und die Herzensgüte des Mannes, der noch eben so arm gewesen war. Dann verließ Chalīfa den Eunuchen, reitend auf dem Maultier, während die Sklaven ihre Hände hinter dem Sattel auf das Tier legten, und so zog er dahin, bis er zu seiner Herberge kam; die Leute aber starrten ihm nach und verwunderten sich über die Ehren, die ihm zuteil geworden waren. Und nachdem er von dem Rücken des Maultieres abgestiegen war, traten die Leute auf ihn zu und fragten ihn nach der Ursache dieses Glückes; da erzählte er ihnen alle seine Erlebnisse von Anfang bis zu Ende. Dann kaufte er sich ein schöngebautes Haus und verwandte viel Geld darauf, bis es in jeder Weise vollkommen war. In jenem Hause schlug er nun seinen Wohnsitz auf, indem er diese Verse sprach:

> *Sieh da, ein Haus gleich einem Paradieseshaus;*
> *Es heilt die Kranken, und es treibt die Sorgen aus.*
> *Zu einer Ruhmesstätte ist sein Bau geweiht,*
> *Und eitel Glück soll in ihm wohnen allezeit.*

Nachdem er sich nun in seinem Hause niedergelassen hatte, bewarb er sich um eine von den Töchtern der vornehmen Leute der Stadt, eine schöne Jungfrau; und er ging zu ihr ein, und er lebte ganz in Wonne und Glück und Freuden; ja, sein Wohlstand wuchs noch immer mehr, und sein Glück ward vollkommen. Und wie er sich in solcher Herrlichkeit sah, dankte er Allah, dem Gepriesenen und Erhabenen, für die Hülle und Fülle der Gnaden und Gaben, die Er ihm verliehen hatte; er pries seinen Herrn als ein dankbarer Mann und führte die Worte des Dichters an:

> *Gepriesen seist du, dessen Gnade immer währet,*
> *Du, dessen Güte alle Menschen glücklich macht.*
> *Gepriesen seist du mir, o nimm den Preis entgegen!*

Denn deiner Güte, Wohltat, Gnade sei gedacht.
Du hast mich ja mit Huld und Gaben überschüttet
Und überreicher Wohltat; Herr, ich danke dir.
Ja, deiner Güte Meer gibt aller Welt zu trinken;
Du bist in Nöten ihre Zuflucht für und für.
Und du gewährst, o Herr, die Zeichen deiner Gnade,
Du gibst sie reichlich hin, du, der die Schuld verzeiht
Um dessen willen, der den Menschen Mitleid brachte –
Prophet, so wahr und edel und von Schuld befreit,
Dem Allah Segen und das Heil gewähren möge –
Um seiner Helfer[1] *willen und der Heil'gen Schar*[2]
Und der Gefährten[3] *auch, der reinen, edlen, weisen,*
Solang im Wald ein Vogel singt, auf immerdar!

Und hinfort besuchte Chalîfa oft den Kalifen Harûn er-Raschîd, da er bei ihm Gnade gefunden hatte; und er-Raschîd überhäufte ihn mit seinen Wohltaten und seiner Güte. So lebte Chalîfa immerdar in höchster Freude und Seligkeit, in Ruhm und in Fröhlichkeit, sein Wohlstand ward vermehrt, seine Stellung immer höher geehrt, kurz, er führte ein Leben voll lauterer Wonne, und ihm schien des Glückes hellstrahlende Sonne, bis Der zu ihnen kam, der die Freuden schweigen heißt und der die Freundesbande zerreißt – Preis sei Ihm, dessen Macht sich in ewiger Dauer erhält, dem Lebendigen, Beständigen, der nie dem Tode verfällt!

Ferner wird erzählt

---

1. Die ‚Helfer' des Propheten' sind die Leute in Medina, die den Islam annahmen. – 2. Das heißt: die Anverwandten des Propheten. – 3. Die ‚Gefährten' sind die Leute, die Mohammed persönlich gekannt haben.

DIE GESCHICHTE VON MASRÛR
UND ZAIN EL-MAWÂSIF[1]

Einst lebte in alten Zeiten und längst entschwundenen Vergangenheiten ein Kaufherr des Namens Masrûr; dieser Mann war einer der schönsten Männer seiner Zeit, viel Geld und Gut war ihm gegeben, und er führte das herrlichste Leben. Doch er liebte es, sich in den Blumengärten und Baumgärten zu ergehen, und sein Herz war von der Liebe zu den schönen Frauen ganz erfüllt. Nun traf es sich eines Nachts, als er im Schlafe lag, daß ihm träumte, er sei in einem wunderschönen Blumengarten, und dort waren vier Vögel, darunter auch eine Taube, weiß wie glänzendes Silber. Jene Taube gefiel ihm, und eine heiße Liebe zu ihr überkam sein Herz. Danach aber mußte er sehen, wie ein großer Vogel, der auf ihn niederschoß, ihm diese Taube aus der Hand riß; und darüber grämte er sich sehr. Als er dann erwachte und die Taube nicht fand, rang er mit seiner Sehnsucht bis zum Morgen; und er sagte sich: Ich muß gewißlich heute zu jemandem gehen, der mir diesen Traum deuten kann.‘ – –«

Da bemerkte Schehrezâd, daß der Morgen begann, und sie hielt in der verstatteten Rede an. Doch als die *Achthundertundsechsundvierzigste Nacht* anbrach, fuhr sie also fort: »Es ist mir berichtet worden, o glücklicher König, daß der Kaufmann Masrûr, als er aus seinem Schlafe erwachte, mit seiner Sehnsucht bis zum Morgen rang und dann, als der Tag anbrach, sich sagte: ‚Ich muß gewißlich heute zu jemandem gehen, der mir diesen Traum deuten kann.‘ Darauf ging er fort, indem er

---

1. Die Übersetzung beruht auf der zweiten Calcuttaer Ausgabe. Burton hat nach der Breslauer Ausgabe einige Zusätze gemacht, die auch in die erste Insel-Ausgabe übergegangen sind; sie sind hier als unwichtig fortgelassen.

sich bald nach rechts und bald nach links wandte, bis er schon weit von seiner Wohnung entfernt war; doch er fand niemanden, der ihm den Traum hätte auslegen können. Darauf wollte er nach Hause zurückkehren, und wie er so auf seinem Wege dahinschritt, kam ihm plötzlich der Gedanke, im Hause eines der Kaufherren einzukehren; jenes Haus gehörte einem der reichsten Männer. Als er aber dort ankam, hörte er plötzlich, wie in ihm aus betrübtem Herzen eine Stimme der Schmerzen diese Verse sprach:

> *Der Morgenzephir weht zu uns von ihrer Stätte*
> *Mit zartem Hauche, dessen Duft den Kranken heilt.*
> *An der verlaßnen Wohnstatt Spuren stand ich fragend;*
> *Von Trümmern ward den Tränen Antwort still erteilt.*
> *Ich sprach: O Zephirwind, bei Allah, laß mich wissen,*
> *Ob dieser Stätte Wonne einstmals wiederkehrt!*
> *Wird mich das Reh von zartem, schönem Wuchs beglücken?*
> *Versonnen war sein Blick, der mich durch Leid verzehrt.*

Als Masrûr diese Stimme hörte, schaute er durch das Tor hinein und sah einen der herrlichsten Gärten und am fernen Ende einen Vorhang aus rotem Brokat, der mit Perlen und Juwelen bestickt war. Hinter ihm befanden sich vier junge Frauen, unter denen eine saß, die nicht ganz fünf Fuß, aber mehr als vier Fuß maß, leuchtend wie der volle Mond, der droben am Himmelszelte thront; ihre Augen waren von schwarzem Licht, ihre Brauen beieinander dicht; ihr Mund schien Salomos Siegel zu sein, ihre Lippen Korallen und ihre Zähne Perlenreihn. Sie bezauberte den Verstand durch ihre Schönheit und Lieblichkeit und ihres Wuchses Ebenmäßigkeit. Als Masrûr sie erblickte, trat er durch das Tor hinein und ging weiter, bis er zu dem Vorhang kam; da hob sie ihr Haupt zu ihm empor und schaute ihn an. Er grüßte sie, und sie erwiederte seinen Gruß in süßer Rede Fluß. Doch wie er sie nun aus der Nähe betrachtete, ward sein Verstand entzückt und sein Herz entrückt. Dann schaute er den Garten an, und dort sah er Jasmin und Levkoien, Veilchen und Rosen, Orangenblüten und all die anderen duftenden Blumen. Jeder Baum war mit Früchten bedeckt; und Wasser rann von vier Estraden herab, die einander gegenüberlagen. Er blickte die erste Estrade an, und rings um ihr fand er ein Schriftband, auf dem mit Zinnober diese Verse geschrieben waren:

O Haus, die Trauer kehre niemals bei dir ein,
Und möge deinem Herrn das Glück nie untreu sein!
Ein herrlich, freundlich Haus sei du für jeden Gast,
Wird auch dem Gaste sonst die Stätte oft zur Last!

Dann schaute er die zweite Estrade an und fand auf ihr ein Schriftband von rotem Golde mit diesen Versen:

O Haus, du mögest stets im Glücksgewande leuchten,
Solang im Garten Vögel singen, immerdar!
Und süße Düfte mögen allzeit in dir wehen!
In dir mög Glück erstrahlen jedem Liebespaar!
Es lebe stets dein Volk in Ehren und in Wonnen,
Solang am Himmel glänzt der Wandelsterne Schar!

Als er darauf die dritte Estrade anschaute, sah er ein azurblaues Schriftband, das diese Verse enthielt:

In dir, o Haus, sei immer Glück mit Ruhm vereint,
Solang die Nächte dunkeln und das Taglicht scheint!
Das Glück empfange jeden, der dein Tor betrat,
Und Segen überhäufe jeden, der dir naht!

Und an der vierten Estrade entdeckte er, als er hinschaute, ein Schriftband in gelber Farbe, die aus diesem Verse bestand:

Dies ist ein Garten hier und dies hier ist sein Teich,
Ein schöner Ort, – o Herr, du bist erbarmungsreich.

Und ferner waren in jenem Garten Vögel von allen Arten, Nachtigallen, Turteltauben, Holztauben und andere Tauben, von denen jede ihr eigenes Lied sang, während die junge Frau sich anmutig hin und her wiegte in ihrer Schönheit und Lieblichkeit und ihres Wuchses Ebenmäßigkeit, so daß ein jeder, der sie sah, von ihr bezaubert wurde. Und sie rief: ‚O du Mann dort, was führt dich in ein Haus, das nicht dein Haus ist, und zu Frauen, die nicht deine Frauen sind, ohne daß ihr Herr es dir erlaubt hat?' ‚O meine Gebieterin,' erwiderte er ihr, ‚ich sah diesen Garten, und mir gefiel sein herrlich grüner Schein, der Duft seiner Blümelein und der Gesang seiner Vögelein; so trat ich denn ein, um mich hier eine Weile umzuschauen und dann wieder meiner Wege zu gehen.' Darauf sagte sie: ‚Das geschehe herzlich gern!' Wie nun der Kaufmann Masrûr ihre Worte hörte und dabei ihren liebreizenden Blick und ihren herrlichen Wuchs anschaute, ward er bezaubert von ihrer Schönheit und Anmut und von der Lieblichkeit des Gartens und der Vögel. Da war es, als ob sein Verstand ihn verließe, er war ganz ratlos, und er sprach diese Verse:

> *Der Mond geht auf in aller seiner Herrlichkeit*
> *Und scheint auf duftig kühle Hügel weit und breit,*
> *Auf Myrten, Heckenrosen und auf Veilchen auch –*
> *Von allen Blättern weht ein Duft mit zartem Hauch.*
> *O Garten, aller Schönheit ein vollkommen Bild,*
> *In dir hat sich der schönste Blumenschmuck enthüllt.*
> *Und neben Schatten scheint der volle Mond hervor;*
> *Und seine schönsten Weisen singt der Vögel Chor.*
> *Von Turteltaube, Drossel, von der Nachtigall,*
> *Der wilden Taube klingt in mir der süße Schall.*
> *In meinem Herzen weilt die Sehnsucht, ganz verwirrt*
> *Ob ihrer Schönheit, wie der Trunkne ratlos irrt.*

Als nun Zain el-Mawâsif diese Verse von Masrûr gehört hatte, schaute sie ihn an mit einem Blick, der ließ tausend Seufzer in ihm zurück und raubte ihm Sinn und Verstand. Und sie antwortete auf sein Lied mit diesen Versen:

Glaub nicht, du könntest ihr, an der du hängst, dich nahen;
Und schneid die Wünsche ab, die dir die Hoffnung gab!
Laß ab von deinem Streben; sieh, du wendest nimmer
Die Schöne, die du liebst, von ihrem Wege ab!
Mein Blick bringt denen, so da lieben, herbe Pein;
Und was du sagst, soll nie bei mir geachtet sein!

Als Masrûr ihre Worte vernommen hatte, wappnete er sich mit Geduld; er verbarg sein Geheimnis in seinem Innern, dachte nach und sprach bei sich selber: ‚Gegen Unglück hilft nur die Geduld.' Sie blieben nun so beisammen, bis die Nacht hereinbrach; dann befahl sie, den Tisch zu bringen, und der ward vor die beiden hingebreitet; auf ihm aber lagen allerlei Gerichte, Wachteln, junge Tauben und Lammfleisch. Und sie aßen, bis sie gesättigt waren. Darauf gebot sie, den Tisch fortzutragen, und als das geschehen war, ließ sie die Geräte zum Waschen bringen. Nachdem die beiden ihre Hände gewaschen hatten, ließ sie die Leuchter aufstellen, und darin wurden Kerzen entzündet, die mit Kampfer durchduftet waren. Und schließlich sprach Zain el-Mawâsif: ‚Bei Allah, meine Brust ist mir heute nacht beklommen; denn ich bin vom Fieber gepackt.' Da rief Masrûr: ‚Allah weite dir die Brust und verscheuche deinen Gram!' Doch sie fuhr fort: ‚O Masrûr, ich bin gewohnt, Schach zu spielen; sag an, verstehst du etwas davon?' ‚Jawohl, ich bin darin erfahren', antwortete er ihr. Darauf ließ sie das Schachbrett vor sich bringen; und siehe, es war aus Ebenholz, eingelegt mit Elfenbein; und die Felder waren geschmückt mit Gold von leuchtendem Schein; die Figuren aber waren aus Perlen und Rubinen. – –«

Da bemerkte Schehrezâd, daß der Morgen begann, und sie hielt in der verstatteten Rede an. Doch als die *Achthundertundsiebenundvierzigste Nacht* anbrach, fuhr sie also fort: »Es ist mir berichtet worden, o glücklicher König, daß die Sklavinnen, als Zain el-Mawâsif sie das Schachbrett bringen hieß, es brachten und vor sie hinstellten. Wie Masrûr es erblickte, bewunderte er es in seinem Sinne; Zain el-Mawâsif aber wandte sich zu ihm und fragte ihn: ‚Willst du die roten oder die weißen?' Er gab ihr zur Antwort: ‚O Herrin der schönen Frauen und Zierde der Welt im Morgengrauen, nimm du die roten, denn sie sind schön und geziemen dir mehr, und laß mir die weißen Figuren!' Sie sagte: ‚Ich bin es zufrieden', nahm die roten Figuren und stellte sie gegenüber den weißen auf; dann hob sie die Hand zu den Figuren, um den ersten Zug auf dem Plane zu tun. Da erblickte Masrûr ihre Fingerspitzen und sah, daß sie schneeweiß waren wie der Kuchenteig; durch deren Schönheit und durch die zarte Anmut der Schönen ward er ganz verwirrt. Sie aber schaute ihn an und sprach zu ihm: ‚Masrûr, laß dich nicht verwirren, sondern fasse dich und bleib fest!' Darauf erwiderte er: ‚O du Schöne, der die Monde den Vorrang lassen, wie kann ein Liebender, wenn er dich sieht, in Geduld sich fassen?' Während er so sprach, da rief sie auch schon: ‚Schachmatt!' und so schlug sie ihn. Zain el-Mawâsif wußte jedoch, daß er von der Liebe zu ihr betört war, und sie sprach zu ihm: ‚Ich spiele mit dir nur um einen Einsatz, der genannt ist, und eine Summe, die bekannt ist.' ‚Ich höre und gehorche!' erwiderte er; und sie fuhr fort: ‚Schwöre mir, und ich will dir schwören, daß keiner von uns beiden den anderen betrügt.' Nachdem die beiden dies einander geschworen hatten, sprach sie: ‚Masrûr, wenn ich dich schlage, so will ich zehn Dinare von dir haben; und wenn du mich schlägst, so gebe ich dir ein Nichts.' Er glaubte, daß er gewinnen würde, und so sprach er zu ihr: ‚Meine Gebieterin, bleib aber deinem Eid getreu, denn ich sehe, du bist mir in diesem Spiel überlegen.' ‚Ich bin damit einverstanden', erwiderte sie; und die beiden begannen wieder zu spielen, indem sie mit den Bauern vorrückten. Sie aber ließ rasch die Königinnen folgen, reihte sie auf und vereinte sie mit den Türmen und rückte nach Herzenslust die Springer vor. Nun trug Zain el-Mawâsif auf dem Haupte ein Tuch aus blauem Brokat; das nahm sie von ihrem Kopfe, und nachdem sie ihren Ärmel von einem Handgelenk, das einer Lichtsäule glich, aufgestreift hatte, fuhr sie mit der Hand über die roten Figuren und sprach: ‚Gib acht auf dich!' Allein Masrûr ward ganz verwirrt, Sinn und Verstand verließen ihn, er blickte nur auf die schlanke Gestalt und ihre zarten Reize und war entzückt und ganz berückt, so daß seine Hand, die er nach den weißen Figuren hob, sich auf die roten legte. ‚O Masrûr,' rief sie, ‚wo ist dein Verstand? Die roten gehören mir und die weißen dir!' Er antwortete ihr: ‚Wer dich anschaut, hat keine Gewalt über seinen Verstand.' Und als sie sah, wie es mit ihm stand, nahm sie ihm die weißen und gab ihm die roten. Da spielte er mit diesen; aber sie schlug ihn doch. Immer weiter spielte er mit ihr, während sie ihn schlug und er ihr jedesmal zehn Dinare zahlte. Darum sprach Zain el-Mawâsif, in der Erkenntnis, daß die Liebe zu ihr ihn ganz erfüllte: ‚Masrûr, du wirst nie dein Ziel erreichen, es sei denn, du schlägst mich, wie wir vereinbart haben; von jetzt an will ich mit dir nur noch um einen Einsatz von hundert Dinaren spielen.' ‚Herzlich gern!' erwiderte er ihr, und sie spielte von neuem mit ihm und gewann das Spiel. Und so ging es immer weiter, indem er ihr jedesmal die hundert Dinare zahlte. Bis zum Morgen blieben sie bei ihrem Tun, ohne daß er sie ein einziges Mal geschlagen hätte. Da sprang er auf die Füße; und als sie ihn fragte: ‚Was willst du tun, Masrûr?' gab er zur Antwort: ‚Ich will in meine Wohnung gehen und Geld holen; vielleicht erreiche ich doch noch das Ziel meiner Hoffnungen.' ,Tu, was du willst und was dir gut dünkt!' sprach sie; und er ging nach Hause und holte all sein Geld. Und als er wieder bei ihr war, sprach er diese beiden Verse:

> *Ich sah im Traum, ein Vogel flog an mir vorüber;*
> *Das war im trauten Garten voller Blütenpracht.*
> *Allein, wenn er nun wirklich kommt und ich ihn jage,*
> *So wird durch deine Gunst der Traum erst wahr gemacht.*

Masrûr kehrte also mit all seinem Gelde zu ihr zurück und begann wieder mit ihr zu spielen; doch sie schlug ihn immer, und er konnte nicht ein einziges Mal von ihr gewinnen. Drei Tage lang spielten sie, bis sie ihm alles abgenommen hatte, was er besaß. Und wie all sein Geld verspielt war, fragte sie ihn: ,Masrûr, was willst du jetzt tun?' ,Ich will mit dir um meinen Spezereiladen spielen', erwiderte er. Sie fragte weiter: ,Wieviel ist jener Laden wert?' ,Fünfhundert Dinare', gab er zur Antwort; und dann spielte er mit ihr fünf Spiele um den Laden, und sie gewann auch den. Und weiter spielte er mit ihr um seine Sklavinnen, Äcker, Gärten und Grundstücke, und sie nahm ihm alles ab, alles, was er besaß. Schließlich schaute sie ihn an und fragte ihn: ,Hast du noch etwas im Besitz, das du einsetzen kannst?' Da sagte er zu ihr: ,Bei Dem, der mich in das Netz der Liebe zu dir verstrickt hat: nichts ist in meiner Hand geblieben, weder Geld noch sonst etwas, weder viel noch wenig!' Doch sie sprach zu ihm: ,O Masrûr, eine Sache, die in Freuden begann, soll nicht in Trauer enden. Wenn du jetzt traurig bist, so nimm dein Geld, verlaß uns und geh deiner Wege, und ich will dich von aller Verpflichtung gegen mich lossprechen!' Masrûr erwiderte ihr: ,Bei Dem, der uns diese Dinge bestimmt hat: wolltest du mir auch das Leben nehmen, es würde für deine Huld nur ein geringer Einsatz sein; denn ich liebe nur dich allein!' Dann fuhr sie fort: ‚Masrûr, geh nunmehr und hole den Kadi und die Zeugen und verschreib mir alle deine Besitztümer und Ländereien!' ‚Herzlich gern!' erwiderte er; dann machte er sich alsobald auf, holte den Kadi und die Zeugen und führte sie zu ihr. Als der Kadi sie erblickte, entfloh ihm der Verstand und vergingen ihm die Sinne, und sein Gemüt ward verwirrt durch die Schönheit ihrer Fingerspitzen. Und er sprach zu ihr: ‚Ich stelle dir diese Urkunde nur unter der Bedingung aus, daß du die Ländereien und Sklavinnen und anderen Besitztümer kaufst und daß sie so in dein freies Verfügungsrecht übergehen.' Darauf sagte sie: ‚Das haben wir schon vereinbart. Schreib du mir also eine Urkunde, daß der Besitz von Masrûr, seine Sklavinnen und sein Eigentum übergehen sollen in das Besitztum von Zain el-Mawâsif um einen Preis, der soundso viel beträgt!' Der Kadi schrieb die Urkunde, und die Zeugen setzten ihre Unterschriften darunter; und Zain el-Mawâsif nahm das Schriftstück an sich. – –«

Da bemerkte Schehrezâd, daß der Morgen begann, und sie hielt in der verstatteten Rede an. Doch als die *Achthundertundachtundvierzigste Nacht* anbrach, fuhr sie also fort: »Es ist mir berichtet worden, o glücklicher König, daß Zain el-Mawâsif, nachdem sie das Schriftstück von dem Kadi erhalten hatte, das da besagte, alles, was Masrûrs Eigentum gewesen sei, solle nun ihr Eigentum werden, zu ihm sprach: ‚Masrûr, nun geh deiner Wege!' Doch ihre Sklavin Hubûb wandte sich zu ihm und sprach zu ihm: ‚Sage uns einige Verse her!' Und da sprach er über das Schachspiel diese Verse:

Jetzo klag ich um das Schicksal, was es alles mir gebracht;
Ja, ich klage um Verlust und Schachspiel und der Blicke Macht,
Um die Liebe einer Schönen, die so zart und wonnig ist,
Daß auf dieser Erde weder Weib noch Mann mit ihr sich mißt.

Ach, sie kerbte ihre Pfeile, die ihr Auge auf mich schoß,
Und sie rückte allbesiegend vor auf mich mit ihrem Troß,
Mit den Roten und den Weißen, Kriegern all von starker Macht;
Und sie stand vor mir zum Kampfe, und sie rief mir zu: Hab acht!
Ihre Fingerspitzen, die sie zeigte, überwanden mich,
Als die Nacht das Dunkel senkte, das dem schwarzen Haare glich.
Keine Rettung kam den Weißen, die ich zog, daß ich gewann,
Da mich in der Liebe Qual ein Strom der Tränen überrann.
Bauern, Türme mußten weichen und der Königinnen Schar;
Und es kehrte um das Heer der Weißen, das geschlagen war.
Ja, sie traf mich mit dem Pfeile, der aus ihren Blicken kam;
Jener Pfeil zerriß das Herz mir und erfüllte es mit Gram.
Und sie legte mir die Wahl dann zwischen beiden Heeren vor;
Ach, ich wählte jene weißen Heereshaufen – und verlor.
Freilich sprach ich: ‚Diese weißen Heereshaufen freuen mich,
Sie sind das, was ich begehre; und die Roten sind für dich.'
Und wir spielten um den Einsatz, der auch meinem Wunsch entsprach;
Doch erreichte ich mein Ziel nicht, da's an ihrer Huld gebrach.
O du Feuer meines Herzens, meine Sehnsucht, meine Pein
In dem Wunsche, einer mondesgleichen Schönen nah zu sein.
Was mein Herz mit Glut erfüllet und mit Schmerzen, das ist nicht
Geld und Gut, nein, nur der Blick aus deiner hellen Augen Licht.
Ach, nun bin ich ganz verworren und bestürzt in meinem Leid;
Und ob solcher Schicksalsschläge tadle ich die böse Zeit.
Als sie sagte: ‚Weshalb bist du so bestürzt?' sprach ich zu ihr:
‚Wer da trinkt, kommt nicht durch Trunkenheit zu des Verstandes Zier.'
Mein Verstand ward mir entrissen durch das zarte Menschenbild;
Oh, das felsenharte Herz in seinem Innern werde mild!
Und ich raffte mich zusammen, sagte: Heute wird sie mein
Durch den Einsatz, und ich brauche nicht voll Furcht und Angst zu sein.
Immer sehnte sich mein Herz nach ihrer Nähe, bis ich gar
Nun zu meinem großen Elend doppelt arm geworden war.
Kehrt sich wohl, wer liebt, von Liebe, die ihn quälte, wieder ab,
Sänke er auch in des Liebesleides tiefes Wellengrab?
Und da ist er nun, der Sklave; keinen Heller nennt er sein,
Fern vom Ziele, und gefangen von der Sehnsucht und der Pein.

Als Zain el-Mawâsif diese Verse von ihm hörte, wunderte sie sich ob der Beredsamkeit seiner Zunge, und sie sprach zu ihm: ‚Masrûr, tu solche Torheit ab von dir! Kehr zu deiner Vernunft zurück und geh deiner Wege! Du hast jetzt dein Geld und Gut im Schachspiel vergeudet; aber dein Ziel hast du nicht erreicht. Und dir bleibt von allen Wegen kein einziger mehr offen, der dich zum Ziele führen könnte.' Da schaute Masrûr auf Zain el-Mawâsif und sprach zu ihr: ‚Meine Gebieterin, verlange von mir irgend etwas; alles, was du verlangst, soll dir gegeben werden, ich will es dir bringen und dir zu Füßen legen.' Doch sie gab ihm zur Antwort: ‚Masrûr, du hast ja gar kein Geld mehr!' ‚O du mein alles in der Welt, bleibt mir auch gar kein Geld, so hilft mir unter den Männern ein Held.' ‚Soll nun der Gebende zu einem werden, der sich geben läßt?' ‚Ich habe Anverwandte und Freunde, und die werden mir alles geben, um was ich sie bitte.' ‚Ich wünsche von dir vier Blasen mit stark duftendem Moschus, vier Unzen Galia¹, vier Pfund Ambra, viertausend Dinare und vierhundert Gewänder aus goldgesticktem Königsbrokat. Wenn du mir diese Dinge bringst, Masrûr, so will ich dir meine Gunst gewähren.' ‚Das ist mir ein leichtes, o du, die du die Monde beschämst', erwiderte er; und dann verließ er sie, um ihr das zu holen, was sie von ihm verlangt hatte. Doch sie schickte ihm die Sklavin Hubûb nach, damit sie sähe, in welchem Ansehen er bei den Leuten stände, von denen er gesprochen hatte. Während er nun in den Straßen der Stadt dahinging, wandte er sich zufällig um, und da erblickte er Hubûb in der Ferne. Deshalb blieb er stehen, bis sie ihn erreicht hatte, und fragte sie: ‚Hubûb, wohin gehst du?' Sie erwiderte ihm: ‚Meine Herrin

1. Eine zusammengesetzte Spezerei, deren Bestandteile als Moschus und Ambra angegeben werden.

hat mich aus demunddem Grunde hinter dir hergeschickt', und erzählte ihm, was Zain el-Mawâsif ihr gesagt hatte, von Anfang bis zu Ende. Er sagte darauf: ‚Bei Allah, Hubûb, ich habe keinerlei Gut mehr in meiner Hand.' Nun fragte sie: ‚Warum hast du es ihr denn versprochen?' Er antwortete: ‚Wieviel verspricht man nicht, ohne es zu halten! In der Liebe muß man Zeit gewinnen.' Als Hubûb dies von ihm hörte, sprach sie zu ihm: ‚O Masrûr, hab Zuversicht und quäl dich nicht! Bei Allah, ich werde das Mittel sein, durch das du mit ihr vereint wirst.' Dann ging sie auf und davon; und sie schritt immer weiter dahin, bis sie zu ihrer Herrin zurückkam, und dort weinte sie bitterlich. Dann aber sprach sie zu ihr: ‚Meine Gebieterin, bei Allah, er ist ein Mann von großem Ansehen, und er ist geehrt unter den Menschen.' Da hub ihre Herrin an: ‚Wider den Ratschluß Allahs des Erhabenen gibt es kein Mittel! Dieser Mann hat wahrlich kein mitleidvolles Herz bei uns gefunden; wir haben ihm seine Habe abgenommen, und er hat bei uns keine Liebe gefunden und keine Neigung, ihm hold zu sein. Ach, wenn ich mich seinem Wunsche füge, so muß ich fürchten, daß die Sache ruchbar wird.' Doch Hubûb erwiderte ihr: ‚Meine Gebieterin, es ist uns nicht leicht, daß er in solche Not gekommen ist und daß ihm seine Habe genommen ist. Und du hast doch niemanden bei dir außer mir und deiner Sklavin Sukûb; wer von uns beiden sollte über dich zu schwätzen wagen, da wir doch deine ergebenen Dienerinnen sind?' Sie senkte eine Weile ihren Kopf zu Boden; und dann sprachen die Sklavinnen zu ihr: ‚O Herrin, unser Rat ist der, daß du ihm nachsendest und ihm Huld erweisest und nicht duldest, daß er einen von den Geizhälsen anbetteln muß. Wie bitter ist doch das Betteln!' Da hörte sie auf die Worte der Sklavinnen, rief nach Tintenkapsel und Papier und schrieb ihm diese Verse:

> *Die Liebe naht, Masrûr; drum freu dich ohne Zögern;*
> *Wenn schwarze Nacht sich senkt, so komm zur frohen Tat!*
> *Doch bitte nicht um Geld bei Filzen, o du Jüngling!*
> *Ich war ja trunken, jetzt kam mir verständ'ger Rat.*
> *Jetzt sei dir all dein Gut von mir zurückgegeben;*
> *Und obendrein, Masrûr, schenk ich dir meine Huld.*
> *Denn trotz der Härte, die dein grausam Lieb dir zeigte,*
> *Warst du noch voller Süße, willig zur Geduld.*
> *Drum eile, dir zum Heil, genieße unsre Liebe,*
> *Und handle rasch, so daß kein Mensch die Kunde teilt!*
> *Komm eilends her zu mir und laß kein Säumen walten*
> *Und iß der Liebe Frucht, wenn fern der Gatte weilt!*

Nachdem sie den Brief gefaltet hatte, gab sie ihn der Sklavin Hubûb; die nahm und brachte ihn zu Masrûr, den sie weinend fand und die Dichterworte sprechen hörte:

> *Es blies mir in das Herz ein Wind von Liebesnöten,*
> *Zerriß mein ganzes Innre durch die heiße Glut.*
> *Noch größer ward mein Leiden, seit mein Lieb geschwunden,*
> *Und aus den Lidern rann der Tränen reiche Flut.*
> *Ach, würde ich die Ängste, die mich quälen, künden,*
> *So würde harter Stein und Fels zur Stunde weich.*
> *O wüßt ich, ob ich noch, was mich erfreut, erlebe,*
> *Ob Hoffnung sich erfüllt, ob ich mein Ziel erreich,*
> *Ob sich der Härte Nächte nach der Trennung wenden*
> *Und ob die Schmerzen, die im Herzen wohnen, enden!--«*

Da bemerkte Schehrezâd, daß der Morgen begann, und sie hielt in der verstatteten Rede an. Doch als die *Achthundertundneunundvierzigste Nacht* anbrach, fuhr sie also fort: »Es ist mir berichtet worden, o glücklicher König, daß Masrûr, als die Leidenschaft ihn durchtobte, Verse sprach, von heißer Sehnsucht erfüllt. Und gerade während er jene Verse leise vor sich her sprach und wiederholte, hörte ihn Hubûb, und sie klopfte an seine Tür. Da ging er hin und öffnete ihr; und sie trat ein und reichte ihm den Brief. Nachdem er ihn hingenommen und gelesen hatte, sprach er zu ihr: ,Hubûb, was für Kunde bringst du von deiner Herrin?' Sie antwortete: ,Mein Gebieter, du weißt, daß in diesem Briefe sich findet, was mich der Antwort entbindet, und du bist bekannt als ein Mann von Verstand.' Masrûr freute sich über die Maßen, und er sprach diese beiden Verse:

> *Es kam der Brief und seine Worte brachten Freude;*
> *Ich schlösse ihn so gern in meines Herzens Schrein!*
> *Als ich ihn küßte, wuchs in mir die heiße Sehnsucht;*
> *Es schien der Liebe Perle drin verhüllt zu sein.*

Dann schrieb er einen Brief als Antwort und gab ihn Hubûb; die nahm ihn, trug ihn zu Zain el-Mawâsif, und als sie bei ihr war, begann sie vor ihrer Herrin seine Reize zu schildern und seine trefflichen Eigenschaften und seine edle Gesinnung zu preisen; denn sie war ihm eine Helferin dazu geworden, daß er mit ihrer Herrin vereinigt werden sollte. Zain el-Mawâsif aber sprach: ,Ach, Hubûb, er zögert, zu uns zu kommen.' ,Er wird sogleich hier sein', antwortete Hubûb; und kaum hatte sie diese Worte gesprochen, da kam er auch schon und klopfte an die Tür. Sie öffnete ihm, empfing ihn und führte ihn zu ihrer Herrin Zain el-Mawâsif hinein; und die begrüßte ihn, hieß ihn willkommen und zog ihn an ihre Seite nieder. Dann sprach sie zu ihrer Sklavin Hubûb: ,Bring ihm ein Gewand von den allerschönsten!' Da ging Hubûb hin und holte ein goldgesticktes Gewand; Zain el-Mawâsif aber nahm es in die Hand und warf es ihm über, während sie sich selber eins der prächtigsten Kleider anlegte und ein Netz aus glänzenden Perlen um ihr Haupt schlang. Und um dies Netz band sie eine Binde aus Brokat, die mit Perlen, Rubinen und anderen Juwelen bestickt war; unter diese Binde aber ließ sie von den Schläfen zwei Zöpfe herabhängen, deren jeder einen mit gleißendem Golde eingefaßten Rubin trug; und ihr Haar ließ sie herabwallen schwarz wie die dunkle Nacht. Zuletzt beräucherte sie sich mit Aloeholz und durchduftete sich mit Moschus und Ambra. Während ihre Sklavin Hubûb zu ihr sprach: ‚Allah behüte dich vor dem bösen Blick!'[1] schritt sie dahin in stolzem Gang und wiegte sich anmutig; und die Sklavin sprach von den schönen Versen, die sie wußte, die folgenden:

>   *Den schwanken Weidenzweig beschämt sie, wenn sie schreitet;*
>   *Der Liebe Volk bezaubert ihrer Blicke Macht.*
>   *Ein Mond, der aus dem Dunkel ihrer Haare leuchtet,*
>   *Ja, eine Sonne über dunkler Locken Pracht!*
>   *O glücklich, wem sie ihre Schönheit nächtens lieh!*
>   *Er schwört bei ihrem Leben, und er stirbt durch sie.*

Zain el-Mawâsif dankte ihr; dann trat sie zu Masrûr hervor wie der leuchtende Vollmond hinter der Wolken Flor. Als er sie sah, sprang er auf die Füße und rief: ‚Wenn mein Gedanke mich nicht trügt, so ist dies kein menschliches Wesen, sondern eine Paradiesesbraut!' Darauf hieß sie den Tisch bereiten, und als der kam, waren auf seinen Rand diese Verse geschrieben:

>   *Kehr dort ein, wo die Löffel und die Pfannen weilen;*
>   *Erfreue dich am Rebhuhn und an Bratenteilen;*
>   *Dazu noch eine Wachtel, die ich immer meine,*
>   *Mit zarten Hühnern und mit Küken im Vereine!*
>   *Wie schön war doch der Braten, der so rosig leuchtet,*
>   *Wenn Essig aus den Schalen das Gemüse feuchtet!*
>   *Wie schön war auch der Reis mit zarter Milch – da drangen*
>   *Die Hände tief hinein in ihn bis zu den Spangen!*
>   *Ach, wie beklagt mein Herz zwei Arten von den Fischen;*
>   *Die lagen neben Brot vom Dreschpflug[2] auf den Tischen!*

1. Der Blick des ‚neidischen Auges', der den Menschen besonders dann trifft, wenn er schön geschmückt ist. – 2. Das heißt: Brot aus dem Mehl des Kornes, das durch die Dreschtafel ausgedroschen ist; die Lesart ist aber wohl verderbt. Man vergleiche die anderen Fassungen dieses Gedichtes in Band I, Seite 152, und Band III, Seite 268, von denen die erste die ursprünglichste ist.

Und sie aßen und sie tranken, waren vergnügt und voll heiterer Gedanken; dann ward der Speisetisch fortgenommen, und man ließ den Tisch des Weines kommen. Nun kreisten Becher und Schale bei ihnen immer weiter, und ihre Gemüter wurden heiter. Masrûr aber sprach, indem er den Becher füllte: ‚O du, deren Sklave ich bin und die du meine Herrin bist!' und dann sang er diese Verse:

> *Mich wundert's, wird mein Auge jemals satt sich sehen*
> *An einer Maid, die hehr im Schönheitsglanze scheint?*
> *Sie kann zu ihrer Zeit nicht ihresgleichen haben,*
> *Die Leibesschönheit und der Seele Adel eint.*
> *Der Zweig der Weide neidet ihr des Wuchses Zartheit,*
> *Wenn ihren Gang des Ebenmaßes Kleid umflicht.*
> *Den Vollmond in der Nacht beschämt ihr strahlend Antlitz;*
> *Auf ihrem Scheitel ruht des Neumonds Silberlicht.*
> *Wenn sie auf Erden wandelt, breitet sich ihr Duft*
> *Wohl über Berg und Tal in lauer Zephirsluft.*

Als er sein Lied beendet hatte, sprach sie: ‚O Masrûr, wer treu an seinem Glauben festhält und Brot und Salz mit uns gegessen hat, dem müssen wir das Seine geben. Tu alle diese Gedanken von dir, und ich will dir deinen Besitz zurückgeben, alles, was ich dir abgenommen habe!' Er gab zur Antwort: ‚Meine Gebieterin, ich spreche dich frei von dem, was du da sagst, wenn du auch den Eid, der zwischen mir und dir bestand, gebrochen hast; und ich will hingehen und ein Muslim werden.' Ihre Sklavin Hubûb aber sprach zu ihr: ‚Meine Herrin, du bist jung an Jahren und weißt viel, und ich bitte um die Fürsprache des Allmächtigen bei dir. Wenn du meinem Geheiß nicht folgst und mir das Herz nicht tröstest, so will ich heute nacht nicht in deinem Hause schlafen.' Da erwiderte ihr die Herrin: ‚Hubûb, es geschehe, wie du willst! Erhebe dich und rüste uns ein anderes Zimmer!' Die Sklavin Hubûb erhob sich, rüstete ein anderes Zimmer, schmückte es und durchduftete es aufs schönste, wie ihre Herrin es liebte und gern hatte. Sie holte die Speisen herein und brachte dann auch den Wein; Becher und Schale kreisten unter ihnen immer weiter, und ihre Gemüter wurden heiter. – –«

Da bemerkte Schehrezâd, daß der Morgen begann, und sie hielt in der verstatteten Rede an. Doch als die *Achthundertundfünfzigste Nacht* anbrach, fuhr sie also fort: »Es ist mir berichtet worden, o glücklicher König, daß die Sklavin Hubûb, als Zain el-Mawâsif ihr befahl, das traute Gemach herzurichten, sich erhob; sie brachte die Speisen herein und auch den Wein; Becher und Schale kreisten unter ihnen immer weiter, und ihre Gemüter wurden heiter. Da sagte Zain el-Mawâsif: ‚O Masrûr, genaht ist die Zeit der Vereinigung und der Gunst; und erstrebst du meine Liebe mit solcher Brunst, so sing uns ein Lied von hoher Kunst!' Da sang Masrûr dies Lied:

> *Ach, ich ward gefangen, und mein Herz war heiß entbrannt,*
> *Als die Hoffnung auf das Nahsein durch die Trennung schwand,*
> *Als die Maid ich liebte, deren Wuchs mein Herz entzückt,*
> *Die durch ihre zarte Wange mir den Geist berückt.*
> *Sie hat dicht vereinte Brauen, Augen schwarzer Pracht;*
> *Ihre Zähne leuchten gleichwie Blitze, wenn sie lacht.*
> *Ihres Alters Jahre zählen zehn und dazu vier;*
> *Drachenblut sind meine Tränen in der Lieb zu ihr.*
> *Zwischen Bach und Garten hab ich sie zuerst erspäht*
> *Mit dem Antlitz gleich dem Monde, der am Himmel steht.*
> *Und ich stand vor ihr, gefangen und von Scheu ereilt;*
> *‚Allah grüße,' sprach ich, ‚die im Heiligtume weilt!'*
> *Meinen Gruß gab sie zurück mir; denn sie war bedacht*
> *Auf die Reihe süßer Worte gleich der Perlenpracht.*
> *Doch als sie mein Wort an sie vernommen, sah sie ein,*
> *Was ich wollte; und ihr Herz ward hart gleichwie von Stein.*
> *Und sie sprach: ‚Ist solche Rede nicht Verwegenheit?'*

Ich darauf: ‚Von dem, der liebet, sei der Tadel weit!
Bist du heute mir zu Willen, ist die Sache leicht.
Deinesgleichen ist geliebt, und liebend, wer mir gleicht.'
Als sie meinen Wunsch erkannte, kam von ihr der Ruf,
Unter Lächeln: ‚Bei dem Herrn, der Erd und Himmel schuf,
Ich bin Jüdin, streng ist meines Judenglaubens Welt;
Aber du hast dich den Nazarenern beigesellt.
Wie kannst du mir nahen, da du nicht von meiner Art?
Willst du solches tun, so bleibt dir Reue nicht erspart.
Ist's in Lieb erlaubt? Mit beiden Glauben spielst du gar;
Und man wird von mir mit Tadel reden immerdar.
Um die beiden Glauben ist es ganz und gar geschehn,
Gegen meinen und den deinen wirst du dich vergehn.
Liebst du mich, so werde Jude, nur aus Liebesbrunst.
Alles soll dir nichts mehr gelten außer meiner Gunst!
Schwör bei deinem heil'gen Buche[1] *einen wahren Eid,*
Daß du unsre Liebe treu bewahrst in Heimlichkeit.
Hoch und heilig bei der Thora[2] *schwör ich dir zur Stund*
Immer wahre ich die Treue unserm Liebesbund.'
Und ich schwör bei allem, was ich glaube und verehr;
Ebenso schwor sie mir einen Eid, gar hoch und hehr.
Und ich fragte sie: ‚Wie heißt du, Ziel der Wünsche, sag?'
Da sprach sie: ‚Zain el-Mawâsif[3] *in dem Rosenhag.'*
‚O Zain el-Mawâsif,' rief ich, ‚schaue mich hier an,
Dessen Herze ganz gefangen in der Liebe Bann!'
Hinter ihrem Schleier sah ich ihre Lieblichkeit.
Ach, da ward ich ganz erfüllt von sehnsuchtsvollem Leid.
Vor dem Schleier stehend klagt ich demutsvoll die Not,
Die in meinem Herzen jetzt mit Allgewalt gebot.
Als sie sah, wie ich das Opfer übergroßer Liebe war,
Bot sie fröhlich lächelnd meinem Blick ihr Antlitz dar.
Von dem Glück der Liebe spürten wir schon einen Hauch;
Duft des Moschus legte sie auf Hals und Hände auch.
Und von ihrem Dufte schien der Raum erfüllt zu sein;

---

1. Arabisch *Indschîl* = Evangelium. – 2. ‚Das Gesetz (Mosis)', im weiteren Sinne = Altes Testament. 3. Zierde der guten Eigenschaften.

Von dem Mund küßt ich ein Lächeln und den reinsten Wein.
Gleich dem Weidenzweige bog sie sich in Kleiderpracht;
Ihre Gunst, die einst verboten, ward erlaubt gemacht.
Und wir waren eng beisammen auf der Liebe Au,
Küßten und umarmten uns und sogen Lippentau.
Höchste Erdenfreude ist es, wenn der, den man liebt,
An derselben Stätte weilet und sich ganz ergibt! –
Sie erhob sich, um zu scheiden, bei des Tages Nahn;
Schöner war ihr Antlitz als der Mond am Himmelsplan.
Und beim Abschied stand ihr auf der Wange ein Geschmeid
Von der Tränen Perlen, ausgestreut und aufgereiht. –
Nie vergeß ich Allahs Bund in meines Lebens Zeit,
Noch der Nächte süße Wonnen, noch den hehren Eid!

Darüber war Zain el-Mawâsif entzückt, und sie sprach: ‚O Masrûr, wie herrlich sind doch deine Geistesgaben! Möge dein Feind keine Lebensdauer haben!' Dann trat sie in die Kammer und rief Masrûr zu sich; da trat auch er zu ihr ein und zog sie an seine Brust und umarmte und küßte sie; so erreichte er, was ihm einst erschien als ein Ding der Unmöglichkeit, und er freute sich über des Liebesglückes Süßigkeit, die sich ihm jetzt doch noch geweiht. Nun sagte Zain el-Mawâsif: ‚Masrûr, deine Habe ist mir jetzt verwehrt, und sie ist wieder dein, da wir ja Liebende geworden sind.' So gab sie ihm all sein Hab und Gut zurück, das sie ihm abgenommen hatte; und dann fragte sie: ‚Masrûr, hast du einen Blumengarten, in den wir uns begeben können, um uns dort zu ergötzen?' Er gab zur Antwort: ‚Jawohl, meine Herrin, ich habe einen Blumengarten, wie es seinesgleichen nicht gibt.' Darauf begab er sich in sein Haus und befahl seinen Sklavinnen, ein prächtiges Mahl zu bereiten und ein schönes Zimmer mit einem großen Kronleuchter herzurichten. Alsdann berief er Zain el-Mawâsif zu sich, und nachdem sie mit ihren Sklavinnen gekommen war, aßen sie und tranken sie, waren fröhlich und guter Dinge; der Becher kreiste zwischen ihnen immer weiter, und ihre Gemüter wurden heiter. Und als Lieb mit Lieb allein war, sprach sie: ‚Masrûr, mir kommt ein zierliches Lied in den Sinn, das möchte ich zur Laute singen.‘ ‚Sing es!‘ antwortete er; und sie nahm die Laute in die Hand, stimmte sie und griff in die Saiten; und sie begann lieblich zu singen und ließ dies Lied erklingen:

> *Vom Klang der Saiten zieht die Freude in mich ein.*
> *Wie mundet in der Frühe uns der edle Wein!*
> *Die Liebe offenbart das sinnbetörte Herz,*
> *Der Schleier fällt, Gefühl erhebt sich himmelwärts*
> *Mit klarem Weine, den die Schönheit hell umkränzt,*
> *Wie wenn die Sonne in der Hand von Monden*[1] *glänzt*
> *In einer Nacht, die uns mit ihren Freuden naht*
> *Und die des Schmerzes Reif durch Glück vertrieben hat.*

Und als sie ihre Verse beendet hatte, sprach sie zu ihm: ‚O Masrûr, sing uns etwas von deinen Gedichten und laß uns kosten von deinen Früchten!‘ Da sang er diese Verse:

> *Wir freuen uns des Vollmonds, der den Wein uns bringt,*
> *Wenn in den Gärten uns der Laute Spiel erklingt,*
> *Wenn früh die Taube girrt und wenn der Zweig sich neigt,*
> *Und wenn dort auf den Pfaden höchste Lust sich zeigt.*

Nachdem er seine Verse beendet hatte, sprach Zain el-Mawâsif zu ihm: ‚Sing uns ein Lied über das, was zwischen uns vorgefallen ist, wenn du in deiner Liebe zu mir aufrichtig bist.‘ – –«

Da bemerkte Schehrezâd, daß der Morgen begann, und sie hielt in der verstatteten Rede an. Doch als die *Achthundertundeinundfünfzigste Nacht* anbrach, fuhr sie also fort: »Es ist mir berichtet worden, o glücklicher König, daß Zain el-Mawâsif zu Masrûr

---

1. Die Knaben oder die Mädchen, die den Wein reichen.

sprach: ‚Wenn du in deiner Liebe zu mir aufrichtig bist, so sing uns ein Lied über das, was zwischen uns beiden vorgefallen ist.' ‚Herzlich gern!' erwiderte er und trug diesen Gesang vor:

Steh und hör, was mir geschehen
In der Liebe zu dem Reh!
Mit dem Pfeil schoß die Gazelle,
Und ihr Blick tat mir so weh.
Liebe hat mich überwältigt,
Lieb, in der kein Plan mir nützt;
Ich ergab mich einer Schönen,
Die ein Wall von Pfeilen schützt.
Ich erblickte sie im Garten
Voller Ebenmäßigkeit.
Grüßend naht ich, und sie grüßte,
Mich zu hören gern bereit.
Fragt ich nach dem Namen, sprach sie:
‚Der ist meiner Schönheit Bild;
Denn er ist Zain el-Mawâsif.'
Und ich rief: ‚O sei mir mild!
Ach, es brennt in mir die Sehnsucht;
Keiner liebt dich, so wie ich.'
Doch sie sprach: ‚Lockt meine Gunst dich,
Liebst du mich herzinniglich,
Nun, so wünsch ich großen Reichtum,
Der kaum je ermessen ward.
Kleider will ich von dir haben
Aus der feinsten Seidenart;
Einen viertel Zentner Moschus
Für die Liebe einer Nacht;
Ferner Perlen, Karneole
Von der allerschönsten Pracht;
Silber auch, vom ungemischten,
Zu des Schmuckes schönster Zier.'
Ach, ich zeigte mich geduldig;
Doch mein Herz verzagte schier!
Endlich gab sie ihre Gunst mir

In der Nacht beim Neumondschein.
Wenn mich einer darob tadelt,
Sage ich: ‚Ihr Leute mein,
Sie hat langer Locken Fülle,
Deren Farbe gleich der Nacht;
Auf der Wange glühen Rosen,
Wie zu Feuersglut entfacht.
Ihre Augen bergen Schwerter,
Und ihr Blick ist gleich dem Pfeil;
Rauschtrank wird aus ihrem Munde,
Reiner Lippentau, zuteil.
Ihre Zähne sind wie Schnüre
Edler Perlen aufgereiht,
Und ihr Hals gleicht dem des Rehes,
Herrlich in Vollkommenheit.
Wie von Marmor ist ihr Busen,
Hügeln sind die Brüste gleich;
Und im Leib hat sie ein Fältchen,
Das an Wohlgerüchen reich.
Doch darunter ist noch etwas,
Meiner Hoffnung schönster Stern;
Das ist weich, und das ist rundlich,
Ach, es ist so zart, ihr Herrn!
Einem Königsthrone gleicht es;
Darauf richt ich meinen Sinn;
Zwischen beiden Pfeilern ziehen
Sich Estraden hoch dahin.
Doch was dorten noch verborgen,
Raubt den Männern den Verstand;
Denn es sind da große Lippen
Und dazu ein schwellend Band.
Wie das Rot im Auge glänzt es,
Was Kameles Lippe gleicht;
Kommst du zu ihm mit dem Willen,
Der durch Tat sein Ziel erreicht,
Findest du ein warm Willkommen,
Doch in Kraft und Feierstaat,

Das den Kühnen gar zurücktreibt,
Wenn er keine Kampfkraft hat.
Manchmal kannst du ihm begegnen
Mit dem Bart seit langer Zeit;
Solches meldet dir ein edler,
Schöner Mann der Stattlichkeit,
Wie ja auch Zain el-Mawâsif,
Sie, so schön und wunderbar.
Nachts kam ich zu ihr gegangen,
Fand dort, was so süß mir war.
Eine Nacht verbracht ich mit ihr –
Aller Nächte schönstes Licht! –
Als der Morgen nahte, ging sie,
Neumondgleich von Angesicht.
Gleich der hohen Lanze schwankte
Ihres Leibes schlanke Pracht;
Und sie sprach zu mir beim Abschied:
‚Kehrt wohl wieder solche Nacht?'
Ich sprach: ‚Meiner Augen Zier,
Wann du willst, dann komm zu mir!'[1]

Zain el-Mawâsif war über die Maßen entzückt von diesem Gesang, und höchste Fröhlichkeit kam über sie. Dann sprach sie: ‚O Masrûr, fast ist die Dämmerung schon zu sehen, so bleibt nichts übrig als fortzugehen; sonst könnte ein Ärgernis entstehen.' ‚Herzlich gern!' erwiderte er; und er stand auf und brachte sie in ihr Haus zurück. Dann begab er sich wieder heim und verbrachte den Rest der Nacht, indem er über ihre Reize nachsann. Als dann der Morgen sich einstellte und die Welt mit seinem Glanz und Licht erhellte, machte er ein prächtiges Geschenk bereit, brachte es ihr und setzte sich an ihre

---

1. Die Übersetzung und Erklärung dieses Gesanges ist an einzelnen Stellen etwas unsicher. Ich habe die Wiedergabe so wörtlich wie möglich gestaltet, habe aber davon abgesehen, die anatomischen Anspielungen restlos aufzuklären.

Seite. So lebten sie eine Reihe von Tagen in Herrlichkeit und Freuden. Dann aber kam eines Tages zu ihr ein Brief von ihrem Gatten, der ihr seine baldige Rückkehr meldete. Da sprach sie bei sich selber: ‚Möge Allah ihn nicht behüten noch am Leben erhalten! Wenn er hierher kommt, so wird unser Leben getrübt; wollte der Himmel, daß ich die Hoffnung auf ihn aufgeben könnte!' Als darauf Masrûr zu ihr kam und sich setzte, um wie immer mit ihr zu plaudern, sprach sie zu ihm: ‚O Masrûr, eine Botschaft von meinem Gatten ist zu uns gekommen, die besagt, daß er in Kürze von seiner Reise zu uns zurückkehren wird. Was ist nun zu tun, da keiner von uns beiden ohne den anderen leben kann?' Er gab ihr zur Antwort: ‚Ich weiß nicht, was geschehen soll. Aber du kennst das Wesen deines Gatten besser und genauer; und obendrein gehörst du zu den klügsten Frauen und bist eine Meisterin in allen Listen, die da Pläne ersinnen kann, deren die Männer nicht fähig sind.' Darauf sagte sie: ‚Er ist ein harter Mann, und er wacht eifersüchtig über die Seinen. Aber wenn er von der Reise kommt und du von seiner Ankunft hörst, so begib dich zu ihm, begrüße ihn und setz dich an seine Seite; dann sprich zu ihm: ‚Bruder, ich bin ein Spezereienhändler', und kaufe von ihm einige Spezereien verschiedener Art. Darauf besuche ihn öfters, unterhalte dich des längeren mit ihm, und wenn er irgend etwas von dir verlangt, dann widersprich ihm nicht! So wird vielleicht, was ich plane, wie durch Zufall geschehen.' ‚Ich höre und gehorche!' erwiderte Masrûr; und er verließ sie, während in seinem Herzen das Feuer der Liebe brannte. Als nun ihr Gatte nach Hause kam, zeigte sie sich über seine Ankunft erfreut, und sie hieß ihn willkommen und begrüßte ihn. Als er ihr aber ins Gesicht schaute, sah er, daß es von gelber Farbe war; denn sie hatte es vorher mit Safran gewaschen und so eine Weiberlist angewandt. Nun fragte er sie nach ihrem Ergehen, und sie erzählte, sie sei seit der Zeit seiner Abreise krank gewesen, sie samt ihren Sklavinnen; und sie fügte hinzu: ‚Ach, unsere Herzen waren um dich besorgt, da du so lange fortbliebst!' Dann klagte sie ihm, wie wehe die Trennung tut, und sie vergoß eine Tränenflut. Schließlich sagte sie noch: ‚Hättest du nur einen Genossen bei dir gehabt, so hätte mein Herz nicht in all dieser Sorge um dich geschwebt. Drum bitte ich dich um Allahs willen, mein Gebieter, reise nicht wieder ohne einen Gefährten, und laß mich nicht ohne Kunde von dir, auf daß ich in Herz und Sinn über dich beruhigt bin!' – –«

Da bemerkte Schehrezâd, daß der Morgen begann, und sie hielt in der verstatteten Rede an. Doch als die *Achthundertundzweiundfünfzigste Nacht* anbrach, fuhr sie also fort: »Es ist mir berichtet worden, o glücklicher König, daß damals, als Zain el-Mawâsif zu ihrem Gatten sagte: ‚Reise nicht ohne einen Gefährten und laß mich nicht ohne Kunde von dir, auf daß ich in Herz und Sinn über dich beruhigt bin!' jener ihr antwortete: ‚Herzlich gern! Bei Allah, du mahnst zu rechter Tat, vortrefflich ist dein Rat! So wahr mir dein Leben am Herzen liegt, es soll geschehen, wie du wünschest!' Dann schaffte er einen Teil seiner Waren in seinen Laden, eröffnete ihn wieder und setzte sich, um sie im Basar zu verkaufen. Während er so in seinem Laden saß, siehe, da kam Masrûr des Wegs; der begrüßte ihn, setzte sich ihm zur Seite und begann ein Gespräch mit ihm, ja, er plauderte eine ganze Weile mit ihm. Dann zog er einen Geldbeutel hervor, band ihn auf und entnahm ihm Goldgeld; das reichte er dem Gatten von Zain el-Mawâsif mit den Worten: ‚Gib mir für diese Dinare einige Arten von Spezereien, ich will sie in meinem Laden verkaufen.' ‚Ich höre und gehorche!' erwiderte der Kaufmann und gab ihm, was er verlangte. Hinfort besuchte Masrûr ihn von Tag zu Tage, bis schließlich der Gatte von Zain el-Mawâsif sich zu ihm wandte und sprach: ‚Ich suche nach einem Manne als Teilhaber im Geschäfte.' Masrûr erwiderte ihm: ‚Auch ich suche nach einem Manne, mit dem ich das Geschäft teilen kann. Mein Vater war ein Kaufmann im Lande Jemen, und er hinterließ mir viel Geld, und ich fürchte, daß dies mir dahinschwinden könnte.' Da blickte der Kaufmann ihn an und sprach: ‚Willst du mir ein Teilhaber sein? So will ich dir ein Teilhaber sein, ein Freund und Gefährte, mögen wir uns auf Reisen begeben oder still zu Hause leben; und dann lehre ich dich Verkauf und Kauf, des Nehmens und des Gebens Verlauf.' ‚Herzlich gern!' antwortete ihm Masrûr; und alsbald nahm der Kaufmann ihn mit sich, führte ihn in sein Haus und bat ihn, in der Vorhalle sich zu setzen, während er selbst zu seiner Gattin hineinging und zu ihr sprach: ‚Sieh, ich habe einen Teilhaber gewonnen, und ich habe ihn zu Gast geladen; darum richte uns ein schönes Mahl her!' Zain el-Mawâsif war erfreut; denn sie erkannte, daß Masrûr es war. So rüstete sie denn ein prächtiges Gastmahl, indem sie die schönsten Speisen auftrug, da sie sich so sehr freute, daß ihr Plan mit Masrûr geglückt war. Und weil der Gast schon im Hause des Kaufmanns war, sprach der zu seiner Gattin: ‚Geh mit mir zu ihm hinaus, heiß ihn willkommen und sprich zu ihm: ‚Du beehrst uns.' Sie aber zeigte sich zornig und sprach zu ihm: ‚Willst du mich vor einem fremden, unbekannten Mann führen? Ich nehme meine Zuflucht zu Allah! Wenn du mich auch in Stücke schnittest, ich will mich nicht vor ihm zeigen!' Ihr Gatte entgegnete ihr: ‚Warum scheust du dich vor ihm? Er ist ein Christ, und wir sind Juden; und außerdem werden wir beide, ich und er, Teilhaber.' Dennoch bestand sie darauf: ‚Ich habe keine Lust, mich vor dem fremden Manne zu zeigen, den mein Auge noch nie gesehen hat und den ich nicht kenne.' Ihr Gatte glaubte, daß sie die volle Wahrheit spräche, und so drang er denn immer weiter in sie, bis sie sich erhob, sich in ihre Gewänder hüllte, die Speisen nahm und zu Masrûr hinausging und ihn willkommen hieß. Er aber neigte sein Haupt zu Boden, als schäme er sich; und wie der Kaufmann ihn so gesenkten Hauptes dastehen sah, sprach er bei sich: ,Der ist sicher ein Frommer!' Dann aßen sie, bis sie gesättigt waren; und als die Speisen abgetragen waren, brachte man den Wein. Zain el-Mawâsif aber saß Masrûr gegenüber, und sie sah ihn an, und er sah sie an, bis der Tag vergangen war. Da begab Masrûr sich nach Hause, mit lodernden Flammen im Herzen. Der Gatte von Zain el-Mawâsif aber dachte noch lange über die feine Art und die Schönheit seines Gefährten nach. Als die Nacht kam, brachte seine Gattin wie immer das Nachtmahl. Nun hatte er einen Sprosser[1] im Hause; und wenn er beim Essen saß, so pflegte der Vogel zu ihm zu kommen und mit ihm zu essen und über seinem Kopfe zu schweben. Aber der Vogel hatte sich inzwischen an Masrûr gewöhnt und hatte mit ihm gegessen und ihn umflattert, sooft er bei Tische saß. Als jetzt Masrûr verschwand und sein Herr wieder da war, erkannte er ihn nicht und nahte sich ihm nicht; da begann der Kaufmann nachzusinnen, was es mit dem Vogel auf sich habe und weshalb er sich von ihm fern halte. Zain el-Mawâsif aber konnte nicht schlafen, da ihr Herz immer nur an Masrûr dachte; und das blieb so noch eine zweite und eine dritte Nacht. Da merkte der Jude ihren Zustand, und als er sie in ihrer Verstörtheit beobachtete, schöpfte er Verdacht gegen sie. In der vierten Nacht erwachte er aus seinem Schlafe um Mitternacht und hörte seine Gattin im Schlafe reden, wie sie Masrûrs Namen

1. Eine Nachtigallenart.

nannte, während sie an ihres Gatten Seite ruhte; wieder schöpfte er Verdacht gegen sie, doch er verbarg seinen Argwohn. Als es Morgen ward, ging er zu seinem Laden und setzte sich nieder. Während er dort saß, kam Masrûr auf ihn zu und grüßte ihn; er gab ihm den Gruß zurück und sprach: ‚Willkommen, mein Bruder!' Dann fügte er noch hinzu: ‚Ich hatte schon Sehnsucht nach dir.' Sie saßen eine ganze Weile plaudernd beisammen, und danach hub er wieder an: ‚Auf, Bruder, komm mit mir in mein Haus, damit wir den Bund der Brüderschaft abschließen können!' Masrûr erwiderte: ‚Herzlich gern!' Und als sie das Haus erreicht hatten, ging der Jude vorauf und meldete seiner Frau, daß Masrûr käme und daß er mit ihm Geschäfte beraten und den Bund der Brüderschaft abschließen wolle; und er fügte hinzu: ‚Bereite uns ein schönes Mahl; du mußt auch bei uns zugegen sein und sehen, wie wir Brüderschaft schließen!' Doch sie rief: ‚Um Gottes willen, führe mich nicht vor diesen fremden Mann; ich habe nicht den Wunsch, mich vor ihm zu zeigen.' Da ließ er ab von ihr und befahl den Sklavinnen, Speise und Trank zu bringen; danach lockte er auch den Vogel, den Sprosser, herbei, aber der setzte sich auf den Schoß Masrûrs und achtete seines Herrn nicht. Nun fragte der Jude: ‚Lieber Herr, wie heißt du denn?' Und jener antwortete: ‚Ich heiße Masrûr.' Dies war aber ja gerade der Name, den seine Gattin die ganze Nacht hindurch im Schlafe genannt hatte. Und wie er nun seinen Kopf hob, sah er, daß sie ihm zuwinkte und mit den Augen Zeichen gab; so wußte er denn, daß er überlistet war; und er sprach: ‚Lieber Herr, entschuldige mich noch so lange, bis ich meine Vettern geholt habe, damit sie Zeugen der Verbrüderung werden!' ‚Tu, was dir gut dünkt!' erwiderte Masrûr; und der Gatte von Zain el-Mawâsif ging fort, stellte sich aber hinter dem Wohnzimmer auf. – –«

Da bemerkte Schehrezâd, daß der Morgen begann, und sie hielt in der verstatteten Rede an. Doch als die *Achthundertunddreiundfünfzigste Nacht* anbrach, fuhr sie also fort: »Es ist mir berichtet worden, o glücklicher König, daß der Gatte von Zain el-Mawâsif zu Masrûr sprach: ,Entschuldige mich noch so lange, bis ich meine Vettern geholt habe, damit sie Zeugen des Abschlusses der Verbrüderung zwischen uns beiden werden!' Dann aber ging er fort, begab sich hinter das Wohnzimmer und stellte sich dort auf; denn es befand sich da ein Fenster, das in den Saal führte, und zu dem war er gegangen, so daß er die beiden beobachten konnte, während sie ihn nicht sahen. Inzwischen hatte Zain el-Mawâsif ihre Magd Sukûb gefragt: ,Wohin ist dein Herr gegangen?' und die hatte ihr erwidert: ,Hinaus aus dem Hause.' Darauf sprach sie: ,Verschließe die Tür und lege den eisernen Riegel vor und öffne ihm nicht eher, als bis er an die Tür klopft und du es mir sagst!' ,So sei es!' erwiderte die Sklavin. All das geschah, während ihr Gatte sie beobachtete. Darauf nahm Zain el-Mawâsif den Becher, mischte den Wein mit Rosenwasser und Moschuspulver und ging zu Masrûr. Der aber eilte auf sie zu und sprach zu ihr: ,Bei Gott, der Tau deiner Lippen ist süßer als dieser Wein.' Und sie gab ihm, und er gab ihr zu trinken; dann besprengte sie ihn mit Rosenwasser vom Scheitel bis zu den Füßen, bis daß der Duft davon den ganzen Raum erfüllte. Während alledem sah ihr Gatte ihnen zu, erstaunt über die große Liebe, die zwischen den beiden bestand; zugleich aber füllte sich sein Herz mit Zorn über das, was er sehen mußte, und nicht nur der Grimm kam über ihn, sondern er ward auch von heftiger Eifersucht gepackt. So ging er denn an die Tür, allein er fand sie verschlossen; da pochte er in seinem großen Zorn gar heftig. Die Sklavin rief: ,O Herrin, mein Gebieter ist gekommen.' Jene rief: ‚Öffne ihm! Hätte Gott ihn nur nicht in Sicherheit heimgeführt!' Als die Sklavin dann geöffnet hatte, fragte er sie: ‚Was ist denn mit dir, daß du die Tür zuschließt?' Sie antwortete: ‚So war es während deiner Abwesenheit; sie war immer geschlossen und nie geöffnet weder bei Tag noch bei Nacht.' Da sagte er: ‚Das hast du gut gemacht, so gefällt es mir.' Dann ging er zu Masrûr hinein, indem er lachte und seinen Kummer verbarg; und er sprach: ‚O Masrûr, laß uns heute noch von der Verbrüderung absehen, wir wollen unseren Bruderbund an einem anderen Tage abschließen, nur nicht heute!' ‚Ich höre und gehorche!' erwiderte jener, ‚tu, wie du willst!' So ging denn Masrûr nach Hause, während der Gatte von Zain el-Mawâsif über seine Lage nachzusinnen begann und nicht wußte, was er tun sollte; sein Gemüt war schwer betrübt, und er sprach bei sich selber: ‚Selbst der Sprosser verleugnet mich, und die Sklavinnen verschließen mir die Tür vor der Nase und kehren sich einem anderen zu.' Und im Übermaße seines Kummers begann er diese Verse zu sprechen:

> *Masrûr verlebt die Zeit, die durch der Tage Wonnen*
> *Verschönt ihm wird, allein mein Leben ist zerstört.*
> *In meiner Liebe hat das Schicksal mich verraten;*
> *In meinem Herzen brennt die Glut, die sich noch mehrt.*
> *Mein Glück war durch die Schöne hell – es ist vergangen;*
> *Und dennoch hält die Schönheit mich in ihrem Bann.*
> *Mit eigenem Auge schaut ich ihre hohe Anmut;*
> *Und ihre Liebe tat es meinem Herzen an.*
> *Ach, lange ist es her, da stillte sie mir huldvoll*
> *Den Durst durch Wein von ihren Lippen, süß und klar!*
> *Warum, o Sprosser, hast du mich denn auch verlassen*
> *Und botest deine Liebe einem andren dar?*
> *Ach, meine Blicke schauten wunderbare Dinge –*
> *Die hätten mir im Schlaf die Augen aufgeweckt!*
> *Ich sah mein eigen Lieb die Liebe mein vergeuden,*

Und wie mein Sprosser auch sich scheu vor mir versteckt!
Ja, bei dem Herrn der Menschen, der, was Er beschlossen,
In dieser Welt noch immer sicher durchgeführt:
Dem frechen Wicht, der sich in ihre Nähe wagte
Und ihre Gunst genoß, zahl ich, was ihm gebührt!

Als Zain el-Mawâsif seine Verse hörte, begann ihr ganzer Leib zu zittern, und sie erblich und sprach zu ihrer Sklavin: ‚Hast du diese Verse gehört?' Die antwortete: ‚Ich hab ihn in meinem ganzen Leben noch nicht solche Verse reden hören. Aber laß ihn sagen, was er will!'

Da nun der Gatte von Zain el-Mawâsif sich von der Wahrheit seines Argwohns überzeugt hatte, begann er alles zu verkaufen, was er besaß; denn er sagte sich: ‚Wenn ich sie nicht aus ihrer Heimat fortführe, so werden die beiden nie und nimmer von dem ablassen, was jetzt zwischen ihnen vorgeht.' Nachdem er dann all seinen Besitz verkauft hatte, fälschte er einen Brief und las ihn ihr vor, indem er behauptete, dieser Brief käme von seinen Vettern, und er enthalte deren Wunsch, daß er und seine Gattin sie besuchen möchten. Sie fragte: ‚Wie lange werden wir bei ihnen sein?' ‚Zwölf Tage', gab er zur Antwort; und sie willigte darin ein. Dann fragte sie weiter: ‚Soll ich einige Sklavinnen mit mir nehmen?' Er antwortete: ‚Nimm Hubûb und Sukûb mit, und laß Chatûb hier.' Dann machte er eine schöne Kamelsänfte für sie bereit und rüstete zum Aufbruch mit ihnen. Zain el-Mawâsif aber sandte eine Botschaft an Masrûr: ‚Wenn die Zeit, die zwischen uns verabredet wurde, verstrichen ist, ohne daß wir zurückgekehrt sind, so wisse, daß er uns einen Streich gespielt und uns überlistet hat und daß es ihm gelungen ist, uns zu trennen. Du aber vergiß nicht die Treuschwüre, die uns verbinden! Ich bin in Sorge wegen seiner argen List.' Und während ihr Gatte mit den Vorbereitungen für die Reise beschäftigt war, begann Zain el-Mawâsif zu weinen und zu klagen, sie fand keine Ruhe mehr und irrte Tag und Nacht umher. Ihr Gatte bemerkte es wohl, aber er achtete ihrer nicht. Als sie nun sah, daß ihr Gatte von der Reise nicht ablassen wollte, suchte sie ihre Kleider und all ihre Sachen zusammen und hinterlegte sie bei ihrer Schwester; nachdem sie der alles erzählt hatte, was ihr widerfahren war, nahm sie Abschied von ihr und verließ sie unter Tränen. Dann kehrte sie zu ihrem Hause zurück und sah, wie ihr Gatte schon die Kamele geholt hatte und damit beschäftigt war, die Lasten aufzuladen; für Zain el-Mawâsif hielt er das schönste Kamel bereit. Und als sie nun einsah, daß sie sich unweigerlich von Masrûr trennen mußte, ward sie ganz verstört. Es traf sich aber, daß ihr Gatte noch in Geschäften fortgehen mußte; nun trat sie zur ersten Tür und schrieb darauf diese Verse. – –«

Da bemerkte Schehrezâd, daß der Morgen begann, und sie hielt in der verstatteten Rede an. Doch als die *Achthundertundvierundfünfzigste Nacht* anbrach, fuhr sie also fort: »Es ist mir berichtet worden, o glücklicher König, daß Zain el-Mawâsif ganz verstört wurde, als sie sah, wie ihr Gatte schon die Kamele geholt hatte, so daß sie der Abreise nun gewiß sein mußte. Es traf sich aber, daß ihr Gatte noch in Geschäften fortging; da trat sie zur ersten Tür und schrieb darauf diese Verse:

> *O Taube dieser Stätte, bringe unsre Grüße*
> *Vom Lieb zu dem Geliebten, da man uns getrennt!*
> *Und künde ihm, daß immer ob der schönen Tage,*
> *Die nun entflohn, der Schmerz in meiner Seele brennt!*
> *So soll auch meine Liebe immerdar erglühen*
> *In Trauer um das Glück, das einst uns froh gemacht!*
> *Ja, wir verlebten Zeiten reiner Lust und Freude*
> *Und konnten beieinander weilen Tag und Nacht.*
> *Doch ach, da schreckte uns der Ruf des Trennungsraben,*

> *Der uns die Abschiedsstunde krächzend offenbart.*
> *Wir zogen fort und ließen leer die trauten Stätten;*
> *O, blieb' uns das Verlassen unsres Heims erspart!*

Dann trat sie zu der zweiten Tür und schrieb auf sie diese Verse:

> *Der du dem Tore nahst, bei Gott, ich bitt dich, schaue*
> *Die Schönheit meines Liebs im Dunkeln, und dann sage,*
> *Daß ich, gedenk ich seiner Nähe, immer weine,*
> *Daß meine Tränen nutzlos fließen, wenn ich klage!*
> *Und sprich: Vermagst du nicht im Leiden auszuharren,*
> *So magst du Staub und Asche auf das Haupt dir legen.*
> *Und zieh nach Ost und Westen hin durch alle Lande;*
> *Und sei geduldig; Gott ist hilfreich allerwegen!*

Darauf trat sie zur dritten Tür, weinte bitterlich und schrieb darauf diese Verse:

> *Gemach, Masrûr, wenn du dich ihrem Hause nahest,*
> *So tritt dort an die Türen; lies, was sie dort schrieb!*
> *Vergiß den Bund der Liebe nicht, bist du wahrhaftig;*
> *Und denk, wie manche Nacht ihr süß und bitter blieb!*
> *Bei Gott, Masrûr, vergiß doch nie, wie du ihr nah warst,*
> *Und wie sie Glück und Freude jetzt in dir verließ!*
> *Nein, weine um die Zeit, da wir uns froh vereinten*
> *Und sie bei deinem Nahn die Schleier fallen hieß!*
> *Zieh durch die fernsten Länder hin um meinetwillen;*
> *Durchwate Ströme, suche mich im Wüstensand!*
> *Vergangen sind die Nächte, die uns einst vereinten,*
> *Seit vor der Trennung Dunkelheit ihr Licht entschwand.*
> *Behüte Gott die fernen Tage unsrer Freude,*
> *Da wir die Blumen pflückten in der Wünsche Land!*
> *Warum sind sie nicht so geblieben, wie ich hoffte?*
> *Ihr Kommen und ihr Gehen ward von Gott gesandt.*
> *Kehrt wohl der Tag einst wieder, der uns neu vereinet,*
> *Daß ich an ihm dem Herrn Gelübdes Lösung biet?*
> *Bedenke, alle Dinge stehn in Dessen Händen,*
> *Der jedem auf die Stirn des Schicksals Zeichen zieht!*[1]

---

1. Dem Menschen ist von Gott sein Schicksal auf die Stirn geschrieben.

Danach weinte sie bitterlich und kehrte ins Haus zurück, indem sie klagte und jammerte. Und im Gedenken an das, was vergangen war, sprach sie: ‚Preis sei Gott, der dies über uns verhängt hat!' Doch von neuem begann sie zu trauern, daß sie von ihrem Geliebten scheiden und ihr Haus verlassen mußte. Und sie sprach diese Verse:

> *Der Friede Gottes sei mit dir, du leeres Haus!*
> *Das Schicksal hat in dir die Freuden jetzt geendet.*
> *O Taube dieser Stätte, klage immerdar*
> *Um sie, die sich von ihren schönen Monden wendet.*
> *Gemach, Masrûr, jetzt weine, da du mich verlierst!*
> *Das Auge mein verliert den Glanz, da wir uns trennen.*
> *Und säh dein Aug am Abschiedstag mein brennend Herz,*
> *So würde meiner Tränen Glut noch heißer brennen.*
> *Vergiß du nie den Bund in eines Garten Schatten,*
> *Wo Schleier sich auf uns herabgelassen hatten!*

Und schließlich trat sie zu ihrem Gatten; der hob sie in die Sänfte, die er für sie gerüstet hatte. Und als sie auf dem Rücken des Kamels saß, sprach sie diese Verse:

> *Der Friede Gottes sei mit dir, du leere Stätte!*
> *Wir waren dort so lang, und harrten immer mehr.*
> *O wären meines Lebens Nächte abgeschnitten,*
> *Daß ich in deinem Schutz verzückt gestorben wär!*
> *Ich traure in der Ferne, sehn' mich nach der Heimat,*
> *Die ich so lieb; ich weiß noch nicht, wie mir geschah.*
> *O wüßt ich, ob ich einst die Wiederkehr erlebe*
> *Und alles froh dort seh, wie ich es früher sah!*

Da sprach ihr Gatte zu ihr: ‚O Zain el-Mawâsif, sei nicht traurig ob der Trennung von deinem Heim; du wirst bald zu ihm zurückkehren!' Und so begann er ihr Herz zu trösten und ihr freundlich zuzusprechen. Dann ritten sie weiter dahin, bis sie draußen vor der Stadt waren und die Landstraße einschlugen; nun fühlte sie, wie die Trennung zur Gewißheit geworden war, und sie grämte sich sehr darob.

Während all das geschah, saß Masrûr in seinem Hause und dachte über sein Schicksal und das Geschick seiner Geliebten nach. Da kam über sein Herz ein Ahnen von der Trennung; und er stand alsobald auf und eilte fort, bis er zu ihrem Hause kam. Dort fand er das Tor geschlossen und sah die Verse, die Zain el-Mawâsif geschrieben hatte. Zuerst las er die Zeilen auf der äußeren Tür; und als er die gelesen hatte, sank er ohnmächtig zu Boden. Wie er dann aus seiner Ohnmacht erwachte, öffnete er die erste Tür, trat ein zu der zweiten Tür und sah, was sie dort geschrieben hatte; und desselbigengleichen tat er an der dritten Tür. Wie er all diese Inschriften gelesen hatte, wuchs in ihm der sehnenden Liebe Kraft und die heftige Leidenschaft; und er zog hinaus auf ihrer Spur, indem er eilends dahinschritt, bis er die Karawane erreichte. Da sah er sie in der Nachhut, während ihr Gatte um seiner Ware willen im Vortrab ritt. Und wie er sie erblickte, klammerte er sich an die Sänfte, weinend und klagend vor Trennungsqual, und er sprach diese Verse:

> *O wüßt ich doch, um welcher Schuld uns trafen*
> *Die Trennungspfeile auf so lange Zeit!*
> *O Herzenswunsch, ich kam zum Hause heute,*
> *Als ich gepeinigt war vom Liebesleid.*
> *Da sah ich denn die Stätte leer und öde,*
> *Und klagte um den Abschied, klagte immer mehr.*
> *Die Mauern fragte ich nach der Geliebten,*
> *Wohin sie ging; und ach, mein Herz war schwer.*
> *Sie sprachen: Aus dem Haus zog sie von dannen,*
> *Im Herzen barg sie ihre Liebe scheu. –*
> *Sie schrieb für mich die Zeichen auf die Mauern;*
> *So handelt nur das wissend Volk der Treu.*

Als Zain el-Mawâsif diese Verse hörte, erkannte sie, daß Masrûr sie sprach. – –«

Da bemerkte Schehrezâd, daß der Morgen begann, und sie hielt in der verstatteten Rede an. Doch als die *Achthundertundfünfundfünfzigste Nacht* anbrach, fuhr sie also fort: »Es ist mir berichtet worden, o glücklicher König, daß Zain el-Mawâsif, als sie diese Verse vernahm, erkannte, daß Masrûr sie sprach; und sie weinte mit ihren Sklavinnen und sprach zu ihm: ‚O Masrûr, um Gottes willen, kehre um, damit mein Gatte dich und mich nicht beisammen sieht!' Wie Masrûr das hörte, sank er in Ohnmacht; und als er wieder zu sich kam, nahmen die beiden Abschied voneinander. Da sprach er diese Verse:

> *Früh zum Aufbruch rief der Führer, ehe noch das Dunkel wich*
> *Vor dem Morgen; und das Volk des Lagerplatzes regte sich.*
> *Tiere wurden aufgesattelt, alles mühte sich im Drang,*
> *Und die Karawane eilte, als der Sänger summend sang.–*
> *Süßer Duft von ihr erfüllte bald die Lande überall;*
> *Rasch bewegten sich die Schritte hin durch jenes Wüstental.*
> *Sie bezwang mein Herz durch Liebe; dennoch zog sie durch die Flur,*
> *Und sie ließ mich einsam irren morgens früh auf ihrer Spur.*
> *Ihr Gefährten, ach, ich wünschte, ewiglich bei ihr zu sein;*
> *Und jetzt netze ich den Boden durch die Flut der Tränen mein.*
> *Wehe, wehe meinem Herzen nach der Trennung! Welchen Schmerz*
> *Legte mir die Hand des Abschieds grausam in mein armes Herz!*

Doch Masrûr folgte immer noch weinend und klagend den Reiterinnen, während sie ihn anflehte, vor Tagesanbruch umzukehren und sie nicht zu entehren. Da trat er denn wiederum an die Sänfte heran, nahm zum zweiten Male Abschied von ihr und sank eine Zeitlang in Ohnmacht. Als er aber wieder zu sich kam, entdeckte er, daß die Karawane weitergezogen war; und nun wandte er sich in die Richtung, in der sie gegangen war, und indem er den Wind, der von dort kam, in sich einsog, begann er diese Verse zu singen:

> *Kein Wind des Nahseins kam dem Sehnsuchtsvollen;*
> *Er klagte ob der Liebe Gluten nur.*
> *Es wehte ihm ein Zephir in der Frühe:*
> *Da fand er sich allein auf weiter Flur,*
> *Aufs Krankenbett geworfen durch das Leiden,*
> *Wie ihm das Aug voll blut'ger Tränen blieb.*
> *Die Freundin zog mit meiner Seel von dannen*
> *Auf einem Tiere, das der Treiber trieb.*
> *Bei Gott, der Wind des Nahseins weht allein,*
> *Blick ich ihr in den Augenstern hinein.*

Darauf kehrte Masrûr zu ihrem Hause zurück, von heißer Sehnsucht verzehrt, und er fand es von allem Gerät geleert; auch die Freundin war ja fortgegangen, und er weinte, bis seine Tränen ihm durch die Kleider drangen. Da fiel er in Ohnmacht, und es war, als wollte seine Seele den Leib verlassen. Als er wieder zu sich kam, sprach er diese beiden Verse:

> *Erbarme dich, o Stätte, meines Leids und Elends*
> *Und meines Siechtums, meiner Tränen Flut!*
> *Gewähr mir einen Hauch von ihrem süßen Dufte;*
> *Vielleicht tut der dem wunden Herzen gut!*

Als Masrûr dann aber in sein eigenes Haus zurückgekehrt war, ward er ganz verwirrt durch all das, was geschehen war, und er weinte immerdar; zehn Tage lang blieb er so dort.

Wenden wir uns nun von Masrûr wieder zu Zain el-Mawâsif! Sie erkannte, daß ihr Gatte sie überlistet hatte, da er zehn Tage lang mit ihr dahinzog; danach machte er mit ihr in einer Stadt halt. Dort schrieb Zain el-Mawâsif einen Brief an Masrûr und übergab ihn ihrer Sklavin Hubûb mit den Worten: ‚Sende diesen Brief an Masrûr, auf das er wisse, wie der Jude uns überlistet und hintergangen hat!' Die Sklavin nahm das

Schreiben von ihr entgegen und sandte es an Masrûr. Und als der es empfing, bedrückten die Worte ihn schwer, und er weinte, bis der Boden benetzt ward ringsumher. Dann schrieb er einen Brief und sandte ihn an Zain el-Mawâsif; an seinen Schluß aber hatte er diese beiden Verse geschrieben:

> *Wo ist denn noch ein Weg wohl zu des Trostes Pforten?*
> *Und wie kann der sich trösten, den die Glut verzehrt?*
> *Wie herrlich waren uns die Zeiten, die entschwanden!*
> *Ach, wär uns doch von ihnen etwas noch beschert!*

Als dies Schreiben Zain el-Mawâsif erreichte, nahm sie es hin, las es und gab es ihrer Sklavin Hubûb mit den Worten: ‚Halt es geheim!' Dennoch erfuhr ihr Gatte von ihrem Briefwechsel; und deshalb nahm er Zain el-Mawâsif und ihre Sklavinnen und reiste mit ihnen eine Strecke von zwanzig Tagen; dann machte er mit ihnen in einer anderen Stadt halt. So stand es nun um Zain el-Mawâsif.

Was aber Masrûr betraf, so versagte sich ihm der Schlaf; er konnte keine Ruhe finden, und seine Geduld begann zu schwinden. In solchem Zustand blieb er eine ganze Weile, bis sich ihm eines Nachts die Augen schlossen; und da sah er im Traum, daß Zain el-Mawâsif im Garten zu ihm kam und ihn umarmte. Als er aber aus dem Schlaf erwachte und sie nicht fand, da ward der Verstand ihm irre und der Geist wirre, von seinen Augen strömte die Tränenflut, und sein Herz war erfüllt von heißer Liebesglut. Und er sprach diese Verse:

> *Ich grüße sie, die mich im Schlaf besucht als Traumbild,*
> *Die meine Sehnsucht weckt und meine Liebe mehrt.*
> *Aus solchem Schlaf erheb ich mich in heißem Sehnen*
> *Nach ihr, die ihren Anblick mir im Traum gewährt.*
> *Sagt wohl der Traum die Wahrheit über die Geliebte*
> *Und stillet mein Verlangen und mein Liebesleid?*
> *Ach, bald umarmt sie mich, und bald läßt sie mich nahen,*

> *Bald tröstet mich ihr Wort voll süßer Lieblichkeit;*
> *Und als wir uns im Traume dann genug gescholten*
> *Und als mein Auge voll von heißen Tränen war,*
> *Da sog ich süßen Tau von ihren roten Lippen,*
> *Der war wie Wein voll Moschusduft, so rein und klar;*
> *Es war so wundersam, was uns im Traum geschehen,*
> *Wie ich bei ihr Erfüllung meiner Wünsche fand! –*
> *Doch als ich mich vom Schlaf erhob, da war kein Traumbild,*
> *Nein, nur der Sehnsucht und der Liebe heißer Brand.*
> *Jetzt, da ich sie gesehen, bin ich wie von Sinnen;*
> *Und ohne Wein zu trinken, bin ich trunken schier.*
> *O du mein Zephirwind, bei Gott, trag du die Wünsche*
> *Der Sehnsucht zu ihr hin und grüße sie von mir!*
> *Sprich: Deinem Lieb, dem du in Treuen zugewandt,*
> *Gab das Geschick den Todeskelch mit rauher Hand.*

Darauf begab er sich wieder zu ihrem Hause; weinend ging er des Weges, bis er dort ankam und die Stätte anschaute und von neuem sah, daß sie leer war. Doch plötzlich war ihm, als schaue er vor sich ihr Bild, als sei ihre Gestalt vor seinen Augen enthüllt; nun lohte Feuer in seinem Herzen, und heißer wurden seine Schmerzen, und er sank ohnmächtig nieder. – –«

Da bemerkte Schehrezâd, daß der Morgen begann, und sie hielt in der verstatteten Rede an. Doch als die *Achthundertundsechsundfünfzigste Nacht* anbrach, fuhr sie also fort: »Es ist mir berichtet worden, o glücklicher König, daß Masrûr, als er Zain el-Mawâsif im Traume sah, wie sie ihn umarmte, sich über die Maßen freute. Und als er aus seinem Schlafe erwachte, ging er zu ihrem Hause; doch da er es immer noch leer fand, ward er tief betrübt und sank ohnmächtig zu Boden. Wie er dann wieder zu sich kam, sprach er diese Verse:

> *Ich sog den Duft von ihr, von Weidenblüten, ein,*
> *Und ging mit einem Herzen, voll von Qual und Pein.*
> *Die Sehnsucht wollt ich heilen, armer Liebestor,*

> *An einer Stätte, die den trauten Freund verlor.*
> *Doch ach, ich wurde krank durch Trennung, Sehnsucht, Leid:*
> *Ich dachte der Geliebten und der alten Zeit.*

Als er diese Verse zu Ende gesprochen hatte, hörte er, wie ein Rabe neben dem Hause krächzte; da brach er in Tränen aus und rief: ‚Ach Gott, nur über dem verlassenen Haus stößt der Rabe sein Krächzen aus.' Dann seufzte er und stöhnte und sprach diese Verse:

> *Was klagt der Rabe um die Stätte der Geliebten?*
> *In meinem Innern loht ein Feuer hoch empor*
> *Aus Trauer um die Zeit der Liebe, die vergangen,*
> *Bis sich mein Herz gleichwie im Abgrund ganz verlor.*
> *Ich sterb in Leid; in mir erglüht der Sehnsucht Flamme;*
> *Ich schreibe Briefe, doch der Bote fehlet mir.*
> *Weh um den hagern Leib! Mein Lieb ist nun entschwunden;*
> *Verleb ich wohl wie einst die Nächte noch mit ihr?*
> *O Zephir, wenn dein Hauch am Morgen zu ihr eilt,*
> *So bring er Gruß und Wunsch zur Stätte, da sie weilt.*

Nun hatte Zain el-Mawâsif eine Schwester des Namens Nasîm[1], und die hatte ihm von einer hohen Stelle aus zugeschaut. Wie sie ihn dort in solchem Zustande sah, weinte sie und seufzte und sprach diese Verse:

> *Wie oft kehrst du zu dieser Stätte und beklagst sie,*
> *Wo doch das Haus betrübt um dem Erbauer weint?*
> *Eh die Bewohner schwanden, herrschten hier die Freude*
> *Und heller Sonnenglanz, der in die Herzen scheint.*
> *Wo sind die vollen Monde, die hier einst erstrahlten?*
> *Das arge Schicksal raubte ihre schönste Zier.*
> *Nun laß die Schöne, der du dich so traut geselltest;*
> *Und schau, vielleicht kommt noch ein Tag und zeigt sie dir!*
> *Wenn du nicht wärst, die Menschen wären nie geschwunden,*
> *Du hättest auch den Raben droben nicht gefunden.*

1. Zephir.

Masrûr weinte bitterlich, als er diese Worte vernahm und als ihm der Sinn der Verse zu Bewußtsein kam. Die Schwester wußte auch, daß die beiden erfüllt waren von der sehnenden Liebe Kraft und von der heftigsten Leidenschaft. Und sie sprach zu ihm: ‚Um Gottes willen, Masrûr, verlaß diese Stätte, auf daß niemand dich bemerke und etwa glaube, du kämst um meinetwillen! Du hast ja schon meine Schwester vertrieben, und nun willst du auch noch mich vertreiben? Du weißt, wenn du nicht gewesen wärest, so wäre dies Haus nicht von seinen Bewohnern verlassen. Vergiß sie und laß ab von ihr; was vergangen ist, ist vergangen!' Als Masrûr diese Worte von ihrer Schwester hörte, weinte er bitterlich; und er sprach zu ihr: ‚Nasîm, wenn ich fliegen könnte, so würde ich in meiner Sehnsucht zu ihr fliegen. Wie kann ich sie da vergessen?' Sie erwiderte ihm: ‚Dir bleibt nichts, als dich zu gedulden!' Doch er sprach: ‚Um Gottes willen, ich bitte dich, schreib du ihr einen Brief von dir aus und verschaffe mir eine Antwort, auf daß meine Seele sich tröste und das Feuer erlösche, das in meinem Innern brennt!' ‚Herzlich gern!' antwortete sie, und sie nahm Tintenkapsel und Papier, während Masrûr ihr seine große Sehnsucht und, was er durch den Trennungsschmerz litt, beschrieb. So sprach er denn: ‚Dieser Brief bringt die Worte eines Betrübten, der von der Liebe betört ist, eines Armen, der durch die Trennung verstört ist, der keine Ruhe zu finden vermag, weder bei Nacht noch bei Tag, der Tränen vergießt und in ihnen zerfließt. Wahrlich, die Tränen haben seine Lider wund gemacht, und brennender Schmerz ward in seinem Innern entfacht. Lang währt sein Leid, groß ist seine Ratlosigkeit, gleich der eines Vogels, der seinen Genossen verlor; und der Tod steht ihm nahe bevor. Ach, mein Schmerz um die Trennung von dir! Ach, meine Trauer um das verlorene Vereintsein mit dir! Meinen Leib verzehrt die Hagerkeit, meine Tränen rinnen zu jeder Zeit; mich beengen Berg und Tal, und ich spreche diese Verse im Übermaße meiner Qual:

> *Mein Schmerz um diese Stätte muß auf immer bleiben;*
> *Nach ihr, die in ihr wohnte, sehn' ich mich so sehr.*
> *Ich send euch eine Botschaft meiner zarten Inbrunst;*
> *Der Schenke reichte mir den Liebesbecher her.*
> *Weil du entschwunden bist und in der Ferne weilest,*
> *Ergießt sich von den Lidern meiner Tränen Flut.*
> *Der du die Sänften führst, halt an mit der Geliebten!*
> *In meinem Herzen lodert immer heißre Glut.*
> *Verkünde der Geliebten meinen Gruß und sage:*
> *‚Von roten Lippen nur wird Heiltrunk ihm zuteil.*
> *Die Zeit zermalmte ihn und trennte die Gemeinschaft,*
> *Sie traf den Lebensodem mit der Trennung Pfeil.'*
> *Sprich ihr von meiner Pein, von meinen heißen Qualen,*
> *Seitdem sie von mir schied – was alles ich erleid!*
> *Ich schwöre einen Eid bei deiner Liebe, daß ich*
> *Den Bund der Treue dir bewahre allezeit.*
> *Nie wankte ich, und nie vergaß ich deine Liebe;*
> *Wer kann vergessen, wenn ihn echte Lieb erfüllt?*
> *Dir send ich meinen Gruß, dir send ich meine Wünsche*
> *In einem Brief vom Duft des Moschus eingehüllt.*

Ihre Schwester Nasîm staunte ob der Beredsamkeit seiner Zunge und seiner schönen Gedanken und zierlichen Verse, und sie fühlte Mitleid mit ihm. Und sie versiegelte den Brief mit feinstem Moschus, nachdem sie ihn mit Nadd[1] und Ambra durchduftet hatte. Dann brachte sie ihn einem der Kaufleute und sprach zu ihm: ‚Übergib dies nur meiner Schwester oder ihrer Sklavin Hubûb!' Er antwortete: ‚Herzlich gern!'

Als nun der Brief zu Zain el-Mawâsif kam, wußte sie, daß Masrûr ihn vorgesprochen hatte; denn sie erkannte in ihm seine

---

1. Vgl. Band II, Seite 798, Anmerkung.

Seele an der Zartheit seiner Gedanken. Sie küßte ihn und legte ihn auf ihre Augen, während die Tränen ihr von den Lidern rannen; und sie weinte so lange, bis sie in Ohnmacht sank. Als sie wieder zu sich kam, rief sie nach Tintenkapsel und Papier und schrieb ihm eine Antwort auf seinen Brief, und darin schilderte sie ihm ihre Sehnsucht und ihr Verlangen und ihre Liebesqual, alles, was sie erdulden mußte in ihrem Wunsche nach dem Geliebten, und sie klagte ihm ihr Leid und wie der Schmerz um ihn sie erfüllte. – –«

Da bemerkte Schehrezâd, daß der Morgen begann, und sie hielt in der verstatteten Rede an. Doch als die *Achthundertundsiebenundfünfzigste Nacht* anbrach, fuhr sie also fort: »Es ist mir berichtet worden, o glücklicher König, daß Zain el-Mawâsif an Masrûr als Antwort auf seinen Brief schrieb: ‚Dieser Brief gelange zu meinem Herrn und Meister und Gebieter, meines tiefsten Geheimnisses Hüter! Wisse, ich irre schlaflos ohne Ruhe umher, und meiner sorgenvollen Gedanken werden immer mehr. Dein Fernsein kann ich nicht länger ertragen, o du, dessen herrliche Reize Sonne und Mond überragen. Die Sehnsucht plagt mich, die Leidenschaft zernagt mich. Und wie sollte es wohl anders sein, da ich schon zu den Sterbenden zähle? Du Glanz der Welt, du Zierde des Lebens, wird sie, deren Lebensgeister versinken, noch einmal den süßen Becher trinken? Ich gehöre weder zu der Lebenden noch zu der Toten Schar.' Und dazu brachte sie ihm diese Verse dar:

> *Dein Brieflein, o Masrûr, erregte bittre Schmerzen;*
> *Bei Gott, ich kann's nicht tragen, fern von dir zu sein.*
> *Als ich die Zeilen las, da sehnte sich mein Innres;*
> *Und immer strömten Tränen aus dem Auge mein.*
> *Wenn ich ein Vogel wär, ich flög, von Nacht beschattet;*
> *Dir ferne kenn ich Wachteln und das Manna[1] nicht.*

1. Vgl. 2. Mos. 16, 13 ff.

Versagt ist mir das Leben, seit du mich verließest,
Da mir in heißem Trennungsschmerz die Kraft gebricht.

Dann bestreute sie den Brief mit Pulver aus Moschus und Ambra, versiegelte ihn und sandte ihn durch einen Kaufmann, zu dem sie sprach: ‚Übergib ihn nur meiner Schwester Nasîm!' Sobald aber Nasîm ihn erhalten hatte, schickte sie ihn zu Masrûr; der küßte ihn und legte ihn auf seine Augen und weinte, bis er in Ohnmacht fiel. So stand es nun um die beiden.

Sehen wir aber, was der Gatte von Zain el-Mawâsif tat! Als der wiederum von den Briefen zwischen ihnen hörte, zog er mit ihr und ihren Sklavinnen weiter von Ort zu Ort. Da sprach Zain el-Mawâsif zu ihm: ‚Ach Gott, wohin willst du mit uns ziehen und uns immer weiter von der Heimat fortführen?' Er gab zur Antwort: ‚Ich will mit euch ein Jahr lang reisen, auf daß euch keine Botschaften von Masrûr mehr erreichen können. Ich sehe, wie ihr all mein Geld genommen und es an Masrûr gegeben habt; aber alles, was ich verloren habe, will ich von euch wieder eintreiben. Ich will doch sehen, ob Masrûr euch nützt, oder ob er die Macht hat, euch aus meiner Hand zu befreien!' Dann begab er sich zu einem Schmied und ließ von ihm drei Paar eiserne Fußfesseln machen und holte sie sich. Nachdem er den Frauen darauf ihre seidenen Gewänder abgenommen, ihnen härene Kleider angelegt und sie mit Schwefel durchräuchert hatte, ließ er den Schmied zu ihnen kommen und sprach zu ihm: ‚Leg diese Fesseln an die Füße dieser Frauen!' Zuerst führte er Zain el-Mawâsif zu ihm; als der Schmied sie sah, wußte er nicht, wie ihm geschah, er biß sich in die Fingerspitzen, sein Verstand entwich aus seinem Haupte, und heißes Verlangen kam über ihn. Und er sprach zu dem Juden: ‚Was haben denn diese Frauen verbrochen?' Jener erwiderte: ‚Sie sind meine Sklavinnen; sie haben mein Geld gestohlen und sind mir davongelaufen!' Der Schmied aber fuhr fort: ‚Allah mache deine Gedanken zuschanden! Bei Gott, stände diese Frau vor dem Oberkadi, er würde sie nicht strafen, wenn sie auch täglich tausend Sünden beginge! Aber sie trägt auch gar nicht das Aussehen einer Diebin zur Schau, und sie kann es nicht ertragen, daß ihr das Eisen an die Füße gelegt wird.' Dann bat er den Juden, sie nicht in Fesseln zu schmieden, und legte bei ihm Fürbitte für sie ein, daß ihr die Fesselung erspart bleiben möchte. Als sie nun sah, daß der Schmied für sie bei ihrem Gatten bat, sprach sie zu diesem: ‚Ich bitte dich um Gottes willen, zeige mich nicht vor diesem fremden Mann!' Da fragte der Jude sie: ‚Wie konntest du dich denn vor Masrûr zeigen?' Sie aber gab ihm keine Antwort. Dann nahm er die Fürsprache des Schmiedes insoweit an, daß dieser ihr leichte Fesseln an die Füße legen durfte, während er den Sklavinnen schwere Eisen anlegen mußte; denn Zain el-Mawâsif hatte einen zarten Leib, der keine Härte ertragen konnte. Doch sie und ihre Sklavinnen mußten die härenen Kleider bei Tag und bei Nacht tragen, bis daß ihre Leiber abgemagert waren und ihre Farbe erblich. Das Herz des Schmiedes aber war von heißer Liebe zu Zain el-Mawâsif erfüllt; und während er nach Hause ging, begann er in laute Seufzer auszubrechen, und er hub an, diese Verse zu sprechen:

> *Die Rechte dein, o Schmied, verdorre; denn um Füße*
> *Und Muskeln legte sie die Fesseln dort so hart!*
> *Du fesseltest die Füße einer zarten Herrin,*
> *Der Menschheit größtes Wunder, das erschaffen ward.*
> *Ja, wärest du gerecht, so wären jene Spangen*
> *Aus Eisen nicht, sie wären nur von reinem Gold.*
> *Und wenn der Oberkadi ihre Schönheit sähe,*
> *Er setzte stolz sie auf den Thron und wär ihr hold.*

Nun ging aber zufällig der Oberkadi gerade an dem Hause des Schmiedes vorbei, als er diese Verse sang, und er ließ ihn holen. Wie der Mann vor ihm stand, sprach er zu ihm: ‚Du Schmied, wer ist die, von der du so voll Inbrunst sprichst und die dein Herz so mit Liebe erfüllt hat?' Der Schmied richtete sich auf vor dem Kadi, küßte ihm die Hand und sprach zu ihm: ‚Allah lasse die Tage unseres Herrn Kadi lange dauern und schenke ihm Freude im Leben! Die Frau sieht soundso aus.' Und er schilderte ihm Zain el-Mawâsif, ihre Schönheit und Lieblichkeit, ihres Wuchses Ebenmäßigkeit, ihre Anmut und Vollkommenheit, ihr liebliches Gesicht, ihren schlanken Leib und ihre Hüften schwer von Gewicht. Ferner berichtete er ihm, was sie durch schmähliche Gefangenschaft, durch Fesseln und Mangel an Nahrung erleiden mußte. Da sagte der Kadi: ‚Du Schmied, führ sie zu mir und zeige sie mir, auf daß ich ihr zu ihrem Recht verhelfe! Denn du bist nunmehr für diese Frau verantwortlich geworden; wenn du sie nicht zu mir führst, so wird Allah dich strafen am Tage des Gerichts.' ‚Ich höre und gehorche!' erwiderte der Schmied und begab sich unverzüglich zur Wohnung von Zain el-Mawâsif. Doch er fand die Tür verschlossen, und er hörte eine Stimme von zartem Klang, die aus betrübtem Herzen drang; denn Zain el-Mawâsif sprach zu jener Zeit diese Verse:

> *Ich war in meiner Heimat mit dem Freund verbunden;*
> *Er füllte mir die Becher mit dem klaren Wein.*
> *Die kreisten dann bei uns in ungetrübter Freude;*
> *Wir kannten Abend nicht, noch Morgensonnenschein.*
> *Ja, wir verlebten eine Zeit, die uns erfreute*
> *Durch Becher, Laute, Harfe und Glückseligkeit.*
> *Jetzt trennte des Geschickes Wechsel unsre Freundschaft;*
> *Mein Lieb ist fern, die Zeit der reinen Freude weit.*
> *Ach, hätte doch der Trennungsrabe nie geschrien!*
> *Ach, daß der Tag der Liebesnähe wieder schien!*

Der Schmied vernahm diese Verse, die feinen, und weinte, gleichwie die Wolken weinen. Dann klopfte er bei ihnen an die Tür, und die Frauen fragten: ‚Wer steht an der Tür?' Er antwortete ihnen: ‚Ich, der Schmied'; und dann berichtete er ihnen, was der Kadi gesagt hatte, und wie er wünsche, sie möchten zu ihm kommen und Klage vor ihm erheben, auf daß er ihnen ihr Recht verschaffe. – –«

Da bemerkte Schehrezâd, daß der Morgen begann, und sie hielt in der verstatteten Rede an. Doch als die *Achthundertundachtundfünfzigste Nacht* anbrach, fuhr sie also fort: »Es ist mir berichtet worden, o glücklicher König, daß Zain el-Mawâsif, als der Schmied ihr berichtet hatte, was der Kadi gesagt, und wie er wünsche, sie möchten zu ihm kommen und Klage vor ihm erheben, und daß er ihren Gegner strafen wolle, um ihnen ihr Recht zu verschaffen, darauf zur Antwort gab: ‚Wie können wir zu ihm gehen, da doch die Tür vor uns verschlossen ist und die Fesseln an unseren Füßen sind, während der Jude die Schlüssel hat?' Der Schmied rief ihnen zu: ‚Ich will Schlüssel für die Schlösser machen, und mit ihnen will ich die Tür und die Fesseln öffnen.' Da fragte sie: ‚Wer wird uns denn das Haus des Kadis zeigen?' ‚Ich will es euch beschreiben', erwiderte der Schmied; doch Zain el-Mawâsif fuhr fort: ‚Wie können wir zum Kadi gehen, da wir härene Kleider tragen, die mit Schwefel durchräuchert sind?' Der Schmied sagte: ‚Euch wird der Kadi keinen Vorwurf machen, da ihr ja in solcher Not seid.' Dann ging er sofort hin und machte Schlüssel für die Schlösser; und darauf öffnete er die Tür und die Fesseln, nahm ihnen die Fesseln von den Füßen und führte die Frauen hinaus und zeigte ihnen den Weg zum Hause des Kadis. Hubûb aber nahm ihrer Herrin die härenen Kleider ab, die sie trug, ging mit ihr ins Bad, wusch sie und kleidete sie in seidene Gewänder, so daß sie wieder schön war wie sonst. Zum großen Glücke traf es sich, daß ihr Gatte bei einem der Kaufleute zu einer Feier eingeladen war; und so legte Zain el-Mawâsif ihren schönsten Schmuck an und begab sich zum Hause des Kadis. Als der sie erblickte, erhob er sich vor ihr. Sie begrüßte ihn mit sanfter Rede und Worten voll Süßigkeit, und sie durchbohrte ihn mit den Pfeilen ihrer Blicke zu gleicher Zeit, indem sie zu ihm sprach: ‚Gott schenke unserem Herrn Kadi ein langes Leben und stärke durch ihn alle, die sich vor Gericht begeben!' Dann berichtete sie ihm, was sie von dem Schmied erfahren, wie seine Taten für sie so edel gewesen waren, während der Jude ihnen solche Qual auferlegte, daß sie die Herzen tief erregte. Ja, sie sagte ihm, daß sie schon vor dem Tode standen und keine Rettung mehr fanden. Da fragte der Kadi: ‚Edle Frau, wie heißest du?' ‚Ich heiße Zain el-Mawâsif,' erwiderte sie, ‚und diese meine Sklavin heißt Hubûb.' Darauf sagte der Kadi zu ihr: ‚Dein Name paßt zu der, die er benennt, so daß man am Worte den Sinn erkennt.' Sie aber lächelte und verhüllte ihr Antlitz. Und der Kadi fuhr fort: ‚Zain el-Mawâsif, hast du einen Gatten oder nicht?' Sie erwiderte: ‚Ich habe keinen Gatten.' ‚Und welches ist dein Glaube?' ‚Der Glaube, Islam genannt, von dem besten der Menschen[1] bekannt.' ‚Schwöre mir bei dem heiligen Gesetze, das voller Zeichen und Mahnungen ist, daß du eine Bekennerin des Glaubens des besten der Geschöpfe bist!'[1] Sie schwor es ihm und sprach das Glaubensbekenntnis. Dann fragte der Kadi sie: ‚Wie konnte deine Jugend bei diesem Juden verschwendet werden?' Sie gab zur Antwort: ‚Wisse, o Kadi – Allah möge dir ein langes Leben voller Gnaden geben, Er lasse dir alle deine Wünsche geraten und besiegle deine Handlungen durch

[1]. Das ist der Prophet Mohammed.

fromme Taten! –, mein Vater hinterließ mir bei seinem Tode fünfzehntausend Dinare; aber er legte sie in die Hände dieses Juden, auf daß er damit Handel treibe, und zwar so, daß der Gewinn zwischen mir und ihm geteilt werde, während das Kapital durch die gesetzliche Urkunde gesichert war. Da nun mein Vater gestorben war, so begehrte der Jude mich und erbat mich von meiner Mutter, auf daß er sich mit mir vermähle. Meine Mutter sagte zu ihm: ‚Wie kann ich sie ihrem Glauben abwendig und zur Jüdin machen? Bei Allah, ich werde dich der Obrigkeit anzeigen.‘ Bei diesen Worten erschrak der Jude, und so nahm er das Geld und floh nach der Stadt Aden. Sobald wir hörten, daß er in der Stadt Aden war, begaben wir uns auf die Suche nach ihm; und als wir ihn in jener Stadt trafen, sagte er uns, er treibe Warenhandel und kaufe eine Ware nach der anderen. Wir glaubten ihm, doch er betrog uns immerfort, bis er uns schließlich sogar gefangen setzte, uns fesselte und uns aufs schlimmste quälte. Jetzt sind wir Fremde im Lande, und wir haben keinen Helfer außer Allah dem Erhabenen und unserem Herrn Kadi.‘ Als der Kadi diesen Bericht vernommen hatte, sprach er zu ihrer Sklavin Hubûb: ‚Ist dies deine Herrin? Seid ihr Fremde? und hat sie keinen Gatten?‘ ‚So ist es‘, erwiderte die Sklavin; und er fuhr fort: ‚Vermähle mich mit ihr! Und ich verpflichte mich, die Sklaven freizulassen, zu fasten, die Pilgerfahrt zu machen und Almosen zu geben, wenn ich euch nicht euer Recht verschaffe wider diesen Hund, nachdem ich ihn bestraft habe für das, was er tat!‘ ‚Ich höre und gehorche dir!‘ erwiderte ihm Hubûb; und der Kadi sagte: ‚Geh hin und tröste dein Herz und das Herz deiner Herrin! Morgen, so Allah der Erhabene will, werde ich diesen Ketzer holen lassen und euch euer Recht wider ihn verschaffen, und dann sollst du Wunder der Strafe an ihm sehen.‘ Die Sklavin rief Segen auf sein Haupt herab und verließ ihn, während er zurückblieb voll Kummer und Verlangen, von Sehnsucht und Liebe gefangen. Sie ging also mit ihrer Herrin fort von ihm und fragte nach dem Hause des zweiten Kadis, und die Leute wiesen ihr den Weg zu ihm. Wie die beiden dann vor ihn traten, berichteten sie ihm das gleiche; und ebenso machten sie es mit dem dritten und vierten Kadi, bis ihre Sache allen vier Kadis vorgetragen war. Jeder von ihnen bat sie, sich mit ihm zu vermählen, und zu jedem sagte sie: ‚Es sei!' Doch keiner von den vieren wußte etwas von dem andern. Jeder von ihnen trug Verlangen nach ihr, ohne daß der Jude etwas davon ahnte, da er noch immer in dem Hause der Festfeier war. Als der Morgen anbrach, erhob sich die Sklavin, legte ihrer Herrin die prächtigsten Gewänder an und begab sich mit ihr zu den vier Kadis in den Gerichtssaal. Als sie die Kadis dort sitzen sah, enthüllte sie ihr Antlitz, indem sie ihren Schleier hob, und begrüßte sie. Die gaben ihr den Gruß zurück, und ein jeder von ihnen erkannte sie. Einer von ihnen war beim Schreiben; dem fiel die Feder aus der Hand. Der andere sprach gerade und begann nun zu stottern. Der dritte war beim Rechnen, und der verrechnete sich. Und sie sprachen zu ihr: ‚O du herrliche Maid von wundersamer Lieblichkeit, sei du nur gutes Muts; wir werden dir ganz gewißlich dein Recht verschaffen und deinen Wunsch erfüllen!' Sie rief den Segen des Himmels auf sie herab, nahm Abschied von ihnen und ging ihrer Wege. – –«

Da bemerkte Schehrezâd, daß der Morgen begann, und sie hielt in der verstatteten Rede an. Doch als die *Achthundertundneunundfünfzigste Nacht* anbrach, fuhr sie also fort: »Es ist mir berichtet worden, o glücklicher König, daß die Kadis zu Zain el-Mawâsif sprachen: ‚O du herrliche Maid von wundersamer

Lieblichkeit, sei du nur gutes Muts, da dir zum Ziel verholfen und dein Wunsch erfüllt werden soll!' Sie rief den Segen des Himmels auf sie herab, nahm Abschied von ihnen und ging ihrer Wege. All dies geschah, während der Jude mit seinen Freunden beim Mahle saß und nichts davon erfuhr. Zain el-Mawâsif aber bat alle, denen die Entscheidungen gebührten, und alle, die dort die Feder führten, sie möchten ihr Hilfe wider diesen ungläubigen Ketzer leihn und sie von der schmerzlichen Qual befrein. Dann weinte sie und sprach diese Verse:

> *O Auge mein, vergieße Tränen gleich der Sintflut;*
> *Vielleicht erlischt durch meine Tränen noch mein Leid!*
> *Nachdem ich goldbestickte Seide einst getragen,*
> *Ward zum Gewande mir der Mönche hären Kleid.*
> *Als Wohlgeruch ward Schwefel Duft für meine Kleider;*
> *Wie anders als von Nadd und Myrte dufteten sie!*
> *Ach, wüßtest du, Masrûr, wie es mir jetzt ergehet,*
> *Du trügest meine Schmach und meine Schande nie.*
> *Und in des Eisens Fesseln liegt Hubûb gefangen*
> *Bei ihm, der nicht den Einen Gott als Richter nennt.*
> *Ich hab der Juden Art und Glauben abgeschworen;*
> *Mein Glaube ist der höchste, den die Menschheit kennt.*
> *Vor dem Erbarmer fall ich nieder wie Muslime,*
> *Und drum befolg ich das Gesetz Mohammeds nur.*
> *Masrûr, gedenke stets der Liebe, die uns bindet;*
> *Bewahre du den Bund der Treue und den Schwur!*
> *Um deiner Liebe willen ließ ich meinen Glauben*
> *Und ich verbarg die Liebe, die so hoch und hehr.*
> *Nun eile du zu mir, wenn du die Treue wahrest,*
> *Wie es die Edlen tun, und säume nimmermehr!*

Darauf schrieb sie einen Brief, dem sie alles anvertraute, was der Jude ihr angetan hatte, von Anfang bis zu Ende; auch die Verse, die sie gesprochen hatte, schrieb sie darin. Dann faltete sie den Brief und übergab ihn ihrer Sklavin Hubûb, indem sie zu ihr sprach: ‚Bewahre diesen Brief in deiner Tasche, bis wir ihn an Masrûr senden können!' In demselben Augenblick trat plötzlich der Jude zu ihnen herein und sah, daß sie fröhlich waren. Da rief er: ‚Was sehe ich euch so vergnügt? Habt ihr vielleicht einen Brief von eurem Freunde Masrûr erhalten?' Doch Zain el-Mawâsif gab ihm zur Antwort: ‚Wir haben keinen Helfer außer Allah, dem Gepriesenen und Erhabenen! Er ist es, der uns von deiner Grausamkeit befreien wird. Wenn du uns nicht in unser Land und an unsere Heimstätte zurückbringst, so werden wir morgen bei dem Statthalter und dem Kadi dieser Stadt Klage wider dich führen.' Der Jude aber fuhr fort: ‚Wer hat euch die Fesseln von den Füßen genommen? Ja, wahrhaftig, ich muß für jede von euch Fesseln machen lassen, die zehn Pfund schwer sind, und dann mit euch durch die Stadt ziehen.' Da sagte Hubûb: ‚Alles, was du wider uns ersinnst, wird auf dich selbst zurückfallen, so Allah der Erhabene will, auf dich, der du uns aus unserer Heimat fortgeschleppt hast! Morgen werden wir mit dir vor den Statthalter dieser Stadt treten.' So verbrachten sie die Nacht bis zum Morgen; dann erhob sich der Jude und eilte zum Schmied, um neue Fesseln für die Frauen machen zu lassen. Aber auch Zain el-Mawâsif erhob sich mit ihrer Sklavin und begab sich zum Gerichtssaale. Nachdem sie eingetreten war, schaute sie die Richter an und begrüßte sie. Alle Richter gaben ihr den Gruß zurück; und der Oberkadi sprach zu denen, die ihn umgaben: ‚Wahrlich, die Frau ist schön wie Fâtima, die Tochter des Propheten! Und jeder, der sie schaut, liebt sie und beugt sich vor ihrer Schönheit und Anmut.' Darauf entsandte er mit ihr vier Boten, die alle Nachkommen des Propheten waren, indem er zu ihnen sprach: ‚Schleppt ihren Widersacher in schimpflichster Weise herbei!' So geschah es dort.

Inzwischen war der Jude, nachdem er die Fesseln hatte machen lassen, in seine Wohnung zurückgekehrt; als er aber die Frauen dort nicht fand, wußte er nicht, was er tun sollte. Und wie er so dasaß, erschienen plötzlich die Boten, legten Hand in ihn und versetzten ihm heftige Schläge; dann schleppten sie ihn auf seinem Gesicht dahin, bis sie ihn vor den Kadi gebracht hatten. Kaum hatte der ihn erblickt, so schrie er ihm ins Gesicht: ‚Weh dir, du Feind Allahs! Ist es so weit mit dir gekommen, daß du diese Schandtaten verübst, diese Frauen hier aus ihrer Heimat fortschleppst, ihnen ihr Geld stiehlst und sie zu Jüdinnen machen willst? Wie kannst du es wagen, Gläubige zu Ketzern machen zu wollen?' Der Jude erwiderte: ‚Mein Gebieter, diese Frau ist mein Weib.' Als die Kadis diese Worte aus seinem Munde vernahmen, schrieen sie alle auf und riefen: ‚Werft diesen Hund zu Boden, macht euch mit euren Schuhen über sein Gesicht und schlagt ihn, so daß es ihm weh tut; denn sein Verbrechen kann nicht verziehen werden!' Da rissen sie ihm seine seidenen Kleider herunter, legten ihm die härenen Gewänder seiner Gattin an und warfen ihn zu Boden; und sie zupften ihm den Bart aus und versetzten ihm mit den Schuhen schmerzliche Schläge ins Gesicht. Schließlich setzten sie ihn auf einen Esel, mit dem Gesicht dem Hinterteil des Tieres zugewandt, und gaben ihm den Schwanz des Esels in die Hand; so zogen sie mit ihm durch die ganze Stadt, bis sie ihn überall an den Pranger gestellt hatten. Dann führten sie ihn, tief erniedrigt, wie er war, zum Kadi zurück. Und die vier Kadis fällten das Urteil, man solle ihm die Hände und die Füße abschlagen und darauf kreuzigen. Über diese Worte erschrak der Verfluchte gewaltig, ja, er ward wie von Sinnen und rief: ‚O ihr Herren Richter, was wollt ihr nur von mir?' Sie antworteten ihm: ‚Sprich: ‚Diese Frau ist nicht mein Weib, und das

Geld ist ihr Geld, und ich habe mich an ihr vergangen und sie aus ihrer Heimat fortgeschleppt.' Da bekannte er all das; die Richter setzten eine Urkunde über sein Geständnis auf, nahmen ihm das Geld ab und gaben es an Zain el-Mawâsif; auch überreichten sie ihr die Urkunde. Darauf ging sie fort, und alle, die ihre Schönheit und Anmut sahen, wurden ganz verwirrt; und ein jeder von den Kadis glaubte, daß ihr Weg sie zu ihm führen würde. Doch als sie ihre Wohnung erreicht hatte, rüstete sie sich mit allem aus, dessen sie bedurfte, und wartete, bis die Nacht eintrat. Dann nahm sie, was nicht beschwert, doch hoch an Wert, und ging mit ihren Sklavinnen in das Dunkel der Nacht hinaus; drei Tage und Nächte lang zog sie ohne Aufenthalt dahin. Während es nun so um Zain el-Mawâsif stand, gaben die Richter ihrerseits Befehl, den Juden, der ihr Gatte war, ins Gefängnis zu werfen. – –«

Da bemerkte Schehrezâd, daß der Morgen begann, und sie hielt in der verstatteten Rede an. Doch als die *Achthundertundsechzigste Nacht* anbrach, fuhr sie also fort: »Es ist mir berichtet worden, o glücklicher König, daß die Richter Befehl gaben, den Juden, den Gatten von Zain el-Mawâsif, ins Gefängnis zu werfen. Als es wieder Morgen ward, erwarteten die Richter und die Zeugen, daß Zain el-Mawâsif vor ihnen erscheinen würde; doch sie kam zu keinem von ihnen. Darauf sagte der Kadi, zu dem sie zuerst gegangen war: ‚Ich will heute mich draußen vor der Stadt umsehen; denn ich habe dort zu tun.' Dann bestieg er sein Maultier, nahm seinen Diener mit und ritt überall in den Gassen der Stadt umher, weit und breit, um nach Zain el-Mawâsif zu suchen; allein er konnte keine Kunde von ihr erhalten. Und während er damit beschäftigt war, traf er die anderen drei Kadis, die auch umherzogen; denn jeder von ihnen glaubte, sie habe sich mit keinem anderen verabredet als nur mit ihm. Er fragte sie, weshalb sie ausgeritten seien und in den Gassen der Stadt umherstreiften; und als sie ihm berichteten, wie es um sie stand, erkannte er ihre Lage als seine Lage und ihre Frage als seine Frage. Nun suchten sie alle zusammen nach ihr, aber sie konnten keine Kunde von ihr erhalten, und so kehrte ein jeder von ihnen liebeskrank zu seiner Wohnung zurück, und alle legten sich auf das Bett des Siechtums. Doch da erinnerte der Oberkadi sich des Schmiedes und sandte nach ihm. Als der vor ihm stand, sprach er zu ihm: ‚O Schmied, weißt du etwas von der Frau, zu der du mir den Weg gewiesen hast? Bei Allah, wenn du sie mir nicht zeigst, so lasse ich dich mit Peitschen schlagen!' Wie der Schmied die Worte des Kadis vernahm, sprach er diese Verse:

Sie, die mich gewann durch Liebe, sie gewann die Schönheit ganz,
Und sie ließ auch nirgend etwas übrig von der Schönheit Glanz.
Rehgleich blickt sie, Ambra haucht sie, und sie strahlt der Sonne gleich;
Meergleich wogt sie, und sie wiegt sich wie der schwanke Zweig so weich.

Dann sagte der Schmied: ‚Bei Allah, mein Gebieter, seit ich deine hohe Gegenwart verließ, hat mein Auge sie nicht mehr erblickt. Sie hat von meinem Herzen und von meinem Verstand Besitz ergriffen; alle meine Worte, alle meine Gedanken gehören ihr. Ich ging zu ihrem Hause, aber ich fand sie nicht; auch sah ich niemanden, der mir Kunde von ihr hätte geben können. Es ist, als habe die Meerestiefe sie eingesogen, oder als sei sie zum Himmel emporgeflogen.' Nachdem der Kadi seine Worte vernommen hatte, tat er einen so tiefen Seufzer, daß mit ihm seine Seele fast davonflog; und er sprach: ‚Bei Allah, hätten wir sie doch nie gesehen!' Der Schmied ging davon, und der Kadi sank wieder auf sein Bett und siechte um ihretwillen dahin, desselbigengleichen auch die Zeugen und die anderen drei Richter. Die Ärzte kamen häufig zu ihnen;

aber ach, sie hatten keine Krankheit, die des Arztes bedurfte. Danach traten die Vornehmen unter den Einwohnern zum Oberkadi ein, sprachen den Gruß vor ihm und fragten, wie es ihm ergehe; aber er seufzte und tat ihnen seines Herzens Geheimnis kund, indem er diese Verse sprach:

> *Lasset ab von eurem Tadel, mir genügt des Siechtums Leid;*
> *Und entschuldigt einen Kadi, der sein Amt den Menschen weiht!*
> *Wer mich wegen Liebe tadelt, der verzeiht mir auch, fürwahr;*
> *Und er schelte nicht! Der Liebe Opfer ist des Tadels bar.*
> *Ja, ich war ein Kadi, und das Schicksal hob mich hoch empor*
> *Durch die Hilfe meiner Schrift und durch die Feder aus dem Rohr,*
> *Bis ich von dem Pfeil getroffen, der da keinen Arzt mehr hat,*
> *Durch die Blicke einer Frau, die blutvergießend mir genaht.*
> *Der Muslimin gleich beklagte sie sich ob der Grausamkeit;*
> *Ihres Mundes Zähne waren gleichwie Perlen aufgereiht.*
> *Als ich ihr ins Antlitz schaute, strahlte mir ein voller Mond,*
> *Der zu finstrer Nacht im Dunkel hoch am Himmelszelte thront.*
> *Lächeln spielte wundersam dem hellen Antlitz um den Mund,*
> *Und vom Scheitel bis zum Fuße tat in ihr sich Schönheit kund.*
> *Niemals sah, bei Gott, mein Auge ein Gesicht dem ihren gleich*
> *Unter Menschen in der Perser und in der Araber Reich.*
> *O du Schönheit! Was versprach sie! Damals sagte sie zu mir:*
> *Was ich dir verspreche, Kadi aller Menschen, halt ich dir. –*
> *Also steht's um mich, und dies ist, was mich schwer betroffen hat;*
> *Fraget nicht nach meinem Leiden, Männer ihr von klugem Rat!*

Als der Kadi diese Verse gesprochen hatte, weinte er bitterlich. Dann tat er einen Seufzer, und sein Geist schied aus seinem Leibe. Wie die Leute das sahen, wuschen sie ihn und hüllten ihn in das Totenlaken; und nachdem sie über ihm gebetet und ihn bestattet hatten, schrieben sie diese Verse auf sein Grab:

> *Die Liebe ward in dem vollendet, der im Grabe*
> *Hier ruht, vom Lieb durch seine Härte hingerafft.*
> *Er war ein Richter einstmals dem Geschlecht der Menschen,*
> *Sein Urteil war gezücktes Schwert und Kerkerhaft.*

Die Lieb hat ihn gerichtet, niemals sahen wir,
Daß sich ein Herr gebeugt vor seiner Magd wie hier.

Darauf empfahlen sie ihn der Gnade Allahs und begaben sich zu dem zweiten Kadi, zusammen mit dem Arzte; doch sie fanden in ihm keinen Schaden noch ein Leiden, das des Arztes bedurfte. Sie fragten ihn, wie es ihm ergehe und wie es um das Sinnen seines Herzens stehe. Er tat ihnen seine Geschichte kund; doch als sie ihn ob eines solchen Zustandes tadelten und schalten, antwortete er ihnen, indem er diese Verse sang:

Durch sie geprüft, so bin ich nicht zu tadeln;
Mich traf ein Pfeil aus eines Schützen Hand.
Es kam zu mir ein Weib, Hubûb geheißen,
Und zählte Jahre, von der Zeit gesandt.
Bei ihr war eine Maid mit einem Antlitz,
Noch heller als der Mond in dunkler Nacht.
Sie zeigte ihre Schönheit, und sie klagte;
Es quoll der Augen Tränenflut mit Macht.
Ich lauschte ihrem Wort, als ich sie schaute
Und mich des Mundes Lächeln überwand;
Sie zog, wohin ich ging, mit meinem Herzen
Und machte mich zu meiner Liebe Pfand.
So steht's um mich. Erbarmt euch meiner Pein,
Setzt meinen Schüler hier als Richter ein!

Dann tat er einen Seufzer, und sein Geist entfloh aus seinem Leibe. Die Leute richteten ihn her und begruben ihn; und nachdem sie ihn der Barmherzigkeit Allahs empfohlen hatten, begaben sie sich zu dem dritten Richter. Auch den fanden sie krank, und es erging ihm wie dem zweiten. Ebenso stand es auch um den vierten; sie fanden alle krank vor Liebe zu ihr. Ja, sogar auch die Zeugen waren liebeskrank; denn alle, die sie gesehen hatten, starben aus Liebe zu ihr, oder wenn sie nicht starben, so lebten sie weiter, von heißer Leidenschaft gequält. – –«

Da bemerkte Schehrezâd, daß der Morgen begann, und sie hielt in der verstatteten Rede an. Doch als die *Achthundertundeinundsechzigste Nacht* anbrach, fuhr sie also fort: »Es ist mir berichtet worden, o glücklicher König, daß die Leute der Stadt alle Kadis und Zeugen krank fanden vor Liebe zu ihr, und daß alle, die sie gesehen hatten, aus Liebe zu ihr starben oder, wenn sie nicht starben, weiterlebten, gequält von heißer Leidenschaft, da sie von heftiger Liebe zu ihr entbrannt waren – Allah erbarme sich ihrer aller! So erging es jenen.

Inzwischen aber war Zain el-Mawâsif in aller Eile eine Reihe von Tagen dahingezogen, bis sie eine weite Strecke durchmessen hatte. Da geschah es eines Tages, als sie mit ihren Sklavinnen ins Land wanderte, daß sie an einem Kloster vorbeikam, in dem ein Abt, des Namens Dânis, mit vierzig Mönchen lebte. Wie der die Schönheit von Zain el-Mawâsif sah, ging er zu ihr hinaus und lud sie ein, indem er sprach: ,Ruhet euch zehn Tage lang bei uns aus! Dann ziehet weiter!' Da stieg sie mit ihren Sklavinnen in jenem Kloster ab. Nachdem sie aber eingetreten war und er ihre Schönheit und Anmut von neuem betrachtet hatte, galt ihm sein Gelübde nichts mehr, und er ward ganz durch sie betört. Und er begann, die Mönche als Boten zu ihr zu senden, einen nach dem andern, um ihre Gunst zu gewinnen. Doch jeder, den er zu ihr schickte, ward von Liebe zu ihr erfüllt und suchte sie zu verführen, während sie sich entschuldigte und sich ihnen versagte. Und immer wieder schickte er einen Mönch nach dem andern zu ihr, bis er alle vierzig abgesandt hatte; ein jeder von ihnen wurde, sobald er sie sah, von Leidenschaft zu ihr ergriffen, und dann suchte er sie mit vielen Schmeichelworten zu verführen, ohne daß er den Namen Dânis erwähnte. Sie aber versagte sich ihnen und gab ihnen die härtesten Antworten. Als nun Dânis keine Geduld mehr hatte und von heftiger Leidenschaft bedrängt ward, sprach er zu sich: ‚Das Sprichwort besagt: Nur mein eigener Nagel kratzt meine Haut, und nur mein eigener Fuß trägt mich ans Ziel.' Und alsbald erhob er sich und rüstete prächtige Speisen; die trug er hin und setzte sie ihr vor. Nun war dies der neunte von den zehn Tagen, die sie mit ihm als Ruhezeit bei ihm verabredet hatte. Und als er die Speisen vor sie hinsetzte, sprach er: ‚Geruhe zu essen, im Namen Gottes, es ist die beste Speise, die wir haben!' Da streckte sie ihre Hand aus und sagte: ‚Im Namen Allahs, des barmherzigen Erbarmers!' und aß mit ihren Sklavinnen! Als das Mahl beendet war, sprach er zu ihr: ‚Meine Herrin, ich möchte dir einige Verse vortragen.' ‚Sprich!', sagte sie, und er sprach diese Verse:

> *Mein Herz bezwangest du mit Blicken und mit Wangen,*
> *Und deiner Liebe gilt mein Wort und mein Gedicht.*
> *Willst du den Kranken, der so glühend liebt, verlassen,*
> *Der mit der Liebe ringt sogar im Traumgesicht?*
> *O laß mich nicht in Liebesleid danieder liegen!*
> *Ich ließ die Klosterpflicht, seit Liebeslüfte wehn.*
> *O Zarte, die in Liebe Blutvergießen billigt,*
> *Erbarm dich meiner Not, erhöre doch mein Flehn!*

Als Zain el-Mawâsif sein Lied vernommen hatte, antwortete sie darauf mit diesen beiden Versen:

> *Der du die Gunst erstrebst, laß Hoffnung dich nicht täuschen,*
> *Und wende dein Verlangen von mir ab, o Mann!*
> *Laß deine Seele nicht, was ihr versagt ist, wünschen;*
> *An die Begierden schließt sich das Verhängnis an!*

Als er nun ihr Lied vernommen hatte, kehrte er in seine Zelle zurück, in trüben Gedanken, und er wußte nicht, was er mit ihr beginnen sollte; und jene Nacht verbrachte er in ärgster Not. Doch wie die Nacht ihren Schleier gesenkt hatte, stand Zain el-Mawâsif auf und sprach zu ihren Sklavinnen: ‚Auf, laßt uns forteilen; denn wir vermögen nichts gegen vierzig Mönchsgesellen, von denen ein jeder mich verführen will!' ,Herzlich gern!' erwiderten ihr die Mägde. Dann stiegen sie auf ihre Reittiere und ritten zum Klostertor hinaus. – –«

Da bemerkte Schehrezâd, daß der Morgen begann, und sie hielt in der verstatteten Rede an. Doch als die *Achthundertundzweiundsechzigste Nacht* anbrach, fuhr sie also fort: »Es ist mir berichtet worden, o glücklicher König, daß Zain el-Mawâsif, nachdem sie mit ihren Sklavinnen bei Nacht aus dem Kloster geritten war, ihres Weges dahinzog. Da begegneten sie einer reisigen Karawane und schlossen sich ihr an. Jene Karawane aber war aus der Stadt Aden, in der Zain el-Mawâsif geweilt hatte; und da hörte sie denn, wie die Karawanenleute sich über Zain el-Mawâsif unterhielten und auch erzählten, daß die Kadis und die Zeugen aus Liebe zu ihr gestorben waren, daß die Leute der Stadt sich andere Richter und Zeugen erwählt und den Gatten von Zain el-Mawâsif aus dem Gefängnis befreit hatten. Als sie diese Rede vernommen hatte, wandte sie sich zu ihren Sklavinnen und fragte Hubûb: ,Hörst du nicht, was die da reden?' Die antwortete ihr: ,Wenn sogar die Mönche, deren Satzung besagt, daß die Enthaltung von den Frauen ein frommes Werk ist, von der Liebe zu dir betört wurden, wie sollte es da den Kadis anders ergehen, deren Satzung besagt, daß es im Islam keine Möncherei gibt? Aber laß uns in unsere Heimat eilen, solange es noch verborgen ist, wer wir sind!' So zogen sie denn in aller Eile weiter dahin.

Wenden wir uns nun von Zain el-Mawâsif und ihren Frauen, wieder zu den Mönchen zurück! Als die am nächsten Morgen Zain el-Mawâsif aufsuchen wollten, um sie zu begrüßen, fanden sie die Stätte leer, und Krankheit erfüllte ihre Herzen. Und der erste Mönch zerriß sich das Gewand und sprach diese Verse:

Ihr meine lieben Freunde, kommt herbei, ich scheide
Gar bald von euch und muß dann in der Ferne sein.
Denn ach, in meinem Innern wüten heiße Schmerzen,
Ein tödlich Liebesseufzen schnürt das Herz mir ein
Um einer Schönen willen, die uns hier besuchte
Und die dem vollen Mond am Himmelszelte gleicht.
Sie ging und ließ mich hier, ein Opfer ihrer Schönheit,
Vom Pfeile, der des Lebens Odem trifft, erreicht.

Darauf sprach ein zweiter Mönch diese Verse:

Die du mit meinem Herzen fortzogst, hab Erbarmen
Mit deinem Opfer, bring zurück, was ich verlor! –
Sie führte meinen Frieden mit sich in die Ferne;
Sie ging, die süße Stimme klingt mir noch im Ohr.
Ja, fern ist sie, und fern ist ihre Wallfahrtsstätte[1];
Ach, blühte mir im Traum des Wiedersehens Glück!
Sie raubte mir das Herz, als sie von dannen eilte,
Und ließ mich ganz in meiner Tränen Flut zurück.

Und ein dritter Mönch sprach diese Verse:

Du thronst in meinem Herzen, meinen Augen, Ohren;
Mein Herz ist deine Statt, du bist mein ganzes Sein.
Dem Munde ist dein Name süßer noch als Honig;
Wie in den Leib die Seele dringt er in mich ein.
Du ließest mich gleich einem Spane hager werden,
In Liebestränenfluten hast du mich ertränkt.
Laß mich im Traum dich wiedersehn! Vielleicht wird dennoch
Den Wangen Ruhe von der Tränen Schmerz geschenkt.

Darauf sprach ein vierter Mönch diese Verse:

Die Zunge ist verstummt; ich kann von dir nicht reden.
Von deiner Liebe kommt mir Schmerz und bittres Leid.
O voller Mond, der du am Himmel droben thronest,
Durch dich bin ich der Qual und Liebespein geweiht.

1. Das heißt: die Stätte, an der zu ihr wie zu einer Heiligen gewallfahrtet wird.

Ein fünfter Mönch wiederum sprach diese Verse:

> *Ich liebe einen Mond, die Maid von zartem Wuchse;*
> *Ihr schlanker Leib bringt allen Menschen Liebespein.*
> *Der Tau der Lippen gleicht dem Most und edlem Weine,*
> *Die Hüften lasten schwer – sie muß ein Engel sein!*
> *In meinem Herzen brennen Feuer heißen Sehnens;*
> *Und während Menschen reden, naht der Liebestod.*
> *Auf meine Wange rinnen Tränen gleichwie Regen;*
> *Die Tränen glänzen dort wie Karneol so rot.*

Dann sprach ein sechster Mönch diese Verse:

> *Die du in großer Härte mich durch Liebe tötest,*
> *O Weidenzweig, ob dem ein helles Sternbild stand,*
> *Ich klage dir mein Leid und meine heißen Schmerzen,*
> *Du hast mich durch der Rosenwangen Glut verbrannt.*
> *Wer hat aus Lieb zu dir dem Glauben abgeschworen,*
> *Wie ich, und hat Gebet und Andacht ganz verloren?*

Und ein siebenter sprach noch diese Verse:

> *Ach, sie nahm mein Herz gefangen, als des Auges Träne rann,*
> *Und sie hat das Leid erneuert, daß ich's nicht mehr tragen kann.*
> *O, wie bitter ist die Härte, die sich süßen Reizen eint*
> *Und den Pfeil ins Herze sendet jedem, dem sie nur erscheint!*
> *Tadler, lasse deinen Tadel! An Vergangnes rühre nicht!*
> *Niemand wird dir Glauben schenken, wenn dein Mund von Liebe spricht.*

Die anderen Mönche und Einsiedler weinten und sprachen Verse ebenso wie jene. Ihr Abt Dânis aber begann noch lauter zu klagen und zu weinen, da er keinen Weg sah, sich mit ihr zu vereinen. Und dann sang er diese Verse:

> *Geduld versagte mir, als die Geliebte fortzog,*
> *Als sie von mir sich trennte, sie, mein Wunsch, mein Glück.*
> *O du, der Sänften Führer, treib die Tiere gütig;*
> *Vielleicht kehrt sie noch einst zu meinem Haus zurück.*
> *Die Augen mied der Schlaf am Tage ihres Abschieds,*
> *Und neuer Schmerz hat alle Freude hingerafft.*

Was ich durch Liebe leide, klag ich meinem Gotte;
Mein Leib ist mir verzehrt – sie raubte mir die Kraft.

Und da sie nun alle Hoffnung auf sie verloren gaben, kamen sie überein, in ihrem Kloster ein Bildnis von ihr zu schaffen. Und darin vereinigten sich alle, bis Der zu ihnen kam, der die Freuden schweigen heißt. So erging es jenen Mönchen, den Klosterbrüdern.

Sehen wir nun, was mit Zain el-Mawâsif geschah! Sie zog ihres Weges weiter dahin, um ihren Geliebten Masrûr zu suchen, und machte nicht eher halt, als bis sie zu ihrer Wohnstätte gelangte. Dort öffnete sie die Türen und trat ins Haus ein; dann sandte sie zu ihrer Schwester Nasîm. Und wie ihre Schwester diese Botschaft hörte, ward sie von hoher Freude erfüllt und brachte ihr das Hausgerät und die kostbaren Stoffe. Dann richtete sie ihr das Haus ein, kleidete sie in ihre Gewänder und ließ die Vorhänge über die Türen hinab. Auch räucherte sie mit Aloeholz und Nadd, Ambra und Moschus von feinster Art, bis das Haus von jenem Duft ganz erfüllt war, so herrlich wie nur möglich. Und nachdem Zain el-Mawâsif ihre prächtigsten Gewänder angelegt hatte, schmückte sie sich aufs schönste. All das geschah, während Masrûr noch nicht wußte, daß sie gekommen war; ihn drückte die Sorge schwer, und seine Trauer kannte keine Grenzen mehr. – –«

Da bemerkte Schehrezâd, daß der Morgen begann, und sie hielt in der verstatteten Rede an. Doch als die *Achthundertunddreiundsechzigste Nacht* anbrach, fuhr sie also fort: »Es ist mir berichtet worden, o glücklicher König, daß damals, als Zain el-Mawâsif ihr Haus betreten hatte, ihre Schwester zu ihr kam mit dem Hausgerät und den Stoffen und ihr das Haus einrichtete und sie in die prächtigsten Gewänder kleidete; all das geschah, während Masrûr noch nicht wußte, daß sie gekommen war; ihn drückte die Sorge schwer, und seine Trauer kannte keine Grenzen mehr. Inzwischen setzte Zain el-Mawâsif sich nieder und plauderte mit ihren Dienerinnen, die zurückgeblieben waren, als sie abreisen mußte; denen erzählte sie alles, was sie erlebt hatte, von Anfang bis zu Ende. Dann wandte sie sich zu Hubûb, gab ihr einige Dirhems und hieß sie fortgehen, um Speisen für sie und ihre Dienerinnen zu holen; die ging hin und brachte das Verlangte, Speise und Trank. Und nachdem sie sich an Essen und Trinken gesättigt hatten, befahl sie Hubûb, zu Masrûr zu gehen, zu erkunden, wo er wäre, und zu schauen, wie es wohl um ihn stände.

Masrûr aber konnte keine Ruhe mehr finden, und alle Geduld begann ihm zu schwinden. Wenn er nun erfüllt war von der sehnenden Liebe Kraft und von der heftigsten Leidenschaft, so suchte er Trost in Versen, die der Schmerz ihm weckte, und darin, daß er zu dem Hause ging und die Mauern mit Küssen bedeckte. Und so begab es sich, daß er wieder zu der Stätte schritt, an der sie einst voneinander gingen, und dort ließ er dies wundersame Lied erklingen:

Ich barg, was ich erlitt, doch kam es an den Tag;
Des Auges Schlummer wich, so daß es schlaflos lag.
Ich rief, da mir der Gram das Herze fast zerbricht:
Geschick, mit deinem ew'gen Wechsel quäl mich nicht!
   O sehet, wie mein Geist in Qual und Fahrnis schwebt!

Wenn nur der Liebe Herr gerecht mit mir verfährt,
So wäre meinem Aug der Schlummer nicht verwehrt.
O Herrin, sei ihm hold, den Sehnsucht krank gemacht,
Sei mild dem Volkesherrn, den Lieb in Not gebracht,
   Ihm, der so reich einst war und jetzt in Armut lebt!

Die Tadler quälten mich, ich folgte ihnen nicht;
Ich machte taub mein Ohr und starr ihr Angesicht.
Den Bund mit der Geliebten hüt ich immerdar.

Sie sagten: Eine Ferne liebst du. Mein Spruch war:
Laßt ab, der Blick wird blind, wenn Schicksal Unheil webt.

Dann kehrte er in sein Haus zurück und setzte sich weinend nieder; doch schließlich übermannte ihn der Schlaf, und da sah er im Traum, wie Zain el-Mawâsif in ihr Haus kam. Er wachte auf, mit Tränen im Auge, und er machte sich auf den Weg zum Hause von Zain el-Mawâsif, indem er diese Verse sprach:

Kann ich sie denn je vergessen, die durch Liebe mich bezwang,
Seit ein Feuer in mein Herze, heißer als von Kohlen, drang?
Ja, ich liebe sie, um deren Fernsein ich vor Allah klag,
Um der Liebesnächte Schwinden und der Zeiten Schicksalsschlag.
Wann, du meines Herzens höchste Sehnsucht, kehrst du einst zurück,
Daß mich, o du Mondengleiche, noch erfreut der Nähe Glück?

Wie er den letzten dieser Verse sprach, ging er schon in der Straße von Zain el-Mawâsif, und als er dort die Weihrauchdüfte roch, begann Erregung sein Inneres zu bedrängen, und sein Herz drohte ihm die Brust zu sprengen; seine Sehnsucht ward entfacht, und seine Leidenschaft wuchs mit Macht. Da erschien plötzlich Hubûb, die sich aufgemacht hatte, um ihren Auftrag zu erfüllen, und er sah sie, wie sie ihm von dem anderen Ende der Straße entgegenkam. Ihr Anblick erfüllte ihn mit überquellender Freude. Und als Hubûb seiner gewahr wurde, eilte sie auf ihn zu, begrüßte ihn und brachte ihm die frohe Botschaft von der Heimkehr ihrer Herrin Zain el-Mawâsif, und sie fügte hinzu: ‚Wisse, sie hat mich ausgesandt, um dich zu suchen.' Ach, da freute er sich so sehr, und sein Glück kannte keine Grenzen mehr. Dann führte Hubûb ihn hinein und kehrte mit ihm zu ihrer Herrin zurück. Kaum hatte die ihn erblickt, so eilte sie von ihrem Ruhelager herab und küßte ihn; und er küßte sie, und sie umarmte ihn, und er umarmte sie. Und sie küßten und umarmten einander so lange, bis sie beide im Übermaß der Liebe und des Trennungsschmerzes auf lange Zeit in Ohnmacht sanken. Als sie dann aus ihrer Bewußtlosigkeit erwachten, befahl sie ihrer Sklavin Hubûb, einen Krug voll Zuckerscherbett und einen Krug voll Limonenscherbett zu bringen. Nachdem die Magd alles Verlangte gebracht hatte, aßen und tranken sie miteinander und saßen beisammen, bis die Nacht anbrach, indem sie sich alles erzählten, was ihnen widerfahren war, von Anfang bis zu Ende. So berichtete sie ihm denn auch, daß sie Muslimin geworden war; darüber freute er sich, und auch er nahm den Islam an; das gleiche taten ihre Dienerinnen, und so bekehrten sich alle zu Allah dem Erhabenen. Als es aber Morgen ward, ließ sie den Kadi und die Zeugen rufen und tat ihnen kund, daß sie Witwe sei und daß die gesetzliche Wartefrist verstrichen sei; und nun wünsche sie sich mit Masrûr zu vermählen. Jene schrieben den Ehevertrag zwischen ihr und ihm nieder, und nun lebten die beiden in aller Freude.

Wenden wir uns nun von Zain el-Mawâsif und Masrûr zu ihrem Gatten, dem Juden! Als das Volk der Stadt ihn aus dem Gefängnisse befreit hatte, brach er von dort auf und begab sich heimwärts. Immer weiter zog er dahin, bis zwischen ihm und der Stadt, in der Zain el-Mawâsif weilte, nur noch ein Weg von drei Tagen lag. Als Zain el-Mawâsif davon Kunde erhielt, rief sie ihre Sklavin Hubûb und sprach zu ihr: ‚Geh zum Friedhof der Juden, grab dort ein Grab, lege Basilienkräuter darüber und sprenge Wasser ringsherum. Wenn der Jude kommt und nach mir fragt, so sage ihm: ‚Meine Herrin ist in ihrem Gram um dich gestorben; jetzt sind zwanzig Tage seit ihrem Tode verstrichen.‘ Spricht er zu dir: ‚Zeige mir ihr Grab!‘ so führe ihn zu der Grube und bring es zuwege, daß du ihn dort lebendig begräbst.‘ ‚Ich höre und gehorche!‘ erwiderte sie.

Dann räumten sie den Hausrat zusammen und brachten ihn in eine Vorratskammer; sie selbst aber begab sich zum Hause Masrûrs, und dort blieben die beiden zusammen bei Essen und Trinken, immerfort, bis die drei Tage vergangen waren.

Während jene sich so vergnügten, kam der Jude an und pochte an die Tür. Hubûb rief: ‚Wer ist an der Tür?' Und er gab zur Antwort: ‚Dein Herr.' Da öffnete sie ihm die Tür, und er sah, wie ihr die Tränen über die Wangen rannen. Er fragte alsbald: ‚Warum weinst du? Und wo ist deine Herrin?' ‚Meine Herrin ist aus Gram um dich gestorben', erwiderte sie; und als er diese Worte von ihr vernahm, ward er ganz verwirrt und weinte bitterlich. Dann fragte er: ‚O Hubûb, wo ist ihr Grab?' Da führte sie ihn zum Friedhof und zeigte ihm das Grab, das sie gegraben hatte; er aber vergoß wiederum bittere Tränen und sprach diese Verse:

> *Wenn mein Aug um zweier Dinge willen blut'ge Tränen weint,*
> *Bis es gar von seinem Schwinden Kunde uns zu geben scheint,*
> *Wird den beiden ihres Rechtes nicht der zehnte Teil gebracht;*
> *Das ist Scheiden der Geliebten und der Jugendblüte Pracht.*[1]

Dann weinte er von neuem bitterlich und sprach diese Verse:

> *O wehe, wehe! Schmerz! Ich kann es nicht ertragen!*
> *Seit mir mein Lieb genommen, quäl ich mich zu Tod.*
> *Es ist um mich geschehen, seit mein Lieb entschwunden.*
> *Mein Herz zerreißt ob dem, was meine Hand gebot.*
> *Hätt ich doch mein Geheimnis allezeit verborgen,*
> *Die Sehnsucht nicht verkündet, die mein Herz durchloht!*
> *Einst lebte ich ein schönes und zufriednes Leben;*
> *Doch seit sie fern, leb ich in Elend und in Not.*
> *Hubûb, du brachtest mir das Leid durch deine Botschaft;*
> *Denn sie, die in der Welt mir Zuflucht war, ist tot.*
> *Zain el-Mawâsif, wär die Trennung nie gewesen!*
> *Sie ist es, die mir Leib und Geist zu trennen droht.*

1. Vgl. oben Seite 447.

Ach, ich bereu, daß ich nicht treu dem Bunde blieb,
Und tadle, was ich selbst in Pflichtversäumnis trieb.

Als er seine Verse beendet hatte, begann er zu weinen und Stöhnen und Klagen zu vereinen; dann sank er ohnmächtig nieder. Wie er aber in seiner Ohnmacht dalag, eilte Hubûb herbei, schleppte ihn zum Grabe und legte ihn hinein, während er noch am Leben, aber ohne Besinnung war. Dann schloß sie das Grab über ihm, kehrte zu ihrer Herrin zurück und berichtete ihr, was geschehen war. Die freute sich darüber gar sehr und sprach diese beiden Verse:

Das Schicksal schwor, es wolle immer mich betrüben;
Gebrochen ward dein Schwur, so schaffe Sühnung, Zeit!
Der Tadler starb; doch mein Geliebter ist mir nahe;
Auf denn, zum Freudenrufer! Gürte dir dein Kleid!

Und hinfort blieben sie beieinander, und sie aßen und tranken, scherzten und spielten in frohen Gedanken, bis Der zu ihnen kam, der die Freuden schweigen heißt und die Freundesbande zerreißt und Söhne und Töchter ins Reich der Toten verweist.

Ferner wird erzählt:

DIE GESCHICHTE VON NÛR ED-DÎN
UND MARJAM DER GÜRTLERIN

Einst lebte in alten Zeiten und längst entschwundenen Vergangenheiten ein Kaufherr in Ägyptenland; der war Tâdsch ed-Dîn geheißen, und er gehörte zu den vornehmen Männern vom Handel, den edlen Leuten von unsträflichem Wandel. Doch zum Wandern in allen Gegenden hatte er einen lebhaften Hang, durch Wüsten und Steppen führte ihn sein Reisedrang, durch Niederungen und über steinige Höhen und zu den Inseln in den Meeren, um die Dirhems und Dinare zu vermehren. Er hatte Sklaven und Mamluken, Diener und Mägdescharen, und seit langem trotzte er den Gefahren, ja, durch das, was er durchmachte auf seinen Reisen, würden kleine Kinder zu Greisen. Er war der reichste Kaufmann seiner Zeit und besaß die schönste Beredsamkeit. An Rossen und Maultieren war er reich, an Kamelen und Dromedaren zugleich; Säcke, groß und klein, Waren und Güter nannte er sein, dazu Stoffe, unvergleichlich fein: da waren Musseline, in Hims gemacht, und feine Gewänder, aus Baalbek gebracht, Brokate und Kleider, aus Merw gesandt, und Stoffe aus dem Inderland, Knöpfe, in Baghdad hergestellt, und Burnusse aus der maurischen Welt, türkische Mamluken, abessinische Eunuchen, Sklavinnen aus Griechenlands Gauen und Diener aus Ägyptens Auen. Die Hüllen seiner Ballen aber waren aus Seide, denn sein Reichtum ging so weit; auch war er von großer Stattlichkeit, würdevoll schritt er dahin, und Güte erfüllte seinen Sinn, und so sang zu seinem Preise einer von ihm in dieser Weise:

> *Ich schaute die, so einen Kaufmann liebten;*
> *Sie kämpften miteinander heiß und schwer.*
> *Er sprach: ‚Warum ist dort das Volk in Aufruhr?'*
> *Ich sprach: ‚Um deiner Augen willen, Herr!'*

Und ein anderer, dessen Schilderung vortrefflich war, brachte ihm in diesen Worten seine Huldigung dar:

> *Ein Kaufmann kam zu uns in seiner Freundschaft;*
> *Sein Blick verstörte mir das Herze schwer.*
> *Er fragte mich: ‚Warum so in Verstörung?'*
> *Ich sprach: ‚Um deiner Augen willen, Herr!'*

Jener Kaufmann hatte einen Sohn Namens 'Alî Nûr ed-Dîn; der war wie der volle Mond, wenn er in der vierzehnten Nacht am Himmel thront, herrlich an Schönheit und Lieblichkeit, zierlich an Wuchs und Ebenmäßigkeit. Nun saß jener Jüngling eines Tages im Laden seines Vaters, wie es seine Gewohnheit war, um seinem Handelsberufe zu leben, zu nehmen und zu geben. Da umringten ihn die Söhne der Kaufleute, und er war unter ihnen gleichwie der Mond unter den Sternen, mit einer Stirn, so hell und klar, einem rosigen Wangenpaar, bedeckt von Flaum, so zart und fein, mit einem Leibe wie von Marmorstein, wie der Dichter von ihm sagt:

> *Ein Schöner sprach: ,Beschreibe mich!*
> *Du bist ja der Beschreiber Zier.'*[1]
> *Ich sprach darauf mit kurzem Wort:*
> *,Ach, alles ist so schön an dir.'*

Und wie ein anderer ihn mit diesen Worten beschrieb:

> *Das Mal auf seiner Wange gleicht dem Körnchen*
> *Von Ambra, das auf Marmorgrund erscheint.*
> *Und seine schwertergleichen Blicke rufen*
> *Den Schlachtruf wider jeden Liebesfeind.*

Da luden die Söhne der Kaufleute ihn ein mit den Worten: ,Lieber Herr Nûr ed-Dîn, wir möchten uns heute mit dir in dem und dem Garten vergnügen.' Er gab ihnen zur Antwort: ,Darüber muß ich erst meinen Vater befragen; denn ich kann nicht ohne seine Erlaubnis fortgehen.' Während sie so miteinander sprachen, da kam gerade sein Vater Tâdsch ed-Dîn; der Sohn schaute ihn an und sprach: ,Vater, die Söhne der Kaufleute haben mich eingeladen, ich möchte mich mit ihnen in dem und dem Garten ergehen; gibst du mir die Erlaubnis dazu?' ,Ja, mein Sohn', erwiderte jener; und dann gab er ihm etwas Geld, indem er hinzufügte: ,So geh denn mit ihnen!' Da bestiegen die Söhne der Kaufleute Esel und Maultiere, und auch Nûr ed-Dîn stieg auf eine Mauleselin und ritt mit ihnen zu einem Garten, in dem alles war, was die Seele begehrt und das Auge erfreut. Er hatte Mauern, die sich in die Höhe reckten,

1. Diese Zeile nach der besseren Lesart der Kairoer Ausgabe.

fest gebaut, daß sie sich in die Lüfte erstreckten; darinnen war ein gewölbtes Portal, gleich Arkaden in einem Saal, mit einer Tür so blau wie die Türen der Paradiesesau; der Torwächter war Ridwân[1] genannt, und darüber waren hundert Gitter mit Trauben von allen Farben gespannt: die roten trugen der Korallen Schein, die schwarzen schienen Nüstern von Negern, die weißen aber Taubeneier zu sein. Und darinnen waren Pfirsiche und Granatäpfel, Birnen, Aprikosen und Äpfel; und alle diese verschiedenen Bäume standen in Reihn oder auch allein. – –«

Da bemerkte Schehrezâd, daß der Morgen begann, und sie hielt in der verstatteten Rede an. Doch als die *Achthundertundvierundsechzigste Nacht* anbrach, fuhr sie also fort: »Es ist mir berichtet worden, o glücklicher König, daß die Söhne der Kaufleute, als sie den Garten betreten hatten, alles, was Lippe und Zunge begehren, darinnen gewahrten und Trauben fanden von verschiedensten Arten, dazu Fruchtbäume in Reihn oder auch allein. Von ihnen singt der Dichter:

> *Dort wachsen Trauben, die da schmecken gleich dem Wein;*
> *Die schwarze Farbe könnte die des Raben sein.*
> *Und zwischen Rebenblättern leuchten sie versteckt*
> *Wie Frauenfinger, von der Henna Glanz bedeckt.*

Oder auch, wie ein andrer Dichter sagt:

> *Dort wachsen Trauben, die an Stengeln hängen:*
> *Die scheinen wie mein hagrer Leib zu sein.*
> *Sie gleichen Honigwasser in der Schale;*
> *Aus grünen Früchten wird ein edler Wein.*

Dann begaben sie sich zu der Laube des Gartens; und dort schauten sie Ridwân, den Torwächter des Gartens, wie er in jener Laube saß, als wäre er der Engel, Ridwân genannt, der

[1]. Vgl. Band II, Seite 95, Anmerkung.

die Gärten hütet im himmlischen Land. Über der Tür zu der Laube sahen sie diese beiden Verse geschrieben:

> *Den Garten tränkte Gott, darinnen Trauben hängen*
> *An schwanken Reben, von des Saftes Fülle schwer.*
> *Und wenn die Zweige dort im Hauch des Zephirs tanzen,*
> *So wirft der Regenstern[1] darauf ein Perlenmeer.*

Und ferner sahen sie, wie in der Laube drinnen diese beiden Verse geschrieben standen:

> *Wohlan, tritt mit uns ein, o Freund, in einen Garten,*
> *Der dir das Herze frei vom Rost des Kummers macht!*
> *Dort stolpert gar der Zephir über seine Säume,*
> *Indes der Blumen Schar sich in den Ärmel lacht.*[2]

Und in jenem Garten waren Fruchtbäume von mancherlei Arten, um die sich vielerlei Vögel von allen Farben scharten; da waren Ringeltauben, Nachtigallen, Brachvögel, Turteltauben und die anderen Tauben all, und von den Zweigen herab erklang ihrer Stimmen Schall. In seinen Bächen rann das Wasser klar, und darinnen spiegelte sich wunderbar der Blumen und der Früchte Bild, das den Beschauer mit Lust erfüllt, wie es der Dichter in diesen beiden Versen ausgedrückt hat:

> *Es weht ein Zephir dort um Zweige, und sie gleichen*
> *Den Mädchen, die in ihren schönen Kleidern schwanken.*
> *Des Gartens Bäche blitzen wie gezückte Schwerter,*
> *Der Scheid' entrissen von der Ritter Hand, die blanken.*

Oder wie ein andrer Dichter von ihm singt:

> *Das Bächlein fließet an den Zweigen hin und spiegelt*
> *Ihr lieblich Bild in seinem Herzen immerfort;*
> *Allein der Zephir merkt es, und er eilt zu ihnen*
> *In seiner Eifersucht und zieht sie von ihm fort.*

1. Das heißt: das Gestirn, bei dessen Aufgang die Regenzeit beginnt. –
2. Diese Bilder muten uns etwas sonderbar an.

Und auf den Bäumen jenes Gartens befanden sich Früchte jeglicher Art in Paaren, unter ihnen auch Granatäpfel, die gleich Bällen aus Silberschlacke waren, wie der Dichter so schön von ihnen sagt:

> Granaten dort, mit zarter Haut, sie gleichen
> Den festen Brüsten einer jungen Maid.
> Lös ich die Haut, so zeigen sich Rubinen;
> Ich schau sie an in Traumverlorenheit.

Und ein andrer Dichter singt von ihnen:

> Wer in ihr Innres blickt, dem zeigt die Frucht, die runde,
> Rubinen, in den Falten zarten Tuchs versteckt.
> Doch ich vergleiche die Granate, die ich anschau,
> Der Mädchenbrust, der Kuppel, die der Marmor deckt.
> Sie bringt dem kranken Manne Heilung und Genesung;
> Auch der Prophet, der reine, hat sie einst genannt.
> Und schöne Worte spricht von ihr der Hocherhabne
> In dem geschriebnen Buch, das Er herabgesandt.[1]

In dem Garten waren auch Zuckeräpfel und Muskatäpfel[2], die den Beschauer entzückten, wie der Dichter von ihnen sagt:

> Im Apfel sind der Farben zwei, gleichwie die Wangen
> Des Freundes und der Freundin, wenn sie eng vereint.
> Zwei wunderbare Gegensätze dort am Aste,
> Von denen einer hell, der andre dunkel scheint!
> Ein Späher sah den Kuß, sie schraken auf sogleich,
> Die eine rot vor Scham, der andre liebesbleich.

Ferner waren in dem Garten Mandelaprikosen und Kampferaprikosen und solche aus Gilân[3] und aus 'Antâb[4], von denen der Dichter spricht:

> Die Mandelaprikose gleicht dem Liebestor,
> Der bei der Freundin Nahen den Verstand verlor.

---

1. Koran, Sure 6, Vers 99 und 142; Sure 55, Vers 68. – 2. Die Calcuttaer Ausgabe nennt noch Damani-Äpfel; in der Kairoer Ausgabe fehlt dies Wort. – 3. In Nordwestpersien. – 4. In Nordsyrien.

> *Der Frucht ward er in seinem Wahne gleich,*
> *Sein Herz[1] zerbrach, sein Antlitz wurde bleich.*

Und ein anderer sagt auch vortrefflich:

> *Schau auf die Aprikose in der Blütezeit –*
> *Ein Garten, der dem Auge froh entgegenlacht!*
> *Wie Sterne sind die Blüten, wenn sie aufgewacht –*
> *Den Zweig bedeckt der Blüten und der Blätter Kleid.*

Auch Pflaumen waren in dem Garten vorhanden, dazu Kornelkirschen und Weintrauben, die den Kranken von allen Leiden heilen und bewirken, daß Schwindel und Gelbsucht aus dem Kopfe enteilen. Und Feigen waren auf ihren Zweigen, rot und grün, deren Anblick Sinn und Auge hoch erfreut, wie ihnen auch der Dichter die Worte weiht:

> *Die Feigen gleichen, wenn das Weiße mit dem Grünen*
> *Sich zwischen Blättern auf den Bäumen eng gesellt,*
> *Den Griechensöhnen auf den hohen Burgen,*
> *Die dort in dunkler Nacht die Pflicht der Wache hält.*

Schön sagt auch ein andrer:

> *Willkommen, Feigen, die uns nahen*
> *Auf einem Teller aufgereiht,*
> *Gleich einem reich gedeckten Tische,*
> *Dem doch kein Ring ein Band verleiht.*

Und ebenso schön sagt ein dritter:

> *Gib mir die süßen Feigen im Gewand der Anmut;*
> *Ihr äußrer Anblick gleicht der innren Wesenheit.*
> *Wenn du sie kostest, werden sie dir bringen*
> *Zugleich Kamillenduft und Zuckersüßigkeit;*
> *Wenn du sie auf die Teller schüttest, wird ein Bild*
> *Von grünen Seidenbällen deinem Blick enthüllt.*

---

1. Für Herz und Kern wird im Arabischen das gleiche Wort gebraucht; der Aprikosenkern wird gespalten, und das Innere wird gegessen.

Und wie herrlich sind die Verse eines anderen:

> *Sie fragten, als ich nur die Feigen essen wollte*
> *Und keine andre Frucht, auf die sie immer schworen:*
> *‚Warum denn liebst du Feigen?' Und ich sprach: ‚Der eine*
> *Hat Feigen gern, der andre liebt die Sykomoren.'*

Doch noch herrlicher sind die Verse eines anderen:

> *Von allen andern Früchten liebe ich die Feige,*
> *Wenn sie am schönen Zweig mir reif entgegenlacht.*
> *Da gleicht sie, wenn die Wolken regnen, einem Beter,*
> *Der heiße Tränen weint in Furcht vor Gottes Macht.*

Und in jenem Garten waren Birnen aus Tûr[1] und aus Aleppo und aus Griechenland, alle von mancherlei Art, gepaart und auch nicht gepaart. – –«

Da bemerkte Schehrezâd, daß der Morgen begann, und sie hielt in der verstatteten Rede an. Doch als die *Achthundertundfünfundsechzigste Nacht* anbrach, fuhr sie also fort: »Es ist mir berichtet worden, o glücklicher König, daß die Söhne der Kaufleute, als sie sich in jenen Garten begaben, dort all die Früchte sahen, die wir genannt haben; so fanden sie dort auch Birnen aus Tûr und aus Aleppo und aus Griechenland, alle von mancherlei Art, gepaart und auch nicht gepaart, gelbe und grüne, ein Anblick, der den Beschauer zum Staunen bringt, so wie der Dichter von ihnen singt:

> *Dir munde gut die Birne, deren helle Farbe*
> *So gelb ist wie der Mann, den Liebe hart bedrängt.*
> *Sie gleicht der jungen Maid, die in der Kammer weilet,*
> *Von deren Antlitz sich der Schleier niedersenkt.*

Es waren auch Sultanspfirsiche dort von allerlei verschiedenen Farben, gelbe und rote, von denen der Dichter sagt:

---

1. Wahrscheinlich ist Tûr auf der Sinaihalbinsel am Meerbusen von Suez gemeint.

> *In seinem Garten ist der Pfirsich,*
> *Wenn er so rot wie Drachenblut,*
> *Der Kugel gleich von rotem Golde,*
> *Darauf des Blutes Farbe ruht.*

Und weiter waren dort grüne Mandeln von herrlicher Süße, die dem Palmenmark glichen, und ihr Kern war geborgen in dreifachem Gewand, gewirkt von des allgütigen Königs Hand, wie es von ihnen heißt:

> *Auf frischem Leibe ruht ein dreierlei Gewand,*
> *In mancherlei Gestalt gewirkt von Gottes Hand.*
> *Es zeigt ihm Tag und Nacht der Härte Grausamkeit;*
> *Und doch tat der Gefangne keinem je ein Leid.*

Und trefflich sagt ein andrer:

> *O siehst du nicht die Mandeln, die ein Pflücker*
> *Von ihren Zweigen nahm mit seiner Hand?*
> *In ihren Schalen leuchten uns die Kerne*
> *Den Perlen gleich, die man in Muscheln fand.*

Doch noch trefflicher sang ein dritter:

> *Die grünen Mandeln, o, wie schön!*
> *Die Hand umspannt die kleinste kaum.*
> *Ach, ihre feinen Härchen sind*
> *Wie zarten Jünglings Wangenflaum.*
> *Und ihre Kerne drinnen sind*
> *Gedoppelt bald, und bald allein.*
> *Den hellen Perlen gleichen sie,*
> *Geborgen im Smaragdenschrein.*

Und ebenso trefflich sagt ein vierter:

> *Mein Aug sah niemals, was den Mandeln gliche*
> *An Lieblichkeit in ihrer Blütezeit.*
> *Die Häupter sind bedeckt von grauem Haare,*
> *Wenn sie gereift in zarten Flaumes Kleid.*

Dann waren auch Lotusfrüchte im Garten dort von verschiedener Art, gepaart und auch nicht gepaart, von denen ein Dichter sagt, der sie schildert:

> *Die Lotusfrüchte schau dort aufgereiht an Ästchen!*
> *Wie schöne Aprikosen*[1] *glänzen sie am Rohr;*
> *Und den Beschauern leuchten ihre gelben Früchte*
> *Wie goldgeformte Glöckchen aus dem Busch hervor.*

Schön sagt auch ein andrer:

> *Der Lotusbaum hat jeden Tag*
> *Ein neu Gewand der Lieblichkeit.*
> *Und seine Früchte scheinen dann,*
> *Wenn sich das Auge ihnen weiht,*
> *Wie Glöckchen aus dem reinsten Gold,*
> *An Zweigen hängend aufgereiht.*

Ferner waren dort Orangen von der Farbe des Chalandschholzes[2], für die ein Dichter, in Liebe entbrannt, die Worte fand:

> *Die Rote füllt die Hand, sie glänzt in voller Schöne;*
> *Von außen ist sie Feuer, drinnen ist sie Schnee.*
> *O Wunder, daß der Schnee nicht schmilzt bei solchem Feuer!*
> *O Wunder, daß ich keine Feuerflamme seh!*

Und ein andrer sagte so schön:

> *Dort sind Orangenbäume, ihre Früchte gleichen,*
> *Wenn der Beschauer sie genau betrachtet hat,*
> *Den Wangen einer Frau, die sich zum Schmucke einhüllt*
> *Am Tag des Festes in Gewänder aus Brokat.*

Und ebenso schön sagt ein dritter:

> *Wenn in den Orangenhainen lau der Zephir weht*
> *Und durch alle ihre Zweige leises Zittern geht,*
> *Sind die Früchte gleichwie Wangen in der Anmut Kleid,*
> *Denen andre Wangen nahen zu des Grußes Zeit.*

1. Noch heute vergleichen die Kairiner Straßenverkäufer im Ausruf die Lotusfrüchte mit Aprikosen. – 2. Das ist gelbrot.

Ebenso schön sagte auch ein vierter:

> *Da war ein Reh; ich sagte ihm: ‚Beschreibe mir*
> *Den Blumengarten mein und die Orangen hier!'*
> *Es sprach zu mir: ‚Dein Garten gleicht dem Antlitz mein;*
> *Doch wer Orangen sammelt, sammelt Feuer ein.'*

Auch Zitronen wuchsen in jenem Garten, deren Farbe der des Goldes glich; die Bäume standen auf einem erhöhten Ort, und ihre Früchte hingen an den Zweigen dort, als wären sie ein Goldbarrenhort; ihnen hat im Liebesleid ein Dichter diese Verse geweiht:

> *Schau auf die Zitronenhaine, wenn die Furcht dir nahet,*
> *Daß die Zweige mit den Früchten brechen und versagen.*
> *So der Zephir durch sie hinstreicht, scheint es deinem Auge,*
> *Daß die Zweige dort nur Barren reinen Goldes tragen.*

Dazu gab es auch noch Zedraten in dem Garten, die an ihren Zweigen hingen und deren jede der Brust einer gazellengleichen Jungfrau glich; sie waren so schön, wie man nur zu wünschen wagt, und sie sind es, von denen der Dichter trefflich sagt:

> *Du siehest die Zedrate dort am Gartenwege,*
> *Am frischen Zweige, der sich biegt wie eine Maid.*
> *Wenn sie der Wind bewegt, so schwingt sie gleich dem Balle*
> *Aus Gold, dem ein smaragdner Schlegel Schwung verleiht.*

So war dort auch noch die süßduftende Limone, die dem Hühnerei gleicht, nur daß die reife Frucht sich mit gelbem Kleide schmückt; und ihr Duft erfrischt den, der sie pflückt. Das hat einer, der sie beschrieb, in diesen Worten ausgedrückt:

> *O sieh doch die Limone, wenn ihr Glanz*
> *Erstrahlt und aller Augen bald entzückt!*
> *Sie gleicht dem Ei des Huhnes, wenn die Hand*
> *Es mit der gelben Safranfarbe schmückt.*

Ja, in jenem Garten befanden sich alle Früchte und duftenden Pflanzen, grüne Kräuter und Blumen; da waren Jasmin, Hennablüten, Pfefferpflanzen, Ambranarden, Rosen jeglicher Art, Wegerich, Myrten, kurz, duftende Kräuter von allen Arten. Jener Garten war unvergleichlich schön, und er schien dem, der ihn anschaute, ein Stück des Paradieses zu sein. Wenn ein Kranker ihn betrat, verließ er ihn als ein reißender Löwe. Ihn zu beschreiben vermag keine Zunge auf Erden, da er solche Wunder und Seltenheiten enthielt, die sonst nur im Paradiese gefunden werden. Wie sollte es auch anders gewesen sein? Denn sein Türhüter war Ridwân genannt, wiewohl zwischen beider Rang ein großer Unterschied bestand! Nachdem die Söhne der Kaufleute sich im Garten umgeschaut hatten, setzten sie sich nieder; nun hatten sie sich vergnügt und ergötzt und saßen auf einer der Estraden. Nûr ed-Dîn aber hatten sie in der Mitte jener Estrade Platz nehmen lassen. – –«

Da bemerkte Schehrezâd, daß der Morgen begann, und sie hielt in der verstatteten Rede an. Doch als die *Achthundertundsechsundsechzigste Nacht* anbrach, fuhr sie also fort: »Es ist mir berichtet worden, o glücklicher König, daß die Söhne der Kaufleute, als sie sich auf die Estrade setzten, Nûr ed-Dîn dort in der Mitte Platz nehmen ließen, auf einem Stück aus goldgesticktem Leder, wo er sich auf ein rundes Kissen lehnen konnte, das mit Straußendaunen gefüllt und aus Hermelinpelz hergestellt war. Dann reichten sie ihm einen Fächer aus Straußenfedern, auf dem diese beiden Verse geschrieben standen:

> *Ein Fächer, den der Hauch des Zephirs süß durchduftet,*
> *Der Freude schöner Zeiten ins Gedächtnis ruft.*
> *Ins Antlitz eines edlen, hochgemuten Jünglings*
> *Weht er zu allen Stunden seinen süßen Duft.*

Darauf legten jene Jünglinge die Turbane und Obergewänder ab, die sie trugen, und saßen da, indem sie plauderten und sich unterhielten und einer den anderen ins Gespräch zog; ein jeder von ihnen aber schaute nur auf Nûr ed-Dîn und betrachtete seine schöne Gestalt. Nachdem sie eine Weile so in Ruhe dagesessen hatten, kam ein schwarzer Sklave zu ihnen mit einer Speiseplatte auf dem Kopfe, auf der sich Schüsseln aus Porzellan und Kristall befanden; denn einer von den Söhnen der Kaufleute hatte die Seinen zu Hause damit beauftragt, ehe er sich zu dem Garten begeben hatte. Auf jener Platte befand sich von allem, was da kreucht und fleugt und im Wasser schwimmt; da waren Flughühner, Wachteln, junge Tauben, Lammbraten und die feinsten Fische. Als die Platte vor ihnen niedergesetzt war, rückten sie heran und aßen, bis sie gesättigt waren. Und nachdem sie die Mahlzeit beendet hatten, erhoben sie sich vom Tische und wuschen sich die Hände mit reinem Wasser und Moschusseife; darauf trockneten sie ihre Hände in Tüchern, die mit Seide und Fäden aus Gold und Silber gestickt waren. Für Nûr ed-Dîn aber brachten sie ein Tuch, das ganz mit rotem Golde bestickt war, und er trocknete sich die Hände daran ab. Dann wurde der Kaffee gebracht, und ein jeder von ihnen trank, soviel er wollte. Als sie danach wieder plaudernd beisammensaßen, ging plötzlich der Hüter des Gartens fort, und er kehrte mit einem Korb voll Rosen zurück und sprach: ‚Was sagt ihr zu den Blumen, meine Gebieter?' Einer von den jungen Kaufleuten antwortete ihm: ‚Die können nichts schaden, besonders die Rosen, die niemand zurückweisen kann.' ‚So ist es,' fuhr der Gärtner fort, ‚doch es ist Sitte bei uns, die Rosen nur in heiterer Unterhaltung zu verschenken. Wer also Rosen haben möchte, der spreche ein paar Verse, wie sie zur Gelegenheit passen!' Nun waren die Söhne der Kaufleute ihrer zehn; und einer von ihnen sprach: ‚Wohlan, gib mir davon, ich will dir ein paar passende Verse vortragen.' Da reichte der Gärtner ihm einen Rosenstrauß, und jener nahm ihn, indem er diese Verse sprach:

> *Die Rose steht bei mir in Ehr;*
> *Denn sie verdrießet nimmermehr.*
> *Der duft'gen Blumen Heeresbann*
> *Befehligt sie als Feldhauptmann.*
> *Sie prahlen prunkend, ist sie fern;*
> *Doch kommt sie, ducken sie sich gern.*

Darauf reichte der Gärtner dem zweiten einen Rosenstrauß, und der sprach die folgenden beiden Verse, als er ihn nahm:

> *Nimm eine Rose, Herr, aus meiner Hand,*
> *Die dir an Moschus die Erinnrung weckt!*
> *Sie gleicht der Maid, die, wenn ihr Freund sie sieht,*
> *Mit ihrem Ärmel ihr Gesicht verdeckt.*

Als er dann dem dritten einen Strauß gab, nahm der ihn hin und sprach diese beiden Verse:

> *Der Anblick einer schönen Rose freut die Herzen,*
> *Der Rose, deren Duft dem Nadd an Süße gleicht.*
> *Der Zweig umschließt sie wonniglich mit seinen Blättern,*
> *Wie wenn die Lippe willig sich zum Kusse reicht.*

Darauf gab er dem vierten einen Strauß, und der empfing ihn, indem er diese beiden Verse sprach:

> *Sieh doch den Rosengarten, wo sich Wunderdinge*
> *Dem Blicke zeigen, an den Zweigen aufgereiht.*
> *Dort sind Rubinen, von Smaragden rings umgeben,*
> *Und denen auch das Gold von seinem Glanze leiht.*

Und als der fünfte den Strauß empfing, den der Gärtner ihm reichte, sprach er diese beiden Verse:

> *Smaragdne Zweige trugen ihre Früchte,*
> *Die gleichwie Barren reinen Goldes scheinen.*
> *Und Tropfen fallen dort von ihren Blättern,*
> *Wie müde Augenlider Tränen weinen.*

Dann reichte er dem sechsten einen Strauß, und wie der ihn hinnahm, sprach er diese beiden Verse:

> *Ach, herrlich ist der Rose Schönheit; sie vereinet*
> *Die trauten Reize all, mit denen Gott sie schmückt.*
> *Sie gleicht der Wange der Geliebten, wenn beim Nahen*
> *Ein sehnsuchtsvoller Freund auf sie ein Goldstück drückt.*[1]

Der siebente aber sprach die folgenden Verse, als er den Strauß in Empfang nahm, den der Gärtner ihm gab:

> *Ich sprach zur Rose: ‚Warum stechen deine Dornen*
> *Den, der sie anrührt, und verwunden ihn so sehr?'*
> *Sie sprach: ‚Mein Kriegsheer ist die Schar der duft'gen Blumen;*
> *Ich bin ihr Herrscher, und mein Dorn ist meine Wehr.'*

Dann reichte er dem achten einen Strauß; der nahm ihn und sprach diese beiden Verse:

> *Gott schütze die Rosen, die gelblich erglühen,*
> *So frisch und so glänzend wie lauteres Gold!*
> *Er schütze die blühenden, lieblichen Zweige,*
> *Beladen mit gelblichen Sonnen so hold!*

Auch der neunte nahm den Strauß entgegen, den der Gärtner ihm reichte, und sprach diese Verse:

> *Die Büsche goldner Rosen füllen jede Brust*
> *Von liebeskrankem Volk mit mannigfacher Lust.*
> *O Wunder, daß ein Garten, den ein Wasser tränkt,*
> *So silberklar, uns dennoch goldne Früchte schenkt!*

Und zuletzt reichte er dem zehnten einen Strauß; der nahm ihn hin und sprach diese beiden Verse:

> *O sieh doch, wie vom Rosenheer die gelben*
> *Und roten Scharen glänzen im Gefild!*
> *Und ich vergleiche sie und ihre Dornen*
> *Smaragdnen Pfeilen in dem goldnen Schild.*

1. Den Sängerinnen und Tänzerinnen werden zum Lohn Goldstücke auf Stirn und Wangen gedrückt, und dort bleiben sie eine Weile in der Schminke haften.

Als nun jeder seinen Rosenstrauß in der Hand hielt, brachte der Gärtner den Tisch des Weines und setzte eine Porzellanplatte vor sie hin, die mit rotem Gold verziert war, indem er diese beiden Verse sprach:

> *Im Lichtglanz rief der Morgen: ,Gib mir Wein zu trinken,*
> *Der weise Leute töricht macht, den alten Wein!*
> *Ob seiner zarten Klarheit kann ich nicht erkennen:*
> *Ist er's im Glase? Ist's das Glas in seinem Schein?'*

Darauf schenkte der Gärtner ein und trank, und der Becher kreiste, bis er zu Nûr ed-Dîn kam, dem Sohne des Kaufmanns Tâdsch ed-Dîn; doch als der Gärtner ihm den vollen Becher reichte, sprach er: ,Du weißt, daß ich solches nicht kenne! Ich habe noch nie davon getrunken; denn darin liegt eine große Missetat, die der allmächtige Herr in seinem Buche verboten hat.' Der Gärtner gab ihm zur Antwort: ,Lieber Herr Nûr ed-Dîn, wenn du nur um der Sünde willen ihn nicht trinkst, so bedenke, Allah, der Gepriesene und Erhabene, ist gütig und langmütig, vergebend und voll Barmherzigkeit, der selbst die schwere Sünde verzeiht; und Sein Erbarmen umfaßt alle Dinge. Die Gnade Allahs ruhe auf jenem Dichter, der da sprach:

> *Sei wie du willst, denn Gott ist aller Gnaden Herr;*
> *Begingst du eine Sünde, nimm sie nicht zu schwer!*
> *Allein zwei Dinge gibt's – die meide jederzeit:*
> *Treib nie Vielgötterei, tu Menschen nie ein Leid!*

Einer von den jungen Kaufleuten aber sprach: ,Bei meinem Leben, ich bitte dich, lieber Herr Nûr ed-Dîn, trink diesen Becher!' Dann trat ein zweiter Jüngling vor und beschwor ihn bei der Scheidung[1]; und ein dritter blieb so lange vor ihm stehen, bis er sich schämte und den Becher aus der Hand des

---

1. Das heißt: ,Ich will mich scheiden lassen, wenn du das und das nicht tust!' Vgl. auch Band II, Seite 594, Anmerkung.

Gärtners hinnahm. So tat denn Nûr ed-Dîn einen Zug aus dem Becher, aber er spie den Wein aus und rief: ‚Das ist bitter!' Da sprach der Gärtnerjüngling: ‚Lieber Herr Nûr ed-Dîn, wenn er nicht bitter wäre, hätte er nicht so gute Eigenschaften; du weißt doch, daß alles Süße, das als Heilmittel genommen wird, dem, der es nimmt, bitter schmeckt. Wisse, dieser Wein hat mancherlei nützliche Kräfte; darunter sind die, daß er die Verdauung der Speisen befördert, Sorgen und Gram verscheucht, die Winde des Leibes vertreibt, das Blut reinigt, die Hautfarbe klärt, den Leib belebt, dem Feigling Mut verleiht und die Manneskraft stärkt. Wollten wir alle seine Vorzüge aufzählen, so würde das ein langer Bericht werden. Sagt doch auch ein Dichter:

Wir tranken – Gott gewährt Verzeihung allen Sündern!
Den Becher schlürfend konnt ich meine Krankheit lindern.
Ich kenn die Sünde wohl; doch täuschten mich die Worte
Von Gott: Der Wein bringt Nutzen auch den Menschenkindern.'[1]

Dann sprang der Gärtner unverzüglich auf und öffnete einen der Schränke, die sich an jener Estrade befanden; nachdem er aus ihm einen Laib raffinierten Zuckers herausgenommen hatte, brach er ein großes Stück davon ab und legte es in den Becher für Nûr ed-Dîn, indem er sprach: ‚Lieber Herr, wenn du dich scheust, den Wein zu trinken wegen seiner Bitterkeit, so trinke jetzt, denn er ist süß!' Und nun ergriff Nûr ed-Dîn den Becher und leerte ihn. Dann füllte einer von den Söhnen der Kaufleute den Becher und sprach: ‚Herr Nûr ed-Dîn, ich bin dein Knecht!' Ebenso sprach ein zweiter: ‚Ich bin dein Diener', ein dritter sagte: ‚Um meinetwillen', und ein vierter rief: ‚Um Allahs willen, mein Herr Nûr ed-Dîn, heile mein Herz!' Und so ließen die zehn jungen Kaufleute nicht eher von

1. Koran, Sure 2, Vers 216. Vgl. Band III, Seite 669 oben.

Nûr ed-Dîn ab, als bis sie ihm zehn Becher zu trinken gegeben hatten, ein jeder einen. Nûr ed-Dîns Leib war aber noch ganz unberührt vom Wein gewesen; nie in seinem Leben hatte er davon getrunken bis zu jener Stunde. Darum erfüllte der Wein sein Gehirn, und schwere Trunkenheit kam über ihn; und er stand auf und sprach, obgleich seine Zunge schwer war und er die Worte nur lallen konnte: ‚Ihr Leute, bei Allah, ihr seid schön, eure Rede ist schön, eure Stätte ist schön; aber süße Musik muß man auch noch hören. Denn dem Trunk fehlt ohne Musik das Wichtigste von allem, was zu ihm gehört, wie ja der Dichter darüber diese beiden Verse singt:

Laß ihn kreisen, den Wein, bei allen, großen und kleinen!
Nimm ihn hin aus der Hand des strahlenden Mondes, des Schenken!
Trinke auch nie, ohne daß gesungen wird; denn ich schaute,
Wie sogar Knechte pfeifen, wenn sie die Pferde tränken!

Da erhob sich der junge Gärtner, bestieg eins der Maultiere, die den Söhnen der Kaufleute gehörten, und blieb eine Weile fort. Dann kehrte er zurück im Geleit einer Kairiner Maid, die war wie ein Fettschwanz frisch und zart oder wie Silber von reinster Art oder ein Goldstück in einer Schüssel aus Porzellan oder eine Gazelle auf der Wüste weitem Plan. Ihr Antlitz beschämte die Sonne im strahlenden Schein, ihre Augen schauten verführerisch drein; ihre Brauen waren wie Bogen gespannt, ihre Wangen in rosenrotem Gewand; die Zähne waren perlenhaft, die Lippen süß wie Zuckersaft und die Augen voll versonnener Leidenschaft; die Brüste wie von Elfenbein, der Rumpf war schlank und fein und der Leib voll Fältelein; die Hüften wie gepolsterte Kissen und die Schenkel wie Säulen aus syrischem Stein; und dazwischen war etwas wie ein kleines Kissen mit Spezereien angefüllt und in ein Tüchlein eingehüllt. Von ihr singt der Dichter in diesen Versen:

> *Alle Götzendiener müßten, würde sie vor ihnen stehn,*
> *Ihr Gesicht als Gott verehren und die Götzen nicht mehr sehn.*
> *Aber hätte sie im Osten dem Asketen sich gezeigt,*
> *Würde er den Osten lassen, nur dem Westen zugeneigt.*[1]
> *Spiee sie ins Meereswasser, wo das Meer doch salzig ist,*
> *Würde doch von ihrem Speichel süß das Meer zur selben Frist.*

Und ein anderer sang diese Verse:

> *Heller als der Vollmond strahlt sie, schwarz ist ihrer Augen Pracht;*
> *Sie ist der Gazelle gleich, die Jagd auf junge Löwen macht.*
> *Und die Nächte ihrer Locken decken sie mit einem Zelt,*
> *Wohl aus Haar gewebt und dennoch ohne Pflöcke aufgestellt.*
> *Von den Rosen ihrer Wangen zündet sich ein Feuer an,*
> *Das nur liebessieche Herzen tief im Innern treffen kann. –*
> *Ja, die Schönen des Jahrhunderts, sähen sie die Schönheit dein,*
> *Ständen auf dem Kopf und riefen: Dir gebührt der Preis allein!*

Und wie schön sprach noch ein andrer Dichter:

> *Drei Dinge haben sie gehindert, uns zu nahen*
> *Aus Furcht vor Spähern und des Neiders blasser Wut:*
> *Der helle Glanz der Stirn und ihrer Spangen Klirren,*
> *Ihr süßer Ambraduft, der auf den Gliedern ruht.*
> *Bedeckt sie ihre Stirn mit ihrem Ärmel auch,*
> *Mag sie den Schmuck abtun – wie schön bleibt doch ihr Hauch!*

Jene Maid war wie der volle Mond, wenn er in der vierzehnten Nacht am Himmel thront, und sie trug ein blaues Gewand, während um ihre blütenweiße Stirn sich ein grüner Schleier wand; durch sie wurden die Sinne betört und selbst die weisen Männer verstört. – –«

Da bemerkte Schehrezâd, daß der Morgen begann, und sie hielt in der verstatteten Rede an. Doch als die *Achthundertundsiebenundsechzigste Nacht* anbrach, fuhr sie also fort: »Es ist mir berichtet worden, o glücklicher König, daß der Gärtner eine Maid zu ihnen brachte, die wir soeben geschildert haben in

1. Die Gebetsrichtung der Christen im Orient ist der Osten.

ihrer herrlichen Schönheit und Lieblichkeit und ihres Wuchses schlanker Ebenmäßigkeit; und es war, als ob sie mit den Worten des Dichters gemeint wäre:

> *Sie nahte in einem blauen Gewand,*
> *Vergleichbar des Himmels azurner Pracht.*
> *Ich sah auf das Kleid, und darin erschien*
> *Ein Sommermond in der Winternacht.*

Und wie herrlich und trefflich lauten die Worte eines anderen Dichters:

> *Sie kam verschleiert; und ich rief ihr zu: ‚Enthülle*
> *Dein Antlitz gleich dem Mond in seinem hellen Licht.'*
> *Sie sprach: ‚Ich fürchte Schmach!' Ich sagte ihr: ‚Sei stille;*
> *Der Tage Wechsel schrecke dir das Herze nicht!'*
> *Sie hob der Schönheit Schleier auf von ihren Wangen,*
> *Da fiel kristallnes Licht auf einen Edelstein.*
> *Ich wollte einen Kuß auf ihre Wange drücken,*
> *Mag sie am Jüngsten Tag auch meine Feindin sein,*
> *Und seien wir das erste Liebespaar, das streitet*
> *Am Auferstehungstage vor dem höchsten Herrn –*
> *Dann ruf ich: Laß uns lang vor deinem Throne stehen;*
> *Mein Blick verweilt auf der Geliebten, ach, so gern!*

Der junge Gärtner aber sprach zu jener Maid: ‚Wisse, o Herrin der Lieblichkeit, der jeglicher Stern seinen Glanz verleiht, wir haben dich nur deshalb an diese Stätte gebracht, damit du diesen herrlich gestalteten Jüngling, den Herrn Nûr ed-Dîn, mit deiner Kunst unterhältst; denn er ist heute zum ersten Male an diese unsere Stätte gekommen.' Da gab die Maid ihm zur Antwort: ‚Hättest du mir das nur zuvor gesagt, so hätte ich mitgebracht, was ich zu Hause habe!' Er sagte darauf: ‚Meine Herrin, ich will hingehen und es dir bringen!' ‚Wie du willst', erwiderte die Maid; und er bat sie: ‚Gib mir ein Zeichen!' Darauf gab sie ihm ein Tuch, und nun eilte er hinaus und blieb eine Weile fort. Als er zurückkehrte, trug er einen

Beutel aus grünem Atlas mit zwei goldenen Schleifen. Die Maid nahm den Beutel von ihm entgegen, löste die Schleifen und schüttelte ihn; da fielen aus ihm zweiunddreißig Holzstücke heraus. Dann paßte sie die Stücke eins ins andere, die männlichen in die weiblichen und die weiblichen in die männlichen, indem sie selbst dabei ihre Handgelenke entblößte, richtete das Ganze auf, und nun ward es eine schön geglättete Laute von indischer Arbeit. Darauf neigte jene Maid sich über sie, wie eine Mutter sich über ihr Kind neigt, und glitt mit den Fingerspitzen über die Saiten, daß die Laute tönte und stöhnte und sich nach der alten Heimat sehnte; denn sie gedachte der Wasser, die einst sie getränkt hatten, und der Erde, aus der sie entsprossen und in der sie aufgewachsen war. Auch gedachte sie der Zimmerleute, die einst den Baum gefällt, und der Männer, die sie in ihrer Glätte hergestellt, und der Kaufleute, die sie hinausgeführt hatten in die Welt; ja, auch der Schiffe, die sie getragen hatten. Und sie schrie laut auf und ließ ihren Klagen und Seufzern freien Lauf. Es war, als ob die Maid sie nach alledem gefragt hätte, und als ob die Laute ihr in der Sprache der Töne mit diesen Versen antwortete:

> *Ich war ein Baum, auf dem die Nachtigallen wohnten;*
> *Ich neigt auf sie mein grün Gezweig: von Sehnsucht wund*
> *Auf meinen Ästen klagten sie, ich lernt ihr Klagen;*
> *Nun wird durch solche Klagen mein Geheimnis kund.*
> *Mein Fäller warf mich schuldlos nieder, und er machte*
> *Aus mir die schlanke Laute, die ihr jetzt erschaut.*
> *Wenn mich die Finger schlagen, künden meine Töne,*
> *Daß ich bei Menschen bin gleich einer Mumienbraut.*
> *So kommt es, daß ein jeder von den Zechgenossen*
> *Verstört und trunken wird, wenn meine Stimme klagt.*
> *Doch hat der Herr mir ihre Herzen zugewendet,*
> *Der Ehrenplätze höchster ist mir zugesagt;*

> *Und meinen Leib umarmen alle herrlich Schönen –*
> *Die Rehe, schwarzgeäugt, versonnen blicken sie.*
> *Es möge Gott, der Allbeschützer, nie uns trennen;*
> *Jedoch ein Lieb, das spröde forteilt, lebe nie!*

Dann hielt die Maid eine Weile inne; doch danach nahm sie die Laute wieder auf ihren Schoß, beugte sich von neuem über sie, wie sich die Mutter über ihr Kind beugt, und nachdem sie verschiedene Weisen gespielt hatte, kehrte sie zu der ersten Weise zurück und und sang zu ihr diese Verse:

> *Ach, wenn sie dem Geliebten nahte und sich neigte,*
> *So wär er von der schweren Sehnsucht bald geheilt.*
> *Wie manche Nachtigall sitzt einsam auf dem Zweige;*
> *Es ist, als ob ihr Lieb an ferner Stätte weilt.*
> *Wohlan, wach auf, die Nacht der Liebe strahlt im Mondlicht,*
> *Dem Morgen gleich, der Liebesglück vollkommen macht.*
> *Ja, heute haben uns die Neider ganz vergessen;*
> *Die Saiten rufen uns dorthin, wo Freude lacht.*
> *Schau, wie vier Dinge sich zur Wonne hier vereinen:*
> *Levkoie, Rose, Myrte, Anemone hold.*
> *Und heute sind noch vier beisammen, Glück zu bringen:*
> *Der Freund und die Geliebte, kühler Wein und Gold.*
> *Genieße drum die Freuden deiner Erdentage;*
> *Die Lust vergeht, es bleiben Kunde nur und Sage!*

Als Nûr ed-Dîn diese Verse aus dem Munde der Maid erklingen hörte, schaute er sie mit dem Auge der Liebe an und konnte sich kaum noch zurückhalten ob der Heftigkeit seiner Neigung zu ihr. Ebenso empfand auch sie; denn als sie auf die Gesellschaft der jungen Kaufleute schaute, die dort versammelt waren, und auch auf Nûr ed-Dîn, erkannte sie, daß er unter ihnen war wie der Mond unter den Sternen; denn er war von sanfter Rede und Zärtlichkeit, vollkommen an des Wuchses Ebenmäßigkeit und an strahlender Lieblichkeit, ja, er war sanfter als der Nasîm[1] und zarter als Tasnîm[2], wie von ihm in diesen Versen gesungen ist:

> Ja, ich schwör's bei seiner Wange, bei dem Lächeln um den Mund,
> Bei den Pfeilen, die er sandte, wie es ihm durch Zauber kund;
> Bei der Weichheit seiner Formen, bei des Blickes Strahlenlicht;
> Bei der Weiße seiner Stirne, bei den Locken, schwarz und dicht;
> Bei der Braue, die mir gar den Apfel meines Auges stiehlt,
> Die mich überwältigt, wenn sie mir verbietet und befiehlt;
> Und bei seiner Locken Fülle, die um seine Schläfen weht,
> Die der Liebe Volk bald tötet, wenn er nur von dannen geht;
> Bei den Rosen seiner Wangen und dem Haarflaum, myrtenfein,
> Den Korallen seinerLippen und der Zähne Perlenreihn;
> Bei dem Zweige, der sein Leib ist, mit der schönsten Frucht beglückt,
> Den Granatenblüten, deren Paar die zarte Brust ihm schmückt;
> Und bei seinen schweren Hüften, die da beben, mag er gehn
> Oder ruhen, und bei seinem Rumpfe, der so schlank und schön;
> Bei der Seide seiner Kleider und bei seiner feinen Art,
> Und bei allem, was an Schönheit sich in ihm uns offenbart:
> Seine Düfte hat der Moschus von dem Hauch, der ihm entstammt,
> Und von seinem Atem duften Wohlgerüche allesamt.
> Ja, sogar die helle Sonne wird vor seiner Schönheit bleich;
> Und der Neumond ist auch nicht dem Spane seines Nagels gleich.'[3] – –«

Da bemerkte Schehrezâd, daß der Morgen begann, und sie hielt in der verstatteten Rede an. Doch als die *Achthundertundachtundsechzigste Nacht* anbrach, fuhr sie also fort: »Es ist mir berichtet worden, o glücklicher König, daß Nûr ed-Dîn, als er die Verse und den Gesang der Maid hörte, an ihrem Vortrag Gefallen fand und dann, schon von Trunkenheit schwankend, sie mit diesen Worten pries:

> Uns neigte sich die Lautnerin,
> Als Wein uns bis zum Rausch getränkt.
> Da sagten ihre Saiten uns:
> Die Sprache hat uns Gott geschenkt.

1. Der Zephir. – 2. Quelle im Paradiese; vgl. Koran, Sure 83, Vers 27. – 3. In diesem Liede ist der Jüngling gleich einem Mädchen beschrieben.

Als Nûr ed-Dîn diese Worte an sie richtete und diese Verse aus dem Stegreif dichtete, schaute jene Maid ihn mit dem Auge der Liebe an, ja, sie ward mit wachsendem Sehnen und Verlangen nach ihm erfüllt; sie bewunderte seine Schönheit und Lieblichkeit und seines schlanken Wuchses Ebenmäßigkeit, so daß sie sich kaum noch bezwingen konnte, sondern von neuem die Laute in den Schoß nahm und diese Verse sang:

> *Er schilt mich, daß ich wag ihn anzuschauen;*
> *Er flieht und trägt mein Leben in der Hand.*
> *Er treibt mich fort und weiß doch, was mein Herz sagt,*
> *Als wär es ihm durch Gottes Spruch bekannt.*
> *In meine Hand hab ich sein Bild gezeichnet;*
> *Ich sprach zu meinem Aug: ‚Beklage ihn!'*
> *Denn nimmer sieht mein Auge seinesgleichen,*
> *In seiner Nähe muß Geduld mich fliehn.*
> *O Herz, aus meiner Brust möcht ich dich reißen,*
> *Denn du mißgönnest mir die Liebe sein.*
> *Und wenn ich meinem Herzen sag: ‚Vergiß ihn!'*
> *So neigt sich doch mein Herz zu ihm allein.*

Als die Maid diese Verse gesungen hatte, geriet Nûr ed-Dîn in Entzücken über die Schönheit ihrer Dichtkunst, die Feinheit ihrer Worte, die Lieblichkeit ihrer Stimme und die Reinheit ihrer Sprache; und er ward wie von Sinnen vor dem Übermaß der Leidenschaft und der sehnenden Liebe Kraft. So konnte er denn keinen Augenblick mehr an sich halten, sondern er neigte sich ihr zu und drückte sie an seine Brust; und auch sie neigte sich über ihn und gab sich ganz seiner Umarmung hin. Sie küßte ihn auf die Stirn, und er küßte sie auf den Mund, während sie in seinen Armen ruhte; und das Spiel seiner Küsse war wie bei einem schnäbelnden Taubenpaar. Auch sie war in ihn versunken, und sie tat mit ihm, wie er mit ihr tat. Doch alle, die zugegen waren, gerieten in höchste

Erregung und sprangen auf die Füße; da schämte sich Nûr ed-Dîn und ließ von ihr ab. Sie aber griff wieder zur Laute, spielte mancherlei Weisen, kehrte dann zur ersten Weise zurück und sang dazu diese Verse:

> *Ein Mond – wenn er sich neiget, dringt aus seinen Augen*
> *Ein Schwert, er höhnt des Rehs mit seines Blickes Kraft.*
> *Ein König – seine Heerschar sind der Schönheit Reize,*
> *Wenn er die Lanze schwingt, so gleicht er ihrem Schaft.*
> *Wär seines Leibes Zartheit auch in seinem Herzen,*
> *Dann zeigte er sich nie dem Lieb so grausam hart.*
> *O, Härte seines Herzens, Zartheit seines Leibes!*
> *Wie kommt's, daß diese nicht auch jenem eigen ward.*
> *Der du mich ob der Liebe tadelst, schilt mich nicht!*
> *Dir bleibt ja seine Schönheit, mich macht sie zunicht.*

Nûr ed-Dîn lauschte den Worten der Lieblichkeit und den Versen der Zierlichkeit, und er neigte sich ihr zu, von Freude beglückt, und war seiner Sinne nicht mehr mächtig, so sehr war er entzückt. Darauf trug er diese Verse vor:

> *Sie, die vor dem Geistesaug mir gleich der Morgensonne stand,*
> *Sie erschien und hat mit ihren Strahlen mir das Herz verbrannt.*
> *Ach, was hätt es ihr geschadet, hätte sie mir den Gruß geschickt*
> *Mit den Fingerspitzen oder mit den Wimpern nur genickt!*
> *Ja, sogar der strenge Tadler schaute in das Antlitz ihr,*
> *Und bestrickt von ihrer Schönheit Reizen, sagte er zu mir:*
> *‚Ist es sie, um deren Liebe dich die Sehnsucht so zerfrißt?*
> *Wahrlich, dann bist du entschuldbar.' Und ich sagte: ‚Ja, sie ist*
> *Jene, die des Blickes Pfeile eifrig auf mich warf und nie*
> *Meinem Elend, meinem Leiden, meiner Not Erbarmen lieh.'*
> *Ach, nun ist mein Herz gefangen, und ich ward ein Liebestor;*
> *Und ich klage, meine Tränen brechen Tag und Nacht hervor.*

Nachdem Nûr ed-Dîn seine Verse gesprochen hatte, nahm die Maid, entzückt von seiner Beredsamkeit und seiner Zierlichkeit, wieder ihre Laute und spielte – ach, wie schön war ihr

Spiel! Von neuem ließ sie alle ihre Weisen erklingen, und dann hub sie an, dies Lied zu singen:

> *Bei deiner Wange, o du Leben aller Seelen,*
> *Ich laß dich nie, mag ich verzweifeln oder nicht!*
> *Auch wenn du grausam bist, steht mir dein Bild vor Augen;*
> *Bist du den Blicken fern, – dein denken ist mir Pflicht.*
> *Der du mein Auge traurig machst, obgleich dir kund ist,*
> *Daß nichts als deine Liebe mir zu Herzen spricht:*
> *Dein Lippentau ist Wein, die Wangen dein sind Rosen;*
> *Gönn mir an dieser Stätte doch dein Angesicht!*

Da ward Nûr ed-Dîn durch den Gesang jener Maid von höchster Freude beglückt, und er war über die Maßen von ihr entzückt; und er erwiderte ihr Lied mit diesen Versen:

> *Heller als das Sonnenantlitz strahlt im Dunkel sie hervor,*
> *Wenn der Vollmond in des Horizontes Schleier sich verlor.*
> *Und dem Aug' des jungen Morgens zeigen ihre Locken sich,*
> *Wenn die Dämmerung der Frühe dort vor ihrem Scheitel wich.*
> *Nimm vom Strome meiner Tränen, die sich gleich der Kette reihn;*
> *Singe von der Macht der Liebe, die sich zeigt im Lose mein!*
> *Ach, ich sprach zu mancher, die mit ihren Pfeilen auf mich schoß:*
> *‚Säume doch mit deinen Pfeilen, da das Herz in Furcht zerfloß!*
> *Wenn mein Tränenstrom sein Gleichnis in dem Strom des Niles fand,*
> *Ist die Lieb zu dir vergleichbar Fluten auf dem Uferland.'*
> *‚Bring mir deinen Reichtum!' sprach sie; und ich sagte: ‚Nimm ihn dir!'*
> *‚Deinen Schlaf auch?' Und ich sagte: ‚Nimm ihn von den Lidern mir!'*

Als die Maid diese Worte schönster Beredsamkeit aus Nûr ed-Dîns Munde vernahm, ward sie wie von Sinnen vor Freude, ihr Geist ward hingerissen, und ihr ganzes Herz ward von Liebe zu ihm erfüllt. Sie zog ihn an ihre Brust und begann ihn zu küssen, wie Tauben schnäbeln. Und er erwiderte durch immer neue Küsse das, was sie ihm dargebracht; doch der Vorrang gebührt dem, der den Anfang macht. Als sie einander genug geküßt hatten, griff sie zur Laute und sang diese Verse:

> *‚Wehe ihm und wehe mir auch ob des Tadlers Grausamkeit!*
> *Soll ich ihn beklagen oder klag ich ihm mein bittres Leid? –*
> *Der du dich mir ganz versagest, niemals hätte ich gedacht,*
> *Daß, wer mir wie du gehöret, meine Lieb zuschanden macht!*
> *Einstens höhnte ich das Volk der Liebe ob der Leidenschaft;*
> *Jetzt bekenn ich deinen Tadlern meine eigne schwache Kraft.*
> *Gestern schalt ich noch die Menschen, die ihr Heil in Liebe sehn;*
> *Heut vergeb ich allen denen, die in Liebesleid vergehn.*
> *Und jetzt bin ich überwältigt von der Trennung harter Pein;*
> *Jetzo bete ich zu Allah, o 'Alî*[1]*, im Namen dein.*

Nachdem die Maid dies Lied vorgetragen hatte, sang sie noch diese beiden Verse:

> *Es spricht der Liebe Volk: Gibt er uns nicht zu trinken*
> *Von seinem Lippentau gleich edlem, süßem Wein,*
> *So flehen wir zum Herrn der Welten, – Er erhört uns;*
> *Und ,o 'Alî!' wird unser aller Ausruf sein.*

Nûr ed-Dîn lauschte diesen Worten der Maid, den Versen, durch die Dichtkunst geweiht, und er bewunderte ihrer Zunge Beredsamkeit und pries ihre verführerische Lieblichkeit. Als aber die Maid hörte, wie Nûr ed-Dîn sie lobte, erhob sie sich sofort, nahm alles, was sie an kostbaren Obergewändern und an Schmuckstücken trug, und legte es ab. Dann setzte sie sich auf seine Kniee, küßte ihn auf die Stirn und auf das Mal seiner Wange und schenkte ihm alles, was sie abgelegt hatte. – –«

Da bemerkte Schehrezâd, daß der Morgen begann, und sie hielt in der verstatteten Rede an. Doch als die *Achthundertundneunundsechzigste Nacht* anbrach, fuhr sie also fort: »Es ist mir berichtet worden, o glücklicher König, daß die Maid alles, was sie abgelegt hatte, an Nûr ed-Dîn gab, indem sie zu ihm sprach: ‚Wisse, o Geliebter meines Herzens, die Gabe entspricht der Geberin.' Da nahm er es von ihr an und gab es ihr

[1]. Das ist 'Alî Nûr ed-Dîn.

zurück, indem er sie auf Mund und Wangen und Augen küßte. Als das geschehen war – denn nichts ist von Dauer außer dem Lebendigen, ewig Beständigen, dem Eulen und Pfauen[1] als ihrem Ernährer vertrauen –, da erhob sich Nûr ed-Dîn von seinem Sitze und stellte sich auf seine Füße. Die Maid aber fragte ihn: ‚Wohin, mein Geliebter?' Und er gab ihr zur Antwort: ‚In das Haus meines Vaters.' Nun beschworen ihn die Söhne der Kaufleute, er solle bei ihnen nächtigen; doch er weigerte sich und bestieg sein Maultier. Dann ritt er seines Wegs, bis er seines Vaters Haus erreichte; dort trat seine Mutter ihm entgegen und sprach zu ihm: ‚Mein Sohn, weshalb bist du bis zu dieser Stunde ferngeblieben? Bei Allah, du hast mir und deinem Vater durch dein Ausbleiben Sorge gemacht, und unsere Herzen waren in Unruhe um deinetwillen.' Darauf trat die Mutter an ihn heran, um ihn auf den Mund zu küssen; weil sie aber den Geruch des Weines an ihm verspürte, so sprach sie: ‚Mein Sohn, wie ist es möglich, daß du nach dem Gebet und nach dem Gottesdienste Wein hast trinken können und das Gebot Dessen übertrittst, dem Schöpfung und Befehl gehören?' Während sie so miteinander redeten, kam auch der Vater herzu. Nûr ed-Dîn aber warf sich auf sein Lager und blieb dort liegen. Der Vater fragte: ‚Was ist es mit Nûr ed-Dîn, daß er so daliegt?' Die Mutter antwortete ihm: ‚Es scheint, daß ihm der Kopf schmerzt von der Gartenluft.' Da trat der Vater an ihn heran, um ihn nach seinem Leiden zu fragen und ihn zu begrüßen; und nun roch auch er die Dünste des Weines. Jener Kaufmann aber, Tâdsch ed-Dîn geheißen, war ein Feind aller, die da Wein trinken; darum fuhr er seinen Sohn an: ‚Weh dir, mein Sohn, ist es mit deiner Torheit so weit gekommen, daß du sogar Wein trinkst?' Als Nûr ed-Dîn diese

[1]. Diese Tiere sind hier im Arabischen des Reimes wegen genannt.

Worte seines Vaters vernahm, hob er den Arm und schlug, trunken wie er war, seinem Vater ins Gesicht. Und der Schlag traf, wie es das Schicksal wollte, das rechte Auge des Vaters, so daß es auslief auf seine Wange herab. Da sank er ohnmächtig zu Boden, und er blieb dort eine Weile bewußtlos liegen. Nachdem man ihn mit Rosenwasser besprengt hatte und er wieder zu sich gekommen war, wollte er seinen Sohn schlagen; doch die Mutter hielt ihn davon zurück. Er aber schwor bei der Scheidung von seiner Gattin, er wolle, sobald der Morgen tage, seinem Sohne die rechte Hand abschlagen. Als sie nun die Worte ihres Gatten vernahm, ward ihr die Brust beklommen, und sie fürchtete für ihren Sohn; darum suchte sie ihren Gatten zu besänftigen und redete ihm so lange gütig zu, bis Schlaf über ihn kam. Dann wartete sie noch, bis der Mond aufgegangen war, ging zu ihrem Sohne, von dem der Rausch gewichen war, und sprach zu ihm: ‚O Nûr ed-Dîn, was ist das für eine schändliche Tat, die du an deinem Vater verübt hast!' ‚Was habe ich ihm denn getan?' fragte er; und sie fuhr fort: ‚Du hast ihn mit deiner Faust ins rechte Auge geschlagen, und es ist ausgelaufen auf seine Wange herab. Jetzt hat er bei der Scheidung geschworen, er wolle dir gewißlich, wenn der Morgen tage, die rechte Hand abschlagen.' Nûr ed-Dîn bereute, was er getan hatte, als die Reue nichts mehr fruchtete; und seine Mutter sprach zu ihm: ‚Mein Sohn, diese Reue nützt dir nichts; jetzt bleibt dir nichts übrig, als daß du dich sogleich aufmachst und fortgehst und dein Heil in der Flucht suchest. Verlaß heimlich das Haus und begib dich zu einem deiner Freunde; dort warte auf das, was Allah tun wird, denn Er kann ein Ding zum andern wenden!' Dann öffnete die Mutter eine Geldtruhe, nahm aus ihr einen Beutel mit hundert Dinaren und sprach zu ihm: ‚Mein Sohn, nimm diese Dinare und bestreite damit die Dinge, deren du bedarfst! Wenn sie verbraucht sind, so sende einen Boten und laß es mich wissen, damit ich dir neue schicken kann; und durch den Boten gib mir zugleich heimliche Kunde von dir! Vielleicht wird Allah dir dazu verhelfen, daß du wieder nach Hause zurückkehren kannst.' Darauf nahm sie Abschied von ihm und weinte so bitterlich, daß ihrem Schmerze kein andrer glich. Nûr ed-Dîn aber nahm den Beutel mit Dinaren von seiner Mutter hin und wollte hinausgehen; da erblickte er einen großen Beutel mit tausend Dinaren, den seine Mutter neben der Truhe vergessen hatte. Den nahm er auch noch, und nachdem er die beiden Beutel an seinen Gürtel gebunden hatte, ging er durch die Straßen weiter dahin und schlug die Richtung nach Bulak ein, ehe noch der Morgen graute. Als aber der Tag anbrach und die Menschen sich erhoben, um die Einheit Allahs, des allhelfenden Königs, zu bekennen, und ein jeder von ihnen seinem Geschäfte nachging, um das zu verdienen, was Gott ihm zugewiesen hatte, da kam Nûr ed-Din in Bulak an. Als er dort am Ufer des Nilstroms entlang schritt, sah er ein Schiff mit herabgelassener Landungsplanke, auf der die Menschen von Bord an Land und von Land an Bord gingen; die vier Anker waren am Lande befestigt, und die Seeleute sah er dort umherstehen. Er fragte sie: ‚Wohin fahrt ihr?' ‚Nach der Stadt Alexandria!' erwiderten sie ihm; und er fuhr fort: ‚Nehmt mich mit euch!' Da sagten sie: ‚Du bist uns herzlich willkommen, schöner Jüngling!' Nun machte Nûr ed-Dîn sich sofort auf, ging zum Basar und kaufte sich Lebensmittel, Betten und Decken, die er brauchte; danach kehrte er zu dem Schiffe zurück, das zur Ausfahrt bereit war. Nachdem Nûr ed-Dîn an Bord gegangen war, wartete es nur noch eine kleine Weile und fuhr dann sogleich ab; und es segelte ohne Aufenthalt weiter, bis es bei der

Stadt Rosette anlangte. Als sie dort angekommen waren, erblickte Nûr ed-Dîn ein kleines Fahrzeug, das im Begriffe war, nach Alexandrien zu fahren. Das bestieg er alsbald und fuhr mit ihm durch den Kanal und immer weiter, bis es bei einer Brücke landete, deren Name Brücke von el-Dschâmi war. Dort verließ er das Boot und ging in die Stadt durch ein Tor, das Lotustor geheißen war; Allah aber beschützte ihn, so daß keiner von denen, die im Tore standen, ihn erblickte. Und er ging weiter, bis er sich in der Stadt Alexandrien befand. – –«

Da bemerkte Schehrezâd, daß der Morgen begann, und sie hielt in der verstatteten Rede an. Doch als die *Achthundertundsiebenzigste Nacht* anbrach, fuhr sie also fort: »Es ist mir berichtet worden, o glücklicher König, daß Nûr ed-Dîn, nachdem er in Alexandria eingezogen war, sah, daß es eine Stadt mit festen Mauern und schönen Lustgärten war, die ihren Bewohnern viel Freude brachte und den Wunsch, dort zu weilen, in den Fremden entfachte. Der Winter mit seiner Kälte hatte gerade Abschied von ihr genommen, und der Lenz mit seiner Rosenpracht war zu ihr gekommen; die Blumen standen in Blütenpracht, die Bäume waren mit Laub überdacht; die reifen Früchte winkten, und die vollen Bäche blinkten. Die Stadt war schön angelegt, und alles war dort im Ebenmaß hergestellt; und ihre Bewohner waren eine Schar von den besten Menschen der Welt. Wenn ihre Tore geschlossen waren, so fürchteten die Menschen darinnen keine Gefahren. Sie war, wie es von ihr in diesen Versen heißt:

> *Eines Tags sprach ich zu einem Freunde,*
> *Dem die Rede zu Gebote stand:*
> *‚Alexandria beschreib!' Er sagte:*
> *‚Eine schöne Stadt am Meeresstrand.'*
> *Als ich fragte: ‚Ist sie auch belebt?'*
> *Sagte er: ‚Ja, wenn der Wind sich hebt.'*

Oder wie ein anderer Dichter sagt:

> *Alexandria, die Stadt der Grenzmark,*
> *Die so süßen Tau der Lippen hat, –*
> *Ach, wie schön ist es bei ihr zu weilen*[1],
> *Wenn der Trennungsrabe ihr nicht naht!*

Nûr ed-Dîn ging in jener Stadt umher und schritt immer weiter dahin, bis er zum Basar der Kaufleute kam; von dort gelangte er zu dem der Geldwechsler und weiter zu den Basaren der Zukosthändler, der Fruchthändler und der Spezereienhändler, indem er die Stadt bewunderte, deren Art ihrem Namen entsprach.[2] Während er gerade durch den Basar der Spezereienhändler ging, kam plötzlich ein Mann aus seinem Laden herab und begrüßte ihn; dann nahm er ihn bei der Hand und führte ihn zu seinem Hause. Dort sah Nûr ed-Dîn eine schöne Straße, die gefegt und gesprengt war, wo durch den Hauch des Zephirs die Luft sich klärte und das Laub der Bäume Schatten gewährte. In jener Straße befanden sich drei Häuser, und an ihrem oberen Ende stand ein viertes Haus, mit Fundamenten, die fest im Wasser steckten, und Mauern, die sich bis zu den Wolken des Himmels reckten. Der Platz vor ihm war gefegt und frisch gesprengt; Blütendüfte wehten den Ankommenden entgegen, die ein Zephir weiterblies, wie ein Hauch aus dem Paradies. Der Anfang der Straße war gesprengt und gefegt, und ihr Ende war mit Marmor belegt. Der Scheich führte Nûr ed-Dîn in jenes Haus hinein, setzte ihm einige Speisen vor und aß mit ihm. Und als das Mahl beendet war, fragte der Alte ihn: ‚Wann bist du aus Kairo zu dieser Stadt gekommen?‘ Nûr ed-Dîn erwiderte: ‚Mein Vater, erst heute abend.‘ Und weiter fragte der Scheich: ‚Wie heißest du?‘ ‚Alî Nûr ed-Dîn‘,

---

1. Die Stadt wird mit einem Mädchen verglichen. – 2. Die Stadt Alexanders des Großen.

erwiderte der Jüngling; und nun sagte der Alte: ‚Mein lieber Nûr ed-Dîn, ich will dreimal die Scheidung von meiner Gattin aussprechen, wenn du mich verlässest, solange du in dieser Stadt weilst! Ich will dir ein Gemach anweisen, in dem du für dich allein wohnen kannst.' Da sprach Nûr ed-Dîn zu ihm: ‚O Herr und Scheich, laß mich noch mehr von dir wissen!' Und jener gab ihm zur Antwort: ‚Wisse, mein Sohn, ich zog vor einigen Jahren mit Waren nach Kairo; die verkaufte ich dort, und dann kaufte ich mir andere Güter dafür. Dabei hatte ich aber noch tausend Dinare nötig; die wägte dein Vater Tâdsch ed-Dîn für mich ab, ohne daß er mich näher gekannt hätte, auch ließ er nicht einmal einen Schuldschein darüber auf mich schreiben. Dann wartete er, bis ich in diese Stadt zurückgekehrt war und ihm das Geld nebst einem Geschenk durch einen meiner Diener zusandte. Damals sah ich dich, als du noch ein Kind warst, und so Allah der Erhabene will, werde ich dir einen Teil der Güte vergelten, die dein Vater mir erwiesen hat.' Als Nûr ed-Dîn diese Worte vernahm, war er so erfreut, daß ein Lächeln über sein Antlitz kam, zog den Beutel mit den tausend Dinaren heraus und gab ihn dem Alten, indem er sprach: ‚Nimm dies für mich in Obhut, bis ich mir einige Waren dafür kaufe, um mit ihnen Handel zu treiben!' So blieb denn Nûr ed-Dîn eine Reihe von Tagen in Alexandrien, indem er sich täglich in den Straßen erging, aß und trank und sich der Lust und heiteren Freude hingab, bis er die hundert Dinare, die er für seine Ausgaben bei sich führte, verbraucht hatte. Dann begab er sich zu dem alten Spezereienhändler, um sich einige von den tausend Dinaren zu holen und sie auszugeben; aber da er ihn nicht in seinem Laden fand, so setzte er sich dort nieder, um zu warten, bis jener zurückkehre. Er schaute sich dabei die Kaufleute an und blickte bald nach rechts und bald nach links. Während er so dasaß, kam plötzlich ein Perser in den Basar, der auf einer Mauleselin ritt und hinter sich eine Maid führte, die war reinem Silber gleich, oder einem glänzenden Nilfisch[1] im Springbrunnenteich, oder einer Gazelle in der Steppe Reich. Ihr Antlitz beschämte der Sonne Strahlenschein, ihre Augen blickten verführerisch drein, ihre Brüste waren wie von Elfenbein, ihre Zähne wie Perlenreihn, der Rumpf war schlank und fein und der Leib voll Fältelein, und die Waden schienen Fettschwänze von Schafen zu sein; sie war vollkommen an Schönheit und Lieblichkeit und des schlanken Wuchses Ebenmäßigkeit, wie ihr einer, der sie beschrieb, die Worte geweiht:

> *Es ist, als wäre sie nach ihrem Wunsch geschaffen*
> *In aller Schönheit Glanz, nicht kurz und auch nicht lang.*
> *Die Rose rötet sich aus Scham vor ihrer Wange;*
> *Am Zweig erglüht die Frucht vor ihrem Wuchse bang.*
> *Wie Moschus ist ihr Hauch, ihr Antlitz wie der Vollmond.*
> *Ihr Wuchs ist wie ein Reis; kein Wesen kommt ihr gleich.*
> *Es ist, als wäre sie aus Perlenglanz gegossen;*
> *Aus jedem Glied erstrahlt ein Mond an Schönheit reich.*

Nun saß der Perser von seinem Maultier ab und ließ auch die Maid absteigen; dann rief er nach dem Makler, und als der vor ihn kam, sprach er zu ihm: ‚Nimm diese Sklavin und ruf sie auf dem Markte zum Verkauf aus!' Da nahm der Makler sie, führte sie mitten auf den Markt und ging auf eine kurze Weile fort; wie er zurückkehrte, trug er einen Stuhl aus Ebenholz, der mit Elfenbein eingelegt war. Den stellte er auf die Erde und hieß die Maid sich darauf setzen. Dann hob er den Schleier von ihrem Antlitz, und dies erglänzte nun wie ein dailamitischer[2] Schild oder wie ein funkelndes Gestirn; ja, sie war gleich

1. Labrus niloticus. – 2. Über die Dailamiten vgl. oben Seite 415, Anmerkung.

dem vollen Mond, wenn er in der vierzehnten Nacht am Himmel thront, im Glanze vollkommenster Lieblichkeit, wie ihr der Dichter die Worte weiht:

> *Einst verglich der Mond sich töricht ihrer lieblichen Gestalt;*
> *Ach, da ward er bald verfinstert, ihn zerriß vor Zorn ein Spalt.*
> *Wenn der schlanke Baum der Weide sich mit ihrem Wuchse mißt –*
> *Treffe Fluch die Hände derer, die des Holzes Trägrin[1] ist!*

Und wie schön sagte ein andrer Dichter:

> *Sprich zu der Schönen in dem golddurchwirkten Schleier:*
> *Was hast du mit dem frommen Gottesknecht gemacht?*
> *Das Licht vom Schleier und von deinem Antlitz drunter*
> *Vertrieb die Schar der Finsternis durch seine Pracht;*
> *Und als mein Aug auf deine Wang verstohlen blickte*
> *Bewarfen es mit Sternen Hüter auf der Wacht.[2]*

Der Makler rief den Kaufleuten zu: ‚Wieviel bietet ihr Leute für des Tauchers Perle und des Jägers Beute?' Einer der Kaufleute antwortete: ‚Ich nehme sie für hundert Dinare!' Ein anderer rief: ‚Für zweihundert!' und ein dritter: ‚Für dreihundert!' So trieben die Kaufleute einander mit dem Gebote auf die Sklavin immer höher, bis sie ihren Preis auf neunhundertundfünfzig Dinare gebracht hatten. Nun blieb das Gebot stehen, und man wartete auf Zuschlag und Annahme. – –«

Da bemerkte Schehrezâd, daß der Morgen begann, und sie hielt in der verstatteten Rede an. Doch als die *Achthundertundeinundsiebzigste Nacht* anbrach, fuhr sie also fort: »Es ist mir berichtet worden, o glücklicher König, daß die Kaufleute einander mit ihrem Gebote auf die Sklavin immer höher trieben, bis ihr Preis die Höhe von neunhundertundfünfzig Dinaren erreicht hatte. Dann trat der Makler zu dem Perser, ihrem Herrn, und sprach zu ihm: ‚Das Gebot für deine Sklavin ist

---

1. Eine Anspielung auf Koran, Sure 111. – 2. Die Engel werfen mit Sternen nach den Dämonen.

auf neunhundertundfünfzig Dinare gestiegen. Willst du sie um diesen Preis verkaufen, und soll ich das Geld für dich in Empfang nehmen?' Der Perser gab zur Antwort: ‚Ist sie damit einverstanden? Ich möchte auf ihre Wünsche Rücksicht nehmen; denn ich wurde auf dieser Reise krank, und diese meine Sklavin pflegte mich mit der größten Sorgfalt; deshalb habe ich geschworen, ich wolle sie nur dem verkaufen, den sie wünsche und wolle, und so habe ich ihren Verkauf in ihre eigene Hand gelegt. Frage sie, und wenn sie einwilligt, so verkaufe sie dem, den sie wünscht; doch wenn sie nein sagt, so verkaufe sie nicht!' Darauf ging der Makler zu ihr hin und sprach zu ihr: ‚O Herrin der Schönen, wisse, dein Herr hat deinen Verkauf in deine eigene Hand gelegt, und der Preis für dich hat die Höhe von neunhundertundfünfzig Dinaren erreicht. Erlaubst du nun, daß ich dich verkaufe?' Die Sklavin sprach zum Makler: ‚Zeig mir den, der mich kaufen will, ehe du den Verkauf abschließest!' Nun brachte er sie zu einem der Kaufleute, einem hochbetagten und hinfälligen Greise. Den schaute die Maid eine Weile an; doch dann wandte sie sich zu dem Makler und sprach zu ihm: ‚Du Makler, bist du von Sinnen oder hast du an deinem Verstand gelitten?' Jener fragte sie: ‚Warum, o Herrin der Schönen, sprichst du solche Worte zu mir?' Und sie antwortete ihm: ‚Ist es dir von Allah erlaubt, meinesgleichen an einen solchen hinfälligen Greis zu verkaufen, der von seiner Gattin diese Verse spricht:

> *Sie hatte mich gebeten, doch geschah es nie;*
> *Da rief sie denn erzürnt ob ihrer Liebesmüh:*
> *Erfüllest du an mir nicht deine Mannespflicht,*
> *So tadle, wenn du bald gehörnt erwachst, mich nicht!*
> *Dein Stab in seiner Schlaffheit ist dem Wachse gleich;*
> *Und wenn ihn meine Hand berührt, so bleibt er weich.*

Und ferner sprach er von seinem Stabe:

> *Ich habe einen Stab, der schläft in Schmach und Schanden,*
> *Wenn die Geliebte mir zur Liebesnacht genaht;*
> *Doch wenn ich ganz allein in meinem Hause weile,*
> *So sehnt er einsam sich nach Stoß und Heldentat.*

Und wiederum sprach er von seinem Stabe:

> *Einen Stab des Elends hab ich, dem die Grausamkeit gefällt;*
> *Er beschimpfet seinen Herren, der ihn hoch in Ehren hält.*
> *Schlafe ich, so steht er aufrecht; stehe ich, so schläft er ein;*
> *Gott gewähre kein Erbarmen denen, die ihm Mitleid weihn!'*

Als der alte Kaufmann solche häßlichen Spottreden aus dem Munde der Sklavin vernahm, ergrimmte er gar sehr, und sein Zorn kannte keine Grenzen mehr; und er sprach zu dem Makler: ‚Du hast uns da eine edle Sklavin auf den Markt gebracht, die so frech gegen mich ist, daß sie mich vor den Kaufleuten lächerlich macht!' Der Makler aber nahm sie beiseite und sprach zu ihr: ‚Herrin, laß es nicht an Achtung fehlen! Siehe, dieser Alte, den du verspottet hast, ist der Scheich des Basars, der Marktaufseher und der Oberste im Rate der Kaufherren.' Doch sie lachte und sprach diese Verse:

> *Es wär die Pflicht der Richter unsrer Zeit,*
> *Und es geziemte sich der Obrigkeit,*
> *Daß man den Wali hängt vor seiner Tür,*
> *Und seinen Schergen prügelt nach Gebühr.*[1]

Und dann sagte die Maid noch zu dem Makler: ‚Bei Allah, o mein Herr, ich will diesem Alten nicht verkauft werden; verkaufe mich einem anderen Manne! Vielleicht hat dieser doch Scheu vor mir und verkauft mich weiter, und dann würde ich zu einer bloßen Dienstmagd; aber es schickt sich nicht für mich, daß ich mich mit niederem Dienst beschmutze. Und du

---

1. Der Wali ist der Polizeipräfekt; ‚sein Scherge' ist der Marktaufseher.

weißt auch, daß der Entscheid über meinen Verkauf mir übertragen ist.' ‚Ich höre und gehorche!' erwiderte der Makler; dann führte er sie zu einem Manne, der zu den großen Kaufherren gehörte. Und als sie dicht vor ihm standen, sprach der Makler zu ihr: ‚Meine Herrin, soll ich dich dem Herrn Scharîf ed-Dîn da verkaufen für neunhundertundfünfzig Dinare?' Die Maid schaute jenen an und sah, daß er alt war, aber seinen Bart gefärbt hatte; deshalb sprach sie zu dem Makler: ‚Bist du immer noch von Sinnen, oder hast du an deinem Verstand gelitten, daß du mich an diesen hinfälligen Greis verkaufen willst? Bin ich denn Flockenabfall von Seide oder ein dünner Fetzen von einem Kleide, daß du mich von einem Greis zum andern umherführst, die beide sind wie eine baufällige Wand oder wie ein Dämon, von einem niedersausenden Stern verbrannt? Dem ersten von den beiden dort gilt dem Sinne nach dies Dichterwort:

> *Ich bat um einen Kuß von ihrem Mund; ihr Ruf*
> *Erklang: Bei Ihm, der alles aus dem Nichts erschuf,*
> *Mit grauem Barte schließ ich wahrlich keinen Bund!*
> *Stopft man im Leben schon mir Watte in den Mund?*[1]

Und wie schön ist auch das Dichterwort:

> *Sie sagten: ‚Weiße Haare sind ein helles Licht,*
> *Das Glanz und Würde um die Angesichter flicht.'*
> *Doch bis des Alters Zeichen mir den Scheitel bleicht,*
> *Wünsch ich, daß nie das Dunkel meines Hauptes weicht;*
> *Und trägt am Jüngsten Tag dem Barte gleich der Greis*
> *Ein Buch, so wollte ich, das meine wär nicht weiß.*[2]

Und schöner noch ist das Wort eines anderen:

> *Ach, ein ungeehrter Gast ist meinem Haupte jetzt genaht;*
> *Besser wär das Schwert den Locken, als was er mit ihnen tat!*

1. Vgl. Band III, Seite 213, Anmerkung 2. – 2. Das Buch der guten Taten ist weiß, das der bösen Taten ist schwarz.

> *Weiche fern von mir, o Weiße, die doch keine Weiße[1] ist,*
> *Du, die du in meinen Augen schwärzer als das Dunkel bist!*

Was aber den anderen angeht, so ist er ein trauriger Held, der sich verstellt, und der da macht, daß des weißen Haares Aussehen der Schwärze verfällt; er begeht mit dem Färben seines weißen Haares den schändlichsten Betrug, und von ihm reden diese beiden Verse deutlich genug:

> *Sie sprach: ‚Ich seh, du färbst dein weißes Haar.' Da sprach ich:*
> *‚Ach, ich verbarg es nur vor dir, mein Aug und Ohr.'*
> *Da lachte sie und sprach:, Fürwahr, es nimmt doch wunder,*
> *So viel des Trugs, daß drin sich gar das Haar verlor!'*

Wie trefflich sagt auch ein anderer Dichter:

> *Der du dein graues Haar mit Schwärze färbest,*
> *Auf daß die Jugend dir verbleib zum Schein,*
> *Schau her, mein Los ist einmal schwarz geworden,*
> *Und sei verbürgt, es wird nie anders sein!'*

Als der Alte mit dem gefärbten Bart solche Worte aus dem Munde der Sklavin vernahm, ergrimmte er gar sehr, und seine Wut kannte keine Grenzen mehr. Und er sprach zu dem Makler: ‚O du unseligster aller Makler, hast du heute auf unsern Markt nur ein dummes Weib gebracht, das sich über alle auf dem Basar lustig macht, über einen nach dem andern, und sie verspottet mit Poeterei und Worten der Schwätzerei?' Darauf sprang jener Kaufmann aus seinem Laden herab auf die Straße und schlug dem Makler ins Gesicht. Der nahm die Sklavin und führte sie in seinem Zorn an ihren Platz zurück; dort sprach er zu ihr: ‚Bei Allah, ich habe in meinem Leben noch keine schamlosere Sklavin gesehen als dich! Du hast mich und dich heute brotlos gemacht, und alle Kaufleute sind um deinetwillen wider mich aufgebracht.' Doch auf ihrem Wege hatte einer

---

1. Die weiße Farbe ist sonst ein Zeichen der Freude.

der Kaufleute die beiden gesehen, und der bot nun zehn Dinare mehr für sie; der Name jenes Kaufmannes aber war Schihâb ed-Dîn. Der Makler bat die Sklavin, sie jenem verkaufen zu dürfen; und sie sprach: ‚Zeige ihn mir, auf daß ich ihn mir ansehen und ihn nach etwas fragen kann! Wenn er das in seinem Hause hat, so will ich ihm verkauft werden; wenn aber nicht, dann nicht.' Darauf ließ er sie stehen, trat an den Kaufmann heran und sprach zu ihm: ‚Mein Herr Schihâb ed-Dîn, vernimm, diese Sklavin hat zu mir gesagt, sie wolle dich nach etwas fragen, und wenn du das im Hause hättest, so wolle sie dir verkauft werden. Nun aber hast du gehört, was sie zu deinen Freunden unter den Kaufleuten gesagt hat.' – –«

Da bemerkte Schehrezâd, daß der Morgen begann, und sie hielt in der verstatteten Rede an. Doch als die *Achthundertundzweiundsiebzigste Nacht* anbrach, fuhr sie also fort: »Es ist mir berichtet worden, o glücklicher König, daß der Makler zu dem Kaufmann sprach: ‚Du hast gehört, was diese Sklavin zu deinen Freunden unter den Kaufleuten gesagt hat. Und bei Allah, ich scheue mich, sie dir zu bringen, damit sie dir nicht das gleiche antue, was sie deinen Nachbarn angetan hat, und ich nicht vor dir in Unehren dastehe. Doch wenn du mir erlaubst, sie zu dir zu führen, so will ich es tun.' Der Kaufmann sagte zu ihm: ‚Bring sie mir!' ‚Ich höre und gehorche!' erwiderte der Makler und brachte das Mädchen zu ihm. Sie schaute ihn an und sprach zu ihm: ‚Mein Herr Schihâb ed-Dîn, gibt es in deinem Hause Kissen, die mit Abfällen von Hermelinpelzen gestopft sind?' ‚Jawohl, du Herrin der Schönen,' antwortete er ihr, ich habe zehn Kissen im Hause, die mit Abfällen von Hermelinpelzen gestopft sind. Doch sage mir um Allahs willen, was willst du mit diesen Kissen tun?' Sie fuhr fort: ‚Ich will warten, bis du schläfst, und sie dir dann auf Mund und Nase drücken, bis du erstickst.' Dann wandte sie sich zum Makler und fuhr ihn an: ‚O du gemeinster aller Makler, mir scheint, du bist von Sinnen, daß du mich seit einer Stunde zunächst zwei Graubärten vorführst, deren jeder zwei Fehler hat, und dann zu dem Herrn Schihâb ed-Dîn bringst, der drei Fehler besitzt: erstens ist er zu kurz geraten, zweitens hat er eine zu große Nase und drittens einen zu langen Bart. Von ihnen gilt, was einer der Dichter gesagt hat:

> *Wir sahen nie und hörten nie von einem Menschen,*
> *Der unter den Geschöpfen all gleich diesem ist:*
> *Die Länge einer Spanne hat die Nase, einer Elle*
> *Der Bart, indes sein Wuchs nur einen Finger mißt.*

Ferner sagt ein anderer von ihm:

> *Im Antlitz ragt ihm ein Moscheenturm hervor;*
> *So strebt der kleine Finger aus dem Ring empor;*
> *Und würde alle Welt in seine Nase gehn,*
> *So wäre bald kein Mensch auf Erden mehr zu sehn.*'

Als der Kaufmann Schihâb ed-Dîn solche Worte aus dem Munde der Sklavin vernahm, kam er aus seinem Laden herab, ergriff den Makler beim Kragen und schrie ihn an: ‚Du Unseligster der Makler, wie kannst du mit einer Sklavin zu uns kommen, die uns einen nach dem andern schmäht und verspottet mit Poeterei und Worten der Schwätzerei?' Da packte der Makler sie wieder und führte sie vor sich her von dannen, indem er zu ihr sprach: ‚Bei Allah, mein Leben lang habe ich, seit ich in diesem Berufe bin, noch nie eine Sklavin gesehen, die schamloser wäre als du, und kein Stern brachte mir mehr Unglück als der deine. Denn du hast mich heute brotlos gemacht und hast mir nichts anderes eingebracht, als daß ich auf den Nacken geschlagen und am Kragen gepackt wurde.' Danach trat er mit ihr vor einen anderen Kaufmann, der Sklaven und Diener besaß, und sprach zu ihr: ‚Willst du diesem Kaufmann, dem Herrn 'Alâ ed-Dîn, verkauft werden?' Sie schaute ihn an, und als sie bemerkte, daß er bucklig war, rief sie: ‚Der da hat ja einen Buckel! Von ihm hat der Dichter gesagt:

> *Die Schultern sind ihm kurz, doch hoch wölbt sich sein Rücken;*
> *Er gleicht dem Satan, der den Stern zum Wurfe hebt;*
> *Es ist, als hätte er den ersten Hieb gekostet*
> *Und fühlt erstaunt schon, wie der zweite vor ihm schwebt.*

Und ein anderer Dichter sagt von ihm:

> *Wenn euer Buckelmann aufs Maultier steigt,*
> *So wird auf ihn mit Fingern bald gezeigt.*
> *Ist's nicht zum Lachen? Staunet nicht, ihr Leut,*
> *Wenn unter ihm das Tier vor Schrecken scheut!*

Und ein dritter sagt von ihm:

> *Oft hat der Buckelmann zu seinem Buckel auch*
> *Noch andre Fehler, daß die Augen all erschrecken;*
> *Er schrumpft in sich zusammen wie ein trockner Zweig,*
> *Den die Zitronen, lang schon ausgedörrt, bedecken.'*

Aber eilends ergriff der Makler sie, führte sie zu einem andern Kaufmann und sprach zu ihr: ‚Willst du an diesen verkauft werden?' Als sie ihn anblickte und sah, daß er triefäugig war, rief sie: ‚Der da hat Triefaugen! Wie kannst du mich an ihn verkaufen? Von ihm hat einer der Dichter gesagt:

> *Dem Manne, dem das Auge trieft,*
> *Zerstört sein Leiden alle Kraft.*
> *Ihr Leute, bleibet stehn und seht,*
> *Was dort der Staub im Auge schafft!'*

Da führte der Makler sie wieder fort, brachte sie zu einem anderen Kaufmann und sprach zu ihr: ‚Willst du ihm verkauft werden?' Doch da sie sah, daß jener einen langen Bart hatte, antwortete sie dem Makler: ‚Heda, dieser Mann ist ein Widder, dem der Schwanz aus dem Halse wächst! Wie kannst du mich an ihn verkaufen, du unseligster der Makler? Hast du nie gehört, daß alle Langbärte kurzen Verstand haben und daß, je länger der Bart, desto geringer der Verstand ist? Das ist unter den Verständigen bekannt, wie ja auch der Dichter dafür die Worte fand:

> *Wenn je dem Mann mit langem Bart*
> *Der Bart die äußre Würde wahrt,*
> *So wird, je kürzer sein Verstand,*
> *Doch immer länger ihm der Bart.*

Oder wie ein anderer Dichter von ihm sagt:

> *Wir haben einen Freund, und der hat einen Bart;*
> *Den machte Allah lang, so daß er nutzlos wallt.*
> *Es ist, als wäre er gleich einer Winternacht,*
> *So voller Finsternis, so lang und auch so kalt.'*

Nun aber packte der Makler sie und ging mit ihr zurück. ‚Wohin gehst du mit mir?' fragte sie ihn; und er antwortete ihr: ‚Zu deinem Herrn, dem Perser; mir genügt, was mir an diesem Tage schon um deinetwillen widerfahren ist. Du hast durch deinen Mangel an feiner Sitte uns beide, mich und ihn, um unseren Verdienst gebracht.' Doch sie schaute auf dem Markte umher, blickte nach rechts und nach links, vorwärts und rückwärts; da wollte es das Geschick, daß ihr Auge auf Nur ed-Dîn 'Alî, den Kairiner, fiel, und sie erkannte in ihm einen schönen Jüngling, mit Wangen so blank, von Wuchse so schlank, der erst vierzehn Jahre zählte, herrlich an Schönheit und Lieblichkeit, Anmut und Zierlichkeit, gleich dem vollen Mond, wenn er in der vierzehnten Nacht am Himmel thront, mit einer Stirne blütenrein, einer Wange von rötlichem Schein, einem Halse wie Marmorstein, Zähnen wie Juwelenreihn und Lippentau süßer als Zuckerwein, wie einer, der ihn beschrieb, gesagt hat:

*Seine große Schönheit lockte einst zum Wettstreit in die Reihn
Volle Monde und Gazellen; doch ich sagte: ‚Haltet ein!
Haltet euch zurück, Gazellen, und vergleichet euch doch nicht
Diesem Schönen, und ihr Monde, scheuet euch vor dem Gericht!'*

Und wie schön ist das Wort eines anderen Dichters:

*Mein Freund ist schlank; aus seinen Haaren, seiner Stirne
Entstehen Finsternis und Licht auf Erden hier.
Das Mal auf seiner Wange soll euch nicht verwundern;
Der schwarze Fleck ist jeder Anemone Zier.*

Als nun jene Maid auf Nûr ed-Dîn schaute, war es, als ob ihr Verstand von ihr wiche, und ihre Seele ward von heftiger Leidenschaft zu ihm ergriffen, ja, ihr ganzes Herz ward von der Liebe zu ihm erfüllt. – –«

Da bemerkte Schehrezâd, daß der Morgen begann, und sie hielt in der verstatteten Rede an. Doch als die *Achthundertunddreiundsiebenzigste Nacht* anbrach, fuhr sie also fort: »Es ist mir berichtet worden, o glücklicher König, daß der Sklavin Herz, als sie 'Alî Nûr ed-Dîn erblickte, ganz von der Liebe zu ihm erfüllt ward. Da wandte sie sich zu dem Makler und sprach zu ihm: ‚Wird nicht der junge Kaufmann dort, der zwischen den Kaufherren sitzt, angetan mit dem gestreiften Ärmelgewand, ein wenig mehr für mich bieten?' ‚O Herrin der Schönen,' erwiderte ihr der Makler, ‚dieser Jüngling ist ein Fremdling aus Kairo, und sein Vater gehört dort zu den größten Kaufherren und hat mehr Ansehen als alle Kaufleute und Großen jener Stadt. Erst vor kurzer Zeit ist er in diese Stadt gekommen, und er wohnt bei einem der Freunde seines Vaters; aber er hat noch nicht auf dich geboten, weder mehr noch weniger.' Als die Maid die Worte des Maklers vernommen hatte, zog sie einen kostbaren Siegelring mit einem Rubin von ihrem Finger und sprach zu dem Makler: ‚Führe mich zu dem schönen Jüngling dort; und wenn er mich kauft, so soll dieser Ring dir gehören als Entgelt für die Mühe, die du heute mit mir gehabt hast!' Erfreut ging der Makler mit ihr zu Nûr ed-Dîn; und als sie vor ihm stand, betrachtete sie ihn genau und sah von neuem, daß er dem vollen Monde glich, so herrlich war seine Lieblichkeit, so zart seines Wuchses Ebenmäßigkeit, wie einer von denen, die ihn beschrieben, ihm die Verse weiht:

> *Auf seinem Antlitz glänzt der Schönheit heller Strahl;*
> *Aus seinen Blicken eilen Pfeile allzumal.*
> *Und wer ihn liebt, erstickt, wenn er das bittre Leid*
> *Der Härte kostet; seine Gunst bringt Seligkeit.*
> *Der hellen Stirn, dem Wuchs ist meine Lieb geweiht –*
> *Vollkommnes dem Vollkommnen in Vollkommenheit!*
> *Und siehe, auf ihm ruht das liebliche Gewand,*
> *Geknüpft wie um den Neumond mit des Halses Band.*
> *Wenn um das Aug, die Male meine Träne weint,*
> *Ist Nacht mit dunkler Nacht in Trauernacht vereint.*
> *Mein Leib und seine Braue und sein Angesicht*
> *Sind Neumond bei dem Neumond in des Neumonds Licht.*
> *Und seine Augen reichen einen Becher Wein*
> *Den Freunden; der ist süß, mag er auch bitter sein.*
> *Er stillte meinen Durst mit einem klaren Trank*
> *Vom frohen Mund, als er in meine Arme sank.*
> *Daß er mein Blut vergießt und mich dem Tode weiht,*
> *Gilt ihm als rechtes Recht und als Gerechtigkeit.*

Als die Maid so auf Nûr ed-Dîn schaute, sprach sie zu ihm: ‚Mein Gebieter, um Allahs willen, bin ich nicht schön?' Er gab ihr zur Antwort: ‚Du Herrin der Schönen, gibt es in der Welt eine Schönere als dich?' Dann fuhr sie fort: ‚Warum hast du denn zugesehen, wie die Kaufleute immer höher auf mich boten, und hast geschwiegen, ohne ein Wort zu sagen, ohne auch nur einen einzigen Dinar mehr für mich zu bieten, als gefiele ich dir nicht, mein Gebieter?' ‚Ach, meine Herrin,' sagte er darauf, ‚wenn ich in meiner Heimat wäre, so würde ich dich mit allem Gelde, das ich besitze, gekauft haben.' Da erwiderte sie ihm: ‚Mein Gebieter, ich sage dir nicht, du sollest mich wider Willen kaufen; aber wenn du nur ein wenig zu meinem Preise hinzufügen wolltest, so würde das mein Herz beruhigen, auch wenn du mich nicht kauftest. Denn dann würden die Kaufleute sagen: ‚Wäre diese Sklavin nicht schön, so hätte dieser Kaufmann aus Kairo nicht höher auf sie geboten, denn die Kairiner sind Kenner in Sklavinnen.' Nun ward Nûr ed-Dîn durch die Worte, die das Mädchen sprach, beschämt, und sein Antlitz errötete; und alsbald fragte er den Makler: ‚Wie hoch ist der Preis dieser Sklavin gestiegen?' Jener antwortete: ‚Auf neunhundertundsechzig[1] Dinare; dazu kommen noch die Maklergebühren, aber die Abgabe an den Sultan fällt dem Verkäufer zur Last.' Da sprach Nûr ed-Dîn zu dem Makler: ‚Gib sie mir für tausend Dinare, Preis und Maklergebühren!' Die Sklavin eilte darauf zurück, indem sie den Makler stehen ließ, und rief: ‚Ich verkaufe mich diesem schönen Jüngling um tausend Dinare!' Nûr ed-Dîn aber schwieg. Da sprach einer: ‚Wir verkaufen sie ihm', und ein anderer: ‚Er verdient sie.' Ein dritter rief: ‚Verflucht und der Sohn eines Verfluchten ist einer, der mehr bietet, aber nicht kauft!' Und ein vierter: ‚Bei Allah, sie passen zueinander!' Und ehe Nûr ed-Dîn sich dessen versah, brachte der Makler schon die Kadis und die Zeugen; und sie schrieben den Vertrag über Kauf und Verkauf auf ein Blatt, und der Makler reichte es Nûr ed-Dîn hin mit den Worten: ‚Nimm deine Sklavin in Empfang, und Allah gesegne sie dir; denn sie gebührt nur dir allein, und nur du passest für sie!' Und dann sprach der Makler diese Verse:

1. Im Arabischen versehentlich ‚neunhundertundfünfzig'.

*Das Glück kam zu ihm als gefesselte Maid,
Sie schleifte die Säume am wallenden Kleid.
Und keinem gebührt sie als ihm nur allein –
Auch er kann für sie nur der Würdige sein.*

Nûr ed-Dîn schämte sich vor den Kaufleuten und ging alsobald hin und wägte die tausend Dinare ab, die er bei dem Spezereienhändler, dem Freunde seines Vaters, hinterlegt hatte. Dann führte er die Sklavin in das Gemach, das ihm jener alte Spezereienhändler zum Wohnen angewiesen hatte. Als sie dort eintrat, sah sie in ihm einen zerfetzten Teppich und eine alte Lederdecke; da sprach sie zu ihm: ‚Mein Gebieter, habe ich denn gar kein Ansehen bei dir? Verdiene ich nicht, daß du mich in dein eigenes Haus führst, in dem deine Sachen sich befinden? Warum bringst du mich nicht in deines Vaters Haus?' ‚Bei Allah, o Herrin der Schönen,' erwiderte Nûr ed-Dîn ihr, ‚dies ist das Haus, in dem ich wohne; aber es gehört einem alten Spezereienhändler, einem Einwohner dieser Stadt, der hat es mir angewiesen, daß ich darin wohnen kann. Ich habe dir schon gesagt, daß ich hier ein Fremdling bin und zu den Söhnen der Stadt Kairo gehöre.' Da sprach sie zu ihm: ‚Mein Gebieter, das geringste der Häuser genügt mir, bis du in deine Heimat zurückkehrst. Doch, lieber Herr, um Allahs willen, geh hin und hole uns etwas gebratenes Fleisch, dazu Wein, Naschwerk und Früchte!' Nûr ed-Dîn aber erwiderte ihr: ‚Bei Allah, o Herrin der Schönen, ich hatte kein Geld bei mir außer den tausend Dinaren, die ich als Preis für dich abgewägt habe, und ich besitze nun kein anderes Geld mehr; ich hatte noch einige Dirhems, die habe ich gestern ausgegeben.' Darauf sagte sie zu ihm: ‚Hast du in dieser Stadt keinen Freund, von dem du fünfzig Dirhems borgen kannst, auf daß du sie mir bringst und ich dir sage, was du mit ihnen tun sollst?' ‚Ich habe keinen Freund außer dem Spezereienhändler', antwortete er und begab sich sofort zu diesem und sprach zu ihm: ‚Friede sei mit dir, lieber Oheim!' Der Alte erwiderte seinen Gruß und sprach zu ihm: ‚Mein Sohn, was hast du heute für die tausend Dinare gekauft?' Der Jüngling gab zur Antwort: ‚Ich habe für sie eine Sklavin gekauft.' Da rief der Alte: ‚Mein Sohn, bist du von Sinnen, daß du eine einzige Sklavin für tausend Dinare kaufst? Ich möchte wissen, welcher Art diese Sklavin ist!' Nûr ed-Dîn erwiderte: ‚Lieber Oheim, sie ist eine Maid von den Töchtern der Franken.' – –«

Da bemerkte Schehrezâd, daß der Morgen begann, und sie hielt in der verstatteten Rede an. Doch als die *Achthundertundvierundsiebenzigste Nacht* anbrach, fuhr sie also fort: »Es ist mir berichtet worden, o glücklicher König, daß Nûr ed-Dîn zu dem alten Spezereienhändler sprach: ‚Sie ist eine Maid von den Töchtern der Franken.' Darauf erwiderte der Alte: ‚Wisse, mein Sohn, die besten von den Töchtern der Franken kosten bei uns in dieser Stadt nur hundert Dinare. Bei Allah, mein Sohn, mit dieser Sklavin bist du betrogen worden. Wenn sie dir gefällt, so verbringe diese eine Nacht bei ihr und stille dein Begehren an ihr! Morgen aber führe sie wieder auf den Markt und verkaufe sie, auch wenn du zweihundert Dinare an ihr verlieren solltest! Nimm an, du hättest Schiffbruch erlitten oder Räuber hätten dich unterwegs überfallen!' Nûr ed-Dîn antwortete: ‚Deine Worte sind recht; doch, lieber Oheim, du weißt ja, daß ich nur die tausend Dinare besaß, für die ich die Sklavin gekauft habe, und daß mir nicht ein einziger Dirhem übrig geblieben ist, den ich ausgeben könnte. Nun möchte ich, daß du in deiner Güte und Huld mir fünfzig Dirhems leihest, für die ich bis morgen etwas kaufen kann. Dann will ich die Sklavin wieder verkaufen und dir von dem Erlös für sie das

Geld zurückzahlen.' Da sagte der Alte: ‚Die will ich dir gern geben, mein Sohn.' Und nachdem er ihm fünfzig Dirhems abgewägt hatte, fuhr er fort: ‚Lieber Sohn, du bist ein Jüngling, jung an Jahren, und diese Sklavin ist schön. Nun wird sich vielleicht dein Herz an sie hängen, und dann wird es dir nicht leicht werden, sie zu verkaufen. Du besitzest aber nichts, das du ausgeben könntest, und wenn du mit diesen fünfzig Dirhems fertig geworden bist, so wirst du wieder zu mir kommen, und ich werde dir wieder Geld leihen, einmal, zweimal, dreimal bis zum zehnten Male. Kommst du aber dann noch wieder zu mir, so werde ich dir den Gruß unseres Glaubens nicht erwidern, und du wirst unserer Freundschaft mit deinem Vater ein Ende bereiten.' Darauf gab ihm der Scheich die fünfzig Dirhems, Nûr ed-Dîn nahm sie hin und brachte sie der Sklavin; die sprach zu ihm: ‚Mein Gebieter, geh sogleich zum Basar und hole uns für zwanzig Dirhems gefärbte Seide in fünf Farben; und für die übrigen dreißig Dirhems kaufe uns Fleisch, Brot, Früchte, Wein und Blumen.' So begab er sich denn zum Basar und kaufte dort alles, was jene Sklavin verlangt hatte, und brachte es ihr. Da erhob sie sich sofort, streifte ihre Ärmel auf, kochte die Speisen und bereitete sie aufs beste zu; dann setzte sie ihm das Mahl vor, und die beiden aßen miteinander, bis sie sich gesättigt hatten. Schließlich trug sie den Wein auf und trank mit ihm; und indem sie ihm freundlich zuredete, gab sie ihm so lange Wein zu trinken, bis er trunken ward und einschlief. Nun aber erhob die Maid sich alsbald, entnahm ihrem Bündel eine Tasche von Leder aus Tâif[1], öffnete die und holte aus ihr zwei Nadeln hervor; dann setzte sie sich nieder und arbeitete so lange, bis sie ihr Werk vollendet hatte; das war ein schöner Gürtel, und den hüllte sie, nachdem sie ihn ge-

1. Eine Stadt in Arabien, südlich von Mekka.

säubert und geglättet hatte, in ein Tuch und legte das Ganze unter das Kissen. Danach nahm sie ihre Kleider ab, legte sich neben Nûr ed-Dîn nieder und knetete ihn, bis er aus seinem Schlafe erwachte. Nun fand er neben sich eine Maid, die da war wie reines Silber, weicher als Seide und zarter als der Fettschwanz des Schafes, sichtbarer als ein Panier, und schöner als unter Kamelen das rote Tier[1]; fünf Fuß hoch war ihre Gestalt, ihre Brüste waren fest geballt; die Brauen geschweift gleich den Bogen, von denen die Pfeile schnellen, ihre Augen gleich den Augen der Gazellen; die Wangen schienen Anemonen zu sein, der Rumpf war zart und fein; der Leib voll kleiner Falten, der Nabel konnte eine Unze von Behennußöl enthalten; und ihre Schenkel waren weich, zwei Kissen aus Straußendaunen gleich; doch dazwischen lag, was keine Zunge zu schildern vermag, bei dessen Erwähnung die Träne schon weint; und es war, als hätte der Dichter sie mit diesen Versen gemeint:

> *Nacht entstammet ihren Haaren, ihrem Scheitel Morgenrot;*
> *Ihren Wangen Rosenblüten, ihrem Lippentau der Wein.*
> *Paradies ist ihre Nähe, doch ihr Fernsein Höllentod;*
> *Aus den Zähnen stammen Perlen, aus dem Antlitz Vollmondschein.*

Und wie trefflich ist das Wort eines anderen Dichters:

> *Sie kommt dem Monde gleich, sie neigt sich gleich der Weide;*
> *Sie blickt gazellengleich; ihr Hauch ist Ambra fein.*
> *Es ist, als sei der Gram mir fest ins Herz geschmiedet;*
> *Wenn sie von dannen geht, so findet er sich ein.*
> *Ihr Antlitz überstrahlt der Plejaden Glanz;*
> *Und ihrer Stirne Licht beschämt den Neumond ganz.*

Und ein dritter Dichter sagt:

> *Wie Monde strahlen sie, entschleiern ihre Sicheln,*
> *Sie neigen sich wie Zweige, blicken Rehen gleich.*

---

1. Die roten Kamele gelten als die edelsten; daher bezeichnet der Ausdruck ‚rotes Kamel‘ auch alles Wertvolle und Vortreffliche.

> *Und Schwarzgeäugte strahlen dort; und ihre Schönheit*
> *Macht sie durch der Plejaden*[1] *Gunst an Gütern reich.*

Und sofort wandte Nûr ed-Dîn sich der Sklavin zu und zog sie an seine Brust, sog erst an ihrer Unterlippe, dann an ihrer Oberlippe und ließ schließlich die Zunge zwischen den Lippen in ihren Mund gleiten. Dann kam er über sie, und ihm ward offenbar, daß sie eine undurchbohrte Perle und ein ungebrochenes Füllen war. Er nahm ihr das Mädchentum und konnte ihre Gunst genießen, und ein unlösliches, untrennbares Band der Liebe begann sie zu umschließen. Er ließ Küsse auf ihre Wange fallen, gleichwie die Kiesel ins Wasser sausen, und regte sich wie die fliegenden Lanzen in Kampfesgrausen. Denn Nûr ed-Dîn sehnte sich danach, Nacken zu umschlingen und Lippen saugend zu bezwingen, Locken frei wallen zu lassen und Rümpfe eng zu umfassen, die Zähne in Wangen zu drücken und sich eng an Brüste zu rücken, mit Kairiner Bewegungen und jemenischen Regungen, mit abessinischem Liebesstöhnen und der Hingabe von Indiens Söhnen, mit nubischer Brunst und unterägyptischer Kunst, mit dem Schluchzen, wie es in Damietta bekannt, der Glut wie im oberägyptischen Land, und der Weltvergessenheit, wie sie die Alexandriner übermannt. Und dieser Maid waren all diese Vorzüge geweiht, zusamt ihrer übergroßen Lieblichkeit und Zierlichkeit, wie der Dichter von ihr singt:

> *In all der Zeit kann ich sie nimmermehr vergessen;*
> *Ich nahe keinem je, der sie nicht nahe bringt.*
> *Es ist, als sei sie nach des Vollmonds Bild erschaffen,*
> *Daß ihrem Herrn und Schöpfer Lob und Preis erklingt.*
> *Ist meine Sünde groß, weil ich sie lieb, so bin ich,*
> *Wenn ich sie sehe, doch zur Reue nicht bereit.*

1. Die Plejaden bringen Regen und Fruchtbarkeit und sind daher ein Glücksgestirn.

Sie raubte mir den Schlaf, sie brachte Leid und Qualen;
Mein Herze staunt verwirrt ob ihrer Wesenheit.
Ich sang ein Liebeslied, das andre nie verstehen
Als nur der Jüngling, der den Sinn der Lieder kennt.
Ach, niemand weiß von Sehnsucht, wenn sie ihn nicht quälte;
Die Liebe kennt nur der, in dessen Herz sie brennt.

So ruhte nun Nûr ed-Dîn bei jener Maid bis zur Morgensonne in Freude und Wonne. – –«

Da bemerkte Schehrezâd, daß der Morgen begann, und sie hielt in der verstatteten Rede an. Doch als die *Achthundertundfünfundsiebenzigste Nacht* anbrach, fuhr sie also fort: »Es ist mir berichtet worden, o glücklicher König, daß Nûr ed-Dîn bei jener Maid ruhte bis zur Morgensonne in Freude und Wonne, angetan mit der Umarmung festgeknüpftem Kleid, sicher vor der Nächte und des Tages Leid; die beiden verbrachten die Nacht im schönsten Beieinandersein, und im trauten Verein brauchten sie um Geschwätz und Gerede nicht besorgt zu sein; wie ein Dichter der Trefflichkeit ihnen diese Worte weiht:

Geh hin zu deinem Lieb und laß des Tadlers Worte!
Denn wer da neidet, ist der Liebe niemals gut.
Ach, der Erbarmer schuf nie einen schönren Anblick,
Als wenn ein liebend Paar auf Einem Bette ruht.
Umschlungen liegen sie, bedeckt vom Kleid der Freude;
Als Kissen dienen ihnen beiden Arm und Hand,
Und sind die Herzen dann in treuer Lieb verbunden,
Zerschlägt auf Erden keiner solch ein stählern Band.
Der du die Liebe an dem Volk der Liebe tadelst,
Kannst du dem kranken Herzen wohl ein Retter sein?
Wenn dir in deinem Leben je ein Treuer nahet,
Ein solcher Freund ist trefflich. Leb für ihn allein!

Als nun der Morgen sich erhob und die Welt mit seinen leuchtenden Strahlen durchwob, erwachte Nûr ed-Dîn aus seinem Schlafe und sah, wie die Maid schon Wasser gebracht hatte.

Da vollzogen beide die religiöse Waschung, und er sprach die Gebete, die er seinem Herrn schuldig war. Darauf brachte sie ihm ein wenig zu essen und zu trinken, und er aß und trank. Schließlich aber griff die Maid mit ihrer Hand unter das Kissen, zog den Gürtel hervor, den sie in der Nacht gearbeitet hatte, und reichte ihn dem Jüngling, indem sie sprach: ‚Mein Gebieter, nimm diesen Gürtel an dich!' Er fragte alsbald: ‚Woher ist dieser Gürtel?' Und sie fuhr fort: ‚Mein Gebieter, dies ist die Seide, die du gestern um zwanzig Dirhems gekauft hast! Jetzt mache dich auf und trag ihn zum Basar der Perser; gib ihn dem Makler, daß er ihn zum Verkauf ausrufe, aber verkaufe ihn nur für zwanzig Dinare, bar in die Hand!' ‚O Herrin der Schönen,' erwiderte er, ‚kann etwas, das zwanzig Dirhems gekostet hat, für zwanzig Dinare verkauft werden, wenn es in einer einzigen Nacht gearbeitet ist?' Darauf sagte sie zu ihm: ‚Mein Gebieter, du kennst seinen Wert nicht; bring ihn nur auf den Markt und gib ihn dem Makler, und wenn er ihn ausruft, so wird dir der Wert des Gürtels offenbar werden!' Da nahm Nûr ed-Dîn den Gürtel von der Maid entgegen, trug ihn zum Basar der Perser und gab ihn dem Makler, indem er ihm befahl, ihn auszurufen; er selbst aber setzte sich auf die Bank vor einem Laden. Der Makler ging fort, und als er nach einer Weile zurückkehrte, sprach er zu dem Jüngling: ‚Wohlan, mein Herr, nimm den Erlös für deinen Gürtel in Empfang, er hat zwanzig Dinare eingebracht, bar in die Hand!' Als Nûr ed-Dîn diese Worte von dem Makler hörte, verwunderte er sich gar sehr und tanzte vor Freuden hin und her. Dann ging er hin, um die zwanzig Dinare zu holen, aber er schwankte noch zwischen Glauben und Unglauben. Doch als er das Geld erhalten hatte, ging er auf der Stelle fort und kaufte dafür Seide von allen Farben, damit die Maid Gürtel daraus verfertige. Darauf kehrte er nach Hause zurück und gab ihr die Seide, indem er sprach: ‚Mache all das zu Gürteln und lehre auch mich die Kunst, auf daß ich mit dir arbeiten kann; denn in meinem ganzen Leben habe ich noch nie eine schönere Kunst gesehen als diese, noch auch eine, die reicheren Gewinn einträgt! Bei Allah, sie ist tausendmal schöner als das Kaufmannsgewerbe!' Die Maid lächelte über seine Worte und sprach zu ihm: ‚Lieber Herr Nûr ed-Dîn, geh zu deinem Freunde, dem Spezereienhändler, und borge von ihm dreißig Dirhems. Morgen kannst du sie ihm aus dem Erlös des Gürtels zurückzahlen mitsamt den fünfzig Dirhems, die du bereits von ihm geliehen hast!' Da machte er sich auf und ging zu seinem Freunde, dem Spezereienhändler, und sprach zu ihm: ‚Lieber Oheim, leih mir noch dreißig Dirhems; morgen, so Allah der Erhabene will, werde ich dir die achtzig Dirhems zusammen wiedergeben.' Der Alte wägte ihm dreißig Dirhems ab, Nûr ed-Dîn nahm sie und ging damit auf den Markt; dort kaufte er Fleisch und Brot, Naschwerk, Früchte und Blumen, wie er es am Tage zuvor getan hatte, und brachte alles der Maid. Der Name jener Maid aber war Marjam die Gürtlerin. Nachdem sie nun das Fleisch erhalten hatte, begann sie alsobald prächtige Speisen zu bereiten, und die setzte sie ihrem Herrn Nûr ed-Dîn vor. Dann richtete sie den Weintisch und trat selber herzu, um mit ihm zu trinken; und sie schenkte ihm ein und reichte ihm den Becher, und auch er füllte ihn und gab ihr zu trinken. Wie nun der Wein ihnen beiden die Sinne betörte, gefielen ihr seine anmutige Art und sein feines Wesen, und sie sprach diese Verse:

> *Ich sprach zum Schlanken, als er aus dem Becher trank,*
> *In den der Moschusduft von seinem Odem sank:*
> *‚Ward der gepreßt aus deinen Wangen?' Er sprach: ‚Nein!*
> *Seit wann denn preßt man aus den Rosenblättern Wein?'*

So zechten die Maid und Nûr ed-Dîn miteinander, und immer wieder ward ihm von ihrer Hand Becher und Schale dargebracht, und sie bat ihn, ihr einzuschenken und sie zu tränken mit dem, was die Seelen fröhlich macht. Doch jedesmal, wenn er die Hand nach ihr ausstreckte, zog sie sich von ihm zurück in tändelndem Spiel, so daß ihm in der Trunkenheit ihre Schönheit und Anmut noch immer mehr gefiel; und da sprach er diese Verse:

> *Eine Schlanke, die den Wein begehrte, sprach zum Trautgesell,*
> *Als er sorgte, daß sich ihr die Lust am Freudentag vergäll:*
> *‚Reichst du mir den Kelch des Weines nicht zum Trunke in die Hand,*
> *Magst du ferne von mir nächten!' Und er ward von Furcht gebannt.*

In dieser Weise tranken die beiden miteinander, bis die Trunkenheit ihn übermannte und er einschlief. Nun machte sie sich sofort an ihr Werk und begann nach ihrer Gewohnheit an einem Gürtel zu arbeiten. Als sie damit fertig war, säuberte sie ihn und hüllte ihn in ein Blatt Papier; dann legte sie ihre Gewänder ab und ruhte ihm zur Seite bis zum Morgen. – –«

Da bemerkte Schehrezâd, daß der Morgen begann, und sie hielt in der verstatteten Rede an. Doch als die *Achthundertundsechsundsiebenzigste Nacht* anbrach, fuhr sie also fort: »Es ist mir berichtet worden, o glücklicher König, daß Marjam die Gürtlerin, als sie die Arbeit an dem Gürtel beendet, ihn gesäubert und in ein Blatt Papier gehüllt hatte, ihre Kleider ablegte und zur Seite des Jünglings ruhte bis zum Morgen; und sie waren beisammen in Liebesvereinigung. Dann erhob Nûr ed-Dîn sich und erfüllte seine Pflicht des Gebetes; und sie reichte ihm den Gürtel mit den Worten: ‚Trag ihn auf den Markt und verkaufe ihn für zwanzig Dinare, wie du gestern den ersten verkauft hast!' Da nahm er ihn hin, brachte ihn zum Basar und verkaufte ihn um zwanzig Dinare; dann begab er sich zu dem

Spezereienhändler und zahlte ihm die achtzig Dirhems zurück, indem er ihm für seine Güte dankte und den Segen des Himmels auf ihn herabrief. Der fragte ihn: ‚Mein Sohn, hast du die Sklavin verkauft?' Doch Nûr ed-Dîn erwiderte: ‚Willst du mein Unglück heraufbeschwören? Wie könnte ich die Seele aus meinem Leibe verkaufen?' Darauf erzählte er ihm sein Erlebnis von Anfang bis zu Ende und berichtete ihm alles, was geschehen war. Dessen freute sich der alte Spezereienhändler gar sehr, und seine Freude kannte keine Grenzen mehr; und er sprach: ‚Bei Allah, mein Sohn, du machst mich froh. So Gott will, möge es dir immer gut gehen! Wahrlich, ich will nur dein Bestes um meiner Liebe zu deinem Vater und der Dauer unserer Freundschaft willen.' Da verließ Nûr ed-Dîn den Scheich und begab sich alsbald zum Basar, kaufte Fleisch und Früchte, Wein und alles, was er brauchte, nach seiner Gewohnheit, und brachte es der Maid. Und von nun an blieben der Jüngling und die Maid ein ganzes Jahr zusammen bei Speise und Trank, in Frohsinn und Heiterkeit, in Liebe und trautem Verein. In jeder Nacht verfertigte sie einen Gürtel, und am nächsten Morgen verkaufte er ihn für zwanzig Dinare; von denen gab er so viel aus, wie er nötig hatte, während er das übrige der Maid gab, damit sie es für die Zeit der Not aufbewahre. Als aber das Jahr verstrichen war, sprach die Maid zu ihm: ‚O Nûr ed-Dîn, mein Gebieter, wenn du morgen den Gürtel verkaufst, so kaufe mir für den Erlös bunte Seide in sechs Farben! Denn ich gedenke ein Tuch zu machen, das du um deine Schultern legen sollst, so schön, wie sich seiner noch kein Kaufmannssohn, ja auch kein Königssohn erfreut hat.' Als danach Nûr ed-Dîn zum Basar gegangen war und den Gürtel verkauft hatte, kaufte er die bunte Seide, wie die Maid es ihm gesagt hatte, und brachte sie ihr. Und Marjam die Gürtlerin arbeitete eine volle Woche an dem Tuche; jede Nacht, wenn sie den Gürtel beendet hatte, arbeitete sie an dem Tuch, bis es fertig war. Darauf gab sie es Nûr ed-Dîn, und der legte es um die Schultern und ging auf dem Basar umher. Da blieben die Kaufherren und die vornehmen Leute der Stadt in Reihen um ihn stehen, um seine Schönheit und jenes Tuch, das so schön gearbeitet war, anzuschauen.

Nun begab es sich, daß Nûr ed-Dîn, als er eines Nachts im Schlafe ruhte, plötzlich aus dem Schlummer erwachte und hörte, wie seine Sklavin bitterlich weinte und diese Verse sprach:

> *Der Abschied vom Geliebten ist in nächster Näh –*
> *Ach, wehe ob der Trennung, weh, o Unglück, weh!*
> *Zersprungen ist mein Herz, ach, wehe meinem Leid*
> *Um all die Freudennächte in vergangner Zeit!*
> *Nun muß der Neider bald mit seinem bösen Spiel*
> *Der Augen auf uns schaun; und er gewinnt sein Ziel.*
> *Ach, größres Unheil als der Neid bedroht uns nicht,*
> *Wenn uns das Aug der Späher und Verleumder sticht.*

Da fragte er sie: ‚O Marjam, meine Gebieterin, was ist dir, daß du weinst?' Sie gab ihm zur Antwort: ‚Ich weine ob der Qual der Trennung; denn mein Herz fühlt sie schon.' ‚O Herrin der Schönen,' rief er, ‚wer sollte uns denn trennen können, da ich dich doch von allen Geschöpfen am innigsten liebe und am zärtlichsten hege?' Und sie entgegnete: ‚Ach, ich liebe dich zwiefach so sehr wie du mich; doch wenn die Menschen zu gut von den Schicksalsmächten denken, so geraten sie in Leid; und schön spricht der Dichter in seinen Worten:

> *Du dachtest gut von Tagen, wenn sie günstig waren;*
> *Und auf des Schicksals Drohen gabst du keine acht.*
> *Du ließest von der Nächte Frieden dich umgaukeln;*
> *Doch oftmals kommt das Dunkel auch in klarer Nacht.*
> *Am Himmel stehen Sterne, ungezählte Scharen;*
> *Allein die Finsternis bedeckt nur Sonn und Mond.*

Wie viele Bäume sind auf Erden, grüne, kahle!
Doch nur was Früchte trägt, wird nicht vom Stein verschont.
Du siehst ja, wie im Meer das Aas nach oben treibt,
Die Perle aber drunten in der Tiefe bleibt.

Dann fuhr sie fort: ‚O Nûr ed-Dîn, mein Gebieter, wenn du willst, daß wir nicht getrennt werden, so nimm dich vor einem fränkischen Manne in acht, der auf dem rechten Auge blind und am linken Beine lahm ist! Er ist ein alter Mann, mit dunklem Gesicht und struppigem Bart, und er wird die Ursache unserer Trennung sein. Ich hab gesehen, daß er in diese Stadt gekommen ist, und ich glaube, daß er nur um mich zu suchen hier ist.' Nûr ed-Dîn sagte darauf: ‚O Herrin der Schönen, wenn meine Augen ihn erblicken, so schlage ich ihn tot und mache ihn zu einem warnenden Beispiel!' Doch Marjam rief: ‚Mein Gebieter, töte ihn nicht! Sprich nicht mit ihm und laß dich nicht auf Kauf und Verkauf mit ihm ein, verkehr nicht mit ihm, sitz und geh nicht mit ihm, ja, wechsle kein einziges Wort mit ihm! Ich flehe zu Allah, daß er uns vor des Mannes Unheil und Tücke bewahre!' Als es Morgen ward, nahm Nûr ed-Dîn den Gürtel, trug ihn zum Basar und setzte sich auf die Bank vor einem Laden, um mit den Söhnen der Kaufleute zu plaudern. Doch da kam Schläfrigkeit über ihn, und er schlief auf jener Ladenbank ein. Während er nun dort schlummerte, geschah es, daß jener Franke, begleitet von sieben anderen Franken, zur selben Zeit über den Markt kam. Da sah er, wie Nûr ed-Dîn auf der Bank lag, das Gesicht mit jenem Tuch bedeckt, dessen einen Zipfel er in der Hand hielt. Der Franke setzte sich neben ihm nieder, nahm den Zipfel des Tuchs und wandte ihn in seiner Hand hin und her; das tat er eine Weile, bis Nûr ed-Dîn es bemerkte und aus dem Schlaf erwachte. Nun sah er den Franken, den die Maid ihm beschrieben hatte, wirklich zu seinen Häupten sitzen, und da schrie er ihn mit einem lauten Schrei an, so daß jener erschrocken auffuhr und zu ihm sprach: ‚Warum schreist du uns so an? Haben wir dir denn etwas gestohlen?' Doch Nûr ed-Dîn rief: ‚Bei Allah, Verfluchter, hättest du mir etwas gestohlen, so würde ich dich zum Wachthauptmann schleppen!' Der Franke aber fuhr fort: ‚Du Muslim, bei deinem Glauben und bei dem, was dir heilig ist, sage mir, woher du dies Tuch hast!' Und Nûr ed-Dîn antwortete: ‚Es ist die Arbeit meiner Mutter.' – –«

Da bemerkte Schehrezâd, daß der Morgen begann, und sie hielt in der verstatteten Rede an. Doch als die *Achthundertundsiebenundsiebenzigste Nacht* anbrach, fuhr sie also fort: »Es ist mir berichtet worden, o glücklicher König, daß Nûr ed-Dîn, als der Franke ihn fragte, wer jenes Tuch gemacht habe, ihm zur Antwort gab: ‚Es ist die Arbeit meiner Mutter; sie hat es für mich mit eigener Hand verfertigt.' Nun fragte der Franke weiter: ‚Willst du es mir verkaufen und das Geld dafür von mir in Empfang nehmen?' ‚Bei Allah, du Verfluchter,' rief Nûr ed-Dîn, ‚ich verkaufe es nicht, weder dir noch einem andern. Sie hat nur dies eine gemacht, und zwar allein für mich.' ‚Verkaufe es mir, ich will dir auf der Stelle fünfhundert Dinare dafür geben; und laß sie, die es für dich gemacht hat, dir ein anderes, schöneres verfertigen.' ‚Ich verkaufe es nie und nimmer, denn es gibt in dieser ganzen Stadt nicht seinesgleichen.' ‚Lieber Herr, willst du es mir nicht einmal für sechshundert Dinare feinen Goldes verkaufen?' Und nun bot der Franke immer je hundert Dinare mehr, bis er neunhundert geboten hatte. Da sagte Nûr ed-Dîn: ‚Allah wird mir schon anderen Verdienst schenken als durch diesen Verkauf. Ich will es nie und nimmer verkaufen auch nicht für zweitausend Dinare oder noch mehr!' Aber jener Franke ließ nicht ab, den Jüngling mit Geldangeboten für das Tuch in Versuchung zu führen, und nun bot er gar tausend Dinare. Da sagten einige von den Kaufleuten, die zugegen waren: ‚Wir verkaufen dir dies Tuch; zahle diesen Preis!' Dennoch rief Nûr ed-Dîn: ‚Ich verkaufe es nicht, bei Allah!' Darauf sprach einer der Kaufleute zu ihm: ‚Bedenke, mein Sohn, dies Tuch ist hundert Dinare wert, wenn es hoch kommt und wenn sich jemand findet, der darauf begierig ist. Wenn nun dieser Franke im ganzen tausend Dinare dafür bezahlt, so gewinnst du neunhundert, und was willst du noch mehr als einen solchen Gewinn? Deshalb rate ich dir, verkaufe ihm dies Tuch und nimm die tausend Dinare an; dann sag der, die es für dich gemacht hat, sie solle dir ein anderes, schöneres verfertigen! So nimmst du diesem verfluchten Franken, dem Feinde unseres Glaubens, die tausend Dinare ab.' Aus Scheu vor den Kaufleuten verkaufte Nûr ed-Dîn dem Franken das Tuch um tausend Dinare, und der zahlte ihm das Geld in Gegenwart der Leute; doch als der Jüngling sich umwenden und zu seiner Sklavin Marjam gehen wollte, um ihr die frohe Botschaft von seinem Verdienst durch den Franken zu bringen, rief jener: ‚Ihr Herren Kaufleute, haltet den Herrn Nûr ed-Dîn zurück; denn ihr sollt mit ihm heute abend meine Gäste sein! Ich habe nämlich ein Faß alten griechischen Weines bei mir, dazu ein fettes Lamm, Früchte, Naschwerk und Blumen; deshalb erfreut mich heute abend durch eure Gesellschaft, und keiner von euch bleibe zurück!' Da sprachen die Kaufleute: ‚Lieber Herr Nûr ed-Dîn, wir wünschen, daß du an einem solchen Abend bei uns seiest, auf daß wir mit dir plaudern können, und wir bitten dich, du wollest in deiner Güte bei uns bleiben, so daß wir mit dir die Gäste dieses Franken sein können; er ist doch ein freigebiger Mann.' Dann beschworen sie ihn sogar bei dem Eide der Scheidung und hinderten ihn mit

Gewalt daran, nach Hause zu gehen. Und danach gingen sie sogleich hin, schlossen die Läden, nahmen Nûr ed-Dîn mit sich und begleiteten den Franken zu einem schönen, geräumigen Saal mit zwei Estraden. Dort hieß er sie sich setzen und breitete vor ihnen einen Tisch von wunderbarer Arbeit, ein herrliches Kunstwerk; darauf waren Gestalten von solchen, die das Herz zerbrechen, und anderen, denen es gebrochen ward, von Liebenden und Geliebten, von Bittenden und Gebetenen. Auf jenen Tisch stellte der Franke kostbare Schalen aus Porzellan und aus Kristall, die alle mit Naschwerk, Früchten und Blumen von köstlicher Art gefüllt waren. Darauf brachte er ihnen ein Faß voll alten griechischen Weines und befahl, ein fettes Lamm zu schlachten; und nachdem er ein Feuer entzündet hatte, begann er jenes Fleisch zu rösten und die Kaufleute damit zu speisen. Auch gab er ihnen von jenem Weine zu trinken, indem er sie durch Zeichen auf Nûr ed-Dîn hinwies, daß sie ihn zum Trinken ermuntern sollten; so schenkten sie ihm denn immerfort ein, bis er trunken ward und die Besinnung verlor. Als der Franke ihn nun im Rausche versunken sah, sprach er zu ihm: ‚Du erfreust uns heut abend durch deine Gesellschaft, lieber Herr Nûr ed-Dîn; willkommen, herzlich willkommen!' Und er, der Mann aus dem Frankenland, redete mit freundlichen Worten auf den Jüngling ein, trat nahe an ihn heran, setzte sich an seine Seite und flüsterte ihm eine Weile heimliche Worte zu; schließlich sprach er zu ihm: ‚Mein lieber Herr Nûr ed-Dîn, willst du mir nicht deine Sklavin verkaufen, jene, die du in Gegenwart dieser Kaufherren vor einem Jahre um tausend Dinare gekauft hast? Ich will dir sogleich fünftausend als Preis für sie zahlen, so gewinnst du viertausend Dinare.' Nûr ed-Dîn weigerte sich, aber jener Franke ließ nicht ab, ihm mit Speise und Trank zuzusetzen und in ihm den Wunsch nach dem Gelde zu erwecken, bis er ihm schließlich zehntausend Goldstücke für die Sklavin bot. Da lallte Nûr ed-Dîn in seinem Rausche vor all den Kaufleuten: ‚Ich verkaufe sie dir, her mit den zehntausend Dinaren!' Über diese Worte war der Franke aufs höchste erfreut, und er rief die Kaufleute zu Zeugen an; und nun verbrachten sie die Nacht bei Speise und Trank und in lauter Wonne bis zum Aufgang der Sonne. Darauf rief der Franke seine Diener und befahl ihnen: ‚Bringt das Geld!' Als sie es ihm gebracht hatten, zählte er vor Nûr ed-Dîn die zehntausend Dinare in barem Gelde hin und sprach zu ihm: ‚Mein lieber Herr Nûr ed-Dîn, nimm dies Geld als Preis für deine Sklavin, die du mir in der letzten Nacht in Gegenwart dieser muslimischen Kaufleute verkauft hast.' Aber Nûr ed-Dîn rief: ‚Du Verruchter, ich habe dir nichts verkauft, du belügst mich, ich habe ja gar keine Sklavinnen!' Der Franke jedoch fuhr fort: ‚Du hast mir deine Sklavin verkauft, und diese Kaufherren sind Zeugen wider dich für den Verkauf.' Und alle Kaufleute sagten: ‚Jawohl, Nûr ed-Dîn, du hast ihm deine Sklavin in unserer Gegenwart verkauft; wir sind Zeugen wider dich, daß du sie ihm für zehntausend Dinare verkauft hast. Wohlan, nimm das Geld, übergib ihm die Sklavin, und Allah wird dir statt ihrer eine bessere geben! Verdrießt es dich etwa, Nûr ed-Dîn, daß du eine Sklavin für tausend Dinare gekauft, ein und ein halbes Jahr ihre Schönheit und Anmut genossen, jeden Tag und jede Nacht dich ihrer Gesellschaft und ihrer Liebe erfreut hast, und daß du jetzt neuntausend Dinare mehr erhalten hast, als sie ursprünglich gekostet hat? Außerdem hat sie dir jeden Tag einen Gürtel gemacht, den du für zwanzig Dinare verkaufen konntest. Nach alledem weigerst du dich jetzt, sie zu verkaufen, und hältst den Gewinn für zu gering! Welcher Gewinn könnte größer sein als dieser Gewinn? Welcher Nutzen größer als dieser Nutzen? Wenn du sie liebst, nun wohl, du hast dich doch in dieser ganzen Zeit an ihr sättigen können: also nimm doch das Geld und kaufe dir eine andere, die noch schöner ist als sie! Oder auch wir wollen dir eine von unseren Töchtern vermählen gegen eine Morgengabe von weniger als die Hälfte dieses Preises. Die Tochter soll noch schöner sein als die Sklavin, und du kannst dann den Rest des Geldes als Kapital in deiner Hand behalten.' So redeten die Kaufleute unablässig auf Nûr ed-Dîn ein mit freundlichen und bestechenden Worten, bis er die zehntausend Dinare als Preis für die Sklavin annahm. Sofort ließ der Franke die Kadis und die Zeugen rufen, und sie schrieben ihm eine Urkunde darüber, daß er die Sklavin namens Marjam die Gürtlerin von Nûr ed-Dîn gekauft habe.

Während all dies mit Nûr ed-Dîn geschah, saß Marjam die Gürtlerin da und wartete auf ihren Herrn den ganzen Tag bis Sonnenuntergang und von Sonnenuntergang bis Mitternacht. Als ihr Herr auch dann noch nicht zu ihr zurückkehrte, ward sie bekümmert und begann bittere Tränen zu vergießen. Der alte Spezereienhändler hörte, wie sie weinte, und sandte seine Frau zu ihr; als die zu der Maid eintrat und ihre Tränen sah, sprach sie zu ihr: ‚Liebe Herrin, was ist dir, daß du weinst?' Jene gab zur Antwort: ‚Liebe Mutter, sieh, ich warte auf die Heimkehr meines Herren Nûr ed-Dîn; aber bis zu dieser Stunde ist er noch nicht gekommen, und ich fürchte, jemand hat meinetwegen eine List wider ihn ersonnen, damit er mich verkauft, und die List ist gelungen, so daß er mich wirklich verkauft hat.' – –«

Da bemerkte Schehrezâd, daß der Morgen begann, und sie hielt in der verstatteten Rede an. Doch als die *Achthundertundachtundsiebzigste Nacht* anbrach, fuhr sie also fort: »Es ist mir berichtet worden, o glücklicher König, daß Marjam die Gürtlerin zur Frau des Spezereienhändlers sprach: ‚Ich fürchte, jemand hat um meinetwillen eine List wider meinen Herrn ersonnen, damit er mich verkauft, und die List ist gelungen, so daß er mich wirklich verkauft hat.' Doch jene erwiderte ihr: ‚Liebe Herrin Marjam, wenn man deinem Herrn auch diesen Saal voll Gold böte, er würde dich nie verkaufen; denn ich kenne seine Liebe zu dir. Nein, liebe Herrin Marjam, es ist wohl eine Gesellschaft aus der Stadt Kairo von seinen Eltern eingetroffen, und er hat ihnen ein Gastmahl bereitet an der Stätte, an der sie abgestiegen sind, weil er sich schämte, sie hierher zu führen; denn diese Stätte wäre nicht geräumig genug für sie. Oder vielleicht ist ihr Stand auch zu gering, als daß er sie in sein eigenes Haus bringen könnte. Oder er will dich vor ihnen verbergen und verbringt die Nacht bei ihnen bis zum Morgen. So Allah der Erhabene will, wird er morgen früh wohlbehalten zu dir kommen. Darum belade deine Seele nicht mit Harm und Gram, meine Herrin; denn das ist sicher der Grund, weshalb er heute nacht von dir fern weilt! Sieh, ich will diese Nacht über bei dir bleiben und dich trösten, bis dein Herr heimkehrt!' Und so suchte die Frau des Spezereienhändlers die Sorgen Marjams zu verscheuchen und ihr Trost zuzusprechen, bis die Nacht ganz vorüber war. Als es aber Morgen ward, sah Marjam, wie ihr Herr Nûr ed-Dîn in die Gasse eintrat, begleitet von jenem Franken und umgeben von einer Schar von Kaufleuten. Kaum hatte sie ihn erblickt, so begann sie an allen Gliedern zu erbeben, ihre Farbe erblich, und sie begann zu schwanken wie ein Schiff auf hoher See im Sturm. Als die Frau des Spezereienhändlers das sah, sprach sie zu ihr: ‚Liebe Herrin Marjam, warum muß ich sehen, daß sich dein Anblick verwandelt, daß dein Antlitz erbleicht und deine Züge ganz erschlaffen?' Die Maid gab ihr zur Antwort: ‚Meine Herrin, bei Allah, mein Herz sagt mir, die Trennung ist nah und das Ende des Beisammenseins ist da!' Darauf begann sie zu stöhnen und in Seufzer auszubrechen, und sie hub an diese Verse zu sprechen:

> *Denke an den Abschied nie;*
> *Denn er bringt uns bittre Leiden!*
> *Wenn die Sonne untergeht,*
> *Wird sie bleich vor Schmerz im Scheiden.*
> *Doch bei froher Wiederkehr*
> *Geht sie auf im Strahlenmeer.*

Dann weinte Marjam so bitterlich, daß ihrem Schmerz kein anderer glich; denn sie war der Trennung gewiß. Und sie sprach zur Frau des Spezereienhändlers: ‚Liebe Herrin, sagte ich dir nicht, man würde wider meinen Herrn Nûr ed-Dîn eine List ersinnen, damit er mich verkaufe? Ich zweifle nicht, daß er mich in der vergangenen Nacht an diesen Franken verkauft hat, gerade den, vor dem ich ihn gewarnt habe. Doch Vorsicht hilft wider das Schicksal nicht, und jetzt ist dir die Wahrheit meiner Worte offenbar geworden.' Während sie so mit der alten Frau redete, trat auch schon ihr Herr Nûr ed-Dîn zu ihr ein; die Maid schaute ihn an und sah, daß seine Farbe erblichen war, daß er an allen Gliedern zitterte und daß Gram und Reue sein Antlitz durchfurchten. Da sprach sie zu ihm: ‚O Nûr ed-Dîn, mein Gebieter, mir scheint, du hast mich verkauft!' Er aber weinte bitterlich, stöhnte und seufzte und sprach diese Verse:

> *Dies ist der Lauf der Welt! Ach, Vorsicht bringt kein Heil!*
> *Hab ich gefehlt, so fehlt doch nie des Schicksals Pfeil.*
> *Hat Gott einmal dem Menschen Unglück zuerkannt,*
> *Und hat dann dieser auch Gehör, Gesicht, Verstand,*
> *So macht Er ihm die Ohren taub, das Auge blind,*
> *Zieht den Verstand aus ihm gleichwie ein Haar geschwind,*

> *Bis Er, wenn Er an ihm sein Werk vollendet hat,*
> *Verstand ihm wiedergibt; – der geht mit sich zu Rat.*
> *Drum frag von dem, was eintritt, niemals, wie's geschah;*
> *Denn alles hier ist nur durch Los und Schicksal da!*

Und nun begann Nûr ed-Dîn sich vor der Maid zu entschuldigen, indem er zu ihr sprach: ‚Bei Allah, o Marjam, meine Gebieterin, die Feder macht zur Tat, was Allah beschlossen hat. Die Leute haben eine List wider mich ersonnen, damit ich dich verkaufte; und die List ist gelungen, und ich habe dich wirklich verkauft. Wahrlich, ich habe mich aufs schwerste wider dich vergangen; aber vielleicht wird durch Ihn, der jetzt die Trennung über uns verhängt, dereinst in Gnaden ein Wiedersehen geschenkt.' Sie erwiderte ihm: ‚Ich habe dich davor gewarnt; denn ich ahnte das Unheil.' Darauf zog sie ihn an ihre Brust, küßte ihn auf die Stirn und sprach diese Verse:

> *Bei deiner Liebe, nie vergeß ich deine Freundschaft,*
> *Wenn auch die heiße Sehnsucht mich zu Tode plagt!*
> *Ich klage und ich weine stets bei Nacht und Tage,*
> *Gleichwie im Baum auf sand'ger Höh die Taube klagt.*
> *Mein Leben ist vergällt, mein Lieb, nach deinem Scheiden;*
> *Ach, seit du fern, ist mir ein Wiedersehn versagt!*

Während die beiden sich noch umschlungen hielten, erschien plötzlich der Franke vor ihnen und trat heran, um die Hände der Herrin Marjam zu küssen. Sie aber schlug ihm mit der Hand auf die Wange und rief: ‚Hinweg, Verruchter! Unablässig bist du mir gefolgt, bis du schließlich meinen Herrn betört hast. Aber, du Verfluchter, so Allah der Erhabene will, wird noch alles gut werden!' Der Franke lachte ob ihrer Worte, doch er staunte ob ihrer Tat, und so entschuldigte er sich vor ihr, indem er sprach: ‚Marjam, meine Herrin, was ist denn meine Schuld? Dieser dein Herr Nûr ed-Dîn hat dich mit seiner Zustimmung und nach freiem Belieben verkauft. Beim Messias, hätte er dich lieb, so hätte er sich nicht wider dich vergangen! Und hätte er nicht sein Verlangen an dir gestillt, so hätte er dich nicht verkauft. Sagt doch einer der Dichter:

> *Wer mich nicht mag, der flieh und weiche bald von mir!*
> *Wenn ich ihn wieder nenne, bin ich ja ein Tor.*
> *Die weite, weite Welt ist mir noch nicht so eng,*
> *Daß ich mir den, der mich nicht mag, allein erkor!'*

Nun war diese Sklavin die Tochter des Königs der Franken; und dessen Hauptstadt dehnte sich nach allen Seiten weit, und sie war reich an Kunstwerken, seltsamen Dingen und des Wachstums Fruchtbarkeit, gleich der Stadt Konstantinopel. Daß diese Maid aber ihres Vaters Stadt verließ, war eine seltsame Geschichte, und daran knüpfen sich wunderbare Berichte; und die wollen wir jetzt der Reihe nach aneinanderfügen, um den Hörer zu erfreuen und zu vergnügen. – –«

Da bemerkte Schehrezâd, daß der Morgen begann, und sie hielt in der verstatteten Rede an. Doch als die *Achthundertundneunundsiebenzigste Nacht* anbrach, fuhr sie also fort: »Es ist mir berichtet worden, o glücklicher König, daß der Grund, weshalb Marjam die Gürtlerin ihren Vater und ihre Mutter verließ, verbunden war mit einer seltsamen Geschichte und einem wunderbaren Berichte. Sie war bei ihrem Vater und ihrer Mutter in Liebe und Zärtlichkeit erzogen worden und war unterrichtet in der Kunst der Rede, des Schreibens und des Rechnens, ferner im Reiten und in der Rittertugend. Auch hatte sie alle Handfertigkeiten gelernt, Sticken und Nähen, Weben, Gürtelmachen und Knüpfen, Vergolden des Silbers und Versilbern des Goldes, kurz alle Künste der Männer und der Frauen, und so wurde sie die Perle ihrer Zeit und in den Tagen ihres Jahrhunderts die herrlichste Maid. Dazu hatte

Allah, der Allgewaltige und Glorreiche, sie mit Schönheit und Lieblichkeit, Anmut und Vollkommenheit so reichlich ausgestattet, daß sie auch darin alles Volk ihrer Zeit übertraf. Nun warben um sie die Könige der Inseln bei ihrem Vater; aber immer, wenn einer sie von ihm zur Gemahlin erbat, so weigerte er sich, sie ihm zu vermählen, da er sie so innig liebte und sich nicht eine einzige Stunde lang von ihr trennen konnte. Er hatte keine andere Tochter als sie, und obwohl er viele Söhne hatte, so stand sie seinem Herzen doch näher als sie alle. Nun begab es sich in einem der Jahre, daß sie in eine schwere Krankheit verfiel und dem Tode nahe war. Da tat sie ein Gelübde, sie wolle, wenn sie von dieser Krankheit geheilt würde, eine Pilgerfahrt zu dem und dem Kloster machen, das auf der und der Insel lag. Jenes Kloster stand nämlich bei den Franken in hohen Ehren, und sie brachten ihm Gelübde dar und erhofften Segen von ihm. Als darauf Marjam von ihrer Krankheit genas, wollte sie das Gelübde, das sie für sich jenem Kloster dargebracht hatte, zur Tat machen. Da entsandte ihr Vater, der König der Franken, sie auf einem kleinen Schiffe zu dem Kloster; auch sandte er einige von den Töchtern der Vornehmen seiner Hauptstadt mit ihr sowie einige Ritter, die ihr zu Diensten sein sollten. Doch gerade als sie sich dem Kloster näherten, kam des Wegs ein Schiff der Muslime, der Glaubensstreiter auf dem Wege Allahs; die raubten alles, was sich auf jenem Schiffe befand, Ritter und Jungfrauen, Schätze und Kostbarkeiten. Und sie verkauften ihre Beute in der Stadt Kairawân; dabei fiel Marjam in die Hand eines persischen Mannes, eines der Kaufleute. Jener Perser aber war unfähig zu zeugen, er konnte nicht zu den Frauen eingehen, und keiner Frau Nacktheit war je vor ihm enthüllt worden; der nahm sie in seinen Dienst. Doch bald darauf verfiel dieser Mann in eine schwere Krankheit, so daß er dem Tode nahe war, und die Krankheit dauerte eine Reihe von Monaten. Während dieser Zeit pflegte Marjam ihn mit der größten Sorgfalt, bis daß Allah ihn von seiner Krankheit genesen ließ. Da gedachte der Perser all der Fürsorge und Güte und der treuen Pflege, die sie ihm hatte zuteil werden lassen, und er wollte sie für das Gute belohnen, das sie an ihm getan hatte. So sprach er denn zu ihr: ,Erbitte dir eine Gunst von mir, Marjam!' Sie antwortete: ,Mein Gebieter, ich erbitte mir von dir, daß du mich nur an den verkaufst, den ich wünsche und liebe.' Und er fuhr fort: ,So sei es! Das soll meine Pflicht gegen dich sein. Bei Allah, Marjam, ich will dich nur dem Manne verkaufen, den du wünschest, und ich lege deinen Verkauf in deine Hand!' Das erfreute sie über die Maßen. Der Perser hatte ihr aber auch den Islam dargeboten, und sie war Muslimin geworden, nachdem er sie die Pflichten des Gottesdienstes gelehrt hatte. So lernte sie in jener Zeit von dem Perser die Satzungen ihres neuen Glaubens und die Dinge, die ihr oblagen; auch lehrte er sie den Koran sowie etwas von den Wissenschaften des göttlichen Rechts und von den Überlieferungen des Propheten. Als er schließlich mit ihr nach Alexandria kam, bot er sie zum Verkaufe aus an den, der ihr gefallen würde, indem er den Verkauf in ihre Hand legte, wie wir bereits erzählt haben. Und es kaufte sie, wie wir auch berichtet haben, 'Alî Nûr ed-Dîn. So war es gekommen, daß sie ihr Land verließ.

Wenden wir uns nun zu ihrem Vater, dem König der Franken! Als der vernahm, wie es seiner Tochter und ihren Begleitern ergangen war, kam ein gewaltiger Schrecken über ihn; und er sandte Schiffe hinter ihr her, die besetzt waren mit Heerführern, Rittern und mannhaften Helden. Aber sie fanden keine Spur von ihr, trotzdem sie auf allen Inseln der Muslime suchten, und so kehrten sie zu ihrem Vater zurück mit Klageruf und Wehgeschrei und des Jammers Litanei. Ihr Vater aber sandte in seiner tiefen Trauer um sie nunmehr jenen Alten nach ihr aus, der auf dem rechten Auge blind und am linken Beine lahm war; das war nämlich sein Großwesir, ein trutziger Tyrann voller Listen und Trug. Dem befahl er, in allen Ländern der Muslime nach ihr zu suchen und sie zu kaufen, sei es auch um eine Schiffsladung von Gold. Jener Verruchte forschte also nach ihr auf den Inseln des Meeres und in allen Städten, ohne daß er eine Kunde von ihr erhalten hätte, bis er zur Stadt Alexandria kam. Dort fragte er nach ihr, und bald erfuhr er, daß sie bei Nûr ed-Dîn 'Alî, dem Kairiner, war; und nun nahm das Schicksal seinen Lauf. Er ersann eine List wider ihren Herrn und kaufte sie von ihm, wie wir berichtet haben, nachdem er ihre Spur gefunden hatte durch das Tuch, das niemand so schön herstellen konnte wie sie; er hatte auch vorher die Kaufleute verständigt und war mit ihnen übereingekommen, daß er die Maid durch eine List gewinnen wolle. Als sie dann in seine Gewalt gekommen war, weinte und jammerte sie immerfort. Er aber sprach zu ihr: ‚O Marjam, meine Gebieterin, tu ab von dir diese Trauer und dies Weinen; mache dich auf mit mir zur Stadt deines Vaters, zum Lande deiner Herrschaft, zur Stätte deiner Macht und deiner Heimat, damit du wieder bei deinen Dienerinnen und Dienern bist! Laß doch dies elende Leben in der Fremde! Ich habe um deinetwillen genug mühevolle Reisen gemacht und genug Geld ausgegeben; denn ein und ein halbes Jahr bin ich umhergezogen, habe mich abgemüht und Schätze aufgewendet, seit mir dein Vater befahl, dich zu kaufen, sei es auch um eine Schiffsladung von Gold!' Darauf begann der Wesir des Königs der Franken ihr die Füße zu küssen und sich vor ihr zu demütigen; immer und immer wieder küßte er ihr die Hände und die Füße, aber ihr Grimm gegen ihn wuchs um so mehr, je mehr er sich vor ihr erniedrigte; und sie sprach zu ihm: ‚Du Verfluchter, Allah der Erhabene lasse dich Ziel dein nicht erreichen!' Und nun brachten ihr die Diener ein Maultier mit goldgesticktem Sattel und setzten sie darauf; und über ihrem Haupte errichteten sie einen Baldachin aus Seide mit goldenen und silbernen Stäben. Die Franken aber umringten sie und eilten mit ihr fort, bis sie mit ihr durch das Meerestor hinauszogen; und sie führten sie in ein kleines Boot, ruderten es bis zu einem großen Schiffe hin und brachten sie auf ihm an Bord. Dann rief der einäugige Wesir den Seeleuten zu: ‚Richtet den Mast auf!' Sie taten es sogleich, hißten die Segel und die Flaggen, rollten Linnen und Baumwolle auf und bemannten die Ruder; und nun fuhr das Schiff mit ihnen ab. Derweilen aber schaute Marjam immer nach Alexandria zurück, bis es ihren Augen entschwand, und sie weinte heimlich bittere Tränen. – –«

Da bemerkte Schehrezâd, daß der Morgen begann, und sie hielt in der verstatteten Rede an. Doch als die *Achthundertundachtzigste Nacht* anbrach, fuhr sie also fort: »Es ist mir berichtet worden, o glücklicher König, daß Marjam die Gürtlerin, als der Wesir des Königs der Franken sie auf dem Schiffe entführte, immer nach Alexandria zurückschaute, bis es ihren Augen entschwand. Dann begann sie zu weinen und zu klagen und in Tränen auszubrechen und hub an, diese Verse zu sprechen:

> *O Heimat des Geliebten, sehe ich dich einstens*
> *Noch wieder? Doch wie wär mir Gottes Absicht kund?*
> *Der Trennung Schiffe segeln eilends mit uns weiter;*
> *Mein müdes Auge wird von meinen Tränen wund.*
> *Ich wein um einen Freund, mein höchstes Ziel im Leben,*
> *Der meine Schmerzen lindert und mein Siechtum heilt.*

O du mein Gott, sei du bei ihm mein Stellvertreter;
Ein Gut, dir anvertraut, wird einst zurückerteilt!

So weinte und klagte Marjam immerfort, wenn sie ihres Freundes gedachte. Die Ritter kamen wohl zu ihr, um sie zu trösten; doch sie achtete ihrer Worte nicht, da sie nur dem Rufe der Leidenschaft und der Sehnsucht folgte. Und wiederum begann sie zu weinen und zu stöhnen und zu klagen, und sie sprach diese Verse:

Der Liebe Zunge spricht zu dir in meinem Innern;
Sie kündet dir von mir, daß ich so lieb dich hab.
In meiner Brust erglüht der Liebe Kohlenfeuer,
Ein wundes, banges Herz, das mir dein Abschied gab.
Wie oft verberge ich der Liebe heiße Glut;
Doch sind die Lider wund, es rinnt die Tränenflut!

In solchem Zustande blieb Marjam während der ganzen Reise, da sie keine Ruhe fand und da ihr alle Geduld entschwand. So erging es ihr bei dem einäugigen, lahmen Wesir.

Sehen wir nun, was mit Nûr ed-Dîn 'Alî, dem Kairiner, geschah, dem Sohne des Kaufmannes Tâdsch ed-Dîn! Ihm ward, als Marjam das Schiff bestiegen hatte und fortgefahren war, die Welt zu eng, so daß auch er keine Ruhe fand und auch ihm alle Geduld entschwand. Und er begab sich zu dem Gemache, in dem er mit Marjam gewohnt hatte; und der Anblick erschien seinen Augen schwarz und düster. Als er aber dort das Gerät sah, mit dem sie die Gürtel verfertigt hatte, und die Kleider, die ihren Leib einst schmückten, drückte er alles an seine Brust und weinte; die Tränen begannen mit Gewalt aus seinen Augen hervorzubrechen, und er hub an, diese Verse zu sprechen:

Kehrt nach der Trennung wohl Vereinigung noch wieder,
Nach all der langen Zeit des Seufzens und der Qual?

Ach, was vergangen ist, kann niemals wiederkehren –
Und doch, naht mir zum Glück die Freundin noch einmal?
Und wird uns Allah wohl in Zukunft noch vereinen?
Sind meinem Lieb die Liebesschwüre noch bekannt?
Sie, die ich ahnungslos verlor, hält sie die Treue
Und hütet sie den Bund, der früher uns verband?
Ich bin dem Tod verfallen, seit sie mir genommen;
Gefällt's dem Lieb, wenn mich der Tod von hinnen rafft?
Ich bin so traurig – ach, was nützt denn meine Trauer?
Ich schwinde hin im Leid der heißen Leidenschaft.
Die Zeit verging, in der wir uns vereinigt sahen.
Wird mir vom Schicksal wohl dereinst mein Wunsch gewährt?
O Herz, mehr' deinen Schmerz! O Auge, ströme über
Von Tränen, bis in dir die Träne sich verzehrt!
Weh, daß mein Lieb so fern! Weh, daß Geduld mich meidet,
Daß mir ein Helfer fehlt und daß mein Leid sich mehrt!
Ich fleh zum Herrn der Menschen, daß er mir in Gnaden
Die Rückkehr meines Liebs, mein einstig Glück, beschert.

Dann weinte Nûr ed-Dîn so bitterlich, daß seinem Schmerze kein anderer glich; und während er in alle Winkel des Gemaches schaute, sprach er diese beiden Verse:

Ich sehe ihre Spuren und vergeh vor Sehnsucht;
An ihrer Lagerstatt vergieß ich meine Zähren.
Ich bitte Ihn, der jetzt mich scheiden hieß von ihnen,
Er möge gnädig einst die Heimkehr mir gewähren.

Dann sprang Nûr ed-Dîn plötzlich auf, verschloß die Tür des Hauses und lief eilends zum Meeresstrand; dort blickte er auf die Ankerstätte des Schiffes, das mit Marjam fortgesegelt war, und er weinte und begann in Seufzer auszubrechen und hub an, diese Verse zu sprechen:

Ich grüße dich, die du mir immer unersetzlich!
Jetzt bin ich nah und fern, mich quält ein zwiefach Leid.
Nach dir verlange ich zu jeder Zeit und Stunde,
Ich sehn' mich, wie der Durst'ge nach der Tränke schreit.

> *Bei dir nur weilt mein Ohr, mein Herze und mein Auge;*
> *Und süßer ist als Honig die Erinnrung mir.*
> *Und o mein Schmerz, als dich die fremde Schar mir raubte!*
> *Auf jenem Schiff entschwand die Hoffnung mein mit dir.*

Nun begann Nûr ed-Dîn sein Jammern und Weinen mit Seufzen und Stöhnen und Klagen zu vereinen; und er rief: ‚O Marjam, Marjam! Hab ich dich nur im Traume gesehen, oder ist alles nur in den Irrgängen von Nachtgesichtern geschehen?‘ Und wieder begann er in leidenschaftliche Seufzer auszubrechen, und er hub an, diese Verse zu sprechen:

> *Werd ich dich wiedersehen, seit ich dich verlor?*
> *Klingt wohl in unserm Heim dein Ruf noch an mein Ohr?*
> *Wird uns das Haus vereinen, wo das Glück uns schien?*
> *Wird mir mein Herzenswunsch, der deine dir verliehn?*
> *Für mein Gebein nimm einen Sarg, wohin du eilst;*
> *Begrab mich neben dir, wo du nur immer weilst!*
> *Hätt ich der Herzen zwei, mit einem würd ich leben,*
> *Das andre, sehnsuchtsvolle, deiner Liebe geben.*
> *Und wollt man mich nach meinem Wunsch an Gott befragen,*
> *‚Des Herren Huld, und dann die deine‘, würd ich sagen.*

Während aber Nûr ed-Dîn immer noch so weinte und rief: ‚O Marjam, Marjam!‘ kam plötzlich ein alter Mann aus einem Schiffe an Land und trat auf ihn zu; er sah den Jüngling weinen und hörte ihn diese beiden Verse sprechen:

> *O Marjam, schönste Maid, kehr heim! Von meinen Augen*
> *Strömt wie ein Wolkenbruch der Tränen heiße Flut.*
> *Das künde meinen Tadlern hier, auf daß sie sehen,*
> *Wie meines Auges Lid ertränkt im Wasser ruht!*

Da sprach der Alte zu ihm: ‚Mein Sohn, mich deucht, du weinst um die Sklavin, die gestern mit dem Franken fortgefahren ist.‘ Als Nûr ed-Dîn diese Worte aus dem Munde des Scheichs vernahm, sank er zu Boden und blieb eine lange

Weile in Ohnmacht liegen; doch wie er dann wieder zu sich kam, weinte er so bitterlich, daß seinem Schmerze kein andrer glich. Darauf sprach er diese Verse:

> *Kehrt wohl Vereinigung nach solcher Trennung wieder?*
> *Und kommt zu uns des trauten Glücks Vollkommenheit?*
> *Denn ach, in meinem Herzen brennt die heiße Sehnsucht;*
> *Gerede der Verleumder bringt ihm bittres Leid.*
> *Bei Tag umfangen mich Verstörung und Verwirrung;*
> *Zur Nachtzeit hoffe ich dein Traumbild zu erspähn.*
> *Bei Gott, nicht eine Stunde laß ich von der Liebe;*
> *Wie könnt es anders sein, obgleich Verleumder schmähn?*
> *Die Maid, so zart gebildet und so schlanken Leibes,*
> *Hat Augen, deren Pfeil mich tief ins Herze sticht.*
> *Ihr Wuchs ist gleich dem Reis der Weide dort im Garten;*
> *Vollkommen schön, beschämt sie gar der Sonne Licht.*
> *Und scheute ich nicht Gott, den Herrn der Herrlichkeit,*
> *Ich nennte diese Schöne Herrn der Herrlichkeit.*

Wie nun jener Alte auf Nûr ed-Dîn blickte und sich überzeugte von seiner Lieblichkeit und seines Wuchses Ebenmäßigkeit, von seiner Zunge Beredsamkeit und seiner mannigfachen Worte Zierlichkeit, da ward sein Herz um ihn betrübt, und er hatte Mitleid mit seiner Not. Dieser Scheich aber war der Führer eines Schiffes, das nach der Stadt jener Sklavin fahren sollte, und auf dem sich hundert gläubige muslimische Kaufleute befanden. Und er sprach zu dem Jüngling: ‚Gedulde dich; es wird noch alles gut werden! So Allah, der Gepriesene und Erhabene will, werde ich dich zu ihr bringen.' – –«

Da bemerkte Schehrezâd, daß der Morgen begann, und sie hielt in der verstatteten Rede an. Doch als die *Achthundertundeinundachtzigste Nacht* anbrach, fuhr sie also fort: »Es ist mir berichtet worden, o glücklicher König, daß der alte Schiffsführer zu Nûr ed-Dîn sprach: ‚Ich werde dich zu ihr bringen, so Allah der Erhabene will', und daß der Jüngling fragte:

‚Wann fährt dein Schiff ab?' Darauf erwiderte jener: ‚Nach drei Tagen wollen wir zu Glück und Gedeihen aufbrechen.' Als Nûr ed-Dîn dies von dem Kapitän hörte, freute er sich gar sehr, und er dankte ihm für seine Güte und seine Freundlichkeit. Dann gedachte er der Tage der Liebesseligkeit und der Vereinigung mit seiner unvergleichlichen Maid; und er weinte bitterlich und sprach diese Verse:

> *Wird der Erbarmer wohl mich noch mit dir vereinen?*
> *Werd ich mein Ziel erreichen, Herrin, oder nicht?*
> *Wird das Geschick mir deine Wiederkunft gewähren,*
> *So daß ich auf dein Bild mein sehnend Auge richt?*
> *Wenn ich ein Wiedersehn erkaufen könnt, mein Leben*
> *Gäb ich; allein ich seh den Preis noch höher streben.*

Dann begab Nûr ed-Dîn sich unverzüglich zum Basar, kaufte dort alles, was er an Zehrung und Ausrüstung für die Reise nötig hatte, und kehrte zu dem Schiffsführer zurück. Als der ihn wieder erblickte, sprach er zu ihm: ‚Mein Sohn, was hast du da bei dir?' Der Jüngling antwortete: ‚Meine Wegzehrung und was ich sonst noch für die Reise nötig habe.' Über diese Worte lachte der Alte, und er fuhr fort: ‚Mein Sohn, willst du etwa einen Ausflug machen, um dir die Säule der Masten[1] anzusehen? Zwischen dir und deinem Ziele liegt eine Reise von zwei Monaten, wenn der Wind gut und das Wetter günstig ist!' Dann ließ er sich von Nûr ed-Dîn einige Dirhems geben, ging selber auf den Markt und kaufte ihm alles, was er für die Reise nötig hatte, in genügender Menge; auch ließ er ihm einen Krug mit frischem Wasser füllen. Nun wartete Nûr ed-Dîn noch drei Tage auf dem Schiffe, bis die Kaufleute sich

---

1. Die sogenannte Pompejussäule im südlichen Teile von Alexandrien, die dort von Kaiser Theodosius aufgestellt worden sein soll, nachdem sie vorher im Serapistempel gestanden hatte.

reisefertig gemacht und alle ihre Angelegenheiten geordnet hatten und an Bord gingen. Dann ließ der Kapitän die Segel spannen, und man fuhr einundfünfzig Tage lang zur See. Doch danach kamen die Korsaren über sie, die Piraten der See; die plünderten das Schiff, nahmen alle, die an Bord waren, gefangen und schleppten sie in die Stadt der Franken, um sie dem König vorzuführen; unter ihnen befand sich auch Nûr ed-Dîn. Der König befahl, sie ins Gefängnis zu werfen; und gerade, als man sie zum Kerker führte, traf das Fahrzeug ein, auf dem sich die Prinzessin Marjam die Gürtlerin mit dem einäugigen Wesir befand; und als die Korvette die Stadt erreichte, eilte der Wesir an Land zum König und brachte ihm die frohe Botschaft von der wohlbehaltenen Ankunft seiner Tochter Marjam der Gütlerin. Da wurden die Freudentrommeln geschlagen, und die Stadt ward aufs schönste geschmückt; und der König zog mit seinem ganzen Heere und den Großen seines Reiches auf den Weg zum Meere hinaus, um sie zu empfangen. Nachdem das Schiff im Hafen vor Anker gegangen war, kam die Prinzessin Marjam an Land, und er umarmte und begrüßte sie; und auch sie begrüßte ihn. Dann befahl er, ihr ein edles Roß zu bringen, und ließ sie auf ihm reiten. Als sie in den Palast kamen, eilte ihre Mutter ihr entgegen, umarmte sie und begrüßte sie und fragte sie, wie es ihr ergehe und ob sie noch Jungfrau wäre wie vordem bei ihnen, oder ob sie eine vom Manne berührte Frau geworden sei. Marjam antwortete ihr: ‚Wenn eine Maid im Lande der Muslime von Händler zu Händler verkauft wird und einem jeden untertan ist, wie kann sie dann wohl Jungfrau bleiben? Der Händler, der mich erstand, bedrohte mich mit Schlägen und vergewaltigte mich und nahm mir das Mädchentum; dann verkaufte er mich einem anderen, und der andere wieder einem anderen.'

Als ihre Mutter diese Worte von ihr vernehmen mußte, ward das helle Tageslicht finster vor ihrem Angesicht. Darauf wiederholte sie diese Worte vor dem König, und da er sich die Sache sehr zu Herzen nahm, erfaßte ihn ein schwerer Gram; und alsbald berichtete er den Großen seines Reiches und den Rittern, was mit ihr geschehen war. Die sprachen zu ihm: ‚O König, sie ist von den Muslimen besudelt worden, und nur das Fallen von hundert Häuptern der Muslime kann sie wieder reinigen.' Da befahl der König, die gefangenen Muslime, die im Kerker lagen, allesamt vor ihn zu führen, unter ihnen auch Nûr ed-Dîn. Und weiter befahl der König, ihnen die Köpfe abzuschlagen. Der erste, der enthauptet wurde, war der Schiffsführer; dann wurden die Kaufleute enthauptet, einer nach dem andern, bis allein noch Nûr ed-Dîn übrig war. Schon hatten sie ihm den Saum seines Kleides abgerissen und ihm damit die Augen verbunden, schon hatten sie ihn zum Blutleder geführt und wollten ihm den Kopf abschlagen, da eilte plötzlich, gerade in jenem Augenblick, eine alte Frau auf den König zu und sprach zu ihm: ‚Mein Gebieter, du hast jeder Kirche fünf gefangene Muslime gelobt, wenn Gott dir deine Tochter Marjam wiedergäbe, damit sie uns in unserem Dienste behilflich sein sollten. Nun ist deine Tochter, die Herrin Marjam, zu dir zurückgekehrt; drum erfülle dein Gelübde, das du gelobt hast!' Der König erwiderte ihr: ‚Mütterchen, bei des Messias Leben, der uns den rechten Glauben gegeben, von den Gefangenen ist mir nur noch dieser eine übrig geblieben, der gerade getötet werden soll. Nimm ihn mit dir, damit er dir im Dienste der Kirche helfe, bis daß wieder gefangene Muslime zu uns kommen; dann will ich dir vier andere schikken! Wärest du früher gekommen, ehe diese Gefangenen enthauptet wurden, dann hätte ich dir so viele gegeben, wie du wünschtest.' Die Alte dankte dem König für seine Gnade und wünschte ihm Dauer des Lebens, des Ruhmes und des Gedeihens. Dann trat sie sogleich an Nûr ed-Dîn heran und hob ihn vom Blutleder empor; und als sie ihn anschaute, erkannte sie in ihm einen Jüngling lieblich und zierlich, von zarter Haut und mit einem Antlitz gleich dem vollen Mond, wenn er in der vierzehnten Nacht am Himmel thront. Sie nahm ihn mit und führte ihn in die Kirche und sprach zu ihm: ‚Mein Sohn, zieh deine Kleider aus, die du trägst; denn die taugen nur für den Dienst des Sultans.' Darauf brachte die Alte dem Jüngling eine Kutte aus schwarzer Wolle und eine Kapuze aus schwarzer Wolle und einen breiten Gürtel. Jene Kutte legte sie ihm an, die Kapuze zog sie ihm über den Kopf, und den Gürtel band sie ihm um den Leib; dann befahl sie ihm, in der Kirche seinen Dienst zu tun. Sieben Tage lang verrichtete er dort den Dienst; da kam, während er bei seiner Arbeit war, jene Alte plötzlich auf ihn zu und sprach zu ihm: ‚O Muslim, nimm deine seidenen Kleider und lege sie an; nimm auch diese zehn Dirhems und geh auf der Stelle fort: du kannst dir heute die Stadt ansehen, bleib aber keinen Augenblick länger hier, damit du nicht dein Leben verlierst!' Nûr ed-Dîn fragte sie: ‚O Mutter, was gibt es?' Und die Alte antwortete ihm: ‚Wisse, mein Sohn, die Tochter des Königs, die Herrin Marjam die Gürtlerin, will jetzt in die Kirche kommen, um durch diese Wallfahrt ihres Segens teilhaftig zu werden; sie will Opfer darbringen zum Dank für ihre glückliche Befreiung aus dem Lande der Muslime und die Gelübde erfüllen, die sie dem Messias gelobt hat, wenn er sie erretten würde. Bei ihr sind vierhundert Jungfrauen, die alle vollkommen sind an Schönheit und Lieblichkeit; unter ihnen ist die Tochter des Wesirs, und die anderen sind die Töchter der Emire und der Großen des

Reiches. Sie werden in diesem Augenblick eintreffen, und wenn ihre Augen dich in dieser Kirche erblicken, so werden sie dich mit Schwertern in Stücke schlagen.' Nûr ed-Dîn nahm die zehn Dirhems von der Alten, nachdem er seine eigenen Kleider wieder angelegt hatte, ging hinaus zum Basar und wanderte in den Straßen der Stadt umher, bis er alle Stadtteile und Tore kannte. – –«

Da bemerkte Schehrezâd, daß der Morgen begann, und sie hielt in der verstatteten Rede an. Doch als die *Achthundertundzweiundachtzigste Nacht* anbrach, fuhr sie also fort: »Es ist mir berichtet worden, o glücklicher König, daß Nûr ed-Dîn, nachdem er seine eigenen Kleider wieder angelegt hatte, die zehn Dirhems von der Alten entgegennahm, zum Basar hinausging und eine Weile fortblieb, bis er die Stadtteile kannte; dann kehrte er zur Kirche zurück. Da sah er, wie Marjam die Gürtlerin, die Tochter des Königs der Franken, der Kirche nahte, begleitet von vierhundert Mädchen, hochbusigen Jungfrauen, wie Monde anzuschauen; unter ihnen war die Tochter des einäugigen Wesirs, und die anderen waren die Töchter der Emire und der Großen des Reiches; und sie selbst schritt in ihrer Mitte dahin, als wäre sie der Mond unter den Sternen. Als Nûr ed-Dîn sie nun wiederschaute, konnte er nicht mehr an sich halten, sondern rief aus tiefstem Herzen: ‚O Marjam! O Marjam!' Kaum hatten die Jungfrauen diesen Schrei des Jünglings, der ihre Herrin anrief, gehört, so stürzten sie auf ihn und zückten die blanken Klingen wie der Blitz und wollten ihn sofort erschlagen. Marjam aber wandte sich um, und als sie ihn betrachtete, erkannte sie, daß er es wirklich war. Da rief sie den Mädchen zu: ‚Laßt ab von diesem Jüngling! Ohne Zweifel ist er von Sinnen; die Zeichen des Wahnsinns stehen ihm im Gesicht geschrieben.' Als Nûr ed-Dîn diese Worte von der Herrin Marjam vernahm, entblößte er sein Haupt, rollte mit den Augen, ließ die Arme hängen und krümmte die Füße, indem er den Geifer aus beiden Mundwinkeln herausschäumen ließ. Die Herrin Marjam aber sprach: ‚Habe ich euch nicht gesagt, daß der dort wahnsinnig ist? Bringt ihn mir her und tretet dann von ihm zurück, damit ich höre, was er sagen will; denn ich verstehe die Sprache der Araber! Ich will schauen, was es mit ihm ist und ob die Krankheit seines Irrsinns geheilt werden kann oder nicht.' Darauf schleppten ihn die Jungfrauen herbei, brachten ihn vor die Prinzessin und traten zurück. Sie aber sprach zu ihm: ‚Bist du wirklich um meinetwillen hierher gekommen und hast dein Leben aufs Spiel gesetzt und dich irrsinnig gestellt?' Nûr ed-Dîn gab ihr zur Antwort: ‚Meine Gebieterin, hast du nicht das Dichterwort vernommen:

> *Sie sprachen: ‚Liebe macht dich irre.' Und ich sagte:*
> *‚Das Leben gibt ja nur den Irren Süßigkeit.*
> *Bringt meinen Wahnsinn her! Bringt sie, die mich berückte!*
> *Wenn sie den Wahnsinn teilt, sei mir der Tadel weit!'*

Darauf sagte Marjam: ‚Bei Allah, o Nûr ed-Dîn, du hast wider dich selbst gesündigt. Ich habe dich vor all dem gewarnt, ehe es eintraf; aber du hast nicht auf mein Wort geachtet, sondern bist deinem eigenen Gelüste gefolgt. Und ich habe dir das doch kundgetan nicht infolge einer Offenbarung noch durch Deutung der Gesichtszüge noch wegen eines Traumgesichts, sondern weil meine eigenen Augen es mir bezeugten; denn ich hatte den einäugigen Wesir gesehen, und ich wußte, daß er nur auf der Suche nach mir in jene Stadt gekommen war.' ‚Ach, meine liebe Herrin Marjam,' rief er, ‚wir suchen Zuflucht bei Allah vor dem Fehltritt der Verständigen!' Und überwältigt von dem schweren Bewußtsein seiner Tat, sprach er, wie der Dichter gesprochen hat:

> *Verzeih die Schuld, in die mein Fuß hineingeglitten!*
> *Dem Knecht gebühret ja von seinem Herren Huld.*
> *Die bittre Reue kommt, wenn Reue nichts mehr nützet;*
> *Dem Sünder ist's genug als Strafe für die Schuld.*
> *Ich tat, was Strafe fordert, und ich hab's gestanden;*
> *Wo ist nun das Gebot der Gnade und der Huld?*

Darauf machten Nûr ed-Dîn und die Herrin Marjam die Gürtlerin einander so viele zärtliche Vorwürfe, daß es zu lange währen würde, sie alle zu erzählen. Ein jeder von beiden berichtete dem anderen, was ihm widerfahren war, und sie vertrauten ihr Leid den Versen an, während über ihre Wangen die Tränenflut in Strömen rann; sie klagten einander ihre heftige Leidenschaft und der heißen Liebespein Schmerzenskraft, bis sie keine Kraft zum Reden mehr hatten und der Tag zur Rüste ging und sich verlor in des Dunkels Schatten. Nun trug die Herrin Marjam ein grünes Prachtgewand, das war mit rotem Golde bestickt und mit Perlen und Edelsteinen geschmückt, und dadurch ward ihre Schönheit und Anmut und die Zartheit ihres Wesens noch erhöht, wie so trefflich der Dichter von ihr sagte:

> *Sie nahte vollmondgleich, in wallenden Gewändern,*
> *Den grünen, und im Haar, das frei herab ihr hing.*
> *‚Wie heißt du?' fragte ich; sie sprach: ‚Ich bin die Schöne,*
> *Die in der heißen Liebesglut die Herzen fing.*
> *Ich bin das weiße Silber, bin das Gold, das edle,*
> *Mit dem Gefangne sich aus harter Haft befrein.'*
> *Dann sprach ich: ‚Deine Härte hat mich ganz vernichtet!'*
> *Sie sagte: ‚Klagst du mir? Mein Herz ist ja von Stein!'*
> *Da rief ich: ‚Mag dein Herze auch ein Felsen sein,*
> *Gott ließ die Quelle sprudeln aus dem Felsgestein.'*

Weil aber die Nacht dunkelte, trat die Herrin Marjam zu den Jungfrauen und fragte sie: ‚Habt ihr die Tür verschlossen?' Jene antworteten: ‚Ja, wir haben es getan.' Da nahm die Prinzessin ihre Frauen und führte sie an eine Stätte, genannt die Stätte der Jungfrau Maria, der Mutter des Lichts, weil die Christen glauben, daß ihr Geist und ihre geheime Kraft sich dort befinden. Nun begannen die Mädchen dort um Segen zu flehen, und dann zogen sie durch die ganze Kirche. Nachdem sie ihre Wallfahrt beendet hatten, wandte die Herrin Marjam sich zu ihnen, indem sie sprach: ‚Ich will jetzt allein in dieser Kirche bleiben und ihres Segens teilhaftig werden. Denn mich quält die Sehnsucht nach ihr, da ich so lange fern im Lande der Muslime war. Ihr aber, die ihr nunmehr eure Wallfahrt vollzogen habt, schlafet nun, wo ihr wollt!‘ ‚Herzlich gern! Tu du, was dir beliebt!‘ erwiderten jene, verließen sie, verteilten sich in der Kirche und legten sich zum Schlafe nieder. Die Herrin Marjam wartete, bis sie nichts mehr bemerken konnten; dann machte sie sich auf und suchte nach Nûr ed-Dîn. Den fand sie, wie er in einer Ecke gleichsam auf Kohlen saß und ihrer harrte. Als sie ihm nahte, sprang er auf und küßte ihr die Hände; doch sie setzte sich nieder und ließ ihn an ihrer Seite sitzen. Darauf legte sie ihren Schmuck und ihre Prachtgewänder und das kostbare Linnen ab und zog Nûr ed-Dîn an ihre Brust und umschlang ihn mit den Armen. Und die beiden hörten nicht auf, sich zu küssen und in die Arme zu schließen und das Liebesspiel zu genießen. Dabei sprachen sie: ‚Wie kurz ist die Nacht, die uns vereint, indes der Tag der Trennung so lang erscheint!‘ Und sie sprachen auch diese Dichterworte:

> *O Liebesnacht, du Erstlingsfrucht der Zeit,*
> *Du strahlst als heller Nächte Herrlichkeit!*
> *Am Nachmittag bringst du den Morgen mir;*
> *Bist du des Morgenrotes Augenzier?*
>   *Bist du ein Traum, der müden Augen kam?*

> *O Trennungsnacht, wie lange währest du!*
> *Dein Ende neigt sich deinem Anfang zu –*
> *Ein leerer Kreis, der doch kein Ende hat,*
> *Bis sich der Tag der Auferstehung naht!*
> *Verschmähtes Lieb stirbt, auferweckt, vor Gram.*

Während sie so beisammen waren in höchster Seligkeit und schönster Fröhlichkeit, begann plötzlich einer von den Dienern der heiligen Frau die Glocke[1] zu schlagen oben auf dem Kirchenbau; und er rief nach ihrer Weise zu des Glaubens Pflicht, wie der Dichter von ihm spricht:

> *Ich sah, wie er die Glocke schlug, und sprach zu ihm:*
> *Wer lehrte denn das Reh, daß es die Glocke schlägt?*
> *Zu meiner Seele sprach ich: Was betrübt dich mehr,*
> *Wenn dir die Glocke oder Abschiedsstunde schlägt? – –«*

Da bemerkte Schehrezâd, daß der Morgen begann, und sie hielt in der verstatteten Rede an. Doch als die *Achthundertunddreiundachtzigste Nacht* anbrach, fuhr sie also fort: »Es ist mir berichtet worden, o glücklicher König, daß Marjam die Gürtlerin und Nûr ed-Dîn in Freuden und Wonnen beisammen waren, bis der Glockendiener auf das Dach der Kirche stieg und die Glocke läutete. Sogleich erhob sie sich und legte ihre Kleider und ihren Schmuck wieder an. Darüber ward Nûr ed-Dîn bekümmert, und seine Freude ward getrübt, und er begann zu weinen und in Tränen auszubrechen und hub an, diese Verse zu sprechen:

> *Ich küßte immerdar die Wange rosenrot*
> *Und biß voll Leidenschaft, was mir die Wange bot,*
> *Bis daß, als uns zur Freude unser Späher schlief*
> *Und als der Schlummer dessen Augen zu sich rief,*

---

1. Was hier durch Glocke wiedergegeben wird, ist eigentlich das Schlagholz oder die Ratsche, ein Brett, an das mit einem Eisenstabe geschlagen wird; dies diente bei den orientalischen Christen früher allgemein als Kirchenglocke.

Der Glockenklang erscholl, der für der Seinen Schar
Gleichwie der Ruf zum Beten den Muslimen war.
Da stand sie eilends auf und glitt in ihr Gewand,
Als fürchte sie den Stern, vom Neid herabgesandt,
Und rief: O du mein Wunsch, du aller Wünsche Ziel,
Es naht der Morgen schon in weißen Lichtes Spiel.
Ich schwöre: Hätte ich nur einen Tag der Macht
Und wäre Sultan in gewalt'ger Herrscherpracht,
So risse ich die Mauern aller Kirchen ein
Und ließe jeden Pfaff der Welt des Todes sein!

Noch einmal zog die Herrin Marjam den Jüngling an ihre Brust und küßte ihm die Wange, und dann sprach sie zu ihm: ‚Sag, Nûr ed-Dîn, seit wieviel Tagen bist du in dieser Stadt?' ‚Sieben Tage', antwortete er; und sie fragte weiter: ‚Bist du schon in dieser Stadt umhergegangen, und kennst du ihre Straßen und Durchgänge und ihre Tore auf der Landseite und auf der Seeseite?' ‚Jawohl.' ‚Und kennst du auch den Weg zum Opferkasten in der Kirche?' ‚Jawohl.' ‚Da du dies alles kennst, so geh, wenn es wieder Nacht wird und wenn das erste Drittel der Nacht verstrichen ist, alsbald zum Opferkasten und nimm aus ihm, soviel du wünschest und begehrst! Dann öffne die Kirchentür zu dem unterirdischen Gang, der zum Meere führt! Dort wirst du ein kleines Schiff mit zehn Seeleuten finden; und wenn der Schiffsführer dich sieht, so wird er dir seine Hand reichen. Gib du ihm deine Hand, so wird er dich ins Schiff holen; dann warte, bis ich zu dir komme! Doch hüte dich, und noch einmal hüte dich, daß dich in dieser Nacht der Schlaf übermannt; sonst wirst du bereuen, wenn die Reue dir nichts mehr nützt!' Darauf nahm die Herrin Marjam Abschied von Nûr ed-Dîn und verließ ihn sogleich; und sie weckte ihre Dienerinnen und all die Jungfrauen aus ihrem Schlaf, nahm sie mit sich und führte sie zur Tür der Kirche. Dort pochte sie, und die Alte öffnete ihr. Nachdem sie hinausgetreten war, erblickte sie die Diener und die Ritter, die dort warteten, und sie brachten ihr ein scheckiges Maultier. Sie stieg auf, und die Diener errichteten über ihr einen seidenen Baldachin, während die Ritter den Zügel des Maultieres ergriffen und die Jungfrauen sich hinter ihr aufreihten. Dann umringten die Wächter sie mit gezogenen Schwertern und schritten mit ihr dahin, bis sie ihr zum Palaste ihres Vaters das Geleit gegeben hatten.

Wenden wir uns nun von Marjam der Gürtlerin wieder zu Nûr ed-Dîn, dem Kairiner! Der hielt sich weiter hinter dem Vorhang versteckt, hinter dem er und Marjam verborgen gewesen waren, und wartete, bis es heller Tag war und die Tür der Kirche offen stand. Da strömte das Volk in Scharen hinein, und er mischte sich unter die Menge. Als er aber jener Alten, der Vorsteherin der Kirche, begegnete, fragte sie ihn: ‚Wo hast du in der letzten Nacht geschlafen?' Er antwortete: ‚An einem Orte in der Stadt, wie du mir befohlen hast.' Und die Alte fuhr fort: ‚Du hast recht getan, mein Sohn; denn wenn du in der Kirche übernachtet hättest, so hätte sie dich des schmählichsten Todes sterben lassen.' Da rief Nûr ed-Dîn: ‚Preis sei Allah, der mich vor den Schrecken dieser Nacht behütet hat!' Dann versah er eifrig seinen Dienst in der Kirche, bis der Tag zur Rüste ging und die Nacht alles mit dunkler Finsternis umfing; da ging er hin und öffnete den Opferkasten und nahm aus ihm an Juwelen heraus, was nicht beschwert und doch von hohem Wert. Danach wartete er, bis das erste Drittel der Nacht vergangen war; und nun machte er sich auf und schlich zu der Tür des unterirdischen Ganges, der zum Meere führte, indem er Allah um Schutz anflehte. Dann schritt er in dem Gange weiter, bis er zur Ausgangstür kam; die öffnete er, trat hinaus und ging zum Meeresstrand. Dort, nicht weit von der Tür, fand er das Schiff am Meeresufer vor Anker liegen. Auch sah er den Kapitän, einen betagten Greis von schönem Aussehen und mit langem Barte, wie er mitten auf dem Schiffe dastand, während die zehn Leute vor ihm aufgereiht waren. Nûr ed-Dîn reichte ihm die Hand, wie Marjam ihm befohlen hatte; und der Alte nahm die Hand und zog ihn vom Ufer hinüber, so daß der Jüngling auch mitten aufs Schiff kam. Darauf rief der Kapitän den Seeleuten zu: ,Holt den Anker des Schiffes vom Ufer ein und laßt uns abfahren, ehe der Tag anbricht!' Doch einer von den zehn Seeleuten sprach: ,Herr Kapitän, wie können wir abfahren, da doch der König uns kundgetan hat, er wolle morgen auf diesem Schiffe dies Meer durchfahren, um zu erforschen, was sich hier herumtreibt, weil er die muslimischen Räuber für seine Tochter fürchtet?' Da schrie der Kapitän sie an: ,Weh euch, ihr Verfluchten! Ist es so weit mit euch gekommen, daß ihr mir nicht gehorchen wollt und mir Widerworte gebt?' Darauf zog der alte Kapitän sein Schwert aus der Scheide und schlug damit dem, der gesprochen hatte, auf den Hals, so daß die Klinge ihm blitzend zum Nacken herausfuhr. Nun hub ein zweiter an: ,Was hat denn unser Gefährte Arges begangen, daß du ihm den Kopf abschlägst?' Da reckte der Alte wiederum seine Hand nach dem Schwert und hieb auch diesem Sprecher den Hals durch. Ja, dieser Kapitän dort schlug allen Seeleuten die Köpfe ab, einem nach dem anderen, bis er alle zehn getötet hatte; dann warf er die Leichen an Land. Schließlich wandte er sich zu Nûr ed-Dîn und schrie ihn mit einem so furchtbaren Schrei an, daß der Jüngling erzitterte, und er sprach: ,Geh an Land und zieh den Ankerpfahl heraus!' Nûr ed-Dîn hatte Angst vor dem Schwertstreich und lief eilends hin, sprang an Land und zog den Pflock heraus; dann kletterte er schneller als der blendende Blitz wieder an

Bord. Der Kapitän erteilte ihm seine Befehle: ‚Tu dies und tu das! Wende hierhin und dorthin und schau nach den Sternen!' Alles, was der Schiffsführer ihm befahl, tat Nûr ed-Dîn mit zagendem und zitterndem Herzen, während der Alte selber die Segel des Schiffes ausspannte; und so segelte es mit ihnen dahin auf das tosende Meer mit den brandenden Wogen ringsumher. – –«

Da bemerkte Schehrezâd, daß der Morgen begann, und sie hielt in der verstatteten Rede an. Doch als die *Achthundertundvierundachtzigste Nacht* anbrach, fuhr sie also fort: »Es ist mir berichtet worden, o glücklicher König, daß der alte Kapitän, nachdem er die Segel des Schiffes ausgespannt hatte, mit Nûr ed-Dîn auf das tosende Meer hinausfuhr, von günstigem Winde getrieben. Derweilen hielt Nûr ed-Dîn sich an der Rahe[1] fest, versunken im Meer der Gedanken und immer von seinen Sorgen bedrängt, da er nicht wußte, was in der Zukunft für ihn verborgen war; und sooft er den Kapitän ansah, erbebte ihm das Herz, und er ahnte nicht, wohin der Schiffsführer mit ihm steuerte. So blieb er von Sorgen und Nöten beunruhigt, bis es heller Tag ward; als er dann aber den Kapitän anblickte, sah er, daß er sich mit der Hand an den langen Bart gegriffen hatte und daran zupfte, so daß er ihm abfiel und in der Hand blieb; und wie er genauer hinschaute, erkannte er, daß es ein falscher, angeklebter Bart gewesen war. Darauf schaute Nûr ed-Dîn die Gestalt des Kapitäns von neuem an und ließ seinen Blick prüfend auf ihr verweilen, und siehe da, es war die Herrin Marjam, seine Geliebte, die seinem Herzen so teuer war. Sie hatte nämlich eine List ersonnen, also daß sie den eigentlichen Kapitän töten konnte, ihm die Gesichtshaut mit dem Barte abzog und

---

1. Das Wort kann Rahe oder Gaffel bedeuten; letztere Bedeutung ist hier vielleicht noch wahrscheinlicher.

das Ganze nahm und vor ihr Gesicht klebte. Nûr ed-Dîn bewunderte ihre tapfere Tat und ihr mutiges Herz; er ward fast von Sinnen ob seiner Fröhlichkeit, und die Brust ward ihm weit vor Seligkeit. Und er sprach zu ihr: ‚Willkommen, du mein Wunsch und mein Begehr und Ziel meiner Hoffnung!' Von Sehnsucht und Freude umfangen, in der festen Zuversicht, er werde an das Ziel seines Hoffens gelangen, begann er mit schöner Stimme zu singen und ließ dies Lied erklingen:

> *Erzähl dem Volk, das meine Lieb nicht kennt*
> *Zur Maid, von der sie all die Ferne trennt,*
> *Wie unter meinem Volk ich litt; ja, fraget dann! –*
> *Mein süßer Sang, mein zartes Lied begann*
>   *Voll Lieb zu ihr, die mir im Herzen ruht.*
>
> *Gedenk ich ihrer, wird mein Leid geheilt*
> *In meinem Herzen, und der Schmerz enteilt.*
> *Doch heiße Sehnsucht wächst in mir und bangt,*
> *Wenn mein betrübtes Herz nach ihr verlangt*
>   *Und Menschen reden, was die Liebe tut.*
>
> *Ich kümmre mich um ihren Tadel nicht*
> *Und achte nie, wenn man von Trost mir spricht.*
> *Allein die Liebe weihte mich dem Schmerz,*
> *Verbrannte wie mit Kohlen mir das Herz;*
>   *In meinem Innern brennt die heiße Glut.*
>
> *O Wunder, sie hat Siechtum mir gebracht,*
> *Daß mich der Schlummer flieht in finstrer Nacht.*
> *Sie wandte sich, ließ mich allein und glaubt,*
> *In Liebe Blut vergießen sei erlaubt,*
>   *Und hält ihr grausam Tun gar noch für gut.*
>
> *Sag an, wer ist's, der solchen Rat dir gibt.*
> *Daß du den Jüngling meidest, der dich liebt?*
> *So wahr ich leb, bei Ihm, der dich erschuf:*
> *Erreichet dich der bösen Tadler Ruf,*
>   *Bei Gott, sie reden wie die Lügenbrut!*

Mir heile Allah nie das bittre Leid,
Mein Herze werde nie von seiner Glut befreit,
Wenn ich ob deiner Liebe müde klag,
Ich, der ich neben dir doch keine mag!
   Quäl nur mein Herz, und wenn du willst, sei gut!

Ich hab ein Herz, das dir die Treue hält,
Bist du auch hart, daß es dem Leid verfällt.
Magst du mir zürnen oder gütig sein –
Tu, was du wünschest, mit dem Knechte dein!
   Er geizet nie für dich mit seinem Blut.

Als Nûr ed-Dîn sein Lied beendet hatte, war die Herrin Marjam von höchster Bewunderung erfüllt, und sie dankte ihm für seine Worte; und dann sprach sie zu ihm: ‚Wem es so ergeht, dem geziemt es, daß er auf dem Wege der Männer wandle und nicht wie verächtliche Wichte handle!' Nun hatte die Herrin Marjam ein starkes Herz und war vertraut mit der Kunst der Schiffahrt auf dem Salzmeere, auch kannte sie alle Winde und ihre Wechsel und alle Fahrstraßen des Meeres. Und Nûr ed-Dîn sprach zu ihr: ‚Meine Gebieterin, hättest du mich noch länger in diesem Zustande gelassen, so wäre ich im Übermaße der Angst und des Schreckens gestorben, zumal ein Feuer in mir brannte von Sehnsucht und Liebesleid und schmerzlicher Qual der Verlassenheit.' Sie lächelte ob seiner Worte; doch dann ging sie alsobald hin und holte ein wenig Speise und Trank. Da aßen sie und tranken, erquickten sich und waren voll froher Gedanken. Dann aber holte sie Rubine hervor und andere Edelsteine, alle Arten von Juwelen und kostbaren Schätzen, allerlei Schmuck aus Gold und aus Silber, was nicht beschwert und doch von hohem Wert, Dinge, die sie mitgenommen und aus dem Palast ihres Vaters und aus seinen Schatzkammern entführt hatte; all das breitete sie vor Nûr ed-Dîn aus, und er freute sich dessen über die Maßen. Derweilen war der Wind gleichmäßig günstig, und das Schiff segelte immer weiter; so fuhren sie dahin, bis sie die Stadt Alexandria erreichten und ihre alten und neuen Landzeichen, auch die Säule der Masten, erblickten. Als sie in den Hafen eingefahren waren, sprang Nûr ed-Dîn sogleich von Bord an Land und band das Schiff an einen der Steine, die den Walkern gehörten; dann nahm er etwas von den Schätzen, die Marjam mitgebracht hatte, und sprach zu ihr: ‚Warte im Schiff, meine Gebieterin, bis ich mit dir in Alexandrien einziehen kann, wie ich es gern tun möchte.' Sie gab ihm zur Antwort: ‚Es ist aber nötig, daß dies schnell geschieht; denn Saumseligkeit in Geschäften hat Reue im Gefolge.' ‚Bei mir gibt es keine Saumseligkeit', rief er, und indem er Marjam im Schiffe zurückließ, begab er sich zum Hause des Spezereienhändlers, des Freundes seines Vaters, um von seiner Frau einen Schleier, einen Überwurf, Schuhe und einen Umhang zu entleihen, wie sie die Frauen von Alexandria tragen. Aber er dachte nicht an das, was jenseits aller Berechnung war, an die Wechselfälle der Zeit, die da reich ist an Dingen wunderbar.

Kehren wir nun von Nûr ed-Dîn und Marjam der Gürtlerin zurück zu ihrem Vater, dem König der Franken! Der vermißte, als es Morgen ward, seine Tochter Marjam, und als er sie nicht finden konnte, fragte er ihre Dienerinnen und ihre Eunuchen nach ihr. Sie gaben zur Antwort: ‚O unser Herr, sie ist gestern abend ausgegangen und hat sich in die Kirche begeben; hernach haben wir nichts mehr von ihr vernommen.' Während noch der König mit den Dienerinnen und Eunuchen redete, ertönten plötzlich, zu eben jener Zeit, unten am Schlosse zwei so laute Schreie, daß sie von überall widerhallten. Der König fragte: ‚Was ist geschehen?' Und die Leute erwiderten: ‚O König, am Meeresstrande sind zehn Männer ermordet aufgefunden, und das Schiff des Königs ist verschwunden. Wir sahen auch die Tür des Ganges, der von der Kirche zum Meere führt, offen stehen; auch der Gefangene, der als Diener bei der Kirche war, ist nicht mehr da.' Nun rief der König: ‚Wenn mein Schiff, das am Strande lag, verschwunden ist, so befindet sich ohne allen Zweifel meine Tochter Marjam auf ihm.' – –«

Da bemerkte Schehrezâd, daß der Morgen begann, und sie hielt in der verstatteten Rede an. Doch als die *Achthundertundfünfundachtzigste Nacht* anbrach, fuhr sie also fort: »Es ist mir berichtet worden, o glücklicher König, daß der Frankenkönig, als seine Tochter Marjam vermißt wurde und ihm auch die Meldung gebracht wurde, daß sein Schiff verschwunden sei, ausrief: ‚Wenn mein Schiff verschwunden ist, so befindet sich ohne allen Zweifel meine Tochter Marjam auf ihm.' Dann ließ er unverzüglich den Hafenaufseher kommen und sprach zu ihm: ‚Bei des Messias Leben, der uns den rechten Glauben gegeben, wenn du nicht sofort mit einer Schar von Kriegern meinem Schiffe nachsetzest und es mir mit denen bringst, die sich auf ihm befinden, lasse ich dich des schmählichsten Todes sterben und mache dich zu einer Warnung für viele.' Dann schrie der König ihn laut an, so daß er zitternd von ihm forteilte; er begab sich aber zur Alten von der Kirche und fragte sie: ‚Hast du von dem Gefangenen, der bei dir war, nichts über seine Heimat vernommen noch darüber, aus welchem Lande er kam?' Sie erwiderte ihm: ‚Er pflegte zu sagen, daß er aus der Stadt Alexandria sei.' Als der Hauptmann diese Worte von der Alten gehört hatte, kehrte er sogleich zum Hafen zurück und rief den Seeleuten zu: ‚Macht euch bereit und hißt die Segel!' Sie taten, wie er ihnen befahl, und stachen in See. Tag und Nacht fuhren sie ohne Aufenthalt dahin, bis sie die Stadt Alexandria erreichten, und zwar zu eben jener Stunde,

in der Nûr ed-Dîn von Bord gegangen war und die Herrin
Marjam auf dem Schiffe zurückgelassen hatte. Unter den Franken befand sich aber auch der einäugige Wesir, der sie von
Nûr ed-Dîn gekauft hatte. Als sie nun das angebundene Schiff
sahen, erkannten sie es, und sie banden ihr eigenes Schiff etwas
entfernt von ihm fest; dann fuhren sie hinüber in einem kleinen Boot, das sie bei sich hatten und das nur zwei Ellen Tiefgang besaß. Hundert Streiter befanden sich in diesem Boote,
darunter auch der einäugige, lahme Wesir, jener tyrannische,
trutzige Gesell und teuflische Rebell, jener verschlagene Räubersmann, vor dessen Listen niemand sicher war, als wäre er
Abu Mohammed el-Battâl[1] sogar. Sie ruderten rasch dahin, bis
sie das Schiff erreichten; und sie sprangen hinauf und fielen alle
auf einmal darüberher, aber sie fanden auf ihm niemanden
außer der Herrin Marjam. Nachdem sie die Prinzessin und das
Schiff, auf dem sie sich befand, in ihre Gewalt gebracht hatten
und an Land gestiegen und dort eine Weile geblieben waren,
kehrten sie schnurstracks zu ihren Schiffen zurück; jetzt hatten
sie erreicht, was sie wollten, ohne Kampf und ohne Schwertstreich. Danach machten sie sich wieder auf zum Lande der
Christen; sie fuhren bei günstigem Winde dahin, immer weiter, in sicherer Hut, bis sie bei der Stadt der Franken ankamen;
dort begaben sie sich mit der Prinzessin Marjam zu ihrem Vater, der auf dem Throne seiner Herrschaft saß. Doch als der
König sie erblickte, sprach er zu ihr: ‚Wehe dir, du Verräterin,
wie konntest du den Glauben der Väter und Vorväter ablegen
und den Schutz des Messias, auf den wir vertrauen allerwegen?
Und dem Glauben der Vagabunden folgen, das heißt dem
Islam, der mit dem Schwerte wider das Kreuz und die Bilder

[1]. Ein gewaltiger muslimischer Held, der sich in den Kämpfen mit
den Byzantinern hervorgetan haben soll.

kam?' Marjam gab ihm zur Antwort: ‚Mich trifft keine Schuld! Ich ging bei Nacht zur Kirche, um zur Jungfrau Maria zu wallfahrten und ihres Segens teilhaftig zu werden; und während ich nichts ahnte, überfielen mich dort plötzlich muslimische Räuber, verstopften mir den Mund und fesselten mich; dann schleppten sie mich auf das Schiff und führten mich in ihr Land. Ich aber hinterging sie und redete mit ihnen von ihrem Glauben, bis sie mir die Fesseln lösten; und ehe ich mich dessen versah, holten deine Mannen mich ein und befreiten mich. Und bei des Messias Leben, der uns den rechten Glauben gegeben, beim Kreuze und dem, der an ihm gekreuzigt wurde, ich freue mich über die Maßen, daß ich ihren Händen entronnen bin, meine Brust ist weit, und froh ist mein Sinn, weil mir die Befreiung aus den Banden der Muslime zuteil geworden ist.' Aber ihr Vater rief: ‚Du lügst, du Metze, du Dirne! Bei dem, was das Evangelium, wohlbewahrt, an Verbotenem und Erlaubtem offenbart, ich lasse dich des schmählichsten Todes sterben und mache dich zu einer Warnung voll Verderben. War es dir nicht genug, was du früher getan hattest, als deine List wider uns gelang, und mußt du jetzt wieder mit deinen Lügen zu uns kommen?' Darauf befahl der König, sie zu töten und über dem Palasttore zu kreuzigen. Aber in eben jenem Augenblick trat der einäugige Wesir ein, der seit langer Zeit die Prinzessin liebte, und er rief: ‚O König, töte sie nicht, sondern vermähle sie mit mir! Ich will sie aufs sorgfältigste bewachen, und ich will nicht eher zu ihr eingehen, als bis ich für sie ein Schloß aus festem Gestein errichtet habe mit so hohen Mauern, daß kein einziger Dieb auf seine Dachterrasse klettern kann. Und wenn ich es fertig gebaut habe, so will ich vor seinem Tore dreißig Muslime töten und zum Sühneopfer an den Messias für mich und für sie werden lassen!' Der König gewährte ihm seine Bitte und erlaubte den Priestern, Mönchen und Rittern, ihm die Prinzessin zu vermählen; und als jene sie darauf mit dem einäugigen Wesir vermählt hatten, gab er die Erlaubnis, daß man mit dem Bau eines hochragenden Schlosses beginne, wie es ihrem Stande entsprach. Da machten sich die Arbeiter ans Werk. So viel von der Prinzessin Marjam und ihrem Vater und dem einäugigen Wesir!

Wenden wir uns nun zu Nûr ed-Dîn und zu dem Spezereienhändler! Als der Jüngling zu dem Freunde seines Vaters gekommen war, entlieh er von dessen Frau einen Umhang, einen Schleier und Schuhe, kurz, alle Kleidungsstücke, wie die Frauen Alexandrias sie tragen; dann kehrte er mit diesen Sachen zum Meeresstrande zurück und suchte das Schiff, auf dem die Herrin Marjam war; doch er fand die ‚Luft leer und das Heiligtum fern'[1]. – –«

Da bemerkte Schehrezâd, daß der Morgen begann, und sie hielt in der verstatteten Rede an. Doch als die *Achthundertundsechsundachtzigste Nacht* anbrach, fuhr sie also fort: »Es ist mir berichtet worden, o glücklicher König, daß Nûr ed-Dîn, als er ‚die Luft leer und das Heiligtum fern' fand, betrübten Herzens ward, und er vergoß Tränen immerfort und sprach das Dichterwort:

> *Bei Nacht erregte Su'das[2] Schatten mir die Seele.*
> *Vor Tag; die Freundesschar schlief in der Wüste dort.*
> *Und als das Nachtgebild, das mir genaht, mich weckte,*
> *Da fand ich leer die Luft und fern den Wallfahrtsort.*

Dann ging Nûr ed-Dîn an der Küste des Meeres entlang und blickte nach rechts und nach links; da sah er plötzlich, wie Leute sich am Strande zusammenrotteten und riefen: ‚Ihr Muslime, die Ehre der Stadt Alexandria ist dahin, seitdem die Franken

1. Vgl. oben Seite 325 und Band III, Seite 307. – 2. Vgl. Band III, Seite 307, Anmerkung.

in sie eindringen können, um ihre Bewohner zu rauben, und dann in aller Gemächlichkeit in ihr Land zurückkehren, ohne verfolgt zu werden von einem derer, die den Islam bekennen, noch auch derer, die sich Glaubensstreiter nennen!' Als Nûr ed-Dîn sie fragte, was geschehen sei, berichteten sie ihm: ,Junger Herr, eines von den Schiffen der Franken ist soeben voll Bewaffneter in diesen Hafen eingedrungen; die Leute haben ein Schiff, das hier vor Anker lag, mit allem, was darinnen war, fortgeschleppt und sind dann in aller Sicherheit wieder zu ihrem Land gefahren.' Wie der Jüngling diese Worte von ihnen vernahm, fiel er ohnmächtig nieder; und nachdem er wieder zu sich gekommen war, fragten die Leute ihn nach seiner Geschichte, und da berichtete er ihnen seine Erlebnisse von Anfang bis zu Ende. Kaum hatten jene alles begriffen, so fing ein jeder von ihnen an, ihn zu schelten und zu schmähen und zu rufen: ,Warum konntest du sie denn nicht ohne Umhang und Schleier in die Stadt hinaufbringen?' So fuhren ihn die Leute mit harten Worten an, einer nach dem andern. Nur einige sagten: ,Laßt ihn; er trägt genug an dem, was er gelitten hat!' Doch immer noch hatte fast ein jeder ein schmerzendes Wort für ihn und schoß den Pfeil des Tadels wider ihn, bis er von neuem in Ohnmacht sank. Während nun die Leute sich so mit Nûr ed-Dîn beschäftigten, kam plötzlich der alte Spezereienhändler des Wegs, und als er das Gedränge sah, ging er dorthin, um zu erfahren, was es gäbe; da sah er Nûr ed-Dîn ohnmächtig in ihrer Mitte liegen. Sogleich setzte er sich ihm zu Häupten nieder und suchte ihn zum Bewußtsein zurückzurufen. Als aber der Jüngling wieder zu sich kam, sprach er zu ihm: ,Mein Sohn, in welchem Zustande muß ich dich sehen?' Jener gab ihm zur Antwort: ,Lieber Oheim, ich hatte die Maid, die mir verloren gegangen war, aus ihres Vaters Stadt in einem

Schiffe hierher gebracht, nachdem ich auf der Fahrt viel Ungemach erduldet hatte; und als ich mit ihr hier ankam, band ich das Schiff am Ufer fest, ließ sie darin zurück und begab mich zu deiner Wohnung; dort empfing ich von deiner Gattin Sachen für die Maid, in denen ich sie zur Stadt führen wollte; doch da kamen die Franken und raubten das Schiff mit der Maid darauf und fuhren in aller Sicherheit zu ihren eigenen Schiffen zurück.' Als der alte Spezereienhändler diese Worte von Nûr ed-Dîn vernommen hatte, ward das helle Tageslicht finster vor seinem Angesicht; und er grämte sich gar sehr um den Jüngling. Dann sprach er zu ihm: ‚Mein Sohn, warum hast du sie denn nicht ohne Umhang vom Schiffe in die Stadt geführt? Aber jetzt nützt das Reden nichts mehr; drum erhebe dich, mein Sohn, und komm mit mir in die Stadt; vielleicht wird Allah dir eine Sklavin bescheren, die noch schöner ist als sie und die dich über ihren Verlust trösten wird. Preis sei Allah, der dich an ihr nichts verlieren ließ! Ja, mögest du durch sie noch gewinnen! Und, mein Sohn, dir ist bekannt, Vereinigung und Trennung liegen in des höchsten Königs Hand.' Doch Nûr ed-Dîn erwiderte ihm: ‚Lieber Oheim, ich kann mich nie und nimmer über ihren Verlust trösten, ich werde nie ablassen, sie zu suchen, wenn ich auch um ihretwillen den Kelch des Unheils leeren muß!' ‚Mein Sohn,' fuhr der Alte fort, ‚was hast du in deinem Sinne beschlossen zu tun?' Der Jüngling antwortete darauf: ‚Ich gedenke ins Land der Christen zurückzukehren, in die Stadt der Franken einzudringen und mein Leben zu wagen, mag es sich zum Guten oder zum Bösen wenden!' Da sprach der Alte zu ihm: ‚Mein Sohn, es gibt ein bekanntes Sprichwort: Nicht alleweil bleibt der Krug heil! Wenn sie dir auch beim ersten Male nichts angetan haben, so werden sie dich diesmal vielleicht umbringen, zumal sie dich jetzt ja ganz genau kennen.' Dennoch beharrte Nûr ed-Dîn darauf: ‚Laß mich ziehen, lieber Oheim! Eher will ich um ihrer Liebe willen eines raschen Todes sterben, als fern von ihr langsam aus Verzweiflung zugrunde gehen.'

Nun hatte der Zufall des Schicksals es gewollt, daß im Hafen ein Schiff zur Ausfahrt bereit lag, dessen Reisende schon alle ihre Geschäfte erledigt hatten; gerade hatten die Seeleute die Ankerpflöcke herausgezogen, und da sprang Nûr ed-Dîn an Bord. Das Schiff segelte dann eine Reihe von Tagen dahin, und Wind und Wetter waren den Reisenden günstig. Während sie so auf der Fahrt waren, erschien plötzlich eines der fränkischen Schiffe, die auf hoher See umherkreuzten und jedes Schiff kaperten, das sie in Sicht bekamen, aus Besorgnis um die Königstochter vor den muslimischen Piraten; und wenn sie ein Schiff erbeutet hatten, so brachten sie alle, die darauf waren, zum König der Franken, und der ließ sie hinrichten, um durch sie das Gelübde zu erfüllen, das er um seiner Tochter Marjam willen getan hatte. Als die Franken jenes Schiff erblickten, auf dem sich Nûr ed-Dîn befand, kaperten sie es, nahmen alle, die darauf waren, mit sich und führten sie zum König, dem Vater Marjams. Wie sie nun vor ihm standen, sah er, daß es ihrer hundert muslimische Männer waren, und er gab sofort Befehl, sie hinzurichten. Nûr ed-Dîn war auch unter ihnen, und von allen, die dort abgeschlachtet wurden, blieb er allein übrig; denn der Henker hatte ihn bis zuletzt übrig gelassen, da es ihn um seine Jugend und um seine schlanke Gestalt leid tat. Als aber der König auf ihn schaute, erkannte er ihn recht wohl, und er sprach zu ihm: ‚Bist du nicht Nûr ed-Dîn, der schon früher einmal bei uns war vor diesem Tage?' Da rief jener: ‚Ich bin nie bei euch gewesen, und ich heiße auch nicht Nûr ed-Dîn, ich heiße Ibrahim!' ‚Du lügst,' fuhr der

König ihn an, ,du bist Nûr ed-Dîn, der, den ich der alten Vorsteherin der Kirche geschenkt habe, damit er ihr im Kirchendienste helfe.' Doch Nûr ed-Dîn wiederholte: ,Hoher Herr, ich heiße Ibrahîm!' Nun sagte der König: ,Wenn die Alte, die Vorsteherin der Kirche, kommt und dich sieht, so wird sie wissen, ob du Nûr ed-Dîn bist oder ein anderer.' Während die beiden noch miteinander redeten, trat plötzlich, zu eben jener Zeit, der einäugige Wesir ein, der sich mit der Tochter des Königs vermählt hatte; und nachdem er den Boden vor dem König geküßt hatte, sprach er zu ihm: ,O König, vernimm, der Bau des Schlosses ist beendet. Du weißt, daß ich dem Messias gelobt habe, ich wolle, wenn ich den Bau beendet hätte, vor seinem Tore dreißig Muslime opfern; deshalb komme ich, um mir von dir dreißig Muslime zu holen, damit ich sie töten und durch sie mein Gelübde an den Messias erfüllen kann. Sie sollen mir übergeben werden als eine Anleihe, für die ich verantwortlich bin, und wenn ich selbst Gefangene habe, will ich dir andre dreißig dafür wiedergeben.' Der König erwiderte: ,Bei des Messias Leben, der uns den rechten Glauben gegeben, ich habe nur noch diesen einen Gefangenen übrig.' Und indem er auf Nûr ed-Dîn zeigte, sprach er: ,Nimm ihn und töte ihn jetzt; die anderen will ich dir schicken, sobald ich wieder Gefangene von den Muslimen erhalte!' Da nahm der einäugige Wesir den Jüngling in Empfang und führte ihn zu dem Schlosse, um ihn auf der Schwelle des Tores zu opfern. Doch die Maler sprachen zu ihm: ,Hoher Herr, wir haben noch zwei Tage mit dem Malen zu tun; hab Geduld mit uns und warte mit der Hinrichtung dieses Gefangenen, bis wir mit dem Malen ganz fertig sind! Vielleicht kommen auch noch volle dreißig für dich zusammen, und dann kannst du alle auf einmal opfern und dein Gelübde an einem einzigen Tage erfüllen.' Darauf befahl der Wesir, man solle Nûr ed-Dîn in den Kerker werfen. – –«

Da bemerkte Schehrezâd, daß der Morgen begann, und sie hielt in der verstatteten Rede an. Doch als die *Achthundertundsiebenundachtzigste Nacht* anbrach, fuhr sie also fort: »Es ist mir berichtet worden, o glücklicher König, daß der Wesir befahl, man solle Nûr ed-Dîn in den Kerker werfen; da schleppten die Leute ihn gefesselt in den Stall, wo er hungernd und dürstend sein Los beklagte und schon den Tod vor Augen sah.

Nun traf es sich nach dem vorherbestimmten Ratschluß und dem unabänderlichen Schicksal, daß der König zwei Hengste besaß, leibliche Brüder, von denen der eine Sâbik und der andere Lâhik hieß; Tiere, wie ihrer eines zu besitzen selbst die Perserkönige vergeblich gewünscht hätten. Der eine von den beiden Hengsten war von reinem Grau, der andere aber schwarz wie die finstere Nacht. Und die Könige der Inseln pflegten zu sagen: Wer uns einen von diesen beiden Hengsten stiehlt, dem wollen wir alles geben, was er verlangt, an rotem Golde, Perlen und Edelsteinen.' Aber es gelang niemandem, einen von diesen beiden Hengsten zu stehlen. Einer von den beiden nun erkrankte in der Art, daß ihm das Weiße in den Augen gelb wurde. Da ließ der König alle Tierärzte kommen, um ihn zu heilen; doch keiner von ihnen vermochte es. Eines Tages trat der einäugige Wesir, der Gemahl der Prinzessin, zum König ein, und da er ihn um jenes Hengstes willen bekümmert sah, wollte er ihn von seiner Kümmernis befreien, und so sprach er zu ihm: ‚O König, gib mir den Hengst, ich will ihn heilen!' Der König übergab ihm das Tier und ließ es in den Stall bringen, in dem Nûr ed-Dîn gefangen lag; doch als das Pferd von seinem Bruder getrennt war, stieß es einen lauten Schrei aus und wieherte so stark, daß es alle Leute durch sein Geschrei erschreckte. Da der Wesir wohl wußte, daß der Hengst nur deshalb so laut schrie, weil er von seinem Bruder getrennt war, so ging er zum König und meldete es ihm. Und als der Herrscher sich von der Wahrheit seiner Worte überzeugt hatte, sprach er: ‚Wenn dieser Hengst, der doch nur ein Tier ist, die Trennung von seinem Bruder nicht ertragen kann, wie soll es dann mit denen sein, die vernunftbegabt sind?' Darauf befahl er den Stallknechten, sie sollten den anderen Hengst zu seinem Bruder in das Haus des Wesirs, des Gatten Marjams, bringen, und fügte hinzu: ‚Sagt dem Wesir: Der König läßt dir sagen, daß diese beiden Hengste ein Geschenk von ihm an dich sind um seiner Tochter Marjam willen.' Während Nûr ed-Dîn gefesselt und gebunden dort im Stalle lag, sah er die beiden Hengste an und entdeckte in den Augen des einen von ihnen eine Trübung. Da er ein wenig von Pferden und von der Behandlung ihrer Krankheiten verstand, so sprach er bei sich: ‚Bei Allah, dies ist die rechte Gelegenheit für mich! Ich will den Wesir belügen, indem ich zu ihm spreche: ‚Ich kann dies Pferd heilen.' Dann will ich etwas mit ihm tun, was seine Augen völlig vernichtet, und der Wesir wird mich töten lassen, so daß ich endlich Ruhe habe von diesem elenden Leben.' Er wartete also, bis der Wesir in den Stall kam, um nach den beiden Hengsten zu schauen. Sobald jener eintrat, sprach Nûr ed-Dîn zu ihm: ‚Mein Gebieter, was wird mir von dir zuteil werden, wenn ich dies Pferd heile und ihm durch ein Mittel seine Augen wieder gesund mache?' ‚Bei meinem Haupte,' antwortete der Wesir, ‚wenn du es heilst, so will ich dein Leben verschonen und dich eine Gnade von mir erbitten lassen.' Der Jüngling fuhr fort: ‚Hoher Herr, befiehl, daß man mir die Hände löse!' Da befahl der Wesir, sie ihm zu lösen; Nûr ed-Dîn aber ging hin, nahm ungeformtes Glas und zerstieß es;

ferner nahm er ungelöschten Kalk und vermischte ihn mit Zwiebelsaft. Das Ganze legte er auf die Augen des Hengstes und verband sie ihm, und dann sprach er bei sich: ‚Jetzt werden seine Augen erlöschen, und mich wird man töten, so daß ich Ruhe finde von diesem elendem Leben.' Darauf legte er sich nieder und verbrachte jene Nacht frei von den quälenden Sorgen, und er demütigte sich vor Allah dem Erhabenen, indem er sprach: ‚O Herr, du weißt alles, und das überhebt mich des Bittens.' Als nun der Morgen kam mit seinem Strahl und die Sonne leuchtete über Berg und Tal, trat der Wesir in den Stall, und wie er dem Pferde die Binde von den Augen genommen hatte und sie anschaute, sah er in ihnen die schönsten Augen von der Welt durch die Macht des Königs, der alles erhellt. Da sprach er zu Nûr ed-Dîn: ‚O Muslim, ich habe in der ganzen Welt noch niemanden gefunden, der so schöne Kenntnisse hat wie du. Bei des Messias Leben, der uns den rechten Glauben gegeben, du machst mich über die Maßen staunen, denn kein einziger Tierarzt in unserem Lande vermochte dies Pferd zu heilen.' Dann trat er an Nûr ed-Dîn heran, löste ihm mit eigener Hand die Fußfesseln und kleidete ihn in ein kostbares Prachtgewand; ferner machte er ihn zu seinem Stallmeister, wies ihm Gehalt und Einkünfte an und gab ihm eine Wohnung in einem Stockwerk über dem Stalle. In dem neuen Schlosse aber, das der Wesir für die Herrin Marjam gebaut hatte, befand sich ein Fenster, das auf das alte Haus des Wesirs und auf das Stockwerk, in dem Nûr ed-Dîn wohnte, hinausführte. Nun blieb der Jüngling eine Reihe von Tagen dort, indem er sich durch Essen und Trinken pflegte, sich freute und heitere Gedanken hegte und über die Pferdeknechte zu gebieten und verbieten hatte. Jeden von ihnen, der ausblieb und die Pferde in dem Stalle, in dem er Dienst hatte, nicht fütterte, den warf er zu Boden, verprügelte ihn mit heftigen Schlägen und ließ ihm eiserne Fesseln an die Füße legen. Der Wesir aber hatte an dem Jüngling die allergrößte Freude, ihm weitete sich die Brust, und er war voller Lust; freilich ahnte er nicht, wie sich sein Schicksal noch gestalten sollte. Doch Nûr ed-Dîn ging jeden Tag zu den beiden Hengsten hinunter und striegelte sie mit eigener Hand, da er wußte, wie lieb und wert die beiden dem Wesir waren.

Nun hatte der einäugige Wesir eine Tochter, eine Jungfrau von höchster Anmut, einer flüchtigen Gazelle gleich oder einem Zweige, wiegend und weich. Und es begab sich eines Tages, daß sie an dem Fenster saß, das auf das Haus des Wesirs schaute und auf das Gemach, in dem Nûr ed-Dîn wohnte. Da hörte sie, wie des Jünglings Stimme erklang und wie er sich über sein Leid tröstete, indem es diese Verse sang:

> *O Tadler mein, du lebst so froh dahin,*
> *Und alle Wonnen freuen deinen Sinn.*
> *Wenn dich das Schicksal träf mit seinem Leid,*
> *Du sprächest bald ob seiner Bitterkeit:*
> > *Ach, die Lieb und ihre Schmerzen*
> > *Brennen heiß in meinem Herzen!*
>
> *Doch du bist sicher jetzt vor seinem Neid,*
> *Vor seiner Mißgunst, seiner Grausamkeit.*
> *Drum schilt den Armen, schwer Geprüften nicht,*
> *Der in dem Übermaß der Sehnsucht spricht:*
> > *Ach, die Lieb und ihre Schmerzen*
> > *Brennen heiß in meinem Herzen!*
>
> *Sei gegen die, so lieben, gut und mild,*
> *Und hilf doch dem nicht, der sie immer schilt,*
> *Auf daß dich nicht das gleiche Band umschlingt*
> *Und man dir nicht den Kelch der Leiden bringt!*
> > *Ach, die Lieb und ihre Schmerzen*
> > *Brennen heiß in meinem Herzen!*

Eh ich dich kannte, lebt ich auf der Welt
Gleichwie ein freier, sorgenloser Held.
Die Liebe kannt ich nicht, die immer wacht,
Bis sie auch mich bezwang mit ihrer Macht:
 Ach, die Lieb und ihre Schmerzen
 Brennen heiß in meinem Herzen!

Die Liebe und ihr Elend kennt nur der,
Auf dem ihr Siechtum lastet, lang und schwer,
Dem in der Sehnsucht sein Verstand entflieht
Und der den bittren Becher vor sich sieht:
 Ach die Lieb und ihre Schmerzen
 Brennen heiß in meinem Herzen!

Wie manches Auge, das im Dunkel wacht,
Ward nur durch sie um süßen Schlaf gebracht!
Wie oft erregte sie der Tränen Flut,
Die über Wangen strömt mit heißer Glut:
 Ach, die Lieb und ihre Schmerzen
 Brennen heiß in meinem Herzen!

Wie mancher Mann, von Liebespein geplagt,
Ist wach, da ihm das Leid den Schlaf versagt!
Er legt das Kleid des schweren Siechtums an,
Weil er den Schlummer nicht mehr finden kann:
 Ach, die Lieb und ihre Schmerzen
 Brennen heiß in meinem Herzen!

Geduld versagt, Gebein vergeht vor Glut,
Die Tränen rinnen gleichwie Drachenblut;
Mich hungert, bitter ward die Speise jetzt,
Die sonst durch ihre Süßigkeit mich letzt:
 Ach, die Lieb und ihre Schmerzen
 Brennen heiß in meinem Herzen.

Unselig ist ein Mann, der liebt wie ich,
Von dem in dunkler Nacht der Schlummer wich!
Er schwimmt im Meere der Verlassenheit
Und klagt um Liebe und ihr schweres Leid:

Ach, die Lieb und ihre Schmerzen
Brennen heiß in meinem Herzen!

Wer ist es, den die Liebe nicht zerfrißt?
Und wer entrinnt auch ihrer kleinsten List?
Wer dann noch lebt, der lebt so ganz allein.
Und wer kann dann noch froh und ruhig sein?
Ach, die Lieb und ihre Schmerzen
Brennen heiß in meinem Herzen!

O Herr, nimm du dich des Gequälten an!
Beschütz ihn, Herr, der Schutz gewähren kann!
Und schenke ihm die rechte Festigkeit,
Und sei ihm hold in allem seinem Leid:
Ach, die Lieb und ihre Schmerzen
Brennen heiß in meinem Herzen!

Kaum hatte Nûr ed-Dîn alle seine Worte beendet und die Verse seines Liedes vollendet, da sprach die Tochter des Wesirs bei sich: ‚Bei des Messias Leben, der uns den rechten Glauben gegeben, dieser Muslim ist ein schöner Jüngling! Doch er ist ohne Zweifel ein Liebender, der von seiner Geliebten getrennt ist. Ich möchte wohl wissen, ob die Geliebte dieses Jünglings ebenso schön ist wie er, und ob sie ebenso empfindet wie er oder nicht. Wenn seine Geliebte ebenso schön ist wie er, dann geziemt es ihm, Tränen zu vergießen und in Klagen ob seiner Leidenschaft zu zerfließen. Ist sie aber nicht schön, so vergeudet er sein Leben, wenn er klagt, und der Freuden Speise ist ihm versagt.' – –«

Da bemerkte Schehrezâd, daß der Morgen begann, und sie hielt in der verstatteten Rede an. Doch als die *Achthundertundachtundachtzigste Nacht* anbrach, fuhr sie also fort: »Es ist mir berichtet worden, o glücklicher König, daß die Tochter des Wesirs bei sich sprach: ‚Wenn seine Geliebte schön ist, so geziemt es ihm, daß er Tränen vergießt; ist sie aber nicht schön, so vergeudet er sein Leben, wenn er in Seufzer zerfließt.' Nun war Marjam die Gürtlerin, die Gattin des Wesirs, am Tage zuvor in den neuen Palast hinübergeführt worden; und da die Tochter des Wesirs erfahren hatte, daß ihr die Brust beklommen war, so beschloß sie, zu ihr zu gehen, mit ihr zu plaudern und ihr über jenen Jüngling Nachricht zu bringen und über das, was sie gehört hatte von seinem Singen. Doch noch ehe sie ihre Absicht ausführen konnte, sandte die Herrin Marjam, die Gattin ihres Vaters, schon nach ihr, auf daß sie mit ihr plaudere und sie aufheitere. Als sie nun zu der Prinzessin kam, sah sie, wie ihr das Herz schwer war, wie ihr die Tränen über die Wangen rannen; ja, die Arme weinte so bitterlich, daß ihrem Schmerze kein anderer glich; aber dann hielt sie die Tränen zurück und beklagte in diesem Lied ihr Geschick:

> *Mein Leben schwindet hin, die Liebesleiden bleiben;*
> *Die Brust ist mir beengt, da Sehnsucht mich verzehrt.*
> *Mein Herz ist mir geschmolzen durch den Schmerz der Trennung;*
> *Es hofft, daß noch der Tag des Nahseins wiederkehrt,*
>   *Auf daß die Liebesnacht uns ganz vereint!*
>
> *So scheltet ihn nicht mehr, ihn, dessen Herz gefangen*
> *Und dem die Sehnsuchtsqual den hagren Leib verzehrt!*
> *Entsendet nicht des Tadels Pfeil auf seine Liebe;*
> *Wer liebt, dem ist auf Erden größtes Leid beschert,*
>   *Wiewohl die bittre Liebe süß erscheint.*

Da sprach die Tochter des Wesirs zur Herrin Marjam: ‚Was ist dir, o Prinzessin? Dein Herz ist schwer, und dein Sinn findet keine Ruhe mehr.' Doch als die Herrin Marjam diese Worte vernahm, dachte sie von neuem daran, wie jetzt die Stunden dahingeschwunden mit all der wonnevollen Seligkeit, und sie klagte in diesen Versen ihr Leid:

> *Ich will die Trennung von dem Freund geduldig tragen*
> *Und Tränen weinen gleichwie Perlen aufgereiht;*

> *Vielleicht wird Gott mir doch noch einstmals Trost gewähren,*
> *Denn Er verbirgt die Freude in des Leides Kleid.*

Darauf sprach die Tochter des Wesirs: ‚O Prinzessin, laß dir das Herz nicht schwer sein, sondern komm mit mir sogleich an das Fenster des Schlosses! Wir haben nämlich im Stalle einen schönen Jüngling von schlanker Gestalt und süßer Redegewalt, der scheint ein einsamer Liebender zu sein.' Die Herrin Marjam fragte: ‚Aus welchen Anzeichen erkennst du, daß er ein einsamer Liebender ist?' ‚O Prinzessin,' antwortete die Wesirstochter, ‚ich erkenne es daran, daß er Lieder und Verse singt, so daß seine Stimme Tag und Nacht erklingt.' Da sprach die Herrin Marjam bei sich selber: ‚Sind die Worte der Wesirstochter wahr, so ist es offenbar, daß sie sich auf den armen, betrübten Jüngling beziehn, auf 'Alî Nûr ed-Dîn. Ich möchte doch wohl wissen, ob er wirklich jener Jüngling ist, von dem sie spricht!' Und wiederum ward die Herrin Marjam ergriffen von der heftigen Leidenschaft und von der sehnenden Liebe Kraft; sie erhob sich sofort und ging mit der Tochter des Wesirs zum Fenster und schaute hinaus. Da sah sie ihren Geliebten, ihren Herrn Nûr ed-Dîn, und als sie ihren Blick fest auf ihn richtete, erkannte sie ihn mit aller Sicherheit. Freilich war er krank durch seine leidenschaftliche Liebe zu ihr und verzehrt von dem Feuer der Liebespein und von den Schmerzen der Verlassenheit und der sehnsuchtsvollen Traurigkeit; ja, die Auszehrung schien ihn fast zu zernagen, und er hub an, sein Leid mit diesem Liede zu klagen:

> *Mein Herze ist ein Knecht, und meine Tränen rinnen,*
> *Daß selbst die Regenwolke nicht mehr folgen kann!*
> *Mein Weinen und mein Wachen und die Glut der Liebe,*
> *Das Klagen und der Schmerz um den geliebten Mann,*
> *Und ach, mein brennend Herz, mein Seufzen und mein Kummer –*

Das sind in voller Zahl acht Plagen, die ich trag,
An die sich fünf und fünf in gleicher Folge reihen.
Wohlan, seid still und hört auf das, was ich euch sag:
Erinnerung und Sorge, Stöhnen, schweres Siechtum
Und heiße Sehnsucht, dann das ewig bange Leid
Durch Mühsal und durch Fremde und durch Jugendhoffen,
Durch Schmerz um den Verlust und starre Traurigkeit.
Geduld entschwindet mir, die Leiden zu ertragen;
Und wenn Geduld versagt, so naht Verzweiflung mir.
In meinem Herzen toben heiße Liebeswünsche;
O der du fragest nach der Glut im Herzen hier,
Weshalb die Tränen Feuer in der Brust entfachen,
Weshalb die Lohe immer brennt im Herzen mein:
Vernimm, mich hat ertränkt die Sintflut meiner Zähren;
Von einer Hölle tret ich in die andre ein!

Wie nun die Herrin Marjam ihren Herrn Nûr ed-Dîn anschaute und seines Liedes schönen Klang und seinen herrlichen Sang hörte, ward sie immer gewisser, daß er es wirklich war. Doch sie verbarg ihr Geheimnis vor der Tochter des Wesirs und sprach zu ihr: ‚Bei des Messias Leben, der uns den rechten Glauben gegeben, ich hatte nicht geglaubt, daß du etwas von meiner Traurigkeit wüßtest!' Dann erhob sie sich sogleich, trat von dem Fenster zurück und ging wieder in ihr Gemach, während die Tochter des Wesirs sich an ihre Arbeit begab. Nachdem die Herrin Marjam eine geraume Weile gewartet hatte, begab sie sich wieder zum Fenster und setzte sich dort nieder; dann schaute sie zu ihrem Herrn Nûr ed-Dîn hinüber und betrachtete seinen Liebreiz und die Anmut seines Wesens, und sie sah in ihm den vollen Mond, wie er in der vierzehnten Nacht am Himmel thront. Doch er seufzte ohne Unterlaß, und es strömte seiner Tränen Naß; denn er gedachte der Freude in vergangenen Tagen, und er begann sein Leid in diesen Versen zu klagen:

> *Ich hoffte, meinem Lieb vereint zu werden; – nie*
> *Geschah's, und bitter war, was mir das Leben lieh.*
> *Es strömen gleich der Meeresflut die Tränen mein;*
> *Doch wenn ich meinen Tadler seh, so halt ich ein.*
> *Weh ihm, der rief, daß uns die Trennung nahe sei!*
> *Hätt ich die Zunge sein, ich schnitte sie entzwei.*
> *Kein Tadel trifft das Schicksal, was es auch nur schafft;*
> *Mir mischte es den Trank mit reinster Galle Saft.*
> *Zu wem soll ich mich wenden, als zu dir allein?*
> *Dort, wo du weilest, ließ ich ja das Herze mein.*
> *Wer schafft mir Recht vor ihr, die grausam Herrschaft führt*
> *Und desto härter wird, je mehr sie Macht verspürt?*
> *Ich stellte meine Seele unter ihre Hand,*
> *Sie raffte mich dahin und auch das Unterpfand.*
> *Um ihre Liebe opfert ich mein Leben schon;*
> *Für das, was ich geopfert, sei die Gunst mein Lohn!*
> *O liebes Reh, das mir in meinem Herzen weilt,*
> *Genug der Trennungsschmerzen haben mich ereilt.*
> *In deinem Antlitz eint sich aller Reize Huld;*
> *Und ach, um deinetwillen flieht mich die Geduld –.*
> *Ich nahm sie in mein Herz, da nahte ihm der Gram;*
> *Und doch, ich murrte nicht, daß ich zu Gast sie nahm.*
> *Ach, meine Tränen fluten wie ein wildes Meer;*
> *Und wüßt ich einen Pfad, ich schritt' auf ihm einher.*
> *Ich fürchte, ich muß sterben ob der heißen Qual:*
> *So schwindet mir nun auch der letzte Hoffnungsstrahl.*

Als Marjam hörte, wie Nûr ed-Dîn, der einsam Liebende, arme Verstörte, diese Verse sang, kamen ihr die Zähren bei seiner Stimme Klang. Ihr Auge begann in eine Tränenflut auszubrechen, und sie hub an, diese Verse zu sprechen:

> *Ich sehnte mich nach meinem Freund; als ich ihn fand,*
> *War ich befangen, Blick und Zunge war gebannt.*
> *Ich hielt bereit zum Schelten ganze Bände schon;*
> *Als wir uns sahen, war mir jedes Wort entflohn.*

Kaum hatte Nûr ed-Dîn die Worte der Herrin Marjam vernommen, so erkannte er sie; und er weinte bitterlich und sprach: ‚Bei Allah, dies ist der Gesang der Herrin Marjam der Gürtlerin; das ist wahr, bei meiner Seel, ohne Zweifel und ohne Fehl!' – –«

Da bemerkte Schehrezâd, daß der Morgen begann, und sie hielt in der verstatteten Rede an. Doch als die *Achthundertundneunundachzigste Nacht* anbrach, fuhr sie also fort: »Es ist mir berichtet worden, o glücklicher König, daß Nûr ed-Dîn, als er die Stimme diese Verse singen hörte, bei sich selber sprach: ‚Dies ist der Gesang der Herrin Marjam; das ist wahr, bei meiner Seel, ohne Zweifel und ohne Fehl! Nun möchte ich wissen, ob meine Vermutung richtig ist, ob sie wirklich dort ist oder eine andere.' Dann begann er ob der wachsenden Schmerzen in Klagen auszubrechen, und er hub an, diese Verse zu sprechen:

> *Als er, der meine Liebe schalt, mich einstmals sah,*
> *Wie ich mein Liebchen traf in einem fernen Land*
> *Und ich beim Wiedersehn kein Wort des Tadels sprach,*
> *Wiewohl schon manch Betrübter Trost im Tadel fand,*
> *Da sprach er: ‚Was bedeutet denn dies Schweigen nur,*
> *Das dich zurückhält vom gerechten harten Wort?'*
> *Ich sprach zu ihm: ‚O du, der du kein Wissen hast*
> *Von echter Liebe Art, o du, des Zweifels Hort,*
> *Das Zeichen dessen, der die rechte Liebe hat,*
> *Ist, daß er schweigt, wenn er sich der Geliebten naht.'*

Als er dies Lied beendet hatte, holte die Herrin Marjam Tintenkapsel und Papier und schrieb darauf: ‚Nach der Anrufung des hochgeehrten Namens Allahs schreibe ich dir des ferneren: Der Friede Allahs sei mit dir und Seine Barmherzigkeit und Sein Segen, und ich melde dir, daß deine Sklavin Marjam dich grüßt, sie, die sich so sehr nach dir sehnt, und dies ist ihre Botschaft an dich. Sobald dies Schreiben in deine Hände gelangt, mache dich unverzüglich daran, alles, was sie von dir verlangt, auf das sorgsamste zu erfüllen; und hüte dich, ja hüte dich, ihr zuwider zu handeln oder zu schlafen! Wenn das erste Drittel der Nacht verstrichen und somit die günstigste Zeit genaht ist, so tu nichts andres, als daß du die beiden Rosse sattelst und mit ihnen vor die Stadt hinausziehst! Wenn dich jemand fragt, wohin du gehst, so erwidere ihm: ‚Ich mache den Tieren Bewegung'; wenn du das sagst, wird dich niemand hindern, weil das Volk sich darauf verläßt, daß die Tore geschlossen sind.' Dann hüllte die Herrin Marjam das Blatt in ein seidenes Tuch und warf es aus dem Fenster dem Jüngling hinüber; der fing es auf, las es und verstand was darinnen geschrieben war, und erkannte die Handschrift der Herrin Marjam. Da küßte er den Brief und führte ihn an seine Stirn und gedachte an alles, was er mit ihr an Wonnen der Liebeslust genossen hatte; er begann in Tränen auszubrechen und hub an, diese Verse zu sprechen:

> *Es kam ein Brief von dir zu mir in finstrer Nacht;*
> *Der hat im Herzen Freud und Liebesleid entfacht;*
> *Er weckte Liebesfreuden aus vergangner Zeit.*
> *Gepriesen sei der Herr ob all dem Trennungsleid!*

Sobald die dunkle Nacht anbrach, machte Nûr ed-Dîn sich daran, die beiden Hengste aufzuschirren, und dann wartete er, bis das erste Drittel der Nacht verstrichen war. Nun legte er ihnen alsbald die schönsten Sättel auf und führte die beiden Hengste aus dem Stall hinaus, verriegelte die Tür und begab sich mit ihnen zum Stadttor; dort setzte er sich nieder und wartete auf die Herrin Marjam.

Wenden wir uns nun von Nûr ed-Dîn zur Prinzessin Marjam! Die ging sofort in den Saal, der für sie in dem Schlosse hergerichtet war, und fand den einäugigen Wesir dort sitzen, wie er sich auf ein Kissen lehnte, das mit Straußendaunen gefüllt war; doch er scheute sich, die Hand nach ihr auszustrecken oder sie anzureden. Als sie ihn erblickte, rief sie im Herzen ihren Gott an und sprach in Gedanken: ‚O Gott, laß ihn nicht sein Ziel bei mir erreichen, und verhänge nicht über mich Befleckung nach der Reinheit!' Darauf trat sie an ihn heran, indem sie tat, als ob sie ihn liebe, setzte sich an seine Seite und schmeichelte ihm, indem sie sprach: ‚Mein Gebieter, warum wendest du dich ab von mir? Bist du zu stolz oder zierst du dich nur bei mir? Ein bekanntes Sprichwort besagt: Wo das Grüßen lässig vor sich geht, grüßt der Sitzende den, der steht! Wenn du also, mein Gebieter, nicht zu mir kommst noch auch mich anredest, so werde ich zu dir kommen und dich anreden.' Da gab er ihr zur Antwort: ‚Dein ist die Gunst und die Güte, o Königin der Herrlichkeit auf der Erde weit und breit! Kann ich etwas anderes als einer deiner Knechte sein und der geringste von den Dienern dein? Ich scheute mich nur, mich mit Reden vorzudrängen in deiner erlauchten Gegenwart, o du Perle von einziger Art! Mein Antlitz liegt vor dir auf dem Boden.' Doch sie erwiderte: ‚Laß dies Gerede und bring uns zu essen und zu trinken!' Da rief der Wesir seine Dienerinnen und Eunuchen und befahl ihnen, Speise und Trank zu bringen; und nun trugen sie einen Tisch auf mit allem, was da kreucht und fleugt und im Meere des Weges zeucht: Flughühner und Wachteln gepaart, junge Tauben und Milchlämmer zart, fette Gänse, gebratene Hühner und andere Tiere von jeglicher Farbe und Art. Die Herrin Marjam streckte ihre Hand aus nach dem Tische und aß, auch reichte sie dem Wesir die Bissen mit den Fingerspitzen und küßte ihn auf den Mund. Und beide aßen, bis sie gesättigt waren; dann wuschen sie sich die Hände. Danach hoben die Eunuchen den Speisetisch empor und setzten ihnen den Tisch mit dem Weine vor; Marjam schenkte ein und trank und reichte dem Wesir zu trinken, indem sie ihn so eifrig bediente, daß ihm das Herz fast davonflog vor Fröhlichkeit und seine Brust sich füllte mit lauter Seligkeit. Als ihm aber der Verstand der rechten Besinnung schwand und die Gewalt des Rausches ihn band, griff sie mit der Hand in ihre Tasche und holte aus ihr ein Kügelchen von reinem maghrebinischen Bendsch hervor; wenn von dem ein Elefant auch nur ein ganz klein wenig gerochen hätte, so schliefe er gar von Jahr zu Jahr; und dies hatte sie für jene Stunde bereit gehalten. Sie lenkte nun die Aufmerksamkeit des Wesirs ab, zerbröckelte das Kügelchen in den Becher, füllte ihn und reichte ihn dem Trunkenen, der schon vor Freuden so ohne Besinnung war, daß er seinem Auge nicht traute, wenn sie ihm den Becher reichte. Doch kaum hatte er ihn genommen und getrunken und kaum war das Gift in seinen Magen gesunken, da fiel er sofort wie in Krämpfen zu Boden. Die Herrin Marjam aber sprang auf, holte eiligst zwei Paare von großen Satteltaschen und füllte sie mit dem, was nicht beschwert und doch kostbar ist an Wert, mit Juwelen, Rubinen und allen Arten von Edelsteinen; auch nahm sie etwas Speise und Trank mit sich und hüllte sich in Rüstung und Waffenkleid, die Gewandung für Kampf und Streit. Ferner nahm sie für Nûr ed-Dîn Dinge, die ihn erfreuen sollten, Kleider von königlicher Pracht und Waffen von allbezwingender Macht. Dann warf sie sich die Satteltaschen über die Schulter und eilte zum Schlosse hinaus, da sie hochgemut und tapfer war, und machte sich auf den Weg zu dem Jüngling.

So stand es nun um Marjam; was aber Nûr ed-Dîn anging, – –«

Da bemerkte Schehrezâd, daß der Morgen begann, und sie hielt in der verstatteten Rede an. Doch als die *Achthundertundneunzigste Nacht* anbrach, fuhr sie also fort: »Es ist mir berichtet worden, o glücklicher König, daß Marjam, nachdem sie das Schloß verlassen hatte, sich auf den Weg zu dem Jüngling machte, da sie hochgemut und tapfer war. So stand es nun um Marjam; was aber Nûr ed-Dîn anging, der trotz allem Unglück treu seiner Liebe anhing, so saß er am Stadttor, um auf Marjam zu warten, und hielt die Zügel der beiden Hengste in der Hand. Da sandte Allah, der Allgewaltige und Glorreiche, einen Schlaf auf ihn herab, und er schlief ein – doch Er, der niemals schläft, soll gepriesen sein! Nun pflegten gerade damals die Könige der Inseln viel Geld aufzuwenden, um Leute zu bestechen, diese beiden Hengste oder einen von ihnen zu stehlen; und es lebte in jenen Tagen ein schwarzer Sklave, der auf den Inseln aufgewachsen war und der sich auf den Pferdediebstahl verstand. Den hatten die Könige der Franken mit vielem Geld bestochen, einen von den Hengsten zu stehlen, und sie hatten ihm versprochen, sie würden ihm, wenn es ihm gelänge, beide Tiere zu stehlen, eine ganze Insel schenken und ihn in ein prunkvolles Ehrengewand kleiden. Dieser Sklave war schon eine lange Zeit heimlich in der Stadt der Franken umhergezogen, aber hatte die Hengste nicht rauben können, solange sie bei dem König waren. Doch als er sie dem einäugigen Wesir geschenkt und jener sie in seinen Stall gebracht hatte, freute der Sklave sich über die Maßen, und er entbrannte vor Verlangen, sie in seine Gewalt zu bekommen; denn er sagte sich: ‚Bei des Messias Leben, der uns den rechten Glauben gegeben, ich werde sie sicher beide stehlen können!' In eben jener Nacht war der Sklave ausgezogen auf dem Wege zum Stalle, um die Tiere zu rauben. Und während er dahinschlich, fiel sein Blick auf Nûr ed-Dîn, den er dort schlafen sah mit den Zügeln der Pferde in seiner Hand. Rasch nahm er ihnen die Zügel vom Kopfe und wollte gerade das eine Roß besteigen, um das andere zu führen, als plötzlich die Herrin Marjam herbeikam, mit den Satteltaschen über der Schulter. Sie hielt den Sklaven für Nûr ed-Dîn, und so reichte sie ihm das eine Paar Satteltaschen; er legte es auf den einen Hengst, und als sie ihm das andere Paar reichte, legte er es auf das andre Tier. Bei alledem sagte er kein Wort, und sie war in dem Glauben, der Mohr sei Nûr ed-Dîn. Dann ritt sie zum Tore hinaus, während der Sklave ihr schweigend folgte; doch nun sprach sie zu ihm: ‚Lieber Herr Nûr ed-Dîn, warum schweigst du?' Da wandte der Sklave sich ihr zu und rief voll Zorn: ‚Was redest du da, du Mädchen?' Als sie die barbarischen Laute des Sklaven hörte, wußte sie, daß dies nicht die Sprache Nûr ed-Dîns war; so hob sie denn die Augen auf und schaute ihn an, und nun sah sie, das er Nüstern hatte wie Wasserkrüge. Wie sie das sah, war ihr, als würde das helle Tageslicht finster vor ihrem Angesicht; doch sie sprach zu ihm: ‚Wer bist du, o Scheich derer, die als Söhne Hams bekannt, und wie bist du unter den Menschen genannt?' Er antwortete ihr: ‚O Tochter der gemeinen Leute, ich heiße Mas'ûd, ich, der ich, wenn die Menschen schlafen, die Rosse erbeute.' Sie hielt ihn für keiner Antwort wert, sondern zückte im selben Augenblick das Schwert und versetzte ihm einen Hieb, der in den Nacken glitt, daß die Klinge blitzend die Halssehnen durchschnitt. Er stürzte zu Boden und wälzte sich in seinem Blute; und Allah ließ seine Seele ins Höllenfeuer sausen, an die Stätte voller Grausen. So gewann die Herrin Marjam beide Hengste wieder; sie ritt auf dem einen, während sie das andere am Zügel führte, und kehrte auf ihrer Spur zurück, um Nûr ed-Dîn zu suchen. Den fand sie schlafend an der Stätte, die sie mit ihm für ihre Zusammenkunft verabredet hatte; er hielt die Zügel noch in der Hand, aber er schnarchte in seinem Schlafe und konnte Hand und Fuß nicht unterscheiden. Da stieg sie vom Rücken des Pferdes ab und stieß ihn mit der Hand, so daß er voll Schrecken emporfuhr und ausrief: ,Meine Gebieterin, Preis sei Allah, daß du wohlbehalten angekommen bist!' Doch sie sprach zu ihm: ,Auf, besteige dies Roß, und schweig still!' Alsbald bestieg er den einen Hengst, während die Herrin Marjam den anderen bestieg; so ritten sie zur Stadt hinaus und zogen eine Weile ihres Wegs dahin. Dann wandte Marjam sich zu Nûr ed-Dîn und sprach zu ihm: ,Hab ich dir nicht gesagt, du solltest nicht schlafen? Wer schläft, dem blüht kein Glück.' Er gab ihr zur Antwort: ,Meine Gebieterin, ich schlief nur deshalb ein, weil mein Herz durch dein Versprechen so ruhig geworden war. Was ist denn geschehen, liebe Herrin?' Da erzählte sie ihm die Geschichte mit dem Sklaven von Anfang bis zu Ende; und er wiederholte: ,Preis sei Allah für deine glückliche Ankunft!' Dann ritten sie in aller Eile weiter und befahlen ihre Wege dem allgütigen, allweisen Leiter; dabei plauderten sie miteinander, bis sie zu dem Sklaven kamen, den die Herrin Marjam getötet hatte, und Nûr ed-Dîn sah, wie jener im Staube dalag einem Dämonen gleich. Da sprach Marjam zu ihm: ,Steig ab, zieh ihm die Kleider aus und nimm ihm die Waffen ab!' Doch er rief: ,Meine Gebieterin, bei Allah, ich kann nicht vom Rücken des Pferdes steigen, ich kann nicht bei ihm stehen, ja, ich kann mich ihm nicht einmal nähern!' Voll Staunen schaute er die grause Gestalt des Toten an, und er dankte der Herrin Marjam für ihre Tat und bewunderte ihre Tapferkeit und ihres Herzens Festigkeit. Dann zogen sie ohne Unterlaß weiter in eiligem Ritt die ganze Nacht hindurch, bis der Morgen sich einstellte und die Welt mit seinem Licht und Glanz erhellte und die Sonne mit ihrem Strahl sich breitete über Berg und Tal. Da kamen sie zu einer weiten Au, auf der die Gazellen spielten im Morgentau; ihre Hänge bedeckte das Grün so zart, und überall standen Fruchtbäume von mancherlei Art; ihre Blumen waren bunt gleich den Häuten der Schlangen, während die Vögel sich dort durch die Lüfte schwangen und die Bächlein in mancherlei Windungen sprangen, wie ein Dichter so trefflich singt und darin seine Gedanken zum Ausdruck bringt:

> *Uns schirmte vor der heißen Glut ein Tal*
> *Mit zweifach hohen Bäumen allzumal.*
> *Wir hielten; Zweige neigten sich uns lind*
> *Gleichwie die Amme zum entwöhnten Kind.*
> *Dort stillten wir den Durst mit Wasser klar,*
> *Das süßer als der Wein dem Zecher war.*
> *Vor Sonnenstrahlen schützte uns der Hain;*
> *Er hielt sie fern, doch ließ den Zephir ein.*
> *Die Kiesel schrecken die geschmückte Maid;*
> *Sie tastet rasch nach ihrem Perlgeschmeid.*[1]

Und ein anderer sagt:

> *Ein Tal, in dem die Vöglein zwitschern bei dem Teich,*
> *Wo sehnend Liebeskranke früh am Morgen lauschen;*
> *Und seine Ufer sind dem Paradiese gleich,*
> *An Schatten und an Früchten reich, und Wasser rauschen.*

Dort nun saßen die Herrin Marjam und Nûr ed-Dîn ab, um sich in dem Tale auszuruhen. – –«

Da bemerkte Schehrezâd, daß der Morgen begann, und sie hielt in der verstatteten Rede an. Doch als die *Achthundertundeinundneunzigste Nacht* anbrach, fuhr sie also fort: »Es ist mir

[1]. Die Kiesel gleichen Perlen, und die Maid glaubt, sie habe ihr Geschmeide verloren.

berichtet worden, o glücklicher König, daß die Herrin Marjam und Nûr ed-Dîn, als sie in jenem Tale abgestiegen waren, die Früchte zum Essen pflückten und sich durch den Trank aus den Bächen erquickten; sie ließen auch die Hengste los, damit sie auf der Wiese weiden könnten, und die beiden fraßen von dem Grase und tranken aus den Bächen. Dann saßen der Jüngling und die Prinzessin plaudernd beisammen und erzählten einander ihre Geschichte, alles, was sie erlebt hatten. Ein jeder von beiden begann dem andern zu klagen, was er durch den Abschiedsschmerz erlitten und durch das Fernsein und die Sehnsucht ertragen. Während sie so beisammen waren, wirbelte plötzlich eine Staubwolke empor und legte der Welt einen Schleier vor; und die beiden hörten das Wichern von Rossen und das Klirren von Waffen.

Die Ursache davon aber war folgende: Nachdem die Prinzessin mit dem Wesir vermählt worden war und dieser in ebenjener Nacht zu ihr hatte eingehen wollen, wünschte am nächsten Tag in der Frühe der König den beiden einen guten Morgen zu bieten, wie es bei den Königen gegenüber ihren Töchtern Sitte ist. So machte er sich denn auf und nahm seidene Stoffe mit sich; auch streute er Gold und Silber aus, auf daß die Eunuchen und die Kammerfrauen danach greifen sollten. Begleitet von einigen Dienern, schritt er dahin, bis er den neuen Palast erreichte; dort aber fand er den Wesir auf dem Teppich liegen und in solchem Zustande, daß er seinen Kopf nicht von seinen Füßen unterscheiden konnte. Alsbald schaute der König im Palast umher, nach rechts und nach links, und da er seine Tochter nirgends erblickte, betrübte sich sein Herz, und sein Gemüt ward voll von Schmerz, und fast entschwand ihm der Verstand. Doch er befahl, heißes Wasser und reinen Essig und Weihrauch zu bringen; und als das alles gebracht war, mischte er es zusammen und ließ es dem Wesir in die Nase fließen. Dann schüttelte er ihn, und plötzlich kam das Bendsch wie ein Stück Käse aus seinem Innern hervor. Darauf flößte der König dem Wesir jene Arznei zum zweiten Male durch die Nase ein; und als der Bewußtlose nun erwachte, fragte ihn der König, was mit ihm und mit seiner Tochter Marjam geschehen sei. Jener antwortete ihm: ‚Großmächtiger König, ich weiß nichts von ihr, als daß sie mir einen Becher Wein mit eigener Hand zu trinken gab; von jenem Augenblick an bis zu diesem habe ich kein Bewußtsein gehabt, und ich weiß auch nicht, was aus ihr geworden ist.' Als der König die Worte des Wesirs vernommen hatte, ward das helle Tageslicht finster vor seinem Angesicht, er zückte sein Schwert und versetzte dem Wesir einen Hieb, der auf sein Haupt niederglitt und blitzend durch seine Backenzähne schnitt. Dann ließ er sofort die Diener und die Stallknechte kommen; und als sie vor ihm standen, fragte er sie nach den beiden Hengsten. Sie antworteten ihm: ‚O König, die beiden Hengste sind in dieser Nacht verschwunden, und unser Stallmeister ist auch mit ihnen verschwunden, und als wir aufwachten, fanden wir alle Türen offen.' Da rief der König: ‚Bei meines Glaubens Wahrheit und bei meiner heiligen Überzeugung Klarheit, niemand anders hat die beiden Hengste geraubt als meine Tochter und der Gefangene, der einst in der Kirche diente und schon einmal mit ihr geflohen ist. Ich habe ihn ja ganz gewiß erkannt, und nur dieser einäugige Wesir hat ihn meiner Hand entrissen; doch jetzt hat er den Lohn für seine Tat dahin.' Sogleich berief der König seine drei Söhne; das waren heldenhafte Recken, von denen ein jeder es mit tausend Rittern aufnahm im Blachgefild, der Stätte, wo Schwerterhieb und Lanzenstich gilt; und er schrie ihnen den Befehl zu, sie sollten aufsitzen. Sie taten es, und auch er selbst saß auf zugleich mit den erlesensten Rittern und den Großen und Vornehmen seines Reiches; und sie folgten den beiden auf der Spur und holten sie in jenem Tale ein. Kaum hatte Marjam sie erkannt, so sprang sie auf ihren Renner, nachdem sie sich mit ihrem Schwerte umgürtet und ihre Waffenrüstung angelegt hatte. Und sie rief dem Jüngling zu: ,Wie steht es mit dir? Ist dir dein Herz bereit zu Kampf und Schlacht und Streit?' Doch er rief ihr zu: ,Ach, ich stehe so fest auf dem Kampfesfeld, wie ein Pflock in der Kleie sich hält!' Und dann sprach er die Verse:

> *Marjam, sieh nur ab vom Tadel, der mein Herz zerfrißt!*
> *Wolle nicht, ich solle töten, was mir peinlich ist!*
> *Mit dem Ruhme eines Streiters werd ich nie bedeckt;*
> *Sieh, vom Krächzen eines Raben werd ich schon erschreckt!*
> *Seh ich eine Maus, so werd ich schon vor Schrecken blaß,*
> *Und ich mache meine Kleider mir vor Ängsten naß.*
> *Ach, ich liebe nur das Stoßen in der Einsamkeit,*
> *Wenn der Leib erfährt, wie Glieder stürmen kampfbereit.*[1]
> *Dieses ist die rechte Ansicht, und wer anders spricht,*
> *Als wie diese Ansicht aussagt, kennt das Rechte nicht.*

Als Marjam hörte, wie Nûr ed-Dîn diese Worte sprach und solche dichterischen Ergüsse verbrach, da erwehrte sich ihr Angesicht eines herzlichen Lächelns nicht. Und sie sprach: ,Mein lieber Herr Nûr ed-Dîn, bleib, wo du bist, ich will dich vor ihrem Unheil bewahren, und wären sie auch zahlreich wie der Sand am Meere!' Doch sie hielt sich sofort kampfbereit und tummelte sich auf dem Rücken ihres Renners; sie ließ die Zügel locker in der Hand und hielt ihre Lanze gegen die Lanzenspitzen der Feinde gewandt. Da stürmte der Hengst unter ihr gleich dem brausenden Winde vor, oder wie das Wasser spritzt aus einem engen Rohr. Denn Marjam war die Tapferste

1. Im Arabischen steht für ,Leib' *vulva*; für ,Glieder' *membra virilia*.

unter den Menschen ihrer Zeit, und sie war in den Tagen ihres Jahrhunderts eine einzigartige Maid. Ihr Vater hatte sie in ihrer Jugend gelehrt, auf Rossen zu reiten und durch das Meer der Schlacht zu waten, wenn die nächtlichen Dunkel sich breiten. Zu Nûr ed-Dîn aber rief sie zurück: ,Besteig deinen Renner und reite hinter mir, und wenn wir geschlagen werden, so gib acht, daß du nicht herunterfällst; denn niemand kann dein Roß einholen!' Wie nun der König seine Tochter Marjam erblickte, erkannte er sie mit Sicherheit, und er wandte sich an seinen ältesten Sohn mit den Worten: ,O Bartaut, du mit dem Beinamen Râs el-Killaut[1], das ist deine Schwester Marjam, ohne Zweifel und ohne Fehl! Sie ist wider uns ins Feld gezogen und will mit uns kämpfen und streiten; drum reit wider sie heran und greif sie an! Bei des Messias Leben, der uns den rechten Glauben gegeben, wenn du sie besiegst, so töte sie nicht, eh daß du ihr den Christenglauben dargeboten hast! Kehrt sie zu ihrem alten Glauben zurück, so nimm sie gefangen zu uns heim! Tut sie es aber nicht, so laß sie des schimpflichsten Todes sterben und schmählich zur Warnung für viele verderben; und ebenso soll der Verfluchte, der bei ihr ist, sich durch dich den schimpflichsten Warnungstod erwerben!' ,Ich höre und gehorche!' erwiderte Bartaut; dann ritt er sofort wider seine Schwester Marjam ins Feld und griff sie an; und auch sie ritt auf ihn los zum Angriff und stürmte nahe an ihn heran. Bartaut aber rief ihr zu: ,O Marjam, ist dir das noch nicht genug, was uns durch dich geschehen ist, seit du den Glauben der Väter und Vorväter verlassen hast und dem Islam, dem Glauben der Vagabunden, nachgefolgt bist?' Und er fügte noch hinzu: ,Bei des Messias Leben, der uns den rechten Glauben gegeben, wenn du nicht wieder den Glauben deiner königen-

1. Dämonenkopf.

lichen Väter und Vorväter teilst und dabei im schönsten Wandel verweilst, so lasse ich dich des schimpflichsten Todes sterben und schmählich zur Warnung für viele verderben!' Marjam lachte über die Worte ihres Bruders und rief: ‚Ferne sei es, fern gar sehr, daß Vergangenes wiederkehr, und wer starb, der lebt nicht mehr! Nein, bitterste Pein flöße ich dir ein! Ich werde nie ablassen von dem Glauben Mohammeds, des Sohnes 'Abdallâhs, dessen Heil alle umfaßt; das ist der wahre Glaube, und ich werde vom rechten Wege nicht weichen, sollte man mir auch den Becher des Verderbens reichen!' – –«

Da bemerkte Schehrezâd, daß der Morgen begann, und sie hielt in der verstatteten Rede an. Doch als die *Achthundertundzweiundneunzigste Nacht* anbrach, fuhr sie also fort: »Es ist mir berichtet worden, o glücklicher König, daß Marjam ihrem Bruder zurief: ‚Ferne sei es, fern gar sehr, daß ich jemals abließe von dem Glauben Mohammeds, des Sohnes 'Abdallâhs, dessen Heil alle umfaßt, dem Glauben, der uns die rechte Leitung schenkt, wenn man mich auch mit dem Becher des Verderbens tränkt!' Als der verruchte Bartaut diese Worte von seiner Schwester vernahm, ward das helle Tageslicht finster vor seinem Angesicht, ja, das ward ihm schwer und bedrückte ihn sehr. Dann entbrannte zwischen ihnen ein Streit und ein grimmiger Kampf voll Heftigkeit, und die beiden tummelten sich im Tale weit und breit. Beide hielten allen Gefahren stand, und aller Augen richteten sich auf sie, von Staunen gebannt. Dann schwenkten sie eine Weile umeinander und bedrängten einander lange Zeit. Sooft Bartaut seiner Schwester Marjam ein Tor des Kampfes auftat, schloß sie es ihm und vereitelte seinen Plan durch ihre große Geschicklichkeit und ihre mutige Entschlossenheit, durch ihre Kampfeserfahrung und ihre Rittergebarung; und so kämpften sie immer weiter, bis der Staub sich wie ein Gewölbe über ihren Häuptern bog und Reiter und Rosse den Blicken entzog. Unablässig drang Marjam auf ihn ein und verlegte ihm den Weg, bis er müde ward und sein Mut schwankte, seine Entschlossenheit versagte und seine Kraft wankte. Da versetzte sie ihm mit dem Schwert einen Hieb, der ihm in den Nacken glitt, so daß die Klinge blitzend durch seine Halssehnen schnitt. Und Allah ließ seine Seele ins Höllenfeuer sausen, an die Stätte voller Grausen. Marjam aber tummelte sich weiter auf dem Blachgefild, an der Stätte, da Schwertstreich und Lanzenstich gilt; sie forderte zum Zweikampf heraus und lud ein zum Waffenstrauß, indem sie rief: ‚Ist hier ein Kämpfer, ist hier ein streitbarer Mann? Doch kein Schwächling, kein Feigling trete wider mich heran! Wider mich sollen sich nur die Helden der Glaubensfeinde erheben, und ich will ihnen den Kelch schmählicher Strafe zu trinken geben. O ihr götzendienerischen Gesellen, ihr Ketzer und Rebellen, heute sollen die Gesichter der Gläubigen erstrahlen in lichtem Schein, die Gesichter derer aber, die den Barmherzigen leugnen, sollen von schwarzer Farbe sein!' Als der König sah, daß sein ältester Sohn erschlagen war, schlug er sich ins Angesicht, zerriß seine Kleider, rief seinen zweiten Sohn und sprach zu ihm: ‚O Bartûs, du mit dem Beinamen Chara es-Sûs[1], zieh eilends aus, mein Sohn, zum Kampfe wider deine Schwester Marjam! Nimm Rache an ihr für deinen Bruder Bartaut und bring sie mir in Banden, in Schmach und in Schanden!' ‚Lieber Vater, ich höre und gehorche!' sprach der Sohn; dann sprengte er vor gegen seine Schwester Marjam und griff sie an, und auch sie ritt ihm entgegen und griff ihn an. Nun kämpften die beiden einen heftigen Kampf, der noch

[1]. Wohl = Wurmdreck.

heftiger war als der erste. Doch der zweite Bruder sah bald, daß er im Kampf mit ihr versagen mußte, und er wollte sein Heil in eiliger Flucht suchen; allein es war ihm nicht möglich wegen ihrer gewaltigen Kriegskunst. Denn sooft er weichen wollte, nahte sie ihm und hängte sich an ihn und trieb ihn in die Enge, bis sie ihm mit dem Schwert einen Hieb versetzte, der ihm in den Nacken glitt, so daß die Klinge blitzend seine Kehle durchschnitt; so sandte sie ihn seinem Bruder nach. Dann tummelte sie sich wieder im Blachgefild, der Stätte, da Schwertstreich und Lanzenstich gilt, und rief: ,Wo sind die Degen und Ritter verwegen? Wo ist der einäugige, lahme Wesir, des verkrüppelten[1] Glaubens würdige Zier?' Ihr Vater, der König, aber schrie aus verwundetem Herzen und mit tränenden Augen voll heißer Schmerzen, und er rief: ,Jetzt hat sie auch meinen zweiten Sohn getötet, bei des Messias Leben, der uns den rechten Glauben gegeben!' Dann rief er seinen jüngsten Sohn und sprach zu ihm: ,O Fasjân, du mit dem Beinamen Salh es-Subjân[2], zieh aus, mein Sohn, zum Kampfe mit deiner Schwester, nimm Rache für deine beiden Brüder, miß dich im Streite mit ihr, mag er sich für dich oder wider dich entscheiden! Und wenn du sie besiegst, so laß sie des schimpflichsten Todes sterben.' Da ritt ihr jüngster Bruder gegen sie vor und griff sie an, und auch sie machte sich wider ihn auf voll Entschlossenheit und griff ihn an mit herrlicher Kunst und Tapferkeit, mit ihrer Kriegserfahrung und Rittergebarung, indem sie ihm zurief: ,Du Verfluchter, du Feind Allahs und Feind der Gläubigen, ich sende dich deinen beiden Brüdern nach, und schaurig ist die Stätte der Ungläubigen!' Dann zog sie ihr Schwert aus der Scheide, hieb auf ihn

---

1. = falsch; der Ausdruck ist gewählt als Anspielung auf den Wesir und auch des Reimes wegen. – 2. Kinderkot.

drein und schlug ihm den Kopf und beide Arme ab; so sandte sie ihn seinen beiden Brüdern nach ins Grab. Und Allah ließ seine Seele ins Höllenfeuer sausen, an die Stätte voller Grausen. Als nun die Ritter und Reitersmannen, die mit ihrem Vater ausgezogen waren, sahen, daß seine drei Söhne erschlagen waren, jene tapfersten Männer ihrer Zeit, da wurden ihre Herzen mit Schrecken vor der Herrin Marjam erfüllt; die Angst verwirrte sie, und sie ließen ihre Köpfe zu Boden hangen; denn jetzt mußten sie voll Grauen dem Verderben und dem Untergang, der Schmach und der Vernichtung ins Auge schauen. In ihren Herzen war vor Zorn eine feurige Flamme entbrannt, schon hatten sie die Rücken gewandt, und sie flohen hinaus ins weite Land. Doch als der König sehen mußte, daß jetzt, nachdem seine drei Söhne getötet waren, seine Truppen flüchteten, kam Verwirrung über ihn, ihm sank der Mut, und auch in seinem Herzen brannte eine heiße Glut; und er sprach bei sich selber: ‚Fürwahr, die Herrin Marjam hat uns überwunden; wenn ich nun mein Leben wage und allein wider sie ausziehe, so wird sie mich vielleicht besiegen und in ihre Gewalt bekommen; dann läßt sie mich des schimpflichsten Todes sterben und als Warnung für viele schmählich verderben, wie sie ja auch ihre Brüder getötet hat. Sie hat jetzt kein Verlangen mehr nach uns, und auch wir begehren nicht, daß sie zurückkehrte. Deshalb halte ich es für das beste, wenn ich meine Ehre wahre und in meine Hauptstadt heimkehre!' Darauf ließ er seinem Rosse die Zügel schießen und ritt in seine Stadt zurück. Doch als er sich in seinem Palaste befand, entbrannte von neuem ein Feuer in seinem Herzen ob des Todes seiner drei Söhne und ob der Flucht seiner Krieger und der Schändung seiner eigenen Ehre. Kaum war eine halbe Stunde vergangen, so berief er die Großen seiner Herrschaft und die Vornehmen seines Reiches und klagte ihnen, was seine Tochter Marjam ihm durch die Tötung ihrer Brüder angetan und was er selbst an Kummer und Gram erlitten hatte; und er fragte sie um Rat. Da rieten sie ihm alle, er solle einen Brief schreiben an den Stellvertreter Allahs auf Erden, an den Beherrscher der Gläubigen Harûn er-Raschîd, und solle ihm das Geschehene kundtun. So schrieb er denn an er-Raschîd einen Brief, der nach dem Gruße an den Beherrscher der Gläubigen also lautete: ‚Wir haben eine Tochter, Marjam die Gürtlerin geheißen, die wurde uns verführt durch einen der muslimischen Gefangenen, namens Nûr ed-Dîn 'Alî, den Sohn des Kaufmanns Tâdsch ed-Dîn in Kairo; er hat sie bei Nacht mit sich genommen und ist mit ihr auf dem Wege nach seiner Heimat davongeeilt. Deshalb erbitte ich von der Gnade unseres Herrn, des Beherrschers der Gläubigen, er möge sich mit Briefen an alle Länder der Muslime wenden, man solle sie ergreifen und mit einem zuverlässigen Boten wieder zu uns senden.' – –«

Da bemerkte Schehrezâd, daß der Morgen begann, und sie hielt in der verstatteten Rede an. Doch als die *Achthundertunddreiundneunzigste Nacht* anbrach, fuhr sie also fort: »Es ist mir berichtet worden, o glücklicher König, daß der König der Franken an den Kalifen, den Beherrscher der Gläubigen Harûn er-Raschîd, einen Brief schrieb, in dem er ihn demütig um seine Tochter Marjam bat und ihn anflehte, er möge sich in seiner Gnade an alle Länder der Muslime wenden, man solle sie ergreifen und mit einem zuverlässigen Boten aus den Dienern seiner Majestät des Beherrschers der Gläubigen wieder zu ihm senden. Und in jenem Brief stand auch noch geschrieben: ‚Wir wollen Euch zum Lohn für Eure Hilfe in dieser Angelegenheit die Hälfte der Stadt Rom überlassen, damit ihr dort Moscheen für die Muslime erbauen könnt, und die Abgaben aus ihr sollen Euch gebracht werden.' Nachdem der König diesen Brief auf den Rat der Herren seines Reiches und der Großen seiner Herrschaft geschrieben hatte, faltete er ihn und berief den Wesir, den er an Stelle des einäugigen Wesirs ernannt hatte, und befahl ihm, das Siegel des Königs unter den Brief zu setzen, und desgleichen setzten die Großen des Reiches ihre Siegel darunter, nachdem sie ihre Unterschriften hinzugefügt hatten. Darauf sprach der König zum Wesir: ‚Wenn du sie mir zurückbringst, so sollst du von mir die Lehnsgüter zweier Emire erhalten, und ich werde dir ein Ehrenkleid mit zwei Säumen verleihen.' Mit diesen Worten reichte er ihm den Brief und befahl ihm, nach der Stadt Baghdad, dem Horte des Friedens, aufzubrechen und das Schreiben dem Beherscherr der Gläubigen mit eigener Hand zu überreichen. So machte sich denn der Wesir mit dem Briefe auf den Weg und zog durch Täler und Steppen, bis er die Stadt Baghdad erreichte. Und nachdem er sie betreten hatte, verweilte er in ihr drei Tage, bis er sich erholt und ausgeruht hatte; dann fragte er nach dem Schlosse des Beherrschers der Gläubigen Harûn er-Raschîd, und man wies ihm den Weg dorthin. Wie er dort ankam, bat er, der Beherrscher der Gläubigen möge ihm erlauben einzutreten; und nachdem ihm diese Erlaubnis gewährt worden war, trat er zum Herrscher ein, küßte den Boden vor ihm und überreichte ihm das Schreiben des Königs der Franken, zugleich auch Geschenke und wunderbare Kostbarkeiten, wie sie sich für den Beherrscher der Gläubigen geziemten. Kaum hatte der Kalif das Schreiben geöffnet und gelesen, und seinen Inhalt verstanden, so befahl er seinen Wesiren, unverzüglich Briefe in alle Länder der Muslime zu entsenden; und sie führten seinen Befehl aus. In diesen Briefen beschrieben sie das Aussehen von Marjam und das

Aussehen von Nûr ed-Dîn und gaben ihrer beider Namen an; ferner teilten sie mit, daß beide auf der Flucht seien, und jeder, der sie fände, solle sie ergreifen und dem Beherrscher der Gläubigen zuschicken; und schließlich warnten sie davor, in dieser Sache Säumigkeit, Lässigkeit oder Unachtsamkeit walten zu lassen. Dann wurden die Briefe mit Siegeln versehen und durch Eilboten an die Statthalter gesandt; und die machten sich rasch daran, dem Befehle nachzukommen, indem sie überall in den Ländern nach Leuten suchten, die dieser Beschreibung entsprachen. Jenes also geschah von seiten der Könige und ihrer Untertanen.

Sehen wir nun, wie es Nûr ed-Dîn, dem Kairiner, und Marjam der Gürtlerin, der Tochter des Königs der Franken, weiter erging! Die beiden waren nach der Flucht des Königs und seiner Truppen sogleich fortgeritten. Sie zogen nach dem Lande Syrien, vom Allbeschützer geschirmt, und erreichten die Stadt Damaskus. Die Eilboten aber, die der Kalif entsandt hatte, waren einen Tag vor den beiden dort eingetroffen, und der Emir von Damaskus wußte, daß er den Auftrag hatte, beide zu ergreifen, wenn er sie fände, und sie dem Kalifen zu schicken. So geschah es, daß an dem Tage, an dem die beiden in Damaskus einzogen, die Späher ihnen entgegentraten und sie nach ihren Namen fragten. Da sagten sie ihnen die Wahrheit und erzählten ihnen ihre Geschichte und alles, was sie erlebt hatten. Die Späher erkannten die beiden, ergriffen sie und nahmen sie mit sich und brachten sie zum Emir von Damaskus. Der schickte sie zum Kalifen nach der Stadt Baghdad, dem Horte des Friedens; und als ihre Begleiter dort angekommen waren, baten sie um Zutritt zum Beherrscher der Gläubigen Harûn er-Raschîd. Nachdem ihnen die Erlaubnis gewährt worden war, traten sie ein, küßten den Boden vor ihm und sprachen zu ihm:

,O Beherrscher der Gläubigen, diese hier ist Marjam die Gürtlerin, die Tochter des Königs der Franken, und jener dort ist Nûr ed-Dîn, der Sohn des Kaufmanns Tâdsch ed-Dîn in Kairo, der Gefangene, der sie ihrem Vater abwendig gemacht hat, sie aus ihrer Heimat und ihrem Lande entführt hat und mit ihr nach Damaskus geflohen ist. Wir haben sie dort entdeckt, gerade als sie die Stadt betraten, und wir haben sie nach ihrem Namen gefragt. Sie sagten uns die Wahrheit, und darauf nahmen wir sie mit; und jetzt haben wir sie vor dich geführt.' Der Kalif blickte Marjam an und sah ihre schlanke und ebenmäßige Gestalt; lieblich war ihrer Rede Gewalt, sie war die schönste der Menschen ihrer Zeit und in den Tagen ihres Jahrhunderts eine einzigartige Maid, durch ihrer Zunge Süßigkeit, ihres Sinnes Festigkeit und ihres Herzens Tapferkeit. Als sie vor ihn trat, küßte sie den Boden vor ihm; dann wünschte sie ihm Macht und Gedeihen von ewiger Dauer und das Ende der Feindschaften und der Trauer. Der Herrscher fand großes Gefallen an ihrer schönen Gestalt, an der Lieblichkeit ihrer Rede und ihrer schnellen Antwort; und er sprach zu ihr: ,Bist du Marjam die Gürtlerin, die Tochter des Königs der Franken?' Sie erwiderte: ,Jawohl, o Beherrscher derer, die sich die Gläubigen nennen, und oberster Leiter derer, die Gottes Einheit bekennen, du, durch den der Glaube im Kampf geborgen ist, und der du ein Sproß des Oheims des Herrn der Gottesgesandten bist.' Danach wandte der Kalif seinen Blick auf 'Alî Nûr ed-Dîn, und als er in ihm einen schönen Jüngling erkannte, der von lieblicher Gestalt war und dem leuchtenden Monde in der Nacht seiner Fülle glich, sprach er zu ihm: ,Bist du 'Alî Nûr ed-Dîn, der Gefangene, der Sohn des Kaufmanns Tâdsch ed-Dîn in Kairo?' Er gab zur Antwort: ,Jawohl, o Beherrscher derer, die im rechten Glauben leben, und Stütze derer, die rechtschaffen streben!' Dann fuhr der Kalif mit seinen Fragen fort: ‚Wie kam es, daß du diese Maid aus dem Reiche ihres Vaters entführtest und mit ihr flüchtetest?' Nun begann Nûr ed-Dîn dem Herrscher alles zu erzählen, was ihm widerfahren war, von Anfang bis zu Ende. Als er aber seinen Bericht beendet hatte, verwunderte der Kalif sich darüber gar sehr, und in seinem Staunen freute er sich fast noch mehr; und er rief: ‚Wieviel müssen doch die Menschen erdulden!' – –«

Da bemerkte Schehrezâd, daß der Morgen begann, und sie hielt in der verstatteten Rede an. Doch als die *Achthundertundvierundneunzigste Nacht* anbrach, fuhr sie also fort: »Es ist mir berichtet worden, o glücklicher König, daß der Kalif Harûn er-Raschîd, als er Nûr ed-Dîn nach seiner Geschichte gefragt und dieser ihm alles berichtet hatte, was ihm widerfahren war, von Anfang bis zu Ende, sich darüber gar sehr verwunderte und rief: ‚Wieviel müssen doch die Menschen erdulden!' Dann redete er die Herrin Marjam an und sprach zu ihr: ‚Wisse, Marjam, dein Vater, der König der Franken, hat mir über dich geschrieben. Was sagst du dazu?' Sie erwiderte: ‚O Kalif Allahs auf Erden und Vollstrecker der Verordnungen und Pflichten, die uns von seinem Propheten überliefert werden, Er verleih dir Gedeihen von ewiger Dauer und schütze dich vor Feindschaften und Trauer! Du bist der Stellvertreter Allahs auf Erden, und ich bin zu eurem Glauben übergetreten, weil er der rechte und wahre Glaube ist; ich habe den Glauben der Ketzer aufgegeben, die den Messias überziehen mit Lügengeweben. Ich vertraue auf Allah, den Allgütigen, und glaube an die Offenbarung Seines Gesandten, des langmütigen. Ich diene Allah, dem Gepriesenen und Erhabenen, und bekenne Seine Einheit; ich werfe mich demütig vor Ihm nieder und preise Seine Herrlichkeit. Und ich spreche vor dem Kalifen:

Ich bezeuge, daß es keinen Gott gibt außer Allah und daß Mohammed Allahs Gesandter ist, den Er mit der rechten Leitung und dem wahren Glauben entsandte, daß Er ihm über jeden anderen Glauben Sieg verleihe, auch wenn es denen, die Gott einen Gefährten geben, ein Greuel ist.[1] Steht es nun in deiner Befugnis, o Beherrscher der Gläubigen, daß du dem Briefe des Königs der Ketzer Gehorsam zuwendest und mich in das Land der Ungläubigen sendest, die dem allwissenden König Gefährten geben, das Kreuz verherrlichen und in Verehrung der Bilder leben, ferner auch an die Gottheit Jesu glauben, wiewohl er nur ein Geschöpf war? Wenn du dies mit mir tust, o Kalif Gottes, so werde ich mich an deine Säume hängen am Tage der Heerschau vor Allah, und ich werde mich beklagen bei dem Brudersohn deines Vorfahren, bei dem Gesandten Allah – Gott segne ihn und gebe ihm Heil! – an jenem Tage, an dem weder Gut noch Kinder Nutzen bringen, sondern nur, daß man heilen Herzens zu Allah kommt.'[2] Da sprach der Kalif: ‚O Marjam, Gott verhüte, daß ich je solches tun könnte! Wie könnte ich eine muslimische Frau, die sich zu dem einigen Gott und zu seinem Gesandten bekennt, zu dem zurücksenden, was Allah und sein Gesandter verboten haben?' Marjam wiederholte ihr Bekenntnis: ‚Ich bezeuge, daß es keinen Gott gibt außer Allah, und ich bezeuge, daß Mohammed der Gesandte Allahs ist.' Und der Beherrscher der Gläubigen fuhr fort: ‚Marjam, Allah segne dich und leite dich noch schöner im Islam! Da du eine Muslimin bist, die den einigen Gott bekennt, so habe ich jetzt gegen dich die bindende Pflicht, daß ich dir nie ein Unrecht tue, wenn mir auch für dich die ganze Welt voll Gold und Edelsteine geboten würde. Drum hab Zuversicht und quäl dich nicht; fühle dich frei in der Brust und froh im

1. Koran, Sure 9, Vers 33; Sure 61, Vers 9. – 2. Sure 26, Vers 88 und 89.

Herzen! Sag, willigst du ein, soll dieser Jüngling 'Alî aus Kairo dich als Gatte frein und willst du ihm Gemahlin sein?' Darauf sagte Marjam: ‚O Beherrscher der Gläubigen, wie sollte ich nicht einwilligen, daß er mein Gatte sei, zumal er mich mit seinem Gelde gekauft und mir die reichste Güte erwiesen hat? Ist er doch in seiner Güte so weit gegangen, daß er um meinetwillen oftmals sein Leben aufs Spiel gesetzt hat!' Da gab unser Herr, der Beherrscher der Gläubigen, sie ihm zur Gemahlin, indem er ihr eine Morgengabe überwies; er berief den Kadi und die Zeugen und die Großen des Reiches an jenem Tage, an dem die Eheurkunde geschrieben wurde, und es war ein großer Tag. Gleich darauf aber wandte der Herrscher sich an den Wesir des Königs der Christen, der zu jener Zeit noch dort war, und sprach zu ihm: ‚Hast du gehört, was sie gesagt hat? Wie kann ich sie zu ihrem ungläubigen Vater zurückschicken, da sie doch eine Muslimin ist und die Einheit Gottes bekennt? Vielleicht wird er ihr ein Leids tun oder hart wider sie sein, zumal sie seine Söhne getötet hat, und dann hätte ich am Auferstehungstage die Schuld davon zu tragen. Allah der Erhabene aber hat gesagt: Nie wird Allah den Ungläubigen Gewalt über die Gläubigen geben.[1] Drum kehre zu deinem König zurück und sage ihm: ‚Laß ab von diesem Vorhaben und trachte nicht mehr danach!' Nun war aber jener Wesir ein Schwachkopf, und er sprach zum Kalifen: ‚O Beherrscher der Gläubigen, bei des Messias Leben, der uns den rechten Glauben gegeben, es ist mir nicht möglich, ohne Marjam zurückzukehren, wenn sie auch eine Muslimin geworden ist. Würde ich ohne sie zu ihrem Vater heimkommen, so würde er mich töten!' Da rief der Kalif: ‚Nehmt diesen Verfluchten und richtet ihn hin!' Und dazu sprach er diesen Vers:

1. Sure 4, Vers 140.

Dies ist der Lohn für den, der sich empört
Und der auf seinen Herrn und mich nicht hört.

Dann befahl er, dem verruchten Wesir den Kopf abzuschlagen und seine Leiche zu verbrennen. Doch die Herrin Marjam sprach: ‚O Beherrscher der Gläubigen, beschmutze dein Schwert nicht mit dem Blute dieses Verfluchten!' Und sie zückte selber ihr Schwert und hieb auf ihn ein und trennte ihm den Kopf von seinem Rumpfe; da ging er ein zum Orte des Verderbens und mußte in der Hölle hausen, einer Stätte voller Grausen. Der Kalif aber wunderte sich über die Kraft ihres Arms und die Stärke ihres Herzens. Danach verlieh er an Nûr ed-Dîn ein prächtiges Ehrengewand und wies ihnen beiden eine Wohnstätte in seinem Schlosse an; auch setzte er ihnen Gehälter, Einkünfte und Pfründen fest und befahl, daß alles, was sie an Kleidern, Hausrat und kostbaren Geräten bedurften, zu ihnen gebracht würde.

So blieben sie eine Weile in Baghdad, indem sie das schönste und froheste Leben führten. Dann jedoch empfand Nûr ed-Dîn Sehnsucht nach seiner Mutter und seinem Vater, und er trug sein Anliegen dem Kalifen vor, indem er ihn um Erlaubnis bat, in seine Heimat zu ziehen und die Seinen besuchen zu dürfen; zugleich aber hatte er Marjam gerufen und sie vor den Herrscher geführt. Da erlaubte jener ihm zu reisen, gab ihm Geschenke und kostbare Seltenheiten und empfahl Marjam und Nûr ed-Dîn einander; ferner befahl er, Briefe zu schreiben an die Emire und Gelehrten und Vornehmen von Kairo, der wohlbewahrten Stadt, in denen er ihnen Nûr ed-Dîn und seine Eltern und seine Gemahlin empfahl und ihnen auftrug, jenen die höchsten Ehren zu erweisen. Als die Kunde davon nach Kairo kam, freute sich der Kaufmann Tâdsch ed-Dîn über die Rückkehr seines Sohnes, und auch seine Mutter freute sich über die Maßen. Die Vornehmen und die Emire und die Großen des Reiches zogen ihm entgegen, gemäß dem Auftrag des Kalifen, und hießen ihn willkommen. Und das war ein denkwürdiger und wunderbar schöner Tag, an dem Liebender und Geliebte sich wiederfanden, an dem Sucher und Gesuchte beieinander standen. Dann wurden Festmahle bei den Emiren gefeiert, Tag für Tag der Reihe nach; die Freude an den Gästen begann sich immer noch zu mehren, und man erwies ihnen immer höhere Ehren. Und als Nûr ed-Dîn wieder mit seiner Mutter und seinem Vater vereint war, waren sie über die Maßen erfreut, und es wich von ihnen Kummer und Leid. Ebenso aber freuten sie sich über die Herrin Marjam und ließen ihr die höchsten Ehren angedeihn; und Geschenke und Kostbarkeiten von allen Emiren und großen Kaufherren trafen bei ihnen ein. Jeden Tag erlebten sie neue Freude und eine Seligkeit, die größer war als die Freuden zur Festeszeit. So konnten sie sich immer in Freuden und Wonnen und in höchster Glückseligkeit sonnen; schmausend und trinkend verbrachten sie lange Zeit in der schönsten Fröhlichkeit, bis Der zu ihnen kam, der die Freuden schweigen heißt und die Freundesbande zerreißt, der die Häuser und Schlösser vernichtet und die Grabeshöhlen errichtet. Da wurden sie vom Tode aus der Welt entboten und gehörten zu den Scharen der Toten. Preis sei Ihm, dem Lebendigen, der nicht stirbt, und der zur sichtbaren und unsichtbaren Welt die Schlüssel in Seinen Händen hält!

Ferner wird erzählt

DIE GESCHICHTE VON DEM OBERÄGYPTER
UND SEINEM FRÄNKISCHEN WEIBE

Der Emir Schudschâ' ed-Dîn Mohammed, der Statthalter von Kairo, hat berichtet:

Wir nächtigten einst im Hause eines Mannes aus Oberägypten, und er bewirtete uns aufs gastlichste. Jener Mann war aber dunkel, so dunkel, wie er nur sein konnte, und er war hochbetagt; doch er hatte kleine Kinder, deren Farbe rötlichweiß war. Da sprachen wir zu ihm: ‚Du da, wie kommt es, daß diese deine Kinder weiß sind, während du selbst so dunkel bist?' Er antwortete: ‚Ihre Mutter ist eine Fränkin, die ich einst erbeutet habe; und was ich mit ihr erlebt habe, ist wunderbar.' Wir sagten darauf: ‚Laß es uns hören!' Und er sprach: ‚Gern!'

‚So wisset denn, ich hatte einst in dieser Gegend Flachs gesät, hatte ihn dann raufen und hecheln lassen, und hatte dafür fünfhundert Dinare ausgegeben. Dann wollte ich ihn verkaufen, aber ich konnte nicht mehr dafür bekommen, als er mich gekostet hatte. Da sagten die Leute zu mir: ‚Bring ihn doch nach Akko; vielleicht wirst du dort großen Gewinn durch ihn erzielen.' Nun war Akko damals noch in den Händen der Franken, und als ich dorthin gekommen war, verkaufte ich einen Teil des Flachses mit einer Zahlungsfrist von sechs Monaten. Eines Tages aber, als ich gerade verkaufte, kam eine fränkische Frau auf mich zu; und die fränkischen Frauen haben die Sitte, ohne Schleier auf den Basar zu gehen. Sie kam, um Flachs von mir zu kaufen; doch ich sah so viel von ihrer Schönheit, daß mein Verstand geblendet ward; und so verkaufte ich ihr etwas um einen sehr geringen Preis, und sie nahm es und ging davon. Nach einigen Tagen kam sie wieder zu mir, und ich verkaufte ihr etwas um einen noch geringeren Preis als das erste Mal; dann wiederholte sie ihre Besuche noch öfters, denn sie erkannte, daß ich sie lieb hatte. Es war aber ihre Gewohnheit, in Begleitung einer Alten zu gehen; und so sprach ich zu jener Alten, die bei ihr war: ‚Ich bin von heißer Liebe zu ihr entbrannt. Kannst du es für mich erwirken, daß ich mit ihr vereint werde?' Sie erwiderte: ‚Das will ich dir erwirken; aber dies Geheimnis muß unter uns dreien bleiben, mir und dir und ihr! Und außerdem mußt du natürlich Geld aufwenden.' Ich sprach: ‚Sollte auch mein Leben der Preis für mein Beisammensein mit ihr sein, es wäre nicht zuviel.' – –«

Da bemerkte Schehrezâd, daß der Morgen begann, und sie hielt in der verstatteten Rede an. Doch als die *Achthundertundfünfundneunzigste Nacht* anbrach, fuhr sie also fort: »Es ist mir berichtet worden, o glücklicher König, daß die Alte jenem Manne zur Antwort gab: ‚Doch dies Geheimnis muß zwischen uns dreien bleiben, mir und dir und ihr; und du mußt natürlich auch Geld aufwenden.' ‚Und ich sprach' – so erzählte der Mann weiter –: ‚Sollte auch mein Leben der Preis für mein Beisammensein mit ihr sein, es wäre mir nicht zuviel.' Wir kamen überein, daß ich ihr fünfzig Dinare zahlen und daß sie zu mir kommen sollte; und als ich das Geld beschafft hatte, übergab ich es der Alten. Nachdem sie die fünfzig Goldstücke erhalten hatte, sprach sie zu mir: ‚Rüste ihr ein Gemach in deinem Hause; so wird sie heute nacht zu dir kommen!' Darauf ging ich hin und machte bereit, soviel ich vermochte, an Speise und Trank, Wachskerzen und Süßigkeiten. Mein Haus aber schaute aufs Meer, und weil es damals um die Sommerszeit war, so breitete ich das Lager auf der Dachterrasse aus. Als nun die Fränkin kam, aßen und tranken wir. Dann ward die Nacht dunkel, und wir ruhten unter freiem Himmel; der Mond schien auf uns herab, und wir konnten sehen, wie die Sternbilder sich im Meere spiegelten. Da sprach ich bei mir selber: ‚Schämst du dich nicht vor Allah, dem Allgewaltigen und Glorreichen, du, ein Fremdling im Lande, daß du hier unter freiem Himmel und angesichts des Meeres dich gegen Gott mit einer Nazarenerin versündigen und dir die Strafe des höllischen Feuers verdienen willst? O mein Gott, ich rufe dich als Zeugen an, daß ich mich in dieser Nacht dieser Christin enthalten habe aus Scheu vor dir und aus Furcht vor deiner Strafe!' Dann schlief ich bis zum Morgen; sie aber erhob sich zornig, sobald der Tag graute, und kehrte heim.' Darauf begab ich mich zu meinem Laden und setzte mich dort nieder; und siehe da, schon kam sie wieder des Wegs, schön wie der Mond, begleitet von der Alten, die auch ergrimmt war. Ich wollte fast vergehen, und ich sprach zu mir selber: ‚Was für ein Mensch bist du denn, daß du dieser Maid entsagen kannst? Bist du etwa es-Sarî es-Sakatî oder Bischr el-Hâfi oder el-Dschunaid el-Baghdâdi oder el-Fudail ibn 'Ijâd?'[1] Und ich lief der Alten nach und sprach zu ihr: ‚Bring sie mir noch einmal!' Doch sie erwiderte: ‚Beim Messias, sie wird nicht wieder zu dir kommen, es sei denn um hundert Dinare.' Darauf sagte ich: ‚Ich will dir hundert Goldstücke geben.' Und als ich ihr das Geld gegeben hatte, kam die Fränkin ein zweites Mal zu mir. Wie sie aber bei mir war, stiegen wieder die gleichen Gedanken in mir auf, und ich enthielt mich ihrer und ließ sie unberührt, um Allahs des Erhabenen willen. Nachdem sie fortgegangen war, begab ich mich zu meinem Laden; und wiederum kam die Alte voll Zorn zu mir, und ich bat sie: ‚Bring sie mir noch einmal!' Sie entgegnete: ‚Beim Messias, du sollst dich ihrer Anwesenheit nie mehr erfreuen, es sei denn um fünfhundert Dinare, sonst magst du vor Kummer sterben!' Darüber erschrak

1. Berühmte muslimische Asketen.

ich, und ich beschloß, den ganzen Erlös für den Flachs aufzuwenden, um so mein Leben loszukaufen. Doch ehe ich mich dessen versah, hörte ich, wie der Ausrufer verkündete: ‚Ihr Muslime allzumal, der Waffenstillstand zwischen uns und euch ist abgelaufen. Wir geben allen Muslimen, die hier sind, eine Woche Zeit, auf daß sie ihre Geschäfte erledigen und in ihr Land fortziehen können!‘ So wurde sie von mir getrennt; und ich machte mich daran, das Geld für den Flachs einzutreiben, den die Leute von mir mit Zahlungsfrist gekauft hatten, und das, was von ihm noch übrig blieb, gegen andere Waren einzutauschen. Ich nahm schöne Waren mit und verließ Akko, das Herz voll von heißer und leidenschaftlicher Liebe zu der Fränkin, an die ich mein Herz und mein Geld verloren hatte. Ich zog aber meines Weges weiter, bis ich nach Damaskus kam, und dort verkaufte ich die Waren, die ich von Akko mitgebracht hatte, zu den höchsten Preisen, da die Stadt wegen des Ablaufs des Waffenstillstandes von allen Verbindungen abgeschnitten war; so gewährte Allah, der Gepriesene und Erhabene mir großen Gewinn. Nun begann ich mit gefangenen Sklavinnen zu handeln, damit mein Herz von seinem Verlangen nach der Fränkin befreit würde; und ich widmete mich eifrig dieser Beschäftigung. Nachdem ich drei Jahre lang solchen Handel getrieben hatte, kam es zwischen el-Malik en-Nâsir[1] und den Franken zu den bekannten Schlachten; Allah gab ihm den Sieg über die Feinde, so daß er alle ihre Fürsten gefangen nahm und das Küstenland von Palästina mit der Erlaubnis Gottes des Erhabenen eroberte. Da traf es sich, daß ein Mann zu mir kam und von mir eine Sklavin für el-Malik en-Nâsir kaufen wollte; ich hatte damals eine schöne Sklavin, und als

1. ‚Der siegreiche König‘, Beiname Saladdins, der Akko im Jahre 1187 eroberte.

ich sie ihm zeigte, kaufte er sie von mir für den Herrscher um hundert Dinare. Neunzig Dinare brachte er mir sofort, doch zehn blieb er mir schuldig, da sich an jenem Tage nicht mehr Geld im Schatze vorfand; denn der König hatte all sein Geld für den Krieg mit den Franken ausgegeben. Als man ihm dies berichtete, sprach er: ‚Führt den Mann zu dem Raum, in dem die Kriegsgefangenen sind, und laßt ihn unter den Töchtern der Franken wählen, damit er sich eine von ihnen an Stelle der zehn Dinare nehmen kann!‘ – –«

Da bemerkte Schehrezâd, daß der Morgen begann, und sie hielt in der verstatteten Rede an. Doch als die *Achthundertundsechsundneunzigste Nacht* anbrach, fuhr sie also fort: »Es ist mir berichtet worden, o glücklicher König, daß el-Malik en-Nâsir sprach: ‚Laßt ihn eine wählen, damit er sie an Stelle der zehn Dinare nehme, die ihm gebühren!‘ Darauf nahmen sie mich und führten mich zum Raume der Gefangenen; als ich mich dort umsah und alle Gefangenen anschaute, erblickte ich auch die fränkische Frau, zu der ich einst in Liebe entbrannt war, und ich erkannte sie mit Sicherheit. Sie war die Gattin eines von den fränkischen Rittern; und ich sprach: ‚Gebt mir die!‘ Ich empfing sie und führte sie in mein Zelt; doch wie ich sie fragte: ‚Kennst du mich?‘ erwiderte sie: ‚Nein.‘ Dann sagte ich zu ihr: ‚Ich bin dein Freund, der frühere Flachshändler, und ich habe mit dir erlebt, was damals geschah, und du hast das Gold von mir genommen. Du ließest mir sagen, ich solle dich nie wiedersehen, es sei denn um fünfhundert Dinare; und jetzt habe ich dich für zehn Dinare zum Eigentum erhalten.‘ Darauf sprach sie zu mir: ‚Das geschah durch die geheime Kraft deines wahren Glaubens; ich bezeuge jetzt, daß es keinen Gott gibt außer Allah, und ich bezeuge, daß Mohammed der Gesandte Allahs ist!‘ So wurde sie Muslimin, und ihr Glaube war schön. Ich aber sprach bei mir selber: ‚Bei Allah, ich will nicht eher zu ihr eingehen, als bis ich sie freigelassen und es dem Kadi gemeldet habe.' So ging ich denn zu Ibn Schaddâd und erzählte ihm, was geschehen war, und der vermählte mich mit ihr. In der nächsten Nacht ruhte ich bei ihr, und sie empfing durch mich; bald darauf zogen die Truppen ab; und wir kehrten nach Damaskus zurück. Nach wenigen Tagen jedoch kam ein Bote des Frankenkönigs und forderte alle Gefangenen zurück auf Grund eines Vertrages, der zwischen den Königen geschlossen war. Nun wurden alle Gefangenen, Männer und Frauen zurückgegeben; nur die Frau, die bei mir war, blieb noch übrig. Da sagten die Franken: ‚Die Frau des Ritters Soundso ist noch nicht da'; und sie forschten nach ihr emsig und eifrig. Schließlich erfuhren sie, daß sie bei mir war, und sie forderten sie von mir. Ich eilte zu ihr hin, tiefbetrübt und mit bleichem Antlitz; und sie fragte mich: ‚Was ist dir? Welches Unheil ist dir widerfahren?' Ich antwortete: ‚Ein Bote vom König ist gekommen, um alle Gefangenen zu holen, und man hat dich von mir gefordert.' Doch sie sprach: ‚Sorge dich nicht! Führe mich zum König; ich weiß, was ich vor ihm zu sagen habe!' So nahm ich sie denn und führte sie vor den Sultan el-Malik en-Nâsir, zu dessen rechter Seite der Bote des Frankenkönigs saß, und ich sprach: ‚Dies ist die Frau, die bei mir war.' Da sagten el-Malik en-Nâsir und der Gesandte zu ihr: ‚Willst du in dein Land oder zu deinem Gatten zurückkehren? Gott hat dich und die anderen befreit.' Sie antwortete dem Sultan: ‚Ich bin eine Muslimin geworden, und ich bin schwanger, wie ihr es an meinem Leibe seht; jetzt haben die Franken keinen Nutzen mehr von mir.' Doch der Gesandte fragte: ‚Wer ist dir lieber, dieser Muslim oder dein erster Gatte, der Ritter Soundso?' Und sie gab ihm die gleiche Antwort wie dem Sultan. Der Gesandte sagte darauf zu den Franken, die bei ihm waren: ‚Habt ihr ihre Worte vernommen?' ‚Jawohl', erwiderten sie; und der Gesandte sprach zu mir: ‚Nimm deine Frau und geh mit ihr deiner Wege!' Doch als ich mit ihr fortgegangen war, schickte er mir einen Eilboten nach und ließ mir sagen: ‚Ihre Mutter ließ ihr durch mich etwas senden, da sie sprach: ‚Meine Tochter ist gefangen und nackend; ich möchte, daß du ihr diese Truhe bringst.' So nimm du sie denn hin und übergib sie ihr!' Ich nahm die Truhe in Empfang, brachte sie nach Hause und gab sie meiner Gattin. Sie öffnete sie und entdeckte in ihr alle ihre eigenen Gewänder; auch fand ich die beiden Beutel voll Goldstücke wieder, einen mit fünfzig und einen mit hundert Dinaren, und ich erkannte sie an meiner Schnur, an der nichts geändert war. Da dankte ich Allah dem Erhabenen. Diese hier sind die Kinder, die sie geboren hat; und sie lebt noch bis auf den heutigen Tag, und sie ist es, die euch diese Speisen zubereitet hat.'

Wir verwunderten uns über seine Geschichte und über das Glück, das ihm widerfahren war. Allah aber weiß es am besten.

Und ferner wird erzählt

DIE GESCHICHTE VON DEM JUNGEN MANNE
AUS BAGHDAD UND SEINER SKLAVIN

In alten Zeiten lebte einst ein Mann in Baghdad, ein Kind von begüterten Eltern, der von seinem Vater großen Reichtum geerbt hatte. Der gewann eine Sklavin lieb, und er kaufte sie; und sie liebte ihn, wie er sie liebte. So gab er denn immerfort alles für sie dahin, bis daß sein ganzer Reichtum geschwunden war und ihm nichts mehr übrig blieb. Nun suchte er nach einem Mittel, seinen Unterhalt zu verdienen, damit er davon leben könnte; doch es gelang ihm nicht. Jener Jüngling aber hatte in den Tagen seines Überflusses oft die Gesellschaften derer besucht, die in der Sangeskunst bewandert waren, und er hatte es darin zu höchster Vollkommenheit gebracht. Und als er sich mit einem seiner Freunde beriet, sprach der zu ihm: ,Ich weiß keinen besseren Beruf für dich als daß du mit deiner Sklavin singst; dadurch wirst du viel Geld verdienen, und dann hast du zu essen und zu trinken.' Doch das mißfiel ihm und auch der Sklavin, und sie sprach zu ihm: ,Ich habe einen Plan für dich.' ,Wie ist der?' fragte er; und sie fuhr fort: ,Verkaufe mich, dann werden wir beide von dieser Not befreit. Ich werde im Wohlstand leben; denn meinesgleichen wird nur einer kaufen, der mit Glücksgütern gesegnet ist, und so kann ich auch die Ursache werden, daß ich wieder zu dir zurückkehre.' Da führte er sie auf den Markt; und der erste, der sie sah, war ein Haschimit[1] vom Volke Basras, ein Mann von guter Erziehung, feinem Wesen und edlem Sinn; der kaufte sie um tausendundfünfhundert Dinare. ,Als ich nun – so erzählte der Jüngling, der Besitzer der Sklavin – den Preis erhalten hatte, gereute es mich, und ich weinte, und die Sklavin mit mir, und ich wollte den Kauf rückgängig machen; aber der Käufer willigte nicht ein. So tat ich denn die Dinare in einen Beutel, und ich wußte nicht, wohin ich mich wenden sollte, da mein Haus mir ohne sie verödet war; ich weinte und schlug mir das Gesicht und klagte, wie ich es nie zuvor getan hatte. Dann trat ich in eine Moschee und setzte mich dort weinend nieder; dabei war ich so verwirrt, daß ich mich selbst nicht mehr kannte. Und nachdem ich mir den Beutel als Kissen unter den Kopf gelegt hatte, schlief ich ein; doch ehe ich mich

---

1. Ein Nachkomme Hâschims, des Urgroßvaters Mohammeds und Großvaters von el-'Abbâs, dem Stammvater der Abbasiden.

dessen versah, zog mir ein Mann den Beutel unter dem Kopfe fort und lief eilends davon. Ich erwachte in großem Schrecken, und wie ich den Beutel nicht fand, sprang ich auf, um hinter ihm her zu laufen; aber siehe da, meine Füße waren mit einem Stricke zusammengebunden, so daß ich aufs Gesicht fiel. Nun begann ich wieder zu weinen und mein Gesicht zu schlagen, und ich sagte zu mir selbst: ‚Du hast dich von deiner Seele getrennt, und dein Gut ist dahin!' – –«

Da bemerkte Schehrezâd, daß der Morgen begann, und sie hielt in der verstatteten Rede an. Doch als die *Achthundertundsiebenundneunzigste Nacht* anbrach, fuhr sie also fort: »Es ist mir berichtet worden, o glücklicher König, daß der junge Mann, dem nun der Beutel geraubt war, weiter erzählte: ‚Ich sagte zu mir selbst: ‚Du hast dich von deiner Seele getrennt, und dein Gut ist dahin.' Und im Übermaße meines Kummers ging ich zum Tigris, verhüllte mir das Gesicht mit meinen Kleidern und warf mich in den Strom. Die Umstehenden bemerkten mich und riefen: ‚Dem da muß wahrlich ein großes Unglück widerfahren sein!' Und sie sprangen mir nach, brachten mich ans Land und fragten mich, was mir geschehen sei; da berichtete ich ihnen, wie es mir ergangen war, und sie bedauerten mich deswegen. Doch ein alter Mann trat aus ihrer Mitte hervor und sprach zu mir: ‚Du hast dein Geld verloren; weshalb willst du nun auch noch dein Leben verlieren und zum Volke des Höllenfeuers gehören? Komm mit mir und zeige mir deine Wohnung!' Ich fügte mich seinem Wunsche, und als wir zu meiner Wohnung kamen, setzte er sich eine Weile zu mir, bis sich meine Erregung legte; dafür dankte ich ihm, und dann ging er fort. Kaum hatte er mich verlassen, so war ich wieder nahe daran, mich zu töten; aber ich dachte an das Jenseits und an das Höllenfeuer, und darum lief ich aus meinem Hause fort zu einem meiner Freunde und erzählte ihm, was mir widerfahren war. Er weinte aus Mitleid mit mir und gab mir fünfzig Dinare, indem er sprach: ‚Nimm meinen Rat an und verlaß Baghdad noch in dieser Stunde! Dies Geld möge dir zum Unterhalt dienen, bis dein Herz von der Liebe zu ihr abgelenkt ist und du sie vergissest. Du gehörst zu den Kanzlisten und Sekretären, deine Handschrift ist schön und deine Bildung vortrefflich; so suche dir einen von den Statthaltern aus, wen du willst, und setze deine Hoffnung auf ihn; vielleicht wird Allah dich dann wieder mit deiner Sklavin vereinigen!' Ich hörte auf seine Worte; denn mein Geist war schon wieder gekräftigt, etwas von meinem Kummer hatte schon nachgelassen, und ich beschloß, nach Wâsit[1] zu reisen, weil ich dort Anverwandte hatte. So begab ich mich denn zum Ufer des Flusses, wo ich ein Schiff vor Anker liegen sah, während die Seeleute prächtige Stoffe und allerlei Waren einluden. Ich bat sie, mich mitzunehmen; aber sie sagten: ‚Dies Schiff gehört einem Haschimiten, und wir können dich so, wie du bist, nicht mitnehmen.' Da erweckte ich in ihnen das Begehren nach dem Lohne, und sie sprachen zu mir: ‚Wenn es denn unbedingt sein muß, so zieh die feinen Kleider aus, die du trägst, lege die Kleidung der Seefahrer an und setze dich zu uns, als wärest du einer der Unsrigen!' Ich ging also zurück, kaufte mir einige Seemannskleider, legte sie an und begab mich wieder zu dem Schiff, das jetzt nach Basra abfahren sollte. Mit den Seeleuten stieg ich aufs Schiff; und kaum hatte ich dort eine kleine Weile gesessen, da sah ich meine Sklavin in leibhaftiger Gestalt und bei ihr zwei Kammerfrauen, die sie bedienten. Nun wich all mein Kummer, und ich sprach bei mir selber: ‚Jetzt werde ich sie sehen und singen hören, bis wir nach Basra gelangen.'

[1] Eine Stadt zwischen Baghdad und Basra.

Gleich darauf kam auch der Haschimit angeritten, begleitet von einer Schar von Leuten, und nachdem sie an Bord gegangen waren, fuhr das Schiff stromabwärts. Dann holte der Haschimit Speisen hervor, und er aß mit der Sklavin, während die anderen mittschiffs aßen. Und schließlich sagte er zu ihr: ‚Wie lange noch willst du dem Gesang entsagen und in Trauer und Tränen verharren? Du bist doch nicht die erste, die von ihrem Geliebten getrennt wurde.' Daran erkannte ich, was sie aus Liebe zu mir litt. Nun zog er an einer Seite des Schiffs einen Vorhang vor sie hin, rief die Leute, die abseits von ihm in meiner Nähe saßen, und setzte sich mit ihnen außerhalb des Vorhangs nieder. Ich fragte, wer die Leute seien, und man sagte mir, sie wären seine Brüder. Er holte für sie Wein und Zukost, soviel sie bedurften; und dann redeten sie immer auf sie ein, sie möchte singen, bis sie schließlich nach der Laute rief, sie stimmte und diese beiden Verse sang:

> *Die Schar brach auf mit meinem Lieb im tiefen Dunkel*
> *Und zog mit meiner Hoffnung rasch dahin bei Nacht.*
> *Ach, wenn die Karawane fortzieht, wird im Herzen*
> *Des Jünglings eine Glut von Ghada-Holz*[1] *entfacht.*

Doch dann kamen die Tränen wieder über sie, und sie warf die Laute zu Boden und hörte auf zu singen. Darüber wurden die Leute beunruhigt; ich aber sank in Ohnmacht. Sie hielten mich für besessen, und einer von ihnen begann mich zu besprechen, indem er mir ins Ohr flüsterte; die anderen aber gaben ihr gute Worte und baten sie inständigst, sie möchte wieder singen, bis sie die Laute von neuem stimmte und sang:

> *Klagend steh ich, wenn die Sänfte mit dem Lieb von dannen eilt,*
> *Das in meinem Herzen wohnt, wenn es mir auch ferne weilt.*

1. Der Ghada-Strauch ist wahrscheinlich eine Tamariskenart; sein Holz liefert eine lange glimmende Kohle.

Und ferner sang sie:

> *Ich stand bei den Trümmern und fragte nach ihr;*
> *Doch wüst war die Stätte und leer das Quartier.*

Dann fiel sie ohnmächtig nieder, und unter den Leuten erhob sich ein Wehklagen; ich aber schrie laut auf und sank wiederum bewußtlos zu Boden. Die Seeleute gerieten in große Erregung über mich, und einer von den Dienern des Haschimiten rief: ,Wie konntet ihr diesen Besessenen an Bord nehmen?' Dann sprach einer zum andern: ,Wenn ihr zum nächsten Dorfe kommt, so setzt ihn an Land, damit wir Ruhe vor ihm haben!' Darob ward mir das Herze schwer, und ich grämte mich gar sehr; doch ich nahm meine ganze Kraft zusammen und sprach bei mir selber: ,Ich habe kein anderes Mittel, mich aus ihren Händen zu befreien, als daß ich der Maid meine Anwesenheit auf dem Schiffe kundtue, damit sie mich davor bewahrt, ausgesetzt zu werden.' Dann fuhren wir weiter, bis wir dicht an einem Weiler vorüberkamen; dort sprach der Schiffsführer: ,Laßt uns an Land gehen!' Alle, die auf dem Schiffe waren, stiegen an Land; und da es um die Abendzeit war, so ging ich hin und trat hinter den Vorhang, nahm die Laute und änderte ihre Akkorde, einen nach dem andern, und stellte sie auf die Weise ein, die jene Maid von mir gelernt hatte. Dann kehrte ich an meine Stätte im Schiffe zurück.' – –«

Da bemerkte Schehrezâd, daß der Morgen begann, und sie hielt in der verstatteten Rede an. Doch als die *Achthundertundachtundneunzigste Nacht* anbrach, fuhr sie also fort: »Es ist mir berichtet worden, o glücklicher König, daß der Jüngling des weiteren erzählte: ,Ich kehrte also an meine Stätte im Schiffe zurück; alsbald kamen auch die Leute vom Ufer herab und begaben sich an ihre Stätten auf dem Schiffe. Der Mond aber hüllte Wasser und Land in ein helles Lichtgewand. Der Haschimit sprach nun zu der Sklavin: ‚Um Allahs willen, trübe nicht unser Leben!' Da nahm sie die Laute, und als sie mit der Hand darüber strich, seufzte sie auf, so daß die Leute glaubten, ihre Seele verließe ihren Leib. Und sie rief: ‚Bei Allah, mein Meister ist bei uns auf diesem Schiffe.' ‚Bei Allah,' sagte der Haschimit, ‚wenn er bei uns wäre, so würde ich ihn nicht von unserer Gesellschaft fern halten; denn er würde dir vielleicht deine Last erleichtern, so daß wir uns deines Gesanges erfreuen könnten. Aber es ist unmöglich, daß er an Bord ist.' Doch sie fuhr fort: ‚Ich kann die Laute nicht schlagen noch die Weisen singen, wenn mein Herr bei uns ist.' Darauf sagte der Haschimit: ‚Laß uns die Seeleute fragen!' ‚Tu es!' erwiderte sie; und er fragte: ‚Habt ihr irgend jemanden mitgenommen?' Sie antworteten: ‚Nein'; und weil ich fürchtete, er würde nicht weiter fragen, sprach ich lächelnd: ‚Ja, ich bin ihr Meister, und ich habe sie gelehrt, als ich noch ihr Herr war.' Da rief sie: ‚Bei Allah, das ist die Stimme meines Herrn.' Nun kamen die Diener und führten mich vor den Haschimiten; und als er mich erkannte, rief er: ‚Wehe, in welchem Zustande muß ich dich sehen! Was ist dir widerfahren, daß du in solchem Elend bist?' Ich erzählte ihm, wie es mir ergangen war, und ich weinte, und die Sklavin hinter dem Vorhang erhob ihre Klage. Auch der Haschimit und seine Brüder weinten bitterlich aus Mitleid mit mir; und er sprach: ‚Bei Allah, ich bin dieser Sklavin nicht genaht, und ich hab sie nicht berührt, und ihren Gesang hab ich erst heute gehört. Ich bin ein Mann, dem Allah viel Geld und Gut verliehen hat, und ich bin nur nach Baghdad gekommen, um Gesang zu hören und mir meine Einkünfte vom Beherrscher der Gläubigen zu holen. Ich hatte schon beides getan; aber als ich in meine Heimat zurückkehren wollte, sprach ich bei mir: Ich will mir doch noch ein wenig Gesang von Baghdad anhören. Und dann kaufte ich diese Sklavin, ohne zu wissen, daß es so mit euch stand; nun rufe ich Allah zum Zeugen an, daß ich sie freilassen werde, sobald ich Basra erreiche. Dort will ich sie mit dir vermählen und euch beiden so viel anweisen, daß es euch genügt, ja noch mehr; doch nur unter der Bedingung, daß, sooft es mich gelüstet, Gesang zu hören, ein Vorhang für sie aufgehängt wird und sie hinter ihm singt; du selbst aber sollst zur Zahl meiner Tischgenossen und brüderlichen Freunde gehören.' Dessen freute ich mich; und der Haschimit steckte seinen Kopf hinter den Vorhang und sprach zu ihr: ‚Bist du es zufrieden?' Da begann sie, ihn zu segnen und ihm zu danken. Und er rief einen seiner Diener und sprach zu ihm: ‚Nimm diesen Jüngling, zieh ihm seine Kleider aus und lege ihm kostbare Kleider an; durchdufte ihn mit Weihrauch und bringe ihn dann wieder zu uns!' Der Diener nahm mich mit sich, tat mit mir, wie sein Herr ihm befohlen hatte, und führte mich zu ihm zurück; auch setzte er mir Wein vor, wie er ihn den anderen vorgesetzt hatte. Darauf begann die Maid in schönster Weise zu singen und ließ dies Lied erklingen:

> *Sie schalten mich ob meiner Tränen Flut,*
> *Als der Geliebte von mir Abschied nahm.*
> *Sie fühlten nie, wie weh die Trennung tut,*
> *Noch wie die Brust entbrennt in heißem Gram.*
> *Nur der Betrübte kennt der Sehnsucht Brand,*
> *Wenn er sein Herz verlor im Heimatland.*

Darüber gerieten die Hörer in das größte Entzücken; und auch ich – so sprach der Jüngling – freute mich über die Maßen, und ich nahm der Maid die Laute ab, begann in schönster Weise zu singen und ließ dies Lied erklingen:

> *Erbitte Wohltat nur vom edlen Mann,*
> *Der sich in Glück und Reichtum sonnen kann!*

> *Wer Edle bittet, dem folgt Ehre nach;*
> *Doch wer Gemeine bittet, erntet Schmach.*
> *Und bleibt dir denn die Demut nicht erspart,*
> *Sei Demut nur den Großen offenbart!*
> *Wer Edlen Ehre bringt, wird nicht entehrt;*
> *Nur der erniedrigt sich, der Kleine ehrt.*

Die Hörer freuten sich über meinen Gesang, ja ihre Freude kannte keine Grenzen mehr, und immer und immer wieder gaben sie ihrer Freude und ihrem Entzücken Ausdruck. Das eine Mal sang ich, das andere Mal die Maid, bis wir zu einem der Landeplätze kamen; dort legte das Schiff an, und alle, die auf dem Schiffe waren, stiegen ans Ufer, und auch ich ging mit ihnen. Doch ich war trunken, und als ich mich niederhockte, um Wasser zu lassen, übermannte mich der Schlaf, und ich schlief ein, während die anderen Reisenden wieder auf das Schiff gingen. Das fuhr mit ihnen weiter stromabwärts, ohne daß sie an mich dachten, da auch sie trunken waren; ich aber hatte nichts mehr bei mir, weil ich all mein Geld der Sklavin gegeben hatte. Die anderen kamen nun bald nach Basra; doch ich wachte erst wieder auf, als die Sonne heiß ward, und als ich aufstand und mich umschaute, sah ich niemanden mehr. Ich hatte auch vergessen, den Haschimiten zu fragen, wie er hieß und wo er in Basra wohnte und wie er dort aufzufinden war. Nun war ich ratlos, und es schien mir, als ob mein frohes Wiedersehen mit der Maid nur ein Traum gewesen wäre. In meiner Verwirrung blieb ich dort stehen, bis ein großes Schiff an mir vorüberkam; das konnte ich besteigen, und so kam ich nach Basra. Weil ich dort aber niemanden kannte und auch nicht das Haus des Haschimiten wußte, ging ich zu einem Krämer und ließ mir von ihm Tintenkapsel und Papier geben.'––«

Da bemerkte Schehrezâd, daß der Morgen begann, und sie hielt in der verstatteten Rede an. Doch als die *Achthundertundneunundneunzigste Nacht* anbrach, fuhr sie also fort: »Es ist mir berichtet worden, o glücklicher König, daß der Mann aus Baghdad, dem das Mädchen gehörte, und der nun nach Basra gekommen war, aber ratlos war, da er das Haus des Haschimiten nicht kannte, des weiteren erzählte: ‚Ich ging also zu einem Krämer, ließ mir von ihm Tintenkapsel und Papier geben und setzte mich nieder, um zu schreiben. Meine Handschrift gefiel ihm, und als er sah, daß mein Gewand schmutzig war, fragte er mich, wer und was ich sei; und ich tat ihm kund, daß ich ein armer Fremdling sei. Da sagte er: ‚Willst du bei mir bleiben, wenn ich dir jeden Tag einen halben Dirhem und deine Nahrung und Kleidung gebe, und mir dafür die Bücher in meinem Laden führen?' ‚Jawohl', sagte ich und blieb bei ihm, indem ich ihm die Bücher führte und die Eingänge und Ausgänge ordnete. Nachdem ein Monat verstrichen war, sah der Mann, daß seine Einnahmen gestiegen, seine Ausgaben aber gesunken waren; dafür dankte er mir, und von nun an gab er mir jeden Tag einen Dirhem, bis ein Jahr vergangen war. Dann bot er mir an, mich mit seiner Tochter zu vermählen und Teilhaber seines Ladens zu werden. Ich nahm seinen Vorschlag an, ging zu meiner Gattin ein und widmete mich ganz dem Laden; doch ich war im Herzen und im Geist gebrochen, und die Trauer zeigte sich in meinem Antlitz; der Krämer pflegte Wein zu trinken und mich dazu einzuladen, allein ich lehnte es in meiner Traurigkeit ab. So lebte ich zwei Jahre lang dort, bis eines Tages, während ich im Laden saß, plötzlich eine Schar von Leuten vorüberkam, die Speise und Trank bei sich hatten. Ich fragte den Krämer, was das bedeute, und er sagte: ‚Heute ist der Tag der fröhlichen Leute; da ziehen die

Musikanten und Spielleute und das junge reiche Volk hinaus zum Strome und essen und trinken unter den Bäumen am Kanal von el-Ubulla.'[1] Meine Seele lockte mich, mir das Schauspiel anzuschauen, und ich sprach bei mir selber: ‚Vielleicht sehe ich unter diesen Leuten auch sie, die ich liebe.' So sagte ich denn zu dem Krämer: ‚Ich möchte auch dorthin gehen'; und er antwortete: ‚Es steht dir frei, mit ihnen hinauszuziehen.' Dann rüstete er mir Speise und Trank, und ich ging meines Weges, bis ich zum Kanal von el-Ubulla kam; doch da wollten die Leute gerade wieder umkehren. Schon wollte ich mit ihnen zurückgehen, aber ich sah plötzlich den Führer des Schiffes, auf dem der Haschimit mit der Sklavin gefahren war; der zog in eigener Person den Kanal von el-Ubulla entlang. Ich rief ihn und seine Gefährten an, und sie erkannten mich und nahmen mich mit sich. ‚Ach, bist du noch am Leben?' riefen sie und umarmten mich und fragten mich nach meinen Erlebnissen; die erzählte ich ihnen. Dann sagten sie: ‚Wir glaubten wirklich, der Rausch hätte dich übermannt und du wärest im Wasser ertrunken.' Als ich aber fragte, wie es der Sklavin ergehe, antworteten sie: ‚Sobald sie von deinem Verlust erfuhr, zerriß sie ihre Gewänder, verbrannte die Laute und begann sich zu schlagen und zu klagen. Nachdem wir mit dem Haschimiten wieder in Basra angekommen waren, sprachen wir zu ihr: ‚Laß ab von diesem Weinen und Trauern!' Doch sie erwiderte: ‚Ich will schwarze Kleider anlegen und mir ein Grab neben diesem Hause errichten; und bei jenem Grabe will ich sitzen und das Singen bereuen.' Wir ließen ihr den Willen, und so lebt sie noch bis auf den heutigen Tag.' Dann nahmen sie mich mit sich, und als ich zum Hause des

1. Basra ist mit dem Tigris durch einen Kanal verbunden, der bei el-Ubulla in den Strom mündet.

Haschimiten kam, sah ich sie so, wie mir gesagt war. Kaum erblickte sie mich, da schrie sie so laut auf, daß ich vermeinte, sie sei gestorben; doch dann umarmte ich sie eine lange Zeit. Der Haschimit aber sprach zu mir: ,Nimm sie!' und ich erwiderte: ,Gern; doch laß du sie frei, wie du mir versprochen hast, und vermähle sie mir!' Er tat es und schenkte uns kostbare Waren, Gewänder in großer Zahl, Hausgeräte und fünfhundert Dinare, indem er sprach: ,Dies ist der Betrag, den ich euch für jeden Monat anzuweisen gedenke, doch unter der Bedingung, daß du mein Tischgenosse wirst und daß ich ihren Gesang hören kann.' Ferner bestimmte er ein Haus für uns allein und ließ alles, dessen wir bedurften, dorthin schaffen; und als ich mich zu jenem Hause begab, fand ich, daß es mit Hausrat und Stoffen angefüllt war, und so brachte ich die Maid dorthin. Darauf ging ich zu dem Krämer und tat ihm alles kund, was ich inzwischen erlebt hatte; zugleich aber bat ich ihn, mir die Scheidung von seiner Tochter zu gestatten, ohne daß eine Schuld vorläge; und ich zahlte ihr die Morgengabe und was mir sonst noch oblag.[1] Auf diese Weise lebte ich zwei Jahre lang bei dem Haschimiten, und ich wurde ein Mann von großem Reichtum, so daß ich wieder in dem gleichen Überflusse leben konnte wie einst mit der Sklavin in Baghdad. Allah, der Allgütige, machte unserer Not ein Ende und überschüttete uns mit der Fülle von Glücksgütern; Er bestimmte, daß der Lohn für unsere Geduld die Erreichung unserer Wünsche war, und Ihm gebührt Lob in dieser und in jener Welt immerdar. Und Allah weiß es am besten!'

[1]. Bei der Scheidung muß, wenn die Morgengabe bei der Eheschließung nicht voll ausbezahlt wurde, der Rest gezahlt werden; ferner ist der Mann verpflichtet, die Frau nach der Scheidung noch eine gewisse Zeit lang zu unterhalten.

INHALT DES FÜNFTEN BANDES

ENTHALTEND DIE ÜBERSETZUNG VON BAND III
SEITE 480 BIS BAND IV SEITE 365 DER CALCUTTAER
AUSGABE VOM JAHRE 1839

DIE GESCHICHTE VON ARDASCHÎR UND
HAJÂT EN-NUFÛS *Siebenhundertundneunzehnte bis
siebenhundertundachtunddreißigste Nacht* .... 7 – 87

DIE GESCHICHTE VON DSCHULLANÂR,
DER MEERMAID, UND IHREM SOHNE,
DEM KÖNIG BADR BÂSIM VON PERSIEN
*Siebenhundertundachtunddreißigste bis siebenhundertundsechs-
undfünfzigste Nacht*............................ 87 – 153

DIE GESCHICHTE VON DEN BEIDEN
SCHWESTERN, DIE IHRE JÜNGSTE
SCHWESTER BENEIDETEN *Siebenhundertund-
sechsundfünfzigste Nacht* .... 154 – 219

DIE GESCHICHTE VON KÖNIG
MOHAMMED IBN SABÂIK UND DEM
KAUFMANN HASAN *Siebenhundertundsechsundfünf-
zigste bis siebenhundertundachtundsiebenzigste Nacht* ...... 219 – 315

Die Geschichte von dem Prinzen Saif el-Mulûk und
der Prinzessin Badî'at el-Dschamâl............. 228 – 315

DIE GESCHICHTE DES JUWELIERS HASAN
VON BASRA *Siebenhundertundachtundsiebenzigste bis
achthundertundeinunddreißigste Nacht* .... 315 – 503

DIE GESCHICHTE VON DEM FISCHER
CHALÎFA *Achthundertundeinunddreißigste bis achthundertundfünfundvierzigste Nacht* .... 503 – 556

DIE GESCHICHTE VON MASRÛR UND
ZAIN EL-MAWÂSIF *Achthundertundfünfundvierzigste
bis achthundertunddreiundsechzigste Nacht* 557–624

DIE GESCHICHTE VON NÛR ED-DÎN
UND MARJAM DER GÜRTLERIN
*Achthundertunddreiundsechzigste bis achthundertundvierund-
neunzigste Nacht* 624–757

DIE GESCHICHTE VON DEM OBER-
ÄGYPTER UND SEINEM FRÄNKISCHEN
WEIBE *Achthundertundvierundneunzigste bis achthundert-
undsechsundneunzigste Nacht* 758–764

DIE GESCHICHTE VON DEM JUNGEN
MANNE AUS BAGHDAD UND SEINER
SKLAVIN *Achthundertundsechsundneunzigste bis achthun-
dertundneunundneunzigste Nacht* 764–775